R. DEPUTAZIONE SOVRA GLI STUDI DI STORIA PATRIA

PER LE ANTICHE PROVINCIE E LA LOMBARDIA

BIBLIOTECA

DI

STORIA ITALIANA RECENTE

(1800-1870)

VOLUME VIII

TORINO

FRATELLI BOCCA LIBRAI DI S. M.

MCMXVII

BIBLIOTECA

DI

STORIA ITALIANA RECENTE

(1800 - 1870)

VOLUME VIII.

R. DEPUTAZIONE SOVRA GLI STUDI DI STORIA PATRIA

PER LE ANTICHE PROVINCIE E LA LOMBARDIA

BIBLIOTECA

DI

STORIA ITALIANA RECENTE

(1800-1870)

VOLUME VIII

TORINO

FRATELLI BOCCA LIBRAI DI S. M.

MCMXVII

TIPOGRAFIA DEL COLLEGIO DEGLI ARTIGIANELLI

...LLIER DE LA TOUR

MÉMOIRES ET LETTRES

GIUSEPPE GALLAVRESI
V. SALLIER DE LA TOUR DE CORDON

LE MARÉCHAL
SALLIER DE LA TOUR

MÉMOIRES ET LETTRES

PREMIÈRE PARTIE

CHAPITRE I.

Enfance et éducation du comte Victor de La Tour.
Premières campagnes.

La renommée européenne de la famille savoyarde des comtes Sallier de La Tour date du XVIIme siècle, lorsque plusieurs de ses membres furent élevés aux plus hautes dignités dans l'armée, la diplomatie, et la magistrature. Mais même avant l'époque où Philibert Sallier de La Tour jouait un rôle prépondérant au congrès de Ryswick, la maison à laquelle il appartenait comptait parmi les plus distinguées de la Savoye, et y obtenait l'investiture de différents fiefs (1). Il sortirait du cadre de ce travail de rechercher l'origine de cette noble famille, que l'on a rattachée, soit aux della Torre lombards, soit aux de La Tour français. Sans retracer ici des faits dont l'importance est surtout locale, voire même familiale, nous devons constater que vers la fin de l'ancien régime « la famille de La Tour était au plus haut point de splendeur » (2). Le marquis François Joseph (1706-1779), après avoir représenté le Roi de Sardaigne dans l'ambassade de Madrid, était devenu commandant général du duché de Savoye. De ses trois fils, l'aîné, le marquis Victor Amédée (1726-1800), d'abord ministre à la Haye et à Londres, venait d'être nommé ambassadeur à Paris lors de la convocation des Etats Généraux. Son frère le baron Joseph Amédée (1737-1820) avait atteint le grade de général et s'apprêtait à défendre les frontières avec un dévouement qui lui inspira la plus vaillante résistance. L'abbé Jean Baptiste (1736-1790) était aumônier du Roi (3), et le comte Clément (1746-1823) qui devint maréchal

(1) A la veille de la Révolution les comtes Sallier de La Tour étaient marquis de Cordon et de Combloux, barons de Bordeau et de Chevron, seigneurs de la Maison forte de Tournon et de Bassins.

(2) Louis des Ambrois de Nevache, *Notes et Souvenirs*, Bologne, 1907, chap. XIII, page 98.

(3) Cet abbé de la Tour, appelé aussi l'abbé de Cordon, doit être le héros d'une petite persécution jacobine au début de la révolution française. Cfr. Léonce Pingaud, *Correspondance intime du Comte de Vaudreuil et du Comte d'Artois pendant l'émigration*, Paris 1889, t. I, p. 233.

de camp à la restauration, entré au service de France y commandait le régiment Royal Liégeois (1).

Ce fut dans ce milieu de bons gentilhommes Savoyards actifs et courageux, profondément fidèles à leur Roi, que vint au monde à Chambéry le 18 Novembre 1773 Victor Amédée Sallier de La Tour, appelé à la plus étonnante des carrières, poursuivie malgré des obstacles sans cesse renaissants à la suite du bouleversement général de l'Europe. Il était le fils du baron J. Amédée et d'Adélaide née Duclos d'Ezery, de bonne noblesse de Savoye. Environ deux ans après sa naissance, le petit Victor Amédée, qui n'avait été qu'ondoyé en 1773, fut baptisé solennellement par l'évêque prince de Grenoble et la cérémonie reçut un grand éclat de la présence de LL. MM. le Roi Victor Amédée III et de la Reine Marie Antoinette Ferdinande lesquels remplirent personnellement les fonctions respectives de parrain et de marraine « avec l'assistance..... de toute la Cour, et de la plus grande partie de la noblesse de Savoye » (2).

A l'âge de 10 ans le jeune de La Tour entra à l'Académie de Turin, et, tout en suivant les cours de cette école, il fut attaché à la personne du Roi en qualité de page. Il en remplissait encore les devoirs, lorsque le 21 février 1789 il reçut de S. M. un brevet de Cornette dans le Régiment des Chevaux-Legers; mais il faut croire qu'il continua son service à la Cour — il avait à peine 15 ans — puisqu'il eut l'honneur d'être désigné pour accompagner la P.sse Marie Thérèse d'Autriche-Modène, nouvelle épouse du Duc d'Aoste, lors de son arrivée à Novare (Avril 1789).

La Reine Marie Thérèse prenait plaisir à rappeler une vingtaine d'années plus tard, du fond de son exil de Sardaigne, le nom du premier page qui avait été attaché à sa personne dès son entrée dans le royaume (3).

Victor Amédée da La Tour avait atteint le grade de Lieutenant en vertu du billet Royal du 29 Mars 1791, lorsque à la longue période de paix, dont avait joui le royaume à partir du traité d'Aix-la-Chapelle, succéda une époque de guerres ininterrompues. Le système politique adopté par la Cour de Turin vis à vis de la Révolution Française, les liens étroits de famille qui unissaient la maison de Savoye et celle des Bourbons (4), l'asile que le Roi Victor Amédée n'avait pas pu refuser au comte d'Artois,

---

(1) Le Royal Liégeois était le seul régiment belge au service de France qui subsistât à la Révolution (ALFRED RAMBAUD, *Histoire de la civilisation française*, Paris, 1887, p. 230).

(2) Extrait des régistres de la Métropole de Chambéry, Paroisse de St. Léger.

(3) Lettre de la Reine Marie Thérèse à la Reine Caroline des deux Siciles, citée par le comte de Roburent dans une lettre à La Tour du 28 avril 1809 (Archives d'Orio, I, 52). On pourra trouver des données sur Marie Thérèse, née archiduchesse d'Autriche-Este dans le petit livre si documenté de MARIA LUISA ROSATI, *Carlo Alberto di Savoia e Francesco d'Austria d'Este*, Roma, 1907.

(4) En effet la comtesse de Provence et la comtesse d'Artois étaient toutes les deux filles du roi Victor Amédée III, dont le fils, le futur Charles Emanuel IV, avait épousé une soeur du Louis XVI, Clotilde. Tout le monde sait que la reine Clotilde

aux princes de Condé et à leurs partisans (1); tout cela contribuait à une hostilité de plus en plus prononcée de la part du gouvernement de Paris à l'égard du Royaume de Sardaigne. Dans la seconde moitié du mois de Juillet 1790 le marquis de Cordon, oncle de Victor de La Tour, se trouvait en congé; tout en restant ambassadeur titulaire, il était remplacé à Paris par le chargé d'affaires Porta.

De son côté le baron de Choiseul, envoyé de S. M. très Chrétienne auprès du Roi Victor Amédée (2), laissait l'ambassade aux mains de Monsieur de Lalande. Le refus du Roi d'admettre dans sa capitale M. de Semonville, ministre de France à Gênes (3), chargé d'une mission extraordinaire auprès du cabinet sarde, mission à laquelle on n'avait pas d'abord donné un caractère officiel, fournit au gouvernement français un nouveau prétexte pour rompre les relations diplomatiques.

A la mi Août l'agent français M. de Lalande quittait Turin, et à la fin de septembre M. Porta, enfermé dans Paris et contraint d'y rester spectateur impuissant des massacres de septembre, obtenait enfin ses passeports (4). Lorsqu'il put partir la frontière était violée sur plusieurs points; la Savoye et le comté de Nice envahis par les armée républicaines (5).

---

fut une véritable sainte, à laquelle la piété et le malheur conférèrent une double auréole.

Quant à la comtesse de Provence, peu attrayante assurément (COMTESSE JEAN DE CASTELLANE, *Souvenirs de la duchesse de Dino*), elle ne mérite pas tout le mal qu'en dit J. TURQUAN, *Madame duchesse d'Angoulême*, Paris, 1909, IV, et *Les Favorites de Louis XVIII*, Paris.

(1) On lira avec fruit l'article du vicomte de Reiset dans la *Revue des deux Mondes* du 1 novembre 1911, *Les Bourbons à Turin pendant la Révolution*. Cfr. aussi H. WELSCHINGER, *Le duc d'Enghien*, Paris, 1888, Ch. II.

(2) Le baron de Choiseul, né en 1734, était depuis 1765 ambassadeur de France à Turin. Cfr. E. D'HAUTERIVE, *Journal d'émigration du comte d'Espinchal*, Paris, 1912.

(3) Charles Louis Huguet marquis de Semonville (1759-1839), gentilhomme démocrate, magistrat sous Louis XVI, diplomate à la Révolution, sénateur impérial, enfin grand référendaire de la Chambre des Pairs, servit tour à tour et avec distinction les régimes qui se succédèrent en France. ALBERT SOREL, *L'Europe et la Révolution française*, Paris, 1908, II vol., pp. 450 e seg., démêle fort bien les répugnances que Semonville ne pouvait manquer d'exciter à Turin.

(4) Les dernières dépêches du chargé d'affaires sarde ont été récemment publiées en partie, à la suite de celles de l'ambassadeur, par A. F. TRUCCO, *Il Marchese de Cordon a Vittorio Amedeo III, Corrispondenze inedite e cifrate*, Alessandria, 1909. D'ailleurs toute cette histoire a été racontée, d'après les documents des archives de Turin, par DOMENICO CARUTTI, *Storia della Corte di Savoia durante la rivoluzione e l'impero francese*, Torino, 1892, vol. I, 1. II.

(5) A l'invasion du comté de Nice eu part le duc de Biron, qui avait pris rang parmi les soi-disants patriotes et paya de sa tête ses nobles illusions. Sa jeunesse aventureuse, du temps où il portait le nom de Lauzun, a trouvé un biographe plein de sympatie pour son héros en M. MAUGRAS.

Peu après les desseins malicieux des meneurs parisiens ôteront à M. de Biron son commandement dans le Var pour l'envoyer combattre contre ses pairs et leurs

L'on ne sait que trop combien faible fut la défense opposée par les troupes sardes disseminées dans ces deux provinces et commandées par les vieux généraux Lazary et de Courten, mais il faut reconnaître que la lutte, une fois transportée sur la ligne des Alpes, y fut vaillamment organisée et soutenue pendant plus de 3 ans.

A plusieures reprises les chefs de l'armée sarde, qui guettaient toutes les chances d'une revanche, essayèrent de redescendre dans les vallées de la Savoye et un effort particulièrement vigoureux fut tenté en 1793, lorsque Lyon et la Provence s'insurgèrent contre la tyrannie des Jacobins. Le lieutenant de La Tour, qui remplissait les fonctions d'Aide de Camp de son père le général baron de La Tour, trouva là une première occasion de se distinguer. Ce fut au combat d'Epierre, où il exécuta un mouvement pour tourner la redoute qui barrait aux troupes royales le chemin de Moutiers et il contribua au premier succès, à vrai dire éphémère, de cette expédition. Le recit en a été fait déjà, notamment dans l'histoire militaire du Piémont du Major Pinelli (1), mais on lira également avec intérêt le rapport détaillé des opérations militaires conservé dans les archives des de La Tour (2).

" Episode de la guerre contre l'invasion française où le comte Victor de La Tour, aide de camp de son père général baron de La Tour, s'est distingué.

Archives de La Tour.
Orio. - Suppl. I. 1.

Dans le courant de l'année 1793 les Français tentèrent de reprendre leur mouvement offensif dans le Comté de Nice, dont l'année précédente ils n'avaient occupé que la partie méridionale. A cet effet ils attaquèrent avec obstination les positions de Rans et de Brons, mais ils furent repoussés avec une perte considérable. Ainsi leur mouvement offensif n'eut aucun résultat de ce côté. Dans ces circonstances le général baron de La Tour, depuis Maréchal, eut la pensé que de notre part nous pouvions profiter des événements de Lyon qui s'était insurgé contre la république, en tâchant de se joindre aux partis royalistes qui s'y étaient déclarés (3); ce projet, en transportant le théâtre de la guerre dans l'intérieur de la France, aurait pu porter un coup funeste à la République.

---

héroïques paysans insurgés dans la Vendée (*Mémoires de la Marquise de la Roche-jaquelin sur la guerre de Vendée publiés d'après les manuscrits du Baron de Barante et annotés par Maurice Vitrac et Arnould Galopin*, Paris).

(1) FERDINANDO A. PINELLI, *Storia Militare del Piemonte in continuazione di quella del Saluzzo*, Torino, 1854, vol. I, pag. 233 e seg.

(2) Archives d'Orio, *Suppl.*, I, 1.

(3) Les illusions avaient été bien grandes à ce moment parmi les émigrés. Les pauvres vieilles tantes de Louis XVI, réfugiée à Rome, se leurraient d'espoirs fallacieux, ainsi qu'il apparaît de leurs lettres de cet été de 1793 (CASIMIR STRYIENSKI, *Mesdames de France filles de Louis XV*, Paris, 1911, Ch. X). Le Marquis de Ségur n'a donc pas tort de dénier à peu près toute valeur à leur attitude dans les affaires politiques (M. DE

Le baron de La Tour croyait que 30.000 à 40 mille hommes étaient nécessaires pour la réussite de cette entreprise ; et il s'engageait moyennant qu'on mit à sa disposition un petit corps de troupes choisies, à faciliter les premiers mouvements des deux colonnes qui devoient déboucher du Petit St. Bernard et du Mont-Cenis. Ces colonnes se composaient alors chacune de 3 à 4 mille hommes qui devaient former l'avant garde de l'armée. Ce projet d'opération fut approuvé à Turin par le Roi et par le baron de Vins (1) qui avait le commandement supérieur de nos troupes. On lui forma à cet effet un corps de 900 à mille hommes tous choisis, grenadiers et voltigeurs lestes et bons marcheurs. Il descendit pendant la nuit le Mont-Cenis à mi-côte laissant Lanslebourg à gauche en filant sur Bessans : il y arriva le matin après avoir marché toute la nuit.

On poussa quelques partis sur Lanslevillar, village situé entre Lanslebourg et Bessans pour nous éclairer du côté de l'ennemi. Chacun d'eux s'abrita derrière quelques rocs ou dans quelques ravins pour n'être pas aperçu ; ils avaient pour consigne de laisser passer toutes les personnes qui allaient à Bessans ; mais de ne laisser revenir où aller personne de Bessans à Lanslebourg, afin que l'ennemi ne put pas être averti de la présence de nos troupes sur ce point.

Après quelques heures de séjour la colonne expéditionnaire gravit le Mont-Iseran ; et après une marche très pénible d'environ 24 heures, on arriva sur des hauteurs situées derrière la position que l'ennemi occupait à St. Maurice et qui la dominaient complètement. Le mouvement de la colonne expéditionnaire avait été préalablement concerté avec le Duc de Monferrat (2) qui commandait les troupes placées sur le Petit-Saint-Bernard.

A la vue des signaux qui annonçaient notre arrivée, ces troupes commencèrent à descendre le Petit-St-Bernard. L'ennemi voyant que sa position était tournée et allait être attaquée de front et à dos, l'évacua précipitemment

---

SEGUR, *Silhouettes historiques*, Paris, 1911, et aussi *Au couchant de la monarchie,* Ch. I. Voir encore CLAUDE SAINT-ANDRÉ *M.me du Barry,* Paris, 1909, ch. II et III). D'autre part l'alarme avait été réelle dans le camp des jacobins, qui arguèrent de la peur qu'on leur avait faite pour mettre hors la loi leurs adversaires (*Rapport sur les 32 membres de la Convention détenus en vertu du décret du 2 juin,* imprimé par CHARLES VELLAY, *Oeuvres complètes de Saint-Just,* Paris, 1908, T. II). La crise passée, Robespierre se moqua du « petit roi sarde... bercé de l'espoir de devenir un jour le roi du Dauphiné, de la Provence et des pays voisins de ses anciens états » (CHARLES VELLAY, *Discours et rapports de Robespierre,* Paris, 1908, p. 290).

(1) Le baron Joseph Nicolas de Vins (1732-1798), vétéran des guerres contre les Prussiens et les Turcs, commanda jusqu'en 1795 l'armée autrichienne d'Italie sans rien ajouter à sa gloire. Peut-on croire à ce que raconte, pour le défendre, le comte SAULI D'IGLIANO, *Reminiscense della propria vita,* Roma, 1908, I, p. 229 ?

(2) Maurice duc de Montferrat (1762-1799), neuvième fils du roi Victor Amédée III, dont la mort à la veille de son mariage avec la princesse Charlotte de Parme devait priver la branche ainée de bien de chances d'une postérité (D. PERRERO, *I reali di Savoia in esilio,* Torino, 1898, IV, et aussi G. MANNO, *Note e ricordi,* Torino 1868.

se dirigeant sur Moutiers. La colonne expéditionnaire suivit son mouvement jusqu'à Ayme où elle passa la nuit. Le matin, de bonne heure, on sut que l'ennemi avait pris une position assez forte à Epierre ayant sa droite à la rivière et sa gauche appuyée à une hauteur escarpée. Il importait de pouvoir occuper promptement Moutiers; car de là la colonne expéditionnaire devait retourner en Maurienne en passant par les Encombres, arriver sur les hauteurs de St.-Michel, et prenant ainsi à revers les positions de Modane et de Lanslebourg, obliger l'ennemi à les évacuer, ce qui permettait à la colonne du Marquis de Cordon située sur le Mont-Cenis de déboucher en Maurienne, et de concerter ses mouvements ultérieurs avec celles qui, sous les ordres du Duc de Monferrat, venaient de déboucher en Tarentaise.

Le général de La Tour s'empressa d'informer ce prince des nouvelles qu'il venait de recevoir et de la nécessité où il était de tenter à tout prix de s'emparer de cette position. Espérant qu'il serait possible d'en tourner la gauche, il détacha à cet effet une colonne de 300 hommes sur la droite d'Ayme avec l'ordre de gravir la montagne, de s'embusquer sur les hauteurs qui dominaient la gauche de l'ennemi et de trouver le moyen de l'attaquer de flanc lorsque la colonne expéditionnaire l'attaquerait de front. Après avoir pris toutes ces dispositions la colonne suivie de deux pièces d'artillerie légère se remit en mouvement vers Epierre. Arrivé en vue de l'ennemi, on établit les deux pièces d'artillerie sur un petit monticule avec ordre de pointer sur sa position.

On vit alors que son front était couvert par une muraille sèche qui lui servait de parapet, et s'appuyait à gauche sur un roc qui paraissait au premier aspect impossible à gravir, tandis que sa droite ne s'étendait point jusqu'à la rivière, comme on l'avait présumé, mais s'appuyait à une redoute fraîchement construite, munie de deux pièces d'artillerie. Elle était à droite de la chaussée qui la séparait de la rivière.

La force de l'ennemi était d'environ 2000 hommes composés de deux bataillons du Régiment de ligne Boulonais, et d'un bataillon de garde nationale. Ces forces étaient plus que triples de celle de la colonne expéditionnaire, affaiblie par le détachement envoyé sur les montagnes d'Ayme; il paraissait impossible d'emporter cette position de front. Cependant nos troupes montraient beaucoup d'ardeur, et à cause du terrain coupé qu'elles occupaient il était difficile à l'ennemi de pouvoir en juger la force. La redoute qui appuyait la droite de l'ennemi était ouverte à la gorge. Le général de La Tour espéra pouvoir l'enlever par une attaque imprévue, il forma une petite réserve des compagnies de grenadiers de Maurienne, de Saluces, et des chasseurs du Piémont, il poussa le reste des troupes en avant et engagea une fusillade sur le front de l'ennemi.

Dès que le combat fut engagé, la compagnie des grenadiers de Maurienne reçut l'ordre de s'élancer sur la chaussée au pas de course, de dépasser la redoute et d'y pénétrer par la gorge. Cette troupe s'avança très résolûment et quand elle fut parvenue à 30 ou 40 pas de la redoute, elle essuya une double décharge à mitraille, et un feu de mousqueterie qui renversa le capitaine atteint de deux balles, le lieutenant et un grand nombre de grenadiers.

Ce qui restait de cette compagnie se jeta, partie à droite de la chaussée dans les vignes et partie à gauche derrière un rocher qui se trouvait entre la chaussée et la rivière. Là ces hommes étaient à couvert de l'ennemi et l'auraient pris au flanc s'il avait voulu lui-même s'avancer le long de la chaussée. Le général de La Tour espéra que cette circonstance aurait pu faciliter une seconde attaque. Les grenadiers du régiment de Saluces eurent l'ordre de renouveler l'attaque faite par la compagnie de Maurienne : cette seconde tentative ne fut pas plus heureuse, le capitaine qui s'avançait bravement à la tête de sa compagnie tomba grièvement blessé, ce qui déconcerta la compagnie qui s'arrêta pour faire feu à son tour. Mais la supériorité de celui de l'ennemi obligea bientôt les débris de la compagnie de se disperser comme avait fait la compagnie de Maurienne; cependant quelques uns des soldats des deux compagnies qui s'étaient réfugiés derrière le roc, en grimpant jusqu'à une certaine hauteur, voyaient la redoute; ils purent donc y diriger leurs feux et causer un certain désordre.

Le général de La Tour se décida à tenter une troisième attaque à l'aide des chasseurs du Piémont, troupes fort lestes qui dans d'autres circonstances avaient déjà montré de l'intrépidité; mais malgré l'ardeur de cette troupe et l'espèce de diversion que produisait le feu de nos soldats situés derrière le roc, cette troisième tentative échoua comme les précédentes. Le capitaine, le lieutenant et plusieurs chasseurs tombèrent morts ou grièvement blessés et le reste se réfugia derrière le roc. Le général de La Tour s'exposait aux plus grands dangers pour soutenir l'ardeur des troupes. En se portant en avant il était même tombé dans une fondrière où il aurait péri sans le prompt secours de nos soldats. Cependant nous n'avions plus de réserve, et l'affaire parraissait désespérée.

Son fils le Comte [Victor] de La Tour, qui faisait le service d'aide de camp auprès de lui, avait accompagné l'attaque successive des trois compagnies et s'était retiré derrière le roc avec les débris des chasseurs du Piémont. De là examinant attentivement la position de l'ennemi, il remarqua un ravin qui depuis le haut du roc où il appuyait sa gauche, venait jusque dans les vignes où les troupes combattaient, et parraissait devoir y donner accès. Il fit part de son observation à un lieutenant du Régiment du Montferrat le Chevalier Buonadonna à qui l'accès du ravin parut aussi possible.

Ils firent un appel aux hommes de bonne volonté et suivis de la plupart des soldats qui étaient derrière le roc et de quelques uns qui se joignirent à eux en traversant les vignes où nos troupes combattaient, ils parvinrent sans grande difficulté avec une quarantaine de soldats sur le sommet du roc; de là on voyait parfaitement toute la ligne ennemie et la redoute qui était d'un très facile accès à la gorge. Ils jugèrent donc qu'au lieu de perdre leur temps à établir une fusillade contre la gauche de l'ennemi, il serait plus décisif de courir rapidement derrière sa ligne et de s'élancer sur la redoute. Ils descendirent donc en silence le roc de l'autre côté sans que l'ennemi s'aper-

çut de leur mouvement, dès qu'ils furent réunis en bas, ils s'élancèrent
vers la redoute en criant victoire. L'ennemi surpris de cette brusque apparition sur ses derrières, crut apparemment que c'était la colonne détachée
dans les montagnes qui arrivait, car il se hâta de retirer les deux pièces de
canon qui étaient dans la redoute. Mais l'officier Boulonais qui la commandait fut blessé et fait prisonnier par le comte de La Tour et une cinquan-
taine de sous-officiers et de grenadiers qui en formaient la garnison se rendirent, après un moment de résistance, au chevalier Buonadonna et aux
soldats qui le suivaient. Aux cris de *victoire* qui fut poussé dans la redoute,
nos troupes se jetèrent en avant pour escalader la muraille sèche, mais l'ennemi abandonnant sa position, s'enfuit précipitamment vers Moutiers qu'il
évacua immédiatement, et où peu après le général de La Tour fit son entrée
avec la colonne expéditionnaire. Il y fut rejoint tard dans la nuit par la
colonne qui avait été détachée dans les montagnes, et dans la journée du
lendemain par le Duc du Monferrat à qui il avait envoyé son aide de camp
pour annoncer la victoire remportée par nos troupes. Il en repartit le jour
même pour se porter, en passant les Encombres, sur les hauteurs de Saint
Michel où il arriva vers midi. Dans la journée l'ennemi évacua Modane et
Lanslebourg, et le lendemain le Marquis de Cordon arriva avec les troupes
stationnées sur le Mont-Cenis, et fit sa jonction avec la colonne expéditionnaire qui forma de nouveau son avant-garde.

La colonne de Maurienne continua dans les jours suivants son mouvement offensif et parvint jusqu'à Argentine; là on trouva l'ennemi posté
à Ayguebelle et séparé de nos troupes par la rivière dont il avait détruit
le pont. Après avoir échangé inutilement pendant toute la journée des
coups de canons, on essaya de passer la rivière sur un autre pont afin de
déposter l'ennemi d'Ayguebelle. Sur ces entrefaites le Marquis de Cordon
reçut une lettre du Duc de Monferrat qui lui annonçait que le gros de
nos troupes, qui, nous l'espérions, se serait dirigé sur la Savoie, marchait
sur le Comté de Nice que l'on voulait tenter de reprendre pour pénétrer
ensuite en Provence, en combinant ces opérations avec celles de la flotte
Anglaise de la Méditerranée; que nous n'avions par conséquent aucun
renfort à espérer du côté du Piémont; que la ville de Lyon était aux
abois et aurait probablement capitulé au moment où il recevrait cette lettre;
que l'expédition de Savoie ne pouvant par conséquent avoir aucun résultat
satisfaisant, il se décidait à aller reprendre ses anciennes positions sur le
St. Bernard (1): qu'il le prévenait de cette détermination afin qu'il put régler
ses mouvements en conséquence. Le Marquis de Cordon fut donc forcé de
commencer son mouvement de retraite vers le Mont-Cenis. D'un autre
côté, il était à craindre que la garnison de Briançon passant par le col de

___

(1) Le duc de Monferrat fit montre de beaucoup de courage dans cette retraite
périlleuse (L. CIBRARIO, *Origine e progressi delle istituzioni della monarchia di Savoia*,
Firenze, 1869, II partie, pag. 413).

Vilmignier ne vint s'emparer de Modane sur nos derrières. Nous la trouvâmes effectivement tout près de ce bourg, d'où elle se retira après un
léger combat ; nous continuâmes notre mouvement vers le Mont-Cenis.

Le Marquis de Cordon se rendit avec une partie des troupes à Suse,
laissant le reste sur le Mont-Cenis sous les ordres du général de La Tour
qui y passa un hiver que le défaut d'abri, la rigueur du climat et les fréquentes alarmes que nous donnait l'ennemi stationné à Lanslebourg rendirent extrêmement pénible ».

Avant la fin de mars 1794 la période de trêve tacite (1), qu'impose la
rigueur de la saison aux guerres de montagne, était déjà expirée, et le
général Dumas (2) qui commandait les troupes républicaines du côté de la
Savoye tenta, sans plus tarder, d'occuper le Mont-Cenis. D'abord repoussé, il parvint plus tard à s'emparer de la crête des Alpes Cotiennes,
et il prit possession sur plusieurs points des fonds des vallées du côté du
Piémont. La ville de Suse se trouva de cette façon fort rapprochée du théatre
des évènements militaires lesquels tendaient à retrécir le grand demi cercle
de la ligne de défense piémontaise. Le baron de La Tour fut nommé lieutenant général en cette année 1794, tandis que son frère ainé le marquis
de Cordon quittait encore une fois le service militaire pour devenir grand
maître de la maison du Roi. Ce fut en appuyant son quartier général sur
Suse, que le baron s'efforça pendant tout l'été de 1794 de contenir les
Français qui débouchaient à chaque instant des montagnes et coupaient
ses communications avec la forteresse d'Exilles. Il eut le mérite de pouvoir
repousser toutes les attaques et, s'il dut parfois se replier devant des forces
très supérieures, ce ne fut que partiellement. Ainsi sa tactique prudente lui
permit, malgré le manque de troupes, de se maintenir en amont de Suse,
jusqu'à la fin de l'automne, époque à laquelle les Français quittèrent les

---

(1) D'après une tradition orale transmise jusqu'à nos jours dans la famille de La
Tour, après quelque temps d'alerte continuelle de part et d'autre, les troupes ennemies
qui étaient en contact sur les cimes au plus fort de l'hiver auraient fini par s'accorder,
pour éviter toute fausse attaque, sauf le cas d'ordres positifs qui pourraient parvenir
de Turin ou de Paris.

(2) Alexandre Dumas (1762-1806), fils naturel du marquis Davy de la Pailleterie
et d'une négresse, et chef d'une dynastie d'écrivains célèbres, avait fait sa carrière
aux armées du Nord, jusqu'au jour où le gouvernement de la république l'envoya
(septembre 1793) commander comme général de division les troupes massées dans les
Pyrénées orientales. Peu après Dumas fut nommé chef de l'armée des Alpes et parvint
à la faire avancer soit au Petit Saint Bernard soit au Mont Cenis. Il devait se signaler
bientôt en Lombardie, en Tyrol, en Egypte et, après un séjour à Paris (JOSEPH TURQUAN,
Madame de Montesson, Paris, 1904, p. 292), échouer misérablement sur les côtes du
royaume de Naples, où il fut retenu deux ans prisonnier et il abima sa santé.

M.me de Lage, qui le rencontra en 1797 sur les routes du Piémont, reconnut chez
lui l'homme de bonne compagnie même sous le troupier *patriote* (C.te H. DE REINACH-
FOUSSEMAGNE, *La Marquise de Lage de Volude*, Paris, 1908, p. 154).

hautes vallées d'Oulx et de Pragelat (1). La menace, qui avait été suspendue
sur la capitale même pendant de longs mois, parut écartée au moins pour
le moment (2). Dans le courant de l'hiver de 1795 le général de La Tour
fut envoyé à Milan par le Roi pour prendre part aux travaux d'une conférence militaire qui devait arrêter les plans de la prochaine campagne. Il
dut constater l'impuissance de ses efforts à faire prévaloir l'avis du Cabinet
de Turin en face des exigences des généraux autrichiens (3). Il semble
que le lieutenant Victor de La Tour, toujours attaché à la personne de son
père, l'accompagna dans le voyage de Lombardie. Les plénipotentiaires
anglais, qui avaient pris part à ces conférences de Milan, avaient travaillé
d'accord avec le baron de La Tour, pour obtenir l'exécution d'une reprise
offensive des alliés contre les forces républicaines réunies sur la rivière de
Gênes. Mais leur bonne volonté s'était brisée devant la décision inébranlable
du général Wallis (4). Le plénipotentiaire impérial ne voulut s'engager
à rien de plus qu'à la défense de la vallée de la Bormida. Les conventions
de Valenciennes assuraient au Roi Victor Amédée la collaboration de l'Autriche qui avait promis de prendre à son compte toutes les opérations militaires qui devaient avoir lieu dans les Appenins, mais ces conventions étaient
déjà devenues lettre morte. Le baron de La Tour ne se faisait pas d'illusion;
même avant la fin des séances il avait perdu tout espoir dans une action
vigoureuse de la part des Impériaux (5).

A l'ouverture de la campagne de 1795 le baron de La Tour fut remplacé
à Suse par le duc d'Aoste, et fut chargé par le général baron Colli (6) de
s'opposer aux progrès de l'ennemi du côté de Borgo San Dalmazzo. Il y fut
fidèle à la ligne de conduite ferme et prudente, qui lui avait si bien réussi
l'année précédente, et se refusa toujours jusqu'à la dernière extrémité, bien
qu'il fut réduit à de très faibles moyens, à évacuer des positions, qui, comme
par exemple la vallée de Limon, pouvaient fournir un dangereux point de
départ pour une attaque des Français. Vers la moitié de l'été il prit part aux

---

(1) Cfr. Des Ambrois, *Oeuvre citée*.

(2) Correspondance du Baron de La Tour avec S. M., S. E. M. le Comte de Sal-
mour et le Marquis de Cravanzana commençant le 3 juillet 1794, et finissant au 29
novembre suivant (Registre manuscrit — Archives d'Orio).

(3) G. de Revel, *Mémoires sur la Guerre des Alpes et les Evénements en Piémont
pendant la Révolution Française*, tirés des papiers du Comte Ignace Thaon de Revel,
Turin, 1871, chap. XI.

(4) Le Comte de Wallis, général d'artillerie, qui commanda les troupes auparavant
en sous ordre, auprès de De Vins, plus tard, en 1795, comme chef de l'armée autrichienne d'Italie.

(5) Correspondance avec M. le Comte d'Hauteville pendant ma mission à Milan
dès le 10 au 21 février 1795 avec d'autres lettres relatives à cette mission (Régistre de
lettres du Baron de La Tour; Archives d'Orio).

(6) Le général marquis Luigi Colli-Ricci di Felizzano (1756-1809), qui devait plus
tard quitter le service de Sardaigne pour celui de France et s'attirer par là les algarades
de son oncle, le grand tragédien Alfieri (Felix Bouvier, *Bonaparte en Italie*, Paris, 1899,
pp. 67-76, et D. Perrero, *I reali di Savoia nell'esilio*, cit., pp. 7 et suiv.).

mouvements que Colli dirigeait du côté du Col de Tende. Successivement il fut chargé de l'attaque du Col de St. Martin. Ces deux entreprises furent accompagnées de beaucoup de pertes, et n'atteignirent pas leur but, tout en réussissant à contenir par la vaillance des troupes les progrès des Français. Le général Colli se préoccupait avec raison de maintenir le contact avec les lignes ennemies, et son zélé collaborateur le général de La Tour entrait tout à fait dans ses idées. Il avait soin de tenir en haleine les troupes, et de harceler les Français par de continuelles reconnaissances, qui se prolongèrent même très avant dans l'automne, alors que les neiges avaient déjà repris de plus belle. Les passages des montagnes s'étaient fermés l'un après l'autre. Le courageux général semblait multiplier les forces de son faible effectif, en maniant sans cesse Chasseurs, Troupes, Milices, dans le but d'inquiéter l'ennemi, de « lui souffler au poil » pour employer son langage imagé (1). Il faut croire que dans le cours de cette campagne Victor de La Tour fut appelé auprès du baron Colli; cela résulte d'une lettre adressée par son père à ce général le 16 Novembre 1795 (2). Le baron de La Tour avait du reste à cette époque le commandement des chevaux légers de l'armée Royale dans lesquels son fils avait le grade de lieutenant. Ce dernier dut accompagner le général dépêché à Vienne en février 1796 avec l'adjutant général marquis de Saint Marsan (3), pour mettre sous les yeux de l'Empereur et de son ministre des Affaires Etrangères, baron de Thugut (4), la nécessité urgente que l'Autriche vint appuyer plus fortement la résistance opiniâtre de l'armée piémontaise. Cette armée ne pouvait presque plus se soutenir après trois ans et demi d'hostilités. L'envoyé sarde demanda en vain que le commandement suprême fut confié au Roi Victor Amédée. Malgré le bon accueil qui lui fut fait

----

(1) Correspondance avec M. le Marquis de Cravanzana et avec S. E. M. le général Colli. Dès le 10 avril 1795 au 27 novembre suivant (Régistre du Baron de La Tour; Archives d'Orio).

(2) Ibidem.

(3) Antoine M. Philippe Asinari de San Marzano (1761-1842), attaché dans sa jeunesse au ministère des affaires étrangères, devait être bientôt employé dans les négociations si difficiles par lesquelles la Sardaigne essaya après Cherasco de signer une alliance durable avec la France. Rallié au régime napoléonien, il en accepta l'ambassade de Berlin, ce qui ne l'empêcha pas de contribuer puissamment en 1814 au retour de Victor Emanuele I dans ses états héréditaires. Il représenta son roi aux congrès de Vienne et de Laybach et après avoir reçu, au commencement de la restauration, le portefeuille des affaires étrangeres, il eut de 1818 à 1821 celui de la guerre, qu'il avait déjà tenu en 1798. Son journal pendant le congrès de Vienne a été publié par le P. RINIERI, *Corrispondenza dei cardinali Consalvi e Pacca*, Torino, 1903.

(4) Le baron François de Thugut (1734-1818) de la mince situation d'interprète auprès de l'internonce à Costantinople sut s'élever, par les plus heureuses négociations diplomatiques, au faite du pouvoir. Succedé en effet au prince de Kaunitz à la tête du ministère autrichien des affaires étrangères, il se perdit par son opiniâtreté dans la guerre contre les révolutionnaires français. Cfr. VIVENOT, *Thugut, Clerfoyt und Wurmser*, Wien, 1869.

à Vienne, il dut repartir sans trop pouvoir espérer que l'accord intime prôné dans ces conférences pût se réaliser dans la mesure indispensable au succès (1). Il vint à bride abattue rejoindre le vieux maréchal de Beaulieu (2) qui avait été nommé général en chef à la place de Devins, et auprès duquel il devait exercer les fonctions de plénipotentiaire sarde, dans le but de coordonner les mouvements des deux ailes de l'armée.

Le baron de La Tour eut le malheur de rejoindre les troupes impériales vers la moitié d'avril alors que les premières victoires de Bonaparte avaient déjà jeté l'effroi dans le camp de ses adversaires. Par la faute de d'Argenteau (3) l'armée autrichienne était en pleine déroute. Si le baron de La Tour s'était flatté de pouvoir annoncer avec fondement au général Colli, dont la détresse augmentait d'heure en heure, un secours venant de Beaulieu, son rêve fut vite évanoui (4). Rappelé par le Roi sur la Stura pour prendre part à la défense de la capitale, il se trouva contraint d'être témoin et acteur des dernières phases de cette courte campagne qui révéla au monde le génie de Napoléon.

La bravoure, le dévouement des troupes sardes brilla, même au milieu de ces revers, du plus vif éclat, mais elles furent impuissantes à arrêter la marche fatale des évènements. La mort dans l'âme, le vieux général, arrivé à Fossano le 20 avril 1796, dût accomplir l'ordre du Roi de traiter pour un armistice. Il n'y a pas à refaire le récit de ces journées tragiques qui sonnèrent le glas de l'ancienne et glorieuse monarchie, et mirent les serviteurs fidèles et convaincus de l'ancien régime en face des champions des nouvelles idées révolutionnaires. Le marquis Costa de Beauregard a évoqué dans un beau livre ces grands souvenirs et l'on oserait difficilement le faire après lui. Il est permis cependant d'ajouter que quelques retouches n'enlèveraient rien à la valeur esthétique du tableau, et le mettraient mieux d'accord avec les témoignages documentaires. A côté de l' « Homme d'autrefois » le baron de La Tour est resté dans l'ombre, mais il faut

---

(1) Correspondance pendant la mission à Vienne en février et mars 1796. Instruction et autres lettres y relatives (Archives d'Orio).

(2) Le baron Jean Pierre de Beaulieu, d'une vieille famille wallone, était né à Namur en 1725 et avait pris service dès 1743. Vétéran de la guerre des sept ans, il sut triompher de la révolte des Pays-Bas en 1789 et contrecarra avec quelque succès les progrès des armées de la république dans les Flandres. Mais en Italie, où il n'avait jamais eu de commandement, sa vieille gloire militaire sombra devant l'astre naissant de Bonaparte. Il devait vivre jusqu'en 1819. (CONSTANT VON WURZBACH, *Biographisches Lexikon des Kaiserthums Oetterreich*, 1 theil, Wien 1856, pp. 199 et suiv.).

(3) Le comte Florimond Claude de Mercy-Argentaur, frère du célèbre ambassadeur d'Autriche à Paris, mis par la Cour à côté de Beaulieu avec des instructions secrètes, contrecarra les plans de son général et se fit battre par Bonaparte à Diego et à Montenotte (BOUVIER, *Oeuvre citée*).

(4) L'on est surpris de lire dans des livres allemands tels que SCHLOSSER, *Geschichte des achtzehnten Jahrhunderts und des neunzehnten bis zum Sturz des französischen Kaiserreichs*, Heidelberg, 1844, V. band, II abschnitt, II cap., que la faute des désastres de cette campagne revient aux Piémontais.

dire que c'est lui qui prit les lourdes et douloureuses responsabilités qui coutèrent certainement à son coeur de soldat, mais qui sauvèrent pour un temps la monarchie. La ligne de démarcation fixée à Cherasco d'une façon nette et opportune entre les deux armées, est le fait du même général, dont les rapports au Roi sont conservés pieusement par sa famille (1). Le lieutenant de La Tour, que jusqu'à présent nous avons vu attaché à la personne de son père en qualité d'Aide de Camp, avait donné de telles preuves de zèle et de bravoure que, tout de suite après Cherasco, le Roi signa sa promotion au grade de capitaine des Dragons. Le brevet porte la date du 5 Juillet (2). Les années suivantes virent l'agonie du régime et la ruine de la monarchie. A la mort de Victor Amédée III, le Roi Charles Emanuel IV essaya en vain pendant quelque temps de maintenir l'indépendance de l'état en dépit des menaces et des impositions des Français qui l'entouraient de tous les côtés, et finirent par lui ôter le trône et le reléguer en exil. Le sort de ses fidèles ne fut pas plus heureux. On conserve encore dans les archives de la famille l'ordre signifié au baron de La Tour, qui avait vu occuper par les troupes républicaines la place de Novare dont il était gouverneur, de se rendre à Milan avec tout son Etat

(1) Correspondance avec le Roi dès le 20 avril 1796 jusqu'au 27 du même mois sur les conditions de la suspension d'armes entre S. M. et la République Française (Archives d'Orio). Quelques détails sur cette triste paix se trouvent aussi dans l'*Autobiografia di un veterano* du GÉNÉRAL DELLA ROCCA, Bologna, 1897, pp. 6-7.

(2) A cette nomination se rapportent deux documents des archives de la guerre à Turin :

3 juin 1796.

Monsieur le Baron de La Tour,

Ensuite de la conclusion de la paix le Roi ne trouvant plus nécessaire que les Officiers Généraux continuassent dans l'exercice des commandements qui leur avaient été appuiés, a en conséquence pris la détermination de leur faire cesser dès le 1er du courant les autres paies dont ils jouissaient et les places de fourage dès le 16. *(Vol. G., Lettere Particolari, num. 101, pag. 144, verso.)*

Quoique, d'après cette détermination de S. M. dont je vous préviens, Monsieur, afin que vous puissiez prendre vos mesures en conséquence, vous ne soyez plus dans le cas d'exercer le commandement que le Roi vous avait confié et d'avoir besoin d'un Aide de Camp, S. M. a cependant bien voulu adhérer à votre demande de retenir encore pour un mois auprès de vous Monsieur votre fils, et j'en ai déjà fait part à M. le Chev. Tana, Col. en 2e du Régiment des Chevaux légers que vous commandez, afin qu'il soit informé du motif de son retard à joindre son Corps.

J'ai l'honneur d'être, etc.

6 juillet 1796.

A Monsieur le Baron de La Tour, Turin.

Quoique il ne se fasse plus de remplacement dans les Régiments, et qu'ainsi M. le Comte de La Tour votre fils, Lieutenant dans celui des Chevaux Légers du Roi, que vous commandez, ne peut être promu à la place de Capitaine, qui s'y trouve vacante par la sortie de M. le Chev. Berzetti de Buronzo, le Roi a cependant bien voulu adhérer à la demande que vous avez faite en sa faveur du grade et ancienneté de Capitaine dans les Troupes de Cavalerie et Dragons et en a déjà signé les Commissions. *(Vol. G., Lettere Particolari, num. 101, pag. 279.)*

Je me fais un plaisir, Monsieur, de vous en donner l'avis et je vous renouvelle, etc.

Major « comme otage du Roi de Sardaigne » (1). Ce fut très probablement à cette époque que La Tour fils se trouva à Milan en même temps que le général Moreau, appelé de l'armée du Rhin à celle d'Italie, et il eut quelques relations avec le grand Capitaine (2). Au point où les avait conduits l'occupation française, cause de leurs malheurs privés, et objet de leur profonde aversion, les de La Tour devaient soupirer après le rétablissement de l'ancien ordre des choses (3). Nous les trouvons au premier rang parmi les gentilhommes accourus sous les drapeaux à peine relevés de la maison de Sardaigne, à la faveur des victoires du maréchal Souworoff.

Déjà le second fils du baron, Janus, avait pris du service en Autriche (4) et se battait en Suisse sous les ordres du général Hotze (5). A la fin de mai 1799 les Impériaux emportèrent la position de Winterthur : dans ce fait d'armes Janus fut blessé au bras, quoique non dangereusement (6). Le maréchal Souworoff entré en Piémont au début de mai, après avoir réduit à néant la république Cisalpine, s'empressa dès le 8 mai, de rétablir le baron de La Tour dans son gouvernement de Novare. En même temps le général russe confiait au gouverneur de Novare des pleins pouvoirs pour la réorganisation du Piémont (7). Après s'être employé de son mieux pour rétablir l'autorité du Roi dans les Provinces que l'épée

---

(1) Ordre du Général de Division Victor Perrin du Quartier général de Novare du 17 frimaire, an VII (Archives d'Orio, *Suppl.*, II, n. 577).

(2) La gloire de Moreau avait été consacrée par des exploits militaires éclatants, devant lesquels s'incline, en le résumant, EDGAR QUINET, *La révolution*, Paris, 1868, t. II, l. XXI.

(3) Le professeur V. FIORINI, *I Francesi in Italia* (*La vita italiana durante la Rivoluzione francese e l'impero*, I, Milano, 1897) a fort bien resumé dans quelques pages lumineuses les causes de cette impopularité fatale de la domination française chez un peuple qui n'était pas préparé à la recevoir. Le sujet a été repris récemment avec méthode par PAUL HAZARD, *La révolution française et les lettres italiennes*, Paris, 1910.

(4) Le chev. Janus de La Tour avait été admis sur la recommandation du comte Henry de Bellegarde comme Cadet au Régiment de Staray en 1798, ce qui résulte de la lettre de remercîments à l'Archiduc Charles écrite par le Comte Henry le 6 décembre 1798 (Archives du Comte de Bellegarde). L'année suivante il fut incorporé dans le nouveau régiment d'infanterie N. 60 (WURZBACH, *Oeuvre citée*, XIV th., p. 181).

(5) David von Hotze, général autrichien, né en 1740, après s'être signalé contre les Turcs, avait été chargé de l'instruction militaire du futur empereur François. Il venait d'entrer dans les Grisons avec 24.000 hommes (C. WERNICKE, *Geschichte der neuesten Zeit*, 1, 1, § 5) et devait trouver la mort à Zürich le 26 septembre 1799 (NUMA DROZ, *Histoire politique de la Suisse au XIX siècle* dans *La Suisse au XIX siècle*, Lausanne, 1899, I, 1, pp. 89 e suiv.).

(6) Lettre du Colonel (?) Bachmann au Baron de La Tour du Quartier général de Zurich, 17 juillet 1799 (Archives d'Orio, *Suppl.*, 1, 3).

(7) Proclamation du Comte Souworoff de Voghera le 8 mai 1799. Le nom du célèbre général russe Alexandre Souworoff (1729-1800), présenté par Smiles comme exemple de volonté (*Self-help*, London, 1867, p. 229), est trop connu pour que nous ayons besoin d'en retracer la carrière ici. On en lira un portrait en raccourci par

de Souworoff venait de délivrer du joug des Français (1), le baron de La Tour se rendit auprès du Roi Charles Emanuel, qui était alors à Florence, et qui le récompensa de ses services en lui conférant le collier de l'Annonciade. Son fils ainé, notre Victor, l'accompagnait (2); et il y reçut du Roi par un billet royal daté de Poggio Imperiale, 17 décembre 1799, un brevet de major dans les Dragons.

Le baron de La Tour avait sa place dans le Conseil suprême qui gouvernait le Piémont pendant l'absence du Roi, sous l'oeil des Autrichiens, et il fut même sur le point d'en devenir le président à la mort du Chev. Solar, mais le Roi préféra lui confier le gouvernement d'Alexandrie au début de mai 1800 (3). Tandis que les Autrichiens tenaient le pays comme s'ils n'eussent jamais dû le rendre à son souverain héréditaire, et que les fonctionnaires royaux s'efforçaient en vain d'accomplir leur pénible devoir au milieu de difficultés de toutes sortes, le général Bonaparte tombait sur les derrières de l'armèe impériale et surprenait les alliés absolument désorganisés. Le major de La Tour, envoyé en mission auprès du général autrichien Palffy qui fit de vains efforts pour arrêter l'ennemi au passage de la Chiusella, arriva à temps pour prendre part à ce combat meurtrier, où perdit la vie, frappé paraît-il à trahison par un grenadier isolé, son plus jeune frère le Chev. Amédée Joseph de La Tour (26 mai 1800) (4).

Tout le monde sait que le sort de cette campagne se décida dans la journée de Marengo (14 juin) (5). L'évacuation d'Alexandrie en fut la première conséquence. A la suite des négociations, le major de La Tour, qui avait été enfermé avec son père dans la place, fut expédié en parlementaire au premier Consul. Les douloureuses émotions de Cherasco se renou-

---

M. WALISZEWSKI, *Autour d'un trône, Catherine II de Russie*, Paris, 1894, c. II. Sa campagne d'Italie a été racontée récemment par A. F. TRUCCO, *Gallia contra omnes, L'anno 1799*, Milan, 1904. La défense non sans gloire qu'opposèrent les français au général russe est retracée par LOUIS TUETEY, *Sérurier*, Paris, 1899.

(1) Correspondance du Baron Joseph de La Tour avec le Roi et le Maréchal Souworoff, mai 1799 (Archives d'Orio, *Suppl.*, II, 570).

(2) Lettre du Baron de La Tour au comte Henry de Bellegarde, de Florence, 14 novembre 1799 (Archives d'Orio, *Suppl.*, II, 569).

(3) Lettres du Duc d'Aoste au Baron de La Tour, avril-mai 1800, et lettres d'un ministre du Roi (probablement du Comte de Chialambert) du 17 mai (Archives d'Orio, *Suppl.*, II, 572, 573).

(4) Ce fait signalé comme incertain par PINELLI (œuvre citée), tome II, page 191, est prouvé par plusieurs documents des Archives d'Orio (*Suppl.*, II, 576). Cfr., sur la Chiusella, TRUCCO, *Oeuvre citée*, ch. XVII.

(5) Le grand effet de la victoire de Marengo sur le peuple français est retracé dans une jolie page des *Mémoires* de la duchesse d'Abrantès (Cfr. J. TURQUAN, *La générale Junot duchesse d'Abrantès*, Paris, 1901, ch. II). Le C.te PHILIPPE DE SEGUR, *Mémoires*, Paris, 1894, III, nous décrit l'enthousiasme et l'esprit d'émulation que la nouvelle des triomphes d'Italie excita dans les autres armées.

2. — *Bibl. st. rec. — VIII.*

velaient pour le jeune et vaillant officier, mis en face d'un vainqueur impitoyable. La mission confiée à Victor de La Tour est attestée par le document suivant.

Ordre ouvert.

Archives de La Tour.
Orio. - Suppl., I, 5.

« Son Excellence Mr le baron de La Tour, chevalier des Ordres de Sa Majesté le Roi de Sardaigne, Général de cavalerie dans son armée et gouverneur d'Alexandrie ayant obtenu l'agrément du commandement général de l'armée pour envoyer un parlementaire au Premier Consul de la République Française, il est ordonné à tous les commandants les avants-poste de l'Armée Autrichienne de laisser librement passer Mr le baron de La Tour, Major de l'Etat Général Piémontais, avec Mr le premier Lieutenant de l'Etat général Impérial Esbeck pour se rendre aux avants-postes de l'armée Française, les laissant ensuite retourner.

Donné au Quartier général d'Alexandrie, le 16 juin 1800.

Mélas (1)
G. D. C.

(Texte en français et allemand).

Vu par l'Etat Major Général
Leopold Habenrath ».

Après la conclusion de l'armistice, les Autrichiens s'étant retirés derrière le Mincio, et ayant rendu Alexandrie à la France, le major de La Tour reçut ses passeports (2) pour accompagner son père lequel se rendait en Toscane auprès du Roi.

CHAPITRE II.

Retour en Savoye; entrée dans l'Armée Autrichienne.

Les guerres continuelles dans lesquelles il avait été engagé depuis bien des années, et de grandes fatigues morales et physiques semblaient avoir compromis la santé du jeune La Tour, qui pendant sa jeunesse n'était rien moins que robuste, au moins d'apparence. A l'heure même où il se trouvait ainsi malade il était appelé à faire les plus vigoureux

---

(1) Le baron Michel de Mélas (1730-1806), élève de maréchal Daun, avait aidé Souworoff à reconquérir l'Italie en 1799.

(2) Les passeports de Victor de La Tour et de son père portent la signature du fameux Radetzki, alors adjutant général (Archives d'Orio, *Suppl.*, 1, 7).

efforts pour améliorer le sort de sa famille qui devenait chaque jour plus critique (1). Les mesures de combat, prises en différentes époques par le gouvernement révolutionnaire français, tendaient à considérer comme émigrés tous les Savoyards qui, après l'incorporation des provinces dans le territoire de la République, n'y étaient pas rentrés dans le court délai prescrit, et avaient continué à servir leur ancien souverain le Roi de Sardaigne. Il y eut même un temps où les chefs des armées françaises en guerre avec le Roi affectèrent de considérer les officiers et soldats faisant depuis longtemps partie de l'armée sarde comme traîtres à la patrie et sujets à être passés par les armes sans autres formalités. La circonstance que le marquis de Cordon avait commandé les troupes royales lorsqu'en 1793 elles essayèrent de reprendre le Duché, avait attiré avec une intensité particulière la vengeance des révolutionnaires sur la famille de La Tour. Tous ses biens furent mis sous séquestre, annexés au domaine national et en grande partie vendus. Le baron de La Tour et même la baronne née d'Ezery furent inscrits sur les terribles listes de proscription.

Et voici que le seul fils, sur lequel les deux vieillards pussent alors compter, après la mort cruelle d'Amédée, et pendant l'absence de Janus, se trouvait dans l'impossibilité de se rendre à Chambéry pour profiter de l'amnistie accordée par le gouvernement consulaire, et rentrer en possession d'une partie du riche héritage de ses pères. C'était-là la seule ressource qui leur restât après la suppression de tous les émoluments du baron de La Tour conséquence de la chûte définitive du régime.

Heureusement pour lui, Victor de La Tour ne paraît pas avoir été inscrit personnellement sur la liste des émigrés. Tout en restant à Turin il put obtenir de Charbonnières secrétaire général de l'Administration de la 27.me Division Militaire (2), qu'à cause de son infirmité il lui fut permis de prêter serment au gouvernement consulaire sans se rendre en Savoye (3).

Un arrêté successif du grand-juge (4) autorisa la rentrée de Victor de La Tour, et l'admit à la jouissance des biens dont il n'aurait pas été disposé antérieurement.

La baronne de La Tour fut aussi rayée vers cette époque et autorisée à rentrer; mais, malgré toute une série de démarches et de négociations,

---

(1) Souvenirs de la Comtesse Pallio di Rinco née de La Tour sur la vie de son père le Maréchal Victor, écrits en 1851, maintenant dans la propriété de la Baronne Malfatti née de La Tour.

(2) Le chevalier Alexis de Charbonnières (1778-1819) avait servi dans l'armée avant d'être appelé au sécrétariat général de l'administration du Piémont. C'était un homme de lettres, auteur de pièces applaudies aux Français, de traductions en vers et d'un traité sur la littérature française jusqu'au milieu du dix-septième siècle.

(3) Déclarations de « Victor La Tour Sallier » et arrêté du général Jourdan (Archives d'Orio, *Suppl.*, 1, 4 Fructidor, an X).

(4) Certificat d'amnistie du grand juge Régnier daté de Paris le 16 pluviose, an X (Archives d'Orio, *Suppl.*, 1, 6).

la famille ne fut alors remise en possession que d'une part infime du patrimoine dont elle jouissait avant la Révolution (1). Si l'on ajoute que Janus avait été fait prisonnier, et interné à Nevers, et qu'à la veille d'être échangé, il se trouvait absolument sans ressources, et obligé d'invoquer quelques secours des siens (2), si l'on pense à l'éloignement dans lequel se trouvaient les La Tour pendant ces derniers temps du centre de leurs intérêts, l'on concevra toute la difficulté de leur situation. Victor crut enfin nécessaire de se rendre à Chambéry après avoir obtenu un permis de séjour (3). Les soins de son oncle d'Ezery et de sa famille, l'aidèrent à rétablir vite sa santé.

Grâce à la politique de pacification générale qu'accentuait de plus en plus le gouvernement du premier Consul, les émigrés rentraient de toutes parts. Même en Savoye, où les hautes classes avaient passé les Alpes en masse lors de l'invasion, les débris de l'ancienne société se cherchaient, se retrouvaient peu à peu, et se reconstituaient en groupements quelconques. L'on était pauvre, mais endurci par les épreuves des années précédentes, heureux de se revoir, après la fin de la persécution sanglante. La maison de M. d'Ezery devint une sorte de centre pour ces survivants de l'ancien régime; elle offrit à Victor un abri simple et sûr, où il passa quelques années, dans une situation voisine de la gêne et dont il aimait depuis à se souvenir comme d'une oasis tranquille dans le cours de sa carrière mouvementée. Il parvenait cependant à recouvrer quelques parcelles de son bien, recueillant aussi des bribes de l'héritage du marquis de Cordon, mort peu après avoir obtenu sa radiation; il rentrait en possession de la maison de Chambéry où s'était installé en l'an 6 le contrôle du bureau des garanties (4).

Cependant le baron de La Tour avait dû rester à Turin où il ne vivait que des quelques sommes sauvées du naufrage de sa fortune par les soins intelligents de sa femme et de son fils qui lui faisaient de temps en temps des envois d'argent de Chambéry. Il s'était logé dans une pension bourgeoise à 50 francs par mois, situation qui formait un frappant contraste avec la richesse dont il était entouré peu d'années auparavant (5). Le vieillard puisait dans ses sentiments de profonde piété la force nécessaire pour endurer ses privations, aggravées sensiblement pour lui, par l'absence de tous les siens.

---

(1) Archives d'Orio, *Suppl.*, 11, 579.

(2) Lettre du citoyen Solar au citoyen Duclos d'Ezery (frère de la baronne de La Tour) de Dijon, le 4 mars 1801 (Archives d'Orio, *Suppl.*, 1, 10).

(3) Autorisation du Préfet du Mont Blanc au citoyen Victor La Tour de résider dans la ville de Chambéry, 27 brumaire, an XI (Archives d'Orio, *Suppl.*, 1, 9).

(4) Archives d'Orio, 1, 3; *Suppl.*, 11, 1186.

(5) Lettre du baron de La Tour à son frère le comte Clément du 7 février 1803 (Archives d'Orio, *Suppl.*, 11, 580 bis). A la fin de l'ancien régime le baron de La Tour touchait en honoraires environ 40.000 francs par an; il avait une fortune personnelle de 500.000 francs (Archives d'Orio, *Suppl.*, 1, 8).

De son côté le comte Clément de La Tour, frère du baron, s'était retiré en Angleterre, où il se leurrait de l'espoir du rétablissement de l'ancien ordre des choses, ne voulant rien entendre des nouvelles lois, se refusant aux démarches nécessaires pour rentrer en possession de sa partie de l'héritage de son frère ainé (1). Il avait placé ses économies à l'Ile de la Trinité, et ne tirant de là pour le moment aucun profit, il s'était adonné au commerce. Il engagea dans différentes occasions son neveu à se rendre auprès de lui, lui promettant de l'associer à ses entreprises. Si Victor de La Tour dût être touché de la proposition de son oncle qui lui offrait de venir l'aider dans « ses envois aux Iles », et de devenir « le bâton de sa vieillesse (2) » ce genre d'occupation n'était pas fait pour l'attirer. Il songeait toujours à reprendre le métier des armes dans lequel il avait déjà fait ses preuves, et aurait voulu rejoindre son frère qui était resté au service de l'Autriche. La nouvelle lui était parvenue d'une détermination du gouvernement Impérial, qui admettait dans son armée les officiers sardes avec leurs grades, avant l'expiration d'un certain délai ; et il espérait arriver à temps, comptant sur la protection du comte Henry de Bellegarde, son oncle à la mode de Bretagne (3), pour lui faciliter les débuts de la carrière. Or dans le courant de l'hiver de 1803 la baronne de La Tour, qui s'était établie en Savoye et recevait d'une vieille amie l'hospitalité, semblable à celle que M. d'Ezery avait offert à son fils, apprit par une lettre de son cousin de Bellegarde que le Ministère Autrichien n'était plus disposé à recevoir les officiers ayant appartenu aux armées Royales, deux ans après les mesures prises en leur faveur. Bellegarde engageait donc la baronne à obtenir de son fils qu'il abandonnât l'idée de passer en Autriche, et qu'il se consacrât en Savoye aux soins de ses intérêts. Il lui écrivait directement dans le même sens.

« Ce 18 de Mars 1803.

Il n'y a que peu de jours que m'est parvenue mon cher neveu Votre lettre du 24 janvier. Je ne saurais qu'approuver les soins bien justes et nécessaires que vous prennez des affaires de vos chers parents, vous remplissez le premier des devoirs et vous vous assurez aumoins les derniers débris échappés à l'orage d'une fortune acquise avec gloire par les services importants d'ancêtres dont on peut vous ravir les biens mais non pas exterminer l'honorable mémoire. Je suis sensible, mon cher ami, au prix que vous attachez aux marques bien sincères d'intérêt que je vous donne

Archives de La Tour.
Orio. - I, 2bis.

---

(1) Les illusions des émigrés refugiés en Angleterre sont exprimées par une plume très autorisée dans les Mémoires de MALOUET. Cfr. E. SCHERER, Etudes sur la littérature au XVIII siècle, Paris, 1891, pp. 322 et suiv.

(2) Lettres du comte Clément de La Tour à son neveu Victor, 1803 (Archives d'Orio, Suppl., I, 12).

(3) Le marquis Joseph François de Cordon, grand père de Victor, avait épousé Jeanne Louise de Bellegarde d'Entremont.

et à la confiance que vous mettez en moi, et il n'y a qu'elle qui me tranquillise sur la manière dont vous recevrez les observations que de nouvelles circonstances me forcent à vous faire. J'entrevois toutes les raisons qui vous retiennent et doivent vous retenir en S[avoye] pour un temps illimité et qui pourra être long si j'en juge par les retards qu'éprouvent dans la définition de leurs affaires tous ceux qui en ont dans ce pays là, il serait plus qu'imprudent sur une perspective incertaine de placement, de négliger d'abandonner la poursuite de droits évidents et certains : de plus les espérances que je concevais de mes démarches pour vous ont depuis beaucoup diminué encore par le refus qui a été donné à deux individus de les admettre, quoique l'un fut muni de certificats avantageux de nos généraux et l'autre d'une lettre de recommandation à moi adressée par ordre du roi, d'un de ses *premiers employés*.

J 'en conclus que le terme de deux ans étant écoulé depuis l'ordonnance portée en faveur des militaires piémontais qui leur accordait abri et réception, on considère ceux qui n'ont pas profité d'un si long délai comme y ayant renoncé et puisqu'il y a un terme à tout, je crains que c'est celui préfixé pour ne plus admettre semblable réclamation sous aucun prétexte de santé ou autre dont ces messieurs que je viens de citer s'étaient appuyés.

De nouvelles réformes qu'on médite pour soulager les finances de l'Etat gravement oppressées, ont sans doute aussi leur part à cette détermination, mais quoiqu'il en soit le moment actuel n'est pas propice à la réussite de nos projets. Il serait extrêmement fâcheux pour vous, douloureux pour moi, de faire dans votre situation actuelle au détriment de tous vos intérêts les plus chers un long voyage infructueux et qui ne conduirait qu'à un refus. Je suis trop loin de la source pour pouvoir sonder, préparer le terrain qui outre celà à cette époque change du jour au lendemain, je me vois donc condamné à mon grand regret loin de vous encourager à suivre cette idée que la perspective de vous voir, de vous être utile me rendait infiniment chère, à vous prier d'y renoncer pour *le moment* aumoins, me flattant que si l'avenir ne vous présente pas des compensations aumoins d'un autre genre, où vous êtes, il me fournira à moi la douce satisfaction de vous servir et de vous faire trouver peut-être avec facilité ce que nous recherchions en vain actuellement. Il m'en coûte beaucoup, veuillez le croire, de vous tracer ici ce conseil, mais il me serait plus affreux encore de vous avoir leurré de trompeuses promesses ; vous avez peut-être trop différé jusqu'ici, mais à cette heure la prudence nous en fait un devoir.

Que ce fâcheux incident n'altère pas la conviction où vous devez être de mon tendre attachement pour vous et les vôtres, ni celui que je désire que vous me conserviez et que je chercherai toujours à mériter. C'est ainsi que je suis à jamais mon cher neveu

Votre très dévoué serviteur et ami
HENRI.

A M. Victor de La Tour à Chambéry, Maison Mongelas ».

A cette époque la paix entre la France et l'Autriche durait encore, et cette dernière, voulant soigner les plaies ouvertes par les longues guerres des années précédentes, ne songeait pas à agrandir les cadres de son armée. De nouveaux nuages s'amoncelaient toutefois sur l'horizon politique européen et des regards expérimentés comme ceux de Bellegarde pouvaient déjà distinguer les indices d'une conflagration prochaine. L'année suivante 1804 il écrivit donc à Victor de La Tour de prendre patience, lui laissant deviner que les circonstances auraient bien pu changer sous peu, et lui offrir le moyen de réaliser ses anciens désirs (1). Pour le moment, au lieu que sur Vienne, le jeune homme se dirigea sur Paris, où venaient de se dérouler les scènes étonnantes du couronnement de Napoléon (2). A la mi juillet il confia donc à son bon oncle d'Ezery ses papiers de famille (3) et il quitta la Savoie.

A Paris M. de La Tour voulait poursuivre le recouvrement de ses créances et appuyer auprès du gouvernement central la pétition de son père, qui, se réclamant des rapports personnels qu'il avait eu en 1796 avec l'Empereur, demandait — et obtint — d'être indemnisé de la perte de tous ses honoraires par une petite pension. Il fut aidé dans ses démarches par le conseiller d'Etat Galli, ainsi qu'il résulte des Archives de la famille de La Tour (4).

Paris, le 21 Ventôse, an 13.

Galli, a l'honneur d'envoyer à Monsieur de La Tour, copie de la lettre qu'il vient d'écrire et transmettre à S. E. le ministre des finances ensemble celle de M. son père.

Archives de La Tour. Orio. - I, 3ᵇⁱˢ.

A S. E. Le Ministre des finances.

« *Paris, le 21 Ventôse, 13ᵉ.*

« M. de La Tour, savoyard, ci devant général dans les troupes du roi
« de Sardaigne, très connu de S. M. I. lui a fait présenter dernièrement
« une pétition dont l'objet à ce qu'il m'apprend, serait du ressort de V.
« E. et pourrait lui être renvoyée. Dans cette hypothèse, il m'invite à vous
« recommander son affaire et à vous transmettre la lettre ci jointe qu'il a

---

(1) Lettre du comte Henry de Bellegarde, de Padoue le 24 mars 1804, à Victor de La Tour à Chambéry (Archives d'Orio, 1, 3 *bis b*). Ce fut surtout la politique envahissante suivie alors par Napoléon en Italie qui poussa l'Autriche à reprendre la guerre (PRINCE DE TALLEYRAND, *Mémoires*, I, pp. 293, et suiv.).

(2) Il serait hors de propos d'esquisser ici une bibliographie de cet évènement sans exemple.

Nous préférons rappeler le commentaire d'un observateur autorisé et indépendant, Léopold von Ranke dans son essai sur Consalvi, 1 chap. (*Historisch - biographische Studien*, Leipzig, 1877).

(3) Archives d'Orio, 1, 4.

(4) Archives d'Orio, 1, 3 *bis*.

« l'honneur de vous écrire. Le mérite de ce personnage, ses circonstances,
« la qualité de sa demande que je dois présumer très plausible, m'enga-
« gent à invoquer pour lui vos bontés et votre justice,

« Agréez les assurances de mon respect.

« Le Conseiller d'Etat,

« Signé GALLI ».

Ce fut le seul moment de sa vie, dans lequel Victor de La Tour
sembla atténuer, ainsi que l'avaient fait la plupart des émigrés rentrés,
son opposition au régime Napoléonien. Il devait lui savoir gré d'avoir ra-
mené la paix publique, rétabli le culte catholique, et, pour ce qui le concernait plus personnellement, de s'être prêté avec assez de bonne grâce
aux mesures qui pouvaient réparer, jusqu'à un certain point, l'acharnement du gouvernement républicain contre cette famille de La Tour, per-
sécutée pour son long dévouement à la maison de Savoye.

Fut-il ébloui, à l'instar de tant d'autres, par l'éclat du triomphe impérial? Songea-t-il à se ranger sous les aigles victorieuses? Nous ne saurions le croire; mais, cédant au conseil des d'Ezery, des Mongelas, et des
autres membres de l'aristocratie Savoyarde, qui vivaient paisiblement
dans ce qui était devenu le Département du Mont Blanc, et qui s'étaient
plus ou moins ralliés à l'Empire, il semble avoir aspiré à un emploi civil. Le
général Caffarelli (1) et M. de Champagny (2), futur Duc de Cadore, pouvaient le patronner dans la nouvelle Cour (3). Tous ces projets n'eurent
qu'un temps, et l'éloignement pour le nouveau régime prévalut, se joignant
à l'attrait de la vie militaire, pour décider Victor à passer en Autriche.

---

(1) François Caffarelli du Falga (1766-1849), frère du général du génie mort à
St. Jean d'Acre, avait en effet commencé sa carrière dans les troupes sardes. Napoléon,
en souvenirs du frère, attacha à sa personne François Caffarelli et le fit chef d'Etat
major de cette garde des consuls qu'il avait organisé pour sa défense (A. VANDAL,
L'avènement de Bonaparte, II, p. 149). On l'envoya à Rome chercher le pape en 1804.
Il en revint pour prendre la place de gouverneur des Tuileries, qu'il quitta pour le
ministère de la guerre du royaume d'Italie. En 1814 il devait faire preuve d'une rare
fidélité en escortant Marie Louise de Grosbois à Vienne et en lui donnant en vain de
nobles conseils (H. WELSCHINGER, *Le roi de Rome*, Paris, 1897, ch. VI). Il l'avait
d'ailleurs déjà singulièrement aidée dans ces terribles journées de Blois, lorsque
les frères de Napoléon avaient voulu entraîner avec eux l'impératrice au delà de la Loire
(Comte D'HAUSSONVILLE, *Ma jeunesse*, Paris, 1885; Jos. TURQUAN, *Le Roi Jérôme*,
Paris, ch. IX; GILBERT STENGER, *Le retour de l'empereur*, Paris, 1910, c. II).

(2) J. B. Nompère de Champagny (1756-1834), constituant, diplomate, à plusieures
reprises ministre de l'empereur.

(3) Lettres de Mr. d'Ezery de Chambéry à Victor de La Tour à Paris (Hôtel de
Bretagne - Rue de La Loi, n. 894), février 1805 (Archives d'Orio, I, 5 et 6 et
Suppl., I, 14). Dans le même dossier se trouvent différentes autres lettres de l'oncle
d'Ezery du printemps et de l'été 1805, qui offrent de l'intérêt comme écho des événements de l'époque et qui renferment des éclaircissements et des appréciations sur

Le marquis de Bellegarde, frère aîné du comte Henry, était alors en France. M. de La Tour l'accompagna au delà des frontières de l'Empire (1), et rejoignit dans les pays vénitiens son protecteur le comte Henry et son frère Janus. Victor tournait résolument le dos aux chances d'un établissement prospère; car le vieux baron avait été reçu par l'Empereur à son passage à Turin (2), lorsque Napoléon était venu en Italie ceindre la couronne de fer, et sans autre démarche aurait pu profiter de cette occasion, pour demander une bonne place pour son fils. En quittant son pays, qu'il ne devait plus revoir pendant une dizaine d'années, Victor de La Tour évitait de porter les armes contre la cause qui était celle de ses anciens souverains, et il restait par là fidèle à ses sentiments les plus intimes. Car, ce n'était certainement pas l'incorporation fictive des départements savoisiens (3) et piémontais dans l'Empire Français, qui aurait pu faire croire à cette race de serviteurs dévoués de la Maison de Savoye, que la France était devenue leur patrie. Il la reconnaissaient bien mieux au delà de la mer dans l'île de Sardaigne qui avait donné asile à leurs Princes et qui sauvegardait l'avenir en assurant leur indépendance (4). Toutes ces considérations

les circonstances dans lesquelles M. de La Tour prit son parti décisif. Par exemple, d'une lettre du mois de novembre, il découle que la décision du jeune homme fut d'autant plus hardie, qu'elle fut prise indépendamment de l'avis de son père, ainsi que l'on pourra en juger à la lecture de la lettre :

Je n'ai le temps, mon cher Victor, que de t'écrire un mot pour t'annoncer une lettre de crédit de Palonis sur Venise, je croyais qu'on la ferait partir de Genève, l'on a jugé à propos de me l'adresser ici, en m'écrivant que l'on fait tout de suite partir une lettre d'avis pour le Banquier sur qui l'on tire. Si contre mon attente il naissait le moindre inconvénient, les moyens d'y parer te seront suggérés par le Marquis de Bellegarde, que je félicite fort des dédommagements qu'il trouve auprès de sa charmante fille, pour tous les ennuis, que lui a fait essuyer la race de nos griffards. Fais moi le plaisir de m'accuser tout de suite la réception de cette lettre. J'ai bien à cœur que tu aies reçu la dernière : j'en ai une de ton père d'aujourd'hui à celle que je te marquais lui avoir écrit. En vérité, vous ne vous comprenez pas entre vous : car il paraît, qu'il aurait profité de la grande occasion, s'il avait connu ton penchant que je lui ai peint d'après tes lettres. Tu as eu tort, si tu ne lui as pas dit clairement tes goûts. C'est une affaire faite il est inutile de rabâcher davantage.

Adieu, je t'embrasse avec Janus.   D'EZERY.

Chambéry, ce 20 mai 1805.

Archives de La Tour.
Orio. ᵛ 1, 6,ᶜ.

(1) Les voyageurs se rendirent directement de Paris à Venise en passant par Strasbourg, ainsi qu'il résulte du passeport de Victor de La Tour visé à Strasbourg 20 germinal, an XIII (Archives d'Orio, 1, 32).

(2) Savary parle de ce séjour de Napoléon à Turin, dans le tome deuxième des *Mémoires du duc de Rovigo*, Paris, 1829, pp. 121 et suiv.

(3) Même au plus fort de la Terreur cette incorporation pesait tellement sur les populations de la Savoie que de simples paysans étaient amenés à Paris et guillotinés comme « Séparatistes » (H. WALLON, *Le tribunal révolutionnaire*, Paris, 1900, t. II).

(4) Un historien italien moderne, DOMENICO ZANICHELLI, *Studi di storia costituzionale e politica del Risorgimento italiano*, Bologna, 1900 (pp. 31 et suiv.), a fort bien expliqué la genèse de cette résistance de la noblesse militaire de Piémont et de Savoie à la propagande française.

devaient se présenter à l'esprit de Monsieur d'Ezery en adressant à son neveu les lettres qui le rejoignaient dans les étapes de son grand voyage et notamment celle du 17 mai 1805 :

Chambéry, ce 17 Mai 1805.

« Je te préviens, mon cher Victor, que les 80 louis restants du montant du billet à ordre de la Palud, après en avoir prélevé les 20 louis rendus à Gouver, sont à Genève; demain l'on t'expédiera les lettres de change sur la maison de Venise que je t'ai nommée par ma dernière lettre; tu me feras le plaisir de m'accuser réception de cet envoi.

Je te vois, mon pauvre Victor, te frottant le front, et promenant à grands pas dans ta chambre, car c'est le moment de passer le *Rubicon!* Je donnerois quelque chose de bon d'être auprès de toi, non pour t'indiquer le gué, car c'est à toi seul à le choisir; mais pour t'y pousser une fois le choix fait. Je ne puis cependant pas te cacher, combien j'ai été affligé, que ton père ne l'ait pas décidé pour toi, et selon le dernier voeu, que tu m'as énoncé depuis Paris, ce sont des occasions qui ne se retrouvent plus aussi favorables. Cependant le retour du grand-personnage pourroit encore présenter un moment; je l'écris avec force à ton père; je lui observe, que tu ne peux être retenu par le respect humain, que le don n'étant pas fait peut même être susceptible de grandes modifications dans la manière, qui peut être améliorée par la volonté bien manifestée de te mettre en carrière; que cela étant, il examine bien, s'il ne vaut pas mieux, que tu revienne avant que les grands quittent l'Italie; tu t'épargnerais l'ennui d'un second voyage à Paris. Car les amis ne vous servent pas de loin, et il me paraît impossible de ne pas se fixer, où l'on reçoit des bienfaits. Je pense que tu comprendras tout cet amphigouris. Encore un mot de ta cousine, je suis convaincu d'après ce que lui ont dit les amies; le don une fois fait, tu ne te présentes plus en homme dénué de tout; c'est une démarche flatteuse, d'en offrir ta part, qui je crois sera acceptée — pense ce qui te conviendra là dessus. Je te félicite d'être avec Janus ou pour mieux dire, je vous félicite tous deux; pensez quelquefois au vieux oncle, qui vous est fort attaché. Madame d'Ezery vous fait un million d'amitiés.

La Mongelas est comme le temps, tantôt haut, tantôt bas; je ne sais quand Elle retrouvera assez de calme d'esprit, ou de corps, pour remplir sa promesse, pauvre femme! Philippine est à Aix sans mouvement, et sans parole.

Adieu, mon cher Victor, aime moi toujours.

J'oubliais de te dire, que le change te sera prélevé par le banquier, sur le quel on tire à Venise, il t'en coutera du 2 ou 3 pour 100.

V.: Monsieur VICTOR DE LA TOUR à Vicence
par Turin, Milan et Vérone ».

Lorsque Victor de La Tour rejoignit l'armée autrichienne et obtint d'y être agrégé en qualité de capitaine surnuméraire au 44me régiment d'infanterie, et d'aide de camp du propriétaire comte de Bellegarde (1), l'Europe était de nouveau la proie de toutes les horreurs de la guerre. Les Autrichiens s'étaient flattés de pouvoir tirer le parti le plus avantageux du fait que Napoléon avait réuni presque toutes ses troupes à l'extremité N. O. de son Empire, pour essayer une descente en Angleterre. Ils envahirent en effet très facilement la Bavière et le Wurtemberg, mais bien avant de pouvoir être rejoints par les premiers détachements de leurs alliés Russes, ils furent culbutés par les Français survenant à marches forcées.

Le général Mack (2) dut capituler dans Ulm, et la route de Vienne fut désormais ouverte à l'ennemi. L'armée autrichienne d'Italie était placée sous le comandement de l'Archiduc Charles. Le général de Bellegarde commandait l'aile droite (3), et s'était employé avec succès à arrêter sur l'Adige les troupes de Massena, quand lui parvinrent les nouvelles des désastres d'Allemagne. L'Archiduc Charles réussit néanmoins à retarder la retraite par la bataille de Caldiero (4), livrée pendant les trois jours du 29, 30 et 31 octobre, au cours de laquelle M. de La Tour eut l'occasion de se faire remarquer par le Prince et par le général Maximilien Baillet de La Tour (de la famille Wallone) grâce à son coup d'oeil qui lui permettait de s'emparer vite de la connaissance du terrain, et de discerner le parti qu'on pouvait en tirer. Il aurait été chargé par l'Archiduc de négocier avec le général Massena, une trêve de quelques heures, afin d'ensevelir les morts de part et d'autre et de retirer les blessés du camp de bataille (5). Les revers des autres armées de l'Empire empêchèrent l'Archiduc de profiter de sa victoire, qui lui permit au moins de se retirer sans entraves et à son gré. Les officiers, qui avaient pris part à cette courte campagne sous la direction de chefs si expérimentés, étaient au désespoir de l'issue qu'elle devait forcément avoir malgré le succès de leurs efforts. Le capitaine de La Tour partageait cette manière de voir, d'autant plus qu'il avait rêvé que des victoires des

---

(1) La nomination du comte Victor de La Tour à capitaine dans l'armée autrichienne, porte la date du 16 septembre 1805 (Vienne. K. und K. Kriegs-Archiv.), (gracieuse communication de S. E. le Maréchal Woinovich).

(2) La cause de Mack semble perdue devant le tribunal de l'histoire et un écrivain aussi libre et autorisé que SEELEY, *Life and times of Stein or Germany and Prussia in the Napoleonic age*, Leipzig 1889, parle à plusieurs reprises, notamment vol. II, p. 123, de la « miserable incapacity » de Mack.

Voir sur la destinée ultérieure de Mack, FR. VON RATH, *Napoléon Bonaparte Kaiser des Francosen*, Stuttgart, 1843, I, 8.

(3) KARL FREIHERR VON SMOLA, *Das Leben des Feldmarschals Heinrich grafen von Bellegarde*, Wien, 1847, page 151 et suivantes.

(4) On pourra lire l'histoire détaillée des trois jours de Caldiero dans FELICE TUROTTI, *Storia dell'armi italiane dal 1796 al 1814*, Milano, 1855, vol. I, liv. V.

(5) Souvenirs de la Comtesse de Rinco, déjà cités.

Autrichiens pourrait sortir une levée de boucliers de toute l'Italie, contre les Français. Sous le coup de ces événements il rédigea au mois de novembre 1805 un mémoire où il essayait de faire face aux grandes difficultés de la situation générale et indiquait, dès cette époque, les avantages d'une descente en Toscane, projet souvent repris par la suite et finalement exécuté par Lord Bentinck en 1814 :

Le 8 Novembre [1805].
Rapport sur les moyens de reprendre les hostilités après la Bataille de Caldiero.

Archives de La Tour.
Orio.

« Les nouvelles qui nous sont arrivées d'Allemagne ont déterminé à la retraite ; ainsi nous perdons la position de Caldiero qui nous avait coûté deux mois de travail pour la fortifier, et dont l'on avait repoussé trois fois l'ennemi ; ainsi avec une armée victorieuse, nous cédons le terrain à une armée de moitié moins nombreuse que la nôtre, et déjà découragée par la non réussite de ses attaques précedentes sur Caldiero ; ainsi enfin nous ouvrons une seconde porte à l'ennemi pour entrer dans les Etats de S. M. ; nous lui abandonnons des sujets déjà devenus affectionnés, nous perdons la confiance de toute la Nation Italienne, et nous rendons sa bonne volonté inutile, et nous achevons de détruire la réputation d'une des plus braves armées de l'Europe, nous la désorganisons par une retraite dont le terme est indéfini, et qui ne sera certainement pas exempte de revers.

La noble résolution qu'a prise Sa Majesté de se mettre elle même à la tête de ses armées contribuera puissamment sans doute à améliorer l'état des choses en Allemagne, mais quelque soit l'ardeur qu'inspirera sa présence, et quelques soient les opérations de ses alliés, les succès de l'ennemi dans cette contrée ont été trop marquants pour qu'il ne réussisse pas à conserver pour un temps encore une partie des positions qu'il y occupe ; ce qui tiendra la monarchie en alarme ; et l'armée impériale d'Italie dans l'inaction, si même elle ne continue pas une retraite que la saison va rendre de jour en jour plus désastreuse. Dans cette position des choses on voit la monarchie dans un danger *imminent*. La guerre peut lui causer des revers funestes, la paix ne pourrait s'obtenir que par des sacrifices qui l'affaibliraient, et que par l'abandon de ses alliés, ce qui lui ferait perdre pour toujours la confiance, et la considération si nécessaire à la conservation d'une grande puissance, entourée de puissants voisins.

L'adoption de nouvelles mesures peut seule nous tirer de cette crise dangereuse, et peut donner au Ministère actuel la gloire d'avoir sauvé l'Etat du plus pressant danger où il se soit trouvé depuis des siècles.

Il faudrait connaître la situation précise des affaires en Allemagne pour proposer des moyens détaillés pour cette contrée. Il en est un consacré par l'expérience des siècles, c'est que dans le malheur il faut éviter les actions décisives, et tirer la guerre en longueur, jusqu'à ce qu'une puissante diversion, ou quelque succès obtenu, ait diminué l'audace de l'ennemi et rendu la confiance aux troupes.

Quant à l'Italie où il me semble que l'on peut faire une puissante diversion soit relativement à l'opinion, soit relativement aux opérations de guerre, voici quelles sont les idées que me dictent les circonstances. — Qu'un détachement de l'Armée d'Italie se joigne aux troupes qui se replient du Tyrol, et se porte à marche forcée sur le flanc de l'ennemi en Allemagne — que le reste de cette Armée prenne position derrière le Tagliamento, et si les circonstances ne permettent pas d'y tenir, qu'elle continue sa retraite en se préposant les moyens de conserver, ou reprendre, des comunications sur la mer.

D'après ces mouvements, l'Armée Française, continuant naturellement son mouvement, se trouvera entre la Brenta et le Tagliamento. Le Corps qu'elle a rappelé du Royaume de Naples bloquera Venise par terre, en observera la garnison et se trouvera entre la Brenta et le Po — toute l'Italie Méridionale nous est donc ouverte jusqu'au Po; que l'Armée Russe de Corfou opère un débarquement dans les Etats de S. S., qu'elle pénètre rapidement en Toscane, que le grand Duc y arrive, et qu'il y ordonne un armement général des milices; que cet armement sous le nom d'Armée *Italo-Toscane* se continue dans les provinces Romaines, quelque soit à à peu près débloquée, la nôtre combinera de nouveau des opérations l'ennemi devra cesser de poursuivre notre Armée : peut-être enverra-t-il successivement des petits corps pour contenir les insurgeants, alors ceux-ci secondés par les Russes les détruiront — peut-être enverra-t-il sur le champ un corps de troupe considérable pour les disperser.

Alors son armée se trouvant affaiblie sur le Tagliamento, ou Venise à peu près débloquée, la notre combinera de nouveau des opérations offensives, et l'Armée Toscano-Russe prendra position sur les Appenins qui couvrent la Toscane, y disputera le terrain pied-à-pied, et trouvera toujours le moyen de pousser des détachements en avant pour propager le mouvement insurrectionnel dans l'Italie Septentrionale, et inquiéter la grande Armée Française, déjà occupée à combattre la nôtre vers le Tagliamento.

Cependant nos troupes à la nouvelle du débarquement Russe, et de l'insurrection Italienne reprendront leur ancienne ardeur, on peut successivement les renforcer par des corps de l'Armée insurrectionnelle Hongroise, par des bataillons de réserve, etc., — et il est probable que les revers que nous avons essuyés en Allemagne seront balancés par des succès en Italie; à mesure qu'ils deviendront plus décisifs, l'Armée *Italo-Toscane* se renforcera, et on pourra envoyer de nouvelles troupes Autrichiennes en Allemagne, ou opérer une nouvelle diversion en attaquant la Suisse. Les militaires conviendront que le plan dont on vient de tracer l'ébauche est exécutable : mais ils conviendront aussi, que les circonstances présentes exigent la plus grande célérité dans la résolution et exécution.

L'occasion perdue pourrait ne plus se retrouver, dès qu'on aurait laissé échapper une de celles qui peuvent replacer l'Etat dans la situation de force, et gloire d'où de grandes fautes militaires l'ont fait maintenant déchoir.

J'ai l'honneur d'adresser ci-joint à Votre Excellence une esquisse de projet sur les affaires du temps; si elle daigne en approuver les idées principales, je travaillerai à rassembler des lumières sur cet objet, afin de pouvoir au besoin fournir quelques notions soit sur les moyens de première exécution, soit sur ceux de donner promptement de l'action et de l'ensemble à l'armement italien. L'incertitude du sort des lettres venant de l'armée m'oblige de supprimer quelques observations. Que Votre Excellence daigne agréer avec bonté celles que je prends la liberté de lui envoyer, et qu'elle veuille bien me rendre la justice de croire qu'elle est la personne du monde dont je désire le plus de mériter l'approbation.

V. d. L. T.

Quelque usage qu'elle veuille faire de ces papiers, j'ose la prier de n'en pas nommer l'auteur prématurément, et de croire qu'il sera d'ailleurs toujours à ses ordres soit au moment de l'exécution, soit en toute autre circonstance de la vie ».

Pour le moment l'issue de la campagne amena un affermissement et une extension de l'hégémonie française dans la péninsule. Le jeune La Tour se rendit à Vienne, d'où il eut l'honneur de nouer une correspondance avec le plus illustre écrivain qu'eut alors la Savoye : le comte Joseph de Maistre. Celui-ci s'était rendu dès l'année 1802 auprès du Tsar, et il représentait à St. Pétersbourg le Roi de Sardaigne avec un éclat, qui ne pouvait qu'ajouter au succès de ses efforts (1). M. de Maistre souffrait cruellement de la séparation de tous les siens, et fut tout réconforté lorsqu'au milieu de l'été de 1805 il fut enfin rejoint par son fils Rodolphe auquel le Roi avait alloué « 400 sequins » pour qu'il pût collaborer avec son père : « Dimanche 13 [25], il « m'est arrivé un petit secrétaire » — écrivait-il à la Marquise de... — « pré-« cisément d'aussi bonne famille que moi, et que je n'avais pas vu depuis « trois ans. Sa soeur s'appelle Adèle : vous le connaissez donc ? Vous voyez, « d'où vous êtes, Madame la Marquise, les transports de joie qui ont dû « accompagner cette entrevue. La joie cependant est bien loin d'être pure « (eh mon Dieu ! y en a-t-il de telles ?); la séparation a fait tant de mal dans « l'endroit où elle a eu lieu, que je n'ai pu sentir toute la douceur de la « réunion qui s'est faite ici. Enfin, prenons ce qui nous vient. A cette belle « époque il ne faut pas être si difficile » (2).

---

(1) Voir sur les débuts du séjour de M. de Maistre en Russie, ERNEST DAUDET, *Joseph de Maistre et Blacas; leur correspondance inédite et l'histoire de leur amitié 1804-1820*; Paris, 1908.

(2) Comte RODOLPHE DE MAISTRE, *Lettres et opuscules inédits du Comte Joseph de Maistre*, Paris, 1851, tome I, page 55.

A mi chemin sur la route de St. Pétersbourg, Rodolphe de Maistre s'était arrêté quelque temps à Vienne, précisément à l'époque où Victor de La Tour s'y trouvait de son côté, pour régler son admission dans l'armée Autrichienne qui eut lieu, ainsi que nous l'avons dit, le 16 septembre 1805. Leur sort commun conspira avec les souvenirs d'une ancienne parenté, pour rapprocher les deux jeunes gens, et de Maistre fils, à peine arrivé à sa destination, n'eut rien de plus pressé, que de se rappeler à la mémoire de son compagnon de Vienne, et de le remercier pour les soins dont il l'avait entouré pendant son séjour dans cette capitale. A la lettre du jeune homme (1), le père en joignit une autre de sa main et ce fut l'un de ces rares chefs-d'oeuvre de prose française, sémillante et enjouée, qui sortaient de la plume du comte Joseph :

« *Monsieur le Comte,*

Que ne vous dois-je pas pour toutes les politesses, dont vous avez comblé mon fils à Vienne et pour la lettre obligeante dont vous l'avez chargé ? non sans doute, M. le Comte, le temps ni la distance ne peuvent vous effacer de mon souvenir et sûrement vous en auriez eu des preuves fréquentes s'il n'était pas impossible *à tous les hommes*, mais surtout *à moi pauvre homme*, d'écrire autant qu'on le désire. Personne n'a hérité plus directement que moi de l'Anathème porté contre notre commun Grand-papa, c'est une primogéniture formelle ; ayant beaucoup de travail et nul soutien, je me vois forcé de réduire mon petit commerce épistolaire à l'absolu nécessaire ; cependant, je me crois tout-à-fait en bonne fortune lorsqu'une heureuse occasion me procure une lettre de la part de l'une de ces personnes, en très-petit nombre, qui ont toute mon estime et tout mon attachement, à qui je trouve si doux de parler après un long silence commandé par les événements. Rien n'est plus vrai, M. le Comte, j'aurais tort de n'en pas convenir ; il est peu de malheureux aussi heureux que moi ; et c'est quelque chose dans le grand naufrage ; cependant, avec tant d'épines de moins, il en reste de bien poignantes.

Ce n'est pas une petite besogne que celle de maintenir la dignité avec les moyens que je possède (un français dirait, *qu'on a mis à ma disposition*). D'ailleurs, quoique vous ne soyez qu'un profane garçon, j'espère que vous comprenez à merveille ce que c'est qu'un père qui ne connaît pas sa fille et qui est soumis à une séparation dont personne ne peut entrevoir la fin. Le petit secrétaire que vous m'avez expédié de Vienne est une grande consolation pour moi, comme vous sentez ; mais combien cette jouissance est empoisonnée par le chagrin de la mère qui en est bien malade. Il me

Archives de La Tour.
Orio. - I, 9.

---

(1) Lettre du Comte Rodolphe de Maistre de La Tour, de St. Pétersbourg le 18 (30) Août 1805 (Archives d'Orio, 1, 8).

semble que je lui arrache la peau pour me faire un gant. Enfin, M. le Comte, allons notre train, sûrs d'être dans le chemin de l'honneur, nous arriverons à l'auberge ou nous mourrons sur la route, tâchant d'être fiers même sans argent.

Vous ferez à merveille, M. le Comte, de vous fixer où vous êtes : mille raisons vous y déterminent : et que feriez vous de l'autre côté, bon Dieu ! Quant à moi, je me trouve parfaitement bien, rien ne me manque ici, excepté ma famille et 20.000 roubles par an : si je pouvais arranger ces deux *petits* articles je me trouverais fort joli.

Mon fils m'a donné tous les renseignements que je pouvais désirer sur votre famille : souvent ma femme m'en avait donné des nouvelles ; car elle n'ignore pas l'extrême intérêt que j'y prends. Votre respectable Papa surtout m'occupait sans cesse. Le jeune homme se tire toujours d'affaire. S'il voit venir à lui une bête féroce, il a deux partis à prendre : il peut la combattre ou grimper sur un arbre, mais l'honorable vieillesse, grand Dieu ! que je la plains. Ce n'est pas sûrement un compliment que je vous adresse. Mille et mille fois j'ai songé à M. votre père avec toute l'anxiété que le sang pourrait inspirer. J'ai reçu de lui en toute occasion des marques d'amitié que je n'oublierai jamais : d'ailleurs, c'est un sentiment héréditaire qui m'attache à lui et à tout ce qui lui appartient.

Le testament de votre ayeul, M. le Comte, s'est fait chez moi. Hélas ! mon père, en l'écrivant, ne se doutait guère des jolies apostilles qu'un Lieutenant Corse devait un jour écrire sur les marges, mais brisons làdessus. Il ne faut pas nous attrister avec le passé : l'avenir suffit bien pour nous tourmenter : il pourrait être couleur de rose si les fautes nous avaient rendus sages : malheureusement, comme c'est une grande sagesse de ne pas compter sur la sagesse, j'incline toujours vers les idées noires, bien résigné néanmoins à me voir attrapé.

Il me paraît par ce que vous me dites, que vous voyez quelque fois mon ancien collègue, M. le Baron de Montailleur : faites-moi la grâce, je vous en prie, de lui faire mille compliments de ma part et de le remercier pour moi de toutes les bontés qu'il a eues pour mon fils : j'entends toujours nommer mes anciennes connaissances avec un extrême plaisir. Quant à vous, M. le Comte, j'espère que vous ne douterez jamais de mes sentimens à votre égard. Je vous souhaite toute sorte de succès à la place où vous êtes, et mes voeux ne cesseront de vous accompagner.

Rodolphe veut absolument vous adresser quelques mots directement. Je lui donne donc la plume en vous priant d'agréer les assurances les plus sincères de ma reconnaissance, ainsi que la haute estime et le respectueux attachement avec lequel j'ai l'honneur d'être

Monsieur le Comte

Votre très-humble et très-obéissant Serviteur
MAISTRE.

St. Pétersbourg, 18 (30) *Août* 1805 ».

Quoique destiné à passer la plus grande partie de sa jeunesse au milieu du fracas des guerres et, pour ainsi dire, sous la tente, Victor de La Tour ne voulait pas renoncer à suivre, autant que les circonstances le permettaient, son penchant pour les travaux de l'esprit et je pourrais presque ajouter pour les exercitations littéraires. A ce point de vue, son séjour en Savoye semble lui avoir été singulièrement profitable. La société qui se réunissait autour de Monsieur d'Ezery n'était rien moins qu'inculte, et tâchait de se dédommager du peu de fortune dont jouissait la plupart de ses membres en s'adonnant à des conversations sérieuses autant qu'agréables (1). Le docteur Gouvert, avec lequel Victor s'était particulièrement lié pendant les années 1803-1804, lui rappelait encore, losqu'il était déjà au service de l'Autriche (2) les « discussions sur quelques sujets de philosophie morale ou politique » poursuivies en ce temps là.

Une fois fixé décidément dans le camp des ennemis de Napoléon, Monsieur de La Tour songeait à utiliser ses aptitudes littéraires, pour répandre les idées qu'il avait embrassées avec une ardeur toute juvénile, propre à surprendre quiconque se fut arrêté à l'extérieur froid de son maintien. Le travail auquel il s'appliqua, ainsi qu'on l'a vu, au lendemain de Caldiero, fut loin de rester isolé. Tout au contraire il peut être considéré comme le premier anneau d'une chaîne composée de mémoires les plus variés, inspirés tous par la même foi, et dirigés vers le renversement du système Napoléonien en Italie.

Ce fut probablement d'un ouvrage de cette nature que V. de La Tour entretint dans des lettres que nous n'avons plus retrouvées son cousin le marquis de La Pierre. Ce gentilhomme Savoyard, auquel on s'accordait à reconnaître un esprit des plus distingués, et qui avait été en relations avec le célèbre Mallet du Pan (3), s'était retiré en Angleterre devant les pro-

---

(1) L'on a souvent parlé, avec quelque injustice, du tort que fit aux lettres le régime napoléonien. Il serait équitable de faire une plus grande distinction entre les années troublées de la fin du XVIII siècle et les premiers quinze ans du XIX qui représentèrent une détente à beaucoup de ponits de vue. On lira avec fruit l'introduction au cours professé par Vinet à Lausanne en 1844 (*De la littérature de l'Empire*) et réimprimé en 1911 par Paul Sirven (ALEXANDRE VINET, *Etudes sur la littérature française au XIX siècle*, T. 1 : *Madame de Staël et Chateaubriand*, Lausanne, 1911). Cfr. néanmoins H. WELSCHINGER, *La censure et les censeurs sous le premier empire*, Paris ; et l'étude que consacra à ce livre ALBERT SOREL, *Essais d'histoire et de critique*, Paris, 1894, pp. 209 et suiv.

(2) Lettre du Dr. Gouvert à Victor de La Tour, de Chambéry le 26 août 1806 (Archives d'Orio, I, 10).

(3) Le grand publiciste genevois Jacques Mallet du Pan (1749-1800), elevé sous les auspices des réformateurs et des tenants de l'Encyclopédie, rédacteur du *Journal historique et politique* édité par Panckoucke, fut très déçu par la tournure violente que prit de suite la révolution. Il en analysa les actes avec une courageuse indépendance, d'abord de Paris même dans le *Mercure politique*, puis de la Belgique, de la Suisse et enfin de l'Angleterre dans le *Mercure britannique*. Non moins opposé aux folies de l'émigration qu'au despotisme des jacobins, il fut, dans la presse des

grès de la Révolution. Il s'était épris, comme le fut V. de La Tour pendant sa vie entière, des principes de cette sage liberté qui trouve dans ses propres limites la force de son droit et les garanties de sa durée. Le spectacle de la vie anglaise était fait pour affermir le marquis dans ses nobles idées quoique la prolongation de la guerre générale exposât les émigrés établis dans les Iles Britanniques à des sévères privations. On en trouvera l'écho dans la réponse de M. de La Pierre aux ouvertures de son jeune et entreprenant cousin :

« Hampton Wick, le 14 septembre 1806.

Mon cher Cousin,

Archives de La Tour. Orio. - I, 11.

Comptant aller demain à Londres j'y porterai au Bureau des affaires étrangères cette réponse à votre lettre du 15 mai dernier de Gratz qui ne m'est parvenue que hier; en recommandant à M. Rolleston de lui faire faire plus de diligence que la vôtre n'en a mis; je n'ai reçu, mon cher Cousin, ni les deux que vous m'avez adressées de Vienne, ni l'*in-folio* que vous m'avez expedié de Venise; vous n'avez pas d'idée de la quantité de lettres qui s'égarent, et vraisemblablement, les trois que vous me rappellez, ont eu ce sort. Je conjecture par ce que vous me dites a demi mot du contenu de la dernière, que vous aviez peut-être en vue de faire imprimer quelques observations politiques; vous êtes, mon cher Cousin, en état d'en faire de très justes, mais la grande difficulté est de les persuader à qui de droit, ici, comme ailleurs; je voyais beaucoup chez moi Mallet du Pan les deux premières années de mon séjour en ce pays, et je lui disais souvent, que ne dites vous ceci? que n'écrivez vous cela dans votre journal? il me répondait « j'ai dit et écrit des vérités frappantes dans le style que j'ai cru le plus énergique, je les ai repétées dans les circonstances essentielles où les esprits avaient besoin d'être en garde contre la séduction et la mauvaise foi des adversaires, dont on a déjà fait tant de tristes expériences. Mais « *Aures habent et non audient* » et d'ailleurs l'union, l'accord, l'ensemble que nos amis devraient avoir est la chose impossible ». Le pauvre honnête homme est mort depuis longtemps, et dès lors j'ai vu qu'il avait grandement raison. Je suis au reste très flatté de l'opinion que vous voulez bien

---

dix dernières années du siècle, le plus fidèle champion de l'alliance de la monarchie et de la liberté. Mallet du Pan avait été chargé par Louis XVI, au printemps de 1792, d'une mission secrète auprès des puissances coalisées (MAXIME DE LA ROCHETERIE, *Histoire de Marie Antoinette*, Paris, 1890, vol. II, ch. XVIII).

Lorsque M. André Michel publia la *Correspondance inédite de Mallet-du-Pan avec l'empereur d'Autriche*, Taine rendit au noble écrivain un témoignage éclatant (H. TAINE, *Derniers essais de critique et d'histoire*, Paris, 1894, pp. 189-211). Beyle, qui était toujours en avance, faisait sa pâture, dès l'an IX, des *Mercures britanniques* de Mallet du Pan (STENDHAL, *Journal*, Paris, 1888, p. 4). L'impératrice Catherine était d'un tout autre avis, le trouvant « bavard et ennuyeux au possible » (WALISZEWSI, *Le roman d'une impératrice*, Paris, 1893, p. 281).

avoir de mes faibles lumières, mais mon *visa* n'ajouterait sûrement rien mon cher ami à tout ce que vous lancerez dans le grand monde, et j'ai assez de confiance dans votre manière de voir, de parler et d'écrire, pour vous dire de voler de vos propres ailes après avoir consulté le principal à qui vous êtes attaché : étant auprès de lui à l'École de la prudence ainsi que des connaissances militaires et politiques. L'adresse que vous me demandez est à Hamptonwick near Kingston Surrey, en envoyant vos lettres par le canal de la Légation Anglaise à Vienne sous enveloppe à S. Rolleston Esq. elles devraient me parvenir ici plus sûrement.

Vous êtes bien obligeant de mettre de l'intérêt aux actions de ma famille, elles sont ainsi que les miennes on ne peut pas plus innocentes ; nous coulons des jours tranquilles dans le seul pays qui le soit aujourd'hui. La Campagne que nous habitons, outre le mérite de nous appartenir, a celui d'une charmante situation sur les bords de la Tamise, et la proximité de Hampton-court maison royale, dont les jardins sont la continuation du mien, n'en étant séparé que par un grand chemin.

La raison plus précoce chez les filles me donne dans les miennes une société douce et agréable, elles sont de très bons enfants, goûtées et recherchées de tout notre voisinage, d'ailleurs fort raisonnables, et se conformant à notre situation qui serait semée de plus de jouissances si nous pouvions transporter au continent un revenu plus qu'honnête partout ailleurs qu'ici, où tout est à des prix si exhorbitants que vous ne pourriez le croire si je descendais dans les détails ; sans compter les impôts énormes qu'il faut en prélever pour le gouvernement.

L'oncle Clément que je n'ai pas vu depuis trois mois environ est toujours à Londres, ses affaires avec le Bureau de la guerre qu'il n'a pas terminées, ne lui ont pas permis le voyage qu'il projettait en Allemagne ; en total elles ne vont pas bien ; et je le crois à ce moment très gêné dans ses finances (entre nous), j'avois réussi par un ami à lui rendre quelque service au Bureau dont il dépend, mais pour tirer un plus grand parti de la chose M.me son épouse, qui a voulu en sçavoir plus que moy, a gaté, malgré mes conseils, tout ce que j'avais fait faire, et présentement je ne puis plus y revenir. Vous ne me dites rien de votre frère qui sans doute est éloigné de vous : je lui souhaite santé et avancement ; veuillez lui faire mille amitiés pour moi et les miens quand vous lui écrirez, mais surtout rappellez à votre respectable père tous les sentiments que je lui dois, et lui porte ; parvenu à toutes les dignités, et chef de famille à un âge avancé, sa position et celle de votre bonne mère occupent souvent et péniblement mon souvenir.

Comme il y a quatre ans que je n'ai pas reçu une seule ligne de mon frère l'abbé, je me prévaux de l'offre que vous me faites de faire parvenir de mes nouvelles, en insérant ici une demi feuille à son adresse que je vous recommande, ne sachant s'il est en Savoye ou en Piémont ; vous pourriez l'envoyer à Turin, où l'on connaîtra le lieu de sa résidence pour l'y faire ensuite parvenir.

Dites encore mille choses affectueuses pour mon compte au Marquis de

Bellegarde lorsque vous le verrez et veuillez faire agréer mes compliments au général son frère s'il se rappelle encore de moi, depuis l'époque où il était encore Capitaine dans les Dragons de Waldeck; j'ai eu deux à trois occasions de lui écrire, depuis lors, mais comme je n'ai jamais eu de réponse, je présume qu'il n'a pas reçu mes épîtres. Je mets fin à celle-ci, mon cher Cousin, pour vous dire la sensibilité de ma femme et ses quatre filles à votre obligeant souvenir, et vous réitérer l'assurance de tout mon attachement particulier. Adieu, je suis et serai toujours

Vôtre dévoué serviteur
DE LA PIERRE.

P. S. — Lorsque vous m'écrirez ne craignez jamais d'être diffus en nouvelles des individus qui nous intéressent directement de ça et de là des Alpes, et comptez bien que tout est nouveau à quelqu'un qui depuis si longtemps est fermé ici, comme Robinson Crusoë, dans son île; si contre mon attente je suis assez heureux que d'en sortir, j'arriverai parmi eux comme un revenant de l'autre monde, très ignorant de tout ce qui s'est passé en naissances, mariages et morts, dans celui-ci qui va si mal depuis le longtemps qu'on en a changé tous les mouvements, qu'il est devenu le plus mauvais de tous les mondes possibles pour les honnêtes gens. Adieu.

A Monsieur

Monsieur le Comte DE LA TOUR
*Aide de Camp de S. E. le général de Cavalerie Comte de Bellegarde
ou à son quartier g.ral à Gratz ».*

A cette époque, ainsi que cette lettre nous l'apprend (1), Victor était en garnison à Gratz. En effet, après la conclusion de la paix, Bellegarde avait été investi du commandement général en Styrie (2). Déjà au début de décembre, ce général, qui recevait à cette époque des marques successives de la faveur bien méritée de son souverain, fut transféré au commandement général de la Galicie, et son neveu Victor de La Tour fut appelé de nouveau près de lui (3).

Le Comte de Bellegarde saisit ce moment pour renouveler la demande, qui n'avait pas pu être accueillie l'année précédente, pour la réintégration de M. de La Tour dans son ancien grade de major. Il paraît qu'une promesse dans ce sens avait été faite lorsque Victor s'était résigné à prendre service dans les armées impériales, dans une situation inférieure à celle qu'il avait eue dans l'armée Sarde. L'archiduc Charles lui aurait dit alors « qu'il savait

---

(1) Il résulte d'ailleurs d'une feuille de route (Archives d'Orio, 1, 12), que le Capitaine V. de La Tour, Aide de Camp du Comte de Bellegarde, se rendait au commencement de juillet 1806, de Vienne à Gratz, où était alors le général.
(2) SMOLA, Oeuvre citée, pages 169-170.
(3) Vienne, K. K. Kriegs Archiv.

« que les officiers Piémontais étaient des officiers de mérite, qu'ainsi il ne
« doutait pas d'avoir bientôt occasion de le distinguer, et de lui donner de
« l'avancement » (1). Le fait est qu'un arrêté impérial du 29 décembre 1806
nomma M. de La Tour major surnuméraire dans les armées Autrichiennes (2). Au demeurant cette promotion avait été méritée par de nouveaux services rendus à l'Empire dans des circonstances particulièrement
difficiles.

Après avoir employé les loisirs de sa garnison de Gratz à différents travaux de sujet militaire dont il reste des traces dans ses papiers (3), Victor
de La Tour semble s'être risqué au de là des frontières pour essayer de donner
des suites à son plan d'opérer en Toscane contre les Français. Il tomba dans
les mains de ces derniers, et, si l'on juge d'après une lettre du Vice-Roi
d'Italie qui est du 20 novembre 1806, l'on a peine à comprendre comment
il ait pu en sortir vivant.

« Je vous préviens, Monsieur le général, que par suite des instructions
que j'avais données à M. Daubusson, ministre plénipotentiaire de S. M.
en Etrurie (4), l'ex Comte de La Tour Emigré Piémontais, a été arrêté, et
sera incessamment conduit à Fenestrelle. Vous voudrez donc bien donner
les ordres nécessaires, pour qu'il y soit reçu et sûrement gardé. J'ai dans
les mains deux projets d'une insurrection générale en Italie, dont M. de
La Tour est l'auteur. Il serait très fâcheux, qu'il put arriver d'un prisonnier de l'importance de celui-là, ce qui est arrivé tout à l'heure du nommé
Gerboni, lequel vous arrivait avec custode, et a trouvé le moyen de s'é-
chapper.

J'ai rendu compte à S. M. et j'ai prévenu le ministre de la Police
générale de l'Empire, de l'arrestation de La Tour, et de l'invitation que
je vous fais aujourd'hui à l'égard de cet individu. Sur ce, Monsieur le
général, je vous renouvelle l'assurance de mes sentiments pour vous, et
je prie Dieu, qu'il vous ait en sa sainte garde.

Milan, le 20 novembre 1806.   EUGÉNE NAPOLÉON ».

> Archives de La Tour.
> Orio. - I, 14 *bis*.

Sur les frontières de la Pologne, M. de La Tour n'était plus exposé
à de semblables mésaventures.

Les Autrichiens y assistaient, l'arme au pied, à une lutte acharnée

---

(1) Souvenirs de la Comtesse de Rinco, cités.
(2) Vienne, Kriegs Archiv.
(3) Archives d'Orio, I, 13.
(4) Le rôle de D'Aubusson La Feuillade à Florence était surtout de contrôler la
reine dont on préparait le dépossèdement et de contrecarrer l'influence du nonce
(E. RODOCANACHI, *Elisa Napoléon (Baciocchi) en Italie*, Paris, 1900, pp. 100 et suiv.).
Plus tard d'Aubusson sera à Naples le plus ferme appui de la reine Caroline
Murat (R. M. JOHNSTON, *The Napoleonic empire in southern Italy and the rise of
the secret societes*, London, 1904, vol. 1, ch. VI).

poursuivie entre la France et la Russie, sur les bords de la Vistule (1). Les destinées de l'Europe se décidaient dans les boues du Pultusk, et au milieu des tempêtes de neige d'Eylau. Victor de La Tour se trouva du quartier général de Bellegarde en bonne posture pour suivre ces grands événements qui marquèrent dans l'histoire. Non seulement son excellent oncle lui donnait des preuves multipliées d'un intérêt presque paternel, mais de même les autres chefs de l'armée impériale, les officiers les plus éminents, et qui avaient le plus d'avenir, entretenaient avec le jeune major des rapports d'une intimité croissante. Voici que le baron de Vincent (2) envoyé à Varsovie, que les français occupaient, s'adressait à lui pour le féliciter de son avancement (3) et envisager ensemble l'horizon politique et militaire.

Varsovie, le Jeudi 15 Janvier 1807.

Archives de La Tour. Orio. - I, 16.

« J'ai reçu hier, mon cher Comte, la lettre que vous m'avez fait l'amitié de m'écrire le 7 avec les incluses. J'étais fort en peine de ne point avoir de lettres de Vienne et je compte sur vos soins pour me faire parvenir celles qui arriveront pour moi pendant votre séjour à Cracovie et en cas de votre départ pour les faire soigner par l'aide de camp du Comte Hohenzollern qui voudra bien me rendre ce service et envers qui je m'acquitterai du montant des ports. Je prie qu'on veuille adresser le tout au Comte de Neipperg (4) à Okouniew, car je me méfie de la poste de Varsovie qu'est dirigée par les Polonais. J'ai même lieu de croire que des lettres que j'ai mises à la poste ici ont été supprimées, il y en avait entre autre une au

---

(1) Les Autrichiens avaient organisé une sorte de cordon militaire pour couvrir les palatinats autrefois polonais de Cracovie, de Sandomir et de Lublin annexés à l'Autriche dans le dernier partage. Les troupes occupaient fortement le pays pour empêcher l'énthousiasme national reveillé par Napoléon de gagner les sujets polonais des Habsbourg. Le plénipotentiaire autrichien à Varsovie (M. de Vincent) veillait à ce que les français ne missent pas d'obstacles à ces mesures préservatives (TALLEYRAND, *Mémoires cit.*, pp. 312 et suiv.).

(2) Le baron de Vincent, gentilhomme lorrain, avait pris service dans l'armée autrichienne. A la restauration il devint ambassadeur d'Autriche à Paris. On en parle beaucoup dans les Souvenirs de la baronne du Montet (Paris, 1904 pp. 272 et 450). Il est souvent question dans les *Supplementary Despatches* de Wellington, t. X et suivants.

(3) De la même époque à peu près, est une lettre adressée à La Tour (de Leibach) par le Marquis François de Bellegarde, frère du Comte Henry, dans laquelle il se réjouit de la promotion de son jeune cousin (Archives d'Orio, I, 19).

(4) Le Comte Adam Albert de Neipperg (1771-1829), avait connu tous les risques des guerres contre la révolution française, et avait même été fait prisonnier en 1794. Il avait pris part aux campagnes de 1800 — on a de lui une relation de la bataille de Marengo publiée par H. D. PRIOR, dans la *Revue de Paris*, — puis à celles de 1805 et de 1809. En 1810 il fut envoyé en Suède avec une mission diplomatique. Tout le monde sait qu'il accepta le rôle si peu noble de détacher l'impératrice Marie Louise de son époux.

Com.ᵗ Général par laquelle je lui annonçais mon arrivée ici. L'a-t-il reçue ?

Le Comte de Bellegarde a bien voulu me mander dernièrement votre avancement, mon cher Comte, persuadé j'espère des sentiments que je vous porte, de la justice que je vous rends, je me suis réjoui, que les dispensateurs des grâces n'aient dans cette occasion été que ceux de la justice même et qu'ils ayent su mettre de l'à propos et une bonne forme à cette affaire. L'éducation de ces Messieurs fait des progrès bien lents. Vous devez savoir ce que c'est que les bruits qui se répandent et les nouvelles qui se débitent, on ne sait la pluspart du temps pas sur quoi le tout est fondé, il semble que *la fama* ne fasse plus usage que de sa trompette inférieure dont nous devons la découverte à Voltaire. Cet instrument se trouve si bien à la portée du grand nombre que chacun veut en connaître *la gamme*.

Je ne sais ce que l'on apprend à Cracovie, ce que l'on débite et ce qu'on y arrange, le désir de la paix fait déraisonner tout le monde, mais il existe tant de préjugés, les intérêts sont si compliqués, il règne encore si peu de confiance qu'un bien plus habile que moi (que je désirerais bien voir à ma place) en serait en peine : J'ai été bien reçu, celà est vrai, on pourrait peut-être tirer parti de certaines dispositions, mais on ne le voudra ou on ne le saura pas ; mon premier soin, même mon premier devoir était de prendre des sûretés pour ne pas être inquiétés *pour le moment*, et j'espère y avoir réussi, un courrier expédié lundi dernier porte à Vienne des éclaircissements dont on pourra tirer parti ; au reste les Français sont ici nombreux et en bonne position, les soldats russes se sont bien battus, les Généraux se sont conduits comme des pleutres et sans le dégel l'armée était battue, elle s'est retirée chez elle et les Français poussant leurs avantages s'emparèrent successivement des places de la Silésie et de celles de la Vistule, on les dit à Königsberg (1).

J'espère que le retour de mon courrier m'apportera des directions, d'après lesquelles je pourrai calculer mon retour ; la vie que je mène ne convient ni à mon caractère, ni à mon goût, ni à mes affections, d'ailleurs je n'ambitionne *ma foi* plus que le repos. Adieu, mon cher Comte, je suis désireux de vos nouvelles et de quelques détails sur ce qui concerne votre avancement. où en êtes vous ? Major ? Colonel ? Quelle est votre *Vorstellung ?*

Mes hommages au Com.ᵗ Gén. à qui je n'ai eu le temps par mon courrier que d'écrire quelques lignes après avoir barbouillé douze feuilles de papier. J'ai repris ici l'habitude de me coucher à 3 heures du matin,

---

(1) Königsberg ne fut prise par les Français qu'au mois de juin suivant, au lendemain de Friedland (ALFRED RAMBAUD, *Histoire de la Russie*, Paris, 1878, ch. XXXIV).

tout celà achèvera bientôt de me brouiller avec la diplomatie. Rappelez moi à la Casa Hohenzollern, recevez, cher Comte, l'assurance de l'amitié sincère de votre très humble serviteur

VINCENT.

Que savez vous de votre frère? ».

« *Varsovie, le 13 Février 1807.*

Archives de La Tour. Orio. - 1, 17.

J'envoye au Commandant Général toutes mes nouvelles, il vous les communiquera sans doute, mon cher Comte, vous en tirerez l'augure et les conséquences que vous indiquera votre bon esprit; malgré plusieurs grandes batailles pour lesquelles *hors les neutres* tout le monde a illuminé ici, nous n'avons pas encore eu le pendant de Jena, il semble que les français ont conquis assez chèrement l'ancien patrimoine des chevaliers Teutoniques, mais ils l'ont occupé et il n'est point indifférent à leur sistème de se voir maîtres d'une plus grande étendue de côtes; tant qu'ils ne rétrogradent pas, tant qu'ils n'auront pas essuyé un grand échec, l'opinion sera pour eux, et celui qui est maître de l'opinion est maître du monde, et le gouverne sous son influence : il serait bien temps que nous sussions en donner une bonne de nous, mais pour cela il faudrait que nous aperçussions que nous avons *presque* perdu l'intervalle, depuis les préliminaires de paix signés à *Leoben,* jusqu'à la reprise des hostilités, que nous avons *entièrement* perdu celui de la paix de Lunéville à la misérable guerre de 1805, qu'enfin nous employons insuffisamment le répit actuel; que voulez vous que l'on fonde, que l'on établisse sur de semblables éléments, mêmes gens, même allure, même préjugés? Si nous étions capables d'une grande résolution, si nous pouvions sortir de notre apathie, et avoir des vues qui s'étendissent au delà des bornes d'un appartement bïen chauffé, si les puissants, et les gens en place voulaient juger sur les lieux de l'état des choses, qu'il ne fallut pas un hiver entier pour décider si du froment pourra sortir de nos frontières en grain, ou en farine; alors on dirait : ces gens ont encore du sang dans les veines, de l'élan et de l'honneur dans l'âme, il faut au lieu de celà faire valoir ce qu'on sait qui n'existe pas, les deux ou trois boîtes d'*Orviétan* à l'efficacité et à la valeur duquel on croit plus ou moins, sont épuisées; on juge le fond du sac et la dernière défense qu'on puisse essayer, est d'empêcher qu'on y porte la main pour se convaincre physiquement

..... qu'il n'y a plus rien !

Voilà de beaux matériaux pour l'histoire n'en deplaise à celle qui s'écrit aux Archives du Conseil de guerre! Voilà un beau champ à cultiver pour en recuillir des résultats utiles en politique... vous voudriez ne rien faire... vous ne le pouvez pas, vous ne voudriez pas devoir faire un choix, vous y êtes contraint... vous ne voudriez pas être contraint, mettez vous donc en situation de vous en défendre : prolongez donc ma vie encore de quelques heures, dit-on à l'Empirique qu'on a appelé, parce que tous les gens sages se retirent, celui-ci qui connait son monde promet un miracle, et tout le monde de l'attendre!

Voilà une lettre bien ridicule en réponse à une bien sensée et bien raisonnable que vous m'avez écrite de C[racovie], mais tout cela est sorti tout seul du bec de ma plume : pour notre nouveau Roi de Pologne il joue ici un si plat rôle, « fa tanta cattiva figura », que je ne crois pas qu'il obtiendrait les suffrages pour la charge de petit général de Lithuanie (1). J'ai répondu à votre frère à Gratz par la poste ; mes hommages au Comandant Général : je joins ici de quoi m'acquitter plus ou moins des ports de lettres. Mes hommages au comm. Gén.

Votre sincèrement attaché
VINCENT ».

Avec le général baron de Vincent se trouvait en ce moment à Varsovie un autre gentilhomme français, M. de S.t Aldegonde (2) qui correspondait de son côté avec M. de La Tour, et le tenait au courant des grand événements militaires dont la Pologne était alors le théâtre. Les français établis aux environs de Varsovie se préparaient à vaincre l'opiniâtre résistance des Russes de Benningsen (3), et à compléter l'abaissement de la Prusse. C'était là des mouvements de beaucoup d'importance aux yeux d'un militaire tel que La Tour, toujours en éveil, guettant probablement les fautes des lieutenants de Napoléon, dans l'espoir qu'elles amèneraient un revirement favorable à ses adversaires. On peut donc se figurer l'accueil empressé que Victor réservait aux lettres de Varsovie :

« *Varsovie, le 31 Mars 1807.*

Mon cher Comte,

Le M.is de Baquehém à son arrivée ici, il y a huit jours, me fit part de la Commission que lui avait donnée pour moi, son Excellence Mr. le Commandant Général, relativement à une carte de l'ancienne et de la nouvelle Prusse Orientale qu'il désirait que je lui achetasse ici. J'ai fait sur cet objet toutes les perquisitions possibles, et j'ai malheureusement eu

Archives de La Tour.
Orio. - I, 18.

---

(1) Le nouveau grand duc de Varsovie, qui n'était autre que le roi de Saxe, faisait les frais des quolibets universels. Le prince de Légue lui-même, quoique dans le temps de sa plus belle humeur, ne pouvait prendre au sérieux ces « varsoviens ». Lettre au comte François Potocki, fiancé de sa petite fille, publiée par LUCIEN PEREY, *La comtesse Hélène Potocka*, Paris, 1888, xiv).

(2) Peut être celui qui fut plus tard aide de camp du roi Louis Philippe et épousa la veuve du maréchal Augereau, duc de Castiglione (COMTE DE REISET, *Mes souvenirs*, Paris, 1901, ch. 1).

(3) Le comte Léon de Benningsen (1743-1826), hannovérien passé au service russe, s'était couvert de gloire dans les guerres contre les Turcs et les Persans.

lieu de me convaincre qu'il n'y avait absolument rien à trouver qui fut digne de lui être envoyé. Les français ont tout à fait épuisé le peu de cartes passables, qui se trouvaient dans les chêtives boutiques de Varsovie, et il n'y reste dans ce moment-ci que quelques unes de ces cartes *d'Homann* mauvaises, sous tous les rapports, et que l'on peut sans doute avoir de même dans la ville que vous habitez. Si notre séjour ici se prolonge encore, et qu'il arrive quelque chose de passable j'aurai soin de remplir sur le champ la commission de Mr. le Commandant Général, veuillez en attendant l'assurer de tout mon empressement à le servir, et lui témoigner mes regrets bien sincères de n'avoir pas été plus heureux dans mes premières recherches. J'ose à peine vous parler des nouvelles; vous les saurez de première source par la communication des nombreux rapports qui parviennent à Mr. le Commandant Général. Depuis la bataille d'Eylau, à l'exception de quelques combats de troupes légères d'un succès partagé, il n'y a point eu d'événements militaires importants. La position respective des armées n'a pas été changée. La Russie qui a reçu un renfort de 15.000 Cosaques, de 20 bataillons Sibériens et qui doit être jointe dans peu de temps par les gardes de l'Empereur et quelques régiments de la division de S. Pétersbourg, avait en dernier lieu son quartier général à Bartenstein et sa position principale sur la rive droite de la Passarge, en descendant vers Villenberg et Ostrolenka. La grande armée française occupe la rive gauche de la Passarge, et une ligne de cantonnements depuis Elbing par Preusisch Holland, Osterode et Neidenbourg en s'appuyant à Pultusk. Graudens est cerné et l'on embarque ici, sur la Vistule, des pièces de siège arrivés de Breslau pour servir à l'attaque de cette place. Le quartier général de l'Empereur vient d'être transféré d'Osterode à Finkenstein, il avait été un moment question de son arrivée ici, mais ce bruit paraît peu fondé.

C'est le Maréchal Massena qui commande l'aile droite placée dans nos environs et composée en grande partie de Bavarois et de Polonais; ses forces principales sont dans les environs de Neidenbourg, son quartier général à Prassnitz; son adversaire le Général Essen (1) a aussi porté la majeure partie de ses forces sur sa droite. Il est de sa personne à Zombrow, et a fait retrancher avantageusement le point d'Ostrolenka; dans l'état actuel des choses, on peut s'attendre à de nouveaux faits d'armes aussitôt que les chemins deviendront praticables, ce qui pourrait cependant bien tarder encore quelque temps, si les pluies et l'humidité ne cessent pas bientôt; outre le corps Bavarois qui va encore s'augmenter de quelques régiments et les troupes levées en Pologne qui sont entrées en ligne, l'armée française reçoit des renforts considérables de conscrits et de détachements qui étaient restés en arrière, il est donc à présumer que si un accommodement

---

(1) Le comte Pierre Essen, qui s'était battu en Italie avec Souworoff, commandait la huitième division russe d'infanterie.

imprévu ne vient pas mettre fin à tout ceci, la lutte recommencera au printemps.avec plus de moyens et d'opiniâtreté que jamais. Fasse au moins le ciel que nous n'ayons plus à déplorer la perte de tant de milliers d'hommes, dans des combats aussi peu décisifs que ne l'ont été ceux qui ont eu lieu cet hiver. La ville que nous habitons est à présent bien peu vivante en comparaison du moment où nous y sommes arrivés. Outre quelques Dépôts Polonais, il ne s'y trouve que des hôpitaux de l'armée, qui contiennent environ 8000 malades ou blessés. La mortalité est assez considérable quoi qu'il n'existe point d'épidemie.

Les ouvrages de Praga s'approchent de leur perfection, la tête de pont formant une espèce d'ouvrage à couronne à 3 bastions est presque terminée. Le terrain étant sablonneux et sans consistance, on a été obligé de revêtir tout cet ouvrage en bois, ce qui n'a pu s'exécuter qu'avec beaucoup de frais et de travail. Le pont de bateaux sur la Vistule a été rétabli assez prestement, on travaille dans ce moment-ci à la construction d'un second sur pilotis, qui à ce que je crois ne pourra pas être terminé de quelque temps. Voilà en résumé, mon cher Comte, tout ce que le moment présent offre de particularités, puissé-je seulement être bientôt à même de vous communiquer verbalement une infinité de détails qui ne sont pas de nature à être confiés au papier.

En attendant ce moment, que je désire avec une juste impatience et que de nouveaux incidents retardent sans cesse, veuillez recevoir l'assurance de l'attachement et l'amitié sincère que vous m'avez inspiré.

Votre Dévoué Serviteur
Ste Aldegonde.

Oserai-je vous prier de vouloir bien être l'interprète de mes hommages respectueux auprès de M. le Commandant Général et du Prince de Hohenzollern ?

Mon digne Général ayant reçu aujourd'hui un courrier de Vienne, et en expédiant un autre d'ici, a bien du regret de ne pouvoir répondre cette fois aux deux lettres que vous lui avez écrites, il me charge en vous faisant ses compliments de vous dire qu'il se propose de profiter de son premier loisir pour vous écrire ».

« Varsovie, le 16 Avril 1807.

Il y a quelque temps que je me suis plaint de ne point avoir de vos nouvelles, mon cher Comte, depuis vous m'avez écrit trois lettres fort aimables. et c'est moi qui m'accuse d'ingratitude envers vous à l'heure qu'il est; ne croyez cependant pas malgré ma maussaderie envers vous que j'aie perdu de vue vos intérêts pour la formation de votre Maison et pour vous *remonter*. Le Comte Neipperg m'a dit que le même Hussard qui avait conduit le cheval au Commandant Général était l'homme qu'il vous avait destiné. Je désire, plus que je ne l'espère, que vous en soyez satisfait ; les hongrois ne vaillent pas grand chose, comme palefreniers près de leurs compatriotes, et près d'un étranger, il doivent être de moindre valeur encore : quant aux chevaux toute la cavalerie française s'est éloignée de nos frontières il n'en reste de la bavaroise qu'un très-petit nombre, au grand dommage des moyens qu'il en résultait pour nos officiers de se mettre en équipage à peu de frais, mais cette circonstance favorable peut renaître. Depuis quinze à seize ans nous sommes tous des rêveurs, dans le nombre ceux qui ont la faculté de rêver en beau sont des êtres privilégiés, vous êtes de ceux-ci, moi je ne compte pas, mais rêveur tout comme un autre, je continuerai à voir tout sous une teinte lugubre, tant que les causes qui ont rembrunies mes idées resteront les mêmes ; c'est ce qui fait que depuis longtemps en opposition avec le parti de la guerre, je suis devenu le plus pacifique des généraux autrichiens même pendant la paix ce qui n'est pas peu dire ; une guerre heureuse en nous rendant notre considération, pourrait sauver le monde, mais aussi elle peut nous anéantir dans quelques mois.

Le médecin qui, sans rétablir sa constitution delabrée, fait vivre son malade, a cependant quelques mérites. Les corps politiques doivent souvent leur régénération à des causes tellement secondes, qu'elles sont étrangères aux éléments dont ils étaient en possession. Depuis la guerre de la succession d'Espagne, la maison d'Autriche n'a fait aucune guerre qui ait eu un résultat heureux, parce qu'aucune n'avait été calculée avec sagesse, et qu'il n'y a aucune énergie dans le gouvernement, non plus que dans les individus. Puisque nous n'avons que le matériel d'une armée, il faut en tirer le parti que comporte la valeur réelle de cette masse, et il ne faut pas la compromettre en voulant en faire usage ; heureux qu'on veuille bien encore dans l'étranger lui attribuer tout ce qui lui manque, dénuée comme elle est de tout ressort moral, et de tout moyen de mobilité. Je suis souvent fort étonné lorsque d'ici je vois tant de troupes rassemblées sur un espace peu considérable de ne trouver que le cordon Autrichien qui manque quelque fois 5 ou 6 jours de suite de subsistances, alors on écrit et on s'agite et à quelque temps de là on voit renaître le même désordre. C'était de même en Italie, en Empire, et partout où nous sommes notre sistème est destructif de toute espèce d'activité, et donnera toujours le désavantage à toutes nos opérations. Je conclus donc, mon cher Comte, que nous devons *éviter la guerre* parce que nous sommes incapables de la faire : qu'il faut faire montre de nos moyens puisqu'on veut bien les considérer encore, et quoique je sente que tôt ou tard cet homme reviendra à la charge, il faut éloigner le moment de nous compromettre et attendre *du temps seul* ce que nous ne pouvons pas espérer de notre caractère, nous avons pour nous les chances du sort et du hasard, et dans les moments les plus calamiteux le public autrichien y a mis toujours sa confiance, en attribuant *par orgueil* à un miracle, la circonstance qui l'avait tiré du péril. Je vous ai dévoilé, mon cher Comte, tout le secret de ma politique, la vôtre est fondée sur des principes bien plus exacts, d'un meilleur calcul et bien plus honorable sans doute, mais l'application en est selon moi impossible, dans le pays où nous sommes depuis vingt ans, nous n'avons pas fait un pas au-delà du cercle vicieux où toutes nos combinaisons se trouvent circonscrites !

Adieu, mon cher Comte, ne pensez pas trop mal de moi et si vous ne goûtez pas ma politique, accueillez du moins l'attachement et les sentiments que je vous porte ».

Les impatiences du major de La Tour s'accordaient mieux avec les idées du comte de Neipperg, attaché, ainsi que M. de St. Aldegonde à l'armée d'observation autrichienne que commandait le baron de Vincent. Tout cette brillante jeunesse, l'élite des états-majors autrichiens, s'était bercée de l'espoir que ces luttes meurtrières, sans cesse renouvelées sous un climat rigoureux, finiraient par réduire les Français, aussi bien que les Russes, à l'impossibilité de trouver une issue honorable de la campagne. En attendant la réalisation de ces vœux que Napoléon se chargea bientôt de rendre vains, le comte de Neipperg contenait quelque peu l'ardeur belliqueuse de son correspondant.

« *Mon bien cher La Tour,*

Je vous suis bien reconnaissant du souvenir amical, que vous m'avez témoigné, et de la part que vous avez prise à la naissance de mon petit Hussard (1). Je lui ai donné un bon parrain, notre cher général Vincent; je désire qu'il hérite ses vertus et son caractère franc, loyal, à toute épreuve, chose si rare dans ce siècle; alors il fera mon bonheur, car, s'il prenait les plis du temps, je lui tords le col. Si nos voisins gagnent encore quelques batailles, comme celle d'Eylau, j'espère que nous en serons débarassés avant le printemps, et que Dieu nous en fera une fois justice. C'est ce pacificateur de Presbourg, qui est arrivé hier à Varsovie, qui me donne de l'humeur. Dans quelques mois d'ici nous aurions beau jeu; plus il s'enfoncera dans le sac et mieux ce sera pour nous, mais il faut se préparer, réorganiser, non s'occuper de minuties, de facéties, de passeports, et de tout ce fatras. Le fond de notre armée est bon, nous avons beaucoup de vieux soldats, peut-être davantage que l'année passée. Tout le monde désire la guerre, les uns par ambition, les autres par l'espoir de voir cesser leurs misères.

N'êtes vous pas de mon avis? Je suis ici à un bon observatoire, je regarde dans les cartes aux deux parties, et au bout du compte chaque coup de canon, tiré d'un côté ou de l'autre, est tiré pour nous. Croyez-moi, nous

Archives de La Tour.
Orio. - I, 22 ᴮ.

---

(1) Alfred Auguste, né le 26 janvier 1807 du mariage d'Adam Albert Neipperg avec la comtesse Joséphine de Thurn-Valsassina, qui devint général Wurtembergéois et mourut dès suites d'un accident de chasse en 1865.

aurions beau jeu, mais il faut se garder de mettre la main sur la garde de son épée, sans la tirer d'abord ; il y a de certaines gens qui ne vous passent pas de pareils gestes impunément.

Ma femme et mon petit aidé de camp sont encore à Siedla, ils se recommandent à votre amitié. Veuillez me rappeler au souvenir du général en chef, me pardonner toutes ces taches d'encre et me croire pour la vie la védette Autrichienne d'Okuniew [Neipperg] ».

C'est au milieu des papiers de cette époque, conservés par M. de La Tour et parmi les quels nous n'avons fait choix que de quelques pièces plus significatives, que se trouve la première lettre adressée a lui par le comte Nugent (1). Il voyageait alors dans le Sud de la Monarchie avec l'Archiduc Jean (2), et ne semblait guère se douter des négociations délicates et mystérieuses qu'il serait appelé à conduire de moitié avec le major de l'armée de Galicie. La rencontre d'un tel homme fait époque, lorsqu'on se propose, comme nous le faisons, de soulever le voile qui a de tout temps couvert la préparation de la lutte définitive contre Napoléon. Car personne peut-être, pas même Pozzo di Borgo, ne saurait être comparé à Nugent, par la continuité de ses efforts dirigés constamment à battre en brèche le despotisme militaire qui soutenait l'édifice social, sorti de la grande révolution. Personne ne sut égaler Nugent pour grouper les rancunes et les intérêts contre la domination française, et pour exploiter le sentiment de nationalité des peuples conquis. En attendant, la présence temporisatrice du baron de Vincent, permettait à l'Autriche de vivre à l'abri du développement de la puissance française. Le 23 août 1807 Neipperg pouvait écrire de Tœplitz à Bellegarde : « Talleyrand m'a dit à Dresde que c'est à Vin- « cent que nous devons de n'avoir pas eu la guerre. Je souhaite qu'on ne « se l'attire pas, car nous n'avons qu'à perdre » (3).

Neipperg prenait peur à son tour, et en effet la défaite de Benningsen à Friedland, l'entrevue de Tilsit, l'alliance du Tzar avec Napoléon qui s'en était ensuivie, enfermaient l'Autriche dans un cercle de fer.

Victor de La Tour avait été transféré à la suite de son général de Cracovie à Léopol. Il le regrettait fort, non seulement pour le charme de la société polonaise de cette première ville, mais parce qu'il aurait été là plus à portée des événements d'une importance européenne qui avaient lieu sur la Vistule. Il aurait voulu pouvoir étudier pièces en main les opérations du général Benningsen pendant la dernière campagne, mais la relation

---

(1) Le général Laval Nugent (1777-1862), descendant d'une grande famille catholique irlandaise, avait pris service en Autriche et s'était battu contre la France dès les dernières campagnes du XVIII siècle.

(2) Lettre du comte Nugent à M. de La Tour, de Gratz (Archives d'Orio, 1, 24).

(3) Cette lettre est conservée dans le portefeuille de La Tour aux Archives d'Orio (1, 26).

qui d'après la voix publique aurait dû en être publiée par ce général, ne l'était pas encore en janvier 1808 (1).

A défaut d'éléments pour ce travail strictement militaire, V. de La Tour en rédigea un autre ayant aussi une portée politique et daté de Vienne le 9 mai 1808.

Observations sur la situation actuelle du continent.

« L'occupation de Rome, et l'envahissement de l'Espagne, viennent enfin soulever les derniers replis du voile, dont le gouvernement français s'efforçait de couvrir le projet d'établir une monarchie universelle; et de détruire successivement tous les trônes à l'abri desquels les différentes nations de l'Europe jouissaient depuis des siècles du calme, et du bonheur que leur garantissaient des constitutions, et des lois, cimentées par le temps, et en harmonie, avec leurs mœurs, leurs usages, et leurs situations respectives. Jusqu'à l'époque fatale, où l'Europe étonnée, a appris l'exécution de ces deux grandes injustices, les hommes amis de l'humanité ont pu espérer qu'une politique pacifique, et conciliante, aurait préservé leur patrie du fléau de la guerre, ils ont pu espérer enfin, que quelques sacrifices auraient suffi pour désarmer les bras de la France : mais quel état aura une politique, plus pacifique, plus conciliante que ne l'avait la Cour de Rome? Quel état peut faire de plus **grands** sacrifices, que ne l'avait fait l'Espagne (2)? D'après ces terribles exemples, il semble donc que l'on est autorisé à conclure que ce qui reste encore de libre sur le continent d'Europe ne peut plus être sauvé que par la force. Il s'agit donc d'examiner s'il y a encore sur le continent des forces suffisantes pour le préserver de l'entière subversion dont il est menacé.

L'Autriche et la Russie, sont aujourd'hui les deux seules Puissances Continentales, dont les forces puissent apporter un grand poids dans la balance politique; mais la Russie, soumise depuis le traité de Tilsitt à une influence étrangère, semble avoir renoncé au rôle de grande puissance auquel la Providence l'avait destiné, et subordonne sa politique à celle de la France. Cette funeste erreur par la quelle toutes les lois de convenance, de morale, et de saine politique, se trouvent violées, tient à un prestige que le temps dissipera sans doute, (et des négociations habilement dirigées pourraient peut-être hâter ce moment heureux) mais tant qu'il dure, la Russie est presque nulle dans le calcul des moyens de dé-

Archives de La Tour.
Orio. - 1, 33.

---

(1) Lettre de Heym (?) à La Tour de Cracovie le 22 janvier 1808 (Archives d'Orio, 1, 30).

(2) La lamentable histoire se trouve rapidement retracée par E. DUCÉRÉ, *Napoléon à Bayonne*, Bayonne, 1897, et par ALBERT SAVINE, *L'abdication de Bayonne*, Paris.

fense qui restent à l'Europe, c'est donc sur l'Autriche seule, que reposent aujourd'hui les destinées de cette partie du monde : examinons donc :

1° Si l'Autriche a des forces suffisantes pour arrêter la marche envahissante du Gouvernement Français.

2° Comment ces forces devraient être employées pour tenter cette grande entreprise avec quelque probabilité de succès.

Malgré les pertes que la Monarchie d'Autriche a essuyées elle est encore incontestablement une grande puissance militaire; cependant en comparant ses ressources financières, sa population et le nombre de ses troupes, avec les moyens de même nature dont pourra bientôt disposer le Gouvernement Français, on trouve une disproportion décourageante. Si donc, la France et l'Autriche, libres de tout autre soin, se préparaient réciproquement à la guerre, et pour ainsi dire, à une lutte corps à corps, on ne pourrait guère se flatter d'un résultat heureux. Si puis on compare le secours que chacune des deux puissances pourrait retirer de ses alliés, on ne voit du côté de l'Autriche que la Suède et l'Angleterre, tandis que lorsque la France aura terminé les affaires d'Espagne, et coloré cette nouvelle usurpation, elle pourra à peu près faire agir dans son sens la presque totalité de l'Europe, surtout, si ainsi qu'il est à craindre, elle avait l'adresse d'associer de nouveau la Russie à ses intérêts, en nous forçant à la guerre par des demandes de libre passage de troupes, de contingent à fournir, de places de sûreté à livrer, etc., et motivait ces prétentions, par un partage de l'Empire Ottoman, ou telle autre opération de ce genre, à laquelle la Russie croirait trouver des avantages. Ainsi, soit en comparant nos moyens militaires, soit en comparant nos moyens fédératifs, on ne peut se dissimuler, que si la France a le temps de préparer toutes ses forces militaires et politiques, si enfin elle choisit elle même le moment d'agir, et prend pour ainsi dire l'initiative dans les négociations et dans les opérations, on ne peut se dissimuler, dis-je, que nous aurons à lutter contre des forces tellement supérieures qu'il nous restera peu d'espoir de triompher. Il paraît que cette situation des affaires autorise à conclure trois choses.

1° Qu'il nous est impossible d'éviter pour toujours la guerre avec la France, vu que cette guerre lui est nécessaire pour compléter, et assurer l'asservissement du continent, asservissement auquel les événements de Rome, et d'Espagne, annoncent visiblement qu'elle tend;

2° Que cette guerre sera assez prochaine, vu qu'il convient à la France, de profiter pour la faire du temps où l'aveuglement politique de la Russie sépare les intérêts de cette puissance de ceux du reste de l'Europe, et délivre ainsi les armées françaises de toute inquiétude du côté du nord.

3° Que si on laisse à la France le loisir de préparer et développer contre nous tous ses moyens militaires et politiques, et qu'enfin elle choisisse elle même le moment de les mettre en action, sa supériorité en force sera telle, qu'il nous restera peu d'espoir d'y résister. De ces

trois principes, qui paroissent à peu près incontestables, à moins que l'on
ne veuille les combattre par la vague et fallacieuse théorie des hazards,
résulte naturellement soit notre vraie situation vis-à-vis de la France soit
l'indication des moyens que nous pouvons encore employer pour prévenir
les maux dont elle nous menace. Notre vraie situation vis-à-vis de la
France est donc celle d'*un ennemi;* mais d'un ennemi secret, jusqu'à ce
que nos préparatifs achevés nous permettent d'être un ennemi redoutable.

Les moyens à employer sont de nous préparer rapidement à la guerre
sous les rapports politiques et militaires, et de commencer les hostilités
avec énergie, *aussitôt que* la situation des choses nous donnerait des pro-
babilités de succès, car une occasion manquée le serait peut-être pour
toujours. Or la situation du moment mérite une sérieuse attention sous
les deux rapports susdits; sous celui politique il est à présumer que, malgré
l'influence que la France exerce actuellement à la Cour de Russie, les
événements d'Italie et d'Espagne y auront fait une impression défavorable au nouveau sistème, tout au moins soit la fausse idée que le Cabinet
Russe avait pû s'être laissé donner à Tilsit, sur la modération future de
la France, soit l'espoir qu'il pouvait y avoir reçu d'obtenir à l'avenir
des équivalentes qui eussent garanti l'équilibre entre les deux Empires,
doivent être fortement ebranlés, et il faudra quelque temps à la France
pour rétablir l'ancienne confiance et faire goûter les prétextes qu'elle ne
manquera pas d'alléguer pour colorer ses nouvelles usurpations. En attendant, il est probable que le parti anti-français qui est nombreux à Saint
Pétersbourg ne laissera pas échapper une si belle occasion d'agir, peut-être
qu'en secondant secrètement ses efforts on parviendrait à obtenir si non une
rupture complète et immédiate, au moins une probabilité de rupture pour
l'avenir, ainsi que l'assurance que dans aucun cas la Russie n'agirait contre
nous.

L'Empire Ottoman sent la totalité de son existence politique menacée
par l'alliance Gallo-Russe, et verrait sûrement avec satisfaction un changement dans l'ordre actuel des choses.

L'Angleterre, et la Suède, sont en guerre avec la France; ainsi, parmi
les puissances encore indépendantes on aurait quelques alliés, et on pourrait
raisonnablement se flatter de ne pas avoir d'ennemis.

Quant aux peuples, les nations Allemande, Italienne, Espagnole et
même Française sentent de jour en jour davantage la pesanteur du joug,
et si la crainte les empêchait de se prononcer pour nous, on pourrait cependant (surtout en cas de succès) compter sur quelques révoltes partielles, sur
des facilités à lever des troupes dans les pays conquis, et à tout événement,
on serait assuré de ne trouver nulle part une *opposition nationale* à nos armes. D'après cet exposé il semble donc, que la situation politique serait momentanément favorable pour agir.

La situation militaire du moment ne mérite pas moins d'être sérieusement examinée. La monarchie est à la vérité presque entourée par les troupes
françaises, mais il résulte de cette position même, que tous nos rassemble-

ments de troupes peuvent être plus tôt formés que ceux de l'ennemi, et que ainsi nous pourrions prendre l'offensive où nous le jugerions convenable; d'ailleurs, la totalité des forces françaises qui nous avoisinent, sont moins nombreuses que celles que la monarchie peut leur opposer, les renforts devraient actuellement leur venir de loin, de la basse Italie, de l'Espagne, de l'intérieur de la France et du Holstein; ainsi nous aurions pendant un certain temps, une initiative dans les opérations résultant de notre situation centrale, et de notre supériorité numérique sur le théâtre de la guerre.

Pendant le temps, où le désavantage de situation et l'infériorité numérique des troupes françaises les obligerait à faire une guerre défensive et des retraites, il est possible que l'Empereur de France laisse conduire la guerre par s·s lieutenants; et alors leur égalité en rang et leur rivalité donnent l'espoir qu'il y aurait peu d'accord dans leurs opérations. Si au contraire il venait sur le champ prendre lui-même le commandement de ses armées, on pourrait peut-être le forcer à accepter un combat désavantageux, et alors le prestige de l'invincibilité étant détruit, la guerre rentrerait dans son cours ordinaire, cours dans lequel il n'est pas possible à une nation, et moins encore à un homme de subjuguer l'Europe; au reste, notre armée conduite par son illustre chef actuel (1) a toujours été heureuse, la fortune de Napoléon la lui a jusqu'ici persentée entre des mains moins fortes, peut-être si ces deux guerriers s'étaient déjà rencontrés, ne douterions nous plus de la possibilité de vaincre. La situation militaire du moment nous offre donc aussi quelques avantages, lesquels cesseront, dès que l'ennemi ne sera plus occupé en Espagne; en attendant on prend cette situation du moment pour base dans l'ébauche ci-dessous d'un plan d'opération.

Ebauche d'un plan d'opération d'après la situation actuelle des choses.

Pour présenter un plan d'opération, dans tout son développement, il faudrait avoir une connaissance exacte de la force, et du placement des différents corps ennemis, connaître aussi en détail l'état des places de guerre avoisinant nos frontières qui sont entre ses mains et enfin être bièn instruit, soit de l'état des chemins, que de celui de plusieurs localités importantes; les matériaux nécessaires pour acquérir ces notions, se trouvent sans doute dans les bureaux de notre Etat Major; dans l'impossibilité où je suis de les consulter, je me bornerai ici à une espèce d'ébauche générale d'un plan d'opération; travail qu'est d'ailleurs plus en rapport avec mes faibles lumières, que ne le serait celui d'un plan de campagne détaillé et calculé dans toutes ses branches.

------

(1) Evidemment l'archiduc Charles.

On supposera dans cette ébauche :

1° Que les forces approximatives de la monarchie soient environ de 300.000 hommes, et que l'on ait la possibilité d'armer, d'ici à l'époque de la guerre, 60.000 à 70.000 hommes de réserve, soit milice ;

2° Que sous le prétexte de nouvelle dislocation de camps d'exercice, et de réparation de grandes routes, de construction de places fortes, etc., on ait rassemblé la majeure partie de l'armée à portée des points où elle devrait commencer à agir.

3° Qu'un travail politique précède et accompagne le travail militaire, et qu'à l'époque où nos armées commenceraient à se rassembler notre Cabinet ayant déjà ébranlé l'opinion de la Russie en notre faveur, envoie dans toutes les cours, et dans tous les pays de l'Europe, des ministres, des agents, de notes et des émissaires, qui devraient y disposer l'opinion en notre faveur, en détaillant et faisant valoir la nécessité et la justice de la guerre, ainsi que les chances de succès qu'elle offre, et sous ce dernier rapport on observe, que comme la situation entourante, et disséminée, des forces de l'ennemi nous donne la probabilité d'obtenir quelques succès au début de la guerre, la nouvelle de ces succès suivant de près l'arrivée de nos agents dans les différents pays, elle y donnerait du poids à leurs négociations, et en revanche les succès diplomatiques qu'ils pourraient obtenir faciliteraient par la suite ceux de nos armées, en détournant de dessus elles une partie des forces, et de l'attention de l'ennemi. Ces suppositions faites, jetons un coup d'oeil sur la situation des forces ennemies relativement aux frontières de la monarchie.

Il est notoire que ces forces forment un grand demi-cercle autour de nous, dont l'extrêmité méridionale est formée par les corps de Dalmatie et de Frioul, le centre, Tyrol, Bavière et Saxe, est médiocrément garni, l'extrêmité nord, Silésie et Pologne présentent le plus de force, enfin les forces en Holstein et Wesiphalie, forment une espèce de seconde ligne, dont les premières pourraient avec le temps venir renforcer le nord de la ligne, et les secondes sont à portée de renforcer le centre. Cette situation de l'ennemi indique à peu près, où devraient être placés nos principales forces, quelles devraient être nos premières opérations, et fait pressentir quels seraient, en suite, les mouvements probables de nos armées ; nous distinguerons donc les opérations par l'époque, méthode qui est d'ailleurs nécessitée par le temps matériel qu'exige le rassemblement, et la mise en mouvement des différents corps de troupes.

1e *Époque.* — (Le petit nombre de troupes dont la monarchie pourrait avoir besoin, pour la police soit l'entretien du bon ordre dans l'état, doit être diffalquée, de ceux des différents corps d'armée, dont il va être fait mention, que les circonstances du moment permettraient d'affaiblir sans danger).

Rassemblement des bataillons de réserve, soit milices, dans les chefs lieux de leurs provinces respectives.

Opérations simultanées au midi et au nord ; savoir : au midi rassemblement d'un corps de troupes entre la haute Croatie, et la basse Carniole ; ayant pour premier but de menacer les corps ennemis en Dalmatie, en Frioul, et de couper leurs communications. Le corps de Dalmatie se trouvant ainsi exposé à perdre toute retraite, pouvant d'ailleurs craindre soit des mouvements hostiles de la part des populations qui l'avoisinent soit des débarquements de la part des Anglo-Siciliens; il est probable que ce dit corps se hâterait de marcher pour rétablir sa communication avec le Frioul, ou que le corps du Frioul ferait des mouvements pour tâcher de le dégager: dans les deux cas, il serait facile de combattre un des deux corps avant leur jonction.

En employant 45.000 ou 50.000 hommes, à l'opération susdite, on aurait une grande supériorité numérique sur l'ennemi, et en agissant avec célérité, il est à présumer que l'on aurait l'occasion de le combattre, et de l'affaiblir, avant l'arrivée de tout secours qui pourrait venir de la basse Italie ou du Piémont. En supposant que ce fut le corps de Dalmatie que l'on parvint à battre, et affaiblir, de sorte à être sans inquiétude de ce côté-là, nos susdites troupes laisseraient un détachement pour observer les débris du corps de Dalmatie, et le gros des troupes se porterait vers les hautes vallées de Save et Drave, et s'y placerait de manière à menacer à la fois le Tyrol et le Frioul; si au contraire, c'était le corps du Frioul qui s'était fait battre en voulant marcher au secours de celui de Dalmatie, on profiterait de son affaiblissement, pour faire aussi une opération sur le corps Dalmate, l'affaiblir, et ensuite l'observer; ainsi qu'il est dit ci-dessus, tandis que le *gros* ainsi que dans le cas précédent se porterait ainsi qu'il a été dit vers les hautes vallées de Save et Drave.

Au nord. Cette opération étant la plus importante, on y emploierait la majorité des forces de la monarchie, soit jusqu'à 150.000 hommes. Le premier but de cette opération serait de battre, replier et couper ce qu'il serait possible de couper, des forces ennemies en Silésie, plus battre Davout (1), ou au moins de l'obliger à abandonner sa position actuelle; à cet égard on observe, que ce maréchal est sous quelques rapports dans la même situation que Marmont (2); nos progrès le long de l'Oder menaceraient ses communications; d'ailleurs si le travail diplomatique que l'on a dit devoir accompagner le mouvement militaire, ou les bruits que l'on ferait circuler à dessein, lui donnaient de l'inquiétude sur les intentions de la Russie, de la Prusse, ou même des Polonais, ce général ne pourrait pas courir la chance

---

(1) La vie du maréchal Davout (1770-1823) a été retracée par la marquise de BLOCQUEVILLE et par le comte VIGIER. Cfr. A. MÉZIÈRES, *Silhouettes de soldats*, Paris, 1907, ch. VI. Le sort du Piémont était tel que ses enfants se trouvaient alors entraînés à servir dans des camps ennemis. Le marquis Roberto d'Azeglio, frère ainé de Maxime et appelé au Conseil d'état par ordre de Napoléon, devait être l'un des meilleurs collaborateurs du maréchal Davout dans son gouvernement de l'Allemagne du Nord (voir la biographie de R. d'Azeglio par GIORGIO BRIANO, en tête des *Ritratti d'uomini illustri dipinti da illustri artefici* du même d'Azeglio, Firenze, 1863).

(2) Le maréchal Marmont, duc de Raguse (1774-1852), était alors chargé de mater les résistances opposées par les Dalmates au régime napoléonien. (DUC DE RAGUSE, *Mémoires*, Paris 1857, II).

de se voir enveloppé, et prendrait un des partis suivants : ou, de se rapprocher de l'Oder et de nous livrer bataille sur la droite de ce fleuve avant que repasser l'Oder, avec le gros de ses troupes sans les exposer à un combat, d'évacuer la Pologne ; ou, de laisser une forte garnison dans Dantzig et de sur la droite du fleuve. Dans le premier cas notre supériorité numérique nous donnerait un espoir fondé de vaincre ; et après la victoire on agirait comme dans le cas suivant.

Dans le second cas un corps d'observation serait poussé vers la Netze, pour observer Dantzig et Stettin, et le gros de l'armée se concentrerait sur la gauche de l'Oder, pour y continuer ses opérations et se porter vers l'Elbe, qui serait devenue la ligne de l'ennemi, après la perte de celle de l'Oder.

L'opération dont on vient de parler devrait être entreprise à la fois sur les deux rives de l'Oder savoir par trois colonnes débouchantes à la fois de Pologne, Moravie et Bohême ; nos rapports avec la Russie et la Prusse, ainsi que ce que l'on pourrait présumer des intentions de Davout, indiqueraient si nous devons agir avec plus de force sur la droite ou sur la gauche de l'Oder : en supposant qu'au début des opérations, nous ne devions compter que sur nous même il paraîtrait plus avantageux de porter la majorité de nos forces sur la droite de l'Oder, soit pour n'être pas ralentis dans nos mouvements par les places de la Silésie, soit pour hâter la retraite de Davout.

Cette opération sur la droite de l'Oder présenterait quelques difficultés par rapport aux vivres de l'armée qu'il faudrait avoir prévues pour n'être pas arrêté dans sa marche.

II⁰ *Epoque*. — Marche déjà indiquée, de notre armée du midi soit d'Italie, vers les sources des vallées de Save et Drave, pour menacer à la fois le Frioul et le Tyrol.

Marche de 15.000 hommes de milices et de 5.000 hommes de troupes de ligne à Klagenfurt pour y former la réserve de l'armée d'Italie.

Marche du reste non encore employé des troupes de ligne de la monarchie savoir environ 90.000 hommes vers la haute Autriche pour menacer la Bavière, et être à portée de secourir les frontières Nord-Ouest de la Bohême si elles venaient à être attaquées par des troupes venant de Saxe ou de Westphalie, tandis que la grande armée serait occupée vers l'Oder.

Marche de 15.000 à 20.000 hommes de milices ; et de quelques troupes de ligne en Silésie : pour y assiéger successivement les places où l'ennemi aurait laissé des garnisons, servir de soutien au corps poussé vers la Netze et de concert avec lui balayer peu à peu l'Oder de toute force ennemie.

Marche déjà indiquée de la grande armée de l'Oder, vers l'Elbe, investissement ou négociation avec Dresde, et enfin, selon les circonstances, passage de l'Elbe.

Finalement la Bohême étant actuellement couverte par le retour de la grande armée vers l'Elbe, marche de l'armée rassemblée en haute Autriche contre la Bavière, ayant pour but de replier les forces Bavaroises, et conjointement avec la réserve de l'armée d'Italie, s'emparer du Tyrol. Un corps de 25.000 hommes serait laissé dans cette province où on tâcherait d'armer

15.000 à 20.000 habitants, ce corps composé devant ensuite selon les circonstances menacer, ou agir, en Allemagne, en Suisse, en Italie : le Tyrol occupé, retour du surplus des troupes vers la vallée du Danube, où elles resteraient disponibles pour renforcer les points plus fortement menacés par l'ennemi.

La seconde époque se terminerait par le rétablissement d'un camp à Klagenfurt de la force indiquée plus haut, 20.000 hommes, et par la formation d'un camp de réserve à Passau composé de 15.000 hommes de troupes de ligne, et de 30.000 à 35.000 hommes de milice, de sorte que le corps de troupes de ligne cité ci-haut, comme disponible, ayant fourni le corps du Tyrol, et les contingents des camps de Passau et Klagenfurt, se trouverait être d'environ 45.000 hommes ; ce corps était originairement celui de 90.000 hommes rassemblés dans la haute Autriche.

IIIe *Époque.* — Choix de positions et marche de troupes calculées d'après les mouvements de l'ennemi ; pour prévenir ou éluder les opérations offensives qu'il manifesterait vouloir entreprendre.

Avant d'éxaminer cette 3° époque, jetons un coup d'oeil sur les deux précédentes. Dans la première qui a pour but principal de dégager les flancs de la monarchie et d'assurer ses derrières, le mouvement est excentrique, c'est à dire il va vers le nord, et le midi ; mais cette époque est celle où l'ennemi est le plus disséminé, celle où moyennant les soins que nous avons pris pour cacher le motif de nos rassemblements nous pouvons espérer le prendre en partie au dépourvu, celle enfin, où la monarchie a encore dans son sein 100.000 hommes de troupes de ligne et 70.000 hommes de milices ; avec lesquels elle peut couvrir son centre et les points menacés.

A la seconde époque, qui est celle où l'ennemi pourrait commencer à concentrer ses forces, et à tirer à lui quelques renforts soit d'Italie, soit de Bavière, soit de Westphalie, etc., tous nos mouvements sont concentriques, et toutes les forces de la monarchie se portent vers l'ennemi : savoir :

L'armée du midi se porte vers les hautes vallées de Save et Drave, le camps de Klagenfurt se forme, les troupes de ligne non employées à la première époque remontent la vallée du Danube, marchent vers le Tyrol, et de là se reportent en partie vers le Danube, où elles restent disponibles, un corps composé entre en Silésie pour y assiéger les places, servir de soutien au corps poussé vers la Netze, couvrir la droite, et former une espèce de réserve à la grande armée. La grande armée marche de l'Oder vers l'Elbe, et selon les circonstances passe ce fleuve, enfin le camp de Passau se forme ; et ainsi, toutes les forces de la monarchie se trouvent faire front à l'ennemi.

Cette situation qui est celle où nous commençons la troisième époque, est aussi le moment où il est probable que l'ennemi ayant attiré à lui ce qu'il peut avoir de troupes disponibles, dans la basse Italie, le nord de l'Espagne, l'intérieur de la France et le Holstein (pays qu'il ne peut pas, dans la situation des choses actuelles, dégarnir en entier) commencerait à son tour à combiner des mouvements offensifs ; d'après la nature même des choses, ses opérations offensives ne pourraient être calculées que sur une des trois données suivantes.

1° L'ennemi prenant pour base une ligne diagonale de Mayence à Stettin opérerait de Hameln ou Magdebourg entre Weser et Elbe, contre la Bohême. Dans cette supposition, l'ennemi voudrait donc opérer contre la partie la plus forte de nos frontières, savoir la Bohême septentrionale, et nous serions préparés à lui opposer de très grandes forces. Le corps d'observation sur la Netze et le corps en Silésie passant l'Oder en partie ou en totalité selon les circonstances, la grande armée se portant vers Torgau, Leipzig ou Erfurt, les 45.000 hommes que l'on a dit être disponibles vers le Danube, se portant en réserve vers Bayreuth, attirant à eux une partie du camp de Passau, s'il est nécessaire et poussant un détachement le long du Main, vers Fulda :

Corps d'observation vers la Netze . . .	25.000	hommes
Corps en Silésie	25.000	»
Grande armée moins le corps laissé vers la Netze	125.000	»
Réserve vers Bayreuth	45.000	»
Détachement vers Fulda	15.000	»
Total vers le nord	235.000	»

Cette disposition serait très forte et il est probable que l'ennemi la prévoyant à l'avance et jugeant d'ailleurs qu'en cas de défaite sa retraite serait difficile, ne prendrait pas pour base principale de ses opérations la ligne de Mayence à Stettin.

2° L'ennemi prenant deux bases, savoir celle de Bâle à Mayence, et celle de Mayence à Stettin, opérerait à la fois, ainsi qu'il est dit ci-dessus et par la vallée du Danube.

Dans cette supposition, l'ennemi conservant toujours sa position entourante, nous aurions aussi toujours le même avantage sur lui qu'au début des opérations, savoir celui, que nos troupes n'auraient qu'à parcourir la corde de l'arc, tandis que les siennes auraient à parcourir le cercle; ainsi tous nos rassemblements, et nos jonctions seraient plus tôt effectuées que les siennes, et nous pourrions lui opposer des forces supérieures, où nous le jugerions convenable, de sorte que ses progrès d'un côté seraient balancés par ses pertes de l'autre, et la guerre tirerait en longueur, chose qui ne convient point à la puissance qui ainsi que la France aspire au rôle de conquérante. Enfin, cette disposition de l'ennemi aurait beaucoup de rapports avec celle suivie par Moreau et Jourdan, qui nous procura la brillante campagne de '96 et conduirait probablement les français aux mêmes résultats. Il est donc présumable, qu'elle ne sera pas adoptée par le Gouvernement français actuel : au reste, contre les troupes venant par la vallée du Danube nous aurions :

Corps porté dans la supposition précédente vers Bayreuth	45.000	hommes
Camp de Passau	45.000	»
Camp de Klagenfurt	20.000	»
Corps du Tyrol	25.000	»
Total vers le Danube, non compris les secours qui pourraient venir de la grande armée .	135.000	hommes

Dans cette supposition nous aurions encore vers le nord 175.000 hommes. Ainsi il est présumable que l'on pourrait en tirer des renforts sans trop s'y affaiblir.

Nous aurions donc les 45.000 hommes portés dans la supposition précédente vers Bayreuth, lesquels pourraient si on le jugeoit convenable être renforcés par un détachement de la grande armée; plus le camp de Passau, celui de Klagenfurt, qui pourrait se rapprocher du Danube et enfin le corps du Tyrol, ces deux derniers agissant momentanément vers le Danube, et y reprenant ensuite leur première position, lorsque l'ennemi aurait été repoussé; le Tyrol ne devant cependant dans aucun cas être totalement dégarni.

3° L'ennemi se contentant de nous observer vers le nord, et prenant pour base Bâle et Mayence, opérerait avec la majeure partie de ses forces par la vallée du Danube : cette ligne d'opération laisserait à l'ennemi en cas de défaite une retraite assez facile, et en cas de succès elle l'amènerait dans le centre de nos états; d'ailleurs, ayant sa base au milieu, pour ainsi dire, de sa puissance, il pourrait plus aisément que sur toute autre, y renforcer successivement son armée : il est donc très probable que cette ligne sera celle qu'il choisira pour ligne principale de ses opérations; mais actuellement ses meilleures troupes sont celles qui se trouvent vers le nord de nos états; et celles qu'il retirerait de l'Espagne, et de l'intérieur de la France sont en presque totalité des conscrits; les contingents de la confédération du Rhin sont médiocrément sûrs, surtout en cas de revers, il est donc à présumer qu'avant de tenter de grandes entreprises, l'ennemi voudra renforcer cette armée, un peu novice, par des troupes aguérries tirées du nord. (Si l'ennemi ne tirait pas de troupes du nord pour renforcer son corps du Danube, alors il agirait selon qu'il a été dit dans la seconde supposition, savoir, il aurait deux lignes d'opération, l'une au nord, l'autre vers le Danube; et il éprouverait les inconvénients dont nous avons fait mention dans la dite seconde supposition).

Il serait alors aisé à une partie de la grande armée de suivre la marche de ce détachement, de chercher à s'opposer à sa jonction, et peut-être réussirait-on à l'attaquer, et à le battre pendant la longue marche qu'il devrait faire en nous prêtant le flanc, en tous cas, il lui serait très difficile d'opérer sa jonction plus tôt que derrière Würzbourg; alors nous jeterions un détachement dans le pays de Fulda, on chercherait à insurger les habitants, pour entraver la communication des forces ennemies sur le Danube, avec celles restées vers le nord, et tandis que l'ennemi ferait sa jonction, et préparerait ses moyens d'attaque, nous préparerions aussi nos moyens de défense. Un corps d'environ 45.000 hommes resterait vers Bayreuth et selon les circonstances politiques et militaires agirait offensivement, ou défensivement, vers le nord, ou le long du Main.

La grande armée même (moins le corps susdit, et le détachement poussé vers Fulda), ainsi que les 45.000 hommes que nous avons dit dans la supposition précédente être employés sur le Danube, se réuniraient effectivement sur ce fleuve, entre Ratisbone et Donauvert savoir selon les circonstances vers l'une ou l'autre de ces villes.

Grande armée moins les corps laissés vers la Netze, Bayreuth et Fulda	65.000 hommes
Corps déjà dans la supposition précédente indiqué comme placé vers le Danube	45.000 »
Camp de Passau	45.000 »
Camp de Klagenfurt	20.000 »
Corps du Tyrol	25.000 »
Total des forces employées vers le Danube, non compris les corps vers Bayreuth et Fulda, qui pourraient y pousser des détachements	200.000 hommes

Alors notre disposition vers le nord serait :

Corps de Fulda	15.000 hommes
Corps de Bayreuth	45.000 »
Corps de Silésie	25.000 »
Corps vers la Netze	25.000 »
Total vers le nord	110.000 »

Enfin le camp de Passau, celui de Klagenfurt, et le corps du Tyrol, recevraient telle direction que l'on jugerait convenable à la situation du moment, en cas de revers ces corps pourraient servir de réserve à la grande armée, faire des diversions, etc., etc.

En cas de succès on profiterait de ces avantages pour opérer sur la Suisse.

L'occupation de la Suisse semble préférable à tout autre fruit que l'on pourrait retirer de la victoire, car en maniant convenablement les opinions, on y armerait assez promptement une masse considérable d'habitants non entièrement novices au métiers des armes, d'ailleurs ce pays donne des versants sur la haute Italie, la Souabe et la partie la plus vulnérable des frontières françaises ; de sorte que des forces médiocres en Suisse tiendraient en échec une masse bien supérieure d'ennemis et nous donnerait de grandes facilités pour continuer les opérations offensives et porter la guerre en Italie. La conquête de la Suisse donnant de grandes facilités pour opérer offensivement sur l'Italie, on suppose ici que l'on se tiendrait sur la défensive vers l'Italie jusqu'à l'époque où l'occupation de la Suisse nous ouvrirait de nouvelles routes pour y pénétrer. Cette supposition est cependant subordonnée aux circonstances telles, que faiblesses des ennemis, progrès des Anglo-Siciliens, insurrection des peuples, etc., etc., qui pourraient nous inviter plus tôt à entrer en Italie.

Il semble résulter de l'examen qui vient d'être fait, que si dans la situation où sont les choses, nous prenions une initiative militaire sur l'ennemi, nous aurions nonobstant la supériorité de ses moyens (considérés dans leur ensemble) plusieures chances de succès résultantes de la situation disséminée de ses troupes, car à la guerre, c'est moins la force totale des troupes que leur situation locale qui les rend plus ou moins redoutables, or des premiers succès obtenus devraient nous en procurer d'autres, soit militaires que politiques, et à cet égard on observe que toute guerre doit avoir une tendance manifestée et avouée; plus un but particulier auquel veut atteindre la puissance qui l'entreprend : la tendance manifestée et avouée de celle-ci, serait donc l'affranchissement de l'Allemagne, cette tendance nous donne le droit de faire concourir tout allemand à la défense de sa patrie. Les princes allemands qui se rallieraient à nous, devraient donc nous fournir troupes, places fortes, vivres, chevaux, etc., etc., et chez les princes déclarés contre nous dont nous occuperions les pays, les Etats seraient assemblés et devraient sous responsabilité personnelle nous fournir les mêmes secours, ainsi nos succès augmenteraient nos forces.

Le but de la guerre serait : 1° l'affranchissement de l'Allemagne; 2° le rétablissement de l'influence Autrichienne dans ce pays; rétablissement que l'on ne pourrait obtenir qu'en augmentant les possessions directes de S. M. I. en Allemagne, et en y appanageant des princes de sa maison.

Ces dernières considérations indiqueraient donc à peu près quels seraient ceux des princes Allemands qu'il conviendrait d'avoir pour amis, et quels sont ceux qu'en cas de guerre heureuse il serait préférable d'avoir eu pour ennemis.

NB. — Quant à l'Italie le vrai intérêt de l'Autriche est que les Français en soient expulsés; le plus ou moins de possessions qu'elle pourrait y acquérir serait moins important pour elle qu'une augmentation de pouvoir et de territoire en Allemagne; enfin il semble qu'une bonne frontière et des points commerciaux, seraient les seules acquisitions essentielles à faire de ce côté là.

On terminera ici l'examen de ces différentes questions politiques et militaires, par ce que au début de toute entreprise, il n'y a qu'un certain nombre de chances majeures, qu'il soit possible, et nécessaire d'examiner : d'ailleurs, l'auteur de ce mémoire est bien loin de vouloir tracer un plan politique et militaire, calculé dans tous ses rapports, une telle tâche est infiniment au dessus de ses connaissances et de ses forces, et elle ne peut être entreprise que par des hommes bien plus habiles, et bien plus exercés que lui à traiter de semblables questions : son unique but en traçant cette espèce d'ébauche a été d'examiner d'une manière générale la situation actuelle des choses et il s'estimerait très heureux si une seule des idées qu'il énonce pouvait jamais être de quelque utilité à l'Etat.

[L. T.] ».

Vienne, le 9 mai 1808.

Victor de La Tour s'était déjà rendu à Vienne dans le courant de l'hiver, car le 2 mars 1808 il avait une audience chez un archiduc qui devait être probablement l'archiduc Charles (1). Cette conjecture donne à penser que même les « Observations sur la situation actuelle du Continent », qui sont accompagnées dans le texte original par d'autres remarques supplémentaires, aient été soumises à ce prince. La paix se prolongeant il avait été question d'un court voyage de M. de La Tour en France, ardemment désiré par ses parents, et par l'oncle d'Ezery ; son frère Janus avait déjà pu pousser jusqu'à Paris sans encombres. Le baron de Vincent avait à son tour profité d'un congé pour se rendre en Lorraine, d'où il écrivait à La Tour en juillet 1808 (2). La situation de la baronne de La Tour que son mari avait rejoint en Savoye continuait à être telle, qu'une visite de leur ainé aurait été bien nécessaire, pour mettre un rayon de soleil dans leur triste existence. Accablés de dettes, les deux vieillards se soumettaient aux plus grandes privations pour faire honneur à leurs engagements. M. d'Ezery suivait d'un regard ému et inquiet ce noble spectacle.

« Chambéry, 18 juin 1808.

Je reçois dans l'instant ta lettre, mon cher Victor ; c'est de toutes, celle qui m'est arrivée de plus fraîche date, et cependant elle a été un mortel mois en route, et je doute, que celle que je t'ai écrite en communauté avec Gouver et la Mongelas, te soit parvenue, car tu ne m'en dis rien. Que de contrariétés domestiques ! Cependant je ne puis croire, que elles soient poussées au point de nous priver du plaisir de te voir ; à moins que des circonstances personnelles ne s'y opposent, je suis bien persuadé, que tu mettras tous tes soins à nous procurer la satisfaction de t'embrasser ; car tu sais, que ma philosophie est de s'occuper avec ténacité des choses sur lesquelles l'on peut influer, et de se laisser aller au courant pour les autres ; si l'on s'abandonne à creuser son imagination sur des objets hors de son influence, le cours de la vie est trop empoisonné. Tu as donc abandonné ta superbe capitale, le séjour que tu y as fait t'auras procuré de bonnes connaissances, et je porte aussi en ligne de compte les agréments, dont tu y as joui ; car ce sont des repos qui donnent des forces pour ramer ; d'ailleurs je me confie entièrement aux bontés de ton patron de barque (3) ; j'aime bien à voir Janus fort occupé ; dans le travail c'est un homme, et dans l'oisiveté je crains bien que pour longtemps il ne soit encore qu'un enfant. Ce n'est pas de ce moment, que j'ai représenté à ta mère, que tout l'espoir de leurs créanciers était fondé sur la durée de leur vie, et que c'était un mauvais calcul même pour eux que de [se] condamner à des privations aux dépens de leur [santé ?], mais ils ont à cœur de

Archives de La Tour
Orio. - I, 29 ª.

---

(1) Voir le billet d'audience du 17 mars à minuit de la main du Lieut. Général Grünne (Archives d'Orio, I, 31).

(2) Lettre du baron de Vincent, de Nancy, 6 juillet 1808 à V. de La Tour à Cracovie (Archives d'Orio, I, 34).

(3) Le comte de Bellegarde.

rembourser des amis, qui les ont aidés dans des temps bien pénibles, et sans espoir fondé, de recouvrer leurs fonds ; il y a peu à répondre à cela ; car au moins l'on a la satisfaction de leur prouver la bonne volonté ; cependant j'insiste toujours, pour qu'ils prennent un petit ménage ; ce à quoi ils se détermineront, surtout s'ils conservent l'espoir de vous voir. La santé de la Mongelas s'est bien améliorée ; il se passe peu de jours que nous ne parlions de toi ; elle t'est vraiment bien attachée ; je ferai tes commissions à tous tes amis qui se portent tous fort bien ; M⁣ᵉ du Noyer tranquille à Bassin, Madame de la Vienne (?) contraste par le mouvement, Madame d'Ezery toujours sur son fauteuil, moi toujours en retraite, les d'Arvillard toujours bons enfants, M.lle Baland toujours droite, enfin notre ville toujours maussade ; c'est tout-à-fait *statu quo ;* il n'y a que les années...

Madame d'Ezery te rend révérence pour révérence, mais elle ne peut pas plier bien bas ; elle ne te fait donc qu'un salut de province ; mais de si bon cœur que tu peux bien t'en contenter ; elle t'embrasse, te souhaite repos de corps et d'âme, et un peu de plaisir par dessus.

Saint Rémy écrit, que l'oncle Clément est à Munich (1), où il fait

---

(1) A cette époque le comte Clément de La Tour, se trouvant en effet en pays allemand, reçut du comte Henry de Bellegarde une lettre que nous tirons du riche portefeuille du comte Clément conservé dans les archives d'Orio, parcequ'elle contient une appréciation très flatteuse des services de Victor de La Tour.

« Monsieur et très cher cousin,

Archives de La Tour.
Orio.-Suppl. V. 583.

Tandis que je vous croyais toujours bien loin de nous j'apprends avec plaisir par votre chère lettre du 23 juillet que vous vous trouvez dans notre voisinage et que vous vous disposez à y faire de bonnes affaires ce qui n'est pas chose facile au temps où nous vivons. Cependant le Landgrave de Darmstad est un des princes de la ligue des plus traitables, et Madame la Landgrave une des princesses les plus aimables de sorte que j'espère que vous n'aurez pas à vous plaindre du séjour où vous me dites vous rendre. Je voudrais qu'il en fut de même, mon cher cousin, de vos facultés physiques dont je vois avec regret que vous vous plaignez. Votre cher frère, le respectable père de mon jeune homme, quoique votre aîné, est en cela plus heureux, il porte son âge à merveille et la vieillesse n'a encore aucune prise sur lui. Pour moi quoique votre cadet à tous deux je me ressens aussi de plus de vingt années de guerre, presque consécutives, où j'ai roulé aux quatre points cardinaux de notre Monarchie, mais cela va encore et dans l'époque actuelle il faut que la galère vogue tant qu'elle pourra voguer, mais ce n'est pas l'ambition qui me fait agir et qui soutient mes forces, c'est le devoir et la reconnaissance.

Si votre brave neveu Victor fait son chemin, comme je l'espère, au service de l'Empereur, il ne le devra *qu'à ses talents distingués et à ses connaissances, résultats d'une très bonne éducation.*

C'est un digne et aimable jeune homme doué de beaucoup d'entendement, de raison et d'un cœur excellent. Je voudrais pouvoir contribuer à le pousser comme il le mérite, et le savoir très heureux pour qu'il fut dédommagé en quelque manière de tout ce qu'il a déjà souffert et perdu. Ma femme ne se trouvant pas avec moi dans cette Pologne je lui ferai votre obligeante commission par écrit et elle y sera extrêmement sensible. Je vous prie de vouloir bien aussi être l'interprête de mes sentiments auprès de Madame

son service de Chambellan, qu'il attend un passe-port, pour venir ici ; que diable y viendrait-t-il faire ? Adieu, mon cher Victor, conserve toujours un peu d'amitié au vieux oncle.

D'EZERY.

A Monsieur le Comte Victor de La Tour ».

L'espoir d'une réunion de famille ne devait pas être réalisé pour le moment. Le vent recommençait à souffler à la guerre, et les nouvelles d'Espagne, apportant vers la fin de l'année 1808 les bruits fondés de grands obstacles à la conquête française, donnaient un sursaut à tous les esprits impatients ; il y en avait beaucoup au Quartier général de Bellegarde, et nous en connaissons un qui ne voulut pas probablement risquer d'être surpris par les événements. Son séjour en France n'aurait pas été, somme toute, dépourvu de dangers. S'il les avait bravés avec sa crânerie habituelle, Victor de La Tour aurait pu avoir la joie d'embrasser ses chers parents, son excellent oncle et sa tante d'Ezery, il aurait cueilli au petit bonheur l'occasion pour deviser un peu avec Gouvert, et il aurait vu au passage les Mongelas, les du Noyer et les Massigny. Même les dames de Bellegarde s'annonçaient pour la fin de l'été, ainsi que lui écrivait M. d'Ezery (1) dans l'une de ses charmantes lettres trop nombreuses, hélas, pour pouvoir dérouler ici, sous les yeux du lecteur, tous les recoins d'une tendresse toujours en éveil, d'un esprit avisé et jeune en dépit de l'âge. Mais si l'on en excepte ces personnes chéries, que serait donc aller faire désormais M. de La Tour dans sa vieille Savoye ?

Le pays avait dépouillé sur commande son aspect particulariste, et le Département du Mont Blanc ne pouvait pas valoir autant que le vieux Duché, aux yeux du jeune homme de plus en plus mûr et assagi. Il était parvenu à un état d'esprit qui lui faisait embrasser les questions générales d'un regard d'ensemble, il n'aurait plus su se livrer à moitié, et sa tête, son cœur, ses forces étaient entièrement et irrévocablement consacrés à une cause qui le rendait alors étranger à ses montagnes natales. Il retrouvait mieux la patrie là où s'étaient réfugiés ses Rois. Et en attendant le jour où leur drapeau pourrait flotter de nouveau sur le continent, c'était vers l'Italie qu'il se tournait, rêvant de la voir délivrée du joug napoléonien et caressant dès projets qui prenaient de plus en plus grande allure. Chose inattendue et pourtant vraie : ce fut au service de l'étranger, de l'Autriche et de l'Angleterre,

---

la Comtesse, et lui offrir mes respectueux hommages. Je souhaite que vous ayez fait heureusement le voyage que vous projetiez et vous prie de croire à l'intérêt véritable et à l'attachement sincère avec lesquels j'ai l'honneur d'être, Monsieur et cher cousin
Votre très humble et très obéissant serviteur
Le Comte de BELLEGARDE
Général de Cavalerie ».

Cracovie, 26 août 1808.

(1) Archives d'Orio, 1, 29 bis.

que Victor de La Tour prit décidément contact avec la nation Italienne et, à force de la souhaiter libre et grande, il cessa de se sentir Savoyard pour devenir Piémontais, en attendant mieux.

De ces années d'épreuve datent pour ainsi dire les véritables lettres de naturalisation d'une famille longtemps enracinée de l'autre côté des Alpes. Sans prévoir probablement tout le cours des événements qui se préparaient alors, quand l'invasion française donnait occasion en Espagne au premier réveil de l'esprit de nationalité, Joseph de Maistre de son observatoire de St. Pétersbourg, promenait ses yeux perçants sur l'Europe, et s'avouait lui aussi de moins en moins Savoyard. Il écrivait à Victor de La Tour le 10 Août 1808 :

« St. Pétersbourg, 10 (22) Août 1808.

Monsieur le Comte,

Archives de La Tour.
Orio. - I, 36.

Vous m'avez fait un plaisir infini en me donnant des preuves de votre souvenir. La multitude énorme des lettres de devoir m'empêche d'en écrire pour mon plaisir. C'est ce qui fait que je ne vous ai point attaqué, mais il faut bien vous garder de croire que je puisse jamais cesser un instant de prendre le plus grand intérêt à tout ce qui se rapporte à vous et à tout ce qui s'appelle comme vous. J'ai en singulière horreur l'*oubliance* moderne. Je la contredis dans mon coeur de toutes mes forces. Souvent je m'amuse à faire la revue de mes dignes amis, de tous ceux en qui je puis me flatter d'avoir laissé quelques légères traces de souvenir. Je les appelle l'un après l'autre, et je suis tout joyeux lorsqu'on me répond *Présent!* Comment pourrais-je douter de vous, M. le Comte : vous qui m'avez toujours accordé des sentiments auxquels j'attache tant de prix et qui venez de m'en donner encore un témoignage aussi aimable ?

Je ne me rappellais nullement de vous avoir dit : *Qu'il était sage de ne pas se fier à la sagesse humaine;* mais certes je ne m'en dédis pas. Ce que nous voyons n'a point d'exemple dans l'histoire. Observez l'état du monde! *La France s'est emparée de l'Europe qui s'est emparée de l'Univers.* Toute l'Amérique est Européenne. Le génie de l'Asie a tout-à-fait plié sous le nôtre. Le Mogol est un pensionnaire, et le Sultan n'est debout que parce qu'on le pousse en sens contraire. Les Anglais ont une frontière avec la Chine. Chez nous, le Saint Empire Romain s'en est allé en fumée avec le traité de Westphalie, la Révolution ayant mêlé et secoué les hommes en tous sens, presque toutes les aspérités des préjugés nationaux ont cédé au frottement terrible. Tout ce qui différenciait les hommes, tout ce qui les cantonnait, tout ce qui les divisait, n'existe plus; la fureur des langues et des voyages achève l'oeuvre. Tout marche vers un grand amalgame, vers une grande unité qui changera la face du monde. Cette immense opération se divise en deux parties. La première est négative et ne pouvait être exécutée que par des mains coupables, pour renverser, détruire et broyer; la seconde qui sera toute contraire exige par conséquent des mains toutes différentes qui ne paraissent point encore.

C'est une courbe immense et régulière qui a ses lois et son *équation*. Certainement elle ne rebrousse point encore. Ainsi, mon cher Comte, les enseignes verront peut-être de fort belles choses. Les majors pourront bien voir quelque chose; mais pour les hauts grades, je suis bien leur très-humble serviteur. Quant à moi, Monsieur le Comte, je me console de mon âge en m'élançant par une réflexion opiniâtre (1) dans un avenir sur lequel je n'ai plus de droit, et me supposant déjà arrivé au moment de prendre congé je serais tenté de vous dire : *Spem bonam certamque domum reporto,* mais venant à penser que probablement vous n'êtes pas latiniste, je m'en abstiens.

Voilà, M. le Comte, ce qui est tombé de ma plume à propos de cette petite misérable *sagesse humaine* dont vous m'avez parlé. Si j'avais l'honneur de vous voir je vous dirais d'autres choses, et vous verriez j'espère comme Enée de pieuse mémoire, les mains invisibles qui détruisent la ville de Troie. Que nous importe, Monsieur le Comte? Il faudra beaucoup souffrir, nous aurons faim et soif : nous rencontrerons des cyclopes, des harpies, des enchanteresses, etc., mais nous bâtirons Rome.

Si de ces objets gigantesques on peut descendre jusqu'aux infinements petits, je vous dirai que vous faites beaucoup d'honneur à nos compatriotes en attribuant à la timidité l'aversion insurmontable qu'ils ont pour mettre des lettres à la poste. C'est la glace du cœur qui se communique aux doigts de manière qu'ils ne savent plus tenir la plume. *Qu'ils reposent en paix!* Ce mot de *patrie* s'est bien rétréci pour moi. Il ne repose plus que sur un petit nombre de têtes chéries, et à mesure que la Camarde m'en escamote une, il se rétrécit davantage, de manière que je pourrais très-aisément placer tout le Duché de Savoye dans un appartement de dix pièces.

Rodolphe, qui est à côté de moi dans ce moment, est bien sensible à votre souvenir, et me charge de vous dire mille belles choses. Il revient de Finlande où il a fait sa seconde campagne. Il avait déjà fait volontairement celle de Prusse qui finit à Friedland. Il a rapporté de Finlande l'épée de S. Anne et l'on m'annonce même la croix de S. Wladimir, mais comme je ne la tiens pas c'est une affaire douteuse. Cependant elle a été demandée par le général et c'est quelque chose. Il a fallu absolûment que ce petit fils *inique* changeât de carrière. J'ai droit de me sacrifier et je l'ai fait, mais nul père depuis Abraham n'a droit de sacrifier son fils (vous savez même que l'affaire ne se termina pas). L'Empereur le recevait dans les Chevaliers-gardes, premier Corps de la garde à cheval et le plus brillant de l'armée. Il le dispensait même de l'épouvantable noviciat de bas-officier en le recevant officier d'emblée! Je l'ai jeté dans cette porte qui s'ouvrait d'une manière si flat-

---

(1) La fidélité inlassable, qui pouvait sembler parfois de l'entêtement, avec laquelle Joseph de Maistre appliqua toujours ses principes dans toutes leur déductions le fait comparer par un biographe moderne à Agrippa d'Aubigné (S. ROCHEBLAVE, *Agrippa d'Aubigné*, Paris, 1910, conclusion).

teuse. Il m'éreinte un peu comme vous sentez; mais depuis longtemps je ne pense plus à moi; il se porte à merveille et a tout *souffert sans souffrir.* Adieu mille fois, M. le Comte; vous me ferez un plaisir sensible toutes les fois que vous voudrez bien me donner la preuve écrite que vous êtes au monde et que vous ne m'oubliez pas. Recevez l'assurance la plus sincère de l'invariable et respectueux attachement avec lequel je suis de tout mon coeur, M. le Comte,

Votre très humble et très obéissant serviteur   MAISTRE.

Vous m'obligerez beaucoup si vous avez la bonté de faire passer à vos parents, lorsque l'occasion s'en présentera, l'assurance de mon très respectueux souvenir ».

Le comte de Maistre, comme tout le monde, avait à ce moment les regards tournés vers l'Espagne : « que de choses, Mr. le Comte, peuvent naître de cette Espagne! » écrivait-il le 8 octobre 1808 à M. de Blacas (1). Le major de La Tour partageait cet avis, et l'on trouve dans ses papiers de cette époque beaucoup de preuves de l''intérêt passionné avec lequel il suivait toutes les phases de cette lutte acharnée. Tantôt c'est une lettre d'un émigré français établi à Vienne qui pose à M. de La Tour une série de questions relatives à la marche de cette guerre (2); tantôt c'est un extrait du discours prononcé par Mr. Shéridan (3) peux de jours avant la clôture de la Session du Parlement Anglais, ou de la réponse faite par Monsieur Canning (4). D'autre part M. de La Tour comprenait très bien que toutes les chances de profiter de la situation faite à la France par l'insurrection Espagnole, dépendaient de la possibilité de remettre sur un bon pied l'armée Autrichienne; il se livrait donc assidûment à des travaux techniques sur les réformes militaires (5).

Le problème de l'organisation de la Landwehr passionnait particulièrement M. de La Tour qui peut-être n'était pas éloigné de croire comme

---

(1) ERNEST DAUDET, Œuvre citée, page 88-89.

(2) Archives d'Orio, 1, 38.

(3) Richard Brinsley Sheridan (1751-1816), le célèbre auteur dramatique et orateur parlementaire, qui, partisan de la paix au début de la révolution française, se constitua le champion de la résistance contre les guerres de propagande et d'envahissement du régime napoléonien.

(4) Archives d'Orio, 1, 42. George Canning (1770-1827), Whig converti aussi au toryism par la crainte de la révolution française, partisan de Pitt, rival de Castlereagh et adversaire convaincu de la politique étrangère de ce dernier fondée sur le dédain du principe des nationalités.

(5) Dans les Archives d'Orio, (1, 43), est conservé tout un mémoire en Allemand : Notizen uber die Stärcke der Oesterreichischen Kriegs Macht und den seit dem Presburger Frieden zur Verwolkommung demselben getroffenen Massregeln in rein militärischen Innsicht.

son cousin le marquis de Bellegarde (1) qu'il y aurait eu avantage à l'organiser « comme les Provinciaux Piémontais ».

Le baron de Vincent ne partageait pas l'optimisme de la plupart des militaires Autrichiens. Il se préparait lui aussi à la guerre, car il la voyait venir, mais il n'en attendait rien de bon, et aurait voulu au moins gagner du temps.

« Vienne, le 28 Novembre 1808.

Ce serait surtout envers vous, mon cher Comte, que je me reprocherais mes remises, ou mon peu d'exactitude à repondre; personne ne sait mieux apprécier votre bon jugement et votre excellent esprit, il faut seulement regretter de vivre dans un pays où, analisant toutes choses, et devant les soumettre au froid calcul de la raison, il faut abandonner tout ce qui est élan, inspiration, tout ce qui est produit par un mouvement spontané, et faire la fâcheuse réflexion qu'un miracle, ou un incident extraordinaire peut retarder et même empêcher notre perte, mais que par l'insuffisance des personnes, les mêmes vices dans tous les genres d'administration existant toujours, je regarde comme impossible, ou du moins comme très difficile que nous sachions produire quelque chose par nous mêmes, malgré tout ce que les circonstances actuelles ont de favorable, malgré les nombreux éléments qui existent en notre faveur, malgré même que l'Europe oubliant, ou nous faisant grâce de nos sottises passées, nous considère comme l'ancre de miséricorde et fixe ses regards sur nous; nous avons assemblé tant de matériaux, nous nous sommes mis dans une attitude telle, nous nous sommes à cette heure si entièrement compromis vis-à-vis de Napoléon, que dans peu de mois nous serons *obligés* de prendre le parti au devant du quel nous eussions dû nous porter par noblesse et générosité, mais quand ce moment qu'on considère encore dans l'éloignement et sur lequel on discute *sous des lambris dorés* arrivera, vous verrez se reproduire l'embarras et la fausseté des mesures, parce que tout se réduit chez nous au matériel; d'ailleurs notre infanterie ne vaut pas un dégré de plus que lorsque l'aspect de sa composition m'a toujours donné de la défiance sur son emploi; nous composons ici des bulletins sur ce qui se passe aux Pyrenées, qui sont de véritables châteaux en Espagne. Le fait est que le 9 de ce mois le quartier général français était à Vittoria (2), avait des portes sur les deux rives de l'Ebre, entre autre Miranda, que les Espagnols, qui se réduisent sagement à ce qu'il paraît à la petite guerre, sortent d'un côté des montagnes de S. Ander et de l'autre de l'Arragon et inquiètent continuellement les français sur leurs ailes; non seulement ces derniers ont évacué la Catalogne, mais on est fondé à croire que Barcelone est rentrée au pouvoir des

Archives de La Tour. Orio. - I, 39.

---

(1) Lettre du Marquis François de Bellegarde, de Gratz, 18 décembre 1808 à V. de La Tour (Archives d'Orio, I, 40).

(2) On peut lire sur le séjour du roi Joseph à Vitoria le récit pimenté du COMTE DE GIRARDIN, *Souvenirs* (ed. Savine), Paris, 1911, pp. 114 et suiv.

Espagnols. Si dans quelque Bibliothèque de Cracovie vous pouvez trouver les Mémoires du Marquis de S.t Philippe (1) écrits à l'avénement de Philippe V, je vous engage à les lire, à cause de leurs rapports avec les circonstances actuelles.

Je vous prie de présenter mes hommages au Comte de Bellegarde: j'ai reçu une lettre bien bonne et bien obligeante de lui; d'après ce que m'a dit et répété jeudi dernier le Comte de Grünne (2), celui-ci a écrit au Commandant général et rien n'empêchera que vers le 15 décembre il ne vienne passer quelques semaines ici; je vois arriver ce moment avec une vive satisfaction; je tiens à la douce habitude que j'avais contractée en Italie de vivre avec le Commandant général; et j'en verrai toujours avec un vif plaisir se renouveller la circonstance.

Adieu, mon cher Comte, en vous assurant combien je fais cas de la votre, veuillez recevoir l'assurance de toute mon amitié.

V[INCEN]T »·

Les avis d'hommes, tels que le baron de Vincent et l'archiduc Charles lui même, parvinrent à contenir les tendances belliqueuses du Cabinet Autrichien, auquel le comte Stadion donnait à présent une impulsion énergique dans le sens d'une réaction de la culture et du peuple Allemand, contre l'hégémonie française (3). Le ministre montra une bienveillance marquée au comte de La Tour, qui était alors occupé à l'Etat Major de l'armée, pour la préparation d'une campagne qu'on prévoyait inévitable à courte échéance. Il paraît que les dispositions finalement adoptées et dont on fait remonter la responsabilité au prince Charles de Schwartzenberg (4),

---

(1) Vincent Baccalar y Sanna, marquis de Saint Philippe, le plus ferme soutien en Sardaigne de la domination expirante de l'Espagne. Il publia en 4 volumes les *Mémoires pour servir à l'histoire de Philippe V*, qui ont été traduits en français.

(2) Philippe de Grünne (1762-1854), attaché depuis 1796 à la personne de l'archiduc Charles qu'il devait suivre dans la retraite après les revers de 1809, travailla souvent dans les bureaux du ministère de la guerre, surtout lors des campagnes de 1804 et de 1809. Il écrivit une relation de cette dernière (WURZBACH, *oeuvre citée*, V).

(3) Une analyse pénétrante de cette politique de Stadion et du peu de racines qu'elle avait dans les conditions réelles de l'Autriche, a été faite par C. A. FYFFE, *A History of modern Europe*, London, 1900, pag. 71 et suivantes.

(4) Le prince Charles de Schwartzenberg (1771-1820), qui avait fait brillamment ses preuves dans les guerres contre les Turcs et dans les campagnes des Pays-bas, était déjà général en 1799 lorsqu'il se distingua dans la guerre de Suisse. En 1805 il s'échappa d'Ulm à la tête de la cavalerie autrichienne et sut par là éviter le sort de Mack, mais il dut assister à la fin si désastreuse que cette guerre eut pour son pays. Lorsque une nouvelle rupture s'annonçait entre l'Autriche et Napoléon et le prince Charles aurait joué le rôle d'éminence grise du Conseil de guerre que lui prête La Tour, il menait de front les affaires militaires et les diplomatiques, car il ne reprit sa place au quartier général autrichien qu'après une mission à St. Petersbourg. Du moins parvint-il à enrayer les efforts de Napoléon, pour mettre de suite la Russie à dos des Autrichiens dans cette lutte desespérée. Envoyé à Paris comme ambassadeur, il

furent l'objet des plus vives critiques de l'ancien officier Sarde qui en craignait des suites déplorables pour l'issue de la guerre, et le gaspillage d'une grande préparation militaire (1). D'ailleurs plusieurs semaines avant l'ouverture des hostilités, M. de La Tour était délivré du poids (de cette participation aux travaux de la Commission Aulique, dont il ne partageait pas les vues, et reprenait le chemin de l'Italie, où il était tout indiqué, pour reprendre en main les fils à peine noués en 1805 des mouvements antifrançais.

CHAPITRE III.

Première Mission en Sicile.

Le système adopté par le ministère Stadion ne visait pas seulement le réveil de l'esprit national Allemand, il tendait à encourager et utiliser tous les foyers de résistance à Napoléon. Si Saragosse tombait avant que l'armée Autrichienne fut en mesure d'entrer en campagne, et si l'Espagne domptée pour le moment ne présentait plus un champ favorable aux manoeuvres des émissaires Autrichiens, la Sicile, défendue par sa situation géographique, et par l'assistance des flottes Anglaises, offrait un point d'appui incomparable à toute action dans la Méditerranée. La paix entre la France et l'Autriche durait encore, lorsque l'Empereur François chargea Monsieur de La Tour d'une lettre autographe pour le Roi des deux Siciles, dans laquelle les desseins du Cabinet de Vienne étaient entièrement dévoilés.

---

eut le chagrin de voir tomber sa propre belle soeur parmi les victimes de l'incendie qui termina si tragiquement la fête qu'il donnait pour le mariage de Marie Louise. En 1812 Schwartzenberg commanda le corps auxiliaire autrichien qui prit part à la guerre contre la Russie et sut épargner son contingent presqu'entouré par les forces supérieures de Tormassow et de Tchitchagoff. Nommé en mai 1813 à la tête de l'armée autrichienne qui entrait en campagne contre Napoléon, Schwartzenberg eut la plus grande part à la victoire de Leipzig (H. BEITZKE, *Geschichte der deutschen Freiheitskriege in den Jahren 1813 und 1814* (Berlin, 1859). Schwartzenberg conduisit son armée, à travers la Suisse, jusqu'aux portes de Paris (H. HOUSSAYE, 1814, Paris, 1896) et il contribua à entraîner le maréchal Marmont dans le camp des royalistes (PASQUIER, *Mémoires*, Paris, 1893, I p., t. IIe).

(1) Nous avons recueilli sur ce point le témoignage du baron Albert de La Tour fils du maréchal qui laissa à son tour, comme sa soeur de Rinco, des souvenirs manuscrits, tirés de ses conversations avec son père. Le baron Albert ajoute que plus tard le P. de Schwartzenberg reconnut loyalement la supériorité du plan prôné par le jeune officier d'Etat Major, et qu'il chargea le comte de Stadion de lui remettre un compterendu qu'il avait rédigé après la guerre en y avouant son erreur.

« Vienne, le 28 février 1809.

A Sa Majesté le Roi Ferdinand,

 Monsieur mon frère et très cher beaupère,

Archives de La Tour.
Orio. - I, 45.

Le Comte de La Tour, major à mon service, se rendant par mes ordres à Palerme, je profite avec empressement de son départ pour offrir à votre Majesté les assurances du tendre et véritable attachement que je lui ai voué depuis longtemps et dont j'éprouve toujours un nouveau plaisir a Lui réitérer l'expression. Aimant à me livrer sans réserve à tout l'intérêt que la situation de Votre Majesté m'a constamment inspiré, j'autorise cet officier à entrer vis-à-vis des personnes que vous trouveriez bon, Monsieur mon Frère, de commettre à cet effet, dans toutes les explications qui se rapportent soit à la position générale des affaires, soit aux mesures auxquelles Votre Majesté jugerait convenable dans la conjoncture actuelle de se déterminer et de concourir. Je connais assez la justice que vous rendez, monsieur mon frère, à mes intentions pour me persuader d'avance, que vous voudrez bien ajouter aux nombreux liens d'amitié et d'affection qui nous unissent, une nouvelle preuve de confiance en accueillant favorablement le Comte de La Tour. Son premier désir et son principal soin seront de mériter la bienveillance de Votre Majesté, en l'entretenant fréquemment de mes sentiments aussi tendres qu'affectueux pour Sa personne ainsi que pour toute sa famille et en lui présentant les assurances de la considération la plus distinguée, avec laquelle je ne cesserai d'être, Monsieur mon Frère et très cher Beaupère, de Votre Majesté le bon Frère et tendre Fils.

FRANÇOIS (1) ».

Avant son départ de Vienne le comte de La Tour, qui venait d'être nommé Lieut. Colonel par un arrêté du 1er mars 1809, reçut du comte de Stadion les instructions qui devaient régler sa conduite à la Cour de Palerme.

Archives de La Tour.
Orio. - I, 47.

« Monsieur le Comte de La Tour est envoyé à la Cour de Palerme avec une commission très importante pour les intérêts de notre Auguste Maître. Il est chargé de présenter à cette Cour, dans tout son développement, la situation actuelle des choses entre l'Autriche et la France, et de lui faire sentir, dans toute leur force, les motifs qui doivent l'engager à se joindre sans perte de temps, et sans aucune épargne de ses moyens, à la lutte que la Cour de Vienne aura à soutenir contre les forces de Napoléon et de ses alliés.

---

(1) Le texte de cette lettre nous a été communiqué aussi par le Directeur du K. und K. Haus-Hof-und Staats Archiv de Vienne.

Le Cabinet Sicilien n'a pas à douter de l'influence décisive qu'une guerre, entre ces deux puissances, aura pour le sort définitif de l'Europe, et pour celui de la Famille du Roi Ferdinand en particulier. Elle a paru désirer depuis longtemps que l'Autriche levât le bouclier, et il est à croire qu'on nous a accusé à Palerme plutôt de lenteur, qu'on ne nous taxera dans le moment actuel de précipitation ou de trop d'effervescence.

Monsieur le Comte de La Tour connait les circonstances qui forcent l'Empereur, en conséquence même du système défensif qu'il a constamment observé depuis la paix de Presbourg, à faire prendre les armes à ses sujets et à porter ses troupes sur ses frontières. La France menace l'intégrité de son Empire et l'existence même de sa Monarchie. Il s'agit de prévenir l'attaque qui se prépare, et qui deviendrait plus dangereuse à mesure que nous tarderions de lui opposer à temps les moyens de la plus juste défense.

La cause de l'Autriche se lie dans le moment actuel par elle-même à celle de toute la partie de l'Europe qui se trouve écrasée par la prépondérance de l'Empire de Napoléon, ou bien qui est exposée à succomber à ses vastes plans de subversion politique. Les principes que nous nous proposons de suivre en défendant cette cause la joignent encore plus étroitement aux intérêts des puissances qui ont leur intégrité à conserver ou des pertes à réparer.

N'ayant d'autres vues que de réprimer, ou bien en cas de bonheur de détruire cette prépondérance politique et militaire qui pèse sur l'Europe, notre système est un vrai système de restitution, et il s'étend sur toutes les puissances qui ont à réclamer contre les usurpations de Napoléon. Nous ne désirons pas seulement, mais nos opérations militaires seront conduites dans le but de faire rentrer les Souverains légitimes dans les parties de leur territoire qui leur ont été arrachées, et qui sont devenues des parties intégrantes de l'immense puissance tributaire que Napoléon s'est formé, depuis les paix de Lunéville et de Presbourg. Nous nous croyons en droit d'appeler ces Souverains à notre secours, et nous nous flattons de ne pas les appeler en vain, puisque nous ne demandons d'eux que de ne ménager de leur côté aucun effort pour rentrer dans leurs anciennes possessions, et de les combiner d'abord quant au temps, et plus tard quant à leurs moyens d'exécution, avec nos opérations militaires.

Le Mémoire ci-joint, qui a été communiqué à M. le Commandeur de Ruffo (1), contient le résumé succint des vues et des demandes que nous présentons à la Cour de Palerme. C'est sur cette pièce, qui va être com-

---

(1) Alvaro Ruffo (1754-1825), de la branche des princes della Scaletta, commandeur de l'ordre de Malte, après avoir representé la Cour de Naples à Lisbonne, et à Paris, fut nommé, en 1803, au poste important de Vienne, qu'il ne quitta plus, à peu près jusqu'à sa mort (M. H. WEIL et C. DI SOMMA CIRCELLO, *Correspondance inédite de M. Caroline reine de Naples et de Sicile avec le Marquis de Gallo*, Paris, 1911).

muniquée par M. le Commandeur à Leurs Majestés Siciliennes, que M. le Comte de La Tour doit baser toute sa négociation.

Nous appelons le Roi à employer tous ses moyens à rentrer à force armée dans son propre Royaume, dans le même temps que nos opérations militaires dans le Nord de l'Italie lui en faciliteront la conquête. Nous lui promettons les puissants secours que notre campagne en Italie lui présentera, pour se rendre maître de Naples et pour s'y soutenir ensuite. Nous ne voulons point lui prescrire le détail des plans qu'il aura à suivre. Ils dérivent des localités, des forces respectives, des troupes que le Roi pourra y employer, de la nature des secours, que les Anglais voudront lui prêter. Monsieur de La Tour se bornera à donner les notions qui pourront guider le point de vue militaire, et il communiquera ses idées à ce sujet, sans insister à ce qu'elles soient uniquement adoptées. Mais nous exigeons et nous insistons à ce que la Cour de Palerme emploie toutes les forces dont elle pourra disposer, et qu'elle les y emploie entières. Car notre intérêt, ainsi que le propre intérêt du Roi, se réunit à ce que la diversion qu'il fera au Midi de l'Italie réussisse. Des demi-moyens, une demie volonté ne seraient pas seulement sa perte certaine, mais ils influeraient directement sur nos opérations dans le Nord de l'Italie.

Monsieur de La Tour ne saurait trop appuyer sur ce point ; dût-il même aller jusqu'à la menace, que nous pourrions nous voir forcés ainsi à abandonner la cause du Roi, et à nous chercher d'autres ressources.

C'est pour cette même raison qu'il ne négligera rien pour engager la Cour de Palerme à demander aux généraux anglais commandants en Sicile, de joindre une partie de leurs troupes à celles du roi ; et à prendre une part active à l'expédition de la Calabre ou sur Naples. Monsieur de La Tour cherchera de son côté à persuader de toute manière les commandants anglais à ne pas refuser un secours aussi nécessaire et si avantageux à la cause générale. Si néanmoins ils voulussent s'y refuser absolument il résultera du moins qu'ils seconderont les opérations du Roi, par leurs vaisseaux de transport et par leur marine.

Il se pourrait, qu'ainsi que l'avait cru Monsieur le Commandeur de Ruffo, la Cour de Palerme s'attendit à ce que celle de Vienne commençât par contracter avec elle des engagements moyennant une convention ou un traité. Le Cabinet Autrichien sent parfaitement qu'il sera nécessaire d'en venir à ces formes diplomatiques, du moment qu'il sera question de combiner le détail des opérations de la Cour de Sicile avec les siennes, et de lui demander des promesses qu'on ne peut exiger qu'autant qu'elles sont accompagnées d'assurances réciproques et formelles. Cependant ce n'est pas le cas dans ce moment.

La négociation de Monsieur le Comte de La Tour se borne pour le présent à appeler le Roi Ferdinand à contribuer de tous ses moyens à se rendre possesseur du Royaume de Naples, dans le même temps que la campagne que l'Autriche fera dans le Nord de l'Italie lui en facilitera l'emploi, et lui en assurera le succès.

Le moment d'une convention à conclure sera celui où les armées du Roi, ayant passé les frontières de Naples, pourront se mettre en relation plus directe avec les troupes de sa Majesté Impériale. Ce n'est même qu'alors qu'il sera possible de s'en occuper, puisqu'il doit être nécessairement question de lier une telle convention aux arrangements généraux qui auront été pris jusqu'à ce temps avec les principales puissances de l'Europe.

Le but que Monsieur de La Tour ne doit jamais perdre de vue dans l'objet qui est confié à ses soins, est celui de réunir autant que possible les opérations militaires de la Cour de Palerme, avec celles que nous avons proposées à la Cour de Sardaigne, et dans son temps par cette dernière, ou directement avec les nôtres dans le Nord de l'Italie.

Je dois me remettre sur ce point aux notions que M.r de La Tour a reçues de M. le colonel de Nugent et dont il a pris note, ainsi qu'aux instructions qu'il reçoit du Département de la guerre. Il est autorisé, si les circonstances le permettent, ou le demandent, de se rendre dans son temps à cet effet en Sardaigne, ou peut-être avec les troupes Sardes sur le point de l'Italie où elles pourraient débarquer (1).

STADION.

Vienne, le 3 mars 1809 ».

Le Lieutenant Colonel de La Tour quitta Vienne dans les premiers jours de mars, et prit la route de Trieste (2). Il se trouvait dans ce port prêt à s'embarquer lorsque lui parvint une lettre du comte Nugent, qui était alors le Chef de l'Etat Major Général, et avec lequel nous avons vu, que d'après les instructions même de Stadion, M. de La Tour devait constamment se tenir en contact.

« *Mon Cher Comte,*

Je m'empresse de vous informer que les hostilités vont commencer infailliblement avant la fin du mois, époque où tous nos préparatifs seront achevés. Il est même possible que cela ne dure pas aussi longtemps, car jusqu'au 15 il ne nous manquera presque plus rien. Je crains que cette lettre ne vous trouvera plus à Trieste, sans quoi je m'étendrais davantage sur nos opérations. Mais nous avons tant parlé ensemble sur ce sujet, que je ne puis rien vous dire de nouveau.

Vous aurez entendu à Trieste que nous avons déjà vis-à-vis Nous des troupes venant de Naples. C'est une raison de plus pour accélérer les efforts des Siciliens, Anglais et Sardes. Le meilleur serait s'ils avaient pu

Archives de La Tour.
Orio. - I, 48.

---

(1) Ce document existe aussi dans le Haus-Hof-und Staats Archiv.

(2) Deux passeports du 3 et du 4 mars 1809, ce dernier pour l'intérieur, sont conservés aux Archives d'Orio (I, 46, 54).

commencer en même temps que nous. Mais pour cela ce n'est guère possible. Le quartier général va partir d'abord pour Laybach. Je ferai un tour aux postes avancés, mais j'espère de ne plus vous trouver à Trieste.

Votre sincère ami

Le Comte NUGENT
Chef de l'Etat Major Général.

Gratz, ce 6 mars 1809.

V.: A Monsieur

Monsieur le COMTE DE LA TOUR
Lieut. Colonel dans l'Etat major général à Trieste ».

M. de La Tour, embarqué à bord du brik l'*Eole*, arriva à Palerme le matin du 26 mars. Il trouva dans cette capitale le meilleur accueil et l'appui le plus effectif de la part du baron Cresceri (1), ministre de S. M. Apostolique, auprès de la Cour des deux Siciles. Le 31 mars il envoya un premier rapport à Vienne.

Palerme, 31 mars 1809.

Excellence!

J'ai eu l'honneur de rendre compte en détail à Monsieur le Comte de Goess (2) des circonstances qui m'ont obligé de venir jusqu'ici à bord du Brick Impériale l'*Eole*; persuadé qu'il en ferait lui même le rapport à Votre Excellence si cela pouvait devenir nécessaire à la justification du

---

(1) Jean baron Cresceri de Castelpietra (1732-1816) était un gentilhomme originaire du pays de Trente. Fils du baron Mattias Benoît et de la comtesse Marguerite Thérèse Sizzo de Noris, il était destiné à la carrière ecclésiastique, qu'il abandonna bientôt pour vaquer à des travaux historiques et littéraires. Il devint l'intime des nombreux savants qui vivaient alors dans la région, et un pilier des Académies locales. En 1760, parut un ouvrage de Cresceri sur les inscriptions Romaines de Trente. Marié en 1795 à Thérèse de Tosetti, il entra à 50 ans dans la diplomatie Autrichienne, fut secrétaire d'ambassade à Venise et à Naples, et sans quitter le Roi Ferdinand, il gravit toutes les marches de la carrière. Le baron de Helfert a publié des mémoires secrets sur la Cour de Naples attribués sur des indices bien faibles à Cresceri (Sitzungsberichte der K. Academie der Wissenchafften in Wien 1892). La question de l'autenticité des mémoires a été traitée dernièrement par G. BIANCO, *La Sicilia durante l'occupazione inglese*, Palermo, 1902.

(2) Pierre de Goess (1774-1846), né à Florence où son père commandait la garde du grand-duc, s'était signalé dans les emplois civils comme commissaire auprès de l'armée de Condé et surtout lors de la famine en Dalmatie. Gouverneur de Trieste depuis 1808, Goess était nommé au début de 1809 intendant général pour toutes les possessions autrichiennes en Italie, place qui eut une importance éphémère et qu'il troqua à la fin de cette même année contre le Gouvernement de la Galicie. Il fut transféré à Venise en 1815 et il finit sa carrière à Vienne chargé d'honneurs et d'emplois. (WURZBACH, *oeuvre citée*, V).

Commandant de ce Bâtiment ou à la mienne; j'ai aujourd'hui celui de rendre compte à Votre Excellence des objets relatifs à la Mission, dont Elle a daigné m'honorer. Je suis arrivé le 26 mars le matin à Palerme, et j'ai eu l'honneur d'être présenté par le baron Cresceri et de remettre à LL. MM. Le Roi et la Reine les lettres de Sa Majesté l'Empereur, de Sa Majesté l'Impératrice et de Son Altesse Impériale l'Archiduc Charles, que V. E. m'avait confiées. Le Roi m'a reçu environné des Seigneurs de la Cour, sa conversation n'a porté que d'une manière générale sur les affaires du temps et la présence de sa Cour m'a empêché d'essayer de la ramener d'une manière plus précise à l'objet de ma mission. S. M. a parlé ensuite avec plus de développement de son attachement à nostre A[uguste] S[ouverain] et à la famille Imp., de sa confiance dans les vues généreuses de la Cour de Vienne et de son espoir que le Ciel bénira les intentions et les armes de S. M. I. Le Roi m'a ensuite fait quelques questions sur l'organisation et la force actuelle de notre armée, m'a annoncé qu'il me verrait plus longuement une autre fois, et a terminé l'audience avec des expressions très flatteuses. J'ai passé ensuite dans l'appartement de S. M. la Reine. Cette Princesse était seule, ses questions sur tout ce qui regarde l'auguste famille Imperiale ont été exprimées avec beaucoup d'intérêt. Elle s'est informée en détail des moyens de l'Autriche et m'a donné très peu de développements sur ceux de la Sicile. L'audience s'est terminée d'une manière analogue à celle du Roi. Le lendemain, 27, S. M. la Reine m'ordonna par la voye d'un de ses employés de passer chez Elle de bonne heure, et d'y venir seul (j'etais la veille accompagné par le B. Crésceri); je m'y rendis à 10 heures. S. M. me dit à mon entrée qu'ayant vu par les lettres dont j'étais porteur et par celles du Commandeur Ruffo, que j'étais honoré de la confiance de ma Cour, Elle m'accordait toute la sienne; après ce début, accompagné des paroles flatteuses sur mon audience de la veille, S. M. me donna les assurances les plus positives de la ferme intention où était le Roi de concourir par tous ses moyens au succès de nos opérations en Italie, dont dépendait évidemment le sort futur de son Royaume de Naples; entrant ensuite dans le développement des dits moyens, S. M. évalua à 7000 hommes les forces nationales disponibles au dehors, et les troupes Anglaises à 12.000 h. dont 10 mille disponibles au dehors, ce qui donneroit un total de 16.000 à 17.000 h. disponibles. Les Anglais doivent avoir des transports prêts pour 16.000 h. et S. M. espère en rassembler dans quelques jours pour quelqu'autres milliers d'hommes. La Reine dit ensuite, que le Roi, ne pouvant point avoir une confiance entière dans les talents de ses propres généraux, voulait confier le comandement de l'armée combinée au Lieut. général Anglais Stuart (1), qui joint à des connaissances militaires

____

(1) Sir John Stuart (1759-1815), fils d'un colon anglais, était né dans la Géorgie, mais, loyaliste comme son père, il revint en Europe après la guerre d'indépendance, pendant laquelle il s'était vaillamment battu dans les rangs de l'armée royale. Après s'être distingué dans les guerres des Flandres, de Minorque et d'Egypte, il prit part à

assez étendues un grand désir de se distinguer, au moins, dit-elle, telle est l'opinion du Roi sur cet officier. S. M. me promit ensuite qu'on expédierait le jour même un Courrier à ce général qui est à Messine pour l'engager de se rendre à Palerme; et qu'en attendant son arrivée, je ne devais conférer qu'avec le Ministre Marquis de Circello (1). S. M. termina mon audience, qui fut très longue, en me disant: « Vous trouverez dans ce petit Pays beaucoup de partits, de cabales et de gens indiscrets, qui travailleront à vous circonvenir et à vous induire en erreur: parmis les indiscrets, il y en a qui le sont par malice, et d'autres par sottise, tous sont dangereux. Soyez donc en réserve avec tous, et ne vous fiez entièrement qu'à moi seule; dès que vous aurez des doutes sur des choses ou sur des individus, venez me trouver, et je vous promets de vous parler avec une entière franchise ». S. M. me permit de lui baiser la main, comme gage de cette assurance, et en sortant de chez elle je me rendis chez le Ministre ainsi qu'Elle me l'avait ordonné. Le Marquis de Circello m'a parlé absolument dans le même sens que S. M. évaluant de même les bonnes intentions du général Stuart, et les forces combinées que l'on pourrait employer, il me confirma ce que m'avait dit la Reine que Son Altesse R. le Prince Léopold (2) serait de l'expédition, mais que le Roi n'avait point encore decidé s'il l'employerait comme volontaire, ou avec le titre de Commandant de l'Armée, mais sous la direction du Gén. Stuart. Je crois que ce point sera définitivement arrêté après l'arrivée du dit général. D'ailleurs dans ma conversation avec le Ministre j'ai eu l'occasion de remarquer, que les moyens de transport et de mobilité

---

la malheureuse expédition de 1805 dans le royaume de Naples, d'où il se retira à Messine le février suivant. De là il organisa dès l'été sa descente dans les Calabres, où il gagna la victoire de Maida sur Reignier, sans tirer parti de sa victoire. Stuart revint en Sicile en 1808 comme commandant suprême des forces anglaises de terre dans la Méditerrannée. Nous verrons que, tout en défendant bien l'île, il ne sut jamais se risquer à reprendre l'offensive contre Murat (J. GRANT WILSON e J. FISKE, *Appleton's Cyclopaedia of american biography*, New York, 1888, vol. V; SYDNEY LEE, *Dictionary of national biography*, London, 1898, vol. LV).

(1) Le marquis Thomas de Circello, de la maison de Somma (1738-1286), était entré dans l'armée napolitaine dès 1757 et l'avait quittée pour la diplomatie en 1775, lorsqu'il fut nommé ministre à Copenhague. Il montra beaucoup de courage lorsque, promu aux postes de Vienne et de Paris, il déploya vainement toutes les ressources de son esprit délié pour sauver la famille royale de France. En 1793 il passa à Londres avec la même situation et, rentré pour un temps dans l'armée, il accepta en 1806 le fardeau du portefeuille des affaires étrangères que le roi Ferdinand ne consentit à lui retirer qu'en 1822. L'honnête Circello, souvent débordé par les événements, trouve grâce aussi auprès de la plupart des historiens libéraux, si hostiles à sa souveraine. Cfr. les impressions de M. MELLISH, *La Cour de Sicile en 1809 par un diplomate anglais* (*Revue d'histoire diplomatique*, VIII année, t. 2). Voir aussi P. C. ULLOA, *Marie Caroline d'Autriche et la conquète du royaume de Naples en 1806*, Paris 1872 et WEIL, *oeuv. cit.*

(2) Le prince Léopold semble avoir été, des jeunes princes de la maison de Naples, celui dont les sentiments s'accordaient mieux avec ceux de la reine. Il en partageait la profonde affliction après les revers de 1799 (IMBERT DE SAINT AMAND, *La jeunesse de la reine Marie-Amélie*, Paris, 1891, p. 171).

pour la troupe avaient besoin d'être augmentés, j'ai insisté pour qu'il éxpédiât des ordres préparatoires avant l'arrivée du Général Stuart et il m'a promis de le faire dans la journée et le lendemain. Le Ministre m'a ensuite témoigné être instruit des intentions favorables de Sa Majesté Impériale envers la Cour de Sardaigne, et même du projet d'expédition dans la Rivière de Gênes, il m'a assuré que cette Cour était très disposée à faire tout ce que Sa Majesté l'Empereur désirerait, et m'a offert les moyens qui sont à sa disposition pour correspondre avec Elle si cela devenait utile à la cause comune : j'ai cru devoir accepter cette offre pour lui témoigner de la confiance ; je lui remettrai ma lettre que le Comte Nugent m'a donné pour le Lieut. Colonel St. Ambroise, où il lui dit de se mettre en rapport et communication avec moi ; et j'en écriroi une pour le même objet. Je ne profiterai point de cette 1ère occasion pour écrire au Roy de Sardaigne (ainsi que Votre Excellence me l'avait permis si cela était utile) soit parce que je ne puis encore rien mander de positif à ce Souverain, soit parce qu'il me paroit bien que cette Cour-ci voye pour le moment, que ma principale Mission est auprès d'Elle et que les autres objets ne sont que secondaires : si j'ai par la suite quelque chose d'intéressant à mander en Sardaigne, je le ferai par la voye des Consuls Impériaux établis ici, et à Cagliari lesquels sont en correspondance habituelle. Le soir j'eus l'honneur de présenter à Sa Majesté la Reine les officiers du Brick l'Eole. Sa Majesté dit au Commandant qu'Elle lui remettrait le sur lendemain 29 des lettres pour notre Cour et me donna un extrait des nouvelles d'Espagne apportées la veille par un courrier venant de Gibraltar (j'aurais l'honneur d'en parler ci après à Votre Excellence). En sortant de chez Sa Majesté je passais chez S. A. le Prince héréditaire qui est chef du Département de la guerre (1), j'insistais auprès de ce Prince pour une augmentation des forces nationales à puiser dans les Milices Siciliennes. Monsieur de Circello m'avait dit cette mesure impossible dans le terme de 15 à 20 jours que j'avais indiqué comme le maximum du temps à y employer : le Prince après une assez longue discussion sur les différents moyens à employer pour parvenir au but, m'a promis de s'en occuper sérieusement.

Le lendemain 25 au soir j'ai apporté à Sa Majesté la Reine l'extrait des nouvelles d'Espagne ainsi qu'Elle me l'avait ordonné. Sa Majesté me dit qu'à la suite d'un Conseil d'état le Roy avait ordonné le rassemblement de six mille Volontaires Siciliens qu'il serait à ce que l'on éspère effectué dans 15 jours ; et que s'ils ne pouvaient pas accompagner l'éxpédition, ils la suivraient comme réserve. La Reine termina ce discours en me disant : « *Avez vous l'ordre de nous engager à attaquer avant d'avoir l'avis officiel que les hostilités sont commencées ?* ». Je répondis : J'ai

---

(1) Les avis sur les aptitudes de ce prince, François duc de Calabre, au gouvernement ont toujours été partagés (NICCOLA NISCO, *Il reame di Napoli sotto Francesco I*, Napoli, 1893).

l'ordre de ne conseiller aucune opération qui puisse compromettre les troupes de Sa Majesté, mais l'avis officiel devant venir par la voye de la mer peut arriver fort tard, si dans l'intervalle les mouvements de l'ennemi, ou les rapports d'espions venant d'Italie nous indiquent que les hostilités sont commencées, il serait important de ne point perdre du temps à attendre un avis officiel, qui sera peut-être tombé entre les mains de l'Ennemi. Sa Majesté daigna approuver cette observation et me promit de l'appuyer auprès du Roi et du Général Stuart; Sa Majesté me remit ensuite de nombreux rapports qu'Elle avait reçu du Royaume de Naples, me fit un portrait de plusieurs de ses généraux et principaux employés et me congédia en disant: je vous ai promis ma confiance, et je vous le prouve, je veux, que vous soyez au courant de nos affaires comme moi même.

Le lendemain 29: j'ai vu le Marquis Circello, il m'instruisit de la mort de la plus jeune des filles du Prince héréditaire, et me dit qu'ensuite de ce malheur, les lettres de LL. MM. pour notre Cour ne pourraient être prêtes que le 31 au soir, ce qui retardera le départ du bâtiment jusqu'au 1er. Ce Ministre me confirma l'ordre donné pour l'armement des Milices Siciliennes, ainsi que ceux expédiés pour accélérer le ressemblement des moyens de mobilité et de transport, il me parut un peu moins sûr de l'énergique coopération des Anglais sur le Continent de Naples et me dit qu'arrivant récemment de Vienne mon intervention auprès du Général Stuart pourrait beaucoup influer sur ses déterminations; je me suis engagé à agir auprès de ce Général en lui observant que Votre Excellence avait daigné m'instruire que notre Cour avait vivement recommandé à celle de Londres les intérêts de Sa Majesté le Roi et que je me trouvais ainsi tout naturellement autorisé à agir auprès du Général Stuart conformément aux intérêts du Roi. — Le Ministre dit ensuite que le système fédératif futur de sa Cour serait une alliance avec l'Angleterre et l'Autriche, ce qui lui assurerait la possession de Naples et de la Sicile. Le Ministre ajouta à ce propos quelques phrases tendantes à faire apercevoir l'utilité d'une convention provisoire à ce sujet, mais il parut revenir assez aisément à l'opinion que j'énonçais, que l'intérêt commun des trois Cours et l'amitié qui les unissaient rendraient tout arrangement provisoire superflu, et qu'il fallait pour le moment ne s'occuper que des moyens de pousser la guerre avec vigueur et succès; je n'ai donc pas lieu de croire que ce point arrête la marche des affaires militaires, surtout si les Anglais consentent à agir. J'espère qu'ils accorderaient au moins les Corps étrangers à leur solde, et que l'on m'assure monter dans la Sicile à 5000 hommes, ce qui joint aux 7000 Nationaux donnerait 12000 hommes, non compris les Milices, et serait suffisant pour commencer à agir, surtout si ainsi que le portent les nouvelles de Naples, l'ennemi évacuait les Calabres pour se concentrer vers la capitale. Il m'a paru remarquer, dans mes conversations avec la Reine et le Ministre Circello, plusieurs des idées que m'avait énoncées Monsieur le Commandeur Ruffo, j'ai donc lieu de croire que ses dépêches ont beaucoup contribué à la bonne volonté que nous témoigne cette Cour. J'ai aussi dans les dites conversations établi les principes que cette guerre était dans son origine *une guerre défensive* nécessitée par les provocations du Gouvernement français et dans son cours, si elle était heureuse, une *guerre de restitution* tendante à rétablir l'ancien équilibre détruit, et à réintégrer dans leurs possessions les Souverains dépouillés par la France.

Le Ministre m'a assuré que ces deux principes lui serviraient de règle dans les communications qu'il pourrait par la suite avoir à faire sur ce sujet auprès des autres Cours, il m'a témoigné le désir d'avoir promptement notre déclaration de guerre et autres proclamations à ce sujet pour modeler les siennes suivant leur teneur : je m'étais à cet effet recommandé au Comte de Goess, avant que de partir de Trieste, je lui réitère aujourd'hui ma prière sur cet objet ; ainsi que celle d'être autant que possible tenu au courant des événements de guerre, pour pouvoir combattre l'effet des Bulletins français.

J'ai eu l'honneur de voir ce matin 30 Sa Majesté le Roi, je l'ai trouvé dans les intentions déjà énoncées d'agir avec vigueur, il attend le général Stuart pour le 2 Avril et compte fermement sur la coopération des troupes Anglaises ; si cet espoir était trompé, Sa Majesté laissera cependant agir les troupes nationales, mais Elle en demanderait un employ prudent pour ne pas risquer de perdre ce petit noyau de troupes. Sa Majesté assure que tous les moyens de transports et de mobilité seront prêts dans huit jours au plus-tard. Les nouvelles d'Espagne portent en substance, que malgré la perte de Sarragosse la Nation persévère fortement dans la volonté de se défendre et obtient même assez souvent des avantages partiels. Malheureusement les mouvements populaires y recommencent avec violence et quoique dirigés dans un bon esprit, pourraient gêner la marche du Gouvernement, mais il est à espérer que les nouvelles des différentes mesures adoptées par S. M. l'Empereur en donnant des motifs d'espérance à la Nation contribuent à la calmer ; un Colonel français pris par les Espagnols vers *Valladolid* portait l'ordre à Joseph de la part de Napoléon de lui renvoyer une partie des troupes françaises (1). Don Eusebio Bardaxi y Azara (2)

---

(1) En effet Napoléon rappela d'Espagne la garde impériale, qui rentra en France au début de mars 1809. On peut se rendre compte de fâcheux résultats de cette mesure pour le succès des opérations militaires dirigées par le roi Joseph en examinant les *Mémoires militaires* du MARÉCHAL JOURDAN, publiés par le V.te de Gronchy, Paris, ch. IX.

(2) Don Eusebio Bardaxi y Azara (1765-1844), neveu du célèbre Azara ambassadeur d'Espagne à Rome, travaillait dans les bureaux de la chancellerie d'état espagnole lorsque survinrent les événements de Bayonne. Il en fut le témoin et, un moment rallié au parti français, il rédigea le récit dans des circulaires diplomatiques. Partisan de la junte de Seville, Bardaxi allait la représenter à Vienne, en attendant qu'il fut appelé par la régence de Cadix aux ministère des affaires étrangères. Il le dirigea d'après les vues de la politique anglaise et s'employant à assurer au régime constitutionnel établi en 1812 l'appui des Hautes Puissances. Il se rendit dans ce but à St. Pétersbourg et y obtint le traité de Welcki-Lucki qui reconnaissait le royaume constitutionnel espagnol. Epris des chimères de 1812, il en suggéra fort malencontreusement l'adoption aux libéraux piémontais, pendant son ambassade à Turin (1816-1821). Rappelé au mi-

était parti de Gibraltar, pour se rendre par la voye de Malthe et Trieste à Vienne, où il aurait développé un caractère officiel dans le cas, où Sa Majesté l'Empereur l'aurait agréé. Ces différentes nouvelles étaient contenues dans l'extrait que Sa Majesté la Reine a daigné me remettre, mais elles ne m'ont cependant pas parues avoir un caractère positif d'authenticité. J'ai trouvé le Marquis de St. Clair (1) (au moins à en juger par les apparences) dans les rapports dont Votre Excellence m'avait fait l'honneur de me parler : s'il était décidément mal avec les Anglais, il pourrait en naître des difficultés, mais ses discours ne me portent pas à croire, qu'il y aye pour le moment une brouillerie complète ; il a été très poli et prévenant à mon égard.

Je mande au Comte de Nugent par cette occasion toutes les nouvelles et notions parvenues à ma connaissance et relatives à la situation militaire des choses.

En terminant cette lettre, j'ose réclamer l'indulgence de Votre Excellence pour toutes les erreurs, que je puis y avoir commises ; je la prie de les attribuer en grande partie à mon inexpérience totale dans les correspondances de cette nature : je présume que ma principale faute sera de l'avoir entretenue aussi longuement d'objets d'une importance secondaire, dans un moment, où les déstinées entières des hommes occupent toute sa pensée et reposent en grande partie sur Elle. J'ai été séduit par l'idée qu'un exposé exact de mes premières démarches ici en étant un nouvel indice pour Votre Excellence de la manière, dont les affaires s'y traitent actuellement pouvait peut-être lui être agréable, je la suplie de m'honorer quelques fois de ses ordres pour ma direction, et de daigner agréer l'hommage du très profond respect et de la très haute considération, avec laquelle j'ai l'honneur d'être

de Votre Excellence
le très humble et très obéissant serviteur
DE LA TOUR, Lieut. Colonel.

Palerme, ce 31 mars 1809, à 9 heures du matin.

L'officier qui m'a été donné à Trieste, pour rester ici avec moi, est Monsieur le Chevalier de Sourdeaux (2), Lieutenant de Frégatte ; ce choix, fait par Monsieur le Général l'Espine, me semble très convenable ».

---

nistère des affaires étrangères en 1822, il vit s'écrouler le régime constitutionnel en Espagne et, tout en lui gardant ses sympathies, il se montra fort assagi lorsqu'il reprit en 1834 le portefeuille des affaires étrangères. En 1837 il présida pour quelques mois le conseil des ministres. (C. GEOFFROY DE GRANDMAISON, *Correspondance du comte de La Forest,* Paris).

(1) Le marquis de Saint-Clair, émigré français, reçu dans les gardes royales napolitaines, attaché ensuite à la personne du prince Léopold, ministre de la guerre à la Restauration. On trouvera beaucoup de traits sur cet homme aimable dans la *Correspondance* du comte FREDERIC CONFALONIERI, édité par G. Gallavresi, Milan, 1910, I vol.

(2) Le baron Auguste de Sourdeaux (1784-1866), issu d'une très ancienne famille wallonne que le contrecoup de la révolution française en Belgique avait contraint d'émigrer en Autriche, appartenait à la marine impériale depuis 1799. Il était tout

Par la même expédition, Monsieur de La Tour envoya à Vienne les réponses autographes du Roi et de la Reine, dont il est question dans son rapport.

« Palermo, li 29 marzo 1809.

Signor mio Fratello, e Carissimo Genero,

La lettera di Vostra Maestà, di cui il Conte de La Tour è stato il Latore, ha colmato di consolazione l'animo mio, tanto come un attestato del Suo affetto verso la mia persona e la mia famiglia, e del vero interesse che non ho mai dubitato che Vostra Maestà prendesse nella mia situazione; quanto come una prova certa del tanto desiderato cambiamento di quelle infelici circostanze, che deploro nel silenzio già da anni.

Qualunque persona inviatami da Vostra Maestà porta seco titolo ad una favorevole accoglienza; ma il Conte de La Tour, dalla Commissione di cui Vostra Maestà lo ha incaricato, acquista tutt'i titoli alla mia fiducia. In fatti ho subito destinato il mio Ministro di affari Esteri, Marchese di Circello, ad entrare seco lui in tutti i dilucidamenti che riguardino, sia la situazione generale degli affari, sia overo la maniera d'impiegare i miei mezzi per facilitare il buon successo della nobile e magnanima risoluzione di Vostra Maestà, qual'è quella di liberare l'Europa da' suoi oppressori. All'istesso effetto ho fatto passare le mie istanti premure al Generale Stuart, Comandante dell'Armata del mio Alleato il Re della Gran Brettagna, come di un Corpo delle mie truppe, affinchè senza perdita di tempo venisse a Palermo.

A tutt'i miei mezzi che offro senza riserva alla Causa Generale, nella quale siamo tutti compresi, riunisco i voti più fervidi perchè la Provvidenza si compiaccia di secondare le intenzioni di Vostra Maestà, degna dell'alto rango in cui l'ha situata. La mia gratitudine restringendo vie più i legami di affetto, e di amicizia, che già ci riuniscono, mi compiaccio a presentarne a Vostra Maestà l'attestato, unito a quello della considerazione la più distinta colla quale non cesserò di essere .

Signor mio fratello, e Carissimo Genero

  Di Vostra Maestà   Il Buon Fratello ed

           Affezionatissimo Suocero

           FERDINANDO R.

Haus-Hof-Und-Staats Archiv-Vienne.

---

indiqué par ses exploits au siège de Gênes, au Maroc et en Espagne, pour prendre part à la mission dont M. de la Tour était le chef. Il refusa de passer dans l'infanterie à la fin de la guerre et revint en Sicile s'enrôler dans la légion italienne, levée par son ancien chef. Il le suivit dans toutes les expéditions qui aboutirent à la prise de Gênes en 1814. Malgré une blessure qu'il reçut dans ce dernier combat, il reprit service jusqu'en 1843, et de nouveau en 1848. Il mourut vice-admiral (WURZBACH, *oeuvre citée*, XXXVI).

« *Mon bien cher fils et neveu.*

Haus-Hof-Und-Staats
Archiv - Vienne.

J'ai reçu la lettre, que Votre Majesté m'a écrite en date du 1er mars par les mains de Monsieur de La Tour, duquel le Roi et nous tous sommes fort contents de l'avoir, paroissant un homme sage, décent et raisonnable, et puis tout ce, qui peut faire un lien une réunion de plus entre nous, fait notre satisfaction; j'ai vu avec peine la perte, que vous avez faite de votre fils l'archiduc Jean, mais comme ce pauvre enfant avait une mauvaise santé, il vaut mieux, qu'il est heureux et prie pour vous en Paradis; croyez, que l'on ne peut vous être et à votre famille plus attachée que je le suis; j'avoue avec ma sincérité ordinaire, que votre long silence m'a été pénible, que je ne le croyais point de le mériter, et que pour avoir été très malheureuse, je ne méritais pas l'oubli, mais actuellement, que vous avez eu la bonté de m'écrire et de m'assurer de vos bontés et chère amitié, que j'invoque pour moi et toute ma chère famille; je ne veux pas vous importuner, ni ennuyer plus longtemps; ma santé est toujours très souffrante, ma chère famille se porte toute bien et en vous priant de me conserver vos bontés et précieuse amitié et protéger toute ma chère famille, je suis avec un bien profond et respectueux attachement

Monsieur mon très cher beau fils et neveu

de Votre Majesté Impériale et Royale

la très humble et très obéissante Belle mère, Tante et servante

CHARLOTTE.

Palerme, ce 28 mars 1809 ».

Monsieur de La Tour à peine établi à Palerme, et mis au courant de la situation de cette Cour, s'appliquait avec son ardeur habituelle, à activer les préparatifs de la guerre qui devait être portée dans le Royaume de Naples, dès que parviendrait en Sicile la nouvelle de l'ouverture des hostilités. Il formulait ses demandes vis-à-vis du Cabinet Sicilien, dans un mémoire rapide, qui doit avoir été présenté au ministre du Roi Ferdinand dans les tous premiers temps du séjour de son auteur en Sicile.

Archives de La Tour.
Orio. - I, 107.

« Dans la guerre qui se prépare, l'Autriche débutera par une offensive vigoureuse (1). Ses armées, fortes de près de quatre cent mille combattants de toutes armes, munies de tout l'attirail nécessaire, déboucheront par la frontière occidentale de la Bohème, par la vallée du Danube, et par les gorges

---

(1) Les plans de l'Autriche sont examinés soigneusement dans l'ouvrage du Gén. PELET, *Mémoires sur la guerre de 1809 en Allemagne*, Paris, 1824, P. I.

du Tyrol. Un corps se portera sur Varsovie pour arracher le Duché de ce nom à la suprématie Française, et pour le restituer à son Souverain légitime. Nous avons lieu de nous flatter que les Prussiens coopéreront à cette entreprise, et s'uniront aux corps Autrichiens. Un noyau de quarante mille hommes de bonnes troupes, des torts à effacer et des grands malheurs à réparer répondent des efforts qu'ils feront pour servir la cause commune et la leur.

L'armée d'Allemagne s'attachera à sauver l'ancien Empire Romain du joug qui l'écrase, à rompre les liens humiliants de la Confédération Rhénane, et à gagner les sources du Danube en se portant sur le Neckar et de là sur le Rhin.

L'armée d'Italie forcera l'Isonzo et en descendant par les sommités du Tyrol dans la vallée de l'Adige, cherchera à s'établir dans le Duché de Venise, avant que des forces trop supérieures puissent lui en disputer la conquête. Si le sort des armes continue à lui être favorable, elle pénétrera dans la Lombardie.

Quels que soient les efforts et les succès de l'Autriche, elle aura de grands obstacles à vaincre et de grands moyens à combattre. C'est une lutte à mort, qui ne finira que par la défaite totale de l'ennemi commun, ou par l'anéantissement de la liberté en Europe. Il paraît que le premier coup de canon sur les bords de l'Isonzo devrait être le moment du réveil de toutes les puissances de la basse Italie, qui ont des outrages à venger et des droits à réclamer.

Si l'ennemi a la faculté de réunir ses forces contre l'Autriche, si l'armée de Naples peut se porter avec sécurité dans les plaines de la Lombardie, si les braves Calabrois, les Romains, les Toscans et les Piémontois peuvent rester tranquilles spectateurs, et voir d'un oeil indifférent les efforts généreux d'une puissance protectrice, et si cette puissance succombe sous le nombre, c'en est fait de leur sort. L'Autriche ne pourra combattre alors que pour son intérêt particulier; elle composera après avoir sauvé les dangers de son existence (?). Si par de puissantes et promptes diversions les Souverains déchus de leur trônes, et guidés par le même intérêt du salut public, entravent les opérations de leurs usurpateurs, s'ils empêchent leurs rassemblements en masses prépondérantes, s'ils viennent à l'appui de leurs peuples, s'ils relèvent leur confiance et leur courage, s'ils propagent le feu de l'insurrection et la soutiennent par des secours bien dirigés, s'ils profitent du seul moment qu'un destin propice leur prépare; il est à présumer que le sort de l'Italie ne sera pas longtemps douteux, et que l'accord des opérations comme celui des intérêts triomphera enfin de l'homme extraordinaire qui envahit l'Europe par le prestige de l'opinion bien plus que par la force de ses armes. La Sicile ne doit pas perdre de vue, que dans tous les cas la destinée du Royaume de Naples sera décidée par les efforts de l'armée Autrichienne dans la haute Italie, et que c'est en Calabre, où, sans aucun danger réel, l'emploi des forces du Roi, en contribuant de son côté à ces efforts, peut préparer le rétablissement de son antique splendeur.

L'ennemi n'a que deux chances à courir : fixé par une diversion à l'extrémité de la presqu'isle, tandis que l'orage s'élève sur les bords de l'Adige, il s'engagera dans une guerre de postes, où les Siciliens et les Calabrois auront tout l'avantage du terrain, et pourront l'occuper dans des positions inaccessibles, pendant que les armées de l'Autriche achèveront sa défaite; ou sentant le danger qui le menace, l'ennemi abandonnera sa proie pour parer le coup mortel qui ne peut lui être porté que dans la haute Italie, et c'est alors, qu'en excitant toutes les passions d'une nation opprimée, Naples rentrera sous la domination de ses Souverains légitimes, et l'armée française assaillie sur ses derrières par toute la masse d'un peuple insurgé, n'opposera plus qu'une vaine résistance.

On ne peut entrer dans des détails d'exécution, sans avoir une connaissance exacte du local, des forces disponibles et des moyens de transport. Ceci devient l'ouvrage particulier des officiers instruits et capables de l'armée Sicilienne, mais on ne peut assez le redire :

Toute diversion est utile, le moment presse, et c'est le dernier ».

La proclamation lancée par l'empereur François au moment de quitter sa capitale pour se rendre à l'armée (1), porte la date du 8 avril et le 9 seulement, les troupes Autrichiennes franchirent la frontière. Mais ces événements étaient préparés et escomptés depuis quelques jours, ainsi que le prouve une fois de plus une lettre de l'Archiduc Jean, placé à la tête de l'armée d'Italie, qui fut apportée au colonel de La Tour, par le capitaine Bertina.

« Monsieur le Lieutenant-Colonel,

Archives de La Tour. Orio. - I, 50.

En conséquence des ordres définitifs de Sa Majesté l'Empereur et Roi toutes ses armées passeront les confins sur les points respectifs le 9 de ce mois. Ainsi ce même jour l'Armée sous mes ordres commencera les hostilités vers le Tyrol et l'Italie. Vous ête chargé, Monsieur le Lieutenant Colonel, de notifier cette décision inaltérable à la Cour de Palerme, qui d'après votre mission sera préparée à cet événement, et se sera sans doute mise dans une situation à agir d'abord en conséquence. L'essentiel c'est d'opérer avec énergie et rapidité. Du reste il est évident qu'il ne suffit pas de prendre possession du Royaume de Naples pour en être assuré, mais qu'il faut déloger les Français de l'Italie. Le but doit donc être la réunion de nos forces communes dans la plaine de l'Italie ou sur le Pô.

Vous prendrez cette occasion, Mons. le Lieutenant-Colonel, pour porter à la connaissance de la Cour le zèle que je mettrai à remplir les vues loyales de S. M. l'Empereur et Roi, qui se met en avant avec désintéressement pour ranimer les efforts généreux de ceux qui se joindront à lui pour rendre aux nations leur gouvernement légitime et à l'Europe sa tranquillité.

---

(1) Un exemplaire en est conservé dans les Archives d'Orio, *Suppl.* II, 585.

Le Capitaine chevalier Bertina, qui est chargé de vous remettre la présente, pourra vous donner toutes les informations sur notre situation que la Cour désirera avoir. Mais comme il se porte en Sardaigne, Vous aurez soin, Monsieur le Lieutenant Colonel, de me comuniquer sans le moindre délai les intentions de la Cour des deux-Siciles, les opérations projetées et les mesures prises pour leur exécution.

Il serait fort heureux si d'après les informations que vous avez donné à la Cour, les opérations auraient commencées avant que vous recevez la présente, et à peu près en même temps que les nôtres. De toutes les manières c'est de la dernière importance que vous me mettiez toujours dans la connaissance immédiate de tout ce qui se passe, ainsi que je donnerai par votre entremise toutes les informations intéressantes à la Cour de Palerme.

Du Quartier Général de Laybach ce 4 avril 1809.

Jean
Archiduc d'Autriche.

A Monsieur
Mônsieur le Comte de la Tour
Lieutenant Colonel de l'état major général ».

Pour pousser davantage les préparatifs de guerre de la part des Anglo-Siciliens, M. de La Tour se rendit, peu de temps après son arrivée à Palerme, auprès du Commandant Général des forces Anglaises dans l'Ile, général Stuart, qui résidait alors à Messine. M. de La Tour ne semblait pas douter de la tournure favorable aux Autrichiens, que prendraient les opérations militaires qui commençaient alors dans la Haute Italie, et, en réalité, dans les premiers temps, l'Archiduc remporta des succés et se rendit à peu près maître du pays vénitien (1). Il était de la plus haute importance qu'une attaque vigoureuse vint empêcher les troupes françaises cantonnées dans le royaume de Naples, de s'opposer aux progrès Autrichiens dans la vallée du Po. La correspondance échangée à **cette** occasion entre l'envoyé de l'Empereur et le général Anglais, montrera que ce dernier, tout en s'affirmant prêt à reprendre les armes, était loin de le faire avec la célérité voulue.

« *Messine, ce 13 avril 1809.*

A Son Excellence le Général Stuart,

Le principe généralement établi par Son Altesse Impériale l'Archiduc Charles, Généralissime des Armées Impériales, étant de pousser au commencement de la campagne les opérations offensives avec la plus grande vigueur, afin de profiter de notre supériorité numérique actuelle, pour obtenir

Haus-Hof-und-Staats
Archiv-Vienne.

---

(1) Cfr. M. Macdonald, *Souvenirs,* Paris, 1892, et G. Vignolle, *Historique de la campagne de 1809,* dans la *Revue militaire rédigée à l'état major de l'année,* vol. II, III, IV.

des succès décisifs sur les premières armées ennemies exposées au choc de nos armées ou au moins les forcer d'évacuer la majeure partie de l'Allemagne, et de l'Italie, et priver ainsi dès le début de la guerre le gouvernement français des immenses ressources en argent, hommes, chevaux, vivres, etc. qu'il puise dans les dits Pays.

Conformément à ce principe général l'armée Autrichienne d'Italie, commandée par Son Altesse Impériale l'Archiduc Jean, manoeuvrera de façon à se présenter en masse à l'ennemi et à en venir aussi promptement que possible à une bataille rangée et décisive avec lui. Si Dieu lui accorde la victoire, l'intention de Son Altesse Impériale est de poursuivre ses avantages avec la plus grande célérité, afin de détruire s'il est possible cette première armée française, avant l'arrivée des renforts, qu'elle peut tirer de France ou d'Espagne, ou au moins l'obliger à vuider la campagne et à se jeter dans les places fortes. Les avantages que cette manière rapide d'opérer peut produire sous tous les rapports militaires, politiques et moraux sont très grands, mais cette action vigoureuse et en harmonie avec la tendance générale des premières opérations pourrait cependant devenir périlleuse pour les troupes Autrichiennes, si elles n'obtiennent pas une coopération énergique de la part des forces Britanniques et Siciliennes aux ordres de Son Excellence le général Stuart.

Car à fin de remplir le but important qu'elle se propose, Son Altesse Impériale doit laisser sur les derrières de son armée les places fortes que l'ennemi possède en Italie, telles que Palma Nuova, Osopo, le château de Vérone, la citadelle de Ferrare, Mantoue, Peschiera, la Rocca d'Anfo, Orcinovi, Pizighettone et finalement avoir sur son flanc la forte ligne formée par les places d'Alexandrie, Gavi et Gênes. Les places que l'on vient de nommer, sauf peut-être Gavi et Gênes, doivent nécessairement être bloqués ou observés par des forces Autrichiennes, et quoique l'intention de Son Altesse Impériale soit d'employer une grande partie des milices à cet objet, il sera cependant nécessaire de placer quelques troupes de ligne pour soutenir celles des villes, qui seront auprès des places les plus importantes.

Ces milices **s'éleveront** à environ 40.000 hommes.

Cette circonstance et les pertes que l'armée Imperiale aura précédemment souffertes dans les combats, qu'elle aura du livrer, feront qu'elle arrivera en Piémont assez affaiblie. On a, il est vrai, l'assurance d'y trouver un gran parti et on a un espoir raisonnablement motivé de pouvoir promptement y former un corps de troupes Nationales; mais dans l'interval de cette formation les troupes Autrichiennes employées en Piémont devraient naturellement lutter seules contre les renforts ennemis venant de France ou de Suisse. Or si, pendant cette situation critique des choses, l'armée françoise de Naples est maîtresse de ses mouvemens et en combine d'imprévus et rapides vers la haute Italie, il serait fort à craindre que la ditte armée renforcée du peu de troupes qui pourraient exister à Rome, Ancone, Civitavecchia, Livourne et Ferrare n'attaque avec succès le corps Autrichien chargé du Blocus de Mantoue, ou que prolongeant son mouvement vers la gauche entre le Pô et les Apennins, elle ne vienne se mettre en communication avec la ligne française, formée par les places d'Alexandrie, Gavi et Gênes.

Dans le premier cas savoir celui d'un revers essuyé par le corps Autrichien chargé du Blocus de Mantoue, l'armée Autrichienne, qui se trouverait vers le Piémont privée de toute communication directe avec les états héréditaires et placée au milieu des nombreuses places fortes encore au pouvoir de l'ennemi, devrait alors peut-être abbandonner ses conquêtes pour chercher de nouveau un passage vers les dits états. Dans le second cas, celui où l'armée française de Naples marcherait vers Alexandrie, ou même Gênes, elle pourrait peut-être depuis ces points combiner des mouvements avec les troupes venant de France, et engager l'armée Autrichienne dans des combats multipliés et dangereux par les avantages que les places fortes de Fenestrelle, la cittadelle de Turin, Alexandrie, etc., fourniraient à l'ennemi.

Il n'existe aucun autre moyen militaire pour prévenir les deux graves inconvénients susénoncés qu'une énergique diversion faite par les troupes Britanniques et Siciliennes dans le Royaume de Naples. En effet l'armée française s'y trouvant attaquée prendra nécessairement un des partis suivants:

1° Celui de s'y défendre obstinément et indépendamment des évènements de la haute Italie.

2° Celui plus probable, de commencer par s'y défendre, mais ensuite vaincue par les armes Britanniques ou allarmée par les progrès des Autrichiens, de se retirer vers la haute Italie.

3° Celui enfin d'évacuer le Royaume sans coup férir à l'approche des forces Britanniques, pour arriver intacte dans la haute Italie. Dans le premier cas savoir celui d'une défense obstinée dans le Royaume, aussi longtemps que dûrerait cette défense, l'armée française serait nulle pour les événemens de la haute Italie et si elle prolongeait trop la dite défense et que les événemens fussent heureux pour les Autrichiens, cette armée bientôt privée de toute communication avec la France et ensuite menacée et même attaquée, si cela était nécessaire sur ses derrières, finirait très probablement par mettre bas les armes entre les mains des Alliés.

Dans le second cas, celui où l'armée française commençant à se défendre dans le Royaume de Naples, devrait ensuite l'évacuer, la longue retraite, qu'elle aurait à faire vis-à-vis des armes Britanniques, lui causerait nécessairement de grandes pertes et d'ailleurs si l'époque de cette retraite coïncidait avec celle des succès des Autrichiens vers le Nord, il leur serait possible de pousser momentanément un fort détachement sur la droite du Pô, lequel combinant ses mouvements avec ceux de l'armée Anglaise, réussirait à envelopper l'ennemi en retraite, ou au moins à l'affaiblir tellement, que sa jonction aux autres troupes françaises serait de très peu de conséquence. Dans le cas enfin, où à l'approche des forces Britanniques et Siciliennes, l'armée française evacuérait le Royaume, pour se porter vers la haute Italie, cette évacuation étant alors bien moins le résultat des combinaisons des généraux français, que celui de l'approche des dites forces, serait aussi moins calculée d'après les convenances de l'ennemi, que d'après la marche des troupes Anglaises avec lesquelles il voudrait éviter de s'engager et lui serait par conséquent d'un moindre avantage que dans l'hypothèse où cette évacuation serait volontaire. D'ailleurs si les mouvements de l'armée Anglaise sont rapides, il sera difficile à l'ennemi de pouvoir éviter un engagement, et si on réussissoit à le joindre, ce troisième cas n'étant plus qu'une modification du second, offrirait à peu près les mêmes avantages aux Alliés.

On croit devoir observer, que les trois cas susdits (dans lesquels rentrent en effet à peu près toutes les résolutions que peut prendre l'ennemi ainsi que les divers accidents de la guerre), doivent être pris tous les trois en considération dans le plan général de campagne de l'armée Britannique, afin d'établir en toute hypothèse l'harmonie nécessaire entre ses opérations et l'armée Autrichienne d'Italie.

On croit devoir observer encore, qu'à part les avantages militaires susénoncés et importants que l'action des forces Britanniques et Siciliennes vers le Midi de l'Italie peut en toute hypothèse procurer à l'armée Autrichienne qui agira au Nord, cette même action si elle est heureuse pouvant avoir pour résultat immédiat l'évacuation du Royaume de Naples et par suite celle des Pays d'Italie situés entre le Bas Pô et ce Royaume, tendrait ainsi à enlever à l'ennemi toutes les ressources qu'il tire en hommes, argent, chevaux, vivres, etc. de ces pays riches et peuplés de 7 millions d'habitants.

Cette action se trouverait dans un dégré éminent en harmonie avec le principe général établi de diriger les premières opérations de la guerre de façon à priver l'ennemi des immenses ressources qu'il tire des Pays conquis, et sous ce point de vue, la dite action peut se considérer non comme une simple diversion, mais comme une grande et importante opération. Il en serait de même sous le point de vue militaire : si l'armée Autrichienne, que nous avons dit devoir prendre une offensive rapide dans le Nord de l'Italie, était au contraire retenue par des succés variés sur les bords de l'Adige ou du Mincio, dans ce cas il est évident que si les forces aux ordres de son Excellence le Général Stuart, plus heureuses que l'armée Autrichienne, parvenaient à expulser l'ennemi du Royaume de Naples et qu'ensuite renforcées par les moyens qu'elles pourraient puiser dans ce Royaume, et successivement dans les pays Italiens situés entre cet état et le Bas-Pô, il est évident, dis-je, que l'approche des dites forces vers ce fleuve coupant les communications de l'ennemi sur la droite du Pô et par suite menaçant même celles qu'il aurait établies sur la gauche du dit fleuve, elles pourraient par telle action sur les communications ennemies et par des attaques combinées avec celles des Autrichiens, décider en faveur des Alliés le sort des armes jusqu'alors incertain en Italie.

L'exposé que l'on vient de faire suffira sans doute pour convaincre tout militaire des résultats heureux et importants pour la cause commune, qu'une diversion opérée dans le Midi de l'Italie peut avoir. Mais pour obtenir les dits résultats, cette diversion doit être entreprise avec énergie, soutenue avec constance et surtout exécutée avec célérité, afin de prévenir toutes contre-dispositions de la part de l'ennemi et entre autres celles de l'évacuation du Royaume de Naples, pour venir porter un coup important dans le Nord de l'Italie, ce que en cas de réussite lui donnerait de grandes facilités, pour reprendre le royaume, qu'il aurait momentanément abandonné. La dite diversion doit par son importance être exécutée par toutes les forces disponibles en Sicile; elle doit être calculée d'après les notions les plus récentes, que l'on aura, soit sur les forces, soit sur les intentions de l'ennemi; et elle doit enfin pendant son cours être tenue autant que possible en harmonie et rapports avec les opérations de l'armée Autrichienne en Italie. Le soussigné croit avant de terminer cette note devoir faire observer à Son Excellence que dans la grande crise du moment les seules troupes Anglaises à portée de seconder directement les opérations de l'Autriche, sont celles qui se trouvent en Sicile, et que ces troupes quoiqu'en nombre médiocre peuvent cependant produire des résultats importants si elles agissent avec célérité. Persuadé, que Son Excellence daignera prendre en considération tout ce que le soussigné a l'honneur de lui exposer,

Il a l'honneur etc., etc., etc. (1) ».

« Messina, 14 th april 1809.

My Lord,

On the 29 th of last month while at Melazzo upon some objects of momentary arrangements, I received a dispatch from the Marquis Circello accompanying a letter to me from the king himself acquainting me of the arrival of an Austrian officer at Palermo Conte de La Tour Lt. Col.1 in the Austrian service charged with all the plans of his government for the direction of her armies in the approaching war, to operations in the north of Italy and inviting me to the capital to concert with the Court and the officer above mentioned a consequent project of instant active enterprize from this quarter. I have the honor to be with respect, my Lord,
your Lordship's most obedient and most humble servant

J. STUART.

V : The right Honourable Viscount CASTLEREAGH » (2).

---

(1) Ce document se trouve aussi au Haus-Hof-und Staats Archiv. Wien.

(2) Le vicomte Robert Castlereagh (1769-1822), l'un des hommes les plus célèbres de son temps, auteur de l'union de l'Irlande avec l'Angleterre, partisan actif et acharné de la lutte contre la suprématie napoléonienne, était alors secrétaire d'état pour la

« *Monsieur,*

War Office,
Sicily 1/307.

Le soussigné assuré que S. E. le Lieut. général Chev. de Stuart, commandant les troupes Anglaises dans la Méditerranée et les troupes de S. M. le Roi des Deux-Siciles persévère dans la ferme intention qu'il avait précédemment chargé S. E. le Marquis de Circello de manifester de sa part à la cour de Vienne, savoir dans celle de coopérer par tous les moyens en son pouvoir à l'heureux succès de la guerre que S. M. l'Empereur pourrait entreprendre en Italie en employant sur ce continent les troupes qu'il a sous ses ordres de la manière qui pourrait être plus avantageuse au progrès des armes impériales et à l'utilité de la cause commune.

Assuré que S. E. a pris en sérieuse considération la note officielle de la cour de Vienne qui lui a été communiquée par S. E. le Marquis de Circello.

Espérant enfin que S. E. a bien voulu prendre en considération la note que le soussigné a eu l'honneur de lui remettre le 13 avril dans la vue d'exposer sommairement les importants résultats que la coopération des troupes aux ordres de S. E. agissant dans le Midi de l'Italie pourrait avoir pour assurer le succès de l'Armée Autrichienne qui opère au nord de cette contrée et qu'elle a bien voulu aussi prêter son attention aux divers développements qu'il a donnés verbalement dans la dite note dans les conférences qui ont eu lieu.

Il a aujourd'hui celui de prier respectueusement S. E. de vouloir bien le mettre à même de rendre à sa cour un compte exact et positif sur l'époque, la nature, les forces et la tendance de la coopération qu'elle peut attendre de la part des forces aux ordres de S. E. et elle profite de cette occasion pour lui renouveler les assurances de sa très haute et respectueuse considération.

Messine, 15 avril 1809.

LA TOUR
Lieut. Col. au service de S. M. l'Empereur d'Autriche.

A S. E. Lieut. Général
CHEV. DE STUART
Comm. les troupes Britanniques et celles de S. M. le Roi des Deux-Siciles ».

---

guerre. Un moment delaissé après les désastres de Walcheren, il devait reprendre une place prépondérante dans le ministère anglais et en diriger la politique étrangère dans un sens de plus en plus opposé au principe des nationalités. Peu d'hommes ont été — à juste titre — detesté en Italie comme Lord Castlereagh, qui livra à l'Autriche en 1814 ce peuple confiant dans les promesses anglaises. On peut consulter sur lui, à côté de sa correspondance, A. ALISON, *Lives of Lord Castlereagh and Sir Charles Stuart*, Edinburgh, 1861.

« Messine, ce 16 avril 1809.

Monsieur,

Il s'est déjà passé quelque temps depuis que j'ai été autorisé par le Haus-Hof-und-Staats Archiv-Vienne. Roi mon Maître à favoriser ou à soutenir avec les troupes Britanniques sous mes ordres (en tant que pouvait le permettre l'état modéré de leurs forces et la situation relative de la Sicile) toute disposition d'une nature étendue et durable qui pourrait se manifester dans les parties adjacentes de l'Italie à secouer le joug oppressif et tyrannique des Français.

J'eus l'honneur de donner connaissance de ces instructions à S. E. le Marquis de Circello par une lettre du 4 décembre et je lui suggérois l'avantage qui pourrait en résulter si, pendant les négociations qui étaient en train avec Vienne, on instruisait cette Cour de mes dispositions à agir en conformité à l'Autorité que je venais de recevoir.

La Note adressée par Monsieur le Comte de Stadion à la Cour de Palerme, dont le Marquis de Circello a eu l'obligeance de me transmettre une copie, jointe à celle que vous m'avez vous même remis ici, et où sont détaillés avec autant de clarté que de franchise les vastes plans des Armées Autrichiennes et les projets magnanimes de Sa Majesté Impériale, tout en nous confirmant dans les espérances que nous avions conçues de l'heureuse intervention de la seule puissance d'où l'Italie puisse réellement attendre sa délivrance, ne font qu'augmenter de plus en moi le désir d'user de tous mes efforts pour concourir à cet important objet.

Mais je crains cependant ne pouvoir pas fournir des réponses aussi catégoriques que vous paroissez le souhaiter, et que je désirerais moi-même pouvoir donner à vos différentes questions relatives à l'époque à la nature de la force et à la tendance de cette coopération.

L'époque, à laquelle je pourrai entrer en activité doit être décidée par les avis qui me parviendront du Continent sur les combinaisons, les moyens et les dispositions des habitants. Et la connaissance des mouvements ultérieurs des Armées Autrichiennes m'est de plus indispensable ainsi que celle des mesures relatives de l'Ennemi commun à l'approche plus instante des hostilités.

La force avec laquelle je prendrai l'offensive se monterait à quelque chose de plus que dix mille fusiliers, y compris la proportion convenable d'une artillerie bien fournie et une cavalerie qui n'excèderait pas trois cent hommes.

Il m'est encore impossible d'exposer quelle peut-être la tendance définitive de ma coopération. L'objet immédiat auquel j'ai jusqu'à présent borné mes vues a été une diversion dans le Midi de l'Italie. Des propositions que la Cour de Vienne fera à la mienne dépendra probablement la décision de mon Gouvernement, jusqu'où il voudra pousser la guerre en suivant sur ce théatre des opérations ultérieures et il en résultera sans doute l'expédition d'ordres plus détaillés et plus positifs pour ma conduite.

En attendant vous pourrez juger, Monsieur, que je n'ai négligé aucun des préparatifs nécessaires pour me mettre en activité par le rassemblement partiel de forces et de moyens de transport, que j'ai déjà fait à Milazzo d'où le tout est en état de partir sans aucun délai. Tandis que la position actuelle de ce rassemblement ne peut pas manquer de produire sur les dispositions de l'Ennemi, et sur les calculs de nos partisans en Calabre, un effet proportionné au nombre des troupes qui les composent et à la destination qu'on est en général porté à lui attribuer. — Je dois de plus vous prier de vous ressouvenir qu'en tout projet d'entreprise de la part de l'Armée Britannique, l'intelligence et le concours le plus parfait avec l'Amiral (1) commandant les forces navales de Sa Majesté est une condition préliminaire indispensable et que sur tout point qui peut avoir regard aux mesures de coopération avec nos Alliés on doit ainsi qu'au mien, s'en rapporter à son jugement et à sa décision.

Cette difficulté est levée par l'autorisation de l'Amiral en chef, l'Amiral Martens, de seconder toute opération que le général Stuart jugeroit à propos d'entreprendre (2).

Dans l'aperçu ci-dessus je n'ai point fait mention de la force disponible de Sa Majesté Sicilienne (3). On peut s'attendre à des secours importants de cette armée dont vous pourrez vous procurer à Palerme un état plus circonstancié. J'ai tout lieu de croire qu'il existera l'accord le plus complet avec moi sur tout service auquel on se proposerait de l'emploier. Il lui manque cependant beaucoup d'objets pour la mettre à même d'agir activement et je me permettrai de faire à ce sujet les représentations nécessaires aux Ministres de Sa Majesté.

Je vous prie de vouloir bien agréer les assurances de la parfaite consideration avec laquelle j'ai l'honneur d'être

Monsieur
Votre très humble et très obéissant serviteur
J. Stuart
Comte de Maida.

P. S. Je me permettrai de faire observer ici qu'en donnant le montant des forces Britanniques, que je pourrais mettre en activité, je n'ai parlé que de celles qui sont actuellement à ma disposition. Mais si mon gouvernement approuve la coopération ou diversion, qui m'est proposée, je ne puis pas douter qu'il m'envoye des renforts considérables pour me mettre à même de la soutenir avec vigueur ».

---

(1) L'amiral T. B. Martin (1773-1854), dont on trouve des lettres dans les *Supplementary despatches, correspondance and memoranda of* Field Marshal A. Duke of Wellington, VIII, London, 1861. Il fut l'un des héros de la terrible guerre en course poursuivie pendant vingt ans par l'Angleterre contre la France et ses alliés.

(2) Note de M. de La Tour.

(3) Le gén. Bunbury, dont le témoignage est de la plus grande importance pour toute cette campagne à laquelle il prit part personnellement, ne prend pas au sérieux les armements de la Cour de Sicile. Il cite à l'appui des faits qui ne sont que trop probants (L. Gen. Sir Henry Bunbury, *Narratives of some passage in the great war with France from 1799 to 1810*, London, 1854, pp. 358-59).

« Messine, le 18 avril 1809.

Monsieur!

J'ai reçu la lettre que vous m'avez fait l'honneur de m'adresser hier. J'aurais espéré que l'exposition de mes sentiments dans ma lettre du 16 du courant, jointe à votre observation de la promptitude des mes préparatifs pour agir avec la force sous mes ordres, et la franchise sans réserve de la communication de mes intentions en chaque instance, auraient rendu superflu de requérir de nouveau des réponses explicites à ces questions que vous avez une seconde fois présentées à ma considération.

Il m'est impossible de vous donner des explications plus conclusives que celles que j'ai déjà eu l'honneur de vous faire parvenir de mes projets d'opérations, et en vous renvoyant de nouveau à ces explications, qui sont en tout point conformes à mes propositions, à S. E. le Marquis de Circello du 4 décembre auxquelles j'ai déjà fait allusion, j'espère que je ne serai pas dans la nécessité de vous faire concevoir qu'il n'y a rien d'évasif dans mes expressions. J'ai témoigné volontairement le désir d'aider par une diversion dans le Midi de l'Italie, telle que me le permettraient les moyens modérés à ma disposition, les mouvements plus importants des armées Autrichiennes dans le Nord, et quand il se présentera à cet effet une occasion telle que mon jugement pourra l'approuver, je suivrai le parti qu'il me dictera en m'acquittant de mon mieux de mon devoir envers mon souverain, envers mon propre honneur, et envers la cause publique.

Je vous prie de vouloir bien agréer les assurances de la parfaite considération avec laquelle j'ai l'honneur d'être, monsieur,

Votre très humble et très obéissant serviteur
STUART, Comte de MAIDA.

A M. le COMTE DE LA TOUR,
Lieut. Colonel au service de l'Empereur d'Autriche ».

« Messina, 27 april 1809.

My Lord,

Since I had the honor of writing to your Lordship on the 14th inst, the Count de La Tour whom I mentioned as having been the Bearer to this Court of the communications of the Austrian plans arrived here from Palermo.

The misconception which the Count de Stadion appears by his memoire to the commander Ruffo to have imbibed with respect to the footing of this British Army in the Mediterranean and his consequent failure of allusion to any British force in the cooperative plans, which he proposes in favor of the Austrian Armies, as well as the total want of any official communications to myself did not prevent me from the most ready attention to the Count de La Tour as well as the most candid exposition of my own impressions upon those subjects which he was desiderous of detailing to me. But while I found every urgence on his part to lead me to specific promises of time and measure, I still forbore to enter into any engagements beyond those which were consistent with my own provisional instructions from your Lordship and which were fully expressed by me to the Minister of His Sicilian Majesty when I authorized his comunications on the subject to the Court of Vienne. I beg to recall your Lordship by the adjoined copy to the extent of this authority on my part as well as to the answer of the Marquis Circello to me upon this occasion.

I have also the honor to enclose to your Lordship a transcript of an official correspondence betwen the Count de La Tour and myself as well as the copy of a letter of which he was the Bearer from me to the Marquis of Circello on his return from hence to Palermo.

No material change has occured in any public object respecting us since I last had the honor of writing to your Lordship. A considerable number of troops have certainly at diuerent periods filed towards upper Italy, from the Kingdom of Naples where a large mass of the population is evidently ripe for revolt. But until the measures of Austria are decided, it is impossible that with the limited force under my orders I can take any steps against the enemy beyond those of demonstration.

I have the honor to remain with great respect, My Lord

Your Lordship's

Most obedient and very humble servant

J. Stuart.

(Right Honourable Viscount Castlereagh) ».

Victor de La Tour ne perdait pas de vue cet autre objet de sa mission, qui consistait à pousser le Gouvernement Sarde dans la voie d'une descente armée sur quelques points de la côte gênoise. Si la faiblesse des forces dont pouvait alors disposer le gouvernement du Roi Victor Emmanuel faisait passer au second rang ce projet, vis-à-vis de celui d'une diversion du côté de Naples, Victor de La Tour ne voulait pas le laisser de côté. Sa qualité de sujet Sarde, le dévouement héréditaire de sa famille aux Princes de la Maison de Savoye, dévouement dont il avait donné lui même des preuves dans sa première jeunesse, devaient contribuer puissamment à lui faire soigner ce second point de son programme qu'il voulait mener de front avec le premier. Après avoir adressé une première communication à Monsieur de Saint Ambroise (1), il s'adressa directement au Roi par la lettre suivante :

---

(1) Sur les allées et venues de M. de St. Ambroise voir Pellet, *oeuvre citée*, t. Ier.

« Palerme, ce 19 avril 1809.

Sire!

Si ainsi que j'ai lieu de le présumer, le Lieutenant Colonel Chevalier de Saint Ambroise est arrivé auprès de votre Majesté, Elle aura été instruite par cet Officier de ma Mission à Palerme, dont je l'ai prévenu par une lettre en date du vingt-neuf Mars. Je le priais en même temps d'être l'Interprète de mes respectueux sentiments pour la Personne Sacrée de Votre Majesté. Mais quoique depuis près de dix ans je n'aye eu aucune occasion de me rappeler personnellement à Son Auguste Souvenir, j'ose espérer qu'ils lui seront encore connus, et que Votre Majesté daignera agréer l'hommage que j'ai l'honneur de lui en faire aujourd'hui.

Haus-Hof-und-Staats Archiv-Vienne.

A l'époque où j'écrivis la dite lettre, j'attendois de moment à autre ici l'arrivée du Général Stuart, et mes instructions actuelles m'autorisant après que j'aurai terminé ma mission ici, à me rendre soit auprès de Votre Majesté, soit sur le point où elle aurait fait débarquer ses troupes, je me flattais de pouvoir profiter du délay qui devait nécessairement s'écouler entre le jour où le plan d'opération aurait été arrêté avec le dit Général et celui où l'on aurait pû commencer à agir offensivement pour venir me mettre aux pieds de Votre Majesté, rester quelques jours auprès d'elle et recevoir ses ordres sur l'époque ultérieure et approximative où j'aurais pû rejoindre Son Auguste Personne, ou ses troupes ainsi que sur les démarches qu'elle aurait peut être daignée m'ordonner auprès des autorités Anglaises et autres, relativement à la situation Militaire du moment.

Mais le Général Stuart s'étant fait précéder par un officier général chargé de concerter les arrangements préliminaires à l'expédition; je prévois avec regret que son arrivée à lui même sera trop prochaine de l'epoque, où il faudra l'entreprendre pour que je puisse dans l'intervalle faire un voyage à Cagliari où pouvant être retenu par des vents contraires, je m'exposais à manquer les premiers événements de la Campagne dans le Royaume de Naples, auxquels il convient que j'assiste. Privé par cette circonstance bien pénible pour moi de l'espoir d'être personnellement aux pieds de Votre Majesté avant le début des opérations, j'ose prendre la liberté de lui demander par écrit ses ordres, et de lui offrir mes zélés et respectueux services, sur tout ce qui serait en mon pouvoir de faire pour l'utilité des armes de Votre Majesté.

Votre Majesté aura sans doute été instruite par Monsieur de Saint Ambroise, et peut-être par d'autres voyes encore des vues générales et politiques de Sa Majesté l'Empereur; ainsi que des circonstances et lieux où elle jugerait que le concours de Votre Majesté aurait pû influer favorablement sur leur réussite. Je me borne donc à avoir l'honneur de lui exposer que le quatre mars, époque de mon départ de Vienne, on y entendoit que les opérations offensives pouvaient commencer vers le premier avril. Si les premiers événements en Italie sont en notre faveur, les mouvements y seront rapides et calculés de façon à pouvoir se mettre promptement en rapport avec le Piémont; de même si ma mission ici est heureuse, le plan d'opérations y sera combiné de manière à seconder les efforts de l'armée impériale en attaquant l'ennemi dans la Basse-Italie, et en prévenant ainsi les dangers auxquels les mouvements de l'armée française de Naples exposèrent les alliés en 1799.

De ce concours d'action au Nord et au Midi de l'Italie, il pourrait résulter pour Votre Majesté la possibilité d'opérer une diversion heureuse soit dans la Rivière de Gênes, soit sur quelques autres points des Côtes d'Italie.

Ne connaissant ni les intentions de Votre Majesté ni les moyens militaires, dont elle peut actuellement disposer, je n'ose point lui exposer et lui soumettre une opinion fixée, et j'aurai seulement l'honneur de lui observer, qu'à part la rivière de Gênes, d'où elle pourrait peut-être se frayer un chemin, jusqu'en Piémont, tous les pays situés entre le golphe de la Spezia et l'embouchure du Tibre pourraient peut-être aussi, vû la disposition des esprits, lui offrir les moyens d'agir avec gloire et utilité pour la cause commune, qui n'a jamais été dans aucune époque de la guerre aussi particulièrement liée aux intérêts et à la grandeur de Votre Majesté. Lorsque le plan d'opérations sera arrêté ici, je m'empresserai d'en instruire Monsieur de Saint Ambroise, afin qu'il puisse en rendre compte à Votre Majesté et la tenir au courant des événements.

En attendant, la lettre que j'ai aujourd'hui l'honneur de lui écrire, n'étant qu'un hommage particulier, que je mets à ses pieds, je la prie de daigner motiver les ordres, dont elle jugera peut-être convenable de m'honorer sur celle que j'ai écrite à Monsieur de Saint Ambroise et qui contenant une incluse du Chef de l'Etat Major de l'armée d'Italie, Comte de Nugent, acquiert ainsi un caractère officiel.

Ma ditte lettre à Monsieur de St. Ambroise, ne contenant aucun sécret particulier, peut sans inconvénient être ouverte par ordre de Votre Majesté, dans le cas où contre mon attente cet officier ne serait pas encore arrivé en Sardaigne.

Je prie Votre Majesté dans le dit cas de vouloir bien me faire parvenir les ordres, dont elle voudrait m'honorer par le canal des employés autrichiens, qui peuvent se trouver auprès d'elle ou à leur défaut par ses employés propres, afin que les dits ordres ou lettres ne parviennent pas à la connaissance ni même à la vue d'aucune personne étrangère aux deux gouvernements de Votre Majesté et de Sa Majesté l'Empereur. Je la supplie de même dans le dit cas de l'absence de Monsieur de Saint Ambroise de daigner me faire savoir à qui je devrais adresser les lettres, paquêts et autres objets de cette nature, concernant Votre Majesté. Dans l'attente de ses ordres je la supplie de daigner agréer l'hommage respectueux de tous les voeux que je forme pour sa gloire et pour sa prospérité, et de lui exprimer le bonheur, que j'éprouve de me trouver dans ce mo-

ment décisif un des militaires employés en Italie par le plus puissant et
le plus sincère de ses Alliés.

J'ai l'honneur d'être avec le plus profond respect

De Votre Majesté

Le très humble et très obéissant serviteur

LA TOUR, lieut. colonel.

P.S. — J'espère avoir ce soir une occasion pour Cagliari, si cela
n'est pas je tâcherai de faire partir cette lettre par celles que les Anglais
pourraient peut-être me présenter dans le courant de la semaine.

Palerme, ce 19 avril 1809 ».

Le Roi Victor Emmanuel ne demandait pas mieux que de pouvoir
exécuter le plan d'une expédition sur Gênes, qui lui aurait ouvert le
chemin vers ses anciens Etats. Mais il se trouvait empêché, par le manque
presque total de ressources, de faire le moindre mouvement sans la coopération des Anglais. La réponse qu'il fit adresser en son nom par le
comte de Roburent (1) à Monsieur de La Tour, montre qu'il conçut l'espoir
de pouvoir entraîner vers la Riviera les troupes que l'on réunissait en
Sicile, en vue d'un débarquement.

« *Monsieur et cher Comte,*

Je ne saurais assez vous exprimer le vrai plaisir que m'a causé votre
chère lettre en date du 9 courant, avec l'incluse pour S. M. le Roi, que
je me suis fait un devoir de lui remettre tout de suite, et il a fort approuvé votre empressement, et vos sentiments pour sa personne sacrée.
Nous avons eu ici le Ch. de St. Ambroise, et comme le Roi était dans
l'impossibilité d'exécuter tout seul les projets proposés par M. de St. Ambroise, et qu'il a fallu expédier à Londres, pour en avoir les moyens, il
a cru son séjour ici inutile pour attendre les réponses de Londres, et son
retour en Allemagne nécessaire pour rendre compte de sa mission, et des
arrangements pris ici, en attendant les réponses de Londres qui ne peuvent être que favorables, d'après les sentiments de cette Cour pour notre
Roi. Si on avait pu combiner un plan d'accord, avec la Cour des deux
Siciles, les Anglais, et avec les peu de moyens de notre Roi, je crois
que l'on pourrait opérer le plus grand, et le plus sûr coup pour la cause
commune. Ce serait un coup sur Gênes, sans garnison, et sans vivres dans
le moment, et tous les habitants des environs pour nous commençant par

---

(1) Le comte Joachim Cordero de Roburent, premier écuyer du roi Victor Emanuel,
vaillant soldat et fidèle serviteur qui joua un grand rôle dans la politique sarde de 1802
à 1821 (D. PERRERO, *I reali di Savoia nell'esilio,* cit.).

ceux de Fontanabona. Ce coup ne pourrait manquer de réussir, ou par surprise, ou de vive force avec peu de résistance, les Français n'ayant pas les moyens dans ce moment de résister. Une fois dans Gênes vous sentez bien que l'on ne pourrait jamais plus nous en chasser ayant la mer à nous pour les vivres; et ce serait un point sûr sur le continent. Le Roi notre Maître alors ferait ses proclamations à tous ses fidèles sujets et dans peu de jours il aurait une armée composée de ces sujets fidèles et hardis et même de ceux qui n'oseraient encore se montrer et se décider si on faisait un débarquement sur le continent hazardeux, et sans un point de retraite assurée, et imprenable comme ce serait Gênes. Quand notre Roi commencerait à n'avoir que dix mille hommes de ces troupes toutes les troupes de l'expédition soit sicilienne que anglaise, pourraient se rembarquer, et aller faire un autre débarquement, sur un autre littoral quelconque qui serait du bon plaisir de la Cour de deux Siciles, et des Anglais; la Cour de Sicile devrait d'autant plus se prêter a ce plan, qui serait le plus prompt et le plus sûr pour délivrer à jamais le Royaume de Naples, car il faut couper le mal à la racine; et si cette opération réussissait comme je n'en doute pas, les Français qui sont dans la basse Italie ne pourraient plus y rester risquant d'avoir leur retraite coupée, et si ils voulaient s'obstiner à y rester, l'expédition de Gênes pourrait venir débarquer sur le littoral de Naples pour prendre les Français qui y seraient restés par leurs dérrières. Il me paraît aussi qu'il serait de toute convenance des Anglais que le Roi fut maître de Gênes, car il serait sûr d'avoir un bon et grand port à leur disposition dans la Méditerranée; voilà en peu de mots le Plan qui plait le plus à S. M. et que je crois le meilleur pour la bonne cause, et pour la délivrance de l'Italie en particulier, et c'est d'ordre du Roi que j'ai le plaisir de vous le communiquer, et je ne vous laisserai pas ignorer le grand plaisir que vous feriez au Roi si vous pouviez y contribuer à sa réussite. Selon vos désirs, et même selon que le Ch. de St. Ambroise avait dit de faire d'ouvrir ses paquets, S. M. a ouvert votre lettre à son adresse, avec l'incluse du Comte de Nugent, qui lui ordonne de se mettre en correspondance avec vous pour le bien du service. S. M. le Roi a aussi vu dans votre lettre au Ch. de Saint Ambroise vos sentiments respectueux pour sa Personne, et m'ordonne de vous saluer de sa part. S. M. La Reine a écrit à la Reine de Naples que vous étiez le Premier Page qui l'ait servie à Novare, et de vous saluer de sa part; — comme vous voyez — vous n'êtes pas oublié par vos Maîtres. Je serai bien aise de pouvoir embrasser Monsieur votre Père, et je voudrais que ce fut demain, et le Roi sera bien aise de pouvoir encore se servir d'un si bon et vieux serviteur; nous en avons eu quelquefois des nouvelles, mais comme nous sommes privés depuis un an et plus des nouvelles du Piémont, je ne pourrai pas vous en donner des nouvelles. Je vous prie de profiter de toutes les occasions pour me donner de vos chères nouvelles, et de celles qui nous intéressent tous; de mon côté j'aurai le même empressement de vous écrire à chaque occasion qui se présentera, et je vous renouvelle les assurances de ma cordiale et ancienne amitié, avec laquelle je suis avec profond respect

Monsieur, et cher ami, votre très-humble et très-obéissant

Serviteur et ami

DE ROBURENT.

Cagliari, ce 28 avril 1809 ».

Pour le moment, le projet caressé par la Cour de Cagliari était encore dans le domaine des rêves, tandis que l'expédition sur les côtes napolitaines était déjà en voie d'exécution. L'Amiral Anglais qui commandait aux Iles Baléares venait de donner des dispositions pour rassembler les navires nécessaires :

« **Extract of a letter from Vice Admiral Lord Colligwood** (1) **to the Hon: W. W. Pole** (2); **dated on board the Ville de Paris Port Mahon. 20th april 1809.**

On the 16 the Alceste brought me letters from the British and Sicilian Ministers at Palermo, informing me that the Count de La Tour had arrived there from Vienna with a plan of operations proposed by the Austrian Cabinet, and inviting the Court of Sicily to make a Diversion, by certain operations in the South of Italy. — Lieut. General Sir John Stuart was not at Palermo, but as this service appears to be what the General had in view when I saw him there in February, I have no doubt that he will make a descent on the Neapolitan Coast, and have therefore sent directions to Rear Admiral Martin to collect all the ships appointed under his orders, as named in the margin, together with the Warrior which I hope is repaired by this time, and the Spartan which I have ordered to Messina to cooperate with the Army.

I cannot give upon any very flattering accounts of the Spanish Affairs in the Eastern Provinces. There is the greatest degree of supineness everywhere, they complain of having no support from the Government — they have neither cloacks nor pay for the Levies of men raised

Foreign Office,
Sicily, 38

Canopus
Spartiate
Alceste
Mercury
Porcupin
Volage
Philomel
Espoir
Caephalus
Alacrity
Warrior ⎱
Spartan ⎰ to join

---

(1) Lord Cuthbert Collingwood (1748-1810), le célèbre amiral anglais qui partout, après la mort de Nelson, fut le grand organisateur de la résistance maritime à l'hégémonie napoléonienne. Il eut une grande part à la victoire de Trafalgar, mais, absorbé par les charges d'un commandement aussi complexe, il substitua à l'initiative de Nelson un système plus défensif qui permit parfois aux français d'échapper à ses croisières. La défense de la Sicile fut l'une des préoccupations constantes de Collingwood. (Sir NICHOLAS HARRIS NICHOLAS, *The despatches and letters of V. Adm. Lord Viscount Nelson*, London, 1844-46; B. OSLER, *The Life of Admiral Viscount Exmouth*, London, 1854).

(2) William Wellesley Pole (1763-1845), comte de Mornington, frère de Wellington, parlementaire tory, était depuis 1807 secrétaire de l'amirauté. En octobre 1809 il devint secrétaire en chef pour l'Irlande dans le cabinet Perceval et s'opposa avec intransigeance à l'émancipation des catholiques.

by them, and much of that patriotic enthusiasm by which the people were animated has expired.

The soldiers who have been sent to the Island of Minorca for the recovery of their health, resisted the authority of the Governor when they were required to return to the Army in Catalonia, he has requested the countenance of our troops when they are to embark, and I am disposed to think if the Squadron had not been here, the Governor and his troops would have been set at defiance by the convalescents.

The sending the French Prisoners from Cadiz to the Islands, is likely to cause a great convulsion among the people. I wrote to Mr. Frere (1) on the subject as soon as I heard what was intended — if they had the 5000 soldiers which it is said are coming it will be little short of giving the Island up, for they will have no difficulty in getting arms from Barcelona. But to-day I have heard that the People of Majorca have determined they shall not land, and as the Supreme Junta has little correspondence with them, and no control I think it highly probable the people will resist them ».

De son côté le Général Stuart, au lendemain de son entrevue avec La Tour, activait ses préparatifs, et poussait le marquis de Circello, ministre dirigeant du Cabinet de Palerme, à prendre les mesures propres à assurer une coopération utile des troupes du Roi Ferdinand.

« Messina, 22 avril 1809.

Monsieur,

Le départ du Comte de la Tour pour Palerme me donne l'occasion d'ajouter quelques lignes à la lettre que j'ai déjà eu l'honneur d'écrire à S: E. en date du 16 courant. Le mémoire de Comte de Stadion dont S. E. a eu la complaisance de me transmettre une copie m'a prouvé que ce Ministre n'avait pas senti quelle était la situation de l'armée britannique dans la Méditerranée.

J'ai cependant eu avec le Comte de la Tour ainsi que S. E. pourra l'apprendre de cet officier les expositions les plus franches et les plus détaillées de mes vues sur les projets de coopération qui m'ont été proposés, et je puis assurer S. E. que, même sans l'entrevue que j'ai eu avec lui, je n'aurais fait que m'acquitter des ordres de mon Souverain en usant, en tant que me le permettront mes moyens, de tous mes efforts pour contribuer à la libération de l'Italie et en général au succès de la cause commune. Je n'ai prié le Comte de la Tour de communiquer à S. E. que le

---

(1) John Hookham Frere (1769-1846), grand ami de Canning et homme de lettres très érudit, était, depuis le 4 octobre 1808, ministre d'Angleterre en Espagne, c'est à dire auprès de la Junte de Séville (ROBERT ROUIERE PEARCE, *Memoirs and Correspondence of Richard Marques Wellesley*, London, 1846, vol. III ; CHARLES OMAN, *A history of the peninsular war*, Oxford, 1902).

résultat général de mes idées et pour tout ce qui regarde les détails militaires je prendrai la liberté selon l'occasion de m'adresser directement, ou à S. E. ou aux chefs de l'armée de S. M. Sicilienne.

Je me permettrai seulement en ce moment de recommander que les troupes soient fournies de tout ce qui peut leur être nécessaire pour être en état d'agir, et qu'elles soient tellement disposées qu'elles puissent se mettre en mouvement au premier ordre soit de concert avec nous soit de manière à opérer quelque diversion utile au but des opérations qu'on pourrait trouver avantageux d'entreprendre.

J'ai l'honneur d'être avec etc.

J. STUART Comte de Maida.

To the Marquis de Circello ».

En réponse aux demandes adressées par le général Stuart au marquis de Circello, le gouvernement Sicilien prit des mesures pour concentrer à Palerme toutes les troupes dont il pouvait disposer, tandis que l'armée anglaise d'occupation avait fait son rassemblement à Milazzo. Le ministre Circello se rendit lui même le 4 mai avec le Duc d'Ascoli (1) au camp du Général en Chef pour l'informer des dispositions prises, et concerter la marche à suivre dès que serait parvenue l'annonce officielle de l'ouverture des hostilités dans la Haute Italie (2). La lettre de l'Archiduc Jean n'était

---

(1) Le duc d'Ascoli, Trojano Marulli, très dévoué au roi Ferdinand qu'il accompagna comme chambellan dans la malheureuse expédition de 1798 à Rome (FR. NARDINI, *Mémoires pour servir à l'histoire des dernières révolutions de Naples*), et dans la fuite en Sicile. Renvoyé par Lord William Bertinck, qui le supposait plus favorable aux français qu'aux anglais, il fut renommé à la restauration (4 juin 1815) à sa charge de premier écuyer du roi. Ferdinand IV aimait beaucoup le duc qui était entèrement disposé à seconder ses faintaisies et qui avait en commun avec le souverain la grande passion pour la chasse. Une page très fâcheuse dans la vie d'Ascoli est constituée par son passage au ministère de la police (P. COLLETTA, *Storia del reame di Napoli*, Bruxelles, 1847, c. V, § XV). Sur l'hostilité entre la reine Caroline et le duc l'on trouvera des détails chez OSCAR BROWNING, *Queen Caroline of Naples*, (*English Historical review*, luly, 1887). Cfr. encore sur le duc d'Ascoli, ANDREA CACCIATORE, *Esame della Storia del reame di Napoli di* PIETRO COLLETTA, Napoli, 1850 et, pour son rôle en 1820, G. BIANCO, *La rivoluzione siciliana del 1820*, Firenze, 1905, p. 26.

(2) C'est probablement au retour de ces envoyés que se rapporte le billet ci-joint, conservé dans les papiers de M. de La Tour.

« *Palazzo*, 10 *heures*.

S. M. la Reine, que je viens d'avoir l'honneur de voir, m'a ordonné, Monsieur le Comte, de vous proposer de sa part de venir dîner demain à la Bagheria chez sa Majesté qui y va avec toute sa famille. Sa Majesté compte partir à midi, et m'a chargé de vous y conduire; à midi, je passerai donc chez vous, enchanté de cette occasion de faire ce petit voyage avec vous. S. M. me charge aussi de vous dire que les voyageurs sont revenus contents, et qu'elle aurait le plaisir de vous en parler demain.

Agréez, Monsieur le Comte, les assurances de mon invariable attachement.

S. CLAIR ».

pas encore arrivée à cette époque à Monsieur de La Tour, ni naturellement celle que lui adressait plusieurs jours plus tard son frère Janus, qui servait alors comme capitaine au Quartier général de l'Archiduc Jean, et s'apprêtait à se couvrir de gloire près de Vicenza (1).

---

(1) Pour cette action d'éclat le Chapitre de l'Ordre de Marie Thérèse conféra en 1810 à Janus de La Tour la Croix de Chevalier de cet ordre. (K. K. Kriegs Archiv-Wien). Le Docteur J. HIRTENFELD, *Der Militär M. Theresien Orden und seine Mitglieder,* Wien, Zweiter Band, pag. 942-943, donne la description suivante du fait d'armes.

« Die Armee des Erzherzogs Johann zog am 2 mai 1809 über Vicenza. La Tour erhielt die Weisung, die bei Albaredo detachirte Brigade Splényi nach dieser Stadt zu führen. Nachdem sie sich mit der Armee vereinigt hatte, setzte der Feind unserer Arrièregarde ungestüm zu, und La Tour blieb, in der Voraussicht, dass es hier zum Schlagen kommen werde, aus eigenem Antriebe bei derselben. Bei Olmo wurde Stellung genommen, General-Major Marziani, welcher rechts bei Creazo aufgestellt war, muste aber der Uebermacht weichen, und der Posten bei Olmo ward dadurch auf der Hauptstrasse rechts umgangen. Nur zu bald erfolgte auch der feindliche Angriff in Front und Flanke mit solchem Ungestüm, dass diese Stellung Gefahr lief, forcirt zu werden. In diesem Augenblicke erschien La Tour und brachte die Truppe durch das Beispiel persönlicher Tapferkeit und durch zweckmässige Anordnungen nicht nur zum Stehen, sondern es gelang ihm auch, den Posten trotz der Uebermacht so lange zu halten, bis General Marziani den Rückzug vollführt hatte. In dem Gefechte am 8 mai versuchten die Franzosen auf dem kürzesten Wege nach Conegliano unseren linken Flügel zu tourniren und sich auf die Rückzugslinie zu werfen. Erzherzog Johann liess das Ottochaner Grenz-Regiment links abrücken, und beauftragte den Oberst Grafen Nugent zur Führung dieser Truppe, einen Offizier des General-Quartiermeisterstabes beizugeben. Graf La Tour bot sich hierzu freiwillig an, und fand das Regiment bei der Ankunft bereits mit dem Feinde engagirt. Als er sah, dass die Behauptung der Stellung gegen die Uebermacht immer schwieriger werde, schlug er dem Commandanten einen Angriff mit dem 1 Bataillon vor, setzte sich selbst an die Spitze desselben, nachdem derer Führer Oberst-Leutnant Rukawina verwundet war, und unternahm die Attaque mit solcher Bravour, dass die ersten Abteilungen des Gegners geworfen, und dem weiteren Vordringen Einhalt gethan wurde. La Tour konnte sich bis zum Einbruche der Dämmerung in dieser Stellung behaupten, wodurch die Brigade Colloredo auf dem rechten Flügel mit einem Teile der Cavallerie und die Geschütze vor Umgehung geschützt werden und die Arrièregarde zur Deckung des weiteren Marsches sich formiren konnte.

« Bei dem weiteren Rückzuge der Armee sollte San Daniele am 14 Mai durch die Arrièregarde behauptet werden. Dem Feinde gelang es aber bis zu dem als Unterstützung hinter St. Thomas aufgestellten Grenadier-Bataillon Salamon und dem Oguliner Grenz-Regimente vorzudringen. Ungeachtet des tapfersten Wiederstandes der Grenadiere waren sie endlich zum Weichen bemüssigt. La Tour, welcher in diesem Augenblicke bei dem Oguliner Regimente sich befand, sprengte auf die Chaussée hinab, muntert die Grenadiere auf, lässt Sturmstreich schlagen und greift mit einer kleinen Zahl derselben unter dem Befehle eines Offiziers den Feind unerschrocken an. Zu neuem Muthe entflammt nimmt bald die ganze Linie an der Vorrückung teil.

« St. Thomas wird wieder genommen und die Franzosen bis nalle an San Daniele geworfen ».

« Conegliano, ce 20 avril 1809.

Le porteur de la présente est le Marquis Batt. Cavero, qui s'est
autrefois montré avantageusement dans la Rivière de Gênes, il parle
beaucoup moins qu'Assaretto (1), mais il a beaucoup plus de jugement que
lui. S. A. I. l'a destiné à porter aux Cours de Sicile et Sardaigne la nouvelle de nos premiers faits d'armes. Tu voiras qu'ils ont été fort heureux ;
le plan était hardi et bien combiné, il devait nous livrer au début une ou
deux divisions Françaises, mais des temps affreux ont retardé d'un jour
notre arrivée à Udine et l'ennemi a eu le loisir de repasser le Tagliamento, c'est alors qu'après avoir réuni ses forces il nous présenta la Bataille à Fontanafredda (2), nous offrant un front de cinq Divisions d'Infanterie et de six Régiments de Cavallerie. La bonne disposition *primitive*
de notre ordre de bataille — puis la bravoure singulière des troupes —
nous a donné gain de cause ; j'ai vu peu de combats plus opiniâtres ; et peu
de déroutes aussi complètes, mais la nuit les protégeait, et dès le lendemain les pluies ont recommencé de telle force, que l'armée a été trois
jours cernée entre la Zelina et la Grava. Cependant l'ennemi a profité de
notre inaction pour repasser en paix la Piave, il en a brulé le pont jusqu'à la dernière poutre, et la grosseur des eaux rend jusqu'à ce moment
impossible d'assurer un pont de bâteaux.

Voilà où en sont les choses : tu vois qu'elles auraient du être mieux,
mais que nous n'en avons pas la faute. Il faudra encore une bataille,
car ils ont d'autres troupes fraîches à nous présenter ; et ce n'est qu'après
cet événement nécessaire que les destinées d'Italie commenceront à se
fixer. J'en reviens à Cavero ; les circonstances ont changé depuis toi.
Si la fortune continue à nous sourire, elles iront dans une progression
bien majeure encore, dès lors une tentative sur la côte de Gênes deviendra moins périlleuse et directement utile. Je ne dis point que les grandes
opérations doivent s'y faire, mais sûrement il serait à propos d'y jeter

---

(1) Le Général Assareto, patricien génois, qui avait pris service dans l'armée française, mais qui, comme plusieurs nobles de la Riviera, était poussé par son regret de
l'ancien ordre des choses à entretenir des rapports avec les autrichiens. Découvert et
arrêté par ordre de Marbot en janvier 1800, il était parvenu à s'échapper, se mettant à
la tête de l'insurrection des vallées contre la France (Bar. THIEBAULT, *Journal des opérations militaires et administratives des sièges et blocus de Gênes*, Paris, 1847). Assareto
est peint très en noir par le diplomate suédois JACOB CHRISTIANNSON GRABERG, *Dag-bok
öfver Blockaden af Genua ar 1800*, Tripoli, 1828, dont on trouve une traduction dans les
Atti della Società ligure di Storia patria, vol. XXIII, f. II (GIUSEPPE ROBERTI, *Due diarii
inediti dell'assedio di Genova nel MDCCC*). L'autre journal publié par M. Roberti,
quoique émanant d'un aristocrate, n'est pas beaucoup plus favorable à Assareto, auquel
il reproche sa versatilité.

(2) Ce doit être la bataille connue en Italie sous le nom de Sacile et qui fut complètement gagnée par l'archiduc Jean (NORVINS, *Histoire de Napoléon*, Paris, 1868,
ch. XXXII).

du monde; or voilà Cavero pour l'aider de ses connaissances topogra-phyques ainsi que de son influence populaire.

Je souhaite que cet aide arrive trop tard, et que ta mission ait déjà eu des résultats heureux. Je souhaite que l'Auguste Prince dont nous sommes nés les sujets prenne des déterminations propres à rétablir sa puissance, ses moyens ne sauraient être aujourd'hui très grands, mais bien leur influence.

Adieu, mon très cher. Je n'ai aucune nouvelle de nos parents depuis l'ouverture de la campagne; dis à notre bon Roi que ses sujets s'y con-duisent tous très bien, et qu'un même but les anime.

JANUS ».

En attendant la Cour de Sicile entretenait des intelligences au de là du Phare, où elle comptait réellement des fidèles partisans. Les lettres qui parvenaient à passer de temps à autre, parlaient de populations prêtes à accueillir à bras ouverts un débarquement, et réveillaient l'impatience de la Reine Caroline, qui s'en ouvrait avec La Tour dans ses courts billets frémissants.

Archives de La Tour.
Orio. - I, 53.

« Je vous envoie en toute confiance, une lettre originale, avec les rapports de Ponza, que vous me ferez le plaisir, de me renvoyer demain matin, avant neuf heures, contant aller à Solanto; ces nouvelles font bien souhaiter que le Général Stuart se résoude à quelque chose, ou laisse agir, qui en a le droit, et en connaît les moyens.

Adieu, croyez-moi avec bien de l'estime votre

Reconnaissante : CHARLOTTE.

Le 3 mai 1809 ».

L'on était au 8 mai, et Monsieur de La Tour n'avait encore aucune nouvelle de la marche des affaires générales à laquelle devait se coodonner nécessairement toute action contre Naples. Il s'en plaignait dans son second rapport sous cette date.

« *Palerme, le 8 mai 1809.*

Excellence!

Haus-Hof-und Staats
Archiv - Vienne.

J'espère que Votre Excellence a reçu dans son temps la lettre que j'ai eu l'honneur de lui écrire le 31 mars par le retour de l'Eole; je reçois dans l'instant l'avis du prochain départ d'un bâtiment pour Trieste; je m'empresse d'en profiter pour avoir celui de lui rendre compte de l'état actuel des choses ici; mais je crois devoir commencer par la prévenir que depuis le 13 mars, époque de mon départ de Trieste, je n'ai reçu aucunes directes nouvelles ni indirectes de nos Etats. Cette incertitude absolue, où je suis encore sur la tournure ultérieure qu'ont prises les choses, influe défavorablement sur l'objet de ma mission, cependant je ne crois point induire Votre Excellence en erreur en l'assurant qu'au moment, où l'on recevra ici la nouvelle officielle du début des hostilités, une expédition forte d'environ 18.000 hommes, dont au moins 10.000 Anglais, fera voile de ces ports pour le Royaume de Naples où l'on espère trouver de nombreux partisans; — en attendant je vais avoir l'honneur d'exposer à Votre Excellence les motifs sur lesquels je fonde l'assurance d'une coopération de la part des Anglo-Siciliens, et aurai aussi celui de joindre ici la copie des Notes données ou reçues relativement à cet objet. Le Général Stuart qui était attendu ici pour le 3 avril y envoya à sa place le Général Macferlane (1), qui était seulement autorisé à entendre mes propositions; — après quelques conversations et une conférence tenue per le Marquis de Circello, l'Amiral Martens, le chargé d'affaires d'Angleterre, Monsieur Mellisch (2), le Général Macferlane, et à laquelle j'assistais; il fut décidé par ces Messieurs que le Général Stuart serait de nouveau invité de venir à Palerme se concerter avec la Cour et qu'ils écriraient à l'Amiral Lord Collingwood pour lui demander d'autoriser l'Amiral Martens à seconder, avec la flotte sous ses ordres, les opérations, que le Général Stuart pourrait juger convenable d'entreprendre.

La réponse de l'Amiral en chef, datée de Mahon, contenait l'autorisation demandée, et annonçait l'envoi de sa part d'un renfort de trois frégattes. — Celle du Général Stuart fut, qu'il ne pouvait s'absenter de Messine, mais qu'il m'y verrait avec plaisir; je m'y rendis avec le Général Macferlane le 11 avril, je trouvais le Général en Chef dans un état de perplexité causé par quelques mésentendus avec cette Cour-ci; et par un ordre assez ancien de la sienne d'envoier une partie de ses troupes en Espagne. Il n'avait point crû devoir obéir à cet ordre, mais il semblait néanmoins craindre une responsabilité à ce sujet, parce que le dit ordre était postérieur à celui qui l'avait autorisé à prendre une part active à la guerre, qui pouvait naître en Italie. Dans cet état de choses je crus devoir lui remettre le 14 la Note N° 1, qui me semble en harmonie avec les instructions générales, que j'ai reçues du Département de la guerre, et que je crus propre à fixer l'opinion du Général en Chef en faveur de la diversion.

Je fus effectivement appellé le lendemain chez lui; j'y trouvais la plus part des autres chefs de l'armée Anglaise et après une Conférence où ces Messieurs témoignèrent en général beaucoup de zèle et d'ardeur pour la cause commune, le Général en Chef me dit qu'il croyait aussi que les forces Britanniques ne pouvaient nulle part être aussi utiles qu'en Italie, et que je pouvais être assuré que la diversion demandée aurait lieu à l'instant où il recevrait la nouvelle des hostilités. Il m'autorisa ensuite à conférer

---

(1) Sir Robert Macfarlane, qui arriva jusqu'au grade de lieutenant général dans l'armée britannique. Cfr. M. H. WEIL, *Le prince Eugène et Murat*, Paris, 1902.

(2) C'est le secrétaire d'ambassade, dont le rapport sur la Cour de Sicile a été publié dans la *Revue d'histoire diplomatique*. Voir la n. 1 à p. 74.

avec son Chef d'Etat Major le Colonel *Bombury* (1) (qui me semble un officier très instruit) et me promit de me répondre par écrit à toute Note relative à la diversion que je pourrais lui adresser. Je profittais de cette permission pour remettre au Général la Note N° 2, je reçus de sa part la réponse N° 1, je lui observais qu'Elle laissait des doutes sur de certains points, je reçus de sa part les explications notées en marge et la copie ci-jointe de la lettre que le général avait écrite le 4 décembre au Marquis de Circello pour lui annoncer qu'il était autorisé par la Cour de Londres à agir sur le Continent d'Italie. — Le Général me fit ensuite entendre qu'il ne désirait pas entrer dans des explications écrites plus positives, jusqu'à ce que l'on eut des nouvelles officielles du début des hostilités; mais j'ai lieu de croire que les vrais motifs qui engagèrent le Général à faire cesser les explications écrites qu'il avait dans le principe lui même voulu établir, furent la réflection que je n'étais point directement accrédité auprès de lui; et celle plus importante de vouloir paraître auprès de sa Cour n'avoir agi sur le Continent que d'après des engagements contractés dans le temps où il y était autorisé par Elle; quoiqu'il en soit à cet égard, les assurances et explications verbales que j'ai reçues du Général en Chef et autres Généraux et Chefs de l'Armée Anglaise sont si positives, et les préparatifs faits à Messine et Milazzo, sont dans un état tel, que ne pouvant pas douter de la ferme intention où est le Général Anglais d'agir selon les désirs de notre Cour, j'ai crû devoir revenir auprès de celle de Palerme. Je la trouvais dans les mêmes bonnes dispositions qu'Elle avait précédemment manifestées et pénétrée de l'urgence des circonstances et de la nécessité de sacrifier pour le moment toute autre considération à celle de s'assurer de la coopération de l'Armée Anglaise en se conformant aux désirs de son Chef. L'Amiral Martens partit le 28, lendemain de mon retour à Palerme, pour se rendre auprès du Général Stuart, et concerter avec lui la partie qui le regarde, il fut de retour ici le 2 may, et le Général l'y ayant point accompagné, la Cour s'est décidée à envoier le 4 may le marquis de *Circello* et le duc *d'Ascoli* auprès du Général Stuart

(1) Sir Henri Edward Bunbury (1778-1860), issu d'une famille distinguée de la gentry, avait accompagné le Duc d'York comme aide-de-camp dans la campagne de Hollande en 1799. Nommé en 1805 quartier-maître général des troupes anglaises venues en Sicile avec Sir James Craig, il garda la même situation sous Sir John Stuart. Il prit part à l'expédition des Calabres en 1806 et à celle des Iles en 1809. Il se rapatria pour recevoir le sous-secrétariat d'état de la guerre qu'il garda de 1810 à 1816, pendant les années les plus graves de la guerre, lorsque le gouvernement tory multipliait les efforts pour venir à bout de la résistance de Napoléon. Néanmoins lorsque Bunbury prit sa retraite comme général et succéda à son oncle dans le siège de la comtée de Suffolk qui était devenu une sorte de fief de famille, il prit place parmi les whigs, et Lord Grey, arrivant enfin au pouvoir, lui proposa en vain le ministère de la guerre. Gentilhomme éclairé, libéral, Bunbury était plus qu'un amateur d'archéologie, de livres rares et de peinture (LESLIE STEPHEN, *Dictionary of National biography*, London 1886, vol. VII). Voir aussi les livres de BUNBURY lui même: *Narratives of some passages in the great war with France from 1799 to 1810*, London 1854 et *Mémoirs and literary remains*, London, 1868.

pour lui remettre l'état détaillé des troupes du Roy, recevoir ses instructions et ses ordres sur les dites troupes qui seront entièrement mises à sa disposition, et concerter enfin avec lui les arrangements à prendre dans le Royaume de Naples à mesure que l'on parviendra à y pénétrer. Les troupes Siciliennes sont réunies à Palerme, les Anglais à Mélazzo et les arrangements sont pris pour être en mesure de les embarquer dans 24 heures, j'écris par cette même occasion au Comte Nugent pour lui rendre compte de tout ce qui a rapport à la partie militaire, et des intentions, qui m'ont été manifestées par l'état major Anglais, ces intentions ne m'ont à la vérité pas été communiquées par écrit, mais je ne les en crois pas moins sincères et positives, et je ne doute aucunement qu'ils n'agissent avec vigueur dans le royaume de Naples, mais si Votre Excellence désirait que leur coopération continuat vers la haute Italie, je crois, qu'il serait nécessaire, qu'Elle s'entendit à cet effet avec la Cour de Londres et en général si les forces Anglaises en Italie ne seront pas mises à la disposition, et sous les ordres de Monseigneur l'Archiduc Jean, je doute que l'on puisse obtenir d'elles autre chose que des coopérations momentanées, et qui devront chaque fois être précédées par une espèce de négociation qui fera perdre beaucoup de temps. Je n'ai encore reçu aucune nouvelle directe de Sardaigne; à mon arrivée ici, j'avais écrit à Monsieur de St. Ambroise pour me mettre en communication avec lui; ne recevant aucune nouvelle de cet officier, et craignant qu'il ne lui fût arrivé quelques incidents en mer qui l'eussent empêché de parvenir jusqu'en Sardaigne; j'ai pris la liberté d'écrire directement au Roi la lettre ci-jointe du 19 avril, dans la vue si St. Ambroise n'était pas arrivé, de recevoir les ordres du Roi sur la Personne avec qui j'aurais dû correspondre en Sardaigne touchant les opérations militaires, et dans celle d'indiquer d'une manière générale et approximative, celles aux quelles les Sardes auraient pû prendre part. Depuis ma lettre écrite j'ai appris que Monsieur de St. Ambroise était en Sardaigne, j'espère donc recevoir promptement de ses nouvelles et dans tous les cas, Votre Excellence saura par cet officier ce qui peut avoir été résolu à Cagliari. Lors du retour ici de Monsieur le Marquis de Circello j'aurais probablement une nouvelle occasion d'écrire à Votre Excellence, je termine donc cette lettre en la priant de daigner agréer l'hommage du très profond respect avec lequel j'ai l'honneur d'être

de Votre Excellence
le très humble et très obéissant Serviteur
LA TOUR, lieut. Colon.

Le nouveau Ministre d'Angleterre auprès de la Cour de Palerme Lord Amherst (1) est arrivé ici depuis quelques jours, il me semble doué de qualités

---

(1) William Pitt, earl Amherst of Arracan (1773-1857), qui devait faire preuve du plus grand sang-froid en soutenant, vis-à-vis des prétentions orientales, la dignité de son caractère au cours de sa célèbre ambassade en Chine. Son gouvernement comme viceroi des Indes fut signalé par les plus grands succès, notamment par la guerre victorieuse contre le roi de Birmanie.

aimables ; à son départ d'Angleterre le 1er mars, il ignorait les nouvelles intentions de Sa Majesté Impériale, et il ne paraît avoir aucune instruction positive à ce sujet.

P. S. — Comme je n'ai aucun moyen propre d'écrire à Votre Excellence ou au Comte Nugent, j'ose la prier de me faire parvenir un chiffre pour certains détails, qu'il serait imprudent d'écrire autrement (1) ».

Enfin la nouvelle des premiers avantages de l'Armée Autrichienne d'Italie était apportée à Siracuse par un navire de la Marine militaire anglaise, et le Colonel Bunbury, officier Supérieur dans l'armée du général Stuart, s'empressait d'en donner avis au Lieut. Colonel de La Tour.

« *Messine, ce 6 mai 1809.*

Monsieur,

Archives de La Tour.
Orio. - I, 55.

Je m'empresse de répondre à votre très obligeante lettre du 4 courant avec d'autant plus de plaisir que je me trouve dans le cas de vous annoncer la nouvelle intéressante du commencement des hostilités entre l'Autriche et Bonaparte. Un Brik de guerre Anglais est arrivé le 3 de ce mois à Siracusa avec des Dépêches du Commandant de notre Escadre devant Trieste, en date du 9 et 14 d'avril, lesquelles nous avertissent que les premiers coups ont été frappés le 9 (2), et que les Armées Autrichiennes en prenant l'offensive se sont emparées de l'Istria après très peu de résistance (3) ; que le Corps d'Armée de l'Archiduc Jean avait déjà dépassé Udine, marchant rapidement sur les Etats Vénitiens : et qu'un Corps Impérial ayant pénétré dans le Tyrol, y avait coupé et pris le 9me Reg. Français, avec quelques pièces de Canons. L'Enthousiasme était à son comble : et nos officiers de marine paraissent charmés non seulement des attentions qui leur ont été prodiguées à Trieste, mais plus encore de l'esprit vraiment noble et patriotique qui anime les militaires et les citoyens de toutes les classes. Plaise à Dieu qu'une si digne ardeur soit couronnée par les succès les plus décisifs !
Je vous prie, Monsieur le Comte, d'agréer mes congratulations sur la réunion intime de nos deux Nations, et sur les heureuses auspices qui semblent jeter une si belle espérance sur l'avenir. Les vaisseaux russes s'équip-

---

(1) Haus-Hof-und Staats Archiv. Wien.

(2) En Allemagne, les hostilités ne commencèrent aussi que le 9, après une déclaration loyalement envoyée sous cette date par l'archiduc Charles au maréchal Davout (CHARLES PARQUIN, *Souvenirs*, 1803-1809, édition Savine, Paris, 1910, ch. X).

(3) Le duc de Lodi s'était flatté que ce serait au vice-roi d'Italie à prendre Trieste, et, dans sa lettre du 14 avril 1809, il lui proposait des mesures financières pour le lendemain de cette occupation. Mais les succès de l'archiduc Jean obligèrent Melzi à pourvoir à la sûreté de Milan même, la maintenant par sa grande autorité calme et fidèle malgré la panique (FRANCESCO MELZI D'ERIL, DUCA DI LODI, *Memorie-documenti*, Milano, v. II, pp. 313 et suiv.).

pent en toute hâte dans la rade de Trieste : et l'on croit qu'ils sont destinés
à faciliter le trajet que les troupes Françaises actuellement cernées dans la
Dalmatie, paraissent méditer pour la Côte d'Italie (1). A Ancone, Venise et
Corfou, il y a des Frégates et autres bâtiments de guerre Français, et si les
Russes parviennent à descendre l'Adriatique, l'Escadre Anglaise sera trop
faible pour disputer à l'Ennemi la sortie de Raguse et du Cattaro. Il est bien
à regretter que les vents ayent tant retardé l'arrivée de toutes ces nouvelles
intéressantes mais cependant nous avons lieu d'espérer d'après le ton des
Gazettes napolitaines, la formation des Camps Français à Eboli et Lago
Negro, et autres indices, que le rassemblement de nos Troupes et Bâtiments
à Milazzo ait déjà servi à inquiéter l'Ennemi dans la basse Italie, et à
le tenir en échec et suspens. A présent tout est préparé chez nous autres,
et nous nous flattons que sous peu nous commencerons notre carrière offensive, avec quelque espérance qu'avant la fin de l'année, l'arrivée des renforts puissans de l'Angleterre puisse nous mettre à même de porter nos
armes jusqu'aux portes de Gênes, et de nous lier plus intimement avec nos
braves et loyaux alliés.

Je vous prie, Monsieur le Comte, d'agréer les sentiments d'estime et
de considération, avec lesquels j'ai l'honneur d'être

Votre très obéissant serviteur
Le Lt Colonel BUNBURY
M. Général de l'Armée Britannique.

A Monsieur
Mons. le COMTE DE LA TOUR
Lieut. Colonel, etc., etc. ».

Désormais l'entrée en campagne des Anglo Siciliens ne pouvait plus
être longtemps retardée. Répondant aux objurgations de Monsieur de La
Tour, le Général Stuart s'apprêtait à donner l'ordre de mettre à la voile
lorsqu'il fut arrêté par la nouvelle de revers essuyés par les troupes Autrichiennes en Bavière, trop graves pour ne pas amener la retraite de
l'Archiduc Jean, jusque là victorieux. Le Général Anglais suspendit donc
tout mouvement au grand désespoir de Monsieur de La Tour et en pro-
voquant les hauts cris de la Reine Caroline, qui ne voulait pas croire
à la nouvelle de la prise de Vienne. (Elle eut lieu réellement le 13 mai).
Les événements qui agitèrent tous les esprits en Sicile pendant la seconde
quinzaine de mai, sont éclaircis par les lettres retrouvées dans les papiers
de Victor de La Tour ou tirées du Haus-Holf-und-Staats archiv de Vienne.

---

(1) Ces nouvelles étaient au moins prématurées car le général autrichien Stojcevic
n'entra en Dalmatie que le 26 avril et le maréchal Marmont, quoique à peu près abandonné par les habitants, sut très bien organiser la résistance, de façon à conserver à son
empereur la Dalmatie. Voir TULLIUS ERBER, *Die neuzeit*, dans la partie historique du
volume consacré à la Dalmatie dans la grande collection *Die oesterreichisch-ungarische
Monarchie in Wort und Bild*, Wien, 1892.

« *Messine, le 18 mai 1809.*

Monsieur!

J'ai eu l'honneur de recevoir la lettre par laquelle vous m'annoncez les heureux succès qui marquent le commencement de cette guerre pour les armes Autrichiennes et je suis bien reconnaissant des détails intéressants que vous me donnez sur ces opérations. Le Marquis de Circello m'a envoyé toutes les pièces officielles qui y ont rapport et m'a aussi fait passer une lettre du Comte Nugent Quartier Maître Général de l'Archiduc Jean qui contient la relation de la victoire remportée par S. A. I. Je n'ai rien négligé de mon côté pour donner toute la publicité possible à ces heureuses nouvelles : et j'ai fait tirer un feu de réjouissance de toutes nos batteries pour en donner part à notre ennemi sur la côte opposée et pour détruire les impressions défavorables qu'il tâchoit de répandre dans ce pays par le moyen des bulletins qu'il a soin d'y faire circuler avec tant de profusion.

Je continue ici mes préparatifs sans relâche et j'ai tout lieu de croire que je commencerai à agir offensivement dans le courant de la semaine prochaine. J'écris au Marquis de Circello pour recommander que les troupes de Sa Majesté Sicilienne soient tenues prêtes à se mettre en mouvement en même temps. En attendant je ne puis m'empêcher d'observer que même les démonstrations que nous avons faites jusqu'ici n'ont pu avoir qu'un heureux effet en faveur des opérations de S. A. I. dans le Nord de l'Italie : et ont créé une diversion en retenant par la crainte d'une attaque imminente les forces Françaises dans le Royaume de Naples.

Je vous prie de ne pas douter que vous ne trouviez en moi toutes les facilités que vous pourrez désirer pour tenir au courant de tout ce qui pourra se passer d'intéressant de ce côté la Cour de Vienne ainsi que les Augustes Chefs auxquels elle a confié le commandement de ses armées, et dont le comble de mes vœux seroit de mériter et d'acquérir l'estime et la bonne opinion.

Veuillez bien agréer les assurances de la parfaite considération avec laquelle j'ai l'honneur d'être, monsieur,

Votre très-humble et très-obéissant serviteur
STUART Comte de MAIDA ».

« *Palermo...* (I), *1809.*

Excellence!

La lettre, que j'ai eu l'honneur d'écrire a Votre Excellence le 9 mai, n'ayant pas pû partir faute de bâtiment, elle lui parviendra à la même époque que celle que j'ai celui de lui adresser aujourd'hui ; et si elle daigne

---

(1) La date manque dans le manuscrit.

y jeter les yeux, Votre Excellence jugera les démarches que j'ai dû faire pour obtenir l'assurance d'une diversion Anglo-Sicilienne, ainsi que les perspectives, que le concours de ces Alliés peut nous offrir pour l'avenir.

Les premières notions du commencement des hostilités ne sont arrivés ici que le 10 mai: le 12 nous avons reçu des bulletins imprimés à Naples, qui surpassaient encore ceux de *Jena* et *Friedland*. — Enfin le 15 est arrivé ici le Major Marquis de *Cavero* porteur de lettres de Monseigneur l'Archiduc Jean pour cette Cour, et celle de Sardaigne, ainsi que des nouvelles officielles de la victoire de Fontana-Fredda, de la conquête du Tyrol, et des événements militaires en Allemagne jusqu'au bulletin N. 10, qui nous fait vivement désirer d'en recevoir de nouveaux. Je me suis empressé d'écrire aux Autorites Anglaises, Siciliennes et Sardes, pour leur exposer nouvellement l'importance d'une prompte et énergique coopération, et je ne crois pas devoir douter que l'expédition Anglo-Sicilienne ne mette un de ces jours à la voile et n'agisse avec vigueur au moins *pour le début*: à cet égard je m'en rapporte à ce que j'ai eu l'honneur de lui écrire dans ma lettre *du 9 Mai*, je rends compte en détail au Comte Nugent de tout ce qui a rapport à la partie militaire. La conférence de Monsieur de Circello et d'Ascoli avec le Général Stuart a apporté quelque variation au plan primitivement arrêté pendant mon séjour de Messine, le projet actuel est de faire deux expéditions, une immédiatement sous les ordres du Général Stuart et forte d'environ 15.000 hommes (les Anglais ont reçu de Malthe 2000 hommes de renforts) dont 2500 Siciliens agiroient dans le Midi du Royaume. L'autre d'environ 4000 Siciliens aux ordres du Général Bourcard et de Son Altesse Royale le Prince *Léopold* devrait essayer un coup de main sur Naples même. Cette double expédition a été *voulue* par les Anglais pour quelques considérations particulières. La Cour m'a demandé d'accompagner celle du Prince Léopold d'une manière qui ne m'a pas semblé rendre un refus possible; cependant je crains, qu'elle ne soit malheureuse et inutile; car l'ennemi est assez fort à Naples pour repousser 4000 hommes, j'ai donc cru devoir encore écrire au Quartier Maître Gén. Anglois pour essayer de l'engager à réunir les deux expéditions pour l'attaque de Naples dont la prise entraineroit celle du Royaume; ou pour au moins les faire agir près l'une de l'autre, et dans le but d'emporter la Capitale. Cette démarche de ma part étant faite depuis l'arrivée de Monsieur Cavero, je ne sais point encore, si elle aura du succès, ou si au moment de mettre à la voile une troisième et différente combinaison aura lieu.

Depuis le départ de Cagliari de Monsieur le Chevalier de St. Ambroise, le Roi de Sardaigne m'a fait écrire par le Comte de Roburent afin que j'aye à me mettre en communication réglée avec lui; et que j'appuie auprès de la Reine des deux Siciles un projet, que le Roi avait conçu sur la ville même de Gênes et pour l'exécution duquel il demandait le concours des forces Anglo-Siciliennes. Les propositions du Roi de Sardaigne n'ont pas été agrées ici, où comme il était à prévoir toutes les vues sont tournées vers Naples. Les Anglais m'avaient déjà précédemment fait connaître qu'ils ne croiaient pas de pouvoir agir vers ce point. J'ai informé le Comte de Roburent, de cet état de choses, en lui observant qu'une démarche directe du Roi auprès du Général Stuart pourrait peut-être lui obtenir sinon partie des troupes Anglaises qui sont ici, au moins partie des renforts, qu'ils espèrent recevoir d'Angleterre; je n'ai pas manqué de saisir cette occasion pour faire sentir au Comte Roburent combien il était important pour son maître de prendre promptement une part active aux événements de guerre en Italie et de devenir ainsi un allié *réel et utile* de notre Auguste Monarque, et que par conséquent, si les Anglais ne lui accordent pas les moyens nécessaires pour agir directement sur Gênes, il doit employer les siens propres de quelqu'autre part, soit dans la rivière de Gênes soit dans telle autre partie du Littoral Italien où des insurrections, ou le manque de forces ennemies lui indiqueraient qu'il peut obtenir quelques avantages, ou au moins produire une diversion. J'ai lieu de croire que la Cour de Sardaigne agira d'après ces principes. Du depuis sont arrivés ici le Major *Cavero* déjà surnommé, et le Capitaine *Ghiglioni;* le choix de ces officiers tous les deux Gênoi de naissance, leurs assertions et quelqu'autres renseignements me prouvent (quoique ces Messieurs ne m'ayent rien apporté d'officiel à cet égard), que Son Altesse Impériale Monseigneur l'Archiduc Jean désire, que les alliés tournent leurs vues sur Gênes (1). Les démarches que l'on pourrait faire ici sur cet objet n'aboutiraient qu'à amener de nouvelles discussions et à retarder encore le départ de l'expédition, je me suis donc borné à chercher de nouveau à engager les Anglais à y destiner les renforts qu'ils attendent, et j'ai envoié le Capitaine Ghiglioni porter à Cagliari les dépêches déstinées à cette Cour, il en a de même pour Monsieur Genotte, notre chargé d'affaire en Espagne, qu'ont été fort recommandées de Vienne, et il a l'ordre de les porter lui même à Cadix s'il ne trouve pas quelque occasion très sûre pour cette ville en Sardaigne.

Les occasions, dont je peux profiter pour avoir l'honneur d'écrire à Votre Excellence étant rares, je crois devoir profiter de celle-ci pour avoir celui de la prévenir, que la confiance dont Sa Majesté la Reine m'avait promis de m'honorer me paraît se soutenir. Cette circonstance m'a donné lieu de me convaincre que cette Cour a un désir sincère de s'unir à nous afin d'avoir un *nouvel* et puissant allié, qui lui assure *considération* et sûreté, je ne doute donc pas que de l'instant de la reprise de Naples, des propositions à cet égard ne soient faites à Votre Excellence, et les prétentions dont elles pourraient être accompagnées, seront, je crois, aisées à réduire à des termes raisonnables. Les lettres du Roi de Sardaigne à cette Souveraine, qu'Elle a daigné me communiquer à cause de certaines vues militaires qui s'y trouvaient, annoncent, que ce Prince est animé du même désir, je crois donc qu'en profitant du moment, où les Souverains de Naples et Piémont rentreront dans leurs états, mais y

---

(1) D'après G. C. MOLINERI, *Storia d'Italia dal* 1814 *ai nostri giorni*, Torino, 1891, c. I, l'Archiduc Jean aurait promis au roi de Sardaigne, en prix de sa coopération, l'annexion de Gênes, de Parme et de la Lombardie à ses états héréditaires.

seront encore exposés aux chances de la guerre, il sera possible d'établir en
Italie les bases d'un système fédératif permanent à des conditions très avantageuses pour Sa Majesté Impériale. Je supplie Votre Excellence de ne voir en
ce que j'ose lui écrire à cet égard qu'un témoignage de zèle, il m'est extraor-
dinairement pénible d'être encore oisif sous les rapports militaires, mais nous
n'avons eu que le 19 courant la nouvelle officielle des hostilités; jusqu'alors
il était absolument impossible de faire agir les Anglais et sans eux, on ne
pouvait rien faire d'utile, j'espère, que Votre Excellence daignera aussi apprécier les difficultés résultantes de la disparité des opinions *Anglo-Siciliennes*. J'ai l'honneur de lui renouveller l'hommage du très profond
respect avec lequel j'ai celui d'être

de Votre Excellence

le très humble et le très obéissant serviteur

DE LA TOUR, Lieutenant Colonel ».

« *Messine, le 28 mai 1809.*

Monsieur,

Le Marquis de Circello et le Général Bourcard vous auront sans doute
tenu au courant des arrangements et des dispositions que j'avais faites pour
effectuer en agissant sur les côtes du Royaume de Naples une diversion
en faveur des opérations de S. A. l'Archiduc Jean dans la haute Italie.

Les détails qui cependant viennent de nous arriver des succès de l'ennemi, quoique sans doute grandement exagérés, nous donnent raison de
croire qu'il s'est avancé jusqu'à Vienne; et que l'Archiduc Jean a été en
conséquence obligé de se retirer des positions avancées qu'il avait gagnées
avec tant d'éclat.

Ces affligeantes nouvelles me parvinrent le jour même où je venais de
compléter l'embarquement de la force sous mes ordres, destinée à faire une
diversion en faveur de son Altesse Impériale par une descente dans le
Royaume de Naples. Il devient dès lors de mon devoir de m'arrêter jusqu'à
ce que je puisse avoir une connaissance plus circonstanciée de la situation
des armées Autrichiennes. Mais ni mes préparatifs, ni mes démonstrations ne
seront interrompues et j'embrasserai avec empressement la première occasion
qui de nouveau se présentera de coopérer avec nos braves Alliés. A moins
cependant qu'ils ne puissent remettre le pied et se soutenir dans le Nord de
l'Italie j'avoue que je ne vois pas quel avantage permanent il pourrait résulter
à la cause générale de quelque entreprise partielle, ou de quelque succès
momentané sur le continent de la force sous mes ordres. Entreprises qui
d'ailleurs non seulement tendraient à compromettre nos partisans sans utilité, mais qui en cas de revers seraient probablement fatales à la sûreté même
de ce Royaume.

Je serai bien aise de recevoir, monsieur le comte, toute communication
des renseignements qui pourront vous être fournis sur les mouvements des
armées Impériales. Ce sera avec plaisir que de mon côté je vous instruirai de

Archives de La Tour.
Orio. - I. 88.

tout ce que nous ferons et il ne serait pas nécéssaire que vous prissiez à cet effet la peine de me joindre personellement.

Veuillez bien agréer les assurances de la parfaite considération avec laquelle j'ai l'honneur d'être, monsieur,

Votre très humble et très obéissant serviteur
Stuart, comte de Maida ».

« *Milazzo, 29 mai 1809.*

Monsieur!

Archives de La Tour
Orio. - I, 88ᶜ.

Monsieur le Marquis de Cavero m'a remis hier la lettre que vous m'aviez fait l'honneur de lui remettre pour moi. Comme la lettre que j'avais écrit le même jour avait répondu en quelque manière d'avance au contenu de la vôtre, je prendrai seulement la liberté de vous renvoyer au Marquis de Cavero pour une plus ample exposition de mes sentiments et de mes vues : et je me bornerai à vous assurer en cette occasion que je ne manquerai pas de continuer ma correspondance avec vous selon que notre situation m'en fournira le motif.

J'ai l'honneur d'être avec parfaite considération, monsieur,

Votre très humble et très obéissant serviteur
Stuart, comte de Maida ».

Archives de La Tour.
Orio. - I, 49.

« Je vous envoie mes Gazettes et lettres de Ponza ; les Gazettes nous prouvent, au milieu de beaucoup de fantaisies, que l'Archiduc n'a plus eu d'autres batailles. L'affaire de Vienne se dit et réfute dans les lettres, mais ils n'ont pas osé l'imprimer, on va expédier dans la journée selon notre convenu pour déterminer le très pesant Général Stuart. Veuillez me dire si Cavero est arrivé, et ce qu'il a rapporté ; je vous prie les lettres et les papiers écrits de me les renvoyer, les Gazettes vous les pouvez tenir à votre comodité et croyez moi avec bien de l'estime et reconnaissance

Votre affectionnée
Charlotte.

31 mai 1809 ».

L'anxiété de la Reine était extrême. La déroute des troupes Autrichiennes qui étaient entrées en Bavière et avaient dû se replier en désordre sur la Capitale n'était que trop réelle, mais en même temps il était indéniable que le Royaume de Naples était de plus en plus dégarni de troupes françaises, et semblait s'offrir en proie au Général Stuart, s'il avait voulu risquer gros jeu. La Reine attendait les nouvelles de Messine dans une agitation peut être plus grande encore, que celle où l'avaient plongée les dé-

sastres inattendus de l'armée d'Allemagne (1). Elle écrivait billets sur billets
à Victor de La Tour, resté à Palerme, et très inquiet à son tour. Le 2 juin,
Monsieur de Circello étant malade et la Reine ne pouvant pas se tourner
de ce côté là, elle mandait La Tour dans la soirée même, pour examiner
ensemble les bulletins et les lettres arrivés à Palerme (2). Le lendemain
elle envoyait au Colonel Autrichien une lettre pour l'Archiduc Jean, dont
peut être le contenu avait été arrêté la veille. La Tour joignit à cette expédition des comptes rendus rapides de ce qui s'était passé dernièrement en
Sicile.

  « *Monseigneur!*

  J'espère, que la lettre, que j'ai eu l'honneur d'écrire à Votre Altesse Haus-Hof-und Staats
Impériale le 20 mars, lui est parvenue, et que celles, que j'ai adressées à   Archiv - Vienne.
Monsieur le Comte de Nugent sont aussi arrivées à leur déstination.

  Sa Majesté la Reine daignant me faire parvenir qu'elle écrit aujour-
d'hui à Votre Altesse Impériale, j'ose profiter de cette circonstance pour
mettre à ses pieds l'exposé de la situation des choses ici.

  L'armée expéditionnaire Anglo-Sicilienne, forte de 20.000 hommes,
était toute embarquée, et devait mettre à la voile le 26 mai, pour la direction
indiquée dans mes précédentes lettres, mais les fâcheuses nouvelles venues
d'Allemagne ont amené une suspension dans le départ, et ensuite un
contre ordre de la part du général Stuart. Cette détermination de la part
du dit général est d'autant plus fâcheuse, que sur tout le littoral Italien,
depuis Savone jusqu'à Reggio, il n'y a presque pas d'autres forces ennemies que celles très modiques, que Murat garde auprès de lui à Naples.
Nous aurions donc pû combattre avec avantage les dites forces; ou opérer
un débarquement dans la haute Italie, et produire ainsi une diversion en
faveur de l'armée victorieuses que les pénibles circonstances du moment
obligent probablement Votre Altesse Impériale de conduire vers le Centre
des états héréditaires. J'ai fait depuis quelques jours les démarches les plus
vives et les plus pressantes auprès du général Stuart, pour l'engager de
varier une résolution si désavantageuse pour la cause commune et particulièrement pour Votre Altesse Impériale, mais je n'ai pu obtenir de sa part
autre chose, sinon que l'assurance qu'il donnerait le signal du départ à

---

  (1) L'on ne saurait toutefois nier que la reine Caroline soit demeurée fidèle toute
sa vie à sa patrie d'origine. Elle était autrichienne avant tout et les malheurs de l'empire
pendant ces années de révolutions et de guerres continuelles lui causèrent les plus vifs
chagrins. On doit se garder néanmoins des exagérations de pamphlétaires tels que le
célèbre Comte Gorani (MARC MONNIER, *Un aventurier italien du siècle dernier - Le
comte Joseph Gorani*, Paris, 1884, XIII). La meilleure preuve de l'excès de parti-pris
qui inspire Gorani a été donné par M. H. WEIL, *Joachim Murat - La dernière année
de règne*, Paris, 1909, t. II, p. 136, et *Correspondance du M. de Gallo*, cit.
  (2) Archives d'Orio, I, 62, a.

  8. — *Bibl. st. rec.* — VIII.

l'instant, où il recevra la nouvelle de la reprise de l'offensive dans le Nord de l'Italie par nos troupes.

Dans la position actuelle des choses cette nouvelle peut tarder long-temps, et en l'attendant toutes les forces et les ressources, que l'Italie fournit à l'ennemi, seraient dirigées contre Votre Altesse Impériale.

Sa Majesté la Reine, pénétrée de l'importance de cette considération, a daigné non seulement transcrire de sa propre main, mais même donner un nouveau et meilleur développement à une note, que j'avais osé la supplier d'écrire directement au Général Stuart, pour le déterminer à agir : cette note ainsi perfectionnée et signée par Sa Majesté, part aujourd'hui. Le Capitaine Bertina est aussi chargé d'engager Sa Majesté le Roi de Sardaigne à écrire pareillement au Général Stuart, pour l'engager à agir et lui offrir de concourir avec ses troupes et ses moyens d'influence à toute opération qu'il voudrait tenter sur le Continent d'Italie. Je n'ai qu'un faible espoir que ces augustes démarches réunies ayent un résultat heureux.

J'ose donc proposer à Votre Altesse Impériale d'écrire ici à qui elle jugera convenable une lettre ostensible, où en exposant les grandes ressources de la monarchie et la ferme résolution, où est Sa Majesté Impériale de continuer la guerre, Elle indiquerait que l'inaction des forces Anglo-Siciliennes et Sardes lui est très défavorable et retardera la réprise de l'offensive dans le Nord de l'Italie. Je sens toute la lenteur de ce moyen, ainsi je ne négligerai point d'employer tous ceux, que les circonstances m'offriront. J'ose supplier Votre Altesse Impériale de me permettre de lui exprimer combien l'inaction à laquelle je suis condamné, rend douloureux pour moi les rapports d'ailleurs si flatteurs qu'elle a daigné m'ordonner d'avoir avec Elle; j'ose la supplier encore de voir dans le dévouement de sa brave armée le gage du mien et de daigner agréer l'hommage de mon profond respect.

P. S. — Sa Majesté la Reine m'envoit chercher cette lettre et daigne me faire instruire que le célèbre Père Gil, porteur d'heureuses nouvelles d'Espagne (1), vient d'arriver en qualité d'Ambassadeur, et qu'une flotte de 80 voiles Anglaises était dans les eaux de Sardaigne, se dirigeant sur la Sicile. J'espère que c'est le renfort Anglais que l'on espérait recevoir. Le Marquis Assareto se rend de nouveau au quartier général de Votre Altesse Impériale; son projet est ensuite de revenir de ces côtés-ci, mais je doute, que sa présence puisse y être utile au service de Sa Majesté Impériale.

La Tour, Lieut. Colonel.

Palerme, ce 3 juin 1809 ».

---

(1) Le printemps de 1809 fut désastreux pour les armées françaises qui tenaient la Péninsule. Le duc de Dalmatie dut abandonner aux Anglais le Portugal, le duc de Bellune et le général Sebastiani étaient aussi en pleine retraite (Maréchal Jourdan, *Mémoires militaires* cités, ch. X). Quant au père Gil, grand ennemi du prince de la Paix, il était devenu le secrétaire général de la Junte de Séville.

M. de La Tour au Comte de Stadion.

« *Excellence!*

J'espère que Votre Excellence a reçu les lettres que j'ai eu l'honneur
de lui écrire le 9 et 18 mai. Le manque absolu de temps m'oblige aujour-
d'hui à me borner à avoir celui de lui envoyer ci-joint copie de la lettre que
je viens de terminer pour Monseigneur l'Archiduc Jean. La seule chose qui
y présente quelque perspective agréable, est l'annonce de l'arrivée du célèbre
Père Gil, et celle très probable d'un renfort Anglais, qui probablement déciderait le Général Stuart à agir.

Au défaut de lettre officielle, j'ose espérer que Votre Excellence daignera
me permettre de lui exprimer dans celle-ci les vœux bien vifs, que je forme
dans les critiques circonstances du moment, et pour sa personne et pour
l'heureux accomplissement final des grands et salutaires desseins, qu'Elle
avait arrêté pour le salut de notre Monarchie.

Je la prie de daigner agréer l'hommage de ce sentiment et de celui du
très profond respect avec lequel j'ai l'honneur d'être de Votre Excellence
Le très humble et très obéissant serviteur
La Tour, Lieut. Colonel.

Palerme, ce 3 juin 1809 ».

Dans sa lettre à l'Archiduc Jean, Victor de La Tour faisait allusion sans
trop de confiance à une démarche dont était chargé le Capitaine Bertina (1)
auprès du Roi Victor Emanuel. Cet officier dut se croiser en route avec le
Capitaine Ghiglioni de retour à Palerme avec une lettre du Comte de Roburent, auquel les mauvaises nouvelles d'Allemagne n'avaient pas ôté l'espoir
d'une descente près de Gênes.

« *Monsieur le Comte,*

J'ai l'honneur de vous accuser, mon cher Comte, vos chères lettres en
date du 13 et 17 mai, qui m'ont été remises par Monsieur le Capitaine
Ghilioni, que j'ai été bien aisé de faire sa connaissance ; son arrivée ici, les
motifs de son envoi, ses discours, n'ont fait qu'animer davantage le Roi
pour l'expédition de Gênes. L'arrivée ici de huit fuyards Gênois, désertés
de Gênes même d'un brik de guerre français, et que Monsieur Ghilioni
vous en fera le rapport à vive voix, ne laissent aucun doute pour ainsi dire
de l'heureuse réussite si on pouvait, et on voulait l'entreprendre. Le Roi

---

(1) Par le Chev. Bertina M. de La Tour avait envoyé en Sardaigne une lettre à
l'adresse de M. Rebuffo de S. Michel, qu'il croyait être en situation de pouvoir exercer une
influence à la Cour de Sardaigne, mais le digne gentilhomme répondait le 13 juin à la
lettre que La Tour lui avait écrite le 5, l'assurant de n'avoir aucune ingérence dans
les affaires politiques, car il appartenait à la magistrature (Archives d'Orio, I, 58).

écrit au Général Stuart, toutes ces bonnes raisons pour le déterminer, le Duc d'Orléans (1) m'a dit (mais ceci en confiance) que pendant son séjour à Palerme, il avait fait comprendre soit au Roi, comme à la Reine de Naples, que le meilleur et plus sûr moyen d'avoir, et de pouvoir garder leur Royaume de Naples, était qu'on se rendit maîtres de Gênes et que LL. MM. Siciliennes étaient dans ce moment là tombés d'accord avec lui, et j'ignore ce qui a pu leur faire changer de sentiments. La dernière guerre l'a bien prouvé. Les troupes françaises qui étaient en Toscane, par la rivière se sont repliées sur Gênes ; on coupe de même la communication aux troupes françaises qui pourraient venir de la Provence. La bataille de Novi, celle de la Trebbia, et pendant cette dernière bataille, un corps est bien venu pour faire ôter le siège de la citadelle d'Alexandrie, que le Comte de Bellegarde a su si bien se tirer d'affaire, et encore une fois ayant Gênes tous ces coups sont parés, et ayant Gênes une nouvelle et brave armée, dans un mois, elle sera organisée soit Piémontais, Génois, Italiens, pour la coalition, et qui coupera toute retraite à Murat de Naples. Depuis l'arrivée du capitaine Ghilioni, nous n'avons plus eu de nouvelles des armées Autrichiennes sûres, mais bien de Corse, qui ne sont pas trop bonnes ; le Général Morand (2), qui commande en Corse, a envoyé un parlementaire, je crois pour le seul objet de nous les faire savoir, que l'Archiduc Charles avait été complètement battu par Bonaparte, que l'Archiduc Jean était en pleine retraite pour ne pas être coupé, s'il en était encore à temps, et mille choses semblables, que je n'ai pas absolument crues, mais qui ne laissent pas de beaucoup m'inquiéter, surtout d'après l'arrivée de hier d'un bâtiment marchand anglais venu en trois jours de Palerme sans aucune lettre pour le Gouvernement, et il a seulement dit pour nouvelle à la Maison de Santé que l'expédition Anglo-Sicilienne qui devait mettre à la voile avait eu contre-ordre et qu'il avait vu débarquer les chevaux, et je crains que ce retard ou contre ordre, soit arrivé en suite des mauvaises nouvelles que l'on aura reçu à Palerme de l'Allemagne. Dieu fasse que je me trompe dans mon pressentiment, et comme il ne faut jamais se perdre de courage, pour ne pas laisser ces troupes anglaises dans l'inaction, et profiter du moment que les troupes françaises avancent après l'Archiduc Jean (3), et Gênes ne peut être secourue par les français, il me paraît aussi que ce soit une raison pour déterminer le Général Anglais, et tranquilliser la Reine de Naples. Si

---

(1) Sur la jeunesse du duc d'Orléans, on lira avec fruit le livre de CHABREUL (M.lle DU PARQUET), *M.me de Genlis gouverneur de prince*, Paris, et les remarques que cette lecture suggéra à A. MÉZIÈRES, *Hommes et femmes d'hier et davant-hier*, Paris, 1907, c. XIII. Cfr. sur M.me de Genlis, et ses méthodes pédagogiques, JOACHIM MERLANT, *Le roman personnel de Rousseau à Fromentin*, Paris, 1905, c. X.

(2) Le général Morand (1771-1835), vétéran d'Egypte, devait se couvrir de gloire dans les campagnes de 1812, 1813, 1815.

(3) L'archiduc, arrêté dans sa marche victorieuse du mois d'avril pour la nouvelle des grands succès de Napoléon en Allemagne, se retirait lentement, se battant sans cesse avec le vice-roi qui le suivait au de là de l'Isonzo (NORVINS, *Histoire de Napoléon*, cit., pp. 437 et suiv.).

vous trouvez toutes ces raisons bonnes, je vous prie de les mettre en avant, avec tout l'intérêt que je vous connais, pour le service de notre Roi. Et ce serait encore plus glorieux pour lui d'attirer l'attention dans un moment de malheur pour la coalition, de frapper ce grand coup, et en améliorant les affaires en Allemagne comme je m'en flatte. Bonaparte serait écrasé en même temps de tous côtés, et la conquête de Naples plus facile et plus sûre. Je sens tout comme vous, mon cher Comte, qu'il faudrait que le Roi put devenir tout de suite un allié *actif* de l'Autriche, et une puissance italienne *active*, mais malheureusement le Roi ne peut disposer que de trois mille hommes au plus ou tenter un débarquement. Comment s'y soutenir avec si peu de monde pendant que les armées Autrichiennes sont encore si loin des côtes d'Italie? Le Roi y pense jour et nuit, et moi aussi, et nous n'avons non plus des armes à distribuer à ceux qui viendraient à se rallier à ses Drapeaux. Il n'y a qu'à Gênes qu'avec un secours anglais que de neuf milles hommes, avec le peu de troupes du Roi, qu'on puisse dans ce moment devenir une puissance active. Le ministre d'Angleterre auprès de notre Roi écrit à son collègue à Palerme et au Général Stuart dans ce sens et pour les décider à accepter ce projet, et de venir au secours de notre Roi et de le rétablir par ce moyen sur son trône. Le Roi, ayant lu avec empressement les deux lettres que vous avez eu l'amitié de m'écrire, me charge de vous saluer de sa part et qu'il est sensible à votre empressement pour tout ce que vous faites pour son Royal service; il a été aussi bien sensible aux expressions de l'article de la lettre de Monsieur votre frère que vous m'avez envoyé. Nous attendons comme de raison, avec empressement l'arrivée ici du Capitaine Bertina; pour nous tirer des angoisses où nous sommes, d'après ces mauvaises nouvelles qu'on a envoyé de Corse. J'espère que M. Pich aura eu l'honneur de vous remettre mes deux lettres, et vous aura dit que tous les trois de nos bâtiments sont à vos ordres pour que vous ayez la bonté de nous les renvoyer avec des nouvelles que vous aurez sûrement souvent de l'Allemagne. Je vous prie de remettre la ci-jointe réponse à M. le Marquis Major Cavero; S. M. le Roi a très fort approuvé son plan, et il voudrait de tout son coeur qu'il fût mit en exécution, et aussi si jamais une expédition sur Gênes fût enfin accordée, le Roi voudrait avoir ces deux officiers Gênois à sa suite, et je vous prie de les lui envoyer. Soyez tranquille, mon cher Comte, sur tout ce que vous m'avez écrit, et ce que vous pourrez m'écrire. Hormi le Roi, personne ne saura le contenu de vos chères lettres, comme de raison, hormi les bonnes nouvelles qu'elles peuvent contenir, ce que je souhaite que vous m'en donniez souvent. Le temps me manque, je finis à regret en vous renouvellant les assurances de ma très respectueuse amitié, avec laquelle j'ai l'honneur d'être

Monsieur le Comte
Votre très humble et très obéissant
serviteur et ami
DE ROBURENT.

Cagliari, ce 5 juin 1809 ».

La Reine Caroline ne perdait pas l'espoir d'une revanche, et se cramponnait à tous les indices favorables. Le 6 juin elle avait déjà écrit à La Tour lui transmettant les nouvelles du jour, qui n'apportaient aucun changement à l'état de choses antérieur (1). Dans la soirée elle reçut un courrier de Messine, et elle écrivit une seconde fois à Monsieur de La Tour.

Archives de La Tour.
Orio. - I, 62^b.

« Je vous envoie deux lettres reçues de Messine qui me paraissent moins mauvaises. Je vous envoie aussi une lettre très fraîche de Ponza qui est bien tentante. Saliceti (2) Murat partis trois mille hommes seulement français à Naples. Tout cela me tient bien désireuse de voir Stuart mobile. Adieu, croyez-moi avec bien de l'estime votre affectionnée

CHARLOTTE.

6 juin après minuit.

Je vous prie de me reporter ou renvoyer ces papiers ».

Les informations, qui arrivaient de Naples par la voie de Ponza, donnaient la fièvre à la Reine, elle s'en réclamait pour patronner les partis les plus courageux auprès du Roi, qu'il fallait bien persuader, quoique sa femme gardât encore dans les affaires politiques un pouvoir dirigeant. Mais le point le plus difficile à gagner, était d'obtenir l'adhésion indispensable du Général Anglais, qui avec son flegme habituel, laissait amonceler sur sa table les rapports et les missives qu'on lui expédiait de Palerme, et ne voulait pas bouger avant de recevoir des assurances positives d'une reprise offensive de l'armée Autrichienne.

Des premiers jours de juin doit être un autre billet de Caroline tiré du portefeuille de La Tour.

Archives de La Tour.
Orio. - I, 7^d.

« Je vous envoié des lettres reçues hier de Ponza qui doivent augmenter votre juste désir de partir, et je l'avoue me font le même effet, j'attends les réponses du Roi, et des décisions de Stuard, et croyez moi avec bien de l'estime et confiance.

[CHARLOTTE] ».

Enfin, l'espoir d'un revirement favorable aux Autrichiens sembla se réaliser. Même avant que l'on apprit avec joie les victoires sanglantes de

---

(1) Archives d'Orio, I, 73, c).

(2) D'après les *Mémoires d'une inconnue* (M.me Cavaignac), Paris, 1894, p. 181, la désignation de Saliceti au ministère de la police du royaume de Naples serait le fait de Napoléon lui même, lors de l'avènement du roi Joseph.

l'Archiduc Charles à Aspern (1) et à Essling, le général Stuart se décida à faire embarquer des troupes pour la Calabre et la baie de Naples.

« Tout part jeudi et mon fils avec. J'espère vous voir dans la journée. Adieu » — écrivait la Reine à La Tour qui allait aussi accompagner l'expédition. Il y fut rejoint tout le temps par les lettres de la Reine.

« J'espère que votre santé n'aura pas souffert pendant le trajet et surtout de l'incomode Bâtiment. Vous serez bien persuadé que mes pensées sont toujours sur votre Pacquebôt, où j'ai appris avec peine que mon fils souffrait beaucoup du mal de mer. J'ai écrit hier et par la voie de Malthe et par celle de Messine à Ruffo pour lui dire le départ effectué des troupes, les nouvelles des Espagnols et enfin tout ce que nous étions convenus.

Adieu, j'attends avec bien de l'impatience vos nouvelles et quelle sera la destinée assignée à mon fils et à ses troupes, et croyez-moi avec bien de l'estime pour votre digne personne.

Archives de La Tour.
Orio. - I, 62^c.

Votre affectionnée
CHARLOTTE.

Ce 14 juin 1809 ».

« Je profite de cette occasion pour vous dire, que le Pilade, avec la Baronne Mandel (2), le courier et Rodinò, sont partis le 11, au matin; dans une huitaine de jours il y aura à Messine une autre expédition, si vous voulez en profiter : depuis deux jours nous ne savons plus rien de votre expédition, les nouvelles que nous avons de Calabre sont consolantes. La seule idée de la venue des troupes a déjà fait relever (?) et mettre pavillon du Roi en plusieurs endroits. Dieu veuille que tout arrive pour le bien et que je vous apprenne heureusement debarqué quelque part. J'espère que votre santé n'aura pas trop souffert du mal de mer et de toutes les peines de cet incomode Bâtiment, je vous recommande mon fils, désire vivement recevoir bientôt de vos nouvelles et suis avec bien de l'estime

Archives de La Tour.
Orio. - I, 62^d.

votre affectionnée
CHARLOTTE M.

Ce 15 juin 1809 ».

---

(1) La bataille d'Aspern fut considérée même en France comme une victoire autrichienne. Metternich, qui avait été surpris dans son ambassade parisienne par l'ouverture des hostilités et rentrait alors en Autriche, put s'en rendre compte personnellement (METTERNICH, *Mémoires* publiés par son fils et par A. DE KLINKOWSTROM, Paris, 1880, t. I, p. 73).

(2) La reine raconte dans une lettre à Gallo comme quoi elle ramena d'Autriche en 1802 cette baronne Mandel qui « a bonne tenue, bonne mine, et paraît sérieuse » (*Correspondance inédite de Marie Caroline avec le M. de Gallo*, t. II, N. 432).

<table>
<tr><td>Archives de La Tour.
Orio. - I, 62e.</td><td>

« Vivat, mon cher La Tour, l'Archiduc Charles et la Brave Armée Autrichienne, avec votre digne oncle Belgarde, ont bien battu l'invincibile. Je pleure seulement chaque brave homme perdu qui sont autant de héros ; nous avons aujourd'hui reçu des lettres de Bude du 18 mai pas trop consolantes, mais celles de Lusina du 4 juin du général L'Epine, ont mis un baume dans mon coeur : Je vous envoie un Bulletin Allemand envoyant à mon Fils tous les autres, lui disant de vous les communiquer. Les nouvelles d'Espagne sont aussi très bonnes, enfin tout promet du bien. J'espère que Stuart permettra que mon Fils et nos troupes dans notre pays fassent leur devoirs. Je recommande à vos soins ce Fils chéri ; puisse-t-il commencer la carrière de l'honneur sous vos si bons conseils et puisse-t-il nous donner une activité si nécessaire afin d'avoir part à la carrière de l'honneur et contribuer dans notre petit à la grande et sublime cause, et croyez-moi avec bien de l'estime

</td></tr>
</table>

votre affectionnée et reconnaissante
Amie CHARLOTTE

Ce 17 juin 1809 ».

« Le 21 juin 1809.

<table>
<tr><td>Archives de La Tour.
Orio. - I, 59.</td><td>

« J'ai reçu avec bien de la reconnaissance votre lettre et j'y ai vu l'expression des sentiments qui vous rendent si estimable à mes yeux. Je ne vis et ne respire que pour m'occuper de l'expédition où vous vous trouvez et qui a sous tous les rapports tant d'intérêt pour moi, je désire bien vivement qu'elle réussisse, mais cette terrible lenteur me fait craindre car je ne peux m'en expliquer le motif ; depuis la bataille glorieuse de l'Archiduc Charles à Aspern, nous n'avons plus rien appris (1), j'aurais soin de remettre avec sûreté votre lettre à l'Archiduc Jean, comme aussi de vous informer tout de suite si quelques nouvelles nous arrivent, en sentant la nécessité. Je recommande à vos bons conseils mon bien cher fils et croyez-moi avec bien de l'estime

</td></tr>
</table>

votre reconnaissante.
CHARLOTTE.

Voilà deux nouveaux imprimés que je vous envoie ».

<table>
<tr><td>Archives de La Tour.
Orio. - I, 62^f.</td><td>

« J'espère que votre santé est bonne et je sens tout l'ennui que vous devez éprouver de l'impatience que j'éprouve de la lenteur de la marche et opérations de l'expédition, j'envoie à mon Fils tout ce qui nous arrive en

</td></tr>
</table>

---

(1) Il y eut en effet un temps d'arrêt que Metternich blâme sévèrement dans ses *Mémoires* cit., t. I, p. 80, en ajoutant qu'il s'en expliqua avec Stadion lui même le 3 juillet. Une note des éditeurs des Mémoires (ibidem p. 227) s'efforce de justifier cette inaction.

nouvelles de tous les côtés, cela mérite d'être cerné, mais ce qui pour
moi est assuré et indubitable est la victoire remportée par l'Archiduc
Charles dont je vous ai l'autre jour envoyée la nouvelle et qui se confirme
de tous les côtés et même dans leurs propres gazettes en accusant le Danube, cela me fait attendre avec encore plus d'impatience les premières
nouvelles d'Allemagne. Vous pouvez conter que je vous les ferai d'abord
parvenir étant séparée de personne, mais de coeur et d'esprit toujours avec
vous autres. J'espère que votre santé est bonne. Je vous recommande mon
fils et c'est pour moi une tranquillité de vous savoir près de lui étant avec
une véritable estime et confiance votre reconnaissante

CHARLOTTE M.

Ce 23 juin 1809 ».

————————

« J'ai reçu, mon cher La Tour, votre lettre du 22 juin, et j'ai vu
comme je n'en doutais point, la juste consolation que vous a fait éprouver
la glorieuse bataille de la brave Armée Autrichienne. Je désire actuellement de recevoir bientôt d'autres nouvelles, et je m'empresserai de vous
les envoyer. J'ai appris plus tard par un bâteau venu en 24 heures que le
convoi était déjà près de Capri, cela augmente mes agitations, comme
aussi mes espérances, je me trouve bien contente de vous voir dans ces
moments-ci près de mon fils qui pourra dans le premier pas de la carrière
de l'honneur qu'il va commencer s'aider de vos bons conseils. Je le recommande à votre coeur et soins, et croyez-moi pour la vie avec bien de l'estime
et considération, votre

sincère et reconnaissante
CHARLOTTE.

Le 27 juin 1809 ».

————————

« J'ai été très touchée de votre lettre du 26 juin. Je désire bien que mon
fils se fasse honneur et aye le bonheur de se trouver à quelque action avec
succès. Je suis entièrement de votre avis que la célérité et profiter du moment et de la confusion où on sera à Naples par la nouvelle de la perte de
leurs cannonières comme des deux îles, que c'est en profitant de ce moment que l'on pourrait réussir, mais je doute que le général Stuart le
voudra faire, il voudra temporiser jusqu'à ce qu'il saura des succès en
Italie. Je ne manquerai point d'envoyer toutes les nouvelles à Ruffo. J'ai
reçu de Messine de tous les côtés des nouvelles, mais point officielles, de
nouveaux succès gagnés par l'Armée Autrichienne. Je désire bien vivement qu'elles se réalisent. Adieu, je compte beaucoup sur vous et c'est
une grande tranquillité pour mon coeur que de vous savoir près de mon
fils, car je suis avec bien de l'estime votre

reconnaissante
CHARLOTTE.

Le 30 juin 1809 ».

Archives de La Tour.
Orio. - I, 60.

Archives de La Tour.
Orio. - I, 61.

La Reine Caroline se donnait énormément de peine pour avoir des nouvelles sûres de ce qui arrivait sur le Danube, il paraît qu'elle avait envoyé d'avance des émissaires en Hongrie, à vrai dire armés un peu trop à la légère, si l'on doit en juger par la lettre suivante tirée des Archives de Vienne.

Le Chevalier du Mont au Comte de Stadion.

« Excellence!

Haus-Hof-und Staats
Archiv - Vienne.

Ayant été chargé de la part de Sa Majesté la Reine de Sicile de gagner le premier Port de mer aussi tôt que Son Altesse Impériale l'archiduc Charles aura battu les français, d'y louer une barque, à quel prix que ce soit pour Lui communiquer cette heureuse nouvelle, devant vivre avec la plus scrupuleuse économie jusqu'à ce qu'il me sera possible de tirer des secours d'Italie ou de Trieste ; je me trouve dans la position affligeante de ne pas pouvoir me présenter à Votre Excellence. J'ose en conséquence La supplier très respectueusement de vouloir avoir la grâce de disposer en attendant cet événement heureux de mon individu, jusqu'à ce que nous pénétrerons de nouveau en Italie, où je n'aurai rien plus empressé, que de reprendre le fil de nos affaires dans ce pays.

D'après des nouvelles non équivoques l'avocat Gioelli doit avoir été fusillé.

Je suis à même de soumettre à Votre Excellence bien des choses relativement à ce qui se passa en Italie, mais par le motif, que j'ai exposé, je me vois réduit d'attendre ses ordres pied ferme à Pest.

J'ai l'honneur d'être avec le plus profond respect

de Votre Excellence

le très humble et très obéissant serviteur

Le chevalier Du Mont.

Pest, ce 26 juin 1809 ».

Après les premiers avantages remportés en vue de Naples par le corps expéditionnaire, le général Stuart, hanté par son idée fixe de ne s'avancer qu'à mesure qu'il apprenait quelques succès de ses alliés, reprit ses anciens errements. Le génie de Napoléon avait su réparer en peu de temps les échecs qui l'avaient empêché de franchir le fleuve avec le gros de son armée, dans la seconde moitié de mai ; et pendant tout le mois de juin, il prépara sa revanche, avec une méthode et une énergie qui redonnaient courage partout à ses partisans, et inquiétaient ses adversaires. Les rapports entre Stuart et La Tour devinrent difficiles quoique leur correspondance continuât.

« A bord du vaisseau de S. M. B. le Canopus, 26 juin 1809.

 Monsieur !

Le Cap. Ghiglione m'a remis la lettre que S. M. le Roi de Sardaigne avait bien voulu lui remettre pour moi, et m'a en même temps apporté celle que vous m'avez fait l'honneur de m'écrire en date du 21.

Je ne pourrais rien désirer de plus que de voir résulter de mes opérations quelques heureuses conséquences pour la cause commune. C'est le but qui m'a servi de guide dans tout ce que j'ai entrepris et que je ne cesserai d'avoir toujours en vue.

Je vous remercie de la marque d'attention que vous m'avez donné en m'écrivant et je vous prie de croire aux sentiments de considération avec lesquels j'ai l'honneur d'être, monsieur

Votre très humble et très obéissant serviteur
Stuart Comte De Maida ».

 A Monsieur

  Monsieur le Comte de La Tour.

Victor de La Tour informait son gouvernement de la situation tendue où il se trouvait vis à vis du Com^t de l'expédition, il était très affecté par le manque persistant de nouvelles, et se sentait bien isolé dans cette île d'Ischia d'où il écrivait son rapport du 2 juillet.

« Ischia, le 2 juillet 1809.

 Excellence !

J'espère, que Votre Excellence a reçu le dernier rapport, que j'ai eu l'honneur de lui adresser en date du 3 et 9 juin peu d'heures avant que l'expédition combinée aye mis à la voile. J'ai celui de lui annoncer aujourd'hui, qu'Elle est effectivement partie le 10 juin, mais la navigation ayant été (partie à cause des vents et partie pour des séjours faits en vue des côtes de Calabre) extrêmement lente, nous ne sommes arrivés que le 24 en vue de Naples. Le 25 au matin une flotille ennemie et les îles d'*Ischia* et *Procida* ont été attaquées simultanément; les chaloupes canonières Siciliennes ont combattu avec la plus grande valeur. La flotile ennemie après avoir perdu 28 chaloupes canonnières s'est retirée à l'abri des batteries de *Baya* et *Pozzuoli*. Les susdites îles se sont rendues sans presque coup férir à la réserve du château d'*Ischia*, qui n'a capitulé que le 30 juin. L'ennemi a perdu beaucoup d'artillerie et environ 1400 prisonniers. Parmi ceux-ci 350 soldats Napolitains se sont sur le champ enrôlés dans les troupes Siciliennes. La probabilité que l'escadre combinée se dirigeait sur Naples, et la lenteur de sa navigation avait donné à l'ennemi l'idée et les moyens d'y concentrer ses troupes, mais dont la majorité sont Napolitaines, et par conséquent très peu sûres pour lui. La basse Calabre ainsi dégarnie a commencée à se soulever. Le Commandant de Messine, Général Mackensie s'est porté à *Reggio* avec quelques troupes Anglaises pour les soutenir et le Général Sicilien Nunziante a été expédié d'ici avec sa Brigade dans la même vue. La situation de Murat à Naples est très critique, et cependant il est le seul point d'appui de l'ennemi dans toute la basse Italie de *Gênes* jusqu'à *Reggio*. Cet état de choses combiné avec le mécontentement des peuples dans les états Napolitains, Romains, Toscans et Génois, ouvre de belles chances à l'armée combinée, mais je ne dissimulerai point à Votre Excellence, que j'ai peu d'espoir, qu'elle en profite avec l'énergie et la célérité, que la situation du moment réclame.

En effet, le 25, jour de la défaite de la flotille ennemie, et de la prise des îles, il y avait de la fermentation à Naples, les forces de Murat commençaient seulement à y arriver sur des rayons très divergents et si on avait attaqué la ville le lendemain, il est très probable, que l'on s'en serait emparé; les troupes ennemies, arrivant disséminées auraient été obligées de se replier, et il est fort à présumer que leur mouvement retrograde aurait été le signal d'une révolte générale dans le royaume et provinces Romaines adjacentes, événement, dont les suites pouvaient produire une diversion sensible en notre faveur. La possibilité et les résultats que pouvait avoir l'opération sur Naples fut remarquée, mais les mêmes Bulletins français qui nous ont retenu si longtemps en Sicile, nous attendaient dans le Golphe de Naples, et ont sûrement en grande partie paralisé nos opérations. Les dits Bulletins vont jusqu'au 15 juin, ils déguisent fort mal la défaite de Napoléon (1) entre *Aspern* et *Esslingen* le 21 et 22 mai (dont nous avions reçu la nouvelle en mer le 22 juin), mais ils se vantent de plusieurs autres avantages lesquels même d'après les relations françaises qui sont d'ailleurs fort incohérentes entre elles ne prouvent point que la grande lutte soit décidée, et devraient au contraire être ici un stimulant de plus pour agir avec énergie et célérité: malheureusement le général Stuart ne les juge pas ainsi, et c'est de lui que tout dépend; à cet égard je crois devoir avoir l'honneur de rendre compte à Votre Excellence, que les rapports assez confiants et agréables que ce général avait bien voulu établir avec moi pendant mon séjour à Messine ont changé très défavorablement depuis les retraites qu'ont dû faire nos armées; il évite avec soin toute explication sur les affaires courantes et ce n'est que par des voyes indirectes que je puis apprendre quelque chose de ses projets et lui faire parvenir les idées qui me semblent utiles. Les petits désagréments personnels, qui résultent de ce changement, ne m'occupent nullement, mais comme je me trouve actuellement le seul militaire Autrichien accrédité auprès de l'armée combinée et le seul à portée des événements, qui pourraient avoir lieu dans une grande partie de l'Italie, il pourrait y arriver des circonstances, qui rendent cet état de choses nuisible au service de Sa Majesté

---

(1) La gravité du danger couru par Napoléon, à cause d'une confiance en lui même qui parut de la témérité, n'échappe pas à A. MÉZIERES, *Morts et Vivants*, Paris, 1898, dans ses belles pages à propos de Mémoires du général Lejeune (*De Valmy à Wagram*).

... Impériale; j'ai donc crû devoir prendre la liberté dans mon rapport de
ce jour à Son Altesse Impériale l'Archiduc Jean, de proposer à ce Prince
de daigner m'écrire une nouvelle lettre ostensible pour le Général Stuart,
par laquelle Son Altesse Impériale me renouvellerait l'ordre de la tenir
au courant des opérations projetées ou exécutées par l'armée combinée
(dans laquelle j'espère que l'on pourra bientôt comprendre les Sardes).
Cette lettre me donnerait de nouveaux droits pour reprendre mes anciens
rapports avec le Général Stuart, mais si elle contenait quelque expression de
satisfaction et de confiance pour moi, elle serait peut-être encore plus efficace;
ce dernier article étant en quelque sorte personnel, je n'ai point cru devoir en
parler ainsi à Son Altesse Impériale, et je le soumets à votre Excellence.

Quant aux Cours de Palerme et Sardaigne la première et particulièrement Sa Majesté la Reine daigne toujours m'honorer d'une confiance
qui m'est démontrée par la communication entière de tout ce qui a rapport à la situation du moment. La Cour de Sardaigne daigne aussi accueillir favorablement mes idées, j'attends le retour du Capitaine Bertina
pour connaître celles, auxquelles elle s'est définitivement arrêtée pour
coopérer avec ses faibles moyens à la diversion commencée. J'ai donc lieu
de croire que si les opérations étaient portées sur le Continent d'Italie, et
que les Cours susdites reprennent quelques moyens propres, je jouirais
auprès d'Elles du degré de confiance nécessaire pour servir la cause de
Sa Majesté Impériale (qui est actuellement à un degré éminent la cause
commune) autant que mes faibles lumières me le permettront. Mais tant
que nous sommes hors de l'Italie, l'opinion de ces Cours ne balance
pas celle du Général Anglais qui peut seul leur fournir les moyens, d'y
pénétrer. En attendant, je ne négligerai rien pour tâcher de faire activer
les opérations.

J'ai l'honneur de joindre ici le dernier Bulletin publié sur les affaires
d'Espagne; il est confirmé notamment relativement à la prise du Général
Soult Duc de Dalmatie par plusieurs lettres particulières, et il est indubitable que les choses prennent une tournure très favorable dans ce Pays-là.

Je fais des vœux ardents pour que le Ciel daigne aussi bénir la noble
et juste cause que notre Auguste Souverain défend et pour qu'il protège
les généreux desseins de Votre Excellence; et je la prie de me permettre
de profiter de cette circonstance pour lui renouveler l'hommage du très
profond respect avec lequel j'ai l'honneur d'être

de Votre Excellence
le très humble et très obéissant serviteur
LA TOUR, lieut. colonel.

P. S. — J'ose respectueusement supplier Votre Excellence de daigner
me faire parvenir quelques nouvelles du Comte de Bellegarde. Je n'en ai
reçu aucune depuis mon départ de Trieste et toutes mes lettres, jointes
à celles que j'ai eu l'honneur d'adresser à Votre Excellence, sont restées
sans réponse ».

Le Marquis de Circello, sans partager peut-être toutes les craintes du général Stuart, et surtout sans prendre l'attitude de celui-ci, demeurait inquiet vis à vis des enthousiasmes de la Reine et de La Tour. Il avait écrit à ce dernier, probablement le 19 juin (la date est incomplète), après certains articles du « Monitore » de Naples, qui lui avaient gâté la joie des victoires de l'Archiduc. Dans la même lettre (1) Monsieur de Circello invoquait de Monsieur de La Tour « des éclaircissements sur un nommé Cellini, qui dit être beaucoup connu de vous, et d'avoir des relations avec l'Archiduc Charles ». Il y avait à cette époque un tel va et vient de courriers et d'émissaires dans le camp des ennemis de Napoléon, que la défiance n'était que trop justifiée. Les envoyés les plus autorisés partageaient souvent avec leurs collègues moins autenthiques les mésaventures des longs voyages sur les frontières extérieures de l'Empire Français. Des obstacles de toute sorte entravaient les communications. C'est à ce propos, des plaintes continuelles, dans toutes les lettres de l'époque. Le Colonel de Saint-Ambroise dont il a été question plus haut était parvenu le 16 juillet à Fiume, d'où il envoyait au Ministère Autrichien des nouvelles qui complètent celles contenues dans le rapport du Colonel de La Tour du 2 juillet.

Le Chevalier de Saint Ambroise au Comte Stadion.

« *Excellence,*

J'ai l'honneur de prévenir Votre Excellence, que par un canal sûr je viens d'être instruit de tout ce qui concerne l'expédition de Sa Majesté Sicilienne, en voici les détails que j'ai l'honneur d'annoncer à Votre Excellence comme certains.

Le 11 juin le Prince Léopold est parti de la Sicile avec un convoi immense, on évalue la troupe qui était embarquée à plus de vingt cinq mille hommes. Le 18, 6.000 hommes sont débarqués en Calabre et se sont emparés de *Scylla* et *Reggio*. L'expédition principale s'est portée de suite vers Naples, et le 20 elle a été vue vis-à-vis de Capri, qu'on dit également pris. Différentes lettres particulières promettent les succès les plus heureux sur cette entreprise, et on ne se permet pas le moindre doute sur une réussite complète. Si les mécontens de la Romagne peuvent bientôt s'unir aux troupes Anglo Siciliennes, l'affaire deviendra importante et pourrait avoir les suites les plus heureuses dans toute l'Italie. Les Italiens n'ont pas été découragés; j'ai reçu moi-même des avis certains qu'il y règne le meilleur esprit en notre faveur. Les Français y sont en très petit nombre, et ils tremblent d'y être massacrés.

---

(1) Archives d'Orio, I, 44.

Nous venons dans ce moment de recevoir la nouvelle d'une bataille décisive gagnée par Son Altesse Impériale l'Archiduc Charles, si la chose est ainsi, qu'on le mande, j'espère qu'on sera bientôt dans le cas de profiter des heureuses dispositions des peuples Italiens, qui nous attendent à bras ouverts.

Les nouvelles de l'Espagne sont toujours excellentes, un brik anglais venant de Malthe dit, que les Espagnols ont entièrement détruit l'armée française; j'attends les détails que je manderai aussitôt à Votre Excellence.

Je prie Votre Excellence de vouloir bien agréer l'hommage du profond respect avec lequel j'ai l'honneur d'être

De Votre Excellence

le très humble et le très obéissant serviteur

Chevalier de St. Ambroise

Lieutenant Colonel.

Fiume, le 16 juillet 1809 ».

La Reine Caroline passait son temps dans des alternatives d'espoir et de découragement. La crainte que le général Stuart renonçat à tout dessein sur Naples, et abandonnat les Iles qui s'étaient prononcées pour les Bourbons, mettait la malheureuse femme dans une sorte de fureur, qui était du reste parfaitement compréhensible. Elle ne voulait rien entendre des bruits d'une halte dans les avantages remportés par l'Archiduc Charles, et s'imaginait déjà que l'armée d'Italie reprenait sa marche dans les pays vénitiens. Puis tout à coup les plus noires pensées reprenaient le dessus, et c'était, dans ses épanchements avec monsieur de La Tour, des reproches, des plaintes à n'en plus finir.

« J'ai reçu avec bien de la reconnaissance votre lettre du 28 et tous les intéressants détails que vous m'y donnez. Je vois que votre coeur et âme ont été touchés des témoignages des bonnes gens des îles. Si on s'y eut mieux pris et agi avec plus de célérité et conséquence vous auriez vus ces même sentiments manifestés dans toutes les classes du peuple de Naples, mais on laisse trop de temps à Murat et il en sait profiter, je vous avoue j'ai l'âme très noire surtout après *il solito abbandono* et retraite faite de la Calabre. Je crains que Stuart en prendra un prétexte pour vouloir retourner en Sicile. Le Roi est décidé dans ce douloureux cas d'y laisser à Procida et Ischia son fils et les troupes et moi je suis convaincue qu'en agissant avec suite, finesse, usant des différents moyens selon les passions des hommes et agissant avec conséquence nous nous rendrons maîtres de Naples quoique avec une force aussi inférieure et je le crois nécessaire, car s'en retourner, outre la honte du crédit général, c'est nous ruiner et détruire à jamais tout espoir de reconquérir cette ville si corrompue, il faut tout agir pour arriver à ce but. Les nouvelles arrivées d'Al-

Archives de La Tour.
Orio. - I, 63.

lemagne et dont j'ai envoyé ce matin les Bulletins en Allemand à mon fils qui vous les aura communiqués, elles ne parlent que de la première bataille de l'Archiduc, on est touché aux larmes en voyant le courage de cette brave armée et je suis glorieuse d'être leur compatriote et née parmi eux. Comme l'homme qui a apporté ces bulletins et lettres a été presque 40 jours en chemin il n'a rien su des autres événements, mais de tous les côtés on annonce Fiume délivré, Trieste près de l'être (1). L'armée de Charles maître de la Bavière et l'Armée de Napoléon séparée en quatre corps, aussi plus facile à battre en détail, enfin il paraît que les succès sont positifs et décisifs, ont dit aussi que l'Archiduc Jean est déjà retourné dans les Etats Vénitiens (2). Toute nouvelle officielle que je recevrai je ne manquerai point d'expédier tout de suite tout ce qui me parviendra. Adieu, je n'ai point besoin de vous le répéter que je vous recommande mon fils à vos soins et bons conseils. Je vous recommande bien positivement votre persuasion auprès du général Stuart afin qu'il n'abandonne pas la partie, ce serait un vrai malheur, pour ne pas dire une vraie malhonnêteté. Adieu, je compte beaucoup sur vous et croyez aussi que je suis avec la plus sincère reconnaissance votre sincère amie

CHARLOTTE.

Le 2 juillet 1809.

La lettre de Ruffo est du 25 et 28 mai. L'empereur était avec Stadion près de l'Armée du Brave héros Charles (3). L'impératrice avec son fils et fille ainée à Bude et les petits enfants à Erlau. Voilà mes nouvelles. Adieu ».

Archives de La Tour.
Orio. - I, 64.

« Comme le mauvais temps nous persécute aussi et je crains fera beaucoup souffrir le Convoy, le lieu où on l'a destiné de se tenir n'ayant point de port et étant une mauvaise plage, cela me donne une inquiétude de plus à tant d'autres qui m'oppriment, j'ignore même quand je pourrai vous envoyer un Bâtiment et donner de nos nouvelles qui pourtant serait si nécessaire d'envoyer. Je ne doute point que vous serez informé de la belle

---

(1) Au mois de juillet les Croates s'étant levés de toute part sur les derrières de Marmont qui avait rejoint la grande armée française, le général autrichien baron de Knezevic forçait de nouveau l'entrée de la Dalmatie, appelait à lui les insurgés qui accouraient en foule, mais ne parvenait pas à chasser les français de Zara et de quelques forteresses. Knezevic qui, après l'armistice de Znaim conserva ses positions, dut toutefois les évacuer en novembre, la paix une fois signée (ERBER, *loc. cit.* p. 113).

(2) Tout au contraire l'archiduc Jean devait se hâter sur la route de Presbourg et son retard à rejoindre la grande armée autrichienne fut l'une des causes qui fit perdre à l'archiduc Charles la bataille de Wagram (METTERNICH, *Mémoires*, cit. I, pag. 228).

(3) L'empereur François dans les premiers jours de juillet se trouvait au quartier général de Woekersdorf.

missive du Général Stuart au Duc d'Ascoli en date du 28 juin, dans laquelle il parle de désarmer et abandonner, évacuer toutes les deux îles. Pour vous et pour moi c'est une idée affreuse. Compromettre, désarmer et puis abandonner 40 mille fidèles sujets du Roi à la vengeance d'un ennemi vendicatif fait frémir; le Général Stuart ne répéterait que ce qu'il fit l'année 1806 où il compromit toutes les deux Calabres par des Proclamations, qui sont sous mes yeux et seront rendues publiques lorsque l'histoire de nos malheurs le sera. Il est la cause des atrocités révoltantes commises vers ces malheureuses Provinces, et dont la Postérité sera éffrayée par le nombre et scélératesses, et tout ça pour une légère picque, sa gloriole imaginée blessée; on le remit par grade, titre, ordre, et tant de choses non méritées. Notre malheur qui ne nous a jamais encore abandonnés nous l'a fait revenir plus vaniteux, bouffi et vendicatif que jamais, et certainement pas plus expérimenté dans l'art de la guerre. Il a obtenu par un concours de malheureuses circonstances le commandement de nos peu mais bonnes troupes, toutes les autres phases vous sont connues; Capri, qui a été dans leurs mains plus de deux ans, qu'ils avaient fortifié, qui par sa localité est presque imprenable a été prise du moment que les Français l'ont voulu et cela par surprise, Scilla, Bagnara, Reggio, endroits pour eux intéressants, leur gênant la navigation du Phare de Messine, ont été déjà depuis notre long exil en Sicile deux ou trois fois pris et autant de perdus à peine qu'une petite force armée a paru. Tout ceci sont des faits incontestables et qui devraient rendre un peu moins orgueilleux vis à vis de Souverains qui en sont les victimes et le souffrent avec une patience qui coûte beaucoup à qui a de l'âme. Tout ce qui arrive actuellement, surtout cette dernière lettre, la manière leste et malhonnête dont il traite un Prince à nous de 19 ans ne s'oubliera jamais des deux Frères, quand même j'aurais le bonheur de ne plus exister, mais ce que je crains le plus, c'est que le général dont la tactique est d'évacuer, exécute cet indigne projet avant que nos lettres arrivent et que ces bons et malheureux insulaires soient les victimes de quelque nouvelle idée, caprice ou entreprise baroque du général évacueur. Voyez nos plans que je vous confie. Le Roi ordonne à son fils malgré qu'on le regarde comme zéro, de parler, demander, insinuer qu'il ne peut permettre cette évacuation, et sacrifice de tant de fidèles sujets du Roi, en cas que cela ne persuade point il montrera l'ordre composé et écrit par le Prince son Frère, et signé de son Père, qui lui ordonne de ne pas abandonner les susdites îles et d'y rester autant qui lui sera possible avec toutes les forces du Roi de terre et de mer y compris la Brigade, Régiment de Cavallerie, bâtiments qui sont à leur disposition. Si cela heureusement s'opère, et que les braves Autrichiens continuent leur glorieux succès, Naples avant un mois sera à nous, sans avoir eu besoin du général Stuart, mais si cette malheureuse évacuation s'opère avant, si surtout il désarme les îles, ce qui est d'une malhonnêteté, avidité sans exemple, alors il n'y a pas de remèdes. J'ai déjà un autre plan en tête que je confierais en son temps à vous en demandant vos bons et sages conseils. Tout ceci me rend malade uni à un scirocco assommant.

Je désire que votre santé soit bonne, je vous recommande mon fils dans sa bien désagréable position afin que vous l'assistiez de vos conseils. Ce qu'il a eu à souffrir à Gibraltar et ici, est bien fait pour détruire les premiers élans de l'enthousiasme; nous n'avons plus aucune nouvelle officielle d'Allemagne, mais de tous les côtés on assure la bataille du 3 et du 9 juin, la Bavière conquise, le Tirol de même et l'Archiduc Jean dans le Vénitien, je désire vivement que cela se vérifie. La perte du brave Archiduc Maximilien me ferait peine pour ses méritantes soeur et mère, mais pour lui, il est à envier, car il ne verra plus les horreurs de tous genres d'immoralité du siècle où nous vivons; mais je retourne dans mes noires idées qui ne m'abandonnent guère. Je vous ai assez longtemps ennuyé; prenez-le, je vous prie, comme une preuve d'estime et confiance que votre sage et honnête caractère a su m'inspirer, et en vous recommandant de nouveau mon fils, je suis avec bien de l'estime et reconnaissance, votre

sincère amie
CHARLOTTE.

Le 3 juillet 1809 ».

Archives de La Tour.
Orio. - I, 66.

« J'ai reçu votre obligeante lettre du 2 de ce mois avec les deux lettres incluses, que j'aurai grand soin de faire parvenir, heureusement il se trouve justement qu'après demain nous expédions deux courriers à Bude, avec l'ordre à Ruffo de nous donner plus souvent des nouvelles, les moments étant si extrêmement intéressants, je ne vous parle point de ce qui se passe où vous êtes. J'en ai le cœur ulcéré et l'âme exacerbée et il faut se taire; mais cet état de ma part ne durera pas longtemps, ne voulant, ni devant par devoir et sentiment, laisser mon fils dans la désagréable pénible position où il se trouve. Adieu, une autre fois de plus croyez moi, avec bien de l'estime, votre reconnaissante

CHARLOTTE.

Le 8 juillet 1809 ».

Archives de La Tour.
Orio. - I, 67.

« J'ai reçu avec bien de la reconnaissance votre sage lettre du 4 juillet, où j'ai bien reconnu toute la justesse de votre esprit qui vous distingue tant, en toute occasion; par le retour de l'Amiral Martin le Roi accorde toutes les latitudes au général Stuart d'agir où et comme il veut, lui faisant seulement les justes réflexions de ne point oublier la Sicile, ni sacrifier entièrement ces malheureux insulaires, qui pour prix de leur attachement témoigné seront les victimes du tyran Murat. Je vous avoue que de prendre cette résolution et d'y concourir m'a beaucoup coûté, mais pour ôter tout

prétexte au général Stuart de son inactivité et ne point empêcher d'être
en quelque petite partie utile à la grande et bonne cause, que la maison
d'Autriche défend avec tant de grandeur, j'y ai acconsenti : Je puis me
tromper mais ou le général Stuart ne fera rien ou cela se réduira à s'emparer des îles d'Elbe, présides de Toscane (1), voilà mon opinion ; je veux
encore vous communiquer une autre idée à moi qui peut être fausse, que
je crois impossible, difficile pour bien des raisons, mais qui dans ces temps
où tant de choses extraordinaires se voient n'est pas à oublier ; je vois
une suite de Parlementaires qui vont et viennent et dont nous ignorons
ce qu'ils disent et combinent. Je ne puis me persuader que Murat, par
cœur pour nos sujets rebelles, ni Stuart par ces idées philantropiques
soient les seuls motifs de cette suite de pourparlers, on m'a fait penser
que Murat pourrait, s'il se voit embarassé le retour et sortir d'Italie par
des succès que je désire vivement plus que je n'ose encore le croire, pourrait peut-être traiter d'évacuer le Royaume de Naples avec armes, bagages, vous sentez bien combien cela serait avantageux pour nous et
embrassé avec vivacité par tout le monde ; mais il faut être honnête avant
tout, et ce fatal égoisme n'a que trop fait du mal, il faut donc conter que
cela mettrait Murat et son armée aux épaules de l'Empereur d'Autriche,
et il ne faut pas croire aux pactes qu'ils peuvent faire de ne pas servir, car
ils n'en ont jamais tenu aucun de ceux qu'il ont fait de cette espèce,
nous en avons même chez nous de récents exemples. J'ai ici prévenu le Roi
et le Prince et tous les deux sont fermement de mon avis que si cette proposition se faisait de ne point l'accepter : mais j'ai voulu vous en prévenir,
cette fréquence de Parlementaires et de tout ignorer me donnant de grands
soupçons. Les nouvelles que le général Stuart a fait communiquer seraient bien consolantes si j'osais entièrement m'y livrer, mais les gazettes
napolitaines qui vont jusqu'au 5 juillet parlent un langage bien différent,
tout cela me tourmente et j'attends les premières nouvelles du courrier d'Allemagne avec une impatience inexprimable et je vous promets que peu
d'heures après leur reçu je vous expédierai un bâteau avec lettres, nouvelles
et tout ce que j'aurai appris. Nous venons de recevoir un nouveau courrier
d'Angleterre et nouvelles d'Espagne, ce ne sera que demain que j'en
pourrai donner les nouvelles étant encore lettres et paquets au bureau de
Circello, c'est de la seule Allemagne pour laquelle je soupire tant, qui
nous laisse sans lettres. J'ai vu une lettre de Bertina qui écrit de Cagliari
le 22 qu'il comptait partir dans la semaine pour retourner, et s'il vient
ici je vous l'expédierai. Je sens bien toute la peine que votre activité, courage doit éprouver dans votre actuelle désagreable position, espérons qu'
elle changera en bien, toutes mes lettres plus accréditées de Naples se

---

(1) C'est le nom qu'avaient à la fin de l'ancien régime des petites îles et des châteaux
fortifiés sur la côte de la Toscane, relevant du royaume de Naples.

réunissent à dire qui si on aurait profité du moment le 26, Naples aurait été prise, mais pour cela il faut une autre tête que celle de Stuart qui bouffi d'orgueil sans plans ni combinaisons ne s'occupe que de piques et petitesses; enfin allons au fait. Le Général Makenzie suivant la tactique de son Général en chef a évacué Reggio et tous les contours, emporté toute artillerie et le peu qui était allé puisque quelque centaine d'hommes ont fait mîne de se remuer de Monteleone, et aller vers Reggio et il a donné un imprimé contre les masses du Souverain en disant *che nessuna cosa potrà rimuoverlo*; il faut avouer que de voir tant de maîtres dans ce malheureux pays et tant de bêtises est réellement insupportable. Oh! six milles croates autrichiens quelconques et les soldats de Porcelaine (1) avec leurs Généraux de Plomb ne nous désolaient pas, mais tel est notre sort, Dieu veuille le faire changer, pour moi j'en souffre cruellement. Adieu, vous voyez avec quelle sincérité je vous écris, c'est l'effet que votre estimable personne et conduite m'inspirent. Je vous recommande mon fils, il joue un rôle bien bien humiliant dans son propre pays. Adieu, croyez-moi jusqu'au tombeau

votre bien attachée et reconnaissante amie
CHARLOTTE M.

Le 12 juillet 1809.

'P. S. — Je viens de recevoir ou pour mieux dire voir des lettres de Bertina du 10 juillet de Cagliari, il demande un bâtiment pour bien vite retourner. S'impatientant de rester inutile à Cagliari, il envoit ce Bulletin, que je vous envoie sans en assurer la certitude. Assareto est arrivé ici, c'est un tourment de plus. Adieu. Comptez sur mon estime et éternelle amitié et confiance ».

« Vous recevrez une bien courte lettre de ma part, car malheureusement nous sommes sans nouvelles et ce cruel silence de l'Allemagne me tue, car je n'ose croire ni au bien ni au mal, jusqu'à ce que je le sache de sources; les nouvelles du Général Stuart sont les mêmes que nous avons reçues par la voie de Messine, mais sans authenticité; les gazettes parlent un langage bien différent et funeste; aussi il faut attendre son sort. Je puis me figurer votre inquiétude par celle que j'éprouve.

Hier est arrivé Assareto, je ne l'ai point encore vu quoiqu'il insiste beaucoup pour cela; disant qu'il a des commissions du Roi de Sardaigne pour le quartier général où il doit se rendre d'abord. J'ignore ce qui est vrai. Adieu, croyez-moi avec toute confiance et une bien sincère estime, Votre reconnaissante

CHARLOTTE.

Le 13 juillet 1809 ».

---

(1) C'est-à-dire les anglais.

« J'ai reçu votre bien sage lettre du 14 et ma raison me dit aussi qu'il faut avoir prudence, mais je l'avoue mon âme et coeur se révoltent de la nullité des opérations et des étranges prétentions du général Stuard et du peu de cas qu'il fait du fils du Roi au service duquel il a l'honneur d'être; enfin je trouve que le jugement que j'ai toujours porté sur le général a été juste et qu'il surpasse ce dont je le croyais capable. Mais ce qui m'intéresse au delà de toutes expressions est le cruel silence du Coté de Vienne, Trieste et des Armées qui défendent avec tant de bravoure la cause de toute l'Europe. Puisse le Dieu de justice les rendre vainqueurs, glorieux et les rendre aussi heureux que leur fermeté et constance le méritent.

Ah que ne sommes nous à leur lentes trousses! au moins on y serait avec honneur.

Assareto qui est ici veut partir pour le quartier général, dit-il, de l'Archiduc Jean. On attend à chaque moment Bertina qui a voulu un bâtiment avec passeport anglais et que nous lui avons envoyé. Voilà toutes mes nouvelles. Je vous plains bien avec votre coeur et âme d'être dans cette inaction; entre les infinies absurdités par le général Stuard prononcés est que ayant pris les îles (certes sans aucune peine) il a fait une forte diversion pour les intérêts de notre Empereur et que ainsi il avait rempli son but. Certes que en Hongrie, Galicie, on ne calculera point ainsi. Adieu, je vous prie plaignez-moi, croyez que je souffre de voir tant d'ineptitude et que je souhaiterais une activité utile.

Adieu, je vous recommande mon fils et croyez moi avec bien de la considération, estime et confiance

Votre reconnaissante
CHARLOTTE M.

Le 17 juillet 1809 ».

Moins agité que son Auguste correspondante, Victor de La Tour était quand même mortellement inquiet; il était en vain toujours à l'affût des nouvelles d'Autriche. En comparaison, il attachait peu d'importance aux bruits favorables à la cause des Alliés qui parvenaient d'Allemagne (1) (échos peut-être des prises d'arme de Dörnenberg et de Schill) (2) et que le Colonel Bunbury lui envoyait avec des rapports d'Espagne relativement plus sûrs.

---

(1) Le prince de Metternich avait été de tout temps très sceptique sur le bien fondé de ces espérances du groupe de Stadion dans une insurrection nationale allemande. On peut voir ses *Observations historiques sur la lettre adressée par le général de Grünne au prince de Ligne, à la date du 27 et du 28 septembre 1809*. Cfr. METTERNICH, *Mémoires* cit., I, p. 225.

(2) On trouvera des témoignages de première main sur ces mouvements insurrectionnels et sur la panique qui s'ensuivit dans les *Erinnerungen aus Hannover und Hambourg aus den Iahren 1803-1813 von einem Zeitgenossen*, Leipzig 1843.

« *Bagni d'Ischia, ce 4 juillet 1809.*

Monsieur le Comte,

Je dois vous faire mille excuses pour avoir manqué de vous envoyer plus promptement les nouvelles d'Allemagne, selon la promesse que j'avais donné l'avant hier ; mais j'ai voulu approfondir l'histoire qu'on nous donnait et avoir des détails plus étendus. Mon attente a été trompée et je n'ai pu rien apprendre de détaillé ni même quoter les Autorités sur lesquelles Milord Amherst fonde ses espérances. Il mande simplement : « Nous venons de recevoir les nouvelles (fondées apparement sur des Autorités respectables) qu'il y a eu une Révolution à Cassel ; et que les Hessois ont détrôné, et mis en prison le Roi Jérome ». Voilà, Monsieur le Comte, tout ce que nous savons ; mais j'ai remarqué que dans quelques-unes des dernières gazettes françaises, on fait mention de certains « mouvements séditieux » aux environs de Cassel.

Un officier anglais qui revenait hier de Naples (où il avait été expédié en Parlementaire) raconte que dans cette ville là, il courait le bruit d'une autre grande bataille sur le Danube, qui devait avoir eu lieu le 10, 11 et 12 de juin ; et que l'Archiduc Charles, ayant trouvé les moyens de rompre encore une fois les ponts Français, avait réussi après une longue lutte à mettre en pleine déroute la partie de l'armée qui eut déjà passé la rivière.

Il me paraît qu'il n'existe plus de doute sur la prise de l'armée entière de Soult : — un bâtiment anglais qui vient d'arriver ici avec des marchandises prétend d'avoir rencontré sur sa route la flotte qui transportait les prisonniers en Angleterre. Nous avons des nouvelles fâcheuses de la basse Calabre ; l'approche de Partounneaux à la tête de 4000 hommes a obligé notre petit corps sous les ordres du colonel Smith à se rembarquer ; sans perte d'hommes en vérité, mais laissant ses huit grosses pièces de siège enclouées devant Scilla.

Je vous prie, Monsieur le Comte, d'agréer les assurances de la parfaite considération, avec laquelle je reste

Votre très obéissant serviteur
Le Lieut. Colonel
BUNBURY.

V. : Au Lieut. Colonel M. le COMTE DE LA TOUR
au service de S. M. Impériale d'Autriche ».

La victoire de Wagram avait déjà rétabli entièrement le sort des armées françaises sur les bords du Danube, et l'armistice de Znaim avait donné un instant de répit aux deux armées en lutte depuis si longtemps, lorsque, paralysés par la manque de nouvelles, les Anglo-Siciliens étaient toujours cantonnés à Ischia, d'ou il prêtaient l'oreille aux rumeurs pubbliques souvent dénuées de tout fondement. A la mi juillet, la Cour de Sardaigne se trouvait privée, depuis un mois et demi, de toutes les nouvelles de l'Europe centrale. Le Comte de Roburent écrivant peu après au Comte de La Tour (1) se consolait en pensant, que les parlementaires français, si empressés toujours à faire passer de la Corse l'annonce de leur victoires, étaient muets depuis longtemps. La Reine Caroline ne s'était pas fait faute de suivre à ce moment même la fausse piste d'un navire anglais qui s'était détaché des côtes de la Provence.

« J'ai reçue votre lettre du 14 de ce mois avec une bien vive reconnaissance. Certes que les nouvelles que cette expédition portait n'étaient pas fort agréables, mais à moi, elle ne m'a fait aucune sensation n'étant que le développement de ce que depuis longtemps j'ai clairement connu dans la façon d'agir et penser du général Stuard, et qui par cette raison ne m'a nullement étonnée. Tout notre espoir et voeux ne doivent se tourner que vers l'Allemagne; c'est de la que dépendra notre sort. Hier est arrivé un vaisseau anglais de Toulon en cinq jours; ils donnent la nouvelle d'une bataille très meurtrière et destructive du 18, vers Lintz, où les Français ont été détruits, et où le bonheur qui ne quitte jamais même dans le peu de revers Bonaparte, a fait qu'il n'y était point, étant allé en France pour recompléter son armée. Je vous donne la nouvelle comme on me l'a raconté, n'en osant pas assurer l'authenticité. Je désire que le général Stuard devienne agissant et ne reste pas à croupir à Ischia. Je vous recommande vivement mon fils. Je sens tout ce que vous devez éprouver et souffrir de cette inaction. Adieu, contez sur mon éternelle reconnaissance comme sincère estime, avec laquelle je suis .,

Votre reconnaissante
CHARLOTTE M.

Le 19 juillet 1809 ».

Enfin le 24 juillet arriva à Palerme un courrier, mais il était parti de Bude un mois et demi auparavant, et les informations, que la Reine pouvait faire passer à Ischia, n'étaient plus de mise après un retard si considérable.

« Je réponds à vos bien sages et bien **raisonnées** lettres, et ne puis vous dire autre chose sur les affaires que j'ai tâché de faire réparer ce que l'on avait écrit, et comme vous savez c'est toujours très difficile à faire revenir sur les pas les gens, mais enfin tant bien que mal cela est fait, je désire que cela puisse faire effet sur le général en chef, mais j'en doute, car je le crois incapable d'un grand et suivi plan, au moins dans tous les cas il sera constaté de notre sincère désir du bien et de contribuer autant que nous pouvons au bien de la bonne cause; le départ inattendu du général Bunbury devra

Archives de La Tour.
Orio. - I.

Archives de La Tour.
Orio. - I, 74. .

---

(1) Archives d'Orio, I, 71.

donner un peu d'inquiétude au général Stuard, surtout connaissant comme on pense dans sa patrie, je vous avoue que le mortel accablant silence, et manque de toutes nouvelles d'Allemagne, me cause une peine extrême, je vois que vous calculez moins noir que moi, de la lecture des gazettes et que les résultats que vous en tirez ne sont pas dépourvus de quelque rayon d'espoir, pour moi j'avoue je ne sais qu'en croire ni combiner, mais j'éprouve une peine extrême, de l'ignorance parfaite et entière des nouvelles, des personnes, et événements aussi chers et intéressants pour mon coeur. J'attends toujours avec la plus grande impatience les nouvelles d'Ischia et je suis pénétrée de la plus vive reconnaissance des soins et des attentions que vous avez pour mon fils et pour tout ce qui l'entoure, je sens bien, connaissant votre zèle, attachement et désir du bien, combien vous devez souffrir de la position passive où l'on croupit depuis un mois à Ischia. Cela n'augmentera pas la gloire du général Stuard et je suis seulement peinée que mon fils qui s'y trouve et nos troupes en partagent le déshonneur. Adieu, croyez que l'on ne peut vous estimer rendre justice et apprécier de plus que le fait votre bien attachée et reconnaissante

CHARLOTTE.

Le 24 juillet 1809.

Aujourd'hui, l'après dîner, est arrivé Biaiscello de Bude. Son expédition est du 12 de juin; rien de grand après la formidable et terrible bataille d'Aspern s'est opéré, mais on est bien résolu à ne point parler ni permettre qu'on parle de Paix. Le Roi, Circello ont toutes les lettres qui sont peu nombreuses et que j'ai à peine parcourues. L'Archiduc Jean était vers Raab et on désaprouve sa retraite; l'Archiduc Maximilien est envoyé comme une. espèce de correction en Transilvanie, où il va former un régiment; l'Archïduc Charles le 12 juin n'avait pas passé le Danube et reposait sur ses lauriers; j'ai demandé de votre oncle, il était à l'armée avec Charles, je vous envoie deux bulletins Allemands qui sont arrivées à Fiume au moment du départ du courrier, mais je compte, si le Roi me le permet, vous envoyer à Ischia demain ou après demain le courrier même qui est depuis quarante jours là, et pourra dire mieux que moi ce qu'il a vu. Lui m'a dit que Ruffo et tout le monde croyent la chose beaucoup en meilleur état depuis la bataille gagnée par l'Archiduc; je n'ai reçu ni gazettes, ni bulletins, ni rien d'imprimé; Ruffo n'écrit pas de dépêches, mais seulement des lettres particulières à Circello et à nous écrit dans celle du premier au moins une vingtaine de lignes pour amener même au nom de Stadion de faire quelque tentative et agir hostilement contre Naples sans nous laisser épouvanter que l'Italie soit sans troupes Impériales par ce que de même il n'y en avait pas de françaises et que c'était le moyen d'y rappeler les troupes autrichiennes; on se croit assuré que la Prusse en agira loyalement; on méprise les Russes que l'on dit avoir déjà plusieurs fois été battus par les Turques; voilà le résumé en gros, je n'ai aucune lettre de personne. L'Impératrice,

Louise (1) et Ferdinand (2) étant par mesure de prudence allés à Erlau; je n'ai aucun imprimé. Si le Roi me retourne ma lettre, je l'enverrais à mon fils avec ordre de vous la montrer. Ce courrier ne me donne aucune satisfaction autre que de voir que le 12 juin on ne parlait pas de paix; j'en désire bientôt un autre, mais ne m'en flatte point.

Adieu, croyez moi avec bien de l'estime et confiance, votre sincère amie

CHARLOTTE.

Le 24 juillet 1809 ».

Le Colonel Bunbury, peu enthousiaste des temporisations de son chef, venait de quitter Ischia ainsi que nous l'avons vu tout à l'heure. Le Comte de La Tour avait entretenu constamment avec lui les meilleurs rapports (3), qui offraient un contraste frappant avec les tiraillements et les mésintelligences qui n'avaient cessé d'exister entre l'envoyé de l'empereur et le général Stuart. Le vaillant colonel Anglais ne voulut pas rentrer chez lui sans prendre congé de Monsieur La Tour, jeune collègue avec lequel il avait enduré les grandes difficultés de ce pénible séjour d'Ischia (4).

---

(1) La reine Marie Caroline veut certainement parler ici de sa petite nièce, Marie Louise, destinée bientôt a ceindre pour un temps la couronne d'impératrice des Français. Marie Louise, née en décembre 1791, avait alors dix-sept ans. Rien ne lui aurait fait prévoir une destinée si extraordinaire. Sa tante, à la mode de Bretagne, Marie Thérèse de France, mariée depuis au duc d'Angoulême, s'était même tout particulièrement intéressée à elle, pendant son séjour à la Cour de Vienne. L'épouse future de Napoléon I avait donc un peu été l'élève de la princesse-martyre (IMBERT DE SAINT-AMAND, *La jeunesse de la duchesse d'Angoulême*, Paris, 1888, 2e partie).

(2) Le futur empereur.

(3) On peut renvoyer le lecteur aux souvenirs de Bunbury lui même.

(4) A ce séjour dans la baie de Naples pendant lequel M. de La Tour se morfondait dans l'inaction, en face de la côte où Stuart l'empêchait d'opérer une descente, se rapporte un état des forces ennemies rédigé par La Tour dans le but de montrer le petit nombre de troupes qui auraient pu s'opposer aux Anglo-Siciliens.

Forze nemiche nel regno di Napoli nei primi giorni di Luglio 1809.

Archives de La Tour.
Orio. - Suppl. I, 17.

Truppe Francesi **5490**	101° Regimento di Linea	1980
	62° Regimento di Linea	1500
	22° Regimento di Linea	1300
	4° Regimento Cacciatori a cavallo	300
	7° Regimento Cacciatori a cavallo	250
	Artiglieria	160
Truppe Estere **2840**	Regimento Isembourg	400
	Regimento La Tour d'Auvergne	700
	Regimento 1° Svizzero	440
	Regimento 1° Cacciatori Corsi	1300

« *A Messine, ce 31 juillet 1809.*

Monsieur,

Archives de La Tour.
Orio. - I, 78.

Avant de quitter la Sicile, je ne saurais pas me refuser le plaisir de vous dire adieu, et de vous renouveler les sentiments d'estime et de considération qu'ont excités vos talents, et votre zèle pour la cause de l'Europe.

J'ai eu bien de regrets que mon départ précipité d'Ischia m'ait empêché de vous témoigner personnellement la peine que j'ai sentie avant de pouvoir me résoudre à quitter un théâtre qui pourrait et devrait être des plus intéressants. Je fais voile pour l'Angleterre ce soir même : et pendant que dure la lutte vraiment honorable que l'Autriche soutient avec tant de gloire contre la prépondérance Bonapartienne, je nourrirai toujours la flatteuse espérance de vous revoir, monsieur le Comte, dans des scènes plus actives et plus utiles aux intérêts de nos Souverains.

Encore une fois, Monsieur le Comte, je vous prie d'agréer les sentiments avec lesquels j'ai l'honneur d'être

Votre très obéissant serviteur
H. BUNBURY
Lieutenant Colonel ».

Truppe Nazionali di Linea 6950	Grenatieri Reali	1200
	Veliti di Fanteria	1600
	3° Regimento di Linea	1200
	2° Regimento Fanteria Leggiera	950
	Cacciatori Calabresi	500
	Regimento di Marina	700
	Veliti di Cavalleria	300
	Artiglieria	300
	Zappatori	200
Truppe Nazionali di Milizia 14.000	Volontari di diffesa	2000
	Guardie civiche o sia Legioni Provinciali	12.000
Totale della Linea	Francesi	5490
	Esteri	2840
	Nazionali	6950
	Truppe di Linea	15280
	Milizie	14000
	Totale del tutto	29280

La forza totale della Cavalleria come risulta dal presente stato.

Francesi	550
Nazionali	300
Totale	850

Monsieur de La Tour ne resta pas longtemps aux Iles après le départ
de Bunbury. Il les quitta pour se rendre en Sardaigne (1), mais auparavant
il fit halte à Palerme, d'où il adressa des rapports à l'Archiduc et au Cabinet Autrichien (2), ne cachant pas son humeur contre Sir John Stuart.

Le Comte de La Tour à l'Archiduc Jean.

« Palerme, 31 juillet 1809.

Monseigneur!

Je me flatte que Votre Altesse Impériale aura reçu les rapports que
j'ai précédemment eu l'honneur de lui adresser, et dont le dernier est sous
la date d'Ischia le 2 juillet. Votre Altesse Impériale aura daigné y remarquer que j'avais peu d'espoir de voir entreprendre des opérations actives
et énergiques sur le continent d'Italie; j'ai le regret de ne rien pouvoir annoncer de plus satisfaisant dans celui de ce jour, que j'ai très respectueusement l'honneur de lui soumettre.

Les premiers temps du séjour de l'armée combinée dans les Iles d'*Ischia*
et *Procida* ont été employés par le général Stuart à discuter très longuement
et minutieusement la nature du pouvoir administratif que Son Altesse Royale
le Prince Léopold devait exercer dans ces deux petites Iles; car la partie
militaire dépendait exclusivement du dit Général, lorsque enfin il a été de
nouveau question de la guerre, il s'est trouvé que l'ennemi avait profité du
temps, pour achever de mettre le Golphe et les environs de Naples en état
de défense; de sorte, qu'une attaque directe sur la capitale devenait difficile. Le général Anglais Makensie avait dans cet intervalle évacué les Calabres à l'approche d'un corps d'environ 4000 ennemis, lesquels après avoir
fait sauter le fort de Scilla, s'étaient eux-mêmes repliés pour se raprocher
de Naples. Dans cet état de choses l'attention du général Stuart fut porteé
sur les Etats Romains (3), où les sentiments manifestés par les habitants au
sujet des mauvais traitements récemment essuiés par S. S., assuraient que
l'on trouverait un grand parti. Cette opération mettait Murat dans l'alternative ou de sortir du Royaume avec son armée, ce qui aurait probablement
été le signal de la défection de ses troupes napolitaines, et d'une révolte dans
le Royaume, ou de diviser ses forces, et il était alors fort à espérer, que la
partie employée contre l'armée combinée aurait été battue par elle. Le général Stuart demanda et obtint de la Cour de Palerme l'agrément d'agir

---

(1) Le passeport délivré à M. de La Tour par Lord Amherst Ministre d'Angleterre
à Palerme, pour se rendre à Cagliari, porte la date 4 août 1809 (Archives d'Orio, I, 79).

(2) Haus-Hof-Staats Archiv. Wien.

(3) J. MICHELET, *Jusqu'à Waterloo* (Paris, 1875, p. 358), assure que ce fut justement
l'annonce de ces projets caressés par les anglo-siciliens au début de juillet, qui décida
Napoléon à faire enlever le pape Pie VII, de peur qu'on ne le prévint et l'on réussit
à faire fuir le pape en Espagne.

avec l'Armée combinée dans les Etats Romains; mais pendant le cours de ses délibérations le colonel Bunbury, chef de son Etat Major avec lequel je m'étais plus particulièrement lié pendant mon séjour à Messine, a demandé la démission de son employ et quitté l'armée pour retourner en Angleterre; on dit, qu'il espère en revenir avec de nouvelles instructions et un chef plus entreprenant. En attendant son départ a diminué mes moyens de rapports indirects avec le général Stuart: les directs, ainsi que j'ai eu l'honneur de le mander à Votre Altesse Impériale dans mon dernier rapport du 2 juillet, étaient devenus assez faibles depuis la retraite de nos Armées, cependant (et peut-être même à cause du départ du dit Colonel) l'expédition sur les Etats Romains était résolue et fixée. Le 21 juillet 4000 hommes de troupes Anglaises sous le commandement du Lieutenant général Lord Forbes (1), étaient embarquées pour y commencer les opérations, lorsque le 22 au matin le général Stuart et l'amiral Martin vinrent chez Son Altesse Royale le Prince Léopold apporter un *extrait* de lettre de l'amiral Lord Collingwood, par lequel il annonçait que la flotte ennemie de Toulon semblait se disposer à mettre à la voile, et que si un coup de vent l'écartait de sa station devant ce Port, il était à craindre que la dite flotte ne prit des troupes à bord et se dirigeat sur le point où serait l'Armée combinée ou sur la Sicile. Cette notion qui ne fut au reste communiquée au Prince Léopold que par un *extrait* de lettre, se trouva être simultanée à la réception d'un Moniteur de Naples du 19 juillet, qui annonçait sous le titre de *nouvelle officielle*, que Bonaparte avait passé le Danube les jours 5 et 6 juillet, et détruit l'armée Impériale. Cette soi disante nouvelle officielle ne portait d'ailleurs aucune indication précise de lieux, ni autres détails qui pût lui donner un caractère authentique, mais elle produit néanmoins l'effet ordinaire, et le général Stuart annonça à Son Altesse Royale qu'il allait désarmer et abandonner les Iles pour retourner en Sicile avec l'armée combinée. Le Prince ne voulant point être le témoin de l'abandon des sujets de Son Auguste Père lesquels lui avaient donné beaucoup de témoignages d'attachement, est parti le lendemain 23 pour la Sicile, où je l'ai accompagné et où l'on a bientôt appris, que l'armée combinée avait quitté les Iles le 25 courant.

Cet état des choses et la mésintelligence malheureusement établie entre cette Cour et le général Stuart, m'enlevant tout espoir qu'une nouvelle expédition puisse être combinée d'ici, je me suis déterminé du consentement de cette Cour à me rendre en Sardaigne, dont Sa Majesté le Roi est en correspondance avec le général Stuart, et me semble avoir du crédit sur lui; j'ai été décidé à faire encore cette tentative par le contenu de la der-

---

(1) Lord James Ochoncar Forbes (1765-1843) dix-septième baron de sa race, l'une des plus anciennes de l'Ecosse septentrionale, était entré dans l'armée dès le 13 juin 1781 et avait fait une brillante carrière dans les Flandres et dans la Hollande. Nommé lieutenant général en 1808, il eut le commandement en second de troupes anglaises de la Méditerranée. Il était depuis 1806 pair représentatif d'Ecosse dans la chambre des lords (LESLIE STEPHEN, *Dictionary of national biography*, cit., vol. XIX).

nière dépêche de Monsieur le Commandeur Ruffo en date du 12 juin qui renferme un extrait de lettre de Son Excellence Monsieur le Comte de Stadion par laquelle il résulterait que Son Excellence continue à considérer une diversion opérée en Italie, comme utile, et où il en démontre en même temps la possibilité d'une manière évidente. Les dernières nouvelles de Messine parlent de la prochaine arrivée d'un renfort de 5000 hommes de troupes Anglaises; si cet fait est vrai, probablement ce renfort serait accompagné de nouvelles instructions pour le général Stuart, qui jointes aux démarches, que je crois obtenir du Roi de Sardaigne, pourraient peut-être déterminer ce Général à recommencer ses opérations, ou au moins à prêter quelques troupes à la dite Majesté; jusqu'ici, quoique je n'eusse pas de lettres officielles pour les Autorités Anglaises, j'ai principalement cherché à obtenir la coopération des forces Britanniques, parce qu'elles sont sans comparaison supérieures à celles des Cours de Sicile et Sardaigne, d'ailleurs en Sicile il n'y a personne pour commander en chef une expédition, et en Sardaigne il n'y a presque pas de troupes, la seule combinaison possible aurait donc été que cette Cour confie le Commandement de ses troupes au Roi de Sardaigne, mais ainsi que Votre Altesse Impériale daignera le juger, cette combinaison était sujette à des grandes difficultés, dont une des principales est que chacune des deux Cours voudrait que les opérations commencent *dans* ou *à portée* de ses anciens états. Cependant Sa Majesté la Reine, qui s'intéresse principalement aux succès de nos armes, ne me semble actuellement pas éloignée de chercher à faire adopter cette résolution, mais si elle n'a pas lieu, et que le général Stuart persiste à ne vouloir laisser agir aucune partie de ses troupes sur le Continent, alors tout espoir d'obtenir une diversion de ces côtés étant perdu, ou soumis à des chances, dont je ne puis prévoir l'époque, j'ose espérer que Votre Altesse Impériale daignera ne point désapprouver, que je me rende de nouveau auprès de son auguste Personne, pour y recevoir les ordres, dont Elle daignerait m'honorer et chercher l'occasion de prendre une part plus active aux événements journaliers de la guerre.

J'ai l'honneur de mettre nouvellement à ses pieds l'hommage du très profond respect avec lequel j'ai celui d'être

De Votre Altesse Impériale
LA TOUR.

P. S. — Je viens d'apprendre avec le plus grand regret, que mon rapport du 2 juillet est encore à *Messine,* et qu'en général ceux, que j'ai eu l'honneur d'adresser au quartier général de Votre Altesse Impériale ont été tous extrêmement retardés. La négligence des Consuls Impériaux en Sicile ne me laisse aucun autre moyen de correspondance que ceux, que veut bien me fournir cette Cour, dont l'expédition des courriers est toujours successivement arrêtée par des circostances accidentelles. J'ose donc supplier Votre Altesse Impériale de ne point m'imputer ces retards. Je n'ai encore aucunes nouvelles du Capitaine Bertina, et je présume le trouver à Cagliari où l'on attend des nouvelles d'Angleterre relatives à la situation du moment.

Palerme, ce 31 juillet 1809 ».

Le Comte de La Tour au Comte de Stadion.

« Palerme, ce 31 juillet 1809.

Excellence!

Comptant sur l'extrême bonté et indulgence de Votre Excellence, et pressé par les approches de mon départ pour Cagliari, j'ose espérer, qu'Elle daignera ne point désapprouver la liberté que je prends en ayant l'honneur de lui adresser copie de mon rapport de ce jour à Son Altesse Impériale l'Archiduc Jean qui contient un exposé de la situation des choses ici relativement à la diversion qui fait le but de ma mission. Je me bornerai donc à avoir l'honneur d'observer à Votre Excellence que le caractère irrésolu qu'a montré le général Stuart depuis qu'il a le commandement en chef, me laisse très peu d'espoir qu'il se détermine à agir, et qu'il est même à craindre qu'un sentiment de jalousie ne le porte à entraver les opérations que l'on voudrait tenter sans son concours. Cependant les griefs qu'il juge avoir contre cette Cour peuvent peut-être le disposer à favoriser le Roi de Sardaigne, et cet espoir est un des motifs qui m'engagent à passer en Sardaigne : mais un ordre de la Cour de Londres, ou l'envoi d'un nouveau chef seraient sûrement plus efficaces que toutes mes sollicitations. La réunion des troupes Siciliennes et Sardes, dont j'énonce un demi-espoir dans mon rapport, serait le seul moyen d'essayer de suppléer à l'inaction du Général Anglais. Elle procurerait donc un avantage militaire, et il ne me paraît point que dans les circonstances actuelles elle puisse avoir un inconvénient politique — au reste tous les rapports que l'on a de l'Italie donnent presque l'assurance qu'il suffirait d'y porter quelques forces militaires pour y produire une effervescence nuisible à l'ennemi. Le Nord de cette Contrée est entièrement dégarni et il suffirait d'y paraître; cela rend notre inaction vraiment désespérante.

La lettre du commandeur Ruffo du 12 juin et l'exposé du 6 juin, que le Baron de Cresceri vient de recevoir, sont les seules nouvelles officielles venues des états héréditaires.

Le calme et la sagacité remarquable de l'exposé du 6 juin sont du meilleur augure pour l'heureux succès définitif de la juste, et on peut dire sainte guerre, que soutient Sa Majesté Impériale.

Je viens d'avoir le regret d'apprendre que l'expédition des rapports que j'ai eu successivement l'honneur d'adresser à Votre Excellence à été fort retardée; ayant l'expérience de l'inexactitude de nos Consuls en Sicile, j'ai dû me borner à profiter des Courriers expediés par la Cour, dont le départ annoncé a ensuite toujours été suspendu par des circonstances accidentelles. J'ose supplier Votre Excellence de ne point imputer ces retards à manque de zèle de ma part; après avoir malheureusement perdu les brillantes occasions militaires, qu'ont offert les rives du Danube et de la Piave, il ne peut plus exister qu'un seul dédommagement pour moi, celui de remplir la tâche qu' Elle a daigné me confier et de mériter ainsi son approbation, je m' en occupe continuellement et j'espère, que les rapports, que Votre Excellence peut recevoir d'ailleurs seront mes garants auprès d'Elle à ce sujet. Votre Excellence ayant daigné me parler à Vienne du Monsieur *Assereto,* je lui ai donné dans le temps des lettres pour la Sardaigne, et afin que son voyage de ces côtés ne fût pas entièrement inutile pour lui, j'ai contribué à lui faire obtenir par Sa Majesté la Reine de Sicile la croix de Malthe de dévotion qu'il désirait, actuellement il retourne dans nos états, et je crois devoir dire à Votre Excellence que je crains que ses qualités personnelles et la trempe de son caractère ne le rendent toujours inutile au service et peut-être nuisible pour les individus qui se trouveront en rapport avec lui.

J'ose profiter de cette circonstance pour me recommander nouvellement aux bontés et à la haute protection de Votre Excellence, et pour la supplier d'agréer l'expression des voeux, que je forme pour sa prospérité; ils sont inséparables de ceux, que je dois à la Monarchie. C'est avec ce sentiment et celui de la plus respectueuse considération, que j'ai l'honneur d'être

le très humble et très obéissant serviteur

de Votre Excellence

LA TOUR.

Lieutenant Colonel.

Palerme, ce 31 juillet 1809 ».

Pendant son court séjour à Palerme et même une fois parti pour la Sardaigne La Tour continua sa correspondance avec la Reine toujours aigrie contre Stuart, et finalement démontée par l'annonce de l'armistice.

« Je me flatte dans la journée pouvoir vous parler tout au long sur la malheureuse et honteuse campagne terminée avec si peu d'honneur, ce qui me fait une peine extrême. Je vous envoie, pour vous orienter un peu, la lettre de Ruffo à Circello. La mienne, comme aussi les lettres des Consuls Giustini et Ladvese, qui vont jusqu'au 27, sont aussi en noir. En tout il faut souhaiter des nouvelles ultérieures pour nous tranquilliser; enfin tout cela est bien malheureux et je le sens profondément. Adieu, croyez moi avec bien de l'estime, votre reconnaissante

Archives de La Tour.
Orio. - I, 77 *a*.

CHARLOTTE.

25 juillet 1809 ».

Archives de La Tour.
Orio. – I, 77 ^b.

« Je vous envoie des papiers qui me sont venus de Messine, je désire qu'il soient vrais, mais j'ai l'âme si noire et le coeur si navré que je n'ose me flatter de rien. Vous me renverrez ces papiers après en avoir pris lecture et contez sur la sincère estime, confiance et reconnaissance de votre affectionnée

CHARLOTTE.

27 juillet 1809 ».

Archives de La Tour.
Orio. – I, 77 ^c.

« Je ne vous ai point vu hier pour concerter avec vous sur ce qu'il faut faire et décider pour aujourd'hui. Entre temps je vous envoie une des multiples lettres reçues hier et ce matin, on parle de rembarquement de Stuard ; tout ceci a besoin de discussion avec votre sage et bonne tête, et croyez moi avec bien de l'estime votre affectionnée et reconnaissante

CHARLOTTE.

2 aoust 1809 ».

Archives de La Tour.
Orio. – I, 80 ^a.

« Je vous envoie encore quatre lettres pour la Sardaigne, et profite avec empressement de cette occasion pour vous souhaiter un heureux et prompt voyage et que tout marche selon vos honnêtes désirs. Permettez que je vous assure de nouveau de la parfaite confiance et sincère estime que vous m'avez inspiré et qui durera autant que la vie de votre reconnaissante

CHARLOTTE.

4 août 1809.

Veuillez bien faire mes compliments à vos compatriotes ».

Archives de La Tour.
Orio. – I, 80 ^b.

« Fidèle à mes promesses je vous envoie le billet que je reçois dans ce moment du 26 de Messine, il faut espérer que nous en recevrons une autre, celle-ci n'étant pas la réponse à notre demande. Si elle vient de même vous pourriez écrire et donner votre note que nous enverrons pour pousser le *flutuant* Stuard à une décision, mais en bien examinant le billet je crois qu'il veuille, non les faire débarquer, mais conduire autre part ; enfin nous verrons, il est dur de dépendre des autres dans ces occasions, renvoyez ou reportez moi les deux billets que je dois envoyer au Roi et croyez moi avec bien de l'estime

[CHARLOTTE] ».

Archives de La Tour.
Orio. – I, 82.

« C'est avec la plus profonde peine que je vous écris cette lettre et je le fais uniquement pour vous tenir la parole, que je vous ai donnée de ne vous rien laisser ignorer, je vous envoie de bien tristes papiers ; le Bulletin 25, 26 et 27, mais surtout le fatal, malheureux armistice, et plusieurs fragments de gazettes, tout ceci est imprimé, mais comme je ne l'ai qu'une fois je ne puis les envoyer ; mais vous en envoie l'exacte désolante copie, je n'ai pas le courage d'en donner les mêmes détails à la famille, en Sardaigne, et ne parlerai qu'en gros de ce malheur, mais vous pouvez bien croire que je suis atterrée, accablée de ce malheureux armistice, que j'ai toujours craint et qui amènera la plus désastreuse des paix, je sens bien ce qui nous en arrivera, en tous les sens, mais il faut se plier à son sort, et se consoler de ne point l'avoir mérité. Je suis seulement peinée et affligée de celle que je vous causerai par ces nouvelles, pour moi je suis inconsolable, humiliée, et vois quels seront mes nouveaux devoirs, pour au moins conserver la Sicile, même comme simple Nabab ce qui vaut toujours mieux que rien. Adieu, conservez votre santé pour voir encore des temps plus heureux, croyez que je suis peinée autant de votre douleur, que du malheur très grand de la chose. Conservez vous, j'espère bientôt vous revoir chez nous, et puiser dans votre sage conversation, réflexions, un à plomb de bien comprendre le présent et le futur, qui nous menace. Adieu, croyez moi avec bien de l'estime, considération et confiance

    Votre bien affectionnée

CHARLOTTE.

Palerme, le 8 aoust 1809 ».

« J'ai reçu par un bâtiment et plusieurs passagers venus de Ponza, la confirmation, mais en confus sans parler de conditions, je vous envoie mes gazettes et mes bulletins ; vous me ferez le plaisir de me les reporter ce soir au moins les écrits les ayant à peine parcourus ; je vais sortir pour chercher une maison pour le rétablissement de mon fils et lui rendre un mauvais service en lui prolongeant la vie. Adieu, croyez que je vous rends bien justice, vous plains et suis votre malheureuse amie pour la vie

CHARLOTTE ».

Archives de La Tour.
Orio. - I, 75.

Aux bruits vagues, recueillis par la Reine dans l'espoir secret de les voir démentis, succédèrent des nouvelles des sources le mieux autorisées, confirmant l'insuccès du grand effort tenté par l'Autriche. Après cela, la communication officielle adressée par le conseiller d'état Hudelist (1) au baron Cresceri, ne pouvait plus exciter une grande surprise.

    « *Monsieur le Baron,*

L'Empereur Napoléon ayant pris le parti de passer le Danube dans les premiers jours de juillet, la plaine du Marchfeld est pour la seconde fois devenue le théâtre d'une des batailles les plus sanglantes de cette campagne. Elle fut entièrement à notre avantage pendant toute la journée du 5 juillet, l'armée française perdit du terrain, et se rapprocha du Danube. Le centre, et l'aile droite remportèrent des avantages encore plus signalés dans la

Archives de La Tour.
Orio. - I, 72.

---

(1) Hudelist mourut en 1818, directeur de la Chancellerie d'état autrichienne (METTERNICH, *Mémoires,* cit., III, p. 128).

journée du 6, mais l'aile gauche n'ayant pas reçu à temps les renforts que devait lui amener de Presbourg Monseigneur l'Archiduc Jean, et l'ennemi s'étant jeté sur cette aile avec une telle supériorité de forces, surtout en cavalerie, qu'il était impossible de résister au choc, elle fut obligée de se replier ce qui entraîna la retraite de l'armée, et l'abandon des avantages remportés sur les autres points (1). On s'est battu dans les journées suivantes jusqu'inclusivement le 12 juillet sur la route de Znaim, et le 12 même les deux armées étaient tellement en présence, qu'une nouvelle bataille générale était envisagée comme inévitable, mais si les troupes étaient des deux côtés également harassées, Napoléon avait pour lui sur ce point vingt mille hommes de plus, et Monseigneur l'Archiduc crut n'avoir pas d'autre moyen pour en sortir, que la conclusion d'un armistice qui fut signé le même jour, et dont vous connaissez sans doute déjà la teneur ; puisqu'il a été répandu avec le plus grand empressement, et inséré dans toutes les gazettes.

Sa Majesté l'Empereur avait quitté l'armée le 9 juillet pour passer en Hongrie (2). Son intention était de se mettre à la tête de l'insurrection rassemblée près de Comorn, d'actirer par sa présence les ressources immenses que ce Royaume offre pour la continuation de la guerre, et d'agir offensivement sur la rive droite du Danube en même temps, que Monseigneur l'Archiduc occuperait l'armée française sur la rive opposée. Ce n'est que le 15, qu'elle apprit à Comorn les conditions de l'armistice le plus incroyable pour le fond comme pour la forme, et que Monseigneur l'Archiduc sans en attendre la ratification, s'était hâté de faire prendre à son armée des cantonnements assez étendus.

Les avant-postes annoncèrent en même temps, que Napoléon, après avoir laissé des garnisons à Brünn, et à Presbourg, avait repassé avec son armée le Danube, pour être en mesure de tomber sur l'insurrection, et sur les corps rassemblés près de Comorn au cas, que sa Majesté n'aurait pas sanctionné l'armistice : *on fit comprendre d'un autre côté, qu'on ne serait pas éloigné de se prêter à un arrangement.* L'Empereur, qui n'avait fait la guerre, que pour procurer à ses fidèles sujets les bienfaits d'une paix solide, et durable, crut dans les circonstances, où il se trouva, ne pouvoir pas se refuser à cette ouverture, et il se décida par conséquent, à profiter de l'armistice pour entrer en pourparlers, dont le résultat devait lui faire connaître les véritables intentions de l'ennemi.

---

(1) On trouvera un récit de cette grande bataille qui se déroula le 6 juillet dans les plaines de Wagram dans les *Souvenirs* cités de Charles Parquin, pp. 179 et suivantes de l'édition Savine. Ce fut Oudinot qui eut les honneurs de la journée et y gagna le bâton de maréchal (Gaston Stiegler, *Le maréchal Oudinot d'après les souvenirs de la maréchale,* Paris). Sur le lendemain de Wagram voir Oberstlt Bucher, *Erlebnisse aus dem Jahre 1809* dans la *Miscellanea Napoleonica* du Bar. A. Lumbroso, Rome, 1895, I.

(2) Ce voyage est retracé dans les *Mémoires* de Metternich (t. I, p. 85), qui accompagna l'empereur. Il était déjà ministre des affaires étrangères *in pectore,* depuis le 8 juillet.

Sa Majesté n'a rien négligé pour faire appuyer par des armées nombreuses, et prêtes à agir, la négociation, qui doit avoir lieu, et elle a ordonné, que bien loin de ralentir les préparatifs guerriers, on les pousse avec une ardeur redoublée, sur tout pour ce qui concerne la formation, et l'organisation d'une nouvelle grande armée en Hongrie, dont sa Majesté s'est réservé le commandement à elle même en personne. L'Empereur est très décidé à ne pas donner la main à des conditions, qui seraient incompatibles avec l'indépendance, et la sûreté future de la monarchie : et comme ses fidèles sujets savent apprécier ce premier de tous les biens, et que par conséquent sa Majesté peut compter avec confiance sur leur appui, comme sur leur affection, et sur le dévouement sans bornes, qu'ils ne cessent de manifester d'une manière qui fera époque dans les annales de l'Autriche, elle attendra avec calme le développement d'une crise, *qui au point, où en sont les choses, ne saurait se prolonger.*

C'est dans ce sens, que vous voudrez bien vous expliquer, Monsieur, si jamais les derniers événements avaient été représentés là, où vous êtes, sous un autre point de vue, en ajoutant, que sa Majesté se flatte d'avoir acquis, le droit d'être jugée par des puissances amies et alliées avec impartialité, et avec les égards nécessaires à la position difficile, dans laquelle par une complication bien pénible de circonstances extraordinaires elle s'est trouvée. Forte de la bonté d'une cause, à laquelle sans balancer elle a porté les plus grands sacrifices quelques douloureux qu'ils ayent été à son coeur, elle ne l'est pas moins de la pureté des intentions, qui la guident dans ce moment, et qui lui ont mérité, et qui continueront à lui mériter leurs suffrages.

La coopération active de ces mêmes puissances étant plus que jamais indispensable pour mettre l'Autriche à même de décliner toute proposition tendante à amener, ou à préparer des nouveaux bouleversemens en Europe, vous n'ometrez rien pour nous l'assurer et pour empêcher que l'ennemi ne parvienne à accréditer l'opinion, que tout est terminé, à nous isoler pour nous écraser avec tout le poids de ses forces. Nous venons d'apprendre dans ce moment la nouvelle officielle du débarquement, que des troupes Anglaises commandées par le comte de Chatam (1) ont effectué le 8 de ce mois près de Rutzebuttel après avoir repoussé les français qui se présentèrent pour l'empêcher. Cette expédition assez nombreuse en elle même est composée en grande partie de régiments Ecossais, et elle pourra avoir des suites sérieuses

---

(1) John Pitt (1776-1835), second comte de Chatham, fils ainé de William Pitt l'ainé et frère du grand ministre, avait collaboré avec ce dernier dans le ministère de juillet 1788 comme premier lord de l'amirauté, lord du sceau privé et « president of the council ». Ces hauts emplois ne l'empêchèrent nullement de continuer sa carrière dans l'armée et de se battre de temps à autre contre les français. Si haut personnage qu'il fut, Chatham se montra tout à fait inférieur à sa tâche dans l'expédition de Flandre, car il perdit son temps à faire le siège de Flessingue lorsqu'un coup de main aurait pu lui livrer Anvers. Sa réputation sombra dans cet insuccès.

à cause de la grande fermentation des esprits qui règne dans tout le nord de l'Allemagne en servant de point d'appui aux nombreux mécontents.

J'ai l'honneur d'être avec une considération distinguée, Monsieur le Baron, votre très humble et très obéissant

en absence de S. E. Mons. le Ministre des affaires étrangères

HUDELIST.

Pest, ce 22 juillet 1809.

A M. le Baron DE CRESCERI *à Palerme* ».

L'on peut se figurer quand même l'abattement où était plongée la Reine à laquelle venaient à manquer, les uns après les autres, tous les éléments pour une appréciation de la situation générale plus conforme à ses désirs constants.

Archives de La Tour.
Orio. - I, 83.

« C'est avec une bien vive peine, que je vous expédie Ghiloni avec l'unique lettre que j'ai reçue pour vous ; l'*Eolo* est arrivé à Messine en 6 jours de Fiume ; il nous a apporté que quatre seules lettres. Je vous ai fait copier celles de Sa Majesté l'Empereur et de l'Archiduc Jean, tant pour moi que par lui écrites à Léopold. J'ai de plus reçu une lettre de Giustini, et une de Ladvese et peu de lignes de ce pauvre Géramb (1) auquel on a tant fait de tort, et qui se retrouve plein de zèle et malheureux enthousiasme près de l'Empereur à Comorn. Je vous envoie trois copies, deux lettres originales, qui est tout ce que je possède, n'ayant pas reçu, ni une gazette ni un bulletin. L'Impératrice avec les aînés de mes petits enfants étant à Erlau et Ruffo à Catschau, ainsi n'ont pu écrire. Sa Majesté l'Empereur me renvoye à Cresceri, par lequel j'apprendrai tout, mais jusqu'à ce moment trente heures après l'arrivée de Rodinò, Cresceri n'a reçu aucune lettre, ni ordre ; il faudra voir en après ; je vous inclue aussi ici l'unique lettre que Rodinò m'a apporté pour vous. J'aurais envoyé le même Rodinò pour vous informer verbalement de tout, s'étant trouvé plusieurs semaines au quartier général de l'Archiduc Jean, mais j'ai ensuite préféré de vous envoyer Ghiloni selon que vous me l'aviez demandé. Je comte réexpédier l'*Eolo* les derniers jours de ce mois, pour qu'il retourne avant l'équinoxe et si jamais d'autres nou-

---

(1) Le baron Léopold de Géramb (1775-1845) s'était couvert de gloire dans l'armée de l'archiduc Jean, où il gagna la croix de M. Thérèse et La Tour pouvait le considérer comme son camarade ; mais il est plus probable que la reine ait voulu parler du frère ainé, le célèbre baron Ferdinand (1772-1848). Homme de lettres, artiste, spadassin, philantrope, il fut l'un des hommes les plus réprésentatifs de cette époque extraordinaire. Ferdinand était très connu en Sicile, où il avait eu un fameux duel sur l'Etna et la protection de la fille de Caroline, femme de l'empereur d'Autriche, l'avait sauvé des suites de son extravagance. Après cette guerre de 1809, où il se battit courageusement à Wagram, Géramb se rendit à Cadix, où il leva un régiment pour faire la petite guerre contre les Français, puis en Angleterre, où il finit par se barricader dans une maison pour éviter la prison pour dettes. Expulsé de l'île, il tomba dans les mains de Napoléon, qui le garda prisonnier dans une forteresse. Délivré en 1814, il se fit trappiste et devint général de son ordre (WURZBACH, Oeuv. cit., t. V).

velles pour vous m'arriveront, je vous expédirois ou Cavera ou un courrier, ce dont seulement, je vous prie c'est de me rendre les deux lettres, et trois copies, que par entière confiance je vous envoie, ne voulant point avoir le malheur de compromettre personne. Après vous avoir dit les choses, permettez que je vous exprime ma très profonde douleur, pour ce qui est avenu, et malheureusement arrivera encore : je m'attends à une paix désastreu ou peut être en ôtant encore la Galicie, Pologne, Napoléon faisant sonner bien haut sa généreuse clémence, accordera à sa Majesté l'Empereur la désastreuse paix de Presbourg ; je me tais sur l'opinion ; ce qui est sûr, et on le voit même qu'aucune complète désastreuse bataille a donné lieu à cet événement. L'aile gauche de l'Archiduc généralissime commandé de ce chef par le Prince Rosemberg (1), a été forcée ; les français ont perdus plus d'hommes, canons et reçu plus de mal des Autrichiens ; c'est pour cela que cet armistice, avec de pareilles conditions, est inconcevable, et désolant, puisqu'il entoure l'Empereur de tous les côtés. Je le plains du fond de mon coeur, et les honnêtes gens avec lui. La troupe s'est battue comme des héros ; le résultat n'en est pas moins malheureux. J'oublie de coeur, aimant trop ma malheureuse Patrie, mes propres malheurs et maux et ne m'occupe que des autres. Votre Oncle Belgarde se porte bien, a l'estime et l'opinion générale et chacun désirerait le voir près de Charles, au lieu du général Wimpfen et Chatelair (2) au lieu de Nugent ; on ne nomme que le général Vuckasowitz de mort (3), Norman Rohan rien d'autre au moins Rodinò m'a nommé ; l'Archiduc Charles est à Budwais, l'Empereur à Comorn ; Jean à Galzathurn ; cela est bien *divisé*, je crois les *opinions* et *sentiments de même* : tout cela est bien triste et augmente les avantages du trop heureux corse ; nous devons en peu de temps apprendre ou l'armistice prolongé ou la paix conclûe, ou de nouveaux mouvements ; tout est pour moi d'une mortelle assommante tristesse. J'aurais eu bien besoin dans ces cruellement tristes moments de vous avoir près de nous pour parler, combiner et voir quelles sont vos idées pour nous ; nous n'avons aucun choix servitude ou anéantissement total ; voilà notre cruelle alternative ; jamais je n'ai été aussi *demüthig*, comme je le suis actuellement ; donnez moi vos nouvelles, je compte sûrement vous revoir pour vous assurer que je suis, et serai toute ma vie, quelconques soient les événements, qui encore m'accableront, que je serai toujours avec bien de l'estime et reconnaissance votre affectionnée

CHARLOTTE.

Le 14 aoust 1809.

---

(1) Le prince François Orsini-Rosenberg (1761-1832) était un excellent général de cavalerie. Il écrivit l'histoire de cette campagne de 1809.

(2) La reine veut parler certainement du général marquis Jean Gabriel de Chasteler-Couscelles (1763-1825), déjà renommé par sa grande bravoure et l'un des organisateurs, avec Hormayr, de la prise d'armes des Tyroliens contre les Français et les Bavarois.

(3) En effet le général croate Joseph Vukassovic (né en 1755), célèbre pour ses hauts exploits dans les guerres contre les Turcs et les Français, mourut des suites d'une blessure reçue à Wagram.

P. S. — Je vous envoie encore un article du Moniteur reçu aujourd'hui, qui serait affreux en voyant Prague aussi dans l'armistice; je veux encore me flatter que cela ne soit pas vrai, on dit aussi que l'on a séquestré tous les biens des Russes; enfin il y a eu toute une cruelle obscurité, cruelle pour qui a un si vif intérêt comme nous avons, et qui sommes déjà assez peinés de la certitude de ce que nous savons.

Adieu, ménagez votre santé et croyez que je suis bien peinée de votre peine étant avec bien de l'estime et confiance en votre digne personne.

[CHARLOTTE].

Archives de La Tour.
Orio. - I, 85.

« Je profite de cette occasion, pour vous écrire de nouveau, et vous envoyer copie de la dépêche, que Cresceri a reçue : j'ai souligné les passages les plus frappants, et marquants, et il y a vraiment des choses inconcevables, et très malheureuses, comme l'armistice exécuté avant la ratification du Souverain ; j'avoue, je m'attends chaque jour au courrier, porteur de la triste paix. Je plains l'Empereur, et cela du fond de mon âme ; tant de bravoures d'honnêtes gens, victimes, et tout en vain, par pusillanimité, séduction, ou fatalité.

Je vis donc dans cette cruelle agonie, qui nous empêche à toutes les résolutions, et nous attendons la décision de notre sort, et de celui de l'Europe d'une heure à l'autre. Je vous envoie aussi une copie des nouvelles qu'a mandées le ministre d'Angleterre à Milord Amherst de Bude; le ministre d'Espagne a écrit de même au père Gill; tout ceci est pour moi inconcevable; de Ruffo nous n'avons encore rien, depuis l'armistice; mais je vois avec grande peine dans le Moniteur du 12 août : il est dit article de Vienne du 23 juillet entre beaucoup d'autres choses il dit : *Si assicura generalmente che il conte di Stadion si è ritirato dal ministero degli affari stranieri* (1). Ceci, je vous l'avoue, m'a fort allarmée, et peinée ; enfin nous sommes dans des cruelles attentes, et véritables anxiétés. Chez nous le commandant de la frégate l'Alceste qui croisait avant Ischia, alla à Ponza demander nos bâtiments pour aller le 15 août, jour du détestable Buonaparte, fêter sa fête dans la baye de Naples; nos bâtiments, c'est à dire deux frégates, une corvette galéote, et 17 chaloupes canonnières, partirent d'abord et le Prince de Canosa (2) avec cent hommes de la troupe de Ponza descendit

---

(1) Dans les papiers de M. de La Tour se trouve un extrait du Moniteur à côté d'une petite feuille où la Reine précisait le contenu de l'envoi :

« Ma lettre — copie de la triste dépêche de Cresceri du 22 juillet — extrait de la lettre de Bude du 20, de Bathurst, et le ministre Espagnol dit de même.

Gazette du 16 août de Messine — deux articles copie du *Moniteur*, copie de la lettre du commandant Maxwell du 16 août.

Archives de La Tour.
Orio. - I, 73.

Monitore, 12 agosto — *Vienna*, 23 *luglio*.

E' opinione generale che, per gravi che siano le condizioni alle quali l'Imperatore Napoleone accorderà la pace, il governo austriaco vi si sottometterà. Si assicura generalmente, che il conte di Stadion si è ritirato dal ministero degli affari stranieri ».

(2) Antoine Capece Minutolo (1763-1838) prince de Canosa, qui, rebuté par la Cour des Bourbons comme exalté, se fixera à Modène. Sur les polémiques de Canosa avec le Général Colletta, on peut voir GIUSEPPE OXILIA, *La moralità di Pietro Colletta*, Fi-

à Ischia, et y mit le pavillon du Roi au grand contentement des habitants. La petite Escadre alla le 15 dans la baye de Naples et y trouva une frégate, corvette, 17 chaloupes canonnières, et 70 petits bâtiments nommées paranzelli avec un canon; le combat commença sous le feu des Châteaux, et du quadruple de force de l'ennemi, et les nôtres les mirent en totale déroute en coulèrent bas quatre, firent échouer 6, et les autres avec la frégate et corvette s'enfuirent dans le môle; nous avons des relations sûres, qu'il n'existe en tout que dix à douze mille hommes de troupes en tout à Naples: toutes les provinces sont en insurrection, et malgré la jactance des moniteurs, on voit par leurs mêmes gazettes, que toutes les provinces fermentent, et nous en avons les assurances les plus positives; tout cela augmente notre peine et chagrin, de ne pouvoir aller délivrer les fidèles sujets; enfin nous avons bien de la peine, et je suis bien peinée de celle que je suis sûre vous éprouverez. J'espère, que Ghiloni sera heureusement arrivé; de Bertina nous n'avons aucune nouvelle.

Adieu, mon bien estimable La Tour, j'attends avec impatience vos nouvelles, et aurais bien désiré dans ces cruels moments profiter de vos honnêtes, sages, bons conseils, et croyez moi pour la vie, quelconque soit notre réciproque sort, votre reconnaissante et sincère amie

CHARLOTTE.

Le 23 août 1809 ».

Ce n'était pas seulement la Reine Caroline qui écrivait de Palerme à monsieur de La Tour des lettres éplorées; dans un ton plus calme son gendre le Duc d'Orléans (1), avec lequel monsieur de La Tour venait de nouer des relations assez intimes, n'envisageait pas les choses sous un aspect sensiblement meilleur.

« *Palerme, ce 15 août 1809.*

Vous trouverez cette lettre-ci, mon cher Comte, bien différente de celles que je me flattais d'avoir à vous écrire lors de votre départ! Depuis ce moment, nous n'avons plus reçû que des nouvelles désastreuses, et je crains fort que nous ne devions nous préparer à recevoir celle qui serait encore plus désastreuse, la nouvelle de la paix. Cependant elle n'est pas faite, et tant qu'elle n'est pas faite, on peut et on doit se flatter qu'elle ne se fera pas. On le doit même quand on n'en a comme moi qu'une espérance bien faible, par ce que c'est surtout dans l'adversité où il importe de soutenir les espérances des hommes. Il n'y a plus rien à faire quand ils croyent qu'il

Archives de La Tour.
Orio. - I, 84.

---

renze, 1902, pp. 25 et suiv., et, pour les rapports de Canosa avec le roi Ferdinand II de Naples et son ministre Del Carretto, NICCOLA NISCO, *Ferdinando ed il suo regno*, Napoli, 1884, I. Cfr. aussi *I pifferi di montagna ossia cenno estemporaneo di un cittadino imparziale sulla congiura del principe di Canosa e sopra i Carbonari*, Dublino, 1821.

(1) Louis Philippe, duc d'Orléans, était alors à Palerme. Voir à la page 116.

n'y a *réellement plus rien à faire,* et moi j'ai été constamment et je suis encore du nombre de ceux qui croyent qu'il y a *toujours à faire,* que l'Empire de Buonaparte ne peut jamais jouir de la paix, ni en laisser jouir les autres, qu'il ne peut se soutenir à l'avenir que par les mêmes moyens par lesquels il s'est soutenu jusqu' à présent, par des entreprises nouvelles qui se succèdent sans interruption, et dont chacune présente des chances pour son renversement.

Si on pouvait ne juger que par la situation politique et militaire des deux Armées, par leurs forces respectives et par les moyens de défense et d'attaque qu'elles possèdent, on devrait regarder la paix comme hors de la question, mais en raisonnant sur l'état des choses, sur ce qui vient de se faire, sur la disposition de certains esprits, je ne me flatte guère qu'on se décide à recommencer la guerre. On est perdu dès qu'on commence à négocier avec Buonaparte, surtout quand il a battu et que cependant on conserve des forces qui sont probablement supérieures aux siennes ou au moins assez considérables pour lui donner de l'inquiétude. Il sait alors parfaitement évaluer le dégré de crainte qu'il inspire, il sait menacer et caresser à la fois, il voit l'étendue de ce qu'il peut obtenir, et finit par l'arracher. Voilà ce que je crains, mon cher Comte. L'armistice m'a beaucoup plus alarmé que la bataille de Wagram, parce que cela pouvait être un commencement de négociation, mais j'espérais encore que c'était un *armistice de guerre,* et non un *armistice de paix,* et quoique je croye qu'un armistice après une bataille est nécessairement désavantageux pour celle des deux Armées qui a eu le dessous, néanmoins les conditions de cet armistice ne me paraissaient pas de nature à nous faire craindre qu'on n'eut pas l'intention de continuer la guerre et de reprendre les hostilités dès qu'on aurait tiré à soi les renforts qu'on pouvait certainement espérer, et dont il ne paraît pas que Buonaparté pût se flatter. Je vous avoue que d'après ce qu'on nous dit de la force des deux armées, et des moyens qui restent à l'Autriche, je ne conçois pas comment elle négocie, et encore moins comme nous avons autant de raisons de craindre la paix. Il faut bien cependant se rendre à l'évidence, mais tant qu'elle ne sera pas faite, je conserverai quelque espérance qu'elle ne se fera pas.

Une circonstance qui me donne bien des regrets, et qui ne vous en donnera pas moins qu'à moi, c'est que aussitôt que l'armistice a été signé Buonaparte a renvoyé Beauharnais avec 25.000 hommes en Italie, tant pour la garantir contre nous, hélas!!... que pour y apaiser des troubles qui, dit on, y avaient éclatés. On dit (mais je n'attache aucune confiance à ce bruit) que Murat est parti pour Rome pour y apaiser des mouvements populaires. Ici il y a toujours le même désir, la même volonté d'agir et d'agir dans le sens que vous connaissez. Mais les nouvelles d'Autriche nous entravent absolûment.

Le général Stuart m'ayant écrit, il y a quelques jours, je profitais de l'occasion pour lui suggérer dans ma réponse de faire une entreprise sur l'île d'Elbe, l'assurant, ce que vous savez aussi bien que moi, que cette

Cour-ci y consentirait, et tâchant de lui faire sentir, combien cette conquête serait importante dans toutes les hypothèses. Je ne crois pas pourtant qu'il se détermine à l'entreprendre, et il me semble que nous sommes dévoués à l'inaction, à moins que l'Autriche ne recommence les hostilités. Cela nous remet nécessairement à la mauvaise saison, ce qui selon moi, ne devrait décidément pas nous arrêter, mais je vous avoue que je crois que cela nous remet aux Calendes Grecques! Je ne vous parle pas des regrets amers et de la douleur que tout ceci me cause, parce que je sais que les vôtres ne le cèdent pas aux miens.

Il reste à l'Empereur une armée plus nombreuse que celle que lui oppose Buonaparte. Qu'en fera-t-il en cas de paix? Je ne puis croire qu'il se soumette à la débander, et d'un autre côté, je crains qu'il ne puisse pas l'entretenir. L'existence de cette armée est donc une raison de plus pour moi d'espérer que même quand la paix se ferait, elle ne pourrait pas être de longue durée. On dit que Buonaparte exige la cession des deux Gallicies (ce que j'ai toujours pensé), qu'il veut rétablir le Royaume de Pologne *en totalité,* et que pour achever de rendre cette mesure agréable à ses Alliés de toutes les Russies, il propose à l'Autriche une Alliance offensive et défensive pour en maintenir l'intégrité (1)!!...

Il y a dans tout cela tant de germes de guerre, tant de revirements politiques que si d'un côté on perd l'espérance, on la retrouve de l'autre, et on voudrait que nous désespérions? Non, sans doute. Nous n'avons que trop de raison d'être profondément affligés, nous n'en avons point de désespérer.

Il me semble toujours de la plus grande importance de bien lier ici notre partie à tout événement, car il s'en présentera nécessairement qu'on manquera, si tout n'est pas mieux concerté que cela ne l'était cet été, mais dont on pourra tirer parti, si on se met en mesure de les attendre. J'espère donc toujours, mon cher Comte, que j'aurai le plaisir de me trouver quelque jour à la besogne avec vous. J'ai été bien sensible à tout ce que vous m'avez dit à ce sujet. Ce serait pour moi de toutes manières une satisfaction bien véritable. Je suis charmé d'avoir eu l'occasion de vous connaître, et je serai toujours empressé de saisir toutes celles qui pourront s'offrir de vous convaincre de mon estime, de ma considération, et de tous les sentiments que je vous garderai toujours.

LOUIS PHILIPPE D'ORLÉANS.

Il paraît que le Roi de Prusse ne s'était pas déclaré, mais les Anglais (selon les gazettes de Naples) étaient débarqués à la bouche de l'Elbe, l'in-

---

(1) L'existence de la Pologne n'était pas d'ailleurs contraire en elle-même aux traditions politiques du Cabinet de Vienne. Lors du premier partage, Marie Thérèse s'y était laissée entraîner par la grande Catherine et le roi de Prusse, mais seulement à la fin et pour ne pas rester les mains vides (PIERRE DE NOLHAC, *Marie Antoinette Dauphine.* Paris, 1898, ch. IV).

surrection du Hanovre allait sans doute s'effectuer, et soutenue du Landgrave de Hesse et du Duc de Brunswick et des corps autrichiens en Saxe
et en Franconie, elle pouvait avoir des suites bien importantes. Il est remarquable que ces mêmes gazettes après avoir annoncé que Kellermann
marchait de Francfort sur la Hesse, nous annoncent que son Q. Général a
été transféré de Francfort à Mayence et de Mayence à Strasbourg, mais
l'armistice aura glacé tous les peuples !

La Reine est profondément affligée, comme vous pouvez croire, cependant sa grande âme la soutient au de là de ce que j'aurais espéré. Je
crains bien aussi cette terrible secousse pour la Reine de Sardaigne, et que
la santé de S. M. n'en reçoive un échec. Il me tarde bien de savoir comme
Elle l'aura supportée, et je compte sur vous, mon cher Comte, pour me
le mander. Ne désespérons pas, il reviendra sûrement des circonstances et
des occasions favorables. Soyons toujours prêts à en profiter, et elles se
présenteront peut-être plutôt que nous ne pouvons raisonnablement nous
en flatter aujourd'hui ».

D'après le Duc d'Orléans les plus grandes chances étaient en faveur
de cette paix qui devait ôter tout espoir aux ennemis de Napoléon. Au contraire une lettre de Nugent qui parvenait vers ce temps là après un assez
long voyage à Monsieur de La Tour, était encore toute à la guerre.

« Monsieur le Comte,

Je m'empresse d'autant plus à profiter de l'occasion qui se présente
pour vous écrire que les derniers événements ne manqueront pas à être
représentés d'une manière décourageante pour tous ceux qui sont intéressés à la cause de l'humanité. Les nouvelles vous parviendront plus vite
des ennemis que de nous, et les opinions peuvent être biaisées par là.
Notre évacuation de l'Italie ne peut qu'accréditer les faux bruits, et quoique
l'expérience devrait enseigner jusqu'à quel point on peut ajouter foi à
ce que disent les français, cependant nous voyons tous les jours que l'on
ne cesse de s'y laisser tromper.

Napoléon a porté toutes ses forces en Allemagne. Voilà ce qui a engagé notre gouvernement à faire de même. Quelques imparfaites que soyent
les nouvelles que vous avez, vous aurez cependant déjà observé que cette
guerre porte tout à fait un autre caractère que toutes les autres, entre Napoléon et les autres peuples. Vous ne voyez plus de ces armées détruites,
des corps coupés, des victoires faciles, partant la perte des français est plus
grande que la notre, nous avons beaucoup plus de prisonniers, de canons
qu'eux. Jamais nos soldats ne se sont si bien battus.

La bataille d'Aspern le 22 mai a couté près de 50.000 hommes à l'ennemi entre tués, pris et blessés ; et à nous 20.000. J'écris à Marziani (?) pour
qu'il vous envoye une relation de cette journée. Le 5 et 6 de ce mois il y
eut une seconde bataille sur le même terrain. Les français y avaient toutes

leurs forces. Chez nous les armées de l'Archiduc Jean. de l'Archiduc Ferdinand, et l'insurrection, par conséquent près de 100.000 hommes, n'y avaient pris part. Malgré cette différence des forces la victoire était indécise. Les Français prirent 3 canons et 2400 hommes, et nous prîmes 30 pièces et 8000 hommes. Ils évaluent leur perte en tués et blessés à 40.000 hommes et 37 généraux. Nous avons perdu à peu près 30.000 hommes et 23 généraux. L'Archiduc Charles voyant toutes les forces de l'ennemi contre lui a conclu un armistice, mais soyez sûr qu'il n'y aura point de paix conclue, surtout si les autres puissances intéressées commencent une fois à agir et observent une conduite plus généreuse que celle de voir quels succès auront nos opérations, ou bien de contribuer à les faire réussir. Il y a deux mois que l'Italie est tout à fait vide. Pourquoi ne pas en profiter?

Nous sommes augmentés par l'insurrection de plus de 24.000 chevaux et une nombreuse infanterie. Dans peu nous pouvons agir avec des armées plus fortes que jamais.

D'après cela vous pourrez juger de l'objet des négociations dont vous entendrez peut-être parler, et que ce n'est que pour gagner du temps. Adieu, mon cher Comte. Donnez moi de vos nouvelles.

Votre très obéissant et dévoué serviteur
Comte de NUGENT, Général Major.

Comorn, 25 juillet 1809 ».

Avec cela, si même la guerre générale avait pu reprendre, l'on ne saurait contester que la mission de Monsieur de La Tour auprès de la Cour de Sicile touchait à son terme. Par la faute des indécisions et des lenteurs du général Stuart, et par un enchaînement de circonstances qui avaient favorisées les tendances craintives de ce militaire, l'expédition dans les Iles était entièrement manquée. Un billet de la Reine, qui faisait suite à la lettre du 23 août, annonçait même l'évacuation complète.

« Le bâtiment n'étant pas parti, cette nuit, je joins encore ces deux lignes et ce papier avec mes nouvelles. Ischia a été de nouveau abandonnée, les Anglais ayant rappellés tous leurs petits bâtiments, et avec les forts détruits 300 hommes ne suffisaient pas à le garder, on dit Murat appelé à Paris, et on ignore pour quoi, le 17 août à Naples on ne savait rien de la paix, ainsi je veux espérer qu'elle ne soit pas encore faite ; par la voix de Malthe, on envoye ceci, ce qui prouve que l'invasion d'Hollande est vraye : de Messine, on écrit le 21 ainsi : *Già si effettuò la spedizione Britannica di cinque mila uomini per l'isola dell'Elba per unirsi colà ad altre truppe inglesi.* C'est l'unique chose que j'en sais, mais n'ai pas voulu omettre de vous dire, dans la pleine confiance que vous m'inspirez. Adieu, croyez moi avec bien de l'estime

Archives de La Tour.
Orio. - I, 86.

Votre reconnaissante
CHARLOTTE.

Le 24 août 1809 ».

Victor de La Tour concentra donc ses efforts dans le but d'amener la Cour de Cagliari avec l'appui de contingents Siciliens, et — il aurait voulu pouvoir ajouter — Anglais, à opérer un débarquement en Toscane ou sur la Rivière de Gênes. Il en rendait compte à ses chefs par des rapports du 18 et du 23 août.

Le Comte de La Tour à l'Archiduc Jean.

« J'espère que Votre Altesse Impériale aura reçu le rapport que j'ai eu l'honneur de lui adresser de Palerme, le 31 juillet, et où en ayant celui de lui rendre compte des infructueux résultats et du retour de l'expédition d'Ischia, j'ai pris la liberté d'annoncer à Votre Altesse Impériale que la discussion existante entre le Général Stuart, et les autorités Siciliennes me laissant peu d'espoir de pouvoir combiner une nouvelle expédition depuis Palerme, je me décidais à passer à Cagliari. Sa Majesté la Reine de Sicile afin de me faciliter les moyens de préparer quelqu'autre plan d'opération a daigné me remettre une lettre pour Sa Majesté le Roi de Sardaigne, par laquelle Elle engage ce Souverain à chercher de déterminer le Général Stuart à recommencer ses opérations en Italie, sur tel point, qui sera jugé plus utile à la cause commune, et offre à Sa Majesté Sarde le concours, et même le commandement des troupes Siciliennes; quoique cette lettre de Sa Majesté la Reine ne soit qu'une lettre particulière et non écrite au nom de Sa Majesté le Roi, dont je n'ai rien pu obtenir d'aussi positif, elle donnait cependant un appui aux tentatives, que j'allais faire en Sardaigne, où je suis arrivé le 9 courant; j'y ai trouvé les esprits favorablement disposés par les soins de Monsieur le Capitaine Bertina, qui pendant son long séjour dans cette île y a agi avec zèle et intelligence. Les moyens disponibles au dehors de cette Cour se réduisent à moins de 4000 hommes; mais après quelques discussions il a été convenu qu'Elle profiterait des offres faites par Sa Majesté la Reine de Sicile, et Monsieur le Lieutenant Général Comte de Revel part demain pour se rendre auprès du Général Stuart, et de là à Palerme afin de chercher à y combiner une des opérations suivantes :

1° Attaque simultanée des Anglo-Sardes sur *Gênes* et des Siciliens sur *Livourne*; les deux corps cherchant ensuite à se mettre en communication par leur droite et gauche respectives et à exciter des insurrections dans les pays adiacents; si l'attaque sur Gênes, que l'on espère surprendre, échoue, les Anglo-Sardes se dirigeront selon les circonstances sur *Savone* ou la *Spezia*.

2° Attaque simultanée des Anglo-Sardes à *Livourne* et des Siciliens à *Orbitello*.

3° Attaque simultanée des Anglo-Siciliens à *Civita-Vecchia*, et des Sardes à *Orbitello*, les Anglo-Siciliens devant alors garder la ligne du

Tibre de Rome à Ostie, tandis que les Sardes organiseraient l'insurrection Romaine et Toscane.

L'opinion du Général Stuart décidera laquelle de ces trois opérations doit être tentée. Si puis ce Général refusait tout secours en troupes de terre, mais que Sa Majesté la Reine obtienne effectivement que les troupes Siciliennes soient remises sous le Commandement du Roi de Sardaigne, il est probable que l'opération sera dirigée sur Livourne ou Orbitello, mais les Siciliens et Sardes réunis s'élèvent à peine à 10.000 hommes de troupes assez médiocres, il n'y aurait pas un grand succès à attendre de cette opération.

Monsieur le Capitaine Bertina accompagnera Monsieur le Lieutenant-Général de Revel à Messine et Palerme, d'où il aura l'honneur de se rendre auprès de Votre Altesse Impériale pour avoir celui de lui rendre compte de ce qui peut avoir été résolu relativement aux opérations susdites. J'ai l'honneur de remettre à Monsieur de Revel des lettres pour Sa Majesté la Reine, pour le Général Stuart et en général pour les personnes qui peuvent contribuer au succès de sa mission, pendant le cours de laquelle je crois devoir rester à Cagliari, pour chercher à recevoir des renseignements plus exacts sur l'état actuel des divers points que l'on pourrait convenir d'attaquer. Je me flatte de recevoir dans l'intervalle quelques ordres de la part de Votre Altesse Impériale pour ma direction ultérieure, si je n'ai point cet honneur et que la mission de Monsieur de Revel soit infructueuse je me rendrai à Messine et Palerme pour y faire une dernière tentative, si elle est aussi inutile et que la situation générale des choses ne me donne pas un espoir fondé que quelques changements dans les autorités militaires Anglaises va ouvrir de nouvelles chances de ces côtés, j'aurai l'honneur de me rendre auprès de l'Auguste Personne de Votre Altesse Impériale pour y recevoir les ordres, dont il lui plairait de m'honorer. Je crois encore devoir lui soumettre, que les Ministres Anglais à Palerme et Cagliari sentent tous les deux l'utilité, qu'une diversion en Italie aurait pû avoir, les difficultés à cet égard ne tiennent donc qu'à la partie militaire, et principalement au Général Stuart, qui au dire de ses principaux officiers a une bravoure brillante sur le champ de bataille, mais beaucoup d'indécision dans les conseils et de timidité sur ce qui peut l'exposer à une responsabilité personnelle.

J'ai l'honneur d'être avec le plus profond respect

de Votre Altesse Impériale
Le très humble et très obéissant serviteur
LA TOUR, lieut. colonel.

Cagliari, ce 18 août 1809.

Le 19 au matin la Cour a reçu ici par les papiers Français la première nouvelle de l'Armistice conclu le 12 juillet; cette circonstance imprévue, mais confirmée par la teneur des dépêches apportées par Monsieur le Capitaine Rodinò qui ont été communiquées ici par la Cour de Palerme, a fait suspendre quelques jours l'envoi de Monsieur le Comte de Revel, mais Sa Majesté le Roi de Sardaigne n'a pas tardé à se rendre aux observations suivantes :

1° Qu'il s'agit d'un accord entre les Anglais, Sardes et Siciliens, nations qui sont en guerre avec la France, et qui peuvent agir contre Elle, si même Sa Majesté Impériale faisait la paix.

2° Que l'Armistice peut cesser, et qu'alors il serait important d'avoir déjà préparé et combiné les moyens de coopération.

Monsieur le Comte de Revel part donc ce soir pour les objets mentionnés dans mon rapport ci-joint du 18 courant, mais le caractère du Général Stuart ne me donne pas lieu d'espérer qu'il veuille tenter même un coup de main et de surprise sur des places fortes sur les côtes d'Italie, tant qu'il ne saura pas l'Armistice rompu. Sa Majesté le Roi de Sardaigne, qui nourrit quelque espoir à cet égard ayant cependant désiré que Sa Majesté Impériale et Votre Altesse Impériale fussent promptement informées de ses résolutions actuelles, j'ai l'honneur d'expédier à cet effet Monsieur le Capitaine Ghiglioni, qui a apporté de Palerme ici la nouvelle officielle de l'Armistice. Monsieur le Capitaine Bertina apportera plus tard le plan qui aura pû être arrêté entre le Général Stuart et le Comte de Revel. J'ose supplier Votre Altesse Impériale de daigner me faire parvenir ses ordres pour ma direction ultérieure ; tant que je n'en serais point honoré, je continuerai à agir dans le sens de mon rapport du 18 courant.

LA TOUR ».

Le Comte de La Tour au Comte de Stadion.

« Excellence!

J'ose encore prendre la liberté d'envoyer ci-joint à Votre Excellence copie du rapport que j'ai l'honneur d'adresser à Son Altesse Impériale Monseigneur l'Archiduc Jean ; je me bornerai donc à avoir celui de lui observer que depuis le 4 avril, jour où la dite Altesse Impériale a daigné m'écrire pour m'ordonner de la tenir au courant des événements, qui auraient eu lieu de ces côtés ici ; je n'ai reçu ni avis, ni ordres, ni instructions, ni marques d'approbation ou de protection de la part de mes supérieurs, qui aye pû m'aider à conserver quelque crédit auprès des autorités étrangères. Votre Excellence daignera sûrement sentir que ce dénuement total, joint au changement de la situation militaire des choses, causé par la retraite de l'armée d'Italie, m'a été très défavorable. La lettre que Votre Excellence a écrite le 6 juin à Monsieur le Commandeur Ruffo, pour lui faire sentir l'utilité d'une diversion opérée en Italie est donc le seul point d'appui qui m'a été donné ; et il m'a puissamment servi pour agir de nouveau auprès des autorités Anglaises et pour engager Sa Majesté la Reine de Sicile à me donner la lettre pour le Roi de Sardaigne relatée dans mon rapport ci-joint, ce qui a détérminé la mission actuelle de Monsieur le Lieutenant Général Comte de Revel, d'où résultera peut-être la reprise des opérations de ces côtés-ci. Cette circonstance me· prouve combien l'abandon, où j'ai été laissé, a été préjudiciable à l'objet de ma mission. Monseigneur le Duc d'Orléans, qui est actuellement à Palerme, où il travaille chaudement à faire combiner une nouvelle expédition dans l'espoir d'obtenir un Commandement dans les troupes Siciliennes et de trouver ainsi une occasion de se distinguer, m'a fait l'honneur de me dire, qu'il sollicitait depuis quelque temps par l'entremise de Monsieur de *Gents* (1) celui d'entrer au service militaire de Sa Majesté Impériale et il m'a fait lire la copie de la lettre ci-jointe, par laquelle il en a fait directement la demande à Son Altesse Impériale Monseigneur l'Archiduc Charles : ignorant quelles pouvaient être les intentions de Sa Majesté Impériale à cet égard, j'ai cru devoir lui répondre que je n'avais pas l'honneur de correspondre directement avec Monseigneur le Généralissime, mais que je chercherais cependant les moyens de faire parvenir la lettre, qu'il daignait me confier. A cette occasion ce Prince m'a fait lire une lettre de Louis XVIII, relative aux affaires d'Espagne, et qui semble annoncer une harmonie et une confiance parfaite ; j'ai encore l'honneur de joindre ici une lettre que le Duc d'Orléans m'a remis pour Monsieur de Gentz, et je crois devoir avoir celui d'observer à Votre Excellence que ce Prince semble avoir beaucoup d'esprit, d'instruction et d'activité. J'ai l'honneur de me recommander nouvellement à l'indulgence et à la haute protection de Votre Excellence, je la supplie de daigner accueillir favorablement l'annonce, que j'ai fait dans mes deux derniers rapports, de vouloir retourner dans les Etats héréditaires, lorsque malgré tous mes efforts, j'aurai perdu l'espoir de pouvoir être de quelque utilité au service de ces côtés-ci ; Votre Excellence daignera sûrement apprécier combien il m'a été cruel de voir successivement s'échapper toutes les grandes occasions que cette guerre présente aux militaires de Sa Majesté Impériale pour donner des preuves de leur dévouement à sa Personne Sacrée et à la juste et sainte cause, qu'il défend. Je la supplie encore de me permettre de profiter de cette occasion pour lui offrir l'hommage de la très respectueuse considération, avec laquelle j'ai l'honneur d'être

de Votre Excellence
le très humble et très obéissant serviteur
LA TOUR, lieut. colonel.

Cagliari, ce 18 août 1809.

---

(1) Le chevalier Frédéric de Gentz (1764-1832), homme d'état de grande envergure, qui fut pendant de longues années l'un des champions de la politique autrichienne. Il eut une grande part à la renaissance de l'esprit national allemand qui renversa en 1813 l'hégémonie française. L'on a publié ses *Tagebücher* et ses dépêches aux hospodars de Valachie (Paris, 1876). Cfr. *Allgemeine deutsche Biographie*, Leipzig, 1878, 8ᵉ band.

Plusieurs lettres particulières annoncent que notre auguste Généralissime a remporté une victoire décisive sur Napoléon les jours 9, 10 et 11 juillet.

Des lettres de Mahon et Gibraltar annoncent aussi l'évacuation de Madrid par les troupes françaises ».

Le Comte de La Tour au Comte de Stadion.

Excellence!   « *Cagliari, ce 23 août 1809.*

Haus-Hof-und-Staats
Archiv - Vienne.

Le 19 courant au matin la Cour a reçu ici par la voie de Palerme les Bulletins français 25, 26 et 27, ainsi que les conditions publiées par le Gouvernement français sur l'Armistice conclu le 12 juillet; cette circonstance imprévue, mais sommairement confirmée par les dépêches apportées par Monsieur Rodinò a fait suspendre quelques jours la mission de Monsieur de Revel, dont j'ai l'honneur de rendre compte dans mon rapport du 18 août. Mais Sa Majesté le Roi de Sardaigne n'a point tardé de se rendre aux observations.

1° qu'il s'agit d'un accord entre les Anglais, les Sardes et les Siciliens, nations déjà en guerre contre la France, et qui peuvent donc agir hostilement si même l'Autriche faisait la paix;

2° que l'armistice peut cesser et qu'il serait alors important d'avoir préparé les moyens de coopération.

Monsieur le Comte de Revel part donc ce soir pour les objects détaillés dans mon dit rapport du 18 courant; il sera vivement soutenu par les lettres de Monsieur *Hill*, Ministre Anglais près cette Cour, dont l'opinion très prononcée est qu'il faut sur le champ opérer une diversion en Italie pour faciliter à l'Autriche les moyens de faire avec plus d'avantage la paix ou la guerre. La situation et le caractère du Général Stuart ne me donnent pas lieu de croire qu'il agisse d'après cette politique éclairée et généreuse, et je pense au contraire, qu'il ne voudra pas même tenter un coup de main sur le Continent tant qu'il ne saura pas l'Armistice rompu.

En attendant Sa Majesté le Roi de Sardaigne ayant désiré que Sa Majesté Impériale soit promptement informée de ses résolutions actuelles, j'expédie à cet effet Monsieur le Capitaine Ghiglioni et Monsieur le Capitaine Bertina apportera plus tard le plan arrêté entre le Comte Revel et le Général Stuart. J'ose supplier Votre Excellence de daigner me faire parvenir quelques ordres pour ma règle ultérieure; tant que je n'en serais point honoré je continuerai à agir dans le sens de mon dit rapport du 18 courant.

J'ose la supplier encore de me permettre de lui exprimer les vœux, que je forme pour sa prospérité, ils sont aussi vifs que la crise actuelle est terrible.

J'ai l'honneur d'être avec la plus respectueuse considération

de Votre Excellence

le très humble et le très obéissant serviteur

La Tour, Lieut. Colonel ».

Le gouvernement anglais, dont les opérations militaires portaient souvent à cette époque la marque de cette lenteur qui désolait la Reine Caroline, s'était enfin décidé à porter un grand coup sur les derrières de l'Armée française pour venir en aide à ses alliés Autrichiens.

L'expédition de Walcheren, qui, exécutée plus rapidement, aurait pu avoir une issue toute autre, que la honteuse retraite de Lord Chatam, ranima les adversaires de Napoléon et les consola un peu des tristes nouvelles de Hongrie. On peut en juger même par cette lettre du Duc d'Orléans à Victor de La Tour.

« Palerme, ce 28 août 1809.

Je n'ai pas le temps, mon cher Comte, de vous répondre aussi longuement que je voudrais le faire, car je suis bien pressé. Je pars ce soir pour Mahon, et si c'est une bien grande satisfaction pour moi que celle de penser que je vais enfin revoir ma mère (1), vous sentirez aisément combien ce départ me contrarie dans ce moment ci, et combien ce que vous me mandez sur la mission du Comte de Revel augmente ma contrariété et mes regrets. D'un autre côté, si j'ai le temps de terminer l'affaire de ma mère avant que le moment d'agir ne soit arrivé, ce sera pour moi un grand soulagement de toutes les manières. Mon départ est à peu-près forcé par les antécédents, puisque ma sœur est arrivée sans que je l'attendisse, et que des explications venues depuis peu d'Angleterre ne peuvent plus me laisser de scrupules relativement à mon passage dans un bâtiment de guerre Anglais. La Reine, qui a la bonté d'être très fâchée de mon départ, mais qui voit bien comme moi que je ne pourrais m'y refuser que par des raisons qui me manquent, telles que la certitude qu'il n'y aura point de paix, et qu'on se détermine à agir, la Reine, dis-je, me console en grande partie, de mon départ, par la promesse qu'elle daignera m'envoyer chercher par un bâtiment exprès, dès que ma présence lui paraîtra utile.

Comme je crains beaucoup qu'on ne se détermine pas à agir immédiatement, et que je pense qu'on voudra à Messine connaître le résultat de la négociation avant de rien entreprendre, j'ai lieu d'espérer que mon absence ne me fera pas manquer l'occasion. Je suis pourtant bien affligé d'en courir le risque.

Les dernières nouvelles que nous avons eues de la négociation, m'ont donné des craintes plus grandes que celles que j'avais sur son résultat. La dépêche officielle du 22 juillet que le Baron de Cresceri a enfin reçue,

Archives de La Tour.
Orio. - I, 87.

---

(1) Les rapports entre la duchesse d'Orléans et ses enfants s'étaient beaucoup refroidis depuis son mariage secret avec le ci-devant représentant Rozet, rebaptisé en comte de Folmont. Cfr. [M.me CAVAIGNAC], *Mémoires d'une inconnue*, cit., pp. 226-27. La duchesse avait toujours été sujette à se laisser endoctriner par des farceurs, à commencer par Casanova, qui en parle dans le tome II de ses trop célèbres *Mémoires*. Cfr. EDOUARD MAYNIAL, *Casanova et son temps*, Paris, 1910, pp. 168 et suiv.

m'a fait de la peine en ce qu'elle semble nous préparer à la paix; d'un autre côté, elle nous laisse beaucoup d'espérances que l'Empereur ne se laissera pas couper les ailes, et on demande fortement les diversions. Elle blâme aussi l'armistice qui est déclaré: *Incroyable pour le fond et pour la forme, ayant été exécuté sans la ratification de l'Empereur.* Quand vous aurez lu cette dépêche, je crois que vous penserez, connaissant le terrain, comme vous le faites, qu'on ne se décidera à rien tant qu'on n'aura pas reçu des nouvelles ultérieures. J'ai cependant réécrit au général Stuart pour tâcher de l'engager au moins à faire une entreprise sur l'île d'Elbe qui serait un poste essentiel, soit en paix, soit en guerre.

Il ne m'a répondu que des compliments, mais il a fait deux expéditions, dont une de 5000 hommes commandée par le Général Macfarlane, pourrait bien être pour l'île d'Elbe, ce qui serait bien heureux, mais le bruit public est que leur objet est de détruire des armemens sur la côte de Naples. Je suis très fâché de ne pouvoir pas me trouver en même temps que le comte de Revel à Messine, et vraiment inconsolable de penser que je serai absent d'ici lorsqu'il y arrivera.

Fasse le ciel que j'y revienne bien vite!

Nous avons la nouvelle certaine par les papiers français que la grande expédition Anglaise a débarqué dans l'île de Walcheren, le meilleur point selon moi qu'ils pussent choisir, et celui dont je leur ai rabâché depuis dix ans. Aussi est-ce le premier que Buonaparte mit en état de siège au moment de la rupture du traité d'Amiens et où il avait formé un champ retranché considérable. Ces mêmes gazettes nous annoncent qu'on rassemblait en toute hâte les gardes nationales de la Flandre française, et de l'Artois, et qu'on portait les troupes en chariots. Elles disent aussi que le tocsin sonnait dans tous les villages de la Hollande et des Pays-Bas et ne disent pas pour qui. Le Roi Louis était à Aix la Chapelle. Ceci me donne beaucoup d'espérances et me porte à croire, malgré la dépêche de Monsieur Hudelist, qu'il n'y aura pas de paix, et que nous pourrons bientôt nous mettre en danse. Croyez, mon cher Comte, que ce sera pour moi une véritable satisfaction que celle de m'y trouver avec vous, que je suis bien flatté par tout ce que vous me dites, et bien sensible aux sentiments que vous me témoignez. Je serai toujours charmé d'avoir des occasions de vous convaincre de ceux que je vous porte, et que je vous garderai toujours.

LOUIS PHILIPPE D'ORLEANS.

Veuillez faire mes compliments à Monsieur Hill. Je lui écrirai de Mahon, mais aujourd'hui le temps me manque absolument ».

D'autre part l'on espérait encore à ce moment, que la grande bataille livrée avec succès sur les champs de Talavera par Wellesley contre les troupes du Maréchal Victor, aurait pu rendre bientôt difficile le maintien du régime Napoléonien dans le centre même de l'Espagne. Le Pére Gill, envoyé des insurgés espagnols, que Victor de La Tour avait déjà rencontré à Palerme, lui écrivait dans ce sens au début de l'automne.

« *Monsieur,*

J'ai reçu avec un très grand plaisir les deux lettres de V. S. qui m'ont été remises par Monsieur le Baron de la Crescière; je me hâte d'y répondre autant par ce que les affaires dont elles parlent l'exigent ainsi, que parce que je désire que V. S. puisse connaître à quel haut prix je les estime.

Je prie V. S. avant tout de vouloir bien offrir aux pieds de S. M. Sarde mon respect et considération, et lui assurer de ma part que je n'omettrai rien de tout ce qui pourra être avantageux à la sacrée personne de S. M. et conduire au bonheur général de l'Italie et au succès de la bonne cause que nous défendons; V. S. elle même doit être bien sûre de cette vérité.

Le lieutenant général m.ʳ Revel ainsi que m.ʳ Bertini, me visitèrent immédiatement après leur arrivée; nous avons parlé amplement et je crois qu'ils auront informé de tout S. M. Sarde.

Le chevalier Bertini part pour l'Allemagne, il doit porter mes dépêches et mes instructions; j'espère que sa présence là produira des résultats très utiles.

Cellini était parti avant lui pour la même place et je crois que son voyage pourra aussi nous être d'une égale utilité. Les réflexions que V. S. fait sont toutes très justes, elles sont dignes d'être suivies quand on voudra faire l'expédition, laquelle sans doute doit se vérifier.

Le silence sur les affaires de l'Allemagne nous tient pleins de soins. Napoléon fit de très insolentes propositions, mais malgré tout, l'armistice a été prolongé jusqu'au 27 d'août. Cette prolongation devrait avoir déjà fini et nous devrions savoir même officiellement le recommencement des hostilités. On dit que Monseigneur l'Archiduc Charles a laissé le commandement et que M. Votre oncle a pris sa place; on dit de même que Monseigneur l'Archiduc Jean conserve le sien et augmente la force de son armée.

J'ai reçu une lettre de M. Canning, Ministre d'Etat d'Angleterre, datée du 16 d'août, il me comble d'expressions d'estime d'une manière bien au dessus de mon mérite.

Je remets à V. S. inclus un exemplaire imprimé de la falsification, faite par les Français, du discours de S. M. Britannique et malgré que je suppose que M. le Ministre d'Angleterre aura eu soin de le répandre, je veux que V. S. le reçoive de ma main et qu'elle le fasse connaître et le communique partout.

Je reçois très content les compliments que V. S. me fait sur les victoires de l'Espagne. J'ai eu des lettres qui arrivent jusqu'au 4 de septembre, et je me fais un devoir de lui dire, qu'après les victoires de Talavera et d'Aranjuez nos armées ont souffert quelque chose et se sont un peu retirées, mais malgré ceci, l'état des affaires en Espagne est généralement bon et nous avons sous les armes 200.000 hommes à peu près : l'armée Française arrive tout au plus à 70.000 soldats.

Agréez, monsieur, l'assurance de mon dévouement envers vous, et soyez sûr de ma singulière vénération pour la très auguste maison d'Autriche. Je suis avec la plus haute considération de V. S. Monsieur

Votre très humble et très obéissant serviteur

EMANUEL GIL C. M.

M.^r le COMTE DE LA TOUR ».

Lord Amherst, le nouveau ministre anglais à Palerme, voyait aussi couleur de rose en ce qui concernait les opérations en Espagne et en Flandre, mais il semblait avoir perdu confiance dans les agissements du Cabinet de Vienne, et même de son représentant autorisé le Colonel de La Tour. Dans deux dépêches très importantes qu'il adressa à M. Canning dans le courant de septembre il montra d'étranges incertitudes dans sa manière de concevoir l'oeuvre de M. de La Tour et vint à la conclusion que la mission de M. de Revel en Sicile ne pouvait aboutir.

« Palermo, september 13 th 1809.

Sir,

Foreign Office,
36 Sicily.

Previously to the cessation of hostilities upon the continent, Her Sicilian Majesty had turned her thoughts to a combined operation of British, Sicilian, and Sardian Troops on the coast of the Northern part of Italy, and for the furtherance of this object, has lately been in correspondence with the King of Sardinia.

The Count de la Tour, of whose arrival here in the month of april you were informed by M. Mellish, left this place, some weeks ago for Cagliari, having willingly undertaken to be the bearer of Her Sicilian Majesty's sentiments on a measure which in the event of a renewal of the war in Italy would of all operations be the most likely to effect a powerful diversion in favour of Austria.

The King of Sardinia on his part has readily acceded to a plan which might forward the views he naturally entertains towards the recovery of His Italian Dominions, and notwithstanding the total change in affairs which has been produced by the Armistice between Austria and France, His Sardinian Majesty dispatched the Count de Revel, a lieutenant General in his service to Sir John Stuart, in order to arrange with the British Commander a plan of the meditated attack.

Count Revel having discovered in his first interview with Sir John Stuart that Sir John Stuart's views did not at the present moment tend to any distant operations, forbore to disclose the entire nature of his instructions, of which indeed, by the vigilance of Mr Hill, Sir John Stuart was already apprised.

After a short stay at Messina, Count Revel arrived a few days ago at this place from whence he talks of returning speedily to Cagliari; and I am led to believe that the plan of operations on the coast of Genoa is for the present abandoned.

The Sicilian Consul at Fiume has written to this Government in date of the 17th of August that a French force of 900 men had advanced a few days before with the intention of occupying in virtue, as their commander alledged, of the Armistice. But having been informed by the Governor of the town that their entrance would be opposed, and understanding that the crews of the British Ships of the Line which were then in the harbour would be landed for the defence of the place, the French commander, General Bertholet thought proper to abandon the enterprise.

The Spanish Minister here has received intelligence from the Spanish Chargé d'Affaires at Costantinople that an Ambassador from Persia was arrived there on his way to England, and that the Persians were engaged in hostilities against the Russians, having dismissed General Gardanne from their Capital.

I have the honour to be with the highest respect, Sir

Your most obedient, humble servant
AMHERST.

The Right Honourable GEORGE CANNING ».

« *Palermo, september 24th 1809.*

Sir,

I have had the honour to receive your dispatches Nos. 8 and 9 enclo- Foreign Office
sing the communications which had lately passed between His Majesty's   36 Sicily.
Government and the Austrian and Spanish Ministers in London.

I feel great satisfaction in having been made acquainted with the destination of the formidable Armament which sailed from the ports of England at the latter end of July, and in having been put in possession of some of the motives which induced His Majesty's Government to prefer an attack upon the ships and Arsenals in the Scheldt to an expedition to the Northern coast of Germany.

Alth's it is not to be supposed that Sicily can be so deeply interested in the destination of a British force as those countries which being already occupied by the enemy feel the immediate pressure of an hostile Army and would derive an instant benefit from a diminution of its numbers, yet the attention of this Government is anxiously turned to the operations of a British force, from the success of which it will receive advantages more remote perhaps but not less certain and permanent than those which would immediately and sensibly be felt by Austria and Spain.

The rumours which found their way to this country of insurrections in the North of Germany and more particularly of the disposition of the

King of Prussia to join in an extended plan of resistance to France, were received chiefly thro' the channel of Austrian correspondence.

Information, almost official, was transmitted that the King of Prussia had taken the field with 40.000 men, and that arms only were wanting for a large proportion of the population of the North of Germany to follow his example.

It is not therefore to be wondered at that the report of a landing of British Troops at Cuxhaven was received here with infinite satisfaction and that a predilection was given to a diversion in the North of Germany over an attempt on the coast of Holland which was also said to be in contemplation.

But the explanation which you have been pleased to give me of the reasons which led His Majesty's Government to reject the proposal of Austria for a partial and limited operation in the North, and to substitute in its place an enterprise of a magnitude calculated to promote no less the interests of Great Britain and its Allies than to humble both the pride and power of France, has had due weight in giving a decided preponderance to the advantages to be expected from the letter measure.

The mischief of a premature incitement to arms followed as it usually is by an unwilling and irresolute effort has been too sensibly felt in countries within the immediate neighbourhood of this island not to mark the impolicy of seeking to pursue the same measures in the Northern part of Germany.

The hopes which were formed of the cooperation of Prussia appear to have rested on no solid foundation, and the event of the Armistice has been superadded to crush expectations which as long as the present situation of affairs continues, it would neither be for the interest nor honour of Great Britain to revive.

On the other hand, the total or even partial destruction of the formidable establishements which France is endeavouring to create in the Scheldt would by liberating a large portion of British Naval and military most effectually contribute to the security of our Allies, and of that number Sicily would perhaps not be the last to feel the advantage of further protection and assistance.

These would be the immediate benefits resulting from a succesful blow against a vital part of the French territory, without taking into consideration the advantages it would afford to Austria and Spain in the event of a renewal of hostilities, or the powerful impression which it is calculated to produce on the minds of the inhabitants of those countries which more than all others have suffered from being added to the territory of France or included in the number of its Allies.

These are the sentiments which are entertained by the Sicilian Government in common no doubt with the Government of those countries to whose Ministers you have made a direct communication of the objects of the British expedition.

I think it right to subjoin two circumstances which have lately come to my knowledge in the relations of this Government with those of Austria and Spain.

The Comte de La Tour who arrived here in the month of march last charged by the Austrian Cabinet with the exposition of their plan of campaign, brought with him as I am credibly informed, an offer of 6000 Austrians to be placed at His Sicilian Majesty's disposal. I am not able to learn if this offer was intended as a boon to induce the Sicilian Government to co-operate with all its force in those parts of Italy where a demonstration would have assisted the Austrians more effectually than any attempt on the Kingdom of Naples, or if it was made without any stipulation for an equivalent.

The Queen however was much pleased with the offer. and appears immediately to have conceived a project of engaging the King of Sardinia to furnish 4000 troops which added to the 6000 Austrians should constitute a force of 10.000 men to be stationed in Sicily under no control whatever than that of the Sicilian Government.

One part of this project could never have been realized; His Sardinian Majesty's force certainly not admitting of such a deduction. The other part, whatever may have been originally intended, is not now likely to take effect, as, in the event of the renewal of hostilities the Emperor of Austria will have occasion to employ his troops in his own dominions, and, in the event of peace being concluded with France, will not be allowed to dispose of them for the defence or advantage of Sicily.

This offer, as well as many other circumstances attending Count de La Tour's mission as far as they respect the British Force at present in this island will appear extraordinary to His Majesty's Government unless Sir John Stuart may have taken occasion to mention that the Austrian Cabinet when it sent Count de La Tour to Sicily entertained the idea that the Sicilian disposable force amounted to about 15.000 men, and that the military aid furnished by Great Britain consisted in a corps of Auxiliaries of about 5000 men under the command of Sicilian Generals.

In the last interwiew which I had the honour to hold with Her Sicilian Majesty, she informed me that a change in the Government of Spain was at this moment in contemplation — that it was wished to reduce the number of persons in whom the executive authority should be vested, and that at the head of this number, it was thought advisable to place a chief — either the Cardinal of Bourbon; one of the Sicilian Royal Family; or the Spanish Prince now in the Brazil.

The remark with which she accompanied this information was, that the Cardinal of Bourbon was of a suspicious character and that Don Pedro would probably be averse in the present unsettled state of affairs to undertake the voyage from South America to Europe.

My attention was recalled to this subject on the following day by a visit which I received from the Padre Gil.

His conversation was wholly upon the above mentioned subject. He told me that a recommendation to the effect mentioned to me by the Queen had been given to the Central Junta in a note from Lord Wellesley.

I was anxious to understand him clearly, and found, after repeated questions that such was his meaning — but that the information had been communicated to him, not officially by his Government, but partly by private correspondance, and partly by Her Sicilian Majesty.

The above information has been given to me also by the Marquis of Circello, with this material difference, that Lord Wellesley's note contained a recommendation to establish a more efficient form of Government, and that it was public rumour only, and not any representation of Lord Wellesley, which pointed out the Cardinal of Bourbon, the Hereditary Prince of Sicily and Don Pedro as the three persons of whom one was to be selected to exercise the royal authority in Spain.

I have nothing more to do than to communicate to you the bare narration of the circumstances such as I have receved it, unaccompanied as it has been with any observation further than I have related, from any of the persons who have thought proper to make mention of to me.

I have the honour to be with the highest respect, Sir

Your most obedient, humble servant
AMHERST.

The Right Honourable GEORGE CANNING ».

Le Duc d'Orléans continuait au contraire à croire possible une diversion en Italie.

« *Mahon, ce 15 sept. 1809.*

Je suis ici depuis huit jours, mon cher Comte, et quoique je sois bien heureux d'être auprès de ma Mère, cependant je suis tourmenté d'inquiétudes d'être ici pendant que je voudrais être à Palerme. J'espère que j'y serai bientôt de retour, ma mère se décide à y faire un voyage, et déjà elle a écrit à Lord Collingwood pour lui demander les moyens de transport. J'ai donc lieu de me flatter que je serai de retour à Palerme dans les premiers jours d'octobre. Il m'était impossible de faire cette expédition plus lestement, et c'est une grande satisfaction pour moi d'avoir pû la faire, et qu'elle soit faite. Après cela je suis libre de mes mouvements, au moins si on ne me suscite pas de nouvelles entraves. Vous aurez sûrement reçu la lettre que je vous ai écrite avant mon départ de Palerme en réponse à votre excellente lettre du 23 août à laquelle j'ai été infiniment sensible.

Les gazettes espagnoles contiennent des extraits des papiers français d'après lesquels il me semble que les Anglais ont à peu près conquis la Zélande Hollandaise. Ceci est de la plus haute importance. Il est probable que Buonaparte sera obligé d'employer des forces considérables pour arrêter leurs progrès. Il sera très difficile de les en déloger. Il sera, je crois, impossible de jamais les chasser de Walcheren dont l'acquisition est une des plus importantes que l'Angleterre pût faire. Il n'y a que quatorze ou quinze ans que j'y pense, car je n'ai jamais compris pourquoi lors de l'évacuation de la Flandre et des Pays Bas en 94, l'armée Anglaise ne s'était pas jetée dans les îles de la Zélande avec le Statholder et ses partisans qui dominaient décidément dans la Zélande et sourtout à Walcheren au lieu d'aller périr dans les bruyères d'Osnabruch. Depuis il y a eu des moments assez rares à la vérité, où l'Angleterre aurait pû faire cette importante conquête qui barre absolument les seuls points d'où la descente puisse être tentée avec quelques chances de succès car la flottille de Boulogne ne m'a jamais parû qu'un joujou pour les badauds. En outre ces îles étant centrales, menacent également la Hollande, le pays du Rhin et la Flandre, et donnent par conséquent les chances les plus heureuses pour l'attaque, puisqu'il est impossible que Buonaparte couvre tout cela à la fois, et s'il couvrait une partie, on pourrait toujours tomber sur les autres. Cette opération est d'ailleurs de la plus haute importance pour le soulèvement de la Westphalie et du Hanovre, sans parler de celui non moins important de la rive gauche du Rhin, peuplades Allemandes qui n'ont jamais été parfaitement soumises à la domination française et qui la détestent. J'espère donc que cette diversion sera appréciée à Vienne, comme elle doit l'être, et qu'elle sera un motif de plus pour soutenir la guerre et la continuer.

Si nous parvenons à ajouter à cette diversion, la diversion d'Italie, il me semble impossible que Buonaparte puisse faire face de tant de côtés. On dit ici de fort jolies choses sur la Russie, mais je ne vois rien de clair. Ah si elle voulait! Comme il lui serait facile de sauver l'Europe et de l'affranchir de l'odieuse tyrannie sous laquelle elle est avilie! En Espagne, nous n'avons aucunes nouvelles des armées réunies de Cuesta et de Wellesley, depuis leur succès négatif de la fin de Juillet, et les bruits espagnols ne peuvent être reçus qu'avec la plus grande circonspection. En Catalogne, Girone vient d'être ravitaillé pour un mois par Blake qui y a jeté 2500 hommes commandés par Gargia Conde. C'est Alvares qui commande dans Girone, et sa défense est une chose admirable. C'est une seconde Saragosse; on dit que les français en ont levé le siège et se sont retirés vers la France, mais cette nouvelle me paraît peu digne de foi. On dit aussi que Barcelone est aux abois, et cela me paraît plus probable. La reddition de cette place serait d'une grande importance. Adieu, mon cher Comte, j'espère que j'aurai bientôt le plaisir de vous revoir et que ce sera dans des circonstances plus favorables. Je saisirai toujours avec grand plaisir toutes les occasions de vous renouveler l'assurance des sentiments que je vous ai voués et que je vous garderai toujours.

LOUIS PHILIPPE D'ORLEANS ».

Mais le Duc d'Orléans écrivait des Baléares, et très probablement, s'il avait été en Sicile, il aurait vu lui aussi tout en noir. Le projet d'une coopération des deux Cours insulaires, apporté au général Stuart par le comte de Revel, et que V. de La Tour avait eu tant de peine à monter, perdait sa base nécessaire par le refus très net du général Anglais, ainsi qu'il résulte des lettres de la Reine Caroline et du comte Rossi Ministre Sarde.

Archives de La Tour. Orio. - I, 90.

J'ai reçu votre bien sage lettre du 18 et 23 d'août, j'avais bien prévu, connaissant vos sentiments distingués, toute la peine que vous éprouveriez en apprenant toutes les tristes nouvelles que je vous ai envoyées; je suis bien fâchée d'apprendre que votre santé en soit souffrante et je souhaite bien vivement de vous savoir et surtout revoir bientôt en meilleure santé. Vous aurez appris avec peine, mais je suis bien sûre sans étonnement, les réponses du général Stuard aux propositions de M. de Revel auquel je trouve bien du mérite. Nous ne dépendons actuellement et ne vivons que dans l'attente de ce qui se décidera en Allemagne; ici mille nouveautés journellement se débitent et se varient, on annonce la paix signée, on en nomme les conditions, d'autres assurent les hostilités recommencées à l'avantage déjà obtenu des Autrichiens; moi je ne crois à rien de tout cela et voilà le fruit de mes combinaisons, j'ai reçu des lettres le 6 septembre de Bude de Ruffo et du 17 août de Fiume, on annonçait là que l'Empereur avait encore 200 m. hommes ayant concentré son armée, que lui en avait pris le commandement ayant les généraux Belgarde, Hiller, Jean Lichtenstein (1) et Hohenzollern sous ses ordres; qu'en Bohême l'Archiduc Ferdinand et Kolowrath commandaient un corps de 50 mille hommes et qu'il y avait tout à espérer de Fiume; on croyait le 17 août que la paix se conclurait, on nommait Champagny et Narbonne et Méternick avec Nugent de l'autre côté. Dieu seul sait ce qui se décidera. J'espère uniquement en l'impudente jactance de Bonaparte, qu'il demandera des choses impossibles; ce qui est de sûr c'est que les gazettes de Naples jusqu'au 30 août ne parlent pas de Vienne ni de paix d'aucune manière (2), vous pouvez être sûr que vous serez informé de tout exactement, votre zélé attachement, vos rares qualités le méritent. Ghiloni est parti avec l'*Eolo*. Bertini partira dans deux ou quatre jours tout au plus. Si je reçois des lettres d'Allemagne je vous expédirai Cavera. Assareto est parti mais sans lettre aucune de ma part. Voilà en gros toutes mes nouvelles que je vous dis bien en hâte, car on me presse beaucoup pour l'expédition, je vous envoie une lettre du Duc d'Orléans qu'il m'a laissée avant son départ pour Mahon, où il est allé prendre sa mère, je vous en envoie une aussi de l'honnête St. Clair qui vous est bien dévoué.

---

(1) Le prince de Metternich nous donne juste à ce point des *Mémoires* (I, p. 89), un portrait du prince Jean de Lichtenstein.

(2) Au contraire le prince Eugène écrivant vers cette époque à sa femme lui confiait que « on peut oser croire à la paix ». La vicereine le racontait au comte Vaccari, de qui le tenait Monti. Voir sa lettre du 16 septembre 1809 dans l'édition Resnati de sa *Correspondance* (page 252). Sénancour, du fond de sa retraite studieuse, louait sur ces entrefaites, avec une mesure rare à cette époque, la paix et le pacificateur (JOACHIM MERLANT, *Sénancour*, Paris, 1907, ch. V).

Adieu, puissé-je avoir le bonheur de vous envoyer quelques consolantes nouvelles, je souhaite d'en apprendre bientôt de meilleures nouvelles de votre santé et croyez moi avec une véritable estime et sincère confiance. Votre éternelle amie

CHARLOTTE.

Le 14 septembre 1809 ».

« Je vous ai écrit hier tout au long et je vous aurais peut-être point écrit aujourd'hui, mais je le fais pour vous envoyer copie de la lettre de l'Archiduc Charles dans laquelle il prend congé de l'armée et qui temoigne son humeur ; je vous envoie aussi de la même gazette copié l'article de la bataille de Wagram qui fait saigner le coeur, on dit de Trapani comme de Messine que tout traité est rompu et que les hostilités sont recommencées, mais je regarde cela comme un faux bruit, vous pouvez compter que tout ce que je saurais, vous serez toujours exactement informé, rendant justice à votre intérêt ; je puis vous assurer que ma situation est très pénible et je ne vis qu'en inquiétudes.

Adieu, comptez sur mon éternelle estime et reconnaissance, avec laquelle je suis votre affectionnée

CHARLOTTE.

Le 15 septembre 1809 ».

« J'ai reçu hier par le Baron de Cresceri votre lettre du 8 septembre. Je m'empresse d'y répondre. Je ne puis vous donner aucune nouvelle de l'Allemagne en étant moi même entièrement privée et en attendant d'un moment à l'autre ; à Messine on parle différents langages ; les négociants croyent au renouvellement des hostilités et en font un secret l'un à l'autre pour avoir le premier débouché de leurs marchandises dans les ports de la monarchie Autrichienne, les géniales Buonapartistes parlent de la paix comme une chose sûre et j'avoue m'ont fait passer de bien tristes moments en pensant à mon sort futur, et à celui de ma chère famille qui m'intéresse bien plus que mes réflexions particulières ; tout cela me fait désirer avec encore plus d'empressement de recevoir quelque nouvelle sur quoi compter ; voilà entre temps nos projets : nous continuons à tenir tous nos bâtiments prêts de même que la troupe pour à la première nouvelle pouvoir agir, mais malheureusement nous sommes si petits que les efforts ne sont point à calculer, vous aurez déjà su la positive décidée peu obligeante réponse du général Stuard à M. de Revel. Pour moi je suis très décidée si les hostilités recommencent lui envoyer demander qu'il agisse puisque nous sommes décidés par nous même d'agir sans lui dire ni où ni comment, mais avant tout il faut savoir si les hostilités recommenceront ; les nouvelles de la Hollande sont très brillantes, on dit les Anglais maîtres de Flessingen et de toute la grande Escadre Française Hollandaise et qui est très considérable ; ceci fâchera grandement le conquérant de l'Europe et je désire soit le commencement de nouveaux désastres pour lui; on dit Murat parti de Naples, mais jusque je le sache avec sûreté je ne le crois point. Je souhaite savoir votre santé rétablie et vous voir bientôt de nouveau à Palerme, le Brich Impérial avec Ghiloni n'est parti de Messine que le 6 septembre, à mon grand étonnement, car le 31 Août tout a été par moi expédié; dans cette semaine, d'abord que le temps le permettra Bertini va partir avec un bâtiment à nous de Palerme; même l'expédier depend de nous et je le fais, mais le recevoir des lettres, je ne puis que les souhaiter et c'est ce que je fais bien sincèrement.

Adieu, je vous souhaite santé contentement que vous méritez tant pour vos rares et bonnes qualités et croyez moi avec bien de l'estime votre reconnaissante amie

CHARLOTTE.

Le 17 septembre 1809 ».

(*Confidentiel*).

« Monsieur le Comte,

Je ne crois pas devoir vous cacher, monsieur, que M. Hill a été chez moi il y a peu d'instants pour me dire en substance, que d'après les dernières dépêches qu'il a reçues, il n'est plus en son pouvoir de nous fournir un solde, surtout tant que l'armistice ne sera pas rompu, je me réserve de vous entretenir en détail sur cette conversation; je conçois que dans le cas d'une paix, ou prolongation indéterminée d'armistice, nous ne devons pas compter sur les bons offices de M. le Prince de Starhemberg (1); mais comme il est à désirer qu'à l'arrivée du paquebot on ait appris à Londres la reprise des hostilités, et que dans ce cas l'interposition du ministre Autrichien sera très puissante; je croirais très convenable (sauf votre meilleur avis) que vous excitiez M. de Starhemberg à plaider en nôtre faveur, après s'être concerté avec M. le Comte de Front (2) à qui j'écris particulièrement pour lui dire que si l'on ne nous fournit pas de prompts secours, toute la machine va se détraquer, et que le moindre inconvénient qu'il puisse en résulter, est qu'il faudra renvoyer deux mille hommes du service, lesquels finiront par être deux mille individus pernicieux à la société.

Je vous laisse imaginer la sensation que produira une semblable mesure sur l'esprit du public, et l'audace qu'elle inspirera aux jacobins. Tout l'aplomb, qui reste encore au gouvernement sera perdu, et la Cour même ne sera plus respectée. D'autre part, avec nos moyens ordinaires, il est impossible que nous puissions faire face aux dépenses militaires que cette augmentation exige, et nous risquons la culbute dans un autre sens. Ces raisons

---

(1) Le prince Louis Joseph de Starhemberg (1762-1833), filleul de Louis XV, grand seigneur à tendances libérales et ennemi décidé de Napoléon, était ambassadeur d'Autriche à Londres.

(2) Le comte de Front était le ministre sarde auprès de la Cour d'Angleterre.

n'ont produit nul effet sur M. Hill qui s'en tient à ses dépêches, mais comme un changement de circonstances pourrait les faire révoquer, et qu'il n'y a pas une minute à perdre ; il m'a paru bon que vous en écriviez, Monsieur le Comte, par ce courrier même, afin que si les choses prennent une tournure plus favorable, l'Envoyé Autrichien puisse obtenir cette révocation au plutôt, et nous tirer de l'abîme où nous allons être plongés, s'il en est temps encore.

J'ai l'honneur d'être à la hâte, mais avec la considération la plus distinguée, monsieur le comte, votre très humble et très obéissant serviteur

ROSSI.

Le 18 septembre 1809 ».

———————

« Je profite de cette occasion pour vous écrire ces peu de lignes. Hier soir tard, par la voie de Malthe, Circello a reçu quatre lettres de Ruffo à la fois, les trois premières du commencement d'Août étaient désolantes et toutes à la paix. La dernière du 29 août et encore plus les lettres de Fiume du 2 et 11 septembre sont toutes à la guerre, nous la devons à l'insolente jactance de Buonaparte qui exigeait, comme s'il avait conquise toute la monarchie, des choses impossibles à accorder ; actuellement on se prépare de part et d'autre vigoureusement à la guerre, de laquelle on ne doute plus. L'Empereur aura le commandement suprême en chef. Bellegarde, chef du Hofkriegsrath, Lichtenstein, Ferdinand, Jean et d'autres généraux seront les chefs des corps. L'armée est recompletée et a 200 m. hommes, prête la meilleure volonté, même ardeur de se battre. Buonaparte a mis une imposition de deux cents millions de florins et comme cette imposition est presque impossible, il vexe, dépouille, tourmente les bons, tranquilles habitants, et se rend odieux au possible. Les Tiroliens se battent en héros, ont chassé, repoussé Français et Bavarois et ont fait offrir à l'Empereur un corps de 40/m. chasseurs et autant qu'ils payeront, nourriront dans leurs provinces pour éviter d'avoir les Français et d'appartenir à d'autre branche que celle de l'Autriche (1) ; dans l'Istrie et Frioul, les jeunes enfants, tout est en armes contre les Français ; ces nouvelles sont officielles et sûres. On répand de plus aujourd'hui qu'une bataille sanglante a eu lieu, qu'elle a été complètement gagnée, Buonaparte une jambe perdue, etc. Mais de ceci je n'ose y donner aucune foi que comme bruit du Cassaro que je vous raconte de même désirant bien que celà se réalise. La Cour de Vienne a fait demander à Stuart de faire quelque chose dans l'Adriatique, mais je n'y compte point, il a envoyé deux expéditions de 2/m. et l'autre de 4/m. hommes ; la première est allée prendre un autre régiment à Malthe, la

Archives de La Tour.
Orio. - I, 97.

———————

(1) Napoléon, après avoir donné le Tyrol à la Bavière qui ne put le conserver, l'avait presque offert à l'envoyé de la diète helvétique, Reinhard (B. VAN MUYDEN, *Histoire de la nation suisse*, Lausanne, 1899, t. III, p. 142-143).

seconde est allée du côté de Cotrone, mais tout ceci a été fait et exécuté sans nous donner pas même de politesse une nouvelle et nous ne savons rien par eux. Vous sentez combien de tristes réflexions celà doit faire naître. Adieu, je désire bientôt recevoir de vos nouvelles encore plus de vous revoir chez nous et recevoir vos bons conseils, comptez sur toute mon estime; selon que j'aurais des nouvelles, je vous les communiquerai; je vous prie, faites en de même et croyez moi pour la vie avec bien de l'estime et reconnaissance votre sincère amie

CHARLOTTE.

Palerme, le 10 octobre 1809 ».

Malgré ces déceptions continuelles la Reine Caroline se reprenait vite à espérer. « Le silence des gazettes de Naples, et de ne voir arriver personne me fait espérer qu'ils n'ont rien de quoi se vanter », écrivait elle le 26 septembre 1809 à M. de La Tour (1). Sous l'inspiration évidente de la Cour de Palerme fut rédigée un mémoire (2) qui porte la date du 22 octobre 1809 et se retrouve dans les papiers de M. de La Tour, avec lequel ces conclusions furent peut-être arrêtées. Il prend comme point de départ la continuation des hostilités entre l'Autriche et la France, et demande l'envoi en Italie d'un petit corps expéditionnaire Autrichien, qui devrait prendre part à un débarquement sur un point de la côte Italienne. Le choix de ce point est l'objet d'une longue analyse contenue dans le dit mémoire. Si notre hypothèse d'une collaboration du Lieut. Colonel de La Tour est exacte on peut rapprocher du mémoire ces papiers conservés également dans son portefeuille.

Archives de La Tour.
Orio. - I, 100.

« Je vous envoie les deux brouillons et les deux lettres, une pour l'Empereur, et une pour votre Oncle. Si vous n'en êtes pas content changez, corrigez, car je ne l'écris que pour vous et elles ne coulent pas facilement; si vous partez encore samedi reportez moi avant midi les lettres pour tout terminer et vous les donner le tout terminé et fait ce soir et croyez que je n'ai pas dit la centième partie de ce que je sens et pense pour vous et que mon estime et confiance ne cessera qu'avec la vie de votre sincère amie

CHARLOTTE ».

« (3) Le choix que V. M. Impériale avait fait dans le temps de M. le C. de La Tour, pour concerter les opérations à exécuter de ces côtés avait fixé d'une manière favorable l'attention de S. M. sur cet officier. Sa conduite personnelle et son zèle pour la bonne cause l'ayant ensuite confirmée dans la bonne opinion qu'elle avait ainsi conçue de lui : S. M. désirerait

---

(1) Archives d'Orio, I, 95.
(2) Voir annexe A.
(3) Ce qui suit est autographe de M. de La Tour.

dans la crise actuelle l'attacher à son service : son grade et ses services donnent la probabilité qu'à son retour en Autriche V. M. le fera colonnel. L'intention de S. M. serait de lui donner le grade de Brigadier, et de l'employer comme chef de l'Etat Major des troupes que les circonstances pourraient lui permettre d'employer à la délivrance du Royaume de Naples : ou à d'autres opérations analogues en Italie. Si V. M. ne jugeait pas convenable de détacher entièrement cet officier de son service ni, en l'y conservant, de lui permettre ostensiblement de servir actuellement ici ; la chose pourrait également avoir lieu par une démission apparente, et un arrangement tacite et confidentiel entre nous. Le Roi espère que V. M. verra dans cette détermination une nouvelle preuve de son entière confiance dans la droiture des intentions de V. M. I. et de son désir d'avoir dans ses autorités militaires une personne qui honorée de la confiance de V. M. soit ainsi à même d'établir des rapports prompts et agréables, avec celles des autorités Autrichiennes qui pourraient peut-être par la suite être amenées par des circonstances plus heureuses à prendre part aux affaires d'Italie. Dans le cas enfin où aucun des arrangements relatifs a M. de La Tour ne serait approuvé par V. M. I. le Roi lui recommande cet officier au sort du quel il prend un intérêt réel (1).

Tout autre son donnent les lettres qu'arrivèrent peu après de l'Autriche à M. de La Tour. Une première dépêche partie de Dotis le 2 septembre, exprimant une approbation complète de la conduite de M. de La Tour, ne laissait guère prévoir la réussite des négociations de paix, mais elle fut immédiatement suivie par une seconde dépêche qui faisait comprendre imminente la fin de la guerre, ainsi qu'on pourra en juger par le texte même des deux lettres (2).

------

(1) C'est probablement à ces projets que se réfèrent les notes suivantes conservées dans les papiers de M. de La Tour.

(Brouillon de la main de La Tour).

« Autorisé à augmenter les troupes par la Levée-formation de nouveaux Corps auxquels on donneroit des noms Italiens et qui devroient servir de noyau à l'Armée Italienne. [Archives de La Tour. Orio. - II, 110.]

Autorisé à former des conventions dans le Pays. Laisser diriger le P. et N. par les anciens Gouvernements. L'Angleterre se mettra elle-même directement à la tête des autres peuples.

Former un corps rég.er et organiser un G.t central.

G. Autrichien à la tête de celui-ci qui devrait agir suivant la direction Anglaise.

Avoir une quantité d'armes [en réserve ?] et de l'argent pour le début de l'entreprise.

Importance de l'objet.

Exposition immédiate (?) des moyens militaires. Moyens de chercher à les augmenter aux moindres frais possibles. Sardaigne, Sicile, recrutement, Guerre préliminaire des Isles, et moyens politiques à employer pour suppléer à la modicité des moyens militaires ».

(2) Les deux dépêches se trouvent en brouillon au Haus-Hof-Staats Archiv. ; l'original de la 2.de est conservé dans les Archives d'Orio, I, 96.

« *Dotis, le 27 septembre 1809.*

Monsieur le Comte,

L'irrégularité extrême des communications entre la Sicile et le Continent, augmentée encore par les différentes entraves que le cours des postes et des courriers a éprouvé dans nos pays, a occasionné des retards très nuisibles dans l'arrivée des dépêches que Vous m'avez adressées. Même dans ce moment j'ai reçu trois jours plus tôt vos lettres de Cagliari du 18 et du 23 août, que celles, que Vous avez confiées le 31 de juillet à un courrier de la Cour de Palerme.

La même fatalité, qui malgré les plus grands moyens que jamais la Monarchie avait réunis, malgré les efforts les plus généreux et les plus soutenus de nos peuples en faveur de leur gouvernement, a conduit l'ennemi dans le coeur de l'Autriche, paraît avoir guidé la marche des puissances, qui avaient annoncé prendre intérêt à notre cause; et si les Cours étrangères peuvent nous adresser des reproches sur la conduite de nos généraux, auxquels il est pénible de répondre, nous conservons du moins la triste satisfaction de pouvoir nous plaindre avec autant de fondement de l'inaction et de l'inconséquence, que ces Cours ont mises dans les opérations militaires, qui devaient servir de diversion aux opérations de nos armées.

L'Empereur rend pleine justice au zèle et à l'activité éclairée avec laquelle Vous avez poussé à la roue tant à la Cour de Palerme qu'auprès du Commandant Anglais en Sicile. Sa Majesté ne Vous sait pas moins de gré des bons services, que Vous y avez rendus, quoique l'exécution n'ait pas répondu à l'attente, que nous devions avoir des entreprises, qu'on nous avait promises de ce côté là. Nous avons fait de fortes représentations à la Cour de Londres sur la mollesse et le peu de bonne volonté que le général Stuard a déployées dans l'expédition projetée contre le Royaume de Naples, mais la lenteur de nos communications avec la Grande Bretagne et de celles entre l'Angleterre et les ports de la Méditerranée ne nous permet pas de nous flatter que nos réclamations offriront encore des résultats avantageux pour la campagne actuelle.

Vous étiez déjà informé, Monsieur le Comte, lors du départ de vos dernières lettres de Cagliari des événements du 5 et du 6 juillet et des conditions de l'armistice, qui en a été la funeste conséquence. Je dois y ajouter pour votre information, que cet armistice conclu sans l'intervention et à l'insu de l'Empereur, qui était à cette époque sur la route de la Bohême en Hongrie, n'a cependant pû être déclaré comme non avenu puisque lorsque Sa Majesté en apprit la conclusion, les stipulations les plus embarassantes pour ses armées étaient déja exécutées et auraient exposé ainsi, si on avait voulu rompre la convention, les autres corps de l'armée à une perte certaine. Dans la position, où la Monarchie se trouvait à la suite de la convention militaire du 12 de juillet, il était tout aussi peu possible de se refuser entièrement à des négociations, qui avaient été provoquées et annoncées dans les pourparlers qui amenèrent la suspension des hostilités. Sa Majesté cependant restant ferme et constante dans ses intentions premières de donner par la paix à sa Monarchie une situation assurée et indépendante, les conférences d'Altenbourg (1) dès leur ouverture n'ont point offert la perspective d'un tel résultat, et nous nous attendons à chaque instant à leur rupture et à la reprise des hostilités.

Vous jugerez, Monsieur le Comte, par ce que je viens de Vous dire, que les mouvements que Vous Vous êtes donnés dans cette dernière époque pour substituer à l'entreprise échouée de Monsieur le Général Stuart une nouvelle expédition combinée entre les Sardes, les Siciliens et les Anglais, ne peuvent avoir que l'approbation suprême de Sa Majesté. Même si nous ne devons pas attendre de grands effets du voyage, que Monsieur le Comte de Revel vient d'entreprendre à la Cour de Palerme, il faut espérer cependant qu'on se réunira sur une mesure offensive quelconque, qui opérerait toujours quelque bien si elle dût être assez considérable pour donner de la jalousie à l'ennemi et pour l'empêcher du moins d'augmenter de l'Italie ses troupes en Allemagne, si (ce qui n'est pas à supposer) elle ne l'obbligeait point à en détacher quelques unes. La seule instruction que je puis Vous donner à cet égard se réduit à Vous prier de continuer avec zèle et persévérance vos efforts pour déterminer les cours de Sicile et de Sardaigne à de nouvelles entreprises sur le Continent de l'Italie, et à y employer le plus possible de vigueur et de forces. Le point le plus propre à un débarquement ne saurait être indiqué d'ici, puisque c'est la situation du moment, la distribution des troupes ennemies, la disposition des peuples, qui doivent être consultés. Cependant la direction la plus convenable paraît être celle, qui en cas d'événements heureux pour nos armes, offrirait au plus tôt la facilité de mettre les différentes armées en communication directe entre elles.

Je ne dois toutefois pas Vous laisser ignorer, que d'après plusieurs lettres qui nous sont parvenues par la même occasion qui m'a porté vos dépêches, j'ai lieu de craindre que Monsieur le Général Stuart ne se laissera que difficilement engager à prendre part aux vues, que Monsieur le Comte de Revel a présentées à la Cour de Sicile, et que, même on a fait jouer des intrigues auprès du Roi Ferdinand pour l'empêcher à entrer là dessus dans les plans de la Reine. Monsieur le Général Stuart pourrait d'ailleurs donner à son refus de coopérer avec les armées Sarde et Sicilienne un motif, qui n'est pas tout-à-fait sans fondement, puis qu'on vient de lui proposer de notre part de disposer de quelques milliers d'hommes,

---

(1) L'histoire des conférences d'Altenbourg a été faite par l'un des acteurs, Metternich dans le tome 1.er de ses *Mémoires*.

pour l'Adriatique où sans contredit ils pourraient être d'une grande utilité au soutien de nos opérations militaires dans les provinces maritimes. J'ai l'honneur d'être avec une considération distinguée

Monsieur le Comte!

Votre très humble et très obéissant serviteur

[HUDELIST].

Dotis, le 27 septembre 1809 ».

« *Monsieur le Comte,*

L'irrégularité extrême des communications entre la Sicile et le Continent, augmentée encore par les différentes entraves que le cours des postes et des courriers a éprouvées dans nos pays, a occasionné des retards très nuisibles dans l'arrivée des dépêches que vous aviez adressées à M. le Comte de Stadion. Même dans ce moment vos lettres de Cagliari du 18 et 23 août sont arrivées trois jours plus tôt que celles que vous aviez confiées le 31 de juillet à un courrier de la Cour de Palerme.

Les négociations d'Altenbourg ont dans l'entretemps au moment même où l'on s'y attendait le moins, pris une tournure plus pacifique, et sa Majesté s'est déterminée en conséquence à faire partir pour Vienne le Feld Maréchal Prince de Lichtenstein (1) pour suivre les indications qui semblent ouvrir la perspective d'un rapprochement. Le Prince doit rendre compte à l'Empereur de sa mission dans le plus bref délai possible : la crise du moment ne saurait donc durer au delà de quelques jours, et vous serez informé du résultat par un courrier, qui probablement suivra de près le porteur de cette dépêche.

J'ai l'honneur d'être avec une considération très distinguée

Monsieur le Comte!

Votre très humble et très obéissant serviteur, en absence du Ministre des affaires étrangères

le Conseiller DE HUDELIST.

Dotis, le 2 octobre 1809.

A M. le Comte DE LA TOUR à Palerme ».

Une lettre confidentielle de son oncle de Bellegarde mit V. de La Tour tout à fait au courant :

« On n'a pas tous les jours les occasions de vous écrire, mon cher La Tour. Celle qui se présente si elle n'est pas très belle est au moins sûre pour autant qu'il y a encore quelque sûreté ici bas.

J'ai vu par votre chère lettre de Cagliari du 22 d'août que vous m'avez écrit plusieurs fois mais que vous n'avez reçu aucune de mes lettres ; je ne

---

(1) Jean prince de Lichtenstein (1760-1836).

saurais me vanter de vous en avoir écrit beaucoup; mais cependant si je compte bien c'est la quatrième que je vous adresse. La première était encore écrite de Saatz avant que la guerre n'eut éclaté, la dernière de Comorn (1) je crois, peu auprès avoir été appelé auprès de la personne de

---

(1) Cette lettre parvint en effet à M. de La Tour, elle a été conservée dans ses papiers (Archives d'Orio, I, Suppl. 89 *bis*) :

« Il se présente une occasion de vous écrire, mon cher La Tour, et je la saisis avec empressement pour vous dire que j'ai reçu deux de vos lettres depuis votre départ qui m'ont fait grand plaisir, mais auxquelles je n'ai pas pu répondre parce que mon éloignement du quartier général ne m'a pas accordé l'agrément d'en être mis en possession avant l'expédition rétrograde du courrier qui en était le porteur. J'apprends avec satisfaction que votre santé est toujours bonne et qu'on est content de vous où vous êtes, de sorte que vous ne pouvez pas douter qu'on le soit ici. Vous avez eu un joli début de campagne, c'est dommage qu'on n'ait pas crû pouvoir détacher la flotte entière et pousser la pointe plus avant; sans doute Naples aurait été à vous. Nous n'avons pas aussi bien commencé en Allemagne qu'en Italie, après cela nous avons livré deux vigoureuses batailles dont la première aurait pu nous mener loin et dont la dernière nous a conduit où nous sommes. — Voilà le résumé de notre guerre. J'en suis échappé au moral et au physique heureusement. Mon corps est le seul qui n'ait point essuyé d'échec même dans les affaires perdues. A Aspern c'est lui qui a emporté ce point capital malgré les efforts de Massena pour s'y soutenir, à Wagram j'étais de l'aile triomphante et j'ai pris à l'ennemi le village d'Aderklaa que j'ai soutenu jusqu'à la retraite ordonnée et motivée par la défaite de notre gauche. Dans les combats de Znaym c'est encore mon corps et celui du P.ce de Reuss seul, qui ont pendant deux jours soutenu tous les efforts de l'armée ennemie réunie et cela sans perdre un pouce de terrain et à la suite de marches nocturnes et de fatigues inouïes depuis Wagram sans avoir pris aucune nourriture pour ainsi dire durant toute cette retraite. A Aspern et à Wagram le carnage a été terrible de part et d'autre, tous mes entours ont été mis hors de combat. Le frère de Grunne qui était auprès de moi a été grièvement blessé et a eu son cheval tué; le petit P. Hohenzollern de même blessé et un cheval tué. Zechmeister blessé, Schreibers major actuellement, son cheval tué, presque toutes mes ordonnances tuées ou blessées. Pour moi comme toujours invulnérable j'en ai été quitte pour un coup de fusil au travers du chapeau, une tappe plutôt qu'une contusion d'un coup de mitraille à la cuisse et pour une éclaboussure d'une grenade Royale à la jambe de mon brave Alezan dont il a conservé une enflure ou boulet, ce qui ne l'embellit pas. — C'est bien trop vous parler de moi, mais comme dans les relations *il en est pas fait mention* ainsi que de mon corps et que je connais l'intérêt que vous prenez à moi, il fallait bien vous en dire quelques mots, mon cher Victor. Vous saurez déjà les changements qui ont eu lieu depuis l'armistice et qui m'ont conduit auprès de la personne de Sa Majesté l'Empereur. Ainsi je ne vous en parle pas. Vous connaissez ma façon de voir, de penser, de sentir, vous vous ferez donc de vous même les commentaires sur ma position; mais ne faut-il pas encore que je revienne à vous parler de moi, vous serez bein étonné de me trouver si égoïste.

Qu'avez-vous dit de la campagne de Pologne? Je bénis mon destin de ne m'y être pas trouvé, mais Dieu sait à quoi encore il me réserve.

Janus a rendu de très bons services dans cette campagne, on a été fort content de lui, mais il n'est pas heureux; il a eu nombre de chevaux tués, d'autres brulés dans un incendie et il a fini par être fait prisonnier dans une île près de Presbourg. Maintenant il est échangé, à savoir encore si on le laissera revenir, le considérant comme sujet *de la Grande Nation*. Aussi mon neveu Fritz a été blessé et pris non loin d'Anberg; je me suis de même intéressé à son échange. Je ne serai tranquille sur leur compte que quand

S. M. l'Empereur : depuis il ne s'est présenté qu'une seule occasion que j'ai manquée pour un empêchement qui m'est survenu. Je ne vous parle pas de votre campagne, la nôtre pour avoir été plus fertile en événements et plus meurtrière n'a pas eu plus de succès; une bataille gagnée, trois autres très disputées en Allemagne, n'ont produit que l'armistice dont Vous vous plaignez et la paix dont nous rougissons (1). Ma tâche finie ici puisqu'on pose les armes, je suis chargé de réoccuper la Gallicie quand nous parviendrons à la faire évacuer par les possesseurs actuels. Mon Przemikow fait partie du Duché de Varsovie; cette circonstance n'ajoute pas un nouveau charme au séjour de ces Provinces de la zone Glaciale dont déjà ni vous ni moi n'étions amoureux. Il est vrai qu'on me fait espérer que je ne dois pas y rester, cependant dans le lointain on vous oublie et si l'on est content de vous on vous y laisse. Une seule chose qui pourrait me sauver c'est la réunion des deux pouvoirs qu'on m'accorde comme commissaire plénipotentiaire, et que d'après les principes du gouvernement on ne voudra pas, les premiers moments passés, laisser dans les mêmes mains. Enfin, *sarà quel che sarà*. Je suis à la fin de ma carrière et bientôt le repos sera mon besoin, mon désir et ma seule ambition. Ce qui me peine c'est l'éloignement perpétuel de ma famille : vous m'en demandez des nouvelles? Hélas, oui, elle est restée à Vienne et a partagé les tourments, les angoisses et les dangers auxquels cette pauvre ville a été soumise. Je ne sais encore ce qui en sera de l'établissement d'Adèle, son coeur parle maintenant pour René et

---

je les reverrai. — Votre écurie n'a pas gagné depuis votre absence. Le paradeur a fait dès son départ de Cracovie une grande maladie dont il ne commence à se remettre qu'à cette heure. Le cheval gris a, ce me semble, un peu plus d'haleine qu'auparavant, et le Moldave est devenu un cheval de fatigue. — D'après les bontés que la Cour a pour vous dans le pays où vous vous trouvez : je crois que vous n'y passez pas mal votre temps, au moins vous n'avez rien à regretter de n'avoir pas assisté à nos hauts faits ici. Je ne doute pas que vous saurez vous ménager et vous concilier aussi dans l'avenir la bienveillance de Sa Majesté la Reine et du Prince auprès duquel vous avez fait la campagne ou l'expédition maritime qui ne fait que de rentrer, ce qui ne peut qu' être un acheminement certain à votre fortune au service de l'Empereur qui par là apprend à vous connaître. Ma femme est toujours à Vienne mais ne compte pas y rester si les hostilités recommencent. Je ne vous dis rien d'Adèle, elle a fini comme on pouvait le prévoir, ne voyant d'autres hommes que celui qu'on lui destinait a fini par le trouver à sa guise, et c'est comme cela qu'avec de la persévérance et de la patience tout se conduite au but ici bas. Je fais des voeux pour votre bonheur, mon cher La Tour, vous méritez d'en être comblé, quant à moi j'y renonce, car à vue de pays je ne gôuterai jamais le seul qui pourrait satisfaire mon coeur. Persuadez-vous de l'estime et de l'attachement que je vous ai voué pour la vie.

Dotis en Hongrie près de Comorn. Ce 10 septembre 1809.   B.

Si vous le jugez à propos mettez-moi aux pieds de sa Maj. la Reine ».

(1) Cette paix de Schönbrunn, arrachée par Napoléon à la candeur toute militaire du prince Jean de Lichtenstein, était une sorte d'escamotage (METTERNICH, *Mémoires* cit., pp. 91 et seg.). Quant au rôle de Bellegarde dans la campagne, cfr. SMOLA, *oeuvre citée*.

après m'être fait tirer l'oreille pendant quelque temps il faudra finir comme
font toujours les pères par y consentir. Mes garçons font des progrès dans
la langue latine et réussissent aussi bien que le permet une mauvaise éducation de collège; la seule que les circonstances me permettent de leur
donner. Puisque vous m'accordez un peu de raison et qu'en effet la neige
de mes cheveux et les glaces de l'âge ont assez refroidi ma tête, je ne saurais être de votre avis sur le parti que vous me marquez vouloir prendre.
Mon cher Victor, ni vous ni moi ne changerons le monde; nous ne vivons
plus dans des temps chevaleresques, restons fidèles à nos principes, ne tran-
sigeons pas avec nos devoirs, mais ne nous les exagérons pas de manière
qu'en suivant l'essor d'une imagination trop montée nous croyons pour
les remplir devoir, en émules de Don Quichotte, devoir chercher les aventures dans la Manche, y acquérir le titre de chevaliers de la triste figure,
et finir comme lui à l'hôpital des foux. Les derniers événements de ce pays (1)
annoncent que de loin l'énergie et la valeur guerrière de ce peuple brille
plus que de près et dans peu sans doute sa résistance s'éteindra avec le feu
qui l'a nourrie. Si ce n'est que pour enterrer une monarchie il ne faut pas
se choisir une nouvelle patrie. Il n'y a que le cas où l'on vous ferait des
avantages et vous assurerait un beau sort en Angleterre que je vous dirais:
Acceptez pour bien des raisons que je ne saurais confier à la plume, mais
que votre bonne tête devinera sans doute. Elle a, comme me prouve votre
lettre, très bien jugé notre position qui rendait la paix nécessaire. Il s'est
sans doute commis quelques bévues dans la conduite de la négociation et
dans la conclusion, mais enfin le navire est sauvé du naufrage quoiqu'il ait
fallu couper quelques mats, jeter à la mer partie des canons et de la cargaison. *Chi ha tempo ha vita.* Après la paix de Presbourg on nous croyait
perdus sans ressources, nous ne le serons pas à cette heure si l'on sait tenir
une conduite sage, prudente, et si on ne s'endort pas sur le précipice...
Après vous avoir déjà trop parlé de moi et des miens et trop de politique
à laquelle vous savez et je crois que je n'entends goutte, je passe à un
objet qui vous intéresse plus particulièrement. C'est votre pauvre frère
Janus que je vous ai dit avoir été fait prisonnier dans une presqu'île près
de Presbourg, qui a été transporté en France; là, mis en arrestation ainsi
que le Capit. P. de Neuwied dans la citadelle de Strasbourg et dont je ne
sais pas encore la délivrance quoique son échange se soit fait depuis longtemps et que S. M. l'Empereur ait eu la grâce de s'intéresser elle même
à cet objet et ait ordonné des démarches ministérielles très pressantes à
cet égard. Je sais qu'on est fort content de vous où vous êtes, on ne l'est
pas moins ici, quoique vous ne retrouverez plus les mêmes visages au
Ministère, vous y trouverez les mêmes dispositions pour vous. Je n'ai pas
besoin d'ajouter que vous y retrouverez aussi des parents et des amis qui

----

(1) Evidente allusion à l'Espagne.

vous estiment et vous aiment et qui seront bien enchantés de vous recevoir, car vous ne sauriez en douter. C'est dans ces sentiments inaltérables que je suis à jamais, mon cher Victor, tout à vous.

H [ENRI].

Dotis, le 24 octobre 1809.

P. S. — Je pars demain pour Teschen. Faites comme il convient mes honneurs à ceux auprès lesquels vous vous trouvez et faites moi savoir ce que vous devenez. Vincent vous fait dire mille choses amicales et aimables, il vous réserve ses observations accréditées par l'expérience jusqu'à votre retour ».

Le Comte de Bellegarde ne se trompait pas en faisant allusion à de nouvelles circonstances qui pourraient conseiller à son cher neveu de prendre service dans l'armée anglaise. Victor de La Tour dut prendre connaissance avec un serrement de coeur de la lettre qu'on va lire, dans laquelle le nouveau ministre des affaires étrangères lui faisait craindre que les exigences de Napoléon pourraient empêcher l'Empereur François de lui garder sa place dans l'armée.

« Monsieur le Comte,

Archives de La Tour.
Orio. - I, 99.

Le traité de paix signé à Vienne le 14 octobre ayant mis fin à la commission dont vous étiez chargé de la part de l'Empereur, sa Majesté m'ordonne de vous exprimer sa satisfaction du zèle et de l'intelligence avec lesquelles vous vous en êtes acquitté dans des circonstances bien difficiles, et qui vous ont valu l'estime et la reconnaissance de la Cour Royale de Sicile.

Il m'en est d'autant plus pénible d'y ajouter une annonce qui laisse quelque doute, si l'Empereur pourra conserver à son service un officier d'un mérite aussi distingué, Napoléon s'étant réservé à l'occasion du rétablissement de la paix de désigner ceux des officiers Piémontais, auxquels il ne compte pas en accorder le droit. C'est à vous même, monsieur le comte, à juger votre position et en combien à votre retour en Autriche vous pourriez courir le risque d'y être compris. Mais quel que soit le parti que vous prendrez, il vous sera toujours permis de compter sur la bienveillance de l'Empereur, et sur l'intérêt que sa Majesté ne cessera de prendre à ce qui vous concerne.

Je serai de mon côté charmé de pouvoir contribuer à votre satisfaction lorsque l'occasion s'en présentera, et je vous prie d'être bien persuadé des sentiments de la considération très distinguée avec lesquels j'ai l'honneur d'être, Monsieur le Comte,

Votre très humble et très obéissant serviteur

METTERNICH.

Dotis, le 4 novembre 1809 (1) ».

----

(1) Le Comte de Metternich ne se transporta à Vienne que le 27 novembre (Lettre à sa femme du 28 novembre, publiée dans les *Mémoires* cit., P. I, p. 233).

La réponse que M. de La Tour fit à ces tristes communications fut précedée par deux autres rapports écrits de Palerme à la fin d'octobre. L'ensemble de ces pièces clot l'histoire de la mission auprès de la Cour de Sicile, dont le jeune Lieut. Colonel était chargé.

« Palerme, le 24 octobre 1809.

Monseigneur!

Votre Altesse Impériale aura daigné observer dans le rapport, que j'ai eu l'honneur de lui soumettre en date de *Cagliari* le 14 août par l'occasion de Monsieur le Capitaine Ghillioni, que Sa Majesté le Roi de Sardaigne envoyait en Sicile le Lieutenant Général Comte de Revel dans la vue de concerter avec le Général Stuart et la Cour de Palerme un nouveau plan d'opérations sur les côtes d'Italie et laissait à la décision du Général Stuart le choix des points qu'il aurait jugé les plus convenables depuis *Savonne* jusqu'à *Civitavecchia*.

Votre Altesse Impériale aura postérieurement été informée par Monsieur le Capitaine Bertina, que la mission du Comte Revel n'avait point eu de succès auprès du général Stuart, lequel n'avait pas même voulu contracter des engagements positifs pour le cas éventuel de la reprise des hostilités de la part de Sa Majesté Impériale, et le dit général, dans ses réponses aux lettres que je lui ai écrites au sujet de la mission du Comte de Revel, évite aussi d'entrer en explications sur ses intentions relativement à la situation militaire des choses. Monsieur Hill, Ministre d'Angleterre à Cagliari, a depuis la nouvelle de l'Armistice de Znaim suspendu le payement de quelques légers subsides qu'il avait dans le principe accordé au Roi de Sardaigne, pour mettre ce prince plus en état de rendre ses troupes disponibles au dehors de l'Ile (1).

Lord Amherst, ministre d'Angleterre à Palerme, a aussi vers la même époque proposé à cette Cour des articles additionnels au traité des subsides tendants à mettre entièrement les moyens militaires de la Sicile à la disposition du Général Anglais, qui commande les troupes Britanniques. Ces articles ayant en partie été refusés, il est à craindre, que le payement des subsides n'éprouve de même ici quelque retard. Enfin la partie de la Marine Anglaise, commandée par l'Amiral Martens, qui avait jusqu'ici été déstinée à protéger les côtes de Sicile, ainsi que les opérations des troupes combinées Anglo-Siciliennes, a été appelée par l'Amiral Collingwood au blocus de Toulon.

D'après ce concours de circonstances et de faits, il paraît évident que l'on ne peut nullement se flatter, que les troupes Anglaises prennent actuel-

Haus-Hof-und-Staats Archiv-Vienne.

---

(1) Un chapitre bien intéressant de l'histoire financière de la politique anti-napoléonienne du Cabinet anglais est mis à point par le livre récent, JOSEF HIRN, *Englische Subsiden für Tirol und die Emigranten von 1809*, Innsbruck, 1912.

lement part aux tentatives que les Cours de Sicile et Sardaigne voudraient faire sur les côtes d'Italie, et que l'on ne peut non plus espérer que les Autorités Anglaises dans la Méditerranée veuillent fournir aux dites Cours les moyens pécuniaires et maritimes nécessaires pour qu'elles puissent agir par elles même avec quelque vigueur.

Il est à la vérité très présumable, que si l'armistice vient à être rompu, la Cour de Londres depuis longtemps vivement sollicitée par les deux Cours Italiennes adoptera des mesures efficaces relativement aux affaires d'Italie, mais vû la distance des lieux l'effet de l'adoption des dites mesures doit être assez tardif, il ne peut même être bien calculé et complet qu'autant qu'il serait le résultat de l'intervention de Sa Majesté Impériale, et qu'il serait basé sur le mouvement et la situation probable des Armées Autrichiennes à l'époque où les Alliés commenceraient à agir en Italie.

Dans cette situation des choses, je crois qu'il est de mon devoir de profiter de l'état de stagnation, où il est extrêmement probable que les affaires resteront encore un certain temps de ce côté-ci, pour me rendre au Quartier Général de Votre Altesse Impériale et auprès du Ministère de Sa Majesté Impériale, afin d'avoir l'honneur d'y recevoir de nouveaux ordres et celui de rendre un compte verbal plus détaillé sur les moyens, les vues et les projets des deux Cours Italiennes, ainsi que sur les opérations qu'elles voudraient tenter selon le cas d'assistance ou non assistance militaire de la part des Anglais, objets sur lesquels votre A. I. trouvera d'ailleurs des éclaircissements dans les lettres dont j'aurai l'honneur d'être porteur de la part du Roi de Sardaigne, et de cette Cour. Un des événements, également désiré par les deux Cours Italiennes lors de la reprise des hostilités, serait l'envoi d'une flottille Impériale ayant à bord quelque peu de troupes de débarquement destinées à agir, selon les circonstances, sur les côtes de l'Adriatique ou sur celles de la Méditerranée.

Les dites Cours verraient dans cette flottille un garant constant de la protection de la Marine Anglaise, qui lui étant sûrement accordée, le serait aussi à celle de leurs, qui devrait agir de concert avec elle; quant aux troupes de débarquement, à part le bon effet, que leur présence produirait en Italie, elles pourraient dans certains cas fournir les moyens de fixer l'irrésolution des Généraux Anglais. J'aurai l'honneur de soumettre cette idée plus en détail à Votre Altesse Impériale, je me borne donc aujourd'hui à avoir celui de lui observer que si pendant la campagne Anglo-Sicilienne sur les côtes de Naples, j'avais eu une flotille portant deux bataillons à ma disposition, j'aurais eu plusieurs occasions de faire commencer les opérations sur le continent d'Italie soit en m'emparant d'un point favorable de débarquement, soit en échauffant et soutenant des insurrections, qui se préparaient dans les Etats Romains, Toscans et Génois.

Une expédition d'environ 3000 Anglais partie de Messine et Malte s'est dirigée sur les sept îles, on ne connaît point encore ici le résultat définitif de cette tentative. On manque depuis quelque temps de nouvelles officielles d'Espagne; il semble pourtant qu'en général les affaires n'y prennent pas une tournure défavorable. Les députés d'Amérique sont attendus à Seville pour la fin de novembre; on espère, que leur présence et tout l'argent, qu'ils apportent, produira un effet avantageux. Les nouvelles des états héréditaires que j'ai trouvé dernièrement ici à mon retour de Sardaigne sont datés de Fiume le 26 septembre; elles annoncent la reprise des hostilités comme très probable et assez prochaine.

Aussitôt, que j'aurai reçu les lettres et les derniers ordres de cette Cour, je me rendrai à Messine; où j'espère trouver le Général Stuart et obtenir peut-être verbalement de lui quelques éclaircissements sur ses projets futurs en cas de la reprise des hostilités. Si d'ici à l'époque de mon arrivée à Messine il ne survient point quelques ordres ou circonstances imprévues, qui m'obligent à changer de résolution, je metterai de là immédiatement à la voile pour Fiume.

Dans l'espoir que Votre Altesse Impériale daignera ne pas désapprouver cette résolution, j'ai l'honneur d'être, etc.

Signé: LA TOUR ».

Le Comte de La Tour au Comte de Stadion.

« Palerme, le 24 octobre 1809.

Si Votre Excellence daigne jeter les yeux sur la copie, que j'ai l'honneur de joindre ici du rapport, que j'ai celui d'adresser aujourd'hui à Son Altesse Impériale Monseigneur l'Archiduc Jean, Elle y verra les principaux motifs qui me déterminent à profiter de la stagnation présumable des choses de ces côtés-ci, pour me rendre auprès d'Elle; mais je crois encore devoir avoir l'honneur de prévenir Votre Excellence que quoique d'après mon dit rapport même, Sa Majesté Impériale ait un droit évident de se plaindre de l'irrésolution et de la tiédeur que les autorités Anglaises ont apporté dans les affaires d'Italie, je n'ai nulle raison pour en attribuer les fâcheux effets à mauvaise volonté de la part du Gouvernement Anglais; mais qu'au contraire ils me semblent uniquement résulter de deux causes:

1° D'un vague dans les instructions primitivement données par le Gouvernement Anglais à ses employés dans la Méditerranée, vague qui laissant peser sur eux beaucoup de responsabilité les a paralisés lorsque les circonstances sont devenues critiques.

2° De quelque manque de combinaison et d'accord dans les demandes de nos premières autorités militaires, qui auraient dû dans le temps être calculées pour le cas de revers, comme pour celui de succès. Les dites demandes officielles avaient été absolument basées sur l'hypothèse de la présence d'une armée autrichienne dans le Nord de l'Italie, la retraite de nos armées a détruit cette hypothès et le défaut total d'ordres, d'instructions et même de nouvelles, où j'ai été depuis l'époque fâcheuse de la campagne m'a mis hors de possibilité de la remplacer officiellement par quelqu'autre combinaison et de combattre aussi officiellement l'irrésolution où ce changement imprévu dans la situation militaire des choses a jeté le Général Stuart.

Si ,ces deux causes continuent à subsister, la seconde campagne, qui semble devoir s'ouvrir, ne sera pas plus énergiquement conduite de ces côtés-ci, que celle qui vient de s'écouler, mais il est, ce me semble, à espérer, que la première pourrait être détruite par l'intervention de Votre Excellence auprès du Cabinet de Londres, et la seconde par une combinaison de la part de nos autorités militaires plus étendue et calculée, soit dans le cas de succès, soit dans celui de revers. Ces considérations m'ayant porté à croire qu'un rendement de compte de ma part verbal et par conséquent plus détaillé pourrait être utile, ont ajouté une nouvelle force aux motifs indiqués dans mon rapport pour raison de mon retour dans nos Etats, et j'ose espérer que Votre Excellence daignant les prendre en considération ne désapprouvera pas ma résolution à cet égard. Je crois aussi devoir avoir l'honneur de la prévenir, que le 18 septembre j'ai profité de l'occasion d'un paquebot pour écrire au Prince de Stahremberg une lettre assez détaillée sur l'état des choses actuelles, et sur la grande utilité, dont serait à la cause commune une forte diversion entreprise au commencement de l'hiver vers le nord de l'Italie; qui est dégarni de troupes ennemies, et qui à cette saison se trouve séparé de la France par les neiges. De sorte qu'avec un peu de bonheur on pourrait parvenir promptement à s'établir dans le dit Nord de l'Italie de manière à priver l'ennemi des ressources qu'il tire de la Péninsule entière. Je lui propose que dans le principe l'expédition soit combinée avec le Roi de Sardaigne, et ensuite si elle est heureuse qu'un de Messeigneurs les Archiducs vienne y diriger la partie militaire, et qu'en un mot l'Autriche y intervienne aussitôt que les circonstances le rendront possible; j'ai cherché dans la dite lettre à n'exposer, que des motifs qui puissent être entièrement ostensibles au Gouvernement Anglais et propres autant, que je l'ai sû, à faire impression sur lui, je communique à part au Prince de Stahremberg quelques observations sur les principaux employés Anglais de ces côtés et je le prie enfin si l'exposé, que je lui soumets, pouvait avoir quelques résultats de vouloir bien en instruire immédiatement Votre Excellence, afin que je reçoive plus promptement ses ordres; en me rapprochant d'Elle, je me trouve donc aussi plus à portée de connaître les suites qu'aura pû avoir cette ouverture, et de recevoir les instructions, dont il lui plairait de m'honorer à ce sujet. Le Comte de Revel, que j'ai trouvé ici à mon retour de Sardaigne, et la mission duquel est connue à Votre Excellence par mes rapports apportés par le Capitaine Ghiglione, et par celui du Capitaine Bertina, m'a communiqué hier une lettre du Général Stuart du 19 octobre où avec des formes polies il décline nouvellement d'entrer dans aucune explication satisfaisante sur les cas futurs et éventuels. Cette nouvelle preuve de la grande réserve, que ce Général observe vis-à-vis les deux Cours Italiennes, et celle même qu'il a depuis un certain temps avec moi, me porte presque à croire que par le moyen de Lord Bathurst (1), il se soit mis en

____

(1) Lord Henry Bathurst (1762-1834), entré dans le cabinet Pitt en 1804, dirigea la politique étrangère du gouvernement anglais pendant les derniers mois de 1809.

rapport direct avec Votre Excellence, chose qui serait certainement bien plus avantageuse. Si d'ici à l'époque de mon arrivée à Messine il ne survient pas des ordres ou des circonstances imprévues, qui m'obligent de continuer mon séjour ici, j'espère d'avoir l'honneur de voir Votre Excellence peu de temps après qu'Elle aura reçu le rapport, que j'ai celui de lui adresser aujourd'hui ; je la supplie en attendant de vouloir bien me permettre de profiter de cette occasion pour lui présenter un nouvel hommage des sentiments de très haute et très respectueuse considération avec laquelle j'ai l'honneur d'être

de Votre Excellence
le très humble et très obéissant serviteur
Le Comte DE LA TOUR, lieut. col.

Palerme, ce 24 octobre 1809 ».

M. de La Tour au Comte de Metternich.

« *Palerme, ce 8 décembre 1809.*

Excellence!

J'ai tout lieu de présumer que mes rapports du 24 août et 24 octobre, que j'avais l'honneur d'adresser à S. E. Monsieur le Comte de Stadion sont parvenus à la connaissance de Votre Excellence ; comme ils contiennent une exposition de la situation des choses de ces côtés-ci, et qu'elle n'a pas varié je ne crois pas devoir appeler nouvellement son attention sur cet objet. Du depuis j'ai reçu une lettre en date du 2 octobre, que Monsieur le Conseiller de Cour Hudelist m'a fait l'honneur de m'écrire dans la vue principalement de me prévenir sur la prochaine arrivée d'un Courrier, cette circonstance m'a décidé à suspendre l'exécution du projet de retourner en Autriche enoncé dans mon dit rapport du 24 octobre. Actuellement je viens par l'occasion de l'arrivée du Courrier *La Foret* d'avoir l'honneur de recevoir la lettre en date du 4 novembre dont Votre Excellence a bien voulu m'honorer. L'assurance qu'Elle m'y donne de l'Auguste bienveillance de Sa Majesté Impériale et les expressions flatteuses de satisfaction qu'Elle daigne Elle même m'y adresser, me pénètrent de la plus profonde et respectueuse reconnaissance, mais ce sentiment me rend encore plus pénible le doute, où Votre Excellence me laisse sur la possibilité de continuer ma carrière au service de Sa Majesté Impériale. Les armées et les états de Sa Majesté forment actuellement ma vraie patrie et si pour la conserver il ne s'agit que de courir des risques personnels dans des cas éventuels ou d'exposer le peu de propriétés que la Révolution m'a laissé dans des Pays devenus France, je ne la perdrais point ; mais si enfin des circonstances impérieuses etrangères et indépendantes de ma volonté me forcent à en faire le douloureux sacrifice, je supplie Votre Excellence d'être bien persuadée que partout, où le sort me conduira, je porterai aux intérêts de Sa Majesté Impériale un sentiment de respectueux dévouement inaltérable.

En attendant Votre Excellence daignant me prévenir, que ma mission est finie, il me paraît qu'il est en toute hypothèse de mon devoir de chercher les moyens de me rendre auprès d'Elle pour avoir l'honneur de lui en rendre un compte plus détaillé. La lettre dont Votre Excellence m'a honoré me donnant l'espoir d'obtenir l'appui de sa haute protection, j'ose m'y recommander à l'avance, en la suppliant cependant d'être assurée, que je ne la réclamerais pas pour des objets, qui puissent être à charge de l'Etat, si l'honneur de le servir m'était refusé.

C'est avec ces sentiments, celui de la plus profonde reconnaissance, de la plus haute et la plus respectueuse considération, que j'ai l'honneur d'être

de Votre Excellence
Le très humble et très obéissant serviteur
DE LA TOUR, lieutenant colonel.

Palerme, ce 8 décembre 1809.

P. S. — Je compte me diriger sur Fiume, où j'espère trouver des Employés Autrichiens, qui puissent protéger mon retour à Vienne ».

Victor de La Tour ne quitta pas la Sicile sans quelques dédommagements aux déboires dont il avait été abreuvé surtout de la part du général Stuart. La marquise de S.t Peyre, Dame d'honneur de la Reine de Sardaigne, lui écrivait à la fin de l'automne de manière à lui faire comprendre combien ses anciens Souverains avaient été contents de lui.

« *Monsieur,*

J'ai reçu avec bien de la satisfaction, et reconnaissance votre obligeante lettre du 27 échu, Monsieur, je ne l'ai reçue que le 23 du courant, je me suis fait un devoir de la communiquer aussitôt à Sa Majesté la Reine, elle m'ordonne de vous dire qu'elle approuve très fort ce que vous avez fait, et ce que vous n'avez pas fait, elle vous remercie et vous fait ses compliments ; elle fut vraiment vivement affligée de la mort de son Auguste Frère (1), et de la maladie de son Auguste Soeur l'Impératrice, elle eut ces nouvelles, vraiment d'une façon accablante, mais on n'a pu qu'accuser l'empressement qu'on a d'obliger tout le monde qui reçoit des lettres dans ces temps ci, comme chose fort rare. Sa Majesté eut de nouveau le chagrin d'apprendre la mort de l'Archiduchesse Marianne (2), personne qu'elle avait beaucoup connu à Rome ; ayant une âme sensible, tout l'affecte et ses nerfs en ont soufferts. Que vous dirai-je mon cher Comte de la paix, il est mieux et par respect

---

(1) Le 2 septembre 1809 était mort l'archevêque de Gran, primat de Hongrie qui était l'archiduc Charles, frère cadet de la reine de Sardaigne et de l'impératrice.

(2) L'archiduchesse Marianne, soeur de l'empereur François, née le 21 avril 1770, était morte le 1 octobre 1809.

et par politique n'en rien dire, je me borne donc au silence et ne me per-
mets autre chose à vous dire si non que j'en suis vivement affectée y voyant
la ruine totale de toutes les Monarchies, si le Seigneur n'y remédie, je crois
vous l'avoir dit lorsque je la craignais, et que vous vous efforciez à me rassurer, c'est une paix inconcevable. Je n'ai plus eu de lettres du Piémont, et
Dieu sait quand j'en aurai, je ne puis donc vous donner des lettres de M.
votre père, j'espère qu'à l'heure qu'il est il en aura eu des vôtres car je sais
que mes lettres étaient arrivées heureusement en Corse.

Je désire que vous ayez enfin reçu le courrier que je conçois que vous
deviez attendre avec impatience; je pense que si vous avez dû partir de Palerme vous y aurez laissé votre adresse, et j'espère que celle-ci vous parviendra où vous serez. Veuillez bien agréer l'assurance des sentiments distingués
que je vous ai voués et avec lesquels j'ai l'honneur d'être, monsieur,

Votre très humble et très obéissante servante
Marie Angelique de Saint Peyre née Solar.

Cagliari, 26 octobre 1809 ».

Le Duc d'Orléans adressait à M. de La Tour avant son départ les lettres
suivantes.

« Ce Vendredi Soir.

Voici, mon cher Comte, les lettres dont vous voulez bien vous charger.
Je vous souhaite de tout mon coeur un heureux voyage et un plein succès.
Je profite avec grand plaisir de cette occasion de vous répéter combien je me
réjouis de vous avoir connu, combien je vous apprécie et combien je suis
sensible à l'intérêt que vous me témoignez.

Croyez que vous me trouverez toujours bien empressé de vous convaincre
de celui que je prends à vous, ainsi que de tous les sentiments que je vous
porte et que je vous conserverai à jamais.

Archives de La Tour.
Orio. - III, 207.

L. P. D'Orleans.

Je vous écrirai sûrement par la première occasion et j'espère que vous
m'écrirez aussi quand vous en aurez le temps ».

—————

« Ce Mardi Soir.

Voici, mon cher Comte, ma lettre pour Gentz, que je recommande à
votre obligeance en vous en faisant d'avance tous mes remerciments, et vous
priant de compter toujours sur tous mes sentiments pour vous ».

Le Prince Léopold des Deux Siciles, que La Tour avait accompagné dans cette malheureuse expédition d'Ischia, ne le laissait pas partir sans le témoignage le plus flatteur de son amitié.

« *Mon cher Comte,*

C'est en vrai capucin que je vous envoie mon portrait; mais c'est afin que vous aiez sans cesse sous les yeux l'image d'une personne qui vous est extrêmement attachée, et qui désire ardemment d'avoir toujours une place dans votre souvenir. Je désire extrêmement, mon cher Comte, que vous fassiez un heureux voyage; et encore plus que vous nous retourniez promptement, parce que je serais toujours très heureux de trouver en vous un véritable ami. Adieu, mon cher Comte, soyez persuadé des sentiments d'estime et amitié, avec lesquels je suis pour la vie

Votre très affectionné

LEOPOLD.

Palerme, ce 27 décembre 1809 ».

Quant à la Reine Caroline, on trouve l'expression de ses sentiments vis à vis de M. de La Tour dans une lettre qu'elle adressa à une amie et qui dut lui être communiquée puisqu'elle se trouve dans les Archives d'Orio.

« Ma bien chère amie, je désire savoir de votre santé de laquelle je ne suis pas restée entièrement tranquille; je désire savoir comment va la Tour après l'agitation du... (1). J'avoue celà m'a fait une bien pénible sensation; veuillez ma chère amie à l'excellent la Tour, présenter cette lettre et boite; je rougis de la cochonnerie qu'elle contient mais celà doit être un talisman qui lui rapelle de hâter son retour. Je compte sur Sourdeaux qu'il reconduira son ami au plus tôt. Adieu, chère amie, soignez vous, songez à moi une amie sincère et véritable. Adieu, croyez-moi jusqu'au tombeau votre bien attachée amie.

CHARLOTTE.

Ce 26 décembre 1809 ».

La Reine écrivit aussi au comte de Bellegarde pour lui dire tout le cas qu'elle faisait de son neuveu qui, tout en n'ayant pas atteint le but vers lequel tendaient ses efforts, avait été à Palerme un excellent interprète de la bonne volonté de la Cour de Vienne et s'était fait dans celle de Sicile une situation vraiment exceptionelle.

« *A M. le Général de Bellegarde,*

Vous recevrez monsieur le Général celle cy par le Comte de La Tour que je ne saurais laisser s'éloigner d'ici sans le charger de ces lettres pour vous, et vous assurer de l'estime sérieuse que m'inspirent vos talents et

---

(1) Suivent deux mots illisibles.

votre réputation, qui depuis tant d'années m'est connue et que même les malheurs du temps n'ont pu entamer. Je m'impose un profond silence sur tous les malheurs, qui ont accablé l'Europe, et dont les funestes effets ne sont point encore terminés mais sur quoi je ne puis me taire, c'est à vous exprimer les justes éloges et assurances de la plus parfaite estime, que le porteur de cette lettre le Comte de La Tour s'est acquise auprès de nous et dans lequel j'ai reconnu aux premiers moments votre parent et élève, dont la parfaite tenue vous fait tant d'honneur, et par le titre de vous appartenir, et par sa propre distinguée conduite, s'est augmenté en nous le désir et souhait de nous attacher comme un officier distingué et du plus grand mérite; j'en écris par cette même occasion à Sa Majesté l'Empereur; cet officier a vu de près toute notre bonne volonté, et en même temps nos peu de moyens dans notre actuelle position. Le Comte de La Tour s'est acquise et emporte l'estime de tous les gens honnêtes et de coeur, et sa conduite et prudence en toutes les occasions est bien au dessus de son âge; c'est avec plaisir que je lui rends cette marque encore imparfaite de justice, méritant encore bien plus d'éloges, et c'est avec plaisir que je profite encore de nouveau pour vous assurer que je suis avec bien de l'estime et considération, Monsieur le Général,

Votre bien affectionnée
Charlotte M/p.

Palerme, le 22 décembre 1809 ».

Cette pauvre Reine qui à cette époque devait avoir perdu toute confiance dans l'appui de l'Angleterre (1) se tournait désespérément de tous

---

(1) Une pièce tirée des archives de Vienne qui émane probablement de M. de La Tour, montre que la mauvaise volonté du général Stuart n'était pas même vaincue par les ordres de son gouvernement.

Le Comte Stuart au Marquis de Circello.

« *Messine, ce 4 décembre 1801.*

Monsieur!

J'ai eu l'honneur de recevoir la lettre de Votre Excellence et je la prie d'accepter mes remerciments des divers détails intéressants, qu'elle me donne dans l'extrait des nouvelles de Vienne.

Il y a déjà quelque temps, que j'eus l'honneur de faire savoir à Votre Excellence que j'avois reçu de mon Souverain des ordres pour prendre l'offensive avec les troupes sous mes ordres, pour suffoquer tout mouvement révolutionnaire dans le Royaume de Naples, qui me paroîtroit pouvoir mener à des conséquences étendues et permanentes.

Votre Excellence devait cependant bien sentir qu'en employant 10.000 hommes de troupes Anglaises (qui est tout ce que le service de la Sicile me permettroit d'en emmener) contre l'armée française, on ne ferait que risquer cette force contre les désavantages les plus évidents à moins d'une puissante diversion dans le Nord de l'Italie. Tandis qu'un revers non seulement compromettroit les habitants, qui nous auroient joint; mais exposeroit aussi cette seule, mais très importante partie de ses états que Sa Majesté Royale ait conservé.

Si cependant Sa Majesté Impériale venait à se résoudre à la guerre contre le perturbateur du repos du Continent, la force Anglaise, qui est à ma disposition de concert

les côtés, dans l'espoir de trouver quelque protecteur (1); elle envoya une dépêche au comm. Ruffo, ministre de Sicile à Vienne, à peu près à l'époque du départ de La Tour pour cette capitale. On y trouve un nouveau témoignage de la haute considération qu'elle avait pour le gentilhomme Savoyard.

« *Palermo, li 27 decembre 1809.*

Haus-Hof-und-Staats
Archiv - Vienne.

Vi mando con La Foret queste mie lettere; caro Ruffo, credo che quello che posso fare di meglio, è di tacere intieramente su tutti li avenimenti, che succedono, mentre niente di buono vi è da dire, e facilmente si puole dire troppo, e se questo troppo non facesse male, che a me, lo sopporterei con pazienza, ma temo fare male ad altri, e di ciò non me ne consolerei mai in eterno, e perciò a mali fatti ed irreparabili vale meglio tacere. Spero, che il povero La Tour non 'abbia nissun cattivo incontro ed arrivi felicemente al suo destino. Ho visto pochi, o per meglio dire nessun giovine di quel reale merito, di sapere, carattere, condotta, modestia e prudenza di La Tour, io per me lo stimo veramente, gli desidero ogni bene, ed avrei gran piacere di rivederlo con noi; egli vi parlerà di noi; quel buono onesto La Foret è un buon uomo, egli vi porterà questo piego in mio nome; lo confesso non sono totalmente quieta per questa spedizione, temendo qualche

---

avec les armements de mer de mon Souverain, et la partie de ces troupes auxquelles Sa Majesté pourrait permettre de quitter ce Royaume ne pourraient manquer d'opérer une très-forte diversion par une descente sur ce côté de l'Italie, et je puis assurer Votre Excellence, que je ne pourrais pas recevoir d'invitation plus agréable que celle de diriger une pareille entreprise.

J'ai l'honneur d'être de V. E.

signé J. Stuart
Comte de Maida ».

(1) Les regards de la Reine se tournaient, p. ex., vers la Russie, ainsi que le prouve l'extrait d'une dépêche au Duc de Serra Capriola.

« *Palermo li 31 ottobre 1809.*

La Regina di Sicilia a Serracapriola a Pietroborgo per la Cancelleria di Stato.

Haus-Hof-und-Staats
Archiv - Vienne.

« L'infamissima pace dell'Austria colla Francia rovina la prima e con lei tutti noi, ne sono desolata. La Russia non è in niente nominata, ma la Russia ha dei doveri con noi di tali... promessi, e vorrà tutto dimenticare con tanto poco suo onore; parlate, spingete anzi, ma fate, che la Russia parli e si faccia sentire a nostro favore; di parlare ciò solo le restituirebbe una parte del suo perduto onore; vi raccomando dunque a non farci mancare, per qualunque strada che volete, le vostre nuove; io sono infelice, disperata; temo da per tutto il peggio.

Sono vostra vera, eterna e grata amica, addio ».

Le duc de Serracapriola, Antonino Maresca Donnorso, était accrédité à St. Pétersbourg depuis de longues années. (EDOUARD DEL MAYNO, *Lettres et dépêches du marquis de Parelle premier ministre du roi de Sardaigne à la Cour de Russie (1783-1784) et du baron de la Turbie troisième ministre (1792-1793)*, Rome 1901).

gentilezza francese; al resto non me ne importa niente come quanto dietro
è sempre molto meno di quello che penso; ho piacere, che le leggano tutte.
La salute del Rè è, grazie a Dio, buona, ma come ha sofferto quella estra-
zione di nervi e muscoli, non può egli ancora servirsi della gamba in camera senza stampelle; figuratevi la noja che ciò gli produce, etc. ed il riflesso in tutto. Mio figlio stà bene, sua moglie stà a momento per partorire,
come in tutto, fà questa fonzione come niente; lei è felice perchè non si
affligge, nè per tutta la sua famiglia carcerata (1), nè per niente, è un essere
fatto per esser di buona salute in questi infelici tempi, mentre niente la pena.
Leopoldo è stato fortemente amalato, febbre bilioso-reumatica; li dispia-
ceri provati in Gibilterra gli han fatto quella malatia; ha sofferto un mese
ma ora sta bene; è grande quanto suo Padre, mà più grosso, ed è un giovine, pieno di buono desiderio di farsi onore, e che sinora sempre, e della
maniera la più ributante gli è stato impedito. Adesso è andato Tomasi lo
Conservadore, come Ministro della Giunta di Sevilla; è questo un uomo
di molto savio e sodo talento e che può essere utile; ma io temo malgrado
l'eccellente spirito nazionale, che la Spagna sia perduta, sì perchè tutte le
forze piomberanno su di loro, e sì perchè le fazioni, partiti, la straziano ed
indeboliranno, e malgrado il tetro esempio di questa operazione nutrita e
coltivata in Francia, si vuole ripetere il tetro spettacolo in Spagna. Ve-
deremo che ne succederà; la sola onnipotente mano di Dio con un suo mi-
racolo può arrestare Buonaparte. Si conta qui, che vi sono molte insurre-
zioni in Francia; certo è che non abbiamo inteso gli trionfi, le acclama-
zioni così dovunque come l'altra volta, ma vi è molto silenzio; molti vogliono,
che Buonaparte sia diventato pazzo, maniaco, ma io non so capire come
si conoscerebbe, le sue azioni indicandolo da gran pezzo. Stiamo a vedere
che ne sarà, e quando quelli, che commandano i mari, permetteranno, che
ce ne pervenga la notizia mentre da che abbiam perso Ponza, nepure una
Gazetta ci perviene, dico male dicendo perso, mentre non siamo stati attaccati. Abbiamo noi ignoto il perchè dell'abandonata Ponza senza vedere
nemici, e Canosa con artiglieria, truppa e marina, si è retirato da un mese
presso l'Inglese a Melazzo: ciò è un fatto, e così abbiamo cessato ogni tra-
fico e notizia con Napoli, e ciò nel momento che Murat con sua moglie,
e più grandi compromessi, e quasi tutta la truppa è partita; ciò non pare
vero, mà pure lo è, e non poco dispiacevole. Quante grandi cose potrei
dirvi, ma non voglio troppo annoiarvi in un tratto, e poi sono continuamente interrotta, e me ne manca il tempo. Desidero sapere quando ritorne-
rete tutti a Vienna. Spero che il ladro Campo Chiaro (2), degno rapresen-

---

(1) La seconde femme du duc de Calabre était la princesse Marie Isabelle de
Bourbon (1789-1848), fille du roi Charles IV d'Espagne.

(2) Le Duc de Campochiaro, diplomate passé au service du roi Joachim. Cfr.
P. I. RINIERI, *Corrispondenza dei Cardinali Consalvi e Pacca*, et M. H. WEIL, *Joachim
Murat - La dernière année de règne*, cit.

tante d'un autre filou comme lui non ardirà prendere il titolo del suo Re delle due Sicilie, dove, grazie a Dio, non ha un palmo di terreno, e che così non vi obbligherà di partire; mi dispiacerebbe non aver nissuno, siccome però mi farebbe sommo piacere rivedervi con noi. Vi prego d'informarvi da Smittmer (1), che ne sia dei nostri fondi al banco, che ciò mi preme assai, come pure dei frutti; ne scrivo perciò a Smittmer. Vi scriverò in pochi giorni di nuovo, desidero che arrivi felicemente. Addio, abbiatevi cura, scrivetemi sempre che potete ; La Tour vi dirà tutto quello, che io mi sono dimenticata di scrivervi; questa ve la mando con il buon La Foret, uomo di cuore da bene e sull'attaccamento del quale si può contare. Vi raccomando, se vi viene facile, dite una buona parola per suo figlio, che è pieno di ferite ed un buon soldato; anche io malgrado la mia ripugnanza che ho a seccare, lo raccomanderò all'Imperatore, e ditene pure una buona parola per consolare quel buon vecchio. Qui da due giorni corrono varie voci, che non credo: chi dice, Buonaparte gravemente amalato, chi dice che è diventato pazzo, ma ciò credo difficile a scorgersene; chi dice che molte provincie della Francia sono in piena insurrezione; insomma tutti i sintomi annunziano che qualche cosa di straordinario ci è, e sarebbe molto da desiderarsi che si sapesse ed agisse in conseguenza da tutte le parti, se no, da una cosa che ben seguitata e secondata potrebbe diventare grande, non sarà che un fuoco di paglia, che farà la disgrazia di molti. Vedo con vera pena la quasi impossibilità di ricevere lettere, notizie e gazette, e vi deve perciò essere una ragione a nascondere qualche cosa. In una parola io fo' voti al Cielo al fine che l'onnipotenza di Dio, alla quale niente è impossibile, si degni aiutarci, mentre se non vedo tutto perso, per me non lo vedrò, la mia salute essendo deteriorata e perduta che pochi saranno i miei giorni, ma mi rincresce per i miei cari figli, e pochissimi sinceri amici; che ne soffriranno. Non so spiegarvi, e Voi non potete credere il mio stato, non ho più avvenire, non spero più niente, e quasi non desidero più niente, talmente l'ipocondria si è di me impossessata. Ora gl'infelici Spagnuoli e Spagna saranno sacrificati; e dal momento che li avrà domati e preso intiero e tranquillo, allora tremerò per la vita del buono e povero Ferdinando VII e suoi fratelli, che non ha spediti ancora, perchè credeva doversene prevalere secondo le sue circostanze. Il Re manda il conservatore Tomasi, uomo di talento, in Spagna; sono partiti due volte e le forze del tempestoso mare li ha ributtati qui, come il M.ro Bardaxi con sua moglie ed il B. Geramb. Io non vorrei mai finire di scrivere, parendomi sempre, che avrei altro che dire, e temendo per lungo tempo non

---

(1) La reine Caroline avait depuis longtemps placé des fonds chez ce banquier autrichien (WEIKET CIRCELLO, *Correspondance inédite de Marie Caroline avec le marquis de Gallo,* t. II).

averne il mezzo, ma conosco che sono indiscreta e devo finire. 'Addio, cercherò se sarà possibile tutti i mezzi per darvi e ricevere vostre nuove, fatene lo stesso. Addio, fino che vivo sarò sempre Vostra vera e sincera amica ».

M. de La Tour quitta donc la Sicile pour retourner à Vienne dans les tous derniers jours de l'année 1809 (1), qu'il avait commencée plein d'ardeur et d'espérance pour la lutte qui s'annonçait alors riche de tant de perspectives.

Les résultats en étaient d'apparence bien mince car l'effort d'Ischia avait été fait en pure perte. La désunion, entre le général Stuart et la Cour de Palerme, devenait chaque jour plus évidente, le Roi Victor Emanuel demeurait impuissant, et la Cour de Vienne avait dû accepter la loi de Napoléon. Un observateur quelque peu superficiel aurait cru la partie à jamais perdue, mais en jugeant ainsi il aurait oublié de tenir compte des levains de révolte contre l'hégémonie française, qui avaient été semés de toute part, et qui allaient changer bientôt la face de l'Europe.

La grande guerre de 1809 avait eu cela de particulier que l'élan populaire avait été en faveur du parti encore une fois vaincu. Dans les guerres nombreuses des années précédentes il y avait bien eu par ci par-la en Italie, en Tyrol (2), en Suisse, en Espagne, des explosions du fanatisme populaire contre les Français, mais ceux-ci avaient en général gardé le privilège d'une armée soutenue par un large courant de l'opinion publique entrainée dans un flot d'enthousiasme vers la conquête, et la propagande des idées nouvelles. Or en 1809, c'était Napoléon qui avait bien eu l'air d'être le Chef d'Etat de l'ancien régime. Ses maréchaux l'avaient secondé, ses soldats avaient exécuté ses ordres à merveille, mais l'âme populaire était restée absente, et pourquoi se serait-elle exaltée dans cette guerre combattue si loin des frontières, lutte d'hégémonie européenne comme l'avaient été celles du temps de Louis XIV ? (3) L'Autriche au contraire s'était pour un temps transformée, en adoptant les principes et les métodes de Stadion et des autres porte-drapeaux de l'idée allemande. Non seulement le patriotisme germanique avait été réveillé par les proclamations de l'Empereur et des Commandants des Armées mais, il convient d'y insister,

---

(1) Dans les papiers de M. de La Tour l'on retrouve deux passeports pour Vienne de la fin de décembre dont l'un délivré le 22 par le M. de Circello (Archives d'Orio, II, 103), l'autre signé le 26 par le Baron Cresceri. (Archives d'Orio, II, 105).
Le dossier contient aussi un laisser-passer de l'Amiral Martin, daté le 20 décembre du bord du « Canopus » en rade de Palerme (Archives d'Orio, II, 101).

(2) Un géographe italien, le baron Cristoforo Negri, *Due mesi di escursione alle coste belgiche, olandesi e germaniche*, Firenze, 1871, p. 87, nous retrace, ayant connu quelques survivants tels que Stabbs, l'âpreté de la résistance de ces insurgés tyroliens.

(3) Le grand écrivain anglais John Morley, *Burke*, London, 1879, chap. IX remarque que déjà les guerres du Directoire ne gardaient presque plus rien des premières campagnes de la révolution. Elles étaient tout bonnement des luttes d'agrandissement ou d'équilibre : « The French Government had become political, exactly in the same sense in which Thugut and Metternich and Herzberg were political ».

un appel presqu'aussi pressant avait été fait aux sentiments de nationalité des Hongrois, des Italiens.

Victor de La Tour fut l'un des interprètes de cette nouvelle attitude de la Cour de Vienne vis à vis des compatriotes de l'ancien et fidèle sujet du Roi de Sardaigne. Il remplit son rôle avec toute l'énergie dont il était capable, avec une conviction qui se révélait à soi même de plus en plus fondée sur des sentiments profonds. Un souffle de patriotisme Italien inspire et anime même les mémoires en grande partie techniques que M. de La Tour rédigea dans le cours de cette campagne, visant à organiser l'insurrection italienne et à donner naissance à une véritable armée nationale. Le « Projet d'armement en Italie dans le cas où l'Autriche prendrait part à la guerre contre la France » (1) et un autre travail : « Organisation militaire de l'Italie » (2) dont doivent se rapprocher deux autres mémoires militaires (3) développe une conception qui ne fut peut-être pas comprise par la plupart des chefs Autrichiens auxquels elle fut exposée. Ce fut plutôt au noble et généreux Lord Bentinck qu'il échût par la suite de donner un commencement d'exécution à ce plan (4). Mais le fait que dès 1809 les idées d'une réaction nationale en Italie, à peine ébauchées dans le mémoire écrit après Caldiero, aient pris chez La Tour une forme aussi complète et aussi précise donne à sa mission de Sicile, d'ailleurs si peu fertile en résultats immédiats, une signification toute particulière. E'le marque une date non seulement dans sa vie, mais dans le développement de l'idée nationale.

CHAPITRE IV.

Voyages et négociations dans les Balkans.

L'avenir se présentait bien incertain pour Victor de La Tour au commencement de l'année 1810. Si la faveur de la Reine et les excellentes relations qu'il s'était formées dans le grand monde sicilien pouvaient lui faire envisager la Sicile comme un refuge toujours prêt à le recevoir, ce n'était pas une fin digne de celui qui avait rêvé de soulever l'Italie entière,

---

(1) Annexe B.

(2) Annexe C.

(3) Annexes D et F.

(4) Le baron Hager, l'un des plus fins limiers du Gouvernement autrichien, dans son important rapport du 28 décembre 1814 au prince de Metternich, se fondait sur des communications secrètes pour affirmer hautement (ce sont les propres mots de l'informateur) que « les Anglais pour détacher les Italiens de la France, sous Napoléon, avaient les premiers favorisé cette Société d'Indépendistes d'Italie et qu'il y a des patentes signées : Bentinck » (WEIL, *Joachim Murat - La dernière année de règne,* cit., t. II, p. 102).

que de s'installer dans une garnison de l'île comme brigadier des troupes
du Roi Ferdinand. La Sicile était bien en un sens alors le bout du monde,
car on y vivait complètement isolé du reste de l'Italie, et de presque tout
le continent. Nous avons vu quelles difficultés rencontrait V. de La Tour,
pour avoir à cette époque des nouvelles de ses parents. Il pouvait à peine
entendre à de longs intervalles un accent qui lui rappelait sa famille et
sa vieille Savoye, et c'était lorsque lui parvenaient les lettres du marquis de
la Pierre. Cette correspondance fut en quelque mesure facilitée par le fait,
qu'elle ne dépendait pas alors d'autres postes en dehors de celles de S. M.
Britannique.

« *Baker Street à Londres, le 14 décembre 1809.*

Mon cher Cousin,

Comme je vous crois trop juste pour me rendre responsable de l'inexactitude des bureaux de poste au Continent dans les temps d'inquisition
où nous vivons, j'aime à me persuader, mon cher cousin, que convaincu de
mon attachement pour tout ce qui est La Tour et pour vous personellement, vous n'aurez attribué mon silence apparent qu'à cette seule cause;
j'ai répondu à deux de vos lettres qui m'ont fait beaucoup de plaisir, une
fois par le moien de la légation autrichienne ici, et la seconde par celui
du bureau des affaires étrangères de Londres; une était adressée à Vienne
avec les titres et qualité d'aide de camp de Bellegarde que vous m'aviez
recommandé, et l'autre à Lemberg également d'après votre avis; j'espère
d'être plus heureux aujourd'hui par les bons offices de l'obligeant O' Ferral (1) à qui je fais passer cette troisième pour vous chercher en Sicile ou ailleurs; lisez-y mon cher ami l'expression sincère de ma reconnaissante sensibilité à votre souvenir, que toute ma famille partage avec moi, et me
prie de vous rendre de sa part. Il y a si longtemps que nous sommes res-
serrés dans notre île, sans communications quelconques avec les autres
vivants, qu'il ne serait pas très extraordinaire que bien des gens nous envisagent déjà comme rayés de leur livre, ou à peu près **morts** pour eux;
puisqu'il leur est interdit de correspondre sous des peines aux quelles
notre amitié ne peut se résoudre à les exposer. Si vous êtes assez heureux
pour ne pas les compromettre, faites moi le plaisir de les bien assurer du
motif prudent de notre silence, en nous désignant seulement avec la sagesse qui vous caractérise; et leur ajoutant que les changements épouvan-
tables arrivés sur tout le globe n'en sçauroient jamais apporter à nos coeurs
qui seront les mêmes pour eux jusqu'au dernier moment de notre existence.

Nous sommes comme vous le presumez heureux ici de notre tranquillité, passant les trois quart de l'année à la campagne, où nos enfants

Archives de La Tour
Orio. - I, 100 *bis*.

---

(1) Il s'agit peut-être d'Ambrose O' Ferrall (1752-1835), gentilhomme irlandais qui
fut le père de Richard Mose O' Ferrall, appelé à siéger dans les conseils de Sa Majesté
Britannique de suite après l'émancipation des catholiques.

nous sont par leur raison d'une grande ressource et consolation; votre politesse vous fait écrire beaucoup de choses flatteuses sur leur compte mais ce qu'elles ont de meilleur est le caractère, qui leur fera toujours mériter l'amitié que vous leur accordez, je voudrois bien que les temps et les circonstances devinsent assez heureuses pour pouvoir cultiver réciproquement celle que se doivent et que se portent d'aussi bons parents que nous tous. Dites pour nous et pour moi très particulièrement à votre respectable père tout ce qu'il y a de plus affectueux lorsque vous pourrez avec prudence être l'interprète de sentiments que l'éloignement ne sçauroit ralentir et offrez mes sincères hommages à votre digne mère, qui a été aussi le fréquent sujet de nos entretiens en cercle de famille. Je sais depuis longtemps par ricochet que j'ai une belle soeur sans connaître encore son nom, ny sa progéniture; je souhaite que ce mariage de mon frère l'ait rendu plus heureux, et je l'espère, lui connaissant depuis nombre d'années beaucoup de vocation pour son nouvel état. Apprenez moi, si vous le pouvez, mon cher ami, où ma soeur est établie, et ce qu'est devenu l'abbé, que je donnerois tout au monde de revoir avant ma décrépitude. Si vous avez des moiens de leur faire savoir que nous existons, ne m'oubliez pas auprès de Josephine ma nièce, que j'affectionne tendrement.

Vos réflexions sur les derniers événements qui ratifient notre exil à jamais, sont si justes et si vraies, qu'elles ajoutent encore à mes regrets d'avoir conseillé inutilement à des gens en autorité ici, vos mêmes idées sur l'Italie; mais votre légation ici y a insisté sur une diversion dans le nord de l'Allemagne, qui a couté beaucoup d'hommes et d'argent, enfouis dans l'île Hollandaise de Walcheren, que l'on est obligé d'abandonner d'après son insalubrité, qui a englouti près de 23 m. hommes péris aux hôpitaux, sans compter ceux qu'a couté le siège de Flessingue. Vos désastres sur le Danube ont détruit le reste de mes espérances de revoir une fois le sol natal, et changent tous mes plans; on est bien vieux à l'age où je suis parvenu mon cher cousin pour se flatter d'y voir le terme de l'ordre des choses actuelles; j'en suis encore plus fâché pour le sort de mes enfants qui j'aurais désiré de voir fixé heureusement avant que de fermer les yeux; mais je devrai l'abandonner à la bonne providence après moi. La différence de religion et la mediocrité de leur fortune pour l'Angleterre n'y permettent guères d'établissements sortables, et le devoir paternel m'en a déjà fait refuser d'autres dépourvus de toute fortune, vous voiez d'après cela combien nous sommes encore eloigné d'être Dames. Si nous avions eu le bonheur de rentrer chez nous, elles y auraient été de bons partis, mais ne pouvant se flatter de ce retour, j'aime mieux les garder dans l'état où nous sommes, que de les voir détériorer leur situation. Avec nos moiens actuels qui me rendraient *très-aisé* en Savoye, on n'atteint ici que les objets de nécessité vu la cherté effroiable de tout ce qui a plus que doublé celle qui effraioit déjà la première et justement regrettée Marquise de Cordon, et tous les étrangers, lorsque je me suis marié: sans compter le fardeau énorme des impôts et taxes à supporter, qui montent a 42 pour 100 de revenu de chaque individu, mais avec de la raison et de l'ordre on va au bout de l'année sans faire de dettes. J'en ai encore une avec votre digne père, de mille livres de Piémont, qu'il me prêta obligeamment en billets de finances, dont Bontron connait le taulx au moment où je la contractai : quoique j'aie tardé malgré moi de m'acquitter, j'espère le faire dans le courant d'août prochain par une facilité que j'aurai à cette epoque. J'ai appris que Janus avait été fait prisonnier, donnez moi de ses nouvelles s'il est échangé, et faites lui mille amitiés pour mon compte ; si Mess. De Bellegarde ne m'ont pas entièrement oublié, faites leur aussi agréer mes sincères compliments ; j'ai eu l'occasion d'écrire trois fois au Comte Henry depuis l'année 1795 (1), sans en avoir jamais reçu de réponse, ce qui ne m'a pas empêché de faire des voeux bien ardents pour lui et ses succés sur le Danube. Me voici à force de verbiager au bout de ma 3.e page ; il faut donc que je vous dise adieu jusqu'au plaisir de revoir de vos lettres qui m'en feront toujours beaucoup. Puissiez vous avoir une mission ici comme en Sicile qui nous procure encore celui de vous voir dont nous serions enchantés, étant tous disposés à vous réitérer, mon cher cousin, les assurances de nos sentiments, et moi celle de l'attachement sincère de votre dévoué serviteur.   [DE LA PIERRE].

Mandez moi dans votre prem., votre adresse, titres et qualités, pour vous faire parvenir les miennes ; mais jamais d'enveloppes qui enchérissent le port d'un écû par lettre à Londres, mais surtout indiquez moi par qui, et par quel moyen sûr, je pourrai vous les faire passer ; puisque la légation autrichienne est au moment de quitter ce pais. Adieu.

P. S. — Si vous savez que Clément et sa vieille moitié sont à Offenback d'où il vient de m'écrire une longue épître pour me prier de me mettre à la tête des affaires qu'il a si bien embrouillé ici, que le diable ne s'en tirerait pas, et malgré ma bonne volonté de le tirer d'intrigue malgré les mistères qu'il m'a fait pendant qu'il y était, quoique je lui eusse rendu de bons services, je n'ai pu accéder à sa demande qui exigerait des embarras, des peines, et des courses, auxquelles ma santé, très delabrée depuis 18 mois, se refuse absolument.

P. S. — Je crois que la plus sûre manière de m'écrire sera encore par la Sardaigne et le Canal d'O' Ferrall.

V.: à M^r le Comte VICTOR DE LA TOUR
Lieut. Col. dans l'état major général de l'Armée de S. M. Impériale et Royale
                                        à Vienne ».

---

(1) Les Bellegarde avaient abandonné leur pays d'origine sans espoir de retour. D'ailleurs l'émiettement de leur domaine savoyard avait commencé depuis longtemps. En 1744 leur comté de Boringe était vendu à M. de Conzié, qui le revendait peu après à Marc-Antoine de Génève (FRANCOIS MUGNIER, *Madame de Warens et J. J. Rousseau,* Paris, p. 432).

Pour le moment, M.r de La Tour pouvait au moins compter de retrouver en Autriche ses anciens camarades, et de reprendre contact avec les chefs de l'armée Impériale, qui avaient tenu tête pendant de si longs mois aux forces imposantes concentrées contre eux par Napoléon. A la fin de janvier La Tour et Sourdeaux étaient de retour dans le « Quarnero » destiné à devenir bientôt un lac français, car, d'après les stipulations de Vienne, l'Autriche était complètement coupée de la mer, et déjà il n'y avait plus à Fiume qu'une commission militaire, chargée de la remise. Elle suffit du moins à assurer le voyage des deux officiers de la « Punta dei Ladri » vers l'intérieur de la Monarchie (1). Au demeurant M. de La Tour fut très bien reçu à Vienne, et les lettres qui lui parvinrent à cette époque de Nugent et du comte Henry de Bellegarde, n'étaient rien moins que découragées.

« Mon cher La Tour,

Archives de La Tour.
Orio. - Suppl. II,
114 *bis*.

Je profite de l'occasion du Prince de Neuwid et comte Hartopf pour vous écrire deux mots.

L'interruption de la communication m'a empêché de vous répondre à vos dernières lettres. Je suis fâché de ne pouvoir dans celle-ci vous écrire aussi clairement que je le voudrais, surtout sur les derniers événements. Ma nomination comme plénipotentiaire à Altenbourg vous aura donné des illusions comme à moi-même. Si le résultat nous a détrompé, j'espère au moins que vous aurez pu juger que je me suis conduit comme je devois et conformé à nos principes. Le Prince pourra vous dire quelque chose là dessus. J'ai obtenu un sémestre pour aller en Angleterre, où j'irai dans peu (2). Je reviendrai par une autre route, et j'espère vous voir puisque d'après ce que M.r de Metternich me dit vous resterez en Sicile. En attendant je vous prie de m'écrire en Angleterre où je suppose que vous avez une communication fixe. Vous pourriez aussi donner la lettre au Prince de Neuwid. D'abord que j'arrive en Angleterre je vous écrirai plus au long. Je vous prie de m'écrire d'une manière détaillée tout ce qui vous paraît intéressant.

Votre frère est enfin ici après beaucoup de dangers. J'espère qu'il va avoir la Croix de Marie Thérèse (3) au châpitre qui a commencé et auquel j'assiste. Au moins personne ne l'a plus mérité que lui. Je crois qu'il vous écrira aussi ; je n'entre pas dans des détails à son égard. Vous connaissez je crois, le Prince de Neuwid, c'est un officier de la plus grande distinction.

---

(1) Lettre du Colonel Conninch au nom de la commission Autrichienne déléguée au Comte de La Tour, de Fiume 24 janvier 1810. (Archives d'Orio, II, 114).

(2) Les premières informations exactes sur ces voyages mystérieux de Nugent — qui, au lendemain de la paix de Vienne, se rendit trois fois de Vienne à Londres et de Londres à Vienne — se trouvent dans le livre de HORMAYR, *Ernst Friedrich Herbert Graf von Münster*, Jena, 1841, 1 vol., pp. 83 et suiv. Il fait partie de la série : *Lebensbilder aus dem Befreiungskriege*.

(3) Il l'obtint réellement. Cfr. HIRTENFELD, *oeuv. citée* et WURZBACH, *oeuv. cit.*, XIV.

Il vous dira lui-même ses intentions et les raisons pourquoi il voyage sous
un autre nom. Le capitaine Hartopf est avec lui. Je vous les recommande
tous deux, si vous pouvez leur être de quelque utilité. Adieu, mon cher
La Tour, croyez-moi bien sincèrement votre ami.

L. NUGENT.

Vienne, ce 30 janvier 1810 (1) ».

« *Léopol, ce 19 février 1810.*

C'est avec un sensible plaisir, mon cher Victor, que j'ai appris par
votre lettre du 8 février votre heureuse arrivée à Vienne ainsi que la bonne
réception qu'on vous y a fait. Vous aviez droit de vous y attendre et je
ne saurai y avoir de part que l'intérêt que j'y prends. Je n'ai pas douté
un instant que votre bonne et sage tête ne vous permettrait pas de réaliser un projet conçu dans un premier mouvement bien excusable, mais
dont l'exécution aurait si peu soutenu le creuset de la raison (2). Encore
si vous aviez été *envoyé-là* précédemment, si vous aviez été dans le cas de

Archives de La Tour.
Orio. - II, 114 *ter.*

----

(1) Il est quand même probable que cette lettre ne soit parvenue à M. de La Tour,
qu'avec un grand retard, si c'est d'elle qu'il s'agit dans la pièce suivante :

« Etant empêché, par le changement de ma route de voyage, de vous remettre en
personne, les lettres ci-jointes, je prends la liberté de vous les envoyer, par une occasion
sûre. Je suis bien fâché de ne pas pouvoir vous donner verbalement toutes les nouvelles
et tous les détails, que vous désirerez peut-être de savoir. Cependant je ne renonce
nullement à l'espoir d'entretenir quelque correspondance avec un ancien frère d'armes
qui doit nécessairement simpatiser avec moi, pour la manière de voir les choses.

Je vous prie donc, Monsieur, si vous avez un moment de loisir, de me donner de
vos nouvelles. Vous n'avez qu'à adresser votre lettre au Comte Victor de Braunsberg,
et à l'envoyer au Chevalier de Megine, Ministre d'Espagne à Malthe.

Mon compagnon de voyage, le Comte d'Hartopp, me charge de vous dire bien des
choses de sa part. Lui aussi bien que moi, est très curieux de savoir des nouvelles de
notre pays, duquel nous sommes absents depuis le 1 de Février, sans avoir des lettres.

En partant de Vienne j'ai laissé M. votre frère, mon ancien compagnon de malheur, en parfaite santé. Vous trouverez dans ce paquet une lettre de sa part, et une
autre du G. Nugent. Pour les autres lettres je vous prierai, de les remettre aux personnes, pour lesquelles elles sont destinées. Il y a des dépêches de M. De Ruffo, Ministre de Sicile à Vienne, etc.

Excusez, Monsieur, la forme irrégulière de cette lettre, qui est écrite à la quarantaine, avec des instruments assez grossiers.

J'ai l'honneur d'être, Monsieur,

Votre très humble et très obéissant serviteur
le Comte VICTOR DE BRAUNSBERG.

Malthe, le 1er Mai 1810 ».

De Braunsberg n'est évidemment que le nom d'emprunt du prince de Neuwied.

(2) Le C. de Bellegarde fait encore allusion au projet de prendre service en Espagne.

Archives de La Tour.
Orio. - II, 115.

travailler ces esprits dans ce sens et de les monter en un combat à outrance il y aurait eu quelque chose de noble et de chevaleresque à ne pas abandonner leur cause, lors même qu'elle cessait d'être la vôtre, mais d'aller chercher des aventures dans la Manche de gaité de coeur dans un moment où les affaires y sont presque désespérées, ce ne peut être qu'une résolution enfantée par le désespoir; et ce n'est jamais l'impulsion d'un pareil sentiment qui peut diriger ni le héros ni l'homme sage et courageux. Vous pourrez être plus utile à votre nouvelle patrie, mon cher ami, qui a bien besoin de gens comme vous et qui vous offrira, j'espère, de plus belles chances de fortune. Elle ne sera au moins pas la *première* à écrouler *e chi ha tempo ha vita*. Je serais charmé de vous revoir en famille et il me tarde bien de m'y trouver; mais vous savez que je suis né pour les contrastes et n'a-t-il pas fallu qu'un homme beacoup plus fort et mieux portant que moi, riche comme Crésus et qui n'avait aucune espèce de souci ou de chagrin, meure pour me retenir ici pour le moins un mois de plus qu'il n'était à prévoir de toutes les lenteurs portées à la conclusion des affaires dont je suis chargé.

Heureusement que le Ciel m'a muni d'une belle patience, et que les circonstances m'ont aguerri à une grande résignation, je surmonte donc tout cela sans sourciller.

Vous avez trouvé, me dites-vous, ma femme et tous les miens en bonne santé. Vous paraissez content du futur couple qui a gagné en amabilité depuis votre absence. L'amour est un grand maître...

Mon frère sera bien au regret de n'avoir pas eu le plaisir de vous voir à votre passage à Gratz, il a essuyé comme tout le monde toutes sortes de pertes, enfin qui ne participe pas des calamités générales et publiques?

Vous avez ici des chevaux, mon cher Victor, sur lesquels je n'ai pris encore aucune disposition, parce que Schreibers attendait toujours les vôtres. Dites donc ce que vous voulez qu'on fasse, car si vous n'avez pas de rations il faudrait un trésor pour les nourrir, et s'il s'agit de les vendre ne vous attendez pas à en retirer grand-chose.

Votre paradeur a été vendu sous les auspices du baron de Vincent à Tyrnac car il n'aurait pas soutenu la marche en Pologne tant il était épuisé de vieillesse et de maladies, *senectus*. Le cheval Cavallar est un bon schlachter fort, durable mais pas beau; Schimmerl a conservé ses anciennes qualités, d'être un peu court d'haleine et d'avoir quelque fois ses idées à lui, d'ailleurs il est assez bien. D'après cet aperçu décidez la question. La lettre que vous m'annoncez de la Reine de Naples n'est pas parvenue encore, mais il y a longtemps que je sais combien vous avez réussi là-bas comme partout. Faites mes amitiés à votre frère et ne doutez pas de la mienne pour vous, elle ne variera jamais.

St. Aldegonde et Schreibers qui ont eu une grande joie de votre retour vous saluent amicalement.

[Henri de Bellegarde] ».

Dans cette dernière lettre le comte de Bellegarde félicite son neveu d'avoir renoncé à ses projets espagnols. Il semble résulter du très petit nombre de documents se référant à cette période qu'on a pu retrouver, que la menace suspendue sur la tête de M.r de La Tour, ait été pour un temps, éloignée. Le jeune Lieutenant Colonel avait repris service auprès de son ancien chef Bellegarde, Président du Conseil Aulique de guerre (1)

(1) Ce fait est relaté dans une lettre du marquis Frédéric de Bellegarde au comte Clement de La Tour (Archives d'Orio, suppl. I, 23), qui donne beaucoup de nouvelles de tous les membres de la famille à un moment où ils font d'ailleurs défaut.

« Mon très cher Cousin,

La nouvelle que vous me donnez par votre lettre du 15 août de la perte que vous avez eu le malheur d'essuyer m'afflige sincèrement; je n'ai pas eu le bonheur de connaître cette aimable cousine, mais j'en ai entendu dire tant de bien, elle faisait votre félicité, je la regrette donc vivement et vous plains de tout mon coeur. Vous me demandez des nouvelles de vos neveux, Victor a été en Sicile et en Sardaigne avec une Commission, il est depuis un an et demi Lieutenant Colonel et en ce moment auprès de mon frère lequel est Président du conseil aulique de guerre; Janus est Capitaine dans le Régiment de Baillet infanterie de garnison à Presbourg, il s'est extrêmement distingué dans cette dernière courte et malheureuse guerre, il a été fait prisonnier et a essuyé bien des malheurs, enfin il a eu la Croix Militaire de Marie Thérèse.

Mon frère a marié sa fille au baron de Vincent, fils d'un Lieutenant Général, propriétaire d'un Rég.t de Cavalerie à notre service, ses deux fils sont à l'Académie Thérésienne à Vienne, quoique l'aîné soit sous-Lieutenant dans le Rég.t de son père. Ma fille qui a 21 ans est auprès de moi, et mon fils qui en a 19 est Capitaine dans mon Rég.t il continue ses études à Gratz où il reste sous le titre de mon aide de camp, les propriétaires quoique en retraite ayant droit d'en avoir un. Je suis établi dans ma campagne, mais compte cependant passer quelque mois l'hiver prochain à Gratz, dont je ne suis éloigné que de deux heures; il est juste de faire danser un peu ma fille qui n'a pas eu de carnaval l'hiver dernier. Vous voilà au fait de tout ce qui concerne vos parents de ce pays-ci.

Je suis fâché d'apprendre que Madame Dufour vous donne du chagrin, elle est bonne femme dans le fond, mais d'un caractère inquiet et un peu tripoteur. A l'égard du projet que vous formez de venir vous établir à Gratz, je vous dirai que comme je n'y demeure pas et n'y ai même pas en ce moment aucun logement il est bien difficile que je trouve ce que vous désirez. J'ai donné commission à quelque personne, mais je n'en attends pas le zèle que j'y aurais mis. Je doute, que vous puissiez obtenir un appartement meublé, mais on trouve de jolis meubles tant qu'on veut, et quand au bout de quelques années de service on les veut vendre, on en tire toujours davantage qu'on en a payé; tout enchérissant petit à petit. Celui qui a ses revenus en bonnes monnaies vit à bon marché en ce pays, la cherté n'ayant pas à beaucoup près augmenté en proportion du change, il n'y a que nous autres payés en billets à plaindre. Je pense que si vous étiez à Gratz vous trouveriez assez vite, avec l'aide de quelques connaissances, que je vous ferai faire, ce que vous désirez.

Je suis très empressé de renouveler votre connaissance et mes enfants, qui sont sensibles à votre souvenir, de la faire. Vous voulez savoir aussi si la noblesse de Gratz est haute; je vous dirai qu'en hommes il n'y a presque personne dont la société soit agréable; le gouverneur civil, le Comte de Bissingen est un homme respectable et de mes amis; le Commandant Général Prince de Hohenzollern est d'une extrême politesse, exigeant les mêmes manières, le Prince Evêque dont vous connaissez le frère, est le

et celà à l'heure même où le Ministère Anglais, se faisant l'écho d'une opinion accréditée en Sicile, le croyait appelé là bas à la tête de la petite marine du Roi Ferdinand.

Extract from Letter
from gen.[1] Stuart to the Rtght Honourable Earl of Liverpool.

Messina, april 18 th. 1810.

Foreign Office
Sicily 41.

A change of Ministry has been talked of this Court but upon the subject the communications of Lord Amherst will be the proper channel of detail to his Majesty's governement. In the military and naval departements, there is certainly a great preponderance at present of French (Emigrant) Party. To the weight of the Duke of Orleans may be added the marked favor still shown to the Marquis St. Clair who has been for some time past at the head of guards grenadier and other select corps of their little army and is now talked of as designed for the situation of Quarter Master General. Comte de La Tour, a frenchman has been lately named head of the marine, M. Préville, chef d'escadre is said to be intended to fill a diplomatic mission to Spain and the chevalier Brisac, chamberlain and knight of S. Germain is one of her Majesty's most confidential servants ».

A' Cagliari l'on était mieux informé des faits et gestes de M. de La Tour, et le C.te Rossi, Ministre du Roi V. Emanuel lui adressait à Vienne une lettre remplie de détails intéressants sur la vie que menait alors cette petite Cour, de laquelle Victor allait bientôt se rapprocher (1). L'illusion

---

meilleur des hommes du monde ; vous ne trouverez point de morgue de la part de personne, mais bien difficilement une société agréable ; l'air est extrêmement sain à Gratz, le pays charmant mais voilà tout. Je ne saurais répondre plus exactement à votre lettre, il ne me reste qu'à vous témoigner encore le plaisir que j'aurais à vous voir, et à vous assurer de bouche de la sincérité de l'attachement avec lequel j'ai l'honneur d'être, mon cher cousin,

Votre très humble serviteur et cousin
DE BELLEGARDE, L.t G.l

Klingenstein près de Gratz, le 10 sept. 1810.
J'ai de suite fait passer votre lettre à Victor.
A' M. M. le C.te CLEMENT DE LA TOUR
à Offenbach près de Franĉfurt an Main ».

(1) « *Cagliari, le 4 sept. 1810.*
Monsieur le Comte,

Archives de La Tour.
Orio. - Suppl. I, 19.

Venant d'apprendre par hasard qu'il y a à Palerme un officier Autrichien, je profite d'un bâtiment qui va s'y rendre pour tâcher de vous faire passer, Monsieur le Comte, ces deux mots de réponse à la très obligeante lettre que vous avez bien voulu m'écrire en date du 10 avril, et pour vous remercier du souvenir que vous conservez avec tant

dans laquelle il s'était peut-être bercé un instant de ne pas être porté sur
la liste fatale des anciens sujets Sardes, que Napoléon prétendait exclure
du service Autrichien, avait été de bien courte durée. Dès le mois de novembre, M. de la Tour dut faire face à la grave situation dans laquelle
il allait se trouver bientôt. De l'Autriche il ne pouvait plus attendre que
quelques honneurs et remerciements vite emportés dans le tourbillon de

de bonté d'une famille qui vous avait mis au nombre de ses amis les plus chers. Mon
épouse cependant n'aura pas l'honneur de vous écrire, car elle est au théâtre et je dois
consigner mon paquet avant qu'elle soit de retour; mais connaissant ses sentiments
je suis autorisé à vous dire qu'elle a reçu avec satisfaction infinie la lettre que vous
lui avez adressé, et qu'elle a été infiniment sensible à toutes les choses obligeantes
qu'elle contenait. Gabriel et Carlo vont toujours leur train, grandissant comme des
échalats, Zetta se forme et a plus d'esprit qu'eux deux. Le charmant Charmant est
pleine et à la veille d'accoucher, cet animal continue à faire les délices de ma fille.
Vous ne savez apparemment pas, Monsieur le Comte, que parmi les choses qui nous
manquent ici, l'une des principales est un hôtel de Monnaies, et qu'en conséquence le
Roi n'a pas encore pu faire frapper des pièces avec son buste, ce ne sera donc pas de
sitôt que je pourrai vous en envoyer. Quant à celles qui portent l'empreinte du Roi
Charles, il en existe quelques unes par ci par là, mais voulant vous en envoyer de bien
conservées j'ai laissé la commission d'en rechercher, et par la première occasion je
me flatte que vous serez servi. Vous ne devez pas vous étonner que cela ne soit pas
conservées j'ai laissé la commission d'en rechercher, et par la première occasion je
crois que la monnaie du pays est entrée dans l'intérieur du Royaume, où elle est plus
commune et de meilleur débit, par ce qu'elle exige moins de soin pour la compter. Aussi
il est très rare de voir des écus soit de Sardaigne que de Savoie.

Comment se fait-il que l'Amiral que nous nous flattions de revoir dans peu, ne
nous ait pas même donné de ses nouvelles? si vous en savez, M.r le Comte, ayez la
bonté de nous en instruire, et surtout de le saluer bien tendrement de notre part s'il
est à votre portée. Nous sommes également privés de notions du chevalier Bertina et
du Chev. de Saint-Ambroise. Il n'y a que vous et Ghiglioni qui ayez donné signe de vie.

Ne nous oubliez pas auprès d'eux, si vous êtes en rapport avec eux. Dans la supposition que vous soyez à Vienne, veuillez bien donner de nos nouvelles à vos parents,
auxquels je n'ai absolument pas le temps d'écrire; notre position est toujours la même
à tout égard si ce n'est que la mauvaise récolte nous rend un peu plus pauvres.

Madame la Princesse Béatrix a essuyé une maladie assez longue de fièvre tierce
avec rechute, ce qui l'a beaucoup affaiblie, mais j'espère qu'elle se remettra, et que
sa figure céleste n'en sera point altérée. Le reste de la Famille Royale jouit de la plus
parfaite santé, Monsieur le Comte de Roburent a aussi eu récemment un accès de fièvre
sans suite, je suppose que ce n'était que de la bile un peu exaltée. Vous sentez, Monsieur le Comte, que si j'en avais le temps, et savais que cette lettre va tout droit entre
vos mains j'aurais bien des choses à vous écrire, mais il faut être réservé par force et
se refuser un épanchement, quelque besoin qu'on en aye. Monsieur Hill est à la campagne, le gross Koslosky fait de la politique à tour de bras au milieu des polissons qui
l'entourent. Revel est tranquillement à Sassari, Ducray ici peu satisfait de tout ce qui
se passe, et moi couché sur ma table depuis 6 heures du matin jusqu'à 10 heures
du soir, je résiste à tout, comme si j'étais jeune et robuste, ce qui prouve que le
travail et les chagrins ne tuent pas tout le monde. Mais il faut finir, Monsieur. Agréez
donc les assurances du plus respectueux dévouement et de la plus sincère amitié
avec laquelle j'ai l'honneur d'être, M. le Comte,

Votre très humble et très obéissant serviteur   ROSSI ».

ces années si fertiles en événements. L'Archiduc Charles alla, paraît-il, jusqu'à le munir d'une lettre de recommandation pour le Prince Régent d'Angleterre (1).

En effet son parti était désormais pris, il se joignit à l'Archiduc François d'Autriche Este qui quittait avec le comte de Fiquelmont (2) le sol de l'Autriche, entrée pour de bon dans le systhème napoléonien par le mariage de l'Archiduchesse Marie Louise. Les voyageurs devaient éviter les pays soumis à l'influence française, ce qui les obligeait à un immense détour pour aller de Vienne aux îles de Sicile et de Sardaigne. La contrée où ils se risquaient, plus ou moins sujette du governement du Sultan, pouvait présenter beaucoup de dangers, mais aussi offrir des opportunités précieuses pour nouer des relations avec les ennemis de la France, dont les frontières touchaient désormais sur une grande étendue les domaines turcs. Par mesure de précaution M. de La Tour reçut ses passeports sous le nom d'Antoine Riessner commerçant (3).

Le 20 novembre Victor de La Tour reçut une communication officielle du Hof Kriegs Rath de Vienne dans laquelle avec « le plus profond sentiment de regret » (4) on se disait obligé d'accorder au ci-devant officier Sarde sa démission du service. En même temps le Conseil avait proposé de lui conférer comme marque de la plus haute satisfaction pour les services rendus le titre de Colonel honoraire.

Ce caractère lui fut en effet conféré par un arrêté du 17 décembre qui acceptait sa demande de congé. M. de La Tour avait visiblement tenu à ce que son départ de l'armée Autrichienne n'eut pas l'aspect d'une exigence étrangère, et le 8 Décembre il obtint du Maréchal Bellegarde, Président du Hof Kriegs Rath, une déclaration que c'était d'après sa propre demande et volonté qu'il quittait le service. Cette triste affaire ainsi reglée d'une façon honorable, Victor de La Tour se mit en voyage avec l'escorte d'un courrier slave Jean Karabet (5).

---

(1) Souvenirs de M.me la C.sse de Rinco cités.

(2) Le comte Charles Louis de Ficquelmont (1777-1857) était un gentilhomme lorrain qui à la Révolution avait quitté le service de France pour celui d'Autriche. Il devait quitter, à la Restauration, l'armée pour la diplomatie et représenter l'Autriche à Stockholm, à Florence, à Naples, à St. Pétersbourg. Ministre d'état en 1840, il reçut le ministère des affaires étrangères en 1848.

(3) Le dossier (Archives d'Orio, II, 116) contient deux passeports, dont l'un est délivré en toutes lettres au comte de La Tour, mais il est intact et ne paraît pas avoir été montré nulle part, le second au nom du négociant Riessner est tout timbré par les visas des différents consuls : à Brod le 24 décembre 1810, a Trancik le 4 janvier 1811, à Salonique le 9 mars, à Smirne le 24 avril.

(4) K. K. Kriegs Archiv., Wien.

(5) Le contrat avec ce courrier, fait en double (en caractère allemands et Cyrilliques), porte les deux dates du 5 et du 11 décembre.

M. de La Tour agissait comme une sorte d'aide de camp et de secrétaire, je dirais presque de directeur du bureau politique de l'Archiduc
François. Il entra en pourparlers avec l'abbé Brunazzi grand ennemi des
Français, qui avait une indéniable influence dans la Dalmatie méridionale
et dans toute l'Albanie. Il avait dû se réfugier à Scutari, devant l'invasion
française, lorsque M. de La Tour passait par là dirigé à Salonique. Les
pièces, afférentes à cette négociation secrète et mystérieuse qui se trouvent
dans les archives d'Orio, sont extrêmement curieuses.

« Ill.mo Signor Generale,

Dalle ultime mie lettere spero che V. S. Ill.ma avrà rilevato lo stato
delle cose che in allora correvano; in oggi con mio rincrescimento devo
avvertirla degli affari che alla giornata corrono; tutto quello che l'amico
Zifra mi partecipa qui negli acclusi fogli, l'avevo penetrato da altra parte,
quello di più io so, è che è entrato nel Canale delle Boche un Brik da
guerra francese, ed il numero dei croati che coprivano le Boche, in luogo
dei francesi, ascende a mille trecento, piccol numero.

Io ormai sono senza denaro, col di più che la Signora Reggio, che
spedissimo alle Boche, è stata presa per sospetto, e per fortuna si salvò
da me ed è meco. Il Mercante Francesco doveva partire per Costantino-
poli, ma fin d'ora non partì per quanto so; io posso calcolare su sei mila
montenegrini a dir poco, e su molti confinari, due navi, due fregate,
ed un brik e mille uomini da sbarco; la provincia delle Boche è tolta per
sempre dalle mani francesi, ed io lo assicuro.

Non mi allungo perchè incomodato; mi scriva per carità, come devo
regolarmi e mi scriva sotto piego del Console Austriaco a Scutari, Signor
Giacomo Summa, giacchè il Signor Loard, Console Inglese a Durazzo,
partì per le serie scene nate in quel paese. Per carità sollecitudine negli
affari, altrimenti mai più avremo il momento propizio.

Mi conservi in sua grazia, mi ami, e mi creda, sono
d. L. SS. I.

U. D. S. U.
'Abbate BRUNAZZI.

Scutari in Albania Turca, li 6 febraro 1811 ».

Archives de La Tour.
Orio. - II, . 119

« Al S. D. D.

Venuto che sono alla Fiumera di Zeclin passai immediate nel monastero di Cettigne, ove al presente ancora mi attrovo appresso S. E.
Metropolita, (1) al quale non ho mancato di porgere i suoi cenni da parte

---

(1) Pierre I (1747-1830), prince-évêque de Monténégro depuis la mort de son oncle
Sava (1782), dont la politique tendait de tout temps à l'occupation des bouches de
Cattaro (ERBER, loc. citato) et qui, fidèle à l'alliance russe, ne se laissa point en-

di V. S. R.ma : facendolo in via discorsiva a sovvenirgli della sua persona, il quale mi disse di conoscerlo, ed essendo io incessante nell'indagare, ed influire sopra ogni punto che contemplar potesse il maggior bene del nostro Adorato Sovrano, mi sono sulla fede espresso di quanto ho creduto, e seguo il sentimento di ogni intelligenza, e scrutinazione, fatta debolmente da me, sino il giorno d'oggi :

1° S. E. M[etropolita] è molto persuaso della sua venuta a queste parti, e lui gli desidera ogni buon esito nella azienda dei affari divisati dai Sovrani addetti alla buona causa; e rapporto ai francesi essi hanno cercato tutte le vie possibili, per stabilire una pace con i Montenegrini, sì per le discrepanze fra li Provinciali, come pure per sè medesimi, e ciò nè è seguito sino ad ora, secondo il loro desiderio come nel rapporto.

2° Il Comandante Francese ha scritto diverse lettere a S. E. M. acciocchè venendo Lui a Staguerich nel monastero per fare colà l'invernata come aveva divisato, il Signor Comandante avrebbe il desiderio di darsi il merito di venire a fare una conoscenza personale seco lui, e che amerebbe di darsi uno tale merito; e gli fu risposto dal detto metropolita, che aveva le sue occupazioni continue che ha per ogni dove nel Montenero, e non sa di preciso quando potrà passare a Staguerich, di stazione, e che lui gli ringrazia molto alle sue gentilezze, volendosi dare un tale disturbo di venirlo a trovare nel Monastero sudetto, ed anche desidera di venire unitamente con un taleArchimandrita Craglievich (1), spedito dal Vescovo Vanedit Zerich, di Rito Greco, ultimamente fatto da Napoleone per la cura delle Provincie della Dalmazia, Ragusa e Boche di Cattaro, ed il detto Archimandrita fa ogni sforzo, appresso i greci nelle Boche, perchè siano costanti alla fede di Napoleone; ed i francesi vogliono l'amicizia di S. E. Metropolita per una parte, e dall'altra gli viene tolto ogni diritto ecclesiastico che a lui appartiene, come fu per il passato da più secoli, che in riguardo al Rito Serviano sempre dipendevano da esso, (2) e Lui come conoscitore della loro fine politica, sa bene che facendo sopra ciò un qualche reclamo sarebbe il tutto rimesso nel suo primiero ordine; ma i francesi cercherebbero a S. E. Met. per converso un altro favore, il quale potrebbe essere disavantaggioso al suo onore come a quello della Nazione, perciò nemmeno per ora si fa sentire; ed il medesimo Metropolita

traîner dans la sphère d'influence française, par même lors de l'entente entre Napoléon et Alexandre (P. PISANI, *La Dalmatie de 1797 à 1815*, Paris 1895, II partie, Ch. VI, § VIII). Le chan. Pisani soupçonne plutôt qu'il ne connait les manoeuvres anti-françaises, car il travaille surtout avec les matériaux français. Ainsi il ne découvre les agissements de Brunazzi qu'en 1813 lorsque celui-ci arrive avec le commodore anglais Hoste et une lettre de l'Archiduc François (p. 465).

(1) En réalité c'est Kraglievich qui avait obtenu l'evêche des grecs non-unis de Dalmatie, organisé par les français sur les instances de Dandolo (PISANI, *oeuvre citée*, pp. 238 et 384).

(2) On trouvera quelques indications sur les circonscriptions ecclésiastiques des orthodoxes de Dalmatie chez G. MODRICH, *La Dalmazia*, Torino 1892, p. 306.

mi disse sulla fede, che vole andare quanto prima alle sue Peschiere, per stare qualche giorno colà, e poi venire a Cettigne nuovamente; onde esso vole cercare tutte le vie possibili di stare lontano dalla amicizia dei francesi.

3° I francesi hanno promesso molto ai montenegrini, che se saranno amici del Napoleone, essi saranno fortunati, e che quanto prima dilateranno i loro confini, cioè nelle tenute ottomane, ed il Metropolita se ne ride delle loro promesse; e se anche fossero veritiere, non vole da essi alcuna riconoscenza, ma è molto desideroso che quanto prima i Sovrani della buona causa, incominciassero ad agire a queste parti, prima che li Montenegrini, col mezzo di alcuni capi, sedotti a forza di denaro, non gli facessero dei disturbi; abenchè lui è costante nel suo pensiero che si è ancor detto, e non concesso, venissero li francesi col mezzo dei tradimenti in Montenero, lui prenderebbe partito con li Montenegrini, del suo sentimento, che sono in maggior numero senza confronto, e farebbe prima un massacro fino all'ultima giozza di sangue che tiene nelle sue vene, piuttosto che rendersi vassallo dei Galli.

4° I francesi vogliono fare un'altra leva di conscrizione dei luoghi e paesi tutti della Provincia, marçati nella descrizione in rapporto, ed al numero di 1.200; onde facendo una tale leva, quando fossero obbligati dalla forza in allora nella provincia delle Boche non resterebbero più uomini atti all'armi, senonchè alcuni vecchi e ragazzi, e delle donne con le loro rocche da filare; onde se con queste specie di persone si può agire un dì, lascio alla savia riflessione di V. S. R.ma; adunque, se io, come il Metropolita è del mio parere, che se mai fosse possibile di far venire quanto prima un'Armata Inglese, con delle munizioni da guerra, e del soldo per un poco di tempo necessario, sino a maggiori soccorsi, perchè temendo che una lunga dilazione potrebbe essere disavantaggiosa all'intrapresa che devesi operare in queste nostre parti, e se mai il Marmont si determinasse di venire come si dice a queste parti, con un corpo di armata, facendo delle leve sumarie in Dalmazia, e poi venendo alle Bocche, ed avendo dell'altre idee di proseguire altronde nelle parti ottomane, e con li mezzi dei partiti di gente oscura, compra con il soldo, e promesse mille a tutti, secondo il loro impianto che vanno disseminando per ogni dove; perciò io debolmente gli rimarco li presenti miei sentimenti, che se mai fosse possibile, sarebbe meglio allontanare un tale smiasma inaudito, che per ogni dove va serpeggiando, e con la più insanabile sua legislazione, e torno a dire di agire sino che v'è tempo.

5° Io appena che sono arrivato a Cettigne ho spedito persona a Greyusci, perchè avesse a venire nel Monastero, il mio compagno Luca Bogdanovich, come uomo sano di piena fede, e come per tale fu riconosciuto anche dal generale Nusan (1), quando fu spedito nella passata

______

(1) Voudrait-il parler de Nugent?

Commissione; ed esso dopo aver discorso con me, rilevai l'azienda di alcuni individui del Montenero, che si vanno facendo amici con li francesi, ma spero in Dio che sarà inutile ogni sforzo dei Galli in queste parti montane, e specialmente essendo sana la testa ossia il capo.

6° Ho spedito il detto Luca Bogdanovich per alcuni villaggi della Provincia, da alcuni suoi, e miei amici, acciò gli dasse un qualche conforto verbalmente, che non si perdano affatto di coraggio, e che quanto prima saranno difesi d'altra forza imponente, la quale farà espulsare per certo li Galli da queste parti, una volta per sempre, se Iddio vorrà darci una tale grazia, ma la risposta che mi dà ognuno, al quale mi affido col dirgli superficialmente, una buona speranza, che di tale novità furono fatti a giorno anche imprima, e ne mai videro quel raggio solare, che esca dalla sua sfera; perciò tutti sono quasi titubanti e perplessi, ed io mi attrovo ravvolto nella più dolorosa circostanza, che mai immaginare si può di un uomo infelice, che attrovasi fra alpestri monti, in mezzo ai alloni di Saturno, stando in queste capanne fra la nebbia come dissi, e con il gelo nelle strade, e dover agire per quella sacra causa, che regge nei animi dei uomini, di una buona morale. Adunque, Lei venerando ministro, ci porgia quei aspiri che sono di prima necessità, per condurre la maggior parte dei uomini a pensare come pensa V. S. R.ma perchè altrimenti prevedo una rammaricante conseguenza, a queste parti, e quando li francesi avessero il loro intento non valerebbe più la forza di Marte per guarire, nè Mercurio per risanare.

7° I francesi ancora non hanno asportato la Argenteria dalle Bocche; ma quanto prima hanno divisato, dietro la venuta delle altre truppe, a far gettare e coniare delle monete a Ragusi, (1) per dover combattere contro chi gli fosse ad essi contrario ai loro piani divisati, e che vanno in continuazione macchinando, e io facendo riflesso che sarebbe meglio di far venire un'armata da mare per occupare la provincia; e che se mai fosse sprovvista del soldo, si potrebbe di tale metallo, fare una imprestanza per un qualche tempo, sapendo già tutti benissimo che li sovrani della buona causa, non vogliono con la forza la roba dei sudditi, e specialmente delle Chiese; e se mai non vi fosse Ragusi da coniare moneta, vi sarebbe Scutari da impegnare per un tempo congruo.

8° Ogni uomo conoscitore della ragione sopra i affari presenti del Mondo si stupisce cosa fanno i navigli della Gran-Brettagna, nelle acque del golfo Adriatico e nell'ablocco di Corfù; e non di prevalersi del momento felice coll'invadere queste contrade, che sino ad ora in più e più volte sarebbe questo principale punto stato il tutto ultimato, come io

---

(1) Les français s'étaient emparés de Raguse depuis quelques années et peu à peu y consolidèrent leur domination, arrivant jusqu'à proclamer l'abolition du sénat et la fin de la glorieuse république (DEL SORGO, *Fragments sur l'histoire politique et littéraire de l'ancienne république de Raguse*, Paris 1839; L. VILLARI, *The republic of Ragusa*, London 1907.

credo, perchè è meglio, trafiggere un uomo nel vivo del cuore, o nel capo quando si cerca la sua estinzione, e non traforarlo nell'altri parti mediane del corpo, e sanabili; adunque la base fondamentale nell'agire, è di riflettere e risolvere, altrimenti non si può avere alcun ottimo effetto, nelle attuali presenti circostanze.

9° V. S. R.ma potrà scrivere se credesse con apposito messo per la Capitale, dalla quale Ella dipende, di far che sia data sollecitudine nei presenti affari angustiosi, o pure di spedire per la via di mare, ma per avere una precisa risposta conviene scrivere con della energia, e spedire dei messi, e non guardare spesa in questa specie di affari; ed in ieri sono partiti più di 200 kurtolgiani su la via di Antivari per passare in Turchia al Travalgio, e molti vi sono che vanno vagando per il Montenero, e non possono trovare quartiere, perchè i Montenegrini son meschini anche per sè, e non possono in questi tempi critici tenere persone in casa a motivo del grano che gli manca; e se mai V. S. non vorrà darsi una straordinaria premura, il tutto si renderà inutile le sue fatiche, ed anche le mie abenchè meschine, appresso le sue, e con ciò esaurisco per ora al mio dovere, col rassegnare il presente dispazzo alle savie sue ponderazioni.

(*Firmato*) VINCENZO ZIFFRA, Aus.° ».

Avec cette lettre de son agent de Montenegro, l'abbé Brunazzi communiquait à La Tour un rapport sur les démarches des français pour étendre leur influence dans le pays.

« Rapporto.

I francesi hanno stabilito la pace con li Montenegrini nel giorno 16 gennaio corr., e 'i 17 detto sono partiti da Cattaro li capi del Montenero.

Per i Bocchesi poi ha stabilito il governo francese una fede per diversi mesi, sino al giorno di San Demetrio, non potendo in oggi ultimare a motivo della stagione invernale, e per dover nella stagione di estate stabilire e decretare le sentenze analoghe alle differenze insorte fra le parti.

Ma per tale conto resta sopito il tutto, come se fosse la pace fatta, anche coi Bocchesi, nè potrà alcuno dei Provinciali far alcuna rimembranza sino al giorno stabilito.

Ai Montenegrini fu accordato di venire dal Delegato ogni domenica una ora dopo la meridiana, per produrre le loro instanze, ed ogni altra differenza che avessero con li Provinciali, per conto crediti, o altre cause che insorgessero.

Alli detti fu promessa dal Governo ogni giustizia per loro conto, e cercano tutte le loro ragioni di fargli valere, anche se legalmente non sono, a motivo delle loro viste.

I Montenegrini sono stati trattati a Cattaro, quando sono stati li capi della Nazione, ai quali gli fu fatto tutti i onori militari tanto nell'entrare in città, come nel prodursi dai Comandanti sì militari che civili.

Il Governatore del Montenero quando andava a passeggiare con li capi del Montenero, sempre si avvicinavano gli ufficiali francesi al loro fianco e li trattavano alle cafettarie con tutta la distinzione, e pagando generosamente.

Ai Montenegrini, cioè ai capi, gli fu fatto presente un alloggio, di pernottare, ma dal Governatore gli fu ringraziato, quando stati molti con li capi per un N. di 120 incirca.

Conviene poi sapere che in questa fede fatta con li Bocchesi, sono stati a Cattaro le sole comunità marittime del canale, e cioè: Dobrosa, Persagno, Stolico, Perasto, (1) Risano, Castel Nuovo, e li villaggi di Lustizza, Cartolli, Peodo, Lastua, Lepesane e Scalgiati; *ma le comunità di Zuppa* (2) *e Pastrovicchio, non hanno voluto andare in città, nemmeno li villaggi di Risano, Orava, Marine, Pobosi e Braicchi che non si discorre.*

Il Governo francese aveva scritte diverse lettere uffiziose ai luoghi, a' capi sopramarcati acciò venissero in città, come l'altre comunità, ma non fu possibile di persuaderli, temendo che quando venissero in città, li capi fossero arrestati dal Governo, e ciò per il motivo della conscrizione, che vanno facendo sotto il nome di marinari.

Le comunità marittime hanno dato unitamente ai villaggi contigui 250 marinai con la forza, e sono partiti per la via di terra.

Nel giorno di ieri ai 17 corr. furono chiamati tutti li diversi capitani Patentati del Canale, per presentare le loro patenti al Governo, e venuti che sono, furono rimasti arrestati in città, e vogliono che portino tutte le loro patenti a Trieste, e poi da colà per conseguenza saranno fatti soldati.

Nel giorno dei 17 furono partiti da Cattaro la maggior parte dei soldati, per andare a Castel-Nuovo, e poi passare a Ragusi, e da di là vengono per il presidio delle Bocche, alcune truppe dei crovati, i quali erano giunti da quel giorno a Ragusi. Il Sig. Principe Kurakin (3) che attrovavasi in Parigi, è partito per S. Petro-Burgo, e prima di partire si è presentato dal Grande Napoleone, dal quale à ricevuto una scatola di tabacco tutta di oro fino, ed attorniata di brillanti, e gli disse che gli fa un presente della sua memoria, perchè tiene della grande amicizia ed alleanza, con il suo Sovrano Alessandro, e che giammai un tal legame fra essi due Sovrani, non potrà da chi si sia esser stornato ».

-----

(1) Perasto est surtout connu pour la collection de ses chansons populaires, recueillies, à la fin du XVII siècle et au début du XVIII (BARTOLOMEO MITROVIC, *Studi sulla letteratura serbo-croata,* Firenze 1903, p. 85).

(2) Zupa est sur un plateau entre Cattaro et Budua (G. MODRICH, oeuvre citée, pp. 316-318).

(3) Le prince Alexandre Kourakine, vice-chancelier de l'empire russe du temps de Paul I, avait succédé au comte Tolstoi dans l'ambassade de Paris, qu'il ne quitta qu'en 1812. (VANDAL, *Napoléon et Alexandre I*, Paris 1891). Kourakine s'appliquait fort à faire sa cour à Napoléon (C.sse DE BOIGNE, *Mémoires*, Paris 1907, I, ch. XV).

Il s'agissait donc de conclure de véritables traités entre l'Archiduc, dont M. de La Tour semble avoir été le plénipotentiaire d'une part, et le Métropolite du Montenegro, le Pacha de Scutari et le Prince des Myrdites, de l'autre. Tous ces documents ont un tel cachet que nous ne saurions nous passer de reproduire dans son intégrité le dossier baragouiné de Brunazzi.

« Compatato fra sua Eccellenza Metropolita del Montenero Petrowich e Sua Altezza l'Arciduca d'Austria il Principe Francesco.

CAPITOLO I. — Sua Eccellenza il Metropolita del Montenero e Nazione Montenegrina, sarà alleata con Sua Altezza l'Arciduca d'Austria il Principe Francesco, ed unite le forze Montenegrine, a quelle dell'Arciduca, agiranno contro il Tiranno di tutto il mondo, il persecutore di tutti li riti e Religioni, cioè contro alli traditori francesi.

CAPITOLO II. — Allorchè le truppe alleate Montenegrine porteranno piede ostilmente sul territorio francese, da quel giorno li Montenegrini saranno al soldo dell'Arciduca, e gli sarà somministrato polvere, e balle a sufficienza in tutta la guerra.

CAPITOLO III. — Li Montenegrini, in numero di cinque mila, agiranno contro alli francesi, e se sua Eccellenza Metropolita vorrà comandare il Corpo Montenegrino, avrà il grado di Generale di Divisione, con la paga annessa al grado, e dipenderà soltanto dal generale in capo delle forze combinate, o da Sua Altezza l'Arciduca immediatamente, e saranno dati al Metropolita degli Ufficiali del Genio, e sperimentati acciò assistano Sua Eccellenza negli attacchi, ed in tutte le altre circostanze.

CAPITOLO IV. — Non si potrà concludere la pace col nemico, senza il consenso da ambe le parti, nè ambe le parti deporranno le armi che alla pace col nemico.

CAPITOLO V. — Tostochè la Provincia Bocchese e Ragusi sarà in nostro potere, verrà ceduta in tutto possesso al Monte Nero la città di Budua e suo Porto, e se li Montenegrini daranno prove di valore, di fedeltà e di ubbidienza, alla pace sarà pur ceduto al Monte Nero la contea di Zuppa. E se li Montenegrini aumenteranno le loro forze contro al nemico, sarà ancor di più aumentato e dilatato il Montenero, ed il Metropolita Petrovich, estenderà la sua giurisdizione sul rito greco, in tutta la provincia Bocchese, Ragusa ed in tutte le Provincie che si conquisteranno, e potrà nominare Archimandriti, e spedirli ove il rito greco avrà di bisogno, e sua Eccellenza Petrovich sarà decorato di Onori Grandi, e riconosciuto ed aiutato ancora dalle potenze formidabili, alleati di Sua Altezza l'Arciduca Francesco.

CAPITOLO VI. — Il Metropolita e li Capi del Monte Nero dovranno organizzarsi, formando Compagnie, Battaglioni; li Capitani e li Maggiori avranno la paga di Capitano e Maggiore; ma il Capitano e Maggiore sarà responsabile delle azioni ed operato dei loro uomini, ed il Metropolita e Capi del Montenero sarà loro dovere di punire anche con la morte li traditori e disubbidienti, e castigare quelli che rubassero o saccheggiassero case senza un ordine del Metropolita, poichè si fa la guerra, alli tiranni, alli traditori, alli persecutori del Rito Greco e latino, e non faciamo la guerra al buon Popolo, alle famiglie ed alli poveri abitatori, ma faciamo la guerra alli Francesi, agli ingannatori di tutto il Mondo, ed alla perfida gente.

Capitolo VII. — La Nazione Montenegrina cesserà di far guerra con li Amici ed Alleati dell'Arciduca d'Austria il Principe Francesco; e questa Alleanza fra il Monte Nero e Sua Altezza l'Arciduca Francesco, viene gradita dall'Inghilterra, dalla Spagna, dal Portogallo, dalla Sicilia, dalla Sardegna e da altre potenze che a suo tempo si spiegheranno.

Capitolo VIII. — La Gran Nazione Inglese riconoscerà per terra e per mare la bandiera Montenegrina, e potrà commerciare per mare con tutte le Potenze fuorchè Nemiche, e da tutte le potenze, sarà non solo riconosciuta la bandiera Montenegrina, m'a rispettata ed aiutata in qualunque circostanza, e sarà dato mano, onde la Nazione Montenegrina abbia bastimenti, attrezzi ed anche dei cannoni per li loro bastimenti.

Capitolo IX. — Li presenti capitoli saranno sottoscritti da Sua Eccellenza Metropolita Petrovich, per parte della Nazione Montenegrina, ed il Plenipotenziario di Sua Altezza l'Arciduca Francesco, per la inviolabile osservanza ed adempimento in tutte le sue parti.

Compatato fra S. E. Mustafà Basà di Scutari con Sua Altezza l'Arciduca d'Austria Francesco.

Capitolo I. — Sua Eccellenza Mustafà Basà di Scutari, dal momento della sottoscrizione dei presenti capitoli, entra in stretta amicizia ed alleanza con S. A l'Arciduca d'Austria Francesco.

Capitolo II. — Sua Eccellenza Mustafa Basà di Scutari dà tre mila uomini a piedi e ducento a cavallo a Sua Altezza l'Arciduca d'Austria Francesco, le quali truppe dovranno unirsi a quelle soldatesche dell'Arciduca per discacciare li traditori ed usurpatori Francesi, dalle Bocche di Cattaro, dalla Dalmazia, dalla Venezia, etc., etc.

Capitolo III. — Subito che la Truppa Albanese, suddita del Basà di Scutari, sortirà dai suoi Stati, marcerà o si imbarcherà, da quel giorno gli Albanesi ritireranno la paga dall'Arciduca, e sarà somministrato balle, polvere, pietre in tutta la guerra.

Capitolo IV. — Tostochè gli Albanesi porranno piede sul territorio Francese, oltre che avrà ricevuta una somma di denaro, avrà un regalo di valore.

Capitolo V. — Se gli Albanesi si porteranno da bravi guerrieri ed ubbidienti e fedeli, oltre la paga ed il mangiare, avranno dei premi di medaglie di argento ed oro, e terminata la guerra col nemico, avranno una somma di denaro per ciascun uomo, e Sua Altezza darà il Paese di Pastrovicchio con il suo territorio al Basà di Scutari.

CAPITOLO VI. — Se Sua Eccellenza Mustafà Basà di Scutari arriverà a dare all'Arciduca in tutto sei mila uomini, oltre il paese di Pastrovicchio avrà altri paesi, e Sua Eccellenza Mustafà sarà nominato Visir di tutta l'Albania e sarà riconosciuto per tale dall'Inghilterra, dalla Spagna, dal Portogallo, dal Regno di Sicilia, dal Regno di Sardegna e da altre Potenze.

CAPITOLO VII. — Se Sua Eccellenza Mustafà Basà di Scutari, sarà veramente fedele ed unito all'Arciduca, l'Arciduca promette a Mustafà Basà di Scutari di aiutarlo in tutti li bisogni, soccorrerlo in denaro, polvere, balle, cannoni, bastimenti da guerra, e Sua Altezza l'Arciduca d'Austria farà noto a tutto il mondo, che chi sarà nemico del Basà di Scutari Mustafà sarà suo nemico, e nemico delle grandi e potenti Nazioni sue alleate, e qualunque ardirà di attaccare il Basà di Scutari Mustafà, sarà punito, rovinato ed annientato.

CAPITOLO VIII. — Li presenti 8 capitoli saranno sottoscritti con la firma di S. Ecc. Mustafà di Scutari, e firmati col suo suggello, e parimenti sottoscritti dal Plenipotenziario di Sua Altezza l'Arciduca d'Austria il Principe Francesco, per la inviolabile osservanza ed esecuzione.

Compatato fra il Principe dei Maraditi e Sua Altezza l'Arciduca d'Austria il Principe Francesco.

CAPITOLO I. — Il Principe dei Maraditi, sottoscritti li presenti capitoli, sarà alleato con Sua Altezza l'Arciduca d'Austria Francesco, per combattere contro alli Francesi, nemici di Dio, nemici della Nostra Santa Chiesa Cristiana e persecutori del Papa, delli Cardinali Vescovi e delli veri Cristiani.

CAPITOLO II. — Il principe dei Maraditi unirà alle truppe di Sua Altezza tre mila Maraditi per discacciare li ladri e traditori Francesi dalle Bocche di Cattaro, dalla Dalmazia, ecc. ecc.

CAPITOLO III. — Se il Principe dei Maraditi vorrà comandare il Corpo dei suoi Compatrioti avrà il Grado di Generale Maggiore, con la paga da Generale, e dovrà solo obbedire al Generale in Capo delle truppe dell'Arciduca od all'Arciduca medesimo.

CAPITOLO IV. — Subito che li Maraditi sortiranno dai suoi luoghi e si incammineranno ostilmente contro alli nemici Francesi, in quel giorno tireranno la paga dall'Arciduca, e la paga l'avranno sempre fino alla pace col nemico, e sarà somministrato ad ogni Maradita polvere e balle in tutta la guerra, e li Maraditi non potranno fare la pace col nemico senza il consenso dell'Arciduca Francesco.

CAPITOLO V. — Se li Maraditi si distingueranno e saranno fedeli cristiani, ed accresceranno le loro forze contro al nemico, oltre alla paga stabilita, avranno quelli che si distingueranno, medaglie d'oro e di argento, ed il Principe dei Maraditi sarà decorato col Grande Ordine della Croce, dell'Ordine della Costanza, e medaglia del valore, e se i Maraditi aumenteranno le loro forze fino a cinque mila uomini, avranno terreno, denaro a suo tempo, polvere, balle e cannoni, ma solo quando si avrà terminata la guerra. Il Principe dei Maraditi, terminata la guerra, avrà il titolo di Re di tutti li Cristiani della Albania e Macedonia ed il Papa accorderà al Principe dei Maraditi altri privilegi, subito che il Papa sarà libero dalla prigione *ove li traditori Francesi [l'hanno] barbaramente rinchiuso.*

CAPITOLO VI. — Il Principe dei Maraditi sarà amico della Inghilterra, della Spagna, del Portogallo, della Sicilia, della Sardegna e di altre Potenze che si dichiareranno, e tutte queste Potenze sono amiche ed alleate con l'Arciduca d'Austria Francesco.

CAPITOLO VII. — Il Principe dei Maraditi avrà una somma di denaro in regalo, subito che li Maraditi entreranno nei luoghi dei scomunicati Francesi; e li Maraditi faranno la pace con li Amici dell'Arciduca.

CAPITOLO VIII. — Li presenti otto Capitoli dovranno essere sottoscritti dal Principe dei Maraditi e dal Plenipotenziario di Sua Altezza l'Arciduca d'Austria Francesco, acciò siano inviolabilmente osservati, senza clausole o riserve.

Regali per il Basà di Scutari. — Primi regali.

Un schioppo a vento, due pistole ed un bastone col stilo lavorato al di fuori in argento.

Regali per la madre del Basà.

Un satoul sachet inglese con entro seta ed oro per ricamare, con pomate ed acque di odori. Un paio orecchini, o un anello, canerini e pesci con vari colori.

Per li Ministri del Basà.

Denaro.

Per il Confidente del Basà, Medico.

Uno specchio astuccio di argento indorato con lancette per cavar sangue, uno anello e vari medicinali; ed una scatola di medicinali per il secondo medico.

Per il Principe dei Maraditi.

Due belle pistole, un orologio da camera, un canocchiale.

Per sua moglie.

Un paia orecchini ed un anello e fazzoletti.

Per l'Abate dei Maraditi.

Scatola di argento indorata con qualche zecchino dentro.

Per il Vescovo del Monte Nero.

Una scatola d'oro contornata con diamanti, e col ritratto di Sua
'Altezza, con un cannocchiale Inglese, e per li Capi del Monte Nero piccol
somma di denaro.

Stato delle forze per l'intrapresa.

Forze Albanesi Turchesche	N.	4000
Forze Montenegrine disponibili fuori del Monte Nero	»	5000
Truppe di linea	»	6000
	Totale N.	15.000

Legni da guerra, artiglieria, armi, munizioni, ecc.

Navi di linea	N.	4
Fregate	»	5
Corvette	»	2
Bombarde	»	2
Brich	»	5

Artiglieria.

Mortari da bomba	N.	12
Cannoni da breccia	»	24
Cannoni da campagna	»	18
Obici	»	12
Fucili	»	2000

Munizioni.

Cartatuccie, le balle delle quali non oltrepassino le 6 dramme di peso,
polvere buona, pietre per li fucili dei Montenegrini, Albanesi, Dalma-
tini, etc.ra. E tutte le munizioni da bocca, e da fuoco per 24.000 uomini,
per sei mesi.

Disposizioni e distribuzioni delle Truppe per l'intrapresa.

Nel tempo stesso che si invaderà ed attaccherà la Provincia Bocchese, e Ragusea, si staccherà dall'isola di Lissa (1) 2500 Albanesi, gli si
uniranno 4 compagnie di Linea con artiglieria, e munizioni, scortati da

(1) L'île de Lissa était occupée par les anglais et les efforts faits dans l'hiver
de 1811 pour les chasser de là n'aboutirent qu'à un échec de la marine franco-italienne,
qui fit néanmoins preuve de beaucoup d'endurance (ERBER, *loc. cit.*, p. 114; G. BIGONI,
Dopo Lissa; Bollettino del primo congresso storico del Risorgimento italiano, N. 2).

una corvetta e da un brich, avendo loro persone atte a rivoluzionare la Dalmazia, provveduti di denaro, e di proclami e vi si potrà pure unire 500 Montenegrini e si attaccherà Spalato, Traù, etc. prenderanno le ottime posizioni; li Albanesi si avanzeranno sui monti vicini alla Bosnia, li Montenegrini più basso, e la truppa vicino al mare.

Questa spedizione ha tre oggetti: il primo è di realmente impossessarsi di Spalato, e degli altri luoghi; il secondo per impedire li soccorsi che da Fiume e Zara potessero giungere a Ragusi; terzo per dar principio alla rivoluzione, e gli Albanesi Turchi spingeranno li confinari Bosniachi ad unirsi con noi. Nel pari tempo che s'attacca Spalato, e la Provincia Bocchese, si sbarcherà a Stagno 2.000 Montenegrini, li quali, qualche settimana prima si saranno imbarcati di notte nel porto di Traste. Vi si uniranno 4 compagnie di soldati con dei cannoni, scortati da una fregata e da un brich ove daranno fondo. La truppa si fortificherà, li Montenegrini prenderanno le alture, e le posizioni, e qualora si saprà che la spedizione di Spalato va bene, li Montenegrini si avvanzeranno verso Ragusi, guadagnando sempre le alture che dominano la piazza Ragusea.

In questo frattempo si presenteranno avanti Ragusi, 3 navi di linea ed una fregata con la bombarda tirando dei colpi e delle bombe e facendo manovre che indicano di attaccar Ragusi, per tirare l'attenzione del nemico, acciò non spicchi forze ad opporsi al corpo che si sbarcò a Stagno, ed a quel corpo che è per sbarcare a Ragusi vecchia.

Allorquando la flotta si presenta a Ragusi nuova, si sbarcherà a Ragusi vecchia 1.200 Albanesi, con 5 compagnie di soldati con artiglieria, scortati da un brich che colà darà fondo, spedirà barcazze armate in quella specie di lago e la truppa si fortificherà a Ragusi vecchia, gli Albanesi più alto su le posizioni più vantaggiose, e gli si darà qualche cannone. In questo frattempo 1.300 Montenegrini discenderanno strisciando il confine Turco, si ritroveranno su le alture che dominano Ragusi, unendosi al corpo di 2.000 Montenegrini che sbarcheranno a Stagno, e con qualunque sacrificio impadronirsi di quella chiesetta che si trova sul monte che domina Ragusi. Colà si farà un trinceramento; vi si pianterà una forte batteria, vi si porterà i mortari da bomba, e da tutte le parti si incomincierà il bombardamento, si stringerà, ecc. ecc. e siccome che dalle alture si scopre qualunque movimento che il nemico possa fare; così sulle alture si faranno dei segnali a guisa di telegrafo, onde capire quando il nemico tenta la sortita, ove si avanza, e da qual parte vuole attaccare per accorrere secondo il bisogno.

Siccome Ragusi è il punto centrale delle forze nemiche, delle quali ben si scorge di volersi mantenere dalle continue fortificazioni, che aumentano quelle della natura, però colà devono le nostre mire tendere per rovinarlo ed opporvi forza con forza. Poichè presa Ragusi, altro non rimane in Dalmazia che Zara, nella Croazia Carlstad, e nel Friol Palma Nuova.

Un giorno avanti che si sforzi l'entrata nel Canale di Cattaro, si spediranno nel porto di Malonza piccola e grande 300 Albanesi; 200 guadagneranno la notte la cima del monte detto Cobilla, e secretamente si apposteranno sopra alla batteria colà formata; cinquanta resteranno a Vitalina e cinquanta valicheranno il monte e si apposteranno alle case dette Ghoghi, luogo turco, si potrà pure sbarcare due compagnie di soldati, le quali valicheranno il monte e si apposteranno alla pianura, detta Salina; ogni truppa avrà la razione per due o tre giorni; contemporaneamente 600 Montenegrini dalle alture del Monte Nero discenderanno verso Camona, e tenteranno una sorpresa alla fortezza spagnuola; 300 tenteranno sul far del giorno l'ingresso nella fortezza, quando aprano la porta e li altri 300 si apposteranno sul far del giorno a Sant'Anna; se riesce l'entrata nella fortezza, allora la provincia tutta delle Bocche, è in poco tempo tutta nostra; ma il Brunazzi ha già uno strattagemma da porre in opera per la fortezza spagnuola.

Un altro corpo Montenegrino di 300 discenderanno nella pianura di Zuppa, si avanzeranno sopra il Monte di Lustiza, e sul far del giorno si ritroverà appostato sopra la batteria di Porto Rose, e sopra la batteria che è più basso verso Gianizza. Si farà il segnale alla flotta che entri, il nemico correrà alle batterie per far fuoco, ma li nostri al di sopra impostati, bersaglieranno il nemico, al di sotto scoperto, ed in tanto li legni con balla e mitraglia dal mare bersaglieranno essi pure il nemico, di maniera che al di sopra presso a poco, e dal mare il simile, il nemico non solo sarà costretto di abbandonare le batterie, ma di darsi prigioniero, poichè circondato da tutte le parti, avendo pure a Gianiza sbarcato due compagnie di soldati, con due cannoncini per tirare nelle case, nel caso che il nemico si rifugiasse e volesse difendersi.

Entrata la flotta, la nave darà fondo fra Castelnuovo e Porto Rose; una o due fregate avanti a Lazaretti di Castelnuovo, una o due fregate, una bombarda ed un brik si avanzeranno verso Cattaro; una fregata si apposterà in faccia di S. Matteo di Dobrosa, il brik si avvicinerà a Perzagno, e la bombarda in mezzo fra la fregata ed il brik; la batteria della Cobilla e quella verso Gianizza si disferanno, si lascierà solo quella di Porto Rose: li 300 Albanesi che erano alla Cobilla, si spediranno subito una parte a Dobrosa, ed una parte a Perzagno, per soccorrere quei due rispettabili paesi, li quali al nostro comparire si allarmeranno. Vi si spediranno pure 4 compagnie con mortari da bomba, grossi cannoni e degli obici, ecc. ecc. Li Montenegrini che restano in Provincia, assedieranno dalla parte della montagna Cattaro, bloccheranno il forte della Trinità e di Budua, Perzagno, Dobrosa, Stoligo, Scagliani, si uniranno a noi e s'incomincierà tosto il bombardamento di Cattaro, ecc. ecc.

Li 300 Montenegrini che guadagneranno le batterie di Porto Rose, e più giù verso Gianizza, si spediranno subito alle Saline, con le due compagnie colà impostate, 150 anderanno a Bilibri, e li altri 150 si apposteranno nei luoghi atti, tenendo la comunicazione con la truppa delle Saline, ove si sbarcherà cannoni e obici per battere la fortezza Spagnuola.

Si sbarcherà della truppa a Lazzaretti di Castelnuovo, ove sarà il

Quartier Generale. La truppa si apposterà a S. Anna, vi formerà una forte batteria. Li Montenegrini che erano a S. Anna, 150 si spediranno a Macrine, e 150 a Camina; sulle colline che dominano la fortezza Spagnuola, si formerà un piccolo campo, vi si farà una batteria, la quale formata, si comincierà a battere la fortezza Spagnuola, e la batteria di S. Anna batterà Castelnuovo; sulle alture della fortezza Spagnuola si formeranno dei segnali per intelligenza delle operazioni, a quelli che sono alquanto lontani.

Da possedimento della fortezza Spagnuola dipenderà lo sollecito possesso di tutta la Provincia Bocchese. Con delle fondate ragioni il Brunazzi asserisce che qualora si voglia agire con energia e con le disposizioni sopra notate, la fortezza Spagnuola si dovrà arrendere previo un forte cannonamento, in giorni 10 e così Castelnuovo Cattaro in giorni 25, Ragusi in un mese o poco più o meno. Ecco ciò che il Brunazzi poteva scrivere, lasciando però il giudizio e l'operare alli talenti sperimentati delli sig. Ufficiali del Genio e di Artiglieria ed al Generale che ne avrà l'incarico.

Qui sotto segnati ritroveransi dei schiarimenti e dimostrazioni necessarie al capo della spedizione.

Riflessione Politica.

Convien sapere che fra gli Albanesi e Montenegrini, essendo confinari ed essendo ogni dì in guerra, tra di loro, vi è un non so che di astio per cui, nelle disposizioni, il Brunazzi li ha divisi e fra di loro frapposto truppa; così pure li due paesi di Dobrosa e Perzagno non sono amici dei Montenegrini, così il Brunazzi ha destinato al soccorso di quei due paesi gli Albanesi.

La truppa è stata destinata vicino al mare, avendo sempre pronti bastimenti da guerra e da trasporto per qualunque combinazione accadere potesse. Gli Albanesi in guerra contro i francesi è una cosa ottima: 1° per tirare a noi li confinari Turchi della Bosnia, e li Montenegrini tirano a sè li Greci della Dalmazia, e dà ansa ed impulso ai Russi di far nascere dei dissapori tra la Francia e la Russia, così li Turchi di porsi in guerra contro la Francia.

Riflessione Economica e Militare.

Il far la guerra nelle provincie Bocchese, Ragusi e Dalmata è economia: 1° Perchè gli Auxiliari non hanno bisogno di vestiario per un anno, ma alli Turchi papuzze, ed alli Montenegrini spanche (?), gli auxiliari si contentano di poco, essendo assuefatti al patire nelle provincie contemplate il vino a buon mercato, ed anche la carne; ma solo avere biscotto, risi e formaggio marcito.

Se la potenza che spende per la guerra, spedisce con li convogli dei generi cioè caffè, zuccheri, sale, tabacchi, lauchini etc., con questi supplisce alle spese della guerra; presa poi Ragusi, quella piazza ha un buon Porto, si scarica li generi, si spediscono con le carovane e da Ragusi a Brod, vi sono dieci giorni di cammino e li generi passano nell'Ungheria, nell'Austria, nello Impero ed anche in Francia, e qualora si posseda Ragusi, una volta ed amici de' Bosniachi e Montenegrini, tutte le Armate di Francia non saranno capaci a levarcela dalle mani.

Persone atte per formare il Corpo Albanese.

Quantunque il Basà di Scutari non mantenesse la parola data al Brunazzi, il Console Bosniaco Giacomo Summa in Scutari, è capacissimo di far ottenere il Corpo, e tanta gente si avrà, quanto si vorrà spendere ed offiziare il Comandante di Antivari, ed il Brunazzi si porterà in persona avendo già combinato con dei Vescovi, parrochi ed altre persone atte all'affare.

Per il Corpo d'Armata Montenegrino.

Dopo un carteggio il Brunazzi si portò in Monte Nero, e con quel Vescovo e certi Capi, ed in modo particolare col Signor Vincenzo Ziffra, si stabilì che li Montenegrini darebbero 5000 uomini con le seguenti condizioni: 1° una previa piccola somma di denaro, da distribuire a quei poveri che lasciar devono le famiglie con qualche sussistenza; 2° stare al soldo e razione della potenza motrice; 3° che terminate le graziose azioni di cedere al Monte Nero, Budua ed il paese di Pastrovicchio.

Per le bocche di Cattaro il Brunazzi ha tutto pronto e solo un mese prima spedire due persone autorizzate, uno che resti al Monte Nero, ed il secondo dal Monte Nero segretamente passi alle bocche da quelle persone, ecc. ecc.

Per Ragusi il Brunazzi non ha persone fedeli, ma con due proclami si spera di ottenere molto.

Per la Dalmazia il molto Rev. Andrea Dorotich (1) promotore della ultima rivoluzione in Dalmazia, dimora in Zagabria; altre cinque persone sono a Vienna; cinque personaggi di riguardo dàlmati sono in arresto a Cattaro, le quali saranno dimandate tosto che si giungerà con la forza. Due frati, uno a Malta ed il secondo a Palermo. Due preti, uno a Malta ed il secondo in Antivari; questi soggetti atti sono per la intrapresa, e dall'isola di Lissa si puole maneggiare gli affari della Dalmazia.
Per l'Italia li seguenti:

Il Signor Filippini da Capo d'Istria si ritrova in Malta, diede prove nell'ultima guerra.

---

(1) Cfr. PISANI, *La Dalmatie,* cit., notamment p. 234, où est esquissé un portrait du fougueux franciscain.

Il Signor Basio Istriano, come il primo.

Il Signor Salamone come li sopra notati.

Per la Croazia e Carinzia:

Per la Croazia il Vescovo di Zagabria ed il Dorotich.

Per la Carniola il Baron Rosetti... (1).

Spedire persona al fianco del Visir della Bosnia, acciò con cavilazioni distraga il Comandante di Carlstad, e li confinari Bosniachi minacciassero Carlstad, Doluzza, ecc. intercettare li corrieri acciò non possano spedire dei soccorsi in Dalmazia, ecc. ecc. ecc.

Ecco tutto ciò che in succinto potevo dire, dimostrando in tutta la sua estensione gli affari nel piano generale delle operazioni. E qualora si voglia fare qualche cosa, conviene avvertire a tempo, somministrare denaro atto all'impresa, ed assicuro che tutto anderà bene ».

Il faut croire que les ennemis de Napoléon s'étaient donné alors rendez-vous dans les Balkans, car un autre voyageur de marque, qui s'était joint pour un temps à la caravane et pourrait bien être le comte Pozzo di Borgo (2), écrivait à La Tour le 12 avril 1811 de Péra.

« Pera, 12 avril 1811.

Mon cher Comte,

Archives de La Tour.
Orio. - II, 120.

J'ai reçu la lettre que vous m'avez fait l'amitié de m'écrire; je vous félicite ainsi que toute la caravane, de votre heureuse arrivée à Smirne, et sur tout de la fin d'un voyage qui doit avoir été bien incomode. Le mien n'a pas été sans quelques difficultés; j'ai trouvé le chemin assez long, il a fallu dix jours pour arriver. Le temps a été mauvais, et le pays quoique fort beau au commencement est désert et inhabité à la fin.

Comme vous ne me parlez pas des passeports je n'ai faite aucune demande à M. Canning, en effet vous n'en aurez pas besoin; votre passage à Malthe n'est que pour trouver les moyens d'aller en Sardaigne; je pense que vous profitterez de l'occasion qui va partir incessamment de Smirne,

---

(1) Peut-être Antoine Rossetti, grand armateur de Trieste, anobli par l'Autriche, père de l'écrivain Dominique Rossetti.

(2) Charles Pozzo di Borgo (1764-1842), le célèbre homme d'état corse entré dès 1796 au service russe, l'avait quitté après la paix de Tilsitt. Il devait y revenir lors de la campagne de 1812, pour se trouver à l'heure décisive le champion autorisé de la légimité et des Bourbons au quartier général d'Alexandre. Il représenta avec éclat le tzar à Paris pendant la Restauration et réussit à faire tolérer par son maître la révolution de juillet. Transféré de l'ambassade de Paris à celle de Londres en 1835, il prit sa retraite en 1839. (A. Maggiolo, *Pozzo di Borgo*, Paris 1890; C. Charles Pozzo di Borgo, *Correspondance diplomatique du Comte Pozzo di Borgo, ambassadeur de Russie en France, et du Comte de Nesselrode*, Paris 1890-97; Polovtsoff, *Correspondance diplomatique des ambassadeurs de Russie en France et de France en Russie*, St. Pétersbourg 1902).

car si vous en attendrez une seconde, nous nous rencontrerions de nouveau : je compte être dans cette ville vers la fin du mois.

Point de nouvelles intéressantes de Vienne. Les dernières lettres sont du 1.er mars, j'ai annoncé votre arrivée à Smirne avec le courrier qui est parti avant hier. Vous saurez, peut-être, que M. Le Duc d'Orléans n'est plus en Espagne, il est retourné à Palerme, et s'est cru obligé de publier un précis de sa conduite. Mes compliments respectueux au chef de la caravane, et mille amitiés à tous les vôtres ; je suis, mon cher Comte, avec estime et attachement.

Votre ami et serviteur   P. D. B. ».

Une nouvelle recrue pour l'expédition, dont le but était réellement beaucoup moins innocent qu'on aurait put le croire, était le comte Borgarelli arrivé en Macédoine lorsque l'Archiduc avait déjà fait voile pour Smyrne.

« Monsieur le Comte,

Je me fais un devoir de vous notifier, Monsieur le Comte, par cette occasion qui se présente, mon arrivée à Salonique, d'où ne pouvant pas aller, comme je voudrais, à Malthe, il faut que je me rende à Constantinople pour en recevoir la permission de son Excellence, le Ministre Britannique.

Je tâcherai de quitter cette capitale le plus tôt possible, ayant reçu la patente nécessaire pour venir à recevoir vos ordres.

Monsieur le Comte, votre frère, que j'ai quitté le 23 du mois de mars, est en bonne santé, malgré ses occupations ; il vous fait faire ses compliments. J'espère d'avoir l'honneur de vous trouver à Malta, car vous, Monsieur le Comte, vous savez le but de mon voyage, et vous êtes le seul à qui je suis adressé, sans cela je me trouverai dans le plus grand embarras. Je suis, comme je resterai toujours, avec les sentiments de la plus haute estime, et vénération,

De vous, Monsieur le Comte, le très humble et très obéissant serviteur

Le Comte JOSEPH BORGARELLI.

Salonique, le 9 mai 1811 ».

Enfin le 13 mai les voyageurs touchaient barre à Malte, d'où M. de La Tour envoyait une première lettre à Nugent, qui s'était rendu de son côté à Londres et tenait en main les fils de la résistance à Napoléon.

« Malte, le 15 mai 1811.

Mon cher Ami !

Nous voici enfin arrivés ici le 13 après un voyage que la saison, les incidents de navigation, et la nécessité de garder un strict incognito a rendu fort long et fort pénible. Je n'ai eu aucun moyen de correspondre avec vous pendant son cours, mais Toro Cadet (1) à qui j'ai pû écrire assez régulièrement vous aura sans doute rendu compte de la marche qu'a du suivre Arthur, ainsi que des choses relatives à l'objet qui nous occupe, et qui auront pû être combinées à V[ienne] depuis mon départ.

La réception faite à Arthur par le Gouverneur de Mariano a été conforme à ce que vous me mandez à ce sujet dans votre lettre du 6 janvier

----

(1) Pour ce qui regarde les noms de convention employés dans cette correspondance, le lecteur doit toujours avoir sous les yeux la clef suivante :

Clef de Correspondance avec l'Autriche, Malte et la Sardaigne.

Italie	Italinsky	Isles Baléares	Balestrius
Angleterre	Anne Antoine	Russie	Rupreck
France	François	Autriche	Auguste
Espagne	Estherasi	Malthe	Mariane
Portugal	Portner	Lissa	Lilien
Sardaigne	Sarpi	Dalmatie	Damien
Corse	Corsini	L'Empereur	Le Grand
Sicile	Sismondi	L'Archiduc	Arthur
Corfou	Corine	Bonaparte	Botta
Les autres six isles les soeurs de Corine		Suède	Suenon
Turquie	{ Türkheim	Dannemark	Danneberg
	{ Türman	Hollande	Hortmaau
Grèce	Grégoire	Allemagne	Almasi
Candie	Carini	Naples	Napach

Les iles en généralsont aussi appellées Diamants. L'Ar. jouailliers ; Nu[gent] = Luiggie Nelli. L. T[our] = Valentin Toro. M. C. Laurant Connac, et au cas que l'on manque de moyens directs il faut lui écrire par M. d'Arnstein Banquier au Holsen Marck.

Outre le nom générique de Diamant la Sicile s'appellerait Silésie ; la Sardaigne, Sagan ; Naples, Bohême ; Corfou, Moravie, ou Olmutz ; Dalmatie, Haute Autriche ; le Littoral, de Fiume et Trieste, Basse Autriche ; l'Adriatique, Danube ; la Méditerranée, Oder ; Lissa, une Ile du Danube ; Malthe, Francfort sur l'Oder ; l'Albanie, Gallicie.

Reisa	Jacques	Rosetti	Bomar
Bertina	L'Epoux	Venise	Semlin
Milan	Ma Tante Berlin	Ancone	Temesvar
Gênes	Pauline-Grosbois	Varsovie	Vienne
Rome	Tout saint	Jean	Augsbourg.
Dumont	Perino		

Oche di caffé di levante	Numero di truppe Inglesi
Barili d'olio	Navi da guerra Inglesi
Monsieur Young Negoziante	L'Arciduca Francesco.

N. B. Questo scrivendo di lui ; scrivendo poi a lui si scrive una lettera indifferente di complimenti all'Arciduca Francesco col suo soprascritto, e in questa bi-

qui est la seule que j'ai trouvé ici de votre part; mais qui m'a procuré une bien vraie satisfaction, par l'avis que vous me donnez de votre prochaine arrivée dans ces contrées. Je vous assure, mon cher ami, que j'éprouve un vrai besoin de vous revoir et de raccorder mes idées sur les vôtres, je vous considère comme l'âme de cette entreprise, et j'ai le ferme espoir que si vous vous y consacrez entièrement nous finirons par faire quelque chose d'utile, et peut-être même de grand. Le reste du contenu de votre lettre est loin de m'être aussi agréable, puisque vous m'y faites entendre que dans le début on se bornera à fournir quelques faibles moyens à Arthur: Or c'est précisément au début qu'il faudrait faire beaucoup pour lui, car soit les mesures prises secrètement à cet effet, soit et plus encore son départ inopiné de Vienne, et son voyage à travers les Etats Ottomans ont fortement attiré sur lui l'attention de la très nombreuse colonie Italienne qui se trouve à Vienne, et celle-ci par ses correspondances, ses voyageurs, etc., appelle celle de la mère Patrie, ainsi à cette époque les yeux de l'Italie sont tournés vers lui, mais la manière dont il sera traité, indiquera à la Nation si Elle va avoir en lui un appui, ou si au contraire il a simplement trouvé un asile et un refuge. Vous sentez vous-même, mon cher ami, l'immense différence qui doit résulter de ces deux états de choses; d'ailleurs vous savez, comme moi qu'il y a dans l'armée Autrichienne un nombre considérable d'excellents officiers formés par 20 ans de guerre, animés d'un vrai zèle pour la cause commune, et qui se rallieraient avec enthousiasme sous les drapeaux du Prince de la Maison qui se dévoue à les servir, ceux là portent naturellement leur attention sur ceux de leurs camarades qui les premiers se sont attachés au Prince et s'ils les voyent réduits à un état de médiocrité et de nullité ils ne penseront plus à venir partager leur sort.

La Tour ».

L'on voit s'ébaucher dans ces lettres le projet qui occupa si longtemps les esprits de ceux qui en Italie étaient de plus en plus dégoutés du régime Napoléonien. L' occupation violente de Rome, la lutte religieuse dont cette prise de possession n'avait été qu'un épisode, les entraves mises au commerce et à toutes les communications par le Blocus

---

sogna pregarlo di rimettere a Mons. Young, negoziante, la lettera che gli si inserisce e che conterrà in termine di commercio gli affari.

Li Levantini	Gli Inglesi
Regno di Candia	Sardegna
Cipro	Sicilia
Isola di Nilo in arcipelago	Malta
Generi coloniali	Truppe in generale ed armamenti
Fiume	Vienna
Bestiame	Ufficiali.

continental, le poids écrasant de la conscription, l'impatience des italiens
vis à vis de la morgue des fonctionnaires français, étaient autant de
causes de l'éloignement croissant que les peuples de la péninsule éprou-
vaient pour le régime raffermi en apparence par les victoires de 1809.
Il n'est pas à nier que les partisans de l'ancien ordre de choses, qui avait
été détruit par la révolution et par la conquête française, étaient toujours
prêts à exploiter le mécontentement, et tournaient leurs regards vers l'Autriche, comme la puissance plus à même de ramener les jours tranquilles
qu'ils regrettaient. La façon dont les ministres et les généraux autrichiens avaient conduit la lutte en 1809, n'avait pas été sans dérouter plusieurs de ces esprits chagrins, qui ne retrouvaient plus leur empereur
dans les proclamations insufflées par Stadion, Gentz et Nugent. Ils pouvaient se rassurer, les pauvres vieilles gens, car la façade n'était que re-
peinte, et l'Autriche était beaucoup moins changée qu'ils ne craignaient.
La paix de Vienne déblaya le terrain de ces équivoques qui devaient
renaître et s'aggraver en 1814. En devenant le beau père bien aimé de
Napoléon, en prenant pour ministre le policé et habile Comte de Metternich, l'empereur François renonça pour un temps à son rôle de patron
des espérances italiennes. La succession était ouverte et le candidat tout
prêt fut ce prince jeune et actif, dans lequel le sang de la maison de
Lorraine se mêlait à la race glorieuse et indigène des Este. L'Archiduc
François avait été à Vienne l'adversaire irréducible de l'alliance française; plutôt que de la subir, il venait de courir les risques de l'immense
voyage qui l'avait constitué encore plus visiblement comme le chef de
file de tous les audacieux qui ne voulaient pas se résigner à la défaite, et
s'obstinaient à croire à la fragilité de l'empire de Bonaparte. Or le jeune
prince ne semblait guère accepter à ce moment là le lourd héritage des
traditions, des fautes et des rancunes du passé, il n'était pas l'homme des
intransigeants parmi les sectateurs de l'ancien régime, et un partisan tel
que Ghislieri (1) ne se souciait pas trop de travailler pour lui. En jugeant
les choses à la lumière d'événements beaucoup plus récents, l'on se demande peut-être de quelle étrange illusion étaient victimes les patriotes
italiens, qui tournaient leurs regards vers le futur Duc de Modène, dont

---

(1) Le comte Philippe Ghislieri (1765-1817) a été considéré avec raison par la
tradition populaire italienne comme le tipe de l'agent réactionnaire, sans peur mais
aussi sans scrupules. Napoléon le poursuivit avec acharnement, mais le jeune diplomate autrichien le paya de retour et en définitive obtint gain de cause. Ghislieri s'était
signalé dès 1799 en soulevant les populations des Romagnes à l'approche de Souwaroff;
en 1806 il étonna l'Europe par le coup de main de Cattaro qui lui procura la prison
et le désaveu du cabinet autrichien, mais obligea la France à d'énormes sacrifices
d'hommes et d'argent, supportés ces derniers aussi par l'Autriche en punition de l'acte
de son agent. En 1814 Ghislieri trempa dans la révolution milanaise du mois d'avril,
qui mit fin au régime napoléonien (PISANI, oeuvre citée; P. I. RINIERI, Il Congresso di
Vienna e la S. Sede, Roma 1904; M. H. WEIL, Joachim Murat - La dernière année
de règne, Paris 1909, t. I).

le gouvernement prit par la suite un caractère de réaction violente et de dédition à l'étranger. Mais l'étude de l'âme de ce prince, aigri par la grande déception de 1814, n'a point été faite encore sans parti pris (1). De toutes façons les témoignages sont irrécusables, et ils s'accordent pour montrer François d'Autriche Este, comme l'objet des espérances de la plus grande partie de ceux qui furent bientôt appellés *les italiques*, ennemis avant tout de la suprématie française, mais très éloignés de vouloir le rétablissement de l'ancien régime.

A ce noble rôle, l'Archiduc sembla se prêter de bonne grâce. Il appella à lui les refugiés, les exilés, les jeunes gens que la haine de Napoléon avait atteints, les obligeant à briser leur carrière. Il allait demander la main de l'héritière de la Maison de Savoye, rempart inébranlable de la résistance à l'étranger. Il se mettait volontiers sous la protection anglaise, et il frayait bientôt avec des hommes tels que Lord W. Bentinck (2), qui s'étaient constitués les apôtres de l'extension des libertés Britanniques dans les autres pays de l'Europe. Les services rendus dans le cours de la grande expédition orientale donnaient à Victor de La Tour un titre tout particulier à la confiance du prince. Il devint vite le trait d'union entre François d'Este, et toute cette jeunesse impatiente qui n'attendait qu'un signe, pour quitter le service de l'Autriche et se rallier autour du drapeau qui serait levé en faveur de la guerre sans quartiers à Napoléon et de la reconstitution d'une nation Italienne. Il n'y avait pas que les émigrés français, les Italiens de naissance et de coeur, qui n'avaient pas voulu obéir à Napoleon, à Murat, à Beauharnais, pour s'adresser alors à M. de La Tour, porte parole et confident de l'Archiduc François.

Un compagnon d'armes de Victor (peut-être le Baron Sourdeau) se plaignait de devoir végéter à Vienne dans l'oisiveté, tandis que son ami courait les grandes aventures dans la Méditerranée (3). Un autre officier,

---

(1) On a de la peine à reconnaître l'auteur des nombreuses lettres à La Tour, pleines d'élan patriotique, dans le monarque cauteleux et mesquin, entiché des survivances féodales, qui est décrit par NICCOLA NISCO, *Storia civile del regno d'Italia*, Napoli 1885, vol. I, Introduction.

(2) Lord William Bentinck (1774-1839), cousin du duc de Portland, général et diplomate, fut envoyé en Italie par le gouvernement anglais avec pleins pouvoirs pour organiser la résistance à l'hégémonie française. Il conclut une alliance très étroite avec les *italiques* et, comme premier résultat de cette politique, aida les libéraux siciliens à sauvegarder leurs libertés séculaires menacées par Marie Caroline. En 1814 Lord Castlereagh priva Lord William Bentinck de sa liberté d'action juste au moment où, ayant débarqué à Livourne et à Gênes des troupes anglaises fraternisant avec les patriotes italiens, le noble lord s'apprêtait à tenir ses engagements (FIELDMARSHALL ARTHUR DUKE OF WELLINGTON, *Supplementary despatches, correspondence and memoranda*, London 1862, vol. IX; A. ALISON, *Lives of Lord Castlereagh and Sir Charles Stewart*, Edinburgh 1861; LA LUMIA, *Storie Siciliane*, Palermo 1883; BIANCO, *oeuv. cit.*; G. GALLAVRESI, *La rivoluzione lombarda e la politica inglese* dans l'*Archivio storico lombardo*, ch. XXXV).

(3) Lettre adressée de Vienne à La Tour le 30 mai 1811 (Archives d'Orio, II, 126).

attaché probablement à la personne du maréchal de Bellegarde, lui écrivait quelques jours avant, une lettre où perçait l'envie pour un sort d'ailleurs si incertain et périlleux.

« Vienne, 21 mai 1811.

J'ai reçu avec une grande joie votre lettre, mon cher La Tour, il me faut être consolé par vous de la peine que j'ai de ne plus vous voir. Nous parlons souvent de vous dans la maison du Maréchal.

L'un dit, ce pauvre Victor, quelle perte nous avons fait! L'autre ajoute, son esprit, sa conversation ont un charme particulier, et puis on discute, si vous avez bien ou mal fait de nous quitter? C'est un mal pour nous, il n'y a pas de doute, mais pour vous, mon ami, je ne sais si je dois m'en affliger. Mettons que les temps changent, l'espoir de nous revoir se réalisera sûrement, vous serez à même d'avoir des nouvelles plus frâiches que nous du pays où sont concentrés tous les intérêts du monde, quel homme que ce général anglais! et vous souvenez-vous que je l'ai toujours jugé ainsi! calme et activité, force, mesure, marche sûre, calcul, prévoyance, tout est réuni en lui, et voilà ce qui fait le grand homme! Nous autres allemands, nous avons de la peine à convenir de ces choses, parce que nous croyons avoir seuls des droits à la science de la guerre, et beaucoup d'entre nous, au milieu de nos revers, les mettraient sur le compte de la fortune, et non sur celui de notre ignorance. Je ne suis pas du nombre de ces pédants, ou de ces sots, et je dis que nous n'avons chez nous pas un général qui aurait été capable de conduire la campagne de Portugal, comme l'a fait Lord Wellington.

J'ai été bien malade cet hiver, mon ami, j'ai vomi le sang — je suis encore faible, et ce n'est qu'avec peine que j'écris. Cette maladie a retardé mon ouvrage, mais enfin la première partie du premier volume paraît, et je voudrais pouvoir vous l'envoyer sur le champ. Je regrette beaucoup Vincent qui ne nous reviendra qu'en automne. C'étaient de bons moments que ceux que nous avons passé ensemble l'année passée à Baden! Adieu, mon cher, et bon ami, donnez moi de vos nouvelles, elles me sont précieuses; voyez en moi l'un de vos meilleurs amis; je vous suis bien attaché, et l'un de mes grands désirs dans le monde, c'est de me retrouver avec vous. Je suis certain que vous ferez encore parler de vous, que vous jouerez votre rôle sur cette grande scène, vos qualités m'en sont un garant certain. Je vous embrasse bien tendrement.

S[CHRESBERS?].

V : A Monsieur
Monsieur le Colonel Comte DE LA TOUR *à Palerme ».*

Avec les lettres de ses jeunes amis, en parvenait à Victor de La Tour une de son vieux parent, le marquis de la Pierre qui, en train d'écrire l'histoire de la Maison de Savoye, priait Victor de le laisser profiter de ses souvenirs personnels. C'était probablement la première fois, que le témoignage du jeune colonel était ainsi invoqué, et il ne paraît s'être guère douté pour alors que ses allées et venues sur les escales de la Méditerranée, faisant suite à ses mémoires de l'année précédente, allaient constituer des éléments si précieux pour l'histoire future !

« Hampton Wick near Kingston le 22 mai 1811.

Parmi les maux, peines, et privations, de tous les genres que la révolution fait peser sur nous, je trouve, mon cher, et mes chers cousins (car je me flatte que ma lettre vous sera commune), que la cessation de correspondance avec nos proches, et nos amis, est une des plus insupportables : il y a des années que les ménagemens dus aux individus de ma famille, m'interdisent de les compromettre trop sérieusement par une correspondance si sévèrement interdite avec le pays que j'habite. Quoique ces entraves n'aient pas d'aussi graves conséquences pour vous, il est cependant difficile de faire passer avec sûreté nos lettres dans les contrées qui n'ont pas encore le bonheur d'appartenir à la grande Nation ; j'ai tenté malgré cela de me rappeler deux fois à votre souvenir, depuis que Charles O' Ferral me fit parvenir votre dépêche amicale ; mais ayant aujourd'hui, par l'obligeance de M. Le Général Nugent, une occasion qu'il croit sûre, je m'en prévaux bien vite pour vous répéter, mon cher cousin, qu'elle me fit le plus grand plaisir et à moi, et aux miennes, qui vous remercient de tout ce qu'elle contenait d'honnête pour elles. Nous sommes tous en vie, végétant dans le pays de l'Europe où il devient plus difficile d'exister un peu agréablement, d'après la progression croissante des prix de tous les objets de première nécessité, suite nécessaire de l'augmentation annuelle d'énormes impôts, tant pour les besoins immenses de l'Etat, que pour les verser encore en Portugal, en Espagne, et ailleurs.

Si la bonne Providence en qui nous croyons si justement, ne nous avait pas laissé les deux biens qui soutiennent l'homme jusqu'à sa fin, le *Sommeil* et l'*Espérance ;* on pourrait, désespérant de tout retour à un autre ordre de choses, être tenté de se pendre, ou se couper le col, comme le pratiquent journalièrement les misantropes habitants de Céans ; mais mes principes et cette lueur d'espoir qui reste aussi dans le fond de mon âme, me disent que tout ce que nous voyons est trop violent partout, pour tenir bien longtemps ; si toute fois l'égoisme mal entendu ne fait pas faire de nouvelles bassesses à tous *ceux* qui pouvaient faire tourner la médaille.

La confiance que l'on m'inspire dans la sûreté de cette lettre me met dans le cas de vous faire une petite confidence, et de recourir même à vous pour quelques documents dont j'ai besoin dans une entreprise qui est presque au-dessus de mes forces, mais surtout de mes moyens ; comme il serait trop long de vous détailler ici pourquoi l'on a pensé à cette affaire et pourquoi je m'en suis chargé par *obéissance,* comme par zèle, je me bornerai à vous dire en deux mots que depuis cinq ans j'écris l'histoire de

Archives de La Tour.
Orio. - II, 125.

notre pays, dont personne n'a plus parlé depuis un siècle et demi, que son ancien historien quitta sa plume. Dénué de beaucoup de matériaux nécessaires à cet ouvrage, dans un pays où l'on ne trouve presque rien qui nous concerne, j'ai recouru aux minces secours que j'ai tiré d'ailleurs et avec beaucoup de peine de l'*Ile* que vous avez visitée d'où M. de S.t R..... m'a procuré le peu qui a dépendu de lui. Je ne suis qu'au quatrième volume d'un ouvrage qui en fera six, malgré moi, parcequ'on a *voulu* que je disse tout, jusqu'à l'agonie et à la fin. Cette queue comme dit le trivial proverbe, est à tous égards *ce qu'il y a de plus difficile à écorcher* pour son écrivain; mais puisqu'il m'est ordonné, pour ramener l'opinion sur notre compte, de dire pourquoi, et comment nous avons disparu, je tâcherai, quoique à contre coeur de le faire : *colla più mediocre infamia che dipenderà da me.*

Mais si notre fin fut triste, nous avons tant de gloire à montrer dans les faits et gestes de nos ayeux, que cela dédommage le pauvre auteur : en touchant l'article de nos hommes d'état et de nos grands ministres, j'ai tâché de faire jouer à votre bisaieul, qui est aussi le mien, le rôle qu'il a si bien mérité par ses talents à Riswick et ailleurs; mais désireux de parler encore de son petit-fils un siècle plus tard (autant, et non plus que l'action ne le porte, puisque le vrai est le premier mérite d'un historien) je voudrais bien, mon cher ami, que vous me donniez dans vos très grands loisirs une Relation abrégée de votre retour en S[avoie] avec le Duc de M[onferrat] et surtout de l'affaire de Vil... où votre père escorté de son fils ainé figura victorieusement, quoiqu'un général de toilette eut l'air d'en douter à l'arrivée de cet aide de camp, au quartier général du Prince. Je souhaiterais encore quelques détails sur la bonne retraite des colonnes des deux vallées, en repassant les monts; si vous avez votre journal cela vous sera aisé, et si vous ne l'avez plus, vous le trouverez dans votre heureuse mémoire; vous me rendrez un vrai service en me procurant, outre ce qui est relatif à cette expédition manquée, tout ce qui l'est encore de votre connaissance à toute cette malheureuse guerre; car il vous souviendra que je quittai le pays avant sa fin, insérez y les anecdotes plus intéressantes, et plus vous me donnerez plus je vous aurai d'obligation dans la disette où je suis de notions assez sûres pour y pouvoir compter; c'est en suite à votre sagacité de trouver les moyens de me faire parvenir le tout ici bien sûrement; en ajoutant le mot *England* dans le coin de l'adresse, qui est la même que vous trouvez à la date de cette lettre; mais jusqu'à notre capitale, votre paquet ne doit arriver que par occasion, et point par la poste. Je compte autant sur votre obligeance à seconder mes vues, que sur vos moyens de le bien faire. Mon premier plan de finir à l'an 1793 vous eut évité la peine que je vous donne; mais on veut qu'il s'étende jusqu'à 1799, pour démontrer l'iniquité et la nullité d'un acte qui ne tient que par la violence et la force.

Si comme je le pense vous avez, mon cher cousin, des communications faciles avec vos respectables parents, dites à votre digne Père que l'éloignement et l'absence ne sauraient rien diminuer à tous mes sentiments pour lui, et que son ménage est souvent l'entretien du nôtre, qui n'est plus composé que de personnes très raisonnables. Si vous voulez savoir ce qu'il en est de moi en particulier, je vous dirai que je vieillis beaucoup, souffrant depuis trois ans des infirmités qui m'étaient inconnues, jusqu'à 60 ans, mais ce climat ne vaut rien pour les gens de mon âge. Si par son canal vous pouvez faire donner de mes nouvelles à mes frères, soeurs, et nièces, je vous en serai redevable, comme encore de m'en procurer des leurs. Il n'est pas besoin de vous recommander le secret sur mon livre qui doit m'être gardé jusqu'à ce qu'il paraisse. Je ne fermerai pas ma lettre sans vous féliciter, mon cher cousin, sur votre avancement mérité, on a le pied à l'étrier dans votre service, quand on devient Colonel, et j'ai goûté une vraie satisfaction, ces jours derniers en apprenant que vous l'êtes. Je prie votre frère de recevoir aussi mon compliment bien plus sur la conduite qui lui a valu sa décoration, que sur la chose même; j'ai su dans le temps par ricochet son aventure à Strasbourg, ou peu de temps après, vous imaginerez facilement par qui, et ce quelqu'un là est toujours ici; il me voit de temps en temps ensuite de la lettre dont j[anu]s le munit; je voudrais pouvoir lui être d'une utilité plus essentielle, il a des talents militaires, mais les étrangers ne font qu'une médiocre fortune en ce pays, dans cette carrière, comme dans les autres.

Me voici à ma 4me page sans vous avoir dit encore un mot du gros Clément, qui après avoir perdu sa femme, s'est retiré (m'a dit un de ses correspondants ici) chez un conseiller à Weimar, il m'écrivit à l'époque de cette mort beaucoup de plaintes, sur M.me sa belle fille, je lui répondis tout ce qui était convenable dans la circonstance, en glissant toutes fois sur cette dernière Dame, dont je ne lui ai jamais dit un seul mot, pendant tout le temps qu'il a passé en ce pays, au point qu'il me dit dans sa dite épitre, *votre constant silence sur son compte, me prouve à présent que vous la connaissiez trop bien.* Il me priait ensuite de me mettre à la tête de quelque affaires, qu'il a laissé en ce pays; mais tant par raison de ma mauvaise santé qui ne me permet pas d'agir beaucoup, que parce qu'il en avait préalablement chargé par *procuration en formes* d'autres personnes, qui feront plus que moi; je n'ai pu me rendre à cette sollicitation : et me suis borné à les prier de les expédier, comme je le ferai encore jusqu'à ce qu'elles les soient, d'après ce que ces messieurs m'ont dit, je crois que quand il aura paié ce qu'il doit, et que tout sera fini, il lui restera une 50^{ne} de mille de nos livres; soit 2500 d'ici à peu près. Je présume qu'il vous aura également écrit dans la même circonstance.

Je ne finirai pas ma lettre sans vous assurer, mon cher cousin, de la reconnaissance de ma bonne compagne à votre souvenir, comme de celle de toute notre progéniture que j'ai soin d'entretenir de tout ce que nous avons laissé de bon et d'intéressant pour elle dans la Patrie que nous avons été obligés d'abandonner; afin qu'elles sachent l'apprécier par elles mêmes, si la Providence ne me permet pas de les y ramener moi même lorsque ce temps heureux arrivera.

Adieu, mes chers cousins, recevez avec amitié l'assurance de toute la mienne.

Votre tout dévoué
D. L. P.

Mes compliments, s'il vous plait, à nos parents à Vienne ».

De Londres partait une autre lettre à l'adresse de Victor de La Tour, et bien autrement importante. Elle était de Nugent, toujours à Londres, se donnant beaucoup de mal pour obtenir l'appui du cabinet anglais, aux plans qui tendaient à faire de l'Archiduc François le point de ralliement pour une action en Italie. La clef de voute de tout l'édifice était un accord complet avec le nouveau Ministre Anglais près de la Cour de Palerme, Lord W. Bentinck qui allait réunir dans ses mains cette mission diplomatique et le commandement des forces anglaises dans la Méditerranée. C'est avec Bentinck et avec le C.te de Münster (1) que Nugent arrêta avec assez de précision un plan pour lequel il se faisait fort d'obtenir une sorte d'agrément tacite de la Cour de Vienne et qui fut exécuté de 1811 à 1814 au fur et à mesure que les circonstances le permirent.

« *Mon cher ami*,

Archives de La Tour. Orio. - Suppl. III, 125 *bis*.

Je suis dans la plus grande inquiétude de ne rien avoir entendu de vous et du cousin depuis votre départ. Vous pourriez penser, il est vrai, que je n'étais plus ici, mais au moins je devrai savoir par des autres voies quelque chose de vous. Il y a ici des nouvelles récentes de Malte, de Sicile et Sardaigne, mais rien qui puisse me faire juger ce que vous êtes devenus. Dieu veuille que mes inquiétudes ne soient point fondées. Je suis désespéré par les lenteurs ici et je serais parti il y a longtemps si je n'avais pas toujours espéré de pouvoir être utile par ma présence, et que je ne voudrais pas venir sans savoir quelque chose de sûr. Je vous ai dit que B. devait aller comme nous le désirions. Effectivement il va partir cette semaine, et c'est cela qui décidera de tout. Il vous apportera lui-

---

(1) Le comte Ernest de Münster, né à Osnabrück en 1766, magistrat et diplomate au service de Hanovre, représentait depuis 1804 les intérêts de ce gouvernement auprès du roi Georges III d'Angleterre qui n'en était désormais que le souverain nominal. Il consacra ses loisirs à organiser partout la résistance contre Napoléon et offrit un point de ralliement à toutes les victimes du despotisme français. Münster se lia étroitement avec les chefs du parti national allemand, Stein et Gneisenau, de même qu'il favorisa de tout son pouvoir les desseins *italiques* de La Tour. On le verra arriver sur le continent dès 1813, pour suivre et faciliter la marche des alliés dans le coeur de l'empire français. La dernière partie de sa vie a une importance plus restreinte aux frontières du Hanovre, dont il soigna l'administration jusqu'à ce qu'il prit sa retraite en 1831. Il mourut en 1839. (HORMAYR, *Ernst Friedrich Herbert Graf von Münster,* dans la collection *Lebensbilder aus dem Befreiunskriege,* Jena 1841).

même ce qui aura été décidé. J'ai voulu venir joindre mon cousin en même temps comme je vous l'ai déjà écrit, mais on veut absolument que j'aille auprès de son beau frère obtenir son consentement; ainsi je retournerai par la route où je suis venu, et quelque soit la réponse je vous joindrai. B. s'intéresse en attendant chaudement à la chose et j'espère qu'il aura le pouvoir pour d'abord commencer et je suis sûr que nous ne pourrions pas être en meilleure main. Ses vues sont grandes, pas seulement limitées à la ferme mais à toute la terre d'Ittendorf, qu'il connait comme vous le savez. Je vous répète que quoique arrive je n'abandonnerai pas ce que nous avons commencé, malgré les difficultés et les empêchements; j'ai l'espoir bien fondé que nous réussirons, mais il faut de la persévérance. J'ai lieu de croire que B. aura des instructions favorables et de manière à pouvoir d'abord commencer avant que la réponse du Grand arrive. Cependant je serai bientôt auprès de vous, je ne m'arrêterai pas et je serai j'espère, presque aussi vite que B., il va par mer. Je donnerai à B. un paquet pour notre cousin, contenant les copies de tous les papiers du procès, et de tout ce que j'ai fait. Je suis fâché de ne pouvoir vous dire la dernière décision que j'aurai demain ou après et que B. apportera et je ne puis que dire, que j'espère qu'elle sera assez favorable, mais tout est plus difficile ici que partout ailleurs. Je compte enfin partir d'ici en quelques jours et vous joindre jusqu'à la fin d'août. Je verrai votre frère et les autres amis, et je passerai chez Türkheim Grégoire et les terres en procès. Recommandez-moi au cousin pour lequel mon zèle n'a pas diminué, et que j'espère voir bientôt surmonter tous les obstacles. Votre sincère ami   L. NELLY (Nugent).

      L[ondres] ce 2 juin 1811.

Je vous recommande d'être très franc et ouvert avec B. ».

CHAPITRE V.

Rêves et efforts du parti italique. - Négociations avec le C.ᵉ de Münster.

De Malte M. de La Tour qui accompagnait toujours le Prince, s'était rendu à Cagliari au commencement de juin. Il y retrouvait d'anciens amis, sans compter la bienveillance paternelle, et hélas impuissante, de ses Souverains. En apprenant son arrivée le Comte de Revel lui écrivait de Sassari, très amicalement.

                              « Sassari, le 11 juin 1811.

      Mon cher Comte,

J'étais dans le doute si c'était bien vous qui fut arrivé à Cagliari, je n'ai donc pas osé vous écrire avant que d'avoir vérifié la chose. Je suis enchanté, mon cher Comte, de vous savoir arrivé heureusement et bien por-

Archives de La Tour.
Orio. - III. 128.

tant. C'est la première fois que je regrette de ne pas me trouver dans cette ville, qu'aurait été un vrai plaisir pour moi, que de vous embrasser, et pouvoir vous entretenir sur les événements passés et conjecturer sur l'avenir; j'aurais mille questions, mon cher, à vous faire, que la discrétion ne permet pas par lettre; je me flatte que vous me donnerez de vos nouvelles, et que vous me parlerez de ce qui vous regarde avec le plus de détail que vos circonstances vous permettront. Ce n'est pas une curiosité de ma part, mais une suite de l'attachement que vous m'avez inspiré qui me fait prendre le plus vif intérêt à ce qui vous regarde. Qu'est devenu Bertina et Sourdau? Combien de braves et honnêtes personnes pérsécutées! J'abuserais, mon cher Comte, de votre complaisance si je donnais un libre cours à toutes les demandes que je voudrais vous faire; pour ne pas vous fatiguer je me restreins à vous prier d'être persuadé des sentiments amicales et respectueux avec lesquelles j'ai l'honneur d'être

Mon cher Comte

Votre très humble et très obéissant serviteur

REVEL ».

« Sassari, le 15 juin 1811.

« *Mon cher Comte,*

Nos lettres se sont croisées, celle que vous aurez reçu de moi par l'autre poste vous aura prouvé, mon cher, mon empressement à me rappeler à votre souvenir et à avoir de vos nouvelles. Je vous remercie d'avoir pensé à moi, je vous assure de nouveau que je regrette infiniment de ne pas être à Cagliari dans ce moment par la seule raison de pouvoir m'entretenir avec vous; combien de demandes aurais-je à vous faire! Je n'ose me flatter d'avoir la satisfaction de vous embrasser ici de longtemps. La saison est trop avancée pour vous permettre un pareil voyage qui est vraiment dangereux, mais qu'on regarde encore pour plus de ce qu'il ne l'est réellement. J'aurais été très honoré, mon cher Comte, de pouvoir faire ma cour à Mons. l'Archiduc dont on ne cesse de m'écrire mille belles choses.

Nous n'avons eu connaissance de l'article du Traité de Vienne, qui obligeait nos compatriotes à quitter le service d'Autriche, que longtemps après, depuis ce moment j'ai été inquiet pour vous et nos autres M.rs : j'en ai demandé souvent des nouvelles au Ch. Rossi, qui n'était pas plus au courant de ce qui se passait que moi. Je vous suis très reconnaissant de la bonté que vous avez eu de m'écrire, mais grâce aux entraves qu'elles rencontrent par tout je n'ai plus eu de vos nouvelles depuis Palerme, ne sachant comment m'y prendre pour vous faire arriver une des miennes, je me suis vu forcé quoique à regret, à garder le silence. Je sens, mon cher Comte, tout le pénible de votre position, il est douloureux sûrement d'avoir tant fait pour se trouver où vous en êtes. Je ne me permettrais aucune réflexion sur la conduite du Cabinet qui vous y a conduit. Je me flatte

que la fortune ne vous sera pas toujours adverse; et que vos talents et
votre mérite se feront jour. Les affaires d'Espagne auxquelles on ne devait pas s'attendre, nous laissent quelque espoir, mais cette brave nation
sera écrasée à la longue, si une diversion dans le nord ne vient à son
secours. Qu'en pensez-vous, avez-vous quelque espoir qu'elle puisse avoir
lieu? Si je me donnais carrière, je vous accablerais de questions toutes
très intéressantes pour quelqu'un qui vit relégué dans un coin du globe
où rien ne perce. Mais je ne veux pas abuser de votre bonté et me con-
tenterais à vous prier de me mander dans vos moments de loisir les choses
que vous croyez pouvoir me dire et qui peuvent relever mon espérance
fièvreusement déchue. Verasis (1) à été très sensible à votre souvenir et mes-
sage, il me charge de vous dire un milion de choses de sa part. Agréez
pour mon compte l'assurance des sentiments aussi attachés que respectueux
avec lesquels j'ai l'honneur d'être, mon cher Comte

Votre très humble et très obéissant serviteur

REVEL ».

Le séjour de M. de La Tour en Sardaigne n'était du reste que temporaire, et c'était vers Palerme qu'il tournait ses regards. De la Sicile
il aurait mieux pu suivre toutes les intrigues qui se renouaient pour organiser la résistance à Napoléon. L'ancien Consul de Sicile à Livourne,
Domenico de Rivolti y était le centre de la correspondance avec l'Albanie.
L'infatigable Abbé Brunazzi, qui avait travaillé pendant l'hiver dans son
pays pour l'Archiduc François, tendait à se rapprocher de lui, et écrivait
à Rivolti de Malte, où il venait de passer.

« Ill. Sig. sig. Pr. Col.

Per mezzo del Cavalier Megino ricevei la pregiatissima sua lettera
in data il primo corrente, dalla quale rilevai che Sua Altezza ritrovasi in
Sardegna, ed intendo eziandio passerà a Palermo, dietro a quello Egli
scrive alla Maestà Sua:

Io mi porterò a Palermo tosto che sarò rimesso alquanto in salute:
se la Maestà Sua (2) desidera conoscermi, sarà mia fortuna il baciarle le
mani, essendo molti anni che sospiro di vederla, e gettarmele ai suoi piedi
e di dedicarmele suo fido vassallo.

Sua Maestà conoscerà un uomo, che da vari anni fatica, non dorme,
nè mangia, ma pensa di por argine al torrente della iniquità, e che ha
esposto, espone ed esporrà la sua vita per sollevare la Humanità oppressa
e la Religione perseguitata.

Archives de La Tour.
Orio. - II, 135.

---

(1) Le comte Verasis de Castiglione.
(2) Evidemment la reine M. Caroline.

Caris.mo Signor Domenico, in Malta mi si vuol far credere che la Corte di Palermo sia circondata da tanti Francesi come lo è l'Arciduca Carlo, e che succederà come alla R. Famiglia di Spagna. Se ciò è vero il Continente sarebbe andato.

Se mi porterò a Palermo farò tosto ricerca di V. S. non conoscendo altri a Palermo.

V. Sig. mi ponga ai piedi della padrona Sua. Mi conservi in sua grazia; e qui con la più alta considerazione sono di V. S. Ill.

U. D. S. U.

Abbate BRUNAZZI.

Malta, li 28 luglio 1811.

Il Sig. Cav. Megino fa li suoi complimenti, e mi dice di dirle che per ora non ha nulla di stampato e che meriti di esserlo, che quando vi sarà non mancherà di secondare le di Lei premure.

Verso:　　　　　*Al Nobil Uomo*
il Sig. D. DOMENICO DE' RIVOLTI
fu Console Siciliano a Livorno ora a Palermo ».

A Palerme même, où l'on était toujours dans l'attente de Lord Bentinck, M. de La Tour était appelé par des officiers autrichiens qui devaient seconder ses vues. L'on ne comprend pas trop bien de qui pouvait relever ce capitaine de Fabrizi (1) qui avait reçu les instructions de Janus de La Tour, et pour lequel le traité de Vienne semblait être lettre morte.

« Hochgeborner Graf! (2)

Archives de La Tour. Orio. - II, 127.

Ich habe die Ehre Euer hochgeborne Herrn Brudern dem Hauptmann gut bekant zu seyn, und da ich denenwenigen Nachrichten zufolge nicht gewiss weiss, ob der Herr Hauptmann gegenwaertig auch in Sardinien ist, so bin ich so frei an Euer Hochgeborn mein Schreiben zu richten, in der gewissen Uberzeugung dass hochdieselben sowohl von meiner Abreise von Wien, als von meiner Person selbst genau unterrichtet sind und wissen dass mein bestimteres Dienstesfach (?) der Generalstab Dienst sey. Meine Ankunft, Aufenthalt in Sardinien, und meine Abreise nach Palermo, wird Ihnen, Herr Graf, in Cagliari bekant geworden sein. Dem Herrn Hauptmann habe ich auf Hochdessen verlangen, wie der Herr Graf selbst wissen werden, in Wien mein Ehrenwort gegeben; dass ich den Herrn Hauptman oder sonstige Personen hochdessen genauern Bekantschaft in Cycillien gewiss erwarten, und mein moeglichtes thun wolle um dieses

---

(1) Plusieurs membres d'une famille von Fabrici, d'origine bavaroise, sont signalés par WURZBACH, *oeuvre citée*, IV, comme ayant obtenu la qualité de « Kais Reichshofagent ».

(2) La lettre porte cette indication préliminaire : « Mittels sicherer Gelegenheit übersende ich dieses Schreiben ».

Schritte glaube ich wenigstens Sie, Herr Graf, zu überzeugen, dass ich trotz aller Umstaende die mich nicht ausser Fassung brachten, mein gegebnes Ehrenwort so erfüllt, als es nur immer jener, Tressenhut (?) würdig sein kann, die ich dem Herrn Hauptmann über mein Denkungsart und meinen mit Ausicht auf mein Selbstgefühl gefassten Entschluss, in Wien vor meiner Abreise machte. Ich will keineswegs diesen nicht positiven Werth meiner Handlungen welche noch nicht das entfernteste einer That in sich begreifen als ein Verdienst mir anrechnen, sondern mir Ihnen Herr Graf dorthin, dass ich nach meinem geringer Urtheil eine Sache und ihre Tendenz zu würdigen weis. Ich muss gestehen, Herr Graf, dass ich ihrer Ankunft sehnsuchtsvoll entgegen sehne, sowohl in wesentlichen Ausicht als in Betraf meines persönlichen, durch welches letztere ich endlich zu einem dem Umständen an gemessenen entscheidenden Schritt für mich selbst genöthig werden müsste.

Ich bin gar nicht in der Kenntniss, gegenwärtiger Umstaende meine Vermüthungen die ich über den Gang derselbe habe sind keine Gewissheit an die ich mich halten könnte, ich bin daher durch mein gegenwärtiges unebsehbares Worten und durch den Mangl aller Weisung eines haltnes Aussers tand bei jetziger Beänderung der Dinge in Vergleich (jener Zeit meiner Abreisse von Wien) eine sichere Meinung zu fassen und vielleicht dürfte die widrige Vermüthung nur möglich werden dass ich in meinem Thun und Lassen mir selbst überlassen sei. Diess würde mich zwar nicht ausser Fassung bringen jedoch wünschte ich nicht mir in der Zukunft einen Mangl an Standhaftigkeit oder Ubereilung vorwerfen zu mässen, demohngeachtet hörte ich dass mein Besorgniss übertrieben sei indem mir meine besondere Hochacht ung für Euer hochgebohrn mit Zuversicht erkennen lässt, dass jeder gegenwärtige Schritt von Euer Hochgebohrn und hoch euers Herrn Bruders, nach den Umständen der erforderlichen Zweckmässigkeit entspreche; meinem Wünsche nach wäre mir eine mündliche Unterredung mit Euer Hochgebohrn oder den Herr Hauptmann sehr schätzbar, besonders in Aussicht Malta.

Durch Mitte der Gräfin Zichi (I) war ich gleich bei meiner Ankunft bei Sr. Majestät die Königin und überreichte den Brief von S. M. die Königin von Sardinien, ich erklärte mich ferner mit dem einzigen bestimten Ausdruch dass ich die Weisung hätte auf Euer hochgebohrn zù warten, S. M. bezeugte mir aller hochst Eures Zufriedenheit und Gnade.

My Lord Benting ist noch nicht hier. Man spricht nicht von ihm (namentlich) in allgemeinen aber nur mit dem Wort: *der neue Gesandte*. Ich hörte ohne zu fragen. Ich schätze mich glücklich, wenn Euer Hochgebohrn so güthig sind mein innigstes und angenehmes Pflicht gefühl des

---

(I) La comtesse Etienne Zichy, née Palffy, dame de palais autrichienne, était une grande amie de la reine Caroline (HELFERT, *Königin Karolina von Weapel und Sicilien in Kampfe gegen die Französische Weltherrschaft*, note 71).

Unterthans S. Königlichen Hoheit unser gnädigsten Erzherzog zu Füssen zu legen und mich höchstdessen Gnaden empfehlen. Mit Bezeugung meiner besondern Hochachtung und Verherung für Euer Hochgebohrn und Euer Herr Bruder habe ich die Ehre mit allem Respect zu sein Euer hochgeborn gehorsamste.

Wilhelm Col. v. Fabrizi. Hauptman bei Deutschmeister Infant.

Erlauben mir güthigst Euer Hochgebohrn anzumerken : das ich noch in Wien dem Hern Bruder sagte : der Spanische beauftragte General habe auch sein Ehrenwort nicht nur das Emplacement nach meiner Wünsch sondern auch sonstige Wergüthig mir versichert. Dieses habe ich auf geopfert, gern aufgeopfert meinen reélen Gesinnungen. Ich habe von Sckutary mein Urlaubs gesucht, welches bis künftigen april dauert an Hof Kriegsrath nach Wien eingeschickt (1) ».

Un autre émissaire Autrichien du nom de Frizzi — était-ce le même? — était arrivé alors à Palerme avec des instructions verbales pour M. de La Tour.

« Monsieur le Comte,

Archives de La Tour.
Orio. - II, 129.

D'après les instructions que j'ai reçu avant mon départ de Vienne de M. le Major D[umont] je me flattais, M. le Comte, d'avoir l'honneur de vous voir ici, et de pouvoir conférer avec vous par rapport à la Commission dont je suis chargé.

Trompé dans mon attente et sur le bruit qui s'est répandu que Mons. le Comte ne viendra plus ici, je me prends la liberté de m'informer dans quel lieu je pourrais me procurer le plaisir de vous parler ne voulant pas me confier au papier. Je profite de cette occasion pour me recommander à votre protection et j'ai l'honneur d'être avec toute la considération

Mons. le Comte   Votre très humble serviteur
                                              FRITZI, cap.

Palerme, 11 juin 1811 ».

Le capitaine Frizzi fut employé par la suite à des missions d'une délicatesse extrême, ainsi qu'il résulte des instructions rédigées pour lui par M. de La Tour.

« Instruction pour M.^r le Capitaine Frizzi.

Archives de La Tour.
Orio. - II, 162.

A son arrivée à V[ienne] M. le cap. Frizzi y consignera en main propre les lettres et paquets dont il pourrait être chargé de la part de L. W[illiam] B[entinck] et il verra aussitôt M. le G. N[ugent] pour lui

---

(1) Dans les papiers de La Tour se trouve une quittance en date du 14 juin 1811 pour 80 pièces dares espagnoles allouées par M. de La Tour au Colonel de Fabrizi pour sa subsistance à Palerme jusqu'à l'arrivée de Lord Bentinck.

communiquer les présentes instructions, et recevoir de lui des directions ultérieures en cas d'absence du G. N[ugent] il s'informera auprès de M. F. et D. lequel peut être la personne chargée de le remplacer afin de recevoir d'elle les dites directions. Si les directions que M. F. pourrait recevoir de la part de M. N. ne s'y opposent pas, aussi-tôt après son arrivée à V[ienne] M. Fr. travaillera à se procurer les moyens de voyager dans toute l'Italie septentrionale et même si faire se peut jusqu'à Rome.

Son principal objet dans ledit voyage sera de reconnaître attentivement la situation militaire du pays, savoir de reconnaître l'état de ses places de guerre, de ses arsenaux, de ses dépôts et fabriques d'armes, et enfin celui des troupes Italiennes, Françaises, et étrangères qui s'y trouvent; dans l'examen des troupes il notera soigneusement à la quelle de ces trois classes elles appartiennent; si elles sont commandées par des chefs Italiens, ou des deux autres classes, il fera surtout cette observation à l'égard des garnisons des places de guerre et des villes capitales; après avoir porté une scrupuleuse attention sur le nombre, la qualité et le placement des troupes qui sont dans la partie de l'Italie en question. Il est aussi fort essentiel de connaître l'opinion des habitants des dites places de guerre et villes capitales.

Il cherchera à s'informer de la situation des troupes Italiennes employées hors de l'Italie c'est-à-dire il cherchera à connaître leur nombre, les lieux où elles se trouvent, les chefs qui les commandent, etc. : il s'informera de la capacité qu'on suppose aux principaux employés militaires en Italie, et de l'opinion politique qu'on attribue à ceux d'entre eux qui sont Italiens; il s'informera aussi de l'opinion de l'Armée Italienne en général, savoir si elle aime, hait ou est indifférente à la domination française; et si elle s'estime actuellement autant, plus ou moins que les troupes françaises. Quels sont les généraux en qui elle a plus de confiance.

M. F. fera à l'égard des ports et de la marine d'Italie les mêmes observations qui viennent d'être dites à l'égard des Places de guerre et des troupes de terre. Il s'informera aussi *si et combien* il y a de gardes nationales sur pied; si elles sont armées, et si à part les arsenaux et autres dépôts militaires il y a des armes dans le pays.

En même temps que M. F. examinera l'Italie sous les rapports militaires il la considérera aussi sous ceux religieux, politiques et civils, à cet effet, il visitera (autant qu'il pourra le faire avec sûreté personnelle) ses principales villes telles que *Venise, Vérone, Mantoue, Milan, Turin, Alexandrie, Gênes, Boulogne, Florence, Livourne, Rome* et *Ancone*; et s'informera si les autorités ecclésiastiques et civiles sont françaises ou italiennes et dans ce dernier cas il verra quelle influence elles ont sur le peuple et quelle est l'opinion politique qu'on leur attribue; ces observations sont surtout essentielles à l'égard des principaux employés du Royaume d'Italie.

Il s'informera aussi de l'opinion que l'on suppose dans les anciennes et principales familles, dans la noblesse en général, dans le clergé, dans les négocians, et dans le peuple soit des villes soit des campagnes; il verra si les églises sont fréquentées, si les exercices divins sont suivis et si enfin la religion semble encore avoir une influence puissante.

Il s'informera du montant du revenu public dans le Royaume d'Italie, et dans les autres Pays Italiens, soumis immédiatement à la France et il cherchera à connaître quels sont les impôts, les taxes, et autres règlements financiers français, qui sont principalement vexatoires et odieux à la nation. Il s'informera si l'ancien parti dit *Italique* (savoir, celui qui travaillait à la réunion et à l'indépendance d'Italie) subsiste encore, s'il fait corps, et quels sont les chefs qu'on lui suppose.

Enfin il cherchera à connaître quel est le voeu politique de la nation en général, et quels seraient les points de vue d'avenir qu'il faudrait lui présenter pour y réveiller le patriotisme, étouffer ou réunir les factions; et la porter à agir avec ensemble, énergie et constance contre l'ennemi commun.

Si pendant le cours de ses voyages M. F. rencontre des personnes intelligentes et sûres qui voulussent se charger de faire parvenir dans l'avenir des informations pareilles à celles demandées par les présentes instructions rélativement surtout à la partie militaire; M. F. est autorisé de leur dire de diriger leurs rapports à la personne qui lui sera désignée par L. W. B. et à celle que lui indiquera M. N.; et ceux qui feraient parvenir les dits rapports peuvent compter sur une récompense proportionnée à l'exactitude et à l'importance des rapports mêmes.

M. F. communiquera en original les présentes instructions à M. N., afin de recevoir de Lui les directions qu'il jugerait convenable relativement à leur contenu; si les dites directions annulaient ou changeaient essentiellement la Commission de M. F. il en rendrait compte sur le champ à L. W. B.

Dans tous les cas l'original des présentes instructions doit être consigné et rester entre les mains de M. N. et dans son absence de M. F.

[LA TOUR] ».

Encore avant de se rendre en Sicile, M. de La Tour s'y était fait précéder par des dépêches dont M. de Circello lui accusait réception le 20 juin (1) l'assurant de l'accueil toujours très bienveillant qui l'attendait à cette Cour. On ne lui tenait pas évidemment rigueur, de n'avoir pas voulu accepter les propositions qu'on lui avait faites pour un établissement définitif (2).

---

(1) Lettre du M. de Circello à La Tour de Palerme le 20 juin 1811 (Archives d'Orio, II, 131).

(2) Le public, qui ne pouvait connaître les négociations conduites à Londres par Nugent, était généralement convaincu que M. de La Tour s'apprêtait à prendre du service en Sicile. Le comte de Varax lui écrivait de Sassari le 25 juin dans cette sup-

La Reine Caroline reprenait sa correspondance amicale avec La Tour
à la veille du jour où il allait débarquer en Sicile :

« Je vous écris ce peu de lignes pour vous envoyer deux de vos lettres
et pour mon exactitude, je vous envoie la lettre qui les accompagnait. Je
veux me flatter qu'au moins si l'Archiduc nous vient voir vous l'accom-
pagnerez partout, et j'aurais alors le plaisir de vous revoir, parler de
toute notre position et vous assurer de la haute estime avec laquelle je
suis votre affectionnée   CHARLOTTE M.

    Le 25 juillet 1811 ».

Archives de La Tour
Orio. - II, 137.

« J'apprends dans cet instant que vous êtes arrivé et que pour comble
de désagréments vous êtes en quarantaine ; nous manquons de lettres depuis bien longtemps de Cagliari, toutes ayant été prises, elles me sont
donc très intéressantes de les avoir, et vous pouvez en toute sûreté m'envoyer *tous vos papiers par le fidèle Castrone* (1). J'espère que votre santé est
bonne, et croyez moi avec bien de l'estime

                   Votre affectionnée
                   CHARLOTTE M.

    Le 6 août 1811.

Archives de La Tour.
Orio. - II, 138.

Je ferai tout ce qui dépendra de moi pour faire abréger et alléger
la pénible quarantaine ».

L'Archiduc François n'était pas venu à cette date en Sicile, comme il
en avait eu auparavant l'intention, et les troubles qui avaient éclatés dans
l'île, signes avant-coureurs de la fin du gouvernement personnel de la
Reine, n'étaient pas de nature à l'engager à quitter Cagliari :

    « *Mon cher Comte La Tour,*

Le paquebot arrivé hier de Malthe ne m'a pas apporté de lettres de
Vienne, que j'espérais ; mais sont arrivées les deux lettres ci-jointes pour
vous, que je me suis chargé de vous faire parvenir. Je ne sais rien encore
de votre arrivée en Sicile, mais j'espère que votre voyage sera été heureux.
Fiquelmont part avec le paquet, ainsi je reste seul avec Salburg, mais ici,

Archives de La Tour.
Orio. - II, 139.

position dont il n'était guère enthousiaste : « Je souhaite de bien bon coeur que vous
y soyez placé avantageusement. Vous connaissez ce monde, je n'ai rien à vous en
dire, car je présume que les vicissitudes qu'on y éprouve ne vous seront pas échap-
pées » (Archives d'Orio, II, 133).

(1) Le napolitain Castrone était le chef de la police secrète de la reine. Voir le
rapport du vicomte Valentia, Lord George Annesley dans le livre de RAFFAELE PALUMBO,
Carteggio di Maria Carolina con lady Emma Hamilton, Napoli, 1907, pp. 53 et suiv.
Lord W. Bentinck en exigera l'arrestation en mars 1812. Cfr. une lettre de Circello dans
le VIIIe volume de A. DUMAS, *I Borboni di Napoli*, Napoli, 1863, pp. 269-270.

ou en Sicile, j'espère de vous revoir bientôt. Je vous avoue que ayant appris qu'il y a eu des affaires désagréables d'arrestations (1), etc., en Sicile, je suis content de ne pas m'y trouver dans ces moments, et je suis fâché que vous y soyez arrivé dans ces moments; mais j'attends de vos lettres par le Duc de Génévois; et écrivez-moi vous qui ôtes sur les lieux, si peut être il est mieux que je retarde mon voyage de Sicile à cause de ces circonstances fâcheuses, mais la Reine qui a eu la bonté de m'écrire me sollicite de venir la trouver; ainsi je ne suis pas déterminé encore, et cela dépendra des lettres que je receveroi de là.

Le paquet d'Angleterre vient d'arriver, je ne sais encore rien s'il y a des nouvelles d'Espagne, ni de celles du continent qui sont actuellement si intéressantes.

Je me porte très bien de santé, et je suis avec les sentiments d'estime, et d'attachement que vous méritez bien par vos estimables qualités.

Votre bien affectionné
FRANCOIS D'AUTRICHE.

Cagliari, ce 13 août 1811 ».

La correspondance politique bien souvent mystérieuse, qui avait commencée à parvenir très abondante à M. de La Tour depuis la fin de son grand voyage, le tenait en rapport avec tous les agents dispersés dans la Méditerranée, anciens chefs de bandes de 1799, officiers retraités, tels que ce Leveroni qui lui écrivait de Malte.

« *Mio signore,*

Archives de La Tour.
Orio. - II, 139.

Compisce un mese, che separato da tutti, sto attendendo quelle istruzioni che possono rendermi utile a chi si compiace sostener il peso della mia esistenza e alla causa comune. Già il mio sentimento è perfettamente noto, (per quanto spero) a V. S. e credo che già deve esser determinato l'oggetto circa cui devo essere impiegato; resta soltanto a me di saperlo.

Non v'è alcuno che conosca meglio di me le mie forze e le mie pretenzioni. Io non ho certamente dei lumi per illustrar la terra, nè lo pretendo, nè pretendo d'essere certamente in essa qualche cosa di grande. Io ho solo la volontà di giovare, per quanto è ad uomo possibile, alla liberazione della nostra patria e poi di viver in essa quale vi son nato, affatto sconosciuto, e tranquillo. Sento che questa volontà non mi rende tanto spaventevole la impresa; ma non so su qual punto aggirarmi ed il tempo passa.

Trovo che è prima necessario aver una amplissima licenza Inglese per navigare lungo tutte le coste ed isole Italiche, per aver l'aggio d'in-

---

(1) Il s'agit évidemment du coup d'état esquissé par la reine Caroline en faisant prisonniers les chefs de l'opposition parlementaire, à commencer par le prince de Belmonte (N. PALMIERI, *Saggio storico politico sulla costituzione del regno di Sicilia*, Losanna, 1847; BIANCO, *La Sicilia durante l'occupazione inglese*, cit., c. IV).

formarsi di presenza di tutto e del sentimento. Io ho presentemente qui una persona che è la più adattata a questo effetto e la conosco pienamente. Essa s'impegna anche di ottenere un passo Italico per liberarsi da quei corsari in ogni caso.

Dopo questo si compera una piccola barca che non mancherebbe di render la spesa qualunque grande che dovesse essere; e poi con questa si ricevono tutte le notizie, si formano le corrispondenze e per ultimo giunto il momento si fanno sparire le guardie di costa, che impediscono i primi passi. Una barca piccola va in ogni luogo, nè deve importare, se anche il luogo è bloccato perché non può certo provvederlo di molto, e frattanto essa facendo il suo interesse giova moltissimo alla causa.

Siamo isolati onde questo è necessario. Se mai questa disposizione incontrasse, la prego di rendermi tosto avvisato per fermar la persona la più adatta a quest'effetto.

Mi raccomando d'esser non lontano dalla sua buona memoria e d'esser considerato qual fino alla tomba mi dichiaro

della S. V. I.

Dev. ed Obb. Servitore EMMANUEL LEVERONI.

Malta, li 19 giugno 1811.

P. S. — Per il dizionario fin ora non ho trovato quanto V. S. mi commise e hanno qua delle pretese che fanno paura. Il Sig. Sciabot non ha ancora ricevuto lettere ».

« *Sig. Conte riveritissimo,*

Ho inteso con piacere che il sig. André ha rimesso a V. S. ed al Conte Fiquelmont delle lettere di Vienna, non ho potuto trovarne presso d'altri, nè per il sig. Valentino Toro non ne sono alla posta. Non manco di farvi attenzione perchè spero di poter fra le sue lettere riceverne alcuna ancor io. Si è sparsa qua una voce d'una forte rivoluzione in Genova; questa sarebbe peggio della colica.

Giungono continuamente qua gente da Trieste che van peregrinando per pregar Iddio che faccia felici i lor nipoti. E' veramente un tristo spettacolo veder tante persone che abbandonano le loro case per andar a vivere su d'uno scoglio, dove sperano se non fortuna trovar almeno tranquillità. Il sig. Luca (1) è qua, e le fa i suoi complimenti. La sua malattia non mi permette di esser totalmente informato delle sue speculazioni; ma con i suoi gran mustacchi ha veramente la figura del miglior valent'uomo di Ceiniza. Per altro ha molto del guasconico e mi fu annunziato per un vescovo, m'ha detto d'aver scritto al V. Governatore; ed io gli ho detto

---

(1) Il pourrait être le Lucas Bogdanovich des lettres monténegrines reproduites quelques pages plus haut.

francamente, che fa delle buzare e lo pregai di scriver piuttosto al S. Padre perchè mandasse un po' di vento fresco.

La prego dei miei rispetti al Sig. Conte Saalburg, al Conte Fiquelmont ed al sig. Sterpin e mi raccomando che mi abbia nella sua buona memoria e si ricordi che sono e voglio esser fino alla tomba

il suo Dev. Obb. ed Aff. servo
LEVERONI.

Malta, li 29 giugno 1811 ».

———————

« *Sig. Conte Riv.*^{mo},

Dopo trascorso un mese e mezzo nella privazione dispiacente d'ogni cara corrispondenza, mi viene rimessa la consolantissima sua N° 2 unita ad altra del sig. Pietro, che è coerente ai sentimenti benevoli della gentilissima di V. S. In sequela di che io vivo nella più perfetta sicurezza vedendo la bontà con cui sono da V. S. compatito, la quale mi garantisce che non sarò dimenticato.

E' fin dal 6 del corr. mese che dal Sig. Lorenzo de' Benedetti che manca di là dal 6 giugno mi venne consegnata l'acclusa pel sig. Valentino che per la rara transitazione dei pacchetti non ho potuto finor fargliela tenere; mi avanzo di accluderla a V. S. certo che avrà piacere di presentarla al recapito.

Dopo qualche giorno di febbre, causata da una general flussione di gengive e dall'eccessivo calore, in virtù dei rimedi, che pratico, mi trovo ora bene, ed è anche migliorato il sig. Luca, che m'incarica d'umigliarle i suoi rispetti.

Vedendo che la dimora va a lungo, ho preso un mezzanino di tre stanze, perchè l'alloggio in locanda era troppo costoso, non potei averlo prima del giorno di S. Lorenzo, in strada ponente n. 68 e con ciò si risparmia il terzo della spesa e si sta meno male.

Se il Sig. Bar. Sordeau si trova in Palermo prego V. S. si voglia compiacere di fargli tenere l'acclusa; ho già scritto qui due volte, ma non ho potuto avere alcun riscontro.

Siamo senza notizie meno le false che si ripetono ogni tanto.

Grato alla sua benevolenza, desidero l'opportunità di dimostrarmi sempre quale ho l'onore di dirmi di V. S. Ill.

Um. ed obb. servo
EMMANUEL LEVERONI.

Malta, li 16 agosto 1811.

P. S. Al 18 detto. Oggi col mezzo del pachetto ricevo lettera del Sig. Sterpin e del Sig. Pietro che sono consolanti, ma nella breve risposta che si dà alle mie nulla mi si dice riguardo alla proposta fatta da me per la fabbricazione d'uno schioppo di nuova invenzione, che io ho immaginato col quale si farebbero almeno 20 colpi a palla per minuto. Ma non essendovi in Malta artefici non trovo che Vienna dove si potrebbe fare eseguire con poca spesa e dove sarebbe poi molto utile ed economico, nè la sua riuscita mi è dubbia. Prego V. S. di fare qualche riflessione su questo e degnarmi di suo savio parere e nuovamente sono

Um. ed Obl. servo
EMMANUELE LEVERONI ».

Mais les plus importantes étaient toujours les lettres que Nugent écrivait de Londres.

« L[ondres], ce 13 juillet 1811.

Mon cher Ami,

Je n'ai pas besoin de vous dire combien de plaisir votre lettre du 15 m'a fait. J'étais dans la plus grande inquiétude, n'ayant pas eu depuis si longtemps de vos nouvelles. Même de Toro Cadet je n'en ai point, soit qu'il imagine que je suis déjà parti, soit que ses lettres sont perdues, comme les difficultés actuelles des communications me le font croire. J'espère que vous aurez trouvé chez Sarpi de mes lettres. J'en ai envoyé à M. Hillinger commis de cette maison. Une vous manquera cependant; je l'ai fait porter par une personne de confiance, qui devait vous rencontrer. Mais j'ai eu de ses nouvelles du 1er mai de Cefflingen. Ainsi il ne vous aura pas trouvé, et il continuera son voyage par Grégoire et Vincali, où il verra Toro Cadet. Il doit y être à l'heure qu'il est, s'il ne lui est rien arrivé. Je voulais vous donner par lui une idée en carte de la situation des affaires d'alors. Mais tout ce qu'il vous aurait pu donner vous le saurez plus en détail et plus neuf par B[entinck] qui enfin vient de partir, et qui j'espère vous aura rencontré. Je vous ai déjà parlé de lui, de sa connaissance exacte de la loi, de l'importance pour notre projet qu'il aille chez Sibilla. Il est parti avec un pouvoir très étendu, et très bien disposé pour notre procès. Il comptait s'arrêter chez Sarpi principalement pour voir mon cousin, ainsi j'espère qu'il vous a trouvé. Si cependant contre toute attente il vous a manqué, vous feriez bien de lui demander chez Sibilla, où il se trouve, les lettres, ou même d'aller vous même le trouver : c'est absolument nécessaire que vous le voyez. Je ne sais cependant s'il ne serait pas bien que dans ce cas vous attendiez encore une lettre de moi qui contiendra probablement les dernières résolutions. Dans ma dernière par B. je vous ai dit ce qui était décidé jusqu'alors, et les ordres qu'il a eu, pour ce qui regarde le procès; je le répète en raccourci.

On ne veut pas donner en pleine possession à Arthur les terres en contestation (1), mais on lui permettra et fournira les moyens pour y établir des fabriques à lui, on l'aidera directement, et avec le produit de ces

Archives de La Tour. Orio. - Suppl. III, 136 *bis*.

---

(1) Ces réserves du Cabinet britannique, qui ne voulait pas reconnaître formellement les prétentions de l'archiduc François au trône d'Italie, devaient rendre plus aisé à Lord Castlereagh de se dégager en 1814 vis-à-vis des *Italiques.*

fabriques, d'acquérir des autres terres, qu'on pense d'ailleurs plus à portée. La première serait celle de Lisberg, et puis de suite la maison Anne et Comp., fournira les fonds pour l'établissement et soutient de ces fabriques. Le consentement de notre beau-frère Franconi est nécessaire; et je dois m'en charger. En attendant B. payera tous les ouvriers qui arriveront. Si notre beau-frère ne l'approuve point, alors je crois que l'on procèdera sans son consentement. J'introduirai l'affaire peu à peu, et de manière à ne compromettre personne. Je n'irai qu'aussi loin que je le jugerai prudent. Dans tout les cas, je viendrai auprès de vous avec le résultat. Ecrivez moi par Toro Cadet ou par le moyen que vous jugerez plus sûr, tout ce que vous savez, avec les intentions d'Arthur, car en bon avocat je veux suivre aussi bien que possible les désirs et les ordres de mon Client. Dites-lui, que rien au monde ne me fera abandonner son procès, et j'espère qu'à la fin la justice triomphera. Pour tous les arrangements à prendre d'abord, il faut convenir avec B. de même que pour le lieu où il faudrait tenir les ouvriers.

Je lui ai dit, et il est d'accord que Cefflingen est le meilleur endroit (1), puisque les vivres y sont à bon marché, et qu'il n'y a point, ou très peu de ces ouvriers dont il faut éviter le contact puisqu'ils sont mieux payés que les nôtres ne peuvent l'être au commencement surtout. Pour Arthur et vous il faut soutenir la plus grande indépendance. C'est nécessaire pour l'avenir, et j'espère que vous en avez le moyen. Il ne doit jamais rien recevoir pour lui même, mais je sais par son caractère qu'il ne le ferait pas sans cela. J'ai aussi observé à mon égard ce que je vous ai dit à présent. Mes parents m'ont passablement traité, surtout au commencement. Malgré cela, j'ai outrepassé tout ce qui était arrangé, et j'ai dû prendre encore sur A. J'espère encore de pouvoir arranger cela, mais je vous l'avertis pour le pis-aller. Mon amie m'a fait des offres fort amicales à cet égard, mais vous sentez que je devais les rejeter. C'était nécessaire pour mon crédit, et celui de notre cousin. Il y a tant d'aventuriers ici qui se mêlent de commerce pour attraper les gens, qu'il faut être sur ses gardes. Vous saurez qu'on a beaucoup parlé ici du voyage de mon cousin, sans cependant arriver à la vérité. Généralement on est disposé à l'applaudir et y il a une prédisposition favorable à son égard. Le nouveau maître de cette maison (2) est surtout bien disposé. Les sommes n'ont pas été changées, et ne le seront pas. Quoique je ne m'arrêterai sans doute pas longtemps ici, et que j'en partirai en quelques jours (3); cependant con-

---

(1) De même, vingtcinq ou trente ans plus tard, les îles joniennes devaient devenir le centre de l'un des groupes les plus importants de l'émigration italienne chassée de la péninsule par les persécutions des gouvernements réactionnaires et maintenue aisément en contact avec Malte, où Nicola Fabrizi s'installait en 1837 pour rallier tous ces opposants (T. PALAMENGHI CRISPI, *Epistolario inedito di G. Mazzini*, Milano 1911, pp. 8 et suiv.).

(2) C'est à dire le prince régent d'Angleterre.

(3) Il ne partit qu'en septembre. A la fin du mois il était à Berlin (HORMAYR, oeuvre citée, II, p. 137).

tinuez à m'écrire; mais je laisse quelqu'un ici avec qui vous pouvez correspondre, et qui ouvrira vos lettres à moi. Il est en connexion continuelle avec les commis et le Chef de cette maison-cy, ainsi il communiquera à eux tout ce que vous voudrez leur faire savoir. Il est aussi très bien [vu] du Gouvernement, et quoique nous ne nous mêlons pas de politique, cependant quand un étranger a un procès, il est utile d'avoir un appui de cette importance. Il se nomme Comte Münster. Envoyez les lettres par la voie que celle-cy vous parviendra, et priez M. Hillinger de les inclure, ou si vous croyez par la poste, mettez sur la couverte : *N° 33 Clarges Street L.* C'est le nom de la rue. Je l'ay déjà prévenu que vous lui écrirez, et je répète que vous pouvez avoir en lui toute confiance. Il vous écrirait aussi; je le mettrais au fait de tout dont nous sommes convenus; je n'ai pas besoin de vous dire d'être bien avec M. H[ill] pour le projet de mariage; je suis sûr que cela serait bien vu ici, mais en même temps je ne sais si ce ne serait pas nuisible de le faire considérer comme un objet principal, et si cela ne diminuera l'intérêt qu'on prend à Arthur, en le voyant tout sacrifier pour obtenir avant ses biens et ceux de sa famille. On pourrait aussi bien croire alors « versorgt » et se croire moins en devoir de se dépêcher. Dans ma première je vous écrirai plus sur cet objet. En attendant vous serez plus au fait de la situation. Soyez ouvert avec M. H[ill] qui sans doute écrira tout ici. Vous ne pouvez que gagner, plus que l'on connaît les véritables sentiments nobles et fermes d'Arthur. Je ne sais exactement si cette maison a une confiance parfaite dans celle où vous êtes (1), mais aussi à cet égard, consultez M. H., et pour tout ce qui est à faire ou peut y influer, tenez vous à lui. Je dois conclure sans me relire. Je crains que ma lettre est confuse.

Votre ami

L. N.

On me dit qu'un Archiduc est arrivé en Sardaigne : si c'est l'Archiduc François, je vous prie de lui remettre l'incluse ».

« *Monsieur le Comte,*

Je prends la liberté de vous prier de faire passer l'incluse à M. Toro, et de lui dire que je l'ai recommandé d'après sa prière à S. E. M. le Comte de Münster, ministre de Hannover, qui s'intéressera vivement à son procès, et lui permet de correspondre avec lui. Comme je vais à la campagne ce seigneur ouvrira les lettres regardant cette affaire qui arriveraient à moi.

Archives de La Tour.
Orio. - II, 137.

---

(1) Monsieur de la Tour devait être alors à Cagliàri.

Son adresse est : « To His Excellency Count Münster, Clarges Street, n. 33, London ».

J'ai l'honneur d'être, Monsieur le Comte

Votre très obéissant serviteur

LOUIS NELLY.

London, ce 30 juillet 1811.

A M. le COMTE DE LA TOUR
Col. au service de S. M. l'Empereur d'Autriche

Cagliari ».

Or voici l'incluse :

« *Mon cher Ami,*

Voici encore une lettre que vous recevez de moi d'ici. Mon départ a été retardé encore par des circonstances imprévues. Il est arrivé un garçon de la maison Ruspin (1), et compagnie, qui paraît vouloir entrer dans une spéculation de commerce avec la maison où je suis depuis une année. Tout était préparé pour mon départ lorsque c'est arrivé. Cependant cela n'empêchera rien, au contraire je crois que ce sera utile, car on voudra faire quelque chose de votre côté pour faciliter les opérations commerciales de Ruspin. Ainsi hier après m'avoir dit ceci, on m'a informé que j'allais partir incessamment. Il est arrivé aussi beaucoup de lettres de l'endroit où je vous ai quitté. On a sondé le commis de M. Le Grand (2) de loin mais il paraît contraire à l'établissement de mon cousin, pas qu'il ne le désirerait, mais par ce qu'il craint que cela le mettrait dans des embarras et l'exposerait aux soupçons du vieux usurier Bonelly (3). Ceci m'a donné lieu à presser que l'on établisse mon cousin sans attendre le consentement de la famille, mais la maison Anne paraît décidée à vouloir encore faire l'essay par moi et si cela ne réussit pas de le faire sans le consentement des parents. On me donne une lettre pour M. Le Grand et une autre pour le principal commis, mais l'affaire même ne sera traitée que de bouche, pour que je puisse me régler d'après la situation des choses et des idées que je trouverai là. Les ouvriers qui étaient sans employ là bas ont enfin été pourvus de manière qu'ils peuvent subsister, ils seront ensuite employés à la manufacture de votre cousin. Il y a un commis pour cet objet. Il y a des différentes espèces, mais point d'une classe supérieure à vous. Je voudrais qu'à mon arrivée à V. on les envoie à Ceflingen. C'est l'endroit où les vivres sont à plus

---

(1) On pourra consulter toujours, pour ce rapprochement anglo-russe, VANDAL, *Napoléon et Alexandre*, cit. Le garçon pourrait être Armfelt. Cfr. L. PINGAUD, *Un agent secret sous la révolution et l'empire, Le comte d'Antraigues*, Paris, 1894, ch. VIII.

(2) Evidemment le commis de l'empereur est son ministre dirigeant : le comte de Metternich.

(3) C'est à dire de Napoléon.

bon marché. Je désirerais que vous y fussiez avec Arthur. Si même on ne le lui donne pas en propriété, ce serait le meilleur pour établir la manufacture. Je pousserai encore cet objet. Jusqu'à présent on désire que vous restiez encore auprès de M. Sarpi, au lieu qu'à moi il me paraît que vous devriez plutôt être à Ceflingen. Dans la situation actuelle des choses Dieu sait si le temps nous restera pour établir et porter à un dégré de régularité la manufacture avant que le débit commencera. Tyrfeld, Carbach, Krochingen et les autres, font déjà des petites spéculations, et si Ruspin commençait, il faudrait vendre ce que l'on a, et alors Arthur devrait se porter vers l'endroit du marché. Nous ne pouvons juger de ceci que quand je vous écrirai la dernière lettre d'ici, lorsque tout sera absolument fixé. Je repète que cela doit être en quelques jours, puisque je pars dans la même voiture que celui qui va chez Ruspin, avec qui je reste en connexion, et qui de son côté appuyera l'affaire d'Arthur.

La lettre de mon cousin au fils de la maison ici a été extrêmement goutée, et a produit un très bon effet. Ce qui est heureux c'est qu'il est extrêmement bien disposé, et s'y intéresse beaucoup. Je le vois beaucoup, et il me montre beaucoup de confiance. Il me donnera sa réponse pour Arthur, que j'enverrai par le premier courier (1). Les commis actuels resteront au comptoir. Mr. Weld est fort bien avec le fils, dont l'avènement est très heureux (2). La conduite honorable et décidée de mon cousin a excité le plus profond intérêt. Mais celui qui m'a été de la plus grande utilité est l'ami dont je vous ai parlé dans ma dernière, en vous disant de lui écrire à lui au lieu de moi quand je serai parti. Il voit le fils et Mr. Weld et leur lira toutes vos lettres, ainsi lorsque vous voudrez dire quelque chose de particulier mettez-le sur un papier à part. Vous pourrez vous étendre autant que vous voudrez et par là exposer les idées et plans d'Arthur et faire toutes les propositions nécessaires. N'écrivez point à des autres personnes, excepté ceux où les circonstances pourraient vous faire entrer en affaires.

J'espère dans le courant de la semaine vous écrire ma dernière lettre d'ici. Répétez à Arthur mes voeux inviolables

Votre sincère ami
Louis Nelly.

L[ondres], ce 30 juillet 1811 ».

Le comte Nugent continuait ses allées et venues auprès du Prince Régent, du Cabinet britannique et s'appuyait surtout sur le comte de Münster, ministre de Hannovre à Londres ; il s'agissait essentiellement de mettre en vue l'Archiduc auquel ces lettres peuvent se considérer adressées presqu'autant qu'à La Tour, de lui faire prendre les titres de Milan ou de

---

(1) Cette lettre du prince régent à l'archiduc François, daté de Carlton House le 19 août 1811 est imprimée chez Hormayr, oeuvre citée, II, 101.

(2) Cfr. sur les débuts de la régence du prince de Galles, Charles Duke Yonge, *Life and administration of Robert Banks, II earl of Liverpool*, London, 1868, I vol., et Spencer Walpole, *The life of the R. Hon. Spencer Perceval*, London, 1874, vol. II.

Modêne, propres à réveiller utilement des souvenirs dans la Péninsule, de l'établir en attendant dans l'île de Céphalonie, qui serait devenue le quartier général pour toute entreprise future. C'étaient des négociations bien hazardeuses, dans lesquelles ces militaires risquaient cent fois leur tête, et s'exposaient même à être mal jugés. Il ne leur suffisait donc pas d'employer des noms de convention, mais ils semblent avoir à dessein embrouillé les dates de temps et lieu. Partant, si ces lettres offrent un intérêt puissant et constituent une véritable révélation même après le livre de Hormayr, il est souvent difficile de s'y reconnaître, et de préciser l'ordre dans lequel ces démarches se suivirent.

« Gibraltar, ce 16 août (?) [1811].

Mon cher ami,

Je renferme cette lettre dans une au Cousin, quoique j'espère qu'elle vous trouvera déjà en Sicile. Je présume que vous serez content de Burke, c'est un brave homme. Lord B... m'a promis avant mon départ de faire Faverges (1) Major en Pied; j'espère donc que c'est fait; si non je vous prie de le lui rappeler. Je vous recommande d'Andreis. F... vous dira tout ce qui le regarde, c'est un excellent garçon, mais il faut avoir des ménagements pour lui. Je lui ai dit que par la suite s'il veut il pourra retourner, mais c'est une acquisition, ainsi il faut le garder. Je crois qu'il espérait être employé auprès de l'A... cela pourra être un jour ou l'autre; en attendant il ne faut pas lui ôter l'espoir. J'espère que vous aurez trouvé J[anus] et Cat[inelli] (2), j'écris par cette même occasion à tous les deux. Comme les arrangements définitifs à tants d'égards ne pourront être pris qu'à mon retour, il est bon, en attendant' que ce dernier soit auprès de A.....; expliquez-lui cela.

Je désire que ce que je vous ai dit pour M. 3 et 4 au moins pour 3 puisse en attendant s'effectuer, parlez en avec John (3). En tout cas faites venir tous ceux que vous pourrez, et dites à J... de faire venir.

Surtout Rab : qu'il lui écrive de venir sans délai, et qu'il prenne autant d'amis c'est-à-dire officiers qu'il pourra. Comme je vous ai dit j'ai le plus grand espoir que l'on sera bien disposé pour faire quelque chose à L[ondres] : si je trouvais qu'on l'avait déjà fait je reviendrais sur le champ. Je commence à croire que l'Adri[atique] serait l'endroit pour commencer pour l'A. : c'est-à-dire l'extrémité inférieure vers nous, parlez en avec J. En tout cas qu'il renouvelle toutes ses connexions. Ecrivez-moi

---

(1) Le comte de Faverges s'était signalé avec le rang de capitaine dans la guerre de 1809. Il faisait alors partie du corps du général Buol, l'un des chefs de la résistance autrichienne dans les Alpes (HORMAYR, oeuvre citée, II, 406).

(2) Voir sur Catinelli (1780-1869), dont la carrière fut pour un temps parallèle à celle de La Tour, M. H. WEIL, *Le prince Eugène et Murat*, Paris, 1901, et surtout son article dans la *Correspondance historique et archéologique de 1900*: *La mission du L. Col. Catinelli aux quartiers généraux de Murat et de Bellegarde*.

(3) Peut-être il s'agit de l'agent anglais à Vienne, Johnston. Cfr. HORMAYR, oeuv. cit., I, 86 et suiv.

par le premier paquet, remettez la lettre à L. W[illiam] : où si vous êtes encore à Cagliari à Mr. H. Mon voyage jusqu'ici a été très heureux, vent d'Est continuel. Je vous prie de faire bien mes compliments à St Laurent, c'est un homme estimable ; si F[averges] n'est pas encore publié Major en Pied parlez-en à St Laurent, il sait tout. Adressez-vous ensuite à L. W. car cela ne pourrait être que par oubli. J'oubliai de vous faire une observation ; c'est qu'il me paraît qu'il serait mieux si l'A. prenait le titre d'A[rchiduc] de Milan, comme on les appelait autrefois (1), ou s'il ne le prend pas qu'on le lui donne.

Je ne parle point de la défaite de Marmont ; vous saurez tout cela où vous êtes (2).   Votre ami N. ».

———————

« *Mon cher ami,*

Je vous ai écrit aujourd'hui par une autre occasion pour vous dire que je pars demain pour V[ienne] pour arranger ce qui peut s'arranger. Mais ce n'est qu'en cas que je voie que cela peut se faire sans inconvénient que je parlerai du procès d'Arthur. Je viendrai alors vous joindre. Il serait cependant bon que vous m'écriviez d'abord à V. et par plusieures occasions si vous pouvez. J'ai une lettre pour Arthur en réponse à la sienne au P[rince] très favorable, et je puis répondre que ses dispositions le sont encore plus. Je vous ai dit que le *Comte Münster N. 33 Clarges Street* s'intéresse beaucoup au procès, sait tout et que vous feriez bien de lui écrire diligemment ; il sait l'usage du papier que B. vous a remis. Assurez Arthur de tout mon zèle et dévouement.   Votre ancien ami
                                                LOUIS NELLY.

Londres, 23 août [1811] ».

Archives de La Tour. Orio. - II, 140 bis.

———————

« *L[ondres], ce 23 août 1811.*

Mon cher ami,

Je pars enfin demain, mon principal objet sera de faire entrer dans les vues établies ceux où je vais. Je me rends ensuite auprès de vous. J'ai une lettre pour Arthur en réponse à celle qu'il a écrite au principal ; quoique en termes généraux comme de pareillles lettres doivent être, elle exprime l'intérêt qu'il prend à lui, et ses bonnes intentions, et marque le grand cas qu'on en fait.

Archives de La Tour. Orio. - II, 140 bis a.

—————————————————————————

(1) On voit que Nugent était au courant des recherches d'un Muratori, qui avaient ravivé le souvenir des droit féodaux exercés à Milan jusqu'au XIIe siècle par les ancêtres des Este.

(2) Puisque le Maréchal Marmont n'avait succédé qu'en mai 1811 à Massena dans le commandement de l'armée française de Portugal (GEOFFROY DE GRANDMAISON, oeuv. cit. ; L.t GEN. SIR WILLIAM WARRE, *Letters from the Peninsula 1808-1812*, London 1909, ch. 1), on ne pouvait pas encore parler de ses insuccès. Il se pourrait donc que cette lettre fut de 1812, et que Gibraltar ne fut pas une date fictive, quoiqu'alors l'allusion au vent de l'Est deviendrait bien étrange.

Mais à ces égards on s'est bien plus clairement exprimé à moi, et je crois qu'Arthur a tout lieu d'être content au moins de l'opinion qu'on a de lui et de ses projets. Cela ne va sans doute pas aussi vite que j'espérais, mais quand on est capable de former et entamer un ouvrage de la sorte, il faut avoir le courage et la persévérance pour surmonter les difficultés et ne pas s'effrayer des retards. Voilà justement en quoi nous sommes sûrs car Arthur a déjà montré le caractère ferme et inébranlable qu'il faut à la tête d'une telle entreprise. Et il trouvera en nous des aides zélés et dévoués. Je vous ai déjà dit pourquoi, on veut essayer de faire entrer M. le Grand dans les vues d'Arthur; j'ai une lettre pour lui du principal et une autre de M. Weld à M. Metfort (1), conçue de la manière la plus favorable. Cependant je ne m'ouvrirai qu'en cas — ou autant — que je vois qu'on est incliné; en tout cas je viendrai vous joindre. La chose aura également lieu, seulement que les informations que j'apporterai à Arthur et à Benvenuti (2) décideront de la manière. A cette occasion j'arrangerai tout ce qui reste à faire pour nos connexions avec les différents commerçants là bas, qui est un objet important. Le commis de la maison Anne qui est arrivé après notre départ leur donnera les fonds pour les voyages aux foires, etc. Il y a des autres qui ont projeté des petites fabriques mais tout doit se lier à l'entreprise d'Arthur. J'ai eu des nouvelles de Brunfeld, il a bien fait et il aura à présent du crédit. Je vous enverrai sa lettre et je la remettrai pour cet objet à M. de Munsberg dont je vous ai déjà parlé dans mes deux dernières, et qui aura la bonté de vous écrire. Je vous ai déjà dit que sans lui peu ou rien ne serait fait et que nous devons le considérer comme l'âme de tout notre commerce, ainsi vous pouvez lui écrire avec confiance et franchise; il vous comprendra puisqu'il sait tout, et même notre stile marchand. S'il a l'occasion il vous enverra la copie de la lettre pour Arthur dont j'ai l'original, et le *Memorandum* que j'ai eu ici sur tout ce que j'ai à faire dans mes voyages. Il n'y a presque plus de doute que la Maison Ruspoli va se remettre au commerce en opposition à celle de Bonnelly, mais ce ne sera pas avant le printemps, au moins je l'espère. Vous sentez bien combien cela influe et rend importantes nos spéculations. Ecrivez-moi d'abord à V.: avec la feuille que B. vous a remis; c'est nécessaire puisque le commerce est sans cela difficile. Je dois terminer mais je vous écrirai encore par le moyen de M. On enverra beaucoup d'outils à Marianne et on va d'abord acheter la terre de Lysbach (3). On pourvoira aussi d'outils la fabrique où je vais. Soyez dans une exacte communication avec B.; j'espère qu'Arthur l'a vu et arrangé avec lui. Il était bien disposé pour le procès; vous aurez trouvé en lui l'homme fait pour être à la tête de tout, joignant de grands talents à un caractère rare et ferme. Il serait bon si Arthur vous envoyait auprès de lui

---

(1) Probablement Nugent entend par là : M. de Metternich.
(2) Benvenuti doit signifier ici : Lord William Bentinck.
(3) Evidente allusion à l'occupation anglaise de Lissa (P. Pisani, *La Dalmatie*, cit.).

d'abord que cela peut se faire; si ce n'est que pour un jour et si des autres raisons ne s'y opposent. De chaque lettre que vous m'écrirez envoyez une copie en Siccaro (1) sous mon adresse pour m'y attendre; car j'arriverai premièrement là et je voudrais être au fait. Mais écrivez toujours aussi à V. Les expressions de mon zèle à Arthur.

Votre ami

L. NELLY.

A M. le Comte DE LA TORRE
Colonel au service de Sa M. l'Empereur d'Autriche
Aide de Camp de son Al. Royale l'Archiduc François de Mitan, etc., etc.
Cagliari ».

« Mon cher ami,

Je n'ai encore reçu aucune lettre de vous ici. J'ai deux de C[atinelli] : qui parlent d'autres choses et ne me disent rien de vous. Elles me prouvent au moins que les lettres arrivent, mais je ne sais si les miennes vous parviennent. Les affaires, surtout les procès et tout ce qui y ressemble, sont ici d'une lenteur extrême par conséquent aussi l'arrangement avec les parents de notre jeune ami. La chose a été lente à entamer, puisque j'ai dû éviter de le compromettre et j'ai dû généraliser la chose. J'ai pensé d'abord qu'il n'en serait rien du tout. Puis tout à coup l'idée leur a extrêmement intéressé, tant pour la chose même que l'ensemble que cela donne à leurs autres vues et biens. Je ne puis cependant encore rien décider. J'ai observé seulement que plusieurs arrangements préalables ont été arrêtés, en disant à leur fermier que cela devoit attendre les mesures que l'on allait prendre pour l'ensemble. J'ai observé aussi que les intentions à l'égard d'Arthur ont pris un pli très favorable et que dans toutes les circonstances on sera bien disposé pour lui plutôt que pour tout autre. Mais je répète que je ne puis pas encore juger et que la lenteur dans tout me fait présumer qu'au moins rien ne sera décidé assez tôt pour faire quelque chose cette année; l'automne est à la porte, il est vrai que les vendanges sont plus tôt là-bas. Un augure favorable c'est que j'espère qu'on a jeté les yeux sur B[entinck ?] ; dont je vous ai souvent parlé pour le mettre là-bas, cela faciliterai tout. Une chose que je ne puis trop répéter c'est qu'Arthur ne doit prendre encore aucune mesure. Je n'ai encore pu rien faire pour moi parce que tous mes parents sont à la campagne. J'ai dû prétexter à mon oncle que j'ai des affaires d'une autre nature, mais c'est aussi cause que je ne reçois pas les secours qu'il me faudrait. Voilà pourquoi j'ai dû prendre la moitié de ce que je me suis fait accréditer par A : et que je devrai bientôt prendre l'autre moitié à cause des courses continuelles que je dois faire à la campagne, malgré que j'ai reçu de chez moi, beaucoup plus que je ne devrai. Arrangez je vous prie cela avec A, il devait partir un musicien de la part du directeur M. Weld pour juger des nouvelles composi-

Archives de La Tour,
Orio. - II, 141 *bis a*.

---

(1) C'est à dire en Sicile.

tions de théatre. Sur mes observations avec eux ils l'ont arrêté encore disant que cela changerait entièrement les vues, et qu'il ne partirait que quand on aurait adapté un plan général pour les opéras. La lettre est passablement confuse, je vous écrirai une autre après demain par une autre occasion, j'espère au moins que quelques unes vous parviendront. je ne peux sans doute pas fixer le temps de mon retour, mais dites toujours que je retournerai bientôt. Je serai même bien aise d'être employé. Ecrivez-moi ce que l'on pourra apprendre à cet égard de B :

J'écrirai après demain aussi à votre frère, je ne voudrais pas qu'il précipite quelque chose non plus pour nos affaires. Mes espiègles de voisins [Russes] ont plus de probabilité que jamais à gagner leur procès contre Bonomi. Du moins cela prend de nouveau une tournure à leur avantage. Avez-vous des nouvelles de Baspick et de ses amis? que font D : et B? La première j'enverrai à M. Toro droit par Arru.

Ce 30 août ».

« Gottenbourg, (1) *3 septembre 1811.*

Mon cher ami,

Je vous écris quoique j'espère que vous aurez presque aussitôt de mes lettres de Vienne que d'ici. Je continue mon voyage par la même route que je suis venu, et je compte être à Vienne en trois semaines. Avant mon départ de Londres je vous ai informé de tout ce que je savais et depuis il n'est rien arrivé d'important; excepté que j'ai appris que le baron Léderer (2) qui était avec moi pour la démarcation de l'Isonzo est nommé consul général à Fiume. Ce-ci pourra beaucoup faciliter notre communication et ensuite mon voyage. Je vous recommande, mon cher ami, de ne rien négliger pour me faire parvenir au plus vite de vos nouvelles à Vienne, où je devrai par plusieurs raisons m'arrêter quelque temps. Si vous pouviez envoyer d'abord quelqu'un adroit et affidé à Fiume ou que Lord William Bentink le fit ce serait mieux, mais il ne faut rien adresser directement à moi. Pensez à cet égard si c'est mieux à votre frère ou à quelqu'un d'autre. Léderer est également ami de votre frère, et d'abord que j'arrive à Vienne je prendrai les arrangements pour le prévenir. Vous pourriez aussi adresser une lettre à M. Louis Nelly chez M. Arnstein et Eskeles (3). Il serait bon si vous pouviez conférer avec Lord W : B : avant, et je crois qu'il faudrait proposer à Arthur de vous laisser aller pour quelques jours le voir. Alors quelqu'un pourrait partir de là ou pour se rendre à Fiume ou même pour venir jusqu'à Vienne.

---

(1) On pourra lire une page bien intéressante sur la difficulté des comunications entre l'Allemagne et Gothembourg, qui se trouve sur le rivage suédois de la Baltique, dans les *Erinnerungen aus Hannover und Hambourg aus den Jahren* 1803-1813, cit., pp. 97 et suiv.

(2) Cfr. HIRN, *Englische Subsiden*, cit., p. 52.

(3) Eskeles, banquier à Vienne, venait de négocier l'emprunt autrichien en France (METTERNICH, *Mémoires* cit., II, pp. 381 et suiv.).

Il est important d'établir une communication par Fiume, plus courte et plus directe; l'occupation de Lissa facilitera cela. Assurez Arthur de mon zèle inaltérable quelques soient les obstacles que nous rencontrons. Je considère tout ce que je vous écris, comme à lui, mais je crois que c'est plus sûr de le nommer aussi peu que possible. [Le] Comte M[ünster] aura la bonté de vous envoyer cette lettre, et peut-être aussi de vous écrire lui-même. Vous savez tout ce que nous lui devons et l'intérêt qu'il prend à notre affaire; il sent que c'est la même cause que la sienne, vous ne pouvez lui écrire trop ni trop franchement. Je vous ai dit que j'ai eu des nouvelles de Brunazzi, il est à Scutari. Vous feriez bien de l'informer d'où vous êtes et vous mettre en relation avec lui. J'enverrai de Vienne quelqu'un le trouver. Je pourrais aussi affermir toutes les autres connexions. Je vous ai dit que j'avais proposé d'engager les prisonniers Italiens et les envoyer à Céphalonie pour être prêts quand les réponses de Vienne arrivent. Ils y seraient conduits par le Major Bürck et deviendraient la base de l'armée italique.

J'espère que ce sera accepté, mais je n'ai pas voulu m'arrêter pour en attendre la décision. Le Comte M: vous dira ce que l'on fait à cet égard, et j'espère que lui parviendra à le faire adopter, et garder en vue le véritable but. Le Major Bürck est un officier distingué qui était au service de l'Autriche, connait les Italiens et concevrait facilement la méthode qu'il faut suivre.

Adieu, votre sincère ami

L. NELLY ».

« Londres (?), ce 10 septembre 1811.

Je vous ai écrit, mon cher ami, il y a peu de jours par Connac (Catinelli?). Quoiqu'il ne soit rien arrivé depuis je répète mes lettres aussi souvent que possible. Les parents d'Arthur ne m'ont donné encore aucune réponse sur son affaire, disant qu'ils allaient combiner des mesures générales pour toute cette partie là de leur bien et que ce n'est qu'en conséquence de ces mesures qu'ils pourront donner une réponse. Ces mesures mêmes sont occasionnées par les suggestions données à cette occasion qui indubitablement ont fait une grande impression et les considérations offertes en grand avec les vues futures ont plu surtout. Mais vous voyez que la chose traîne en longueur, et que pour cette raison il n'y a rien à faire. Voilà pourquoi Arthur ne doit prendre aucune mesure pour à présent, excepté qu'il puisse peut-être sans se compromettre faire sonder par rapport au mariage (1). Du reste je crois que le pli ici est fort avantageux à son égard, mais vous sentez bien que le soin de ne pas le com-

Archives de La Tour.
Orio. - II, 141bis b.

---

(1) L'on négociait déjà le mariage entre l'archiduc François et la princesse Béatrix de Savoie. (D. PERRERO, Gli ultimi reali di Savoia del ramo primogenito ed il principe Carlo Alberto di Carignano, Torino, 1889, c. IV)....

promettre m'a forcé de ne pas avancer beaucoup. Vous pouvez le tranquilliser entièrement à cet égard, et lui dire qu'il n'y a aucun danger
qu'il puisse être compromis. Pour arranger toutes les affaires de cette
maison un commis va partir la semaine prochaine. Par lui — à qui vous
pouvez entièrement vous fier — vous aurez les plus exactes informations,
mais il ne parlera qu'avec vous. Il aura la faculté d'arranger les affaires
d'argent. Pour moi je pense que je retournerai cet automne; je fais une
course à la campagne et on m'a dit qu'à mon retour je saurai quelque
chose de décisif. Dites à tout le monde que je retourne bientôt et parlez
même par rapport à mon emploi. Ne croyez pas que mes intentions
ayent changées. Dites à votre frère qu'il me conserve son amitié et que
je répondrai à sa lettre par l'occasion dont je vous ai parlé dedans.

Il me paraît que pour le moment, il ne devrait pas faire de changements ni prendre une résolution. Je ne vois pas même d'inconvénients qu'il
serve dans l'E[tat] M[ajor]. Je viens de voir un des principaux avocats; je vois que l'arrangement en question fait de l'effet et il paraît que
cela portera à un arrangement général. On paraît vouloir prendre la chose
en grand et j'espère que B : remplacera S[tuart]. Cependant je répète
de ne prendre encore aucune mesure, je vous écrirai bientôt. Je dois absolument aller passer quelques jours chez mon oncle sans quoi mes propres affaires sont ruinées. J'ai dû prendre sur le crédit de A : 200 ls. que
je vous prie d'arranger. Je pense qu'une fois que j'aurai vu mon oncle
je n'en aurai plus besoin ».

Nelly à Toro (aîné).

« *Vienne, ce 12 8bre* (?) [*1811*].

Mon cher ami,

Par ma dernière lettre vous aurez été informé de la situation des
choses au moment où j'ai quitté Anne. Les bonnes dispositions de son
fils (1) pour nous et son intention de prendre une part active à nos spéculations, étaient ce que je vous annonçais de plus important. Je vous ai
envoyé la copie de la lettre qu'il a écrite à Arthur dont j'ai gardé l'original. Il ne pouvait pas s'expliquer clairement, mais en me chargeant
de l'assurer de l'intérêt qu'il lui inspire, il s'est exprimé d'une manière
tout à fait satisfaisante.

L'ami 33 Clarges Street aura, je pense, continué de vous écrire. Ne
manquez pas de rester avec lui dans une correspondance exacte, car c'est
un véritable ami de notre maison et qui prend le plus vif intérêt à Arthur.
Je dois aussi vous avertir qu'il est au fait de tous les détails de nos
affaires. Je suis également porteur d'une lettre pour le Grand et d'une
autre que M. Weld adresse à son premier commis. Leur contenu est très
satisfaisant, ils y font mention de moi comme étant pleinement informé
de leurs instructions. Quant à nos spéculations particulières, il n'en est

____

(1) Le prince régent d'Angleterre.

point question dans ces lettres : vu qu'on juge qu'il était à propos de faire sonder le terrain avant de parler clair. J'ai eu en conséquence des instructions à cet égard. Anne souhaiterait de trouver ici des dispositions favorables, ou tout au moins une connivence tacite à ce qu'elle veut faire pour Arthur, car elle désire ménager le Grand ; si cependant il n'est pas possible de s'entendre, nos projets n'en seront pas moins soutenus. En tous les cas Arthur, ainsi que je vous l'ai déjà dit, recevra appui et soutien, et il a l'assurance que son établissement sera considéré comme le centre de réunion de nos spéculations commerciales dans vos parages. J'ai trouvé nos connexions ici aussi avancées que les circonstances pouvaient le permettre. Lsuz : et Stéphanie ont reçu par mon occasion l'autorisation de les étendre. Botta (Bonaparte) et Ruprecht (Russie) paraissent vouloir venir à un éclat. Cet événement accélérerait toute chose. Nos amis ici ont une prédilection particulière pour la voie de Menesch il est vrai que ce genre de spéculation promet de grands avantages. M. Basich étant le possesseur d'une des caves les mieux fournies son nom nous servira dorénavant pour nous étendre à cet égard. Considérant comme essentielle de mettre bientôt à votre disposition une certaine quantité d'ouvriers, j'ai pressé la chose près de M. Weld, et j'ai lieu de croire que les ordres ont été donnés afin que l'on vous expédie ceux qui se trouveront disponibles dans les possessions d'Anne. Je n'ai encore eu qu'une seule entrevue avec le premier commis qui se trouve à présent hors de ville. Je ne me suis point encore ouvert, et la question est de savoir si je dois le faire ou s'il vaut mieux attendre une rupture ouverte entre Ruprecht et Botta. Ces considérations pourront me retenir ici plus longtemps que je n'en avais le projet, mon intention première ayant été d'aller tout de suite vous rejoindre. Au reste tous nos amis sont d'avis que cela ne conduirait à rien, et que nos intérêts exigent pour le moment ma présence ici. Je vous prie de bien assurer Arthur que je tâcherai de me conduire de la manière qui lui sera la plus utile.

N. B. — Cette copie doit vous tenir lieu d'original ».

Nous avons eu la chance de retrouver aussi quelques unes des réponses de M. de La Tour qui à cette époque était déjà entré en relation avec Lord William Bentinck.

« Mon cher ami,

Je viens de recevoir votre lettre du 13 juillet par laquelle vous me dites que celle que je vous ai adressé le 14 mai de Malte, vous est parvenue : j'ai un regret infini de ne vous avoir pas écrit depuis la Sardaigne pour vous rendre compte des conversations qui ont eu lieu avec M. Hillingen, et dont il a probablement instruit Anne ; mais les lettres qu'il m'a remis de votre part m'annonçaient toutes si positivement votre imminente arrivée que j'ai jugé absolument superflu d'écrire : au reste il me semble

Archives de La Tour. Orio. - II, 156.

que les dites conversations étoient dans le sens que vous désiriez. Je me crois assuré que Hillingen approuve nos vues, et nous est en général un intermédiaire favorable : son désir personnel serait que les intérêts de Sarpi fussent pris en considération dans les arrangements futurs qui pourraient avoir lieu : mais je crois qu'il subordonnera toujours ce désir à l'avantage de la cause générale.

Vous sentez, mon cher ami, que votre cousin, afin d'éloigner toute inquiétude et tout ombrage où il est, a dû y entamer l'affaire du mariage, (chose que des propositions faites d'autre part rendait d'ailleurs urgente), il a trouvé les parents favorablement disposés ; mais ils ont montré de l'inquiétude sur sa situation pécunière qu'ils ne considèrent pas comme entièrement à l'abri des événements. Cet obstacle l'a engagé à prier M. Hillingen de proposer à Anne (Angleterre) :

1. de vouloir accorder à la future pour cet établissement une pension de 3 m. livres qu'elle aurait fait espérer vouloir lui donner en cas pareils.

2. de lui promettre à lui un pension de 5500 livres pour le cas où son attachement aux intérêts d'Anne viendroit à lui faire perdre une pension de 100/m. florins dont il jouit ailleurs bien entendu que la dite pension devrait cesser aussitôt qu'il aurait des terres en propriété. Vous voyez mon cher ami que la demande qui lui est personnelle est temporelle et conditionnelle, il a ajouté à cela l'assurance de vouloir seulement fixer la chose pour assurer l'harmonie avec Sarpi ; mais qu'il ne la mettrait en exécution que lorsque cela serait jugé convenable. Hillingen m'a paru approuver sincèrement cette détermination, cependant si ce que vous dites à cet égard dans votre lettre du 17 juillet, était parvenu à temps à votre cousin il aurait probablement suspendu cette démarche : j'espère qu'elle ne nuira pas. Du reste je me suis personnellement conduit en tout point chez Sarpi comme vous me l'avez prescrit.

L. W[illiam] n'a passé que 24 heures chez Sarpi : et a vu deux fois votre cousin ce qui a suffit pour que celui-ci fût convaincu que l'on ne pouvoit faire un choix plus heureux pour la cause. Sur son invitation je n'ai pas tardé à le suivre ici où il m'a déjà honoré de plusieures conversations, comme je compte lui lire cette lettre je ne puis rien vous dire de lui si non que mon opinion est que si nous le conservons, nous finirons malgré tous les obstacles par faire quelque chose de glorieux et de grand, et que si nous le perdons dans l'état d'incertitude où nous sommes encore, il n'y a plus d'espoir fondé à conserver ; nos projets sont absolument livrés au hasard des événements et vous savez, mon cher ami, que le hasard est rarement du parti des honnêtes gens.

Cet état d'incertitude est extrêmement fâcheux dans les circonstances actuelles : car il est urgent que Anne se prononce de manière à l'égard de votre cousin, à ce que celui-ci puisse parler et agir comme il convient pour entretenir sur lui l'attention publique des lieux qui nous intéressent (1).

____

(1) C'est à dire l'Italie.

Cette attention y a été dirigée par son voyage et par quelques mesures prises à cet effet: mais si on la laisse se détourner de lui, on aura bien de la peine ensuite à l'y ramener.

Il est aussi hautement urgent qu'Anne nous mette en mesure de former de bonnes connections et de rassembler les ouvriers sinon dans quelque mois d'ici ils seront tellement dispersés qu'il n'y aura plus moyen de les avoir.

L'incertitude où l'on était à Vinsberg (Vienne) des intentions d'Anne n'a pas permis de leur offrir d'autre perspective que celle des établissements d'Esterhazy (Espagne) mais les premiers qui sont allés ont été si mécontents que plusieurs en sont déjà revenus et les autres ont écrit par les occasions des lettres telles que depuis près de quatre mois il n'y a pas un d'eux qui s'y soit dirigé.

Entre là et ici nous nous trouvons donc environ 15 à 18 individus, nombre absolument insuffisant et qui ne s'augmentera guère si vous n'êtes pas promptement autorisé à faire donner des secours pour le voyage et des assurances positives de placement à ceux qui se trouvent encore dans les terres d'Austermann (Autriche), il en est de même des connections à établir: l'ignorance où j'étais des intentions d'Anne ne m'a pas permis d'entamer sérieusement cette affaire: outre Du[mont] Rei[sa] et Fri[zzi] dont je vous parlerai ci après, Toro vous indiquera des personnes supérieures à ceux ci en naissance et en rang, en qui j'avais trouvé des dispositions favorables qu'il s'était chargé de cultiver.

Je ne doute pas que si vous êtes autorisé à les assurer de l'intérêt et de la protection d'Anne vous ne trouverez parmi elles quelqu'un de dévoué à la cause, et de capable d'établir et conduire depuis Vinsberg les connections nécessaires à former dans Ittendorf et Darmfeld; mon opinion est toujours conforme à celle que vous aviez dans le temps, savoir qu'il faudrait chercher à avoir une personne sûre et en crédit dans chaque principale ville, laquelle travaillerait à multiplier les connections autour d'elle, et à gagner à la cause les individus marquants et influents dans le pays; et s'occuperait enfin à influencer favorablement l'opinion publique.

La dite personne établie dans chaque ville se mettrait en correspondance avec celle résidente à Vinsberg et devrait chercher par le moyen d'agents subalternes affidés à se mettre en communication avec ceux des Diamants qui leur serait désignés, il serait mieux que ces personnes croient chacune être un chef, ne se connaissent pas entre elles, pour qu'aucun incident ne puisse faire découvrir toute la trame.

Je vous ai parlé au long, mon cher ami, de cet objet que vous connaissez bien mieux que moi, simplement pour vous faire voir que mon opinion actuelle est telle que celles que vous m'avez manifesté dans le temps. Au reste l'appui positif d'Anne est absolument nécessaire pour donner à cette importante affaire le dégré de confiance de moyens et d'ensemble nécessaires pour arriver à un grand résultat. Quoique je sente l'utilité dont peut-être le voyage que vous projetez soit pour l'objet en général soit pour le rassemblement des ouvriers, la formation des connections, etc., je ne puis vous dissimuler, mon cher ami, que j'éprouve de vraies inquiétudes, à ce sujet; je crois que les sentiments de le Grand n'ont pas changé et que vous pourriez obtenir un consentement tacite de sa part, mais il en parlera à quelqu'un qui cherchera à l'en dissuader (1) et qui peut-être même pour éviter toute discussion dans l'avenir donnera part des ouvertures que vous pourriez faire, ce qui outre le tort qui en résulterait pour la cause peut même avoir des inconvénients personnels pour vous; ainsi employez toute votre prudence dans cette critique occasion, car si vous étiez empêché de nous rejoindre tout serait perdu pour nous. Vous êtes un intermédiaire absolument nécessaire entre Anne et nous, vanité comme modestie également à part, je me sens absolument incapable de vous remplacer sous ce rapport, et quant à L. W. il me traite il est vrai avec bonté, mais vous êtes son ancien ami et je suis pour lui une nouvelle connaissance. Votre cousin dans l'esprit et le coeur du quel vous avez toujours la première place sent aussi vivement que moi combien votre intervention lui est indispensable, je l'ai laissé chez Sarpi et il compte du consentement de L. W. de faire une course ici pour le voir; jusqu'alors je ne pourrai pas vous dire son opinion sur le contenu de votre dernière, mais je puis vous répondre à l'avance que tant qu'il aura une lueur d'espoir d'être utile à la cause, ses sentiments ne varieront pas.

Quelques soient les résultats de vos démarches chez le Grand, je vous prie de nouveau, mon cher ami, de ne point retourner chez Anne sans passer par ici. L'éloignement et le temps doivent peu à peu introduire une divergence entre les idées de votre cousin et les vôtres, et cela pourrait être nuisible, il y a d'ailleurs beaucoup de choses que je dois apprendre de vous, et il y en a aussi qu'il est utile que je vous dise avant que de rien entreprendre de décisif.

Sans une augmentation de troupes en Sicile, j'ai trouvé les choses dans ce pays et en Sardaigne conformes aux rapports que je vous en ai fait dans le temps.

[LA TOUR] ».

Le passage de Victor de La Tour au service anglais allait devenir un fait accompli. Mais ce n'était pas seulement sa situation personnelle qui formait l'objet des nombreux entretiens et des échanges de notes et de mémoires qui avaient lieu vers ce temps entre le commandant en chef des forces anglaises dans la Mediterranée et le fondé de pouvoir de l'Archiduc François. Une sorte de convention fut contractée entre Lord W. Bentinck, le général Maitland (2) et le Colonel de La Tour.

---

(1) L'on se demande si ces soupçons visent M. de Metternich ou l'archiduc Charles.

(2) On conserve dans les archives d'Orio, II, 146, une lettre du général Maitland à M. de La Tour, qui remonte aussi au premier temps de leurs relations (22 sept. 1811), et qui montre le général Anglais tout dévoué au plan en faveur de l'archiduc.

Convention entre L. W. Bentinck, le général Maitland (1) et le comte de La Tour.

« *Palermo, 28 Aug: 1811.*

Heads of what was agreed upon in a Conference between Lord W. Bentinck, Colonel La Tour, and L. Gen. F. Maitland.

1° Lord W. Bentinck to write to Mr. King (2) at Vienna to pay such officers as may be engaged, such sums as may be necessary to bring them to Messina

2° The officers which we desire to have are limited to the ranks of Captains and subalterns.

3° Officers now in pay here, are to be paid from the 1 August last at the same rate of pay as the troops of His Sicilian Majesty receive, with this difference however that shall be paid a Spanish Dollar for a Piece.

4° Cap. F.... to be passed to Zante with letters of recommendation and a passport on a very small piece of paper.

5° Lord W. B..... will do all in his power when at London to fix definitively with the English Ministry all the measures necessary to authorize and give action to the Plan agreed upon respecting the operations to be pursued in S. A...

6° Present assistance necessary for Cap. F. to unable him to set out for this service — a thousand annas paid to him this day.

7° Person at V[ienna] who shall make the selection of the officers who may come is Col. la T[our] Brother.

8° Those only to come who are out of employ.

9° A standard adapted to connect and unite central all Italy.

10° Lissa to be garrisoned by a British Force ».

Archives de La Tour.
Orio, - II, 141.

Rien n'était plus nécessaire qu'une reprise active des opérations contre les Français dans la Méditerranée, car l'esprit de résistance, même chez les adversaires jusque là les plus décidés du systhème français, était sur le point de s'atténuer, et même de disparaître. L'on a beau dire qu'il faut espérer contre les apparences si souvent trompeuses : le fait est, que des coups comme ceux de la dernière défaite des Autrichiens étaient bien difficiles à supporter sans découragement. Ne vit-on pas la Reine Caroline caresser un moment l'idée de faire sa paix avec l'Empereur Napoléon qui était devenu bien et dûment son neveu ? Si tel était l'état

---

(1) Il est souvent question du général Frederick Maitland dans les *Supplementary despatches* de WELLINGTON, cit., t. VII.

(2) Monsieur King était le dernier agent anglais resté à Vienne après le départ de Johnson. (HORMAYR, oeuv. cit., t. II).

d'esprit de la princesse qui avait donné le plus de gages à la contre révolution, l'on peut se figurer aisément les défaillances des agents subalternes : officiers licenciés, chassés successivement d'une armée à l'autre, pauvres hères sujets à toutes les mauvaises inspirations du dénûment. L'île de Malte était l'un des points de ralliement de ces épaves de tant de guerres malheureuses (1). Dans les cales du port, au milieu de cette population interlope, un travail se faisait dans le sens français, malgré les canons des navires britanniques mouillés dans la rade. L'abbé Brunazzi, visant toujours à une insurrection sur les côtes de l'Adriatique, promenait sa fierté incorruptible parmi ces groupes douteux. Criblé de dettes à son tour, il n'en faisait pas moins bonne contenance, et s'irritait de voir ses anciens collaborateurs prêts à frayer avec les émissaires de la France. Ses lettres à M. de La Tour, écrites dans un langage pittoresque qui voudrait être italien et ressemble plutôt à du « charabià », prennent souvent vers cette époque l'allure de dénonciations. Elles s'abbattent rudement sur le pauvre Leveroni fondé de pouvoirs de M. de La Tour dans l'île, qui ne paraît d'ailleurs pouvoir être inculpé de plus grands méfaits, que de quelque intempérance de langage. Les obstacles les plus imposants entravaient cependant toute action de l'Archiduc François pour ranimer ses partisans : rien ne pouvait être tenté en dehors des forces Anglaises, et, encore dans l'automne 1811, les démarches multipliées de M. de Nugent auprès du Cabinet de Londres n'avaient pu mettre fin aux défiances et aux hésitations des ministres du Prince Régent.

C'est ce qui résulte assez clairement, au de là du verbiage embrouillé et conventionnel qui les remplit, des quelques lettres de Nugent à La Tour qui appartiennent à cette époque et qui ont été conservées (2). L'obscurité voulue de ces pièces est d'autant plus grande que les réciproques de La Tour à Nugent ne sont pas là pour offrir des comparaisons et des références propres à expliquer le texte. Les reliquats des papiers Nugent ont été versés, en force d'une disposition du gouvernement autrichien, aux Archives Militaires de Vienne, mais il n'embrassent pas cette activité mystérieuse en faveur du Duc de Modène, et ne commencent à être utiles que pour l'étude de la campagne de 1813 (3). Les lettres suivantes de Leveroni et d'un autre agent acquis à la cause du Prince François, pourront servir à donner une idée du travail souterrain que l'on entrevoit au cours même de cette période d'accalmie et presque de découragement.

---

(1) On lira volontiers la description de la vieille Malte, gardant encore l'empreinte de la domination des Chevaliers, chez A. Mézières, *Au temps passé*, Paris, 1906, pp. 242. et suiv.

(2) Archives d'Orio, II, 141 *bis*.

(3) Communication gracieuse de S. E. le Maréchal de Woinovich, directeur des Archives militaires Autrichiennes.

« Monsieur,

Je saisis l'occasion qui se présente de pouvoir vous écrire, pour vous renouveler mon respect et me rappeler à votre souvenir. Je ne dirai rien, monsieur, relativement à nos opérations, depuis votre départ elles étaient dirigées par M. Salieri, et c'est lui même qui vous mettra au courant des affaires.

J'ai de mon côté coopéré autant qu'il en a été à mon pouvoir, et si toutefois mes efforts ne répondent pas à l'attente que l'on pouvait en avoir, je vous prie de l'attribuer à mon insuffisance.

Je désire vivement que notre grande maison, dont les démarches me paraissent au moins sincères, mit plus de célérité dans ses entreprises, qu'elle déployât plus de vigueur, et ménageât moins les moyens pour arriver au but qu'elle s'est proposée d'atteindre.

Je suis aussi flatté de la confiance dont M. Salieri m'honore que sensible à l'amitié qu'il ne cesse de me prouver.

Plût à Dieu que tous nos amis fussent aussi actifs que lui, que ceux que notre grande maison plaça à la tête du commerce eussent des facultés moins limitées, et des pouvoirs qui égalent notre ardeur.

Malgré tout cela nous avons lieu de nous applaudir de nos fatigues. Il faut quelquefois lutter contre des obstacles qui d'abord paraissent insurmontables; mais qu'une fermeté mâle et prudente a toujours su vaincre. Tout ceci cause souvent bien des ennuis à notre cher Salieri, mais enfin lorsqu'il a réussi, il en est plus content, c'est la récompense de l'honneur du commerce auquel la probité, la franchise, et la loyauté l'ont uniquement voué.

Pénétré de ces mêmes sentiments, permettez que j'ose vous supplier, Monsieur, de porter à la connaissance de notre auguste chef mon profond respect, une soumission sans bornes, et dévouement inaltérable.

Agréez, s'il vous plait, les sentiments d'estime et de respect avec lesquels j'ai l'honneur d'être, Monsieur

Votre très humble et très obéissant serviteur
PERINO.
[DUMONT?].

Le 4 septembre 1811 ».

« 20 settembre 1811.

Mentre ero nella massima inquietudine circa la sorte della mia e l'inclusa in quella di 1° Agosto non vedendo alcun riscontro, da nessuna parte, mi perviene inaspettata la gentilissima sua del 7 corr., N. 4, col dispiacere di non aver veduto comparire il N. 3, che mi nota sulla medesima.

Nell'incertezza della di lei stazione, spedii più oltre 3 lettere per V. S. venute dalla patria, due delle quali ricevute dall'amico che dalla Sava fu rimandato ed è qua da dieci giorni con un certo S. Co. Borgarelli, il quale mi diede la terza, alla quale per una necessaria cautela (atteso il canale per cui la azzardai) levai la sopracarta che detto Sig. Con. gli aveva fatto nell'unirvi una sua; cosa che mi rincrebbe, ma era fatta.

Ritenni però quella che di presente accludo, perchè recata dal mio amico suddetto in buon ordine credetti esser certo più importante dell'altra e parvemi contener cambiali. Neppur azzardai inoltrare la spettante al Sig. Pietro perchè non ero troppo sicuro del canal consolare Sardo a cui però affidavo quelle lettere, che conoscevo non esser di troppo rincrescevole perdita, mentre di due conoscevo il carattere cerimoniale. Dopo questo, spero che la S. V. mi perdonerà la libertà, che mi son presa di cambiar detta sopracoperta alla sud. sua datami dal Sig. Borgarelli. Il mio amico S. ebbe un pessimo viaggio e gli fu anche rotto il capo coi pani di S. Stefano da quei garbati Signori che conosciamo. In casa della Calamaica intese egli dal vecchio C. che si aspettava la sorella del proprietario o per meglio dire del maestro del ballo e che avrebbe seguitato il viaggio. Col primo pacchetto gli manderò la copia di quella nota che gli manca. Il sig. Luca se la diverte in campagna alla caccia, avendo trovato un parroco, suo conoscente antico, in un casal vicino. Gli spedisco la riverita Sua. Il mio amico mi disse pure, che erano in viaggio 8 cassoni delle merci commesse. Desidero perciò qualche istruzione circa la distribuzione da farsene e mezzi per seguitare la condotta. Il Sig. Conte Borgarelli esigeva molte cose che, non essendo io in autorità d'accordare, andò nelle furie; ma si calmerà quando potrò parlargli liberamente senza testimoni.

Sarò inquieto finchè non ricevo un piccolo riscontro dell'arrivo della presente. La prego anche di compiacersi far consegnare le accluse e di aver presente, se potesse all'occorrenza esser utile, la speculazione de' schioppi di nuova invenzione che marcai nella mia antecedente.

Desidero l'occasione di mostrarmi col fatto quale di presente ho l'onore di professarmi della S. V. Ill.

Dev. ed Obbl. ed Aff. Servo
Leveroni.

Verso: *Al Sig.* Valentino Toro *r.*

« *26 settembre 1811.*

Mio Sig. Osseq.mo

Ieri alle 6 p. m. ricevetti dal Sterpin poche righe: però mi indicarono che verso la metà del prossimo mese mi rendessi presso di V. S. dove sarebbe anche il Sig. Pietro per finir amichevolmente ogni differenza. Spero che V. S. avrà a quest'ora ricevute le mie spedite il 20 Agosto per mezzo d'un bastimento del sig. Vilghins, agente Inglese, e che abita vicino della da V. S. marcatomi indirizzo, quali lettere consegnai qua ad un suo corrispondente, ed espresso dalle stesse rileverà la sopravenienza

di due miei amici, che sono tutt'ora in contumacia, cioè il Conte Borgarelli ed il Sig. Salvini. Siccome il Sig. aiutante Clöse deve essere in Palermo o Messina, prego la S. V. di volergli adrizzare qualche riga, oppure al Sig. Gener. di questa: perchè vi sono molte difficoltà nel ricevere
li forestieri, ed io non saprei come contenermi riguardo ad altri che sì
attendono. Mi succede anche un altro inconveniente, che è di rimanere
senza casa perchè avendo il proprietario venduta quella che avevo affittato,
devo dar luogo, dopo le piccole spese fatte per necessaria mobiglia; ed
andar alla locanda è troppo caro, però sarò in necessità trovar, se sarà
possibile, altra casa, ciò che pur caro è difficilissimo.

Devo anche far rimarcare, che le sopravenienze degli amici costano,
avendo ognuno debiti, o bisogni pressanti: che io non avrò molto con
che fornire loro il necessario non che l'esigenze...

Però occorre pensare e stabilire qualche ordine di precisare su questo
articolo d'urgenza.

Attenderò con impazienza gli amati suoi caratteri, che sotto il piego
del Sig. Governatore mi giungerebbero sicurissimi, per intender se abbia
ricevute le spedite lettere e qualche norma per non far zoppicate. Siccome
siamo senza pachetto per Cagliari, le accludo una lettera per S. A. Reale
l'Arciduca Francesco, che forse V. S. avrà mezzo di fargli più presto per-
venire; o salverà se è certo dell'arrivo. Il sigillo era così ridotto in cattivo
stato dal calore nel viaggio, è quello che recò il Sig. Salvini.

Perdonerà la mala scrittura della presente, siccome a momenti deve
partire il pachetto, perciò scrivo di fretta e mi raccomando alla graziosa
sua protezione e sono qual sempre

di S .V. Ill.

Aff. Obbl. ed Oss.

EMMANUEL L.

P. S. Sperando di ossequiarla di persona non azardo la promessa copia.

Al Nob. Signore
il Signor Conte VITTORIO DELLA TOUR
Palermo ».

Une plus grande lumière est jetée sur cette période de la vie de
M. de La Tour, par un rapport de nature éminemment réservée, envoyé à
M. de Metternich avec lequel il correspondait de temps en temps soit en
chiffres par l'entremise de banquiers juifs, soit ouvertement dans les rares
occasions tout à fait sûres. Ce fut le cas de cette dépêche du 10 septembre
dont M. de La Tour a fort heureusement conservé le brouillon et qui est
très remarquable en ce qu'elle offre des aperçus généraux sur la situation
politique, et les desseins secrets du Cabinet de Londres.

M. de La Tour au Comte de Metternich.

(Brouillon).   « *Palerme, 10 septembre 1811.*

J'ai eu l'honneur ces temps passés de diriger une lettre en chiffre à V. E. par la voie de Constantinople et sous les enveloppes de Monsieur Arnstein (1) et Golz. Je présume qu'elle sera parvenue à sa connaissance, mais l'occasion actuelle me paraissant tres sûre et les objets qui je prends la liberté de lui soumettre moins directs, je juge le chiffre inutile.

Au tableau des choses parvenues à ma connaissance relativement aux affaires d'Espagne et à celles de ces pays-ci, et contenu dans ma dite lettre, je dois ajouter que l'opinion des Anglais les plus marquants et sensés que j'ai eu l'occasion de voir, et qui avaient eu eux mêmes par des missions militaires ou politiques, celle de connaître à fond la situation de ce Royaume, s'accordent à envisager la guerre dont il est actuellement l'objet comme devant dans toutes le hypothèses être d'une très longue durée. Car d'une part, le système de guerres de provinces et de guérillas que j'ai déjà eu l'honneur d'exposer à V. E. les met hors d'état de rassembler des forces préponderantes sur les points décisifs et d'obtenir des avantages assez marquants pour expulser les armées Françaises de leur territoire, mais cette même guerre de provinces et de guérillas fait que les forces préponderantes que les Français rassemblent à l'occasion n'obtiennent que des succès peu décisifs et temporaires et dont l'effet cesse dans les provinces qu'elles occupaient aussitôt qu'ils les dirigent dans une autre. D'ailleurs cette même guerre provinciale tend naturellement à aguérrir peu à peu toute la population Espagnole et à augmenter sa haine invéterée contre la domination Française, deux causes qui contribueront à prolonger la durée de cette guerre et obligeront le G[ouvernemen]t Français à y employer pour longtemps des forces toujours croissantes.

Les dits militaires Anglais ne regardent pas l'expulsion momentanée des forces qu'ils ont en Portugal, comme un événement impossible, mais ils le jugent très difficile, et s'accordent à dire que pour le produire, les Français devraient agir d'une manière simultanée et avec de grandes forces sur les deux rives du Tage : opération à laquelle la nature du pays et la guerre d'Espagne opposent de grands obstacles ; et il semble aussi que l'évacuation du Portugal, sauf grandes pertes souffertes par l'armée, n'aurait pas pour suite une retraite en Angleterre, mais le transport des forces Anglaises sur un autre point de la péninsule. Les Cortes proclament constamment la monarchie et il semble que elles ne se départiront pas de ce principe mais leurs lois, leurs discours, etc., etc., ont une tournure qui tient beaucoup de la nature des idées qui étaient dominantes en France la 1re année de la révolution, c'est à dire avant l'introduction du

---

(1) Banquier juif qui, à partir de 1782, obtint en Autriche une sorte de monopole pour le commerce en gros.

jacobinisme et de l'anarchie; il n'est pas impossible que cela né les reveille de nouveau chez quelque chef Français, ainsi que dans l'armée et un pareil événement pourrait avoir de grandes suites.

Toutes ces considérations réunies, portent les Anglais en général à juger la guerre d'Espagne come une guerre très ruineuse, et dangereuse pour leurs ennemis, et à les engager par conséquent à la soutenir avec la plus grande vigueur.

C'est un point qui semble devenu chez eux politique nationale. Quant à ces îles, la Sardaigne est toujours absolument nulle sous le rapport militaire. La Sicile est beaucoup plus riche en troupes; mais la mésintelligence qui existe malheureusement entre son Gouvernement et les autorités Anglaises, la paralise entièrement.

La dite mésintelligence vient de causer le départ subit de L. B[entinck] qui venait d'y arriver dans la double qualité de ministre et de G. G. et quoique ce départ ne soit represénté d'aucune part comme une rupture, les choses ne me semblent pas moins portées à un point qui doit nécessairement amener une espèce de crise.

Et comme les secours Anglais sont absolument nécessaires à ce pays, et que d'ailleurs ils y ont un parti considérable (1); il est très probable que la dite crise (par laquelle j'entends non des voies de fait, mais un nouveau traité) se terminera par y augmenter beaucoup leur influence et par y mettre les forces militaires sous leur direction immédiate; si cet événement a lieu, leur pied militaire de ces côtés sera assez considérable, et il me paraît que leur projet serait actuellement de s'en servir pour frapper à l'occasion des coups imprévus sur les côtes d'Espagne. Opération difficile, mais qui, si elle était favorisée par les circonstances, pourrait produire des résultats assez marquants. En attendant il n'aura certainement pas échappé à la haute capacité de V. E. que la politique Anglaise tend évidemment aujourd'hui à jouer un rôle militaire sur le continent; chose qu'elle n'aurait plus tentée depuis un demi siècle.

Les Anglais versés dans les affaires avec qui j'ai pu entrer en conversation sur cet objet, attribuent ce changement à deux causes principales:

1. A l'importance qu'ils attachent à soutenir avec la plus grande vigueur les affaires de la Péninsule.

2. Au désir d'accoutumer la Nation à avoir des forces militaires considérables employées en masse sur le continent, afin de la préparer à faire un grand effort, si une nouvelle guerre venait à s'y allumer. En général ils ne paraissent pas croire que le changement de règne qui semble

---

(1) Le parti des constitutionnels siciliens, auxquels leur journal *La Cronica* a fait donner le sobriquet de *cronici*, était devenu le plus ferme soutien de l'hégémonie anglaise qui protégeait les libertés publiques des empiètements de la Cour (BIANCO, *La Sicilia durante l'occupazione inglese*, cit.). Il faut lire sur la vanité de ces espérances dans l'Angleterre comme héraut du libéralisme, A. SOREL, *L'Europe et la révolution*, cit., VIIe partie, p. 501.

imminent (1) apporte aucun changement dans leur systhème politique et militaire actuellement établi, et ils présument que la plus part des anciens Ministres resteront en place.

Tels sont les renseignements que j'ai pu me procurer jusqu'à présent. Le Comte Fiquelmont que j'ai laissé à Cagliari avec l'intention de passer en Espagne, m'a promis de m'instruire autant qu'il lui serait possible de l'état des choses dans ce Pays, et j'espère par ce moyen pouvoir bientôt avoir l'honneur de porter à la connaissance de V. E. un tableau plus détaillé de la situation militaire et politique.

J'ai laissé le mois passé S. A. R. l'Archiduc à Cagliari avec le projet de faire une course ici : Je n'ai pas eu l'honneur depuis lors d'avoir de ses nouvelles, mais je présume qu'il s'occupe du mariage dont V. E. a connaissance et pour lequel LL. MM. Sardes m'avoient paru favorablement disposées.

L'état d'oscillation où il me semble voir toute chose m'a décidé à ne prendre pour mon compte particulier aucun parti définitif afin de rester pour un temps en mesure de profiter des chances qui pourraient me ramener en Autriche.

Les rapports qui j'aurai l'honneur de diriger à V. E. sont donc exclusivement dictés par le désir de donner, autant qu'il est en moi, des témoignages des sentiments qui m'animeront toujours pour la prospérité d'un état auquel je tiens par les liens du devoir et de la reconnaissance, et par la ferme et invariable opinion où je suis que l'Europe ne jouira de quelque tranquillité que lorsque l'Auguste Maison Impériale y aura repris son ancien éclat, et aura rétabli son influence paternelle sur les peuples voisins de ses vastes états. Je ne puis pas juger jusqu'à quelle époque mes circonstances personnelles me permetteront de rester dans la situation d'indépendance où je me trouve, mais si je suis jamais forcé de contracter même d'une manière temporaire des nouvelles obligations et qu'elles soient malheureusement de nature à m'empêcher de pouvoir dire autant que je l'apprécie l'exacte vérité à V. E. j'aurai l'honneur de la prévenir, et je renoncerai jusqu'à des circonstances plus heureuses à l'honneur de lui soumettre mes rapports. Je la supplie donc en attendant de toujours être assurée que je n'en tracerai aucun qui ne soit entièrement conforme à l'état des choses qu'après une sérieuse attention il me semble de connaître, et qui ne soit dicté par mon respectueux dévouement à l'Auguste Maison d'Autriche et par le désir de chercher à mériter la continuation de la protection et de la bienveillance dont V. E. a daigné m'honorer dans le temps. C'est avec ces sentiments et celui de la plus respectueuse considération que j'ai l'honneur d'être de V. E.

Très humble et très obéissant serviteur

DE LA TOUR ».

---

(1) Le vieux Georges III, devenu fou, semblait à la veille de sa mort qui ne survint effectivement qu'en janvier 1820.

Une nouvelle étape dans les négociations qui tendaient à constituer un centre armé de résistance antifrançaise, sous les auspices de l'Archiduc François et par la concentration des prisonniers italiens tombés au pouvoir des Anglais, est marquée par le commencement des rapports directs entre M. de La Tour et le comte de Münster. Ce diplomate, l'un des plus acharnés dans la résistance à Napoléon, et qui avait été le pivot de tous les efforts de Nugent en Angleterre, s'adressa donc à La Tour une fois son partner reparti pour le Continent.

« Londres, 11 septembre 1811.

Monsieur le Comte,

Notre ami commun le G. L. N[ugent] vous aura sans doute averti par Lord Bentink des rapports dans lesquels je me suis trouvé avec lui durant son séjour à Londres. Il nous a quitté à la fin du mois passé en me priant de me charger dorénavant de la correspondance avec S. A. R. Mgr l'Archiduc François de Milan. Archives de La Tour.
Orio - II, 144.

Les intérêts de tous les gens de bien sont aujourd'hui les mêmes et comme Ministre du Roi je suis doublement [poussé] à mettre tout mon zèle au succés des efforts que je pourrais faire pour soustraire le monde au joug honteux de Bonaparte.

Je sens toute l'importance des plans du Prince que vous avez l'honneur de suivre, et le tableau que notre ami m'a fait de la noblesse de son caractère et de ses talents, m'ont inspiré le plus sincère respect pour son A. R. Veuillez bien, monsieur le Comte, être auprès d'elle l'interprète de mes sentiments et la prier d'être persuadée que si ses attentes ne seraient pas toujours aussi promptement réalisées qu'elle pourrait le désirer, que ce ne sera pas faute de zèle de ma part. Je ne doute pas que le voyage de N. sera heureux. Je lui ai procuré des connaissances intéressantes sur le Continent où un nouvel orage se prépare, qui devrait sans doute être le signal d'une guerre générale si tous les peuples entendaient leurs véritables intérêts.

J'ai lieu d'espérer que c'est là le cas par ci par là; mais j'attends plus de l'indignation générale des nations que de la sagesse des cabinets, ou de l'énergie de ceux qui gouvernent!

N. m'a chargé de vous remettre la traduction d'un mémorandum qu'il a lui au Marq. Wellesley (1) et qu'il m'a assuré été approuvé par ce Ministre. Cette pièce vous mettra au fait de tout ce que N. a entamé ici.

---

(1) C'est probablement Richard Wellesley (1760-1842), auparavant gouverneur général de l'Inde, alors ministre des affaires étrangères, qui est visé par le nom conventionnel de Weld, que nous avons vu revenir souvent sous la plume de Nugent. Il est superflu de rappeler qu'il s'agissait donc du frère aîné du duc de Wellington. Cfr. ROBERT ROUIERE PEARCE, oeuv. cit.; W. COOKE TAYLOR, Life and times of Sir Robert Peel, London, vol. I.

J'éspère que son plan pour la levée d'un corps d'Italiens à être formé des prisonniers de guerre de cette nation, actuellement en Angleterre, réussira. La seconde pièce que je vous envoie est la copie de la réponse de S. A. R. Mgr le Prince Régent à S. A. R. Mgr l'Archiduc François, dont N. lui remettra l'original lorsqu'il rejoindra S. A. Royale, après avoir été à V. Le reste des papiers ci-joints sont des lettres d'une date assez reculée, mais que N. a désiré vous faire parvenir.

Je recommande cette mission au Ministre d'Angleterre en Sardaigne, et je me flatte qu'elle ne s'égarera pas, pour l'avenir je me servirai des termes dont vous êtes convenus avec N. et du chiffre qui vous aura été remis de sa part par Lord W. Bentink.

J'ai l'honneur d'être, monsieur le Comte, avec la plus haute considération votre très humble et très obéissant serviteur

Le Comte DE MÜNSTER.

P.S. Il est nécéssaire d'observer relativement au mémoire du C. N. qu'ayant dit hier au Marquis Wellesley qui j'allais vous l'envoyer, le Ministre me fit l'observation que cette pièce n'étant pas formellement approuvée par le Gouvernement Britannique ne pouvait pas être considérée comme renfermant exactement des plans d'opération adoptés par l'Angleterre. Que ce Gouvernement attendait des rapports de L. W. Bentink d'après lesquels on lui donnerait ensuite les instructions nécéssaires ».

Memorandum secret (1).

« Selon toutes les apparences les difficultés qui existent entre la Russie et la France se termineront par une guerre.

Quoique le G[ouvernement] B[ritannique] s'est fait une régle de ne point exciter à une guerre aucune puissance du continent, pourtant si telle chose arrivait, il ferait son possible d'assister une telle puissance et d'engager les autres à la joindre.

Le G. B. prend des mesures pour s'assurer du véritable état et des intentions de la Prusse et d'y faire tout ce que le mauvais état de cette puissance permet.

Les bonnes dispositions des habitants du Nord de l'Allemagne seront cultivées et on leur donnera toute assistance.

Gen. N. est instruit des mesures qu'on prend et des renforcements qu'on envoit en Espagne pour y faire la guerre avec vigueur. Le système adopté dans la Méditerranée donnera de l'activité à cette guerre là. La flotte ennemie dans l'Adriatique s'augmente, mais on prend des mesures pour empêcher leurs plans.

---

(1) Ce mémorandum offre bien des lacunes et n'a pu être déchiffré qu'imparfaitement.

Le G. B. conçoit l'importance des plans de l'A. F[rançois] de M. et a déjà donné des instructions à L. W. B. pour prendre des mesures préliminaires. L'objet de ces plans doit être de délivrer l'I[talie] A[llemagne] Il[lirie] etc. et de leur former une nouvelle puissance, capable de résister à la France. Tous les projets d'insurrection dans ces contrées seront mis de concert avec ce plan et on empêchera leur explosion prématurée jusqu'à ce que l'A. paraîtra avec une force régulière, qui assistera la Russie et influera sur la conduite de l'Aut[riche]. La conduite de cette puissance est certainement le point le plus important, ce n'est pas assez de l'empêcher de s'unir à la F[rance], mais on doit l'induire de joindre ses efforts à la cause commune, du moins aussitôt que cela pourra se faire avec sécurité. C'est là le tableau de la situation présente, quelques circonstances doivent être mieux expliquées. L'objet le plus important étant la conduite de l'Aut. la première chose à faire doit être de se procurer des notions relativement aux intentions de ce Gouvernement, et les moyens qu'il a pour agir en conséquence.

Le G. B. ne voudrait exciter l'Aut. à une guerre prématurée, et exposer son existence, en engageant cette puissance de se mettre en avant mais comme il n'y a point de doute que la guerre de la Russie amènera bientôt les affaires à un tel point que l'Aut. pourra décider la guerre sans grand danger pour elle même, les forces de la F. seront divisées dans les deux extrémités de l'Europe et l'Aut. aura devant elle un pays sans défenses et mécontent. La seule circonstance qu'elle pourra envisager comme dangereuse, est la faiblesse de ses frontières méridionales. Mais cela finit par l'exécution des plans...

Une autre objection du Cabinet de V[ienne] pourra venir de manquer de confidence dans celle de la R[ussie] et la peur d'être trahi à présent si il traite avec la dernière, et d'être abandonné durant la guerre. La première difficulté peut être évitée en n'entrant dans aucun traité avec la R. du moins pas autant que le C. Radzu[mofski] (1) est à la tête des affaires. Les points nécessaires peuvent être arrangés avec le G. B. Pour l'autre difficulté, l'état n'a pas besoin de commencer la guerre, jusqu'à ce que la guerre dans le Nord s'est tellement engagée, et les opérations de l'A. F. ont eu de telles conséquence, qu'elles peuvent lui donner toute sécurité.

L'Aut. peut faire les préparations nécessaires sous prétexte de préserver sa neutralité, ou même pour s'opposer à l'A. F.

Si le Gouvernement Aut. adopte cette conduite, cela ne s'accordera pas seulement avec les plans de l'A. F. mais cela les favorisera même, et dans ce cas, on peut les communiquer plus ouvertement à ce gouvernement-ci,

---

(1) Le comte André Radzumofski fut longtemps ambassadeur de Russie à Vienne, et notamment pendant le grand congrès (*Der Wiener Congress*, Wien 1898). Il fut un protecteur éclairé de Beethoven.

et s'en servir comme argument pour le fortifier dans ses résolutions. Le G. N. informera de ceci immédiatement l'A. F. et L. W. B., qui pourra accélerer et élargir les mesures en conséquence. Cette conduite est sans doute celle où l'Aut. verra le moins de danger et présente le plus de prospect de succès. Le G. B. ne veut pas exciter l'Aut. à cela afin que cela ne donne pas l'air d'un intérêt purement Brit.; qui l'est effectivement de l'Aut., tout aussi bien, en même temps on se servira de tous les arguments pour prouver du moins à l'Emp. la justesse de ces observations.

Il y a pourtant très peu d'espérance que le Cabinet de V. entrera décidément dans ces vues; mais cela il paraît est dû à l'irrésolution des Ministres, les mauvaises mesures dans les finances aussi bien que d'autres depuis la dernière paix, à la peur de la France et pas à une inclination pour cette puissance. Il n'est donc pas probable que l'Aut. tiendrait une conduite opposée et s'alliat à la F. et ce qui donne le plus de probabilité à cela, c'est le bon jugement et le caractère honorable dont l'Emp. est doué, qui a déjà rejetté les offres de... pour l'engager à une alliance. En combinant toutes les circonstances, il paraît que les intentions du Gouv. Aut. du moins ceux des Ministres, c'est de rester neutre.

Le danger de cette conduite est évident, vû les difficultés que cette puissance trouvera pour éviter de n'être pas mêlée dans cette lutte par la Fr., principalement dans l'état présent de ses frontières méridionales.

Dans ce cas tout ce que le G. B. pourra faire de ce côté pour favoriser la guerre de la Rus. sera de donner toute l'extension possible aux opérations de l'A. François. Si on acquiert la conviction que c'est l'intention du G. Aut. il faut par conséquent seulement l'informer d'une partie de ses plans, autant qu'il est nécessaire pour les rendre acceptables, en prouvant leur utilité de couvrir les frontières méridionales, et de prévenir la demande d'un passage par les provinces mér. pour des troupes F. venant d'Italie.

Une observation importante est qu'il paraît que l'Emp. n'a pas une entière confidence en ses Ministres, ni qu'il leur communique tout. G. N. tâchera de vérifier ceci. Peut être que l'Emp. sera disposé d'agir ouvertement, dès qu'il le pourra et de garder jusque là les apparences de la neutralité.

En tout cas G. N. tâchera de se procurer une connaissance exacte des vraies intentions de l'Emp. et du Cabinet et de concerter avec le Co. U[delist?] ou M. K[ing].

Le mémorandum en français qui accompagne celui-ci le guidera pour la manière de communiquer au Cabinet les vues du Gt. B. et une copie, si on le trouve propre, peut être présentée avec telle altération qu'on trouvera néccessaire.

La réponse du G. A. avec toutes les informations relatives à sa conduite, et intentions sera communiquée immédiatement au G. B. et en même temps à l'A. F. et à Lord W. Bentinck qui probablement ont déjà eu une entrevue. Les instructions préliminaires données à ce dernier sont connûes du G. N.; quelque soit la résolution de l'Aut. le G. B. supportera les plans de l'A. F. aussi bien pour leur utilité actuelle, qu'en conséquence de son désir d'assister la Rus. et l'Esp. par une diversion de ce côté là. Les troupes formés par l'A. F. étant destinées à devenir le noyau d'une armée future, l'établissement Brit. serait trop dispendieux pour cet objet. Ils seront mis sur l'établissement Aut. et on choisira une place pour leur formation où il n'y a pas de Brit. ou d'autres corps mieux payés. L. W. B. donne la préférence à Céfalonie pour cette raison : le bas prix des denrées, et sa situation convenable pour accélerer la formation de ces troupes et anticiper le commencement d'une guerre. Les It[aliens] et autres etc., etc. parmi les prisonniers de guerre dans ce pays-ci, seront engagés et envoyés à la Méd[iterranée] sous la conduite de.....

Aussitôt que G. N. arrivera à V. on enverra des officiers à la même place, L. W. B. donnera les ordres nécessaires pour l'organisation de ces troupes. Les hommes seront envoyés immédiatement à la Méd. et y seront aussitôt que les réponses du G. N.

Le plus petit nombre à former au commencement et immédiatement est 2000 pour avoir une force suffisante d'occuper une île et de la fortifier pour un dépôt. Aussitôt que ce nombre est organisé il sera augmenté pour être en état d'agir offensivement et pour cela il faudrait au moins 5 m. hommes. Si le commencement de la guerre serait retardé, ce nombre sera encore augmenté.

Le premier point pour occuper comme un dépôt, sera Lissa qui sera mise au pouvoir de le A. F. et toute l'assistance lui sera donnée de la part de L. W. B. et Ad. P[ellew] (1) autant que leurs moyens le permettent.

De là il s'avancera aux autres îles ou à la côté de Illirie, ce sera le signal pour l'insurrection dans 4 îles et F[iume?] et la base de toutes les autres opérations et insurrections.

Ce sera la meilleure manière d'agir, si, au commencement de la guerre dans le Nord, les affaires sont comme elles sont à présent. D'autres circonstances, comme une déclaration favorable de l'Autriche ou une insurrection prématurée en Tyrol ou Ill. pourraient demander quelques changements, le support principal des entreprises de l'A. F. seront les 4 îles croates cédées à la F[rance] par la dernière paix (2) M. K[ing] ou Gotz sont autorisés d'employer tous les moyens pécuniaires nécessaires pour entretenir

---

(1) Sir Edward Pellew (1757-1833) qui commanda une escadre anglaise dans la Méditerranée et fournit plus tard (1814) à Lord William Bentinck les navires nécessaires pour débarquer à Livourne et à Gênes. Il devint alors Lord Exmouth. Il fut l'un des héros de la guerre en course qui empêcha pendant longtemps la flotte française de tenir la mer. Il se couvrit aussi de gloire dans une expédition contre le bey d'Alger (B. Osler, *The life of admiral Viscount Exmouth*, cit.).

(2) Les îles du Quarnero, Veglia, deux Lussin, Cherso avaient été détachées de la Croatie par la paix de Schönbrunn et réunies à l'Istrie qui était devenue à son tour une des provinces illyriques dépendantes directement de l'empire français (Erber, *loc. cit.*, p. 113).

les connexions que G. N. a là, et pour les assister dans le commencement, jusqu'à ce qu'on a fait des arrangements pour les supporter régulièrement; commë cës troupes et le Tyrol et Illirie manquent d'armes le pouvoir a été donné d'acheter une quantité suffisante en Aut. et de les disposer pour le cas de besoin.

Tous les objets contenus dans la présente instruction seront communiqués à M. K[ing] ou J[ohnson] et C. H. et toute chose qui y a rapport, et ils n'osent rien entreprendre sans G. N. qui par ses talents militaires, sa connaissance du pays et des individus, est à même de juger le mieux ce qu'il faut faire.

L'importance d'envoyer un corps de 8 à 10.000 h. à l'Adr... Le G. B. est à présent trop activement engagé dans l'Esp. et autre part pour en déstiner une partie pour cet objet. Les forces de l'A. F. y seront plus propres et s'y recruteront et s'augmenteront. Le commandant en Chef dans la Médit., joindra cette partie des opérations, avec son plan général et les circonstances existantes.

Le meilleur temps pour l'A. F. à paraître sur les côtes de l'Ad. sera, aussi près que faire cela se pourra, le commencement d'une nouvelle guerre, jusque là toute explosion partielle doit être évitée avec soin, ce sera plus aisé lorsque l'A. F. aura établi sur soi l'attention des peuples et c'est lui qui doit donner l'impulsion et voir et diriger les affaires.

C'est seulement par l'union et une propre direction que cette lutte peut avoir une issue favorable.

Pour être à même de juger si le temps est propre pour agir G. N. communiquera avec M. C. et P. Deu. à C. en recevra et leur donnera les informations nécessaires. En passant par la Pr[usse] le G. N. sera en état de se former une opinion relativement à ce pays.

Le Gouvernement a reçu les propositions du G. N. avec toute l'attention que la grande distinction et les talents de cet officier méritent et une réponse explicite lui sera donnée par le... G. N. peut lui communiquer, autant que cela lui paraît propre, les plans pour le Sud et combiner les différentes mesures ».

Le prince régent d'Angleterre à l'Archiduc François d'Autriche d'Este (1).

« Monsieur mon Cousin,

Je m'empresse d'assûrer votre A. R. que j'ai reçu avec le plus vif intérêt la lettre qu'elle m'a adressée de l'île de Malthe.

Le retour du Comte de Nugent auprès de votre A. me donne occasion d'exprimer les sentiments d'estime et de haute considération que je désire tant voir confirmés par les événements qui pourront nous rapprocher par la suite. En accueillant avec la plus grande satisfaction l'amitié que Votre

---

(1) C'est justement cette lettre que Hormayr donne à p. 101 de son second volume cit.

Alt. a voulu me témoigner, je la prie d'accepter mes félicitations sur son heureuse arrivée en Sardaigne, et sur la réception distinguée qu'elle a éprouvée de la part de cette Cour respectable et intéressante. Le Comte de Nugent exprimera plus en détail tout ce qui a rapport tant à la crise actuelle des affaires qu'à ma bonne disposition relativement à la cause commune.

Je ne pourrais donner à Votre Alt. un gage plus solide de mon amitié, que de recommander ce respectable officier à V. confiance et à la confirmation de ces sentiments d'estime dont Votre Alt. l'a déjà si dignement honoré. Depuis qu'il est ici, il a mérité ma plus haute considération et je me persuade que sa conduite dans la position délicate où il va se trouver, lui donnera de nouveaux droits autant à la bonne opinion de votre Alt. qu'à la mienne.

Recevez, Monsieur mon Cousin, l'assurance de la haute considération et de l'amitié personnelle avec laquelle je suis

Votre GEORGE P. R.

Carlton House, ce 19 d'août 1811 ».

Le comte de Münster promenait ses regards sur tout l'horizon politique pour y chercher quelques points d'appui à ses desseins de résistance contre l'hégémonie française. Il faut croire que parfois il était amené à nourrir quelques illusions, et à échanger pour des réalités ce qui n'était tout au plus qu'une vague espérance. Ainsi, quelques jours plus tard, M. de Münster croyait pouvoir fonder des plans sur les armements de la Prusse, dont l'attitude, pour de longs mois encore, allait être celle d'une alliée de Napoléon.

« *Londres, 8 octobre 1811.*

Monsieur le Comte,

Par ma dernière lettre j'ai eu l'honneur de vous envoyer les papiers que le Com. N. m'avait laissé pour vous, ainsi que la copie d'une réponse pour Arthur, dont il est porteur.

Voici une autre lettre de sa part; à laquelle je dois ajouter qu'il a débarqué à O[stende] le 18 sep. et qu'il a continué son voyage le 19 pour V. d'où il compte vous rejoindre.

L'objet dont il vous parle est fort avancé, 1200 prisonniers Italiens sont en chemin pour être envoyés à la Méditerranée pour y être formés en corps. Le Major Bourke (1) les conduira, Lord Bentink sera à même de vous instruire de bouche de tout ce qui peut vous intéresser.

Le nord attire maintenant notre attention. La Prusse a déclaré à la France qu'elle s'armait pour se défendre de ses attaques si elle en méditait,

---

(1) Ce Bourke, peut-être le même cité plus haut (pag. 250), semble bien pouvoir être identifié avec sir Richard Bourke (1777-1855), plus tard gouverneur de la Nouvelle Galles du Sud. Wellesley s'en était servi comme homme de confiance auprès du quartier général de don Gregorio Cuesta, chef des troupes espagnoles. Il devait lui confier aussi en 1812 une mission en Galicie.

elle a 124 mille hommes sous les armes, et nous lui envoyons ce qui faut pour augmenter considérablement ce nombre.

Les affaires de la Russie s'approchent également d'une crise pourvu que la guerre devienne générale, si elle éclate dans le Nord ce serait le vrai moment pour agir.

L'incluse est arrivée pour N. Je l'en avertis aujourd'hui n'ayant pas le moyen de la lui faire passer avec sûreté.

J'ai l'honneur d'être, monsieur, votre très humble et très obéissant serviteur

le C. DE MÜNSTER ».

Pour le moment les meilleures espérances des adversaires de Napoléon étaient reportées vers l'Espagne, où la petite guerre poursuivie de tant de côtés à la fois, faisait un mal énorme aux armées de l'Empereur. Le Comte de Ficquelmont, officier autrichien spécialement attaché à la personne de l'Archiduc François, s'était rendu dans la péninsule pour constater « de visu » les chances que pouvait offrir cette lutte opiniâtre, et pour occuper sa grande activité, tant que traînaient les négociations tendant à mettre sur pied une reprise en Italie. De Cadix, devenu le siège du gouvernement espagnol, M. de Ficquelmont envoyait à M. de La Tour des lettres circonstanciées très intéressantes.

« Cadix, le 20 octobre 1811.

Mon cher Comte,

Archives de La Tour. Orio. – Suppl. III, 148 bis.

J'ai reçu il y a peu de jours la lettre que vous m'avez fait l'amitié de m'écrire en date du 2 septembre et je vous remercie bien des détails que vous me donnez sur ce qui me regarde; puisque je suis à cet article je vais avant tout y répondre, et vous parler en peu de mots de ma situation actuelle ici. La certitude que dans tous les cas plusieurs mois devraient encore s'écouler avant que le gouvernement anglais ait pris une décision qui amenât des mesures actives en faveur des projets de son A. R., l'assurance que je me procurais de la part du gouvernement Espagnol de ne pas me lier en prenant un grade dans ses armées et de pouvoir le quitter dès l'instant que je le voudrais, m'engagèrent à le demander et y obtenir celui de colonel. Tous les officiers étrangers de quelque nation qu'ils soient ont sans exception tous obtenu un grade supérieur à celui qu'ils avaient dans l'armée dont ils sortaient; il m'eut été facile d'obtenir celui de brigadier. Loin de faire une réclamation sur cet objet j'en ai pris occasion pour répéter au gouvernement, que je ne faisais aucune observation sur ce que l'on me traitait moins bien que tous les autres étrangers, parce que je ne voulois servir en Espagne que momentanément.

Le gouvernement m'assigna un tiers de moins que la solde fixée par les ordonnances et vu que l'on ne paye aux officiers de toute l'armée qu'une partie de leurs appointements, j'éprouverai de deux manières une diminution des appointements de mon grade, qui les réduira presque au tiers de leur véritable valeur; j'ai également passé sans réclamation sur cet objet, pour pouvoir plus honnêtement encore me délier de l'engagement, que je prends. Sur ces entrefaites M. de Wellesley reçut de Lord Benting les détails que vous me demandez, il m'en fit part, en me disant qu'il ne pouvait y donner aucune suite, car l'intention du gouvernement Anglais n'était pas de payer des officiers à un service autre que le sien; je lui observais la manière dont j'entrais à celui d'Espagne, et le but dans lequel j'y étais, que d'ailleurs je ne pouvais rien répondre à son objection n'ayant reçu aucune nomination directe sur cet objet, (Je n'avais pas votre lettre encore), qu'il me paraissait cependant que cela devait être une suite des instructions que Lord Benting avait reçu de son gouvernement sur la manière dont il devait traiter les officiers autrichiens qui avaient accompagné son A. R., et que je ne croyais pas que faire momentanément la guerre en Espagne, ce qui est bien loin d'être une partie de plaisir, fut une raison de faire perdre la protection du gouvernement Anglais. — Il répondit peu de choses, et moi plus rien, et la chose en resta là. — Il me parut convenable de n'insister sur rien. Attaché plus directement que ceux pour lesquels vous avez stipulé à la personne de Son Altesse R.le, recommandé particulièrement par elle, je ne pouvais pas trop prolonger une discussion de cette nature, ni y revenir. Me voilà donc existant à peu de chose près à mes frais et je ne pourrais pas continuer longtemps à vivre de cette manière — tout est en Espagne d'une cherté exorbitante, et bientôt peut-être une disette totale succèdera à la cherté et je n'y aurais pris aucun engagement si je n'avais pas compté, sous l'égide de Monseigneur, y jouir de l'appui de l'Angleterre, dans le sens que Son Altesse R.le m'avait fait espérer. Je veux dire comme un individu spécialement attaché à sa personne, et de la destination duquel Monseigneur seul peut disposer à son gré. Je vous prierai, mon cher ami, de faire part de ces observations à S. A. R. et que j'ose me flatter de l'espoir qu'au retour de Lord Benting elle me fera tenir compte d'une manière ou de l'autre du véritable sacrifice que je fais de mes petits moyens en restant ici. Je vous avoue même que c'est à cet espoir que je sacrifie ce que je destinais à mon retour, et que dans la situation actuelle des choses ici, la prudence m'eut défendu d'attaquer. Je ne veux parler que du point de vue désavantageux sous lequel elle se présente pour un étranger; loin de désespérer de la guerre d'Espagne je suis au contraire presque certain de son succès, si les choses n'empirent pas en Europe, mais l'Espagne fait la guerre pour ainsi dire sans armées puisqu'elle n'a pas les moyens de les solder et les nourrir régulièrement, ce qui présente beaucoup de difficulté à un étranger qui ne peut remplacer le défaut de la langue, que par l'autorité de la discipline et de l'ordre. Malgré toutes ces difficultés il m'a paru cependant trop intéressant pour que j'y renonçasse, qu'au moins un de nous ait vu et suivi de près un genre de guerre qui pourrait se répéter ailleurs; l'expérience est un maître qui fait apercevoir des détails et donne les points de vue qui souvent échappent à la théorie la plus réfléchie. Les guérillas loin de s'aiffaiblir prennent tous les jours plus de consistance; plusieurs de leurs chefs ont à leurs ordres des divisions déjà susceptibles d'agir presque régulièrement (1). Déjà leurs guerres ne sont plus des expéditions séparées et sans objet général; leurs efforts commencent à se réunir et à se diriger vers un but commun déterminé à l'avance. Si les prodigieux efforts du peuple Espagnol eussent été dirigés par une main habile, si une forte conception sous l'apparence du désordre eut donné une direction unique et suivie à la volonté générale de résistance, il y a longtemps que les français auraient succombé; c'est l'anarchie du gouvernement qui a empêché l'Espagne de se sauver. Je mets dans le paquet de Monseigneur un petit écrit intitulé : *Indagacion de las caussas, ecc...* que je vous recommande, je l'ai distingué dans le grand nombre de ceux qui paraissent, comme un de ceux qui présente le plus juste tableau des causes auxquelles il faut attribuer les malheurs de l'Espagne. Toutes les réflexions qu'il fait sur son gouvernement sont aussi vraies dans leur principe, que dans leur application. Je ne vous dirai donc rien de cet objet, cet écrit dit tout, je vous en garantis seulement la vérité; vous y verrez le peu de considération dont jouissent les Cortes, c'est l'opinion publique. Attaqués dans ces derniers jours plus vivement que jamais par plusieurs écrits et notamment par un manifeste d'un ex-Régent (Cardizobol), ils en ont éprouvé une secousse électrique dont ils ont dirigé l'effet sur ce dernier, et une réaction vive sur le conseil de Castille, l'autorité la plus grande de la Monarchie espagnole, et qui cherche à en défendre contre les novateurs les anciennes bases. Tout le monde quoique persuadé des vices horribles de l'ancien gouvernement aussi corrompu que méprisable se déclare cependant contre de trop grandes innovations; on ne demande au gouvernement que de l'énergie et de la force mais point de lois et on leur dit tous les jours, qu'il faut réconquérir sa patrie avant de la reconstituer (2). En un mot il ne s'est pas montré d'homme assez fort pour s'emparer du timon des affaires; c'est ce qui a produit le désordre et l'anarchie, ce qui a livré les provinces à leurs propres volontés et isolé tous les moyens de défense.

Les Anglais, convaincus du peu de confiance qu'ils doivent mettre dans les mesures du gouvernement Espagnol, n'osent pas se compromettre à faire une guerre trop offensive en Espagne. Telle a été la cause de l'inaction,

---

(1) On pourra trouver un tableau de ces guérillas dans les *Souvenirs* de CHARLES PARQUIN (1809-1814), Paris 1911 (ed. Savine, III). Cfr. aussi : A. MEZIERES, *Silhouettes de soldats*, cit., pp. 113 et suiv. (Le général Dupont). Les italiens ne sauraient oublier les pages si vivantes de l'*Orazione per Cosimo Delfante* dans le journal de Mazzini : *La Giovane Italia* (réimpression par M. MENGHINI, Roma, 1902, pp. 59 et suiv.).

(2) L'état d'esprit des espagnols, plus amoureux de l'indépendance que de la liberté, à cette heure de leur histoire, a été très bien saisi par un des meilleurs écrivains italiens de la fin du XIXe siècle, ALFREDO ORIANI, *La lotta politica in Italia*, Torino, 1892, l. III, c. III.

qui a suivi la bataille d'Albuera (1), époque à laquelle Lord Wellington eut pu facilement délivrer l'Andalousie, s'il eut vu des forces Espagnoles mises en mouvement pour y concourir; mais à l'exception du petit nombre, qui était venu se joindre à l'armée des alliés et qui a acquis beaucoup de gloire à Albuera, rien en Espagne ne contribuait au but commun des opérations. L'armée de Murcie bien plus forte que ce qu'elle avait devant elle, au lieu de pénétrer dans le royaume de Grenade et de menacer l'Andalousie par l'Est, ne bougea pas. La nombreuse garnison de Cadix se laissait, sans rien faire, bloquer par un nombre qu'égalait à peine la moitié de ses forces, perdant ainsi tout l'avantage d'une grande place, qui est d'occuper un nombre d'ennemis supérieur à celui qui la défend. L'inaction laisse ici subsister depuis longtemps la proportion en sens inverse. Un coup d'oeil sur le plan que j'envoie à M.^{gneur} vous indiquera combien il peut être facile de forcer un blocus aussi étendu et gardé quelquefois par 6 à 8 mille hommes seulement, surtout ayant des moyens maritimes considérables à ses ordres; et malgré tous les ouvrages défensifs des français, une contenance toujours agressive de la part de Cadix, les eut forcé ou à lever le blocus, ou à y consacrer toujours près de 20 mille hommes, ce qui eut mis Soult hors de mesure de porter le coup qu'il a porté. Lord Wellington tient sur la frontière de la Castille la conduite prudente, qu'il a tenue en Extremadure; il affâme les Français en les forçant à se tenir en grandes masses pour l'observer, tandis que lui jouit tranquillement de toutes les subsistances que lui fournit Lisbonne. Je vais me diriger sur ce point, ayant demandé de l'emploi à l'armée de Gallicie, la mieux organisée de celles qu'a l'Espagne aujourd'hui, et commandée par Abbadia que l'on dit être un des généraux les plus capables. Si les circonstances ne m'y offrent pas une chance d'activité prochaine, je ne pourrai pas l'y attendre, et reviendrai ici pour vous rejoindre, et tenter ensuite le parti, que je prendrai d'après ce qui jusqu'à cette époque sera certainement déterminé relativement aux vues de S. A. R.^{le} Dans tous les cas je me recommande à votre amitié, mon cher Comte, pour qu'au retour de Lord Benting, il me soit tenu compte de la stipulation que vous avez eu la bonté de faire en ma faveur, ou que je soie dédommagé par le mode qui paraîtrait le plus convenable à M.^{gneur}; d'après les résultats qu'amènerait nécessairement le voyage de Lord Benting à Londres, et d'une manière ou de l'autre de vouloir bien m'en faire communication soit par M. de Wolsley soit par M. de Bardaxi.

Pardon de vous parler tant de moi; mais si les individus disparaissent au milieu du choc des nations, si leurs intérêts sont froissés dans tous les sens et par tous les partis, c'est une excuse de plus en faveur de la liberté et de la confiance avec laquelle on en parle à ses amis. Voilà un titre en particulier et je réclame en général celui de la cause qui nous unit. Il se

---

(1) A Albuera Beresford avait vaincu Soult en mai 1811 dans une bataille très meurtrière.

répand d'ici depuis deux jours la nouvelle, par voie de France, que Bonaparte est parti de Paris pour le Nord, que d'Avoust l'avait précédé en Pologne (1) où marchaient toutes les troupes d'Allemagne et qu'ainsi la guerre de Russie allait éclater; sans ajouter précisément foi à ces bruits, je suis convaincu qu'ils se réaliseront. La conduite des Français en Espagne me le prouve; depuis près de neuf mois que Massena a vu échouer son entreprise sur le Portugal, leur conduite partout a été défensive. Aucuns renforts considérables ne sont venus réparer leurs pertes, ils fortifient divers points, et tout annonce qu'il veuillent continuer la défensive. Je crois donc que le projet de Bonaparte est d'abord de vaincre la Russie, soulever la Pologne, détrôner le roi de Prusse, soumettre ses états, les rattacher ainsi que l'Allemagne et l'Autriche d'une manière plus étroite à son système, et venir alors terminer la guerre d'Espagne dans laquelle il espère que ses généraux pourront se défendre assez longtemps pour les y retrouver encore au moins à l'Ebre. Et en effet si les deux grands peuples Allemand et Italien sont laissés spectateurs inactifs de cette grande lutte il exécutera ses projets tels qu'il les a conçus. L'Europe alors est perdue, l'esclavage est universel et les résistances isolées qui se manifesteraient encore ne feraient qu'augmenter le nombre des victimes. Il n'est plus donc qu'un seul et dernier instant à saisir, il faut en profiter avec une activité de feu et se jeter à corps perdu dans la haute entreprise de rendre à l'Europe sa liberté politique. J'avoue que je crains la méthode et la lenteur de conception, qui pour être trop sages, laisseront peut-être échapper la dernière heure du salut. J'aurais moins d'inquiétude, si je pouvais espérer de la constance russe deux ans de guerre. Mais Alexandre supportera-t-il avec courage les premiers revers, que je prévois et qui doivent être pour lui comme pour le fondateur de son Empire, le chemin de la Victoire? Le soulèvement de la Pologne, peut-être une nouvelle agression des Turcs ne viendront-ils pas assaillir sa fermeté? et ne recevrat-il pas une loi plus honteuse encore que celle de Tilsit? ces réflexions me font désirer des mesures promptes et actives: je voudrais dire cela à d'autres qu'à vous qui en êtes persuadé tout comme moi.

Adieu, mon cher comte, veuillez recevoir l'assurance de l'attachement et de la considération distinguée avec laquelle je suis votre très humble serviteur.

FICQUELMONT.

J'ai trouvé une occasion directe pour Vienne, je n'ai donc pas mis mon paquet dans ma lettre à S. A. R.^{le}

Rappelez-moi au souvenir de M. Hil et M. Schmith. Mille amitiés à Saalbourg ».

---

(1) Le 24 octobre 1811 le maréchal Davout fut nommé commandant du corps d'observation de l'Elbe.

« Cadix, 17 novembre 1811.

Mon cher Comte,

C'est encore de Cadix que je vous écris cette lettre; vous savez ce que sont les voyages de mer, on fixe le départ mais les vents et quelquefois les hommes ou les hasards en décident autrement. J'étais donc prêt à partir, lorsqu'il arriva que le bâtiment sur lequel je devois m'embarquer, n'avait point de place à me donner; il a fallu en attendre un autre, enfin c'est demain que je mettrai à la voile assez fâché d'avoir vu se prolonger mon séjour ici d'une manière inutile et ruineuse pour moi, car les places, qui passent pour être assiégées sont toujours plus chères que les autres, outre que celle-ci l'a été dans tous les temps; car c'est par elle que passaient ces immenses sommes d'Amérique venant alimenter la circulation du numéraire nécessaire à l'Europe. J'avais remis à vous écrire de Lisbonne, mais puisque j'ai tant tardé à y arriver, je veux le faire d'ici. Comme les correspondances par mer sont toujours incertaines, et qu'à de si grandes distances une lettre perdue, quand elle traite d'affaires est un accident préjudiciable, je regarde celle-ci pour ce qui me regarde comme une sorte de duplicat; si donc vous recevrez la première passez avec indulgence sur les répétitions que vous trouverez dans celle-ci : Voici à peu près ce que je vous mandais à l'occasion de la réception de votre lettre de Palerme par laquelle vous m'avez fait part de l'arrangement préalable conclu par Lord Benting.... (1).

Depuis ma dernière, les petites choses en Espagne vont bien, Ballesteros (2) a remporté divers avantages; il se conduit avec habileté et courage inquiète beaucoup Soult, il est adroit et actif; il a en un mot toutes les qualités qu'un général Espagnol, qui n'a pas une grande armée, doit avoir.

En Extrémadure la division du général Gérard (3) a été totalement détruite par le général Hill (4) réuni à l'avant garde de Castaños (5); le gé-

Archives de La Tour.
Orio. – Suppl. III,
148 *bis e*.

---

(1) Voir la lettre du 20 octobre qui est reproduite *ad litteram* dans celle-ci, et dont il ne convient pas de répéter le contenu.

(2) Le général François Ballasteros (1770-1832), protégé autrefois par le prince de la Paix, fut fidèle à la Junte centrale de Séville, qui lui confia des commandements importants. Il conduisit supérieurement la petite guerre dans les Asturies, en Castille, enfin en Andalousie, mais, entré depuis en conflit avec la régence de Cadix, il fut amené à s'occuper plutôt de politique que de guerre. Sa belle renommée militaire risqua d'être ternie par des intrigues continuelles (OMAN, oeuv. cit.).

(3) Etienne Gérard (1773-1855), longtemps aide de camp de Bernadotte, chef d'état major du IX corps d'armée pendant la campagne de 1809, passa en Espagne en juillet 1810 et il y fut maintenu jusqu'en octobre 1811. Il se signalera surtout dans les batailles sanglantes de 1812, 1813 et 1814 qui marquèrent le déclin de l'empire. Il devait vivre assez pour commander en 1832 l'expédition française qui s'empara d'Anvers.

(4) Rowland Hill (1772-1842), frère de William Noel Hill, qui fut plus tard ambassadeur à Naples, et est probablement le même indiqué souvent comme ministre à Cagliari à cette époque.

(5) Le gén. Castaños s'était signalé dès 1808 (OMAN, oeuv. cit., vol. I).

neral Hill a fait une marche forcée qui l'a mis à même d'attaquer Gérard au moment où celui-ci ne s'y attendait pas, et où sa colonne marchait dans un ordre qui n'était pas celui de la guerre. M. Hill sera content de ce succès de son parent. Veuillez me rappeler à son souvenir.

Cet événement a remis les Espagnols dans la possession de presque toute l'Extrémadure, et Soult n'est pas à l'aise. La délivrance de l'Andalousie me paraît une chose facile; mais si Valence tombe elle ne peut plus se réaliser. La chute de Valence soumettra d'avantage les Provinces de Cuença et de La Manche et c'était ses efforts successifs qui entourent l'Andalousie, qui auraient fini par forcer Soult à l'évacuer sans qu'il trouvat peut-être le moyen de livrer une bataille. Sagonte après une défense digne de ce nom est tombée au pouvoir de Suchet (1), le chemin de Valence s'applanit, le général Blacke (2) n'est pas heureux et je regarde ce royaume comme perdu, si par hasard les sublimes efforts des Catalans aux ordres de Lau ne rappellent pas Suchet dans cette province. Mais Suchet est habile, il ne se laissera pas effrayer par le soulèvement d'un pays dans lequel il occupe des points d'appui nombreux et sûrs comme le sont les places de la Catalogne. C'est donc d'après cela que le Nord de l'Espagne doit devenir le théâtre de plus grandes opérations, il y a une chose invincible dans ce pays, c'est l'esprit du peuple, celui-là triomphera, il ne faut pas en douter. Les choses vont mieux en Amérique. 7 mille hommes viennent de partir d'ici et de la Coruña pour la Vera Cruz; ce secours, la médiation Anglaise, les cruautés de Miranda rattachent ces deux pays (3) et rendront à l'Espagne le secours d'argent qu'elle en attend, alors les choses ici prendront une autre face.

Adieu, mon cher comte, présentez mes respects à M.gneur, j'espère cependant que ma lettre lui sera parvenue; mes amitiés à Salbourg et recevez l'assurance dû sincère attachement de votre serviteur et ami.

FICQUELMONT.

Je joins ici un papier qui rend compte de l'affaire de l'Extrémadura ».

L'avenir ne laissait pas d'être très menaçant pour ces jeunes gens jetés loin de leur pays d'origine et si M. de La Tour semblait être plus à l'abri que M. de Ficquelmont, étant appuyé d'un côté à la Cour de Pa-

---

(1) Le maréchal Louis Suchet (1770-1826), que Napoléon fit deux ans après duc d'Albuféra, fut l'un des meilleurs chefs de l'armée française en Espagne.

(2) Joaquim Blake, irlandais au service d'Espagne (WELLINGTON, *Suppl. Disp.* et OMAN, oeuv. cit.).

(3) C'est à dire le Mexique et le Pérou. L'on était au début de l'insurrection des colonies espagnoles, qui avaient trouvé dans Miranda le plus audacieux des chefs.

lerme et de l'autre aux Anglais, son sort n'en restait pas moins très précaire. Son cousin affectionné le marquis de la Pierre n'envisageait pas sans appréhension cet état de choses :

« Hamptonwick near Kingston, le 22 septembre 1811.

Il m'arrive aujourd'hui ce qui vous sera arrivé vingt fois, mon cher cousin, lorsqu'on est surchargé d'écritures, on expédie les lettres d'affaires, et on réserve celles d'amitié pour la fin, et se dédommager; lorsque le moment de départ arrivant trop tôt on ne se dédommage point. Je vous ai écrit aux quatre coins du monde en Moravie, à Vienne, en Sardaigne, en Sicile, et je sais par d'O' Ferral que malgré toutes mes dépêches vous n'avez jamais rien reçu de moi; mais comme j'aime à me flatter que vous ne jugez pas mon amitié sur la réception inexacte de mes lettres, je viens vous dire combien j'ai été peiné surtout de votre sortie du service autrichien, et de l'incertitude de votre position future avec un désir aussi décidé de vous distinguer et d'être toute la vie digne de vos pères, et de la réputation que vous vous êtes déjà faite. Je supprime ici les expressions de mon indignation sur la tyrannie qui commande de semblables injustices, et sur la faiblesse des gouvernements qui se soumettent à les commettre aussi bassement. En pensant à toutes ces horreurs, et à vous qui en êtes la victime, je conférois dans mon petit cercle sur le peu de moiens que le reste des puissances encore debout peuvent vous fournir pour vous occuper, car je n'en vois point. Pas même ici où nous vous voudrions de préférence, puisque les étrangers n'y sont pas admis et surtout les catholiques; on cita par faveur 5 à 6 exceptions pour des jeunes émigrés dans des corps étrangers malheureusement complets mais pour des sous lieutenances. Je ne vois rien que de très précaire au service des espagnols, car on est bien loin de pouvoir dire d'Espagne. Un homme seul qui a été quelque temps à Vienne et que votre frère Janus m'a recomandé est encore ici et n'a pu s'y placer quoiqu'il ait réellement des talents militaires, mes services se sont bornés à quelques politesses et il a encore apporté ici sa très longue figure il y a une 15e de jours sans savoir ce qu'il deviendra. Au reste (entre nous) je ne le goûte pas beaucoup et dans la perplexité actuelle que comptez vous de faire, mon cher cousin, et quel parti prendra Janus? j'espère que si vous vous présentez à Palerme où vous avez été avantageusement connu vous pourriez peut-être vous y placer l'un et l'autre en attendant les circonstances moins malheureuses. O' Ferral me mande que vous en aviez le projet en m'annonçant votre apparition à Cagliari, il a été heureux de s'y présenter lui même dans le bon temps. Comme je présume que vous ne pouvez avoir des nouvelles de Turin ni à Cagliari ni à Palerme, je suis bien aise de vous dire que votre père et votre mère s'y portaient bien le 5 juillet dernier, j'ai appris cela par ricochet, car je n'en ai jamais de nouvelles autrement, grâce aux entraves de la tyrannie. Dès que le Comte de Front apprend quelque

Archives de La Tour
Orio. – II, 147.

chose de nos malheureux pays, il me le fait savoir et c'est là toute ma res-source. J'ai repris enfin là dessus passant des jours tranquilles dans notre médiocrité avec des enfants que j'aime beaucoup, leur mère et moi en recevons des consolations sans oser espérer celle de voir leur sort assuré dans un pays où tout ce qui n'est pas riche n'est rien. Il y a bien des choses à dire sur cette Angleterre que tant de gens qui ne la connaissent pas veulent voir en beau, et je fais journellement des voeux pour en sortir par une rentrée chez nous que Dieu veuille amener malgré le peu d'apparence, voilà une belle preuve que l'espérance ne nous abandonne qu'à la mort. Quoique vos cousines ne fussent que des enfants quand nous quittames Turin et nos montagnes, que j'ai soin de leur rappeler souvent, elles n'ont point oublié leurs parents ni leurs bontés. Les cadettes même se rappellent de tout et me prient de les rappeler à votre souvenir, elles et leurs voeux pour votre meilleur sort. Si ma lettre vous arrive dites moi ce que font les Bellegarde à Vienne, et comment le comte Henry n'a pu vous tirer d'affaire; il faut que la crainte de Buonaparte y soit bien grande pour qu'un homme dans sa place n'ait pu obtenir une exception pour un parent. O temps déplorable! On ne vit rien d'égal dans tous les siècles.

Mes gémissements ne vous soulageront pas, mon cher cousin, mais je ne puis les contenir, dites moi ce que vous faites et ce que vous ferez en remettant vos lettres à O' Ferral.

Et si vous imaginez que je puisse vous être bon à quelque chose directement ou indirectement, croyez au désir que j'aurai toute la vie de vous convaincre d'un attachement que je vous dois par les liens du sang, et je vous porte par tous les sentiments que vous méritez par vous même.

Adieu, mon cher ami, recevez avec les amitiés de ma femme, l'assurance de celle de votre serviteur.   DE LA PIERRE.

A M. le Comte VICTOR DE LA TOUR ».

Cependant l'Archiduc François venait de quitter la Sardaigne où il allait bientôt revenir, et s'y marier; il se rendit à Palerme, reçu cordialement par sa tante la Reine Caroline, et attendu impatiemment par le fidèle La Tour (1). Celui-ci ne tarda pas à reprendre activement en main

---

Archives de La Tour.
Orio. - II, 145.

(1)   « *Mon cher La Tour,*

J'ai reçu votre lettre par le paquebot, et je m'empresse de vous avertir par le moyen je crois d'un petit bâtiment Sarde qui va a Palerme, que voyant que le Duc de Génevois tarde tant à arriver, je me suis décidé en cas même qu'il n'arrive pas jusque vers le 22 ou 23 septembre de partir moi pour Palerme vers cette époque-là si je pourrai avoir quelque brick, ou bâtiment de guerre Anglais qu'on me fait espérer. Je me suis décidé d'autant plus à cela, que je sçais que le Duc, et la Duchesse de Genevois ne se mettent pas sûrement en voyage dans ce temps-là je suis sûr d'éviter la fâcheuse combinaison de les trouver en route. Et d'ailleurs la saison me parait aussi la plus propre pour mon voyage de Sicile. Ainsi vous m'y attendrez, j'espère d'y arriver bientôt, et je suis empressé de revoir et faire mes hommages à ma bonne Tante

tous les fils des intrigues que l'infatigable Brunazzi nouait d'un bout à l'autre de l'Adriatique. Il en informa le comte de Münster qui de Londres suivait tout le développement de ces dangereuses démarches.

« *Monsieur le Comte de Münster,*

N.° 33 Clarges Street - London.

J'ai reçu la lettre dont Votre Excellence a daigné m'honorer en date de ... et l'autre provenant d'Albanie (de l'abbé Brunazzi) et m'étant empressé de mettre ces écrits sous les yeux d'Arthur : j'en ai reçu l'ordre de témoigner sa sensible reconnaissance envers Votre Excellence, et de lui exprimer qu'il considère la résolution qu'elle veut bien prendre de continuer le travail entrepris par le G. N. comme la plus forte preuve de la haute estime que le dit G. N. s'était justement acquise auprès du Gouv. et de ses compatriotes.

Après avoir eu l'honneur d'être ainsi l'interprète des sentiments particuliers d'Arthur envers V. E. je dois de même d'après son intention avoir celui de l'informer qu'il a été très satisfait de son entrevue avec L. W. B. auquel il a de nouveau manifesté son dévouement et son inaltérable attachement à la noble cause qu'il a embrassé ; d'après les derniers rapports venus de Vienne et relatifs à l'objet en question, il est à présumer que le G. N. sera satisfait de ce qui s'y est fait pendant son absence ; les connections se multiplient non seulement dans le pays (I. J. I.) que l'on a principalement en vue, mais dans ceux qui l'avoisinent immédiatement au Nord, Nord-Est, et Est ; quant aux intentions du lieu même où est allé N. il semble qu'il y a peu à espérer qu'elles soient énergiques à moins que des événements très heureux au Nord et au Midi, n'y rassûrent les esprits. Le Nord seul, livré à lui même, ne lutterait pas assez longtemps pour sauver l'Europe. Cette observation, qui n'est que trop motivée par les événements passés, prouve combien il est important de prendre de ce côté-ci

Archives de La Tour
Orio. - II, 149.

---

la Reine qui dans sa lettre me marque qu'elle souhaite de me voir. Pour mon logement vous sçavez que peu, même très peu il me faut, deux chambres pour moi une pour mes domestiques et voilà tout ce qui il me faut pour ma personne et si le Duc de Genevois est encore là dans la maison du P.ce de Hesse, vous me procurerez dans un autre endroit quelques chambres. Pour votre règle je compte de faire un séjour en Sicile environ d'un mois, y compris les petites courses que je voudrais faire pour voir un peu du pays.

Je suis en très bonne santé, et un clou que j'ai sous le bras qui m'a beaucoup incomodé ces jours, m'assure une continuation de bonne santé. Salburg se porte bien, Fiquelmont est parti depuis un mois. Adieu, conservez moi vos sentiments d'attachement, c'est un de mes revenans-bons du voyage, et assurez vous que votre connaissance plus personnelle que j'ai faite dans ce voyage a augmenté en moi les sentiments d'estime pour vous, avec lesquels je suis

Cagliari, le 12 sept. 1811.   Votre bien affectionné
                                        FRANÇOIS D'AUTRICHE D'ESTE.

tous les arrangements qui peuvent mettre en mesure d'y faire une prompte puissante et durable diversion et combien il est urgent de mettre en évidence la personne et de manifester des intentions qui reveillent l'enthousiasme dans le pays qui doit en être le principal théâtre; et à cet égard il serait fort heureux que le G[ouvernement] adopte comme principe général d'envoier de ces côtés tous les prisonniers et déserteurs Italiens provenants d'Espagne ou d'ailleurs car ils ne peuvent nulle part être employés avec autant d'avantage. Il semble que l'envoi des 1200 que mentionne V. E. est un prélude de l'adoption du dit principe.

Ne m'étant pas trouvé ici lors du passage de L. B. j'en ai reçu l'invitation de me rendre auprès de lui afin, je le présume, de pouvoir porter à la connaissance d'Arthur quelque détail qu'il n'aura pas eu le temps de suffisamment lui développer ici; j'ai l'ordre préventif d'instruire V. E. de ce qui paraît être essentiel à l'objet. Je prie V. E. de me permettre de ne pas finir cette lettre sans avoir l'honneur de lui témoigner combien j'apprécie la circonstance qui m'a procuré celui d'avoir une correspondance avec Elle. C'est avec ce sentiment et celui de la plus haute considération que j'ai l'honneur d'être, Monsieur le Comte, de Votre Excellence

Le très humble et très obéissant serviteur

le Comte della TORRE, Colonnel.

Cagliari, 10 décembre 1811.

J'ai le regret de devoir prévenir V. E. que sa lettre susditte du 4 oct. est jusqu'ici la seule qui me soit parvenue, ainsi Arthur est fort inquiet du sort de celle, dont Elle me dit m'avoir précédemment honoré avec l'incluse de la copie de celle du P. R. pour lui ».

« Cagliari, 23 décembre 1811.

Excellence,

La lettre que j'ai eu l'honneur d'écrire à V. E. le 10 décembre, en réponse à celle dont Elle m'avait honoré le 4 octobre, était déjà consignée au Consul Britannique : lorsque j'ai reçu par M. Hill sa première du 7 avec l'annoncée copie du P. R. le mémorandum et autres papiers provenant originairement d'Albanie.

Toute cette dépêche était de nature à augmenter la sensible reconnaissance, et la haute confiance que Arthur juge devoir à V. E. et dont il me charge d'être de nouveau l'interprète : Son désir actuel le plus vif est que V. E. veuille bien être le sien après du P. R. en attestant son inaltérable dévouement à la cause de son G., sa haute reconnaissance pour une preuve aussi agréable d'intérêt et sa ferme volonté de chercher à justifier la confiance qu'il lui témoigne placer en lui; l'arrivée du G. N. qu'il attend avec un très grand empressement lui fournira par rémission de l'original de la lettre en question l'occasion de manifester lui même les sentiments dont il prie aujourd'hui V. E. d'être l'interprète, et il espère aussi qu'alors les choses se trouvant plus avancées il pourra ouvertement faire connaître les intentions qu'il nourrit depuis longtemps dans son coeur. Le mémorandum présente avec une grande justesse la trace vraie que l'on doit suivre et l'observation de V. E. sur l'espoir que l'on peut placer dans l'explosion des peuples, ne peut pas trouver de contradicteur parmi les hommes éclairés.

L'exemple frappant de l'Espagne prouve au monde qu'une guerre nationale, même mal conduite, est toujours une grande et terrible guerre mais ce même exemple prouve qu'en mettant en mouvement les nations il faut chercher à placer à leur tête un guide qui en régularise l'action.

Au reste la guerre de la péninsule est à exactement parler deux guerres, savoir l'Espagnole, et l'Anglo-Portugaise. Au lieu que si avec les combinaisons actuelles on parvenait à lancer une guerre Italique, elle sera simplement Anglo-Italique, et aucun intérêt sécondaire ou motif de jalousie préexistant ne pouvant lui enlever cet heureux caractère d'union, il subsisterait infailliblement pendant toute la durée de la guerre, et laisserait de longues traces dans les souvenirs des deux Nations et de leurs Gouvernants respectifs (1).

Quant à l'Allemagne, V. E. peut mieux que personne juger sa situation : mais vu les nombreuses subdivisions, il semble difficile d'y exciter une guerre vraiment nationale, mais en revanche, la réunion de la Russie, de la Prusse et de l'Autriche y donnerait les moyens d'y faire une guerre militaire avec une grande supériorité de forces sur l'ennemi.

La difficulté la plus forte semble celle de décider l'Autriche qui est naturellement rendue craintive par le désordre de ses finances et le souvenir de ses recents malheurs; mais si la guerre s'allume vivement au Nord et au Midi, il est difficile que cette puissance reste logtemps insensible à l'appel général de l'Europe et refuse de prendre part à des événements qui tendent à l'y replacer dans le haut rang d'où elle est déchue.

Au reste le G. N. est sûrement l'homme le plus propre à sonder et même à influer les intentions de son gouvernement.

La personne qui lui addressait les lettres d'Albanie est actuellement ici et d'après ses rapports, Arthur présume que ces parages pourraient être le théâtre d'une diversion secondaire qui n'exigerait pas l'emploi de grands moyens militaires ni pécuniaires; d'après ses ordres je conduirai la ditte personne en Sicile afin que L. W. en soit directement informé de l'état des choses.

Conformément aux ordres d'Arthur, j'aurais l'honneur de l'instruire des événements ou arrangements intéressants qui pourraient avoir lieu de ce côté relativement à l'objet en question, et dans l'espoir qu'elle voudra

---

(1) Il est superflu de faire remarquer l'importance de la profession de foi unitaire que la Tour faisait dès 1811 dans cette lettre à Münster qui est une sorte de programme.

bien continuer à m'honorer de ses lettres et de ses directions je la prie
d'agréer la nouvelle assurance de la très haute et respectueuse considération
avec laquelle je prie V. E. de me permettre de lui exprimer le vif regret
que j'éprouve de ce que le retard de sa première lettre m'a différé si
longtemps l'honneur d'être en communication avec Elle.

[LA TOUR] ».

CHAPITRE VI.

Au service de l'Angleterre.

A cette époque le caractère officiel dont M. de La Tour était revêtu dans
l'armée anglaise commença à être connu du public; ce fut à la fin de l'année qu'il déploya ce caractère ainsi qu'il résulte d'une curieuse liste de
questions posée par lui à Lord W. Bentinck avec les réponses de ce dernier.

Il est certain que Lord W. Bentinck, malgré tout le soin qu'il devait
donner aux affaires intérieures de la Sicile, accorda aux plans *italiques* de
l'Archiduc François, un appui bien plus soutenu et constant, que ne l'avait
donné jusqu'alors le concours temporaire et restreint des autorités anglaises à de semblables entreprises. Nous avons vu l'importance des points
arrêtés le 28 Août 1811 entre les plénipotentiaires anglais, et M. de La
Tour. Il faut croire que le général Maitland ne sortit pas de son rôle strictement militaire, tandis que tout l'ensemble des opérations fut soumis à la
direction de Lord Bentinck. Celui-ci ne paraît guère éloigné du point de
vue expliqué par M. de La Tour dans un *memorandum* qui se retrouve en
brouillon dans les archives d'Orio, mais qu'il vaut mieux reproduire ici
sous sa forme définitive (1).

« Questions adressées par le Comte de La Tour à L. W. Bentinck
et réponses du même.

1. — Quel langage dois-je tenir à l'Ar-chiduc relativement aux intentions de l'Angleterre à son égard?	Arrangez avec M. Hill.
2. — Quelles facilités mettra cette puis-sance au mariage?	Arrangez avec M. Hill.
3. — Quelles démarches doit faire l'Ar-chiduc pour s'assurer la protection de cette puissance?	Arrangé.
4. — Quel langage doit lui même tenir au Roi de Sardaigne?	Arrangé avec M. Hill.

(1) Archives secrètes du Foreign Office, Sicily, 44, IV.

5. — Si le dépôt des troupes Italiennes ne pourrait pas être en Sardaigne où serait-il?

6. — En attendant doit-on chercher à recruter en Sardaigne, et dans ce cas qui payera les frais de recrutement?

Pour le moment il paraît mieux de ne pas recruter.

7. — Qui soldera les officiers à la solde Anglaise qui se trouvent en Sardaigne ou qui pourroient y arriver?

M. Hill.

8. — L'Archiduc est il autorisé à appointer quelques chirurgiens et aumôniers de confiance pour les troupes Italiennes qui doivent être formées?

Il sera mieux d'attendre la formation des troupes.

9. — Le Baron de Sourdeaux doit-il attendre de nouveaux ordres ou porter à M. Poelt et Finetti celui de partir?

Il doit attendre de nouveaux ordres.

10. — L'Abbé Brunazzi doit-il partir avec le B. Sourdeaux?

Oui.

11. — Dois-je dire ouvertement en Sardaigne que je suis au service Anglais?

Si l'Archiduc le juge à propos le dire ouvertement.

12. — Depuis quelle époque dois-je me considérer comme brigadier et percevoir mon solde en cette qualité?

Quand il vous plaira, arrangez-le avec M.ʳ Hill; je proposerai le 1ᵉʳ janvier 1812 ».

Mémorandum.

« L'Italie considérée dans son ensemble forme sous les rapports politiques, militaires et financiers plus d'un tiers de la totalité de la puissance de Napoléon. C'est elle qui prolonge la présence et le contact de cette puissance jusque dans la Hongrie, et la Turquie et lui donne ainsi de l'influence sur ces deux pays. C'est elle qui lui donne la facilité de tourner le flanc le plus fort de l'Allemagne savoir le flanc *sud* formé par la Suisse et le Tyrol. C'est elle qui par ses *versants* dans ces deux pays contribue puissamment à les tenir dans sa dépendance et eux contribuent par la même raison à y retenir l'Allemagne; c'est elle enfin qui bientôt alimentera principalement ses Armées puisqu'elle lui offre une population d'environ 18 millions d'hommes, qui commence seulement à souffrir des pertes de la guerre, tandis que la population de la France en est accablée depuis 20 ans; aussi on force les conscrits Français à marcher dès l'âge de 18 ans; et il n'y a point de conscrit Italien qui n'ait 20 ans accomplis.

Si donc à une époque où les principales forces de Napoléon seraient occupées ailleurs, une partie aussi importante de son Empire venait non seulement à lui être enlevée, mais même à s'armer contre lui, il en résulterait un tel affaiblissement et, on peut le dire, un tel bouleversement dans sa situation politique, militaire et financière, que selon toute apparence sa chute en serait la conséquence immédiate.

On doit naturellement s'attendre qu'une opération aussi importante exige des préparatifs, et on doit en un mot s'attendre, qu'un coup aussi

Foreign Office
Sicily 44, N. IV.

décisif ne soit pas très aisé à frapper. L'Autriche le tenta avec succès en 1799 et le renversement du Directoire en fut la conséquence; mais Buonaparte parvint à s'emparer du pouvoir, il créa une nouvelle armée en France: l'Autriche n'en créa point en Italie. Elle combâtit à Marengo avec des forces usées et mal dirigées, et l'Italie fut perdue; en 1805, et 1809, Elle renouvela ses attaques; chaque fois le début fut heureux, mais des revers en Allemagne obligèrent ses armées à la retraite.

Il est à observer que les efforts de l'Autriche furent toujours purement militaires, Elle vouloit conquérir, et conserver l'Italie avec sa seule Armée Autrichienne, nulle connection efficace n'était formée dans le pays, et les Italiens étaient laissés dans une telle indécision sur leur sort politique *avenir* qu'il y aurait eu de la folie à espérer qu'ils s'armassent pour l'obtenir.

Cependant en 1809 où les proclamations Autrichiennes avaient été un peu plus encourageantes pour la Nation, il y avait parmi elle une fermentation générale, qui fut remarquée le long de toutes ses côtes par les marins Anglais, et qui se soutint longtemps malgré les désastres de Ratisbone, la prise de Vienne, et la prompte retraite de l'Armée Autrichienne (1).

On a cru devoir faire observer ce fait qui est très récent pour prouver les dispositions où est la Nation.

Actuellement l'Angleterre a pris pour elle le rôle qu'avait ci-devant l'Autriche, c'est à dire elle est la principale puissance rivale de la France: c'est donc elle qui est la plus intéressée à travailler à lui enlever les plus importantes de ses possessions et de vassale et sujette qu'est l'Italie, de chercher à la transformer en rivale et ennemie.

Mais l'Angleterre ne pouvant, dans les circonstances présentes, et probablement même ne pouvant de longtemps consacrer à cette opération décisive que des forces modiques, il est absolument nécessaire de préparer, combiner et employer, avec sagesse, prudence et énergie, tous les moyens

---

(1) Ce fait indéniable de l'éloignement croissant des Italiens vis-à-vis de la domination française, caché soigneusement par les partisans de Napoléon et bientôt aussi par les libéraux italiens contraints de s'allier avec les anciens bonapartistes contre la Sainte Alliance, n'échappait pas à des yeux perçants. Lamartine, qui vint en Italie en 1811, put aussi constater le manque de sympathie qui entourait les français dans la péninsule (U. MENGIN, *L'Italie des romantiques*, Paris 1902, pp. 78-79). Lamartine se fondait sur ces données, dont il avait pu faire l'expérience dans ses voyages, pour contenir en 1840 les enthousiasmes belliqueux de ses compatriotes. Il constatait que « Napoléon a immensément dépopularisé la révolution française en Allemagne, en Italie... partout où il a porté le sang et les dévastations de la conquête, au lieu d'inoculer l'indépendance et la liberté. Voilà le vrai. Partout la nationalité des peuples, opprimée par ses soldats et ses décrets, a réagi contre la France de 89 ». Cfr. PIERRE QUENTIN BAUCHART, *Lamartine et la politique étrangère de la révolution de février*, Paris 1907, ch. III. Marco Minghetti, homme politique italien très libéral et l'un des auteurs de l'insurrection des légations contre le Saint-Siège, avoue, dès le début de ses *Ricordi* (vol. I, c. I), que les Romagnes avaient attendu avec impatience le retour de Pie VII dans ses états. Il est vrai que le gouvernement pontifical parvint vite à faire regretter la domination française.

militaires et politiques, qui peuvent contribuer au succès de cette grande et glorieuse entreprise.

Les seuls moyens militaires présentement disponibles pour cet objet, sont les troupes Anglaises et Alliées dans la Méditerranée.

La supériorité maritime donne à ces troupes l'immense avantage de pouvoir agir dans *le temps,* et sur *les points,* que les circonstances du moment indiqueraient qu'elles peuvent le faire avec le plus d'avantage ; et cet avantage supplée à la modicité du nombre ; ainsi en comparant généralement la situation de l'Autriche avec celle de l'Angleterre, relativement à la guerre d'Italie, on voit que l'Autriche peut y employer des forces plus nombreuses mais que ces dites forces devant nécessairement déboucher par le Tyrol, ou le Frioul, trouvent les Français préparés à leur disputer l'*entrée* du pays. Or, cette *entrée* ne saurait être disputée aux forces Anglaises, qui peuvent aborder le point de la côte qu'ils préfèrent depuis Villafranca à Reggio, et depuis Reggio à Trieste : ainsi l'entrée en Italie est *douteuse* pour les Autrichiens, et assurée pour les Anglais ; si à cet avantage militaire, ils joignent (ainsi qu'il dépend d'eux) celui d'offrir à la nation la perspective d'une organisation politique conforme aux voeux de l'immense majorité des habitants, offre que l'Autriche ne lui a jamais faite ; il résultera de cet examen que malgré l'infériorité numérique de ses moyens militaires, il y a plus de chance pour un heureux succès définitif en faveur de l'Angleterre, qu'il n'y en avait en faveur de l'Autriche. Mais actuellement la prompte disponibilité des troupes Anglaises et Alliées est entravée par la situation des Iles de Sicile, et Sardaigne. On ne parlera pas ici de la 1ʳᵉ de ces Iles puisqu'elle est l'objet immédiat de l'attention du chef des troupes Britanniques.

Mais quant à la Sardaigne, on ne peut disconvenir qu'elle ne soit dans son état actuel exposée à être enlevée par un coup de main : ce qui ensuite obligerait pour la reprendre l'Armée Anglaise à faire une campagne pénible dans un climat malsain : ce danger serait évité si la place d'Alghero ou celle de Cagliari était remise en état de défense, et si la mesure dont il a été question pour l'augmentation des troupes Sardes était adoptée par le Gouv.t Anglais : cette mesure, d'ailleurs peu dispendieuse, aurait aussi l'avantage d'augmenter de trois mille hommes le nombre de troupes à la disposition immédiate du Commandant en Chef de l'Armée Britannique dans la Méditerranée.

La formation d'un nouveau Corps de troupes créé et placé sous l'influence de l'Archiduc aurait le même avantage militaire que l'augmentation de celles existantes en Sardaigne, mais sous les rapports politiques, il aurait celui bien plus important encore de commencer à mettre ce Prince en mesure de remplir l'important rôle politique auquel il peut être destiné pendant le cours de la guerre d'Italie ; objet pour lequel nul homme existant actuellement n'est sous les rapports de naissance, de famille, de parenté, et on peut ajouter sous celui des sentiments et opinions personnelles aussi propre que lui.

En effet sans nuire ou léser les droits des Cours de Naples et Turin, le Gouvernement de toute la partie centrale de l'Italie pourrait, sous l'appui et pour l'intervention de l'Angleterre, être en cas d'événéments heureux présidé et dirigé par l'Archiduc : et la nation éclairée par des proclamations positives et par des connections établies antérieurement sur la forte et heureuse situation politique qu'on lui destine, se réunirait avec d'autant plus d'enthousiasme sous cet Auguste Chef que son mariage avec l'ainée des Princesses de Sardaigne (1) indiqueroit pour l'avenir la réunion du Piémont à la partie de l'Italie dont il est ici question (2). La formation du corps créé sous l'influence de l'Archiduc, et que l'on pourrait considérer comme le noyau de l'armée Italienne future, et les mesures indiquées pour la Sardaigne causeraient nécessairement quelques frais à l'Angleterre auxquels il serait cependant nécessaire d'ajouter une légère somme destinée à former des bonnes connections en Italie ; mesure indispensable pour être toujours parfaitement informé de l'état du pays, et pour pouvoir lorsqu'il en sera temps instruire rapidement et presque simultanément la nation, de l'heureux changement politique qu'on lui prépare. Peut-être moyennant ces connections on pourra à l'occasion s'emparer par surprise de quelques ports de mer fortifiés tels que Gênes, Venise, ou Ancone, circonstance qui faciliterait beaucoup le début des opérations.

En attendant le moment d'agir sur le continent d'Italie, les troupes disponibles pourraient être employées à la conquête des Iles de la Méditerranée soumises à la France : telles que Corfou, la Corse, etc., etc., et selon les termes où l'on serait avec l'Autriche on pourrait porter avec avantage la guerre en Dalmatie : ces opérations partielles auraient pour résultats d'aguerrir les nouvelles troupes, d'augmenter les moyens de recrutement, d'enlever à la France des points d'appuis et de rassemblement maritime, et enfin elles auraient celui de prouver à l'Italie qu'il y a dans la Méditerranée une force active et entreprenante, qui obtient des succès journaliers sur l'ennemi.

Il est incontestable que l'ensemble des mesures proposées causeront quelque augmentation de dépense à l'Angleterre, mais cette augmentation serait aussi modique ; d'ailleurs cette Puissance doit considérer qu'elle en fait actuellement de très fortes pour son établissement militaire dans la Méditerranée : dont l'influence est cependant entièrement passive puisqu'il se borne *à conserver* : tandis qu'avec la modique augmentation en question, cet établissement deviendrait actif et se préparerait à frapper un coup dont la réussite déciderait à son avantage, et pour des siècles, la grande lutte dans laquelle Elle se trouve engagée.

----

(1) La princesse Marie Béatrice, fille aînée du roi V. Emanuel I, était née le 6 décembre 1792. Elle épousa l'archiduc le 20 juin 1812. Cfr. Maria Luisa Rosati, *Carlo Alberto di Savoia e Francesco IV d'Austria d'Este*, Roma, 1907, où il est souvent question de cette princesse.

(2) On oubliait donc l'existence d'un rejeton de la branche de Carignan, le futur roi Charles Albert, né en 1798, vivant alors dans les territoires soumis à la France (Costa de Beauregard, *La jeunesse du roi Charles Albert*, Paris, 1889).

N. B. — A part les mesures qui sont plutôt indiquées que détaillées ici, il est indispensable que sans attendre à chaque circonstance des ordres ultérieurs, le commandant en chef des troupes Britanniques aye la faculté et l'autorisation de tenter l'opération sur l'Italie, *où*, *quand*, et *comment* les circonstances du moment l'indiqueront; et il doit aussi être muni de tous les pouvoirs politiques qui puissent faciliter, et préparer la réussite de la dite opération.

L'Archiduc étant, par une foule de motifs aisés à apercevoir, la personne la plus propre pour rallier à lui, et donner aussi une impulsion uniforme aux Peuples de la partie de l'Italie dont il est ici question, il est urgent qu'il soit placé dans une situation militaire et politique qui le mette en mesure de remplir ce rôle important ».

Il découle d'autres documents réservés du Foreign Office, qui ne nous ont pas même été communiqués intégralement, qu'au cours du long et malaisé travail de préparation auquel Lord W. Bentinck et M. de La Tour se livrèrent pendant la seconde moitié de l'année 1811 pour mettre une forte armée à la disposition de l'Archiduc ils essuyèrent une grave déconvenue toujours enveloppée jusqu'ici du voile le plus épais. M. de La Tour était porté par ses origines et par ses tendances à faire bon accueil à tous les officiers sortis de l'armée autrichienne, et qui débarquaient en Sicile y demandant du service. Le choix étant restreint, il était impossible de regarder de trop près et de ne pas s'exposer au risque d'employer des aventuriers. Le réveil dut être bien brusque en découvrant que les recommandations des agents les plus autorisés de l'Angleterre dans les pays du Lévant avaient pû faire admettre dans les rangs de la petite armée en formation un officier capable d'intriguer avec la Reine Caroline pour chasser les Anglais de Sicile ! Les textes, mêmes émondés ça et là, sont d'une évidence écrasante. Nous les publions dans l'ordre même où ils parvinrent à Londres, pour mieux laisser voir les rapports qu'ils ont entre eux.

Ils nous montrent d'ailleurs que les conspirateurs subalternes, sinon la Cour qui les inspirait et les payait, en voulaient à M. de La Tour, en raison de sa loyauté presqu'autant, qu'à Lord William Bentinck (1).

Metzher's Report of Jacobi's conversation.

« In the month of May 1811 M. Metzzer an officer formerly in the service of Austria declares that he arrived at Palermo, and almost immediately became acquainted with Baron Jacobie (2).

Foreign Office
Sicily 44, N. I.

---

(1) Monsieur Imbert de Saint Amand dans l'un de ses innombrables récueils d'anecdotes en cite un très frappant qui nous montre la jeune duchesse de Berry ne pouvant supporter la présence de Lord William Bentinck, qu'elle regardait comme le « meurtrier » de Marie Caroline (IMBERT DE SAINT AMAND, *La duchesse de Berry et la Cour de Louis XVIII*, Paris, 1888).

(2) Un baron Constant Philippe Jacobi Kloets (1745-1816), diplomate prussien qui fut l'agent de la Cour de Berlin en Angleterre de 1792 à 1810, est cité souvent, avec la

In the beginning of their acquaintance and for some time Jacobie assured him that his object in remaining in Sicily was to obtain certain sums, amounting as he said to twenty-four thousand dollars which he had expended in the service of the British Government, more particularly in the expedition to the Jonian Isles, the succes of which he considered as due to his information.

M. Violland another Austrian officier was likewise in the habit of visiting Jacobie, who (Metzzer desires it to be remarked) was well aware of the motives which induced those officers to abandon the service of Austria and enter ours.

Jacobie expressed great satisfaction, on hearing from those officers, that the Archduke Francis and Count Latour were expected, and immediately on hearing of the Archduke's arrival in Sardinia, he left Palermo in one of Castroni's privateers and went to Cagliari.

On his return he gave to Metzzer the following account of his reception. That in the interview he had with the Archduke, he had been received by Him as one coming under false pretences to extort money, and that He refused to listen to him, on which he spoke with Count Saalbourg, and told Him that the time would come, when the Archduke would look for him but would receive an answer similar to what His Royal Highness had given him. He blamed Count Latour whose bad advice he said was the cause of this conduct of the Archduke's.

Upon those officers Violland and Metzzer complaining of their forlorn situation and wants he assures them that if they would only place confidence in him he would procure them a service infinitely preferable to any they could expect from England and that he saw he could make use of them, as they were « brave männer » honourable men.

On their enquiring the nature of this service he answered that it was neither for France England or Sicily that he wished to engage them and in answer to further questions he replied that by one of the secret articles of the late treaty between France and Austria it was agreed that the Archduke was to have Sicily. On their observing to him that if anything was to be undertaken for the House of Austria, they were ready, to serve as they had hitherto done provided it was not in alliance with France, or connected with a French Army, he answered « Dont endeavour to become better acquainted with my secrets, all I can at present assure you is that on our side every thing promises well ».

A few days after Lord William Bentinck's arrival he went to Messina on account as he said of his wife's health. Previous to his departure he waited on the Queen to take leave. Previous to his going to Messina he

plus grande défiance, dans les lettres de Marie Caroline au marquis de Gallo (M. H. WEIL et C. DE SOMMA CIRCELLO, *Correspondance*, cit., t. I). Il ne semble toutefois pas probable que ce soit le Jacobi de ces documents, car on l'appelle Jean Baptiste.

assured those officers, that if they had occasion for his assistance they might rely on him and that he would send them instructions how they should act.

Two letters were brought to them by a certain Captain Moeller, an officer in the King of Sicily's service, the contents of which were to urge them to give him every possible information they could acquire respecting the English, the Archduke and Count Latour; in his last letter he assured them that if they would only have a little patience he would in a short time give them more positive information relative to the conduct they should observe.

Jacobie returned almost immediately after Lord William Bentinck's departure for England and called on those officers presently after his arrival in Palermo and promised now to give them the instructions he had mentioned in his letter.

On their again remarking, how very improbable it was that Austria could be connected with such a plan, he denied them once more to inquire further, but that he could assure them the full was ready and required only a spark to see it burst into flames. This expression he afterwards repeatedly used and almost as often added that Providence had them in his way to save them from impending destruction. He desired them to remain apparently in our service, and furnish every information they could procure, that the news he expected shortly to receive from the Continent, would enable him to speak more decidedly, and that he had no doubt they would be satisfied.

In answer to an observation of Metzzer with respect to the greater comforts and advantages of our service, he answered: you are mistaken, you Germans are held in contempt, and those already in the service feel it and look forward with anxious expectations to the moment which may free them from their sufferings, adding never mind it, they as well as I will be revenged, what I have expended will be paid tenfold, with the blood as well as money of those grovelling Merchants (Kaufmänner).

On returning here from Messina Jacobie went accompanied by the Austrian Mimoter Gracieri, to the Queen, and brought a quantity of papers which he said were dispatches and which he asserted he delivered to Her Majesty.

In subsequent conversations he asserted in answer to some remarks made by Metzzer that the English did not know Sicily, and that an event would shortly take place which no person unacquainted with the circumstances by which it was to be brought about could possibly foresee. He likewise mentioned having sent four people to Calabria and that two had come back but that he anxiously expected the arrival of the other two.

He frequently went to the Palace and once not very long ago, on his return, mentioned in the most decided manner, his entire satisfaction, as the King and Queen had now given their approbation and consent to the measures in agitation.

On being again asked respecting the nature of the Plan, he answered that he could only tell them, that Sicily was to be given to the Archduke Charles and that the French Government had promised Naples and a part of the Roman territory in return to the King (Ferdinand) of Naples.

From some circumstances these officers had heard mentioned they expressed their apprehension with respect to the Police of Palermo, but he assured them that they were well known to Castroni as persons attached to him, that they had now nothing to apprehend, that after having refused the service the Queen had proposed to them, they would have been taken up had it not been for his interference.

He repeatedly mentioned his communications with the Marquis Circello, Prince Butera (1), the Duke of Ascoli, Castroni and Gracieri, more expecially the two latter with whom to Metzzer certain knowledge he passed the mornings and evenings.

Metzzer has seen him frequently go to Gracieri, & Castroni which latter he assured him would give up his situation if he (Jacobie) thought such a step advantageous to the business in which he was engaged. With respect to the dispatches he brought with him on his return from Messina he said some of them contained a most earnest request, that the Government of Sicily might not only send the Archduke Francis away from the Island, but likewise induce him to return to Austria, and that at all events he must be compelled to leave Sicily, as to Count Latour whom he represented as a man who imposed on the English, as well as His Royal Highness with mere visionary schemes, in order as Jacobie said to fill his purse, he added, he will be my victim and I hope yet to have it in my power to order him to be hanged.

Prince Butera he said had boasted that when the moment was come for him to declare himself he would produce an immense armed force of peasantry and militia 100.000 men at one time, on an (*intentional*) observation of Metzzer, that he and his friend were likely to become aventuriers, and be abandoned by the British Government he said the moment you choose or that you must leave their service you shall have the same pay, you now enjoy until a favourable opportunity occurs of employing you as you deserve; at the same he mentioned, I know the characters of all those merchants, Lord Amherst, Sir John Stuart, Lord Forbes, and General Maitland, with General Maitland he says he spoke twice; whilst he praised Sir John Stuart and Lord Forbes, he still said they were possessed of no talents, and as to General Maitland his haughtiness and avarice had disgusted every person formerly attached to us in Mes-

---

(1) Le richissime prince de Butera, de la vieille maison des Lanza, était grand écuyer du roi de Sicile. Son dévouement à la Cour était sans bornes, comme il le prouva en prêtant la main à l'arrestation des barons en juillet 1811. (Francesco Guardione, *Il dominio dei Borboni in Sicilia dal 1830 al 1861*, Torino, 1907, vol. I, p. 232).

sina. He said he knew General Oakes (1) and repeated over and over again that he had repeatedly risked his life in the service of the English, who through his information had obtained easy possession of the Jonian Islands and had they followed his advice would at this moment been in possession of Calabria, repeating that they would soon become better acquainted with the man they had not only despised but deceived, and that his risks would be repayed by their blood and his just demands tenfold with their money.

He mentioned that active preparations were taking place in Calabria and that the Jonian Fleet would soon make its appearance.

He said every thing was finally arranged with the Court, but he seemed always to lay the greatest stress upon a plan existing in this country which he represented as secret and infallible in its execution and hardly a day passed that he did not allude to it, so much so as to leave no doubt on Metzzer's mind of the existence of a most serious and dangerous plot, and he never left Jacobie without the strictest injunctions never to mention his name anywhere, that a short time would show him events he could not have thought possible to the utter astonishement and confusion of the stupid merchants, i. e. the English.

It was this latter circumstance which induced Metzzer to urge the Admiral (2) as strongly as possible to look to the state of the Army, or rather to mention to General Maitland Metzzer's apprehensions, for when speaking in this obscure manner about a deep laid plot, he never failed recapitulating, and dwelling on the general discontent which he said prevailed throughout the foreign troops in our service, and repeatedly mentioned that the German corps were so completely disgusted as to be ready to abandon us by the very first opportunity. Independant of general ill treatment our pride had made them detest us. This was a subject on which he dwelt repeatedly and with the greatest bitterness. In a word Metzzer says that so often did Jacobie allude to this secret plan and in such strong language that he could no longer doubt of a plot (of which the never could discover the details) highly dangerous to the interests of Great Britain existing in island.

signed W. ARMSTRONG.

A true Copy W. H. MILNES. *A. D. C.* ».

----

(1) Sir Hildebrand Oakes (1754-1822), auparavant quartier-maître général des troupes anglaises établies en Corse et en Portugal, vétéran des campagnes d'Amérique et d'Egypte, commanda la garnison de Malte de 1808 à 1813. (MIÈGE, *Histoire de Malte,* Paris, 1840, t. III).

(2) Vraisemblablement l'amiral sir Thomas Francis Fremantle (1765-1819), qui commanda l'escadre anglaise dans la Méditerranée de 1810 à 1812 et à partir de cette année l'escadre envoyée dans l'Adriatique. De 1818 à 1819 il fut investi du commandement suprême des flottes de S. M. Britannique dans la Méditerranée. Cfr. H. NICOLAS, *The dispatches and letters of Admiral Nelson,* cit.

« *A true Copy* W. H. MILNES. *A. D. C. 1ˢ Foot Guards.*

My Lord,

Foreign Office
Sicily 44, N. 2.
In justice to myself and for your Lordship's satisfaction, I think it necessary to mention positively the circumstances relating to Baron Jacobie, with which I am personally acquainted.

Five or six days after Admiral Fremantle had set off for Messina, the Austrian Officer Metzzer who had given the information, remarked to me that knowing how much the English distrusted strangers, he was anxious I should be convinced of the foundation he had for his assertions by overhearing a conversation between Jacobie, and his wife and him (Metzzer).

The situation of the apartments occupied by Jacobie afforded an easy opportunity of listening to their discourse, and during the short time that he left the windows open, I over heard him inveigh with the greatest bitterness and contempt against the Archduke Francis and Count Latour, and on the conversation turning on the subject of the English in Sicily he said distinctly that he had expended his property in their service, but that the time would come when they would repay him with their blood as well as their money and that with interest.

On being asked by Metzzer how affairs were going on in Messina he answered those merchants think they know Sicily, but they are unacquainted even with that town in which they have so long resided, here his wife interrupted him, saying in a loud tone of voice, our plan is sure and cannot fail, which expressions she repeated several times, when Jacobie prevented my over hearing anything further by getting up and shutting the window.

These are the expressions which particulary struck, and in which I cannot be mistaken. They are similar to the conversations Metzzer represents him as having generally held and I confess that until I was informed of the contrary I always considered this channel of information as having furnished a clue to the discoveries afterwards made at Messina, and as to myself, I had no doubt of Jacobie's being an agent in a plot against the British interest in this island as they are so few here who understand German the conversation was carried on whitout restraint and quite loud enough to prevent my being mistaken.

I remain

My Lord
. . .
signed WILLIAM ARMSTRONG.

Palermo, 25ᵗʰ Dec.ʳ 1811.

(M. ARMSTRONG'S *letter to Lord* W. BENTINCK) ».

" *A true Copy* W. H. MILNES. *A. D. C.*

5ᵗᵇ Nov.ʳ 1811.

The Gentleman's name is Carl Metzzer of the 12 Reg. of Hulans, a Captain in it.

He left the service of Austria with many others, and came to Palermo in the expectation of being employed in the English foreign regiments — arrived here in April last and waited immediately upon the Consul M. Fagan (1) with his friend Violand a German also — He met the Archduke at Salonica and went to Constantinople where he lived in the house of M. Caning (2) having brought letters of recommendation from General Swinbourne; M. Canning gave him money and letters to M. Werny the Consul at Smyrna, he came from Smyrna to Palermo in the Salcette, he depended upon employment in our service from the friendship of Count Latour; he has seen Count Latour this morning and signed a receipt, and is to go to-morrow to M. Obins to receive his money — in the same month that he arrived at Palermo he made himself acquainted with John-Baptiste Dominico Jacobi a Sclavonian, who talks German, Jacobi is married to a Hungarian woman, in his passports Jacobi is named gentleman, but he (Carlo Metzzer) is now aware of his being in the military service, Jacobi lives well, but (Carlo Metzzer) is not informed of his means.

In the first two or three months Jacobi's language was, that he was here to obtain 25.000 dollars which he said the British Government was indebted to him, on his (Carlo Metzzer's) asking him how he became possessed of so much money to expend, he gave him no answer, but only mentioned how he had laid out the money viz in the purchase of arms and ammunition, as also in keeping spies in various places, he asserted at the same time that without his assistance they, the English, would not have been in possession of the Jonian Isles, and if they had followed his advice we should be in Calabria.

Subsequently he advised Carlo Metzzer and his friend to remain quietly here, and if they were in want of anything to inform him. On the arrival of the Archduke Francis at Cagliari, Jacobi went to Cagliari, he soon returned to Palermo the latter end of August, when he first opened a plan to Carlo Metzzer and his friend, in purport that eventually with the aid of the French, this island was to be under the dominion of the Archduke Charles, that his journey to Cagliari had been useless, and that he considered the Archduke Francis as a lost man, and grossly imposed upon

Foreign Office
Sicily 44.

---

(1) Robert Fagan, peintre et amateur d'antiquités, consul anglais à Rome, Palerme et Naples, avait été mêlé aux très secrètes négociations de paix que Napoléon avait ébauchées, peu après son mariage, avec le cabinet anglais, par l'entremise de Labouchère, agent hollandais à Londres (SOREL, *L'Europe et la révolution française*, cit.). Cfr., pour le rôle de Fagan en 1814, WEIL, *Joachim Murat*, cit., t. 1.

(2) Probablement le grand ambassadeur anglais Stratford Canning (1786-1880), à Constantinople depuis 1808.

by Count Latour to whom he applied every term of contempt, he said business called him to Messina where he went after, only stayed a few day here consequently must have been in the early days of September 1811 having then assured them that they might place confidence in his support he engaged them to enter into a correspondence with him mhile at Messina and to inform him of every circumstance they could learn relativ to the Archduke, Latour, Lord William Bentinck, etc. etc., urging them also to gain the confidence of every person engaged in the service of Great Britain. He, Carlo Metzzer, received only one letter from Jacob when at Messina which contained a promise of support, and instruction as to the line of conduct to be preserved by them at Palermo, which instructions he feels assured he shall obtain. Since the return of Jacob he has seen him every day with his friend, he, Jacobi, has informed him that although he would not discover the whole of the plan he migh rest assured that a landing would be made where it was least expected that it was not alone from Toulon where this might be expected, but a circumstance would shortly take place which would throw us into astonishment in which case their services would be of consequence enough to ensure them a much better situation than any they could expect, i would possibly be a service of danger, but the greater the difficulty the greater would be the reward.

He named to him different ministers who were engaged with him as partizans, St. Clair, Circello, Butera, Castroni, and Baron Crescieri, those he is positive about, and he is sure he has frequent communication with them; he met him early the day before yesterday coming from Castroni's and on his asking why he was so early with Castroni, he answered he was very anxious to hurry on the business and to leave Palermo, he says he will go to Messina and from thence to Naples. He has a house at Messina which he keeps by the year. He says he is friend with M. Stuart our Minister at Lisbon (1) and Jacobi has told him (Carlo Metzzer) that the officers in the foreign Regiments have declared to him that they were treated with indignity and neglect by the King's British officers and from his general conversation he can have little doubt on his mind that he has endeavoured to corrupt their minds.

Yesterday he advised him to continue his communication with the English and that he would inform him of the time it would be prudent to break off that connection.

He has been assured by Jacobi that all this was with the approbation and connivance of the Court.

(*signed*) T. FREEMANTLE
Rear Admiral ».

---

(1) Sir Charles Stuart (1779-1845) avait été auparavant attaché à l'ambassade anglaise de Madrid, d'où il fut transféré en Portugal. Il devait occuper plus tard les postes importants de Paris, où il fut ambassadeur anglais de 1816 à 1830, et de St. Pétersbourg. Cfr. GUY LE STRANGE, *Correspondence of Princess Lieven and Earl Grey*, London, 1890.

« *A true Copy* W. H. MILNES. *A. D. C.*

On the 15 Nov. 1811 Metzzer desired to see me, and we met at Lord Malpas's house.   Foreign Office
Sicily 44.

The purport of his communication same as long paper drawn up by M. Armstrong and therefore not sent which I took down in such a way that I had no doubts of the authenticity. I had seen him prior to this. Doctor Armstrong interpreted, and the influence his account had on my mind was such that I determined to see General Maitland. A courier with the information was sent to the General at Messina immediately, and on the 7 I sailed from Palermo and saw General Maitland on the 10. I have no doubts from what Metzzer told me that Jacobi was employed to seduce our foreign troops from their allegiance, and so impressed was I in this belief that I felt it my duty to exhort the Lieut. Gen. to attend to the communication I made him. General Maitland expressed his satisfaction at what I had made known to him, and has frequently since written to me saying that he was not unmindful of it. The declaration of Metzzer is now in the possesion of Lieut. Gen. Maitland.

(signed) Thos. FREEMANTLE
Rear Admiral.

Palermo, 20 dec.ʳ 1811 ».

« *A true Copy* W. H. MILNES. *A. D. C. Lieut. Genl.* MAITLAND.

My dear General

The accompanying paper which M. Douglas has had the goodness to   Foreign Office
copy and which I took down from the man himself appears to me of such   Sicily 44.
serious import that I do not delay one minute in sending it off by express, perhaps I may be alarmed more than the nature of this main information warrants, but totaly uninformed as I am of the station and disposition of our foreign troops I should not do my duty if I concealed it from you particularly after the recent tumults at Malta.

It strikes me that Jacobie is an agent of France as well as of the Court and probably has been tampering with our foreign officers who certainly are not attached to us as much as you and I could wish, probably this information may induce you to make such an immediate change of station as to render abortive all the plans that are in embryon, and I have to submit to you the expediency of apprehending Jacobie if he goes to Messina, M. Douglas will I am sure keep a good look out here, and you will have the earlier intelligence of every thing material that occurs.

I was preparing to take a trip to the Lipari Isles, but this will detain me here, and you will oblige me by forwarding to Malta the accompanying

letter from Adm.l Boyles (1) which requires him to send the Achille without
loss of time.

  I have etc.

           (signed) Thos. FREEMANTLE.
               Rear Admiral.

    Palermo, 5 nov.r 1811 ».

  « *A true Copy* W. H. MILNES. *A. D. C.*
  To H. E. Lord WILLIAM BENTINCK.

   My Lord

Foreign Office
Sicily 44.   In compliance with your Lordship's request I have the honor to transmit to you the verbal communications made to me by Baron Jacobie.

  But as I do not consider the agreement (which I conceived necessary in the event of my return to my country at any future period) as satisfactory to those who might upbraid a subject of His Majesty the Emperor of Austria with having behaved insidiously and treacherously towards his plenipotentiary in a foreign country by having divulged his most inviolable secrets; I find myself compelled to request your Lordship will have the goodness to give me an authentic document declaratory of my having been obliged to confess all I knew concerning Baron Jacobie in consequence of two of my letters having been found in his possession.

  I likewise take the liberty of informing your Lordship, that, now on the eve of our departure my comrades as well as myself are in absolute want of money, and having some debts, we entreat your Lordship's assistance, refering you for every information on this subject to D.r Armstrong who is well acquainted with our situation.

  I have the honor to be etc. etc

           (signed) DOMIN. DI VIOLLAND.

    Palermo, 23 dec.r 1811 ».

  « *A true Copy* W. H. MILNES. *A. D. C.*

Declaration.

Foreign Office
Sicily 44.   As in consequence of the arrest of Baron Jacobie, two letters written by me have fallen into the hands of those employed in the investigation from which it appears that frequent mention has been made of secret propositions presented to the Court of Sicily, by the Emperor of Austria, for such a political arrangement respecting the two Sicily's as might meet with the general approbation of the Continent. In order therefore to avoid giving Lord William Bentinck additional reasons for suspicion,

---

(1) Charles Boyles, mort vice-admiral en 1816, élève et camarade de Nelson (N. HARRIS NICOLAS, oeuv. cit., I vol.).

I feel myself under the necessity of declaring the substance of different conversations, summarily, and without entering into details, more especially as this my declaration, in consequence of his Lordship's promise made to me by D.r Armstrong, is merely to be considered as a private and confidential communication, and as such never intended to be contrasted with any depositions Baron Jacobie may have made.

It follows from the verbal communications made to me by Baron Jacobie, that, it was agreed upon in a secret article of the late peace between France and Austria, that after regulating affairs of primary importance, the two powers should turn their attention to the confused state of the Kingdom of Naples.

This agreement remained without further consequences until the Austrian Minister, Count Metternich, mentioned it once more at Paris, about the period of the marriage of the Archduchess Louisa.

The present Emperor now arrived at the pinnacle of prosperity and happiness, thought that the moment was come for him to attend to the interest of the high personages, relatives of his August Spouse.

The natural consequence was an arrangement between the Duke of Cadore and the Austrian Minister, agreable to which it was determined to restore (with some exceptions) Naples and Calabria to King Ferdinand, and to transfer Sicily to one of the Emperor's brothers.

In order to give still more weight to this treaty, it was communicated to the Court of Petersburgh, and on this Court acceding to the plan, the above mentioned Baron Jacobie who resided here in consequence of certain claims on the British government, received a commission as envoyer plenipotentiary of his Majesty the Emperor of Austria, with directions to repair to the Court of Palermo to deliver the dispatches containing these proposed arrangements to give them his utmost support and to return in person to Vienna with the result of his labors.

Both their Majestys received without hesitation the credentials of Baron Jacobie and although at first by no means gave their assent to the proposals they still contrived under various pretexts to detain this deputy, and held from time to time private conferences to give him an opportunity of still more strenuously supporting his cause until at last the Court of Palermo, in consequence of the differences which took place after the arrival of his Excellency Lord William Bentinck seemed all of a sudden to change its opinion.

Still the uncertainty respecting the consequences of Lord William Bentinck's representations made in person to the British government delayed the final resolution of the Cabinet and it remained hesitating and undecided.

The Queen, however having through the means of secret agents in England, received information of a nature little satisfactory to her wishes contrived to persuade his Majesty to ratify on the 20th of November the above mentioned convention.

Immediately on this taking place Baron Jacobie received orders to hold himself in readiness to depart, and he determined on the route through Turkey.

In order to render his journey liable to as little risk as possible he waited the return of his Excellency Lord William Bentinck. He flattered himself that the private motives he intended to alledge to his Excellency could not fail in procuring his assent to a request relative to his departure and he finally determined on sending the dispatches he expected from this Government concealed in a bale of merchandize by means of certain merchants via Malta to Salonica addressed to the Austrian Consul there resident, in order to avoid the risk of being searched. His arrest which has taken place has prevented the accomplishment of his plan.

(signed) DOMIN. VIOLLAND ».

« *Deposition of Jacobi made upon Lord William Bentick's promise to release him and provide for him for life (extract).*

Foreign Office Sicily 44.

The misfortune of Jacobi was that a year ago General Stuart abandoned him, and sent him back to Palermo to Lord Amherst by whom he was equally abandoned after his arrival. Before this time Jacobi nor his wife never had communication with the Queen neither in person nor by writing nor through a third person upon any subject whaveter but finding himself abandoned with the burthen of a wife of noble family without means of subsistance, he was driven by actual despair to prostrate himself together with his wife at the feet of her Majesty the Queen.

He complained heavily of the ill-treatment of Lord Amherst, he spoke ill of the English, and entreated the Queen to have the humanity to give him the means of returning to his home in Austria by the route of Turkey. Her Majesty promised it, but it was never performed, and Jacobi found himself driven by necessity to entreat of her some assistance, which might enable him to live till an opportunity should offer for his return. Her Majesty granted his request and caused him to be paid twelve ounces and 1/2 every fifteen days by the Chevalier Castrone. Jacobi continued to entreat the Queen that his return might take place but in this interval being unemployed the poor Jacobi and his good wife did nothing but recommend themselves to God.

Having reflected upon the Prophecies of Santa Eustachia they found that the Germans were to come into Sicily and reign there for about a year and after them was to come a King called Carlo Berry.

This was the reason why my wife and I have always said that the affair was certain although by human means it appeared impossible. God alone has the power to accomplish it.

'Afterwards Metzgher and Violand came to lodge at the Porta del Carbone where we lodged. We formed acquaintance with Metzgher and his companion, and they afterwards came often to hour house particulary Metzgher.

We talked at times of the present misfortunes of mankind; the report was general that the English were to take provisional possession of Sicily (1), till a General Peace, on account of the ill Government of its present Rulers which is evident. We read in the Messina Gazette the arrival of the Archduke Francis with a train of officers.

Afterwards we heard further from Metzgher and we constantly said that by the will of God the Germans were to pass into Sicily — the Public voice also spoke of secret articles in the last Treaty of Peace to that effect. By these also Naples was to be restored to King Ferdinand or else Dalmatia, and we in consonance with the Prophecy have always believed it and do so still.

About 20 days after the Archduke's arrival at Malta the Cavaliere Castrone sent for me (for my misfortune) and said to me « Why is it that you lead this retired life? for the Queen's favors you had better employ yourself in procuring me news ».

I replied to him that my character did not allow it, that my experience and forsaken state were against it, that my religious notions obliged my to lead a retired life and to see nobody, but that hereafter, if I heard anything I would report it to him — if I remember the first time was about the end of June 1810, and afterwards as I got intelligence from Metzgher I carried it to him. When the news arrived that the Archduke was at Cagliari my wife and I resolved to go and implore his protection with the British Minister to obtain us indemnification and a return to Austria at the expense of England by way of Turkey. Before our departure we had an audience with the Queen and told her our intention.

She charged us to learn whether her nephew was really there or some Person under his name, and if it was him whether he was to marry the King of Sardinia's daughter who had been intended for Leopold.

We undertook the affair and went thither.

The Archduke received us with his usual bounty but told us that being but a private person he could be of no service to us. He said he vould give us a letter for Vienna if we returned thither, and gave us no further opportunity of seeing him. Thus we returned to Palermo — we went to the Queen, and told her we had spoken to the Archduke and

---

(1) Cette menace devait recevoir une sorte de cachet officiel, en tombant, quoique comme simple taquinerie, mais peut-être aussi comme ballon d'essai, de la plume de Lord Bentinck dans une lettre au prince héritier de Sicile. Lord Castlereagh en tira parti lorsqu'il voulut perdre Lord William.

that the report was that he was to marry the Princess and that he had not undertaken to serve us with the English.

She thanked us and said « this is an imbroglio which I dont understand ». In the mean time Lord Bentinck arrived; the second day after his arrival, I went to represent to him my situation and entreat his justice. But the porter rejected me together with my wife — Lord Bentinck departed for Messina and we also in order to speak to him there. Before setting out I went to the Queen and she charged me through the Chevalier Castrone to communicate to her the news of Messina and whatever I could learn.

We set out and immediately attempted to speak to Lord Bentinck but was unsuccessful.

For about two months which I remained at Messina, I made to the Queen five or six reports of the news which was current, and upon the motions and intentions of the English — I sent remarks upon the Gazetta Britannica and upon the Great French Party among the merchants and nobility, which was encreasing from the impunity which they met with.

No person came to my House except Brother Antonino of Messina, Francis del Ritiro, Don Antonio Rensis and my Confessor to whom I have always spoken of the impossibility of the French or English reigning here, and of the coming of the Germans.

I returned to Palermo upon an order from Castrone through Captain Candicto and went to an Audience with the Queen.

I entreated her to profit by the opportunity of sending me to Vienna as her Incaricato, she having informed me that Ruffo her former one had quitted it. I undertook to inform Her Majesty of the situation of Vienna and to be serviceable to her. She promised me the opportunity but I never received it, and I addressed two memorials to her without effect.

In our conversation with Metzgher and Violand we have always spoken strongly and said the affair was certain, because such was the Will of God.

That we have spoken ill of the English is true but from grief and anger at having been abandoned by them.

But that I have had correspondance with any one, or formed party, I protest before God to be false. Never did I write to any one except the Queen thro's Castrone.

The only minutes and evidence that I had in my House were burnt by me in the ante room above stairs, where the briks will be still blak as a proof of it.

Let your Excellency therefore reflect upon the Sacred Prophecys ».

(Confession of Jacobi made in the Citadel of Messina).

« *Palermo, 31 decem.ᵣ 1811.*

My Lord,

A person styling himself Baron Jacobi married to an Hungarian Foreign Office
lady was sent in by M. Charles Stuart from Vienna with letters to Com-   Sicily 44.
missioner Ball at Malta. Jacobi... (1) claims to himself the merit of the capture of the seven Islands... It appears that Jacobi was extremely dissatisfied...
and became a violent enemy to the British Government and nation. An
Hungarian of the name of Metzher one of the Austrian Officers lately
taken into our pay informed M. Fagan the Consul that he had very
important intelligence to communicate to him. This took place while I
was in England.

M. Fagan not understanding German the only language spoken by
Metzher employed M. Armstrong a gentleman of great respectability tra-
velling with Lord Malpas (2) and known to Lord Cholmondeley to receive
Metzher's communication.

M. Armstrong has shated in a paper (N. 1) the substance of the report made to him from day to day of Jacobi's conversation. The truth of these
reports is confirmed, by the testimony of M. Armstrong himself who was
placed by Metzher in a situation from whence he (M. A.) could over
hear a conversation between Jacobi and Metzher. M. Armstrong has given
an account of what he heard in a paper marked (N. 2).

It was clear from this information that Jacobi was an active agent
in some conspiracy against the British Army and interests. That he knew
of the transactions going on at Messina. That he was in continual communication with Castrone and the Queen.

Admiral Fremantle and M. Douglas had seen Metzher frequently and
were so strongly impressed with the importance of the subject that the
Admiral went over on purpose to Messina to put General Maitland upon
his guard in respect to Messina and the seduction of the German troops.
Admiral Fremantle's opinion will be found in papers marked (N. 3).

The discovery of the correspondance with the enemy had taken place
at Messina and it was most important to trace if possible the degree
of connexion existing between Messina and Palermo.

I determined in consequence to arrest Jacobi and to seize his papers.
In order to prepare the best defence for an act in itself irregular and
unwarrantable, I previously took Jacobi into the pay of the British Government..... That this opportunity vould offer I knew from Metzher who
informed me, that Jacobi meant to call upon me. He came on the pre-
text of his claim to which I pretended to listen.

---

(1) Les coupures ont été exigées par le ministère anglais des affaires étrangères, qui
voulut bien nous permettre les recherches même dans les archives secrètes.

(2) Le vicomte Malpas était le fils de Lord Georges Cholmondeley (1749-1827).

His object was probably to get a pasport and safe conveyance to the continent as he embraced with apparently great satisfaction my offer to send him to Vienna with dispatches. He was arrested on the 14 and carried on board the Milford without the knowledge of anyone, and although I know the Queen to have been excessively enraged at this act it is a curious fact that not one syllable by way of remonstrance has been made to me.

Jacobi is now safe in the Citadel of Messina.

His house was immediately searched but not a paper was to be found, and we have since learnt, that Violand to whom Metzher had confided the secret betrayed it and put Jacobi upon his guard.

Violand is another of the Austrian Officers in our pay and deeply implicated as it now seems in whatever plot Jacobi has been carrying on. He is on board the Milford together with Metzher in order to be safe from the intrigues and vengeance of the Court. When he was sent there he was supposed innocent and it is only since that we have discovered his guilt. I enclose a curious declaration made by Violand (N. 4) of all the circumstances known to him respecting Jacobi.

This paper was obtained from him by the following means. M. Armstrong interrogated him and pretended to have over heard several conversation between Violand, Jacobi, and Metzher communicated to him by Metzher. Violand was deceived and has given information upon the points about which he was questioned.

Expecting M. Hill and Count Latour from Cagliari I have not carried the examination further. I propose to leave this to Count Latour who knows Violand and can better than any other person, procure from him an explanation of intelligence which appears very incredible.

It may be worthy of remark at the same time, that the idea of the possession of Sicily by an Austrian Prince appears from other information to have had existence, as if such an arrangement had been in contemplation. Perhaps it may have been one of the inducements held out by Buonaparte to the Emperor of Austria to lead him to accede to a defensive and offensive alliance.

I enclose also a confession made by Jacobi since he has been in the Citadel (N. 5) in which he acknowledges his having been employed by the Queen at Cagliari and Messina.

He acknowledges to have known of the great French Party at Messina and to have communicated that information to the Queen. He allows that he has had various interviews with the Queen and Castrone. All this entirely corresponds with Metzher's intelligence. The trial and punishment of the other Prisoners at Messina (1) will probably extract from

---

(1) L'histoire de ce procès fini avec la pendaison de Rosseroll est resumée par N. Palmieri, *Saggio storico e politico sulla costituzione del regno di Sicilia infino al 1816.* Losanna; 1847. Voir surtout les notes de M. Amari au ch. VII.

him the whole truth and more particularly as I have threatened him with the same process.

I have the honor to be with the highest respect, my Lord, your Lordship's

most obedient humble servant
W. C. BENTINCK.

The most Noble the Marquis WELLESLEY K. G. ».

Si ces pièces ne laissent pas de doute sur la complicité de la Cour de Palerme dans ces maneuvres, il ne semble pas que l'hostilité de la Reine, qui était toutefois l'âme de la machination, se soit étendue au « petit La Tour » comme elle aimait à l'appeler quelques années auparavant. Il avait bien grandi depuis, et sa situation s'était élevée en donnant par le coup même plus de gravité à son attitude politique. Son aisance d'homme du monde lui aura permis avec cela de conserver avec la Reine des rapports en apparence, au moins, excellents, dont témoignent ces billets de l'hiver 1812 :

« Je vous envoie deux lettres, une pour la Reine et l'autre pour l'Archiduc, vous priant de faire mes respects au Roi et mes plus tendres compliments au reste de la famille, c'est avec regret que je vous vois vous éloigner, incertaine si de ma vie je vous reverroi, comptez que je nourris pour vous les sentiments de la plus sincère estime et opinion comme du désir sincère de votre bonheur. L'incertitude et presque..... nullité de mon existence ne me permettent point de vous renouveller des offres et assurances qui sont gravées dans mon coeur, mais dans tous les cas possibles et non prévoyables, croyez que vous me retrouverez toujours empressée de vous prouver ma bien sincère estime et le désir bien véritable de pouvoir vous être utile, dans les cas bien plus certains de ma prochaine destruction ayez quelque souvenir d'estime et justice pour celle qui est et sera toujours votre bien

Attachée
CHARLOTTE.

Le 11 mars 1812 ».

Archives de La Tour. Orio. - II, 171.

« Comme je me flatte que vous me conserverez toujours quelque intérêt et que vous connaissiez ma position je veux donner part d'une consolation que j'ai eue par l'heureux accouchement de ma chère fille Amélie d'une fille saine et bien constituée (1) ; des autres pénibles et désagreables affaires

Archives de La Tour. Orio. - II, 172.

---

(1) C'était la princesse Louise (1812-1850) qui fut plus tard appelée mademoiselle d'Orléans et épousa le 9 avril 1832 Léopold I roi des Belges.

qui me rendent si malheureuse je vous en épargne le douloureux récit et me borne seulement à vous renouveler les assurances de ma parfaite estime et que je suis pour la vie et toujours

Votre affectionnée
CHARLOTTE.

Le 3 avril 1812 ».

La Cour de Sicile ne comptait plus en effet pour beaucoup, dans le jeu, de jour en jour plus compliqué et serré, de M. de La Tour. Son Prince, c'est à dire l'Archiduc, vers lequel se tournaient les regards de tous ceux qui espéraient une délivrance de l'Italie, impatiente du joug français, le Prince à son tour se détachait de Palerme, à mesure qu'il prenait racine à Cagliari où l'attachaient les liens les plus doux.

Les préoccupations politiques tiennent avec cela toujours une place prépondérante dans la correspondance du Prince avec La Tour, même à cette époque pendant laquelle cette importante affaire du mariage semblait devoir primer tout à ses yeux.

« Mon cher Comte La Tour,

Archives de La Tour.
Orio. - II, 167.

J'attendais depuis si longtemps le départ de Mons. Hill pour vous écrire, mais par manque de bâtiments il s'est différé jusqu'à présent. Je ne vous ai pas écrit par le paquebot dernier qui ne s'est arrêté que peu d'heures ici, mais je vous ai fait dire par Mons. Barbier que j'avais reçu votre lettre du 12 janvier, qui est la seule que j'aye reçue de vous depuis votre départ; et que Mons. Hill se disposait à partir au plus tôt.

Quoique Mons. Hill vous donnera de bouche de mes nouvelles je vous dirai que je me porte constamment bien, que j'ai reçu une lettre de Vienne par la voie d'Italie du 14 octobre, dans laquelle on me marquait que votre ami N. y était déjà; puis je eus par la voie de Smyrne une lettre de Vienne du 1 Novembre, où l'on me marque que Mons. Toro (1) a à present un commerce très étendu, et que la Mère Anne a montré une intention de faire un établissement à son neveu Arthur, mais à Vienne on souhaitait d'ajourner la chose, il y aura peut-être des autres intéressés à ce testament, mais on trouva pourtant la chose juste et bonne.

Je vous joigne ici une lettre qui m'est venue de Vienne pour vous, et que j'ai réservé à l'occasion de mons. Hill pour vous la faire parvenir plus sûre. L'autre lettre pour vous vient de Gibraltar, je la crois de Fiquelmont, on me l'a portée. Le pauvre Fiquelmont m'écrit de Lisbonne qu'on lui a volé son portefeuille avec tous ses papiers, lettres de recommandations, tout l'argent, et tout ce qu'il avait de précieux. Je le plains bien, et vous recommande de parler pour lui. Parlez aussi pour Rivarossa, et le Major Baruc afin qu'ils soyent pris à la solde et s'il se peut quelque chose pour les deux

---

(1) Evidemment Janus de la Tour.

abbés que j'ai ici, dont le dernier s'appelle Visona, un Vénitien très-éveillé, et bien pensant qui jusqu'à présent vit comme Delnero à mes frais.

Il y aurait aussi ici quelque Chirurgien sans emplois si on en vouloit. Je vous joigne ici aussi une quittance du consul Autrichien Novatski, que je vous prie de lui rendre. Je pousse tant que je puis mes affaires particulières ici, qui peu à peu prennent toujours meilleure tournure, il faut beaucoup de patience ; mais je gagne toujours du terrain. On a fait tout au monde pour parvenir au Pape (1), j'espère dans un mois les réponses, mais si jamais cela fût impossible, j'ai déjà disposé les esprits de façon que je crois on pourra parvenir au but même sans cela (2). Et si ce point est surmonté l'affaire se fait d'abord, on la souhaite à présent, et on n'y mettra plus de retard, si on aura aussi les réponses favorables décisives relativement au pécuniaire, que j'espère vous porterez. J'ai lieu d'être toujours plus content de ma résolution, et choix. Je prépare tout à cet effet, et c'est pour tant de petites commissions relatives à celà que j'envoye Schultz avec la frégate de Mons. Hill, et je vous prie de le recommander à l'amiral en mon nom pour que quand il aura achevé ses commissions il lui donne le passage sur un brick, ou autre bâtiment de guerre ou autre sûr pour retourner ici avec des diamants, et autres choses de valeur qu'il doit apporter, et je dois l'avoir avant Pâques, car après Pâques d'abord je compte de effectuer mes projets. En attendant comme ici on parlait déjà tant de mon voyage en Sardaigne et que je l'ai différé toujours je vois que je ne puis guère le différer plus long temps, d'autant plus qu'on voulait que je le fixe 15 jours au moins d'avance. J'ai donc fixé (si des raisons majeures ne m'en détournent pas), de partir de Cagliari le 26 de ce mois de Février, d'aller seulement par Oristano, Algheri à Sassari ; et de là si je ne vais pas à la Maddeleine je suis de retour le 14 de Mars ; et je compte de n'aller à la Maddeleine que dans une certaine supposition : mais j'espère que avant de partir si même vous n'êtes pas de retour encore j'aurai de vos lettres. Je saisis ce moment où il n'y a rien à faire et que la saison le permet pour faire cette course ; et je puis me réserver d'aller aux îles de St. Pierre, et de la Maddeleine une autre fois même par mer ; au moins quand je suis à Sassari je me règlerai selon les lettres que j'aurai et selon les circonstances. Vous êtes maintenant instruit de mes projets, cela vous servira de règle et vous les communiquerez.

A Schulz j'ai donné entre autres commissions celle d'ordonner la voiture dont je vous avois prié car je souhaiterai qu'elle servit et de voyage et pour la ville et j'en ai fait l'explication à Schulz, ainsi je vous prie de lui dire seulement ce que vous avez stipulé à cet égard, et remettez la commission à Schulz. Pour le cuisinier que je paye à Palerme je vous prie ....

---

(1) Pie VII était alors prisonnier des français à Savone.

(2) Au contraire le biographe officiel de l'archiduc, DON CESARE GALVANI, *Memoric storiche intorno la vita di S. A. R. Francesco IV*, Modena, 1847, vol. I, fait un grand mérite au prince de ce qu'il était disposé à renoncer aumoins pour un temps au mariage, si le bref pontifical n'était enfin arrivé le 15 mai 1812.

de le congédier en lui donnant un présent, une fois pour toujours, de 12 habile, leste, qui travaille bien, et est prêt d'aller par tout où je voudrai. Pre-habile, leste qui travaille bien, et est prêt d'aller par tout où je voudrai. Prenez aussi quelques renseignements en cas de besoin pour trouver un jeune homme confetturier, qui sache faire des bisquits, et des douceurs, des glaces, etc., et qui ne soit pas marié, de bonne conduite et prêt à aller où le sort le conduit, ne l'engagez pas encore, mais cherchez si vous en pouvez trouver un. Je vous prie recommandez si l'occasion porte le bon Mons. Coch Consul de Salonique en mon nom. Ici à présent on est favorablement disposé pour les vues anglaises. J'attends avec impatience de vos nouvelles; d'ici je n'en ai guère à vous donner.

Vous pourriez acheter à Palerme deux selles et briglie (ma di quelle dolci) comme si c'était pour vous; car j'aurai un autre cheval.

Pardon de ce pot-pourri; je vous joigne une lettre de Sterpin.

Je me fie que vous aurez faites toutes mes commissions de tout genre. J'ai donné à Schulz à conto 500 ducats, s'ils ne lui suffisaient pas et que vous en avez de ces 500 ducats Sardes que vous aurez changés pour moi, en partant laissez lui encore de l'argent. Je suis avec mes sentiments constants, bien mérités par vous, et sentiments sur les quels vous pouvez compter votre très affectionné

FRANÇOIS.

Cagliari, ce 11 Fevrier 1812 ».

Même dans d'autres lettres de cet hiver (1) l'Archiduc François entretient son ami des démarches délicates pour former les cadres, avec tant d'officiers dispersés ça et là. En plus, vers la fin de février, on voit surgir un autre gros nuage : les intrigues poursuivies dans un but élevé, mais en marge des voies régulières, par un groupe d'officiers Autrichiens dirigés par Nugent avaient été en quelque mesure pénétrés par les agents Français à Vienne. Le Gouvernement Autrichien fut mis en demeure de séparer sa responsabilité et Janus de La Tour qui était des plus compromis eut à subir des désagréments qui ne furent probablement pas sans influence sur le dérangement devenu hélas! irrémédiable de sa santé. Il en est question à mots toujours plus ou moins couverts dans les lettres de l'Archiduc, par exemple du 23 Février, et dans d'autres de Nugent, et du Major Dumont qui avait pris le nom d'emprunt de Perino (2). Un couple de lettres de Nugent montre davantage le développement de cette ténebreuse affaire :

Archives de La Tour.
Orio. - II, 157.

« Je ne veux pas laisser passer la première occasion pour vous écrire, mon cher et digne ami, on vous dira où nous en sommes.

Tout était accordé quand les changements de là bas entrainèrent nécessairement la suspension de toute conduite décisive; on disait cependant

---

(1) Archives d'Orio, II, 168; II, 169.
(2) Archives d'Orio, II, 164 *bis*.

à celui-ci « allez toujours voir les choses » voilà tout, au reste son arrivée
donnait une certaine confiance. Travaillez de votre côté comme si tout allait à votre gré; dévancez autant qu'il est possible, les confirmations tar-
dives mais sûres que vous aurez de Nelli. Dites à Arthur que je suis plus
convaincu que jamais que tout ira bien. Il est probable *que les Directeurs*
sont déjà chassés, mais je ne m'en réjouirois pas, si je ne comptais sur
les successeurs; voilà pourquoi on ne risque rien de parler de moi au maître
le plus tôt possible. Un mot d'Arthur fera mieux que tous les souvenirs
d'anciennes liaisons de nos plus intimes amis. Il me répugne un peu de
dire même à vous de faire faire cette démarche en ma faveur, mais je vous
connais; votre caractère ferme et noble saura sentir que l'intérêt personnel
ne peut jamais me guider. Pour rendre des services essentiels il faut qu'on
me donne l'occasion de là bas et je sais que je suis on ne peut mieux
dans l'esprit de mon *propre Arthur* ainsi il verra avec plaisir une lettre
où se trouvera quelque chose d'obligeant pour moi; et voici justement *le
moment*. En attendant soyez persuadé que je ne cesse de penser à vos
affaires, et ne puis m'occuper d'autre chose; vous savez (j'ose me flatter au
moins) avec quelle chaleur je poursuis une cause qui m'attache.

Je devrais retourner là bas et si la fortune était mon objet unique ce
serait imprudent de différer le voyage; mais je me regarde comme dévoué
à vos destins. Dieu sait si notre homme restera ici, il m'étonne qu'on n'a
pas déjà témoigné quelque chose là dessus il fera ce qu'il peut mais il ne peut
rien, où je me trompe fort; je serais content si beaucoup de mal n'en résulte
pas; aujourd'hui 17 janvier pas un mot à Vienne. Ecrivez-moi, cher ami,
votre frère est tout ce qu'il doit être; il a une originalité séduisante qui vous
entraîne à ses idées; du moins on ne peut y rien répondre, et c'est la même
chose. Je l'aime mieux tous les jours! Adieu, cher ami, il ne faut pas m'oublier; donnez moi de vos nouvelles quand celà est possible. Rien au monde
actuellement m'intéresse tant que le sort des voyageurs.

A jamais votre N. ».

« Zsctem 25 janvier 1812.

. *Mon cher Ami,*

Si vous êtes chez Sismondi (en Sicile) faites vous informer du contenu
de la lettre que j'envoie par le porteur de celle-ci à notre commun ami
Bellermi (1) qui doit être à présent de retour. Le porteur lui-même vous donnera aussi des informations. C'est un homme sûr et intelligent. Vous
saurez déjà la maladie de Toro Cadet, et la cause. Il va à présent beaucoup
mieux, et pourra venir auprès de vous jusqu'au printemps. Cette affaire
n'a pas eu la moindre suite, et les affaires sont même à plusieurs égards
dans une meilleure situation qu'avant. La seule chose qu'il y a de malheu-

Archives de La Tour.
Orio. - II, 165.

---

(1) Evidemment Lord William Bentinck.

reux c'est la maladie de T. C. qui me chagrine autant que vous, mais assurément vous vous la figurez pire qu'elle est vraiment. Henry et l'époux ont eu un moment du désagrément, mais à présent tout est terminé. Un couple d'ouvriers les avaient accusés de contrebande qui n'a pas été prouvée, et la chose en est restée là, sans qu'on ait eut idée de notre commerce. Comme ceci est arrivé au moment de mon retour je n'ai pas pû d'abord dépaqueter les denrées que j'avais d'Anne au profit de mon Cousin. J'étais dans un très grand embarras comme vous pouvez bien vous l'imaginer, et il fallait de la prudence vis-à-vis de M. Legrand, et surtout du commis (Metternich). Maintenant tout est bien. Les choses sont en magasin et quoique ces 2 MM. craignent beaucoup des pareilles spéculations hazardeuses, cependant ils seront assurément bien aises si une fois cela aura réussi. Il ne faut donc plus les demander et faire ce que l'on peut. Il s'entend que dans cette affaire je ne faisais que la commission de ma cousine Anne, et que je ne savais que d'Elle ce qui regardait Arthur avec qui je n'étais par conséquent jamais en relation. Je ne parlerai plus de Lui, et je viendrai aussitôt que possible chez vous. J'aurai probablement quelques denrées d'ici pour Anne en retour de celles que j'ai apportées. Malgré les entraves que trouve partout le commerce, nos affaires sont ici dans un assez bon état, mais tout dépend de l'établissement de la fabrique. J'espère que M.ʳ Antoine (1) vous aura envoyé les ouvriers comme il le promit; il m'écrit qu'il a donné les instructions les plus favorables au juge Bellermi (qui a été dernièrement auprès de lui) touchant le procès d'Arthur pour lequel celui-ci est d'ailleurs fort bien disposé. Ainsi je ne puis plus douter à l'établissement de la fabrique, que je vous recommande de pousser autant que possible auprès de Bellermi. Il n'est pas nécessaire de prendre d'abord une firma ou d'y mettre le nom d'Arthur jusqu'à ce que vous aïez des raisons pour le faire, et il n'est pas nécessaire de publier l'espèce d'étoffe jusqu'à ce que l'on a une provision, Cependant il faut éviter aussi de faire croire que c'est partie de la fabrique de M.ʳ Antoine. Il faudrait que les ouvriers soient tenus comme dans la manufacture de M.ʳ le Grand (2). J'ai proposé à Bellermi qu'en même temps que l'on forme des troupes des hongrois il faudrait aussi former au même endroit un corps de dalmates et un de croates. Le porteur est instruit de tout cet objet, et vous en donnera des informations. La grande chose c'est de former autant de troupes que possible et surtout celles pour l'Archiduc. J'espère que les affaires de Sismondi (Sicile) prendront une tournure avantageuse pour notre intérêt général, et que sa manufacture actuelle sera augmentée et mieux débitée. Je désire la même chose touchant Sarpi (Sardaigne), qui est pauvre diable il est vrai, mais qui pourrait se montrer honnêtement avec un peu de secours. De ces personnes cepen-

---

(1) Cet Antoine pourrait bien être le prince régent d'Angleterre.

(2) Tout ce qui suit était dans une très forte proportion en langage conventionnel, et la lecture n'en est pas entièrement sûre. Quelques noms n'ont pas pu être déchiffrés.

dant ne les connaissant pas personnellement, je ne puis que parler au hazard. Mais je répète l'importance d'être actif pour l'affaire d'Arthur. D'abord qu'il peut débiter quelque chose M. Damien (Dalmatie) Bosich Redlich et M.lle Thérèse se mettront en compagnie, mais sans cela ils ne feront point de bonnes affaires.

L'envoi des ouvriers a été interrompu par la maladie de Toro, et quelques ivrogneries qu'un couple de ces gens avaient commises. A présent cela ira plus facilement que jamais. Mais pour épargner la dépense et raccourcir la route, ainsi que pour plusieures autres raisons, j'ai proposé à Bellermi de renvoyer d'abord le porteur en Galicie (Albanie) à Durazzo. Il serait bon si tous les commandants de corps et un officier dans chaque Compagnie au moins étaient dans ce nombre. Je ne puis entrer dans les détails des raisons qui m'ont arrêté ici; vous pouvez en grande partie vous les figurer. Soyez seulement persuadé que dans ceci comme dans toutes mes démarches je ne chancelle point, et assurez-en Arthur et Bellermi. J'ai trouvé beaucoup à arranger ici et mon séjour y a fait du bien à tous les égards. Je compte partir au commencement de Iagozy, faites que le porteur retourne au plus vite à Durazzo où j'espère le trouver avec Zayomza, ce qui accélerera beaucoup mon voyage.

C'est essentiel, car je vous apporterai des objets importants. M. Antoine a ici un commis Lsgzlk qui est convaincu de même que Hagendtgzt et Mnztzchho de l'importance de donner toute l'étendue possible à l'affaire de l'Archiduc et qu'alors conduira aux plus grands résultats. Mnztzchho est arrivé ici peu après votre départ, et était Unctyy jusqu'à présent. Il va partir pour Bkteonr (Brood) et se chargera des affaires de M....... Il ira ensuite à Snptiq et s'occupera des .... (connections) en haute Autriche chez M. Bosich jusqu'à ce qu'il sera informé des vues de Bellermi et surtout aux recrues dont j'ai parlé plus haut.

C'est un homme rare, et j'espère que cela le conduira à être placé de la part de .... auprès de l'Archiduc nous ne pouvons trouver de meilleure (place) et je vous engage si vous pouvez d'y contribuer. Je désire que Bellermi lui donne toute sa confiance, il le mérite et lui sera utile. Je crois que la partie qui sera probablement la plus avantageuse pour nos .... est celle de Cattaro et Raguse. En tout cas il faudrait empêcher que l'on ne l'allarme pas de petites spéculations qui ne porteront pas grand profit. M. Antoine m'écrit que .... qui est chargé de recruter les (Italiens) chez lui, est fort actif, ainsi je crois pouvoir espérer que la fabrique chez vous ne tardera pas à être établie.

Je vous ai dit plusieures fois que j'avais proposé S......... J'espère que vous êtes en comunication avec le S......... qui vous a écrit de Knukame. Comme le porteur reste ici encore aujourd'hui je prolonge ma lettre, et je puis vous dire un mot sur les raisons qui m'ont arrêté ici plus longtemps que je voulais. D'abord l'affaire de Toro Cadet m'a mis pour quelque temps dans une position très difficile et critique et a interrompu nos affaires qu'il fallait recommencer après le dénouement de l'affaire de

Toro, laquelle comme je l'ai dit plus haut est mieux terminée que nous ne pouvions l'espérer. Ceci a aussi retardé plusieurs autres objets nécessaires à arranger ici. Roburent (?) était à B....... Il fallait lui envoyer ses denrées deux fois, et attendre ses arrangements. L'évêque de Agram (1) est entré dans notre Compagnie. Vous savez qu'il possède de grands capitaux.

Il y a plusieurs autres négociants bien respectables qui prennent part à une partie de nos spéculations, mais ne savent pas l'ensemble et ne peuvent ni être dangéreux ni empiêter. Mais ce qui est surtout important c'est que l'Archiduc Jean est disposé de faire quelque chose en Tyrol en cas qu'il avait du soutien. Je le traite avec beaucoup de précaution sans lui montrer nos livres, ni la moindre chose de mon Cousin. Il se bornerait au Tyrol et ne serait par conséquent aucunement en collision avec nous, mais bien d'un grand appui et sécurité. Un autre objet bien important sont les A..... O..... qui sont extrêmement bons. Mais je répète que tout dépend de pouvoir .... avec une .... Il n'y a alors rien que l'on ne puisse espérer d'accomplir. Tâchez d'effectuer ceci sur la plus grande étendue possible. Tout sera préparé ici et j'apporterai les détails les plus satisfaisants. Heureusement que Bellermi retourne. Vous aurez trouvé en lui un homme bien rare, et votre lettre me prouve combien vous en êtes satisfait. Je suis charmé que mon Cousin l'a si bien jugé et en est si content. Sans un homme comme lui, tout serait en vain.

Connac (Catinelli) est parti par M..... et H..... et vous apportera j'espère des nouvelles, s'il ne lui est arrivé aucun accident. Il s'est parfaitement conduit, et vous pouvez le recommander hardiment à Bellermi, s' il peut l'employer il ne s'en repentira point. Mais un emploi fixe lui serait plus adapté, comme par exemple celui de S..... quelque part. Peut'être pourrez vous lui en laisser tomber un mot. Je vous prie de recommander R..... qui était menacé par l'affaire de la maison Toro C., mais il s'est tiré d'affaire. Il s'est toujours conduit avec zèle et adresse, et surtout avec un grand désintéressement car il a perdu beaucoup pour ne pas abandonner notre maison. Il continuera à rester ici.

Votre sincère Ami
Louis NELLY
(Nugent).

On voit de très bon oeil ici les arrangements faits à C..... et on applaudit aux mesures vigoureuses de Bellermi du quel on a comme de raison la plus haute opinion ».

---

(1) Maximilien Verhovacz (1752-1827), ancien collaborateur de Joseph II, prélat énergique et orateur disert, resta pendant ses quarante années d'épiscopat le plus ferme soutien de la puissance autrichienne en Croatie et mérita d'être cité par HORMAYR *oeuvre citée*, comme l'un des organisateurs de la levée de boucliers de 1813 qui emporta si vite tout l'édifice du gouvernement illyrien construit à grands frais par Napoléon.

Non moins importantes sont deux autres lettres du faux Perino, dont nous avons déjà percé à jour la véritable personalité.

> « *Très cher ami,*
>
> Je réitère par la présente ma prière, afin que vous daignez vous rappeller de moi auprès de notre Chef. Tout est parti; l'on a voulu que je demeure pour obvier aux intérêts de notre maison. Je m'y suis rendu avec peine, mais concevant cependant que quelque individu devait être chargé de cette besogne, je m'y suis prêté d'autant plus volontiers, que l'on m'assura que cela me capterait la bienveillance du chef de notre maison.
>
> Rappellez vous aussi, je vous en supplie, que je serais à la longue ici sans ressource; vû qu'avec toute la justice de ma cause je ne puis rien obtenir (sauf des belles paroles) que l'espérance de marcher sur les traces de feu M. Job sur le fumier.
>
> Salieri (1) se porte bien : j'ai reçu de ses nouvelles ce matin, il ne manque pour sa complète convalescence que de pouvoir obtenir de lui faire changer de région et d'objets. Conservez-moi vos bontés et croyez moi à toute épreuve
>
> Tout à vous.
>
>   PERINO.
>
> *Le 20 avril 1812 »*.

Archives de La Tour.
Orio. - II, 173.

Une lettre quelque peu antérieure contenue dans le même dossier est un peu plus claire.

> « *Le 4 avril 1812.*
>
> *Très cher ami,*
>
> Enfin voilà tout le monde en voyage. Je suis en attendant planté seul à la belle étoile, comme un choux au milieu d'un champ dévasté.
>
> L'on a voulu que je restasse ici pour attirer à moi toutes les marchandises qui nous viennent directement du nord, ainsi que du midi, mais on n'a pas voulu faire attention à mes réclamations, comment faire tête à tout cela sans argent? Je ne suis ni sorcier, ni sais-je faire de l'or; de manière que le tout restera où nous en sommes aujourd'hui. Ces Mes. ne voulurent rien prendre sur eux sans une authorisation absolue de M. W. B[entinck]. Depuis la malheureuse catastrophe de cet automne (2) qui donna à la vérité une grosse secousse à notre maison mais momentanément seulement, une terreur panique s'est emparée des esprits de nos associés de manière que tout en est resté là où nous étions à telle époque. Le chef de notre maison qui de-

---

(1) Salieri doit désigner encore Janus Sallier de la Tour.

(2) La coïncidence de la date pourrait faire croire aussi à une allusion à la conspiration de Jacobi, qui aurait rendu les anglais défiants vis-à-vis de leurs auxiliaires allemands, mais il est plus probable que Dumont vise les soupçons des français.

meure ici, et auquel je suis assigné, n'est pas encore revenu de sa consternation ; il ne veut pas que j'agisse en aucune manière jusqu'à qu'il ne reçoive des nouvelles instructions de M. W. B. Je connais le commerce de ce pays-ci ainsi que les agents, soyez persuadé qu'avec un peu d'adresse et de bonne manière l'on ne saurait dans nulle pays faire des meilleures affaires, — mais je suis paralisé de tous côtés, me manquant absolument les « nervus rerum » de sorte que si vous ne pourvoiez là-bas à mon existence il ne me reste autre chose que de me jeter dans le Danube. Voilà où la bonne cause m'a conduit ; qui me connaît sait que je ne suis rien moins qu'intéressé, mais après les secousses que j'ai souffert et qui m'ont réduit à la mendicité, il faut bien que je demande (bien malgré moi) des moyens d'existence ; déclaré en contumace, j'ai perdu la subvention de mon oncle de 156 m. florins arg. contant. en Flandre (?) depuis 18 mois.

Notre Cour me doit 62 m. fl. arg. Compt que je n'aurai jamais et ma fortune active est de 1500 fl. en tout et pour tout. Mettez vous un moment à ma place : compromis, vexé, trompé, m'en tirer malgré que l'on voulait me faire quitter ce pays et pour quoi ? pour mendier pour la bonne cause. Croiez moi, mon ami, qu'il faut être prononcé comme je le suis, pour ne pas avoir, depuis longtemps, envoyé au diable cette bonne cause.

Le porteur que je ne saurai assez vous recommander pour sa bonne conduite, sa prudence et le tact fin qui est si nécessaire pour nos affaires, est instruit de tout, non seulement de ce qui me regarde personnellement, mais encore de ce qui regarde nos affaires en grand. Son départ était indispensable. K[ing] s'opposa du premier moment. Nos amis, nos correspondants languissent, et il n'y a pas moyen de les consoler. Il a fallut suspendre tout, envoyer un nouveau chiffre, une nouvelle manière de correspondance, ce qui devait se faire par le porteur, allant voyager selon les instructions de M. W. B. on s'y opposa malgré que J[ohnson] et moi nous nous recriâmes. Le porteur passa ici 5 mois infructueusement et nos amis ne savent plus à quoi ils en sont. Si vous nous le renvoyez, je vous en supplie, chargez-le des ordres positifs et au porteur [indiquez] une conduite à tenir indépendemment de qui que ce soit afin que si vous le chargez de commissions il puisse les remplir sans obstacles.

Je suis charmé que nos associés Nelli et Stefani (1), se rendent chez vous. Le dernier surtout joint à beaucoup d'esprit de la franchise, loyauté et fermeté, mais malgré sa bonne volonté il ne peut réussir en rien étant subordonné à un autre. Nelli lui même et le porteur vous éclaireront là dessus.

L'ami Salieri se porte infiniment mieux et j'oserai dire entièrement bien, s'il était possible de le tirer d'ici, pour lui faire oublier les objets qui lui rappellent incessament son malheur et celui qu'il prétend avoir causé

---

(1) D'après un autre chiffre (Archives d'Orio, II, 165 bis), Stefani voudrait dire Ghiglioni, notre vieille connaissance.

à ses amis, il est entièrement calme et sain, de temps à autre il lui arrive d'avoir des idées exaltées. Stefani a eu un soin fraternel pour lui, et avant son départ il prit les arrangements nécessaires afin qu'il ne puisse manquer de rien pendant six mois. Vous pouvez être entièrement tranquille à son égard, ses amis qui restent le soignent de coeur et d'âme. Adieu, conservez-moi votre précieuse amitié, pensez un peu à moi aussi; jusqu'à tant que j'avais de quoi, je n'ai importuné personne. Aujourd'hui ma position est tellement pressante que j'ai besoin de secours, car ce que l'on me doit ici, ne me sera jamais payé. Ce que j'ai toujours craint commence à se consolider, le beau père et le gendre (1) sont autant qu'alliés.

Mettez-moi aux pieds du maître et croyez moi éternellement avec un dévouement aveugle attaché à notre commerce.

PERINO. »

Toutefois la lumière complète ne nous est donnée sur cette crise que par un autre dossier secret, du Foreign Office (2).

A côté de précieuses informations sur les intelligences que les adversaires de Napoléon s'étaient ménagées dans l'Italie du Nord, en Croatie et en Bavière, l'on y trouve un rapport circonstancié de M. Concannon daté de Palerme le 21 mai 1812, qui offre un caractère de grande nouveauté, et donne l'explication de pas mal de choses, que l'on aurait de la peine à démêler avec le seul appui des pièces conservées par M. de La Tour, et qui portent l'empreinte d'un obscurité nécessaire et voulue.

« To state the following circumstances respecting Count Janus de la Tour. It appears that an Austrian officer in whom he confided had been imprudent enough to make some overtures to another officer who proved to be a French Spy. M. de la Tour in consequence of this received a letter demanding a sum of money and threatening in case of a refusal to denounce him to the French Minister. M de la Tour carried this letter to the Austrian Minister of Police and the man was immediately put in prison.

In the meantime M. Otto (3) got some intelligence which tho's of no importance yet was sufficient to make it his duty as he said to complain to Count Metternich.

The Emperor was angry or frightened and the names of several officers of great respectability being mentioned that of M. Faverge (4) amongst the rest, an order was given to arrest them all, comprising M. de la Tour.

Foreign Office
51, N. 10.
Mr. Concannon's report.

---

(1) C'est à dire l'empereur François et l'empereur Napoléon.

(2) Foreign Office, Sicily, 51.

(3) Le comte Louis Guillaume Otto (1754-1817), diplomate d'ancien régime rallié à Napoléon, était ambassadeur de France à Vienne.

(4) Peut-être le comte Auguste Milliet de Faverges (1780-1854), frère du sixième marquis de Faverges (C. A. DE FORAS, *Armorial et nobiliaire de l'ancien duché de Savoie*, IVe vol., Grenoble, 1900). Cfr. la n. 1 a p. 250.

This step occasioned for a few days considerable noise, particularly as these officers about 15 in number had all la Croix de Marie Thérèse, and were persons of the most respectable private characters.

They knew perfectly well that they were to be arrested, and their papers examined, of course it was impossible to trace anything.

The army was extremely indignant at this *insult*, as they felt it and began to talk loudly against the Emperor, but in about a fortnight they were all liberated.

M. de la Tour received permission to go to Sicily, and Count Metternich gave him a letter for Lord William Bentinck containing the answer to the propositions communicated by General Nugent, but on the moment of his departure he was seized with a brain fever and when I left Vienna he was barely recovering ».

N. 11.　　« A few days before the arrestation of these officers General Nugent arrived, and it required his extraordinary judgement and consummate skill to have steered so clearly thro' the business as he has done, it was also one of the principal causes of his remaining so long at Vienna. A good deal of management was necessary to keep it out of the Emperor's mind as well as Count Metternich's that M. de la Tour's affair was in the least connected with his views or with what he might have to propose from the English Government, and he certainly succeeded so well that at the time of my departure neither Emperor, Metternich or Otto had any distinct notion of what La Tour's object could be, or if he had any; particularly as he said in one of his paroxysms (all of which were reported) that « he was going to Paris by Count Metternich's orders to assassinate Buonaparte ».

In order to ascertain the Emperor's opinion, General Nugent desired some of these officers to petition His Majesty for leave to go to Sicily and money to bear their expenses; he granted the first but as was expected refused the latter ».

N. 12.　　« General Nugent wished me to state most particularly to Lord William Bentinck what follows, and tho' it was impossible in my situation to keep any notes whatever I hope to report it accurately.

That the Austrian Government approve highly with everything done in favor of the Archduke François ».

N. 13.　　« That Austria will always see with the greatest pleasure the English power consolidated in every part of the Mediterranean but chiefly in Sicily ».

N. 14.　　« General Nugent entreats his Lordship to begin as soon as possible ».

N. 15.　　« He proposes to his Lordship to erect the Archduke's standard in one of the six Islands and he prefers Cephalonia. He added some remarks about the Italian Prisoners if arrived, the Italian uniform, Italian Officers generally with a few exceptions for the command of Regiments such as Monsieur Faverge Major Burke etc. etc.

That as soon as he could leave things in proper train at Vienna, he would immediately come to Sicily ».

Au milieu de tant d'affaires et de dangers Victor de La Tour ne perdait pas de vue la situation politique générale. C'était surtout vers l'Espagne que se tournaient ses regards, et en vérité jusqu'à l'issue de la campagne de Russie, toutes les chances de tenir en échec Napoléon semblaient être concentrées dans la péninsule Ibérique. Les événements se compliquèrent d'une façon d'abord inattendue par cette crise constitutionelle de 1812 qui donna le branle à des agitations, propagées depuis jusqu'en Italie. Dans les papiers de M. de La Tour, se retrouve un mémoire assez considérable, écrit sous la poussée même des événements, par un officier allemand le Comte Marcel de Pötting (1). Cette pièce, avec les lettres pareillement allemandes qui l'accompagnent, a l'importance d'un témoignage direct et contemporain (2).

Le portefeuille de M. de La Tour, se référant à cette époque, contient aussi des lettres importantes, qui envisagent la situation de l'Espagne à un point de vue moins local, et qui rentrent mieux dans le cadre de notre récit.

(Riservatissima).

« *Sig. Conte Pregiatissimo,*

Io partii da Cadice colla lusinghiera speranza di ritrovarLa in Palermo, e poter così rinnovare il piacere che mi procurò la di Lei conoscenza ch'ebbi l'onore di fare in Presburgo essendo in compagnia del Baron Capelletti, come Ella avrà in mente. Ma al mio arrivo in quella città seppi che la di lei partenza aveva preceduto di non molti giorni. Qual fosse il rammarico ch'io ne provai, mal saprei esprimerlo e se la stagione e gli avvenimenti che può arrecare, non fossero tanto inoltrati non avrei esitato un sol momento di ritornar indietro e portarmi in Sardegna [per avere] un abboccamento con Lei non che piacevole nel mio particolare, utilissimo allo scopo del mio viaggio, per i lumi con cui la di Lei prudenza ed intiera divozione alla buona causa avrebbe potuto ajutarmi. Più ci penso, e più mi rincresce la fatalità che me ne priva.

L'annessa lettera del nostro comune amico Gumoens le fa sapere ove io sono diretto. L'oggetto che si è avuto in vista nel darmi una commissione tanto superiore ai miei lumi quanto analoga ai miei privati sentimenti, non è altro che il cercar ogni mezzo decoroso di riannodare i legami che per sì lungo tempo hanno strettamente unito con vicendevole vantaggio due Nazioni fatte per stimarsi mutuamente ed essere amiche, legami

Archives de La Tour.
Orio. - II, 175.

---

(1) Les Poetting, comtes du St. Empire, sont une famille de Bohême (J. B. Rietstap, *Armorial général*, Gouda, 1887, t. II).

(2) Voir Annexe, *D.*

derivati dal loro reciproco interesse, rassodati dalla comune moralità dei loro caratteri e che la Spagna vide con dispiacere interrotti senza che per sua parte ve ne sia il menomo risentimento. Questo, torno a dire, è il principal fine a cui tende il mio viaggio e mi viene fortemente inculcato nelle mie istruzioni di usare ogni riguardo, e riserva onde il governo Austriaco non possa mai venire compromesso nei rapporti che la fatalità delle circostanze possa averlo costretto a formare con altre potenze, giacchè la Spagna non vuole nè direttamente nè indirettamente influire sulle determinazioni, e sul sistema che l'Austria abbia creduto di dover adottare, costante com'ella è sempre nel principio di usar con gli altri quei riguardi per la di cui violazione sostiene oramai quattr'anni la lotta sanguinosa così onorevole per Lei come obbrobriosa per chi l'ha promossa. Deggio inoltre far al Gabinetto Austriaco, se mi si vuol ascoltare, un racconto dei nostri avvenimenti militari la cui base deve essere quel carattere di *Verità* che la nostra Nazione si è proposta *per divisa.* Le nostre perdite (nelle quali forse il carattere Spagnuolo appare in tutta la sua forza giacchè non hanno potuto abatterlo) saranno state ingrandite; e diminuite, ed anco nascoste le nostre vittorie da chi ha cercato sempre di offuscare il vero; e difficilmente questo potrà tralucere a così lunga distanza, nè si potè avere esatta idea del nostro stato Politico e Militare, degli ostacoli insormontabili che qual un argine adamantino si oppongono al torrente che indarno si sforza per strascinarci alla sognata sottomissione, e sopratutto di quel deciso immutabile volere fisso nel cuore d'ogni Spagnuolo di seppellirsi tra le rovine della sua patria pria che lasciarla in preda dei nostri aggressori.

Felice me se posso giungere ad ottenere l'oggetto della mia missione! Ma vi troverò degli ostacoli che a Lei non si celano. Per appianarli dunque mi ci vuol un qualche appoggio e dei lumi. Sarebbe Lei chi coi suoi rapporti ragguardevoli volesse procurarmi l'uno e gli altri? l'oggetto della mia commissione è santo nè può esser nocivo all'Austria per cui non si può avverare che i suoi interessi siano in contraddizione con quei che la Spagna difende. Degno è dunque di Lei il cooperare meco all'impresa. Se Lei dunque acconsente a procurarmi una raccomandazione e a darmi i suoi pregievoli avvisi in quanto creda mi possano giovare, può dirigere quella al Cavaliere Megino nostro Console in questa isola (i di cui Spagnolissimi sentimenti e la sua secretezza lei conosce appieno) non nominandomi nella lettera. Egli avrà la cura di dirigermela con ogni sicurezza colla direzione che le lascio. Circa poi agli avvertimenti che Lei credesse opportuni di darmi, anche per lavorare di concerto colle altre persone dedite alla buona causa, per prestarci scambievole aiuto e meglio riuscire nell'impegno, Ella potrà comunicare allo stesso Cav. Megino, il quale per mezzo di cifra me la farà sapere. Io dal mio canto le giuro fin d'ora sul mio onore di seppellire nel fondo del mio cuore le comunicazioni che Lei volesse farmi.

Il mio zelo per la causa della mia Nazione immedesimata con quella dell'umanità intiera, mi fa esser troppo ardito, ma Lei sentendone il motivo, saprà senza dubbio compatirmi.

Se non fosse eccessiva audacia pregherei Lei di presentare a S. A. R.
il Sig. Arci-Duca quei omaggi che un buon Spagnuolo deve ad un Principe che in mezzo alla degradazione presso che generale, ha saputo con-
servare il carattere di tale.

Con sentimento di considerazione ed attaccamento, ed in attendimento
d'una sua risposta che la prego di diriger senza nome sotto coperta del
Cav. Megino, sono immutabilmente.

Di Lei Sig. Conte
Umil. Dev. S. ed a.
GIUSTO MACHADO.

Malta, 5 maggio 1812.

Domani parto per Smirne : La prego di perdonarmi le correzioni di
questa lettera scritta di carriera nel momento che il pacchetto va a partire.

Ripeto quanto dice il mio diletto Machado. La prego dei miei più di-
stinti rispettosissimi complimenti a S. A. R. resto sempre di Lei Sig.
Conte gent. il suo antico e invariabile amico Alberto de Megino ».

« Signor mio Riveritissimo,

Io sento vivissimamente tutto il pregio dell'onorevole fiducia che mi
viene dimostrata da V. S. Ill. e dal suo stimabile amico, ed al certo non
potevano indirizzarsi a persona più zelante per la nobil causa che con
tanto eroismo viene intrepidamente difesa dalla sempre mai illustre e grande
Nazione Spagnuola : onde Ella può credere quanto mi sta a cuore che il
viaggio del nostro amico abbia un esito felice ; ma trovandomi io assente
da circa 18 mesi ed anche da qualche tempo privo di notizie confidenziali
non sono più in grado di personalmente dar loro dei dettagli precisi, di
persone o cose, giacchè e questo e quelle, possono nel tempo trascorso avere
sofferto mutazioni essenziali. Onde credo che notizie non si possono ottenere che sul luogo stesso. Il giungervi non è difficile, poichè tutto dì ci capitano mercanti forestieri e principalmente italiani ; qualità che il nostro
amico può facilissimamente assumere. Giunto colà egli conosce alcuno
dei nostri particolari amici, qualunque d'essi lo incontra si farà un dovere
di condurlo dai principali promotori della causa, e in un breve colloquio
egli sarà meglio informato del vero stato delle cose attuali, che se io scri-
vessi un volume ; più rifletto sopra l'oggetto della cui comunicazione loro
mi hanno onorato, e più mi pare che il metodo sopra indicato sia il miglior
a tenersi : io aveva da prima pensato di mandar loro una lista di nomi ma
senza annotazioni, potevano nascere degli sbagli, e con annotazioni la
cosa è troppo patente per chiunque la legge ed è per conseguenza perico-

losa in caso di furto o altro simile accidente. Io spero che ambo loro approveranno il mio prudente operare, che mi conserveranno la loro pregiatissima amicizia e gradiranno i voti sinceri che faccio per la loro personale prosperità che i loro generosi sentimenti rende inseparabili da quella della nobilissima Nazione Spagnuola ed intanto colla più distinta stima e considerazione passo a raffermarmi di V. S. I.

[La Tour].

La persona che entrambi mi incaricano di ossequiare è sensibilissima alla loro memoria e s'interessa moltissimo alla buona riuscita del viaggiatore. Sarebbe bene che l'amico ne ossequiasse il fratello minore ma questo con somma cautela ».

« Palerme, ce 18 mai 1812.

C'est de tout mon coeur, mon cher Comte, que je viens vous remercier de la lettre que vous avez bien voulu m'écrire le 20 du mois dernier, et je vous prie d'être persuadé que je suis infiniment sensible à vos félicitations sur l'heureux accouchement de ma femme et à tout ce qu'elle contient personellement pour moi. Ma femme me charge aussi de vous en remercier de sa part et de vous faire tous ses compliments.

Il me semble que nos nouvelles confirment de plus en plus l'approche d'une rupture avec la Russie. Le départ de Murat avec des troupes m'en paraît un fort indice. Cependant il n'est pas encore certain dans ma manière de voir que cette guerre éclate immédiatement. Il me semble que les Russes ne peuvent pas désirer qu'elle commence avant que celle des Turcs ne soit terminée et elle ne l'est pas, ainsi je croirais que les Russes la retarderont s'ils peuvent. D'un autre côté, Buonaparte doit désirer de l'accélérer, et de frapper sur la Russie un coup qui la fasse plier, avant qu'elle ait eu le temps de se bien préparer à le recevoir et à le rendre. Mais Buonaparte lui-même est-il prêt? Je vous avoue, mon cher Comte, que j'en doute beaucoup. Si je savais qu'il le fût, je ne douterais pas des hostilités immédiates. Je crois qu'il serait sage de se préparer à cette dernière hypothèse, car dans toutes les guerres précédentes nous n'avons jamais sû que Buonaparte fut prêt avant qu'il n'eut frappé des coups décisifs. Nous sommes ici aux premières loges, mais nous ne sommes pas sur le théatre et pour pouvoir y être utile, il faudrait que nous fussions toujours prêts à y sauter; et je ne suis pas sûr que nous le soyons.

Nous avons ici une grande Ambassade Anglaise qui va à Constantinople; Sir Robert Wilson (1) dont probablement vous avez lu les ouvrages,

---

(1) Sir Robert Wilson (1777-1849), whig ardent qui devait se signaler en favorisant les libéraux milanais en 1814 et en aidant à l'évasion de Lavallette, était surtout connu pour avoir dénoncé à l'Europe entière les scènes horribles arrivées à Jaffa à la fin du siècle

y est attaché. Lord Wellington a été forcé de renoncer à sa marche sur l'Andalousie par un mouvement de Marmont qui est allé investir Ciudad Roderigo où l'on n'avait pas encore introduit les vivres et les provisions. Il est probable que Marmont se retirera à son approche, car il n'a point d'artillerie de siège, mais la pointe vers le sud est manquée pour le moment, ainsi il n'a pas entièrement manqué son objet, d'autant qu'il n'est pas probable que Lord Wellington pousse son armée en Andalousie pendant l'été! Toutes les pensées anglaises semblent s'attacher à l'Espagne, et cela est très naturel et très juste, mais tâchons qu'elles n'oublient pas que le vrai moyen d'assister Lord Wellington et l'Espagne, c'est par une guerre active et de diversions, surtout de ces diversions qui dans une guerre Russe sont intéressantes pour l'Autriche. Les Anglais sont portés à se méfier des entreprises nouvelles, et ils ont souvent besoin qu'on leur rappelle que ce qui est nouveau, étonne l'ennemi, surtout le français et que lorsque ces entreprises réussissent, leur éclat éblouit et entraîne l'espèce humaine plus que tout autre moyen.

Recevez, mon cher Comte, l'assurance de tous mes sentiments pour vous. Croyez que je saisirai toujours avec plaisir toutes les occasions de vous en convaincre et que je désire infiniment qu'il s'en présente beaucoup.

L. P. D'ORLÉANS ».

« *20 mai 1812.*

Cher Comte,

Je vous remercie beaucoup de vos deux lettres et je ne vous écris que pour marquer ma reconnaissance, n'ayant aucune nouvelle intéressante à vous donner. Il me semble que nos affaires ici prennent de jour en jour une position plus favorable et plus décidée, un gran nombre de Napolitains est parti pour Naples, et les plus mauvais sujets sont ou éloignés ou arrêtés; avec le parlement, j'espère que tout espèce de désordre et d'incertitude finira; jamais je n'ai tant regretté la totale obscurité dans laquelle nous sommes à l'égard de l'Italie, et le peu de liaisons que nous avons avec elle. Le départ de Murat avec une portion de son armée, et la marche des gardes impériales d'Espagne ne laissent guère de doute sur la guerre avec la Russie; si cela n'offre pas une occasion dont on pourrait profiter, jamais vous n'en trouverez une. Lord Frédéric est arrivé à Badajoz quatre heures après l'assaut. Lord Wellington était obligé de marcher sur Ciudad Rodrigo, par la négligence du gouvernement qui différa de faire entrer

Archives de La Tour.
Suppl. IV, 175 *bis*.

---

précédent et dont il faisait remonter la responsabilité à Napoléon. Cfr. SIR R. WILSON, *Narrative of events during the invasion of Russia by Napoléon Bonaparte and the retreat of the French army*, London, 1860; *Private diary of Travels, personal services and public events*, London, 1861; *Life from autobiographical memoirs, journals, narratives, correspondence*, edited by Rev. HERBERT RANDOLPH, London, 1863.

dans la ville les provisions que Lord Wellington avait fait préparer et qu'il n'avait qu'à envoyer chercher.

Il avait tout préparé pour avancer jusqu'à Cadix, et l'Andalousie aurait été tout à fait délivrée des Français, quelle opportunité perdue! voici ma gazzette finie, je regrette qu'elle soit si peu intéressante.

Donnez moi, je vous prie, de vos nouvelles et de vos ordres si le général Nugent arrive comme l'on peut espérer en très peu de temps. Je n'oublierai pas celles que j'ai déjà reçu. Adieu, mon cher Comte, et croyez moi votre très humble et très fidèle serviteur

F. LAMB (1) ».

« Mon cher Comte,

Archives de La Tour.
Orio. - Suppl. IV,
176 bis.

J'ai reçu les deux lettres que vous m'avez fait l'amitié de m'écrire en date du 23 décembre et du 23 février, la dernière vers la fin du mois de mai; agréez ma reconnaissance pour les avis qu'elles contiennent; les derniers quoique vagues encore sont cependant d'une nature satisfaisante pour nous, et telle qui m'aurait décidé sur le champ à prendre le parti que votre amitié me conseille, si lorsque l'on prend un parti il ne fallait pas toujours les moyens de les exécuter. Or ces moyens l'événement qui m'est arrivé à Lisbonne m'en a privé de la manière la plus complète, et ma volonté n'est pas aujourd'hui ce qui dirige nos pas; j'aurais pu dans ce moment me détacher avec facilité, plus tard cela me sera moins facile.

De grandes opérations vont commencer dans toute l'Espagne; cette armée va se mettre en mouvement, elle fera je crois de progrès rapides, et il est probable que dans deux mois les Français seront à l'Ebre. La guerre du Nord se prépare avec une lenteur, qui fait juger de sa terrible importance; je crois qu'une des raisons du retard sont les efforts de Bonaparte pour entraîner l'Autriche. Les nouvelles de France parlent d'armées autrichiennes, qui se forment dans le Bannat, en Transilvanie, et aux frontières Est de la Gallicie (2); leur situation me fait espérer, surtout celle du Bannat, qu'elles se borneront au rôle d'observation. Ces lenteurs me font plaisir, elles donnent plus de temps en faveur des projets de S... pour lesquels il me paraît de plus en plus s'offrir des chances heureuses. C'est le moment des efforts, il faut qu'ils soient généraux et simultanés, si l'on veut vaincre ce colosse, qui a dû son existence à la division, et qui ne peut la soutenir que

---

(1) Frederick James Lamb (1782-1853), devenu plus tard le troisième vicomte Melbourne et longtemps ambassadeur à Vienne, commença sa carrière diplomatique à la légation anglaise auprès du roi Ferdinand de Sicile.

(2) Les polonais étaient peut-être de tous les peuples de l'Europe, alors en armes tout entière, ceux qui faisaient les plus grands efforts en vue de cette guerre. Ils espéraient pouvoir assister à leur revanche définitive. Le poète Mickiewicz chanta dans son « Pan Tadeusz », cette aube qui n'eut pas de jour (GABRIEL SARRAZIN, Les grands poètes romantiques de la Pologne, Paris, 1906, pp. 5 et suiv.). L'Autriche observait ce spectacle d'un oeil défiant.

par elle. Il serait humiliant que la volonté d'un seul homme d'assujétir l'Europe soit plus forte que la volonté de l'Europe de ne pas se laisser assujétir ; il n'a vaincu que par l'intrigue et le mensonge, mais aujourd'hui le fourbe est tellement démasqué qu'il me semble que personne ne peut ajouter foi à ses promesses, et qu'il ne doit plus lui être aussi facile de paraliser une partie de l'Europe, pour gagner le temps d'écraser l'autre à son gré.

Je ne vous parie pas, mon cher Comte, de la guerre d'Espagne, trop éloigné pour que ma lettre arrive comme une nouvelle. Vous en saurez plus que ce que je ne pourrai vous écrire au moment où ma lettre vous parviendra.

J'attends les nouvelles de Sardaigne qui fixeront le parti que je peux prendre. En attendant croyez, mon cher Comte, de loin comme de près à l'assurance de l'attachement sincère avec lequel je suis pour la vie tout à vous : votre serviteur et ami

FIQUELMONT.

Ponferrado, 14 juin 1812.

A Monsieur
Monsieur le Comte DE LA TOUR ».

Sur ces entrefaites Nugent quittait encore une fois l'Autriche, et arrivait en Sicile, ne faisant d'ailleurs qu'y passer, et se dirigeant sur Cagliari, où l'attendaient le Prince et M. de La Tour. Ce dernier en recevait l'annonce par des lettres de son ami datées de Scutari et de Palerme. A la même époque se rapporte un billet de la Reine Caroline, qui semble être le dernier d'une correspondance pour laquelle les circostances devenaient chaque jour moins favorables, plaçant la Souveraine et son protégé d'antan, dans deux camps très différents, et on pourrait presque dire ennemis (1).

« *Scutari, ce 2 avril* [*1812*].

Mon cher Ami,

Je parts demain avec de bons arrangements pour mon voyage. J'écris à L. W. sur divers objets, mais ne sachant si vous êtes à P[alerme], je n'entre pas dans les détails. Faites vous montrer ma lettre, ainsi que celle à Lamb. Je répète le désir que notre cousin aille à Zante ainsi qu'un Reg. Ital. Plus que l'on peut tirer ces derniers de ce côté, mieux il est.

J'écris à F. qui est à Lissa et l'informe de tout. Il serait bien que l'on envoiât d'abord un officier et quelques recruteurs à Lissa. Dans ces environs-ci on ferait d'abord une centaine d'hommes et il en arrive tous les jours.

Archives de La Tour.
Orio. - II, 179 *bis*.

---

(1) En effet la reine, de plus en plus opposée à l'hégémonie anglaise qui favorisait les tendances libérales des parlementaires siciliens, intrigua pour se délivrer de ce contrôle et finit par se faire renvoyer en Autriche par Lord William Bentinck (LA LUMIA, *Storie siciliane*, cit. ; BIANCO, *La Sicilia durante l'occupazione inglese*, cit.).

Je vous ai écrit de Z. mes idées sur l'inutilité de votre voyage auprès de V. et je crois que le meilleur serait, en attendant mon retour, que vous passiez à Alicante. Comptez que mon retour sera expéditif. Je ne sais encore rien du pays où je vais et vous écrirai en voyage.

Votre ami
N[UGENT].

Je vous prie de payer mon tailleur à Palerme.

V: Brigadier Général Comte DELLA TORRE ».

« *Palerme, ce 29 juin* [*1812*].

Mon cher ami,

Archives de La Tour.
Orio. - II, 176 *bis a*.

Je suis enfin arrivé après un voyage plutôt long, étant deux mois en route. Je compte vous voir bientôt et vous expliquer la situation des choses, dites ceci à mon cousin si jamais par hasard vous le rencontrez, et dites lui que je n'ai pas cessé un moment de m'occuper entièrement de son procès. Si même il y a des retards, j'ai lieu d'espérer que tout ira bien. B[entinck] est très bien disposé, je suis descendu chez lui. Il est d'avis, et je crois avec raison, que je dois aller à L[ondres] : je partirai donc en quelques jours et je passerai où vous êtes. Je ne m'arrêterai que peu à L :, et B : espère que je serai de retour avant que la saison empêche d'aller à la campagne ; en attendant tout se préparera où j'étais. J'écris d'abord à ce sujet : Johns[on] (1) : Cat[inelli] (2) sont venus avec moi jusqu'à la côte d'où je suis parti en bâteau et je leur ai envoyé un vaisseau pour me suivre. Ils arriveront en quelques jours, le premier retourne, l'autre vous le verrez. J'ai dû arranger ainsi parce que nous avions avec nous des papiers d'importance, des marchandises à nous, puis pour mon cousin des bijoux d'une grande valeur et 5 à 6 mille sequins envoyés par son frère, le tout faisant la cargaison d'un grand bâtiment et ne pouvant sans imprudence être risqué par mer dans celui où je suis parti de la côte. Je suis extrêmement content de B : il est désagreable que la chose doit être remise à présent mais ce ne sera pas pour longtemps j'espère, et je m'intéresse vivement au commerce en général, mais surtout à mon cousin, j'ai pris aussi des arrangements avec S : pour tout ce qui regarde le pays d'où je viens et vous y écrirez à présent.

Je dois vous dire que le beau frère d'Arthur (3) s'est décidé et cela de la manière opposée à mes désirs. Ce n'est que de bouche que je puis tout expliquer. Lord William me dit que vous allez arriver, dans ce cas vous me trouverez car je reste quelques jours ici. Mais si vous n'êtes pas parti,

---

(1) Johnson était l'agent anglais à Vienne qui chassé de la capitale s'était réfugié à Lissa (HORMAYR, *Graf von Münster*, cit., I, 86 et seg., II, 138 et seg. ; HIRN, *oeuvre citée*, p. 34). Voyez aussi la note 3 à page 250.

(2) Le rôle de Catinelli a été mis en lumière par le com.t M. H. WEIL, *Le prince Eugène et Murat*, Paris, 1902.

(3) C'est à dire l'empereur François, marié à une soeur de l'archiduc.

ne partez pas pour que je ne vous manque pas à C. (Cagliari) où j'irai
dans tous les cas pour voir mon cousin. Je ne puis vous dire combien tout
ce que j'ai entendu de lui me fait plaisir : vous le concevrez. J'ai des lettres
pour lui de son frère que Cat : apporte avec les autres choses. La santé de
votre frère est encore incertaine mais il est en de très bonnes mains. J'attends avec impatience le plaisir de vous voir et suis avec sincérité votre ami
à toute épreuve.

LOUIS NEUMANN (NUGENT) (1).

Je viendroi chez M. H[ill] et C. »

« Palerme, 26 juillet 1812.

Quoique votre silence devrait décider le mien, je ne puis me priver
du plaisir de vous donner de mes nouvelles et en demander des vôtres.
Voilà le mariage accompli. Je me flatte que ces deux intéressants époux (2)
seront par le rapport de leur caractère toujours heureux. Mandez-moi, si ce
n'est pas un secret et permis de le savoir, quand ces jeunes époux content
aller en Allemagne et par quel chemin, pour fixer mes idées. Je ne vous
parle point de ce qui arrive chez nous, rien ne m'étonne, tout était prévu,
mais j'avoue cela surpasse mon attente, c'est une mauvaise parodie sin-
gerie, aber plump und ungepuzt (3) de la révolution française, sous la protection et direction du ministre Anglais. Quel en sera le terme c'est ce que
j'attends avec intrépidité, sûre de ne le point mériter (4). Adieu. Je vous
souhaite bonheur, contentement, et croyez-moi toujours votre bien attachée
et avec bien de l'estime sincère amie   CHARLOTTE ».

Archives de La Tour.
Orio. – II, 179.

A la vérité Victor de La Tour était toujours plus ancré dans les con-
vinctions que son jugement mûr lui présentait comme plus sages, et il ne
pouvait qu'applaudir à la politique courageuse et quelque peu risquée de
Lord W. Bentinck. L'illustre commandant en chef des forces anglaises dans
la Méditerranée était en train de rajeunir, et pensait-il, de consolider ces
libertés traditionnelles qui étaient depuis des siècles le partage de la Couronne de Sicile et en formaient les plus beaux fleurons. Nous avons déjà entendu sur la bouche du gentilhomme éclairé, qui multipliait des mémoires et
des démarches pour apporter à la coalition antinapoléonienne l'appoint des
espérances italiques, des accents très éloignés du tour d'esprit de l'ancien

---

(1) On ne doit pas perdre de vue les rapports parallèles de Nugent au Cabinet
anglais, publiés par HORMAYR, *oeuvre citée*, pp. 137 et suiv. Il y est souvent question
de La Tour.

(2) L'archiduc François et la princesse Béatrix.

(3) C'est à dire : lourde et grossière.

(4) Lord William Bentinck fit renvoyer en Autriche la reine après que le roi fut
relégué à la campagne, le pouvoir souverain étant confié pour un temps au prince
héritier, proclamé vicaire du royaume de Sicile (PALMIERI, *Saggio* cité).

régime. Il est très vraisemblable que le spectacle des libertés Siciliennes, des hauts faits des princes de Belmonte (1) et de Castelnuovo (2), ait nourri dans cet esprit attentif les éléments propres à le disposer en faveur d'une constitution libre.

Lord Bentinck s'était voué à cette cause avec le plus bel élan, et sa femme (3) ne marchandait pas les témoignages de sympathie aux adversaires des abus de la Cour.

« Colli August, 30th *1812.*

Dear Count La Tour,

I might and ought before this to have acknowledged the receipt of your obliging letter from Cagliari.

I had an intention of adressing you in french but my courage failed and I have partly on this account and partly from idleness deferd writing until this moment, when I am so uncharitable as to condemn you to decypher an English letter. Consider this as sufficient punishement for all the sins you have committed since you left this Island, but do not commence a fresh stock on the strenght of this absolution.

I am happe to find that we are likely to see you so soon in this part of the world and that you will be indulged in *your taste* for *Sicilian* society. You will find on your return here a nation of patriots and orators and will no doubt be edified by all the eloquence which pours forth daily from the Parliament House. The bottle of gun powder has not in any degree damped the ardour of the patriots. They meet and harangue with as much boldness as usual in short, in spite of all your satirical insinuations, the Sicilians are doing wonders as you will have occasion to hear I believe hereafter. The Victory in Spain has put us all in spirits.

The poor Spaniards deserve to be encouraged for the noble efforts they are making for liberty, there is now every appearance of their being rewarded for all their sufferings.

We expect soon to hear that the Messina army has contributed its might towards the common cause. They have all been safely handed at Alicant.

Pray make our comp.ts to Col.l O' Ferral and believe me

Very faithfully y[rs]

M. Wm BENTINCK ».

---

(1) Le prince de Belmonte-Ventimiglia, noble victime de cet effort disproportionné pour assurer en Sicile le régime parlementaire, mourut à Paris en 1814.

(2) Charles Cottone prince de Castelnuovo. Cfr. la biographie de la LA LUMIA, *Istorie siciliane*, cit., vol. IV.

(3) Lady Bentinck, Mary Acheson, était une femme d'élite. Voyez les Souvenirs de la D.sse HENRIETTE DE SERMONETA, *Alcuni ricordi de M. A. Caetani*. L'on entrevoit Lady Bentinck même dans les admirables *Lettres d'Eugénie de Guérin* (37e édition par TREBUTIEN, Paris, 1908, p. 283) lorsqu'elle était installée au palais du Gouverneur général des Indes, pays d'origine de la femme de Maurice Guérin.

Sous les auspices de Lord W. Bentinck, M. de La Tour se consacrait à la tâche si difficile de transformer des masses désorganisées, tirées soit des pontons britanniques, soit des chemins de l'émigration, dans des régiments faisant bonne contenance (1). Ce ne fut, paraît-il, qu'à la mi-septembre 1812 que M. de La Tour fut investi officiellement du commandement en chef de l'armée italienne à la solde anglaise avec le grade de général brigadier, et ancienneté à partir du 1er janvier 1812.

Extract from General Orders.

« *Head Quarters Palermo 12th September 1812.*

« N° 3 Colonel Count de La Tour, from the Austrian Service is « appointed to act as Brigadier General with this Army, and will for the « present take under his charge the Regiments of the Italian Levy. — « Date 1st January 1812 ». *Archives de La Tour. Orio. - II, 186.*

« N° 4 Lieutenant Colonel Catinelli from the Austrian Service is ap-« pointed to the Staff of the Italian Levy ».

Ce durent être pour le très jeune général des temps d'une activité débordante. Il ne lui suffisait pas de ses occupations militaires toujours plus graves; nous pouvons nous le figurer descendant de cheval et quittant l'épée pour la plume. Il s'essaya même au journalisme ou plutôt à cette petite guerre de pamphlets, confiée en Italie à Barzoni et à Bozzi, qui fit beaucoup de mal à Napoléon, donnant une expression au mécontentement général. Voici un spécimen caractéristique de cette littérature d'occasion dans une lettre supposée d'un espagnol à un italien, qui a un véritable avant gout des brochures du temps du risorgimento. On en conserve dans les archives d'Orio le brouillon, de la main de M. de La Tour.

Lettera di uno spagnolo ad un italiano per incitare gli italiani a seguire l'esempio della Spagna nel difendersi e rendersi indipendenti.

« *Amico carissimo,*

Egli è indubitabile che l' Italia racchiude nel suo seno tutti gli elementi per essere non solo una « Seconda Spagna », come il vorreste voi; ma benanche per diventare in breve una « Prima Spagna »; giacchè essa assai più abbonda di popolo, di ricchezze territoriali, di città primarie, di fortezze, di porti, ecc., ecc. E quello che più importa, essa ci sopravanza *Archives de La Tour. Orio. - II, 185.*

---

(1) L'on enrola aussi des napolitains, surtout des partisans des Bourbons echappés de Calabre à la suite des terribles représailles de Manhès (PIETRO CALA ULLOA DUCA DI LAURIA, *Della sollevazione delle Calabrie contro a' francesi*, Roma, 1871, ch. IV).

di gran lunga, nel numero delle genti colte, e perciò idonee a coprire con gloria e vantaggio della Nazione le alte cariche, sì civili, che militari. Epperò, essa è oggidì totalissimamente vinta e serva, mentre la Spagna è al momento di essere totalissimamente vincitrice e libera. Quali sono adunque le cagioni che produssero una tale differenza di sorte fra queste due Nazioni? A questa domanda io non ebbi finora che una sola medesima risposta, cioè quella « che la Spagna era unita in un solo corpo politico, e che l'Italia « era divisa in molti piccoli Stati, ognuno discorde col vicino, e ognuno, « per sè, troppo debole per resistere alla Gallica invasione ».

Questa risposta spiega bensì perchè l'Italia sia stata oppressa, ma essa lascia ancora a spiegare perchè ella non risorge, come risorta è la Spagna: poichè, caduti tutti questi piccoli Stati, *Una* è rimasta l'Italia, siccome *Uno* ne è il Tiranno: Vi deve dunque essere qualche altra cagione che rese felici i generosi sforzi fatti dagli Spagnuoli, ed infelici quelli tentati in varie epoche dagli Italiani; e questa cagione, che da molti anni viene supposta doversi ricercare in circostanze particolari, ed accidentali, io ve l'addito ad un tratto, col farvi osservare che negli affari di Spagna, vi intervenne l'Inghilterra, e negli affari d'Italia v'intervennero dei Poteri Continentali. Onde in Spagna si cercava di *liberare*, cioè di dare la libertà, mentre in Italia solo si cercava di introdurre altro padrone; da questa, e non da altra cagione, proviene la libertà della Spagna, e la servitù dell'Italia; ogni provincia di Spagna, liberata dalle armi Inglesi diventa all'istante provincia Spagnuola; ogni provincia d'Italia occupata dalle Armi straniere, diventava suddita dello straniero. L'Inglese chiamava il Spagnuolo, alla libertà, all'armi, alla gloria; il Straniero imponeva all'Italiano, obbedienza, silenzio e contribuzioni.

Da cotanto diversi modi, nacquero cotanti diversi risultati; cioè schiavitù in Italia, libertà in Spagna.

Italiani, volete essere liberi? chiedete aiuto a libera gente; volete restar servi? Appoggiatevi a qual più vi piace servo popolo, Gallo, Tedesco, Russo, che a signoreggiarvi, ed a imporvi un estero padrone, tutti del paro li troverete presti, ma a liberarvi, cioè a farvi Italiani, nessuno di loro nè il pensa, nè il vuole.

Prove del mio dire vi siano gli affari di Sicilia; che uso fanno gli Inglesi della loro influenza in Sicilia?

Domandatelo ai Siciliani, ognuno di essi vi risponderà, gl'Inglesi promuovono la libertà, e la forza Nazionale; la libertà col formare un libero Parlamento, ed un giusto Governo; la forza, coll'organizzare un'armata Siciliana; che farebbero dunque gli Inglesi in Napoli? quello che fanno in Sicilia, cioè un Parlamento libero, un giusto Governo, ed un'Armata Napoletana per sostenere i Decreti. Che farebbero essi in Roma, Firenze, Milano, ecc., ecc.? Una forte e libera Nazione Italiana, che con pari virtù, e più stabile Governo, forse farebbe dimenticare al mondo gli antichi Itali, comunemente chiamati Romani.

Eccovi, amico carissimo, la mia opinione sulla vostra Patria, esposta con liberi sensi, e semplici parole : se la giudicate ben fondata, correggete gli errori, e pubblicate i sentimenti espressi in questa lettera.

L'Andalusia è libera, Dio voglia che nella vostra risposta mi diciate che è pur libera alcuna delle vostre provincie.

Addio.

Cadice, 12 settembre ».

Lord W. Bentinck ne cachait pas la satisfaction que lui causaient les travaux de M. de La Tour, et s'en expliquait même dans ses rapports adressés au Cabinet de Londres.

« Palermo, 5 octobre 1812.

My Lord,

I have the honor to acquaint your Lordship, that I have lately appointed Count de La Tour, an officer of distinguished merit and attached to the person of the Archduke Francis, to the situation of Brigadier general, on the establishment of the newly organised Italian Levies.

I have also nominated Colonel Catinelli who is universally considered and respected throughout the Austrian Army, and a follower of the Archduke Maximilian (1) to the staff of the same establishments, both of which appointements as they materially benefit the service will I hope meet with your Lordship's approbation.

With regard to the two regiments of the Italian Levy I have every reason to be satisfied with the rapid progress they have made in every particular, and I have the satisfaction to state that I consider them fully equal to active and immediate service.

The first regiment I have moved to Carini and the second has been brought to Palermo for the purpose of having both more under the immediate eye and superintendance of their Brigadier General, and of being modelled to the Neapolitan troops.

I have also added the 2, 27th Regiment to this garrison and the first battaillon of the same regiment is now on its way from Melazzo, the two battaillons Presidii having also been brought here.

The serious indisposition of the hereditary Prince has so materially retarded our intended arrangements for Sicilian army, that I am unable to report to your Lordships the conclusion of them ; but I hope to have the honor of doing so, in my next communication.

I have the honor to be, my Lord, your Lordship's

> most obedient humble servant
> W. Bentinck ».

---

(1) L'archiduc Maximilien (1782-1868), le frère de l'archiduc François déjà signalé plus haut dans les lettres de Nugent, devint plus tard grand-maître de l'ordre teutonique.

War office, I, 312. N. 44.

Pendant cet automne M. de La Tour fut aussi mêlé à une négociation secrète entre le Gouvernement Anglais et celui de Sardaigne, qui peut être citée comme un triste exemple de l'état de dénuement où était tombée la Cour de Cagliari. Ce fut le comte Rossi lui même qui s'adressa personnellement à l'ancien sujet de son Roi, le priant de ne pas refuser ses bons offices auprès de ses nouveaux maîtres.

« *Monsieur,*

Archives de La Tour.
Orio. - Suppl. I, 31.

Par une suite de la confiance que j'ai dans votre amour pour nos Augustes Souverains, et dans votre zèle pour le bien de leur service je n'hésite pas, M. le Comte, de m'adresser à vous pour l'affaire dont je vais avoir l'honneur de vous entretenir. Les circonstances du Royaume ayant déterminé S. M. à une réforme dans le militaire, il est probable, qu'on ne tardera pas à congédier un bon nombre de soldats étrangers, qui montera peut-être à 4 ou 500 hommes. En conséquence je vous prie, M. le Comte, de me faire savoir si la Sicile, ou l'armée Britannique serait dans le cas de s'en charger, et de quelle manière on pourrait l'y faire passer, en ne perdant pas de vue, que d'une part nous manquons de bâtiments de transport pour les y envoyer, et que de l'autre nous sérions bien aises si nous pouvions épargner les frais de nolis et d'entretien pendant le voyage.

Comme le paquebot ne me laisse pas le temps d'entrer dans des détails ultérieurs, et qu'à bon entendeur salut, je me borne à vous prier de m'honorer d'une réponse prompte et cathégorique, afin que nous puissions prendre les mesures convenables. Je vous prierai également de mettre autant de secret que possible dans cette négociation, pour prévenir une divulgation anticipée, qui pourrait nous causer des embarras.

Recevez, Monsieur le Comte, les assurances du respect infini avec le quel j'ai l'honneur d'être
Monsieur

Votre très humble et obéissant serviteur
ROSSI.

Cagliari, le 9 octobre 1812.

A M. le Comte DE LA TOUR ».

« *Cagliari, 4th november 1812.*

My Lord,

War Office, I, 760.
N. 22.

Your Lordship will have seen in my dispatch N. 29 (7th of October) that the distress of this Government has totally prevented all possibility of paying the troops. The consequence has been that His Sardinian Majesty has come to the resolution of discharging a part of his little army, and I have had an offer of 5 or 600 men with a certain proportion of

Officers to be drafted into any army of our Regiments in Sicily that Lord William Bentinck may approve of. I find by letters from his Lordship that he will accept of these men. I believe he means to add them to the Italian Legion, the greater part of their Recruits being from different parts of Italy.

The Sardinian Government has done very wisely in thus parting with its force after refusing the aid we proffered as the military and other expense of this country has long exceded the means or revenues.

I have the honour to be etc.

WILLIAM HILL.

Lord Viscount CASTLEREAGH ».

Au milieu de tout ceci, la grande affaire, c'est à dire la préparation d'une descente en Italie avec l'appui avoué de l'Angleterre et celui secret de la Cour de Vienne, allait toujours son train. Dans le courant de l'hiver de 1812 M. de La Tour avait rédigé une « ébauche d'un projet d'organisation des troupes italiennes qui se forment actuellement sous la protection de l'Angleterre » (1). Il avait esquissé le programme de ce qu'il s'appliqua à réaliser pendant les mois qui suivirent. A la même époque remonte un projet qui fut repris pendant les tous derniers jours de la domination napoléonienne dans la Haute Italie, et qui semble bien avoir offert des chances sérieuses, tout en ayant l'aspect d'une sorte de coup de tête. Il s'agit du plan pour s'emparer de Venise, sur lequel on conserve à Orio un mémoire très curieux avec des remarques de la main de M. de La Tour.

« Riflessi.

Sullo stato attuale di difesa in cui trovasi la città e porto di Venezia ed i mezzi coi quali presa esser possa colla minor perdita di tempo e truppa.

Archives de La Tour
Orio. - II, 164.

Non trattandosi qui nè di blocco, nè di assalto assoluto, ciò che esigerebbe e tempo e truppa, ma solo di sorpresa dalla parte del mare tralascio di parlare delle batterie del porto di Malamocco, benchè sui banchi di questa vi sia la maggior acqua, cioè 13 ½ piedi mentre che la loro superiorità di forza a tutte le altre batterie, la sua distanza da Venezia di 10 miglia, i fortini che nei canali fra mezzo vi si trovano su pali, porterebbero l'inevitabile conseguenza di dare tempo al nemico di prepararsi nel suo centro ossia nella città stessa, per ricevere l'attacco quando che per ogni ragione tattica Lido e Tre porti come bocche le più vicine a Venezia sono preferibili a ogni altra.

In conseguenza di che principiare a dettagliare lo stato di difesa da questi due punti fino a Venezia, passando quindi alle circostanze dalle quali si può tirare il più decisivo profitto.

---

(1) Annexe, E.

Sui banchi di Lido non sono che cinque piedi d'acqua colla bassa, e fino 8 piedi coll'alta Marea, per conseguenza l'attacco dovrà sempre aver luogo mediante piccoli legni flat-boat, lancie, cannoniere, ecc.

A Lido vi sono 2 lancie can. ed una batteria di 8 pezzi di cannoni circa da 12. In faccia vi è il castello S. Andrea presentemente non armato. A Tre porti sono parimenti 2 lancie cannoniere ed una piccola batteria da Lido fino a Venezia e lo stesso da Treporti, non v'è alcuna batteria ma nel canal di Marani, 3 miglia distante da Lido vi sono sempre 15 a 20 Piroghe. Alla Piazzetta vi è sempre un bastimento da guerra per guardaporto, questo è secondo le circostanze ora un grosso ora un piccolo legno. Nell'Arsenale vi è una Brama di 24 pezzi di cannone da 24 b. questa non è nel miglior ordine, ma in due ore di tempo può esser messa in stato a fare una resistenza grande. La guarnigione consiste presentemente in 3.000 uomini, i battaglioni artiglieria marina ed il vascello *Rivoli* di 74; in costruzione sono altri 9 vascelli, 4 fregate, et altri piccoli legni.

Dopo aver esposto lo stato di difesa passo alle circostanze sopranominate :

Tutta la guarnigione è Italiana, e soffre come tutta la popolazione con dolore il peso della mano di ferro che li governa, che li priva dell'unico mezzo di sussistenza, cioè dal mare senza del quale il popolo basso langue. I comandanti anziani dei differenti corpi servono presentemente ancor negli stessi, ma subordinati a capi francesi che se li ha messo dinanzi. Posposizione che vulnera oltre modo la loro ambizione e l'amor proprio della nazione intiera.

Fra questi vi si trova sopra tutto il Cap. di fregata Dandolo fu Comandante della marina Austriaca durante la guerra del 1805. Il Cap. del Porto Gianscich suo aggiunto Cap. Petrina, ed il Ten. Col. Lugo fu comandante della artiglieria Marina, molto amato nel suo corpo che presentemente fornisce tutte le Batterie. Tutti quattro decisi per la buona causa.

Il primo di questi uomini di antica famiglia regnante, vive oggi nell'indignazione francese, messo fuori di paga come ausiliario, senza risorse e con una famiglia nascente. Stato di barbarie che ha toccato vivamente il cuor del popolo. Nella conoscenza dell'inalterabile suo carattere, attività e talento, essendo io stato aiutante Gener. della Marina austr. sotto i suoi comandi, mi sono azzardato di confidargli la mia missione, e pregarlo di voler prender la direzione degna del suo nome cospicuo, ed unica risorsa per sè ed i suoi figli. Dopo qualche minuto di riflessione egli accettò la proposizione, a condizione che non se ne parli a chichesia per ora, incaricandosi egli di far il tutto a suo tempo benchè non ignorasse il sentimento degli altri su nominati.

Egli è d'accordo meco d'intraprender l'attacco per Lido e Malamocco, di sorprendere col maggior possibile silenzio le 4 Lancie Can. e le batterie, delle quali egli si lusinga mediante il Sgr. Lugo, o denaro la resa senza un tiro di fucile, quindi di proseguire rapidamente per Venezia con rocchette pronte per dar fuoco al Bastimento guardaporto, qualora non si potesse prenderlo senza perdere tempo e gente. Mr. Petrina impedirà ogni sortita dall'Arsenale. Per le piroghe nel canale di Marani Dandolo disporrà intanto i suoi più attaccati ufficiali senza esporre nulla facendo lo stesso col popolo. Egli propone di emanare al momento dei proclami in stampa di S. E. Lord Bentink ch'egli s'incarica ancor di far stampare a Venezia promettendo agli Officiali che si presteranno a favore della liberazione contemplata l'avanzamento d'un grado, alla truppa ½ anno di paga e rammentando al popolo la libera navigazione, ecc.

Trovandosi necessario si potrebbe incendiare una casa a Sta Margarita, estremità di Venezia verso terra ferma per tirare la guarnigione a quella parte intanto che il popolo ingombrerebbe il ponte di Rialto per impedire il ritorno di questa e dare tempo alla truppa Inglese a sbarcare. In premio dell'importante pericoloso suo incarico egli non aspira che al grado ed emolumenti da generale. Al caso ch'egli dovesse perire ricerca una decente pensione per la numerosa sua famiglia.

Venezia manca presentemente di viveri onde rendesi necessario il provvedimento a tempo per non doverla abbandonare dopo un felice successo. Sorpasso con silenzio l'urgenza di mettersi in stato instantaneo di difesa contro Chioza e Mestre da dove potrebbesi tentare una ripresa, colle copiose barche che vi si trovano.

PÖLT.

Palermo, 23 gennaio 1812.

Essendo sommamente pericoloso d'andare a Venezia senza esser mai stato a Smirne, per dove mi era accordato la licenza ed il passo vidimato non solo dall'Ambasciatore Francese a Vienna ma da tante altre autorità dell'istessa nazione conviene prender quelle misure, e direzioni che sono le meno sospette, cioè a Venezia non bisognerà dire esser stato a Smirne, poichè si potrebbe verificarlo mediante il console francese a Smirne, e fondare non solo il più giusto sospetto contro la mia persona, ma si potrebbe sforzarmi ad un esame.

Supposto questo caso non rimane altro mezzo che di dire, è vero non fui a Smirne, ma ho preso per ivi una licenza non essendo possibile a poter passare dagli stati francesi a Malta senza una tale simulazione, ero diretto per Malta onde procacciarmi un pane coll'arte di mare. (N. B. questo per combinazione favorevole m'aveva consigliato il mio zio a Smirne di cui conservo ancor la lettera) ma non ignorando i Francesi che per poter navigare ci vuole una licenza Inglese come si può averne a Malta quante se ne vuole per 40 pz. duri mi ci vorrebbe una in bianco per bandiera Italiana senza metter il mio nome, poichè io non posso ottenere bandiera Italica, onde aver una prova in mano al caso d'esame, che veramente non ho altro tentato che d'applicarmi al commercio. Per mantenere in seguito la corrispondenza con Dandolo ci vuole qualche licenza inglese per barche piccole onde impedire che queste barche cadino in mano di qualche Corsaro

Inglese e perdersi od aprirsi le lettere di somma importanza, con una tale licenza si risparmierà di dover pagare a carissimo prezzo tali barche, tirando loro nell'istesso tempo profitto da queste licenze ».

Affaire de Venise.

« M. Dandolo qui se charge de concert avec le Cap. Pölt, d'introduire par surprise les troupes Britanniques dans la place de Venise demande :

    1. Le grade de Général.

    2. D'être autorisé à promettre l'avancement d'un grade à ceux des officiers, employés dans la place qui s'engageront à l'aider dans cette entreprise.

    3. D'être autorisé à promettre quelques mois de solde à la partie de la troupe employée dans la place dont la coopération sera nécessaire.

    4. Que sa solde de Général ou une pension convenable soit accordée à sa famille, dans le cas où il viendrait à périr dans son entreprise. M. Pölt demande le grade de Major et une pension pour sa famille s'il périssait dans cette entreprise ».

Un choix dans la correspondance de l'automne 1812 montrera encore mieux l'ampleur que prenaient tous ces desseins, au moment même où l'Europe entière aux aguéts attendait l'issue de la campagne de Russie.

        « *Mon cher ami,*

Archives de La Tour.
II, 181.

Avant que j'eus le plaisir de recevoir votre lettre du 14 Sept. je vous avais déjà expédié un petit billet, dans lequel je vous ai informé que j'avais déjà acheté un cheval pour votre compte ; à peine l'avais-je retiré chez moi qu'il lui prit les douleurs à cause d'avoir bu, pour le moins deux sceaux d'eau consécutivement, par la stupidité de votre palafrenier ; après l'avoir saigné trois fois, *lavementé* et veillé pendant trente six heures, il est guéri, mais peu s'en fallut qu'il ne pliat bagages pour l'autre monde. L'histoire ne finit pas cependant ici, pendant les tourments qu'on faisait souffrir à la pauvre bête, il y eut quelque résistance, et votre palafrenier en voulant s'épargner un coup de pied, donna de la tête contre la muraille et se creva presque un oeil — heureusement ces deux animaux se trouvent maintenant en assez bon état, et je les embarquerai par la première occasion qui se présente. Je tiens le cheval toujours chez moi, l'écurie de Sterpin étant remplie par l'acquisition d'un cheval que l'Archiduc a acheté pour Catinelli. Roburent m'a dit qu'il avait la commission de retirer vos chevaux dans l'écurie du Roi, mais j'ai préféré de les garder, sachant fort bien qu'ils auraient étés négligés, et peut-être montés par tous les postillons qui auraient eu la fantaisie d'aller à une fête. D'ailleurs je sais très positivement qu'il n'y a point de place. Pour le troisième cheval dont vous me parlez, je ferai mon possible, pour vous en acheter un bon, mais vous savez qu'il est bien difficile; si j'en trouve un qui me plaise, je ne m'attacherai pas trop au prix.

Il m'a fait infiniment de plaisir, mon cher ami, que d'entendre que vous êtes agréablement placé, ainsi que Catinelli. Vous concevez bien que c'est un grand crève-coeur pour certains amis ici, et j'ai assez de malice pour en jouir. En général tout va de mal en pire.

Vous aurez peut-être su de S.t Laurent que le Comte Revel ayant insisté plusieurs fois, qu'on lui donnat ses dimissions, à cause de l'impossibilité, où il se trouvait de faire son devoir et aussi à cause de certains déboires qu'on le fit essuyer, on résolut à la fin *de le contenter* (s'entend ironiquement). Mais nouvel embarras! Varrax (1) ne voulut pas l'accepter, et voilà Revel gouverneur jusqu'à ce qu'on trouve quelqu'un pour le remplacer. Ainsi va le monde. Les petits fripons qui ont l'oreille du chef, font voir que les absens, quelque mérite qu'ils puissent avoir, ont toujours tort. Je n'ai jamais été de ceux qui portaient les mérites de Revel jusqu'aux nues, mais dans le fond c'est un seigneur qui a sacrifié beaucoup pour la Cour, laquelle ne peut pas se vanter d'avoir deux serviteurs comme lui.

Je vois avec satisfaction que les remarques que vous faites sur les bulletins sont dans le même sens que nos réfléxions ici. Mais que pensez vous du onzième et douzième bulletin? Il paraît bien certain que les Princes Wittgenstein (2) et Repnîn, ont mené le Duc de Reggio tambour battant pendant trois jours : et les quartiers de rafraichissement du douzième bulletin! Il n'est plus paru ici d'autres bulletins, mais bien deux lettres datées de Witepsk, évidemment écrites par la même main que les bulletins, avec l'intention de les remplacer. J'espère que à cette heure le Duc de Castiglione aura de la besogne sur les côtes de la Baltique.

Saalbourg est toujours le même, ennuyé à mort, et furieux contre les cuisiniers de la Cour et les prêtres.

Faites mes amitiés à Catinelli, et croyez-moi avec un sincère attachement, mon cher ami

Votre affectionné serviteur
JOSEPH SMITH.

Vendredi, 2 Octobre 1812.

Ils nous revient de toutes parts qu'il y a eu une grande bataille avec perte considérable des Français. Le dernier courrier ne nous a apporté

---

(1) Le comte François de Varax, colonel dès 1793, avait été gouverneur de Cagliari dans les toutes premières années du siècle. A la Restauration il fut ministre en Suisse et governeur d'Alexandrie. (DE GERBAIX DE SONNAZ, *Quelques diplomates savoyards et niçards au service de la maison de Savoie, de France, de l'Empire et du St. Siège*, dans la *Miscellanea di studi storici in onore di Antonio Manno*, Torino, 1912, vol. I).

(2) Le maréchal russe prince de Sayn Wittgenstein, dont la belle fille aujourd'hui encore vivante a publié la precieuse correspondance avec sa femme pendant la guerre contre Napoléon. (*Lettres du mar. prince de Sayn-Wittgenstein à sa femme*, Lausanne, 1905. Cfr. aussi A. CHUQUET, 1812 - *La guerre de Russie*, Paris, 1912).

aucun bulletin, comme je vous ai déjà dit. Celui arrivé hier au soir n'a apporté ni gazettes, ni imprimés d'aucune espèce; non plus pour la Cour. Le Baron Desgeneys (1) et notre Vice Consul Brandi écrivent qu'il était arrivé à la Madelaine une barque de Bastia au moment du départ du courrier. Le patron dépose que les Français ont eu une perte immense, Brandi dit 36 généraux et le Roi Murat; tout ceci est fort, cependant il y eut bataille — et point de pancartes envoyées de la Corse.

Aujourd'hui on nous portera un autre cheval.

2 octobre. Point d'embarquement pour les chevaux encore ».

« Cagliari, ce 26 septembre 1812.

Mon cher Comte La Tour. Par le paquebot j'ai reçu votre lettre du 13 et 14 Sept. de Palerme, et je vous suis bien obligé pour tous les détails que vous m'y donnez. Je n'abandonne pas mon projet de voyage, quoique toujours subordonné aux circonstances; j'attends les réponses de N. et la lettre que vous m'avez annoncée de Tisunido (?), je ne l'ai pas reçue. J'ai des lettres de Vienne de date très récente, j'en ai eu plusieurs le 20 Sept. par Smyrne; la plus récente est du 17 juillet. Dans une précédente mon frère m'écrit en date du 19 juin en allemand des meilleures nouvelles de votre frère, que je m'empresse de vous communiquer, copiant les expressions de la lettre : « Wenn Graf La Tour noch dort bei dir ist, so kannst du ihm Nachricht von seinem Bruder geben. Ich habe nähmlich erst vor wenige Tagen durch Johann O' Donnel, der sich aus alter Bekanntschaft sehr um ihm annimt erfahren, dass er jetzt sehr lange Intervalle hat, in welchen er vernünftig spricht, und ganz zufrieden scheint in dem Hause in welchen er in Pension ist bei einer Frau, die sehr für ihn sorgt, und bei der er auch einige Gesellschaftlichen Umgänge geniesst. Als er mitten in den vernünftingsten Reden in Verreden vorfällt, so ist es doch ohne der vormaligen Heftigkeit ».

Cela vous consolera un peu, au moins cela dissipera un peu les inquiétudes que vous aviez pour lui. La vie oisive d'ici, surtout en me manquant votre compagnie, que je regrette beaucoup, m'est très fatale, mais tant que les circonstances l'exigent je m'y accomode, mais pas plus. Pour mes lettres de change elles ne sont pas à réaliser à présent que le cours est si désavantageux. S'il ne s'améliore pas au taux fixé en attendant, ou au plus au 45 ½, il vaut mieux laisser la moitié déposée où elle est, et m'envoyer l'autre moitié par une voie sûre en lettres de change, mais (facendole raggirare sul nome di Conte di Sarvar). Mes nouvelles de Vienne sont une absolue disette de vivres en Pologne, et dans toute l'Allemagne; l'Armée Française en fait venir jusque d'Italie en Pologne, et des Etats Autrichiens

---

(1) Probablement le baron Georges André (1762-1839), amiral de la marine de S. M. Sarde, frère du futur ministre de Charles Félix.

il y a la défense d'exporter des vivres, ce qui y maintient l'abondance,
mais le numéraire y manque. L'Armée Russe en tout est forte de 369 m.
hommes, et 80.000 chevaux; la Française était de 339 m. hommes et 82 m.
chevaux. Sur les confins immédiats de l'Autriche, et la Russie en Gallicie,
Buchovine, Transilvanie, il n'y a pas d'hostilités, tout est tranquille, et
on paraît observer la neutralité (1).

L'article secret de la dernière paix concernant les officiers sujets Français en Autriche est annullé. Communiquez ces nouvelles à C[atinelli] pour
que je ne doive pas les lui répéter; et dans l'espoir d'avoir une autre lettre
de vous par le prochain paquebot, je suis avec les sentiments d'estime, confiance et amitié, que vous connaissez en moi, et que vous méritez à tout
égard.

Votre bien affectionné
F[RANÇOIS].

Cagliari, ce 26 septembre 1812.

Si vous trouvez une bonne carte de l'Angleterre et une de l'Amérique
envoyez-les moi, de même que quelques livres amusants de voyage ou autre
pour mon épouse, qui vous salue, et pour Salburg. J'aurais soin de vous
envoyer vos écrits que vous m'avez confiés.

Un général Autrichien propriétaire d'un Régiment a été arrêté et
conduit à Vienne, dit la gazette de Gênes.

P. S. — Demandez un peu compte au Comte Bulgarelli de sa dette
envers Mons. Lee à Smirne (2), car Mons. Lee me répète qu'il n'a jamais
plus rien entendu de lui.

A M. le Comte VICTOIRE DE LA TORRE
Brigadier des légions Italiennes à la solde de S. M. Britannique ».

« Mon cher Comte de La Tour,

Je vous ai déjà écrit par ce paquebot, je n'ai qu'un moment de
temps pour vous dire que j'ai reçu votre lettre du 2 octobre, et l'accluse
de Catinelli; je vous en remercie tous les deux. J'ai aussi reçu par le paquebot la lettre du 16 Sept. de B[entinck] auquel vous pouvez le signifier.

Archives de La Tour.
Orig. – II, 189.

----

(1) L'Archiduc exagérait, en le formulant, un état de choses qui était contenu en
puissance dans l'attitude cauteleuse de Schwarzenberg. Cfr. H. KERCHNAWE - A. VELTZÉ,
Feldmarschal Karl Fürst von Schwarzenberg, Wien, 1913, pp. 113 et suiv.; J. F. NOVAK,
Briefe des Feldmarschalls Fürsten Schwarzenberg an seine Frau, 1799-1816, Wien, 1913,
pp. 189 et suiv.

(2) Ce Lee, consul anglais à Smirne, pourrait être le même qui fut plus tard consul
à Alexandrie et appuya les recherches courageuses et fécondes de l'égyptologue Belzoni
(FRANCESCO VIGLIONE, *L'ultimo viaggio e la morte di Giambattista Belzoni* in *Rassegna
bibliografica della letteratura italiana*, a. XX, N. 12).

Vos chevaux et ceux de Catinelli sont prêts, mais il manque une embarcation propre pour Palerme. Roburent me prie de vous remettre la lettre ci-jointe. Pardonnez si je vous joigne ici une lettre pour la Reine de Sicile, que je vous prie de lui faire avoir par le moyen de la Comtesse Zichy. La Reine m'a écrit très gracieusement pour savoir ce que je ferai relativement à mon retour à Vienne, ce que je pensais de faire; je lui réponds là dessus que les voies de Turquie étant trop incomodes pour ma femme, et ne voulant pas traverser des pays français, j'ai pris la résolution d'attendre encore; et en même temps je lui écris les difficultés qu'il y a pour la communication d'ici avec le continent pour qu'elle ne pense aucunement à vouloir jamais se joindre à moi. Ne faites pas mystère, mais dites à Lord William en mon nom que j'ai écrit pour cela, et comme cela à la Reine vous envoyant la lettre, car je dois à ma tante par respect une réponse, mais je ne veux pas pouvoir être soupçonné de correspondance secrète avec elle: c'est pour cela aussi que j'envoie à vous plutôt qu'au Consul ma lettre. Adieu, cher La Tour, je pense bien souvent à vous; je voudrais vous avoir ici avec moi, et là en même temps. Ecrivez-moi l'état des choses par le prochain paquebot; je ne renonce pas entièrement à mon projet de voyage, mais le tiens en suspens; cela sera selon les circonstances; toujours ce qui sera pour le bien. Conservez-moi votre amitié et croyez-moi toujours

Votre bien affectionné et reconnaissant
FRANÇOIS D'AUTRICHE D'ESTE.

Cagliari, ce 9 octobre 1812.

P. S. Si vous pouvez trouver en Palerme un portefeuille propre de maroquin pas trop grand, comme celui donné par mon frère à Catinelli, mais sans le diamant, mais un crayon de ferme, comme celui-là sur lequel je puis mettre ici un diamant; je vous prie de me l'acheter, et d'y faire mettre mon portrait par le peintre Selvaggio, et de me l'envoyer par un paquebot en occasion.

A Monsieur le Comte DE LA TORRE
Brigadier des troupes italiennes
à la solde de S. M. Britannique, en Sicile, à Palermo ».

« *Mon cher La Tour,*

Je vous envoie par le Brig. Sparrowhaw vos papiers sous l'adresse de Lord William Bentinck, comme vous avez désiré; j'écris aussi au dit Lord; le priant de me faire savoir par le prochain paquebot par vous son avis définitif sur mon voyage projeté. Car dans le cas d'un *non* je pense d'aller à Mahon, peut-être à Valence, pour ne pas rester ici toujours.

Et les lettres d'Angleterre aussi me serviront de règle ; au reste je souhaite de mêler l'utile dulci, mais l'utile est toujours le premier. Adieu. Schmied saisira la première occasion pour envoyer vos chevaux. Je suis

Votre très affectionné
FRANÇOIS.

ce 16 octobre 1812.

    A M. le Comte LA TORRE
      Brigadier des troupes italiennes
  à la solde de S. M. Britannique, en Sicile ».

« *Ce 20 octobre 1812.*

    Mon cher ami,

Je n'avais pas avant une occasion pour répondre à votre lettre du 13 septembre. Je vous remercie pour les observations que vous y faites. Pour celles qui me regardent il est impossible que pour le moment j'y pense. Il faudrait m'arrêter ici et négliger des autres objets, ce qui nuirait à l'ensemble des affaires. D'ailleurs peut-être qu'à la fin cela reviendra au même. Je suis charmé pour vous et C. et désire aussi que Faverges soit content. Vous ne me dites rien de votre frère. D'après une lettre de Villette (1), il me paraît qu'il doit être en route pour la Méditerannée. Vous savez l'objet de mon voyage. Je dois vous dire que j'ai trouvé même les personnes les plus inclinées comme Bumbury, d'un avis contraire pour le moment. Je dis ceci pour votre propre information, n'en parlez à personne excepté à L. W. C'eut été inutile de lutter contre le torrent. Chose très extraordinaire, mais il est sûr que l'opinon publique est sur ce point d'accord avec celle des ministres, et c'est un crime de penser d'employer des troupes autre part qu'en Espagne. Il n'y a donc pas à penser que les troupes reviennent de l'Espagne, jusqu'à ce que tout y est décidé. Et pas seulement cela, mais comme ce n'est que quand cette guerre est décidée, que l'on fera quelque chose ailleurs, il faut contribuer à la décider. D'un autre côté ce n'est que de L. W. que nous pouvons espérer pour l'Italie. Nous devons donc désirer tout ce qui augmente son crédit et influence, et il n'y a pas de doute que c'est la guerre sur la côte d'Espagne. Le désir des Ministres est qu'il envoie tout ce qu'il peut pour renforcer le Corps du Gén. Maitland et même qu'il y vienne lui-même pour un temps. Je dois passer par l'Espagne pour lui apporter des informations sûres, à l'égard de la situation des choses, et puis me rendre en Sicile, mais on a quelque espoir que je rencontrerais L. W. B. avant. J'envoie

Archives de La Tour.
Orio. – Suppl. IV,
190 *bis*.

____

(1) Peut-être le comte Théophile de Villette Chivron, que nous retrouverons sous-chef d'état major du contingent piémontais pendant la campagne de Grénoble en 1815 et qui en fut aussi l'historien.

Heyliger (?) directement pour l'informer de tout ceci, et dans tous les cas celui-ci viendra à ma rencontre. Si L. W. B. vient lui même je ne doute pas qu'il prendra une partie des troupes siciliennes et italiennes; de ces dernières il me paraît qu'il serait mieux de ne pas prendre un des Régiments en entier mais une partie de chacun. Il me paraît aussi quoique cela ne rencontrera pas vos désirs, qu'il serait mieux que vous restiez en Sicile. Cependant sur ces deux objets je ne dis rien à L. W. B. mais je suis sûr que vous sacrifierez votre satisfaction au bien de la chose, et que vous ferez ce que L. W. trouvera mieux. La raison pourquoi je crois que vous devriez rester, c'est que je crois que vous serez d'autant plus nécessaire si L. W. en part, et qu'il n'y aurait sans cela personne pour continuer la formation des troupes Italiennes qui seront si importantes pour les vues ultérieures et qui sont pour nous les principales.

A l'égard de l'augmentation de ces troupes, il y aurait ici beaucoup de facilité, et on le désire. Le nombre des prisonniers augmente si fort que l'on voudrait se défaire de ceux qui peuvent être bons à quelque chose, et les envoyer dehors. Je n'aime pas faire quelque chose à cet égard sans savoir les intentions de L. W. B. et il est impossible que je les sache avant mon départ. Il se peut que dans tous les cas l'on aurait un transport comme celui de l'année passée. Je ne sais ce que serait mieux alors d'en former un nouveau Régiment, ou de compléter dans les deux premiers ce qui pourrait être envoyé en Espagne. Du reste en envoyant quelque chose en Espagne, il faudrait bien penser à l'effet que cela produirait sur les esprits en changeant l'idée qu'ils les destinent pour la délivrance de l'Italie.

J'écris par cette même occasion à Arthur. Il ne peut pas connaître la situation des choses ici, sans quoi il serait persuadé que son voyage ne serait d'aucune utilité et pourrait être fort nuisible.

Je cherche donc à l'en dissuader. Mais comme il se peut que son séjour en Sardaigne souffre des inconvénients, vous pourriez consulter avec L. W. B. pour lui proposer une tournée ou changement quelconque, peut-être un voyage en Sicile ou aux Iles Jonniennes. Du reste on est fort bien disposé à son égard, mais c'est de L. W. que dépendra tout ce qui le regarde. Adieu mon che ami.

Votre bien dévoué
N[UGENT] ».

« *Mon cher Comte La Torre,*

Archives de La Tour. Orio. - II, 192.

J'ai reçu votre lettre du 24 octobre avec celle de Catinelli, avec les trois lettres de change ensemble pour la somme de 2050 L. S. et j'ai remis au Chevalier Rossi la lettre qu'il y avait pour lui. J'ai reçu par la même occasion le paquet de livres et les cartes géographiques; je vous remercie pour la peine que vous vous êtes donnée pour mes commissions, mais je compte avec assurance sur vous, que vous l'avez fait volontiers. Informé par vous des ultérieures actuelles circonstances, je n'attends qu'une lettre, ou la personne même de Néuman (1), pour décider la direction du voyage. En tous cas je crois que Mahon sera le premier gîte fixe, et cela pas avant les derniers jours du mois. De là ou le voyage projeté, ou un autre tour, selon les circonstances; je m'empresserai de vous le faire savoir. J'espère, même je sais que vous avez reçu vos papiers, que je vous ai envoyés par occasion sûre. Je presse l'embarcation de vos chevaux, et de ceux de Catinelli, mais dans ce pays sans commerce les occasions sont rares. Je manque de lettres de Vienne, depuis le 20 sept. ainsi je ne puis pas vous donner des nouvelles plus récentes de là. J'ai une lettre de Fiquelmont plus récente, il n'avait rien touché des dispositions pécuniaires, que vous aviez écrit à lui avoir été faites, en sa faveur. Tenez moi compte, cher La Tour, de ce que je vous dois d'argent pour moi, je tiens bien compte de tout le reste que je vous dois, et je sais bien apprécier votre grand attachement pour moi, sur lequel je compte en toute occasion.

Je me porte bien de santé, mais je sens bien la privation de votre compagnie; ma soeur est près d'accoucher (2); mon épouse se porte bien, elle est d'une grande ressource et consolation pour moi, et me charge de vous dire tant de belles choses de sa part; elle vous estime beaucoup, sachant par moi ce que je vous dois, et connaissant vos bonnes qualités. Je passe maintenant mon temps écrivant des annotations sur la Sardaigne, touchant toutes les matières; je vais promener à pied, quelque fois à cheval avec mon épouse; le reste de notre vie est toujours le même. Nous avons les nouvelles d'Espagne jusqu'à la fin de septembre, et nous savons les Français à Moscou. Vos lettres me font toujours beaucoup de plaisir, écrivez-moi souvent, et ne m'oubliez pas. Je suis amateur de la constance, et elle est nécessaire actuellement, constance dans l'amitié, constance dans les sentiments; à la fin on triomphe de tout. Sur votre recommandation je ferai passer quelques petits secours d'argent à Leveroni, c'est un jeune homme qui a de la capacité, mais il n'est pas encore assez solide, pour être mis à son aise de finances; mais comme on est content de lui, il est juste qu'il voie que dans ce cas il n'est pas oublié. L'affaire de Villand (3) ne m'étonne pas; vous avez bien pensé en le dissuadant de venir à Cagliari. L'abbé Visona, je ne saurai si plus fou ou malitieux, est parti tout à coup après que je lui ai dit la vérité sur son compte, et fait entendre que je ne l'avais jamais cherché, mais secouru

---

(1) C'est à dire toujours Nugent.

(2) La reine Marie Thérèse eut une fillette le 14 novembre, appelée Marie Christine et destinée à devenir la première femme du roi Ferdinand II de Naples, auquel elle donna un fils, François II, avant de mourir le 31 janvier 1836.

(3) Peut être le Violland mêlé à la conspiration de Jacobi.

seulement par charité; je ne sais pas s'il est allé sur le Continent, ou à Palerme, on disait à Palerme, il est parti à la sourdine; écrivez-moi s'il est à Palerme. Je préparais cette lettre pour vous lorsque j'eus hier 4 novembre, des lettres de Vienne du 18 août, mais rien de nouveau qui vaille, et on ne m'écrit rien de votre frère. Ecrivez-moi quand ma lettre pour Vienne est partie, celle que je vous ai donnée ici à votre départ. Je vous prie aussi de constater le fait de la dette du Cap. Comte Bulgarelli avec M. Lee à Smyrne, pour finir cette affaire, et écrivez-moi en. Je ne répète pas la commission du portefeuille donnée dans une autre de mes lettres. Je vous prierai seulement de m'acheter, s'il y a une occasion prompte pour me les envoyer, les livres contenus dans la petite note ci-jointe.

Adieu, mon cher Comte La Tour, écrivez-moi quelque chose de vos troupes si elles se forment bien. Saluez de ma part Catinelli, remerciez-le de sa lettre que j'ai reçue, dites-lui que à présent je prends soin moi-même pour presser l'embarcation de vos chevaux, et que je lui écrirai une autre fois. Je suis avec l'estime la plus distinguée et avec vraie affection et reconnaissance pour l'attachement que vous avez pour moi.

Votre très affectionné
FRANÇOIS.

Cagliari, 5 novembre 1812.

Pour Monsieur le Brigadier Comte VICTOIRE DE LA TORRE, *à Palerme* ».

« *Lissa, ce 27 Novembre 1812.*

Mon cher Comte,

J'ai reçu le 14 courant votre lettre en date du 24 Octobre, que j'ai lue avec le plus vif intérêt, car outre la satisfaction que j'ai éprouvée à recevoir de vos nouvelles, j'étois bien aise de savoir un peu ce qui se passe dans le monde d'où je suis exilé. Je pense avec vous, que les affaires publiques commencent à prendre partout une tournure favorable. L'incendie de Moscou m'a un peu réconcilié avec l'Empereur Alexandre, qui par ce seul acte a assuré l'indépendance de son pays et quoiqu'il aurait pu effectuer le même objet d'une manière aussi efficace et beaucoup moins pénible, s'il eut été plus tôt sensible aux dangers de sa position, et aux devoirs que ces dangers lui prescrivaient, cependant je ne suis point disposé maintenant à lui chercher querelle sur ce point; mais je crains que les terribles sacrifices que son manque de résolution précédant nécessitent aujourd'hui, ne l'empêchent de prendre l'initiative, quand même les chances de la guerre y deviendraient favorables. Il faut néanmoins convenir que l'Angleterre et l'Europe en général ont déjà gagné considérablement par la guerre du Nord, car il me paraît qu'il sera désormais impossible au gouvernement français sous quelque Chef que ce soit de nous exclure du continent; et si nous avons tant soit peu de bonheur dans le midi, je ne désespère point de voir un changement général depuis le détroit de Messine jusqu'à la Mer Baltique, cela fera une belle confusion, je désire de pouvoir y prendre part, et comme j'ai été condamné à voir plusieurs états crouler sous leur propre faiblesse et corruption, j'espère que le nouvel ordre de choses que j'ai si longtemps et si ardemment désiré m'offrira quelque part le spectacle d'une puissance basée sur des institutions sages et libérales, les seules qui peuvent offrir la perspective de stabilité. Ces réflexions me soutiennent dans la solitude où je vis, car comme vous pouvez bien vous imaginer mes affaires ici ne suffisent pas pour m'occuper. Je n'ai pas encore de notions exactes sur la force de l'ennemi en Italie, car espérant de voir P... (1) d'un jour à l'autre, je n'ai encore envoyé aucun agent à Venise, mais je sais que la garnison de cette ville est de 4000 hommes, la plus part Italiens. Il y a deux mille hommes à Ancone, et outre ces deux garnisons il n'y a pas 200 hommes ensemble hormis les gardes nationaux dans une ville quelconque de la côte depuis Otrante jusqu'à Venise. J'ai lieu de croire que l'intérieur du pays au moins jusqu'à deux journées de marche de la côte, est également dépourvu de troupes (2). Je sais qu'il n'y en a pas à Ferare, Bologne, ni à Modène, quoiqu'il y ait à Bologne au delà de mille prisonniers et à Modène cinq cents la plupart incarcérés à cause de leurs opinions politiques.

Les renseignements sur la force ou plutôt sur la faiblesse des français que j'ai tirés de différentes sources, me sont confirmés par les rapports de nos officiers de marine, qui m'assurent que lorsqu'ils font des débarquements sur la côte, pour enlever des vaisseaux marchands, ou pour enlever des canons, ils n'y voient d'autres troupes que les gardes nationaux qui ordinairement fuient à leur approche. L'Italie, au moins la partie de l'Italie dont je puis avoir connaissance d'ici, étant tellement dénuée de troupes il me paraît que le moment actuel serait très favorable pour une entreprise dans ce pays là, et je crois devoir attirer votre attention à la ville de Comacchio, qui me paraît être un point, où nous pourrions non seulement faire une démonstration utile mais nous établir d'une manière permanente avec une très petite force (disons un millier d'hommes) sans nous compromettre, et sans exposer au moindre revers les troupes que nous voudrions employer dans cette opération. La ville de Comacchio est, comme vous le savez, entourée de marais impraticables, ou de lacs à bas fonds. Les deux seules routes qui conduisent à la ville étant des

---

(1) Peut étre Pölt.

(2) En effet lorsqu'à la fin de 1813 les Autrichiens débarquèrent à Comacchio, ils furent vite les maîtres des Romagnes. Entrés à Forli le 26 décembre 1813, il se virent bientôt rejoints dans le pays de Faenza par des bandes d'insurgés et de réfractaires, qui d'ailleurs n'étaient pas faits pour inspirer confiance (ANTONIO MESSERI e ACHILLE CALZI, *Faenza nella storia e nell'arte*, Faenza 1909, pp. 298 et suiv.).

argines ou digues artificielles, on pourrait facilement les détruire, si on juge cette mesure nécessaire, mais je pense que pour mettre la ville à l'abri de toute insulte, il suffirait d'ériger deux simples batteries de terre, dont l'une à Volano vers le nord, et l'autre sur le Reno ou Po di Primaro vers le Sud. J'ai demandé à plusieurs de nos officiers de marine s'il serait possible aux Français à Venise, d'envoyer une force le long de la côte, dans de chaloupes canonnières, ou autres petites barques pour l'attaque de Comacchio, mais ils m'ont tous assuré qu'une seule frégate, ou Brick de Guerre suffirait pour rendre infructueuse toute tentative pareille; et que même en supposant que les Français eussent une supériorité momentanée sur nous dans cette mer, quelques chaloupes canonnières ou une batterie flottante suffiraient amplement pour protéger le canal de Magna Vacca qui est l'entrée de Comacchio, du côte de la mer. J'ai donc lieu de croire que si la ville de Com[acchio] (dont la population n'est que de 3000 âmes) était en notre possession, elle pourrait être mise avec facilité et sans dépense à l'abri de toute attaque de la part de l'ennemi, qui n'aurait pas même la faculté de nous y bloquer, ou de couper notre communication avec l'intérieur, car pour garnir suffisamment la périphérie des marais, ou lacs autour de Comacchio, il faudrait plus de troupes que ne se trouvent maintenant dans toute l'Italie. Mais quoique j'ai été moi même à Comacchio je ne veux pas garantir la justesse de mon raisonnement sur ce sujet, lequel étant purement militaire n'est pas de ma compétence, je m'en rapporte ainsi là-dessus à vous, et surtout à M. de Catinelli qui, ayant séjourné longtemps dans le pays, doit être à même de savoir ce qui en est. J'observerai seulement que, selon ma façon de voir, les troupes que le gouvernement français serait à même de rassembler ne pourraient traverser les lacs ou vallées que sur des radeaux pour la construction desquels le pays à l'entour ne fournit pas de bois; encore n'y-a-t-il que la seule vallée de Mezzano (qui a une étendue d'au de là de quinze milles) par laquelle les radeaux pourraient passer. Si mon hypothèse sur la possibilité de défendre Comacchio, avec une très petite force, n'est pas fondée, tout mon raisonnement tombe, et le projet ne peut pas s'effectuer, au moins pas à ma manière; si au contraire mon opinion de la localité de Comacchio est juste, je ne connais pas d'opération qui offrirait tant d'avantages avec si peu de risques et de frais. Je la crois également utile quelque soit la détermination de Lord W. B. relativement à l'emploi de la force sous ses ordres, que sa Seigneurie ait l'intention d'aider Lord Well[ington] à frapper un coup décisif en Espagne, ou qu'elle veuille entreprendre une opération distincte et indépendante en Italie.

Cette mesure frapperait de consternation le gouvern. Français, en découvrant le secret de sa faiblesse aux Italiens: elle arrêterait au moins pendant quelque temps la marche des troupes françaises destinées pour la péninsule; elle ranimerait les espérances des Italiens en leur présentant un point d'appui (quoique imaginaire) pour ainsi dire au milieu d'eux; et elle nous mettrait en contact immédiat avec la portion de la

population Italienne, qui s'est toujours montrée la plus hostilement disposée contre la France et qui a fait le plus de sacrifices pour recouvrer
l'indépendance du pays. Si Lord W. B. jugeait convenable d'ordonner
cette mesure, je me rendrais à Comacchio afin de renouveller les liaisons
avec les français que nos amis ont formées pendant mon dernier séjour
à Vienne; je serais accompagné d'un ou peut être de deux chefs de l'insurrection ferraroise de 1809 (1), et je crois qu'en peu de temps je serais en
rapport avec la plus grande partie du Nord de l'Italie. Avant de terminer cette longue et ennuyeuse histoire je dirai un mot sur des objections
que l'on pourrait me faire; car il est juste que je vous présente le revers
de la médaille. Voici les objections:

  1. l'insalubrité de l'air de Comacchio;

  2. la possibilité qu'une démonstration de notre part dans le Nord
de l'Italie, pourrait obliger les Autrichiens de remplir la condition du
dernier traité par laquelle la garantie mutuelle de territoire fut stipulée.

  Quant à la première objection j'observerai qu'elle n'est valable que
pendant les grandes chaleurs de l'été, et lorsque cette saison arrivera,
j'espère que nous aurons autre chose à faire que d'attraper la fièvre à
Comacchio, et si nous devons toutefois en attraper j'espère que cela
sera sur les marais pontins au moins.

  La seconde objection heureusement n'est plus valable même dans
la saison actuelle, car il est de fait que Bonaparte est au plus mal avec
son beau père, il témoigna à ce dernier son étonnement, et même son
indignation de ce que le corps de Schwartzenberg qui a été exposé au
plus rude service de la guerre, se trouve considérablement réduit, et il
insista d'une manière très peu respectueuse qu'il fut mis de nouveau au
grand complet, ce qui fut refusé, et il paraît que quelque soit la politique actuelle du gouvernement Autrichien, il lui sera impossible de faire
de nouveaux sacrifices en faveur de la France, et il paraît que l'Empereur et le peuple Autrichiens sont dégoûtés de la guerre. A la bataille du
7 septembre le Général Bianchi et 43 officiers de marque doivent avoir
perdu la vie; le Prince de Hesse Hombourg cadet (2), est retourné en Autriche grièvement blessé, et on assure que les officiers autrichiens ont
éprouvé toute espèce de désagréments et d'humiliations de la part des
Français.

---

  (1) On trouvera quelques nouvelles, quoique insuffisantes, sur cette prise d'armes
dans le livre de TIVARONI, *L'Italia durante il dominio francese*, Torino, 1889, p. II,
pp. 246 et suiv.

  (2) Probablement Ferdinand (1789-1866), qui devint landgrave régnant de Hesse
le 8 septembre 1848, car le tout dernier de ces nombreux frères, Leopold, était au service prussien et trouva la mort à Lützen le 2 mai 1813.

Vous aurez sans doute appris que l'insurrection qui éclata à Paris le 19 octobre a été étouffée après avoir duré quatre jours (1). Les gardes nationaux ayant appris que l'intention du gouvernement était de les envoyer en Allemagne afin d'y remplacer l'armée de réserve ont couru aux armes sous la direction de trois généraux qui doivent avoir été fusillés. Cette seconde tentative de Bonaparte de faire marcher les gardes nationaux ayant été aussi infructueuse que la première, il est à présumer, qu'il renoncera à son projet, et il est également vraisemblable que vu l'urgence du moment, il sera obligé de retirer absolument toutes ses troupes de l'Italie et d'y faire de nouvelles conscriptions qui ne peuvent pas manquer de faire naître des troubles. C'est pour toutes ces considérations réunies que je désire que nous puissions faire dans le moment actuel une démonstration en Italie, car on ne peut pas douter que Bonaparte remuera ciel et terre, et il ne faudrait pas lui donner le temps de prendre haleine. On le dit retourné à Paris (2).

Je ne puis pas avoir l'honneur d'écrire par cette occasion à son Altesse royale, mais je vous prie de vouloir bien lui présenter mes hommages et de l'informer que j'aurai toujours des occasions sûres pour faire passer ses lettres à Vienne; je la prie seulement de mettre l'adresse sur un morceau de papier à part, afin que je puisse l'écrire en chiffre et ainsi éviter tout accident fâcheux.

Veuillez faire mes compliments à M. de Catinelli et lui dire que mon correspondant à Scutari m'ayant informé qu'il y était arrivé un pacquet de livres pour M. Carlo Corner, que l'on ne pouvait retirer qu'en payant dix écus, j'ai donné ordre de payer la somme et de me transmettre le paquet; vous pouvez juger de ma surprise en ne recevant pour mes dix écus que le petit paquet que je vous transmets pour M. de C.

Je vous prie de me faire savoir de vos nouvelles aussi souvent que vous en aurez le temps, et d'agréer l'assurance de l'amitié invariable avec laquelle

Je suis, etc. etc.

J. M. JOHNSON.

A Monsieur Mons. le Comte DE LA TORRE ».

---

(1) Il s'agit de la conspiration de Malet qui n'eut de succès que pendant quelques heures et se révéla, triompha un moment, puis fut écrasée, au milieu de l'indifférence de la population parisienne (ERNEST HAMEL, *Histoire des deux conspirations du général Malet*, Paris, 1873; J. MICHELET, *Ma jeunesse*, Paris, 1884, p. 75; LOUIS LE BARBIER, *Le général de La Horie*, Paris, 1904).

(2) En effet Napoléon, de suite après le passage de la Bérésina, lorsque la déroute de son armée n'était pas encore connue, se jeta dans un traineau et, échappant de quelques heures à la poursuite des cosaques, parvint à Varsovie, puis à Dresde et à Paris tandis que tout le monde le croyait encore au delà du Niémen. Cfr. le chap. « Napoléon à Paris », dans le grand ouvrage de A. SOREL, *L'Europe et la révolution française*, cit., VIIIe partie.

En même temps M. de La Tour n'avait pas perdu de vue les négociations dont il avait été chargé par son bon Roi Victor Emanuel par l'entremise du comte Rossi.

« *Monsieur*,

J'ai reçu les deux obligeantes lettres que vous m'avez fait l'honneur de m'écrire, Monsieur, en date du 24 du mois d'octobre échu, l'une par le transport, et l'autre par le paquebot anglais. M'étant fait un devoir de rendre compte au Roi de leur contenu, j'ai la satisfaction de vous dire, que S. M. a entièrement approuvé vos démarches auprès de S. E. Milord Bentink, et qu'Elle a témoigné d'être fort sensible aux marques d'intérêt, que vous lui exprimez pour le bien du service. Je ne puis pas encore vous exprimer quel sera le résultat de l'affaire, qui a déjà été commencée, ainsi que vous l'aurez appris à l'heure qu'il est, parce que les opérations préliminaires de la réforme, toujours lentes dans ce pays, ne sont pas terminées; mais on ne vous en est pas moins redevable de la diligence, que vous avez mise dans l'accomplissement de la partie dont je vous avais prié, et qui influera aussi puissamment à accélérer une résolution pour l'effectuation de la réforme projetée, indispensable pour nos finances. En vous priant aussi, Monsieur, d'être persuadé de ma reconnaissance particulière pour vos bons offices dans cette occasion, mon épouse et ma famille, sensibles à votre bon souvenir, me chargent de leurs compliments empressés, et je suis bien flatté de pouvoir vous réitérer les assurances de la considération distinguée avec laquelle j'ai l'honneur d'être, Monsieur,

votre très humble et obéissant serviteur
Rossi.

Cagliari, 12 novembre 1812.

Au Comte DE LA TOUR *à Palerme* ».

« *December 6th 1812.* »

Sir,

I herewith transmit to you by Viscount Castlereagh's directions, for the information of the Earl Bathurst the copy of a dispatch from the honorable William Hill, His Majesty's Envoy at Cagliari, on the subject of a Body of men offered to be spared by His Sardinian Majesty, to this

Archives de La Tour.
Orio. - Suppl. I, 33.

War Office, I, 760.

country, and intended by Lord William Bentinck to be added to the
Italian force under his Command.

I am, Sir

Your most obedient humble servant
W. HAMILTON (1).

Colonel Bunbury
etc. etc.

CHAPITRE VII.

Les troupes anglo-italiennes en Espagne.

Très probablement à cette époque M. de La Tour avait quitté les
Iles qui avaient été pendant plusieures années le champ clos où s'étaient
multipliés ses efforts, et avait transporté les troupes levées par lui dans
le Sud-Est de l'Espagne (2).

Nous avons toujours retrouvé Victor de La Tour très attentif aux
nouvelles de la péninsule. Depuis longtemps il y entretenait des correspondances, et lorsque les succès de la résistance nationale et des Anglais, la
soutenant vigoureusement, donnèrent à espérer que les résultats de cette
guerre auraient une portée européenne, il rédigea deux mémoires, remarquables échantillons de cette littérature politique dans laquelle M. de
La Tour avait déjà fait ses preuves. Ces pièces (3) ont été certainement
composées toutes les deux vers la fin de 1812.

On y voit clairement, que tout en faisant son devoir là bas, M. de
La Tour était très impatient de voir la guerre transportée en Italie, et
lorsque Lord Bentinck fit un voyage à Londres, il lui dirigea un appel
pressant.

« *Excellence!*

Il y a deux mois que je me berce de l'espoir d'aller de jour en
jour à Cagliari, et cet espoir toujours deçu et toujours rénouvelé, me
promettant le plaisir de voir Votre Excellence, me persuadait que je ne
devais point vous donner l'ennui de lire ma mauvaise écriture. Au bout

Archives de La Tour.
Orio. - II, 199.

---

(1) William Richard Hamilton (1777-1859), de la branche de Wisbaw, autrefois
secrétaire de Lord Elgin et à son tour grand collectionneur d'antiquités orientales, était
depuis 1809 sous-secrétaire d'état au Foreign Office. Hamilton, égyptologue distingué,
était aussi un admirateur passionné de l'Italie et il insista beaucoup en 1815 pour
contraindre les Français à rendre les trésors artistiques enlevés à l'Italie depuis 1796.
Il fut un constant appui pour le journaliste italique A. Bozzi.

(2) Le gros des troupes anglaises amenées de Sicile en Espagne n'y arriva qu'au
début d'avril 1813 sous le commandement de sir Frédérick Adam. Voir toutefois la lettre
de Lady Bentinck à p. 330.

(3) Annexes, *F.* et *G.*

de tout cela il se trouve que je ne vais pas en Sardaigne, et que Vous partez pour l'Angleterre, ainsi je n'ai plus que le moyen de cette même écriture, pour avoir l'honneur de vous témoigner que je conserverai toute ma vie un souvenir bien reconnaissant, de tout ce que vous avez fait pour moi dans tant de situations et occasions différentes. Cela brièvement dit, quoique profondément senti, je ne puis m'empêcher de vous exprimer mon vif regret de votre départ de la Méditerannée; non seulement je perds en vous un appui personnel, mais la cause italienne y perd un avocat puissant dans le moment le plus décisif; mon opinion est qu'il dépend de l'Angleterre d'enlever pour toujours cette année-ci, l'Italie à la France, mais si Elle manque cette occasion, elle ne se présentera peut-être plus pour des siècles, quelque que soit le sort de Buonaparte, et l'Italie faible et divisée restera le marchepied sur lequel la France, ou d'autres Nations Continentales peuvent toujours élever un Pouvoir redoutable pour la Puissance Maritime. Au lieu de s'occuper de cette grave considération, on compte combien il y a d'hommes à l'Armée de Suchet, pour en envoyer autant à celle d'Alicante, et on ne calcule pas que si l'Italie reste française elle fournira cette année-ci un contingent égal à dix Armées de Suchet. Au lieu que si nous y portons l'étendard protecteur Anglais, ces dix futures Armées de Suchet seront pour nous.

Voyez l'Allemagne Nord, elle était entièrement soumise à Buonaparte, elle fournissait sans résistance beaucoup de bons soldats à Buonaparte. Et bien, ces soldats deviennent Russes (1) partout où l'étendard Russe se montre. En Italie l'étendard protecteur est encore plus nécessaire, comme centre de ralliement, puisque beaucoup de gens y sont mécontents des anciens gouvernements, et que les différents partis politiques ne sont pas d'accord sur celui qu'il conviendrait d'établir.

Dans un pareil état de choses il est impossible d'opérer une révolution heureuse, sans un pouvoir étranger, qui met des discussions parlementaires à la place des guerres civiles, lesquelles, sans cela, naîtraient du choc des partis.

Ceci me paraît évident, et paraît aussi évident aux différents partis Italiens, puisque tous demandent l'intervention Anglaise. Au reste en 1809 les gens sensés du Continent disaient à l'Angleterre de débarquer au Nord de l'Allemagne, et on voulut débarquer à Walcheren. Vous savez quel fut le résultat; à présent tous les gens sensés disent: Allons en Italie, et on veut aller à Alicante. Dieu veuille que le résultat ne soit pas le même. En attendant j'ai la conviction intime que si vous engagez le Gouvernement à consacrer à l'expédition d'Italie 7 m. à 8 m. hommes

---

(1) Le général prussien York de Wartenburg apportait alors à la Russie toute une armée allemande, bravant le désaveu du roi Frédéric Guillaume. Cfr. DROYSEN, *Das Leben des Feldmar. Grafen York von Wartenburg*, Berlin, 1857; MACDONALD, *Souvenirs*, Paris, 1892.

de l'Armée d'Alicante, hommes que nous y perdrons dans tous les cas cet été par la fièvre, vous aurez rendu à l'Angleterre et à l'Europe un service dont les heureux effets se feront sentir pendant des siècles : en un mot vous aurez fixé l'équilibre politique de l'Europe, et par conséquent fixé la supériorité maritime Anglaise, payé la dette publique, etc., etc., car chacune de ces choses est le résultat naturel de l'établissement de l'équilibre parmi les nations du Continent : équilibre qui ne peut jamais exister, quand celle qui possède le meilleur sort, le climat le plus heureux, etc., etc., est toujours exposée à être la proie d'une des autres.

Je termine avec bien de la satisfaction en vous annonçant que le premier Rég. Ital. s'est fort distingué à l'affaire du 13 (1), et part ces jours ci pour Alicante, et j'ose me rendre garant que le 2me et le 3me se conduiront aussi honorablement et qu'enfin aucun de nous ne fera tort à ceux qui l'on recommandé. Daignez me conserver votre amitié et agréez avec quelque intérêt l'assurance de celle, etc.

[LA TOUR] ».

Avant même de passer en Espagne, Victor de La Tour devait être frappé par un coup bien sensible à son coeur. Son frère Janus, qui avait pu se tirer honorablement des circonstances si graves auxquelles nous avons fait allusion plus haut, était censé être en convalescence des suites d'une grande maladie. Il semblait sur le point de rejoindre son frère aîné en Sicile : et voilà qu'une reprise inattendue de son mal l'enlevait rapidement. L'Archiduc François fit de son mieux pour entourer de soins son pauvre ami, qui survivait seul de trois frères, qui n'avaient certes pas été avares de leur sang et de leurs forces au service de leur souverain.

L'Archiduc François à M. de La Tour.

« *Mon cher Comte de La Torre,*

<table><tr><td>Archives de La Tour.
Orio. – III. 209ª.</td><td>Je vous ai déjà écrit deux lettres sans qu'il en soit parti aucune à cause que je ne savais pas où vous trouver, vous croyant parti de Palerme. Enfin je hazarderai celle-ci par la première occasion qui se présentera, pour vous confirmer avant tout le reçu de vos deux lettres du 31 octobre, et du 6 novembre, par les paquebots ; et celle postérieure du 12 déc. par le Bar. Sourdeau, qui m'a été d'abord remise. Vous aurez apparemment appris la rechute de maladie très-violente de votre pauvre frère, que j'ai appris en même temps que de mes lettres précédentes de</td></tr></table>

---

(1) Le 13 avril 1813 l'aile gauche des anglais souffrit près de Castalla des attaques de Suchet. Si l'allusion de La Tour se reporte à cette bataille, il conviendrait de placer le document plus en avant dans cette série de pièces non datées.

Vienne marquaient qu'il était mieux à un point qu'il se disposait à venir vous rejoindre; jugez de la peine que cela m'a fait et me fait encore pour lui et pour vous: j'espère que connaissant mes sentiments, et ma façon de penser vous serez persuadé de tout ce que je sens en cette malheureuse circonstance. Bien souvent je regrette que vous ne soyez pas auprès de moi; et cela par égoisme; dans cette circonstance je le regrette encore plus, car au moins partageant avec le plus vif intérêt vos inquiétudes, et votre affliction je crois qu'au moins je vous aurais par là procuré quelque soulagement.

Je vous prie, et conseille amicalement d'avoir soin de votre santé, car je connais votre sensibilité, votre bien tendre attachement à un frère digne de tous ces sentiments; mais après avoir laissé la satisfaction juste, et nécessaire à votre coeur, je souhaite que des occupations de devoir puissent vous distraire un peu, car le seul devoir, ou zèle pour la bonne cause seront capables de vous détourner des pensées tristes.

A Monsieur le Comté DE LA TOUR
Brigadier des troupes Italiennes au service de S. M. Britannique ».

« Mon cher comte de La Torre,

Mes lettres de Vienne n'arrivent que jusqu'au 2 octob. les plus fraîches, qui annoncent l'arrivée de Fabrizi à Vienne. Ma famille se porte bien. J'ai aussi des lettres de mon banquier Neumann qui allait partir. Pardonnez moi, si je vous incomode dans cette circonstance encore avec une commission, c'est pour me faire avoir par occasion bien sûre le reste de mes lettres de change; par précaution vous pourriez m'énvoyer les premières de change par une occasion et les sécondes par une autre: ou mieux encore m'apporter tout vous-même. J'espérais de vous voir ici un jour ou deux au moins à votre passage, et je n'osais pour cela pas même m'absenter un jour d'ici pour ne pas vous manquer; mais à présent je ne sais que penser, et espérer. Donnez moi au moins au plus tôt et souvent de vos nouvelles, et croyez que je pense bien souvent à vous, et avec les sentiments de vraie estime, reconnaissance et attachement, que je vous ai voués, et que je conserve également même sans vous avoir auprès de moi, mais je sens très vivement cette privation.

Je compte aussi avec sûreté sur votre attachement et sur votre caractère sûr, ferme. Les grandissimes succès des armées Russes dont je viens d'apprendre quelques détails (1), la déroute complète de l'armée fran-

Archives de La Tour.
Orio. – II, 209b.

---

(1) Il s'agissait probablement des nouvelles apportées par Victor de Broglie à Vienne à la mi-décembre 1812 (DUC DE BROGLIE, *Souvenirs*, Paris, t. I).

çaise du Nord, le retour incognito de Napoléon à Paris, tout cela prépare des grands événements, et aura des grandes suites. Dieu veuille bénir les résolutions et les entreprises pour la bonne cause! Vous me connaissez, c'est inutile que je vous dise tout ce que je sens. Ma situation ici est extrêmement fâcheuse à la longue, cet état d'inaction, de passivité continuelle, dans un pays où rien n'arrive que tard, où on ne voit, et n'entend rien qui puisse intéresser, ni plaire; ajoutez à cela Salburg qui est plus ennuyé que jamais de ce séjour, et qui ne fait qu'en soupirer.

Il ne me reste que la consolation d'avoir une épouse sage, solide, bonne, animée des mêmes sentiments que moi; qui s'accomode à tout, qui a un caractère extrêmement mâle et solide, et que j'aime toujours plus; elle me charge de vous faire ses compliments, et elle vous estime beaucoup et régrette aussi que vous ne soyez plus avec nous. Mais j'espère que ce ne sera jamais une séparation totale. J'ai toujours encore ici le cheval pour vous, et ceux pour Catinelli; faute d'occasion de les envoyer.

Sourdeau est encore ici, il y est bien vu, et il le mérite par sa prudente conduite. A Liveroni outre les 50 piastres que vous lui avez données, je payerai pour lui les 50 piastres qu'il doit à Barbier : voilà tout ce qui je puis faire pour lui : en attendant je payerai aussi la dette de Bulgarelli avec Mons. Lee : mais ne le dites pas à lui, car je ne veux pas que ces Mess. pensent que je sois le payeur général de leurs dettes; je préfère faire quelque chose pour eux sans en avoir l'apparence.

Violland est passé ici, je lui ai procuré un passage pour l'île Maddeleine; voilà tout. Vous avez très-bien fait de vous faire donner par Barbier les 400 Collonati pour ne pas vendre avec trop de perte les lettres de change.

Adieu, cher La Tour, écrivez moi au moins, si vous ne venez pas; et assurez vous de mon vif intérêt pour vous, de la part que je prends à votre affliction, et avec la plus distinguée estime et particulier attachement je suis

Votre bien affectionné F.[RANÇOIS].

Cagliari, 22 Janvier 1813 ».

« *Cagliari, le 25 Janvier 1813.*

P. S.

Mon cher Comte De La Torre,

Je viens de recevoir dans le moment votre lettre du 19 cour. de Palerme, par laquelle je vois que vous savez déjà la si triste nouvelle pour vous, et pour moi qui y prends la plus sensible part, de la mort de votre frère; que je savais, mais ignorant si vous la saviez, j'ai modéré mes expressions dans ma lettre qui devait vous préparer à la triste nouvelle; mais sachez que cette nouvelle m'a si fort funesté et occupé que je ne pouvais pas le dissimuler d'avoir une chose affligeante au coeur; d'abord pour lui que j'estimai comme un si brave officier, et homme d'un caractère si sûr et puis pour vous, m'imaginant la douleur que cela vous causera.

Si le partage de votre affliction, si mon estime et affection particulière pour vous peuvent vous causer quelque soulagement comptez-y bien sûrement. Je vous croyais toujours parti de Palerme, pour cela et pour l'incertitude si vous saviez la mort du frère, j'ai retenu 2 lettres déjà cachetées pour vous, et les derniers paquebots sont passés comme des éclairs. J'ai donc encore de l'espoir de vous revoir bientôt ici; je souhaite ardemment de vous voir, mais encore plus volontiers dans toute autre direction. Vous connaissez ma position, une attente éternelle, infructueuse est un martyre pour qui est actif, mais je me soumets à tout ce qui est pour le bien. Je souhaite ardemment l'entrevue, dites-le. Je vous envoye cette lettre sous l'adresse indiquée. Les excellentes nouvelles de la Russie et l'arrivée du P. Kurakine à Vienne raniment mes espérances. Dieu veuille les réaliser. Je n'ai de lettres de Vienne que jusqu'au 16 oct. 1812. Adieu, cher La Torre, croyez que je suis toujours votre bien affectionné.

F. d'AUTR. D'ESTE.

. Je vous joigne une lettre de réponse pour le Major Du Mont que je vous prie de lui donner. Je vous recommande Brunazzi.

La Marquise Saint-George a eu des lettres de la Spinola qui lui écrit qu'elle est chargée de la triste commission de participer peu à peu la mort de votre pauvre frère à votre père et à votre mère, qui se portaient bien ».

Les deux frères La Tour avaient rivalisé dans leurs zèle pour la cause à laquelle ils avaient devoué leur vie et ce n'est pas sans quelque surprise que l'on découvre dans des dossiers du Foreign Office, qui complètent heureusement ceux d'Orio, l'étendue du travail auquel ils s'étaient livrés dans toute l'Italie en faveur de l'Archiduc. Dans le même carton des archives de Londres se trouve une lettre de Caroline Murat à Napoléon, interceptée, et tombée dans les mains de Lord William Bentinck.

« Palermo, february, 24th 1813.
(Secret and separate).

My Lord,

I have the honor to enclose the copy of a letter from Madame Murat to Napoleon Buonaparte intercepted by the Russians and sent to me by M. Liston (1). It was written at the time when I proposed to make

War Office, I, 313.

----

(1) Sir Robert Liston (1742-1836), après avoir débuté dans l'enseignement privé, sous les auspices de Dugald Stewart et de Hume, devint secrétaire de son ancien élève Hugh Elliot, qu'il accompagna dans différentes missions diplomatiques. Il s'y fit connaître si avantageusement qu'il fut reçu à son tour dans la carrière et obtint rapidement la place de ministre à Madrid, qu'il occupa de 1783 à 1788. Ensuite il représenta l'Angleterre à Stockholm (1788-1793), à Constantinople (1793-1796), à Washington (1796-1802), à la Haye (1802-1804). Il avait pris sa retraite depuis sept ans lorsque le rédoublement d'efforts contre Napoléon qui répondit aux désastres de Russie

an attack upon Italy. I feel great satisfaction in this document, from the justification which I trust it will afford in your Lordship's opinion to the measure which I had at that time in contemplation. It proves I think completely the justice of the ground upon which that expedition was projected — It proves, that in the kingdom of Naples at least, there was at the time a very inconsiderable force, that there existed in the country considerable agitation, that the Government was apprehensive of the effects even of a demonstration only, upon the minds of the people of the Capital, and that they were in general not tranquil as to their situation. It is my belief that the projected attack would have been successful. — that if successful the whole of Italy would have been rescued from the joke of France and that the most effectual diversion would have been made in favor of Spain and Russia.

It had been previously decided by His Majesty's Government to give exclusively every possible aid to Spain. Your Lordship approved my final determination to send the expedition to its original destination.

It is my duty now to state that in my judgment the situation of Italy and of Naples is infinitely more favourable to attack, than even in the last year. We have intelligence that the corps of observation of Grenier (1) is very much reduced, that the force in Calabria has been diminished and that the discontent is the same. It appears that every exertion is making by Italy as well as by every other part of Europe subject to France to recruit the armies in the North. The success of the Russian Arms and the sufferings of the French armies cannot fail to have added to the disgust that every nation and particularly the Italians must feel in a climate so little congenial to their feelings, and in a cause so utterly unconnected with their interests. While such is the case in Italy, our position in Sicily continues tho' slowly to improve. The sicilian army is in a much better state of equipment and of disposition. The hostile party is reduced in number and in power.

The constitution is beginning to take effect in Sicily, and this example of the successful establishment of liberty must form an advantageous contrast between the benefits of French and British alliance, and must animate other countries with the desire and hopes of obtaining the same blessing.

It is curious to remark in the letter from Madame Murat the immense force furnished by Naples, from whence a judgement may be formed of the resources drawn by Buonaparte from his Italian dominions. I do not

---

le fit remettre à la voile, au printemps de 1812, pour revenir à Constantinople comme ambassadeur. Il y resta jusqu'en 1821. (SIR ROBERT THOMAS WILSON, *Private diary*, London, 1861).

(1) Le général comte Paul Grenier (1768-1827) fut l'un des derniers défenseurs du régime napoléonien en Italie. Il y avait déjà eu de commandement à partir de 1807 et son activité s'était prodiguée brillamment en 1809 contre le corps de l'archiduc Jean.

imagine that including Calabria there are in the Kingdom of Naples above 20.000 men.

I beg leave to observe that I am merely representing for the information of His Majesty's Ministers that which I consider to be practicable, if the disposable force in the Mediterranean could be so appropriated. Of the state of Spain — of Lord Wellington's plans — whether the presence of the Corps detached from to Alicant is indispensable to enable him either to resume offensive operations or to maintain the defence of Portugal, of all the circumstances in short, upon which such a question must immediately depend, I am totally ignorant. Of these and of the relative advantage of the application of our force, Lord Wellington must be the best and only judge. I shall send to his Lordship a copy of this Dispatch. It appears to me, that the state of Europe affords a well founded hope that the destruction of Buonaparte may be accomplished.

... It is at the same time clear, that the efforts already made, are not sufficient and cannot be made so.

Russia has indeed been succesful but her success has been of a negative kind. She has had the disadvantage in all her battles with the French when fairly met. Buonaparte has been beaten by the cold and famine, not by the Russian arms.

Had Russia on the contrary defeated the French in her first engagements and driven her back to the Oder, as a conquering enemy, then the downfall might have been produced by Russia, and by the rest of Germany that would have joined her standard.

But it strikes me that Russia has nearly come to the term of her advantages over Buonaparte. She has not the means or carrying on an offensive war against France. Without money, that great army must subsist upon the country, and with the bad and poor composition of the officers, with the plundering habits of the whole, their presence must be a curse to the country, and must create general disgust.

Austria is in my opinion the only power in Europe, that has the science and experience necessary to carry on an offensive war against France. If she should now join Russia, success might be considered as certain. The great power of Russia, is in my judgement defensive only. The brilliant successes of Spain no doubt have operated as a most powerful diversion for Russia, and Buonaparte appearing unwilling to abandon it for the present, the occupation of so large a French force must contribute essentially to the great object in view.

But such must be the reduced state of Spain, her country exhausted, her resources unproductive, her government unmanageable, that were it not for the individual presence of Lord Wellington, and for the effect of his wonderful influence and abilities, even her liberation would be considered as almost desperate and impossible. It seems necessary therefore that a greater part of the population of Europe should be brought into the field against this common enemy.

Italy is that instrument. Italy is ripe for it. Italy offers innumerable facilities for such an undertaking. It possesses a most vigorous system of Government, which it would alone be sufficient to continue in order to bring all the resources of the country into operation. It is fertile and rich and has been untouched by war. Its own means would supply the wants of the Army without any additional aid in specie, the want of which contracts our operations in Spain and elsewhere. Its people are brave and manageable, and have been well and long habituated to order and obedience.

There would be no embarrassment with any existing government which has been one great cause of the misfortunes of Spain. In Italy all political arrangements might be managed as might seem best for the common cause (1).

The south of Italy appears the most desirable point of attack. The whole force of Sicily could be employed without danger to the Island. Naples possessed, a good national army is ready formed to your hand. Your force is at once nearly doubled and it would be practicable to march immediately with an army of between thirty and forty thousand men to the north of Italy, your numbers and your resources daily increasing.

It always struck me that there was this great difference in favour of an operation from hence in Italy in preference to Spain. In the former we can at once act as principals — we are from the beginning equal to the enemy and with proper arrangement could fight him with advantage. In the latter we can only be auxiliaries. In so open a country against so great a superiority of Cavalry we cannot take the field, unless protected by a British or Spanish Army.

Lord Wellington is too distant. The spanish armies are at present good for nothing : unless therefore, the former shall have such success as will put him in possession of the centre of the Peninsula, or the force and conditions of the former shall very much improve it seems to me difficult for our Corps detached from hence to take the field with effect. In part this has been the result. It has hitherto been confined to Alicant by a force very inferior to its own number.

I think also, that in such an undertaking great advantage might be derived from the Archduke Francis and the Duke of Orleans. If Buonaparte's fortune began to fall, the presence of a French Prince of the Blood, and of an able man, might have great effect on the French Armies (2).

---

(1) Sur ce point les prévisions de Lord William Bentinck se montrèrent peu exactes, car dès le printemps de 1814 tous les prétendants réapparurent et sous les auspices de Metternich et de Castlereagh mirent en pièces les plans des italiques.

(2) Le cabinet anglais n'avait pas vu d'un oeil favorable la participation du duc d'Orléans à la résistance espagnole et avait traversé son chemin lorsque Louis Philippe était débarqué à Gibraltar en 1808, et à Tarragone en 1810.

The Archduke Francis is admirably calculated for a leader — he is sensible and manageable, and is surrounded by many able men. Austria would probably be friendly, but if the government were not, I should hope with the disposition of her Army and of many of the Princes of her House that her hostility would be nugatory.

In short my opinion is that the successful employment of this force in Italy would make the greatest possible diversion for the common Cause.

Italy might not be conquered — France would probably devote her whole means to prevent the independance and alienation of so great a portion of her territory and of her resources, and to avert the fatal effects of her example upon the countries with which she is in immediate contact. But for this purpose, as the Russian army must be opposed, Spain at least must be abandoned, and I should be glad to ask what safety there woul be for Buonaparte, if the passage of the Pyrenees were open, to a great and victorious army, under the command of an officer to whom Spain has already owed her independance.

I have the honor to be

My Lord Your Lordship's most obedient humble servant
W. C. BENTINCK.
L. General.

P. S. I enclose herewith a memorial of a merchant of respectability and of property, who has been in the north of Italy and has establishments in various towns. He is known to Count La Tour. He offers to convey any person I may choose to send, to verify the truth of his assertions, or to send off persons from the different towns to communicate with me, if I should prefer it. W. C. B.

To The Earl Bathurst ».

La Reine de Naples à l'Empereur Napoléon.

« *Sire,*

Mon premier soin en arrivant à Naples a été de bien connaître l'état du Royaume, ce qui restait de forces et de moyens à ma disposition pour le défendre en cas d'attaque, tout ce que je pouvais employer de ressources pour les augmenter. La lettre que Votre Majesté m'a fait l'honneur de m'écrire de Dresde, le 23 mai dernier m'a surprise au milieu de ces occupations, et les avertissements qu'elle contient ne sont pas de nature à refroidir mon activité.

Si le travail que je prescris sur tous ces points à mon Ministre de la guerre n'est pas achevé et si de quelques jours encore son résultat ne saurait être mis sous les yeux de V. M. je puis du moins répondre à quelque article de sa lettre et lui exposer la difficulté extrême si ce n'est l'impossibilité absolue où nous serions d'y satisfaire. V. M. ordonne que nous portions à 4.000 montes notre cavalerie, et notre artillerie à 60 pièces attelées.

Nous n'avons que 2.000 chevaux de troupes y compris ceux de la garde. Nous n'avons que 600 chevaux ou mulets de train. Ce serait 3000 chevaux environ à acheter.

Pour les chevaux de cavalerie, le Royaume ne présente aucune ressource, ceux du dehors et de loin que l'on doit tirer et les remonter, il faut six ou sept mois pour les faire arriver.

La même difficulté n'existe pas pour les chevaux ou mulets de train, mais c'est un objet de dépense assez considérable. Cette affaire en totalité pour l'acquisition des 3000 chevaux en y comprenant l'harnachément et l'équipement ne peut s'évaluer à moins de 2.300.000 francs. Somme que le trésor est dans l'impuissance absolue de fournir et V. M. le concevra si Elle daigne réfléchir que nous entretenons ou soldons près de 60 mille hommes. La levée de la conscription se poursuit avec activité, nous aurons 6 mille hommes à la fin de ce mois, mais nous manquerons de fusils pour les armer. Je viens d'écrire au Ministre de la guerre de V. M. (1) et en lui exposant nos besoins, je lui demande 22 m. fusils indispensables tant pour l'armément de la levée actuelle et de son complément à 12000 hommes que pour un approvisionnement de réserve destiné à réparer les pertes inévitables en cas de guerre. Je le presse de nous faire expédier le plus tôt possible et de tous points, mais je sens combien un ordre de V. M. devient indispensable pour autoriser cette mesure et pour en assurer l'effet et je le sollicite de sa bienveillance.

Je ne négligerai d'ailleurs aucun moyen de m'en procurer de partout. Sous le rapport du matériel comme du personnel il serait possible à la rigueur de réunir les 60 bouches à feu; la difficulté n'est que dans les attelages puisque nous n'avons que 600 chevaux ou mulets, d'après les dispositions qui se font nous aurons bientôt en activité de service trente pièces et tout leur attirail; avec un peu de temps nous [les] porterons à 40. C'est tout ce qu'on peut espérer. Le Roi se conforme aux intentions de V. M. et n'a emmené aucun attelage d'artillerie.

Une division de sept mille hommes garde les Calabres, il serait à désirer qu'elle fut appuyée par un corps placé intermédiairement entre elle et Naples; mais nos forces ne sont pas assez nombreuses. Dans la distribution qui s'en est faite on n'a réservé pour Naples que le 2me Régiment de ligne fort de 1500 hommes seulement, qui avec pareil nombre restant de la garde Royale, forment toute notre défense; et lorsqu'on songe à la fermentation que ne manquerait pas d'éxciter une descente ou seulement une démonstration de l'ennemi cette garnison paraît bien faible pour surveiller et contenir au besoin une population de plus de 400.000 âmes et pour garantir au milieu d'elles la sûreté de la famille Royale.

---

(1) Le duc de Feltre, Clarke (1765-1818) avait reçu de Napoléon le portefeuille de la guerre en 1807. Il devait le conserver même sous la Restauration.

Cette réflexion me conduit à remercier V. M. pour l'envoi qu'elle a daigné nous faire de deux régiments napolitains. Cette disposition en nous mettant à même d'augmenter d'un régiment la garnison de Naples, nous procurera le moyen aussi de renforcer de 200 à 250 hommes celle de Capri, qui est approvisionnée et en bon état de défense et sur laquelle j'ai lieu de craindre d'après les renseignements qui me sont parvenus que ne se dirigent les premiers efforts de l'ennemi. Sur la demande du général Grenier je fais rassembler à Capoue une division d'ambulance, des transports de vivres pour 9 à 10 mille hommes et des munitions de toutes espèces qui devront servir à l'armée française ou napolitaine suivant les événements. Je fais aussi disposer une ligne télégraphique (1) pour activer la correspondance et accélérer les mouvements du corps d'observation s'il devenait nécessaire de le déplacer.

En rendant grâces à V. M. du témoignage précieux de confiance qu'elle a daigné m'accorder dans la disposition qui met le corps du général Grenier sous mes ordres pour la défense du Royaume, je ne puis m'empêcher de prévoir et de lui exprimer l'embarras ou je pourrais me trouver au cas où les corps d'observation et l'armée napolitaine que commande M. le Maréchal Perignon (2) seraient destinées à agir de concert. Je n'hésiterais sûrement pas alors à subordonner le Comte Grenier à M. le Maréchal, mais je désire que V. M. pour éviter tout sujet de mécontentement et de mésintelligence veuille me dispenser de le décider en faisant connaître à l'avance ses intentions sur ce point.

Dans sa prévoyance attentive pour nos besoins V. M. a donné l'ordre que deux batteries d'artillerie fussent attachées au corps d'observation, il est bien à souhaiter que cette mesure se réalise promptement et dans ma lettre à M. le Duc de Feltre je n'ai pas négligé d'en presser l'exécution. V. M. à la distance où elle est de nous daignera permettre cette correspondance directe avec son Ministre de la guerre pour le bien et la célérité du service. Nos troupes s'exercent journellement, nos artilleries aussi, les détachements sur les côtes à tirer sur l'ennemi, les compagnies de dépôt au Poligone de Capoue. Trois parlementaires anglais nous ont amenés de Sicile des napolitains que je n'ai pu me dispenser de recevoir par des motifs qu'il serait trop long de déduire à V. M. Il paraît que l'ordre de repousser de nos côtes les parlementaires à coups de canon n'existe pas pour le port de Naples, puisque je les y ai trouvés introduits. J'en ai écrit au Roi, mais tant d'événements peuvent retarder ma lettre et sa réponse, que j'ai recours à V. M. pour me tracer la conduite que je dois tenir désormais. Elle m'excusera de la fatigue de ces détails sur le désir que j'ai de ne rien faire qui puisse contrarier son

(1) Il s'agit naturellement du télégraphe optique d'après le système de Chappe.

(2) Le maréchal Perignon (1754-1818), ancien soldat de la république, qui s'était distinguée dans la guerre des Pyrenées, commandait depuis 1808 les troupes françaises dans le royaume de Naples.

système et sa volonté. Les avis que je reçois des préparatifs considérables que font les Anglais à Messina ne me permettent pas de douter, que nous ne soyons sérieusement menacés; le brigandage aussi renait avec la saison la plus propre à le favoriser, et ne laisse pas de nous inquiéter quoiqu'il ne se montre encore audacieusement et bien en force sur aucun point.

Je viens de donner l'ordre à mon Ministre de la police de me proposer les mesures les plus énergiques pour l'étouffer. Sur tout ce que je viens d'avoir l'honneur de lui exposer V. M. jugera que ma situation n'est pas tranquille, si quelque chose peut en modérer l'inquiétude c'est l'espoir que j'attache aux succès prochains de vos armes, et à l'impression qu'on s'en ressentira sur tous les points de l'Europe. Voilà, Sire, un de ces motifs de confiance que l'événement n'a jamais trompé. Je suis avec respect, Sire, de V. M. la très humble, très obéissante et très affectionnée soeur.

signé CAROLINE.

Naples, le 6 juin 1812 ».

La seconde pièce à laquelle fait allusion Lord William Bentinck doit être une traduction de l'italien :

War Office, I, 313.

« The undersigned (1) having been attached from his earliest youth to that cause which Great Britain has so gloriously maintained and still maintains for the relief of humanity, was by the Count Janus La Tour made acquainted with the favourable disposition which the cabinet of Great Britain bore towards Italy, from the time that she was informed of the decisive and active correspondance that was established among the people of that country.

After various interviews which the above named Count Janus had in order to ascertain the truth and the sincerity of the Italians, it was determined that the undersigned should make a tour through the Venetian states as far as Florence and Arezzo and in order to remove all doubt with respect to the statement he might make, he was charged to bring back with him on his return to Vienna one of the principal chiefs of Arezzo (2), that is a person whose qualifications and rank gave him the esteem and confidence of the chief part of the population.

The undersigned undertook the journey; and in conformity with the instructions he had received from the Count Janus he sounded the views and dispositions of the persons who were more conspicuous and in the highest estimation in those parts of Italy through which he passed from the frontiers of Germany to Arezzo by the route of Verona, Mantua, Bologna and Florence. The unanimous voice of all expressed that they were

---

(1) Probablement Tommaso Reale, ainsi qu'il apparaîtra de pièces conservées à Orio.

(2) L'on se rappellera qu'Arezzo avait été en 1799 le centre du mouvement anti-français dans la Toscane. (A. LUMINI, *La reazione in Toscana nel* 1799, Cosenza, 1891).

tired of the unheard of despotism exercised by the Corsican Tyrant and that they were ready to use every means in their power, and to exert all their influence in order to liberate their country from the iron yoke under which it groaned, whenever they should be aided and protected by a powerful hand. When he arrived in Florence he established an intercourse with the most eminent characters of that city, of which description precisely are the gentlemen N. 1 besides several others of the class of merchants, whom he had the satisfaction to find very earnest and disposed to undertake anything in order to hasten the happy period of the liberation of their country, from the dominion of the French; that he might be able so give full assurance of this disposition to the Count La Tour, he took with him to Vienna M. N. 2 a proprietor in the province of Casentino and a confidential friend of all the gentlemen N. 1. N. 2 without any view of private interest, relying solely on the honor of the undersigned, left his family and repaired to Vienna, thus affording a very unequivocal proof of his sincerity. He conferred often with the Count, who being fully convinced of the good will of the people of Tuscany, and the neighbouring countries all of whom placed the most implicite confidence in N. 2. proceeded to arrange with him the means of preparing for the explosion of an insurrection, and in order that this might be conducted with the requisite order and regularity, N. 2, suggested to the Count the expediency of appointing a confidential person of talents to be sent to Casentino that he might be introduced as a new partner into the firm of N. 2 to live in his house, and to accompany him to the provinces, in visiting the fairs not only in Tuscany but also in Rome and in the country of Ancona, where he might open a communication with the chiefs of the people, whose discontent with French dominion was represented by N. 2, to be at its height.

After having arranged the plan of operations N. 2 returned home promising to exert himself as much as possible in disseminating the seeds of revolt. The Count Janus not yet being fully persuaded of the sentiments of the people of those countries, altho'he had received the most positive assurances, observed to the undersigned that it would be very desirable that some one of the gentlemen N. 1, should personally call on H. R. H. the Archduke Francis, and by that he would interest himself with the British Cabinet; declaring at the same time their ardent desire to have H. R. H. for their Sovereign. The undersigned had informed the Count that in the course of his travels he had frequent occasions to observe that the firm character which H. R. H. had always maintained, his great virtues and his sudden departure from Vienna had procured him the esteem, the veneration and the love of all the friends of the good cause, and that they already hailed him as the spring and source from whence the future prosperity of the nation is to spring and flourish. The undersigned without hesitation made the proposal to one of the gentlemen N. 1 A. A. who without any objection declared himself ready to undertake the voyage and the grateful office of communicating to H. R. H. the Archduke Francis the wishes of all his compatriots; but the unauspicions affair of Vienna then unhappily intervened, which breaking the thread of this well organised project and depriving it of its chief support has thrown everything into disorder and confusion.

N. 2 did not however abate his exertions by which he contrived to form a band of the refractory conscripts who taking refuge in the mountains of Romagna united themselves in such numbers that they dared to carry their incursions as far as the gates of Rome; at this period the undersigned was charged by M. Johnson to write to N. 2, desiring him to disband those troops, and to proceed to the sea coast in order to secure his own safety as the period for the explosion was not yet arrived. The undersigned delivered this letter to the postillion who carried M. Concannon to Naples.

The system adopted by the court of Vienna and the indisposition which succeeded the arrest of the Count La Tour increased the confusion and the affair remained in suspense.

The undersigned notwithstanding continued to keep alive the hopes of the people who looked anxiously for the moment when they should obtain assistance in throwing off the yoke by which they were oppressed. There can be no doubt that the whole people of Italy are ready, and impatient to second the views of England and to merit her assistance; these people have been repeatedly abandoned by Austria, in consequence of which numerous victims have been sacrificed to the insatiable fury of the Tyrant and many have been banished or imprisoned; yet in the war of 1809, on the first motion of the Austrians, almost the whole of Italy was roused, and in every part of it, partial insurrections broke out, which in fact only encreased the evil, for they were undertaken without any plan, carried on without a Head, and without means, and were not either supported or protected by Austria; the numerous executions which took place at Vicenza, Verona and Mantua and at Bologna afford a melancholy proof of this fact. If these People, after being thus so often abandoned by Austria, have so often renewed their efforts, exposing their property to confiscation, their families to ruin, and their lives to slaughter, altho' Austria has never given them a public assurance of independance nor held out the prospect of a satisfactory government, but has on the contrary always deceived them by vain promises; what may not the generosity and wisdom of Great Britain expect, if she offers to Italy her assistance, supplying her at the same time with a proportion of troops, and of the means requisite to liberate herself from the humiliating slavery which now debases her? Will not their efforts be more extensive and more vigorous, when public manifestoes shall give them the assurance of their independance and of their nationality and shall animate them with the prospect of a constitution wise and benevolent like that of England; which uniting all parties in the cause of their country dispels every motive of resentment and revenge, and fosters peace and tranquillity, the sure and only source of the prosperity of a Nation? It is certain that their experience of the uprightness and the firmness which distinguish Great Britain and exalt her above every other Power will give them confidence and render them fearless of every danger and heedless of every privation or difficulty which opposes the liberation of their country and the security of its independance.

The undersigned is aware that some expense will be necessary at first in order to organize the plan of the undertaking, to establish the necessary communications and to ensure the success of the first military enterprises, but it is equally certain that in proportion as the means may be adequate and reasonably furnished, so will the prospect of recompense be certain.

The fatal occurrence of Vienna took place from the deficiency of means of this description, where by every project was thrown into disorder, so many respectable characters compromised, and the cause deprived of one of its best supports.

Conceiving the effectual cooperation of the whole people, to be certain (and the undersigned is ready to offer the most unequivocal proofs of this to Lord William Bentinck) the writer takes the liberty to submit to the superior judgment of H. E. that it is indispensably necessary to undertake the great project as soon as possible, not only on account of the repeated promises which have been made to the people of speedy succour, and of a descent on the coast whenever the war between Russia and France should break out, but also to anticipate any movement on the part of Austria who in consequence of the reverses which Bonaparte has met with, will probably change her system and make an attempt on Italy (1).

Such a contingency could not fail to be of great prejudice to the grand object, considering the total distrust of the people, who have already been so often abandoned by Austria; this would destroy the fabric, would involve the people in destruction and occasion the certain loss of the expense which Britain has already incurred.

The undersigned presumes also to state to H. E. that in order more fully to ensure the success of the undertaking, it is indispensably necessary that Switzerland and the Tyrol be included in the general movement of Italy; the Count N. 3, is the soul of those two countries, but chiefly of Switzerland. He is highly respected in every sense of the word, and truly worthy of the distinction which he holds as head of the Party. He is prepared for any enterprise, and has expressly charged me to declare that he is ready to cooperate by every means in his power towards the great work of which he, in fact in conjunction with Count La Tour, formed the plan.

---

(1) Cette préoccupation est probante pour montrer la légéreté des historiens qui ont considéré les *Italiques* comme partisans de l'hégémonie autrichienne.

The people of Switzerland and the Tyrol with whose chiefs he is in constant correspondence have the most unbounded confidence in him and in truth it may without exageration be said that he can dispose of their property as well as of their hearts and their lives all which they readily offer for the destruction at once of that Pile of guilt and oppression under which they as well as the people of Italy groan.

Switzerland and the Tyrol may be expected to furnish at least 50000 men, ready to march whenever their services are required; the character of firmness and energy which these people display under all circumstances, afford a certain pledge of their bravery and of the lively interest which they will take in the great undertaking in order to ensure its success.

The undersigned deems it a duty to represent to H. E. that the above mentioned Count N. 3 has incurred very considerable expense, in keeping up the necessary communications with the people of those countries, that have been mentioned and in carrying on the successive operations; he has also been subjected to very heavy burdens for the maintenance of various individuals who in consequence of the occurrence in Vienna were obliged to evacuate Switzerland, the Tyrol and the frontiers of Italy, as is well known to M. King (1) and more particularly to M. Johnson : the means of a private gentleman like the Count are inadequate to such heavy demands; on which account the undersigned takes the liberty to appeal to the kindness and justice of H. E. begging that he may be pleased to direct the allotment of a provision, which may at least reimburse a part of the expense incurred, by maintaining the persons thus depending on him.

Finally the undersigned begs to state that in the years 1799-1800 he was Captain of ..... and took a very active part for the relief of that country and since that period he has always cultivated a friendly intercourse with the chiefs of the anti-gallican party, and he therefore hopes that on the present occasion he will not find any difficulty in being employed in favour of the project.

The undersigned trusts that this candid exposition which he has had the honor to lay before H. E. Lord W. Bentinck, may be in some degree instrumental in hastening the execution of the great project for the successful issue of which he offers without any view of self-interest all the means which are in his power as well as his person.

He has the honor to profess himself with the greatest respect.

Palermo. february, 15ᵗʰ 1813 ».

---

(1) Ce M. King, déjà cité à p. 261, était un agent secret anglais resté en Autriche même après la paix de Vienne. HORMAYR, *Graf von Münster*, cit., t. I, parle beaucoup de ces négociations mystérieuses avec l'archiduc Jean pour rallumer l'insurrection en Tyrol.

« Nota di persone disposte a dirigere e sostenere sollevazioni contro i francesi in diverse città d'Italia.

Mondovì il sig. Proc. Minetti, il capitano Regg. della Guardia Inf.ria Montsemo (Montezemolo) (1).

Savigliano il Conte Ceva, il Conte Boeti e suo fratello Cav., il B.ne Cervignasco, il Cav. Canosio (2), il Cav. Chianoc (3); questi tutti ufficiali, il Conte Genola, M. Giuseppe Ferrero, il Com.rio Arigo zio, padre Frutè di S. Domenico, il prete Luine fratello del sovradetto.

Vercelli il Conte Alciati Colonnello di Stato Maggiore (4).

Alessandria il Sig. M.se Vasco, come vi è la fortezza io non lo credo necessario.

Veneria e *Stupinigi* M.se Ferrarati ex Comandante della Veneria, e prima Brigadiere Guardie del Corpo. Questi provvederanno altri.

Per ottenere i piani della fortezza rivolgersi dalli Signori Enrico e Ferdinando Gavuzzi abitanti in Torino e fu Ufficiali del Genio.

Valle Vermignana Don Merro Parroco di Limone, Signor Chiavea Segretario della Comunità.

Valle di Demont Medico Borelli in Demonte (5), il Chirurgo Chiapella abita in Isoul.

Castiglione d'Alba M.r Zochi Genero dell'ex Ministro Conte Ceruti (6).

Cherasco gli fratelli Cav. Ratti (7), M. Gallamon, questi procureranno i buoni e fedeli Narzolini.

Archives de La Tour.
Orio. - III, 203.

---

(1) Le chev. Maximilien Cordero di Montezemolo conduisit héroïquement à l'attaque ses soldats de la Garde dans le fait d'armes de Zuccarello (1794). V. César de Saluces, *Souvenirs militaires des états sardes*, Turin, 1853, t. I, pp. 385-86.

(2) Ce Canosio pourrait bien être le camarade de jeunesse dont parle le C.te Sauli d'Igliano, *Reminiscenze della propria vita* (ed. Ottolenghi), Rome, 1908, vol. I, p. 277.

(3) Probablement un fils du comte Joseph Carignani de Chianoc, frère du père Louis, fondateur de l'hôpital des incurables (Carlo Novellis, *Storia di Savigliano e dell'Abbazia di S. Pietro*, Torino, 1844, pp. 316 et suiv.).

(4) Le colonel Alciati avait réprimé en 1798 les insurrections de la Vallée d'Ossola (Carutti, *Storia della Corte di Savoia*, etc., cit., I vol. III livre). En avril 1799 les républicains l'emmenèrent en France comme otage (C. Vittone, *Casa Savoia, il Piemonte e Chivasso*, Torino, 1905, vol. II, XLVI).

(5) Les Borelli de Demonte étaient très attachés à la maison de Savoie. Le comte Hyacinte, depuis ministre de l'intérieur, est issu de cette famille.

(6) Le comte Charles Joseph Cerruti (1747-1827) avait tenu comme « reggente » le portefeuille de l'intérieur après Cherasco. Il attacha son nom à l'édit royal d'abolition de la féodalité. Il devait redevenir ministre de l'intérieur en 1814 (D. Carutti, *Storia della Corte di Savoia durante la rivoluzione e l'impero francese*, vol. II, p. 370; M.se Em. di Villamarina, *Note autobiografiche* in *Curiosità e ricerche di storia subalpina*, Torino, 1874, I vol.).

(7) Peut-être le chev. Ratti, lieutenant colonel du régiment Lombardie lors de la défense des Alpes en 1793 (C. de Antonio, *Authion* in *Memorie storiche militari*, Città di Castello, 1911, p. 448). Cfr. G. Sforza, *L'indennità ai giacobini piemontesi perseguitati e danneggiati*, dans cette Bibl. st. rec., vol. II, p. 88.

Brà, gli fratelli Dal Brion conti della Veneria.

Saluzzo il Capitano di Pinerolo Perreti (1) cognato del Sovrintendente Signor Fassini, gli fratelli Conte Dajano (D'Agliano) (2), il Brigadiere guardia del Corpo M. Bernardi.

Costigliole di Saluzzo il Capitano Gautieri ex agente del Ministro Ceruti.

Verzuolo il Capitano Marini.

Venasca Val Vraita M.r Bertoldi ex Comm.rio.

Busca il Capitano M.r Bruera, il Cav. Cap. Claudio già nelle guardie del Corpo.

Dronero il Conte Rigras M. Goutier Monal M. Isaia M. Donadio.

Moretta il Cav. Paglieri Cap., tenente di Cav. Colli, Cap. Bollati.

San Peyre il Cap., e Seg. della Comunità M. Genzana.

Villafranca il Conte S. Michele Colonnello Regg. Tortona (3), gli fratelli Cav. e Conte Miglioretti (4).

Lavaldiggi Don Ferero ex Curato.

Racconiggi l'Avv. Fassini sovradetto.

Barges   idem.

Rocavione idem.

Bagnolo   idem.

La Valle del Po il Conte De Negri S. Front (5), abitante a Torino

Demonte Medico Borelli ex Maire.

Guiola il Medico N. N.

Isoul il Capitano di milizia Chirurgo Chiapello.

Colbernardo M. Caval. ex Ricevitore della Dogana.

Id. Argentieri   idem.

Torino il Conte Sera ex Contadore generale (6), il Cav. Tonso ex primo

---

(1) Voir sur les Peyretti de Saluzzo, G. CASALIS, *Dizionario geografico storico-statistico-commerciale degli Stati di S. M. il Re di Sardegna*, Torino, 1848, vol. XVII.

(2) L'un de ces frères doit être le comte Joseph Marie Galleani d'Agliano qui s'était distingué dans la défense du comté de Nice et à la bataille du Brichetto (C. DE SALUCES, *Souvenirs*, cit., t. I, pp. 456-57).

(3) Peut-être il s'agit de Charles Victor, le même qui fut à la Restauration colonel des chevau-légers du Roi et, compromis en 1821, mourut à Bourges. Il portait en effet le titre de comte de St. Michel, étant fils de Pierre Amédée Morozzo comte de Magliano et de la fille unique du dernier comte de St. Michel de la maison Filippone. Charles Victor, qui était déjà officier de cavalerie sous l'ancien régime, vécut à l'écart pendant l'occupation française (LITTA, *Famiglie celebri d'Italia*, vol. XV - Morozzo di Mondovì, tav. XII).

(4) Le comte Miglioretti était en 1793 lieutenant au premier bataillon des grénadiers (DE ANTONIO, *Authion*, cit., p. 506).

(5) Probablement le chev. de Sanfront qui était en 1792 lieutenant de la légion légère (DE ANTONIO, oeuv. cit., p. 498).

(6) Le comte Vincenzo Serra d'Albugnano, membre du Conseil Suprême de 1799.

officiale degli Affari Esteri (1), il Senatore Borgarelli (2), Avv. Menso per il Consiglio, più M. Gianotti ex primo Commissario per la Cavalleria, M. Odono ex Segr. degli archivi Camerali, il Procuratore Trombetta.

Torino Militari : Cav. Pinto ex tenente Colonnello Lombardia (3), Cav. Luserna ex tenente Colonnello Monferrato, Cav. Bava ex tenente Colonnello Legion leggiera, Cav. Demoy ex Magg., Cav. Coli, Cav. Quaglia ex Colonnello di Artiglieria (4), M. Gavuzzi Ferdinando Cap. del Genio, M. Connini tenente del Genio, M. Rosano Cap. Reggimento Mondovì, M. Rana Cap. del Genio abitante a Susa e questi faranno l'aumento d'assai altri.

Pinerolo il Colonnello Cav. Ratti del Regg. Pinerolo, il Cav. Masselli magg. di Monferrato, il Cav. la Rocca di Piemonte Reale Cav. già Ufficiale tedesco (5).

Asti il M. Priagli, Cav. Massetti suo fratello, il Maggiore della piazza Ardizone (6), Capitano Gattinara (7), padre Gramon e padre Sala di S. Francesco, il Parroco di S. Silvestro.

Alba gli fratelli officiali Demagistri, far capo dal sovrannominato Cav. Luserna.

Si dovrà prima d'ogni cosa formare un fondo necessario per l'esecuzione del nostro piano, questo fondo dovrà essere a disposizione della saggia responsabile persona la quale meriti tutta la direzione di questo piano oppure di quelle persone che favorissero il primo Consiglio; in questo Consiglio dovrà entrarvi molti Militari di riguardo di cui principal cura sarà il procurare di far marciare gli 12 m. tra soldati e bassi officiali che si ritrovano ancora alla loro casa parte delli ex Regg. provinciali e parte d'ordinanza : questi dovranno unirsi a noi sul momento

---

(1) M. Tonso, jusque là directeur des postes, avait été négocier à Paris la paix avec la France (mai 1796). Il accompagnait M. de Revel, qui raconta cette triste aventure dans ses *Mémoires sur la guerre des Alpes*, cit. Cfr. CARUTTI, *oeuv. citée*, I vol., l. III.

(2) Le comte Guillaume Borgarelli, futur président du Sénat et premier secrétaire d'état pour l'intérieur, dont l'incartade réactionnaire du 1er janvier 1821 donna presque le branle aux agitations politiques du Piémont.

(3) Le chev. Pinto était en 1793 capitaine des grenadiers de Lombardie et il fut blessé au combat du 8 juin (DE ANTONIO, *oeuv. cit.*, p. 509).

(4) Un sous lieutenant Quaglia, d'artillerie, est signalé aussi par DE ANTONIO, *oeuv. cit.*, dans les états des officiers présents aux batailles de juin 1793.

(5) Le chev. Charles Félix Morozzo della Rocca, très probablement. Cfr. LITTA, *oeuv. citée*, vol. XVI, tav. IX.

(6) Cet Ardizzone commandait le château d'Asti lors des mouvements insurrectionnels de 1797 contre le roi de Sardaigne (NICCOLA GABIANI, *Rivoluzione, repubblica e contro-rivoluzione di Asti nel 1797 - Diario sincrono di Stefano Incisa*, Pinerolo, 1903). Cfr. aussi CARLO G. GRANDI, *Repubblica d'Asti dell'anno 1797*, Asti, 1851, et les extraits du journal de Charles Félix dans P. VAYRA, *Il museo storico della Casa di Savoia*, Torino, 1880, pp. 282 et suiv.

(7) Un marquis de Gattinara était en 1793 officier (capitaine lieutenant) du régiment de Acqui (DE ANTONIO, *oeuv. cit.*, p. 501).

dello sbarco del nostro Re (1), ed io sottoscritto sbarcato passerò con tre cento uomini d'Infanteria e 15 di Cavalleria per servizio degli ordini alla Valle di Lovera, Pesio, Vermignana, Gesso Stura, Macra, Varaita e Po, dove sono digià conosciuto, e che agiranno in nostro favore, e che di già mi aspettano e con questi e colla forza obbligherò a marciare per la buona causa i renitenti, facendo io immediatamente rompere tutte le strade tendenti alla Francia per togliere all'inimico i mezzi di soccorso per l'Italia come pure impedirgli la ritirata, ed anche tenterò di prendergli li forti di Fenestrelle come per tal cosa ho di già fatto qualche preparativo.

Secondariamente si dovrà assicurare il Conte, Sera già contadore generale per Ministro di guerra il Cav.re Tonso primo officiale degli affari esteri per maggior impiego, il Senatore Borgarelli per presidente del Senato, o Camera, i quali saranno capi del Consiglio unendosi a loro qualche militare di riguardo.

Siccome è necessaria una persona la quale non dia tanto nell'occhio e che per altra parte più facilmente sia appostata di far prevenire i nostri sicuri partitanti, nominati nella presente nota, e che come persona conosciuta da vari paesi per essere stato Giudice Regio nei medesimi e che per le sue approvate qualità Royaliste ci possiamo con tutta fiducia e sicurezza valersene, ci appoggieremo al Sig. Avv. Fassini ex Giudice di Racconiggi e già Presidente della Comm. Militare di detto paese dell'anno 1796, cui detto paese aveva dato marche di rivolta e che a quell'oggetto si sono fucilate varie persone e che detto Sig. Avv. Fassini per detta causa fu danneggiato di un filatore venduto 60 m. franchi oltre a vari colpi di pistola e fucili ricevuti all'epoca del cambiamento di Governo, di modo che dovette restare tre anni fuggitivo da un paese all'altro ben nascosto per salvarsi la vita. Cosichè bisognerà promettere di risarcirlo in parte dei sofferti danni di farlo Vicario di Torino, e nel caso d'un sinistro evento di dargli anche impiego o pensione in Sardegna, o altrove di tre mila lire per poter sostenersi lui, e la propria numerosa famiglia. Per poter vie più animare il sollevamento dovrà il Re di Sardegna, o veramente le potenze coalizzate assicurare il Consiglio suddetto ed il Fassini, che tutto quello che prometteranno ad Essi sì in danaro, che impieghi od anche esenzioni, perdoni, sarà da S. M. approvato come valido.

La prima cura del Consiglio, e delle persone mischiate in questa importante esecuzione sarà di conoscere pienamente l'indole dei Comandanti dei Battaglioni, e Squadroni della guardia d'onore per allontanarli dal partito nemico ed inviso a noi.

---

(1) Evidemment le roi Victor Emmanuel que l'on voulait voir arriver de suite sur le continent, ne repétant pas les fautes de 1799. Au début de mars 1814 le comte de Villette partira du quartier général de Bellegarde «pour engager S. M. Sarde de revenir dans ses Etats» (Journal du b. von Hügel publié par F. LEMMI, *La restaurazione in Italia nel 1814*, Roma, 1910, p. 53).

La seconda si dovranno distendere tre instruzioni: la prima per il civile, la seconda per il militare, la terza per il sollevamento popolare.

Parma il Marchese di San Vitale Maire (1).

Borgotaro il Signor Capitano N. N. — del medesimo luogo oste...

Savona il Conte Tedeschi Baldini e sua moglie M. Alessandrina Orlandini.

Uscio per la Valle di Fontana Buona il Sig. Don Luigi Chirurgo al piccolo Bisagno, e suo fratello prete, tutti due figli del chirurgo di Uscio.

Genova il Cav. De-Negri Capitano nel Regg. Alessandria piemontese.

Livorno gli fratelli Bertolotti Consoli inglesi.

Pisa il Sig. Don Antonieli predicatore ed ex prete della religione di S. Stefano, questo fa tutto per il Vescovo.

..... S. E. il Conte Castruccio Castracani Vescovo.

Forlì Don Girolamo Ricci.

Piacenza il Sig. Conte Tedeschi ed il Colonnello del Genio Serafini.

Massa-Carrara il Conte Aldovino e suo zio prete.

Spezia M. Croso ex Console Sardo.

Chiavari il Sindaco.

Massa il medico e sua moglie ».

« D. Le persone che hanno viaggiato in Italia per parte dell'Austria preventivamente all'ultima guerra tra dessa e la Francia e che sono a notizia del sottoscritto sono: Archives de La Tour. Orio. - III, 219.

R. Il Sig. Cav. Zamboni (2) che si portò da Vienna sino a Roma.

Il Sig. Rampinelli in oggi Maggiore pensionato al servizio Austriaco.

Il Sig. Raixer negoziante.

Il Sig. Salvadori pure negoziante.

Un certo Giuseppe Parodi sopranominato Saporito di professione vetturale che viaggiò per quasi tutta l'Italia.

Altro giovinetto delle vicinanze di San Daniello nel Friule di sopranome chiamato il Furia e di professione acconciatore di pelli.

D. Per la Svizzera, Tirolo e Valtellina.

---

(1) Le comte Étienne Sanvitale (1764-1838), qui s'était adonné de bonne heure aux études d'histoire naturelle, chambellan du duc de Parme, général au service de la reine d'Étrurie. En 1806 il accepta la charge de maire de Parme, mais il refusa de la garder au delà de 1808 et il se trouva rejeté parmi les opposans par la clôture des établissements d'éducation qu'il dirigeait. Néanmoins en 1814 le régime expirant lui conféra le titre de baron de l'Empire. Il devait se trouver plus à l'aise, pour se consacrer à ses travaux scientifiques et à ses oeuvres, sous le règne de M. Louise (ZANELLI, *Dizionario biografico dei parmigiani illustri*, Genova, 1877, pp. 388 et suiv.; LENY MONTAGNA, *Il dominio francese in Parma*, Piacenza, 1906).

(2) Peut-être ce Mauro Zamboni qui à la Restauration ira en Toscane pour demander l'aggrégation des Romagnes au Grand-Duché (N. TROVANELLI, *Cesena dal 1796 al 1859*, Cesena, 1906, t. I, pp. 140-141).

R. Il Conte Paravicini, il Sig. Ginalta e Giuseppe de Campi furono gli incaricati.

D. Le persone poi che hanno viaggiato ultimamente in Italia per sondare le disposizioni di quei popoli, ed animarli all'intrapresa della liberazione della patria sono:

R. Il sottoscritto. Il Sig. Angelo Marsano figlio del Sig. Giov. Batt. negoziante di Vienna.

Il Canonico Zamboni fratello del Cav. sopra indicato.

Il Sig. Fortunato Waga negoziante.

Sig. Antonio Lutti mercante.

Giov. Batt. Bruno Piemontese cuoco di professione.

D. Ecco i nomi delle persone che sono in parte intese del noto progetto e che hanno corrispondenza diretta col sottoscritto.

In Firenze:

R. Il Sig. Cav. Alamanno Altoviti marchese.

Giuseppe Pucci (1) denominato *Testa Secca*.

I Sig. Orsini e Righetti.

Nel Casentino: S. Angelo Monti. A Pietra Mala, che si ritrova nelle montagne a metà di cammino tra Firenze, e Bologna, il sig. Luigi Baldi, homo intraprendentissimo, di professione negoziante e spedizioniere, ed anche il suo compagno sig. Berti.

A Bologna S. Marchese Giuseppe Fantuzzi olim Brigadiere al servizio di Spagna.

Al Fedo tra Bologna e Ferrara vi è una sola locanda. Il padrone di essa ha qualche nozione del progetto in generale. Egli gode di una confidenza senza limite sopra i contadini di tutti quei contorni, ed è pronto a tutto intraprendere per scuotere il giogo che opprime l'Italia.

A Ferrara si può calcolare sopra l'influenza del March. Bevilacqua (2) ed anche dell'Avv. Sig. Paolo Ricci, ai quali però fin'ora il sottoscritto non tenne proposito alcuno.

A Modena il pubblico Bibliotecario è pronto a rendere tutti i maggiori servizi, essendone di già interpellato dall'indicato Canonico Zamboni.

A Reggio il Sig. Michele Montano socio di quella primaria casa di commercio cantante sotto nome dei sig. Massa e Montano, come pure il di lui suocero il S. Cavaliere N. N.

---

(1) Probablement le marquis Giuseppe Pucci (1782-1838), qui fut passionné toute sa vie pour la politique et ne put jamais percer dans une situation digne de lui, car, après l'insuccès des nobles efforts des *italiques*, il ne renonça pas à ses opinions libérales et chercha quelques compensations dans les expériences agricoles et dans de grands voyages (LITTA, *Famiglie celebri di Italia*, vol. XI).

(2) Nous croyons pouvoir l'identifier avec le marquis Alexandre Bevilacqua (LITTA, *œuvr. cit.*, vol. XII) ou avec le marquis Camille, qui s'était signalé en 1799 à la tête du parti opposé à la France, mais qui à partir de 1801 vécut à Milan (LITTA, ibid., tav. VII).

A Cremona il Marchese Persichelli (1) si adopererebbe con ogni mezzo per la felice riuscita dell'intrapresa.

Il sottoscritto però fin'ora non gliene diede parte alcuna.

A Padova, il Conte Cittadella da San Matteo sarebbe dispostissimo; egli non è però ancora al fatto.

A Monselice il Maestro di posta ne ha qualche sentore e ne attende con impazienza lo scoppio per rendersi utile. Egli ha un'influenza grandissima sopra tutte quelle popolazioni.

In Udine poi il Conte Raimondo Turian ed il Conte Luigi Francipani si presterebbero con tutto l'impegno per quanto così alla lontana ha potuto rilevare chi ha l'onore di rassegnarsi al Degn. Sig. Generale Conte Della Torre.

Dev. ed obb. Servitore

Tomaso Reale.

P. S. Il sottoscritto intanto osa assicurare che i diversi sogetti di sopra indicati sarebbero pronti a sostenere con ogni sforzo il partito che si dimostrasse per liberare la loro Patria dall'attuale schiavitù, nonostante che alcuni di essi non ne sieno stati da lui positivamente interpellati, in quanto che dessi si sono esternati a tutte quell'epoche che gliene porgevano una qualche speranza anche lontana ed in vista della loro aperta contrarietà ed avversione al sistema del Governo.

Palermo, li 14 marzo 1813.

Ecco nota dei nomi dei Soggetti indicati sotto i diversi numeri nella nota Promemoria presentata a S. E. il Sig. Lord William Bentink in data dei 15 febbraio 1813.

Sotto il N° 1 s'intendono i sig. Marchesi Giuseppe Pucci sopranominato *Testa Secca*

Alamano Altoviti

Alberto Capponi (2).

Conti Orsini e Righetti.

Il N° 1 Seguito da due *A A* indica

Il prefato Sig. Cav. Alamanno Altoviti.

Il N° 2 esprime il nome di Angelo Monti Negoziante. Il Cavalier Albergotti può molto ancora in Casentino ed in Arezzo, come anche il loro cognato S. Cav. Mari.

Il N° 3 vuol indicare il Sig. Conte Giovanni De Salis Soglio ».

---

(1) Le marquis Persichelli devait être dix ans plus tard l'objet de recherches de la police autrichienne (D'Ancona, *Federico Confalonieri*, Milano, 1898 pp. 400-401).

(2) Il faudra lire probablement Roberto Capponi, nom du père du célèbre historien et homme d'état le marquis Gino Capponi, car il fut toute sa vie très dévoué à la maison de Lorraine et il réfusa obstinément de prendre la moindre part dans le gouvernement imposé par les Français à la Toscane.

Ce dossier précieux contient en outre un tableau statistique accompagné d'un important commentaire :

« Quadro della popolazione dei diversi paesi d'Italia.

STATI	POPOLAZIONE
Regno d'Italia	6.209.983
Regno di Napoli	5.000.000
Regno di Sicilia	1.200.000
Regno di Sardegna	600.000
Dipartimenti dell'Impero Francese in Italia — Toscana 1.100.000	
Stati Romani . . . 790.017	
Piemonte . . . 1.900.000	
Genovesato . . . 500.000	
Stati di Parma e Piacenza . 300.000	
La Corsica e l'Isola d'Elba . 140.000	
4.730.017	4.730.017
Principato di Lucca e Piombino . . .	120.000
Repubblica di S. Marino	5.000
Totale	17.865.000

Conosciuta l'importanza dell'intrapresa della liberazione dell'Italia (1), e conseguentemente la necessità assoluta della sollecita effettuazione della medesima, in vista delle attuali favorevoli circostanze, che ce ne garantiscono pressochè con certezza la felice riuscita, egli è indispensabile di addottare intanto i mezzi opportuni per prevenire nell'esecuzione del progetto ogni ostacolo od incaglio.

1° E' pubblico, e notorio che i francesi nell'Italia tutta hanno più volte requisite le armi, e specialmente in quelle provincie, che si sono dimostrate più a loro contrarie, e non bene affette alla loro causa, onde sembrerebbe necessario di riunire una quantità di fucili per averli in pronto al caso che fossero necessari, e richiesti.

---

(1) Même les écrivains du parti français admettent ce caractère de guerre de délivrance que prit en 1813-14 la lutte contre Napoléon, mais les événements postérieurs leur donnent beau jeu pour dénoncer l'attitude équivoque des Hautes Puissances vis-à-vis des aspirations nationales du peuple italien (Prof. GIUSEPPE ZANETTI, *Il liberalismo italiano, l'aristocrazia austro-gesuitica e Napoleone III*, Milano, 1860, pp. 30 e sg.; ANTONIO ZOBI, *Memorie economico-politiche o sia de' danni arrecati dall'Austria alla Toscana dal 1737 al 1859*, Firenze, 1860, vol. I, p. III, § III). Il est indubitable que les anglo-autrichiens mettaient en tête à leurs proclamations l'expression non équivoque : « Regno d'Italia indipendente ». Tel le manifeste de Gavenda à Cesena en décembre 1813 (TROVANELLI, oeuv. cit., t. I, p. 119).

2° Le munizioni di guerra in Italia sono scarsissime, ed anzi mancanti affatto, converrebbe pertanto ordinare la formazione di un numero competente di cartuccie, ed in specie di palle di mezz'oncia, o al più di 3/4 addattate per le schiopette dei contadini Italiani, di cui generalmente sono armati. La Svizzera ed il Tirolo non mancano che di piombo.

3° Interessa moltissimo, che poco prima dell'esplosione dell'Insurrezione, sieno spedite in Italia almeno due persone di conosciuta probità, e delle convenienti cognizioni per dare un maggior tuono di confidenza all'intrapresa, ed in certa maniera autorizzarla. Desse sotto il pretesto di colà portarsi per oggetti di speculazioni commerciali non avranno niente ad arrischiare e potranno intanto disporre le cose con un qualche ordine, abboccarsi con i capi, e conoscere ocularmente le località più addattate per effettuare lo scoppio senz'alcun rischio.

4° Dette due persone di confidenza del Governo Brittanico dovranno avere a loro disposizione per il momento un qualche danaro per provvedere alle prime spese, ed anche per somministrare per i primi giorni la sussistenza giornaliera ai popoli insorti a scanso d'ogni rappresaglia, ed inconveniente, e per evitare di far sul bel principio gravitare il peso totale dell'insurrezione sopra le diverse Comunità dell'Italia di già esauste, ed arse dalle continue somministrazioni, che sono costrette di fare a quel Governo.

5° Sarà bene stabilire ad un bel circa il concetto dei proclami che si dovranno nell'atto pubblicare come pure si dovrà intimare ai francesi, che gl'Insorgenti dovranno essere riguardati come soldati sotto la protezione della Gran Brettagna, e come tali godere di tutti i diritti, e privilegi della truppa militare sotto la comminazione precisa di essere i francesi corrisposti nell'istessa guisa, che tratteranno quei insorgenti che cadessero nelle loro mani.

6° Integrità di Religione, amnistia generale, abolizione della coscrizione, del Testatico e di altri nuovi aggravi inventati dal cannibalismo francese dovrebbero essere le principali solenni promesse d'annonciarsi con pubblici manifesti ai Popoli, ai quali non sarebbe niente male di lasciar loro anche qualche speranza di approvazione sopra gli acquisti fatti dei beni ecclesiastici per impegnarne nella causa i proprietari stessi che a motivo di detti acquisti vastissimi di possessioni non tralasciano di avere un partito, e di esercire una certa influenza nel contado.

7° La pubblica assicurazione poi dell'Indipendenza Nazionale, e di una stabile provvida costituzione sarà la gran molla con la quale aquistando i voti tutti degl'Italiani si elettrizzerà vieppiù l'entusiasmo, e ne impegnerà verso la Gran Brettagna l'immutabile loro riconoscenza ed attaccamento, di cui si faranno sempre un sacro dovere, ed una gloria insieme di renderne ad ogni incontro col fatto le più eclatanti testimonianze a sacrificio non solo delle sostanze ma a pericolo eziandio della vita istessa » (1).

---

(1) Le manque de foi aux engagements pris si solennellement au nom de l'Angleterre est la grande faute de Lord Castlereagh aux yeux des patriotes italiens et l'on pourrait ajouter de tous les juges désintéressés. Cfr. WILLIAM ROSCOE THAYER, _The_

Tout ce travail, tendant à préciser le but et les moyens du soulèvement de l'Italie contre les Français, et à dresser des listes de personnes sûres sur lesquelles on pouvait compter le moment venu, ne put que faire une grande impression sur l'esprit de Lord W. Bentinck, qui crut devoir organiser un véritable bureau pour ces correspondances italiennes. La haute direction en fut réservée à Nugent et à La Tour (1), qui se servirent de la collaboration du major Dumont.

« Palermo, march 21ᵉ 1813.

My Lord,

War Office, Sicily, 57.

We have hitherto been unable to establish any mode of obtaining regular and correct information of the political state of Italy and of the military Force in its different Provinces.

As such intelligence may be of the almost importance, if any expedition should hereafter be undertaken, I have resolved to establish three different sources of communication from Malta Ponza and Vienna.

For the Vienna Branch I have selected Major Dumont belonging to the Austrian Service lately sent to me by M. King, entirely in the confidence of Gen. Nugent and Count La Tour and possessing a character of undoubted honour. He was before the last war employed by the Austrian Government to keep up the connections with the discontented party in Italy. I enclose a memoir written by him of the state of Italy and explanatory of the object of his former commission. I also transmit copies of his instructions.

I have the honor to be, my Lord,

Your Lordship's most obedient humble servant
W. C. BENTINCK.

The Viscount CASTLEREAGH ».

---

dawn of italian independence, Boston, 1894, vol. I, book II. Lord William Bentinck de son côté fit tous les efforts pour tenir loyalement ses promesses, qui déjà inquietaient les autrichiens un mois avant la révolution milanaise d'avril 1814 (*Journal du baron de Hügel,* cit., p. 62).

(1) Une partie des pièces, ayant trait à ces dangereuses correspondances que M. de La Tour s'était ménagé dans l'intérieur de l'Empire français, est en chiffres, et malheureusement on n'a pu reconstituer avec les éléments conservés dans les archives d'Orio qu'une squelette de déchiffrants. Telle qu'elle est avec ses énigmes et ses lacunes une de ces pièces présente trop d'importance pour que nous puissions nous dispenser de la reproduire ici :

Archives de La Tour. Orio. - III, 229.

« P[our] le Pape on désirera assurément le remettre. On voudra connaitre confirme Italie. Pour le reste on sera facilement d'accord, l'Autriche en est le meilleur moyen. Ce qui me retient ici est pour accorder ces conclusions autant que possible. .... Je crois que la principale expédition devrait se faire en Toscane et une petite dans l'Adriatique comme commencer agir de concert avec les Autrichiens et en suite avec une grande portion de cavalerie chercher à se réunir avec celle de la Toscane. Priez Lord W. Bentinck indiquer que je commande île (?) *de Zante Gonnaise* et l'Amiral

L'Italie ne faisait pas perdre de vue à M. de La Tour les contrées avoisinantes, telles que la Dalmatie et les côtes Albanaises, dont il est encore question dans une note de la main de notre infatigable Brigadier, qui semble bien se reporter à cette époque.

Note à consigner à Nugent, et en son absence à...

« Faire des arrangements pour le passage des officiers, par les états d'Ali Pacha de Janina, ou par Scutari et Durazzo : le porteur dira ce qui a été fait à cet égard, et on jugera par là de ce qui reste à faire depuis Vienne. Il informera que L. W. recevrait volontiers ici jusqu'à 250 ou 300 officiers dans les proportions ordinaires de nombre entre les officiers supérieurs, les capitaines, et subalternes, c'est à dire que ces deux dernières classes doivent être beaucoup plus nombreuses. On désire d'en avoir de toutes les armes, et branches savoir Inf. Cav. Art. Génie. Pion. Pont. etc. Il annoncera que les affaires ici ont pris une tournure qui dans peu permettra à L. W. d'agir au dehors avec une force d'environ 20.000 h., qu'il est très probable que, dans quelques mois, la force disponible dehors s'élèvera vers 30 m. hommes ; qu'elle sera entretenue sur ce pied en attendant les événements qui peuvent lui présenter des chances offensives.

Il annoncera qu'une partie proportionelle de la ditte force sera confiée aux officiers que l'on attend d'Autriche.

Il annoncera que l'objet final à atteindre, est la délivrance totale de l'Italie, à laquelle l'Angleterre désire donner une organisation politique forte, durable, libérale et nationale.

Il annoncera que l'Angleterre étant décidée à consacrer à cet objet des moyens pécuniaires, maritimes et militaires considérables, elle désire que l'on travaille formellement à s'y former un parti puissant et, s'il se peut, apte à donner une première impulsion, que les forces Anglaises dans la Méditerranée sous les ordres de L. W. se tiendraient prêtes à seconder et soutenir : par cet article on n'entend pas de dire que L. W. ne soit pas

Archives de La Tour.
Orio. – III, 202.

dans l'Adriatique ce qu'ils peuvent faire si je leur demande d'agir. S'ils n'ont pas le temps .... Nugent.

Au Général Vincent,

Personne que Victor a connue en juillet huit cent sept est toujours bien disposée à seconder les moyens qu'on .... on a hardi les meilleures dispositions et assurer .... coopération plus efficace parmi les membres les plus importants du Clergé d'Italie qui vinrent à Paris l'occasion 2847 Concil et huit cent onze. L'article de la Religion doit (?) être présenté en première ligne dans toutes les considérations qui seront offertes aux Italiens ainsi que le retablissement du Pape. L'unit roi Italie, ne consiste 3477 politique, le Royaume d'Italie gottien .... confié à un Prince Italien, ayant la constitution particulière au .... sont d'objets qui doivent souvent avoir (?) développement dans les proclamations qu'on reprendrait sans du prince Russe cause 2234 noble tâche .... L'appel aux troupes Italiennes afin de les .... les conserver en corps sous des officiers de leur nation..... ».

disposé à ouvrir les opérations avec la totalité de ses forces, ou avec des détachements proportionnés à leur objet particulier; mais on veut faire comprendre que le but de l'Angleterre étant de soutenir l'Italie dans ses projets d'indépendance, il est juste que les efforts des Italiens soient préparatoires, ou au moins simultanés aux opérations de l'Armée Anglaise.

On croit ici que le meilleur moyen de préparer les choses serait de choisir des chefs dans les principales villes, lesquels chercheraient à faire autour d'eux un parti à la cause; il semble qu'il serait mieux que les subalternes ne connaissent que leur dit chef respectif, afin qu'une imprudence ne puisse pas dévoiler toute la trame (1). On pourrait donner connaissance aux dits chefs du plan autant que cela serait nécessaire pour les engager à y travailler. On leur désignerait aussi l'Archiduc comme la personne la plus propre à mettre à la tête des affaires, et on leur dira enfin que si les armes Anglaises triomphent, le voeu seul de la Nation Italienne décidera en dernière analise de son organisation politique future, puisque l'Angleterre animée d'un noble désintéressement veut se borner à la soutenir, et à l'assister par ses armes et ses conseils et n'aspire aucunement à la dominer.

On croit ici que le meilleur moyen d'intéresser toutes les classes, en faveur de la cause, serait de gagner les grands par la proposition d'une chambre des Pairs soit Senato, les républicains et les politiques par celle d'une chambre des communes, soit « rappresentanze delle città »; les commerçants en leur annonçant la liberté du commerce (2); l'armée en lui montrant le rôle antinational, et subordonné au quel elle est condamnée sous la domination Française; le clergé en lui annonçant le rétablissement du S[aint] P[ère], chose que l'on peut rendre conciliable avec la réorganisation politique de l'Italie; le peuple en lui annonçant l'abolissement de la conscription et la diminution des impôts : enfin les partisans français par la plus solennelle assurance de parfaite réconciliation, et par la perspective d'une carrière plus honorable, et plus nationale dans le nouvel ordre de choses que sous le régime Français où ils ne sont qu'au II.d Rang (3).

---

(1) Sur les rapports de Lord William Bentinck avec les sociétés secrètes et particulièrement avec les Carbonari, cfr. JEAN WITT, *Mémoires secrets relatifs à l'état de la révolution du Piémont de esprit qui règne en Italie et de ses sociétés secrètes*, Paris, 1831, pp. 19 et suiv.; *Raccolta di atti officiali e di diversi scritti pubblicati in Italia, in Francia ed in Germania intorno alle presenti vertenze fra l'Austria ed il Piemonte*, Losanna, 1846, pp. 14-15. On pourra aussi consulter avec profit les *Memoirs of the secret societies of the south of Italy particularly the Carbonari*, London, 1821.

(2) Le sentiment public était révolté par l'application stupide du blocus continental, par les auto-da-fé de marchandises précieuses et les commerçants se désolaient de tant de pertes qui les ruinaient et qui ne profitaient à personne (L. CORIO, *Milano durante il primo regno d'Italia*, Milan, 1903, pp. 342-43).

(3) Même les enthousiastes du régime napoléonien, tels que le fut souvent Henry Beyle, reconnaissaient et déploraient l'insolence des agents français dans les pays conquis (JEAN MÉLIA, *Les idées de Stendhal*, Paris, 1910, p. 495). Cfr. la n. 1 à p. 290.

Le G. Nugent étant plus que personne au fait de tout ce qui a rapport à l'Italie, il jugera si les moyens indiqués ci-dessus sont effectivement les plus convenables et dans le cas contraire, il y apportera les changements qu'il trouvera à propos.

Le porteur dira au G. Nugent que sa prompte présence ici est absolument nécessaire pour l'organisation des troupes qui seront confiées aux officiers Autrichiens, et pour donner à L. W. les informations préalables et indispensables pour l'établissement d'un plan régulier d'opérations; au départ de Vienne du dit général, on désire ici qu'il y établisse une espèce de Comité dirigeant qui continue l'ouvrage entrepris, qui mette de l'ensemble dans les plans d'insurrection combinés en Dalmatie, Illirie, Tyrol et Suisse; et qu'il les coordonne avec le plan relatif à l'Italie. On désire qu'il s'assure d'une communication prompte avec le dit Comité par Trieste ou Fiume et si cela est impossible par Scutari.

Pour faciliter les communications on occupera Lissa et si faire se peut l'île d'Elba, ou la Corse.

C'est alors sur ces points que les chefs en Italie, Illirie, Dalmatie, etc., devraient diriger les avis qu'ils voudraient faire passer à L. W.; on établira pour cet objet dans les dittes villes des personnes sûres et partie des troupes qui doivent être organisées par le Gén. Nugent afin qu'elles soient plus à portée d'agir promptement.

Le porteur donnera connaissance au dit G. des choses concertées à Venise avec Dand[olo] ainsi que des déterminations de L. W. à ce sujet; il lui consignera les présentes instructions en original, afin qu'il puisse y faire les changements qu'il jugera convenable: et se mettra pour sa personne à la disposition du dit général. En cas d'absence du Général Nugent le porteur s'adressera à M..... et se conduira d'après leurs directions.

[LATOUR] ».

Une impatience bien naturelle s'emparait par moments de ces jeunes gens pleins d'enthousiasme, auxquels on peut bien rattacher l'Archiduc François lui même, alors dans l'épanouissement de sa jeunesse, et qui devait être tout autre du piètre Souverain de Modène que connurent les générations suivantes. Déjà les bornes de l'Empire Français avaient été retrécies sensiblement dans le Nord, à la suite de la guerre désastreuse avec la Russie. L'Allemagne se remplissait de partisans qui pillaient les convois français. L'Espagne était désormais toute en armes contre l'étranger, et l'Italie ne bougeait pas encore. L'Archiduc en accusait les lenteurs du concours Anglais et exhalait ses plaintes dans les lettres confidentielles à M. de La Tour.

« Mon cher comte De La Torre,

De Grandi (1) parti le 22 nov. de Vienne est arrivé ici par la voye de Smirne, et Malthe, et m'a apporté beaucoup de lettres de ma famille, entre autres il y avait une lettre pour vous que je vous envoye ci-jointe. Tous les membres de ma famille se portaient bien à Vienne, et on y était très-content de mon mariage, j'ai eu des réponses sur toutes mes lettres portées par Fabrizi, de l'Empereur, de mes autres cousins, etc. Le cours de l'argent à Vienne continuait à améliorer, et était entre 130 et 140 pour cent, mais le manque de numéraire y est très grand. Les contributions sont très augmentées, le récrutement est très fort, une forte armée de réserve est assemblée et il paraît, c'est à dire, je pense, que l'on se prépare à faire des propositions d'un accomodement général, lequel s'il sera rejeté on fera la guerre vivement à qui se refusera de l'accepter (2).

J'ai des lettres de Vienne jusqu'au 1 déc. 1812. J'attends toujours de vous voir ici de passage, ou du moins d'avoir de vos lettres. On vous aura dit ce que je pense de faire pour interrompre et finir la vie monotone et ennuyante d'ici.

Si vous avez des nouvelles de Fiqu[elmont] donnez moi en, car j'en manque tout à fait. Conservez votre santé et à moi votre souvenir, et croyez moi toujours également.

Votre bien affectionné

FRANÇOIS.

Cagliari, ce 7 mars 1813. »

« Mon cher Comte Victoire De La Torre,

Ayant l'occasion d'embarquer pour Palerme votre cheval brun avec 3 officiers, qui conduisent les recrues pour les régiments Italiens je vous écris ce peu de lignes pour vous en avertir, et pour vous dire que le cheval est particulièrement recommandé au premier Lieut. Barro qui a servi avec beaucoup de bravoure et distinction dans les chasseurs de Savoye, et qui avec l'agrément du Roi passe dans les troupes Italiennes à la solde de S. M. Britannique.

J'ai reçu votre lettre du 4 mars, j'attends le second paquebot et toujours dans l'espoir de vous revoir bientôt ici à votre passage, vous supposant peut-être déjà embarqué, je ne répondrai pas en détail à votre lettre,

---

(1) Il s'agit évidemment de l'enseigne du régiment suisse de Christ au service de Sardaigne, dont les talents topographiques furent utilisés à l'état major sarde. Son esquisse du champ de bataille de l'Authion, conservé à Turin dans la bibliothèque du duc de Gênes, est très appréciée des compétents (C. DE ANTONIO, *Authion* cit., Annexe VII).

(2) Le chapitre VII du tome Ier des *Mémoires* de Metternich peut servir de commentaire à ce passage de la lettre de l'archiduc.

mais vous dirai seulement qu'elle m'a fait bien du plaisir comme toutes vos lettres, et vos nouvelles, surtout voyant combien vous appréciez mes justes sentiments pour vous.

Votre lettre a été remise à la Marquise S. Peyri, qui en aura soin.

Je garde encore ici les chevaux pour Catinelli par manque d'occasion pour Alicante. Les nouvelles paroissent assez bonnes de tous côtés. Dieu donne que nous ayons à nous réjouir cette année; je l'espère. Dans l'incertitude si cette lettre vous trouve encore à Palerme je finis par les assurances de la plus parfaite estime; et attachement d'inclination.

Votre bien affectionné
FRANÇOIS D'AUTRICHE.

Cagliari, le 22 mars 1813 ».

« *Cagliari, ce 3 avril 1813.*

Mon cher Comte de La Torre,

Je viens de recevoir trois de vos lettres, savoir deux par le dernier paquebot dont l'une du 24 mars, et puis une du 20 mars qui m'a été remise par Ghilioni arrivé hier. Vos lettres, vos nouvelles me sont toujours très agréables par le juste intérêt que je prends pour vous, et puisque dans notre solitude on aime toujours de recevoir des lettres. Je vous croyois depuis long temps toujours en voyage, c'est par cette raison que je ne vous ai écrit que des courtes lettres. Le départ de Mons. Schmied étant une si bonne occasion, j'en profite pour vous écrire à tout événement. Je vous attends pourtant de jour en jour et je ne ferai pas des absences pour cela; mais par les paquebots j'espère vous me ferez savoir si et quand vous passerez d'ici. Pour moi je compte de rester ici jusqu'à la moitié du mois prochain, et puis d'aller par Malthe, Zante comme vous savez. Voilà mon plan si les circonstances me le permettent : il est mûrement réfléchi et il est le meilleur. Archives de La Tour.
Orig. - III, 215.

J'ai des lettres de Vienne jusqu'au 19 janvier, la conclusion de mes nouvelles paraît que la Prusse est déjà du parti Russe, que l'Autriche est secrètement bien avec la Russie, mais le gouvernement ménage encore les apparences, et les peuples sujets de l'Autriche à l'unisson sont pleins de joie des revers de Napoléon. De Trieste, et Fiume on ne m'écrit rien, qu'ils retournent à l'Autriche. Je vous attends avec impatience et jouis d'avance du plaisir de votre visite. Je vous remercie en attendant de tant d'attachement que vous me témoignez. Ménagez votre santé; la mienne, et celle de ma femme sont bonnes, elle est excellente et prête à faire tout voyage avec moi. Je vous remercie pour le papier de M. Reale (1) et par rapport à Barbier je dois lui rendre juustice qu'il est exact jusqu'à présent et, comme je retire en partie mon argent qui est auprès de lui, je puis en juger.

---

(1) Evidemment le long rapport du 15 février reproduit dans les pages précédentes.

Pour mes lettres de change le projet d'employer la somme en Sicile peut être très avantageux, mais il faudrait que je fusse plus au fait des conditions exactes pour la sûreté du capital et des intérêts.

Votre cheval est encore ici, il attend toujours le transport qui doit emmener ces recrues, et des chevaux de Catinelli aussi je ne sais qu'en faire. Adieu, mon cher La Tour, j'espère que vous aurez reçu ma lettre pour Vienne a H... que je vous priais d'expédier par occasion sûre, ou par Lissa; dites moi si et comment vous l'avez expédiée.

Je suis avec toute l'estime et reconnaissant attachement votre bien affectionné

FRANÇOIS.

Votre lettre pour votre mère est partie il y a huit jours ».

« *Mon cher Comte de La Torre,*

Archives de La Tour.
Orio. – III, 216.

Par le dernier paquebot j'ai reçu votre lettre du 8 avril, pour laquelle je vous suis bien reconnaissant comme pour tous les détails qu'elle contient; j'attends ces jours une seconde lettre de Vous par l'autre paquebot, que nous savons déjà parti de Malte; ou de Vous voir peut-être Vous-même ici ce que me ferait un plaisir incomparablement plus grand, car il y a plus de 7 mois que je ne Vous ai pas vu, et mon estime, et affection reconnaissante pour Vous me fait trouver ce temps très-long. Incertain donc si vous venez, si le paquebot de Londres passera avant celui de Malte je prépare cette lettre, qui a pour but de vous annoncer le reçu de votre dernière lettre susdite et de Vous faire parvenir une autre petite lettre, qui doit être de fraîche date que la Marquise S. Peire a reçue pour Vous; et je suis bien content si je puis être l'intermédiaire pour vous procurer la consolation d'avoir des nouvelles de votre famille. Je sais par expérience le plaisir que cela fait, et j'ai celui d'avoir une petite lettre de Vienne de mon frère du 13 mars qui est donc la plus fraîche date possible, et dans laquelle on me marque que toute ma famille se portait bien. Mais étant venue par des négociants par l'Italie on ne me parle pas des nouvelles politiques.

Je veux aussi vous prévenir qu'en conséquence de votre lettre, j'ai moi-même écrit à l'Amiral pour lui faire la politesse de lui demander un bâtiment pour le 15 de mai à peu près et déjà je m'occupe des dispositions pour mon départ pour Malte, etc., pour cette époque, et en ai déjà prévenu en termes généraux le Roi et la Reine ici. Le Roi et la Reine viennent de partir pour Iglesias avec toute leur famille, où ils veulent faire un séjour d'un mois, ou six semaines. Pour faire encore quelques arrangements ici, mais principalement pour ne pas manquer de Vous voir ici, si Vous venez dans le courant de ce mois comme Vous m'écrivez de l'espérer; je suis resté avec mon épouse encore ici, et tâcherai de m'y arrêter jusqu'au 1, ou tout au plus jusqu'au 2 mai inclusive, mais puis il faut que je suive la Cour à Iglesias pour y faire un peu de séjour, étant les derniers temps que je reste avec LL. MM. ainsi je serai très fâché si Vous ne venez pas cette semaine. Alors il n'y aurait que le moyen de nous voir pour quelques heures à Siliqua, entre ici, et Iglesias. Mais j'espère le premier, et en cas du second vous pouvez toujours m'écrire que vous avez des lettres de change à me remettre, et que vous venez pour cela à Siliqua.

Votre lettre à Sourdeau lui a été remise et j'ai fait à Salburg votre commission.

Adieu, mon cher Comte, je me flatte toujours de vous voir à jours et je brûlerai bien volontiers cette lettre, et je suis avec la plus grande estime et reconnaissance votre bien affectionné

                                                            F.

Cagliari, le 26 avril 1813.

(A Mons. Le Comte DE LA TOUR, *Brigadier au service de S. M. Britannique à Palerme*) ».

                                        « *Cagliari, ce 26 mai 1813.*

Mon cher Comte De La Torre,

J'ai reçu exactement par le paquebot dernier votre lettre, dans laquelle vous me répondez aux différents articles de ma dernière lettre et entre autres pour ce qui regarde Monsieur de Grandi. Celui-ci a servi avant l'invasion première des français en Italie dans les troupes de S. M. le Roi de Sardaigne dans le régiment de Krist Grigion (1), et on lui avait accordé alors le grade de Lieutenant comme des attestats que De Grandi s'est fait donner, l'attestent. Il a servi dans ce régiment jusqu'à sa dissolution après la bataille de Marengo, servant dans cette dernière campagne avec les Autrichiens. Après la dissolution du régiment Krist il vint en Sardaigne cherchant service près du Roi; le Roi de Sardaigne alors n'étant pas en état de lui donner ni paye ni service, il passa à Naples et plutôt que de retourner à sa patrie occupée par les Français (qui est Milan) il prit service dans les troupes du Roi de Naples comme volontaire. De Naples il passa en Sicile agrégé au bureau topographique comme vous savez; d'où son père l'appela à Vienne espérant l'employer dans la Landwehr, et en dernier lieu il me fut expédié comme courrier par mes frères, puisqu'il désirait reprendre service dans ces pays-ci. Voilà son histoire; je lui ai dit que je n'avais espoir de le placer que comme premier Lieutenant; il me représenta qu'ayant déjà eu le grade de Lieutenant en 1796, il espérait que d'avoir servi ensuite comme volontaire dans un grade inférieur par nécessité, pour ne pas servir les Français,

Archives de La Tour. Orio. – III, 220.

---

(1) Le régiment Suisse-Grison, organisé au service du roi de Sardaigne dès 1743, prit ensuite le nom du major-général Christ qui le commandait.

cela ne lui ferait aucun tort, et que par conséquence il espérait qu'on le traiterait comme les autres, et que il se contenterait même de la paye de Lieutenant, mais avec au moins le titre ou grade de Capitaine.

Enfin tout bien considéré j'ai pensé de l'envoyer à Palerme pour plaider sa cause; et s'il ne pouvait pas être placé dans les troupes Italiennes il serait au moins un homme sûr à ce qu'il me paraît pour l'expédier à Vienne. Si donc vous ne pouvez rien conclure pour lui, je vous prierais de me le renvoyer où je serai; et il faudra que je me charge de le renvoyer à Vienne. Je lui fournirai en attendant de l'argent pour son voyage à Palerme; et pour le séjour qu'il pourrait y faire avant la décision de son sort; et je vous le recommande si vous pouvez faire quelque chose pour lui ou vous même ou en le recommandant à Lord William Bentinck. C'est lui même qui vous apportera cette lettre, et c'est avec les sentiments constants de vraie estime particulière et de constante affection pour vous que je suis

Votre bien affectionné
FRANÇOIS D'AUTRICHE D'ESTE.

'A Mons. le Comte VICTOIRE DE LA TORRE,
    Brigadier au service de S. M. Britannique à Palerme ».

« *Mon cher Comte de La Tour,*

Je me trouve à Cagliari depuis 5 jours de retour d'Iglesias, et la Cour en retourne aujourd'hui. Jusqu'à présent j'étais dans l'attente d'un bâtiment de guerre pour moi, qui n'est pas encore arrivé; j'ai écrit à l'Amiral, et j'attends toujours ou le bâtiment ou une réponse. La nouvelle d'un suspect, et allarme de peste, ou de fièvre jaune à Malte pourrait bien me faire éviter Malte; mais ne dérangerait pas mon projet d'aller à Zante. J'ai reçu par le dernier paquebot votre lettre du 13 mai par laquelle je vois qu'il ne me reste pas d'espoir de vous voir pour à présent, car de toucher Palerme en passant à Zante ne me conviendrait aucunement. Je manque de lettres de Vienne, car j'avais écrit à Malte que au delà du 10 mai on ne m'expédie plus rien ici; croyant de partir. Vous avez très bien fait ma commission à l'égard des lettres de change et nous avons bien fait d'exclure Barbier de toute manipulation, car j'ai appris sa banqueroute : mais pour tant je dois vous observer que dans le *Monitore delle due Sicilie*, gazette imprimée à Palerme, du N. XXXI du 20 mai 1813, il y a l'avviso pour l'émprunt au 12 % ouvert en Sicile, mais dans cet avviso on ne parle aucunement de la Garantie du Gouvernement Anglais; ainsi si celle-ci n'est pas expressément, et formellement, et publiquement promise je souhaiterai pouvoir me retirer de mon engagement, mais si cette condition y est, j'en suis content pour la somme que je vous ai indiquée. Je retiens ce que vous m'écrivez pour Sterpin et je suis charmé que vous vous intéressez pour Barucca, il me paraît un homme très bien pensant et prudent. De Grandi je l'enverrai à Palerme et lui donnerai une lettre pour vous, qui vous parle expressément de lui.

Pour sauver ce que je pourrais de Barbier j'enverrai ou délèguerai un procureur pour cette affaire, et elle me servira de leçon de n'être pas si facile à me fier des hommes : mais je crois sa banqueroute en partie aussi ouvrage autrui. Un certain qui se nomme Major Autrichien Krauze, que je ne connais pas du tout, a eu la franchise de se faire donner 150 Colonnati sur mon compte à Malte par Mons. André ; il se trouve en Sicile à présent et est passé à Palerme, et m'a écrit ; je ne sais qui il est, ni ce qu'il fait ; il m'avait écrit qu'il cherchait service près du Roi de Sardaigne et il alla en Sicile. De Andreis et Gregg sont ici en quarantaine venus d'Espagne après l'affaire heureuse qu'ils eurent le 13 avril je crains qu'ils sont un peu dégoûtés, et que leur destination en Espagne, se trouver employés dans une guerre et sous une forme bien différente de leur juste attente, cause beaucoup de mécontement parmi tous ces Messieurs. Je ne sais rien de plus de Catinelli, qui s'est bien distingué le 13 avril. Je mets ma confiance dans les bonnes nouvelles du Nord, j'ai eu une réponse de l'emp. de Russie sur la participation de mon mariage. Dieu veuille que le Sud de l'Europe soit aussitôt délivré que le Nord. Continuez à m'écrire et à me croire bien reconnaissant à l'attachement que vous me témoignez toujours ; et sur lequel je compte.

C'est avec ces sentiments que je vous prie de me croire constamment votre sincèrement affectionné

FRANÇOIS Archiduc d'Autriche d'Este.

Cagliari, le 27 mai 1813.

P. S. Fiquelmont vous fait ses remerciements : ce qui l'a fait retourner ici, c'est le projet de retourner auprès de mon frère qui le rappelle.

A Monsieur le Comte VICTOR DE LA TOUR
Brigadier au service de S. M. Britannique à Palerme.

Note de La Tour : Consigné à M. Smith des lettres de change sur Londres appartenant à l'Archiduc, dont l'une de 460 livres sterling, et l'autre de 315 livres sterling, outre cela il a la déclaration que les 1500 liv. st. soit les 5163 colonnati, 11 tarini, 8 baiocchi placés dans l'emprunt Sicilien appartiennent à S. A. R. l'Archiduc François d'Autriche Este ».

« *Cagliari, 27 juin 1813.*

Mon cher Comte De La Torre,

J'ai reçu votre lettre du 26 mai de Palerme du jour où vous vous embarquiez pour l'Espagne regrettant infiniment de ne pas avoir pu vous voir à votre passage de l'Orient à l'Occident étant déjà bientôt un an que vous êtes parti d'ici.

Et moi malheureusement j'y suis encore étant toujours prêt à partir sans avoir de bâtiment, que j'attends depuis le 15 mai, époque pour laquelle on me l'avait fait espérer. L'incident des allarmes de peste à Malte donne un plausible motif à ce retard (1); en effet l'amiral Sir Edward Pellew m'a écrit très poliment que pour ce motif il avait suspendu de m'envoyer un bâtiment; mais je lui ai renouvelé ma demande et j'espère de voir dans peu paraître un bâtiment pour me porter à Zante. Car s'il y avait quelque motif contraire à mon départ, je crois que d'après la sincérité et franchise avec laquelle j'ai toujours agi, même sans me communiquer, on m'aurait averti directement et on n'aurait pas voulu me faire faire la figure ici d'attendre toujours sans effet un bâtiment. Mais je crois et suis convaincu que cela s'éclaircira dans peu de jours par l'arrivée d'un bâtiment de guerre pour moi que j'attends avec impatience, ou du moins je saurai à quoi j'en suis et pourrai prendre les résolutions convenables; mais de la vie ennuyeuse et inutile que je mène ici j'en ai assez à la vérité. Venant aux sujets de votre lettre dernière, et de la précédente à laquelle j'ai déjà répondu, je vous remercie des soins pris pour l'emploi que vous avez fait en votre nom et pour mon compte en Sicile des 1500 L. st.; et Mons. Schmied m'a écrit là dessus, me marquant que vous lui avez remises les deux lettres de change, des quelles j'ai disposé; les faisant remettre à un certain d. Antonio Porcile que j'ai envoyé pour mon procurateur pour les affaires de Barbier qui paraît avoir même agi de mauvaise foi. Catinelli m'écrit de la rade de Salon en Catalogne; j'ignore en quelle qualité il s'y trouve, il me prie de lui faire avoir ses chevaux: j'espère que dans l'entrefait vous les lui aurez fait avoir.

Je vous inclue une lettre pour lui que je vous prie de lui faire avoir. La seconde lettre que je vous inclue est pour le Baron Guenoens qui m'écrit qu'il se portait à Alicante dans l'espoir d'être employé comme capitaine dans les régiments Italiens. Il me prie de le recommander à Vous et je le fais d'autant plus volontiers que Fiquelmont dit qu'on était très-content de lui en Espagne; ainsi je vous le recommande si vous pouvez faire ce qu'il souhaite. La troisième lettre ci-jointe est pour Liveroni lequel, si vous continuez à en avoir des bonnes informations et s'il était dans le cas d'en avoir besoin, vous pourriez l'assister en lui payant 50 Colonnati en mon nom; que je vous rembourserai si vous m'écrivez de les avoir payés, car Sterpin tient aussi encore quelque argent pour votre compte à vous remettre. Pour Sterpin il m'est très utile et je le retiendrai auprès de moi si je pars, puisque vous m'écrivez que cela n'a pas de difficulté.

Negri est parti pour Palerme: Baruc est content de son emploi, il y mettra du zèle et partira d'ici avec la première occasion.

---

(1) Cfr. MIÈGE, *Histoire de Malte*, cit., t. III, ch. XVII.

Pour de Grandi je vous avais écrit une lettre à son égard que je voulais donner à lui même l'envoyant à Palerme et pour ne pas copier tout cela je vous envoye ici la lettre même que j'avais préparé.

Il est muni d'attestats et même d'une déclaration de Rossi par ordre du Roi qu'il l'a toujours reconnu comme Lieutenant officier matématique dans le Rég. Christ, et lui conserve encore son grade; ainsi De Grandi partira avec Baruc pour Palerme et tâchera d'être employé dans un des Régiments de nouvelle lévée Italiens s'il peut obtenir comme Capitaine ou au moins comme premier Lieutenant avec la promesse d'être fait capitaine au premier avancement. Je le recommanderai à Schmied et je vous le recommande aussi; et si jamais il ne pouvait pas obtenir ce qu'il souhaite, je devrai le renvoyer à Vienne; mais il paraît qu'il peut être utile ici. Le Cap. D'Andreis compte, je crois, de se rendre à Mahon avec la première occasion, mais depuis la peste de Malte surtout elles sont très rares pour toute direction. Pour ce qui regarde ma santé elle est constamment bonne de même que celle de mon épouse, qui vous remercie de votre souvenir. J'espère que même de l'Espagne vous continuerez à m'écrire souvent là où je serai, et vos lettres me feront toujours plaisir, et m'intéresseront beaucoup, même si elles ne contiennent que vos nouvelles, car vous connaissez mon intéressement pur vous, mais j'espère aussi que vous pourrez m'écrire de bonnes nouvelles; et que je ne les recevrai pas à Cagliari; car absolument je veux en partir et partirai d'une façon ou de l'autre.

Les allarmes de peste, les quarantaines sans règle et tout celà nous isole toujours plus ici et rend ce séjour toujours plus désagréable.

Pour Fiquelmont je crois qu'il me donnera une lettre pour vous, il souhaite de retourner au plus tôt en Allemagne; lui et Salburg vous font dire bien des amitiés. L'état terrible et continuel d'incertitude et différentes décourageantes circonstances produisent ce que j'ai prévu et c'est le souhait de presque tous les Allemands officiers qui sont venus dans ces pays-ci de retourner en Allemagne.

Ils avaient des autres idées, ils croyaient avoir une autre destination, un point de réunion, et ils se voyent trompés dans leur attente.

J'ai des lettres de Vienne par l'Italie jusqu'au 15 mai, ainsi très fraîches mais on ne me parle que de nouvelles de santé. Par mes nouvelles particulières pourtant on m'assurait que mes affaires à Vienne allaient très bien, mais ce sont des nouvelles du mois de mars, de la fin de mars. A la fin d'avril ma lettre que vous aviez donnée le mois de février à un qui allait à Vienne n'était pas encore arrivée au moins pas le 24 avril de laquelle date j'ai des lettres. J'en attends d'autres plus anciennes par le paquebot. En attendant nous avons eu par Gênes, et la Corse la nouvelle de l'armistice de 2 mois, je ne sais qu'en penser; je crois encore le tout pour le mieux! Je vous souviens que vos parents souhaitent ardemment de vos lettres par la Marquise S. Peire.

Ayez soin de votre santé, écrivez-moi quand et ce que vous pourrez, et croyez-moi avec les mêmes sentiments avec lesquels je suis toujours Votre bien affectionné

FRANÇOIS D'AUTRICHE D'ESTE.

A Monsieur le Brigadier au service de S. M. Britannique
le Comte VICTOIRE DE LA TORRE *à Alicante »*.

Vers le milieu de l'année 1813 survînt le fameux armistice qui devait préluder à la paix générale et d'où sortit au contraire une conflagration européenne encore plus terrible de celle qui l'avait précédée. L'habileté quelque peu sournoise de M. de Metternich fit alors ses preuves au Congrès de Prague : et l'Autriche, après s'être annoncée comme médiatrice, passa armes et bagages dans les rangs de la coalition. Dans les îles de la Méditerannée sujettes à l'influence Anglaise, et souffrant toujours d'une grande disette de nouvelles l'on était loin de prévoir cette issue. Le Duc d'Orléans grommelait en apprenant l'armistice qu'il craignait trop favorable aux intérêts de Napoléon.

« *Palerme, ce 26 juin 1813.*

Archives de La Tour. Orlo. - III, 23.

Eh bien, mon cher Comte, nous y voilà donc encore une fois ! Avec notre éternel *Lasciamo fare a Dio,* Dieu a fait l'Armistice, et nous ne sommes pas en Italie ! Quelqu'affligé que je soie de cette désolante nouvelle je veux encore attendre avant de la juger en dernier ressort ; il n'est pas impossible que ce ne soit vraiment qu'un Armistice, et je crois très probable que Buonaparte en avait autant besoin que ceux qui l'ont demandé. Je suis persuadé pourtant qu'il en tirera meilleur parti qu'eux. Il va certainement y avoir un Congrès pour la Paix ; mais je ne vois pour lui qu'une seule manière d'en faire une générale ; c'est d'évacuer l'Espagne et je doute fort qu'il en vienne à cela ; et surtout qu'il exécute cette évacuation, même s'il la promet. Quant à moi, je ne crois pas qu'il y aye d'autre moyen de faire la paix avec l'Angleterre, et je doute (aujourd'hui que la Russie se sent inattaquable) qu'elle fasse la paix sans l'Angleterre et l'Espagne. Ah, si nous étions en Italie ! dans ce coffre-fort de Buonaparte, dans cette pépinière de conscrits d'où est sorti ce maudit Bertrand qui a gagné la bataille de Lützen sans s'en apercevoir, je vous réponds que cette paix serait impossible ; ou qu'une de ses conditions serait de reconnaître l'indépendance de l'Italie Sud des Apennins, et alors je ne sais pas trop si l'Italie Nord resterait bien longtemps dans sa dépendance. Prenons toujours pour base l'instabilité de ce qui existe et nous raisonnerons juste. Il n'y a plus rien de durable en Europe, il n'y aura plus que guerre sur guerre en Europe, et si ce n'est pas en 1813 que nous devons aller en Italie, ce sera en 1814 et c'est toujours à cela que nous devons nous préparer. Voici donc mon raisonnement que j'aimerais bien à discuter avec vous, comme j'en ai discuté tant d'autres dans cette même chambre à terrasse où je vous écris et où mes cartes me disent continuellement tout ce qu'on a pû faire et tout ce qu'on n'a pas fait. C'est un dilemme.

Ou Buonaparte évacuera l'Espagne, ou il ne fera pas la paix avec l'Angleterre. S'il évacue l'Espagne, alors l'Angleterre doit déposer en Sicile un corps considérable de son Armée d'Espagne pour agir en Italie au renouvellement des hostilités qui ne tardera guère et l'autre corps doit retourner en Angleterre pour agir en Hollande ou en Basse Allemagne. Lord William est nécessairement alors le Chef de cette grande portion de la puissance Anglaise qui viendra ici attendre le moment de plomber (sic) sur l'Italie.

Ou il n'évacuera pas l'Espagne et alors il doit être démontré par une cruelle expérience qu'il n'y a pas un moment à perdre à venir faire en Italie une diversion décisive pour la Russie et pour l'Espagne et à laquelle il me semble impossible qu'il puisse faire face.

Voilà mon dilemme, je n'ai pas le temps de le développer davantage, mais *à bon entendeur demi mot.*

Je ne sais pas si vous voyez les papiers français, il peut donc ne pas être inutile de vous dire qu'ils avouent que la Basse Allemagne et la Saxe elle-même sont remplies de partisans (1) et de Guerrilles à la Española qu'ils avouent qu'ils ne peuvent y marcher sans convoi, qu'ils disent qu'un convoi d'artillerie et de munitions a été attaqué et pris entre Zwichaü et Chemnitz et que Buonaparte annonce que le Commandant pour s'être écarté de la route gardée de Würzbourg et de Fulde sera traduit à une commission Militaire; que le Général Poinçot marchant avec un Régiment d'Hussards Français a été attaqué et pris entre Hall et Leipzig, et qu'il n'en a réchappé que 200 et que Buonaparte annonce qu'on réunit à Dresde un corps de Cavalerie *pour balayer la rive gauche de l'Elbe!* Torgau et Königstein ont été évacués par les Saxons et remis à des Commandants et à des garnisons Françaises. Et c'est alors qu'on fait l'Armistice!!.... Mais enfin il faut voir ce que c'est que cet Armistice. Les Armées Russes et Prussiennes sont intactes; Berlin même était encore couvert par Bülow avec 16.000 hommes, selon les papiers Français. En vérité quand je pense à tout cela j'espère presque que cet Armistice a pour but de dégager l'Armée acculée aujourd'hui à Schweidnitz et à Naisse. Mandez moi de votre côté ce que vous pourrez apprendre. Tout ce que nous savons de vous, c'est que l'Armée d'Alicante s'est embarquée subitement et qu'au moment même, Suchet a détaché 10.000 hommes au Nord. Si vous devez agir, dépéchez-vous, je vous souhaite toute espèce de succès et un prompt retour en Italie ou au moins ici où la présence de Lord William est bien nécéssaire. Son absence y est

---

(1) Bien des années plus tard, en 1859, lorsque Mérimée voudra évoquer le spectre de l'Allemagne pour pousser l'empire français à la paix, il ne trouvera pas de meilleur exemple que celui-ci et il écrira : « L'Allemagne hurle contre nous. C'est un mouvement comme en 1813 ». (PROSPER MÉRIMÉE, *Lettres à une inconnue,* Paris, 1893, t. II, CXCV).

cruellement sentie et me paraît encore plus fâcheuse que je m'y attendais avant son départ.

Vous connaissez, mon cher Comte, tous mes sentiments pour Vous.

LOUIS PHILIPPE D'ORLÉANS ».

Nous avons vu que M. de La Tour partageait visiblement les inquiétudes et les impatiences de ses Augustes correspondants. Il était à cette époque en Espagne, employé dans la campagne dite d'Alicante, qui ne fut pas une de celles qui eurent plus d'éclat parmi ces guerres de la péninsule. La légion Italienne fit néanmoins une très bonne besogne conduite au feu par M. de La Tour, qui était de son côté sous les ordres de Lord W. Bentinck. Ces troupes formèrent un appoint utile à celles du général Clinton (1).

La correspondance de cet officier supérieur et d'autres militaires anglais, pendant l'été de 1813, jette quelque lumière sur des opérations peu connues, et qui contribuèrent aussi au renversement de la puissance française en Espagne, étayée par les meilleurs lieutenants de Napoléon, secondés à leur tour par de vaillantes troupes italiennes (2). Et voici avant tout des lettres de Lord Bentinck et d'A Court.

---

(1) Sir William Henry Clinton (1769-1846), jadis aide de camp du duc d'York, employé dans plusieurs missions diplomatiques, avait commandé en 1812 la division anglaise de Messine et à la fin de l'année avait été transféré à Alicante. Il eut alors à essuyer bien des désagréments de la part de son chef, sir John Murray, jusqu'à ce que Lord William Bentinck prit le commandement des troupes de l'armée de l'Espagne orientale (17 juin 1813).

(2) Le fait de cette nationalité commune avait même fait naître chez les Anglo-italiens l'espoir de voir passer dans leur camp bon nombre de transfuges des lignes ennemies, et il existe une lettre adressée au Général de La Tour et qui doit être au moins de la fin de 1813, concernant les dispositions à prendre pour faciliter ces désertions.

Mon Général,

Son Excellence désirerait qu'on fit savoir aux Italiens qui composent une partie de la garnison de Tarragone que les déserteurs Italiens sont tres bien reçus à l'armée Anglaise. J'ai proposé le Major Faverges, pour prendre la direction de cette affaire, et S. E. a agréé ma proposition. Ce serait donc au Major à penser comment faire savoir tout cela aux italiens dans Tarragone. Je pense que pendant la nuit des hommes de confiance pourraient s'approcher des remparts et entamer des conversations, et leur dire qu'on donne beaucoup d'argent aux déserteurs, qu'on paye leurs armes dans leur entière valeur, qu'ils iront où ils veulent, que ceux qui veulent prendre service sont envoyés en Sicile, et que pendant le trajet ils reçoivent la ration de matelot qui est le double de la ration de terre, en général les balivernes seront aisées aux soldats italiens. A' cela il faudra ajouter que le Général Bertoletti ayant refusé de recevoir un Parlementaire, il n'y aura pas de capitulation à espérer pour la garnison, et que si elle ne sera pas passée au fil de l'épée, elle sera au moins envoyée à Formentera. Il faut dire que c'est une malhonnèteté de la part du général, de ne pas avoir voulu recevoir de parlementaire, qui du reste aurait été envoyé pour tout autre chose, que pour celle que Bertoletti a peut-être soupçonnée.

« *Alicante, 3rd july 1813.*

Dear General,

I have had some conversation with Lord W. on the subject of your
sick in this Place, and of the dislike they expressed to you of our mode
of treatment, I recommend your communicating with him on this point.
He does not recollect the surgeon who was removed from the Reg. and
appeared to think it was not too late to procure foreign surgeons for those
Corps, if your are of opinion that they are to be had. He made particular
enquiries of Colonel Pastore as to the treatment of his men, and was assured by him that they were in all respects satisfied.

You know that you can say at all times what you please to Lord W.
up on all subjects, and I recommend your conversing with him on this,
which is important, because it maye, hereafter affect the comfort and happiness of many. The volontaires arrived, yesterday, and I am about to sail
immediately. The wind is fine and we hope to reach Portsmouth in less
than three weeks.

Farewell, you have my sincere good wishes for your happiness and
success.

M. W. BENTINCK ».

Archives de La Tour.
Orio. - III, 226.

« *Alicante, 3 juillet.*

Mon Cher Général,

Je vous écris, pour vous faire part que le Vaisseau Tremendous est déjà
arrivé à Mahon de la flotte, pour recevoir l'Archiduc de Cagliari. Je suis
fâché qu'on ait choisi le capitaine Campbell pour prendre soin de la famille
Royale. C'est un sauvage de premier ordre sans éducation et presque brutal.
Pauvre Duchesse, je la plains !

Nous avons aujourd'hui la nouvelle d'une bataille très sanglante près
de Breslau (point de date) dans laquelle les Français se vantent d'être restés
sur le champ de bataille malgré leur perte de 25.000 hommes.

Qu'ils n'ont pas pris de prisonniers voulant épargner leurs troupes
et surtout leur Cavalerie, *qui est encore faible.*

On me dit, que cette nouvelle est contenue dans un bulletin français,
sans autres détails, peut-être, aurons nous la suite demain.

Archives de La Tour.
Orio. – III, 225.

La guerre avec l'Autriche ferait probablement également un très bon effet ; et des
discours et des commentaires sur les guerres qui ne finissent pas le seraient également.
Il est naturel que tout cela devrait se dire à la *Grenadière.*

Je n'ai pas montré cette lettre à S. E. Les déserteurs reçoivent (s'ils s'engagent)
16 pièces fortes, et avec les armes plus de 20. Les sapeurs de l'autre jour ont eu, je
crois, 30 pièces fortes. Le Major A' Court désire que vous commandiez un officier
pour recevoir les deserteurs.

J'ai l'honneur d'être votre très humble serviteur

X. (anonyme).

Lieut. Monti est parti pour Gibraltar; mais jusqu'à présent, malgré que je suis Député, je n'ai pû attraper le Monsieur qui doit aller à Lissa. Il m'échappe à tout moment.

Howard, Souville, etc., sont partis. Lady W. part ce soir. Lord W. va établir le Q. Gén. à Alcoy lundi.

Mess. les Députés manquent absolûment de repos, faute du tapage des chevaux de S. Excellence le Général La Tour qui porte avec lui les regards et amitiés de son fidèle Député

C. A. à C[OURT] ».

« *2ᵈ August 1813 ¾ minutes past ten P. M.*

Mon Général,

Archives de La Tour.
Orfo. - III, 237.

En cas d'attaque, je me maintiendrai avec le 58 Rég. et les 4 K. G. légions aussi longtemps qu'il m'est possible.

Il est probable qu'avant que l'ennemi peut se montrer, j'aurai reçu les ordres de Lord Bentinck; si non vous devez en premier lieu veiller à la garnison de la place, ensuite bien reconnaître le chemin par lequel vous aurez à vous acheminer pour me joindre en cas de besoin; vous aurez sans doute remarqué la position qu'occupe la brigade sicilienne et les canons attachés à la première division. Eh bien, c'est précisément en arrière de la colline occupée par les deux bataillons de Estero et qui fait un coude avec la colline par où passe le grand chemin d'ici à l'Olivo, qu'on à aujourd'hui même préparé une assez bonne communication pour l'infanterie et même la cavalerie en cas de nécessité. Ce chemin doit être bien connu de plusieurs des soldats de chacun des Régiments italiens. En cas d'une *retraite forcée* ou par ce que vous voyez de notre côté, ou par ce que l'ennemi puisse faire à votre droite vous ne manquerez pas de prévenir le Colonel Adam, pour qu'il puisse se tirer d'affaire. En recevant cette lettre, vous devez faire plier bagage, et envoyez-moi sitôt que possible un sergent intelligent, afin de pouvoir communiquer des ordres ultérieurs ou relativement au rendez-vous des bagages ou enfin sur ce qui peut être décidé par notre commandant en chef..... J'ai envoyé le capitaine Owen (1), pour le prévenir du rapport des mouvements de l'ennemi que m'a fait savoir le Col. Adam. Je vous prie de m'accuser la réception de cette lettre. J'ai l'honneur d'être

mon général
Votre très humble serviteur
W. H. CLINTON, L. Gén.

---

(1) Il s'agit peut-être du capitaine Odeven de la légion italienne, devenu plus tard colonel du VIᵉ régiment d'infanterie piémontaise (CEC. FABRIS E S. ZANELLI, *Storia della brigata Aosta*, Città di Castello, 1890, p. 229, n. 1).

P. S. J'avais justement fini cette lettre lorsque le Colonel Grant arriva. Je présume que le Col. Adam fera sa retraite de votre côté, cependant je ne puis pas me décider de vous ordonner absolûment de quitter votre position, jusqu'à ce que j'aurai reçu des instructions de L. William Bentinck, ou que l'état des affaires puisse le rendre expédient au quel cas je ne manquerai pas de vous [ratifier] l'ordre, tout ce que je vous ai écrit après avoir vu votre lettre est que, en cas que le Colonel Adam viendrait à se retirer, vous deviez réunir les deux bat. de votre brigade, sur le terrain occupé à présent par le 2 Rég. italien, envoyant vos bagages par le chemin déjà indiqué vers le quartier général de l'armée, dans le chemin de Villa Seca et occupant avec de forts piquets toutes les avenues vers la ville.

W. H. C. ».

« *Mon Général,*

Je n'ai donné ni parole ni contresigne, et je ne pensais pas d'en donner ; il me semble que de tels signes sont dangereux excepté pour des personnes isolées. Je vous verrai cependant demain. Alors nous causerons là-dessus. J'ai l'honneur d'être, mon général, votre très obéissant serviteur

Archives de La Tour.
Orio. – III, 231.

W. H. CLINTON.

4 Août ».

Les documents abondent dans les dossiers d'Orio à propos de cette pénible expédition :

« Régiments conduits par Suchet en Catalogne (note de la Tour):

Infanterie	7	Bataillons	2
»	11	»	2
»	16	»	2
»	20	»	2
»	114	»	3
»	117	»	3
»	121	»	2
»	116	»	3
»	1ᵉ légère	»	2
»	3 »	»	3
»	5 »	»	3
Régiments Italiens	1	»	2
Chasseurs à pieds	12 régiment	Bataillons	29
Cavalerie	4 régiment des hussards		
»	9 » »		
»	12 » »		
»	13 » Cuirassiers		
»	24 » Dragons		
»	1 » Chasseurs napolitains		
»	1 » » italiens		
»	11 » du train d'Artillerie.		

Régiments laissés à Tortosa.

| Infanterie | 3 légère | . . . . . | Bataillons | 1 |
| » | 117 ligne | . . . . . | » | 1 |

Le reste de la garnison est mélangé de soldats de différents régiments, le tout monte à 3.000 hommes.

Les bataillons sont évalués à 700 hommes ce qui en déduisant la guarnison de Tortosa donne à l'armée de Suchet 17,300 hommes infanterie; la force de sa cavalerie n'est pas connue ».

Nous avons toute une série de billets de Clinton à La Tour.

Archives de La Tour.
Orio.

« *Mon Général,*

Le Colonel Adam m'a fait dire qu'à 6 heures du matin et à la même heure du soir, il comptait de faire tirer à balles pour exercer quelques recrues qui lui étaient arrivées. Peut-être le feu que nous avons entendu était cet exercice, mais je ne comprends pas et ne sais comment il a fait si tard dans la journée. Je vous trouverai dans une demi heure.

A vous très humble   W. CLINTON.

6 Août, 10 heures ».

« *14th August 1813.*

Dear General,

I write to you in English because I know you will well understand me, and that at all events Captain Shearman can explain anything to you.

It is Lord William's wish that we should show a line of troops on the hills at daybreak tomorrow morning, and for that purpose, he directed this evening, that I should move the 1 Italian Reg. so as to have it here tomorrow at daybreak.

Captain Kesterman will explain to Captain Shearman the precise place on which it is wished to form the Battalion and you will be yourself well aware of the spot when I tell you it is proposed to have the Battalion formed in column of companies right in front near the Telegraph where we were whit Lord William this day.

Lord William means that the 2 Italian Reg. should occupy its present post until further orders. You are aware that you have a wing of one of the Battalions of General Smith's Brigade to support you.

The last accounts of the enemy make it appear that he meditates an attack. He has, I understand, shown troops at S. Christina. I believe all are falling back on us. Pray see to the *regular* and *prompt* marching off of the Baggage of your Brigade. It had better all come up by the new road.

I remain, dear general, very sincerely

Yours W. H. CLINTON.

Général DELLA TORRE ».

« *Dear General,*

The troops have been ordered to reoccupy their position you will be so good to use your discretion as to procure points to be taken up by the first Italian should no more be ordered to night. I apprehend that (?) the bataillions may not resume its former posts.

I remain, dear general, your obed. servant

W. H. CLINTON ».

« *Dear General,*

I am writing my last note, I find the enemy is advancing rapidly [towards the] cost. We are therefore to retire, for which you will receive *further orders* in the meanwhile Col. Burke has been ordered to remain with his battaillon on the height where he was this morning.

I have the honor to be, dear general

Your obed. servant
W. H. CLINTON.

15th August, 4 o'clock ».

« *Palermo, 17 August 1813.*

My dear General,

I received your letter of the 15 th July by Captain Liveroni. You must not suppose me liable to take offence because a man who has a great deal else to do, does not write to me, and conclude that I was in such a temper when various ships by which I might have written left this. The truth is they sailed without much notice, and being by my disposition very little subject to foresight of any kind, I had not taken the precaution of writing, or even commencing a letter to you. Our news from Spain is very slow of arriving, and very confused when it does arrive. We have had Lord Wellington at one and the same time, levying contributions in France, and marching down the Ebro to join your Army. The same conveyance brings news of the French having evacuated Spain entirely, and of their occupying positions in Catalonia.

For Sicilian news you must have heard sufficient from others. They have gone on from bad to worse pretty constantly since you left this and the great marvel or miracle is that they still find it possible to do worse to day than they did yesterday. The Recruiting at Malta I take for the present to be out of the question, therefore I shall keep Major Bonnis here when he gets out of Quarantine. That at Lissa is more prosperous, but chiefly prisoners, and of these prisoners some sailors. I have written however on this subject to Colonel Robertson. The Croat company gets also forward, but if it is ever meant to be anything but a Banditi, it must be removed from Lissa. I take it my old friend Robertson is by for the most disorganising Genius you ever met with.

The Jonian Islands are little better, at least if General Campbell does not take them under his own eye; because I see that the people there have mighty little to do. I can't tell whether there be any news in the Naples papers, for since our new General's arrival there is no place of resort where they can be read .

I commend his prudence as far as regards certain extraits, which has appeared from the English papers. I calculate that your army are by this time over with Tarragona and retrograding upon Tortosa, Murriede and Pensicola. Taking for granted that these places must be taken, and will *not* be so by the Spaniards. And with very esteem.

I am your very faithful servant.

JOHN DALRYMPLE (1) ».

« *26 August 1813.*

Dear General,

I said I would send you occasionally some accounts of us. We have been stationary here, and probably shall be so, unless the enemy detach in any considerable force to France (?). The news from Squalada of the 24 is that he is returning upon Granolles. General Copores is near Manaxesa — Exolles at Vic — Manso with 2000 at the enemy's heels. — It is thought he will go in this way to the farthest districts of Viet. He has destroyed all the bridges on his march back on Villafranca, and at Monna de Rey. This looks indeed like a decided retreat, but as yet he is in great force at and near Barcelona. General Sarsfield is gone on; I know not yet how far; but think he is at Villafranca, or Villanuova. However, as yet, cannons cannot be moved in the line of the French Retreat, nor until the repairs of the bridges should have been made. A report at Squalada on the 24 was that the enemy had caused Port Sordony, contiguous to Lerida, to be evacuated in consequence of the numbers of men who had deserted from it. A still wilder report went to say, that a letter had been sent to Perpignan, on the 10 in., dated Paris 2 August, which stated that a General peace had not been agreed to.

I thought of you all last night. We had much rain, and fear you must have suffered much from such weather. I sincerly wish you had all been under cover at Cambrils or at Reuss, where indeed you might have been, until you were decidedly to go to your destination.

Believe me to be, dear General,

Your faithful servant
H. W. CLINTON.

____

(1) Peut-être le huitième comte de Stair (1771-1853).

I wish you could leave the Spaniards to carry on the siege or blokade of Tortosa, and that with the best of his army, our commander would press on the retiring enemy, with the Catalonian army and General Sarsfield. If the enemy really detach the forces, we ought to be more than a match for him ».

————

« [1813, mois d'août].

Mon Général,

Je viens de recevoir une lettre du Colonel Adam par laquelle il paraît qu'il est probable qu'il sera attaqué en force à Altafalla et en ce cas je lui ai dit de se retirer par le grand chemin, évitant tant que possible, de se compromettre avec l'ennemi.

Il me fait savoir qu'en cas de l'arrivée de l'ennemi il fera faire un grand feu sur la hauteur près d'Altafalla, pour nous en avertir. Je vous prie de faire faire attention à ceci et si l'on voit du tel feu, qu'on m'avertisse tout aussitôt.

Pour moi je ne crois pas qu'Adam sera attaqué, mais l'intelligence dit expressément que neuf mille Infanterie et deux milles Cavalerie sont en marche de ce côté afin de l'attaquer.

J'ai expédié cette nouvelle à Milord, afin qu'il prenne les mesures qui lui semblent convenables.

J'ai l'honneur d'être, mon Général, votre très humble serviteur
H. W. CLINTON.

Je vous prie d'aider l'officier porteur de ceci afin qu'il puisse trouver le grand chemin de Barcelone aussitôt que possible.

A Monsieur le Général DE LA TOUR ».

————

« *Ce 10 Août 1813, minuit* 1/2.

Mon Général,

Je reçois ce moment votre lettre avec celle du Colonel Adam incluse. Quoique le Colonel Adam quitte le poste d'Altafalla, je ne soupçonne pas que l'ennemi avancera en force sur la route de Barcelonne. Je désire donc que le Colonel Burke retienne toujours sa position pour empêcher la sortie de la garnison de Tarragona, prenant toutes le mesures de prudence nécessaires pour n'être pas surpris. Je m'imagine qu'à moins que l'ennemi n'ait rien absolûment avancé cette nuit (dont j'ai encore aucune connaissance) que le Colonel Adam occupera Altafalla encore à la pointe du jour. En cas d'une avance prévue de l'ennemi sur la grande route de Barcelonne et que le Colonel Burke verra l'ennemi arriver en force du côté d'Altafalla, vous lui ferez prendre la position la plus favorable à votre gauche, et pour vous soutenir, et tant qu'il lui sera possible, gêner les mouvements de l'ennemi.

J'ai l'honneur d'être mon Général

votre très humble serviteur
W. CLINTON, L. Gén.

Il y a raison de croire que la forteresse de S.t Sébastien (dans la Biscaye) est prise par Lord Wellington et il est vrai que le Baron d'Essolles a eu un avantage sur l'ennemi taillant un succès en prenant tout un bataillon.

V.: Le B. Général DE LA TOUR ».

———

« 15 Août, 4 heures A. M.

Mon Général,

Je reçois dans le moment le billet que vous m'avez fait l'honneur de m'écrire et je profiterai du pouvoir discrétionnel que vous m'y accordez pour garder ici le premier Régiment jusqu'à la nuit; je changerai ensuite q. q. chose à son ancienne position afin de mieux observer la route d'Altafalla.

Très humble Serviteur
DELLA TORRE.

Lieut. Gén. CLINTON ».

———

« Mon Général,

D'après ce qui m'a été dernièrement dit, la division ne marchera pas jusqu'à demain matin. L'heure vous saurez, dès que je la sache.

Les bagages vont avec nous, Suchet est dit s'être retourné à Barcelone. Son armée doit être où elle était... Villa Nueva, Villafranca, Arboc, etc..... de sorte qu'il menace au moins toujours.

Votre très humble serv.
W. H. CLINTON.

Août ».

Pendant ce temps, c'était surtout le Duc d'Orléans qui entretenait M. de La Tour de ce qui se passait dans le reste du monde, ou pour mieux dire des échos qui en parvenaient jusqu'en Sicile. Du reste la muraille de la Chine, que Napoléon s'était efforcé d'élever si haut, était désormais ébré-chée sur plusieurs points, et le prince jetait déjà son regard plein d'anxiété, et presque de convoitise sur l'intérieur même de la France.

« Palerme, ce 15 Août 1813.

J'ai reçu, mon cher comte, votre lettre datée du Gran de Valence le 15 juillet et j'y réponds sans savoir précisément quand ma réponse partira, ni où elle vous parviendra.

J'espére, je me flatte, que cette lettre ne trouvera plus Lord William en Espagne, mais je ne calcule pas de même pour vous. Si Lord William s'est fait une idée juste de l'état actuel de la Sicile et je sais que tous ceux qui sont ici en état d'écrire une lettre se sont accordés pour la lui donner, il me semble impossible qu'il ne soit pas revenu, car la Sicile marche rapidement à un bouleversement. Je suis persuadé que sa présence nous en sauvera, mais sans elle en vérité il ne nous reste guère autre chose à faire que de nous envelopper la tête dans notre manteau et de nous soumettre aux coups de la fortune, ce que j'ai déjà fait bien des fois en ma vie, sans pourtant avoir jamais pû m'y habituer. Notre charrue est trop mal attelée pour se passer de son cocher et sans la main et le fouet de Lord William, croyez, mon cher Comte, qu'elle n'avancera pas et qu'elle sera brisée par les ruades de l'attelage. Mais voilà assez de métaphores : le commandement de Lord William est la Méditerranée. Ainsi l'âme de ce commandement est la Sicile. Plus j'avance et plus je me persuade de l'incompatibilité du commandement de l'Armée Orientale d'Espagne avec celui de la Méditerranée et de la Sicile. Je sens et je m'afflige du chagrin que Lord William aura eu de devoir revenir ici sans avoir fini là-bas, mais s'il ne l'a pas fait, je m'affligérai bien plus, tant à cause de ce qui alors arrivera certainement ici, que parce que la responsabilité de ce mal retombera sur lui, et nous privera sûrement du meilleur général Ministre que nous puissions avoir tant pour la direction de la Sicile que pour celle des opérations d'Italie dont je vous avoue que je me flatte plus que jamais.

Mais votre position personnelle me paraît différente. Vous commandez un corps et vous pouvez préférer de rester en Espagne tant pour votre avantage personnel que pour contribuer au rétour de ce corps et du reste de l'Armée ou d'une bonne portion de cette Armée, lorsqu'elle aura fini sa coopération avec Lord Wellington ce qui me semble devoir être prochain, vu ses prodigieux succès et le grand nombre d'hommes de moyens et de puissances que ces mêmes succès ont mis à sa disposition. Je pense que cette accession de moyens doit faire relâcher l'Armée de Sicile et que Lord Wellington ne peut rien faire de mieux quelques soient ses plans ultérieurs que de l'envoyer étouffer le parti Français de Sicile (1) auquel son absence a fait lever la crête, soulever l'Italie, décider l'Autriche, l'assister et appuyer, vers la Provence et le Dauphiné, les insurrections du Languedoc et de la Guyenne, mais peut-être Lord Wellington ne le pensera-t-il pas comme moi, et alors votre présence à votre corps pourrait au moins en déterminer la rédemption, même quand tout le reste devrait rester. J'espérerais qu'au moins votre corps, les troupes Siciliennes et quelques bataillons Anglais seraient

---

(1) Un parti français ou Jacobin subsista en Sicile même dans les jours les plus prospères du royaume constitutionnel rétabli sous les auspices de Lord William Bentinck, par lequel ce groupe se plaignit hautement d'être persécuté (UGO ANTONIO AMICI, *Nicolò Palmieri*, Torino, 1862, pp. 28-29).

dans tous les cas rendus à Lord William, mais c'est à vous de bien calculer de quel côté vous aurez plus de moyens pour contribuer à déterminer cette restitution, je veux dire si ce sera en restant là bas ou en venant ici.

Il y a une circostance qui me paraît essentielle à connaître et que je ne connais pas, c'est quel est le général qui commandera en Espagne à la place de Lord William et quelle sera sa disposition.

D'après ce que j'entends ici, Sir John Murray (1) compte retourner en Espagne si Lord William revient ici. Cependant je ne le tiens pas de lui même, mais on me l'a dit. C'est à vous à peser tout cela dans votre bonne tête et à agir en conséquence.

Quant à l'armistice, tout ce que nous en savons de clair, c'est qu'il est prolongé et que Murat est parti de Naples en toute hâte le 3 août pour se trouver au congrès, où pour aller voir son cher beau frère à Dresde. Je ne m'explique pas bien la cause de ce voyage de Murat; elle peut être la guerre ou la paix; mais toutes les autres circonstances indiquent tellement le renouvellement de la guerre que pour ma part, j'y compte, et je crois même que le Congrès est le pont que l'Autriche a exigé pour passer plausiblement du côté des Russes (2). Je pense donc que c'est sur le renouvellement de la guerre qu'il faut spéculer et dans ce cas il est indispensable pour l'Angleterre d'agir en Italie.

La Russie l'en presse fortement, me dit-on, et l'Autriche ne sera pas moins pressante si elle se déclare.

L'absence de Murat en privant son armée de son Chef serait pour nous une circonstance bien avantageuse, car qui la commanderait? Ce ne serait pas sa chère moitié! Mais hélas! il peut aller et venir tout à son aise; et il n'a que trop raison de ne pas s'embarrasser de nous. On nous mande de Zante qu'il y est arrivé un colonel Russe qui cherche Lord William et qui n'a voulu parler à personne.

D'après cela il devrait être venu en Sicile mais je n'y ai pas encore entendu parler de lui.

J'entends dire ici des personnes que je dois croire au fait que le projet de Lord Wellington est de porter le théâtre de la guerre en France. Je pense que ce projet est prématuré. Il me semble qu'avant d'entrer en France, Lord Wellington devrait d'abord balayer la Catalogne et s'emparer de toutes ses

---

(1) Sir John Murray (1768-1827), qui avait planté à Aden le drapeau anglais et s'était signalé sur le Nil et dans l'Inde, avait reçu au début de 1812 le commandement des troupes anglaises de Sicile, sous la haute direction de Lord William Bentinck. Le 26 février 1813 il quitta la Sicile pour Alicante, d'où il s'avança jusqu'au mois de juin suivant, après le succès remporté devant Castalla. Mais il se rembarqua vite alarmé par les premières résistances de Suchet et, ayant remis ses troupes à Lord William, fut traîné par Wellington devant un conseil de guerre, qui l'acquitta (SIDNEY LEE, *Dictionary* cit., vol. XXXIX).

(2) Ce passage se trouve bien commenté par le chap. II du livre I de la VIIIe partie du grand ouvrage de A. SOREL, *L'Europe et la révolution française*, cit.

places ou au moins les masquer. Je regarderais cela comme un préalable nécessaire de toute opération en France, car jamais il ne pourra y pénétrer par Bayonne si pendant qu'il sort d'Espagne par ce côté, les Français y rentrent par la Catalogne ; et je lui répondrais presque que c'est ce qui arriverait, s'il faisait la folie de faire passer les Pyrénées du côté de Bayonne à son armée sans avoir préalablement fermé la porte du Roussillon dans la Catalogne. Or s'il ne peut pas pénétrer en France du côté de Bayonne sans avoir nettoyé la Catalogne, il s'ensuit qu'il ne doit laisser dans la partie de Bayonne qu'un corps d'armée suffisant avec les Espagnols pour empêcher les Français de rentrer en Espagne de ce côté et qu'il devrait marcher sur la Catalogne en personne avec le gros de son armée. Alors Lord William Bentinck n'y aurait plus que faire et le meilleur usage que Lord Wellington pourrait faire de lui et de son corps semblerait être de l'envoyer appeler loin de l'Espagne toutes les forces Françaises disponibles par une diversion en Italie qui est, je crois, ce qu'il fallait démontrer. Toutes ces considérations acquièreront plus de force encore, si vous y ajoutez que tous les rapports nous annoncent que Massena a réuni à Toulon 30.000 conscrits et que ceux-là iront vous donner du tintouin en Catalogne si vous ne vous arrangez pas de manière à ce qu'ils soient plus nécessaires ailleurs.

Notre parti Français se flatte qu'ils doivent venir nous faire une visite cet hiver en Sicile mais j'espère que notre portier Sir Edward Pellew leur dira que nous ne sommes pas visibles et nous épargnera l'embarras de leur fermer la porte au nez.

Mais ce qui me paraît encore plus essentiel que tout avant d'entrer en France, c'est de convenir, c'est d'établir que c'est politiquement et non militairement qu'on s'y présente. J'entends dire que Lord Wellington se propose de lever beaucoup de contributions en France, afin de faire sentir aux Français tout le poids de la guerre. Les satellites de Buonaparte eux-mêmes ne pourraient rien inventer de plus favorable pour lui et de plus défavorable pour Lord Wellington que le bruit d'un pareil projet. Il y aurait de quoi produire une levée en masse de toutes les provinces du Midi pour forcer Lord Wellington à repasser les Pyrénées, et je crois que cela ne serait pas long, si cette levée se faisait.

Il me semble qu'au contraire l'objet de Lord Wellington devrait être de soulever les provinces du Midi contre Buonaparte et de les faire marcher sur Paris pour y renverser le gouvernement Corse et y préparer une paix navale et continentale qui dispenserait désormais de la conscription. Je crois qu'en suivant ce plan avec toute la dextérité et les ménagements qu'exige le caractère national des Français, Lord Wellington casserait le col à Buonaparte, au système continental et qu'il mettrait le comble à sa gloire en consolidant la prospérité de son pays, l'indépendance de l'Espagne et celle de l'Europe, en établissant en France un gouvernement qui eut besoin de les respecter pour y assurer son existence. Je regarde tout autre projet comme chimérique et depuis de longues années mon opinion est que ce n'est que par la coopération des Français qu'on peut pénétrer en France et y avoir des succès (1). Il peut y avoir des raisons qui rendent les projets de ce genre inexécutables et si on les regarde comme tels il faut garder les Pyrénées et les bien défendre, mais il ne faut pas les passer.

Vous me ferez plaisir, mon cher comte, de rappeler à Lord William que telle est mon opinion et s'il croit ou si vous croyez en son absence qu'il peut être utile de me citer pour corroborer cette opinion je vous en donne toute liberté. Je n'ai pas besoin d'ajouter que si Lord Wellington ou lui croyaient que mes faibles moyens pouvaient être utiles au succès de plans de cette espèce ils peuvent en disposer librement et si je ne m'offre pas plus catégoriquement ce n'est pas assurément par défaut de zèle, mais parce que une triste expérience m'a rendu circonspect et m'a appris qu'il fallait attendre qu'on me fît l'honneur de me croire nécessaire ou utile, pour ne pas m'exposer à ce qu'on calomniat mon zèle. Au reste, qu'on veuille de moi ou qu'on n'en veuille pas, le plan qu'on doit suivre est toujours le même et je n'en vois point d'autre qui puisse garantir des revers et conduire au succès.

Vous connaissez, mon cher Comte, toute mon amitié pour vous.

L[ouis Philippe d'Orléans].

L'Archiduc François était à Zante le 27 juillet partant pour Céphalonie et de là pour Vienne. Il ne doutait pas que l'Armistice ne se terminat par le renouvellement de la guerre. J'ai reçu une longue lettre d'un médecin de Malte du 7 août. La peste était devenue d'une meilleure qualité. Le nombre des malades diminuait et la proportion de ceux qui succombaient avec ceux qui guérissaient devenait tous les jours plus favorable.

Il n'y avait eu que 20 soldats pestiférés dont onze étaient morts et neuf guéris ».

« *Palerme, 14 Octobre 1813*.

Archives de La Tour. Orio. - III, 238.

Lord William m'ayant dit, mon cher Comte, qu'il y avait demain une occasion pour Tarragone, je ne veux pas la manquer pour vous remercier de vos deux lettres que j'ai reçues très exactement et qui me consolent un peu du très grand désappointement que j'ai éprouvé en voyant Lord Wil-

---

(1) Ces avis du duc d'Orléans soulèvent la question longtemps débattue — on pourrait dire jusqu'à ce jour — si le despotisme impérial avait réellement produit en France un mouvement souterrain de réaction parallèle à celui qui fit crouler en Allemagne, en Italie, en Espagne, le régime bonapartiste. Les chantres de la gloire de Napoléon, de Béranger à Henry Houssaye et à Frédéric Masson, ont contesté toute ampleur à ces travaux de sectes sur lesquels la conspiration de Malet jeta une lueur éphémère. Charles Nodier publia au début de la Restauration une *Histoire des sociétés secrètes de l'armée*, que Mérimée a peut-être eu tort de ne pas prendre au sérieux (Prosper Mérimée, *Portraits historiques et littéraires*, Paris, IV). Il faut recueillir aussi le témoignage de Victor Jacquemont, très impatient de voir tomber Napoléon (Ch. de Mazade, *Portraits d'histoire morale et politique du temps*, Paris, 1875, pp. 17 et suiv.).

liam revenir sans vous, en ne voyant revenir aucune troupe, et s'il faut tout dire nettement, en ne voyant aucune de ces dispositions que je croirais toujours nécessaires *to keep the enemy in hot water in Italy* même quand hélas! on ne voudrait pas encore y rien entreprendre. Je me trompe peut-être, et je serai bien heureux si je me trompe, mais je ne vois encore rien de clair, nous sommes dans le brouillard. J'ai fait pourtant à tout hasard une petite note Adriatique, se liant au général Nugent qui est en Croatie et tendante à lui faire faire un saut préparatoire ou combiné avec le nôtre. Je croirais que c'est la meilleure manière de couper les jarrets à Eugène, mais quoique j'aye été écouté avec beaucoup d'attention et d'obligeance, je ne me vante guère d'avoir persuadé, et par conséquent pour le moment, je laisse les armes en faisceau, et j'attends d'autres indices pour me mettre en opérations. Si je regarde sur le continent, je me flatte que celà ne tardera guère, mais si je regarde notre petite mais précieuse Sicile et votre Catalogne je rabats de mes espérances. La présence de Lord William en Espagne ne peut guère y avoir fait assez de bien pour compenser le mal que son absence a fait ici (1), et il me semble qu'il le pense comme moi, car je ne vois pas que ce voyage lui ait procuré l'avantage d'en ramener des troupes, et je vois que ce qui s'est passé ici, l'empêche de pouvoir remuer celles qui sont en Sicile. Voilà mon opinion en peu de mots, et pour vous qui nous connaissez, et qui possédez un si haut dégré de perspicacité, il est inutile de vous en dire davantage.

Cependant il me semble que la puissance de Buonaparte se démolit rapidement, et il me semble impossible que dans la combustion générale qui est allumée autour d'elle, l'Italie échappe aux flammes qui embrasent l'Europe. Je pense donc que d'une manière ou de l'autre, six mois plus tôt ou plus tard, la guerre s'y allumera et la puissance Française doit y succomber comme en Espagne et en Allemagne. Ce n'est pas à vous que j'ai besoin d'ajouter que c'est l'objet de tous mes voeux, et que c'est celui de tous les efforts que je pourrai faire.

Je vous félicite de tout mon coeur, étant bien sûr que vous êtes toujours bon Autrichien tant sur la déclaration de l'Autriche que sur le succès que ce grand événement a déjà produit, et je ne doute point qu'il ne produise des événements plus grands encore. La position de Buonaparte à cheval sur l'Elbe ayant Dresde pour point d'appui et pour pivot, est comme toutes les positions que nous lui avons vu prendre, une position d'attaque et nullement une position de défense, et comme toutes les attaques divergentes qu'il a déjà faites ont manqué et qu'elles ont été repliées avec des pertes considérables que je ne crois pas qu'il puisse reparer de quelque

(1) Pendant le séjour de Lord William en Espagne, le parti jacobin secrètement lié aux absolutistes, avait rendu à peu près nul le fonctionnement de la Constitution, en multipliant les mesures contre les Anglais et leurs partisans, le Duc d'Orléans surtout auquel on avait supprimé le payement des rentes stipulées dans son contrat de mariage (LA LUMIA, oeuv. cit., et BIANCO, *La Sicilia durante l'occupazione inglese*, cit.).

temps, j'en conclus qu'il se trouve à Dresde dans une position qui a beaucoup d'analogie avec celle où il était à Moscou après avoir échoué dans les attaques sur la route de Pétersbourg, et sur les provinces du Sud. C'est le désespoir qui le retient à Dresde comme à Moscou, et les mêmes causes doivent avoir les mêmes résultats. Déjà ce n'est plus lui qui marche à la tête de ses armées, déjà il ne peut plus ni entamer cette Bohême qui le déborde ni marcher sur la Silésie, ni marcher sur Berlin, déjà Dantzick, Stettin, Custrin et Glogau livrées à leurs propres forces n'ont plus d'espoir d'être délivrées ou même ravitaillées, et si Davoust est battu sur le bas Elbe comme Victor le fut à Polotkz par Wittgenstein, *Buona notte Signori miei*, il faudra se retirer de Dresde comme de Moscou, abandonnant les forteresses de l'Elbe comme celles de la Vistule et de l'Oder et perdant une autre fois le matériel de son armée pour aller s'efforcer d'en refaire une autre derrière le Rhin. Nous verrons là comment il s'en tirera avec la Nation et même les armées françaises tandis que Lord Wellington sera peut-être à Bordeaux, et si de tels événements arrivent quel est celui qui me dira qu'il n'arrivera rien en Italie?

Voilà, mon cher Comte, quelles sont mes méditations sur les grands événements dont nous sommes témoins. J'aimerais bien à les étendre avec vous sur mes cartes puisqu'il ne m'est pas donné de les étendre sur le terrain ce que j'aimerais bien aussi à faire avec vous.

Dieu veuille que ce plaisir me soit réservé et en attendant, mon cher comte, recevez l'assurance de toute ma considération et de tous mes sentiments pour vous, que je vous offre de tout mon coeur.

L[ouis PHILIPPE D'ORLÉANS].

Je profite de l'obligeance du Capitaine Carreto de l'état Major Sicilien qui part pour l'Espagne pour vous envoyer cette lettre. Il m'a demandé de le recommander à Lord William ce que j'ai fait et je vous le recommande de même, mon cher Comte ».

Tandis que M. de La Tour continuait sa marche victorieuse vers le Nord, et passait du royaume de Valence dans la Catalogne même, dernier rempart des français en Espagne, l'ardent Brunazzi avait travaillé de son côté. L'Archiduc François, ayant quitté la Méditerranée pour l'Adriatique, s'était abouché à Lissa avec l'abbé, et informait La Tour des succès tout à fait étonnants de la propagande souterraine de cet agent dans tout le pays.

« Fiume, ce 6 novembre 1813.

Mon cher Comte de la Tour,

Ce n'est qu'avant hier que j'ai reçu par le Major Frizzi vos deux lettres du 9 août du Camp devant Tarragone et du 22 septembre de Tarragone même; et ce sont les premières que je reçois de Vous depuis votre départ de la Sicile.

Je vous ai écrit de Zante par le Cap. Stregen, et depuis je n'ai plus eu d'occasion. Car me voyant dans l'île de Zante isolé dans la force du terme sans lettres, sans communications et ne voyant aucune utilité à y prolonger mon sejour, j'ai pris promptement la bonne résolution d'en partir, et j'ai profité du vaisseau de ligne qui y a porté la nouvelle de la guerre déclarée et que Fiume était déjà ouvert, et occupé par le général Nugent et me suis porté avec mon épouse premièrement à Lissa et de là ici à Fiume où je me trouve depuis plus de 20 jours, y attendant les ultérieurs nouvelles et le développement des circonstances, qui me servira ultérieurement de guide pour mes résolutions. Mais en attendant j'ai profité par cette prompte résolution de faire le voyage de mer le plus heureux possible sans une journée de bourrasque; j'ai vu plus tôt mon cher frère Maximilien ce qui a été une grande consolation pour moi : puis je me trouve à même d'avoir toutes les nouvelles de la guerre qui sont actuellement sur le Continent du plus grand intérêt surtout pour qui pense comme moi : car par les événements actuels je vois décidé le sort de l'Europe.

La force militaire et la bonne union des puissances alliées contre la France leur donne déjà une grande supériorité, plus Napoléon est abandonné par tous les Allemands, et à présent par les Polonais aussi. Vous saurez toutes les nouvelles, ainsi je ne vous dirai qu'en peu de mots, que la grande étonnante bataille près de Leipzig du 17, 18 et 19 oct. a été une victoire complète pour les alliés, a décidé du sort de l'Europe, a mis dans une déroute complète et en désordre toute l'armée de Buonaparte qui y a perdu en seuls prisonniers sains et malades des hôpitaux, 40.000 hommes; Lauriston, Bertrand et 10 autres généraux prisonniers, Poniatowski et Macdonald morts, le Roi de Saxe fait prisonnier à Leipzig (1), où deux régiments Saxons et deux de Würtemberg de Cavalerie et sept bataillons d'Inf. Saxonne se sont révoltés et sont passés chez les alliés et ensuite aussi je crois six régiments Polonais.

L'armée de Bavière avec l'Autrichienne réunies étaient passé à Würzburg, et même on les disait déjà à Frankfort sur le Mein. L'armée Française était réduite à 70 ou 80.000 hommes; et en pleine retraite. De l'armée d'Italie les nouvelles dernières sont que le château de Trieste a capitulé ces jours; les Autrichiens d'un côté sont déjà à Treviso et les avants postes à Mestre et Padova; de l'autre côté le corps du F. Z. M. Hiller (2) était presque près

---

(1) On lira avec peine le passage des Mémoires de Metternich (t. I, pp. 171-172) qui rend compte de l'avilissement où les coalisés voulurent précipiter le roi de Saxe, au lendemain de la bataille de Leipzig.

(2) Le maréchal baron Hiller (1754-1819), rénommé pour sa bravoure depuis la guerre de 1788 contre les Turcs, défenseur du Tirol en 1805, vainqueur de Bessières à Neunmarkt en 1809, l'un des héros de la lutte sanglante de Aspern, avait été chargé au début de cette nouvelle campagne de chasser les Français des provinces illyriennes. Il reconquit à l'Autriche les territoires vénitiens jusqu'aux portes de Vérone, mais il échoua devant Trente et dut céder le commandement suprême à Bellegarde (WURZBACH, oeuv. cit., IXe th.).

de Vérone et le vice Roi Beauharnais en pleine retraite (1); grande désertion des Italiens, de son armée, et en Romagne, et dans la Marca d'Ancone des insurrections à cause de la conscription (2).

Les Bocche de Cataro à l'exception du Château de Cataro ont été prises et l'abbé Brunazzi que j'ai envoyé de Lissa avec une très petite expédition y a beaucoup fait et il avait vraiment du crédit dans ce pays et un très grand zèle, et activité et courage. C'est la substance de nos nouvelles. Fiquelmont est retourné à Vienne et de même Salbourg; le premier de Zante, le second de Fiume et pour le moment entre moi, et mon frère nous n'avons que le comte Harrach venu avec mon frère et Sterpin que depuis le commencement de juillet, n'a plus touché de sa paye; car je me le suis attaché à ma suite, et c'est moi qui pense à lui et j'en suis très content.

Je suis fâché que vous vous trouvez si éloigné dans ce moment, mais je sais que vous vous faites honneur et à celà j'en prends toute la part et les glorieuses actions du 1 Rég. Italien font aussi l'éloge de l'organisateur. Je m'intéresserai toujours vivement à ce qui vous regarde et pour les lettres que vous pourriez m'écrire envoyez les à Mons. Schmied à Palerme. Celuici m'a promis de m'envoyer les documents relatifs à mon affaire pécuniaire que vous avez arrangé pour mon compte à Palerme; mais je n'ai rien encore et dans ce moment l'argent m'en serait plus utile. Votre pauvre Centner après un rhume négligé paraît attaqué à la poitrine, et je l'envoye à Sarvar étant un climat plus humide mais j'en ai toujours été très content. Si vous voyez De Andreis et Liveroni je vous prie de les saluer de ma part.

Vous renouvellant mes sentiments de reconnaissance pour votre attachement et vous assurant de mon estime particulière, je suis, mon cher comte de La Tour, votre affectionné

FRANÇOIS D'AUTRICHE D'ESTE.

A Monsieur le Comte VICTOR DE LA TOUR
Brigadier au service de S. M. Britannique ».

L'année 1814 venait de s'ouvrir, et M. de La Tour avec les troupes qu'il avait organisées avec tant de soin, dans l'espoir de débarquer avec elles en Italie, était toujours retenu au contraire devant les places de la Catalogne. L'on sait que cette guerre, qui vit disputer avec une grande vaillance de part et d'autre cet extrême lambeau du sol de l'Espagne, ne fut pas dépourvue de gloire. Mais il nous serait impossible d'entrer dans les détails des opérations, auxquelles se rapportent plusieurs pièces de caractère strictement militaire conservées dans les Archives d'Orio (3).

Malgré l'importance des services rendus à la cause des coalisés, qui s'identifiait dans l'esprit de cette jeune génération, avec les rêves des Ita-

---

(1) Cfr. ERNESTO D'AGOSTINI, *Ricordi militari del Friuli,* Udine, 1881, vol. I, § X.
(2) Cfr. la n. 2 à p. 347.
(3) Archives d'Orio, Suppl., I, 49; II, 55, 71, etc.

liques, toute l'expédition en Espagne dut apparemment coûter à M. de La Tour de véritables sacrifices. Ce fut à son ami et collaborateur le Général Nugent qu'échut l'honneur de porter la guerre dans le centre même de l'Italie, et d'accomplir la pointe hardie sur Comacchio, qui réalisait les beaux projets mûris dans les années précédentes (1). M. de La Tour dut penser qu'il aurait été mieux à sa place là-bas, que sous les murs de Tarragone ; et — qui sait ? — l'action directrice d'un italien aurait mieux valu pour imprimer une impulsion énergique à ce premier et vain effort fait presqu'au nom de l'Archiduc François, et secondé avec trop de réserve par l'armée Autrichienne proprement dite.

Si le corps de Nugent, au lieu de celui de Bellegarde, avait pénétré en Lombardie, et surtout si l'uniforme anglaise d'un jeune général tel que M. de La Tour s'était présenté aux regards des Milanais à la place de la tunique blanche et de la queue poudrée du vieux marquis Sommariva, le cours des événements aurait pu être tout autre... Arrachons nous à la séduction de ces hypothèses troublantes, pour ne pas sortir du récit des faits si décisifs qui se succédèrent dans la première partie de l'année 1814. Trop tard pour exercer une action prépondérante sur le sort de la péninsule, mais avec grand apparat Lord W. Bentinck, débarquait à son tour en Italie, et voyait répondre à sa généreuse proclamation de Livourne, les voeux d'une nation entière, ou au moins de toute son élite. A quel moment M. de La Tour fut-il rappelé d'Espagne ? Nous ne le retrouvons qu'à l'attaque de Gênes : et le silence des documents ne nous permet pas de conclure, à quelle date exacte ait eu lieu son débarquement.

Gênes une fois prise, survenues les étonnantes nouvelles de la capitulation de Paris, M. de La Tour figura dans ces journées mémorables qui fixèrent les destinées de l'Italie, dans un sens qui n'était pas celui rêvé pendant les efforts obscurs et dangereux qui avaient préparé la revanche. Le prince Camille Borghese commandant à Turin n'avait pas l'étoffe d'un Donzelot ou d'un Miollis, qui tinrent bon si longtemps à Corfou et dans le Château S.t Ange, mais avec toute sa bonne volonté d'éviter des conflits sanglants, il ne pouvait pas mettre à bas les armes, sans les ordres de Paris. Une démarche directe du maréchal de Bellegarde, qui après les succès trop faciles de la semaine précédente voyait déjà le Piémont à ses pieds comme la Lombardie, était restée sans résultats. L'intervention de Lord W. Bentinck ne fut pas de trop, pour amener une solution satisfaisante, par l'intermédiaire de Victor de La Tour. Celui-ci rentrait donc à Turin

---

(1) Une nouvelle démonstration de l'importance du mouvement qui poussa même d'anciens républicains à aider Nugent dès le premier moment se trouve dans l'attitude du commissaire de police, dont Monsieur Antolini a publié les souvenirs (PATRIZIO ANTOLINI, *Memoria autoapologetica di F. B. Ferrarese*, Ferrara, 1901). Quoique peu au courant de l'ampleur donnée aux desseins *italiques* (puisqu'il écrit en 1875), A. D'ANCONA, *Il concetto dell'unità politica nei poeti italiani* in *Studj di critica e storia letteraria*, Bologna, 1880, se rend bien compte de la valeur des aspirations à l'unité répandues chez les adversaires même de la France.

après de longues années d'éxil, et, parti officier subalterne, il venait demander et obtenir, avec caractère de général, qu'on lui livrât l'antique capitale de ses Princes. On aurait été flatté à moins. Les grandes privations des campagnes et des voyages étaient vite oubliées, devant la magie d'un tel succès, et peut être la joie du rétour en Piémont, la satisfaction d'un travail accompli dans des circonstances si honorables, atténuèrent l'amertume du jeune homme, qui avait rêvé plus beau encore, et devait s'accommoder, à l'instar de son ami Nugent, de n'avoir gain de cause qu'à demi.

Les dossiers secrets du Foreign Office éclairent cette participation de M. de La Tour à l'acte qui mit fin à la domination française en Piémont, et préluda au retour de ces provinces sous la domination de ses anciens souverains.

« Genoa, April 27th 1814.

My Lord,

Foreign Office   The Austrian Lieutenant Colonel Neuman (1) despatched by Marshall
Sicily 64. Bellegarde to make a convention with Prince Borghese similar to that made with the Viceroy having failed in the attempt, came directly from Turin here to request my support, and he suggested that a strong letter addressed by me to Prince Borghese might be successful.

I thought it proper to agree at once to his suggestion, and I wrote to Prince Borghese the Letter of which the copy is enclosed and transmitted it by Brigadier Count Latour (returned from Spain with the Italian Brigade) who accompanied L.t Colonel Neuman back to Turin.

I have the honor to remain.

My Lord

Your Lordship's most obedient humble servant
W. C. Bentinck.

The right honourable Viscount Castlereagh ».

Et voici l'incluse.

« Gênes, 23 Avril 1814.

Monseigneur,

V. A. ne peut pas méconnaître que la convention du 16 avril conclue entre S. E. M. le Maréchal Comte de Bellegarde, et S. A. le Prince Vice Roi d'Italie, doit avoir pour conséquence immédiate l'évacuation de l'Italie par les troupes Françaises et leur rentrée sur le territoire de l'ancienne France.

V. A. peut encore moins méconnaître que les stipulations qui ont eu lieu entre les Puissances Alliées, et le Gouvernement provisoire agissant

---

(1) Le chevalier Maximilien de Neumann, alors lieutenant colonel d'état major, devint plus tard général et commanda la place de Legnago.

au nom de S. M. le Roi de France rappellent les troupes Françaises dans les limites de l'ancienne France.

Les délays que V. A. semble malheureusement vouloir apporter à l'évacuation du Piémont, et de la Savoie par les troupes Françaises, sont donc évidemment en opposition des Stipulations et Conventions conclues entre les Puissances Alliées et le Gouvernement Provisoire de France et ie Vice Roi d'Italie, et ils auraient pour résultats les prolongations d'une guerre dont V. A. aurait seule à supporter le poids, et la responsabilité, et où selon toutes les apparences Elle n'a aucun espoir de vaincre; dans l'attente que V. A. ne voudra pas prolonger un état de chose ainsi regrettable, j'ai muni M. le Comte de La Tour Général au service de S. M. Britannique des pouvoirs nécessaires pour, de concert avec M. le Chevalier de Neuman chargé d'une semblable mission de la part de S. E. M. le Maréchal de Bellegarde conclure avec V. A., ou des personnes qu'il lui plaira de nommer à cet effet, les stipulations nécessaires au prompt retour de l'ordre et de la paix dans les provinces actuellement sous son commandement.

J'ai l'honneur d'être avec la plus haute considération
de V. A. très humble et très obéissant serviteur
signé : W. C. BENTINCK.

A S. A. le PRINCE BORGHESE ».

Suivent dans le dossier transmis par Lord William Bentinck à Castlereagh les dix-sept articles connus d'après de nombreuses publications et cloturés par les signatures suivantes :

Signé.

Comte De La Tour, Général au Service de S. M. B. muni de plein pouvoir de S. E. L. Wm Bentinck, Com.^t les Forces de S. M. B. dans la Méditerraneé.

De Neuman, Lieu.^t Col. de l'État Major Général Autrichien, Chev.^r de la 3e Classe de l'ordre de Wladimir Russe muni de plein pouvoir de S. E. M.^r le Maréchal Comte de Bellegarde Général en chef de l'armée d'Italie.

Signé.

Le Baron Clément de la Roncière Général de division, Commandant de la Légion d'honneur, et Com.^t la 27e Division Mil.^e muni de plein pouvoir de S. A. le Prince Camille Borghese, Gouverneur Général des Départements au de là des Alpes, Commandant en Chef l'Armée de réserve d'Italie.

Delmot, Lieut. Colonel du Génie Chevalier de la Legion d'honneur, Aide-de-Camp de M.^r le Prince Borghese, Gouverneur Général, Commandant en Chef l'armée de Reserve, autorisé par Son Altesse.

CHAPITRE VIII.

Le rétablissement de la maison de Savoie dans les états héréditaires.

L'on sait trop ce que fut le dénouement de cette grande crise. L'Autriche ayant désavoué Nugent et l'Angleterre Lord W. Bentinck, les cabinets s'accordèrent pour exploiter, en faveur des Princes restaurés, les résultats du systhème autoritaire de Napoléon. L'étendard de la liberté, déployé de grand coeur par ces généraux qui s'en étaient puissamment servis pour acquérir la faveur des populations, fut replié en un clin d'oeil. Le Duc de Modène se résigna à troquer la Couronne du beau Royaume que voulaient lui offrir ses partisans, avec le petit Duché qu'il tenait de sa mère, et Victor de La Tour fut encore heureux de contenir ses ambitions et son activité dans les limites des états Sardes. Restait debout, au milieu de tant de catastrophes une force vivante : l'armée que La Tour avait recrutée et formée de toute son âme et qui venait de s'emparer de Gênes. M. de La Tour conçut le dessein patriotique d'assurer à la Maison de Savoye, restaurée sur le trône de ses ancêtres, ces beaux soldats et de délivrer par là la monarchie du poids de l'occupation autrichienne. Une correspondance s'engagea à ce propos entre le Roi Vict. Emanuel et Lord William Bentinck.

« Gênes, le 11 may 1814.

Mŷ Lord,

Foreign Office
Sicily 64.   Dans les circonstances présentes ne pouvant subvenir immédiatement aux frais du nombre de troupes nécessaires pour le maintien du bon ordre dans mes Etats, je viens vous demander avec confiance par l'intérêt, que vous m'avez témoigné, que la levée Italienne composée en grande partie de mes sujets soit mise à ma disposition jusqu'à ce que vous receviez des directions ultérieures de S. A. Royale le Prince Régent.

Je saisis avec le plus grand plaisir cette occasion de vous renouveler les assurances des sentiments avec lesquels je suis

Mŷ Lord

Votre affectionné bon ami
signé : V. EMANUEL ».

« Gênes, le 12 May 1814.

Sire,

J'ai reçu la lettre dont Votre Majesté m'a honoré, le 11 courant et où elle me demande de mettre à sa disposition la levée italienne, jusqu'à ce que je reçoive des directions ultérieures sur le sujet de la part de mon Gouvernement ; assuré, Sire, d'en interpréter les intentions en assistant Votre Majesté par tous les moyens en mon pouvoir, je mets dès ce moment la levée italienne à sa disposition, et je prie votre Majesté de donner les

ordres qu'Elle jugera nécessaires rélativement à la marche de cette troupe
en Piémont, au Major Général Comte de la Torre qui la commande actuellement.

J'ai honneur d'être avec le plus profond respect de Votre Majesté
le très humble, très obéissant Serviteur
signé : W. C. BENTINCK ».

« *Turin, le 24 May 1814.*

My Lord,

... Connaissant votre loyauté, votre prudence, votre clairvoyance, et votre
amitié pour moi, je vous ai franchement ouvert mon coeur sur ma situation,
sur celle de l'Italie entière qui est nécessairement liée à l'intérêt de l'Angleterre et à l'équilibre de l'Europe entière. Je vous prie de n'en faire que
l'usage que vous croirez qu'avec votre seul Gouvernement, secrètement, et
pour que vous puissiez vous horizonter pleinement avec les Alliés et autres
avec qui vous pouvez avoir à faire.

Les Autrichiens paroissent disposés à évacuer le Pays qu'ils ont com-
primé par des frais d'une manière terrible.

Je vous prie de vouloir bien donner vos ordres pour que les Régiments
qui sont passés à Nice, Acqui, Savone, et ceux qui pourraient être dans
Gênes et que vous avez bien voulu mettre à ma disposition, puissent au
premier avis qui je leur ferai passer, s'avancer sur Turin, Alexandrie,
Novare, Fenestrelles, ou autres endroits du Piémont où je pourrais avoir
besoin de les faire passer et s'il était possible même quelques uns en
Savoie, où j'ai nommé le Baron de la Tour père, comme Maréchal et Gouverneur Général pour moi.

Je finirai en vous renouvellant les assurances des sentiments de la plus
sincère et distinguée estime et reconnaissance avec lesquels je suis
Milord

Votre affectionné et bon ami
signé : V. EMANUEL ».

A la même époque se rapporte une lettre de notre vieil ami Bunbury
à Lord William, dont il nous semble utile de donner un extrait.

« *Downing, St. 11th May 1814.*

My dear Lord William,

... About Genoa, it is not known here what arrangement will be made War Office 6-57.
at Paris. Probably you may be required to hold it « in the name of the
Allied Powers », so long as this shall be the case nothing can be done
towards disbanding the Italian Levy, or turning the officers and men over
to any other Power. However before we had heard of the Capture of Genoa,

an overture had been made to the King of Sardinia, in case he should
wish to take the Levy into his Service. You will hear officially upon this
subject when it is seen whether matters in the Mediterranean will permit
England to part with these Corps. In the meantime I am authorized to tell
you that whenever they shall be disbanded or transferred, the Officers shall
receive six months pay in advance : and your recommendation of the services of La Tour, Catinelli, and other individuals of particular merit would
be taken into separate consideration. Lord Bathurst has some apprehension
that a larger compensation to any such individuals would excite the other
Officers to come upon Government with claims to similar indulgence.

I am, etc.

H. E. BUNBURY.

P. S. You wil understand that you are not now expected to send a regiment to reinforce the Garrison of Malta ».

Pour le moment M. de La Tour qui avait obtenu non seulement le
caractère de Brigadier, mais le titre de Major Général de l'Armée Anglaise,
resta à la tête de la levée Italienne, s'occupant de la réorganisation des
cadres, de l'avancement des équipages, des subsistances, visant en somme
à la transformer d'une troupe en campagne qu'elle était, dans un élément
stable d'une armée régulière (1). La mission dont La Tour avait été chargé
par Lord Bentinck vis-à-vis du prince Camille Borghese et qui avait été
couronnée d'un si beau succès, l'avait mis encore davantage sur les rangs. Il
est à regretter que son jeune âge ait empêché le bon Roi Vict. Em. de se fier
à ses conseils, plutôt qu'à ceux des dignes vieillards qui revenaient avec
lui de Cagliari. L'esquisse d'une constitution, qui se trouve dans ses
papiers, est une pièce trop éloquente pour ne pas être décisive dans ce sens.
On y reconnaîtra l'influence visible des leçons de politique que M. de La
Tour avait pu apprendre à l'école de Lord W. Bentinck en faisant trésor
des expériences Siciliennes.

Abbozzo.

<table><tr><td>Archives de La Tour.
Orio. - II, 152.</td><td>« Se i domini attuali di S. M. il Re di Sardegna non vengono ingran-
diti, egli è possibile che l'antica forma di governo vi si possa conservàre (2);
ma sembra però, che per mettere questo governo in qualche armonia colle</td></tr></table>

(1) De nombreuses pièces des Archives d'Orio visent cette période moins brillante,
mais très active, de l'action de M. de La Tour à la tête de la levée italienne. (Suppl., I,
35 ; II, 71 et suiv., 77 et suiv. ; III, 108 et suiv.).

(2) Probablement M. de La Tour, absent du Piémont depuis dix ans, ignorait le
travail qui s'était fait dans les esprits et qui avait produit la nouvelle génération de piémontais, à peu près consciente d'elle même dès 1814 et dont parle A. D'ANCONA, *Caratteri
di piemontesi illustri del secolo XIX* in *Varietà storiche e letterarie*, prima serie,
Milano, 1883.

idee del secolo, e colle nuove forme stabilite nelle vicine contrade, sarebbe utile di introdurvi un Consiglio di Stato composto dei primari Impiegati, e delle persone le più cospicue del paese; a cui verrebbe riferto dai rispettivi dicasteri, sì la situazione attuale dello stato, che i nuovi stabilimenti da farvisi nelle cose economiche, amministrative e militari. Detto Consiglio dovrebbe essere sotto l'immediata presidenza del Re; la scelta, il numero, le prerogative dei Consiglieri, ed i rapporti da stabilirsi fra il Consiglio, i vari rami dell'amministrazione e forse anche colle Provincie e Citadi, sono oggetti che esigono una matura discussione. Se poi i detti stati attuali, vengono ingranditi, la natura dell'ingrandimento trae seco necessariamente delle variazioni nel modo amministrativo da stabilirsi e se l'ingrandimento è picciolo e può venire considerato come un semplice compenso delle perdite sofferte, la forma di governo sovra esposta potrebbe conservarsi senza variazioni; ma se l'ingrandimento è più sensibile, se egli fosse dell'intera Liguria, compreso Genova, egli è indubitabile che sarebbe mestiere o di stabilire per la Liguria una forma di governo diversa da quella del Piemonte (cosa nociva in sè stessa, essendo essa un incamminamento ad una nuova separazione fra i due paesi): o di dare all'insieme del governo, una forma (secondo l'odierna espressione) più liberale. Forse basterebbe per ottenere l'intento, di fare eleggere dalle Citadi dei Commissari speziali, i quali risiederebbero presso il Consiglio di Stato per informarlo, e per mezzo suo, il Re, dei voti, e bisogni, delle rispettive loro citadi e provincie. Il modo dell'elezione, le qualità richieste per essere eleggibile, e finalmente la natura dei poteri ossia degli incarichi che i procuratori eletti debbono ricevere dalle città sarebbero in questo caso gli oggetti da prendersi in considerazione. Intanto faremo osservare che con questa forma di governo si avrebbe un'ombra di corpo dei rappresentanti, e un'ombra di camera dei pari, forma che oggimai è quasi impossibile di scansare affatto, giacchè tranne alcune picciole variazioni essa verrà ad essere la base dei primari governi Europei.

Se poi l'ingrandimento fosse tale da avvicinarci a detti primari governi, se per esempio al Piemonte, ed alla Liguria venisse unita la Lombardia, allora vi è ogni probabilità che l'ombra di un governo costituzionale non basterebbe più e che in breve sarebbe necessario di stabilirlo in realtà.

Giacchè le potenze alleate hanno (tranne forse l'Austria) mostrato una propensione decisa per questa forma di governo, sia negli affari di Francia, che in quelli d'Olanda, di Spagna, e di Germania ove si tratta di ristabilire gli antichi stati e finalmente in tutto quello che appare delle trattative relative alla Polonia, nelle quali la voce Costituzione è spesso adoperata, a questa propensione delle potenze alleate, si deve in questo caso aggiungere il voto da lungo tempo, e con tanta tenacità espresso dai Lombardi, in favore di una Costituzione; voto al quale non tarderebbe a far eco la Liguria, onde pare che sarebbe non solo infruttuoso ma anche pericoloso di tentare di opporsi allo stabilimento di un ordine di cose, favorite ugualmente dalle circostanze esterne e interne, e che assai miglior consiglio sarebbe di adattarsi alle opinioni dei tempi presenti, e di scansare ad un tempo, sia la sempre nociva intervenzione delle potenze estere negli affari dello stato, sia l'urto dei partiti che non tarderebbero a nascere nell'interno, sotto le note denominazioni di realisti, costituzionali, e repubblicani. Col proporre per parte del Re una costituzione, nel fare lui stesso la detta proposizione, il Re dimostrerebbe che egli non è personalmente alieno dall'ordine di cose, che va ora stendendosi in Europa, e nell'istesso tempo egli acquisterebbe il diritto in allora di presiedere alla formazione della detta Costituzione, di influire sulla scelta delle persone, e di prendere insomma tutte quelle misure necessarie alla conservazione dell'interna quiete, diritto che gli verrebbe naturalmente contrastato dal partito Costituzionale, e forse anche dalle potenze estere, ove egli venisse considerato come nemico dei principî costituzionali; ma acciocchè i detti vantaggi non venissero meno, egli [è] necessario che la Costituzione proposta dal Re venga adottata almeno nelle sue basi principali, onde essa deve in gran parte uniformarsi alle idee che gli avvenimenti recenti hanno più generalizzate. La Camera dei Pari e Comuni essendo ora la forma che i recenti governi cercano d'imitare, dovrebbe anche la nostra Costituzione avere, o sotto gli stessi nomi o (il che sarebbe preferibile) sotto altre denominazioni, dei corpi rappresentativi di cui la formazione e le funzioni avessero dei rapporti sensibili colla forma e le funzioni di detti Pari e Comuni; e la principale attenzione del governo dovrebbe principalmente essere rivolta alla formazione, composizione e attribuzione del corpo da considerarsi somigliante a quello dei Pari ed alla formazione, composizione ed attribuzione del corpo da considerarsi somigliante ai Comuni. E neppure dovrebbe venire negletta la formazione, composizione ed attribuzione del corpo elettorale, origine dei due (o almeno dell'ultimo dei due) corpi rappresentativi anzidetti.

[LATOUR] ».

Le passage des troupes rassemblées à Gênes et dans la Riviera sous les ordres de La Tour, au service du Roi de Sardaigne avait été agréé en principe à Londres, mais ne pouvait pas se faire très rapidement. Le Cabinet Anglais avait des raisons de douter des tendances des troupes à cet égard: préoccupation qui se fait jour dans une lettre confidentielle du Général Bunbury au Colonel Dalrymple.

« London, 17th Jan. 1815.

My dear Dalrymple,

War Office 6-57.
Private.

Colonel Catinelli arrived on Sunday with your Dispatches and private letters to the 18 of this month.

All that you report of your procedings is entirely approved of here; but we cannot send you Instructions on the question whether the King of Sardinia is to have provisional or final Possesion of Genoa, from fear that what might be written from Florence might clash with the further Instructions from Vienna.

For the same reason Lord Bathurst finds it out of his power to give you any Directions in regard to the light in which you are to consider yourself and the British Troops, while they continue at Genoa, or what is to be the extent of your dependence upon a Piedmontese General. But Lord Bathust writes upon these subjects to Lord Castlereagh, and I hope you will hear from the latter without delay.

La Tour writes from Turin on the 3. His object seems to be that he should be recommended by the British Government as the proper Person to command the Allied Troops in Genoa where (besides other advantages) he could use his influence, on the Italian Levy. To get them into the Piedmontese Service. My official letter of to day will remove the suspicion of our meaning to trespass or force their inclinations.

I will find my way with regard to your local rank (N. 2) but I know there will be difficulties, and if the King of Sardinia condescends to accept Genoa provisionally, you will fall into Revel's train as Commandant of the Auxiliary British Corps. Auxiliaries however that ought to have much weight, for when compared to the Royal Army of Piedmont, take it that your British Corps will have as much relative superiority as the auxiliary Barbarians with the Roman Army of the Lower Empire.

Catinelli travelling expenses will be paid.

La Tour will receive a tardy, *private* answer from me, and no encouragement to turn you out of the command of the auxiliaries.

Yours, etc.

H. E. BUNBURY ».

Le commandement de Gênes, qu'à son corps défendant, allait être annexée au Royaume de Sardaigne, semblait devoir être le lot de M. de La Tour dans la distribution de charges des premiers temps de la restauration. Le rang de lieutenant général devait accompagner, d'après les arrangements pris par Lord W. Bentinck avec le cabinet de Turin, cette nomination qui n'était certes pas supérieure aux mérites d'un officier bien plus mûr que ne semblait comporter son âge. La désignation restait cependant théorique, tant que le haut Commissaire Anglais Dalrymple gardait le maniement général des affaires à Gênes, avec le concours d'un gouvernement provisoire. Après tout M. de La Tour était dans une situation exceptionnelle pour faciliter la pénible transition entre les aspirations autonomistes encouragées par L. W. Bentinck et l'adhésion sans réserve à la Monarchie Sarde, qui à vrai dire ne fut pas obtenue de si tôt (1). Son double caractère de fidèle serviteur du Roi Vict. Emanuel, et de commandant de

---

(1) Santorre de Santa Rosa, écrivant en mai 1815 à son ami Louis Provana qui était alors à Gênes, soulignait l'attitude des gênois pour tourner ses régards prophètiques vers une époque de patriotisme plus large et plus véritablement national (NICOMEDE BIANCHI, *Santorre di Santa Rosa* in *Curiosità e ricerche di storia subalpina*, Torino, 1879, III vol.).

l'armée anglo-italienne, plaçait M. de La Tour, dans une posture qui pouvait lui permettre, de rendre de très grands services des deux côtés. Cela n'allait pas du reste sans quelques inconvénients, des incompatibilités semblèrent se présenter, et le fait que la révolution et l'exil avait laissé ces brillants officiers sans fortune personnelle, n'était pas aussi sans lui causer quelques embarras. La bonne volonté de L. W. Bentinck et l'intérêt évident de la défense du Piémont au moment même où le rétour de l'île d'Elbe faisait renaître les plus graves menaces, eurent le pouvoir de dénouer ces difficultés ainsi qu'il résulte des pièces qu'on va lire.

« Genoa, march 16ᵗʰ 1815.

My Lord,

War Office, I, 289.   Upon the first intelligence of the departure of Buonaparte from Elba, Italy was supposed by all to be his destination, and all foresaw the general confusion and insurrection that was likely to take place. In this moment of alarm and uncertainty, I thought it my duty, at once to repair to this place, and to resume my command. Upon my arrival I addressed a letter (No. 1) to M. Hill asking the King's leave to establish temporarily my head quarters at Genoa. I have the honor to enclose the answer (N. 2) of the Sardinian Minister.

The British troops forming the garrison consist of three regiments of the Italian Levy with the 14 regiment and detachments of Cavalry and artillery.

Major General Count La Tour, to whom the King has long since promised the command of Genoa together with the rank of Lieutenant General, has been hitherto permitted in consequence of the dispersed quarters of his Brigade to remain at Turin. I made this arrangement in order that his superior rank might not interfere with sir John Dalrymple, who as long as the provisional Government of Genoa continued, it was desirable should retain, with the situation of civil commissioner, the command of the troops.

But Genoa being now transferred to the King of Sardinia, and the whole of the Italian Levy being assembled in Genoa Count La Tour necessarily resumed the command of his Brigade. But questions having arisen, how far officers having king's commissions, could serve under the orders of the officers of the Italian Levy, I have to remove all these difficulties, taken the force here under my own personal command until the arrival of an officer of superior rank from Sicily.

I have the honor to be
My Lord

Your Lordship's most
obedient humble servant
W. Bentinck.

The Right Honorable Earl Bathurst ».

« *Turin, le 9 Avril 1815.*

Monsieur,

Lord William Bentinck en quittant Turin a chargé le Lieut. Général Comte de la Tour de présenter à S. M. le plan des ouvrages à faire pour la défense de Gênes.

J'attends que vous vouliez bien me faire connaître vos intentions à fin que je puisse prendre, d'accord avec les diverses administrations militaires, les mesures indispensables avant le départ pour Gênes du Général de La Tour qui est comme, vous savez, très-pressé de se rendre à son poste.

Signé : Le Comte DE VALLAISE.

Monsieur W. HILL ».

« *Genoa, April 15th 1815.*

Sir,

I have had the honor of receiving your letter of 11th april, and in answer beg leave to state that in my opinion the repairs and additions to the fortifications of Genoa, as recommended by a report of the engineer, which has been prepared under the inspection of Count La Tour, are necessary and appear to me indispensable under every view that can be taken of future military operations, against France.

I have the honor to be

W. BENTINCK
L. General ».

« *Genoa, april 23th 1815.*

My Lord,

His Majesty the King of Sardinia having expressed a wish that M. General Count La Tour might command, during the illness of the Chevalier de Revel, the corps of Piedmontese, stationed at Alexandrie, consisting of 8000 infantry and 1000 cavalry destined here after to form a part of the garrison of Genoa, I have thought it my duty to give immediate compliance to His. M's request. The arrangement is also doubly advantageous, as placing under the instruction of a capable officer a corps but recently formed, and enabling us at the same time to obtain a correct knowledge of the disposition and value of so great a portion of the future garrison of Genoa.

I have told Count La Tour that this service will not interfere with his command of the Italian Levy, which will during his absence devolve on Colonel Burke.

I have the honor to be

My Lord,

Your Lordship's most
obedient humble serv.
W. BENTINCK, L. gen.

To the right Honorable The EARL BATHURST ».

« *Turin, 2 mai 1815.*

My Lord,

J'ai reçu l'autorisation que Votre Excellence a bien voulu m'accorder d'accepter le commandement des Troupes Piémontaises stationnées à Alexandrie. Du depuis S. M. le Roi de Sardaigne ayant reçu de la part des hautes Puissances Alliées l'invitation de rassembler au plus tôt un contingent de 15.000 hommes lequel devra même être porté à 30.000 hommes si les moyens pécuniaires du Piémont y suffiront, S. M. m'a fait l'honneur de me proposer de prendre le Commandement de ce contingent, dont le premier objet est de couvrir les frontières du Piémont et par conséquent de Gênes, et dont les mouvements ultérieurs dépendront du plan général d'opération qui sera arrêté par les hautes Puissances Alliées : j'ai espéré My Lord interpréter les intentions de Votre Excellence en acceptant provisoirement le Com.t du dit contingent, dont j'ai actuellement fixé le point de rassemblement dans les cantonnements entre Pignérol et Rivoli, afin d'observer les routes qui du Briançonnais et de la Maurienne conduisent en Piémont et dont en cas de malheur Gênes doit être le point de retraite final. Je prends la liberté de prier V. E. de vouloir bien me faire connaître si je puis continuer dans le dit Com.t et conserver toujours mon grade dans l'Armée Anglaise et ma situation de Chef de la Levée Italienne dont je suis actuellement investi ; car aucun avantage ni honneur ne pourraient m'engager à renoncer à celui de continuer de faire partie de l'Armée Britannique. En attendant vos ordres j'ai l'honneur d'être avec la plus respectueuse considération.

My Lord   de V. E. très humble et très obéissant sérviteur
C.te DELLA TORRE. M. G.

S. E. Lord BENTINCK ».

« *Genoa, mai 10ᵗʰ 1815.*

My Lord,

I have the honor to submit to your Lordship the enclosed letter, from M. General Count della Torre, soliciting permission to continue in the Command of the Piedmontese troops which are to form the contingent for

the defense of the States of Piedmont, conferred upon him by the King of
Sardinia and which I have provisionally authorised him to assume without
prejudice to his rank in the British service, for the reasons assigned in my
dispatch N. 15; and I hope that this decision may receive your Lordship's
approbation.

I have the honor to be
My Lord

Your Lordship's most
Obedient humble servant
W. C. BENTINCK, L. Gen.

To the right Honorable The EARL BATHURST ».

« *My Lord,*

Je viens de recevoir la lettre que V. E. m'a fait l'honneur de m'écrire
en date du 16 courant pour m'informer que mon employ actuel de Commandant du Contingent de Troupes que S. M. le Roi de Sardaigne fournit
aux hautes Puissances Alliées m'éloignant de la Levée Italienne stationnée
à Gênes je perdrais la paye qui m'était jusqu'ici allouée par le G. Britannique comme officier Général Com.t la ditte Levée. Je m'empresse donc
d'avoir l'honneur d'observer à Votre Excellence que la Révolution Française m'ayant privé de la totalité de ma fortune Patrimoniale, je n'ai aucun
autre moyen d'existence que ma paye militaire; celle des officiers Généraux
Piémontais se compose :

1° De leur paye comme Colonel d'un Rég.

2° Des Commanderies de l'Ordre des Saints Maurice et Lazare que
le Roy veut bien leur conférer.

3° D'une très modique somme qui leur est allouée en temps de
guerre pour frais de Table.

Je ne suis pas Colonel d'un Rég. et n'ai pas de chance de le devenir
pour plusieurs années.

La Révolution a détruit les Commanderies ainsi je ne puis compter que
sur les frais de Table qui pour un L. Général s'élèvent environ à 300 livres
sterlings par an.

Votre Excellence jugera sans doute elle-même qu'il n'est pas possible
d'exister décemment avec une telle paye, si donc l'exercice de mes fonctions
de Com.t le Contingent Piémontais est incompatible avec la perception de
ma paye Anglaise, je suis dans la nécessité de donner ma démission du dit
Com., lequel me cause d'ailleurs beaucoup de travail et de responsabilité
par la difficulté d'organiser convenablement ce Contingent dans un si bref
espace de temps et avec des moyens aussi limités que ceux que le G. Piémontais peut actuellement mettre à ma disposition. J'ose donc prier Votre
Excellence de vouloir bien me donner une réponse à ce sujet pour ma règle.

En l'attendant j'ai l'honneur d'être avec la plus respectueuse considération.

My Lord   De Votre Excellence.
                                   Très humble et très obéissant serviteur
                                         DELLA TORRE, M. G.
     Turin, 21 mai 1815.

P. S. Comme je me suis déjà donné beaucoup de peine pour l'organisation de ce Contingent, et que j'espère être prêt vers le 20 juin, je ne
dissimulerais pas à Votre Excellence qu'il me serait très agréable de le
commander pendant cette Campagne, je renoncerais cependant à cette satisfaction si elle n'est pas combinable avec mes autres devoirs et avantages
comme chef de la Levée Italienne et Officier Général Anglais ».

« *Turin. may 27th 1815.*

     My Lord,

I have the honor to inform your Lordship that, having signified to
Major general Count della Torre the propriety of his ceasing to draw pay
and allowances in the Italian Levy, whilst he retained the command of the
Piedmontese Contingent, I have received from him the annexed answer; and
in consideration of the statement therein made, I have authorized the continuation of his usual pay and allowances, till your Lordship's pleasure
thereupon shall have been communicated.

     I have the honor to be
My Lord   Your Lordship's most
                                   Obedient humble servant
                                         W. C. BENTINCK, L. Gen.

     To the right Honorable EARL BATHURST ».

Ce point fixé, le général de La Tour put entrer en campagne à la tête
de ses troupes en qualité de Commandant d'une section de l'armée du Sud-Est
placée sous les ordres suprêmes du général autrichien Frimont (1). Il n'est
pas à nier que le sort de l'Europe se décida définitivement sur les frontières
de la Flandre et que les opérations de toutes les autres armées dirigées sur la
France par la coalition eurent une importance relativement secondaire.

Néanmoins le contingent italien joua un rôle très honorable dans la
campagne dite de Grenoble, du nom de la ville qui en fut le dernier
objectif, et de beaux lauriers y furent recueillis par M. de La Tour.

---

(1) Le général Emanuel de Villamarina a raconté, dans ses *Note autobiografiche* cit.,
comment M. de La Tour vint à bout de la défiance de Frimont et Bellegarde qui voulaient d'abord encadrer par phragments les troupes du contingent sarde dans l'armée
impériale.

A l'époque du débarquement de Napoléon sur les côtes de Provence, M. de La Tour venait à peine de prendre en main le commandement de la place de Gênes. Les illusions des autonomistes y avaient fait place à une sorte de résignation vis-à-vis de la force des choses; le gouvernement provisoire une fois dissous, Gênes était incorporée dans le Royaume de Sardaigne sans attendre le retrait des troupes auxiliaires anglaises. Il est évident que, sur ce point, l'accord entre Lord W. Bentinck et son fidèle Lieutenant Italien ne pouvait plus être complet. Tout italique qu'il fut, Victor de La Tour devait se rendre à l'évidence. Son ancien rêve d'amener l'Archiduc François ceindre la Couronne de Fer ne conservait plus aucune chance. De suite ses sentiments patriotiques reprirent leurs anciennes directions, et se reportèrent vers la Maison de Savoye, à laquelle il n'avait jamais cessé de prêter hommage au fond de son coeur. Dès ce moment l'annexion du pays de Gênes à la Monarchie n'eut pas d'apôtre plus convaincu. M. de La Tour n'avait pas manqué de donner à sa thèse dans un mémoire très ingénieux l'aspect qui pouvait le rendre plus agréable aux vues de l'Angleterre.

**« Quelques observations sur les variations que le Traité de Paris apporte aux rapports qui unissaient autrefois l'Autriche et l'Angleterre.
Conséquences de ces variations sur la situation politique de la Cour de Sardaigne.**

Le rapport qui plus que tout autre unissait autrefois l'Autriche et l'Angleterre, était leur intérêt commun à la défense des Flandres; l'Autriche défendait les Flandres parce qu'elles lui appartenaient; l'Angleterre les défendait parce que la conquête des Flandres donne *Anvers* et ouvre la Hollande à la France.

Actuellement l'Autriche, renonçant à la possession des Flandres, n'a plus un intérêt immédiat à leur défense; mais l'Angletterre y conserve le même intérêt qu'autrefois, et c'est sans doute pour associer une nouvelle puissance à cet intérêt, qu'elle désire l'établissement de la Prusse sur la gauche du Rhin.

Lorsque ce nouvel ordre de choses sera solidement établi par les stipulations du Congrès de Vienne, il en résultera que la Prusse sera l'alliée habituelle et nécessaire de l'Angleterre pour la défense des Flandres; et par conséquent l'Angleterre devra à son tour être l'alliée habituelle de la Prusse pour la défense des intérêts Prussiens en Allemagne. Or, les intérêts Prussiens y étant ordinairement en opposition avec les intérêts Autrichiens, l'Angleterre se trouve nécessairement souvent en opposition avec l'Autriche : circonstance inévitable d'après le nouvel ordre de choses qui s'établit et qui doit par la suite des temps, non seulement beaucoup affaiblir les rapports qui existaient entre l'Angleterre et l'Autriche, mais qui peut même en créer de nouveaux entre cette dernière puissance et la France, tels que ceux qui ont existé en 1757, lors de la fameuse alliance, dite des Grandes Puissances.

Archives de La Tour. Orio. – III, 341.

Car les agrandissements que la France obtiendrait en Flandre, pourraient se compenser par des agrandissements que l'Autriche obtiendrait en Allemagne, en Italie ou même en Turquie; et la France pourrait aisément éviter (au moins pour un long temps) de réveiller l'ancienne jalousie de l'Autriche, en portant ses vues de la Flandre sur la Hollande, et de la Hollande, sur des Colonies, et en ne croisant point celles de l'Autriche même, sur l'Allemagne et l'Italie. Les nouveaux rapports qui vont ainsi s'établir entre l'Angleterre et la Prusse, et ceux auxquels ceux-ci peuvent donner lieu, entre la France et l'Autriche, modifient plus ou moins la situation respective de tous les états de l'Europe et particulièrement celle du roi de Sardaigne.

En effet, les Princes de la Maison de Savoie ont habituellement été liés avec l'Angleterre, mais cette liaison était en grande partie le résultat de leur propre inclination; car la constante rivalité causée par les Flandres entre l'Autriche et la France leur assurait toujours, indépendamment de l'Angleterre, l'appui de l'une de ces deux puissances contre l'autre; mais actuellement que la dite rivalité peut être suspendue pour un long temps, la Cour de Sardaigne pressée entre ces deux colosses, *n'a et ne peut avoir d'autre* appui constant, que celui de l'Angleterre unie à la Prusse : car la Russie même pourrait abandonner la Cour de Sardaigne à l'Autriche pour que celle-ci lui abandonne à son tour des provinces Turques.

Ainsi, si la politique de cette Cour était autrefois anglaise par inclination, elle est aujourd'hui telle par la plus absolue nécessité, nécessité qui est un grand [gage] assuré à l'Angleterre des intentions de la Cour de Sardaigne envers elle; et cette Cour a de même un garant des intentions de l'Angleterre envers elle, puisque ses dépouilles enrichiraient ou la France, constante rivale de l'Angleterre, ou l'Autriche qui peut le devenir souvent.

Mais pour que les dites intentions de la Cour de Sardaigne soient utiles à l'Angleterre, il est évidemment nécessaire, qu'elle emploie son influence au Congrès de Vienne, pour faire acquérir à la Cour de Sardaigne un dégré de force suffisant pour que cette Cour puisse agir selon ses intentions et ses intérêts, qui dorénavant seront pour des siècles indispensablement liés à ceux de l'Angleterre; il faut donc que cette Cour, non seulement conserve, mais même fortifie sa Savoie, afin qu'elle n'ait un théâtre de guerre tout préparé contre la France.

Lorsque l'Angleterre l'inviterait à faire une diversion à la guerre de Flandre, il faut que ses états en Italie soient sensiblement agrandis, afin qu'elle puisse entretenir une armée capable d'opérer la dite diversion avec vigueur, ou d'agir en Lombardie contre l'Autriche, lorsque l'Angleterre l'inviterait à y faire une diversion aux guerres de Silésie et de Saxe. Il faut enfin, et il le faut de toute nécessité, qu'elle ait Gênes; afin d'avoir un point de contact permanent avec l'Angleterre, un dépôt pour ses trésors, ses arsenaux, etc.; et un lieu de retraite assuré pour ses armées forcées sur les Alpes ou battues dans les plaines d'Italie. Gênes défendue par une simple garnison est une place assez médiocre, mais Gênes considérée comme un camp retranché, et défendue par une armée, devient presque imprenable, et peut se considérer comme le *Torres de Vedras* de l'Italie Septentrionale où des élèves de l'immortel Lord Wellington pourraient un jour venir rallier les troupes Italiennes malheureuses et les reconduire victorieuses dans les plaines du Piémont et de l'Italie ou vers les Alpes et Lyon.

En un mot, la possession de Gênes peut se considérer comme la *sine qua non* de l'indépendance politique de la Cour de Sardaigne. Car la Savoie n'est point encore fortifiée, tout le système de défense intérieure des Alpes est détruit, et la plupart même des places du Piémont démolies; la Citadelle de Turin, et Alexandrie (commencée d'ailleurs sur un plan beaucoup trop vaste pour les moyens de cette Monarchie) n'est point encore terminée et ne peut l'être qu'avec des dépenses très considérables et plusieurs années de travaux. Ainsi, à la première bataille perdue, la totalité des états du Roi peuvent être envahis, soit par la France, soit par l'Autriche, sans qu'il lui reste un point de sûreté, non seulement pour ses armées et ses arsenaux, mais même pour sa propre famille; la possession de Gênes peut seule lui présenter un abri pour tous ces précieux objets. Gênes enfin, avec ses dépendances, *Savone, Gavi, la Spezia* et autres points forts le met à même de soutenir une *guerre d'Appenins*, même après avoir complétement perdu la *guerre des Alpes et du Piémont* : depuis Gênes il vivifierait toute cette *guerre des Appenins* et l'ancien Etat Gênois pourrait être au Piémont et autres provinces Italiennes, ce que le Portugal a été à l'Espagne.

Tandis que si Gênes n'est pas donné au Roi, ce faible et insignifiant état, éloigné de l'Angleterre, n'ayant aucun moyen de défense propre et craignant également la Cour de Sardaigne et l'Autriche, est évidemment forcé de se jeter entre les bras de la France, qui depuis Toulon peut, chaque fois qu'elle le juge convenable, y porter dans trois points une armée.

Ainsi Gênes entre les mains du Roi devient le boulevard de l'Italie Septentrionale contre la France, et Gênes, ville libre, y devient la place d'arme de cette Puissance.

On croit inutile de développer plus au long un raisonnement qui est également rendu évident par l'expérience du passé, et par les localités même, qui fixées par la nature, ne peuvent être variées par aucun traité ou stipulation; et on terminera ce Mémoire, en faisant observer que lorsque la France est engagée dans une guerre de Flandre, la diversion qui peut avoir lieu par la Savoie, vers Lyon est à cause de la distance où sont ces deux théâtres de guerre d'une nature très nuisible à la France, car le détachement de l'armée française de Flandre, qui marcherait pour s'opposer à cette diversion, resterait nécessairement plusieurs semaines en route et pendant les dites semaines il serait nul, soit pour la guerre de Flandre, soit pour celle de Savoie, ou pour mieux dire de Lyon. La même observation a lieu pour la diversion en Italie contre l'Autriche, lorsque cette puissance serait engagée dans une guerre de Silésie ou de Saxe. Si les dites diversions étaient heureuses et influaient sur les conditions de la paix : l'Angleterre payerait (pour ainsi dire) le prix de celle contre la France, en lui faisant de nouveau réunir à la Savoie, les provinces qui en ont été anciennement démembrées, telles que la Bresse, le Bugey, etc., le prix de celles contre l'Autriche serait l'acquisition de nouvelles provinces Italiennes, prix qui affermirait toujours plus la Cour de Sardaigne dans l'Alliance anglaise, et lui fournirait de nouveaux moyens de prouver sa reconnaissance à son alliée dans de semblables occasions ».

Si Lord W. Bentinck ne fut pas convaincu, du moins comprit-il les raisons de M. de La Tour et respecta ses convictions. Lorsque le Colonel Dalrymple mit sa charge de Com.t la garnison de Gênes à la disposition du nouveau Souverain, Victor Emanuel I nomma à ce poste de confiance le jeune général de La Tour (1). Lord W. Bentinck avait pris l'initiative de cette nomination qui plaçait son ancien collaborateur au premier rang de l'Armée Sarde juste au moment où celle-ci aller rentrer en campagne (2). Même avant la fuite de l'île d'Elbe, le Commandant de la place de Gênes était appelé à faire marcher son contingent de troupes anglo-sardes. C'est contre le Roi de Naples qu'il aurait du partir en guerre d'après une lettre que lui écrivait le Maréchal de Bellegarde de suite après sa nomination.

« *Milan, 1ᵉ mars 1815.*

Archives de La Tour. Orio. - Suppl. III, 150.

C'est avec le plus grand plaisir que j'ai appris, mon cher Victor et très honoré Lieutenant Général, que S. M. le Roi de Sardaigne vous avait destiné le commandement du contingent qu'elle fournit aux armées des puissances alliées et qui est placé sous les ordres immédiats du Maréchal Prince de Schwarzemberg. Quoique je sois bien sûr qu'il apprendra avec plaisir cette nomination et que votre nom ne lui est pas plus inconnu que vos talents : ce sera cependant pour moi chose très agréable que de vous munir, mon cher Victor, de la lettre que vous me demandez, et que je m'empresse de vous joindre ici. Quand vous aurez un moment de loisir vous m'obligerez de me dire de combien et comment est composé ce contingent pour ma connaissance particulière sans vouloir jamais en faire un usage officiel, mais seulement pour l'intérêt que je vous porte, mon cher ami, personnellement, ainsi qu'aux succès que je vous souhaite à tout égard pour vous et pour le bien de la cause commune.

Il aurait été à désirer qu'on vous eut chargé plus tôt de cette besogne pour que vous eussiez pu préparer vos moyens, organiser ces masses qui doivent devenir des instruments de défense et de victoire, mais enfin notre refrain doit toujours être, il vaut mieux tard que jamais. C'est à quoi nous sommes condamnés depuis longtemps et partout. On me dit que Lord Benting et les Anglais nous quittent au moment où nous nous flattions d'un

---

(1) Lettres du Marquis de Revel à M. de La Tour, du 15 mars 1815 (Archives d'Orio, III, 291-292).

(2) Lord W. Bentinck à M. de La Tour, 21 février 1815 (Archives d'Orio, III, 289).

beau débarquement de leur part dans le Royaume de Naples. Vous ne m'en dites rien quoique vous deviez en être instruit lorsque vous m'écrites, ainsi je n'ose pas vous demander le fin mot de la chose, toujours est-il fâcheux que cette mesure ait été prise précisément dans ce moment-ci où Lord Benting semblait disposé à agir et à coopérer de bon cœur contre notre ami commun le roi Murat. Rappelez-moi au souvenir de vos respectables parents, dites en particulier à Madame votre mère combien je lui suis reconnaissant de l'intérêt qu'elle me témoigne dans sa dernière lettre, mes ennuis dont elle me plaint n'ont pas cessé mais ma santé a regagné un peu depuis quelques semaines et si les tracas et les cérémonies dont nous sommes menacés par l'inauguration du nouveau règne Lombardo-Vénitien ne l'altère pas il faut espérer que la belle saison achèvera de la remettre.

Recevez tous mes vœux pour votre gloire et votre bonheur et les assurances de tous les sentiments bien affectueux et bien distingués que je vous ai voués.

BELLEGARDE ».

Le Maréchal, écrivant après la grande nouvelle, ne cachait pas ses graves préoccupations.

« *Milan, ce 22 mars 1815.*

Cet homme qui a toujours porté guignon à tous les honnêtes gens a dû être transporté par Satan son protecteur du rocher où il était relégué en France, au moment où enfin l'espoir semblait luire pour moi de vous posséder quelques jours ici, afin de me jouer encore ce mauvais tour à ajouter à tant d'autres qui ont, soit pour moi, soit pour ceux à qui je m'intéresse, empoisonné mon existence. Je regrette très fort ce contretems, mon cher général, d'autant plus que l'occasion de nous revoir pourrait bien ne plus se présenter aussi vite. Quoique l'Armée en France paraisse, en général, détestable j'aime à me flatter que cet homme ne réussira pas à chasser le roi et les Bourbons de Paris avant que la nation Française ait pu avoir connaissance des déterminations du Congrès, c'est-à-dire de toute l'Europe coalisée.

Archives de La Tour.
Orio.

N'est-il pas affreux que pour une négligence impardonnable on soit à la veille de devoir recommencer à nouvaux frais et que le fruit de tant de victoires et de sang répandu se réduise à rien? Ah! mon cher Victor, nous sommes nés dans un mauvais siècle, et où on a moins à regretter que dans tout autre de devenir vieux; car la vie y offre bien peu de bonheur. Je vous fais mon sincère compliment pour le beau poste auquel vous avez été appelé par Lord Benting.

Il a toujours su vous apprécier et il était bien tems qu'il vous tirât de la position incertaine et inactive où vous vous trouviez à Turin. Donnez-moi de tems en tems de vos nouvelles et rappelez-moi au souvenir de Mylord.

Pardon de la confusion qui règne dans cette lettre, mais je suis surchargé d'affaires et je ne veux arrêter l'expédition de l'estafette dans des circonstances où chaque moment est précieux.

Ne doutez pas de tous les bons sentiments que je vous conserve à jamais.

BELLEGARDE ».

Le désarroi n'était pas moindre sur la Rivière de Gênes où les nouvelles arrivaient de France par les voies les plus directes (1). Victor de La Tour en envoyait aussi d'Alexandrie, où se concentraient à la hâte des troupes. Toute cette correspondance révèle une agitation fiévreuse, qui n'était que trop justifiée par les expériences du passé.

« *Mon cher Général,*

Archives de La Tour. Orio. - Suppl. III, 143.

J'ai reçu votre obligeante lettre d'Alexandrie, mon cher Comte, je ne puis assez vous recommander de pousser l'affaire de l'emprunt ou du don comme on voudra, mais il est de la dernière urgence de nous fournir

----

(1) C'est à Gênes même que se renseignaient les agents bonapartistes. Tel cet Hippolite Guyon dont une lettre envoyée à la Princesse Borghese était interceptée par le Colonel Wercklein et renvoyée par lui à Lord W. Bentinck.

« *Lucques, le 24 mars 1815.*

Mylord !

Archives de La Tour. Orio. - Suppl. III, 140ᵃ.

J'ai l'honneur de remettre ci-joint la copie d'une lettre interceptée par ma vigilance, et adressée à la Princesse Pauline Borghese (soeur de Bonaparte). M. Guion en est l'auteur coupable, il se trouve à Gênes ; et c'est à cet effet que je prie votre Excellence de le faire arrêter, pour le juger de manière que votre Ex. tiendra la plus convenable aux circonstances actuelles. Les Napolitains s'avancent, et si je ne reçois pas de renfort, je serai obligé de me retirer sur Sarzana vers Gênes, pour me mettre avec le petit nombre des troupes sous les ordres de votre Excellence. J'ai l'honneur d'être, avec le respect le plus profond, de votre Excellence,   Très humble et très obéissant serviteur

WERKLEIN, Lieut.-Colonel ».

Copie d'une lettre adressée à M.ᵐᵉ la Princesse Pauline Borghese.

« *Altesse!*

Archives de La Tour. Orio. - Suppl. III, 140ᵇ.

Je pense qu'il serait peut-être difficile à votre Altesse de recevoir des nouvelles positives, ce qui me détermine à prendre une seconde fois la liberté de lui écrire. Sa Majesté marche avec la rapidité de l'éclair, elle a été accueillie à Grenoble, à Lyon avec le plus grand enthousiasme, en quittant cette dernière ville, elle prit sa direction vers Dijon. Les Régiments qui avaient été réunis pour contrarier les opérations de S. M., se sont joints à la petite troupe de l'Isle. L'Armée se refuse à opérer contre leur Auguste Chef. Elle s'estime trop heureuse de recevoir cet Aigle chéri dans les rangs. Bientôt je serai témoin oculaire de la gloire, dont va briller notre aimé Souverain ; alors j'oublierai tous les maux auxquels je suis en butte depuis un an. Puisse V. A. venir au plutôt en France recevoir les hommages qui lui sont dûs ; ce sont les voeux d'un des plus zélés, des plus fidèles serviteurs de votre Auguste Famille. Il manque deux courriers de Paris ; c'est un très bon signe. C'est à Turin qu'ils sont arrêtés. On assure que l'Empereur est arrivé dans sa Capitale. J'ai l'honneur, etc., etc.

Gênes, 20 mars 1815.   *Signé :* GUION HYPOLITE *ancien officier* ».

des fonds pour Gênes et pour le Piémont. M. Hill est parfaitement disposé, mais il faut que l'on trouve l'argent à Gênes puisqu'il est impossible de rien faire avec nos banquiers de cette ville. ⌊Par⌋ les nouvelles du midi de la France que vous aurez apprises en même temps que nous, le Comté de Nice et la Savoye sont à découvert; un coup de main peut d'un moment à l'autre y apporter les ennemis. Parlez à Lord Benting de la nécessité d'assurer les positions qui garantissent la Rivière au cas que Nice fut occupée. *Dio ce la mandi buona*, mes hommages à votre général en chef, dites-moi ce qu'il pense sur notre situation et ce qu'il fait pour notre argent.

J'ai l'honneur d'être avec une considération très distinguée, mon cher Comte

votre très humble et très obéissant serviteur
Le Comte DE VALLAISE.

Turin, le 13 avril 1815.

A Monsieur le Général DE LA TOUR, à Gênes ».

« Alexandric, dated 15 april
rec.^d at Genoaa 17 ap.¹ } 1815.

Mylord,

Le courrier de hier nous a apporté de très mauvaises nouvelles de l'Insurrection (sic) du midi. Elle est ce que l'on assure dissoute, Toulon et Antibes déclarées pour Buonaparte, et on a même tout lieu de craindre que le Duc d'Angoulême, trompé par des négociations perfides, ne soit prisonnier. Dans cet état de choses il est extrêmement probable que Buonaparte ne tardera pas à vouloir prendre part aux affaires d'Italie, ce qu'il me semble pouvoir faire de trois manières suivantes :

1° Profiter de l'éloignement de la Flotte Anglaise pour tenter avec celle de Toulon un coup de main sur Gênes.

2° Marcher par le pays de Vaud sur le Simplon.

3° Attaquer les Alpes du Piémont par la Savoie à ?..... en le Briançonnais.

Il est difficile de prévoir actuellement laquelle de ces trois choses arrivera, et le Roy m'ayant fait l'honneur de me parler hier au soir sur ce sujet m'a chargé de vous communiquer qu'il gardait le Corps d'Alexandrie dans son état naturel afin d'être prêt à le porter sur Gênes si le danger se dirige de ce côté; le dit Corps se dirigerait par Valence et Novare vers le Simplon si ce point est celui menacé et que les Autrichiens ne soient pas encore en mesure de le défendre. Enfin il forme une espèce de Réserve au système de défense des Alpes dont le Chev. de Revel est chargé avec le reste des troupes disponibles du Pays. S. M. espère ainsi avoir pourvu à la défense générale de ses Etats autant que ses faibles moyens peuvent le lui permettre, mais elle ne se flatte pas de pouvoir résister seule à une attaque sérieuse, et Gênes étant notre unique point de retraite ce Corps-ci ne doit quitter les environs d'Alexandrie qu'autant que vous jugerez cette place hors de danger du côté de la mer, chose qui me semble dépendre de l'état de la Flotte de Toulon. En attendant si nous devons nous retirer à Gênes je vous prie, Mylord, de me dire si je dois y conduire environ 900 chevaux soit deux Reg.t de Cavalerie qui font partie de ce Corps, dont la force totale est actuellement de 8100 hommes, mais que le complètement des Reg.ts devrait dans 15 à 20 jours porter à environ 12/m. hommes mais dont ce nouveau tiers sera entierement composé de recrues.

[LA TOUR] ».

Mon cher La Tour,

Archives de La Tour.
Orlo. - Suppl. III, 146.

Je n'ai pas reçu votre lettre écrite en concert avec Roburent et celle qui l'annonçait ne m'est arrivée qu'hier au soir. Stay at Alexandria as long as you please; whatever you wish to do is always right.

Ce résultat does not surprise me, but I did not exprect it so soon. And of course so much the sooner must we expect a french army in Italy. I, like a good Christian, place my whole reliance in Providenze, and this Providence is so good. that the uniform *wretchedness* and stupidity of us mortals does not seem to affect its kind dispensations in our favor. We do what we can *against ourselves but,* I hope, in vain.

Adieu and believe me

Ever yours.
W. C. BENTINCK.

Gênes, 17 avril 1815 ».

La gravité des événements avait un peu bouleversé les arrangements pris à l'avance pour le Commandement de Gênes; M. de La Tour y était bien et dûment désigné, mais avant même qu'il put exercer ses fonctions, et tandis que les restes de l'ancien état de choses conservaient à Sir John Dalrymple une sorte de situation préeminente, la crainte d'un débarquement des français décidait Lord W. Bentinck à se mettre en personne à la tête des troupes des coalisés (1). Il y eut là une épreuve singulièrement délicate pour les rapports entre Lord W. Bentinck et M. de La Tour, mais leur vieille amitié, leur entier dévouement à la cause qu'ils servaient, et le caractère calme et équilibré qui était le partage de M. de La Tour permirent de résoudre sans accrocs des difficultés si inquiétantes. Nous avons vu que M. de La Tour était à Alexandrie en train de rejoindre son poste de Gênes; il consentit à y rester, et à suppléer M. de Revel dans l'organisation de 10.000 hommes environ que le Gouvernement Sarde venait d'y

---

(1) Archives du War Office à Londres (I, 284).

assembler. Sans renoncer à son double caractère de Com.t à Gênes au nom du
Roi, et de chef de la levée Italienne à la solde de l'Angleterre, Victor de La
Tour voulut bien admettre que Lord William eut les mains libres là-bas et le
fît remplacer provisoirement par Sir John Dalrymple et par le Colonel
Burcke. Bentinck se déclarait ravi de la bonne grâce avec laquelle son
collaborateur s'était prêté à tous ces arrangements (1). Franchement il
y avait de quoi. De son côté le général Anglais prit sur lui d'obtenir de
son gouvernement que M. de La Tour sans préjudice de sa situation au
service anglais, acceptât le commandement des troupes que le gouvernement
Sarde rassemblait de tous côtés pour tenir tête aux menaces françaises (2). Les
positions respectives ainsi précisées en dépit des titres et des réglements,
mais en vue de la continuation d'une entente complète et sûre, M. de La
Tour se trouvait autorisé à tourner le dos aux difficultés de son commandement de Gênes pour préparer son entrée en campagne. Les hostilités proprement dites entre l'Empire reconstitué en France et le Royaume de
Sardaigne ne commencèrent qu'à la mi juin, mais les alarmes étaient bien
vives à la frontière française déjà deux mois auparavant, d'autant plus que
le partage de 1814 mettait les provinces de la Savoie rendues à leur Souverain héréditaire entièrement à la merci de troupes venant de la partie
française du pays. Le sentiment de cette infériorité était si répandu chez les
serviteurs les plus zélés du Roi Victor Emanuel, que dès le mois d'avril
les instructions avaient été données pour replier les troupes sur la grande
ligne des Alpes.

« Le 10 avril 1815.

A Mons.r le Cheval.r Réan, Col.nel du régiment d'Ivrée à Lanslebourg.

D'après les instructions que j'ai reçues de S. E. le Chev. de Rével   Archives de La Tour.
pour la conduite à tenir en cas d'événement, et d'après ce qu'il m'enjoint   Orio. - III, 293-1.
d'en donner de semblables à messieurs les Commandants des Corps, qui
sont sous mes ordres, j'ai l'honneur de vous adresser copie de celles que
j'ai donné à M. le Chevalier Maréchal lieutenant colonel de Savoye (3), commandant le poste d'Aiguebelle, laquelle suffit pour vous instruire des ordres,
et des intentions du Général en chef.

Je joindrai, en ce qui vous regarde particulièrement, qu'aussitôt dans
le cas prévu par les dites instructions, vous apprendrez par M. le Chev.
Maréchal les mouvements qu'il serait nécessité de faire pour s'y conformer,
il vous faudra en donner [communication] immédiatement par estaphette au

---

(1) Lord W. Bentinck à Lord Bathurst (Gênes, 23 avril 1815; War Office, I, 284,
Dépêche N° 15).

(2) Correspondance échangée entre Lord Bathurst, Lord W. B. et M. de La Tour
pendant le mois de mai 1815; War Office, I, 284.

(3) Gaspard de Mareschal-Saumont, page du duc de Chablais, avait été l'année
précédente capitaine des volontaires Savoyards. Il était devenu de suite lieut. colonel
du régiment de Savoie (FORAS, oeuv. cit., p. 359).

Général en chef, et à celui qui commandera à Suze, et marcher avec pour le moins trois des vos compagnies jusque vers S.t Michel pour le soutenir en cas de besoin, observer les avenues des Palibiers et du col de Valminière, où plus avant, s'il le faut, jusqu'à St. Julien, ou Villar Clément, prendre le commandement de tout le corps, dont les mouvemens doivent avoir pour but de résister autant que possible dans les gorges, et retarder par tous les moyens la marche de l'ennemi sans cependant se compromettre dans des positions qu'on ne pourrait pas remplir.

Arrivé, en tous cas, au Mont-Cénis, monsieur le Colonel Chev. Réan prendra toutes les premières mesures pour assurer la défense de ce poste, en attendant les ordres ultérieurs qui lui parviendront certainement alors de la part du Général en chef.

Ces instructions sont toujours subordonnées aux nouveaux ordres qui pourraient lui parvenir d'ordre du Roy, ou du dit Commandant en chef, ou aux changemens de circonstances occasionnées par l'arrivée de renforts, et d'instructions nouvelles.

Monsieur le Chev. Réan voudra bien toujours dans les rapports qu'il serait nécessité de faire dans les cas prévus cy-dessus, au ministre de la guerre, au général en chef, ou à celui qui commanderait à Suze, faire sentir constamment la quantité de fond que l'on a, ou que l'on n'a pas en munitions de guerre.

Signé ROBILANT.

N. B. — Par ordre postérieur il a été ordonné au Chev. de Maréchal que dans le cas où sa retraite aurait été poursuivie vivement par de la cavalerie, il devint impossible par la Maurienne, de tâcher de se jeter en Tarentaise par le col de la Magdelaine ».

« Instructions secrètes à M. Le Chevalier De Mareschal, Lieutenant Colonel de Savoie, Command.t à Aiguebelle (par le Lieut. Général Command.t en Chef S. E. C.t La Tour).

12 avril 1815.

D'après les instructions que S. E. le Lieutenant Général, Commandant en chef a donné au soussigné, les Troupes, qui vont maintenant en Savoie, ont pour objet de maintenir la tranquillité, et d'empêcher que les menaces, la séduction ou l'abandon ne détachent ces provinces. Il doit néanmoins en cas de rassemblement nombreux de troupes sur la frontière annonçant positivement une attaque imminente se retirer par la Tarantaise.

Dans ce cas, et dans celui-ci où il ne fut plus possible de communiquer de Montmeillan à Aiguebelle, Mons. le Lieutenant Colonel, Chevalier de Maréchal en fera passer le rapport par estaphette à M. le Chevalier Réan, colonel du Régiment d'Ivrée, à Lans-le-bourg, et à St. Jean de Maurienne, et retirera sa Compagnie du Rég. de Savoie plus près de son poste, soit pour lui servir d'Avant-Garde, que pour la porter, au besoin du moment, sur Aiton, et cependant il tâchera, sans se compromettre contre des forces trop supérieures, de se tenir à Aiguebelle, ou sur la hauteur de Charbonnières, tant que le soussigné pourra se soutenir à Conflans, où il a ordre de résister autant que possible, et retarder la marche de l'Ennemi. On procurera de communiquer pour les ordres et rapports par Aiton, et St. Hélène, ou bien par les passages qui aboutissent à St. Paul.

Lorsqu'il aura avis sûr d'attaque imminente avec des forces supérieures, alors il se retirera sur St. Jean de Maurienne, se faisant soutenir par la Compagnie du Régiment d'Ivrée, qui est établie en cette ville, à laquelle il aura de suite envoyé l'ordre de se porter à sa rencontre, jusqu'aux hauteurs sur le grand chemin, en avant de la Chambre et plus s'il le faut pour protéger, au besoin, sa marche.

Arrivé à St. Jean de Maurienne il placera un avant-garde au Pont de la Dénise, et enverra de suite une compagnie prendre poste à Villar-Clément pour s'assûrer du pont du même nom. On communiquera pendant ce temps avec le Quartier Général de la Tarantaise, premièrement depuis la Chambre et St. Jean par le Col de la Magdelaine, et depuis St. Jean et St. Michel par les Encambres.

Dans la supposition que les troupes ennemies continuent avec supériorité leur marche sur lui, après qu'il aura, au possible, donné le plus de temps à St. Jean pour évacuer ce qui peut appartenir au Roi dans cette ville, il ne compromettra point son monde dans des positions passagères, qu'il ne pourrait pas remplir; mais d'après les ordres de M. le Colonel, actuellement commandant les troupes à Lans-le-bourg, lequel, à moins de dispositions plus récentes, et contraires du Général en chef aura avancé avec quelques forces vers St. Michel, il continuera sa retraite par étapes, et par échelons jusqu'au Mont-Cénis, laissant une assez forte arrière-garde à Lans-le-bourg, jusqu'à nouvel ordre du Général en chef, ou de l'officier Général, qui commandera soit au Mont-Cénis qu'à Suse, à qui on aura fait passer directement les rapports de la retraite, à mesure qu'elle s'opère, et en même temps depuis Modane, Thérmignon, et Lans-le-bourg, on communiquera au possible avec Tarantaise par le Col de Vannoise. Pour ce qui concerne la nature de cette correspondance, lorsqu'on ne trouvera pas de personnes assez sûres pour cela, on les exécutera par un ordre aux Syndics des villages de montagnes intermédiaires, de les faire passer de Poste en Poste, sous leur responsabilité jusqu'au Quartier Général en Tarantaise.

Le cas échéant d'exécuter les présentes instructions, on aura soin d'avoir toujours prêts, à disposition, près de cantonnements et consignés à la Garde, les moyens de transports, qu'on fera fournir avec leurs conducteurs par les Communes, où la troupe se trouve, à l'objet de transporter les bagages et les malades. Ce convoi dans la retraite devra constamment au possible précéder d'au moins une heure la Colonne.

Le plus grand ordre est recommandé pendant la marche soit de jour que de nuit. La tête doit marcher lentement, jamais les officiers ne doivent pour nulle raison quitter les postes, qui leur sont assignés; enfin aucun individu ne doit s'écarter sans permission spéciale de son supérieur immédiat.

Les ordres que dessus, en cas d'événement qui put interrompre les communications, doivent être tenus dans le plus grand secret, et communiqués à personne, qu'à l'officier, qui pourrait se remplacer dans le commandement, comme une règle de conduite, à tenir dans pareil cas.

Par M. le Chevalier Maréchal, elles seront toujours subordonnées aux dispositions plus récentes, qui pourraient lui parvenir du soussigné, ou de S. E. le Général en chef.

Signé ROBILANT ».

Depuis la fin de mars, jusqu'à la moitié de juin le Comte de Robilant, et le Comte d'Andezeno qui successivement commandèrent les 3000 hommes stationnés dans le Duché de Savoye, épuisèrent leurs faibles forces en les disloquant sans cesse pour couvrir tout le pays et faire illusion aux français, qui étaient en train de se concentrer près de Chambéry (1).

L'invasion de la Savoye de la part des troupes du Maréchal Suchet eut lieu le matin du 15 juin, et ne fut guère précédée d'une déclaration de guerre. En 1792 le général de Montesquiou n'avait presque pas trouvé de résistance pour s'emparer de tout le Duché, qui présentait encore par son unité une ligne de défense assez plausible; en 1815 les 12.000 hommes qui envahirent les 4 provinces de Tarantaise, Maurienne, Faucigny, et Chablais, véritables tronçons de l'ancien Duché, se heurtèrent à la vaillance des 3000 hommes du Général d'Andezeno, et ce ne fut qu'à la suite de combats meurtriers qu'ils parvirent à les refouler jusqu'au bas des grandes Alpes. Le 20 juin toutes les troupes Sardes avaient reculé jusqu'à cette ligne de défense, mais elles gardèrent toujours une précieuse base d'opération au de là de la ligne de partages des eaux.

Le Général de La Tour s'était déjà mis d'accord avec ses collègues Autrichiens qu'il était allé voir à Milan, sur la marche à suivre dans l'éventualité, prévue depuis deux mois, d'une incursion française dans le Duché. Il était en rapports constants avec le général Bubna, et lui transmettait à fur et à mesure les informations qu'il recevait de la Savoye.

« Ce 16 juin 1815.

Archives de La Tour.
Orio. - III, 298.

Quoique je partage entièrement votre opinion sur la nouvelle de Savoie, je trouve cependant réflection faite, qu'il serait peut-être prudent, d'arrêter les troupes du Roi, pendant 24 heures à Suse, pour les diriger par le Mont Cénis en cas de besoin.

---

(1) COMTE THEOPHILE DE VILLETTE CHIVRON, *Relation militaire des principaux mouvements et combats de l'Armée Austro-Sarde commandée par S. E. le Feld Maréchal de Frimont dans la campagne de 1815*; Turin, chez D. Pane.

On en imposerait au moins à l'Ennemi et on grossirait le nombre des troupes qui s'y rendront incessamment.

Je vous prie de me communiquer, en échange, les nouvelles de la Savoie, si vous en recevez dans la journée.

Je vous salue bien cordialement

B[UBNA] M. ».

Des notes et des instructions adressées par le général Frimont désigné au commandement en chef précisaient le rôle du Piémont dans la lutte qui allait s'engager.

« *A Monsieur le Comte* DE LA TOUR *Lieut.! Gén.ᵃˡ*
Commandant les Troupes du Contingent de S. M. le Roi de Sardaigne.

(1815 juin).

Monsieur le Comte,

J'ai l'honneur de vous remettre ci-jointe copie de l'instruction donnée au lieutenant général Comte Bubna (1) concernant les dispositions pour l'ouverture de la campagne. Il y est pourvu à l'emploi tant des troupes Autrichiennes que de celles de S. M. le Roi de Sardaigne sous vos ordres.

Je vous prie de vous concerter avec M. le Comte de Bubna sur les moyens d'exécution.

FRIMONT ».

« *Monsieur le Comte,*

J'attends depuis longtemps inutilement l'arrivée de M. le Comte de St. Marsan (2) afin de pouvoir mettre à exécution la convention qui aura été conclue avec l'Autriche relativement au contingent de sa M. le Roi de Sardaigne et au mouvement en avant de l'Armée Autrichienne; cependant l'époque à laquelle les opérations générales doivent commencer semble être très prochaine et l'Armée Autrichienne se trouve encore trop éloignée des frontières de la France pour garantir le Piémont et pour assurer les débouchés qui seront nécessaires à ses opérations offensives et empêcher l'ennemi de s'en rendre maître en nous prévenant. Comme vous vous êtes présenté à moi en qualité de commandant général du Contingent Piémontais j'ai l'honneur d'appeler votre attention sur les dispositions, qu'en vertu

---

(1) Le général Bubna avait occupé Turin pendant plusieurs mois, ses troupes y étant logées chez l'habitant (Gen. E. DELLA ROCCA, *Autobiografia di un veterano*, Bologna, 1897, 2e ed., p. 16).

(2) Le marquis Asinari di San Marzano (1761-1842), dernier ministre de la guerre de Charles Emanuel IV avant son départ de Turin, avait été fait comte par Napoléon qui lui confia son ambassade de Berlin (1809-1813). Cfr. la n. 3 à p. 13.

du traité qui certainement aura été conclu, je désirerai voir mettre à éxécution par le contingent Piémontais afin que l'éloignement dans lequel est retenue l'armée Autrichienne jusqu'à l'arrivée de M. de St. Marsan ne compromette pas la sûreté du Piémont et ne soit pas nuisible aux opérations générales des Hautes puissances alliées. Ces dispositions consistent en général dans une telle occupation des frontières, que la possession des débouchés, nécessaires à nos opérations futures, soient assurée, et que le Piémont soit garanti contre des invasions partielles. Ce double but peut être atteint, je crois, Monsieur le Comte, en y employant le contingent dont vous faites monter la force de 15 à 17 mille hommes, ainsi que la troupe destinée à la défense de l'intérieur. Il n'échappera cependant pas à votre attention, que les Etats de S. M. le Roi de Sardaigne ne peuvent pas être garantis d'une invasion que tenterait une armée ennemie aussi longtems que l'armée Autrichienne d'Italie ne prendra pas les positions, qui seraient nécessaires à leur défense.

En vous faisant communication de mes projets sur l'emploi de Votre troupe, je dois établir la différence des troupes qui forment le contingent, et celles qui ne sont point destinées aux opérations offensives contre la France. Je désire que le contingent soit établi sur les points dont la possession est essentielle aux opérations générales, et vis-à-vis desquelles l'ennemi a fait des préparatifs plus considérables; il serait à souhaiter, que les débouchés les moins menacés, et les moins importants soient gardés par l'armée de l'intérieur jusqu'à ce que les détachements nécessaires de l'armée Autrichienne d'Italie auront pu y arriver. Parmi les premiers points sont compris les débouchés depuis le Petit St. Bernard jusqu'inclusivement au mont Genèvre, et parmi les derniers ceux de la Vallée de Stura, le Col de Tende et la route de Gênes à Nice (1). Comme l'occupation et la défense d'une chaîne de montagne aussi étendue avec un petit nombre de troupes peut bien plutôt s'obtenir par des colonnes mobiles toujours tenues à portée de se porter rapidement au point menacé, que par l'occupation de positions aux frontières, il ne s'agirait en général, que d'établir aux frontières une chaîne d'avant postes à peu près égale à celle de l'ennemi, d'en observer les intervalles par des patrouilles continues; mais d'établir le gros des troupes sur les derrières et sur de tels points de manière à pouvoir dans le délai de tems le plus court possible en rassembler le nombre nécessaire pour marcher à la défense de chacun des points principaux. La position avancée et isolée de la Savoye rend nécessaire que le gros du contingent soit divisé en deux parties principales :

La première qui sera poussée en avant pour couvrir la Savoye et assurer le Petit-St.-Bernard, la seconde qui sera placée en avant de Turin prête

---

(1) Nice venait de rappeler, par un élan presque unanime de ses habitants, le paternel régime de la Maison de Savoye, choix ratifié d'ailleurs par le Congrès de Vienne (G. ANDRÉ, *Nizza*, Nice, 1894, ch. XXIX).

d'après les circonstances à se porter au Mont-Cénis, ou au Mont-Genèvre. Ces deux derniers débouchés étant les plus intéressants, et d'une importance plus décisive, il en résulte, que le corps devant Turin doit être plus considérable que celui qui sera chargé de couvrir les débouchés du Petit-St.-Bernard. Il résulte de même de la nature d'un pays de montagne la nécessité d'établir entre les avant-postes et le gros, à des intervalles mesurés, des soutiens en échelons, seul moyen qui donne la possibilité de retarder la marche de l'ennemi, et de profiter de tous les avantages que présente le terrain sans s'exposer à des pertes considérables par le danger d'être tourné. Le gros des troupes destiné à occuper les Vallées de l'Arve et de l'Isère doit être placé de l'autre côté des Alpes en Savoye; mais comme celui qui est destiné à servir de soutien aux troupes qui occupent la Maurienne se place en avant de Turin et se trouve par conséquent trop éloigné pour, en cas d'une attaque de l'ennemi, arriver assez à tems pour tirer parti des avantages que présente le terrain dans la vallée, et couvrir les positions de Conflans et de Moutiers dans leur flanc gauche, il en résulte la nécessité d'établir un poste principal dans la partie supérieure de la Maurienne en arrière de Modane.

Par cette disposition le reste de la frontière ne se trouverait pas occupé par le reste des troupes du contingent, et je ne puis qu'exprimer le désir de le voir observer par des détachements de l'Armée royale destinée à couvrir l'intérieur. La ligne de Savigliano à Coni paraît être la plus propre pour y établir un gros qui d'après les circonstances pourrait agir ou dans la Vallée de la Stura ou vers le Col de Tende, tandis que le Corps déjà établi au Var recevrait en cas de besoin des secours soit du Col de Tende soit de Gênes. Je n'ai pas besoin de vous faire remarquer, Monsieur le Comte, combien il est intéressant de profiter avec activité des moments, qui s'écouleront encore avant le commencement des hostilités, pour disposer aussi vite que possible tout ce qui peut contribuer à nous assurer les avantages du terrain pour le commencement de nos opérations, et compléter tellement l'organisation, l'armement, l'équipement de nos troupes, qu'elles se trouvent à même de pouvoir agir dès le premier jour de la guerre.

J'ai l'honneur de vous joindre ici deux tableaux, qui indiquent les dispositions organiques de notre armée pour assurer les besoins en subsistance et en munition de guerre; ils pourront vous être utiles pour d'après la même échelle établir l'organisation de ces deux branches de service.

Veuillez agréer, Monsieur le Comte, l'assurance de ma haute considération.

FRIMONT.

Au quartier général de Milan, le 7 juin 1815.

A M.ʳ le Comte DE LA TOUR, *Lieut. Général etc. etc. ».*

CHAPITRE IX.

Campagne de Grenoble.

L'armée autrichienne se mit en mouvement le lendemain du jour où avait eu lieu l'entrée des Français en Savoye; le baron de Frimont se rendant bien compte de l'importance qu'avait pour lui le choix d'une bonne base d'opération dans le Vallais, s'appliqua à faire croire que sa marche était dirigée vers l'Ouest. Trompés peut-être par cette apparence, les Français lui laissèrent le loisir de jeter rapidement des troupes au Nord par le Simplon et le Grand St. Bernard, et de s'emparer de l'excellente position de St. Maurice (1).

Avant la fin du mois les coalisés se trouvaient en mesure de soutenir les quelques troupes Sardes du Régiment de Monferrat qui avaient su se maintenir dans le Faucigny, mais qui se trouvaient à la veille de lâcher prise. Le 29 juin en vertu d'une sorte d'armistice les deux provinces septentrionales furent évacuées par les Français, le 30 le baron de Frimont entrait dans la ville de Genève. Le général Autrichien Trenck et le Piémontais d'Andezeno, avaient été chargés de reconquérir la vallée de l'Isère; ils s'y adonnèrent avec une belle fougue militaire. Un combat meurtrier s'engagea au Pont de l'Arly, entre Conflans et l'Hôpital. M. d'Andezeno y perdit beaucoup de monde pour se maintenir jusqu'à l'arrivée des renforts Autrichiens, sous le feu des Français, savamment dirigés par un tout jeune colonel, le futur maréchal Bugeaud (2).

Le général Bubna opéra dans la Maurienne, et sut s'en emparer, selon son habitude, par de savantes marches et contremarches, qui donnaient aux Français la sensation d'être tournés, et les faisaient reculer sans cesse, presque sans coup férir. Ce général parvint de la sorte jusqu'à Aiguebelle et fut bientôt maître de Montmelian et de Chambéry. Il se trouva si bien de sa métode, qu'il continua à s'en servir même au de là de Chambéry pour tourner le défilé de la Grotte et pénétrer dans le massif de montagne qui semblait lui barrer le chemin. L'on ne doit pas cacher que la présence, dans les rangs des coalisés, d'officiers ardemment royalistes et connaisseurs du pays, tels que le Ch. Télémaque de Costa et le comte Clermont de Vars, facilitèrent la tâche du général Bubna (3). Le 4 juillet arriva à Chambéry le corps de M. de La Tour; il était parti le dernier, mais par des marches forcées avait pu rejoindre la ligne d'attaque où se

---

(1) Ce plan de campagne est bien saisi par l'abbé L. ANELLI, *Storia d'Italia dal 1814 al 1863*, Milano, 1864, vol. I, ch. I.

(2) Thomas Robert Bugeaud de la Piconnerie (1784-1849), vétéran des guerres de l'Empire, futur dompteur des résistances algériennes, arrêta à Conflans avec moins de deux mille français presque six mille austro-sardes.

(3) COMTE DE VILLETTE, *Relation* citée, pages 66-68.

trouvaient à ce moment les autres corps, il allait même les dépasser, car son avant-garde avec le comte Gifflenga continua à avancer par la vallée de Pont-Charrat et le soir même du 4 juillet elle était en vue de Grenoble.

Le troisième corps d'armée, qui était mis sous les ordres du lieutenant général de La Tour, était loin d'avoir à ce moment tout son effectif; une partie de ses hommes était restée avec M. d'Andezeno, fort éprouvé par la bataille de Conflans. Une brigade, celle du comte de St. Michel, avait dû être détachée sur Cézannes pour surveiller la garnison de Briançon; c'était néanmoins au corps de M. de La Tour que devait échoir la tâche la plus rude de toute cette guerre du Midi. Si l'on en excepte la bataille de Conflans, les généraux Frimont, Bubna, Trenck ne se heurtèrent qu'à une résistance qui allait en faiblissant sous le coup des nouvelles désastreuses, qui arrivaient aux Français des champs de bataille du Nord.

Il devenait évident, après Waterloo, que la partie était perdue pour Napoléon (1), et la plupart des officiers, qui avaient déjà à se faire pardonner leurs égarements du mois de mars, ne se souciaient guère de faire du zèle, se contentant d'accomplir strictement leurs devoirs professionels. Mais, dans certaines villes où l'esprit de la révolution gardait encore une grande vivacité, la lutte contre l'invasion s'alimentait de toutes les passions qui pouvaient la faire envisager en même temps comme une guerre nationale, et comme une guerre de parti.

Grenoble était du nombre; des gardes nationaux mobilisés, décimés par la désertion, mais réduits par ce fait même aux éléments les plus exaltés présidaient la ville et renforçaient les faibles contingents de troupes régulières. Le général Motte Robert, gouverneur de la place, le général Auguste Develle et le général Chabert, qui avaient différents commandements dans la ville, étaient résolus à ne pas transiger avec les Bourbons, et, se sentant soutenus par l'ardeur patriotique d'un grand nombre d'habitants, se préparaient à une défense opiniâtre. Le 8 juin les habitants avaient reçu l'ordre de s'approvisionner pour six mois, ou de quitter la ville. On établit un grenier d'abondance, des contributions extraordinaires furent levées, par des excavations et de barrages on remplit d'eau les fossés, des maisons hors de l'enceinte furent rasées. Depuis plus d'un mois la ville était en état de siège (2).

Un moment l'on put croire que les négociations entamées par le général Frimont, qui s'était ouvert un passage dans le Jura, auraient amené l'occupation pacifique de la ville de Grenoble en même temps que celle de

---

(1) Il faut lire les lettres de M. de Bertrand à M.me d'Albany, qui comme le fait observer M. Pélissier, « donnent toute la philopohie de 1815 ». (L. G. PÉLISSIER, *Le portefeuille de la comtesse d'Albany*, Paris, 1902).

(2) Documents de la Bibliothèque de Grenoble et des Archives de la Préfecture de l'Isère. Nous en devons la communication à l'obligeance de M. le Comte de Linage. Les recherches poursuivies par ce gentilhomme, non moins aimable qu'érudit, nous ont été de la plus grande utilité.

Lyon. L'on sait qu'un armistice suspendit les hostilités de l'armée des Alpes, et des demandes de rations furent adressées en conséquence par les troupes Alliées à la Municipalité de Grenoble, mais soit que celle-ci ne fut pas en état d'y faire face, ou qu'elle ne le voulut point, soit pour d'autres raisons d'ordre plus général, la lutte fut reprise dans le Département de l'Isère. Le fort de Barreaux établi sur la rive droite de l'Isère et commandant la vallée aurait pu être le théâtre d'un premier combat, mais les 600 hommes de la garnison, voyant s'avancer une troupe dix fois plus nombreuse, se tinrent tranquilles et la laissèrent passer. Cette circonstance, et les informations quelque peu tendencieuses apportées au quartier général piémontais par des français royalistes, dont le plus marquant était le comte Jules de Polignac, firent croire à M. de La Tour, qu'il était possible de s'emparer de Grenoble par un coup de main. Dans la nuit du 5 au 6 juillet, après avoir chargé le Comte de Robilant de faire une diversion, M. de La Tour s'avança rapidement avec le gros de ses troupes sur les fauxbourgs Trois Cloîtres et St. Joseph.

De grand matin et par un bel élan, les troupes piémontaises renforcées par quelques hussards Autrichiens, débusquèrent les Mobiles Français de ces fauxbourgs, et se crurent au moment de pénétrer dans la ville à leur suite. Mais Joseph Develle, frère du général, et commandant de l'artillerie, fit porter rapidement deux canons, qui mitraillèrent les assaillants et les arrêtèrent net, les forçant à se réfugier dans les maisons des fauxbourgs. Pendant 4 heures un combat acharné se poursuivit, entre les troupes Sardes abritées tant bien que mal par des maisons, et les défenseurs des remparts. Les Piémontais étaient naturellement plus exposés et essuyèrent avec intrepidité de grandes pertes; de leur côté, les habitants de Grenoble se désesperaient de voir leurs fauxbourgs réduits en un monceau de ruines fumantes. L'artillerie Piémontaise bien dirigée avait aussi occasionné des incendies dans l'intérieur de la ville; cependant M. de La Tour n'avait pas encore avec lui un véritable parc de siège, la lutte menaçait de se prolonger et de devenir de plus en plus meurtrière. Un peu avant midi le général de La Tour accueillant la proposition du général Gifflenga fit suspendre le feu et envoya un parlementaire faire une sommation, et proposer une suspension d'armes de trois jours pour enterrer les morts. Le général Motte Robert accueillit très volontiers ces ouvertures.

Dans l'après-midi M. de La Tour écrivit au général Bubna pour lui demander un renfort d'artillerie; faisant droit en partie à cette requête, le Major Gén. Andezeno fut dirigé sur Voreppe avec trois bataillons. Le Gén. Bubna ne croyait pouvoir se priver de sa grosse artillerie au moment même où il allait marcher sur Lyon.

M. de La Tour rendit compte de son succès partiel au général Frimont, qui parut préoccupé de l'énergie de la résistance et se garda bien de pousser M. de La Tour à s'engager à fond.

« A M.ʳ le C.ᵗᵉ DE LA TOUR, *Lieutenant Général et Comm.ᵗ en Chef
le Contingent de S. M. le Roi de Sardaigne.*

Pont Bellegarde, 8 juillet 1815.

Monsieur le Comte,

Je viens de recevoir le rapport que vous avez bien voulu m'adresser en
date d'hier, 7 juillet.

J'ai l'honneur de vous observer, que le grand objet des opérations de
l'armée d'Italie a été jusqu'à présent la prise de Lyon, comme le point
central du midi et de ses ressources, de même que le point de ralliement
de l'armée ennemie. Je n'ai donc pu regarder Grenoble, que comme un
point dont il fallait se garantir pour la sûreté de la gauche de nos opérations. M. le comte de Bubna a cru remplir cet objet, en vous priant,
Monsieur le Comte, de vous en approcher et de l'occuper assez pour le
rendre inutile. Je n'y mets d'autre importance pour le moment, et si d'un
côté il serait agréable de s'en rendre maître d'abord, il n'en est [pas] moins
vrai, que la prise de Grenoble n'est point maintenant un objet de la première importance ; et que notre but commun est rempli, si vous voulez bien
empêcher sa garnison d'agir en dehors.

Vous jugerez d'après cela, Monsieur le Comte, si au moment où nous
devons nous occuper de la prise du Camp retranché de Lyon, ce soit une
chose à faire que de faire des détachements en arrière du corps d'armée de
M. le comte de Bubna. Cependant il m'apprend qu'il vient de détacher
le général C. d'Andezeno pour vous joindre à Grenoble. Le dit Général
vous eut assurément envoyé un plus gros calibre en artillerie s'il pouvait
en disposer. Je suis persuadé pour ma part, que si d'après la situation de
la place que vous me décrivez l'ennemi veut se défendre tout de bon, il
ne vous sera pas facile d'ouvrir une brèche et d'en profiter sans essuyer
de grandes difficultés, mais si l'esprit de parti s'était mis dans la ville, les
canons de 8 bien disposés et menaçants les propriétés feront bientôt naître
des sentiments pacifiques. Je ne puis donc que vous conseiller, Monsieur
le Comte, en cas d'impossibilité de vous maintenir dans les fauxbourgs,
de vous en retirer et de vous borner pour le moment au seul objet nécessaire de garantir le derrière et le flanc du Corps qui s'avance vers Lyon.

Dès que le but principal sera atteint, je ne manquerai pas de vous
faire joindre par tous les renforts qui pourront vous être utiles.

FRIMONT, gén. ».

Bien loin de renoncer à s'emparer de suite de la ville de Grenoble,
M. de La Tour profita de l'armistice pour préparer une nouvelle attaque,
il étudia soigneusement le terrain, prit des précautions pour empêcher une
surprise du côté de Gap, tandis que les troupes d'Andezeno prenaient
position sur l'autre rive de l'Isère.

A l'intérieur de la ville, les partisans de la résistance perdaient terrain d'heure en heure, l'on sentait bien que l'on marcherait à une boucherie inutile, qui aurait été sans influence sur l'issue finale. Le 8 juillet le Conseil Municipal tint séance; les membres les plus exaltés furent mis à la porte, et la majorité convertie à l'idée d'une capitulation dépêcha six de ses membres (dont était monsieur Beyle père de Stendhal) au général Motte Robert. On lui demanda d'obtenir une prolongation de l'armistice, qui allait expirer le lendemain à midi. Le marquis Planelli de La Vallette, qui avait été maire de Grenoble avant les Cent jours, s'offrit pour négocier. Après avoir un peu regimbé le général Motte Robert se plia à écouter ces ouvertures. Il eut plus tard une entrevue avec le général Gifflenga, qui agissait en conformité des instructions de M. de La Tour.

Une députation du Conseil Municipal, le maire en tête, se rendit le matin du 9 juillet au quartier général Piémontais; il fit acte de soumission, et parut très impressionné des mesures prises pour cerner la ville.

Les pourparlers recommencèrent, et avant l'expiration de l'armistice, la capitulation suivante fut signée. Les apostilles mises en regard, sont de M. de La Tour.

Capitulation.

Archives de La Tour. Orio. - IV, 301.

Ce jour d'hui neuf juillet 1815 la capitulation ci après a été arrêtée entre M. M. colonel du génie d'Haut-Poult, Nöel commandant l'artillerie de la place, et Falcon commandant la garde nationale de la ville de Grenoble, tous les trois munis de pleins pouvoirs de M. le Baron Motte maréchal de camp commandant supérieur la place de Grenoble d'une part, M. le Major général Comte Gifflenga, muni de pleins pouvoirs de S. E. M. le Lieutenant Général Comte de La-Tour commandant les troupes Austro-Sardes sous la place de Grenoble; d'autre part; il a été convenu

ART. PREMIER.

La garnison sortira avec armes et bagages, et emmenera quatre pièces de canon attelées avec leurs caissons; elle ne sera point prisonnière de guerre, et pourra se replier sur les avant-postes les plus près de Grenoble.

Accordé pour ce qui regarde la garnison qui n'emmènera qu'une seule pièce avec son caisson que S. E. le Lieutenant Général Commandant en chef, accorde à M. le Maréchal de camp Motte et à sa brave garnison.

ART. DEUXIÈME.

Il sera dressé un inventaire de l'artillerie de la place, ainsi que de tout le matériel de l'artillerie et du génie existant soit dans les magasins, soit dans la place, et tous les objets qui seront portés sur le dit inventaire seront rendus par les troupes alliées lors de l'évacuation de la place. Les Directeurs d'artillerie et du génie resteront dans la place le temps nécessaire pour dresser les inventaires conjointement avec les Commissaires des troupes alliées.

Accordé quant à l'inventaire, mais on se règlera d'ailleurs à cet égard, de la même manière qu'il aura été convenu par les Généraux alliés qui occupent d'autres places de France.

Accordé.

Il sera délivré des passeports pour l'ancienne France dans les limites du Traité de Paris.

Rien ne sera détruit des magasins qui seront remis à M. l'Intendant général des armées alliées.

Approuvé.

Provisoirement la Garde nationale gardera ses armes; elle fera le service si le Général La-Tour le juge; il interposera ses bons offices auprès de S. E. le Général en chef, Baron de Frimont, pour qu'elle soit maintenue en activité, pour ce qui regarde les couleurs, on s'en rapporte à l'art. de la proclamation de S. E. le Général en chef Baron de Frimont.

Accordé.

Convenu.

Art. troisième.

Il sera fourni à la garnison les voitures nécessaires pour le transport de leur bagages.

Art. quatrième.

Il sera délivré des passeports aux personnes soit civiles soit militaires qui voudront se rendre chez elles, dans le cas où leur pays serait occupé par les troupes alliées.

Art. cinquième.

Tous les magasins de siège en vivres, fourrages, hôpitaux et bois de chauffage, seront remis sur inventaire par le commissaire des guerres de la place à M. l'Intendant général de l'armée.

Art. sixième.

Les militaires français qui se trouvent dans les hôpitaux de la place continueront d'y être traités avec tous les soins et toute l'humanité possibles jusqu'à ce qu'ils puissent être évacués sur l'une des villes non occupées par les puissances alliées.

Art. septième.

La Garde nationale urbaine, y compris la compagnie des Pompiers, forte de neuf cent cinquante hommes, conservera ses armes pour veiller et concourir avec les Puissances alliées au maintien de l'ordre et de la tranquillité publique, et jusqu'à ce qu'il en soit autrement ordonné par le Gouvernement Français, elle conservera les couleurs qu'elle porte à son drapeau.

Art. huitième.

Les propriétés seront respectées et tous les citoyens protégés, quelques soient les circonstances que ce soit.

Art. neuvième.

La garnison évacuera la place aujourd'hui neuf juillet à sept heures du soir; à une heure après midi, les portes de la rive gauche de l'Isère seront remises aux troupes des Puissances alliées, qui placeront une compagnie à chaque porte.

	ART. DIXIÈME.
Il est répondu à cet article par la proclamation de S. E. M. le Général en chef Baron de Frimont.	Il ne pourra être mis aucune contribution extraordinaire sur la ville de Grenoble, les contributions ordinaires pourront être exigées.

Fait à double à Grenoble, le 9 juillet 1815.

Signé :

Le Major-Général Comte de Gifflenga.
A. Noel.
D'Haut-Poult.
Le Colonel Falcon.

Ratifié par nous Maréchal de Camp Commandant supérieur de la place de Grenoble, Baron de l'Empire, Officier de la Légion d'honneur.

Motte ».

Ces conditions honorables avaient été méritées par la bonne contenance, qu'avaient fait les défenseurs. L'entrée des troupes Sardes dans la ville eut lieu dans la soirée même sans incidents. M. de La Tour établit son quartier général à la Prefecture. Le maire engagea par une proclamation les habitants à faire bon accueil aux Austro-Sardes, de son côté le général de La Tour émana une proclamation digne et calme, qui laissait d'ailleurs comprendre de quelle main ferme il aurait réprimé tout mouvement hostile (1). M. de La Tour nomma son chef d'Etat Major, le C. de Robilant, Gouverneur provisoire de la ville, mais il s'empressa de charger le C. Reviczky (2) fonctionnaire Autrichien, pour tout ce qui avait trait à l'Administration civile et économique. Les difficultés, que souleva l'application des pactes du 9 juillet par égard au choix de la cocarde et aux approvisionnements conservés dans les arsenaux, ne furent point du ressort de M. de La Tour, qui prit soin de se renfermer dans ses attributions militaires, pour pouvoir les accomplir dans une entière liberté d'esprit.

---

(1) *Grenoble, 10 juillet 1815.*

Le Lieutenant Général Commandant les troupes Austro-Sardes à Grenoble aux habitants de Grenoble :

« Le sort des armes ayant mis la ville de Grenoble sous mon commandement, j'engage tout habitant à maintenir le bon ordre, à obéir aux autorités et à bien accueillir les militaires ; de mon côté j'assurerai la tranquillité publique, et je punirai sévèrement tout perturbateur. Je sais que des armes et des munitions sont cachées chez des particuliers, je donne 24 heures pour en faire la remise au commandant de la place ; après ce délai tout individu convaincu d'avoir caché des armes et des munitions, sera jugé militairement.

« Le Lieutenant Général : De La Tour.
« Le Général Chef d'Etat Major : Robilant ».

(2) Le comte Adam Reviczky (1786-1862), alors conseiller de gouvernement dans le royaume lombardo-vénitien, fut plus tard chancelier de Hongrie et devint l'avocat écouté des franchises magiares auprès de l'empereur François.

A peine la capitulation ratifiée, M. de La Tour dépêcha un officier
de son Etat Major, le comte Galli, pour apporter à Turin la nouvelle
du succès des armes Piémontaises. L'éclat de la prise de Grenoble fut tel
qu'il fallait s'y attendre après d'aussi brillantes opérations. La Cour et le
Ministère en témoignèrent à M. de La Tour la plus vive satisfaction ; le
Roi Victor Emanuël lui écrivit une lettre dont il eut lieu d'être fier, et lui
conféra la grande Croix de l'Ordre de St. Maurice.

« *Comte De La Tour,*

La belle conduite que vous avez tenu ainsi que mes troupes qui se
trouvent sous vos ordres depuis votre entrée en campagne, et particulièrement dans la brillante attaque des fauxbourgs de Grenoble suivie par
une aussi prompte reddition de la Place elle-même a excité toute ma satisfaction : ce dernier événement est une nouvelle preuve de l'intelligence
et de la bravoure, qui ont été de tous les tems les caractères distinctifs des
troupes Piémontaises, et des officiers qui les guident au champ de l'honneur. Il m'est agréable de voir que vous m'ayez fourni personnellement
une aussi belle occasion d'ajouter encore aux sentiments de bienveillance
que votre propre mérite et celui de votre digne Père m'avaient toujours
inspirés : je vous charge de témoigner aux généraux sous vos ordres, aux
officiers des corps, aux bas-officiers, et soldats de tout arme mon contentement de leurs services : vous leur direz en même tems qu'une de mes premières pensées en recevant le détail de leurs belles actions a été de distribuer
des honorables récompenses à ceux d'entre eux qui se sont le plus particulièrement distingués : ils verront dans ce mouvement de mon coeur paternel
l'étendue de ma bienveillance pour eux; ils y trouveront tous un nouveau
motif d'encouragement dans l'exercice de leurs fonctions honorables. Sur
ce, Comte De La Tour, je prie Dieu qu'il vous ait en sa sainte et digne
garde.

V. EMANUEL.

Donné à la Vigne de la Reine le 11 juillet 1815 ».

Archives de La Tour. Orio. - IV, 306.

« *Monsieur le Maréchal,*

Je m'empresse de prévenir V. Excellence que S. M. vient de décorer
de la Grande Croix notre cher Victor, et de lui écrire la lettre dont je joins
ici furtivement copie. Je ne parlerai de la Grande Croix qu'après le départ
du Comte Galli qui aura lieu demain matin.

Mille félicitations à V. Excellence, à M.me la Baronne et mille hommages respectueux.

DE ST. MARSAN.

Ce 11 juillet 1815 ».

Archives de La Tour. Orio. - Suppl. IV, 156.

« *Cher Général,*

Archives de La Tour.
Orio. – Suppl. IV,
304.

Je suis extrêmement sensible, mon Général, à l'obligeante attention que vous avez eue de vous rappeller de moi dans un moment où vous deviez être occupé des importantes affaires qui devaient être la suite de vos glorieuses entreprises.

Personne n'y a pris une part plus sincère que moi et comme serviteur dévoué de notre Auguste Souverain, et comme ami bien affectionné de l'estimable et brave Général Commandant. Recevez avec le tribut de mes félicitations celui de mon admiration pour vos brillants succès. La réputation de nos troupes s'est établie dès le premier moment où elles ont agi d'une manière qui a dépassé nos espérances; nous n'avons désormais d'autres voeux à faire que ceux qu'on vous présente des fréquentes occasions de donner d'autres preuves de vos talents et de votre bravoure.

Je sais que Sa Majesté a éprouvé une satisfaction bien vive de la conduite de ses troupes, aussi je n'ai pu que beaucoup applaudir aux justes récompenses qu'Elle vient si généreusement de décerner.

Veuillez bien croire aux sentiments de la considération très distinguée avec laquelle j'ai l'honneur d'être, mon cher Général

Votre très affectionné serviteur et ami

De Vallaise.

Turin, le 11 juillet 1815.

M.ʳ le Général C.ᵗᵉ De La Tour, *etc. etc.* »

Des lettres que Victor de La Tour vers ce temps-là recevait de sa chère Mère, devaient lui faire plaisir plus que tout autre.

« *13 juillet 1815.*

Archives de La Tour.
Orio. – Suppl. III,
127ᵃ.

Vous pouvez plus aisément, cher fils, vous peindre la joie de votre père et la mienne que je ne suis capable de vous la décrire; les embarras de votre position, qui nous étaient parfaitement connus, ne pouvaient pas nous donner la moindre espérance d'un succès aussi prompt et aussi complet! La bonne Providence veille sur vous, ce serait une ingratitude à son égard que de conserver des inquiétudes pour vous. Celles que j'ai éprouvées avaient besoin de finir, elles le sont et j'espère pour toujours. Votre bonheur fait celui de tant de personnes qui étaient ainsi que nous livrées aux plus cruelles inquiétudes et qui ne pouvaient se flatter de les voir terminer aussi vite et sans qu'il ne leur en coûtât aucune larme. Ce que je compte au nombre de vos plus grands succès; et même à l'égard des ennemis dont vous n'avez point été forcé de faire le malheur extrême du pillage et de la désolation. Combien cette circonstance est consolante: avoir réussi sans avoir causé le désespoir de la ville conquise. C'était là, mon fils, une des premières récompenses que le Ciel vous réservait. Les autres sont la

satisfaction que vous avez causé à votre Souverain dont il vous donne
un témoignage, par une très belle lettre que vous porte le comte Galli
avec la décoration de la Grande Croix; nous nous occuperons d'en chercher une et de vous l'envoyer incessamment. Tant et tant de personnes
vous félicitent que je n'entreprends pas de vous les nommer.

Adieu cher et bien aimé fils ».

« 21 juillet.

Radicati n'a point manqué, cher fils, à nous donner de vos nouvelles,
il a dû recevoir mes remerciements; ainsi que des détails qu'il a joint et
qu'il me donnera aussi, j'espère, ce que je lui ai demandé par ma dernière.
J'apprends avec grande satisfaction que le repos a enfin succédé à tant d'agitation, j'en jouis plus que vous, et souhaite fort sa prolongation.

Nous étions déjà instruits des bonnes dispositions des Dauphinois à
l'égard de nos armées qui les méritent trop pour qu'on leur en doive
une grande reconnaissance. Leur antipathie pour Louis XVIII fondée sur
l'amour de Napoléon, me fait dire : Le Ciel préserve les Rois de semblables
sujets ! que le roi manque de talent, soit, mais il a des vertus, de bonnes
intentions fort reconnues et le mode de gouvernement qu'il leur accorde
les met à l'abri des dangers de l'ineptie, quand elle est jointe au despotisme.
Enfin que regrettent, ceux qui regrettent Napoléon ? ce n'est pas la liberté,
jamais Souverain ne fut plus despotique : leur vie, leurs biens, leurs enfants
tout était à lui. Ces lois, il convenait lui-même qu'elles étaient très fautives,
leur commerce ils n'en avaient plus, donc que regrettent-ils ? L'avantage de
ne pouvoir plus désoler le monde en véritables brigands, de ne pouvoir plus
vivre chez eux, sans morale, sans moeurs, sans religion ; très assurés que
cela ne leur nuiraient point auprès du Souverain qui les tenait quitte de
tout, pourvu qu'ils fussent bien soumis à tous ses vouloirs justes ou injustes
ou extravagants.

De semblables gens, auraient mérités des vainqueurs qui leur ressem-
blassent, et non des braves comme tous vous autres. Enfin votre récompense n'est pas dans leur éloge mais dans tous ceux qu'en font les papiers
publics, la gazette de Milan surtout. Trois de ses numéros ont été consacrés
aux éloges de nos armes, une lettre du Maréchal de Bellegarde à M. de
Vallaise y met le comble, Lord Benting nous en a fait faire des compliments
par M. Hil, à qui le baron n'a pas demandé où il était, je pense que c'est
à Gênes. Vous savez, je pense que deux de vos Régiments, celui de Faverges
et Righini et un autre anglais et le nôtre d'artillerie je crois, se sont embar-
qués pour la Provence, demandés pour y mettre le holà, et attendant les
troupes de Bianchi, ils se battaient entre eux. J'ai été prié de vous recommander un Marquis Taffin de Saviglian qui a servi 11 ans en France, capitaine d'artillerie à cheval ; le désir de retirer ses paies arriérées lui a fait
perdre du temps. Son cadet arrivé avant lui est placé dans la cavalerie où il

Archives de La Tour.
Orio. – Suppl. III,
127^b.

n'a pu trouver place, accoutumé à servir à cheval il a fallu se contenter d'une sous lieutenance dans les carabiniers royaux. On m'a dit que le comte Lot l'estimait beaucoup, il a été à Gênes jusqu'à présent, à peine sera-t-il arrivé vers vous. Il est le neveu de cette pauvre Madame Ceppi qui a perdu son fils à l'attaque de Conflans et qui aime beaucoup son neveu. Le Comte Ceppi père est Major dans Piémont. Les Revel sont allés s'établir hier dans une vigne auprès de Moncalieri. Je ferai vos compliments à tous les autres.

Adieu, mon bon fils, votre père se porte bien » (1).

De son côté le général Frimont n'hésitait pas à approuver la conduite de son collaborateur Sarde, à l'instant même, où il se déclarait peu satisfait de l'attitude prise par Rewinsky.

« A Monsieur le Comte DE LA TOUR, *Lieutenant Général Commandant le Contingent des Troupes de S. M. le Roi de Sardaigne.*

Au quartier général Messimieux, le 13 juillet 1815.

Archives de La Tour. Orio. - IV, 308.

J'ai reçu, Monsieur le Comte, les rapports que vous m'avez fait l'honneur de m'envoyer depuis l'investissement de Grenoble.

Je ne puis qu'approuver la conduite ferme et distinguée que vous avez tenue pour accélérer la reddition de cette place importante, et je vous exprime ma reconnaissance.

J'aurais désiré, seulement, que la Garnison eut mis bas les armes sur le glacis, avant de continuer sa marche.

Je vous prie de témoigner de ma part à M. le Comte de Gifflenga la satisfaction et l'estime que m'inspirent les services qu'il a rendu dans cette occasion.

Je n'ai pas manqué de porter à la connaissance de S. A. le Maréchal Prince de Schwarzenberg tout le détail des opérations du contingent de S. M. Sarde sous vos ordres. Une convention pour l'évacuation de Lyon et la retraite de l'armée du Maréchal Suchet à la Loire vient d'être arrêtée. Elle porte un armistice illimité, et un terme de dix jours pour annoncer la reprise des hostilités.

En conséquence il a été fixé une ligne de démarcation qui s'étend de Votre côté de l'embouchure de l'Isère, et (selon les termes propres de la convention) en remontant la dite rivière jusqu'à Grenoble, et dans le cas où Grenoble serait pris, se dirigerait sur Vizille, et de là suivrait la rive de la Romanche par Allemont.

---

(1) Le maréchal avait été malade à la fin de mai, lorsque l'archiduc Jean vint à Turin. Le frère de l'empereur François voulut alors faire une visite au vieux baron de La Tour et se rendit chez lui en frac avec Bubna et Revel (A. MANNO, *Informazioni sul ventuno in Piemonte*, Firenze, 1879, p. 32).

En observant cette ligne, je vous prie, Monsieur le Comte, de vous concerter avec M. le comte de Bubna sur l'emplacement ultérieur de vos troupes.

Il sera d'abord nécessaire de renforcer la faible garnison de Grenoble. Je donne les ordres à M. le comte de Bubna d'y ajouter deux bataillons autrichiens pour la porter à 4000 hommes. Je confirme la nomination de M. le comte Robillant comme Gouverneur de Grenoble; mais je nomme le général Geppert Commandant de la place. Il en sera responsable de tout ce qui concerne le service militaire de la place, et aura à s'entendre sur toutes choses avec M. de Robillant sans lui être subordonné.

M. l'intendant Revizky aura à continuer de soigner la partie administrative; je n'ai pas approuvé la conduite de cet intendant, il n'aurait pas dû changer les administrations, il n'y était pas autorisé; et devait ne pas s'écarter de la proclamation que j'ai donnée, d'après laquelle il ne pouvait remplacer que les individus qui auraient abandonné leur poste.

Si M. le Lieut. Général C. de Bubna ne pouvait rien disposer pour la garnison de Vienne, ce serait des troupes piémontaises qu'elle devrait être donnée. Ce point important demande un Commandant ferme et instruit. Je désire y faire les ouvrages nécessaires pour garantir le pont et le débouché.

FRIMONT ».

Tous les vieux camarades de M. de La Tour, ses anciens chefs, tous ceux en somme qui lui appartenaient par des liens sincères, applaudirent à ses beaux succès, qui le faisaient rentrer si glorieusement dans l'armée du Roi Victor Emanuel (1). Le très jeune Lieutenant Général montrait qu'il

---

(1) Il nous faut faire un choix dans les très belles et nombreuses lettres de félicitation qui furent adressées dans cette circonstance à M. de La Tour et qui sont conservées dans les Archives d'Orio.

« *Mon cher Comte.*

Je profite du retour de votre courrier pour me rappeler à votre souvenir et vous faire compliments sur votre campagne; c'est dommage qu'on nous ait arrêté si tôt. J'avoue que j'aurais désiré voir la guerre se prolonger encore au moins un mois pour mieux détruire les éléments d'une guerre prochaine; ce n'est pas sincèrement que toutes ces armées vont se soumettre.

Vous avez eu toute raison d'être content de vos jeunes troupes et j'en ai éprouvé pour vous de la satisfaction quoique la guerre fut, pour ainsi dire, comme terminée, vous me feriez grand plaisir si vous demandiez le jeune la Seraz pour l'armée active; il le désirerait ardemment, et ce serait rendre justice au sentiment qui lui dictait ce désir.

Votre Excellent Marquis de Saint Séverin que nous avons ici aura la bonté d'en écrire un mot au Comte de Vallaise et si vous en parlez je crois que cela pourrait se faire; je vous en saurai bien bon gré, cher Comte. Le Général en chef n'a pu accéder à votre désir de faire payer la table aux officiers en argent, parce que c'est une mesure qu'il ne peut ordonner dans son armée, mais vous pouvez la prendre partiellement dans les lieux où vous établissez vos garnisons avec les autorités locales de la manière qu'il vous conviendra mieux. Il vaut sans doute mieux donner une indemnité

Archives de La Tour.
Orio. - IV, 329.

n'avait pas volé son avancement, et que les longs services dans les armées étrangères l'avait mis à même d'occuper une si haute situation dans l'armée de son Roi, pour le plus grand avantage de son pays. Après la capitulation-

en argent, que de laisser les officiers individuellement à la charge de leurs hôtes; l'exigence qui en résulte se trouve trop souvent en opposition avec la délicatesse nécessaire à notre métier et qu'il tient intact. Des instructions ont été demandées pour l'objet de la solde; elles arriveront bientôt car nos communications vont devenir plus courtes. Dans tous les cas vous entrerez certainement d'après la proportion en force dans le partage proportionnel des avantages que nous tirerons des départements conquis.

Adieu, cher Comte, conservez-moi votre amitié et recevez l'assurance de mon bien sincère attachement.

Tout à vous.

Le 18 juillet (Lyon) 1815.   Fiquelmont.

Voulez vous bien expédier la lettre ci-jointe à Turin ou Chambéry? ».

« Florence, july, 13th 1815.

Dear Count,

By the merest accident possible I have met with a favorable opportunity of sending you a few lines; Gen. Nugent and I were walking home this evening and we saw a carriage made ready for an immediate journey; we asked the gentleman's name and found it is an officer going direct to you.

I had only this morning written to Col. Catinelli to find out for me some method of conveying you a letter. How delighted you must feel at so speedy a termination of this war, you will now try to make us believe that your *infant* soldiers were fit for the severest campaign that they were well clothed, armed, and paid and as loyal as well disposed as their officers. All this is very fine and you will probably expect your friends to swear to all such assertions.

I must try for one what I can do, as I am in a Catholic country it will be no difficult matter to obtain absolution and we may in this way continue to shape our convenience to your convenience, the 300 men who chose to go over to the Enemy were *of course* directed by *you* to do so for the purpose of obtaining information.

Enough of this, I shall now proceed to tell you that L. W. arrived in London on the 9, and will probably set out again for Florence by the end of the month. The Italian Levy are gone to the south of France and are by this at Marseilles. Catinelli is left to superintend the fortifications at Genoa which was not of course his wish to do. But sir H. Low thought it better that it should be so. Gen. Nugent arrived here yesterday from Naples and sets out this evening for Genoa and will join the English as soon as possible with his Austrians at Marseilles. But as the war is over, this may be considered a party of pleasure.

Your friend and our friend sir J. is at Genoa, he is removed from the Austrian army and is to proceed to the Ionian Isles which they neither of them like.

When we meet, which I hope may now be soon, I shall have many cunning anecdotes to relate to you on the subject.

Poor Honstend is removed from the command of Genoa by the arrival of sir H. Low — he feels this which I am sorry for.

Gen. and M.rs Macfarlane are just arrived from Naples and going on to Genoa where he will command; Col. Acourt has married Miss Gibbs and gets a good fortune with her. If you should have penetrated into France, let not this tempt you to bring home a french wife of any description, she would not do at Turin.

Gen. Nugent tells me the officer is going off. I am glad to have been able to send

Archives de La Tour.
Orio. - Suppl. II,
157.

de Grenoble le Corps d'armée de M. de La Tour se dirigea par Voreppe et la Côte St. André sur Vienne qu'il occupa le 14 juillet; le 15 le général Bubna en vertu d'une convention avec le Maréchal Suchet fit son entrée

you a few lines, tho' it is doubtful whether you will be able to make out the half of what I have written. Do not write to me until you get into some fixed quarter, otherwise your letters will run a good chance of being lost. ·

Remember me very kindly to Col. Coffin and believe me Dear Gen.

Always your sincere friend.

W. M[ary] B[entinck].

M.r Hill is at Genoa and I hear not well. Mons. Neighburg I hear is gone from this. My best compliments to Gen. Bubna.

I can recollect nothing further at all likely to interest you. Now I hope you may reckon on the command of the Piedmontese Army for your life — we shall have a long peace — and coats, and a riding whip will do as well as cloth regimentals and fire.

Count L. General DELLA TORRE, *etc. etc.* ».

« *London, aug. 2 1815.*

My dear Latour,

Bunbury and I, in consequence of his and my absence from London at different times have only met once and the arrival of Bonaparte has again taken him from London. I have therefore been able to settle nothing with him, but I have reason to hope, that whenever the Italian Levy ..... are disbanded, a proportion of their pay will be paid annually to each officer pur amounting to half pay. I date this for your information, in order that you may not take any definitive maesure about yourself, until you see what may be the ..... the conditions and whether you may not enjoy this pay and at the same time hold your commission in the Sardinian service. If you quit the British service before this arrangement is made you will of course forfeit all claim to it. I shall leave London for Paris next Tuesday and I hope to bring you some positive decision upon this point. I am not yet sure of the route I shall take, but I shall hope to see you I if I do not, you shall hear from me.

Yours ever sincerely.

W. C. BENTINCK.

Say this to no one, in order to prevent disappointment, in case this affair should be otherwise settled. I shall mention it to Catinelli under the like injunction ».

Archives de La Tour. Orio. – VI, 312ᵃ.

« *Marseille, 29 August 1815.*

My dear General,

I fear you are very much displeased with me for not writing to you more frequently. I have written to you and Rusillion since my arrival here and sent the letters by Genoa but have not received a line in answer.

Lord W. Bentinck arrived here accompanied by Lady William's sister on Friday last; they embarked this morning on board the Boyne and have sailed with the Admiral for Genoa. His Lordship is looking very well. Since the departure of sir Hudson Lowe we have been under the command of Colonel Burrowes, we expect a general officer from Lord Wellington's Army to take the command. The Austrians speak of sending two battalions into Marseilles, the people are very much alarmed, they detest the Austrians.

No changes have taken place in the Levy since I last wrote to you, my situation is far from being agreable the cause of which your are well acquainted with and to

Archives de La Tour. Orio. – Suppl. IV, 159.

dans la ville de Lyon. M. de La Tour s'y rendit peu après pour prendre des arrangements avec les généraux Frimont et Bubna sur le développement ultérieur de la campagne. On attribua au contingent Piémontais le rôle

---

make the business better Lord W. told me he failed in the attempt to get me a company. I am almost in despair.

I fear the levy will soon be disbanded.

It was reported here a few days ago that you and gen. Coffin were coming here. I hope it is the case. I trust I need not say the pleasure it would give me to see you. I fear there is no hopes of my getting under your command again.

The Admiral is gone to Genoa to arrange about the prize money for that place, he said he would be back in ten days.

Lord W. remains there four days and then proceeds in the voluntaire fregate to Leghorn on his way to Florence. Our women and heavy baggage are still at Genoa therefore. I believe it is not yet decided if we are to remain here. We have been very well received by the inhabitants of all classes particularly the women.

I have no wish to return to Genoa.

Adieu, my dear general, believe me always very faithfully yours.

J. SHEARMAN ».

« Mon très cher et très respectable Maréchal,

Archives de La Tour. Orio. - Suppl. III, 141 *d*. J'ai été bien touché, mon cher cousin, de l'intérêt amical que vous m'avez marqué prendre à la nouvelle de l'arrivée de M.me de Bellegarde à Milan, laquelle aussi vous est bien reconnaissante et me charge de vous le dire. Sans doute que son séjour ici se prolongera et qu'elle ne perdra pas cette occasion de revoir des parents qu'elle chérit et de faire la connaissance, par elle si vivement désirée depuis longtemps, de l'aimable et respectable Maréchale, à laquelle elle est déjà si attachée, quoiqu'elle n'ait pas l'avantage de la connaître personnellement mais dont les vertus et les agréments sont une réputation faite, et que le témoignage universel et sa correspondance n'ont pu que confirmer.

Nous ne souffrirons pas que vous vous déplaciez pour nous voir, mais irons vous chercher; seulement nous ne saurions dans ce moment-ci, en fixer l'époque avec précision; parce que l'arrivée prochaine de l'Empereur et mille affaires et arrangements qui en dérivent ne me permettent pas de m'absenter actuellement. Vous voir, faire notre cour au Roi et à la Reine seront le seul motif de notre voyage à Turin, et les fêtes que vous dites qu'on y prépare ne seront pas ce qui nous y appellera, au contraire. A notre âge ces soit-disant amusements sont de grands ennuis, nous serions fatigués de plaisirs et ne jouirions pas comme nous voudrions de la société de nos amis. Je vous suis bien reconnaissant des bonnes nouvelles que vous avez la complaisance de me donner de la santé du Lieut-Général votre fils. C'est l'âme qui le soutient et qui double les forces du corps, il s'est fait honneur avec ses nouvelles troupes; et moins modeste et plus confiant que vous, cher Maréchal, je n'en ai jamais douté. Car je connaissais ses talents et l'activité de son esprit et me fiais sur tous les ressorts qu'il aurait su faire agir. Je jouis avec vous de ses succés et il m'est bien doux de voir sa belle carrière assurée dans sa patrie, et de pouvoir en même temps vous en faire compliments et de ce que vous ne serez plus séparé de lui. Mes enfants dont vous avez la bonté de vous informer sont tous les deux en activité de service, quoique le cadet soit encore bien jeune; et se trouvent tous deux à Paris chez le général Baron de Vincent qui a bien voulu se charger aussi du cadet au moment où il est allé joindre le Duc de Wellington et que la campagne a commencé. Peut-être verrons-nous dans quelques tems l'aîné ici, que je serai

difficile mais honorable de s'emparer, ou tout au moins de bloquer les places importantes de cette région du Sud-Est, Barreaux, Mont-Dauphin et Briançon. Les pays où allaient manoeuvrer pendant de longs mois les troupes de M. de La Tour se prêtaient à une défense obstinée. Remplis de montagnes abruptes, ils étaient excessivement pauvres, et l'armée avait la plus grande peine à s'y ravitailler.

M. de La Tour devait s'assurer au moins de ne laisser, derrière lui, aucun foyer de résistance et de rébellion. Les cantons de la Mure et de St. Bolley, dans les environs de Grenoble, étaient encore dominés par des gens empreints de l'esprit de la révolution, et l'arrivée de soldats licenciés, et de mobiles redevenus libres, ranimait sans cesse le feu qui couvait sous les cendres. Des bandes plus ou moins nombreuses tenaient encore la campagne; M. de La Tour laissa donc à Vizille (bourg fameux par son château et par les souvenirs de 1789) une grande partie de sa cavalerie, et

heureux de pouvoir vous présenter. Faites agréer mes hommages, amitiés et respects à la chère cousine et permettez qu'en vous embrassant je vous réitère l'assurance de tous les sentiments de vénération, d'estime et d'amitié que je vous ai voués et avec lesquels j'ai l'honneur d'être, mon cher Maréchal, votre très obéissant et dévoué serviteur et cousin.

HENRY DE BELLEGARDE.

Milan, ce 10 de septembre 1815 ».

« *Florence, 12 Sept. 1815.*

My dear Latour,

I was disappointed at not seeing you in my passage through France. It gave me however great pleasure to hear a great report of your troops, in your honour and happiness, nobody you know takes a deeper interest than myself. The last information I received before I left London as to the probable fate of the Italian Levy, was, that a part (a very small part of it) would be permanently kept up and the remainder disbanded. A portion of their pay calculated upon the same proportion as is received by the swiss officers will be given to each officer. I do not know whether the Sviss received british pay or not and I do not mean to say, if the Swiss did receive British pay, that the Italian officers are to have the same. I speak only as to the proportion of retired pay, that is 1/2 or 1/3 of their actual pay and though I am not sure, yet I am pretty confident it will be adopted.

I saw the Duke of Wellington at Paris. He told me the King of Spain was desirous of conferring a certain number of the decorations of his order of merit on the officers of our troops serving on the East Coast of Spain and the Duke desired I would recommend them. I have to give ten to the British five to the Italians and five to the Sicilian.

I pray you will give me the names of five of the most distinguished Officers of the Italian Levy.

I shall take the liberty of placing your name at the head. You will send me five besides.

I came here yesterday and shall go on in ten days to Naples. Between that place and Rome I shall pass the winter. Direct to me « chez M. Webb, Livourne ». I am much disappointed at not having seen you. — Ever your sincere and attached friend.

W. BENTINCK »

Archives de La Tour.
Orio. - III, 217.

d'autres troupes sous les ordres du major général Marquis d'Yenne. Le
général Andezeno, chargé de faire le blocus du fort de Barreaux, commanda toute la Division laissée dans l'Isère. Ces précautions n'étaient
point inutiles : une véritable émeute éclata à St. Bolley, et des soldats en
furent les victimes, toutefois M. de La Tour, se rendant compte, que ce
n'était là qu'une dernière étincelle d'un si vaste incendie, crut préférable
de laisser libre cours à la générosité de son coeur et il amnistia les émeutiers;
ce qui eut le plus heureux résultat sur la pacification de la contrée.

Le général de La Tour avait transporté, dans la première moitié du mois
d'août, son quartier général à Gap (1), de là il dirigea le général Gifflenga sur
la vieille forteresse d'Embrun, défendue par un millier de Gardes mobilisées,
et par une artillerie considérable. Cette fois-ci, la ville put être emportée de
surprise, et de simples intimidations parvinrent à arracher la reddition de
la place. Deux seules forteresses, à peu près imprenables, se dressaient encore devant l'armée de M. de La Tour, celle de Mont Dauphin, bâtie sous
le Grand Roi et dominant la route, et le camp retranché de Briançon, dont
le centre est un rocher inaccessible. M. de La Tour dût se contenter d'imposer au Commandant du fort de Mont Dauphin, une convention par laquelle il s'engagea à prendre les cocardes blanches, et à se tenir dans son
enceinte pour laisser le passage libre aux alliés. Le général Piémontais put
ainsi concentrer ses efforts dans le blocus de Briançon.

Les 2000 hommes à peu près qui gardaient cette clef des Alpes avaient
été, dès le début de la campagne, une grande cause d'anxiété pour les Piémontais, qui savaient bien que les Français auraient pu rayonner de là dans
toutes les hautes vallées du Piémont et de la Savoye, et leur couper d'un
instant à l'autre leurs lignes de communication.

La Division du général comte St. Martin avait dû être immobilisée pour
parer à cette eventualité. Ce général avait dû surveiller de très près la garnison de Briançon, pour l'empêcher de tomber sur les derrières de l'armée
de M. de La Tour, pendant tout le temps qu'avait duré sa marche dans
l'Isère. Enfin M. de La Tour, relevant ces troupes d'un service si dur et si
peu attrayant, put se risquer à envoyer St. Michel à Vizille, tandis que
Gifflenga descendait dans le Département des Basses Alpes, et prenait
contact avec les Autrichiens de Bianchi. M. de La Tour cerna complètement
Briançon et les postes environnants; il organisa trois mois durant un blocus
de plus en plus étroit de la place et eut la plus grande peine du monde à tirer,
de ce pays misérable et hostile, les moyens indispensables à l'entretien de
la troupe. Les réquisitions se faisaient difficilement et les Autrichiens en
prétendaient toujours une part. La correspondance de M. de La Tour avec

---

(1) A Gap M. de La Tour fut rejoint par d'autres troupes sardes (les régiments Aoste,
Cuneo et de la Reine et les chasseurs de Savoye) qui avaient franchi le Var au commencement du mois d'août (FABRIS et ZANELLI, *Storia della brigata Aosta*, cit., pp. 212
et suiv.).

le Ministère Sarde dont les registres sont conservés dans les Archives d'Orio, montre quel opiniâtre labeur fut requis par une tâche pareille (1).

Non seulement l'expérience acquise dans ses nombreuses campagnes à l'étranger servit à M. de La Tour dans ces circonstances si difficiles, mais la haute position et l'ascendant, qu'il avait su acquérir dans l'armée Anglaise, furent utilisés par lui au service de son Souverain. Son ancien collègue le général Coffin avait été nommé commissaire anglais auprès du Quartier général Sarde, et par sa correspondance avec les généraux et ministres du Roi Georges, il s'efforçait de limiter les prétentions Autrichiennes, et de faire obtenir gain de cause aux justes réclamations des généraux Piémontais. Au commencement d'octobre le général Coffin avait quitté les Basses Alpes pour Lyon, et il tenait au courant son ami de La Tour des grands événements politiques, la chute du Prince de Talleyrand, la formation du cabinet présidé par le Duc de Richelieu, et la conclusion des traités, présidant à l'évacuation d'une grande partie du territoire français (2).

« A Lyon ce 1er octobre 1815.

Mon cher Général,

M. de Saint-Séverin m'a averti qu'il se présente l'occasion de pouvoir vous écrire, dont je prendrai avantage, pour vous envoyer une gazette que j'ai reçu le matin de mon départ de Gap. Vous aurez appris, par les gazettes de France, le changement qui a eu lieu dans le ministère; ce qui a été cause du contre ordre pour le camp de Lyon. On prétend cependant, que la paix était signée le 26 et toutes les difficultées levées par suite du renvoi de MM. Fouché et Talleyrand et qu'en conséquence la revue aura lieu à Dijon devant les Empereurs le 3 et le 4 de ce mois. Si cela se confirme par la poste d'aujourd'hui j'ai l'intention de m'y rendre, puisqu'il y aura un

Archives de La Tour. Orio. - Suppl. IV, 163.

---

(1) Pendant que M. de La Tour se trouvait dans les Hautes Alpes absorbé par sa rude besogne, il reçut une lettre que le signataire et la date font regarder comme une véritable curiosité.

« Mon cher La Tour,

Je mets à profit le voyage que fait mon chef d'Etat Major le Lieutenant Colonel Sunstenau dans vos Hautes et Basses Alpes pour me rappeler à votre souvenir. Je vous le recommande particulièrement et ne peux le mettre sous des auspices plus favorables que les vôtres.

Dieu nous délivre bientôt tous de cette soi-disant belle France, qui est trop pourrie pour valoir quelque chose sous quel régime que ce soit.

Adieu, mon cher et ancien ami, rival, et frère d'arme, croyez à ma bien sincère amitié. Bien des amitiés à Gifflenga et Annibal Saluces.

Votre ami
NEIPPERG, Lieutenant Général.

Aix, le 30 septembre 1815 ».

(2) Cfr. PIERRE RAIN, *L'Europe et la Restauration des Bourbons,* Paris, 1908.

Archives de La Tour. Orio. - IV, 319.

corps de plus de 50 mille hommes de cavalerie et environ 90 mille d'infanterie, chose qui ne se voit qu'une fois dans la vie. Personne ne sait rien ici sur les conditions de la paix, excepté que la Savoye doit absolument être restituée à votre Roy. Aussitôt après la revue, je reviendrai ici pour passer à Marseille. Si j'apprends quelque chose qui puisse vous être intéressant, je ne manquerai pas de vous en avertir. On prétend que le changement des ministres ait eu lieu, à cause que Fouché et Talleyrand firent des difficultés pour l'occupation des places fortes, et menacèrent le Roi de donner leur démission plutôt que d'y consentir : sur quoi les Alliés l'ont conseillé de prendre l'*initiative*, et de *leur donner* leur démission. On fait mille contes ici, les uns plus absurdes que les autres. Le baron Müller vient de partir pour Vienne. M. Fielding se porte bien, et me prie de vous faire ses compliments. Il faut absolument si vous aimez les voyages pittoresques que vous alliez voir la Grande Chartreuse. Adieu, croyez-moi toujours votre fidèle et dévoué

John Pine Coffin ».

« *A Lyon, le 8 octobre 1815.*

Mon cher Général,

Ce n'est que hier au soir que je suis revenu du camp de Dijon et je dois partir demain matin à l'aube du jour pour me rendre à Marseille; où je compte d'arriver vers la fin de la semaine. Je suis parti (comme je vous ai prévenu qu'il était mon intention de faire) pour le camp de Dijon lundi passé : mais en ce faisant j'ai appris avec certitude que les manoeuvres n'auraient lieu que le 5 et le 6, de manière que j'ai fait en sorte d'y arriver seulement le 4 au soir.

Le lendemain à 7 heures nous nous sommes rendus au camp, où il y avait une grande manoeuvre de la troupe de toutes armes, faisant un total de 117.000 hommes dont 17.000 chevaux. Il faisait un temps superbe; le terrain était des mieux adaptés pour une pareille manoeuvre, et tout concourait à rendre le spectacle magnifique. Les Empereurs d'Autriche et de Russie étaient arrivés la veille. Le Duc de Wellington ayant manqué de chevaux en route n'arriva que le matin même, et il y avait une foule d'autres personnages de haute marque, qu'il est inutile de nommer.

L'armée ayant été divisé en deux corps opposés, il y avait une bataille simulée, où il entra des attaques de villages et de bois, des charges de cavalerie, un pont jeté, etc., etc. Après quoi *nous* faisions une attaque, sur un très bon repas que l'Empereur avait fait préparer sous des tentes tout près du champ de bataille, ce qui a donné le temps de rassembler la troupe, qui a défilé ensuite par devant les Empereurs.

Le soir il y a eu grand dîner où tous les généraux, et les Commissaires des puissances étrangères ont été invités, et où les monarques se sont portés des brindisi réciproquement. Le lendemain 6 il y a eu manoeuvre de toute la cavalerie au nombre de 21.500 commandée par l'archiduc Ferdinand : après laquelle la cavalerie a défilé au galop. Ensuite nous sommes allés voir le camp de l'infanterie qui se trouva tout rangé sur le front de bandière, sans armes, mais ayant leurs officiers et la musique en tête. Le corps des Chasseurs, qui se trouva auprès d'un bois avait été paré d'une manière vraiment charmante, qui lui donna tout à fait l'air d'un jardin français. En me congédiant du Duc de Wellington il m'a chargé de dire à l'amiral que le *protocole* de la paix avait été signé avant son départ de Paris, et que le traité allait l'être à son retour, comme tout était arrangé. Je n'ai rien appris de lui sur les articles, et personne n'en sait plus que les *on dit*.

On dit cependant que certaines places fortes doivent être cédées en *propriété* et d'autres en ôtage, jusqu'au payement en entier des contributions imposées. La somme demandée a été de 800 millions, mais on ne sait pas si l'on ait relâché quelque chose sur cette somme ou non.

Le Roi Louis est bien mécontent de tous ses Alliés à l'exception des Russes dont il se loue beaucoup et auxquels il a accordé des décorations exclusivement, ce qui leur est certainement un grand honneur puisqu'ils n'ont pas tiré un seul coup de fusil. Il ne veut rien croire à ceux qui l'avisent du mauvais esprit de la nation ; et ne veut croire qu'à ceux qui le trompent en faisant comparaître tous les français comme *des enfants égarés*. J'ai été charmé d'entendre que les anglais reconnaissent Alexandre pour ce qu'il est véritablement, un charlatan, *bien plat et bien fat* (1). Il paraît que nous n'en faisons pas grand cas, et que c'est lui qui a apporté toutes les difficultés possibles à la négociation avec *sa magnanimité affectée*. Entre autres choses il a déclaré hautement qu'il ne signerait jamais un traité de paix qui reconnaitrait le droit d'examen des bâtiments neutres : *droit*, au reste, que ni lui, ni toute l'Europe réunie, ne pourra jamais se décider à renoncer. Il doit rester une armée considérable en France, qui sera sous les ordres du Duc de Wellington comme généralissime, mais personne ne sait rien encore des détails. S'il vous arrive quelque ordre, au retour de Frimont que j'ai laissé à Dijon, je vous prie de m'avertir de vos mouvements en vous adressant à Marseille. M. Fielding m'a accompagné à Dijon, et me prie de vous faire ses compliments. Croyez-moi, mon cher général, toujours à vous avec beaucoup d'attachement.

JOHN PINE COFFIN ».

Le Chev. Xavier de Maistre envoyé à Paris avec le Marquis d'Oncieu pour appuyer les voeux de la population de la Savoye qui voulait être réunie sous le sceptre paternel de ses anciens Souverains informait aussi M. de La Tour des événements politiques.

---

(1) Le tsar était au contraire très apprécié par le Cabinet sarde, qui lui était reconnaissant d'avoir favorisé de tous points la restauration de Victor Emanuel I dans tous ses états héréditaires (GIORGIO BRIANO, *Cesare Alfieri di Sostegno*, Torino, 1862, p. 15).

« *Excellence*,

Le Comte de Lodi, mon ami, chez qui je suis depuis quelques jours me procure l'honneur d'écrire à V. E. pour le prévenir qu'une douleur de goutte au bras lui a empêché de répondre à votre première lettre, et qu'il est moins en état encore aujourd'hui de répondre à la seconde, car cette même humeur goutteuse s'est répandue dans toute la capacité et il est dans son lit fort occupé de favoriser une sueur dont il attend son rétablissement. Il me charge de vous dire, mon général, qu'il garde toujours à votre disposition les 30 Louis dont il vous a parlé, parce que vous avez oublié de nommer dans votre dernière la personne à qui vous voulez qu'il les remette. Il vous prie encore de vous rappeler du sous-lieutenant de carabiniers que vous avez auprès de vous et dont il a très grand besoin, il pense qu'il est devenu inutile à V. E. et il a l'honneur de la prévenir qu'il est dans l'intention d'appeler cet officier. Voilà ma commission remplie. J'ose ajouter à cette lettre ma petite histoire du moment : Je suis de retour de Paris, où j'étais allé dès la mi-juillet avec le Marquis d'Oncieu porter aux pieds des grands potentats réunis les voeux de la pauvre petite Savoie. Nous avons hanté toutes les antichambres possibles, nous sommes arrivés enfin jusqu'aux Souverains, et nous avons eu le bonheur de mettre notre petit grain dans la balance et de l'avoir penché de notre côté. Nous avons été très bien reçus à notre retour. D'Oncieu a été fait Lieutenant Colonel agrégé à l'Etat général. Et le Roi a bien voulu me faire Colonel du Régiment de Savoie. Je me féliciterais particulièrement de ma promotion si elle me procure un jour l'honneur de conduire un beau Régiment sous les ordres de V. E.

Je vous prie, mon général, d'agréer d'abord le profond respect de

Votre très humble et très obéissant serviteur
Le Chevalier DE MAISTRE.

Turin, 11 octobre 1815 ».

Mais des lettres écrites avec tout l'abandon de l'intimité par des parents aussi attentifs qu'affectueux venaient surtout tirer M. de La Tour de l'isolement où le laissait pendant l'automne de 1815 sa mission dans les vallées du Sud-Est.

« *Le 1er octobre 1815.*

Votre mère, mon cher fils, s'est beaucoup mieux tirée que moi des fatigues inséparables des honneurs attachés à son rang, elle a assisté à toutes les fêtes, dont je vous épargne la description parce que vous l'aurez certainement par des témoins oculaires Arybaldi ou Rorà, et qui vous remettront cette lettre, quant à moi je n'ai assisté qu'à l'indispensable, mon maudit rhumatisme ne m'a pas permis de faire au-delà.

Tout ce qui nous vient de France, et notamment de Paris, confirme ce que vous nous avez dit de ce malheureux pays, que la diversité des opinions en retardera la tranquillité, ajoutons ce que nous connaissons du caractère national, et nous concevrons bien aisément qu'il n'y a que la main de Dieu qui puisse les ramener au vrai bonheur, eux seuls n'y arriveront jamais. Ce tableau, mon cher fils (si l'on veut l'envisager dans son véritable jour), devrait nous faire prendre une attitude toute militaire, du moins je le vois ainsi, je le dis tous les jours et partout, fasse le Ciel que je ne prêche pas dans le désert.

Je n'ai rien voulu entamer de ce qui nous regarde personnellement, la circonstance que j'attendais pour agir n'est pas encore arrivée, qui sait même si elle aura lieu !

Ce que je vois c'est qu'elle devient tous les jours plus indispensable, et pour nous et pour tous ; une autre circonstance qui nous aurait été favorable, était l'arrivée de la soeur de mon amie, j'étais assuré qu'elle aurait tout tenté pour moi, s'il lui avait été possible de parler, mais le ciel s'y est opposé, elle est forcée au silence pour 40 jours, son neveu vous expliquera cette enigme.

Les députés du Sénat de Savoie m'ayant confirmé, ce que Villette m'avait assuré, qu'il nous restait une montagne non vendue, et d'une valeur à ne pas négliger j'ai passé ma procuration à un d'eux notre parent postier, afin qu'après avoir pris une parfaite connaissance de cet objet il me suggèrera ce qu'il y aurait de mieux à faire faire pour en tirer un bon parti ; je vous ferai part de ses conseils.

Celui qui m'avait paru s'éloigner de moi, y est revenu avec chaleur, conséquemment je le vois plus souvent et plus familièrement. Malgré ça je ne lui ai jamais parlé de notre affaire parce que mon compagnon de voyage m'a dit qu'il fallait attendre des variations (non lointaines selon lui) pour la remettre sur le tapis.

S'il vous est permis de me confier quelque chose sur votre retour ici soit personnel, soit avec tout ou partie de votre armée, vous m'obligeriez d'autant plus, que m'étant défendu toute question sur pareil objet, nous vivons dans une incertitude très pénible. Les Arybaldi et Rorà ont dit partout de bien bonnes choses sur une personne qui m'appartient de près, ce dernier envisage une certaine lettre que vous connaissez comme une image, il la baise tous les jours. L'on prétend que nos maîtres iront s'établir bientôt à Rivoli, à mes yeux ce ne sont encore que des bruits. Sa Majesté la Reine me voit toujours avec bonté, elle en a beaucoup témoigné à Adelaïde ; mon compagnon de voyage m'a assuré qu'on garderait Faverges, j'ai chargé sa soeur de le lui faire savoir afin qu'il puisse se conduire en conséquence. Adieu, mon cher fils. Votre mère et moi vous disons mille tendresses, j'ai fait vos commissions partout, et tous vous disent des amitiés ; les miennes à Villamarina, je sais qu'il vous donne tous ses soins, et l'en aime d'avantage ».

La Maréchale de La Tour à son fils.

« 4 octobre.

Archives de La Tour.
Orio. - IV, 323ª.

J'espère, cher fils, que ma dernière lettre vous sera parvenue avant l'arrivé de ceux qui sont partis d'ici pour vous aller rejoindre. Ainsi donc j'aurai été la première à vous apprendre ce que vous souhaitiez de savoir relativement surtout à mes comparses de parure et de fatigue. Tout a fini à ce que je vous en ai mandé.

La crainte de la petite vérole ayant suspendu le reste, cependant on annonce un Cercle pour dimanche peut-être n'en est-il rien. Je souhaiterai fort que M. de Robilant ait l'occasion de s'acquitter au moins en partie de votre commission, ne me le laissez pas ignorer. La restitution de la Savoie est encore entravée quoiqu'elle soit sûre, on aurait jamais dû la prendre. ainsi il faut espérer que l'on ne se persuadera pas que sa restitution soit un présent qui dédommage le Roi de toutes les pertes et dépenses que lui ont causé et causent encore les tems présents; les autres puissances se dédommagent à pleines mains, et lui après avoir ruiné, dévasté sa plus antique possession, veut-on persuader que la cessation d'une injustice soit une grâce. Mais enfin, quoiqu'il en soit évitez autant qu'il vous sera possible toutes commissions relatives à cette prise de possession, dans la disposition actuelle des esprits, et la diversité des souhaits, un homme de paix ne doit pas souhaiter de figurer surtout celui dont ils ont envié la fortune. Mes souhaits pour que les circonstances vous permettent de venir cet hiver, augmentent chaque jour, le tems s'écoule et rien ne se conclut. Vous seul pouvez penser utilement à vous, par le rapport que les affaires de France ont avec les nôtres, vous pouvez juger si nous sommes occupés de ce que s'y passe, mais l'attention ne donne cependant pas aucun moyen de pouvoir juger l'avenir. C'est ce qui désole, en gros on croit apercevoir que les moyens de douceur ayant si complètement faillis, ceux du Roi d'Espagne appuyé par les troupes et l'énergie de Blücher, la sagesse et sang froid du Duc de Wellington et de ses braves troupes pourraient réussir, mais quand d'un autre côté on aperçoit les grandes puissances s'empresser d'offrir d'honorable asile, à tous ceux que le régime du Roi d'Espagne avait proscrit sans rémission qu'espérer alors? la France les chasse, les autres les reçoivent avec tous les moyens de séduire d'intriguer, de correspondre avec tous les nombreux fauteurs il en faut toujours revenir à mes terreurs, à Dieu seul et sa puissante main. Vous devriez bien écrire à Madame de Saint Pierre au sujet du chagrin qu'elle a essuyé. Comme votre père va à la Cour il n'a pu la voir ce qui est encore un guignon. On marie ici de nouveau la fille de votre amie mais à un autre parti grand nom mais taché, et sans fortune, la famille n'en convient pas, et dit même qu'elle l'attend, la mère est toujours fort incommodée.

Adieu, mon bon fils.

Le Marquis de Garet écrit des lettres pleines d'enthousiasme sur la facilité qu'il trouve à faire des recrues en Savoie, elles viennent d'elles-mêmes s'offrir pour servir le Roi ».

« Je ne sais si cette lettre destinée à partir avec Robilant arrivera ainsi que la dernière avant lui mais les retards se multiplient si bien d'un jour à l'autre qu'il ne faut répondre de rien, en attendant vous êtes privé fort longtemps d'une personne qui vous est nécessaire et qui a fait ici un voyage inutile. Il en est arrivé autant, à tant et tant d'étrangers, venus ici vers le 15 ou le 16 et repartis, et nous en sommes à la seconde représentation déjà arrivée trop précoce. Puisque la Reine attendue ce matin à Stupinigi vient de faire avertir qu'elle n'y arrivera que jeudi, ainsi toutes nos illuminations, feux d'artifices, statues, pyramides, arcs-de-triomphe, temples, tout cela est tout tremblant, par la crainte des pluies de la Saint Michel qui éteindraient, lâveraient, emporteraient plusieurs centaines de mille livres, qui nous seraient fort utiles ailleurs.

Mais qu'est-ce que tout cela auprès des graves inconvénients qu'entraîne l'incertitude de la prolongation des affaires politiques à la première hégire de Napoléon, du moment que le couronnement (ce sera d'ailleurs par miracle) n'aura plus le sens commun ; la seconde est tout à fait semblable. Malheur au monde si la restauration politique et morale ne peut plus s'opérer que par des miracles, car enfin le bon Dieu ne badine pas quand il veut décidément une chose. Il y a longtemps que je redoute de terribles signes de ce divin vouloir ; pour quant à notre petit coin il semble si protégé de cette bonne Providence que je ne puis m'empêcher d'espérer qu'il le sera jusqu'à la fin. Vous aurez été aussi surpris que nous de l'apparition inopinée d'Henry, votre père espère qu'il obtiendra ce qu'il souhaite, il a dû voir le Roi à Alexandrie.

Pour quant aux prises de Gênes c'est une équivoque ce qui s'est dit à cet égard ; je vous le répète ce qui s'appelle soutane marche mal. Je reçois votre lettre apportée par Arybaldi que nous n'avons pas encore vu ; nos notions politiques ne sont point les vôtres, car on débite que nous resterons en France auxiliaires des Anglais, dont nous nous rapprocherons jusqu'aux environs de Paris. Je ne sais si la chose sera avantageuse, mais elle affligera bien du monde, et entre autre qui vous pouvez deviner. Madame de Sambuy a gagné son grand procès qui la rend très riche dame, adressez-lui quelques compliments.

La Sonnaz a fait une fille, les deux sœurs vous disent mille amitiés. Pierre écrit à Célestin avoir remis pour lui une lettre au domestique d'Henry qui était pour une commission de Roussillion. Le domestique n'a remis aucune lettre, ainsi il faut que Roussillion répète la commission. Je crois qu'enfin la Reine arrivera décidément demain jeudi, je voudrais bien, qu'elle

Archives de La Tour.
Orio. - IV, 323 ^b.

fut ici depuis plusieurs jours, seraient finis alors les éternels discours de tout genre et surtout ceux des parures, sera fini la sollicitude de s'en occuper et de penser sérieusement à orner ce que les années et une totale et longue négligence a absolument déformé et pour cela employer cet argent que j'avais destiné à meilleurs usages. Car les années passées la pension française suffisait à tous deux, mais à présent que nous sommes seigneurs tout va grandement. A la place des officiers de cet hiver viennent les borgnes et les boiteux, pas la moindre diminution en rien. Bientôt Bontrand va nous tomber sur les côtes sans que nous ayons aucun moyen de le payer excepté les intérêts qui sont prêts. Votre père a écrit au Maréchal de Bellegarde à l'occasion de l'arrivée de sa femme en leur témoignant à tous deux son empressement de les voir ici, il lui a répondu que c'était son projet et mille belles choses pour tous mais surtout pour vous.

Enfin l'entrée de la Reine a été samedi à 11 heures et demi, belle, magnifique, malgré les annonces de la pluie qui a attendu son arrivée à Saint Jean, pour tomber tout de suite tranquillement sans orage mais seulement pour empêcher les illuminations et feux d'artifices, et désoler 35 mille personnes étrangères venues exprès pour voir les fêtes.

Tout ce qui était paysan des environs a couché sous les portiques, espérant que le dimanche serait plus beau que le samedi, ce qui a été vrai. Le soleil apparut tout le jour, les promenades belles, les statues perspectivantes colonnades respectées par la pluie ont amusé tout le jour la multitude. Le soir les feux d'artifices qui avaient été bien mouillés ont manqué. On a dû se contenter des ballons et de l'illumination qui a été comme toujours fort belle.

Ma part à tout cela a été d'être en grande tenue et respect depuis 10 heures et demi du matin jusqu'à 2 heures après midi, recommencer le lendemain, pour assister aux harrangues, mêmes heures, mêmes temps droite en ligne avec le Prince de Carignan les deux capitaines des gardes et la dame d'honneur, élevées sur les marches du trône, derrière le fauteuil de la Reine. Comprenant bien qu'il me serait impossible de soutenir longtemps la position étant même encore très fatiguée de la comparse de la veille, je pris le parti, n'étant point en vue de la Reine, ni des princesses, de descendre une marche du trône pour m'asseoir sur la balustrade appuyée contre la muraille. Moyennant ce petit soulagement que je prenais par intervalle je suis allée jusqu'à la fin. Le marquis de Villa Hermosa à côté de qui j'étais et que je voyais pour la première fois, me donna la main, pour descendre les gradins, sans son secours je ne pouvais en bouger. Un mot de ma parure dont je me doute que vous êtes inquiet, et bien, elle est allé jusqu'à l'élégance, grâce au bon goût de la Fontaney à qui j'en ai bien fait honneur. L'habillement de Cour actuel est parant et fort peu gênant. Hier il y a eu le Cours très nombreux, ce soir feux et illumination au Valentin. Comme il a plû cette nuit, et que le tems menace cela ira mal, je ne vous ai pas parlé de l'illumination du théâtre, du monde immense qui le remplissait de toutes les acclamations du public; demain il y aura, dit-on, grand Appartement. Les deux petites princesses, ont toujours paru partout, et tiennent très bien leur place, leur figure est fort spirituelle, et quand elle seront formées et engraissées elles seront agréables.

Parlons du chagrin de Madame de St. Peyre qui en arrivant trouve sa famille dans l'affliction par la maladie mortelle de sa nièce, la fille unique de son frère, le Marquis de Solaro, qui est puis morte avant-hier, d'une mauvaise petite vérole qui oblige Madame de St. Peyre à 40 jours d'éloignement de la Cour, où elle n'apparut que le jour de l'entrée.

Votre père vient de recevoir votre dernière lettre que vous avez adressé à M. Hill, et celle de M. Hill à votre père. Celle-ci partira par la poste, sans plus attendre; adieu.

L'illumination du Valentin a réussi ainsi que les feux à merveille. La soirée faite exprès, point d'humidité malgré la pluie de la matinée ».

Le Maréchal à Victor.

« Le 19 octobre 1815.

Quand vous parviendra cette lettre, mon cher fils? je n'en sais rien; je vous écris par cela seul que j'ai du plaisir à vous écrire. La dernière que j'ai reçu de vous très laconique par elle-même, et ne disant rien de ce que tout le monde assure ici : que l'armée sarde doit incessamment et prestement rentrer en Piémont, cette dernière dis-je me laisse le droit de vous demander ce que nous devons espérer de l'assertion ci-dessus, et, si dans le cas de votre retour vous ne préférerez-pas le logement que vous me connaissez à tout autre éloigné de nous, vous n'y trouveriez certainement pas toutes les commodités que présente celui que je vous propose. Cela dit je vous ajouterai que Chevillard est si reconnaissant à ce que vous avez fait, ou dit pour lui, qu'il me sollicite de vous en témoigner sa reconnaissance toutes les fois que je le peux voir. Le chevalier Radicati a été, par son nouvel emploi, trop peu avec nous pour satisfaire toute notre curiosité sur votre compte. Mais s'il est vrai ainsi que tous l'assurent que nos Maîtres seront ici samedi pour y recevoir les deux Archiducs Ferdinand et Maximilien frères de la Reine, nous reprendrons l'objet auquel Radicati n'a pas eu le tems de satisfaire. Vous saurez sans doute la promotion du Chevalier de Maistre, j'en ai paru surpris avec le voyageur qui m'avait laissé entendre, que ce ne serait pas lui, sa réponse fut courte et énergique *il aura beaucoup mieux*, à cela je me tus. Je n'en ferais pas autant sur une démarche qui, à la vérité, pourrait être inutile, mais n'importe je veux vous la dire: celle d'écrire à qui de droit afin que vous soyez de préférence placé à Turin, à votre entrée en Piémont; je suis très vieil, et à quel prix que ce soit, je veux finir mes jours avec mon fils chéri, gardez-vous de me contrarier là-dessus.

Votre mère vous assure ainsi que moi de toute notre tendresse. Adieu ».

Archives de La Tour.
Orio. - IV, 317.

La signature des conventions entre la France et les puissances alliées, avait désormais fait cesser tout semblant d'hostilité, tel que le blocus de Briançon, et amenait le retour des troupes Sardes dans les limites de leur ancienne Monarchie (1). Le général Frimont informait M. de La Tour de ces déterminations et prenait congé de lui de la manière la plus flatteuse.

« *Monsieur le Comte,*

La conclusion de la paix vient d'amener la dissolution de l'armée, que je commandais. Vous reconduisez la votre dans ses foyers et je reste destiné au commandement du corps autrichien en France. Au moment de cette séparation c'est devoir pour moi doux à remplir, que de vous remercier de l'empressement que Vous avez toujours mis, Monsieur le Comte, à l'exécution de mes ordres, et de votre coopération active et brillante à notre campagne. Avoir eu votre corps d'armée sous mes ordres sera toujours pour moi un souvenir agréable. Je vous prie d'adresser mes remerciements à Messieurs les officiers généraux et chefs de corps, leurs efforts et leur zèle ont su donner à une armée entièrement [neuve], même la consistance et l'ordre d'un vieille troupe.

Recevez en particulier, mon cher Comte, l'assurance de mon sincère attachement, et de la haute considération avec laquelle j'ai l'honneur d'être

Monsieur le Comte   Votre serviteur très humble

Dijon, ce 8 octobre 1815.   FRIMONT.

A Monsieur le Comte DE LA TOUR *Lieutenant général au service de S. M. ».*

Archives de La Tour. Orio. - IV, 322.

« *Monsieur le Comte,*

J'ai eu l'honneur de recevoir vos deux lettres du 20 et je ne puis que vous remercier des expressions flatteuses des sentiments envers moi. Veuillez en faire agréer, à Messieurs les généraux et officiers de votre brave et respectable corps, la réciprocité la plus parfaite de ma part et leur réitérer l'assurance de ma haute et inaltérable estime.

Quelque soit ma destination future, le souvenir de la coopération active et distinguée de ce corps, la discipline et l'harmonie fraternelle, que Messieurs les chefs ont sû établir et maintenir, et la confiance qu'ils m'ont témoignée feront toujours l'objet de ma plus vive reconnaissance.

Agréez, monsieur le comte, très particulièrement l'assurance de ma haute considération et du dévouement le plus cordial.

Le Général en chef

Quartier général Dijon, le 24 8bre 1815.   FRIMONT.

A S. E. le Comte DE LA TOUR,
Lieut. général dans l'armée de S. M. le Roi de Sardaigne ».

---

(1) La paix fut du coup rétablie dans toute l'Europe, si l'on en excepte la Norvège où les Suédois durent encore faire les coups de feux contre les partisans du prince royal de Danemarck (BAïL, *Correspondance de Bernadotte avec Napoléon*, Paris, 1819).

En conséquence de ces traités, l'Armée d'occupation Sarde abandonna les départements des Basses et Hautes Alpes, et successivement aussi celui de l'Isère. Une partie des troupes fut destinée à occuper les provinces de Savoye qui revenaient à leurs anciens Souverains.

Au début de novembre M. de La Tour quitta Gap pour Grenoble.

M. de La Tour profita avec les plus grands soins des facilités que lui offrait le séjour dans le Dauphiné à la tête des troupes (1), pour y faire relever par des officiers doués de connaissances techniques la carte de ces pays de frontière. Il insista de la manière la plus forte auprès du cabinet Sarde dans le but d'obtenir que le fort de Barreaux si ce n'était pas celui de Briançon, fut compris dans les territoires que le Roi Victor Emanuel devait acquérir à la suite de cette campagne de 1815. Sur ce point, les efforts de M. de La Tour restèrent complètement vains. Le Duc de Richelieu ne consentit en effet à d'autres rectifications de la frontière fixée en 1814 entre la France et la Sardaigne, que celles reconstituant les anciennes limites de la Monarchie.

A peine rentré en Piémont M. de La Tour vit se redresser devant lui la grave question du licenciement de la levée Italienne au service de l'Angleterre. Toute une page de sa vie antérieure était définitivement tournée, déjà Coffin, le bon Coffin l'avait quitté pour rentrer en Angleterre, et une longue et curieuse lettre qu'il lui écrivait de Paris le 1er décembre résonnait déjà de souvenirs et de regrets.

« Paris, 1er dec. 1815.

Mon cher général,

J'ai promis de vous donner de mes nouvelles, à mon arrivée ici : ce que je vais faire pour ne pas vous manquer de parole, quoique à cette heure-ci, il est probable que vous sachiez tout autant, peut-être même plus que moi, des arrangements qui nous intéressent. Pour tout ce qui regarde la paix, vos aurez été pleinement informé par les gazettes de France ; et vous serez content de la manière dont les Alliés ont multiplié les garanties pour son exécution. Au moins si la guerre doit se rallumer une autre fois, la France ne pourra pas la commencer sous de fort bons auspices. Espérons plutôt, qu'elle reviendra de son amour pour la gloire militaire et qu'elle cherchera à rivaliser avec nous dans le commerce, jusqu'à ce que l'autorité du roi soit suffisamment affermie pour ne plus craindre les secousses que pourront lui donner les intrigues des fédérés. Le Lord Castlereagh était déjà parti lorsque je suis arrivé ; de manière que je n'ai rien pu apprendre de positif, par rapport à la Savoye. Apparemment, tout doit être arrangé pour son occupation par les troupes de S. M. Sarde à cette heure-ci : puisque selon l'article 9 de la con-

Archives de La Tour, Orio. – Suppl. IV, 173.

------

(1) Un grand avantage de cette campagne fut d'avoir fondu dans une seule armée, sous le feu de l'ennemi, les soldats piémontais qui avaient suivi Napoléon avec le reste des troupes royales. (CESARE BALBO, *Autobiografia*, III, publiée par E. RICOTTI, *Della vita e degli scritti del conte Cesare Balbo*, Firenze, 1856).

vention militaire, faisant partie du traité de la paix les territoires doivent être remis aux autorités respectives, dans le terme de 10 jours de la signature du traité. Par rapport à votre partie de la contribution, calculée sur le pied de 120 francs par homme pour tenir lieu des réquisitions en nature, d'effets d'habillement, etc., je me suis informé que le total pour chaque armée a été versé dans la caisse militaire principale de chaque armée. De manière que le général Frimont l'aura reçu pour le contingent piémontais, comme le Duc de Wellington l'a reçu pour toutes les troupes qui servaient sous ses ordres. Outre cela il y a eu une autre somme de payée, pour la *solde* de l'armée alliée. Il m'a fait grand plaisir d'apprendre que le gouvernement Britannique s'est fait payer sa partie des contributions tout comme les autres puissances : mais sans avoir recouru au même moyen vexatoire pour sa perception. Il n'y a donc que l'indemnité de table, qui manque, pour *perfectionner* notre système. A mon arrivée ici j'ai été informé qu'un officier anglais avait été expédié deux jours auparavant, avec des ordres pour le général Mac Farlane, pour faire embarquer la troupe anglaise à Gênes pour Malte : Je crois qu'il aura été le porteur en même tems de la décision du gouvernement par rapport à la levée Italienne. Je n'en ai pu rien apprendre ici : j'espère d'apprendre de vous qu'elle vous est satisfaisante. Depuis mon arrivée ici j'ai appris que le nom de l'auteur de la brochure *Du Ministère* n'est pas un nom supposé, mais celui d'un jeune homme de 23 ans qui a osé la publier, quelques jours avant la chute des Ministres : elle a été de suite supprimée par la police de Fouché, et son auteur a été obligé de se cacher, jusqu'à ce que le changement du Ministère s'était opéré. Il faut encore que je vous dise que toute cette histoire de M.me Hamelin étant liée avec le Duc de Wellington est une calomnie *infame*. Non seulement il ne l'a jamais protégée, mais il ne la connait pas même, ne lui a jamais parlé, ni reçue chez lui : et je vous prie de publier cela autant que possible, parce que l'on fait l'impossible dans ce moment pour noircir le caractère du Duc de Wellington, qui assurément ne le mérite pas. Le roi de France a bien reconnu les torts qu'on lui fait et lui a conféré l'ordre du St. Esprit qui n'est accordé ordinairement qu'aux Souverains. A propos de cela, pourquoi le Roi de Sardaigne, ne lui a-t-il envoyé l'Ordre Militaire de Savoye, ce serait un compliment et il me semble à moi que le Duc y ajouterait encore du lustre en l'acceptant. N'êtes-vous pas de mon avis ? J'ai dîné avant hier chez le Duc de Wellington, où j'ai été placé à côté d'un des députés des Cortes qui s'est réfugié en France pour éviter la persécution de Ferdinand. Nous avons beaucoup causé sur l'Espagne et il m'a appris entre autre chose que le pauvre Colonel Hezeta a l'esprit entièrement aliéné par suite des événements arrivés dans sa patrie !

Coppons est enfermé dans une forteresse. Empecinado est enfermé à Montçon. L'état de l'intérieur est tout à fait déplorable, et l'armée mécontente au dernier point. Et cependant le gouvernement se soutient !!! Adieu, mon cher général, conservez-moi votre amitié et croyez toujours à l'attachement que je vous ai voué.

Tout à vous.   JOHN PINE COFFIN ».

Quelques pièces tirées du portefeuille de M. de La Tour montreront mieux le développement des affaires qui accompagnèrent le licenciement, certes très pénible à son organisateur, des troupes italiennes au service de l'Angleterre.

« Gênes, 6 décembre 1815.

Monsieur le Général,

Je n'ai pas répondu à votre lettre de Gap, parce que je savais que votre Corps d'armée devait rentrer en Piémont, et aussi parce que je n'avais reçu aucune nouvelle des intentions de notre gouvernement au sujet des troupes italiennes. Ce n'était que hier qu'un courrier m'a porté du duc de Wellington, un ordre très laconique mais fort positif, par lequel je dois faire évacuer Gênes de nos troupes, et si ni le Roi de Sardaigne, ni le Grand-Duc de Toscane voulaient recevoir les Régiments italiens dans leurs services (avec le consentement des officiers et soldats) qu'alors je dois licencier cette troupe tout de suite. Il n'y a pas un mot ni de pension ni de gratification. En conséquence j'ai expédié aujourd'hui un officier à Paris pour des instructions plus détaillées; cependant je crois que ce serait bien d'intimer cette affaire au gouvernement piémontais et je l'ai annoncé à M. Percy, avec lequel vous pouvez parler aussi bien qu'avec M. le Comte de Vallaise sur le contenu de la lettre du Duc de Wellington.

Je vous félicite sur le résultat heureux de votre campagne, qui vous fait beaucoup d'honneur, aussi bien qu'à vos soldats.

Agréez, Monsieur le Comte, les sentiments d'amitié avec lesquelles je suis. toujours

Votre serviteur tout humblement dévoué
Rob. Mac Farlane, Lieut. Gén.

A Son Excellence Monsieur le Comte de La Tour
au Service de S. M. le Roi de Sardaigne ».

Secret Confidential. *« Genoa, 6th Dec.br 1815.*

Sir,

Orders were yesterday received from the Duke of Wellington for immediately disbanding the Italian Levy, *provided* that His Majesty the King of Sardinia or the grand Duke of Tuscany, should not be willing to receive this Corps into their service. L.t General Macfarlane directed me in the first instance, to proceed myself to Turin, charged with this proposal, but he afterwards changed his resolution and postponed my proceeding to Turin until the Levy shall have arrived from Marseilles and which is hourly expected to be the case.

The Lieut. general has in the mean time authorized me to make to your Excellency that communication and I believe he writes himself by this post.

In case His Majesty the King of Sardinia should be willing to enter into a negociation respecting a transfer of the Italian Levy into His service, I suppose that the plan which was last year proposed by your Excellency, would be the most advantageous, for all parties, if acted upon, and in that case it is L.t general Macfarlane's intention to send me to Turin and as I do not doubt that your Excellency will be made immediately acquainted with the determination of His Majesty, I should be much obliged if you would please to acquaint me, if you wish my presence immediately at Turin. The whole clothing for the Italian Levy lately arrived from England, is still in store it is most compleat and excellent in every respect, and I understand it is the L.t general's intention to offer the Levy newly equiped and armed.

I shall feel myself much honoured, if your Excellency will please to convey to me your wishes, respecting the Levy and I shall feel most happy, if I can contribute in any way to their fulfilment.

I have the hon. to be Sir

Your Excellency's most obedient humble serv.
LAUR. PAULI
Capitain inspector foreign Corps.

« *A Son Excellence Monsieur le Marquis* DE ST. MARSAN.

Gênes, 25 décembre 1816.

Excellence,

Pensant que votre Excellence a reçu la lettre que j'ai eu l'honneur de lui écrire avant hier, et dans laquelle, j'ai eu celui de lui rendre compte des arrangements préliminaires relatifs au licenciement des troupes italiennes, je prends la liberté de lui soumettre aujourd'hui :

1° L'ordre du jour relatif à ce licenciement où j'espère qu'elle voudra bien remarquer le juste tribut d'éloges payées à cette brave troupe par le Commandant en chef des troupes anglaises.

2° La liste nominative des officiers sujets de S. M. que j'ai déjà eu l'honneur de lui transmettre dans une lettre d'avant hier, liste qui doit être considérée comme l'élite de ce corps.

Le Major Andreis avait pris préventivement des engagements qui l'obligent à rester encore pour un certain tems au service de l'Angleterre. Parmi les autres officiers majors, le Major Comte de S. Martin ayant servi autrefois dans l'état major autrichien, désirerait si la chose était possible être employé dans notre Etat-Major. Le Major Liveroni, ·Gênois de naissance, qui a autrefois commandé l'insurrection de Fontana Bona contre les Français, aimerait de préférence à former la notice (?) de cette portion de l'Etat Gênois qui de tout tems s'est distingué par sa bravoure et sa fidélité au gouvernement existant. Cet officier a ci-devant servi dans la marine autrichienne, et pourrait aussi si on le juge à propos servir dans la nôtre.

Je fais connaître aux trois officiers commandant de Régiment le placement que votre Excellence m'a permis de leur faire espérer; et ils en sont très satisfaits, et en général M. les Officiers sujets de S. M. montrent le plus vif désir d'avoir l'honneur de servir sous les drapeaux de notre Auguste Maître.

Parmi les officiers étrangers, il y a aussi des sujets très distingués, je me borne pour le moment à en nommer deux à votre Excellence : le Major Binnerstild, badois de naissance, et qui élevé à l'Académie du Génie à Vienne a pris, au service d'Autriche, toutes les connaissances requises dans les principaux services allemands pour les officiers supérieurs de l'Etatgénéral, savoir :

L'ordre de marche de bataille, de campements, choix des positions, fortifications de campagne, levée de plans, triangulation, etc., etc. Cet officier pourrait être très utile dans notre Etat Major général.

Le second est le capitaine Odeven.

Cet officier a été longtemps aide-major de Brigade; il entend très bien le service de détail et de manoeuvres d'infanterie, et pourrait être utile dans cette arme, il est irlandais d'origine et beau-frère du lieut. col. Righini.

J'ai l'honneur d'être avec le plus profond respect de Votre E., etc.

C. DE LA TOUR ».

« A M.^r le Lieut. Gén.^l Comte DE LA TOUR.

La lettre que vous m'avez fait l'honneur de m'adresser le 13 de ce mois, et dont suivant votre désir, j'ai aussitôt donné connaissance à S. E. M. le Comte de Vallaise m'informe des dispositions combinées avec le Commandant supérieur anglais pour réaliser avec l'ordre et la régularité convenable le licenciement des troupes de la Levée italienne.

Dans la composition actuelle de l'Armée de S. M. il devient de toute impossibilité d'admettre comme soldat aucun étranger. Je ne pense pas en conséquence que l'on désire d'occuper des soldats faisant partie de la Levée italienne et non sujets du Roi, autrement que pour les faire arriver sans désordres à la frontière des Etats de S. M. Quant aux individus Piémontais et particulièrement aux officiers, je ne doute pas que S. M. adoptera les mesures particulières qui peuvent concilier avec le bien de son service les intérêts particuliers des dits individus.

Cependant je prévois que S. M. ne se dissimulera pas les difficultés résultantes du grand nombre de ces officiers, dans un moment où l'état de paix et la clôture de la nouvelle formation concourent également à rendre les places d'activité très rares et précieuses.

Je vous prie d'agréer la nouvelle assurance de mes sentiments très distingués.

> Le Ministre d'Etat premier Secrétaire de Guerre et Marine
> DE ST. MARSAN ».

« Rome, Jan 15 1816.

My dear Latour,

I told you in my last that I would write to you at length, but what have I to say, that you do not already know. You know how much I must have been afflicted by the unjust decision as to the mode of disbanding the Italian levy, so contrary to what we had every reason to expect. I have written home fully my sentiments upon this subject, but of what use will they be. *La fattura è fatta e non c'è rimedio.* I am particularly gratified by the proposition which you have been the cause of having been made to Catinelli. He is also very much gratified at its coming from you. You are an excellent man and an excellent friend, and the more I know of you, the more my high opinion of you is confirmed, the more my regard is strengthened. Let me ever hold the place I have hitherto done in your memory and in your friendship. You know me well and wherever I am, my course will be always straight and direct. I will never desert my principles and never forget my friends. I would advise you to send Shearman's memorial in a letter from yourself to sir H. Jorrens (?) and Gen. Coffin to present it and to back it. I think this will succeed and if it does not, when I return to England which I shall do in May, at latest and perhaps much sooner, I shall do also what I can for him. You shall know our movements, so that we may meet before we leave Italy. If we go in May, we shall go by Milan. If I go sooner by myself, either in going pass by Turin my going sooner depends upon my Neapolitan quarrell, upon which I have received no decision or answer from home. But if they do not fight my battle for me, I must for myself.

We are much satisfied with this sejour. I have advised both Andreis and Revaskill (?) to go into the Piedmontese service. Catinelli likes the situation offered and they are admirably suited to each other. I am only afraid of future intrigues. As long as you are at the head of the army, St. Marsan of the War dep.t, all will do well, but if these should fail, how is Catinelli's temper to fight against the countenction (?) and intrigue which have always characterised your Court above all others?

Adieu, success, happiness and honor ever attend you.

Your sincere friend.

W. BENTINK.

Our best regards to your Father and Mother ».

CHAPITRE X.

Négociations avec l'Autriche pour la libération du territoire.

D'autres étrangers n'étaient pas si pressés de retirer leurs troupes du territoire Piémontais : l'Autriche tenait en effet toujours garnison dans la place d'Alexandrie, qui pouvait être considerée comme la clef du Royaume. Le Roi Victor Emanuel, fortement appuyé par l'opinion publique de son pays (1), voyait d'un oeil méfiant la prolongation de cet état de choses ; il craignait toujours que son puissant voisin mit des nouvelles conditions au départ des troupes : telle qu'une mainmise sur la route du Simplon, ou la conclusion de traités qui auraient mis la Sardaigne dans la situation d'un Etat dépendant, tels que l'étaient déjà de fait si non de droit les Duchés de Parme et Modène (2). Au commencement de l'année 1816 le cabinet Sarde résolut de faire un effort pour mettre un terme à ces envahissements de l'Autriche. Le comte de Valaise, Ministre des Affaires Etrangères, pensa que personne n'aurait pu conduire à bonne fin pareille négociation, mieux que M. de La Tour qui s'était battu à côté des troupes impériales et y gardait les plus hautes et puissantes relations. Son oncle, le Maréchal de Bellegarde, commandait encore à Milan (3), et le Prince de Metternich s'y trouvait fort heureusement. Les documents qui vont suivre feront connaître au lecteur tout ce que M. de La Tour dut mettre en oeuvre pour atteindre le but.

« Monsieur le Comte,

La nouvelle du prompt départ de S. M. I. R. A. de ses Etats d'Italie a déterminé le Roi à vous charger, mon Général, de remplir auprès de S. A. le Prince de Metternich une commission très importante ; il m'ordonne en conséquence de vous faire passer par courrier ses ordres à cet égard.

Dès le 29 décembre dernier, j'ai adressé au Prince de Starhemberg une note, pour demander la remission de la Citadelle d'Alexandrie aux

Archives de La Tour.
Orio. – Suppl. II,
180.

---

(1) L'on pourra lire chez Des Ambrois de Nevache, *Notes et Souvenirs inédits*, cit., p. 44, des traits bien exacts sur le bon roi Victor Emanuel I « aimant son peuple comme un père, voulant son pays fort, prospère et indépendant, mais malheureusement peu capable et peu instruit ».

(2) Le Saint Siège, dont les intérêts étaient alors défendus par un homme de la valeur de Consalvi, eut aussi beaucoup à lutter pour sauvegarder son indépendance menacée par l'Autriche (Jules Amigues, *L'Etat romain depuis 1815 jusqu'à nos jours*, Paris, 1862, p. 8).

(3) Le doigté et le grand sens politique montrés par le maréchal de Bellegarde pendant son gouvernement de la Lombardie ont été reconnus par tous les historiens. Cfr. Charles de la Varenne, *Les Autrichiens et l'Italie*, Paris, 1859, pp. 36 et suiv.

troupes de S. M., la copie en est jointe à ma lettre au Prince de Metternich, je ne reçus d'autre réponse de l'Envoyé d'Autriche qu'un simple avis qu'il aurait transmis ma note à son gouvernement; dans les voyages souvent répétés du Prince Starhemberg à Milan, je n'ai jamais omis de lui recommander de presser une réponse à cet égard; mes sollicitations furent toujours inutiles et ce ne fut qu'à son dernier retour de Milan que le pressant beaucoup de me dire ce que le Prince de Metternich lui avait répondu sur les instances que je l'avais prié de lui faire pour l'évacuation d'Alexandrie, qu'il me dit que lorsqu'il parlait de cette affaire on lui répondait avec impatience : *Mon Dieu, nous l'évacuérons, nous l'évacuérons; mais les Anglais ne sont pas loin de Gênes.* J'ai dû le... février, d'après les ordres du Roi, au moment où le Ministre d'Autriche repartait pour Milan, lui adresser une seconde note, dont copie se trouve également jointe à ma lettre au Prince de Metternich; elle fut sans réponse jusqu'ici, quoique le Prince de Starhemberg m'ait écrit plusieurs fois, et que j'aie rappelé au Baron de Binder cette affaire. Dans cet état de choses, S. M. a cru que le départ beaucoup plus rapproché de l'Empereur de l'Italie qu'on nous annonce fixé du 6 au 10 mars, exigeait qu'Elle prît une détermination qui la mit décidément à portée de connaître officiellement et positivement les intentions du Cabinet de Vienne sur cet objet important; Elle vous charge donc, Monsieur le Comte, de remettre personnellement au Prince de Metternich la ci-jointe lettre que je lui adresse et que je laisse à cachet volant, afin que vous en preniez connaissance, ainsi que des pièces y jointes. Vous trouverez en outre avec la présente copie de la Convention signée à Vienne le premier juillet 1815, qui a établi le mode et le temps que devait durer l'occupation de la Citadelle d'Alexandrie.

L'intention du Roi est que vous sollicitiez immédiatement une audience particulière du Prince Metternich et qu'à cette occasion vous lui remettiez ma lettre, après que vous en aurez fixé le cachet, en lui laissant entrevoir que le contenu vous en est connu, et que vous en êtes chargé d'en solliciter et rapporter la réponse.

Vous amenerez la conversation sur l'évacuation d'Alexandrie, en annonçant que S. M. pleine de confiance dans la justice de l'Empereur et de son Ministre, ne doute pas que les ordres vont être donnés, pour remettre cette place à ses troupes, et que vous êtes chargé d'en connaître le moment, afin que toutes les mesures, qui nous regardent, puissent être prises d'avance; vous ne dissimulerez pas que la Convention fut par nous pleinement exécutée, que les fortifications de la ville, dont il est parlé dans cette stipulation, sont détruites et qu'elles le furent à nos frais et par la main des soldats Autrichiens, dirigés par le Corps du Génie Impérial, que nul motif ne peut différer actuellement la remise totale de cette place aux troupes du Roi, qu'en conséquence la demande formelle en est par vous présentée au nom du Roi.

Si on vous objecte quelque chose sur les démolitions vous pouvez hardi-

ment avancer que le plan concerté entre les deux Corps du Génie est entièrement exécuté, que l'on continue actuellement le nivellement de la terre
par une entreprise qui l'exécute depuis long-tems. Vous observerez que Gênes fut remise aux troupes de S. M. par celles Anglaises, dont le dernier
Corps s'est embarqué le 19, qu'il n'a pas fallu de la part du Roi aucune démarche pour obtenir cette rémission à laquelle le Gouvernement Britannique s'est porté spontanément, et ne consultant que la justice et nos
droits, que S. M. a l'espoir et même la certitude de trouver dans S. M. I.
les mêmes sentiments; que cette forteresse placée sur la grande route de
Turin à Gênes coupe les communications intérieures et directes des deux
parties les plus importantes des Etats du Roi, qu'enfin les droits d'indépendance si précieux à tout Gouvernement et pour le soutien desquels
l'Europe entière s'est armée contre la France, seraient nouvellement renversés, si au mépris de la justice, des conventions et du droits des gens
on continuait l'occupation de la place d'Alexandrie.

Un des motifs qu'on peut, peut-être, vous présenter pour prolonger
l'occupation de cette importante place, serait celui de laisser finir les négociations avec Genêve, pour lesquelles les Puissances ont interposé leurs
bons offices; vous pouvez assurer au Prince de Metternich qu'il est lui-même
instruit par M. Pictet des facilités et des bonnes dispositions, que ce Ministre a trouvé à Turin, ce qui a porté les négociations presqu'à leur terme (1),
puisque le Traité devrait être signé dans 15 jours au plus.

On avancera peut-être le prétexte ridicule d'occuper Alexandrie jusqu'à
ce que l'affaire de Lucedio soit décidée, rien ne serait aussi extraordinai-
rement ridicule qu'un tel prétexte; le Roi en appelle à la justice de ses
Augustes Alliés, auxquels il a exposé les motifs qui ont dicté sa conduite,
il s'en remet à leur décision, après qu'ils les auront pesés dans leur sagesse; comment peut-on comparer des droits d'une Souveraineté légitime,
qui intéressent l'indépendance d'un Etat et celle de tous les Princes du
second ordre, qui se trouveraient tous menacés de la même injustice, si
on laissait subsister un tel exemple? Comment comparer, dis-je, ces droits,
à ceux très douteux pour le moins d'un particulier auquel tous les tri-
bunaux feront droit s'il a raison? Enfin, mon Général, si après cette dernière
démarche, ma lettre reste sans réponse positive, vous témoignerez le regret
et la peine infinie que le Roi éprouvera d'être forcé malgré Lui de recourir
aux Puissances qui ont ainsi que l'Autriche garanti l'intégrité de Ses Etats
par les Traités les plus solennels. Ceci ne doit pas être une menace de
votre part, mais l'expression d'un chagrin, pour lequel nous avons fait
tout ce qui était en notre pouvoir, pour nous l'épargner.

Vous instruirez le Prince de Starhemberg de l'ordre que vous avez
reçu motivé sur le silence gardé jusqu'ici, sur le désir de profiter de votre

---

(1) On en trouvera le récit dans les *Fragmens de lettres de M. Pictet de Rochemont*
tirés de la *Bibliothèque universelle* de Genève, mai 1840.

séjour à Milan, sur la nouvelle du prompt départ de l'Empereur pour l'Allemagne, ce qui nous empêche d'attendre son retour à Turin, ainsi que je me l'étais proposé, voulant terminer naturellement cette affaire avant son éloignement et sur le départ des Anglais de Gênes. Je dois supposer que peut-être le Prince de Metternich vous dira que la réponse sera faite par le Prince de Starhemberg à son retour, vous lui observerez qu'il serait agréable au Roi d'apprendre sans ultérieurs délais le moment de la ré-mission de la Citadelle d'Alexandrie, et vous chercherez, s'il vous est possible, d'entamer la discussion pour connaître les projets du Ministre.

Vous voudrez bien rédiger un rapport exact et très détaillé des confé-rences que vous aurez à ce sujet avec le principal Ministre ou avec tout autre, en y rapportant, pour autant que possible, les propres paroles, qui vous seront adressées puisqu'elles doivent servir de base aux démarches ultérieures, si elles deviennent nécessaires.

Vous me réexpédirez ce courrier de Cabinet avec le rapport de vos premières démarches pour le cas où vous croirez convenable d'attendre les réponses définitives, pour obtenir lesquelles vous emploierez tous les moyens que la prudence et la position du Roi permettent.

Votre zèle pour le service de S. M., et vos talents, Monsieur le Comte, m'assurent que personne plus que vous est à même de remplir avec succès cette importante et délicate commission; je crois absolument inutile de rien ajouter à ce que je viens de vous mander, persuadé que vous saurez employer tout ce que dans le développement des conférences vous paraîtra utile à la bonne réussite de cette affaire.

Le Roi verra avec infiniment de plaisir tout ce que vous me man-derez relativement aux motifs qui ont déterminé l'Empereur à accélérer son retour en Allemagne, à ne plus se rendre en Toscane, à Modène, et Parme et à Plaisance, ainsi qu'il l'avait publiquement annoncé, non moins que sur l'état des différends existants entre l'Autriche et la Bavière, sur lesquels les opinions varient extrêmement. Il désire aussi être instruit s'il est vrai que des ordres aient été donnés pour détruire les fortifications de Parme, et pour congédier toutes les personnes employées au service Ducal, ainsi que pour la vente des meubles des Palais de cette résidence.

Agréez les assurances de la considération distinguée avec laquelle je suis Monsieur le Comte,

Votre très humble et très obéissant serviteur
Le Comte DE VALLAISE.

Turin, ce 20 février 1816 ».

Suivait la copie du Traité de 1815 :

« Sa Majesté l'Empereur d'Autriche et Sa Majesté le Roi de Sar-daigne, etc., etc.

Voulant régler tout ce qui peut avoir rapport aux objets militaires dans le cas d'une guerre contre la France prévue par le traité d'alliance du 9 avril dernier, ont nommé à cet effet, savoir :

S. M. l'Empereur d'Autriche, le Sieur Jéhan Philippe Baron de Wessemberg, Chambellan et Conseiller intime de la dite M. et son Plénipotentiaire au Congrès. Et Sa M. le Roi de Sardaigne, le Sieur Don Antoine Philippe Marie Asinari, Marquis de St. Marsan, général Major, Ministre d'Etat et premier secrétaire de la guerre et son Plénipotentiaire au Congrès.

Lesquels après avoir reconnus leurs pleins pouvoirs, sont convenus des articles suivants :

ARTICLE 1. — Sa M. le Roi de Sardaigne s'engage à faire pourvoir à la nourriture des troupes de S. M. I. et R. Ap. qui traverseront ses Etats. Il sera convenu d'une indemnité équitable pour les transports. Si les chances de la guerre obligeaient les troupes Impériales à prendre des positions dans les Etats Sardes pour leur défense, les hautes parties contractantes règleront par une convention particulière la proportion dans laquelle leurs Etats respectifs auront à concourir à leur entretien, ainsi qu'à la manière dont cet entretien devra s'effectuer. Si de commun accord il était jugé convenable de faire cantonner des troupes de Sa Majesté Impériale et R. Ap. dans les Etats de S. M. le Roi de Sardaigne, il sera pourvu à leur entretien des magasins impériaux, et le gouvernement Sarde ne fournira dans ce cas que le logement et le foin.

Les troupes Sardes qui traverseront les Etats de Sa M. I. R. et Ap. ou qui y cantonneront y seront traitées tout à fait sur le même pied que les troupes Autrichiennes dans les Etats Sardes. Des Commissaires seront nommés de part et d'autre pour régler tout ce qui a rapport à l'exécution du présent article, et nommément aux routes d'étape, aux hôpitaux, transports et autres branches de l'administration militaire. Ces Commissaires fixeront la qualité et quantité des rations, et tâcheront de prévenir par des règlements sévères tout abus à cet égard.

ARTICLE 2. — Le contingent que S. M. le Roi de Sardaigne doit fournir en vertu du Traité d'Alliance du 9 avril dernier, sera placé sous les ordres du général en chef de l'Armée Autrichienne en Italie. Il sera toutefois commandé par ses propres généraux, sera séparé le moins possible, et employé de préférence à portée des Etats de Sa M., à la défense desquels ils seraient rappellés en cas qu'ils fussent menacés par des chances de la guerre. Tout ce qui tient à l'administration et à l'économie militaire du dit contingent dépendra uniquement des généraux et autorités de S. M. le Roi de Sardaigne.

ARTICLE 3. — Les Troupes de S. Majesté le Roi de Sardaigne qui feront partie de l'armée Autrichienne, seront traitées en pays ennemi d'après les mêmes règlements que les troupes de S. M. Imp. et R.

ARTICLE 4. — Les Hautes Parties contractantes sont convenues que les fortifications de la ville d'Alexandrie qui ne font point partie de celles de la citadelle, seront démolies. L'organisation de l'armée de S. M. le Roi de Sardaigne n'étant encore point terminée, S. M. consent à ce que pendant la durée de la présente guerre la Garnison de la citadelle d'Alexandrie soit composée de troupes Impériales et Piémontaises, et pour donner une marque de sa pleine confiance à S. M. l'Empereur, elle nommera pour le même tems un général Autrichien gouverneur de la citadelle.

ARTICLE 5. — La présente Convention sera ratifiée et les ratifications échangées à Turin dans le terme de 15 jours ou plus tôt si faire se peut.

Fait à Vienne le premier juin mille huit cent quinze.

Le Baron DE WESSEMBERG.   Le Marquis DE ST. MARSAN.

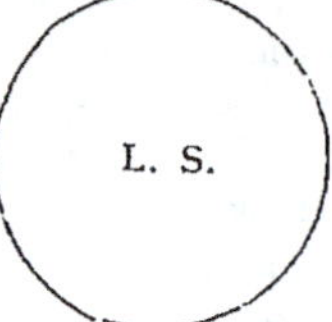

Vu et approuvé : le 1ᵉʳ juin 1815.

Le Ministre d'Etat et des Affaires Etrangères
de Sa Majesté l'Empereur d'Autriche

Le Prince DE METTERNICH.

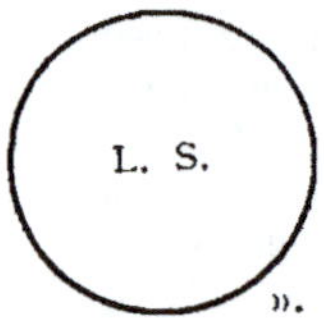

».

Rapport du général de La Tour
au Comte de Vallaise relatant une conversation avec le Prince de Metternich.

« J'ai reçu des mains de M. le Chev. Bonomi le paquet que V. E. m'a fait l'honneur de m'écrire trop tard pour pouvoir profiter de l'occasion de la poste pour lui en accuser la réception. Conformément à ses ordres j'ai sollicité une audience du Prince de Metternich en lui annonçant que j'avais une lettre à lui remettre de la part de V. E. L'audience me fut accordée hier au soir.

A mon entrée, le Prince me dit qu'il présumait que j'étais informé du sujet de la lettre, sur ma réponse à peu près affirmative il posa la lettre sur la table en disant : « Eh bien, de quoi s'agit-il ? ». — « De l'évacuation de la citadelle d'Alexandrie par vos troupes ». — « Ce point là, reprit-il, sur le champ, est déjà fixé en principe, et je suis persuadé que l'Empereur ne quittera pas l'Italie sans ordonner cette évacuation : — Mais dès, que nous sommes à causer affaires, vous conviendrez, mon cher général, vous qui nous connaissez que l'on s'alarme de nous en Piémont très mal à propos.

L'Empereur ne prétend, ne veut et ne désire rien du Roy que de vivre avec lui en bonne harmonie et bonne intelligence et en intimité ainsi que cela leur convient à tous les deux. Nous avons principalement contribué à vous faire avoir ce que vous avez, ainsi nous sommes bien loin de vouloir rien vous prendre; mais nous aurions désiré nous entendre avec vous sur certains points de convenance réciproque, par exemple : La route du Simplon ne vous sert à rien sous les rapports commerciaux, elle complique votre système de défense, et elle est très dangereuse pour nous.

Nous désirerions en faire l'acquisition à des conditions avantageuses pour vous, mais vous n'avez pas voulu y entendre ». — Dans la conversation dont V. E. m'avait honoré avant mon départ de Turin, elle m'avait elle-même fourni les arguments en réponse à ces observations. Le Prince ne m'en laissa développer que quelques unes, et reprenant la conversation il dit : « Enfin si cette route ne peut pas s'acheter, et gêne le système de défense, il conviendrait peut-être de la détruire, mais l'Europe crierait au vandalisme, car c'est un très bel ouvrage. — Au reste il y a un autre point plus important pour la sûreté de l'Italie et qui tient beaucoup plus à coeur à l'Empereur, c'est une union, soit une alliance entre lui et tous les Souverains de l'Italie, on a mal saisi ses intentions à ce sujet : il ne veut aucunement établir un protectorat ni aucune supériorité sur les Souverains Italiens, et c'est même à fin d'écarter toutes craintes à ce sujet qu'il n'a pas voulu le titre de Roy d'Italie. Son désir est de traiter d'égal à égal avec chaque Souverain Italien, et de poser ainsi les bases d'un système général de défense pour l'Italie. Nous avons déjà dû traiter ce sujet avec Naples et la Toscane, et je ne conçois pas pourquoi vous autres qui êtes à l'avant poste et les plus exposés ne voulez pas entrer dans de semblables vues ». — Je répondis au Prince : « que je n'avais aucune connaissance de ce qui pouvait avoir été proposé à ce sujet entièrement étranger à l'objet pour lequel j'avais l'honneur de le voir, mais que connaissant les intentions du Roi et de son Ministère, je n'avais aucun doute, qu'à la moindre apparence de danger du côté de la France, le Roi s'empresserait de se concerter avec l'Empereur pour la défense commune. Qu'au reste mon opinion personnelle était que pour plusieurs années la France était hors d'état de nuire, qu'ainsi les arrangements de cette nature ne me paraissaient pas pressants ».

Le prince admit en partie ce raisonnement, mais revint à l'utilité réciproque d'un traité d'alliance et par là de la situation générale des choses en Europe, de la modération qu'avait manifesté l'Autriche, etc. Ces objets se trouvant hors des points précédemment en discussion j'ai crû ne devoir répondre que des choses qui pussent être agréables au Prince. Je revins ensuite à l'objet de ma commission en rappelant au Prince la lettre de votre Exc. : « Oui, dit-il, je vais la lire et j'y répondrai dans quelques jours d'ici, où j'aurai aussi le plaisir de vous revoir ». Il me dit ensuite des choses personnellement agréables et conclut par ces mots : « Vous pouvez en attendant écrire au Comte Vallaise que le principe de l'évacuation est établi ».

Le Prince de Starhemberg, à qui votre Ex. m'avait ordonné de parler de l'affaire d'Alexandrie était parti pour Gênes, d'où il se rendra à Turin. J'ai espéré qu'en son absence votre E. ne désapprouverait pas que j'en aye parlé par manière de conversation au Maréchal de Bellegarde que je sais être ordinairement consulté sur les affaires d'Italie.

Le Maréchal considère l'occupation mixte de la citadelle comme de nulle importance pour l'Autriche depuis les démolitions de la ville; et quant aux deux points qui avaient fait le principal sujet de la conversation du Prince de Metternich, il me parla de la cession du Simplon, comme d'une chose que l'Autriche aurait dû demander lors de celle de Gênes, mais sur laquelle elle ne pouvait plus aujourd'hui élever des prétentions. Il insista en revanche fortement sur l'utilité de l'alliance. Je saisis cette occasion pour lui faire observer qu'il n'y avait de bonne alliance que celles basées sur la confiance, et que l'occupation prolongée d'une de nos places de guerre n'était pas propre à l'établir. Le Maréchal me sembla entrer pleinement dans ce sentiment, et je me flatte qu'il parlera dans ce sens au Pr. de Metternich : — Si d'après ce que j'ai entendu dans ces conversations, je devais soumettre mon opinion personnelle à V. E., elle serait que l'on n'insistera plus sur le Simplon, mais qu'il sera fortement question de l'alliance.

Je ne crois cependant point qu'on la propose formellement comme une condition *sine qua non* de l'évacuation d'Alexandrie.

Milan, février 1816 ».

———

« *Mon Général,*

Ce matin à 8 heures j'ai reçu par le Courrier du Cabinet Talpone la lettre et le rapport que vous avez bien voulu, Monsieur le Comte, m'adresser le 24 courant; je me suis empressé de le soumettre à Sa Majesté qui a approuvé la manière avec laquelle vous avez traité l'objet important de l'évacuation d'Alexandrie dans la première conférence que vous avez eu avec le Prince de Metternich; Elle m'ordonne de vous réexpédier un Courrier du Cabinet pour vous instruire de ses intentions ultérieures, et pour que vous ayez à votre disposition un moyen sûr et prompt pour me faire passer vos observations sur une affaire aussi essentielle.

Vous avez, mon Général, parfaitement observé au Prince qu'il ne peut y avoir de vraie confiance et amitié entre les deux Gouvernements que lorsqu'elle sera établie sur l'intime persuasion du Roi, que l'Empereur ne pense pas à Lui enlever une portion de ses Etats ou à lui retenir une de ses places fortes; la confiance s'inspire par les procédés, et ne se commande pas par la force; quel pacte peut être obligatoire, lorsque l'on n'est pas libre dans ses déterminations? le Roi doit être mis dans cette position d'indépendance à laquelle tout Etat quelque soit sa force a le droit de prétendre, et auquel tous attachent un égal prix, puisqu'on ne peut d'après les principes de justice desquels le Gouvernement Impérial veut se vanter, et que l'on ne veut même pas retenir Alexandrie, pourquoi ne pas se presser de donner au Roi une preuve de loyauté et de bons procédés, en lui remettant sans difficultés ce qui lui est dû à tant de titres? Les observations du Prince de Metternich, sur l'alliance projetée, ne sont pas applicables quant à la position relative du Roi, Sa Majesté a conclu des alliances avec les quatres Grandes Puissances, ces alliances ont le but que peut se proposer actuellement l'Autriche, celui. d'en imposer à la France, si par des nouvelles convulsions elle menaçait le repos de l'Europe, cette grande Alliance est la plus sûre garantie de la tranquillité de l'Italie, et d'ailleurs le Roi se trouve encore engagé par elle et ne pourrait, sans lui manquer, former des nouveaux liens, dont le but ne serait que de rendre partiel ce qui est général.

Vous avez très-bien observé, mon Général, que l'état de la France ne nécessite pas des engagements différens de ceux qui existent, et sa désorganisation complète devrait assurer à l'Autriche (quand les engagements existans ne lui parussent pas suffisans) que le Roi ne pourrait trouver aucun avantage pour s'exposer à se détacher de la cause commune des Grandes Puissances de l'Europe; je ne vous rappellerai pas ce que je vous ai dit de vive voix sur l'irrégularité du Traité pour la rétrocession de la Basse Savoye, qui fut signé et désavoué en même tems. Je suis bien persuadé que vous sauriez vous servir utilement si le cas l'exige de ce que je vous ai mis sous les yeux à cet égard; je suis sûr que vous connaissez assez le Maréchal Bellegarde, pour juger s'il a sincèrement trouvé irrécusable la juste demande du Roi, mais en supposant même qu'il eut voulu vous cacher les conseils que peut-être il donne dans le Cabinet, je trouve que vous n'avez nullement nui aux intérêts de Sa Majesté, en lui parlant avec franchise, et en cherchant à discuter avec lui sur un point qui ne peut qu'être essentiellement considéré comme militaire, et sur lequel son avis doit être très influent.

Dans cet état de choses le Roi vous charge, mon Général, d'insister à ce que le principe de l'évacuation, qui vous a été formellement avancé être établi, soit réalisé immédiatement, que vous mettiez pour principe de votre part que rien ne se fait sans confiance et qu'elle ne peut être réellement établie entre les deux Gouvernements, que lorsque l'Autriche prouvera au Roi qu'elle veut l'engager à être son ami et non l'y forcer, que vous engagiez le Prince à ne pas oublier qu'il vous a dit qu'il croyait que l'Empereur aurait ordonné la remise d'Alexandrie avant que de quitter l'Italie, afin que vous insistiez à obtenir une réponse, qui ne se borne pas à parler d'un principe qui ne peut pas être mis en doute, mais qui détermine les intentions quelqu'elles soyent, puisque je dois supposer qu'on usera de la ruse pour vous tenir en suspens jusqu'après le départ de l'Empereur et alors on s'excusera sur la nécessité d'avoir ses ordres définitifs; vous n'oublierez non plus de présenter avec votre prudence et dextérité bien reconnue, la conduite loyale et généreuse des Anglais pour la rémission de Gênes, ainsi que de la pénible nécessité, dans laquelle on va placer le Roi de recourir à ses Alliés pour l'accomplissement des garanties que les Traités lui ont assurées.

Le Prince de Starhemberg est arrivé ici ce matin, il m'a annoncé avec légèreté qu'il avait ordre de me dire qu'Alexandrie serait évacuée; je lui ai demandé quand, il a dû me répondre, qu'il n'en savait rien, en me prévenant qu'il venait de tenir le même propos au Roi; je lui ai dit que vous aviez été, monsieur le Général, chargé de présenter une de mes lettres au Prince de Metternich, et d'entretenir ce Ministre sur la demande formelle de faire évacuer Alexandrie, et que vous deviez en causer avec lui, mais que son absence de Milan ne vous avait pas permis de le faire, qu'au reste le voyage de l'Empereur avait dû faire renvoyer jusqu'à son retour à Milan pour prendre ses ordres définitifs sur un objet dont le Prince de Metternich reconnaissait la justice. Cet envoyé repart mardi pour Milan, il s'opposera toujours à ce que on nous rende justice parce qu'il veut rendre importante sa mission pour quelque Traité et justifier par là une mission qui l'humilie trop, s'il ne peut pas la couvrir de quelque négociation extraordinaire; il m'a avancé en passant que le Général Bubna lui avait dit, *lorsque l'Empereur sera parti de Milan, je ferai passer à Alexandrie deux bataillons que j'ai de trop ici*; le Prince m'ajouta quand même Bubna ferait cette sottise, vous ne devez pas en être inquiet, puisque vous n'en aurez pas moins Alexandrie; vous devez, Monsieur le Comte, chercher à connaître d'une manière positive si un tel projet existe ou doit être exécuté, et ne pas balancer à déclarer qu'il mettrait la consternation dans tout le Piémont, où l'on souffre si impatiemment le séjour des étrangers à Alexandrie, et que le coeur du Roi recevrait un coup terrible, puisqu'il verrait que la foi des Traités est manquée, et qu'il ne peut y avoir de sûreté contre un voisin qui suit des projets d'envahissement.

Le Ministre de la Guerre a été prévenu que les ordres formels de Sa Majesté vous retiennent à Milan, et il me charge en son nom des plus amples autorisations à cet égard. J'ai l'honneur d'être avec une considération très distinguée,

Monsieur le Comte,   Votre très humble et très obéissant serviteur
Le Comte DE VALLAISE.

Turin, ce 25 février 1816 ».

« *Mon Général*,

La poste ordinaire m'a porté hier votre dépêche du 6 courant, et j'ai reçu ce matin à 4 heures celle que vous m'avez fait l'honneur de m'adresser par le courrier du Cabinet Guasco, en date du 8.

La lettre qui y était jointe de S. A. le Prince de Metternich contenait la communication officielle de l'ordre donné pour l'évacuation de la ville et citadelle d'Alexandrie par les troupes Impériales. Vous pourrez aisément concevoir quelle fut la satisfaction qu'éprouva Notre Auguste Monarque à la lecture de cette dépêche, qui fut encore augmentée par les manières franches et nobles que le Ministre a employé dans le cours de cette négociation, et dans le mode de m'en annoncer le résultat ; il m'a ordonné de ne pas différer d'un instant à prier le Prince de Metternich d'être l'organe de ses sentimens de reconnaissance auprès de S. M. I. R. Ap. et de lui offrir celle qui lui est due particulièrement pour la part essentielle qu'il a eu à la prompte et heureuse issue de cette affaire, c'est ce que je fais par la lettre ci-jointe que je vous prie de vouloir bien lui remettre s'il vous est possible personnellement.

Il est inutile que je vous répète, mon Général, combien S. M. est satisfaite de la manière dont vous vous êtes conduit dans cette délicate négociation, vous devez être persuadé qu'Elle vous rend justice et qu'Elle apprécie l'important service que vous venez de Lui rendre.

Il ne me reste qu'à vous parler de l'objet des magasins, vous en connaissez l'importance et je vois avec plaisir que vous vous en êtes pénétré ; notre situation tous les jours plus alarmante sur la subsistance exige la plus grande attention et tout le zèle des bons et fidèles serviteurs de S. M. L'ordre du jour imprimé à Milan en date du 24 décembre contient des mesures si sages pour l'intérieur de la Monarchie Autrichienne, qu'il est impossible que la justice de S. M. l'Empereur ne veuille les étendre dans les Pays amis et Alliés que ses Troupes peuvent parcourir, je vous prie d'en prendre connaissance et d'en faire usage et si vous le pouvez la faire appliquer.

Je dois supposer que votre retour ne sera pas beaucoup retardé, je désire qu'il ne soit pas après l'arrivée du Général Fiquelmont, ce sera pour moi un double plaisir de pouvoir vous revoir et de vous féliciter bien sincérement de ce que vous avez fait.

Agréez les nouvelles assurances de ma considération distinguée avec laquelle j'ai l'honneur d'être

Monsieur le Comte

Votre humble et très obéissant serviteur
Signé : Le Comte DE VALLAISE.

Turin, 9 Mars 1816 ».

CHAPITRE XI.

Le gouvernement de Novare avant la révolution de 1821.

Le général de La Tour avait reçu comme destination, pour l'époque de paix qui allait s'ouvrir, le gouvernement de la province de Novare. Il s'y consacra avec tout le zèle qu'il mettait à accomplir les devoirs de sa charge, et fit preuve d'une grande aptitude à tenir en main les habitants et les troupes. L'instruction militaire et les autres champs d'action auxquels l'appellait un grand commandement de frontière absorbèrent une partie très considérable du temps et des forces de M. de La Tour. On vit bien en 1821 quelle était la solidité du pouvoir que ce général exerçait dans toute la province. Mais l'étude de l'époque de sa vie qui précéda la révolution, ne saurait offrir qu'un intérêt trop téchnique et local et il nous a paru impossible de nous y attarder. Les relations que M. de La Tour entretint pendant ces quatre ou cinq ans avec les principaux officiers de l'armée britannique avec lesquels il avait collaboré à la grande lutte contre Napoléon, ou encore la correspondance de plus en plus intime et cordiale qu'il initia avec le Prince de Carignan, nous ont semblés de nature à retenir davantage l'attention de l'historien.

La conduite de la Cour de Naples vis-à-vis de Lord William Bentinck, qui, tout en refrenant des abus, avait été l'un des principaux instruments de la chute de Murat, offre un spectacle tout à fait dégoûtant. M. de La Tour fut aussi très sensible à tant d'ingratitude dont était la victime son ami et maître, mais, d'accord avec la nature prudente et réfléchie de son tempérament, il fut de tout temps opposé aux manifestations trop bruyantes. Consulté par Lord William il lui exposa en toute sincérité sa manière de voir.

Archives de La Tour.
Orio. – IV, 350. « Plus je réfléchis sur l'effet que pourrait produire la publication *pure et simple* des papiers relatifs à la non admission de Lord William à Naples, et plus je me persuade que cette publication ne peut pas en produire de très satisfaisant. Puisqu'en effet l'événement est en lui même d'une nature privée et désagréable et personnelle, et bien des personnes pourraient s'étonner que Lord William, après avoir agi plusieurs années dans une haute et importante sphère militaire et politique, appelle seulement l'attention du public sur un fait privé d'une nature désagréable, et auquel, même quelques uns de ses amis, diront qu'il aurait été plus prudent de ne pas donner lieu, et en suite qu'en un mot, par la dite publication pure et simple, tout me paraît se réduire à rappeler au souvenir du public, un affront pour lequel il n'a reçu aucune satisfaction — et ne peut guère croire d'en obtenir, vu l'opinion du Gouvernement actuel : d'après la manière de voir que je viens d'exposer, je suis intimement persuadé que la seule façon de porter honorablement l'affaire de Naples à la connaissance du public,

serait de le lier comme épisode à un exposé de la conduite politique de
Lord William pendant ces dernières années, ses transactions avec Murat,
et l'opinion qu'il a porté sur lui à l'occasion des susdites transactions
formant naturellement une partie essentielle de cet exposé, et prouver de
la manière la plus évidente que l'opinion de Lord William était contre
Murat dans le tems même où la Coalition s'alliait avec lui, et que par conséquent la Cour de Naples actuelle, loin d'avoir sur ce point à se plaindre
de Lord William, devait au contraire le considérer comme son principal
appui. D'où il résulte que la Cour de Naples oubliant ses obligations récentes a feint de les ignorer, et prenant Murat pour prétexte, a voulu venger
ainsi impunément ses anciennes querelles de Sicile : mais comme la Cour
de Naples était informée que Lord William n'avait agi en Sicile que conformément aux intentions de son Gouvernement c'est donc du Gouvernement
même que la Cour de Naples a ainsi cherché de se venger indirectement.
Ce qui prouverait que la politique suivie par l'Angleterre en Italie y a
beaucoup fait baisser son influence, puisqu'un Etat aussi faible que celui
de Naples a osé l'y insulter dans la personne d'un de ses principaux employés, sans guère s'inquiéter si oui ou non elle se ressentirait de cette injure.
A part les deux manières sus-indiquées de porter à la connaissance du public
l'affaire de Naples, il y en a une troisième savoir : celle de joindre à l'exposé
de la conduite politique de Lord William pendant ces dernières années, celui
de son opinion sur la politique qui aurait dû être suivie à l'occasion des
deux dernières paix. Cette troisième manière embrassant un champ plus
vaste exciterait naturellement plus d'intérêt, et ferait connaître Lord William
à l'Europe sous des rapports plus étendus comme homme d'Etat. Mais
cette troisième exposition, pour laquelle au premier abord je m'étais entièrement décidé, m'a paru ensuite avoir un inconvénient grave en effets.
Les opinions de Lord William diffèrent sur plusieurs points de celles de
son Gouvernement, et elles sont aussi en opposition avec les vues actuelles
de quelques unes des principales puissances de l'Europe ; il me paraît donc
que cette publication de ses opinions en même temps qu'elle le ferait davantage connaître pour un homme habile, mettrait un très fort obstacle à
ce qu'il puisse être employé activement pendant que la politique anglaise
et continentale resterait sur le pied actuel. Il se pourrait donc, qu'à cause
de cette publication, son pays fut longtemps privé de ses services. En
résumant donc mon opinion, je pense : 1° que la publication pure et
simple des papiers relatifs à la non admission de Lord William à Naples,
n'excite pas d'intérêt et ne peut conduire à rien de satisfaisant ; 2° que cette
publication venant comme épisode dans un exposé de la conduite politique
excite de l'intérêt mais que renfermant nécessairement une critique au moins
indirecte de la conduite du Gouvernement en Italie, elle exciterait jusqu'à
un certain point le mécontentement du Gouvernement ; 3° que cette publication liée à l'exposé de la conduite et à celui des opinions politiques excite
beaucoup d'intérêt, mais peut exclure pendant longtemps Lord William

de tout emploi. J'inclinerais donc pour ne rien publier du tout. Cependant n'étant pas sur les lieux je crois que le mieux serait de consulter à Londres quelques amis sages et impartiaux pour connaître par eux l'opinion publique. Si comme je le crois elle est favorable à Lord William, si en général on blâme la Cour de Naples de son procédé, et le Gouvernement de sa non intervention, le procès est jugé, et toute publication est superflue. Si au contraire contre la justice et mon attente, l'événement de Naples mal connu et mal jugé a jeté du louche sur le caractère de Lord William, la publication ainsi qu'elle est indiquée dans le N° 2, ou 3 serait utile. L'essentiel est que les amis à consulter n'ayent aucun esprit de parti, puisque naturellement les Ministériels seront contre la publication, et que l'Opposition dans le désir d'attacher irrévocablement Lord William à son parti, et d'avoir un sujet de plus d'inquiéter les Ministres seront pour. Ainsi il n'y a que les indépendants amis de Lord William qui puissent le conseiller dans le vrai sens de ses intérêts. Je ne terminerai point cet écrit sans assurer Lord William que de toutes les preuves d'amitié dont il m'a comblé, aucune ne m'a été aussi sensible, que la confiance qu'il m'a montré dans cette occasion, en me permettant de lui donner mon opinion sur cet objet. Je le prie donc d'agréer l'expression de ma vive reconnaissance jointe à celle de mon inaltérable attachement.

DELLA TORRE ».

La vastité de la scène, sur laquelle M. de La Tour avait été vite appelé à agir, avait certainement contribué à développer en lui l'aptitude à envisager les choses de loin et d'un regard d'ensemble. Ce don s'alliait chez lui à un sentiment très net des possibilités, qui donnait un tour pratique aux plans les plus amples, et le rendait peu propre aux envolées. Ces caractéristiques, qui le firent quelque fois taxer de scepticisme, se retrouvent dans un Mémoire qu'il adressa vers 1818 au Ministère sur la réorganisation de l'armée Piémontaise, et qui nous a semblé l'un des fruits les plus remarquables de cette période de paix et de recueillement.

« Mon très cher Ami,

Archives de La Tour. Orio. - III, 282.

Je viens d'apprendre, mon cher ami, que S. M. a nommé une Commission dont vous êtes Président, à l'objet (dit-on) d'examiner: 1° si il convient dans les circonstances présentes de changer l'organisation de l'Armée? 2° quelle serait dans ce cas la meilleure organisation à lui donner? Ces deux questions étant de la plus haute importance pour le bien du service du Roy, j'ai espéré, mon cher ami, que vous ne trouveriez pas mauvais que je vous soumette sommairement ma manière de voir à ce sujet.

Je n'examinerais point la seconde de ces questions savoir *quelle serait la meilleure organisation pour notre Armée?* Car il me manque plusieurs des données nécéssaires pour pouvoir oser ouvrir un avis sur ce sujet; je me borné donc à la première question, savoir : *Convient-il dans les circonstances présentes de changer l'organisation de l'Armée?*

Présumant que cette question porte principalement sur la formation de l'Infanterie de ligne, voici les réflexions qu'elle me fait naître :

1° Quelques soient d'ailleurs les avantages et les inconvénients de la formation actuelle, son but principal était de pouvoir dans une courte période d'années, *dresser* ou au moins dégrossir 44/m. soldats, sans en avoir jamais présents sous les armes, et par conséquent païés, plus d'environ 14/m., mais la levée ne s'étant pas faite chaque année il se trouve que notre capital actuel en soldats de ligne au lieu d'être de 44/m. ne s'élève guère qu'à environ 30/m. : or vous savez mieux que moi, mon cher ami, que ce n'est pas dans les embarras toujours inséparables d'une nouvelle organisation, que nous pourrions réussir à lever et dresser les 14/m. qui nous manquent encore au complet, donc en changeant notre formation actuelle il en résulterait que ainsi pour un certain temps encore notre Infanterie de ligne serait nécessairement limitée à la force d'environ 30/m. dont les Places de Guerre absorbent au moins 12/m., reste disponible pour l'armée active à peu près 18/m., ce qui est bien modique proportionellement à la population et à la richesse de l'Etat.

2° Selon ce que j'en puis connaître il résultera des inspections aussi qui se donnent actuellement, que la comptabilité des régiments n'est pas encore chez tous parfaitement en règle, si donc il y survient une nouvelle organisation avant qu'elle le soit, celà augmentera beaucoup la difficulté de vérifier les comptes, et le résultat probable est, que ceux qui ont mal fait trouveront le moyen de couvrir leurs fautes, et que ceux qui se sont donné beaucoup de soins et de peines pour bien faire perdront le fruit de leur travail, ce qui est d'un très mauvais exemple.

3° Il y a aussi à observer que nous manquons d'un nombre suffisant d'officiers supérieurs instruits, et par conséquent capables d'enseigner — mais comme nous avons heureusement quelques bons colonels, les autres officiers supérieurs se forment peu à peu à leur école, de sorte que nous serons déjà mieux pourvus l'année prochaine, en chefs capables de commander que nous ne le sommes cette année-ci — mais si l'attention des colonels et officiers supérieurs en question est distraite par les embarras inséparables d'une nouvelle formation, l'école dont il s'agit sera nécessairement interrompue, et par conséquent les progrès dans l'instruction sensiblement retardés.

4° Enfin, mon cher ami, une considération qui me paraît extrêmement importante : c'est que personne au monde ne peut prévoir si les suites du Congrès d'Aix La Chapelle n'amèneront peut-être pas la guerre, laquelle dans ce cas éclaterait probablement dans le cours de l'année prochaine, et peut-être même au printemps. Voyez alors dans quelle triste situation serait l'Etat, n'ayant pour toute ressource qu'une armée de ligne d'environ 30/m. hommes, dont 12/m. absorbés par les Places ; et qui se trouverait dans tous les embarras et désordres d'une nouvelle formation, ajoutez à celà que l'Armée manque encore d'une partie du matériel de guerre le plus indispensable, tel que fusils, sabres, pistolets, canons, affuts, boulets, balles, etc. Matériel sans lequel aucune troupe ne peut agir avec succès — et vous aurez le vrai tableau de ce que seraient nos troupes à une reprise inopinée d'hostilités. D'après toutes ces considérations l'opinion que je vous soumets est : 1° que nous employons l'argent que doit nécessairement nous coûter une nouvelle formation à compléter notre matériel de guerre; 2° d'employer le temps qui nous reste d'ici à l'issue finale du Congrès d'Aix La Chapelle à compléter les brigades, et au lieu d'appeler un nouveau contingent conservant pour quelque temps encore l'organisation actuelle ce complétement peut se faire sans augmenter les dépenses, et celà par un moyen fort simple — savoir en faisant vers la fin de l'automne la levée nécessaire pour compléter les brigades, et au lieu d'appeler un nouveau contingent sous les armes au 1 janvier 1819, d'y appeler cette nouvelle levée, qui lorsqu'elle aurait reçu une instruction suffisante pourrait ensuite si on le juge à propos être assignée aux différents contingents — si puis cette levée était trop nombreuse pour être toute appelée en janvier, on l'appellerait en deux fois, et en attendant les contingents qui auraient dû être appelés continueraient à rester chez eux. Vous voyez, mon cher ami, que par ce moyen on complèterait l'armée et que les dépenses ne seraient pas augmentées d'un sol, et qu'elles pourraient même être moindres qu'à l'ordinaire, si la nouvelle levée était appelée en deux fois en force moindre que celle d'un contingent. L'économie qui en résulterait serait appliquée au matériel de guerre. En adoptant cette méthode la comptabilité des corps restant encore pour un certain temps sur le même pied, on aurait tout le loisir d'en achever la vérification; l'instruction ne serait pas interrompue, les dépenses ne seraient pas augmentées et cependant vers le milieu de l'année prochaine, l'armée de ligne, pourvue du matériel nécessaire, serait portée à son grand complet de 44/m. hommes d'infanterie de ligne sinon parfaitement exercés au moins suffisamment dégrossis pour pouvoir servir en campagne — d'ici à cette époque le résultat final du Congrès d'Aix La Chapelle serait connu, et selon que l'on pourrait prévoir une prochaine guerre, ou la durée de la paix, S. M. donnerait à son armée telle *organisation définitive*, que les circonstances générales de l'Europe lui feraient juger être plus convenable. Telles sont, mon cher ami, les réflexions qui se sont à *tutta prima* présentées à mon imagination à la nouvelle de la formation d'une Commission relative aux arrangemens à prendre pour l'armée; je pourrais y en ajouter plusieurs autres, mais celles-ci m'ont paru les plus importantes — ma première idée avait été de les adresser au C. Robilant dont j'estime beaucoup les lumières et la sagesse, mais j'ai pensé que sa qualité de Ministre de la Guerre donnerait à cet aperçu un caractère entièrement officiel, et il est rédigé trop à la hâte pour le mériter; j'ai donc pris le parti, cher Comte, de vous l'adresser confidentiellement comme il me semble que notre ancienne amitié m'en donne le droit. Je vous prie cependant de le communiquer au C. Robilant et si ainsi que je m'en flatte un peu, il entre dans mon opinion, j'espère que vous aurez la bonté de la soumettre à S. M. qui daignera je m'en flatte excuser la faute d'une rédaction trop précipitée en faveur de l'urgence de l'importance de l'objet et du zèle qui m'animera jusqu'à ma dernière heure pour tout ce qui me paraîtra être utile à son Royal service ».

La faveur du Roi, et les sympathies générales avaient mis de plus en plus en relief la figure du Prince de Carignan, héritier présomptif de la couronne; il devait bientôt payer ce court temps de popularité par les plus cruelles épreuves, mais pour le moment il était tout au plaisir d'employer sa belle activité juvénile à courir par monts et par vaux, à réformer les institutions militaires sur lesquelles Victor Emanuel I lui avait donné la haute main. Dès le début sa confiance se porta de la façon la plus enjouée vers le général de La Tour. Nous ne saurions résister au plaisir de faire des emprunts à cette jolie correspondance du jeune prince.

« *Monsieur le Comte,*

Je m'empresse, en répondant à votre aimable lettre, de vous apprendre que dans notre Pays l'on écrit aux Princes de la Famille Royale et même plus souvent que vous ne le faites lorsqu'on le leur a promis; de mon côté je ne sais point comment chez nous un colonel de chevau-légers s'y prend pour répondre à un lieutenant Général, mais j'espère qu'en très galant amateur des eaux de Vaudiers vous voudrez bien recevoir tous mes remerciements sur les félicitations que vous me faites pour la décoration qui selon vous doit embellir mon uniforme et qui j'espère ne contribuera pas peu à relever sous peu l'éclat de celui d'un très aimable Gouverneur de Novare; puisque vous voulez bien vous rappeler de Raconis je vous dirai que nous ne nous sommes pas seulement amusés à chasser des renards, mais qu'en marchant sur les traces d'Hercule nous avons chassé des loups d'une petite espèce qui inondent notre pays; on m'a aussi dit que le Milanais est plein de la *grosse* et de la petite espèce de ces animaux carnassiers; il serait dangereux pour nous qu'ils passassent le Tésin; mais avec de la patience et de la sagesse l'on prétend que l'on vient à bout de tout, de sorte qu'en ramassant tous les excellens chasseurs comme vous, mon cher Comte, il faut espérer que notre si beau pays en sera bientôt purgé. Je m'empresse de vous dire que le Maréchal qui avait la goutte et dont on vient de me porter des nouvelles va mieux. Je vous prie, mon cher Comte, conservez toujours ces mêmes sentiments à mon égard, vous savez combien j'y tiens, et soyez bien persuadé de toute l'amitié que je vous porte.

Votre très affectionné
C. ALBERT DE SAVOIE.

Turin, ce 12 9bre 1816 ».

Archives de La Tour,
Orio. – IV, 359.

« Mon cher Comte.

Je viens de recevoir avec grand plaisir la lettre que vous m'avez écrite, toute preuve d'amitié de votre part m'étant infiniment agréable, je regrette bien de ne vous avoir plus trouvé à Turin, et si j'eusse su que vous fussiez à Novare je serais passé par le Simplon pour pouvoir vous y voir, je demandais à Berne au M.is de Garès s'il savait si vous aviez déjà quitté Turin, il l'ignorait, ce qui fit que je passai par la Savoie, mais j'espère que les voix qui courent se vérifieront et que bientôt j'aurai le plaisir de vous embrasser. Je n'ai pas reçu la lettre que vous m'avez envoyé à Dresde, mon séjour en cette ville n'ayant été que de douze jours; je n'ai pu aller à Berlin comme je l'aurais désiré parce que le Roi n'y était pas, et qu'il devait y arriver dans douze ou 15 jours, ce qui m'aurait obligé de l'y attendre et par conséquent d'allonger mon absence; l'Empereur de Russie devait partir incessamment de Pétersbourg et passer par le Meclembourg, ce qui mettait son arrivée à Berlin à plus d'un mois et demi. Notre voyage a pourtant été très intéressant; en allant, nous avons passé par Venise que je désirais extrêmement connaître, nous y passâmes trois jours très agréablement, nous restâmes dix jours à Munich, ce qui n'est pas trop pour voir toutes les curiosités qu'offre cette intéressante ville; la lithografie appliquée au cadastre m'y a beaucoup intéressé ainsi que différens établissemens pour les pauvres, lesquels seraient si susceptibles d'être imités chez nous; on s'efforce aussi d'y imiter l'Italie en fait de beaux arts, la cour y est vraiment parfaite pour les étrangers.

En revanche du plaisir que j'eus de voir ma Mère et ma soeur, je ne m'amusais pas autant à Dresde; la ville n'offre aux curieux qu'une galerie de tableaux, vraiment belle, et une cour d'une bonté excessive, et dont l'extrême exactitude et la très sévère étiquette servent de divaguement très agréable pour les étrangers; en revenant nous passâmes par Leipsick où je visitais le champ de bataille, nous restâmes aussi un jour à Cassel où il y a d'assez jolies choses à voir, surtout dans ses environs où il y a le parc de Wiliemsé, qui est je crois, et suivant ce que disent les voyageurs, la plus belle chose du monde en fait de parc. Nous passâmes par Francfort, Carlsruhe, Bâle, Berne où je visitais le si bel établissement de monsieur Fellemberg, à Genève j'allais voir les braves gens qui m'y avaient élevé, après quoi je partis pour Chambéry d'où je ne mis que 25 heures pour me rendre à Turin. Je ne suis resté à Turin que le temps qu'exigeaient les cérémonies et je suis aussitôt venu à Racconis, où je passe une bonne partie de mon temps, dans la lecture et l'autre à faire arranger et agrandir mon parc, à chasser et à monter à cheval. Je vous prie, mon bien cher Général, de ne pas tarder à m'écrire et de me croire pour la vie

Votre bien affectionné ami

Racconis, ce 16 Août 1818.   CHARLES ALBERT.

Mes compliments je vous prie aux Colonels Saluce et Mestre ».

« J'ai tardé jusqu'à ce moment à vous écrire, mon cher Comte, désirant savoir quelque chose de plus exact sur mon affaire, mais maintenant qu'elle paraît à peu près décidé, je désire fort avoir les bons conseils de votre amitié ; je me suis refusé le plus que j'ai pu au désir du Roi qui veut que je devienne Grand-maître d'Artillerie, je me crois bien loin d'être capable de commander un tel corps, qui manque d'organisation, qui est entièrement à-bas et qui de plus n'offre pas de très grandes ressources dans ses chefs. J'ai représenté au Roi qu'il me paraîssait convenable de diviser le commandement du régiment entre deux Colonels dont un serait à la tête du matériel (je crois qu'on pourrait le confier au Ch. Capel) et l'autre du personnel ; mais croyant qu'aucun de ces messieurs ne serait capable de le diriger, S. M. m'a permis de faire revenir un des colonels au service de France, Raviccio est celui qui réunirait le plus de suffrages. Mais comme quelques personnes lui attribuent des griefs lors de sa sortie du service d'Autriche, je désirerais, mon cher Comte, savoir de vous s'ils sont vrais et ce que vous en pensez. J'attends votre réponse avec anxiété et vous enverrai, par ma première lettre, le plan de la formation du Corps que j'ai proposé au Roi. Je vous embrasse, mon cher Comte, et vous prie de me croire toujours

Votre affectionné ami
CHARLES ALBERT ».

Archives de La Tour.
Orio. - IV, 369.

« Le Comte Mestre partant ce soir pour Novare, je ne veux point laisser échapper une aussi bonne occasion, de vous exprimer toute mon amitié, et ma reconnaissance pour les détails que vous avez bien voulu m'envoyer sur Raviccio, mais avant de vous parler de ceci, je veux quoique de loin chercher à vous exprimer combien me fait de plaisir la grossesse de la Comtesse de La Tour, que l'on vient de m'annoncer ; j'espère, mon cher Général, que vous serez bien persuadé que je prends toujours la plus vive part à tout ce qui peut contribuer à votre bonheur et qu'après vous, car on ne peut jamais se comparer à un père, je serai certainement un des plus contents de la naissance d'un petit *Contino*...

De Andreis se joint à vous dans les bonnes informations qu'il m'a donné sur Raviccio, ce qui me fait d'autant plus de peine, car je n'ai presque plus aucun espoir de le voir au moins pour le moment, revenir parmi nous. Les malheurs qui vous sont arrivés dans votre jeunesse vous ont sûrement appris à connaître les hommes, ainsi vous ne vous étonnerez pas trop en apprenant qu'au moment qu'on allait écrire à cet excellent officier de revenir, un monsieur qui a aussi servi en Autriche est venu exprès à Turin (ou par esprit de vengeance ou par ambition nous ne le savons pas encore exactement), dénigrer la réputation du pauvre Raviccio, disant les choses les plus infâmes sur son compte, voilà j'avoue un des plus vilains traits de la corruption des hommes que je connaisse, mais patience, si ce

Archives de La Tour.
Orio. – IV, 368.

monsieur a fait perdre à son pays le meilleur Colonel d'artillerie qu'on ait maintenant en France, il le verra remplacer par quelqu'autre, qui s'il n'est point du mérite de Raviccio, sera pourtant aussi un officier de distinction, car entre piémontais et gênois nous avons six colonels d'artillerie en France et j'ai la promesse du Roi d'en faire venir un dans le projet que j'ai donné au Roi et qu'il a entièrement accepté. J'ai obtenu que le matériel et le personnel du corps seraient divisés entre deux colonels, Capel sera à la tête du matériel et celui de France du personnel; 8 compagnies d'artillerie de place vont être formées, de sorte que le régiment ne sera plus dispersé; et étant tout réuni nous ferons faire un cours d'étude continuel aux officiers depuis le rang de capitaine jusqu'aux sous lieutenants; de plus on formera pour les sergents et caporaux une école où on leur enseignera les élémens des mathématiques, de la fortification, enfin de tout ce qui leur est nécessaire à savoir, en cas qu'ils parviennent au grade d'officier, une école à la lancaster sera aussi établie pour les soldats; le corps étant tout réuni on pourra y remettre la discipline; car vous savez, mon cher Comte, que c'est le corps où règne la plus grande indiscipline et les plus grands dérèglemens surtout parmi les officiers dont une partie se sont donnés au vin au lieu de continuer à étudier. J'ai obtenu du Roi que l'intendance de l'artillerie soit réunie au matériel, chose qui était vraiment indispensable et pour laquelle j'ai eu bien des difficultés à surmonter, de plus j'ai obtenu au ministère des guerres, un département pour les armes savantes qui sera présidé par l'officier d'artillerie, ce sera le Ch. Del Mele qui remplira cette place. Le Roi a accordé que lorsque les lieutenants devraient faire le pas de capitaine on put les faire passer dans la ligne s'ils n'eussent pas assez donné du soin à leurs études.

Je vois, mon cher Général, que je me fie trop sur votre amitié, car vous devez être fatigué d'avoir lu tout ce barbouillage, je vous donnerai pourtant encore la liste des officiers qui viennent d'être promus.

Villanis, le dernier des majors, devient lieut-colonel commandant le personnel; les quatre majors sont Grella, Rosana, Serventi et Collegno (1). Chiabrano, lieut-colonel avec le grade de colonel, commandera le bataillon de place, Filippi sera son major. Boyl le Marquis commandera les compagnies qui sont en Sardaigne avec la direction de tout le matériel que nous avons dans les *Colonies*. Voici à peu près tout, une autre fois si vous voulez d'autres détails je vous en enverrai.

---

(1) Le chevalier Hyacinthe Provana de Collegno (1794-1856), jadis au service de Napoléon, avait pris part en 1815 à l'expédition de Grenoble et était écuyer du prince de Carignan. Il devait s'en séparer en 1821 pour suivre la fortune chancelante de la révolution et rehausser noblement son exil par la guerre et les travaux scientifiques (LEONE OTTOLENGHI, *La vita e i tempi di Giacinto Provana di Collegno*, Torino, 1882; MANNO, *Informazioni sul ventuno*, cit., p. 186). On pourra aussi consulter le livre du Marquis COSTA DE BEAUREGARD, *La jeunesse du roi Charles Albert*, Paris, 1889, qui est presque un commentaire de toutes ces lettres.

A force de crier nous avons obtenu du Roi qu'on aurait augmenté les fonds pour les fortifications de Gênes, chose que je crois bien nécessaire, surtout dans ces temps-ci et ayant d'aussi aimables voisins. La Cour arrivera ici vendredi. La Marquise St. Georges restera à Lucques comme dame d'honneur. Adieu, mon cher Comte, je vous embrasse et suis pour toujours

Votre affectionné ami
CHARLES ALBERT ».

« Quoiqu'on m'ait fait espérer, mon cher Comte, que sous peu de jours j'aurai le plaisir de vous embrasser à Turin, je veux pourtant vous remercier à Novare des fameuses bottes que vous m'avez envoyé, en suivant votre bon conseil et désirant toujours me montrer protecteur des *beaux-arts*, je vous envoie la patente du sieur Marchisio que je vous prie de vouloir bien lui faire passer, afin qu'il reçoive une marque évidente de votre protection ; je ne vous cacherai point qu'avant de la signer, je réunis tout le conseil de ma maison pour délibérer sur ce point important, et après trois heures de discussion où il n'y eut personne qui ne sua sang et eau, les avis étant fort disparates, je me rappelais tout d'un coup, d'avoir lu dans un auteur de l'antiquité, que c'est dans les grandes occasions que les grands hommes se montrent, et ma décision de faire coucher sur un large papier la patente pour le citoyen Bottier fut regardée par tous mes avocats, comme une inspiration du tout-puissant.

La non venue de l'Empereur prépare aux journalistes français et anglais un vaste champ de s'escrimer ; vous êtes plus à portée que nous d'en avoir entendu parler, ici on ne s'entretient que de noyés et de quelques plaisants, qui au risque d'aller manger pour le reste de leurs jours le pain du Roi, écrivent des lettres signées Robilant ou Revel et font aller Bisi en grande tenue donner à 5 heures du matin, la revue aux chasseurs des Gardes, envoient l'ordre au Grand-maître de l'artillerie de donner l'inspection aux goujas du Train, font venir les chevau-légers de la Vénérie ; envoient des patentes de professeur de l'université au chev. Incognito et autres facéties de ce genre. Adieu, mon bien cher Comte, revenez nous bientôt et croyez-moi pour la vie

Votre bien affectionné
CHARLES ALBERT.

Turin, ce 19 Juillet 1819 ».

« *Mon cher Général,*

Le chevalier Taffini se rendant à Novare, je m'empresse de répondre à votre aimable lettre. Je vous remercie des souhaits que vous voulez bien faire pour moi, je ne peux douter de leur sincérité et venant de vous ils me sont d'autant plus précieux. Je ne sais pas ce qui arrivera cette année, j'espère, comme vous, ne voir que des événemens heureux ; mais dans tous les cas, soyez persuadé que je ne connais qu'une seule route ; j'ai déjà fait voir dans plusieurs accidents qui me sont arrivés, que je ne me souciais guère de cette vie ; mes vues sont toutes dirigées vers un autre séjour plus estimable, plus désirable que celui-ci, mais en aurais-je mille vies, je les sacrifierais sans hésiter, plutôt que de faire une bassesse, plutôt que d'avoir une conduite opposée à mes devoirs, ou à la délicatesse ; je dis ceci, dans la crainte que je fus lors de votre depart, que vous ayez pu par ma difficulté de m'exprimer, interprêter la confidence que je vous fis et la demande de vos bons avis comme une expression de sentiments peut-être peu délicats, mais croyez que j'en suis incapable ; je ne vous dis rien de plus, car j'estime peu les paroles et les faits prouveront avec le temps ma manière de penser.

Recevez ici, je vous prie, l'expression du vif désir que j'éprouve de vous voir bientôt un fils qui avec le temps puisse vous ressembler, ainsi que les voeux bien ardents que je fais pour votre prospérité et votre bonheur.

Votre bien affectionné
CHARLES ALBERT.

Turin, ce 2 janvier 1820 ».

« Les voeux que vous avez bien voulu m'envoyer, mon cher Comte, m'ont été on ne peut pas plus agréables, tenant beaucoup à votre amitié, et ne pouvant douter de vos sentimens à mon égard ; j'espère qu'aussi vous croirez aux souhaits bien sincères, que je forme pour votre bonheur et celui de votre famille. Les égards que j'ai montré à votre respectable père lorsqu'il était à Collegno, n'ont rien eu je vous assure que d'agréable pour moi, c'est un tribut que ma jeunesse devait à son âge avancé, puis le maréchal m'avait toujours donné de bons conseils, j'aurais voulu faire bien plus pour lui témoigner ma reconnaissance ; on vous aura écrit qu'il a été indisposé ces deux jours derniers, mais aujourd'hui il va beaucoup mieux. Je n'ai pas encore été au Théâtre, mais suivant les on dit, vous ne perdez pas beaucoup au séjour de la capitale, Novare sera certainement presque aussi brillant. La Cour est encore à Stupinis.

Adieu, mon cher Comte, donnez-moi de vos nouvelles, et croyez-moi pour toujours

Votre bien affectionné
CHARLES ALBERT.

Turin, ce 8 janvier 1820 ».

« Vous êtes bien aimable, mon cher Comte, de me proposer un déjeuner chez vous, en passant pour aller à Milan ; je l'accepterais avec bien du plaisir, mais avant cet automne je ne crois pas aller voir ma soeur, je m'en fais une double fête, en pensant que cette course me procurera aussi le plaisir

de vous voir, et de pouvoir vous assurer de vive voix de toute mon amitié ;
vous faites bien de prendre des précautions contre les fièvres car elles sont
bien ennuyeuses, je le sais par expérience, y étant très sujet et les ayant
depuis quinze jours, mais je n'en sors pas moins ; je finis ici ma lettre
ayant à vous ennuyer dans quelques jours d'un long verbiage. Car vous
savez que vos avis et conseils me sont précieux vous regardant toujours
comme mon ami.

CHARLES ALBERT.

Racconis, ce 14 juillet 1820 ».

La dernière de ces lettres nous conduit déjà à l'été de 1820, lorsque les
signes avant-coureurs des mouvements politiques, qui devaient bouleverser
la Monarchie, paraissaient déjà au grand jour. Le comte Lodi, ministre de
la police, les signalait à M. de La Tour, dans une lettre presque prophé-
tique du 25 juillet de la même année.

« *Vaudiers, 25 juillet 1820.*

Très cher ami,

Hors de doute, mon cher ami, que l'on cherche de toute manière à travailler nos troupes et qu'en général les sous officiers qui ont, ainsi que vous
le savez, une si grande influence sont assez portés pour les innovations
qui peuvent à la fin leur faire espérer plus d'avancement et les mettre à
l'abri *dell'inconveniente comando* de bien de jeunes officiers inexperts et
des radotages et extravagances des Généraux tel que St. Michel, Galateri
et Comp.

Vous ne saurez imaginer le mal que ce dernier a fait en Savoye et
combien il a reflué sur l'exprit des brigades tout le ridicule dont il s'est
couvert. La perte du C. de Revel est ainsi que vous l'envisagez irréparable,
et c'est à faire trembler que la capitale et les provinces de cette division
outre le reste livré au C. Lisi. J'ai passé la semaine dernière à Turin et
je ne suis encore ici que pour quelques jours ; le premier du mois prochain
je serai sans faute de retour, en attendant je verrai si les vérités que j'ai
dit et écrit pendant mon dernier séjour obtiendront quelques effets ; ni je
me fais illusion ni je perdrai courage, mais si l'on ne revient pas de
l'*inerzia* qui est si fortement à l'ordre du jour, nous serons entraînés par la
force des opinions dominantes, tandis que le recours à des forces étrangères aurait les suites fatales que vous prévoyez, aussi est-on bien déterminé (à ce qu'il paraît) à ne pas les solliciter. Vous êtes, mon cher ami, à
la portée de savoir ce qui se passe à Milan, et vous nous rendriez un service
bien important en nous en tenant au courant. Faites à cet effet tous les
frais nécessaires et sans épargne quelconque, m'offrant à vous en rembourser tout, comme de toute autre dépense que vous jugerez utile à être
instruit de ce qui se passe dans votre division et surtout dans les militaires
sur lesquels il importe d'exercer la plus grande surveillance d'après les nou-

Archives de La Tour.
Orio. – IV, 398.

veaux systèmes adoptés pour bouleverser les gouvernements. Je serai bien porté à me flatter que les capitaines Beccaria et Ferrando ne démentiront pas l'opinion avantageuse que vous avez d'eux, et certainement ils ont tous les deux assez de moyens, toutefois je compterai plus sur le second que sur le premier qui, malgré toutes les faveurs dont il a été vraiment comblé, s'est toujours borné à son strict devoir sans avoir prouvé ce dévouement total que le second a beaucoup mieux prouvé dans plus d'une circonstance. Tout cela pour *vostra regola*.

Ma goutte s'est portée avec violence à la jambe et pied droits, la course que j'ai dû faire à Turin l'a beaucoup augmentée et m'a fait souffrir comme un misérable, mais elle ne m'empêche jamais d'aller et d'agir au besoin, ces eaux m'ont déjà procuré une assez forte solution de *calcoli* dont je me suis libéré sans douleur. J'aurais grand besoin d'en continuer l'usage mais c'est impossible même d'y penser. Mon seul regret est qu'à mon retour on sera plus occupé des fêtes que des dangers qui nous menacent. Je vous demande en grâce des lettres confidentielles mais ostensibles car c'est le seul moyen d'électricisme qui nous reste. Croyez-moi pour la vie tout à vous de coeur et d'âme

Votre affectionné ami
Lodi ».

Le comte Lodi ne se trompait point, l'armée Piémontaise, de même que celles de France et de Naples, était fortement travaillée par les sectes; quelques éléments de la troupe se ressentant encore de la formation napoléonienne se prêtaient assez bien à de pareilles manoeuvres. Le coup de grâce fut porté par des membres très distingués de la noblesse tels que le prince de la Cisterna, le marquis de Caraglio, le comte de Santa-Rosa, le comte Bianco, le comte de Lisio, le chev. de Collegno, emportés par un sentiment généreux et irréfléchi, ils ne reculèrent pas, dans l'espoir d'arracher à leur Souverain des institutions liberales, devant le danger d'ébranler la fidélité des troupes, détruire en elles la religion du serment et saper les premiers fondements de l'ordre politique et social. Un flot d'enthousiasme emportait cette jeunesse impatiente, voilant à ses yeux toutes ces considérations d'une importance majeure. Les novateurs se firent les plus grandes illusions sur le consentement qu'aurait trouvé une révolution dans les couches profondes de la population, et surtout sur la tolérance de l'Europe, décidée à ne point subir la moindre atteinte à un systhème rétabli après tant de luttes et d'efforts.

Un étrange aveuglement s'empara des principaux conjurés, qui étaient tous, à l'exception du comte de Santa-Rosa, dépourvus des aptitudes nécessaires à mener à bonne fin pareille entreprise. Ils ne virent devant eux que le Pr. de Carignan dont ils crurent pouvoir disposer à leur gré, et oubliant les lois naturelles de la dévolution de la Couronne, n'aboutirent qu'à substituer, au prix de longues semaines de troubles, au régime paternel du bon Roi Victor, le gouvernement autoritaire et soupçonneux de son frère Charles Félix. Partis en guerre contre la tutèle des Autrichiens, ces patriotes, d'ailleurs très sincères, contribuèrent puissamment à ramener les troupes de Bubna à l'intérieur du Royaume. Néanmoins tant d'agitations ne furent pas stériles, et la semence, jetée un peu au hasard dans les sillons, finit par porter des fruits.

L'historien qui juge après coup a le droit et le devoir d'être moins sévère que l'homme d'état contemporain, surtout s'il est doublé d'un militaire. C'était justement le cas de M. de La Tour appelé par son commandement à Novare et par sa situation dans l'état à jouer l'un des premiers rôles dans la crise qui s'annonçait.

Le lecteur qui aura bien voulu nous suivre jusqu'ici ne pourra point garder de doutes sur les sentiments intimes du général. Il fut véritablement l'un des Italiques de la première heure, presque l'un des inventeurs de cette formule magique, qui devait faire, d'une vague idéalité littéraire, un sentiment capable d'inspirer les plus grands héroismes. Cet ardent patriotisme national se nourrit pour sûr d'élements puisés à la haine du nouveau régime issu de la révolution et symbolisé par Napoléon, égalitaire, centralisateur, despotique. Il n'est pas contestable que dans le cas d'autres patriotes de la même génération, la même plante surgit dans un autre terrain. Mais il serait impardonnable, en étudiant l'histoire, pièces à l'appui, et sans les oeillères d'un parti, de négliger des données aussi décisives, que celles ayant trait à la formation du sentiment italique. Quant'à l'admiration au culte des libertés constitutionnelles qui trouva de si fervents adeptes parmi les italiques du commencement du siècle dernier, l'on aurait grand tort d'exclure tout à fait de la chapelle le général de La Tour.

Nous l'avons vu préconiser, dans ses mémoires, l'établissement d'institutions liberales dans les domaines du Roi de Sardaigne, et lever l'étendard des réformes en même temps que celui de l'indépendance, lors des desseins d'insurrection contre les français. N'était-il pas l'ami, le disciple, le collaborateur de Lord William Bentinck, le whig par excellence?

Ne l'avons nous pas trouvé dans les rangs des défenseurs des Cortes Espagnoles?

Si la Constitution saugrenue elaborée à Cadix en 1812 ne lui semblait pas renfermer l'essence du gouvernement représentatif, sa liberté de jugement vis-à-vis de l'idolatrie des Carbonari pour cet informe amalgame, ne saurait lui être reprochée. Mais, plus que son scepticisme pour une forme ou pour l'autre du pacte fondamental, le sentiment des realités empêcha M. de La Tour de se joindre aux partisans d'une régence aussi éphémère que celle du Prince de Carignan. Il estimait, et il aimait ce Prince, et il en était aimé, mais il savait que la Couronne reposait sur d'autres épaules. La rude leçon de 1814 n'avait pas été perdue pour lui; ni Bentinck ni Nugent, ni lui-même n'avaient rien pu faire contre ou en dehors des grandes lignes de la politique qui triomphait en Europe.

Les circonstances étaient encore plus défavorables en 1821. M. de La Tour le comprit de suite et se refusa à comprometlre l'indépendance du

Royaume, la stabilité du Trône, la discipline militaire, pour courir les chances d'un *pronunciamento*. Du coup, il fut classé parmi les réactionnaires, les ennemis du peuple, les séydes de l'Autriche, et tout le reste d'une vie noblement dépensée au service de son Roi et de sa patrie lui aurait à peine suffi, pour démentir cette interprétation de parti, s'il n'avait pas eu la gloire de conseiller le premier au Roi Charles Albert la promulgation du *Statuto* dans le grand conseil de mars 1848. Nous ne voulons rien ôter à la grandeur de ce geste, de cette parole qui vînt à son heure, mais il n'est que vrai de dire que l'avis exprimé en pleine connaissance de cause par le Maréchal de Savoye, n'était que le développement de la pensée et de l'action du jeune officier de Caldiero, de Sicile et de Catalogne.

ANNEXE *A*.

(Voir à page 171).

« 22 octobre 1809.

Les deux Cours de Sicile et de Sardaigne n'ont cessé de chercher tous les moyens de consacrer le peu de forces qui leur restent, tant à la cause générale, qu'à la délivrance de l'Italie, et à l'assistance de l'Autriche dans la noble lutte dans laquelle elle est engagée.

Les démarches du Roi de Sardaigne auprès de l'Angleterre pour en obtenir des troupes et des subsides n'ont produit aucun résultat. Le Roi des Deux Siciles s'est crû un moment plus heureux. Il a expédié de Sicile (sans autre assistance que celle des subsides ordinaires qu'il reçoit annuellement de l'Angleterre) un corps de plus de 7.000 hommes effectifs, qui a été mis aux ordres du général Anglais d'une manière si absolue que le Roi ignorait entièrement quelles étaient les opérations que ses troupes devaient entreprendre. Mais cette illusion a été de peu de durée, et le retour de l'expédition d'Ischia l'a bientôt dissipée.

Dans ce triste moment, la Cour de Sicile sentit (et c'est à la grande âme de S. M. la Reine qu'on en est redevable) que pour se procurer une armée *agissante* et non pas seulement *démonstrative*, il fallait changer le plan qu'on avait suivi, et qu'au lieu d'avoir une armée simplement Anglo-Sicilienne destinée à chasser les Français du Royaume de Naples, il fallait former le noyau d'une armée Italienne destinée à affranchir toute l'Italie du joug odieux sous lequel elle gémit. En conséquence au mois d'août dernier la Cour de Sicile offrit au Roi de Sardaigne d'unir aux forces de ce Monarque le même corps qui avait été à Ischia, dont on lui offrait en même temps le commandement, afin que cette réunion soutenue par le poids et par l'éclat de son nom, et guidée par sa valeur et ses talents, pût d'une part déterminer les Anglais à fournir un corps auxiliaire, et à donner l'assistance navale et pécuniaire qui est nécessaire au succès de l'entreprise, et de l'autre, produire un grand effet sur les peuples d'Italie, et opérer leur affranchissement. Cette proposition était d'autant plus noble de la part de la Cour de Sicile, que quoique la délivrance du Royaume de Naples fût une suite nécessaire du succès de l'entreprise proposée, cependant ce n'était pas de cet objet (si important pour elle) qu'elle proposait de s'occuper en première instance.

Elle proposait pour des raisons qui seront détaillées plus bas, de diriger l'attaque contre les côtes de la Toscane afin de pouvoir opérer vers

Archives de La Tour.
Orio. – I, 98.

le nord, vers le sud, ou transversalement vers l'Adriatique, selon que les circonstances, les mouvements des ennemis et ceux des peuples contre leurs oppresseurs, pourraient le faire préférer. Les forces que les deux Cours pouvaient réunir pour cette expédition se montaient à dix mille hommes, ainsi si on avait pû obtenir des Anglais un corps auxiliaire, n'eut il été que de quatre ou cinq mille hommes, on aurait pû débarquer en Toscane avec une force assez respectable. Ce corps était donc d'une grande importance à obtenir, mais ce que les deux Cours désiraient principalement, était d'obtenir l'assistance navale et pécuniaire qui pût les mettre en état (surtout le Roi de Sardaigne) de sortir de leurs îles, et de prendre poste sur le continent, étant bien persuadées que si leur petite armée se recrutait (ce dont elles ont la confiance) et qu'elle se trouvât dans une posture avantageuse en Italie, l'assistance Anglaise ne lui manquerait point. Le point principal était donc de se procurer les moyens d'arriver à cette posture avantageuse, et c'est ce que le Roi de Sardaigne a inutilement tenté de concert avec leurs Majestés Siciliennes en envoyant M. le Comte de Rével au général Stuart dont il n'a rien pû obtenir (1).

Dans cet état de choses, ce n'est plus que par l'assistance de l'Autriche que les deux Cours peuvent opérer la diversion qui leur a été demandée par elle, et que tant d'intérêts majeurs leur font un devoir d'entreprendre. C'est donc cette assistance qu'elles sollicitent aujourd'hui, et elles ont d'autant plus de confiance de l'obtenir qu'elles croyent que ce n'est qu'en la leur accordant, qu'on pourra opérer une *véritable diversion en Italie*, et déterminer l'Angleterre à y coopérer. Le moyen qui paraîtrait le plus efficace serait que l'Autriche leur envoyât un corps de troupes destiné à agir avec les leurs sous les ordres du Roi de Sardaigne. Il ne serait pas nécessaire que ce corps fût considérable, et les deux Cours ne s'attendent pas à ce qu'il puisse l'être, mais quelqu'importante que soit l'accession d'un nombre quelconque de bouches à feu à un corps de troupes aussi peu nombreux que celui des deux Cours, ce n'est pas tant pour l'augmentation de leurs forces qu'elles la sollicitent, que pour donner à leur entreprise une couleur Autrichienne, pour s'assurer de l'assistance Anglaise par la présence d'un corps Autrichien auquel d'après le traité, elle ne peut pas être refusée, et pour se procurer les avantages politiques qui ne peuvent pas manquer de résulter de la participation de l'Autriche comme puissance Italienne, à leur entreprise. La présence d'un corps Autrichien dans l'armée que commanderait le Roi de Sardaigne serait le lien qui en resserrerait les parties, et empêcherait la divergence de petits intérêts locaux, là, où il n'y a, et ne peut y avoir, qu'un seul intérêt principal qui est autant celui de chacune des deux Cours que celui de l'Autriche.

---

(1) Un bon commentaire de ce mémoire peut être considéré celui du chap. VI du livre V de CARUTTI, *Storia della Corte di Savoia durante la Rivoluzione francese e l'impero*, cit.

Il serait sûrement avantageux que le commandement du corps Autrichien pût être confié à M. le Comte de la Tour qui a acquis des connaissances locales très précieuses sur les deux Cours, et qui a obtenu leur estime et leur confiance. Il n'appartient à personne de solliciter cette faveur, mais on pardonnera sûrement d'avoir indiqué l'utilité dont cette nomination pourrait être tant militairement que diplomatiquement.

Après avoir examiné la manière dont on pourrait former un noyau actif d'armée Italienne, il faut examiner comment ce noyau pourrait agir, et quelles entreprises il pourrait faire.

Quand une puissance agit en avant de ses frontières, ces mêmes frontières lui servent de bases d'opérations, mais lorsque des puissances partent de leurs îles pour agir par débarquement sur le continent, il devient absolument nécessaire de prendre pour base d'opérations un port fortifié dans lequel les bâtiments de transport puissent trouver un abri, où on puisse former des magasins et des dépôts, sur lequel on puisse se replier en cas de malheur, et par lequel on puisse communiquer avec les îles.

C'était pour se procurer une base d'opérations de cette espèce qu'on avait proposé en première instance, Porto Ercole et la péninsule de Monte Argentaro auprès d'Orbitello. Elle n'avait aux dernières nouvelles d'autre garnison qu'une compagnie d'invalides et il est probable qu'elle n'en a pas d'autre aujourd'hui. Ce poste serait facile à enlever, et une fois enlevé, il devient inexpugnable pour ceux qui peuvent être approvisionnés par mer et qui n'ont point à redouter d'attaques navales. Cette presqu'île ne tient au continent que par un col de sable qu'elle domine, et où un bataillon peut résister à quelqu'attaque que ce soit. Le port offre un abri sûr et commode pour les transports, et quels que fussent les événements futurs, Monte Argentaro pourrait toujours être conservé comme un Gibraltar (1), et causer beaucoup d'inquiétude aux français soit à Naples, et à Rome, soit à Gênes et dans le nord en les forçant à s'éparpiller et à garder beaucoup de points éloignés les uns des autres.

C'est là le grand avantage qu'auront toujours pour la guerre d'Italie celles des puissances qui seront alliées de la maîtresse des mers, parce que les longues côtes de l'Italie et son peu de profondeur y exposeront toujours les français à être attaqués en flanc et en queue; tandis que les grandes masses Autrichiennes les attaquent en front.

C'est cependant un avantage dont on n'a pas encore profité, et il est plus regrettable qu'on ne le fasse pas dans cette circonstance-ci que dans toute autre, puisque les armées françaises étant sur le Danube, l'Italie est dégarnie, et que par conséquent il doit y avoir d'aussi grands moyens d'y former une armée Italienne pour ceux qui sont appelés par la voix des

____

(1) Le roi d'Espagne, Philippe II, avait fait d'Orbetello et des ports de l'île d'Elbe exactement une base d'opérations connue sous le nom de « Présides royaux », cédés au royaume de Naples en 1736 et occupés par la France en 1808.

peuples. Ils ont en outre tous les avantages de l'offensive et ils sont les maîtres de choisir, tant leurs points de débarquement que leur théâtre d'opérations.

L'opinion de l'Autriche sur ce choix important aura toujours le plus grand poids, mais elle deviendrait prépondérante, si l'Autriche accédait à la proposition d'envoyer un corps auxiliaire à l'armée des deux Cours sous les ordres du Roi de Sardaigne. Ce choix doit être déterminé tant par la considération des localités, que par celle de la position des armées belligérantes et par leur éloignement ou leur rapprochement de l'Italie, ou par la position qu'elles y occuperaient, si on était assez heureux pour qu'elles y fussent revenues.

Il est impossible dans un Mémoire aussi concis que celui-ci d'entrer dans des détails approfondis sur chaque point où on pourrait tenter le débarquement en Italie, d'ailleurs M. le Comte de la Tour est plus en état de les donner que personne. Il semble de plus que tout doit être combiné d'après les circonstances du moment, et les moyens qu'on peut avoir à sa disposition. Les différents points d'attaque, et de débarquement sur la côte occidentale de l'Italie, c'est à dire ceux dont on peut faire une base d'opérations, telle que nous la décrivions plus haut, sont Gaète, Civitavecchia, Orbitello, Livourne, la Spezia, Gênes, et même Savone qui cependant ne vaudrait rien que comme moyen d'attaque sur Gênes.

Gaète n'est pas un bon port, et semble trop rapproché de la force que les français tiennent toujours à Naples en observation de la Sicile. Il faudrait probablement lui livrer une bataille avant d'avoir pû se renforcer, et au lieu de contraindre les français à se diviser et à s'affaiblir, on faciliterait en quelque sorte leur concentration en les attaquant précisément sur le point qu'ils ont pris pour observer la Sicile et l'armée Anglaise qui s'y trouve.

Civitavecchia présente une grande partie des avantages d'Orbitello, mais il est plus malsain et moins fort, et on croit qu'il serait nécessaire pour sa défense d'y laisser une garnison plus forte que celle qu'exigerait Orbitello, c'est-à-dire Monte Argentaro, et il ne faut pas oublier que l'un est imprenable et que l'autre ne l'est pas. Civitavecchia a l'avantage d'être un peu plus près de Rome, mais si après s'être emparés d'Orbitello, on voulait se porter sur Rome, il est très probable qu'on n'aurait pas de peine à s'emparer aussi de Civitavecchia où il n'y a qu'une faible garnison, et où les habitants sont, dit-on, fort bien disposés (1).

Livourne ne paraît pas susceptible d'être seul une base d'opérations. A moins d'y laisser une garnison trop forte pour l'armée que le Roi de Sardaigne peut se flatter de réunir sous ses ordres, on ne pourrait pas le mettre à l'abri d'un coup de main si on s'éloignait et qu'on le découvrit, ce qui arriverait nécessairement, tandis que ce qu'on vient de dire de Civi-

---

(1) Cfr. L. MADELIN, *La Rome de Napoléon*, Paris, 1906, p. ex., p. 194.

tavecchia peut s'appliquer à Livourne, et que si après s'être emparés d'Orbitello, on jugeait à propos de se porter au nord, Livourne ne serait pas une conquête difficile, on y trouverait des avantages essentiels. Les communications de Livourne dans l'intérieur sont plus faciles que celles d'Orbitello qui pourraient être assez difficiles dans l'hiver : on y trouverait aussi de l'argent et des vivres, ce qui serait très nécessaire, mais on ne peut guère le considérer comme une base d'opérations bien solide, et c'est une rade foraine exposée à tous les vents et où les transports ne pourraient jamais séjourner avec sécurité. Il faut encore observer que pour tous les points au nord d'Orbitello le voisinage de l'île d'Elba et de la Corse exposerait à beaucoup de captures par les corsaires français, tandis qu'il serait toujours facile, même avec des moyens de marine aussi faibles que ceux des deux Cours, de protéger la communication entre Orbitello et les îles de la Madeleine, ou le nord de la Sardaigne.

La Spezia est un point que les français ont, dit-on, fortifié avec beaucoup d'art et de soins. Il pourrait être difficile de s'en emparer avec des moyens faibles. D'ailleurs la forme du port ne paraît pas de nature à ce qu'on puisse protéger les bâtiments de transport en occupant simplement l'île qu'on croit que les français ont fortifiée, et il serait impossible d'occuper le contour de la baie de manière à empêcher les ennemis d'y détruire ou d'en chasser les transports, s'ils tentaient de le faire lorsque l'armée se serait portée en avant.

Gênes serait incontestablement le meilleur point à attaquer et la meilleure base d'opérations, si cette attaque n'exigeait pas des moyens infiniment supérieurs à ceux que les deux Cours peuvent se flatter de réunir. Il est d'ailleurs nécessaire d'observer que quoique la Cour de Sicile sente très fortement l'importance de s'emparer de Gênes, cependant il ne lui serait pas possible de donner pour cet objet un corps tel que celui qu'elle pourrait donner pour des expéditions moins éloignées, car elle ne peut pas se dégarnir des moyens de reporter ses drapeaux dans le Royaume de Naples, si l'occasion s'en présentait; ainsi cette attaque ne pourrait se faire qu'avec des forces inférieures à celles dont on a parlé plus haut pour Orbitello, qui seraient elles mêmes insuffisantes pour attaquer Gênes. Il faut donc s'être procuré une accession de forces avant de penser à Gênes, et comme il est difficile de se flatter aujourd'hui de la coopération d'une armée Anglaise pour cet objet, on ne peut y parvenir qu'en se mettant en mesure de se recruter.

Il semble donc préférable d'opérer contre Orbitello en première instance, parce que ce doit être un excellent point de recrutement, et qu'il est probable qu'on pourrait tirer un bon nombre d'hommes de la Toscane, de l'Etat du Pape, et des Abruzzes, dont on serait à portée, et sans parler des déserteurs des troupes françaises qui viendraient sûrement en grand nombre. Il est probable si le recrutement allait, comme on croit avoir lieu de s'en flatter, que l'on acquerrait bientôt les moyens d'attaquer Gênes d'une part et de l'autre le Royaume de Naples, d'où il est probable que les français n'auraient plus de retraite. Il ne faut pas perdre de vue non plus que si ces mouvements avaient lieu, l'armée Anglaise de Sicile se hâterait d'y prendre part, et par conséquent le meilleur moyen de déterminer la coopération Anglaise serait de les faire naître. Quand on n'a que de petits moyens, la principale difficulté est de commencer, une fois qu'on a commencé, on acquiert des forces et des moyens d'agir, et ce qui fait le grand avantage d'Orbitello, c'est qu'on y est aussi en sûreté que dans une île, et que cependant on y a tous les avantages qu'on aurait sur le continent.

Il ne reste plus que quelques observations à faire sur les opérations dans l'Adriatique. La première de toutes, c'est qu'on ne pourrait pas se flatter d'y avoir la coopération du Roi de Sardaigne qui en est trop éloigné. La seconde, c'est que ce serait une navigation bien longue pour les Siciliens, et qu'il semble qu'en les y portant, on se priverait d'avantages réels sur la côte de l'ouest, sans s'en procurer d'équivalents sur la côte de l'est. En conservant les Siciliens pour les opérations sur la côte de l'ouest, on obtient d'abord l'avantage de pouvoir les unir aux Sardes et d'en former conjointement avec un petit corps. Autrichien le noyau d'une armée Italienne, avantage qu'on ne peut pas se procurer de même sur la côte de l'est où le Roi de Sardaigne ne peut pas aller.

De plus ce corps étant réservé pour la côte de l'ouest, il est probable, si les affaires prennent une bonne tournure, qu'il interceptera la retraite du corps français du Royaume de Naples, et qu'il préparera à l'Autriche l'énorme avantage de trouver les Apennins au pouvoir des ses Alliés, lorsque ses armées pénètreront dans la haute Italie. On croit qu'il est plus avantageux d'abandonner les opérations dans l'Adriatique aux Autrichiens eux mêmes qu'on pourrait toujours seconder très efficacement, si on avait pris poste à Orbitello, ou aux Anglais surtout à présent qu'ils ont pris possession des sept îles.

Si contre le désir bien vif et l'attente des deux Cours, l'Autriche se refusait absolument à la demande qui lui est faite de leur envoyer un petit corps de troupes Autrichiennes, pour se réunir à leurs troupes, il serait fort avantageux qu'elle en envoyât un à Manfredonia pour faciliter les opérations sur la côte de l'ouest et forcer les français à diviser leurs forces ou à ne pas arrêter les progrès de leurs ennemis. La présence d'un corps Autrichien dans le Royaume de Naples produirait un effet infini sur les peuples. Elle deviendrait même nécessaire si l'Autriche déterminait les Anglais à faire une grande expédition sur Gênes et à y porter eux mêmes le Roi de Sardaigne. Alors les troupes Siciliennes pourraient agir sur la côte occidentale du Royaume de Naples ou de l'Etat de l'Eglise, tandis que le petit corps Autrichien agirait sur la côte orientale.

ANNEXE *B.*
(Voir à page 196).

Projet d'armement en Italie dans le cas où l'Autriche prendrait part à la guerre contre la France.

Dans le cas ou dans les circonstances actuelles (si dans l'état actuel des choses), Sa Majesté notre Auguste Souverain jugerait convenable de prendre part à la guerre contre la France, une partie des forces de la Monarchie serait nécessairement employée vers l'Italie soit pour contenir l'ennemi de ce côté là, soit, si les circonstances le permettent, pour y agir offensivement contre lui : dans la position actuelle des choses, nos troupes placées dans les vallées de Save et Drave pourraient pénétrer en Italie par le Frioul, mais plus tard si nos armes étaient heureuses en Allemagne, l'occupation du Tirol nous ouvrirait la vallée de l'Adige.

Celle des Grisons et de la Valleteline nous ouvrirait la vallée de l'Adda ainsi que cela eut lieu en 1799, et finalement l'occupation de la Suisse nous permettrait de déboucher en Italie par les vallées du Tesin et de Dora Baltea; ces deux dernières vallées (soit les passages du Simplon, et du St. Bernard), sont celles par lesquelles les Français ont opéré contre nous dans la campagne de 1800; mais la difficulté des dits passages qui ne sont praticables que dans la belle saison, et leur éloignement du centre de nos états, nous rendent ces passages utiles pour faire des diversions sur les derrières de l'ennemi, mais peu convenables pour y faire déboucher une grande armée, et la nombreuse artillerie nécessaire à la conquête des places fortes que l'ennemi occupe en Italie; les mêmes observations s'appliquent à la vallée de l'Adda.

D'après ces considérations il semble que soit que nous occupions, ou non, les Grisons et la Suisse, notre grande opération sur l'Italie devra toujours se faire par le Frioul; ou par la vallée de l'Adige : dans ces deux hypothèses (qui militairement paraissent les seules admissibles) nos troupes après avoir vaincu la première résistance des Français, et débouché dans les plaines du Vénitien se trouveraient entre les grandes places de Venise, et Mantoue, et les points forts de Peschiera, Vérone, Legnago, et Ferrare; cette situation serait embarrassante, et à moins que nous n'eussions une très grande supériorité numérique sur l'ennemi, elle devrait influer défavorablement sur nos progrès ultérieurs. Car, si après nos premières victoires nous nous arrêtons pour faire le siège des places susdites, nous laissons à l'ennemi le temps de se rallier, de tirer à lui des renforts, et de combiner de nouveaux mouvements offensifs, tandis que l'effervescence que la nouvelle de nos premiers succès aurait allumé en Italie se calmerait peu à peu lorsqu'on y verrait la stagnation de nos mouvements, et de nos progrès.

Archives de La Tour. Orio. – II, 113.

Si au contraire nous laissons toutes ces places derrière nous pour poursuivre avec toutes nos forces l'ennemi battu, nos communications directes avec l'Allemagne se trouveraient coupées ou au moins très difficiles à entretenir, et en cas de revers, notre armée serait dans une situation extrêmement fâcheuse.

Si enfin nous divisions nos forces pour en employer une partie à poursuivre l'ennemi et l'autre à faire les sièges des places laissées sur les derrières de l'armée, il est à craindre que l'ennemi rassemblant les forces qu'il a dans le midi de l'Italie ne combine un mouvement offensif contre la partie de notre armée occupée à faire les sièges, ou contre celle occupée à poursuivre l'ennemi, et s'il obtient des succès un peu marquants sur l'un ou l'autre de ces corps, notre opération sur l'Italie serait probablement manquée ou au moins fort retardée. Si puis nous voulions tout à la fois poursuivre l'ennemi, faire le siège des places, et détacher un corps vers le midi nous nous trouverions faibles partout, et exposés à des grands dangers.

D'après ces considérations il semble qu'hors le cas où la Monarchie ne pourrait employer des forces très considérables vers l'Italie, le seul moyen de parer, ou au moins diminuer les inconvénients susdits serait aux approches de l'ouverture de la campagne, de créer rapidement, si faire se peut, des forces insurrectionnelles en Italie, lesquelles au début des opérations serviraient à diviser l'attention de l'ennemi, et ensuite pourraient selon les circonstances être employées à observer les forces ennemies dans le midi, ou à faire le siège des places, ou enfin jointes à un détachement de notre armée, pourraient poursuivre l'ennemi, et étendre le foyer de l'insurrection allumée contre lui.

On a supposé, ci-dessus, que nous obtiendrions des premiers succès sur les frontières d'Italie et que nous pourrions déboucher dans le pays, si cela n'était pas, il serait d'autant plus urgent de créer une force auxiliaire en Italie qui pût opérer une diversion dans les forces de l'ennemi : et en toute hypothèse celui que nous aurions à combattre, est si dangereux qu'il convient d'employer tous les moyens possibles pour augmenter nos forces, et pour affaiblir les siennes.

Examinons maintenant : 1° quelles seraient les localités soit provinces les plus convenables pour y créer ces forces insurrectionnelles; 2° quels seraient les moyens à prendre pour former promptement les dites forces de manière à pouvoir s'en servir utilement, et finalement quelles sont parmi les puissances intéressées aux affaires d'Italie celles qui peuvent concourir à la formation des forces insurrectionnelles en question.

Examen des localités convenables pour y créer des forces insurrectionnelles.

L'emplacement soit *dislocation probable* des forces ennemies au moment où l'on voudrait faire éclater l'insurrection, est une des premières questions qu'il s'agit d'examiner, car il n'y a pas à espérer que l'on puisse faire opérer des mouvements insurrectionnels durables, dans le voisinage des points où ces forces seraient rassemblées en grande masse. Or, à l'approche de toute guerre contre nous, *il est très probable* que les principales forces ennemies en Italie seront rassemblées en Frioul ou dans la vallée de l'Adige, soit le Tirol Italien : leur armée du midi sera *principalement* concentrée entre la ville de Naples, et la Calabre, afin de s'opposer sur ces points aux Anglo-Siciliens. Enfin, si nos progrès en Allemagne font présumer une prochaine occupation de la *Suisse* de notre part, un corps de troupe ennemie sera laissé en Piémont pour remplir le triple but de *veiller* aux passages qui de la Suisse conduisent dans l'haute Italie, *de s'opposer* aux tentatives que les Anglo-Sardes pourraient faire pour pénétrer en Piémont par la voie de la mer, et enfin *de contenir* les habitants du pays et assurer ainsi les derrières du reste de leurs troupes employées en Italie.

Le peu de forces qui peuvent rester disponibles à l'ennemi après la formation des trois corps susdits, seraient distribuées dans les places fortes ainsi que dans les villes de Rome, Milan, et Florence, que dans la disposition actuelle des esprits on ne peut pas laisser entièrement dégarnies. La dislocation des troupes ennemies que l'on vient d'indiquer, étant le résultat naturel de la situation des choses et des pays, il semble qu'à part quelques variantes peu signifiantes, on peut calculer qu'elle aura lieu à l'approche des hostilités contre nous; il résulte de cette dislocation que le centre de l'Italie, soit l'ancien Etat Romain, et la Toscane, seront les pays les moins garnis de forces ennemies, et par conséquent ceux où si l'on portait quelque troupe et employait d'ailleurs les moyens convenables, il serait possible de donner une certaine consistance à l'insurrection avant que l'ennemi fût à portée de la combattre, d'après la dislocation ennemie supposée ci-dessus : on croit que sept ou huit mille hommes de troupe, tant infanterie que cavalerie et artillerie, pourraient suffire pour cette opération. Cette insurrection dans le centre de l'Italie a aussi l'avantage de couper la communication entre les forces ennemies placées au nord et au midi de l'Italie, elle peut diriger ses premiers mouvements vers celui de ces deux points que les circonstances du moment indiqueraient, et parvenir à se propager de proche en proche, sur les derrières des armées ennemies qui s'y trouvent; mais afin que la dite insurrection produise les avantages que l'on vient d'indiquer, il est indispensable que les préparatifs en soient tenus très secrets jusqu'au moment de l'explosion, et qu'après ce dit moment, elle acquière rapidement une organisation régulière, et une force numérique assez considérable. Or, il semble difficile d'établir le foyer de l'insurrection dans les Etats Romains sans avoir le consentement de S. S., consentement, que ses peuples voudraient probablement connaître avant que de se mettre en mouvement; d'ailleurs, à part quelque peu de troupes de ligne, depuis longtemps licenciées, il n'y avait dans ce pays aucune organisation militaire qui pût donner aux peuples une idée du genre de service auquel on les appelle, ainsi sous les rapports militaires, il faudrait pour ainsi dire leur apprendre les noms des choses avant que de leur apprendre les choses mêmes. En Toscane au contraire on n'aurait besoin dans les circonstances actuelles que du consentement, soit de la coopération des peuples, dont leur bonne volonté ne paraît pas douteuse, et outre quelques troupes de ligne il y existait autrefois dans le pays un nombre assez considérable de milices organisées, lesquelles formeraient naturellement la base de l'armée insurrectionnelle; d'après ces considérations, et celle que la Toscane a un territoire circonscrit par des montagnes, et par conséquent plus aisé à défendre que les Etats Romains, il semble qu'il conviendrait d'établir en Toscane le premier foyer de l'insurrection. On examinera donc maintenant quels sont les moyens à prendre pour former promptement en Toscane une armée insurrectionnelle dont on puisse se servir avec utilité contre l'ennemi commun, et qui devienne le point d'appui des autres forces insurrectionnelles que l'on pourrait ensuite créer dans le reste de l'Italie, à mesure qu'on en expulserait l'ennemi.

Examen des moyens à employer pour former en Toscane une armée insurrectionnelle.

L'insurrection dont il est question ici n'appartient point à la classe des conjurations, ni à celle des soulèvements spontanés de peuples que des événements inattendus provoquent, et dont les résultats dépendent de circonstances accidentelles, et imprévues; mais au contraire elle est une véritable opération militaire calculée sinon à jour, au moins à époque fixe, savoir celle de notre déclaration de guerre, et ayant pour but de créer à la dite époque, une force armée régulière dans un local déterminé à l'avance. Dans cet état de la question, il est évident qu'il faut pour réussir dans l'opération projetée : 1° s'assurer de quelques intelligences sûres dans l'intérieur du pays afin d'être bien instruit de ce qui s'y passe : 2° y porter inopinément un nombre de troupes suffisant (on a evalué dans le notre ci-dessus ce nombre de troupes à 7 m. ou 8 m. hommes), pour en expulser au moins momentanément l'ennemi, afin d'avoir quelques jours de tranquillité à consacrer à la formation, soit au rassemblement de la troupe insurrectionnelle susdite, tranquillité que la dislocation ennemie, que l'on a établie comme probable plus haut, donne lieu d'espérer surtout si le but de l'expédition des troupes est tenu très secret, et si on parvient à tromper l'ennemi par des faux bruits ainsi qu'on le dira ci-après.

Puissances qui peuvent diriger l'insurrection.

Parmi les puissances intéressées aux affaires d'Italie il y en a trois qui, quoique dans une immense disproportion de moyens entre elles, ont cependant d'ailleurs des avantages qui se balancent pour l'opération de Toscane, et qui avec le concours des forces maritimes Anglaises pour-

raient peut-être la tenter avec succès : ces trois puissances sont l'Autriche,
la Cour de Sicile, et celle de Sardaigne. L'Autriche a des moyens militaires surabondants et des anciens rapports avec la Toscane mais sa communication maritime directe avec ce pays est lente, et difficile, celle indirecte oblige à débarquer près d'Ancône, et à traverser ensuite les Apennins pour entrer en Toscane, opération qui serait un peu hasardée tant
que nous n'aurions pas de points d'appui et de repliement dans le pays,
et nous devrions d'ailleurs former un corps de troupes exprès pour
cette opération dont la presque totalité des officiers, et bas officiers, et
même la majorité des soldats sussent parler l'Italien. La Sicile a des
communications maritimes plus faciles et des troupes Italiennes déjà formées,
mais il est plus naturel que cette Cour employe ses forces dans son propre
pays de Naples, et Calabre : et elle n'en a pas de suffisantes pour tenter
avec succès les deux opérations à la fois.

Enfin la Sardaigne est inférieure en moyens militaires, mais ses communications maritimes avec la Toscane sont les plus promptes, et les plus
faciles, et d'ailleurs la présence du Roi ou de ses troupes dans ce pays
pourrait peut-être occasionner un soulèvement en Piémont, et on opèrerait
ainsi une double diversion.

Il ne m'appartient pas d'examiner si en considérant les avantages et
les inconvénients sus-énoncés et examinant la chose sous le point de vue
politique, il conviendrait ou non à sa Majesté Imp. de faire exécuter par
ses troupes l'opération sus-dite, ou à laquelle des deux autres Cours elle
pourrait trouver bon de la confier.

On supposera ici qu'elle la confierait à la Cour de Sardaigne ; trois
considérations principales portent à présumer que S. M. Imp. choisira de
préférence le Roi de Sardaigne.

1° L'avantage qu'a ce Prince d'être actuellement si proche allié de
S. M. Imp.

2° Celui d'avoir ses anciens Etats dans le Nord de l'Italie, et d'être
ainsi à portée d'influencer favorablement pour nous des pays voisins de
ceux où nos armées devront commencer leurs opérations.

3° Enfin la considération que si la guerre est heureuse le Roi de
Sardaigne redevient probablement une des puissances militaires de l'Italie,
et comme la majeure partie de son ancienne armée est dissoute depuis près
de 10 ans, il pourrait conserver à son service ceux qui se distingueraient
dans l'insurrection. Cette perspective qu'auraient les insurgés et que la
diversité des langues, et la crainte de devoir par la suite quitter l'Italie rendrait moins favorable chez nous, pourrait contribuer à augmenter leur
nombre et leur zèle. D'ailleurs le Roi de Sardaigne ne pouvant recouvrer
des possessions en Italie, que lorsque les Français en seront totalement
chassés, tous les Italiens seront persuadés d'avance que sa cause est étroitement liée à la leur ce qui leur inspirera de la confiance, sentiment indispensable à la réussite de toute opération de ce genre, et dans cette hypothèse on va examiner quelques uns des points qu'il faudrait concerter à

l'avance avec elle, et ensuite quelques unes des mesures que cette Cour pourrait adopter pour au moment de l'occupation de la Toscane y former promptement l'armée insurrectionnelle, et en diriger les premiers mouvements d'une manière qui facilitera les progrès de nos troupes en Italie, et propagera l'insurrection sur les derrières de l'ennemi.

Points à concerter à l'avance avec la Cour de Sardaigne: S'assurer des intentions de cette Cour soit en général soit plus particulièrement relativement à l'entreprise projetée: S'assurer des correspondences qu'elle peut avoir soit en Toscane soit dans le pays avoisinant afin de travailler à lui en fournir de nouvelles si cela devient nécessaire. S'assurer de l'état de la force militaire disponible c'est à dire du nombre de troupes de cavalerie, infanterie, artillerie, ainsi que des branches du génie, des pontonniers, pionniers, commissariats, etc., etc., afin de savoir si il manque des corps, ou des individus que nous pourrions peut-être fournir.

S'assurer des moyens que cette Cour pourrait avoir pour augmenter s'il est nécessaire son militaire actuel; et l'organiser convenablement.

S'assurer de l'état des moyens de transports nécessaires à l'expédition projetée.

S'assurer de l'état des magasins de guerre et de bouche existants en Sardaigne, et des moyens d'en former de nouveaux depuis cette île, sur les côtes d'Italie.

S'assurer au moins d'une manière aproximative du tems, et du lieu du débarquement, finalement concerter l'organisation à donner aux troupes insurrectionnelles, soit de Toscane soit des pays avoisinants.

Lorsque l'on se serait assuré des points susdits, ainsi que des autres articles militaires ou politiques que l'on jugerait convenable d'y ajouter, si par des considérations quelconques on ne jugeait pas encore convenable de s'ouvrir entièrement envers la Cour de Sardaigne relativement à l'opération projetée, on pourrait cependant commencer à la pressentir sur le cas futur, et possible d'une expédition en Italie. S'assurer en attendant des divers points ci-dessus et trouver des moyens indirects de lui faire combiner ses arrangements militaires d'une manière qui les rende par la suite propres à remplir le but que l'on se propose; car en tout cas de guerre il vaut mieux être prêt avant l'occasion que de risquer de la manquer faute de s'être préparé à temps.

Les préparatifs militaires devront se faire en Sardaigne avec ostentation, et en annonçant que la Cour, de concert avec les Anglo-Siciliens, voulant profiter de l'affaiblissement des Français en Italie compte faire une opération en Calabre pour avoir un pied sur le Continent d'Italie, et selon les circonstances y agir du midi vers le nord; en même temps on ferait circuler que si l'Autriche déclare la guerre à la France, au lieu d'aller en Calabre on débarquera vers Villéfranche et Oneille, pour de là pénétrer en Piémont, y insurger les habitants et couper ainsi, s'il est possible, la retraite aux troupes Françaises; ces bruits auraient pour but d'attirer l'attention de l'ennemi sur les deux points les plus éloignés de ceux sur lesquels nos troupes, et l'expédition de Sardaigne doivent agir, savoir du Frioul, et de la Toscane.

Les préparatifs militaires et les autres arrangements nécessaires terminés, on attendrait l'époque fixée par l'Autriche pour faire l'opération sur la Toscane. Le débarquement devrait à ce qu'il semble s'effectuer vers un des trois points de *Livorno, Piombino,* ou *Orbitello* et les premières marches des troupes devraient être dirigées de manière à les conduire (si faire se peut) intermédiairement entre les petites garnisons que l'ennemi pourrait avoir dans l'intérieur du pays, afin de tâcher de les engager dans des combats partiels et désavantageux, ou de les obliger à évacuer promptement le pays par la crainte d'être coupées. Les premiers insurgents que l'on pourrait rassembler à la hâte, seraient employés à bloquer celle de ces petites garnisons que l'on aurait pas pu déposter, tandis que le gros du corps se porterait à Florence pour de là appuier les dispositions qui seraient prises pour lever promptement, et organiser régulièrement l'armée insurrectionnelle à l'époque où les troupes Sardes, ayant pénétré en Toscane, y presenteraient aux nôtres un point d'appui, et en cas de malheur les moyens de s'embarquer sur la Méditerranée, il n'y aurait plus d'inconvénient et même il pourrait être avantageux de porter de Fiume ou Trieste un corps de nos troupes sur les côtes de la Romagne pour de là traverser les Apennins, pénétrer en Toscane, se joindre aux Sardes et à Florence, appuyer ainsi les mesures à prendre pour former l'insurrection Toscane.

Levée et formation de l'armée insurrectionnelle.

Dès la première entrée des troupes en Toscane, on aurait eu soin d'y répandre des proclamations adaptées à la circonstance par lesquelles on aurait appelée la nation aux armes, mais à l'époque susdite il s'agirait de préciser le mode de suivre cet appel, et il semble que l'on pourrait déterminer le suivant : les miliciens existants autrefois en Toscane devraient servir de base à une levée d'environs 25 à 30.000 hommes. On devrait pour cette circonstance extraordinaire augmenter cette levée d'un quart, c'est-à-dire, la porter à 40.000 h., de sorte que chaque Commune qui fournissait, p. ex., 3 miliciens en fournirait 4, ces 40.000 seraient divisés en 5 brigades ou légions, lesquelles seraient composées de 2 régiments d'infanterie, un bataillon de grenadiers, et un bataillon de chasseurs : plus d'un détachement de cavalerie, et d'artillerie Sarde ainsi que d'un certain nombre d'individus des autres branches nécessaires au complètement de l'organisation et à la mobilité de la brigade, tels qu'officiers de l'Etat Major général, commissaires, gens du Fährwesen, etc., on donnera à part si on le demande, un état plus circonstancié de l'organisation que l'on croit qu'il serait bien de donner à l'insurrection Italo-Toscane et en attendant on observe que afin de faciliter et accélérer la formation des cinq susdites brigades, leur rassemblement serait indiqué à portée de cinq des principales villes du pays. Telles que Sienne, Arezzo, Florence, Pise, Livorno, ou selon les circonstances Piombino, Orbitello, Pistoia, etc., etc. On détacherait vers chacun des cinq points désignés, un détachement de troupes Sardes organisé de manière à pouvoir former le type, soit le cadre des nouvelles brigades, c'est à dire de manière à ce que les grades supérieurs de la brigade fussent occupés par des officiers instruits, soit qui ayent fait la guerre bien entendu que l'on créerait des places de surnuméraires dans les hauts grades sous le titre d'attachés à l'Etat Major ou autre semblable pour les personnes les plus considérables du pays qui, quoique non instruites dans notre métier, entreraient dans les troupes insurrectionnelles, et s'y rendraient utiles par leur influence personnelle, et qu'il y ait aussi dans chaque nouvelle compagnie, un officier, deux sous-officiers et dix soldats, qui ayent les qualités susdites. Dans le cas très probable que l'on ne connaîtrait les individus du pays aptes à remplir les places d'officiers qui resteraient encore vacantes, après les nominations ci-dessus, et celles des anciens officiers de ligne, et de milices Toscanes, qui pourraient se trouver présents, et aptes à servir : les places encore vacantes dans les compagnies seraient remplies sur la nomination des magistrats des villes où se formeraient les brigades, et sur celle des miliciens eux-mêmes; c'est à dire que les magistrats des dites villes nommeraient eux mêmes et feraient nommer par les magistrats des autres villes, et gros bourgs du canton, la moitié du nombre d'officiers que le chef de la brigade leur annoncerait lui être nécessaires. L'autre moitié serait nommée par les miliciens respectifs de chaque bataillon. Chaque individu nommé d'une des deux manières susdites serait tenu de se présenter dans cinq jours au chef de la brigade, sous une forte peine pécuniaire. Dans les susdites nominations on devrait pour chaque place vacante nommer deux individus, l'un effectif, l'autre suppléant, afin que si l'un ne se présente pas, l'autre remplisse ses fonctions. Toutes ces différentes nominations seraient dites provisoires, c'est à dire les individus qu'elles concernent feraient provisoirement le service de capitaine, lieutenant, etc., etc., jusqu'à ce que, l'armée ayant été rassemblée, les chefs puissent juger quels sont les individus qui méritent d'être confirmés dans leurs grades. Pendant que l'on travaillerait à l'organisation de l'insurrection Toscane, le surplus des troupes Sardes qui n'y seraient pas employées resteraient concentrées vers Florence pour être à portée de combattre les détachements ennemis qui voudraient pénétrer dans le pays. Les garnisons d'Ancone, et de Civitavecchia paraissent trop faibles pour pouvoir fournir les dits détachements : il est donc probable que les premiers arriveraient de Rome, et de Gênes : mais afin de retarder leur départ de ces points, au moment où le débarquement en Toscane a lieu, on devrait faire des démonstrations vers Gênes, et Ostie, soit l'embouchure du Tibre, et on tâcherait de répandre des bruits propres à mettre de l'incertitude dans les résolutions des chefs ennemis qui se trouvent vers ces points.

C'est à dire on enverrait des petits bâtiments et des émissaires sur ces points, on y prendrait des renseignements sur les forces ennemies qui s'y trouvent, sur la manière dont elles sont disloquées, sur les moyens de les surprendre. Quant aux armées ennemies situées en Frioul et à Naples, elles sont éloignées, et occupées, il est donc à espérer que l'insurrection serait organisée avant l'arrivée de troupes venant de ces points; on aurait alors 40 m. hommes insurgents et 8000 hommes de troupes de ligne à leur opposer; l'ennemi arrivant de la haute et basse Italie ne pourrait faire sa jonction que pour ainsi dire à travers l'armée insurrectionnelle, il serait donc possible de combattre ces deux corps séparément, il n'est guère à présumer qu'ils soient plus forts de 12 à 15 mille hommes chacun, en les attaquant séparément on aurait une telle supériorité numérique que l'on pourrait raisonnablement se flatter de vaincre; et en attendant ces dits détachements ennemis seraient déjà une diversion sensible en faveur de nos troupes, et des Anglo-Siciliens: si puis l'ennemi occupé au Nord, et au Midi de l'Italie, laissait l'insurrection maîtresse de ses mouvements, celle-ci aussitôt que son organisation serait achévée devrait agir offensivement.

Si les circonstances du moment, ou les ordres du général en chef de l'armée Autrichienne n'en décidaient pas autrement, les premiers mouvements offensifs pourraient être excentriques, afin d'étendre plus rapidement le foyer de l'insurrection. P. ex., un parti marcherait donc d'Arezzo vers Ancone pour insurger les peuples de la Marche et, de concert avec eux, bloquer la garnison de cette ville; d'autres partis partant de Sienne et d'Orbitello entreraient dans les Etats Romains pour y organiser l'insurrection selon le mode indiqué pour la Toscane, marcher sur Rome et ensuite, selon les circonstances ou les ordres reçus, agir en totalité, ou en partie contre l'armée Française de Naples; enfin le gros de l'armée insurrectionnelle se porterait vers Modène ou Bologne, et après avoir organisé l'insurrection dans ces pays, selon la méthode ordinaire, agirait selon les circonstances, ou les ordres reçus par le Général en chef de l'armée Autrichienne, sur les derrières de l'armée Française, vers Milan, ou vers Gênes, et le Piémont (bien entendu que partout où l'on pénétrerait on organiserait, etc.). On ne poussera pas plus loin ces suppositions, vu qu'il n'est pas possible de leur donner un certain dégré de précision à une époque aussi éloignée des événements, et en attendant on observe que le projet de faire un armement national en Italie, aurait autrefois été conforme aux voeux de la majorité des habitants, et il le serait probablement encore aujourd'hui si on captive de nouveau l'opinion publique par des manifestes, des proclamations et d'autres mesures politiques qui soient analogues aux circonstances et propres à disposer les esprits en notre faveur; on ne suppose donc pas que l'armement insurrectionnel proposé éprouve de grands obstacles de leur part dans les lieux d'où l'on aura expulsé l'ennemi, vu surtout que les évènements d'Espagne doivent avoir de nouveau disposé favorablement les opinions en faveur d'une telle mesure (à l'époque où l'insurrection aurait par quelques succès commencé à appeler l'attention des Italiens sur elle, on devrait employer tous les moyens possibles pour entrer en correspondance avec les personnes marquantes du pays, soit par leur emploi civil ou militaire, soit par leur naissance ou leur fortune afin de les détacher des intérêts de la France, et les rallier au parti National); — faute de l'avoir adoptée le poids de la guerre d'Italie a porté dans ces derniers temps uniquement sur les troupes Autrichiennes, et la conséquence immédiate et nécessaire de leur retraite a été chaque fois l'asservissement rapide et total de l'Italie, chose qui ne serait pas au moins arrivée si promptement si on avait profité des temps de bonheur pour organiser des moyens de défense nationaux; de sorte que si l'armement proposé réussit, à part les avantages qu'il nous procurerait au début de la guerre, il nous offrirait encore des ressources contre l'instabilité de la fortune, et si des revers militaires en Allemagne, une rupture imprévue avec la Russie, ou enfin tel événement impossible à calculer à l'avance, obligeait inopinément S. M. Imp. à retirer la majorité de ses troupes d'Italie, on pourrait cependant à la faveur de l'armement national continuer à s'y défendre, protéger au moins ainsi nos frontières de ce côté là, et en prolongeant ainsi la guerre trouver dans ses chances, ou dans la politique de plus nombreuses ressources que l'on en aurait, après une nouvelle perte de l'Italie et de nouvelles menaces d'invasions dans nos propres Etats.

Dans le cas où l'ensemble des idées exprimées dans ce mémoire serait approuvé et où l'on désirerait quelques détails plus précis sur les moyens d'exécution, soit sur les moyens de préparer, et organiser l'armement national en question, on s'empresserait de les fournir.

On pourrait de même donner quelques aperçus sur les ressources qu'offre le pays et qui pourraient servir à subvenir aux frais que nécessiterait l'armement national.

On terminera ce Mémoire en observant que la possibilité d'exécuter le plan proposé dépend principalement de la bonne et prévoyante combinaison des moyens à employer et que la dite combinaison ne peut être bien faite qu'autant que l'on aura preparé à l'avance les matériaux nécessaires à son exécution.

ANNEXE C.

(Voir à page 196).

Organisation militaire de l'Italie proposée par le Comte de La Tour.

L'organisation militaire de l'Italie doit être principalement dirigée Archives de La Tour.
dans le but de former, avec la plus grande célérité possible, une force Orio. – II, . III.
armée italienne en rapport avec les circonstances, et la population du pays,
laquelle complète le systhème militaire italique ébauché pendant l'insurrection, et concourir avec l'armée impériale à supporter les pertes inévitables de la guerre : cette organisation doit donc pouvoir se mettre nécessairement en pratique dans chaque province, dès que l'on y serait bien
établi, de sorte que *chaque succès obtenu donne les moyens d'employer
de nouvelles forces contre l'ennemi.*

Mais afin de présenter cette organisation sous un point de vue général, et dans tout son développement, on continuera la supposition faite
pour l'organisation civile, savoir que l'ennemi fut presque entièrement
expulsé de l'Italie septentrionale et on comprend aussi le Piémont dans
cette organisation ; relativement à laquelle on observe que le bien du service exige que S. M. I. laisse la plus grande latitude d'autorité et de
confiance au Commandant Général, puisque lui seul peut vraiment juger
du moment et du lieu, où il convient de faire les différentes opérations
qui y seront proposées. L'ennemi ayant laissé, probablement, des garnisons
dans les places fortes, c'est par les sièges et blocus de ces places, que
commenceraient les opérations des nouvelles troupes italiennes, lesquelles
épargneraient ainsi beaucoup d'hommes et de fatigue aux armées impériales,
et leur faciliteraient la poursuite des avantages qu'elles auraient obtenu
sur l'ennemi.

Forces et modes de formation.

Ensuite de la susdite supposition, on observe que la portion d'Italie
(Etats romains, Toscane et ses annexes, république italique, Parme, Plaisance, Piémont, république de Gênes) pour laquelle on a tracé une organisation civile renferme une population de 9.500.000 habitants. En prenant
un 125e (proportion moindre que celle adoptée dans les Etats militaires) ce
qui permettrait de choisir, soit pour la taille et la vigueur, les plus convenables au service militaire, on aurait encore une levée de 75.000 hommes,
force que l'on trouvera ainsi à former et à tenir ; si on réfléchit, que le
Roi de Sardaigne avait pendant les dernières années de la guerre 50 m. h.
de troupes nationales ; que le pied militaire de la république italique est
basé sur 60 m. et que l'on joint à ces états les Provinces romaines, la
Toscane, Lucques, Parme et Gênes, d'après les détails ci-après, sur le contingent à fournir par chaque province, on verra que la conscription serait
diminuée de moitié dans tous les pays soumis à la domination française ;

ainsi les Italiens qui auraient déjà gagné sous le rapport pécuniaire au changement de domination, y gagneraient plus sensiblement encore relativement à la conscription. La totalité de la portion de l'Italie dont il a été fait mention étant divisée en *trente deux* provinces; il conviendrait, pour accélerer et simplifier l'opération, de les taxer à fournir un contingent égal. Le contingent de chaque province y compris les artilleurs, pontonniers et les gens de charriage serait d'environ 2350 hommes. Ce nombre n'excède la force de la population d'aucune manière.

Cependant on égaliserait le contingent à fournir par chaque province en raison de sa population, en y plaçant plus ou moins de volontaires, lors de la formation définitive des bataillons qu'elles doivent respectivement fournir; le reste des volontaires provenant de la première insurrection serait reparti chacun dans le contingent de leurs provinces. On ne forme aucun grenadier dans cette nouvelle armée, afin de se laisser un moyen de l'augmenter en cas de besoin, et de distinguer en même temps tous les officiers et soldats, qui l'auraient mérité, en les plaçant dans les compagnies de grenadiers que l'on viendrait à créer — on y forme aussi des bataillons de chasseurs plus faibles, afin qu'ils soient plus aisés à former de gens reconnus propres à ce genre de service.

Chaque province devrait donc fournir deux bataillons d'infanterie de ligne de 900 h. l'un, divisés en 6 compagnies de 150 h. et une compagnie de dragons de 150 h., de sorte que le contingent de deux provinces, serait d'un régiment de ligne formé de 4 bataillons de 900 h. l'un; d'un bataillon de chasseurs de 600 h. et d'une division de dragons de 300 h. Ainsi six provinces formeraient un régiment de dragons de 900 h. et deux bataillons d'artillerie. La force totale de l'armée serait donc ainsi qu'il suit :

64 bataillons d'infanterie de ligne	hommes	37.600
16 » de chasseurs	»	9.600
16 divisions de dragons	»	4.800
2 bataillons d'artilleurs	»	1.800
2 compagnies de pontonniers et un équipage de chariots	»	200
	Totale hommes	74.000

N. B. Cette armée, soit le contingent de chaque province s'organiserait sur le champ, à mesure que l'on aurait chassé l'ennemi de chaque province et que l'on y aurait établi le Gouvernement civil; et comme il a été observé plus haut, le centre ou les extrémités de l'Italie devant nécessairement être encore aux armées impériales, cette organisation commencerait dès le début des hostilités dans les provinces où l'on aurait pu pénétrer.

Lorsque les mesures proposées pour le Gouvernement civil de l'Italie auraient été mises en exécution et que l'on y aurait assuré la prompte transmission des ordres préparatoires à l'organisation militaire, ses habitants seraient de nouveau appelés à s'armer par des proclamations énergiques du Régent, et du Général en chef, où ils renouvelleraient les assurances et constantes intentions de S. M. I. de délivrer l'Italie pour toujours du joug des Français, ainsi que celles de sa bienveillante protection pour les individus qui se rendraient dignes de ses bontés par leur valeur et leur zèle; à l'époque où paraîtraient ces proclamations on stimulerait les écrivains et surtout les poëtes, dont le pays est si riche, à réveiller dans les coeurs la gloire nationale et l'attachement à la patrie, et à les animer contre l'ennemi. Il serait essentiel d'employer le plus que possible les gens du pays pour exciter davantage leur zèle et leur enthousiasme qui seraient une suite des premières opérations si elles étaient heureuses.

Lorsque ensuite l'armée serait organisée, la discipline, et les autres moyens d'émulation qui seront indiqués, suffiront pour la rendre zélée et obéissante, et la grande population du pays, jointe à l'intérêt qu'auront tous les officiers et employés de tenir leurs corps respectifs complets, assurent le succès des opérations suivantes, qui deviendraient nécessaires, pour remplacer les pertes de la guerre. Ces proclamations seraient suivies de l'envoi de quelques troupes impériales dans les principales villes, telles que Turin, Gênes, Milan, Florence et Rome et de l'expédition d'un capitaine, trois subalternes et quelques soldats, dans chaque chef-lieu soit capitale de province, d'où ils se répandraient dans les différents cantons, et profitant de l'enthousiasme qu'aurait excité la proclamation et d'autres moyens indiqués, ils appelleraient les hommes de bonne volonté à s'armer, de sorte que la présence d'une compagnie suffirait pour l'organisation d'une province. Le capitaine et le lieutenant en 1ʳ y feraient les fonctions d'organisateur et de chef de bataillon pendant le temps de la levée.....

Grand Conseil d'organisation.

Pour vérifier l'exactitude des déclarations des Gouvernements provinciaux, et suppléer à leurs défauts de connaissances sur les choses militaires, le Régent nommerait cinq personnes distinguées par leurs qualités personnelles, leur connaissance du pays et les emplois militaires qu'ils y auraient occupés, lesquelles auraient le titre d'*inspecteurs généraux*, et formeraient le grand Conseil d'organisation, soit le Conseil de guerre de l'armée italique. Ces inspecteurs auraient pour fonction de certifier ou modifier les déclarations du Gouvernement provincial, de donner sur les individus, le pays, les renseignements que le Régent jugerait convenables, d'inspecter la levée des conscrits, ainsi que les fournitures d'armes, d'habillements..... Les fonctions de ces inspecteurs ne sont point incompatibles avec celles des commissaires *Italo-imperiaux*, et ces titres pourraient être réunis dans la même personne, lorsqu'elle aura les qualités nécessaires aux deux charges. Ils seraient successivement nommés, à mesure qu'il y aurait de nouvelles provinces conquises. Leur inspection sur les troupes daterait du jour de leur nomination, mais le versement du revenu publique entre leurs mains, n'aurait lieu, que lorsque la première formation du contingent de chaque province aurait été achevée et jusqu'à la nomination de l'inspecteur spécial pour les finances..... Enfin ces inspecteurs auraient sur les militaires l'influence que les Commissaires Impériaux auraient sur le civil, et concourraient avec eux à donner une direction uniforme à l'Administration civile et militaire de l'Italie. Dès que par l'effet des différentes mesures indiquées, on se serait assuré du concours d'un grand nombre de personnes du pays, ainsi que de celui d'une force armée nationale suffisante avec l'appui du Corps Autrichien que l'on a dit devoir être stationné dans les grandes villes, pour assurer la paisible levée des conscrits, et que l'on aurait réuni la quantité d'officiers strictement nécessaire pour commencer à les distribuer en bataillons : cette quantité ne paraîtra pas difficile à réunir, si on observe qu'en sous des officiers autrichiens que l'on jugerait convenable d'y affecter, on en trouverait un grand nombre appartenant aux anciens services Piémontais et Italien, qui n'ont pas voulu servir en France. Les mesures proposées dans le plan d'insurrection en auraient d'ailleurs procuré beaucoup, et vu la position des choses, la formation qui est présentée ici, sous un point de vue général, devant dans le fait, avoir lieu successivement, quelques provinces à la fois, on trouverait partout les esprits préparés, et on trouverait le temps et les moyens de rassembler à l'avance les officiers nécessaires à la formation du contingent de chaque province.

On ordonnerait la levée dans chaque province simultanément, ou successivement par chacun de leurs cantons selon les résultats plus ou moins avantageux de l'appel aux volontaires et le dégré d'enthousiasme qui animerait la population ; il est au reste à espérer que l'appel aux volontaires suffira pour la formation des bataillons sans recourir à la levée ; mais il est cependant utile d'en établir généralement les principes, afin d'avoir un mode de recrutement fixe et régulier qui garantisse le prompte remplacement des pertes de la guerre.

Observations sur la conscription.

Tous les pays sujets de la France sont soumis à une conscription générale et qui n'admet aucune exception, soit pour les différentes classes de la société, soit pour les circonstances particulières des familles.

La première règle qui détruit à la vérité toute distinction de classe, est utile dans un sens, puisqu'elle appelle tous les hommes riches à servir leur patrie de leur personne, ou de leur argent, en se faisant remplacer ; elle tend d'ailleurs à composer avantageusement l'armée, en y introduisant un nombre de personnes éduquées et de bonnes familles, que le manque de fortune, ou le génie martial et le désir d'avancer, engagent à servir personnellement lorsqu'ils ont été approuvés, et qui forment par la suite une pépinière de sous officiers distingués, d'où l'on peut dans la suite, tirer de bons officiers. Comme il est cependant de l'essence des Gouvernements monarchiques de favoriser la noblesse, il paraît naturel de l'exempter de la conscription, en employant d'ailleurs tous les moyens possibles, pour attirer au service les jeunes gens de cette classe qui n'auraient pas encore les qualités requises pour être placés comme officiers, savoir de leur donner la dénomination de cadets, et de les affecter à la garde des drapeaux, et de faire fournir par la province ceux d'entre eux qui seraient peu faculteux, d'un équipement complet dans l'arme qu'ils voudraient choisir, le cheval y serait compris pour ceux qui voudraient entrer dans la cavalerie soit dragons; les dépenses extraordinaires se prendraient sur les revenus provenant des biens nationaux, pour lesquels, on proposera ci-après un plan d'administration. Quant aux autres personnes distinguées dans la société par leur fortune, on leur laisserait aussi le choix de l'arme où ils voudraient servir, mais avec la charge de s'équiper en entier à leurs propres frais, ce qui diminuerait d'autant la dépense de la formation.

Ces modifications établies pour laisser plus de facilité, pour laisser le choix des individus nécessaires....

Il semble que pour la conscription il serait adroit d'y assujétir tous les hommes aptes à porter les armes, et non mariés, de l'âge de 19 à 28 ans, en choisissant toujours dans les familles les plus nombreuses.

Les anciens soldats, et volontaires, seraient acceptés, quoique mariés, et plus âgés de 28 ans, pourvu qu'ils eussent d'ailleurs les qualités phisiques nécessaires à la guerre. La vérification de ces qualités dans les anciens soldats et volontaires, et conscrits, serait faite dans chaque province par le Conseil de *recrutement,* formé d'un membre du Gouvernement de la Province, du Président du Canton où se ferait la levée et du Capitaine recruteur, d'après l'inspection des hommes, et de celles des régistres, des paroisses, municipalités, etc., etc.

L'appel au Conseil se ferait par moitié, c'est-à-dire, de manière à compléter un des bataillons de chaque province, et à fournir un contingent proportionnel aux autres armes. Les conscrits appelés devraient, dans les huit jours après la publication de la convocation, se rendre dans la ville de la province fixée pour la formation du bataillon, laquelle devrait être le chef-lieu de la province, et là le Conseil de recrutement déciderait de la capacité ou de l'incapacité de chaque individu.

Les jugés valides tireraient entre eux au sort pour savoir qui devrait marcher. Les réfractaires seraient condamnés à une amende, telle qu'elle a été proposée pour les récusants des emplois civils, et les non possesseurs, condamnés à faire pour un an les services pénibles de l'armée, tels que constructions de retranchements, ouverture des grandes routes, traverses dans les ports de mer, et la province devrait remplacer le réfractaire par un autre individu.

Le *Grand Conseil d'organisation* serait le juge naturel des opérations du Conseil de recrutement, mais la décision de celui-ci aurait vigueur jusqu'à ce qu'elle fut annulée. Les conscrits choisis par le sort, ainsi que les volontaires, seraient sur le champ distribués par compagnies, armés et habillés. Afin que cette opération fut plus prompte, elle devrait se faire séparément dans chaque province, et être dirigée par son Gouvernement. Les fonds nécessaires seraient pris sur la portion du revenu public destiné à l'entretien de l'armée italique (dont il est fait mention dans l'organisation civile). Le Grand Conseil d'organisation examinerait les comptes rendus par les Gouvernements provinciaux, à ce sujet, et serait ensuite chargé de la manutention de ces troupes, dès que l'on aurait achevé la première levée.

Afin d'établir l'émulation entre les employés des différentes provinces, on proposerait que celle dont le contingent serait le plus tôt formé pourrait donner son nom au régiment.

Pour la formation de l'autre bataillon et du contingent des autres armes, on suivrait aussi le mode indiqué, et commencerait aussitôt que le premier bataillon serait acheminé.

D'après l'état du revenu public donné dans l'organisation civile de l'Italie, il est évident que les fonds de ce revenu affectés à la formation et à l'entretien de l'Armée Italique y suffiraient. Ces fonds s'élèvent au total à plus de 120 millions de francs, dont la moitié, savoir 60 millions (plus le revenu des domaines nationaux), est affectée à la formation et à l'entretien de l'Armée Italique. Mais comme au moment de la conquête de chaque province, on y trouverait probablement les caisses vides; afin de ne pas retarder la formation de l'Armée et d'être en état de subvenir à ses premiers besoins, il conviendrait d'établir une capitulation, soit impôt de guerre; afin qu'il n'y ait pas de temps perdu pour la formation de l'Armée. Cette capitulation devra être établie dans chaque province au moment où on y pénétrera et l'on expliquera le motif de son établissement. Elle sera payable entre les mains du Gouvernement provincial dans un nombre déterminé de jours; le montant de cet impôt serait ensuite porté en rabais dans les contributions, et son produit exclusivement affecté à l'armement et à l'équipement du contingent de chaque province.

Malgré les promptes ressources que procureraient cet impôt de guerre, on ne peut dissimuler qu'il serait plus avantageux d'obtenir de l'Angleterre, sous le titre de *subsides* de guerre, ou sous celui de *prêt,* la somme nécessaire pour les premiers frais de la formation de l'Armée. Dans les suppositions que l'on ne put obtenir cette somme à titre d'emprunt, que S. M. I. ne juge à propos de devoir se charger elle même de ce remboursement, Elle pourrait cependant négocier à l'avance, au nom de chaque province conquise, en stipulant son payement à termes éloignés, ou en denrées et productions du pays tels que soies, riz, huiles, chanvre. On a fait remarquer dans les observations sur l'Italie que l'adoption de cette mesure, contribuerait à intéresser l'Angleterre à l'heureux succès définitif de la guerre en Italie, ainsi qu'à l'affermissement de la Maison d'Autriche dans cette contrée. Les négociations pourraient être ouvertes à ce sujet avec l'Angleterre, dès le moment de l'insurrection italienne, en prenant prétexte des frais que coûterait cette opération, ainsi cette Puissance se trouverait engagée dès le debut à favoriser une entreprise dont l'organisation actuelle serait le complément nécessaire.

Au reste de quelque manière que l'on se fut procuré les fonds nécessaires pour le premier armement et équipement de l'Armée, le montant de la portion du revenu public affecté à son entretien donnerait annuellement un excédant qui assurerait le payement des avances faites. Il est encore à observer, que les différents parties, composant l'armement, et l'équipement des soldats, se trouvent difficilement dans quelques provinces, il conviendrait peut-être à S. M. de les leur faire fournir par ses magasins à un prix détérminé.

Cette opération pourrait peut-être convenir également aux magasins et aux finances, en changeant des effets surabondants contre du numéraire. On pourrait également autoriser le Gouvernement des Provinces de se fournir du nécessaire soit par réquisition, soit par entreprise.....

Aussitôt que quelques bataillons seraient formés, on les dirigerait, où l'on croirait convenable, soit pour former les sièges des places-fortes restées au pouvoir de l'ennemi, ou si on peut se passer de leur secours, on les réunirait dans de grands cantonnements afin de faciliter leur instruction et leur donner de l'ensemble, et de diminuer le nombre des officiers autrichiens déstinés à surveiller leur éducation. Ces cantonnements seraient dits *d'instruction*, on y complèterait aussi l'armement des troupes, si cela était encore à faire, et on y enverrait des officiers instruits en nombre suffisant pour surveiller et diriger les opérations des nouveaux corps; ces officiers devraient être choisis parmi ceux qui connaissent la langue et les usages du pays, on employerait de préférence les nationaux, car il est nécessaire de connaître la langue, les habitudes et même les préjugés d'un pays où l'on doit faire la guerre. La plupart des détails et mesures, que l'on propose dans ce Mémoire seront *oui* ou *non* mis en exécution selon les circonstances, car ils sont utiles mais non indispensables à la formation de l'Armée, laquelle repose en entier sur un seul principe, savoir que chaque province enlevée à l'ennemi, forme un contingent de troupes composé de deux bataillons de ligne, une division de chasseurs et une compagnie de dragons, et que ce contingent soit armé et équipé à ses frais, soit sur la portion établie du revenu public destiné à l'entretien de l'Armée Italique.

Pour le choix de ces cantonnements, on agirait selon les circonstances de la guerre, les environs de Bologne, de Pavie ou de Plaisance suffiraient pour successivement recevoir et exercer toute l'Armée italienne. Si les circonstances permettaient donc la formation des cantonnements, à mesure que les bataillons seraient organisés, on les dirigerait sur ces points. L'instruction pratique qu'on donnerait aux troupes se bornerait aux maniements des armes, aux feux, à marcher les différents pas et à l'exécution des manoeuvres les plus usités à la guerre. A part l'instruction pratique, les officiers en recevraient une particulière sur la théorie des mouvements. L'instruction morale consisterait dans une lecture journalière faite aux militaires de chaque grade, sur les devoirs de leur état dans les différentes circonstances de la guerre.

Cette lecture et les commandements seraient faits en italien, d'après la formule du règlement. On observera que le temps nécessaire pour donner à cette Armée l'instruction suffisante pour que l'on puisse s'en servir avec utilité, ne sera pas aussi long que l'on pourrait penser, vu que dans le plan proposé, dans le plan d'insurrection, et continué pour celui d'organisation, la majorité des officiers, ainsi qu'un nombre considérable de simples soldats, seraient des anciens militaires, à qu'il suffirait presque d'expliquer la méthode du service autrichien, pour qu'ils sachent assez la mettre en exécution, et que l'on put en tirer de bons services. Les Italiens sont en général intelligents, ainsi il paraît que lorsque la première insurrection aurait réveillé les idées guerrières, et indiqués les individus sur lesquels on pourrait le plus compter, en supposant que l'organisation régulière commence dans le courant de l'hiver, on peut raisonnablement se flatter qu'un certain nombre de bataillons, serait en état de servir au mois d'avril, et que pendant le cours de la campagne la totalité serait en état de prendre part à la guerre; pendant que de nouveaux bataillons se formeraient dans les provinces, on les dirigeraient vers les dits cantonnements, d'où ceux que l'on jugerait assez instruits, partiraient pour l'Armée, ou seraient distribués dans ses différentes divisions actives; si quelque place-forte était encore restée en pouvoir de l'ennemi, c'est principalement autour d'elle qu'on devrait réunir ces bataillons, vu qu'un siège offre le double avantage d'aguerrir la troupe, et d'en favoriser l'émulation en la tenant stationnaire.

Il est notoire que l'Armée du Roi de Sardaigne était en grande partie composée de Régiments provinciaux dont tous les services en temps de paix, consistaient à s'assembler quinze jours l'année par régiments; la totalité des soldats et sous-officiers, et la grande majorité des officiers, n'avaient jamais reçue d'instruction que celle que l'on pouvait leur donner pendant ces quinze jours; cependant ces régiments, dont la composition en hommes était d'ailleurs fort bonne, obtinrent de la réputation dès la première campagne, et dans la seconde, plusieurs d'entre eux surpassaient en tous points les régiments de ligne; les grenadiers royaux entre autres étaient singulièrement estimés dans l'Armée.

Moyens d'exciter l'émulation.

Afin d'exciter l'émulation on laisserait à la première formation de chaque bataillon, un nombre déterminé de places vacantes dans tous les grades, auxquels seraient promus en avancement les officiers, sous-officiers et soldats, qui se seraient le plus distingués par leur zèle, leurs connaissances et leur valeur, aux époques de la levée, de l'instruction et des sièges et blocus susdits. On suivrait la même méthode pour la nomination des places d'officiers majors, dans la formation des régiments.

A la distribution des drapeaux, cérémonie que l'on tâcherait de rendre le plus imposante que possible, on ferait prêter le serment. Ce serment consisterait à jurer obéissance et fidélité à S. M. I. en sa qualité de protecteur de l'Italie, jusqu'à la paix définitive. Ainsi ce serment n'attaquerait pas le droit de souveraineté des Princes et Gouvernements qui devraient posséder des portions de l'Italie à la paix, et ne pourrait par conséquent exciter le mécontentement des Alliés. Les employés civils prêteraient le même serment.

On donnerait aux régiments le nom d'une province qui se serait distinguée pendant l'insurrection, ou d'une affaire où les bataillons se seraient signalés par leur valeur.

La nomination des officiers aux places vacantes, se ferait aussi à cette époque, et ceux qui en auraient occupés provisoirement, seraient confirmés dans leurs grades.

Dragons : On formerait de même les dragons : 1° par division (en réunissant les contingents de deux provinces) puis par régiments et on procèderait comme pour l'Infanterie. Afin de fournir plus promptement cette troupe des chevaux nécessaires, le Régent autoriserait les Gouvernements provinciaux à prendre chez les particuliers les chevaux de luxe et d'agrément en donnant le prix convenable.

Il est à observer que les Armées Impériales ayant sur l'ennemi, une grande supériorité de cavalerie, l'avantage que l'on retirerait de la cavalerie italienne ne serait pas très sensible ; c'est pourquoi on en propose un si petit nombre, et sa formation n'est qu'un objet secondaire dans ce projet. On croit cependant utile, d'en créer quelques régiments, ainsi qu'il est dit, pour ouvrir à la nation toutes les carrières militaires, et lui prouver qu'on lui fait participer à tous les avantages militaires, et moyens de gloire, dont jouissent les autres nations. Les officiers recruteurs pour les dragons, devraient choisir, parmi les anciens soldats, volontaires et conscrits, les hommes qui par état savent conduire et soigner un cheval. Cette méthode abrègerait beaucoup le temps nécessaire à leur instruction. Quant aux gens facultueux qui choisiraient cette arme, il est probable que la majorité aurait des notions sur l'équitation.

Artillerie : On trouverait un noyeau d'artilleurs assez bien instruits en Piémont, et dans quelques ports de mer, le complément du corps se ferait de même que pour les dragons, c'est-à-dire on choisirait les hommes qui joignent à un phisique vigoureux, la pratique des arts et métiers qui ont du rapport avec ce genre de service. Il faudra cependant donner à ce corps une instruction élémentaire pratique. On suivra pour la compagnie de pontonniers le même principe. Pour le charriage on trouverait facilement en Piémont et dans la République Italique des hommes exércés aux différentes branches de cet état.

Dès que l'organisation de l'Armée serait achevée, on procèderait par les mêmes moyens indiqués à la formation d'une réserve, qui devrait toujours être complète, ferait le service de garnison dans leurs provinces. Si la force de la réserve excédait le nombre d'hommes nécessaires au dit service de garnison, on pourrait envoyer cet excédent dans ses foyers, mais avec l'obligation de se présenter à la première demande.

Cette réserve rejoindrait le régiment pour y remplacer les pertes causées par la guerre, et les individus que le Grand Conseil d'organisation aurait reconnu avoir été levés hors de règle.

Le Commandant en chef réunirait les meilleurs régiments pour en faire des brigades et des divisions sous le commandement d'officiers distingués. A l'égard des officiers de l'Etat Général on observe que leur influence dépend principalement du plus ou moins de confiance, que leur accorde leur général. Il y aurait peu d'inconvénients à en créer promptement quelques uns, pris parmi les jeunes gens des familles les plus considérées du pays; on s'en servirait toujours utilement pour favoriser le recrutement et généraliser le goût du service.

Enfin pour réunir tous les moyens qui agissent sur le coeur humain, et donner plus d'impulsion à l'esprit national, il semble qu'il faudrait terminer la formation de ce système par la fondation d'un ordre honorifique. Le succès de l'organisation de l'Armée dépendra en grande partie de l'enthousiasme que l'on aura su exciter dans la nation et de la confiance que on lui aura inspirée sur la ferme intention de S. M. de l'affranchir totalement de la domination Française.

Or la formation de cet ordre semble très propre à remplir ce double but, soit comme motif d'émulation, soit comme annonçant des projets pour l'avenir, et pour ainsi dire la préscience d'un heureux succès définitif.

Cet ordre devrait être divisé par classe, comme celui de Marie Thérèse, et distribué d'après le même principe aux Généraux et officiers de l'Armée italienne et allemande, ayant le plus concouru à la délivrance de l'Italie... en attribuant à cet ordre une partie des biens nationaux, on pourrait y attacher quelques pensions que l'on obtiendrait facilement, que les gouvernements, qui seraient ensuite, continueraient la vie durant des titulaires, s'ils ne voulaient continuer cet Ordre. Il est notoire que dans leurs occupations successives en Italie, les différents gouvernements Français y ont détruit la totalité des ordres militaires, la majorité des fondations religieuses, et se sont emparés de leurs biens, ainsi que des fonds démaniaux des anciens gouvernements. Ces domaines dits nationaux, sont en grande partie, devenus le salaire de leurs partisans, ou leur ont été vendus à vil prix. Il paraît donc que l'on aurait de justes et puissants motifs, pour les enlever aux hommes qui ont contribué au malheur de leur patrie, et les distribuer comme récompense aux leurs libérateurs.

A la vérité l'équité semble prescrire quelque dédommagement envers les anciens possesseurs, mais les bénéficiers militaires, seraient appelés à y acquérir de nouveaux droits et pourraient être favorisés dans les nouvelles nominations.

Quant aux dotations religieuses qui étaient riches et nombreuses, il serait aisé de faire un sort aux anciens propriétaires existants, et il y resterait des fonds disponibles, et s'en servir provisoirement soit pour les besoins urgents de la guerre, soit pour indemniser les habitants du Pays à qui leur zèle pour la bonne cause aurait fait essuyer des pertes, tels que pillage, incendie, lors de la première insurrection.

Ainsi à la conquête de chaque province, les biens dits nationaux seraient sequestrés et faits administrer en régie, soit en économie par les Gouvernements provinciaux, lesquels rendraient compte de leur gestion à cet égard au Grand Conseil d'Organisation ; le revenu de ces biens serait *présumé* d'après les contributions foncières dont ils étaient chargés ; les Gouvernements provinciaux devraient en rendre compte sur ce pied ; de sorte que leur bonne, ou mauvaise administration, ferait perte ou bénéfices pour les provinces, et ne varierait rien aux recettes du trésor public ; au reste quelques soient les mesures que l'on jugerait convenable d'adopter relativement aux biens nationaux déjà aliénés, il paraît qu'il convient toujours d'établir l'administration proposée, pour ceux qui sont encore à la disposition du Fisc, parce qu'elle est facile et économique, et il semble aussi qu'il convient de déterminer à l'avance à quoi on employera son produit.

Quant aux flotilles que l'on a proposé plus haut de former, on se borne à dire que l'on proposerait de faire construire à Gênes et Livourne des batiments légers et des bateaux de transport, afin que si l'Armée était dans le cas de faire quelques expéditions le long des côtes, elle ne fut pas dépendante des Alliés, pour le transport des troupes, des vivres et de l'artillerie, que l'on jugerait convenable de débarquer sur tel ou tel point.

Si la défaite totale de l'Armée Française, ou des troubles intérieurs y éclataient, cela permettrait de porter la guerre en France, et la nouvelle Armée Italienne pourrait aider puissamment celle de S. M. Impériale et des Alliés.

ANNEXE *D*.

(Voir à page 196).

Projet d'organisation pour les troupes insurrectionnelles italiennes.

Archives de La Tour.
Orio. - II, 159.

La longue guerre causée par la révolution de France ayant successivement opposé les unes aux autres les différentes armées de l'Europe, et ayant tour à tour porté le théâtre de la guerre dans la majeure partie des pays qui forment ce continent, les militaires actuels ont ainsi eu la facilité de connaître, et de comparer les différentes armées Européennes entre elles, d'apprécier les avantages et les désavantages de leurs formations respectives, de juger enfin l'influence que le terrain (soit l'influence de la nature du pays) où se fait la guerre, doit nécessairement avoir sur les diverses opérations de la guerre même.

Il semble que les observations qui ont été généralement faites sur les objets ci-dessus indiqués, s'accordent sur un point, savoir : qu'une formation militaire quelconque ne peut jamais avoir une perfection absolue et que dans ce genre on ne peut obtenir que la perfection relative. C'est à dire que le plus ou moins de force d'un état, les ennemis qu'il est plus souvent appelé à combattre, et la nature des pays où il doit habituellement faire la guerre sont des éléments qui influent tellement sur la formation, que d'après eux il lui convient de donner à son armée, qu'il en résulte que.....

Telle formation qui convient parfaitement à tel état, ne conviendrait pas autant à tel autre. A l'appui de cette assertion vient encore la différence que doit apporter dans la formation des armées le plus ou moins de richesse de l'état, le plus ou moins de facilité qu'il a de recruter les corps qu'il met en campagne; le plus ou moins de temps qu'il peut préalablement consacrer à leur instruction; enfin le caractère national et d'autres choses encore, qui ont un rapport avec l'économie, avec la discipline, ou avec la tactique, et sont autant de considérations sur lesquelles il faut refléchir pour combiner une formation d'armée adaptée à l'état des choses donné.

Les principales circonstances de l'état des choses donné relativement à la formation de l'armée insurrectionnelle Italienne, sont :

1. Cette armée est presque exclusivement destinée à combattre en Italie;

2. Le recrutement se faisant sur le théâtre même de la guerre, on peut se flatter qu'il sera prompt;

3. On aura très peu de temps à consacrer à l'instruction de l'armée;

4. La discipline y étant nouvellement établie, n'y sera pas très exacte.

Ces quatre principales circostances sont aussi celles qu'on a principalement en vue en traçant le plan suivant pour la formation de l'armée Insurrectionnelle Italienne; mais comme il est bien plus aisé d'établir des maximes générales, que d'en faire une application convenable, on est très loin de se flatter que le dit plan de formation satisfasse à tous les voeux des militaires éclairés; on espère seulement que s'il est soumis à leur examen, ils approuveront peut-être quelques unes des idées qu'il renferme.

En attendant on va exposer la formation en question, et on détaillera ensuite les motifs qui ont engagé à la faire ainsi.

Formation d'une brigade soit légion italienne.

La Légion serait composée de :
    Huit bataillons de fusiliers (di linea), formant deux régiments;
    Un bataillon de grenadiers (granatieri);
    Un bataillon de chasseurs (cacciatori);
    Un régiment de cavalerie, soit de dragons (dragoni);
    Quatre compagnies d'artillerie (artiglieri);
    Une compagnie d'élite (scelta) dite de *Scopritori* soit *Battistrada*, composée de 40 chevaux et 60 fantassins;
    Une compagnie de pionniers (guastatori) composée de cinq *Zug* soit plotons, dont un de pontonniers;
    Une compagnie de *conduttori,* soit *Fährwesen;*
    Finalement un corps de dépôt pour l'instruction des recrues.

Chaque bataillon de fusiliers serait fort de huit cents hommes, divisés en huit compagnies, dont quatre dites de ligne, deux de tirailleurs, et deux de réserve.

Le bataillon de grenadiers, fort de 960 hommes, serait divisé en huit compagnies, dites de ligne, de 120 hommes l'une.

Le bataillon de chasseurs, même force que celui des grenadiers, même division en huit compagnies dites de tirailleurs, artillerie, quatre compagnies de 100 hommes l'une servant quatre batteries, une de pièces de trois *bl*, une de pièces de 6 *bl*, dite de ligne, une de 4 pièces de 6 *bl*, et 2 obusiers de 7, dite Volante soit Reibende, une de quatre pièces de 12 *bl*, et 2 obusiers de 10, dite de réserve. Chaque compagnie d'artillerie serait divisée en 5 Zug, dont un de pontonniers, une compagnie de Fährwesen de 200 hommes, enfin un régiment de dragons d'une force indéterminée entre huit cent et 400 chevaux, selon que l'on aurait plus ou moins de facilité pour le former. Le régiment divisé en quatre escadrons et huit compagnies; dont la force serait déterminée par celle du régiment (que l'on tâcherait de porter aussitôt que possible à huit cents chevaux).

Finalement, une compagnie d'élite, dite de Battistrada, composée de 40 cavaliers, et de 60 fantassins.

Savoir :

Force de la légion.

Huit bataillons de fusiliers, à huit cents hommes .   . hommes 6.400
Un bataillon de grenadiers   .   .   .   .   .   »   960
Un bataillon de chasseurs   .   .   .   .   .   »   960

Total hommes d'infanterie 8.320

Quatre compagnies artillerie .   .   .   .   . hommes   400
Une compagnie pionniers   .   .   .   .   .   »   125
Une compagnie Fährwesen   .   .   .   .   .   »   200

Total hommes des branches 725

Un régiment de dragons   .   .   .   .   . hommes   800

Total du tout, savoir :

Infanterie   .   .   .   . hommes 8.320
Branches   .   .   .   .   »   725
Dragons   .   .   .   .   »   800

Total hommes 9.845
Plus une compagnie mixte, dite de battistrada   .   . hommes   100

Grand total hommes 9.945

Officiers légionnaires.

La Légion serait commandée par un général légionnaire, ayant sous
lui deux brigadiers. Une brigade serait composée d'un régiment d'infanterie,
du régiment de dragons et du bataillon de chasseurs. L'autre brigade serait
composée d'un régiment d'infanterie, du bataillon des grenadiers, de l'artillerie et des autres branches.

Cette composition de brigades ne serait relative qu'à la discipline intérieure des corps, pour les détachements, les brigades se composeraient
selon les circonstances.

L'Etat Major général de la Légion serait composé d'un officier supérieur et de quatre adjoints; dont deux capitaines, et deux premiers lieutenants, un des quatre devrait (si faire se peut) être ingénieur.

Chaque régiment d'infanterie aurait un colonel, un lieutenant colonel,
et quatre majors com. les quatre bataillons et plus il y aurait un premier
capitaine par bataillon, com. la première compagnie de réserve, et ayant
sous lui, dans sa compagnie, un capitaine lieutenant.

Le régiment de dragons aurait un colonel, un lieutenant colonel et
un major.

Le bataillon de grenadiers et celui de chasseurs, chacun un Ct. de bataillon, major ou lieutenant colonel, et un premier capitaine.

L'artillerie un premier capitaine, ou major, et les autres branches seraient commandées par un capitaine.

Couleurs et signes distinctifs des légions.

Chaque Légion aurait une couleur distinctive dans le champ de ses drapeaux, et sur le casque, schaquo ou chapeau selon laquelle de ces trois coiffures serait prescrite pour l'armée de chaque individu de la Légion. Plus, chaque Légion aurait son numéro tracé sur ses drapeaux, les boutons des légionnaires, les chariots, etc., etc.

Chacun des huit bataillons de ligne aurait une couleur distinctive sur le collet, et le parement, et chacune des huit compagnies de chaque bataillon aurait une marque, soit couleur distinctive sur l'épaulette ; la couleur distinctive des huit compagnies correspondrait à celle des 8 bataillons. C'est à dire, la compagnie N. 1 de chaque bataillon aurait l'épaulette de la couleur du parement du bataillon N. 1. La compagnie N. 2 de chaque bataillon aurait l'épaulette de la couleur du parement du bataillon N. 2, ainsi de suite pour les huit compagnies. Chaque Légion étant d'ailleurs distinguée par la couleur des drapeaux, du casque, et le numéro, les couleurs distinctives pour les bataillons et compagnies devraient être les mêmes dans toute l'armée.

Les grenadiers, les chasseurs, les dragons, les artilleurs, etc., etc., porteraient à leur coiffure la couleur de leurs légions respectives, mais ils auraient le collet et parement de même couleur dans toute l'armée.

Leurs compagnies seraient distinguées par l'épaulette. de même couleur que celle de la compagnie de fusiliers à laquelle leur numéro correspond.

Les couleurs des bataillons et compagnies étant les mêmes dans toute l'armée et celles des huit compagnies du bataillon rappelant celui des huit bataillons, il suffirait de connaître les couleurs d'un bataillon, pour à l'instant où on connaît un militaire, savoir qu'il appartient à telle légion, à tel bataillon de la légion et à telle compagnie du bataillon. Cette prompte connaissance de l'état des individus légionnaires, pourrait contribuer à prévenir bien des désordres et accélérerait l'établissement de la discipline ; considérations importantes pour une armée de nouvelle levée.

Formation en bataillon de la légion.

L'Italie étant un pays très coupé, et où par conséquent on combat principalement par le feu :

Les grenadiers légionnaires formant la réserve de la légion se formeraient seuls sur trois rangs.

Les fusiliers légionnaires se formeraient sur deux lignes de deux rangs chacune : savoir les quatre compagnies de ligne de chaque bataillon formant la première ligne, et les deux compagnies de réserve ayant à leurs ailes les deux compagnies de tirailleurs, formant la deuxième ligne de chaque bataillon (ainsi que cela se pratique dans notre armée lorsque le troisième rang se forme en réserve).

Le colonel et les quatre majors commanderaient les quatre demi-bataillons de première ligne, le lieut. colonel et les quatre premiers capitaines commanderaient les quatre demi-bataillons de deuxième ligne.

Les deux brigadiers se placeraient chacun au centre de leurs régiments respectifs pour diriger le mouvement des deux lignes.

Le général légionnaire se placerait où il le jugerait convenable. Les grenadiers se placeraient en masse ou déployés en trois rangs, en réserve, derrière la légion.

L'artillerie partie au centre, partie sur les ailes, et partie en réserve, enfin selon les circonstances.

Les dragons et les chasseurs également sur deux rangs, partie sur les ailes, partie en réserve, et enfin où les circonstances l'indiqueraient.

N. B. — On entend seulement ici indiquer l'ordre de bataille habituel de la légion. Cet ordre devant ainsi que tous les ordres de bataille immaginables, être modifié par les circonstances, on indiquera donc ci-après quelqu'un des moyens de le modifier selon les circonstances.

Ordre de marche de la légion.

La légion étant rangée en bataille comme on vient de l'exposer, si elle devait marcher en avant en ordre de bataille, soit en front de bandiera, chaque troupe et chaque individu éxécuterait le mouvement en avant, sans rien changer à la disposition primitive.

Si la légion en bataille devait faire une marche de flanc soit parallèle à l'ennemi, sur deux lignes, le premier brigadier conduirait la 1re ligne, le second brigadier la 2e ligne, le reste des troupes et des individus restant dans la disposition primitive.

Si par des considérations quelconques, la légion en bataille devait faire une marche de flanc sur une seule ligne, la seconde ligne viendrait doubler derrière la première. C'est à dire, chaque demi-bataillon de seconde ligne viendrait se former derrière son demi-bataillon respectif de première ligne, de sorte que chaque bataillon de la légion se trouverait formé sur 4 rangs.

Le 1. et 2. rangs seraient formés par les quatre compagnies de ligne, rangées à l'ordinaire.

Le 3. et 4. rangs seraient formés par les deux compagnies de réserve, et les deux de tirailleurs, aussi rangées à l'ordinaire. C'est à dire, les deux compagnies de tirailleurs sur les ailes, et les deux de réserve au centre. Le bataillon ainsi formé sur quatre rangs, ferait un à droite ou à gauche, par la section déterminée par le commandement, et se remettrait ensuite de même, lorsqu'il serait remis; la 2. ligne irait reprendre sa place, comme fait actuellement notre 3. rang, lorsqu'il se forme en réserve.

Si la ligne rangée en bataille devait marcher en avant par sa droite, ou par sa gauche, c'est à dire, se former en colonne sur un de ces deux

points, pour ensuite déployer à droite, ou à gauche, on pourrait de même
faire doubler les rangs, c'est à dire porter la 2. ligne collante à la 1.; ainsi
chaque bataillon arriverait muni de sa 2. ligne, sans que pour cela le dé-
ploiement en fût entravé ou ralenté. Il en serait de même si la légion
devait marcher par son centre, et ensuite déployer à droite ou à gauche.

Au reste, rien ne s'opposerait à ce que dans les deux derniers cas susdits (savoir ceux de la marche en colonne par les ailes, ou par le centre
de la légion), la 2. ligne ne se forme selon la méthode ordinaire à la queue
de la colonne de la 1. ligne, vu que cette 2. ligne, étant formée par compagnies demi-bataillon et demi-régiment, commandés par les lieut. colonels,
les premiers capitaines et les capitaines ordinaires, peut momentanément,
lorsqu'on le jugerait convenable, faire pour ainsi dire, corps à part. Dans
cette hypothèse, un des brigadiers conduirait la 1: ligne, et l'autre la 2.

Dans tous les différents ordres de marche ci-dessus, les grenadiers,
les dragons et les chasseurs marcheraient à la tête ou à la queue, ou sur
les flancs de la colonne, ainsi que cela serait ordonné. L'artillerie serait
partie à la tête, partie à la queue et partie au centre de la colonne; suivant
les dispositions dans l'ordre de bataille.

Dans ces différents ordres de marche, on a fait abstraction des compagnies des tirailleurs qui pourraient être détachées en tête, ou sur les flancs
de la colonne; les places de ces compagnies détachées resteraient en vide
dans la 2. ligne où elles appartiennent.

Méthode ordinaire de combattre de la légion.

Avant que d'exposer la méthode ordinaire de combattre de la légion,
soit contre l'infanterie que contre la cavalerie, on croit devoir faire observer
que la légion rangée en bataille dans l'ordre ordinaire, et abstraction faite
de ses dragons, présenterait deux lignes de 1600 files chacune, rangées
sur deux rangs, plus une réserve de 960 grenadiers, et un corps de chasseurs
d'égale force disponible et sa force totale serait de 8320 hommes.

Or un corps d'infanterie ennemi, de même force, formé sur trois rangs
et aussi rangé sur deux lignes, ne présenterait que 1386 files. En supposant
les intervalles des bataillons égaux et les autres circonstances égales, la légion
déborderait donc l'ennemi de 214 files, c'est à dire, de plus d'un bataillon
et aurait en sus 960 chasseurs à faire agir sur ses flancs et les derrières de
l'ennemi, et 960 grenadiers en réserve.

Si puis l'ennemi se formait sur une seule ligne, on pourrait, si cela
était convenable, l'imiter (car il n'y aurait pas d'inconvénient à faire déployer la 2 ligne puisque, ainsi qu'on l'a vu elle est pourvue de tous les
officiers nécessaires à son commandement: soit que la 2 ligne se porte toute
sur une des ailes de la 1, soit qu'elle se porte mi-partie sur chacune, le
premier brigadier commande les 8 demi-bataillons de droite, et l'autre les
8 demi-bataillons de gauche), et alors on le déborderait de 428 files, et on
aurait les chasseurs et les grenadiers disponibles pour percer son centre,

ou tourner ses ailes, il semble donc que dans les deux hypothèses et en supposant d'ailleurs toutes choses égales, l'avantage dans les pays coupés et même dans la plaine (en ne considérant que l'infanterie), serait du côté de la légion.

Les réserves de grenadiers et de chasseurs déborderaient toujours l'ennemi à nombre égal, de plus d'un huitième.

Cet avantage, résultant de l'ordonnance sur deux rangs, aurait lieu de même lorsque plusieurs légions réunies formeraient une armée. Cette armée pourrait donc avoir une réserve égale à un huitième de sa force indépendemment des chasseurs et grenadiers de chaque légion, et conserver un front égal à celui d'un ennemi de même force rangé sur deux lignes, lequel ne pourrait se donner une réserve qu'au détriment de son front ou de sa 2 ligne. Chose que nos réserves de grenadiers et chasseurs pourraient rendre dangereuse pour lui.

Dans toutes ces hypothèses on a fait abstraction des avantgardes des corps détachés sur les flancs, soit relativement aux chasseurs qu'aux autres troupes, parce que l'ennemi devant pareillement avoir de semblables corps détachées, l'inconvénient est réciproque, et ainsi ne change rien à la proposition générale. Revenons maintenant aux méthodes ordinaires de combat de la légion.

Méthode ordinaire de combat de la légion contre l'infanterie.

La légion étant rangée en bataille suivant qu'il a été dit, la méthode ordinaire de combattre l'infanterie, surtout dans les pays coupés, serait de détacher en avant la moitié des tirailleurs de la légion, soit la force d'une compagnie par bataillon, il y aurait ainsi 100 tirailleurs sur le front de chaque bataillon de 200 files, et 800 tirailleurs sur le front de la légion; ces 800 tirailleurs seraient commandés par 8 capitaines ordinaires, et 2 premiers capitaines, savoir un par régiment. Ces deux capitaines dirigeraient les mouvements de la chaîne de tirailleurs, l'autre moitié des tirailleurs resterait en réserve, soit à leur place dans la 2. ligne, pour ensuite relever les 1. ou être employés selon les circonstances.

Après le rappel ou le repliement des tirailleurs, la 1. ligne entrerait en action, d'abord par feu de rang, ensuite par feu de bataille. Pendant l'attaque des tirailleurs et de la 1. ligne (à laquelle nous supposerons ici que l'ennemi résiste) les généraux examineraient quels sont les points de la ligne ennemie que l'on pourrait attaquer avec le plus de succès, et ils dirigeraient sur ces points un ou deux bataillons de la 2. ligne, formés en colonne, et débouchant par les intervalles de la 1. Les compagnies d'aile des deux bataillons de 1. ligne par l'intervalle desquels déboucherait la colonne d'attaque, cesseraient leur feu, se porteraient ensuite derrière leurs bataillons respectifs, et rechargeraient leurs armes, les trois autres compagnies de chacun des deux bataillons continueraient leur feu jusqu'au moment de la mêlée.

Les tirailleurs restés (ainsi qu'il vient d'être dit) en réserve auprès des bataillons attaquants, se formeraient au moment du mouvement partie sur les flancs, partie à la queue de la colonne d'attaque, la destination des premiers serait de couvrir par leur feu la marche de la colonne d'attaque, et de suppléer ainsi à la cessation de celui des 2 compagnies de 1. ligne, latérales à l'attaque; la destination de ceux marchant à la queue serait de conserver leur feu pour au moment où la colonne aurait percé la ligne ennemie, se jeter derrière la dite ligne et y porter le désordre. Si les circonstances le permettent, au moment où l'on verrait la ligne ennemie ébranlée par l'approche de la colonne, les seconds bataillons de 1. ligne latéraux à l'attaque feraient une charge à la bajonette, pour décider le succès et ouvrir une plus large brèche dans la ligne ennemie; les deux compagnies primitivement repliées derrière ces bataillons, suivraient leur mouvement.

Pendant l'attaque tous les tambours de la légion battraient la charge: les deux bataillons de 2. ligne latéraux à la colonne d'attaque, marcheraient vers le point de départ; les grenadiers légionnaires et les dragons, si le terrain le permet, auraient aussi été dirigés vers ce point, pour en cas de succès, déboucher successivement par l'ouverture faite à la ligne ennemie, en completer la défaite, etc.

La 1. ligne profiterait aussi de ce succès et du désordre de l'ennemi pour se porter en avant, tâcher de jeter la 1. ligne ennemie sur la 2. et assurer ainsi la victoire.

Si la colonne d'attaque était répoussée au moment de son repliement, les deux compagnies latérales qui auraient conservé leur feu, se formeraient en potence derrière leur bataillon respectif, soit pour ouvrir un plus grand intervalle à la colonne battue, soit après sa retraite pour arrêter l'ennemi par leur feu, elles donneraient d'abord deux feux de rang et ensuite un feu de bataille.

La colonne d'attaque écoulée, les dites compagnies reprendraient leur place ordinaire, et la colonne d'attaque battue se rallierait à sa place en 2. ligne.

Si les deux demi-bataillons de 1. ligne avaient suivi la colonne d'attaque, et étaient répoussées avec elle, alors les deux demi-bataillons de 2. ligne latéraux à la colonne d'attaque et que l'on a dit devoir marcher diagonalement vers son point de départ se déploieraient eux mêmes en potence vers le flanc découvert de leurs bataillons respectifs de 1. ligne afin d'arrêter la poursuite de l'ennemi et de l'empêcher de pénétrer derrière la dite 1. ligne, et les troupes battues se rallieraient en 2. ligne, sous la protection du feu des dits bataillons. Pendant ces mouvements les généraux combineraient une nouvelle attaque à exécuter, semblable à la 1. soit avec des bataillons frais de la 2. ligne, soit avec les grenadiers, soit avec les dragons, selon le terrain et les circonstances.

On n'a point parlé ici des chasseurs qui pourraient être restés en réserve, parce que leur destination habituelle serait d'occuper à l'avance, c'est à dire de former une chaîne sur les points ou en cas de défaite générale, les généraux voudraient rallier la légion battue ; on choisit de préférence les chasseurs pour cette fonction, parce que leur service d'avant poste doit les ..... plus tôt avec l'ennemi et les accoutumer à conserver un certain ordre avec le désordre. Il est aussi entendu que l'artillerie située ordinairement au centre, aux ailes, et à la réserve de la légion et en un mot, placée selon le terrain et les circonstances, concourait selon la méthode ordinaire, soit à l'attaque qu'à la défense.

Défense des positions.

Les positions se défendraient d'après les mêmes principes que l'on vient d'exposer pour l'attaque.

La ligne étant rangée en bataille à l'ordinaire, la moitié de ses tirailleurs formerait une chaîne en avant de la position, l'ennemi forçant cette chaîne et attaquant la position même gardée par la 1. ligne, la seconde ligne ferait des colonnes d'attaque, ainsi qu'il vient d'être dit, et ferait sur les points favorables une sortie par les intervalles de la 1. ligne : la sortie réussissant, les tirailleurs qui ont accompagné les colonnes d'attaque formeraient une nouvelle chaîne, tandis que ceux formant la 1. chaîne battue iraient se rallier en seconde ligne avec la dite colonne d'attaque. Si la sortie était repoussée, on agirait sur ce point ainsi qu'il a été dit plus haut en parlant de l'attaque repoussée, et on tenterait de nouvelles sorties ailleurs avec les grenadiers des troupes fraiches.

Méthode ordinaire de combat de la légion contre la cavalerie.

Le terrain d'Italie, est, en général, très peu favorable à la cavalerie, ou tout au moins cette arme ne peut guère y agir que par petits corps d'escadron, de division, etc., etc., nous supposerons cependant ici la légion attaquée ou menacée d'attaque par la cavalerie.

Si cette menace d'attaque était faite en front, et dans un pays un peu coupé, on ne changerait rien à la disposition primitive, vu qu'il n'est pas présumable que dans de telles circonstances, la cavalerie attaque avec succès deux lignes d'infanterie soutenues par de l'artillerie et une réserve.

Si la menace d'attaque se faisait sur un flanc, les bataillons d'ailes de 1. et 2. ligne, se formeraient en carré (selon qu'il sera dit ci-après), ou feraient front vers le point menacé. Les grenadiers viendraient, en ligne ou en carré, appuyer cette disposition.

Si la menace d'attaque se faisait dans un pays ouvert et en front, la 1. ligne se formerait en carré, la 2. restant devant pour avoir plus de feu, à moins que des circonstances très favorables à la cavalerie ennemie, ne l'engageassent à se former aussi en carré.

Formation des carrés.

Les légionnaires seraient exercés à former des carrés, soit d'un bataillon, et de deux bataillons, et ces deux espèces de carrés se formeraient, soit que la ligne fût simple, soit qu'elle fût double par le collement de la 2. ligne.

Le carré d'un bataillon simple se formerait par ses quatre compagnies qui doubleraient chacune leurs files pour être sur quatre de hauteur : la compagnie N. 1, formerait ensuite le flanc droit, la compagnie N. 2 la tête, N. 3 le flanc gauche, et N. 4 la queue du carré.

Ce petit carré aurait 25 files, et par conséquent 75 feux sur chacune de ses faces, son espace intérieur serait d'environ 17 pas sur 12.

Pour former le carré de 2 bataillons simples, les 8 compagnies doubleraient leurs files, comme il vient d'être dit, pour être sur quatre de hauteur. Ensuite la compagnie N. 1 du bataillon de gauche et N. 4 du bataillon de droite, se joindraient pour former la tête du carré. Les compagnies N. 2 et 3 du bataillon de gauche formeraient le flanc gauche. Celles n. 2 et 3 du bataillon de droite formeraient le flanc droit. Les compagnies N. 4 de gauche et N. 1 de droite formeraient la queue du carré.

Ce carré aurait 50 files et 150 feux; son espace intérieur serait d'environ 33 sur 28.

Lorsque la 1. ligne aurait été doublée par la 2., la troupe étant alors sur quatre de hauteur, les compagnies ne doubleraient pas leurs files, mais occuperaient d'ailleurs leur place ordinaire dans le carré.

Le carré d'un bataillon double serait tel pour les files, le feu et l'espace intérieur, que le carré de deux bataillons simple décrit ci-dessus.

Le carré de deux bataillons doubles aurait 100 files, 300 feux et environ 66 pas, sur 61 d'espace intérieur.

Les troupes moindres qu'un bataillon simple, en cas d'attaque de cavalerie, se formeraient en masse, et la chaîne de tirailleurs en bouquet, ainsi que le prescrit notre règlement.

Revenons maintenant aux attaques de cavalerie dans les pays ouverts. Si la menace d'attaque était dirigée vers le flanc, les bataillons d'ailes des deux légions du flanc se formeraient en carré de deux bataillons; les grenadiers viendraient, en carré ou en masse, appuyer la disposition. Le reste des troupes restent en ligne, ou se forment en carré selon l'urgence.

Si enfin l'attaque pourrait devenir environnante, les deux lignes se formeraient en carré de deux bataillons simples ou doubles selon l'urgence du cas, resserreraient leurs distances; et les grenadiers se porteraient vers le point le plus menacé.

On a fait dans ces différentes suppositions abstraction des dragons légionnaires, parce qu'on les a supposés repoussés par une cavalerie supérieure. Si ils étaient présents, ils devraient naturellement appuyer les dispositions qui seraient prises.

L'artillerie, divisée par brigades ou distribuée selon le terrain et les circonstances, devrait dans tous les cas soutenir l'infanterie, et en être soutenue.

ANNEXE *E*.
(*Voir à page 196*).

Observations sur le moyen d'armer une nation en masse.

On calcule ordinairement la quantité d'hommes aptes aux armes, savoir de l'âge de 16 à celui de 45 ans, à 2/13 de la population du pays. En effet, en prenant un même nombre de femmes du dit âge, on aurait 4/13 dans l'âge du mariage pour les deux sexes et il resterait 6/13 des deux sexes pour l'âge au dessous de 16 ans, et 3/13 pour celui au dessus de 45, 4/13 + 6/13 + 3/13 = 13/13 = 1 = population totale; en supposant donc une nation composée de 1.300.000 âmes, on aurait d'après le calcul ci-dessus 200.000 hommes entre l'âge de 16 à 45 ans, soit aptes aux armes, mais la totalité des hommes d'âge viril ne pouvant pas dans une nation cultivatrice quitter ses foyers pour plus de quelques jours, on diviserait en deux grandes armées, l'une dite active, et l'autre dite réserve; la première serait composée de tous les hommes de l'âge de 20 à 35 ans, la seconde de tous les hommes de 16 à 20, et de 35 à 45. La première comprendrait une période de 15 ans, et la seconde une de 14; on peut, sans grande erreur, les supposer d'un produit égal, aussi chacune de 100 m. hommes. L'armée active de 100 m. hommes, comprenant ainsi tous les hommes de 20 à 35 ans, serait divisée en deux classes égales, une dite de ligne, l'autre auxiliaire, de sorte que chaque bataillon de ligne en aurait un auxiliaire destiné, dans le cours ordinaire des choses, à la tenir au complet et dans les cas ci-dessous indiqués, destiné à le renforcer. L'armée de ligne serait donc de 50 m. hommes, l'armée auxiliaire aussi de 50 m. hommes, et la réserve de 100 m. hommes. L'armée de ligne serait sur le champ formée par bataillons, régiments, brigades et divisions, soit légions dans le cas actuel, on aurait 4 divisions, 8 brigades, 16 régiments, 48 ou 64 bataillons, selon la force que l'on voudrait leur donner (j'ai suivi l'usage ordinaire en mettant des régiments dans cette formation, mon opinion particulière serait de suivre la formation romaine où chaque cohorte avait son chef qui ne dépendait que des généraux: ici le bataillon représenterait la cohorte).

En supposant que l'on n'aye pas un nombre suffisant d'officiers formés pour en compléter le cadre de l'armée de ligne, il faudrait au moins que les hauts grades jusqu'à celui inclusif de chef de bataillon fussent occupés par des officiers instruits, et dont la majorité aye fait la guerre; les places de capitaine, lieutenant, sous-lieutenant, etc., etc., seraient données aux jeunes gens, à qui leur naissance, leurs richesses ou leur instruction donneraient de la considération, on placerait au moins un bon officier et quelques soldats instruits par compagnie; si une grande influence personnelle obligeait à accorder des hauts grades à des hommes non instruits dans le métier, on affecterait à leur personne quelques bons officiers en qualité d'aide de camp, d'officier de l'Etat G., etc., etc., adjutant de bataillons, etc., etc. Si on

n'avait pas une connaissance suffisante du pays, pour choisir parmi les insurgents les personnes ci-dessus désignées pour être officiers, on les ferait
nommer moitié par les principaux magistrats des villes, partie par les insurgents eux-mêmes. Savoir lorsque dans chaque canton on aurait rassemblé tous les hommes de l'âge de 20 à 35 ans, on demanderait les volontaires pour l'armée active. S'il ne s'en présentait pas un nombre égal à la
moitié du nombre total, on compléterait les volontaires par le sort. Ceux-ci
seraient en suite, suivant leur nombre, formés en un ou plusieurs bataillons
en supposant que l'on n'aye d'officiers instruits qu'un chef et que la quantité
nécessaire pour les hauts grades. Les magistrats du canton nommeraient
la moitié des capitaines nécessaires dans chaque bataillon, et les soldats
des bataillons respectifs nommeraient l'autre moitié. Les capitaines nommeraient ensuite leurs officiers, et avec le conseil de ceux-ci les sous-officiers
(toutes ces nominations seraient provisoires, jusqu'à l'époque où l'armée,
étant rassemblée, les généraux, d'après les instructions du Gouvernement
y feraient les changements que le bien du service pourrait exiger).

Cette armée de ligne ainsi formée, 1° par bataillon, ensuite par brigades,
divisions, et armées serait destinée à agir partout où le besoin l'exigerait;
on donnera ci-après un exemple pour éclaircir les moyens d'organisation
que l'on vient d'ébaucher.

Les auxiliaires et la réserve resteraient dans le pays et seraient organisés
comme suit : la formation ci-dessus indiquée divisant l'armée de ligne en
4 divisions, le pays serait aussi divisé en quatre arrondissements militaires.
Dans le chef-lieu de chaque arrondissement serait placé un officier supérieur
aidé de quelques personnes de marque du pays, et ce conseil aurait la
haute inspection militaire de l'arrondissement et surveillerait à ce que les
ordres donnés fussent exécutés.

On rassemblerait dans chaque chef-lieu d'arrondissement un nombre
d'auxiliaires équivalent à la force d'une compagnie pour chaque bataillon
de ligne que l'on suppose ici être de 4 compagnies.

Cette compagnie serait dite du dépôt : le total de ces compagnies de
dépôt équivaudrait donc au quart de l'armée de ligne, soit à 12.500 hommes,
ce qui ferait 3125 par arrondissement, ce dépôt serait toujours tenu au
complet par les auxiliaires, soit par la voie des volontaires, soit par celle du
sort, et serait lui même destiné à compléter l'armée de ligne : à part l'officier supérieur de chaque arrondissement il faudrait qu'il y eut quelques
officiers, sous-officiers et soldats instruits chargés de l'instruction de ces
dépôts et un petit corps d'ancienne troupe de ligne dans chaque chef-lieu
pour le maintien du bon ordre. Les auxiliaires non compris dans le dépôt
resteraient dans leurs foyers, jusqu'à l'époque où ils seraient appelés au
dépôt, soit pour le compléter, soit pour le renforcer, ainsi qu'il sera dit
ci-après.

Réserve : On choisirait dans chaque arrondissement les hommes de
35 à 40 ans, faisant, ainsi qu'il a été dit, partie de la réserve un nombre
d'individus égal à un bataillon; ce bataillon sous le nom de garde provin-

ciale ou milice, serait chargé d'entretenir le bon ordre conjointement au détachement d'anciennes troupes de ligne sus-dit et de favoriser le recrutement; selon les circonstances on pourrait dans chaque arrondissement former deux bataillons des dites gardes ou milices, dont un serait mobile, dans l'intérieur de l'arrondissement, et l'autre sédentaire dans le chef-lieu, ce qui formerait un total de 2400 ou de 4800 hommes pour la totalité du pays.

Le reste de la réserve resterait dans ses foyers, sauf les jeunes gens de 19 à 20 ans, qui viendraient se réunir au dépôt pour y être exercés aux armes, et de là passer à l'armée de ligne lorsqu'ils auraient atteint l'âge de 20 ans. Ce qui donnait environ 7000 hommes d'augmentation au dépôt.

La totalité de la levée en masse serait donc:

Armée de ligne	hommes	50.000
Compagnies de dépôt	»	12.500
Jeunes gens de 19 à 20 ans	»	7.000
Milices	»	4.800
	Total hommes	74.300

Savoir entre un tiers et trois huitièmes de la population apte aux armes parmi lesquels il n'y en aurait que 50 m. destinés à agir pour un temps hors de leur pays. Cette levée est sans doute nombreuse, mais elle n'excède point les forces qu'un pays peut momentanément fournir, ainsi que les français l'ont prouvé lors de leur levée en masse en '93 et '94, et la demi famine qui eut lieu à cette époque fut causée par la loi du maximum, et non par le manque de bras, puisque cette disette cessa sans introduction de graines étrangères lorsque l'on abrogea la loi du maximum, et qu'elle n'a plus reparu en France malgré que les conscriptions d'hommes ayent été continuées plusieurs années avec la plus grande rigueur. Au reste on pourrait dans le cas actuel mettre les terres appartenants aux hommes pris pour le service militaire sous l'inspection du curé et du principal propriétaire, soit seigneur de chaque canton, lesquels surveilleraient à ce qu'elles fussent cultivées par le reste des habitants, ainsi que cela se pratique sous le nom de corvée, dans plusieurs endroits; chaque habitant de village pourrait, par exemple, être tenu à une journée de travail sur les champs des absents.

[LA TOUR].

ANNEXE *F.*

(Voir à page 335).

Ebauche d'un projet d'organisation pour les troupes italiennes
qui se forment
actuellement sous la protection de l'Angleterre.

« Cagliari, 2 janvier 1812.

Dans le cas d'une descente en Italie les dites troupes étant déstinées Archives de La Tour.
à former le *noyau* de l'Armée italienne que l'on tenterait de former, elles Orio. – II, 118.
doivent donc être considérées comme une espèce de *cadre* dans lequel seraient ensuite placées les nouvelles levées italiennes; et leur organisation
doit par conséquent contenir le principe fondamental de l'organisation de
l'armée italienne future.

Un usage, déjà en partie établi par Fréderic II, pratiqué par Lascy,
suivi en Russie, et devenu depuis la Révolution maxime en France, autorise
à considérer la *division* comme la *grande unité militaire*, dont les brigades,
régiments, bataillons, compagnies, ou escadrons, sont des fractions; d'après
le dit usage, en faveur duquel on pourrait d'ailleurs donner d'assez bonnes
raisons militaires, on propose ici, d'organiser les dites troupes italiennes,
de manière à en former des *cadres* de *division,* nom, auquel il conviendrait
en Italie de substituer celui de légion. Or il est reconnu que l'on ne doit
placer à la fois dans un *cadre,* qu'un nombre déterminé, et proportionné
de nouvelles levées; et il semble aussi évident, que la légion considérée
comme *grande unité militaire* ne doit être ni trop excédente, ni trop inférieure à une certaine force numérique : finalement il paraît que par *grande
unité militaire* il serait naturel d'entendre un corps acte à agir par lui même
et sans amalgame étranger, dans toutes les circonstances de la guerre, qui
n'exigeraient pas une force numérique supérieure à celle de la dite grande
unité. Or ces circonstances étant ordinairement le résultat du terrain, qui
dans les pays très coupés et variés comme est l'Italie, exige alternativement
l'emploi de la troupe de ligne, de la troupe légère, de la cavalerie, et de
l'artillerie, et oblige fréquemment, enfin, à des passages de rivière, à des
ouvertures de routes, etc., etc., il serait par conséquent naturel que la légion
fut composée dans une proportion déterminée de troupes aptes à ces différents genres de services. D'après ces diverses considérations, on propose
donc d'organiser les dites troupes italiennes par *cadre,* appelés *régiments*
ou même dès le principe légions, et formés ainsi qu'il suit :

  huit compagnies de ligne formant deux bataillons;

  deux compagnies de grenadiers formant une division;

  deux compagnies de chasseurs formant une division;

  une compagnie mixte composée de quatre pelotons, dont deux d'artilleurs, un de pionniers, et un de pontonniers.

Total *treize* compagnies d'infanterie de 100 hommes l'une, ainsi 1300
hommes.

Si on peut se procurer des chevaux, on annexerait à chaque cadre un escadron de 100 hommes.

Si le nombre des chevaux était excédent à celui nécessaire à la formation du dit contingent, cet excédent serait employé partie à former un équipage de *train ;* et partie à former de nouveaux escadrons, qui seraient déstinés à devenir le noyau de la cavalerie *de réserve,* dont il sera fait mention plus tard. En attendant :

Non compris le treno, et la cavalerie de réserve, qui dans les premiers temps devraient faire corps à part, la force d'un *cadre* serait de 1400 hommes; si donc on pouvait consacrer à cette formation une force de 5600 hommes, on pourrait organiser quatre *cadres,* lesquels en attendant leur formation en légions effectives pourraient former une division provisoire.

Lorsque les circonstances de la guerre permettraient de transporter les dits *cadres* en Italie, leur formation en légions se ferait pour ainsi dire par une simple levée d'hommes dans la proportion de *cinq recrues,* pour *un* ancien soldat; la compagnie de 100 h. deviendrait ainsi un bataillon de 600 hommes, où le capitaine, quoique conservant une compagnie, ferait les fonctions de commandant; et les trois subalternes, celles de capitaine des trois autres compagnies, chaque compagnie serait de 150 h. dont 25 anciens soldats, les nouveaux subalternes seraient pris partie parmi les anciens sous officiers, et partie parmi les jeunes gens du pays, que l'on verrait aptes à avoir ces grades.

Les *deux* compagnies de grenadiers deviendraient de même *deux* bataillons commandés par leurs capitaines, mais ayant pour chef l'ancien chef de division, qui serait censé lieut. colonel. Les 2 compagnies de chasseurs recevraient une formation semblable et l'escadron de cavalerie deviendrait encore de 600 (ou au moins de 400 chevaux) divisés en 4 escadrons, et commandés par l'ancien chef d'escadron qui serait aussi censé lieut. colonel. Les *quatre* pelotons de la compagnie mixte deviendraient aussi *quatre* compagnies, dont *une* d'artillerie de *ligne,* une légère, et deux de pionniers ayant chacune de ces deux dernières *un* peloton de pontonniers. Le commandant du *cadre* ferait les fonctions de général légionnaire, ayant sous lui un vice comm., censé *brigadier,* les deux anciens chefs de bataillons seraient censés colonels. L'adjutant du cadre deviendrait adjutant légionnaire, ceux des bataillons adjutant de brigade; on annexerait à la légion quatre officiers de l'Etat Major général, dont un serait le chef, et on placerait aussi dans ce corps en qualité d'adjoints quelques jeunes gens du pays. Les commandants des grenadiers, des chasseurs, de la cavalerie, et ceux de l'ancienne compagnie mixte feraient leurs rapports de service au brigadier; ceux des quatre premiers bataillons au premier colonel, et ceux des quatre derniers bataillons au 2ᵉ colonel. Si puis on jugeait plus convenable de faire deux brigadiers, quatre bataillons d'infanterie, les chasseurs, et la cavalerie feraient leurs rapports de service à un brigadier; et les quatre autres bataillons, les grenadiers et les branches, composant l'ancienne compagnie mixte, à l'autre brigadier.

Les commandants des chasseurs et de la cavalerie alterneraient pour le service des avants-postes, et les commanderaient dans l'absence des généraux. Les deux bataillons de chasseurs et les deux divisions de cavalerie feraient aussi ce service par moitié, afin d'en mieux supporter la fatigue. Les deux compagnies de pionniers alterneraient aussi pour marcher l'une avec les équipages, et l'autre avec la légion. Chaque légion serait numérotée et aurait une couleur distinctive. Chaque individu légionnaire porterait le numéro de sa légion sur ses boutons, et sa couleur distinctive sur son chapeau ou schako et sur ses épaulettes.

Les bataillons de la légion se distingueraient entre eux par la couleur des parements, et collets, et les quatre compagnies de chaque bataillon, par un signe sur la manche, ou ailleurs. Il conviendrait que les distinctions particulières des bataillons, compagnies, ainsi que celles des différentes branches, fussent uniformes dans toute l'armée, de sorte que les légions étant d'ailleurs distinguées entre elles, par le numéro, et leur couleur particulière, il suffirait qu'un militaire connaisse la distinction intérieure d'une légion, pour reconnaître à l'instant, non seulement à quelle légion, mais même à quel bataillon, compagnie, et branche appartient un autre légionnaire quelconque. Cette facilité à se reconnaître contribuerait beaucoup au prompt établissement, et au maintien de l'ordre et de la discipline, chose très importante dans une nouvelle armée.

D'après l'ébauche du plan d'organisation qui vient d'être tracé on voit que chaque cadre, formé primitivement de 1400 hommes, serait porté à l'époque, où pourrait se former la légion, à la force de 8.400 h., nombre qui paraît suffisant pour supporter les pertes de la guerre, et qui n'excède cependant pas celui au de là duquel il devient difficile d'établir une bonne discipline intérieure.

Les quatre *cadres* formant primitivement un total de 5600 h. donneraient donc ainsi une force de 33.600 hommes, dont non seulement les officiers supérieurs, mais même les capitaines, et une partie des subalternes, des sous officiers et soldats, seraient des hommes connus, liés entre eux par une discipline et subordination, déjà préalablement établie, accoutumés au respect, et à l'obéissance envers les autorités militaires Anglaises, et à la vénération. Si par cette sensible augmentation de force, on parvenait à occuper de nouveaux pays en Italie, on formerait de nouvelles légions d'après les principes déjà indiqués. C'est à dire on tirerait d'une ancienne légion un *cadre* tel que ceux détaillés plus haut, et sur ce cadre on formerait la nouvelle légion, comme il a été dit pour les quatre premières.

Les officiers et corps de l'armée Italique qui viendraient se joindre à nous seraient principalement employés en remplacement dans les anciennes légions, et en faible partie employés dans la formation des nouveaux *cadres*, ainsi malgré l'amalgame des anciennes et nouvelles troupes italiennes, on pourrait maintenir un esprit de service, et de corps uniforme dans l'armée, vu que la formation proposée donnerait les moyens de fondre l'ancienne armée Italique, dans la nouvelle, sans qu'il paraisse qu'on cherche à l'annuler; au lieu que si on conservait la formation ordinaire par régiment, on aurait aucun prétexte plausible pour dissoudre les régiments italiens formés par la France, ce qui dans certaines circonstances pourrait être dangereux. Les généraux italiens qui viendraient nous joindre seraient ainsi annexés comme surnuméraires, à leur rang, dans les anciennes légions jusqu'au moment où l'on croirait pouvoir leur confier des commandements particuliers de légions, places, villes, etc., etc., Enfin lorsque le nombre des légions se multiplierait on pourrait en réunir *deux* ou même *trois* pour former ce que les Français appellent un Corps d'Armée.

Le grand avancement qu'aurait lieu lorsqu'un cadre (et surtout les quatre premiers) deviendrait légion, ne donnerait un nouveau rang que dans l'armée Italienne, ce rang même devrait être généralement provisoire pendant les premiers six mois; à cette époque on pourrait le fixer individuellement ou même pour toute une légion si elle l'avait mérité par quelque action d'éclat; si pendant ce laps de temps un individu se montrait incapable de son nouveau rang, il le perdrait et ferait place à un autre plus capable. Afin de maintenir plus exactement, pendant le cours des opérations, les liens de la subordination envers les autorités militaires anglaises, il ne devrait être permis à aucun individu de la nouvelle armée Italique, de renoncer aux engagements pris primitivement lors de la formation des premiers *cadres* envers l'Angleterre : ainsi l'officier qui voudrait rompre les dits engagements devrait aussi donner sa démission de son grade dans l'armée Italique.

Avant de terminer cette ébauche on croit devoir faire observer que en donnant deux bataillons de grenadiers à la légion, on a eu l'idée de concilier par la suite l'amour de la haute taille, avec la récompense due à la valeur, ainsi le premier bataillon de grenadiers devrait être composé des soldats de ligne qui auraient mérité cette distinction et le second serait choisi parmi les recrues d'une plus belle apparence; il y aurait une légère différence de paye entre ces deux bataillons à l'avantage du premier; d'ailleurs il n'y a pas de mal que dans une nouvelle armée il y ait beaucoup de grenadiers, ou au moins de gens qui se croient tels.

En parlant de la formation d'une *cavalerie* de réserve, on a eu en vue de différencier les deux services de la cavalerie, dont l'un est de faire le service d'avant-poste, de patrouille, de soutien de l'infanterie, en un mot un service de détails, par petite troupe, et presque toujours mêlé avec l'infanterie. L'autre service est celui d'agir par grandes masses les jours de bataille, et presque toujours de concert, mais sans mélange d'infanterie.

La cavalerie légionnaire serait destinée au premier service, et celle de *réserve* au second; l'une devrait donc être principalement exercée à agir en détail et mêlée avec l'infanterie, et l'autre à agir isolément, et par grandes masses. La cavalerie de réserve se formerait ainsi qu'il a été dit sur les escadrons excédents ceux affectés aux cadres.

On prévoit que l'on peut objecter avec fondement contre la formation des *cadres* en question, que la cavalerie légionnaire, la compagnie mixte, et le train des charrois sont divisés en trop petites fractions ; mais cet inconvénient serait levé en tenant les *cadres* réunis en *division provisoire* jusqu'au moment où ils devraient se former en légion, puisqu'alors ces troupes pourraient former des corps respectifs, d'où on les détacherait à fur et à mesure de la formation des légions.

La Division provisoire pourrait se former de deux manières : l'une, en la formant de huit bataillons de ligne, deux de grenadiers, deux de chasseurs, un régiment de cavalerie, deux compagnies d'artillerie, dont une volante, et l'autre de ligne, deux compagnies de pionniers ayant chacune un peloton de pontonniers, et d'un équipage de train de charrois.

Dans cette formation les compagnies sont de 100 h., les bataillons de 400, la trace des cadres est mieux conservée, et il se forme plus d'officiers au commandement, mais par cette raison même elle est un peu plus dispendieuse.

L'autre manière serait de former la division de 4 bataillons de ligne, 1 de grenadiers, et 1 de chasseurs ; les autres branches comme il vient d'être dit.

Dans cette formation le bataillon serait de huit cent hommes, divisés en huit compagnies : cette formation épargne les frais de plusieurs officiers majors, mais aussi elle en forme moins au commandement. On préfère donc la première de ces deux formations : mais il est évident que, laquelle des deux que l'on adopte, on peut jusqu'à l'époque de la formation des légions se servir de la division provisoire, comme de toute autre troupe réglée. L'essentiel est que son chef l'exerce comme il convient d'exercer des *cadres* et la pénètre de l'esprit qu'elle devrait ensuite transmettre aux légions.

On espère que le plan d'organisation dont on vient de tracer l'ébauche (s'il est adopté) produirait, dans le cas où l'on réussirait à porter la guerre en Italie, les avantages suivants :

1° De pouvoir augmenter considérablement avec célérité, et cependant d'une manière régulière, la force armée disponible.

2° D'instituer dès le début le nouveau systhème militaire italique sur un assez bon pied.

3° De concilier le Nationalisme Italien, qu'il est important de réveiller, avec l'obéissance due aux Autorités Militaires Anglaises, ce qui résulterait naturellement de ce que d'une part, les individus, la discipline intérieure, et l'avancement de la nouvelle armée seraient comme si elle était simplement une armée Italienne ; tandis que d'une autre part, plusieurs de ses chefs, et un grand nombre de ses officiers, auraient des devoirs immédiats envers l'Angleterre auxquels ils ne pourraient point renoncer pendant la durée de la guerre.

4° De composer à [l'archiduc François] une armée qu'il aurait pu dès son origine pénétrer de son esprit, et qui serait ainsi l'instrument le plus propre pour l'accomplissement de ses glorieux desseins.

5° Enfin d'amalgamer, et de fondre l'ancienne armée Italique, avec la nouvelle, de sorte à ce que les partisans français qui pourraient encore exister dans la première, se trouvant divisés, ne puissent pas former corps, et soient obligés de suivre la nouvelle impulsion qui leur serait donnée.

Au reste d'après ce systhème de formation les qualités de l'armée future Italienne, résultant naturellement de celle des *cadres* où elle doit se former, il est d'une grande importance de porter ceux-ci à un haut dégré de perfection, pour la discipline, l'instruction, l'esprit de corps, etc., etc., il est donc ainsi très urgent d'employer le temps actuel à les former de manière à les rendre aptes à remplir leur destinée future. Pour mieux expliquer comment à mesure que l'on pénétrerait en Italie, les *cadres* deviendraient légions, on supposera ici que l'armée Anglaise débarque à *Livourne* avec l'intention d'occuper la *Toscane*. Après la prise de *Livourne*, la dite armée poussera selon l'usage des détachements sur ses flancs, et occupant *Pise* marchera avec son gros sur Florence ; pendant ces mouvements le premier cadre, faisant centre à Livourne, enverrait des détachements à Pise ainsi que dans les autres principaux lieux occupés par l'armée Anglaise, et secondé par les moyens employés pour exciter l'enthousiasme des habitants y ferait une levée d'hommes et une réquisition de chevaux, draps, toile, cuir, etc., etc., dans la proportion nécessaire pour le complètement, et l'équipement d'une légion ; il serait peut-être mieux au début de payer comptant les objets requis, et l'Angleterre pourrait ensuite se rembourser sur le montant des taxes établies dans les pays conquis. Pendant que se formerait la première légion, l'armée Anglaise ayant occupé *Florence* pousserait des détachements vers *Arezzo*, *Pistoia*, etc., etc., pour achever l'occupation de la Toscane, et un second cadre, faisant centre à Florence, se formerait en légion, sur le nouveau terrain occupé : et enfin selon la direction ultérieure de l'armée Anglaise les autres cadres faisant centre à *Boulogne*, *Lucques* ou *Civitavecchia* et *Pérugia* se formeraient pareillement en légions, lesquelles après leur formation seraient successivement employées selon qu'il serait jugé convenable. Aussi-tôt après l'organisation de chaque légion on formerait une réserve sur les lieux mêmes, c'est à dire, à *Livourne, Florence*, etc., à laquelle on annexerait des ouvriers afin de pouvoir entretenir les légions au complét soit en hommes, que chevaux et objets d'équipement. Ces réserves seraient en correspondance entre elles, comme cela se pratique en Autriche par les *Economie-Commissions*, et lorsqu'il résulterait que lors de la première formation des légions telle ou telle province a été plus particulièrement grévée par les levées d'hommes, et les fournitures d'objets, les réserves voisines dédommageraient celles de la dite province, en lui envoyant des recrues, et une compensation des objets fournis ; par ce moyen l'équilibre s'établierait, aucune province n'aurait des sujets particuliers de plaintes, et le nouveau systhème militaire serait établi sur des bases régulières, équitables et solides.

Si au lieu de débarquer en Toscane, Venise, Ancone, Gênes, ou tel autre point était celui choisi pour commencer les opérations, la formation des légions se ferait de la même manière, qui a été dite pour la Toscane. Il est au reste à observer que plus les pays occupés seront riches et peuplés, plus la formation des légions peut être prompte.

Della Torre ».

ANNEXE *G.*
(Voir à page 321).

Spaniens Politischer und militärischer Zustand mit Anfang April 1812.

Regierung, Cortes oder Nationalversammlung.

Sie zu versammeln war ebenso nothwendig um dem Staat vor einer Anarchie zu sichern, als nützlich, um Gleichheit in die Form einer Regierung zu setzen, und eine neue Constitution zu schaffen, nach welcher man schon lange seufzte. Doch diese Versammlung entsprach bei Weitem nicht der überspannten Erwartung einer Donquischottischen Einbildung, welche die Siegegewöhnten Armeen Napoleons, um sich vor der rächenden Hand zu schützen, nach der ersten Sitzung schon über die Pireneien fliehen sah. Hätte man mit Aufmerksamkeit und einem Auge ohne Vorurtheil die Individuen geprüft, aus dem die Cortes zusammen gesetzt sind, so würde man nie übertriebene Hoffnungen von Leuten, die vorher grössten Theile ein eingezogenes Privatleben führten, gefasset, nie von ihnen erwartet haben, dass sie die Mittel zu wählen wiegen werden, die dem Staat in so kritischen Zeitpunkt, Freiheit, Ruhe, Sicherheit und Blüthe, wieder geben können ; ja nicht soviel hätte man sich von ihnen versprochen als sie wirklich zustande brachten.

Unentschlossen und langsam war ihr Gang, in allen ihren Verhandlungen, sie befassten sich viel des politischen Zustandes Spaniens und suchten bloss oberflächlich die militärischen Mittel, durch welche allein dieses Land gerettet werden kann. Was die Cortes besonders hinderte, doch eines Theils der Erwartung zu entsprechen, ist die grosse Verschiedenheit der Denkungsart und Mannigfaltigkeit des Interesses der Glieder, aus dem dieser Körper besteht. Sein dritter Theil, der Clerus, wiedersetzte sich stets aus Vorurtheil oder Eigennutz gewissen gesunden Anordnungen, die ihre Rechte und Einfluss schmälern, ebenso der Adel, der in sich selber nur wenige und zwar schwache Köpfe zählt, und daher höchstens Ungereimheiten in Vorschlag bringt, den Intriganten beistimmt. Man bemerkt in den Cortes die Partei der Halb Insulaner u. Amerikaner, jene der Liberalen u. Feudatair, die Monarchische und Democratische Partej, die der Unternehmenden-heftigen und die der Scheinklugen-Gleichgültigen, jene der mit Vorurteilen angefüllten und die der Frei-Geister.

Nichts Grösseres, nichts Bewunderungs-wertheres als einige ihrer Sitzungen, einige ihrer Anordnungen, aber auch nichts Armseligeres, als die langweiligen Verhandlungen, gewisser Kleinigkeiten, die durch Einfluss einiger Intriganten oder Schwachköpfe ihnen ganze Tage rauben. Ich verschweige die mannigfaltigen Beispiele ihrer Inconsequenzen und will bloss eines der grössten Uebel erwähnen, welches ihnen von dem vernünftigeren Theil zur Last gelegt wird: nämlich die Einführung der Press-Freiheit, in einer solchen Epoche zur Zeit der fürchterlichen Crisis, in der Spanien liegt. Durch sie werden alle Leidenschaften geweckt, der General, der Minister, der Bürger wird unbestraft beschimpft, die Anstalten der Regierung öffentlich missbilligt; Personen, die die grössten Ehrenstellen bekleiden, lassen, von Leidenschaften hingerissen, Manifeste gegen einander erscheinen, die sie beide herabwürdigen, die feile Feder der Publicister hat für Niemandem Schonung, sie legte der guten Organisierung der Armeen Hindernisse im Weg, der subalterne Officier lebt mit Hintansetzung aller Subordination im öffentlichen Krieg mit seinem Chef und General, kurz in einem Anfall von Wahnsinn scheinen die Cortes die Press-Freiheit in diesem Zeitpunkt decretirt zu haben. Dem ungeachtet verdanken wir ihnen die Verbesserung des Regierungs-Sistems, die Ernennung neuer Regenten, von denen man sich alles versprechen kann, endlich eine Constitution, welche in vielen Punkten, Stoff zur Bewunderung gibt. Gross bleibt immer das Unternehmen der Spanier, die auf viele tausend Meilen Abgesandte der Provincen und Colonien zusammen rufen, um unter den Baterien eines ebenso furchtbaren als unternehmenden Feindes eine gesetzgebende Macht zu bilden.

Dem Anschein nach lösen sich die Cortes ungefähr nach zwei Monaten, auf, und werden im Iahre 1814 wieder versammelt. In diesem Falle verbleiben sieben Individuen: nämlich drei Europäer, und drei Americaner, der siebente wird durch das Loos aus einer oder der anderen Classe gezogen. Diese Individuen haben die Ernennung Comission de las Cortes und sind bestimmt um über die Beobachtung der Constitution zu wachen, um die *ausserordentliche Cortes* zu berufen. Diese letzteren die aus denen Deputirten der gewönlichen Cortes besteht, kann nur in den drei folgenden Fällen versammelt werden; wenn die Krone vacant wird, wenn der König durch was immer für Zufall, zum regieren untauglich wird, und endlich wenn der König die Berufung für notwendig erachten sollte. Doch können sich solche nur in dem Gegenstand beschäftigen, zu dessen Ende sie berufen wurden.

Consejo de Regencia · oder die Ausübende Macht

die mit Ende Iännuar dieses Iahres ernannt ward, ist viel versprechend zusammen gesetzt, sie besteht aus 5 Gliedern: *Herzog Infantad* (1) General Lieutnant, — *Mosquera* Rath in der Gross Kanzlei von Indien, — *Villavicencio* General Lieutnant der Marine, *Rivas* Königlicher Rath, und *Odonel* Graf von Visbal (2) General Lieutnant. — Mosqueras u. Rivas

---

(1) Le duc de l'Infantado (1773-1841) d'abord rallié au roi Joseph, se mit vite à disposition de la Junte. En 1811 il était à Cadix.

(2) Joseph O' Donnel, comte de l'Abisbal (1769-1834), devait plus tard flotter entre les partis opposés, des absolutistes et des constitutionnels.

wählten die Cortes unter den Eingeborenen der transatlantischen Besitzungen. Diese Individuen folgen sich, wie sie ernannt worden, alle sechs
Monate in dem Presitium. — Viel Einfluss scheint die Britische Regierung,
oder wenigstens ihr Botschafter in dieser Wahl gehabt zu haben. Dieser
Umstand läst auf reiche Unterstützung der Engländer hoffen, die sie fast
ganz der letzten Regencia versagten.

Einige wohlgewählte Verändererungen ausgenommen, kann man von
solchen, da sie erst kürzlich die Regierung antraten, nicht viel sagen,
destomehr von ihren Vorgängern, drei an der Zahl. Keiner von ihnen
ward zum Regentem geboren, selbst nicht für die allerfriedlichsten Zeiten.
— Auch sie wurden von den Cortes gewählt, welche darüber übereins zu
sein schienen, ein grosser Mathematiker wie Agar (1), ein geschickter
General Quartier-Meister wie Blacke, und ein Astronom wie Ciscur der
accademische Preise gewann, seien geschaffen in einer critischen Epoche
das Staats-Ruder zu führen.

Witzliebende sagten : dieser hohe Rath gelangte in der Kunst zu
regieren, bis zu den Anfangsbuchstaben ihrer Nahmen : A-B-C. — Wie
sehr betrogen sich die Cortes in ihrem Blacke, dem unglücklichen Blacke,
dem sie nachdem er unzählige Affairen und Schlachten verloren hatte, das
Wohl des Staates anvertrauten. Noch als Regent aus Ambition nach andern,
um sich von den Geschäften zu entfernen, greift er neuerdings nach dem
Comando Staab einer Armee, um neue Schlachten zu verlieren, einem
ungeschikten und unglücklichen Spieler gleich, der trotz der vielfältigen
Beweise seines Unglückes, immer wieder das Spielhaus besucht. Bei der
Besitznehmung des Feindes von Valencia, fiel er zu seinem und unserem
Glücke in die Hände des Feindes. — Agar und Ciscur sind wie ich schon
sagte, grosse Mathematiker und Astronom, lobenswerthe Haus-Väter doch
keine Paderes de la Patria. Man ernannte sie, wie auch Blacke zu Staats-
räthen.

Yuntas. — Im Anfang der Revolution ernannte jede Provinz für sich
eine Regierung, mit unumschränkter Gewalt, die sie Yunta nannten aus
mehreren oder wenigeren Gliedern bestehend, ohne Einfluss jener, die Ferdinand der 7bente in Madrid zurück liess, aber nach Bajona abging. Iede
handelte für sich. — Rhumvolle Thaten und Sieg krönte von Anfang ihre
Unternehmungen doch bald durch viele Unordnungen überzeugt, dass nur
mit vereinten Kräften die Ketten gebrochen werden konnten, mit welcher
Napoleon Spanien drohete, sandte jede yunta Bevollmächtigte nach Aranjuez
um eine Regierung zu bilden, die unter den Namen *Yunta Central* oder
gouvernativa ohne Bedingungen, ohne Constitution, ohne Verantwort-
lichkeit über die ganze Monarchie bis zum Monat Iänner 1810 herrschte.

---

(1) Agar était originaire des colonies Américaines et avait représenté dans la Régence
avec beaucoup de mesure les intérêts de cette vaste portion de l'empire espagnol. Le roi
Ferdinand se fera le plus grand tort en persécutant, à la Restauration, un homme de
cette valeur.

Der Eigennutz hatte sich dieser zahlreichen Versammlung bemächtigt, sie unterliess die Cortes zu berufen, um nicht von den Geschäften entfernt zu werden, erlaubte stillschweigend jeder Provincial Iunta Einfluss in der Regierung und militärischen Operationen, aus welcher Schwachheit unzählige Uebeln folgen, der öffentliche Schatz ward schlecht verwaltet, geplündert, aus der Stimmung des Volkes nicht die Vortheile gezogen, die sie darbot; die Armeen litten den äussersten Mangel, die Stimme des Volkes dirigirte die Meinungen der Generäle im Kriegs-Rath, man übereilte jene die an der Spitze der Armeen standen, forderte jede Woche die Lieferung einer Schlacht, vernichtete das Ansehen des Chefes, und die Würde des Soldaten durch Verschwendung militaerischer Ehren-Stellen; endlich einem innerlichen Kriege nahe, durch die allgemeine Unzufriedenheit gezwungen und durch die Intriguen der individuellen Yunta von Sevilla auf das äusserste gebracht, liess die Yunta central die Zügel der Regierung aus den Händen, nachdem sie eine Regencia ernannt hatte welche ebensowenig als jene, die ihr folgte, sich des Ansehen zu verschaffen wusste, um die Yuntas zum blinden Gehorsam zu verbinden, von welchen die Meisten, nicht das Allgemeine sondern bloss das Interesse ihrer Provincien in Betrachtung ziehen.

Doch giebt es einige von erprobten Verdiensten, besonders drei jener Provincien, welche von Feinde besetz sind, als die von Soria Quadalajara Manche Aragon Navarra Catalunien, und die von beiden Castillien. Sie sind stets herumziehend, unterlassen aber nicht, sehr vortheilhaft zu sein. — Sie unterstützen die Partheygänger, versträuen unsere öffentlichen Blätter und Proclamen, und tragen das Meiste bei, unser Volk in guter Stimmung zu erhalten.

Der neuen Constitution nach werden alle aufgelösst, jedoch an ihrer Stelle andere Individuen ernannt unter der Presitirung des Chefs Superiors welche Würde die eines Capitan Generals ersetzt.

Vorzüglichste Artikeln der Constitution.

Die Spanische Nation ist die Vereinigung aller Spanier beider Hemisphaeren. Die Souveraenitaet ist in der Nation.

Die Macht Gesetze zu geben, haben die vereinigten Cortes mit dem König. Die Religion der spanischen Nation ist und wird immer die römische katholische sein. Die Nation vertheidiget sie und duldet die Ausübung keiner andern. Die Regierung ist Monarchisch, beschränkt erblich. Man verliert das Bürgerrecht sobald man im Ausland sich naturalisiren od. ausstellen lässt, und 5 Iahre in solchen ohne die Bewillingung der Regierung ununterbrochen sich aufhält, die Ausübung der Vortheile eines Staats-Bürgers bleibt aufgehoben durch eine phisische oder moralische Unfähigkeit so lang ein solcher im Stand eines Dieners lebt, criminel behandelt oder als bancrotischer und Schuldner in öffentlichen Cassen erklärt wird. Noch muss man um die Rechte ausüben zu können, beweisen, von was man lebt, und, vom Iahre 1830 angefangen, schreiben können.

Der Ausländer, venn er auch wirklich schon als Bürger des Staates aufgenommen wäre, kann weder Glied der Regencia — des Staats-Rats sein, noch die Stelle einer Magistratur bekleiden.

Für 70000 Seelen wird ein Deputirter in den Cortes ernannt.

Iedes Jahr versammeln sich die Cortes; die Sitzungen nehmen mit 1 März ihren Anfang u. können nur drei Monate dauern, nach Verlauf von zwei Iahren müssen neue Deputirten ernannt sein.

Ein Deputirter in Cortes, kann durch keine Obrigkeit seiner Meinungen und Vorschläge wegen zur Verantwortung gezogen, und nur durch das Tribunal der Cortes gerichtet werden.

Die Cortes allein entscheiden in zweifelhaften Fällen der Thron-Folge, bewilligen oder verweigern den Eintritt fremder Truppen, setzen jedes Iahr die Stärcke der Armeen und Flotten fest, bestimmen Steuern und Contributionen, disponieren des öffentlichen Credits, geben Gesetze welche der König sanctionirt.

Solcher kann die Sanctionirung eines von Cortes in Vorschlag gebrachten Gesetzes zweimal weigern, doch sollte dieses durch die Cortes nach aller beobachteten Formalitäten, eben so oft wieder gutgeheissen werden, so ist es sanctionirt. Die Gesetze werden auf gleiche Weise aufgehoben, als sie gegeben werden. Der König erklärt den Krieg, macht Frieden, gibt alle militaerische civil und geistliche Würden, ihm allein gehört das Recht, die Gesetze in Ausübung zu bringen, doch unter keinen Vorwand kann er die Celebration der Cortes hindern, seine Staaten verlassen, die Krone zu Gunsten eines Andern entsagen, noch eine offensive Alianz oder Handlungtractat schliessen oder einer fremdem Macht Subsiedien bewilligen, noch sich verschleichen ohne vorher eingeholtem Gutheissen der Cortes.

Allein in dem Fall dass es die Sicherheit und Wohl des Staates erfordert kann er ein Individuum der Freiheit berauben, doch muss er den Verhafteten nach 48 Stunden seinem angehörigen Tribunal übergeben.

Im Fall die Krone einem weiblichen Erben zufiele, so hat der Gemahl nicht den geringsten Theil an der Regierung. Während der minderjährigkeit des Königs oder phisischen Untauglichkeit, wird die Regierung aus 3 oder 5 Glieder bestehender von den Cortes ernannten Regentschaft anvertraut. Die Cortes bestimmen die Summen, welche zum Unterhalt des Königs und derer Familien ausgefolgt werden können.

Die Minister bleiben gegen die Cortes für alle Verordnungen verantwortlich, so fern solche gegen die Constitution sind, der Befehl des Königs solche herauszugeben gielt für keine Entschuldigung.

Der Staats-Rath wird aus 40 Individuen bestehen, die der König aus 120 von den Cortes vorgeschlagenen ernennen muss. Wenn ein Glied des Staats-Rath zu ersetzen wäre, so werden von den Cortes 3 Individuen dem König in Vorschlag gebracht, aus welchen der Fehlende ersetzt werden muss.

Der Codix — Civil Criminel wie auch der der Handlung, ist für die ganze Monarchie der nämliche.

Kein Spanier ist vom Dienste der Waffen ausgenommen.

Erst nach 8 Iahren können Veränderungen in der Constitution gemacht werden.

Besitzungen in Africa, Asien und America.

Die Ersteren erlitten keine Veränderung während der Revolution, mehrmalen suchte man sie an den Kaiser von Marocco gegen Lebens-Mittel, Geld und Pferde zu vertauschen, die Festung Ceuta ausgenommen, der Schlüssel der Meer-Enge von Gibraltar allwo die Engländer 800 Männer in Garnison haben, ihre Bestimmung ist, denke ich, überflüssig zu erwähnen. Ebenso friedlich verhalten sich die namhaften Besitzungen in Asien von welchen Spanien noch immer wie vorher nicht den geringsten Vortheil zieht, der Handel nach selben ist unbedeutend, und allein der Philippinischen Compagnia gestattet, während andere Nationen einen bedeutenden Schleich-Handel führen und sich bereichern. — Es verlaufen Iahre, ohne dass die Regierung Nachrichten über diese Besitzungen erhält.

Nicht so ruhig bleiben die in America, fasst alle Provincien erklärten sich unabhängig von Spanien, vertrieben oder mordeten ihre Capitan-Generäle, an mehreren Orten verschütteln sie die reichen Minen von Guanaxato und raubten so unserer Halb-Insel viele Milionen, mit welchen wir den Krieg mit mehr Hartnäckigkeit vortsetzen könnten. — Ein Bürgerkrieg mit abwecheldem Glücke geführt, welcher die fürchtenlichsten Spuren der Verwüstung und Grausamkeit zürückliess, tritt an die Stelle der Ruhe. — Im verflossenen Sommer zählte man schon in Mexico allein 60.000 Schlacht-Opfer, die ihr Blut im Felde oder auf den Schafot vergossen hatten.

Die schnelle Fortschritte, die Napoleons Armeen in Spanien machten, die Hartuäckigkeit, mit welcher das Gouvernement in dem Sistem beharrte, America als Colonie zu betrachten, seine Handlung zu beschränken und dessen Wohl Individuen anzuvertrauen die sich in jenem Welttheil nur zu bereichern suchten, von welchem viele freiwillig Anhänglichkeit Iosef Bonaparte geschworen hatten, der sie schon vorher mit der Ausstellung bekleidete, die sie nach der Hand von unserer Regierung in Cadix erhielten, und mehr als Alles der vielleicht gegründete Verdacht, dass es die Absicht der Regierung sei, die Besitzungen in America auch dann abhängig von Spanien zu erhalten, wenn schon letzteres in der Gewalt Bonapartens fallen sollte, und endlich die Intriguen französischer Emissairs entzündenten die Flamme des Aufruhrs. Iedoch die wohl getroffenen Dispositionen des Generals Venegas, Vice König von Mexico und des von Montevideo, die Unterstützung der Portugiesen von Brasilien aus, die Landung der 2.000 Mann, die von Cadix u. Ferol dahin gesandt worden, mehrere glücklichere Schlachten, und besonders ein von den Cortes ergangenes Decret welches das Colonialsistem vernichtete und die Amerikaner deren Spaniens gleich setzte, verlöschte solche in die meisten Provincen wieder. Indessen kann man es nicht läugnen dass uns Napoleon durch die Herbeirufung der Revolution in America mehr Schaden zufügte, als Massena Soult Ney Mortier Victor Suchet Marmont Macdonald und alle übrige Marschälle und Satelliten durch ihre Operationen, welcheres die Uneinigkeit die zwischen ihnen herrscht offenbar beweisen.

Stimmung des Volkes.

Die Stimmung des Volkes ist die Beste, je grössere Verluste wir erleiden, destomehr wächst Hass u. Rachsucht, und um ebensoviel leichter u. wahrscheinlicher scheint dem Anhänger der gerechten Sache die Möglichkeit Napoleons Armeen über di Pyrenäen zu jagen. Die fruchtbarsten Gegenden wurden verheert, und liegen öde, alle Städte u. Dörfer sind geplündert, viele in Asche gelegt oder verlassen, das allgemeine Elend wächst mit jedem Tage, doch alles dies reicht nicht hin den Spanier zu kleinmüthigen. Er findet Trost in der Ueberzeugung, dass eben dieses Elend seinen Feind in Verlegenheit setzt, und seine Fortschritte hindert. Der Gedanke an Unterwerfung oder Friede wäre gewiss der letzte den ein Glied der Regencia oder ein Minister offenbarte. — Auch ist ohne diesem an Frieden nicht zu gedenken denn nur freiwillige käumung Spaniens kann Bonaparten solches erkaufen, welches er nie thun wird, da er zu wohl weiss dass die allgemeine Meinung, die Europa von seinem Glücke und Unfehlbarkeit seiner Plänen hat, keine unbedeutende Ursache jenes Uebergewichtes ist mit welchem er ungestraft diesen Welttheil drückt. — Von dem Besitz Spaniens abzustehen, wäre ein öffentliches Bekenntniss seiner Schwäche und ein nicht ubedeuntender Stoss der Hauptstütze, in welcher sein durch Usurpation und Verrath gegründeter Thron ruth. — Der heldenmüthige Spanier lebt von der Nothwendigkeit überzeugt in die sich Napoleon versetzte, Laster durch Laster aufrechthalten zu müssen. — Er erinnert sich in dem vierjärigen Kampfe um Freiheit nur selten gesiegt zu haben, er gestehet es dass sein Vaterland eine solche Erschütterung benöthigte um aus der Ohnmacht geweckt zu werden, in die es durch die Schwäche seiner Regenten, durch Missgeburten erschlichenen Fürsten, Gunst, und einer Messaline fiel; noch mehr er lässt sich überzeugen, dass es diesem unglücklichen Lande vortheilhafter sein soll, erst nach mehreren Iahren seine Freiheit wieder zu erhalten, als wenn es seinen Vertheidigern gelungen wäre im ersten Feldzuge schon die Unterdrücker zur Räumung derselben zu zwingen, da Frankreich in kurzer Zeit durch Intriguen oder Verrätherei Alles jene gewonnen hätte, was er umsonst durch die Gewalt seiner Waffen zu erzwingen suchte.

Er siehet es ein, dass ihm keine andere Wahl übrig bleibt, als entweder für die gerechte Sache zu kämpfen oder sein Blut in entfernten Regionen zu vergiessen, um die Sklaven-Kette zu befestigen an die der Tirann Europens ihn anzuschmieden droht.

Alles dieses macht ihn standhafter in seiner Unternehmung, und man darf mit Grund behaupten, dass er Alles verlieren kann, nur die Hoffnung nicht, einst das Joch mit Freiheit zu vertauschen.

Josef Bonaparte sein Hof und Anhänger.

Josef Bonaparte oder Pepe Botella wie man ihm wegen seiner öfteren Trunkenheit hier nennt, würde gern seinen lächerlichen Titel, König von Spanien und Indien mit dem von Neapel vertauschen, um nur aus einem Lande zu kommen, in dessen Hauptstadt er gleichsam wie eingeschlossen ist, denn ohne Unterlass streifen unsere Vertheidiger um Madrid. Einer wagt sogar in der Entfernung von 1000 Schritten mit aller Solemnität die Constitution zu publicieren, unzählig war die Menge der Menschen die dieser Ceremonie beiwohnte, sie endigte sich zu ihrer Verherrlichung mit einem Gefechte, gegen einen Theil der Garnison.

Der Einfluss den Iosef Bonaparte in der Regierung hat, ist beinahe gar nicht zu rechnen, noch weniger seine Stimme in militaerischen Operationen, er steht volkommen unter der Vormundschaft der französischen Marschälle die sich oft nicht einmal die Mühe nehmen des Anstandes wegen gewisse Formalitäten mit ihm zu beobachten.

Sein Hof-Staat ist von Personen zusammen gesetzt die bei Anfang der Revolution aus Feigheit sich es nicht denken konnten dass die Spanische Nation so viele Iahre einer Macht wird wiederstehen können, die in Feldzügen in wenigen Monaten wohl organisirte, mächtigere Monarchien bezwang. Sie leben im Elend, und verachtet von ihren Mitbürgern, alle ihre von uns aufgefangenen Briefe sind mit melancholischen Reflexionen, Erzählungen ihres Unglücks, und Äusserung ihrer Reue erfüllt.

Wirkliche Anhänger dieses unwürdigen Königes, sind nur sehr wenige, und alle entweder Geschöpfe des Friedens Fürsten Godoy, Favorit der spanischen Messaline; oder Feige die jeder niedrigen Handlung fähig sind, sobald sie solche von unsern mörderischen Krieg entfernt.

Der König zählt ungefähr 20 spanische Regimenter die kaum 6 oder 7000 Mann und 800 Pferde ausmachen, sie würden wiederholte Male completirt, sind es noch an Officier, werden es aber nur dann an gemeiner Mannschaft sein können, wenn sie Napoleon nach Frankreich od. Deutschland zieht, denn der Spanische Soldat, braver als ein Officier verlies bis jetzt noch immer die Armee des Usurpators um die Zahl der Vertheidiger der gerechten Sache zu vermehren.

Spaniens Allürte.

Unmittelbahre Vortheile zieht Spanien allein aus der Alliance mit England und Portugal welches als eine Engl. Provinz zu betrachten ist, denn Sicilien das nach der neuen Regierungs Veränderung ebenso gennant werden kann, ist selbst zu beschäftigt und Sardinien zu unbedeutend um uns mit Truppen, Geld oder sonstigen Hülfsmitteln zu unterstützen. England kann bei gegenwärtigen Umständen, wenn es mit Ernst will Spanien befreien; es fragt sich nur: Hat England diese Absicht? sucht es nicht etwa nur die Verlängerung des Krieges, trachtet es nicht im Gegentheil die Halb-Insel in einer Art von Abhängigkeit zu erhalten? Sind die vielfältigen Klagen der Spanier über karge Unterstützung gerecht? Der Verdacht gründet, dass England Theil an der Revolution in America hat, und es jetzt umsonst bereuet. Das Verhalten der componierten Armee nach dem am 7 April erfolgten Fall der Festung Bajadoz wird auch das Problem zum Theil auflösen, indessen ziehe jeder Politiker aus folgenden Punkten seine Schlüsse.

Das englische Cabinet verlangte ein unumschränktes Comando über unsere Armeen; äusserte, das es um sie zu organisiren nothwendig sei, an der Spitze der Regimenter engl. Staabs Officiere zu stellen. — Man empfing in London Deputirte der in Aufruhr stehenden Provinzen von America. Mit engl. Gelde u. unter der Leitung einiger Engländer, die Gene-räle in Spanischen Diensten sind, werden Legionen in Galicien, Cadix, Alicante, Cataluna und Mallorca errichtet. Ceuta Cadix Cartagena die einzigen festen Plätze von Wichtigkeit, die wir noch besitzen, Balajos und Alicante ausgenommen, haben englische Garnisonen. — Der Hafen Mahon, der Beste von Spanien, vielleicht von Europa, ist nebst seinem Arsenal von der en-glischen Flotte des Mittländischen Meeres besetzt, und die Insel Minorca selbst mehr durch engl. als unserer Einfluss verwaltet.

Da es unserer Regierung an Gelde mangelt, verbleiben die vielen Linien-Schiffe, Fregaten und kleinere Fahrzeuge desarmirt, unsere Alliirten kaufen Bestandtheile u. Vorräthe unserer Arsenaelen, durch welche Grossmuth einzig in ihrer Art wir in Stand gesetzt werden, einige Schiffe schlecht genug zu armieren u. die Matrosen zu erhalten, welche zur Bewohnung derjenigen bestimmt wurden die in unsere Häfen faulen.

Uebrigens bleibt Spanien immer an England dort schuldig, da es ohne solchen aus Mangel der Fabriquen unmöglich seine Armeen Waffen, Mu-nitionen u. Kleidung hätte verschaffen können und ohne einer engl. Armee den Kampf um Freiheit hätte aufgeben müssen. Nichts destoweniger herr-schte eine nicht unbedeutende Spannung zwischen den zwei Cabinetten, die nun durch die Ernennung anderer Regenten, beigelegt zu sein scheint, doch noch so gross sei die Uebereinstimmung der Beiden, so wird sie nie hinlangen das Misstrauen der Spanier zu verschnussen (?), und den Hass in Liebe zu verwandeln, der schon seit Iahrhunderte in die beiden Nationen Wurzeln fasste. — Doch nicht dieserwegen verlieren wir die Hoffnung, dass England sich endlich überzeugen wird wie sehr sein künftiges Schick-sal mit jenem der Halb-Insel verknüpft ist; wie weniges auf lange Freiheit rechnen kann, wenn Spanien ein Raub Napoleons werden sollte, und dass sofern bei gegenwärtigen Umständen, nichts für solches unternehmen wird, später nichts für solches zu unternehmen bleibt.

In wie weit als Napoleons Armeen Spanien besitzen.

Wenn schon die französischen Marschälle ihrem Kaiser in allen Meldungen versichern fast ganz Spanien erobert zu haben und wirklich nur wenige Städte übrig bleiben die nicht von ihren Truppen von Zeit zu Zeit besucht wurden so sind diese Meldungen doch nich weniger falsch. — Wirkliche Besitzer können sie sich nur von jenen Punkten sagen, wo sie mit ihren Armeen stehen. — Eine Stadt fällt heute in die Hände eines Armee-Corps, morgen nach seinem Vorrücken, kann es schon nicht mehr auf Hülfsquellen rechnen, die ein Truppen-Corps gewöhnlich in solchen Orten findet, ausser es bleibe eine Garnison zurük, die jedoch nicht unbedeutend sein darf, wenn sie nicht Gefahr laufen soll, von den unzähligen Partheigängern, oder durch die Bewohner selbst zerstreut und aufgerieben zu werden.

Transporte von Conscripte oder... Recovalescenten, die Brief Post.

Generaele, Officieren od. sonstigen Individuen können nur in Caravanen welche Artillerie und mehrere Mann zur Bedeckung haben, und mit Brennenden-Bunden avant-und arriergarde marschiren, von einem Ort zum Andern gelangen. Auch haben wirklich diese Umstände die französische Armeen gezwungen, bloss Communications — Linien od. militaerische Strassen durch sogenannte Colonnes mobiles zu unterhalten.

Soult ist der General welcher am meisten beitrug dass sich die Armeen Napoleons bis ietzo in Spanien erhielten. Schon im Anfang des Krieges nahm er das Sistem der Römer an. In allen Provinzen die seine Armeen besetzen siehet man unzählige befestigte Punkten alte Schlösser und Mauern Kirchen, Palästen der Granden, Thürme aus des Zeiten der Mauern, kurz alle Gebäude von etwas fester Bau-Art und vortheilhaft gelegen, verwandelte er eben in so viele feste Plätze. — Die meisten Generaele folgten seinem Beispiel und stellten dadurch die Guernison vor den vielfältigen Auffällen der Partheigänger in Sicherheit da nur wenige dieser leztern im Stande sind, Artillerie in ihren ununterbrochenen Streifungen mit zuführen. Sie verfielen aber auf ein anderes Mittel um sich solcher zu bemächtigen, nämlich den Minen Krieg und machten so schnelle und glückliche Fortschritte in selben, dass die Vertheidiger dieser festen Punkten solche mehr für ihr Grab als für einen Ort der Sicherheit anzusehen anfangen. — Man urtheile wie wenig Napoleon Herr von Spanien ist, da seine Marschälle nicht verhindern können, dass unsere Regierung selbst in den Provinzen die sie besetzt halten, Obrigkeiten ernennt, Zeitungen und Proclamen drucken und Reclutten haben lässt.

Die Grund-Ursache aller dieser Inconvenienten ist der Mangel an Lebensmittel der die grosse Armee noch Spanien zu sammeln unmöglich macht, und stets das Hinderniss sein wird, an welchen alle Pläne Napoleons in Spanien scheitern müssen. — Er würde welche aus Frankreich ziehen, wenn ihm die See offen stände, und er sich nicht schon durch einen Versuch überzeugt hätte dass alle Convoy zu Land, wenn sie noch so nahmhaft sind auf der langen Reise von ihrem Escorte, Führer, Pferde und Maulthiere aufgezehrt werden.

Er sage uns selbst wie viel seine Armeen von jenen Lebensmitteln genossen die in Anfange des Krieges auf 6000 Wägen aus Frankreich nach Burgos gingen. — Würde er ohne diese Hindernisse nicht schon längst Spanien mit den unzähligen Schlachtopfern überschwemmt haben, die er aus Frankreich, Italien, Deutschland, Pohlen, obschon gegen ihren Willen zieht, die aber doch gezwungen ihm zum Werkzeuge dienen; mit denen seine räuberische Pläne in Ausführung bringt — Noch bleibt hier zu bemerken übrig, dass Napoleon nur mit 400.000 Mann Besitzer von Spanien sein kann. Ob er ohne sich andern Orts zu entblösen von einer solchen Armee zu disponiren im Stande ist, wird man in jenem Theil Europas nach welchem diese Zeilen gerichtet sind, besser als hier beantworten.

Französische Armeen in Spanien.

Da man aus den öffentlichen Blättern ihre Stellung entnehmen kann, so will ich nur von ihren gegenwärtigen Zustand erwähnen.

In einem Elenderen befanden sich selten oder nie Napoleons Armeen. Der äusserste Mangel an Lebensmittel hielt sie lange Zeit in verderblicher Unthätigkeit. General Bonnet und seine Vorfahrer saben sich durch solchen gezwungen während drei Feldzügen nichts gegen Galizien und einen Theil von Asturien zu unternehmen. — Massena musste aus nämlicher Ursache seine Absicht auf Lisabon aufgeben, nachdem er die 70.000 Mann bis auf 1/3 Theil schmelzen sah mit denen er seinem Kaiser die Endigung des Krieges ankundigte. — Marmont liess Ciudad Rodrigo, Soult Batajos nehmen, da die Unmöglichkeit Subsistenz einer concentrirten Armee zu verschaffen ihre Bewegungen lähmte. — Suchet fand allein Mittel, Vortheile über unsere Armeen zu erringen, machte aber durch sein schnelles Vorrücken und Besitznehmung von Valencia die Formirung einer Armee in Catalunien, möglich, die bereits auf 10.000 Mann anwuchs und jetzt Tarragonen bedroht. Die Comunication der französichen Armeen, wird immerwährend unterbrochen, Convoy Transporte Brief-Posten aufgefangen. Die Marschälle verlangen zu gleicher Zeit wechselzeittg Unterstützung, beschuldigen einer den andern der üblen Folgen misslungener Plane, sind auf Souchet seines Glückes wegen eifersüchtig, dieser nennt, Soult zum Spott, eine unserer Divisionen, die der Schlacht welche Soult bei Albuera verlohr beiwohnte, und nun in Valencia gefangen ward — *La Division d'Albuera* — Victor belagerte mit 10.000 Mann gegen seinen Willen, die mit einer einfachen Ring-Mauer versehene Stadt Tarifa, verliehrt vor selber 1.500 Mann, seine ganze Artillerie Municion und Schonzeug, schreibt aber diese misslungene Belagerung auf die Rechnung des Divisions-Generalen La Vall, der die Belagerung führte, und auf das Entêtement des Marschal

Soult der sie in Vorschlag brachte, und ihm solche zu unternehmen gleichsam zwang. Kurz aus allen Operationen leuchtet die Uneinigkeit der Generäle; die Zuchtruthe ihres Meisters kann ihnen allein ihr Privat Interesse, und die für uns so wohlthätige Eifersucht auf einige Zeit vergessen machen so lang dieser mit solcher abwesend bleibt wird nie Uebereinstimmung in ihren Operationen herrschen. —

General, Officier und Soldat sind des Krieges in Spanien müde, der Eine wünscht die geraubten Schätze in seinem Vaterland in Ruhe zu geniessen, die Anderen überzeugen sich täglich das shier nichts mehr zu rauben bleibt, sie nur Elend aller Art erwartet, und die Hoffnung sich immer weiter entfernt, diesen Krieg zu ihren Vortheil geendigt zu sehen. — Auch ist die Desertion in der französischen Armee so nahmhaft als man noch in keinem Kriegs Heer davon Beispiel hätte. Selbst Officiere verlassen ihre Fahnen, und ohne Uebertreibung kann man den Verlust der französischen Armee an Ueberläufern in den letzten zwei Feldzügen auf 20.000 Mann schätzen. — Spanien kostet den Usurpateur bereits 30.000 Mann und ungeachtet dieses ungeheureuren Opfers, wurde er sich nicht (?) der gegenwärtigen Vortheile freuen, die er über die Spanische Nation errungen hat, wenn jene die an ihres Spitze stünden mehr Zutrauen in sich selbst und ihre Unfehlbarkeit gesetzt hätten. — Doch von der guten Wahl ihrer Plänen nur wenig überzeugt erlaubten sie Modificationen nach Umständen als ihre Subalternen solche von ihnen verlangten. — Hatten sie sich von der Wahrheit überführen können, dass ein schlechter aber in aller Punkten ausgeführter Plan besser seie und wenigere üblere Folgen nach sich zieht, als der beste ohne Uebereinstimmung in Ausübung gebracht, so würden nicht so viele Schlachten verloren werden und Spanien sich vielleicht schon seiner Freiheit freuen.

Armee der Spanier.

Sie ist eine Reserve Armee und in 7 Corps eingetheilt welche nach der Zahl 1te 2te und sofort ihre Benennung haben, ihre Comunication existirt zum grössten Theils nur zur See.

Das 1te befindet sich in Catalunien, ungefähr 10.000 Mann stark, unter den Befehlen des General Lieutenant Lasij, sein Haupt-Quartier ist damalen in Berga sonstens übermeistens herumziehend. — Dieses Armee Corps ist nur selten versammelt, flüchtet theilweis nach den Gebirgen, so bald es der Feind mit Uebermacht verfolgt, erscheint aber unverhofft an andere Punkten wieder. — Ind den letzten 2 Feldzügen wagte es sich 3 mal in Frankreich einzudringen und kehrte wohl gekleidet mit reicher Beute an Geld, Pferde, Schlacht-Vieh und Lebensmittel zurück.

Das 2te *und* 3te ist in eins zusammen geschmolzen seit der grösste Theil der Beiden in Valencia gefangen u. aufgerieben ward, es stehet unter den Befehlen des Generalen Iosef Odonel, Bruder des Regenten, und hat sein Haupt-Quartier in Murcia gegenwärtig, einer kleinen Bewegung über Yaen und Bassa ausgennommen hält dieser General unthätig in seiner Position, auch kann er mit 24.000 Mann, welche sein Armee Corps hat, Nichts unternehmen und nach den Abschlag der Guernisonen von Cartagena Alicante und Lorca bleibt ihm nur wenige disponible ... Truppen übrig. —

Das 4te zählt ohne die Miliz von Cadix zu rechnen 22.000 Mann, unter welchen 5000 Engländer, der grössere Theil vertheidigt die ausgedehnte Linie der Insel Leon und Cadix, hält Garnison in Tariffa, Ajamonte in der Insel, ... von wo aus Streifungen in der Grafschaft Niebla gemacht werden, der Rest mit General Lieutnant Ballasteros Chef des ganzen 4ten Corps vagirt an der Andalusischen Küste von Gibraltar bis Malaga.

Das 5te handelt mit General Wittinghams Armee, hat aber kaum 8000 Mann.

Das 6te Corps vertheidiget, unter dem Befehl des Generalen Abadia, Galicien und einen Theil von Asturien; hatte sein Haupt-Quartier von der Blocade von Batajos zu Taufenada. — Dieses Armee Corps von 22.000 Mann würde offensif und entscheidend operiren können, wenn es in die Plänen von Castillien sich ohne Cavallerie wagen dürfte, es kann nebst der angeführten activen Macht, noch auf das bewaffnete Land-Volk von Galicien rechnen. — Die Thätigkeit der neuen Regierung schmeichelt uns mit der Hoffnung, dass man andern Orts von Solchem Vortheil ziehen wird.

Das 7te streift mit General Lieutenant Mondisabal in der Provinz Sant Ander; seine Stärke reicht auf 9000 Mann. Comandirender General der letzten drei Armeen-Corps ist Capitan General Castanias.

Die Reserve Armee wird auf engl. Kosten in den schon erwähnten Puncten formirt. Ihr Abstand von den activen ist ebenso gross als jener zwischen letzterer und der engl. — Die in Felde stehende mangelt an allem, inzwischen diese Beiden disciplinirt, gut genährt, richtig gezahlt und im Ueberfluss gekleidet sind. Die Bataillons welche in Majorca unter der Leitung des General Wittingham gebildet werden, erhielten die Bestimmung einer Expeditions-Armee, welche von der engl. Flotte des mittländischen Meeres unterstüzt, durch engl. Regimenter die aus Sicilien kommen verstärkt, wiederhohlte Landungen an der Küste von Spanien oder Frankreich unter der Anführung des Generalen Lord Maitland unternehmen wird.

Im Allgemeinen sind die spanischen Armeen übel organisirt, folge der wenigen Diziplin die Godoy schon vor der Revolution absichtlich sinken liess und des grossen Mangels den unsere Armeen in allen Zweigen der Subsistenz erleiden. — Die gegenwärtig angestellte Generaele sind überhaupt genommen gut, für die Art Krieg zu führen, die man in Spanien jetz angenommen hat. — Durch vielfältige Erfahrung klug geworden, wagen sie nur kleine Gefechte, welche zu disponieren sie hinlängliche Kenntnisse zu haben scheinen, indem sie meistens vortheilhaft ausfallen.

Der Officier befasst sich nur wenig des Dienstes, ist da es ihm an Erziehung fehlt mit den Soldaten gemein und denkt nie auf seine Vervollkommung. — Die Revolution gab ihm ohne Verdienste eine Anstellung welche er ohne solche zu erhalten sich nie schmeicheln konnte, und die tägliche Beförderung anderer Unwissenden verspricht ihm weiteres Fortkommen, ja selbst die Stelle eines Staabs Officiers und General so bald er die erforderliche Kenntnisse mit persöhnlicher Tapferkeit ersetzen will.

Destomehr verdient der Spanische Soldat unsere Bewunderung. — Selten gezahlt, schlecht genährt, und noch elender gekleidet, duldet er mit dem besten Muthe ohne zu murren jede Gattung von Elend, Ungemächlichkeit und Gefahr. — Vielfältige Verwundung, Gefangenschaft, Belagerung, unzählige verlorne Schlachten, nichts ist im Stande seinen Geist herab zu stimmen, willig leidet er jede Entbehrung, ist zu jedem Opfer bereit, sobald es ihm der Hoffnung sein Vaterland befreit zu sehen, von der er allein zu leben scheint, näher bringt. —

Nur wenige wird man, so wohl Soldaten als Officiere in unseren Armeen zählen, die nicht hundert Affairen beiwohnten, und 2 bis 3 Mal feindlicher Gefangenschaft entflohen sind. — Kühn kann man behaupten dass die spanische Armee, wohl organisirt, die erste der Welt sein würde, denn keine ist an Unglück und Ungemächlichkeiten mehr gewöhnt als Sie. — Uberdies übertrifft der Spanier jeden Europeer in Ausdauer; in seinen Märschen er ist nicht zu ermüden.

Die Kavallerie, wenn man denn doch eine Anzahl Leute zu Pferde die weder reiten noch vielweniger militärisch sich zu bewegen weiss, so nennen soll, verdient in jeder Rücksicht kaum erwähnt zu werden, denn ausser ihrer Unwissenheit, schlechten Pferden und zusammen gesuchtem Reitzeug, ist ihre Zahl auch üssserst unbedeutend. Mit Mühe würde man 9000 Pferde aufbringen wenn man auch alle Reliquien der einst organisierten Kavallerie in einem Punkte vereinte. — Um jeden spanischen Kavallerie Officier zum Schweigen zu bringen darf man nur einige unglückliche Affairen nennen in welchen viele ihrer Soldaten absitzten um sich eher von den Verfolgungen der feindlichen Reiterei in Sicherheit zu bringen. — Die Artillerie konnte vor der Capitulation von Valencia durch welche 54 Officier in Gefangenschaft geriethen, der französischen gleich gesetzt werden, der Geist dieses Corps ist alles versprechend; wie auch jener seiner Academie, aus welcher man einen kleinen Ersatz jenes erwhänten empfindlichen Verlustes zog. —

Guerillas oder Partei-Gänger.

Die Stärke des Guerillas bestimmt anzugeben ist eine Unmöglichkeit, man schätzt sie auf 40.000 erfahrne Krieger. Der grösste Theil derselben dient zu Pferde, wird aber nicht zur Kavallerie der Armee gerechnet, obschon jeder Chef an eines der Armee Corps angewiesen ist. — Diese Partei-Gänger sind in der ganzen Halb-Insel zerstreut, mitten in der französischen Armee. — Sie überfallen kleine Detachement, Transporte, Couriers, Magazine, morden gewöhnlich ihre Gefangenen, ausgenommen es gebe eine Möglichkeit diese an unsere Armee-Corps zu senden. Kurz sie machen den französischen Armeen den blutigsten Krieg, beunruhigen sie ohne Unterlass. — Ihr Haupt - und Liebling - Manoever ist die Disposition, sie bedienen sich solcher wenn sie unverhofft auf eine Uebermacht stossen, oder eine Affaire zu ihrem Nachtheil neiget, auf ein Zeichen des Chefs sprengt alles einzelweis davon, der Schleich-Wege kundig, entgehen sie leicht der Verfolgung, und finden sich an dem schon verabredeten Versammlungs-Ort oft zahlreicher wieder, als sie es vor der Versammlung waren-Winkel-Schreiber, Gürteln, Geistliche, Schwärzer, Officiers oder Soldaten denen die Disciplin nicht behagte, sind ihre Chefs.

Ieder derselben hat einen von der Regierung anerkannten Rang in der Armee, um welchen sie sich in der That verdient machten. Rovira z. B. Doctor der Theologie und Pfarrer in Catalunien nahm in einer Nacht mit Hülfe einiger Verschworener die wichtige Festung Tiqueras. Esposas y Mina befreite in zwei verschiedenen Aktionen 1300 Gefangene, mordete oder versprengte in der ersten 1000 in der 2ᵗ 1500 Mann Bedeckung, und bemachtigte sich eines zahlreichen Transport beladener Wägen. — Iulian Sanches fing General Reno Gubernator in Ciudad Rodrigo und publicirte unsere Constitution vor den Thoren Madrid. — Martin od. Empecinado zeichnete sich durch seine mannigfältigen wirklich militärischen Bewegungen und Thaten aus; und andere mehr, die schwarmweise Napoleons Armeen in Flanken und Rücken beunruhigten.

Munition und Kleidung ziehen sie grössten Theils aus denen Städten selbst die vom Feind besetzt sind, vorzüglich giebt Madrid durch nahmhafte Unterstützung dieser Artikeln Proben seines Patriotismus.

Nur wenige Versuche Guerillas auszurotten gelangen, da sie von jeder Bewegung des Feindes durch einige ihres Spiess-Gesellen die unter französischen Truppen selbst dienen, oder als Commissionirte in den Städten sich aufhalten, unterrichtet sind. An dem Tag der gegen sie angestellten Jagd findet man solche im Zirkel ihrer Familie oder Freunde, oft selbst in bester Eintracht mit einigen Satelliten Napoleons, die sie des Nachts, oder der folgenden Morgen ihrer gerechten Rache und Raub-Sucht opfern.

Englische-Portugiesiche Armeen in Spanien.

Diese beiden Armeen, unter der Aufführung des General Wellington jetzt Herzog von Ciudad Rodrigo zählte vor der Einnahme Batajos:

	84.000 Linien Truppen.
164.000	20.000 in Felde Stehende wohl organisierte Militz.
	60.000 Landwher oder Ordenanzos.

Die Englische Armee ist wohl organisirt und tapfer, jedoch zu gewöhnt richtig gezahlt, wohl genährt und in Ueberfluss gekleidet zu werden, um sie ohne Partheilichkeit den französischen gleich setzen zu können.

Die Generäle und Officiers mit jeder Entbehrung noch unbekannt vervielfältigen zu Gunsten ihrer Gemächlichkeit den Train der Armee, der von Natur aus unbeholfene Soldat, wird zum Ausdauern auf langen Mär-

schen wenig geschickt gemacht, indem man ihn mit überflüssigen Effecten
beladet. Die übertriebene Sorge welche das Gouvernement für solchen trägt
hält oft die Armee in Unthätigkeit oder hindert zum Wenigsten, in ihre
Bewegung jene Schnelligkeit zu bringen, durch welche sich die ihr entge-
gengesetzte so sehr auszeichnet.

Auch mangelt die Combinirte zu sehr an Cavallerie, um alle die Vortheile zu erringen, die man sich mit Recht von ihrer Ueberlegenheit an
Fuss-Volk, von der wenigen Beschwerlichkeit ihr Subsisténz zu verschaffen,
versprechen könnte.

Die Portugiesische Armee ist ganz auf engl. Fuss organisirt, der
grösste Theil ihrer Staabs Officiere bestehet aus Engländern oder sonstigen
Ausländern, besonders ist das Commando der Regimenter nur wenigen
Portugiesen anvertraut, und ebenso selten wird man einen angestellten General dieser Nation in selber finden.

Der Soldat ist wohl disciplinirt, tapfer, und mehr als der englische
geschickt, Mangel und Ungemächlichkeit zu ertragen, doch wenig Freund
der Reinlichkeit, welche den ersten vor jedem Soldaten Europens so sehr
auszeichnet. Der Officier besitzt wenige Kenntnisse, ist aber destomehr
enthousiast und Sklave seiner Eigenliebe und Ehrgeizes welches an ihm
um so mehr zu bedauern ist, da das von den Engländern angenommene
System ihn von höheren Ehrenstellen gänzlich ausschliesst.

Hülfs-Quellen um den Krieg fortzusetzen.

Ieder unparteische Beobachter wird solche allein in dem Geist der
spanischen Nation, in den Interessen der Engländer und in der Hoffnung
einer Coalition des nördlichen Theils Europens suchen, da er in dem
erschöpften Spanien und revoltirten Transatlantischen Besitzungen sie zu
finden umsonst trachten würde, — höchtens könnte er sich schmeicheln
dass Pest u. Hungers-noth den Usurpateur zwingen wird, die entvölkerten
Städte und verwüsteten Felder zu verlassen, wenn er schon die Rettung
Spaniens nicht von jenem heroischen Geiste, von reellen Interesse der Engländer und gegrundeten erwähnten Hoffnungen erwarten will. Unwürdig würde
es des grossen Unternehmen der Spanier sein, und ihres 4 jährigen Kampfes
um Freiheit, wenn ihr heldenmuthiger Geist nicht alle jene Reichthümer
ersetzen könnte, die sie bis jetzt aus dem Patriotismus ihrer einst wohl-
habenden Mit-Bürger. aus Guanaxato und Peru-Minen und aus den Schätzen
ihrer Kirchen zogen.

In wie weit sie auf die Dauer der Alliance und Unterstützung Englands
rechnen können, beantworten die über diesen Punkt bereits gemachten
Bemerkungen, doch will ich zu solchen noch beifügen, dass so fern die
Engländer nur halb so erfahrene Politiker, als Kaufleute sind, sie nie
Spanien seinem Schicksal uberlassen, es nicht mehr durch Unthätigkeit,
karge Unterstützung, endlose Verlängerung des Krieges gleichsam auffor-
dern werden, endlich mit Frankreich gemeinschaftliche Sache zu machen.

Ebenso muss die Standhaftigkeit der Spanier eine Nahrung in jener Crisis finden, in der der nördliche Theil Europens zu liegen scheint, sie müssten sich mit der Hoffnung schmeicheln, dass dieser Theil welcher ihnen einen 3 jährigen Frieden verdankt, dieses Geschenk nicht mit kalter Bewunderung ihrer Heldenthaten vergelten, nicht mit einem stummen Lob ihr Ausharren lohnen wird.

Das Beispiel welches Spanien gab lernte Europa, wie wenig die Macht eines Tirann gegen eine Freiheitsliebende Nation vermag und verspricht uns, dass die mit vielem Grund vermuthete neue Coalisation nicht von kurzer Dauer sei, nicht mehr jener gleichen wird, deren wenige Festigkeit, so viele Provincen an das Ioch der Abhängigkeit in Feldzügen von wenig Wochen schmiedete.

Wie sehr fand sich Bonaparte betrogen, als er auf gleiche Art Spanien zu bezwingen hoffte; doch konnte er auch an die Gleichgültigkeit gewöhnt, mit der so viele Völker seine Ketten anlegten, es nicht vermuthen, dass er in jedem Alcaden einen Generalen, in jeder Municipalität ein Cabinet, in jedem Spanier einen hartnäckigen Vertheidiger der Freiheit finden wird.

Patriotismus setzt der Spanier dem Eroberungs-Geist entgegen.

Bonaparte kennt keine andere Tugend, als die des Krieges, noch andere Talente als jene welche die Kunst ihn zu führen vervollkommen und so beitragen seinen Despotismus und Dinastie aufrecht zu erhalten.

Der Spanier hat kein anderes Interesse als das, seiner Freiheit, kein anderes Handwerk als jenes der Waffen, da es das Einzige ist welches sie ihm wiedergeben kann, nach 2 Iahren Standhaftigkeit und er kann kühn erwarten, das Ziel zu erreichen, welches er sich vorsteckte.

.... Ich bitte Eure Excellenz meiner Schwester eine Abschrift dieser Beilage zu senden u. mir zu vergeben dass ich meinen Brief an E. E. auf einem so kleinen Blatt schrieb; es geschah um das Päckchen so klein wie möglich zu machen.

PÖTTING.

« Palmer in Mayorka am 17 April 1812.

Eure Excellenz,

Wahrscheinlich wird meine theure Schwester Eurer Excellenz der Veränderung meiner Bestimmung und meiner Unzufriedenheit mit solcher bekannt gemacht haben, in dieser Voraussetzung, und von E. E. gnädiger Theilnahme überzeugt muss ich jetzt erinnern (?) dass sich diese Unzufriedenheit um vieles vermindern musste, da man mir die Hoffnung gab, das Expeditions-Corps zu begleiten, welches von diesen Inseln aus Landungen unternehmen wird, und ich also nicht mehr jene Unthätigkeit befürchten muss die meinen Wünschen so sehr entgegen läuft, und allein im Stande ist mich von meinen Generaelen zu entfernen. Machen mir E. E. nicht den Vorwurf dieser Wunsch, Bestimmung zu verändern, sei bloss die

Folge jener Veränderungs-Liebe die man allgemein dem Soldaten zur Last legt, er würde um so mehr ungerecht sein da kein Zweifel übrig bleibt, man könne viel mehr Annähmlichkeiten hier erwarten als uns der Krieg auf dem verherten Continent verspricht, obschon die Einwohner hier wenig gesellschaftlich und in ihren Sitten etwas originell sind.

In allen Briefen versprach ich E. E. und meinen Anverwandten etwas über den gegenwärtigen Zustand meines zweiten Vaterlands zu schreiben, und wenn ich schon es weit über meine Fähigkeiten halte, wichtige Bemerkungen über solchen zu machen, so soll mich doch nichts, auch selbst nicht diese Ueberzeugung abhalten, ein Versprechen zu erfüllen, das ich an Personen that, deren Andenken mir so werth und deren Güte ich nicht mit Inconsequenzen lohnen will.

Allen Angehörigen bitte ich meine fortwährenden und erfurchtvollen Andenkens zu versichern, besonders Seiner Excellenz, den Herrn Generaelen F. T. M. — Euer Excellenz unterthänigster Diener

MARZEL GRAF von PÖTTING.

THEUERSTE SCHWESTER

Entschuldige mich bei meiner gnädigen Wohlthäterin der guten Gräfin Christin, dass ich ihr auf einem so kleinen Blatte schrieb, es geschah um das Päckchen nicht zu vergrössern und weil ich nicht mehr von der Gattung eines so feinen Papier finden könnte. Dies auch die Ursache, warum du nur diese wenigen Zeilen erhälts. Ueber London sende ich dir eine Abschrift über meine Bemerkungen über den politischen und militärischen Zustand Spaniens, an unsern Onkel über Costantinopel; jedem trage ich auf, wechselseitig Abschriften sich zu senden, ich hoffe dass einer dieser drei Briefe en seine Adresse gelangen wird, besonders schmeischle ich mich durch die Gelegenheit die H. Oberst Graf La Tour mir hoffentlich verschaffen wird, meinen Wunsch erfüllt zu sehen.

Ich bin gesund liebe dich wie immer so herzlich als es meine gute theilnehmende Schwester verdient, und nichts mangelt mir als Nachrichten von meinem Verwandten u. Freunden da mich mein Schicksal von Euch entfernt hält.

Erkundige dich ob Hanm bereits an Herrn Hofmann den Agenten bey Ruisay war, die Summe zählte die ich am letzten schuldig blieb. Ich lies zu diesem Ende hinlänglich Geld bei ihm zurück.

Schreibe fleissig deinem unveränderlichen dich innigliebenden. Bruder.

MARZEL.

Palmer in Majorka am 17 April 1812 ».

« HOCHGEBORNER GRAF,

Die viele Güte mit der Sie meinen Freund Baron Gumony behandelten, und meine Ansprüche die ich auf solche als Oesterreicher mit einegem Recht machen zu können glaube gab mir Muth Sie zu ersuchen beigelegtes Schreiben an seine Adresse mittelst jener sicheren Gelegenheit zu befördern, deren Sie an der Seite seiner Königl. Hochheit nicht mangeln können, und um diese genommene Freiheit doch einestheils zurückzuschuldigen lege ich das von Baron Gumony, erhaltene Empfelungs-Schreiben für Sie bei. Ich hoffte und es war mein Wunsch selber persönlich übergeben zu können um Ihre so schätzbahre Bekanntschaft zu machen und mich seiner Königl. Hochheit den Erz Herzog zu Füssen zu legen, doch eine mir bevorstehende Veränderung meiner Bestimmung heisst mich nicht weiter diese Hoffnung zu nähren und fordert mich auf von solchen den erwähnten Gebrauch zu machen.

In der Vorraussetzung dass Sie schätzbarster Graf Theil an dem Schicksal des Grafen von Fiquelmont nehmen, der so oft in unseren freundschaftlichen Gesprächen sich Ihrer erinnerte, will ich seines Briefes erwähnen den ich erst kürzlich von Ponsoerrada in Galicien am 3. März datirt erhielt. Er klagt über Stillschweigen seiner Freunde besonders jener die sich in Deutschland und Sardinien aufhalten, und über die Unthätigkeit in der man ihn lässt.

Auf Ihrer mir gerühmten Güte rechnend schmeichle ich mich dass Sie meine Freiheit nicht übel deuten und mir vergeben werden Sie mit einen Auftrag und diese Zeilen zu belästigen. — Meine Dienste in ähnlichen und anderen Fällen antragend hab ich die Ehre mit aller Hochachtung zu zeichnen, Hochgeborner Graf,

Ihren ergebensten und in vorraus dankbaren Diener

MARZEL GRAF von PÖTTING.

Palmer in Majorka am 18 April 1812 ».

« Herr GRAF,

Der Ueberbringer dieses Briefes ist der Graf Pötting gewesener Oesterreichischer Officier und nunmehr Oberlieutnant der Wallonischen Garden mit Oberst Leutnant Lgowacten in Spanischen Diensten.

Er war der Erste welcher nach den unglücklichen Begebenheiten unserer letzten Krieges den Entschluss fasste seine Dienste der Sache eines unglücklichen aber standhaften Volkes zu widmen. Es ist ihm gelungen hier seine Laufbahn unter günstigeren Vorzeichen anzutreten als die unter welchen er durch viele Iahre seinem Vaterlande gedient hat.

Er ist Adjutant des Herrn Marquesen von Conpigny anjetzt comandirender General der Balearischen Inseln. — Da er die Möglichkeit vielleicht antreffen wird von Mahon oder Mallorca aus eine kleine Reise nach Sardinien zu machen, so wird er durch die Anhänglichkeit geleitet die ein jeder Oesterreicher an ein Mitglied des hohen Erzhausses empfindet, diese Gelegenheit wenn es ihm möglich ist nicht versäumen sich S. K. H. zu füssen zu legen.

In dieser Vermuthung habe ich diese Zeilen für sie ihm mitgegeben, obgleich er natürlicher weise unter allen Aussichten diese schwache Einbegleitung meinerseits nicht benöthigt.

Da er seit den Friedensschluss sich in diesen Gegenden befindet, da er mit den Herrn Bardaxy Oesterreich verlassen hat, so wird er ihnen sehr interessante Aufschlüsse über die hiesigen Begebenheiten geben können.

Ich benutze diese Gelegenheit meine tiefste Ehrfurcht S. K. H. unterthänigst zu Füssen zu legen. — Haben Sie die Güte dem Herrn Grafen von Saalburg meine gehorsamste Empfehlungen zu errichten und seien Sie immer der aufrichtigen und ehrfurchtsvollen Anhänglichkeit überzeugt mit der ich stets sein werde.

Der unterstänigste und gehorsamste Diener

Nic : FREYHERR GUMONY.

Cadix, 8 January 1812 ».

ANNEXE *H.*
(Voir à page 352).

« Palerme, 1812.

Finira-t-on les affaires d'Espagne en y apportant des secours immédiats? et ne vaudrait-il pas mieux secourir l'Espagne par des diversions et
indirectement? Une insurrection générale, soit au nord, soit au sud de
l'Italie, ne favoriserait pas moins les affaires d'Espagne que le fait la guerre
de Russie.

On a déjà vu en Espagne des armées victorieuses, faute de vivres arrêtées au milieu de leur victoire. Il y a peu de pays qui présentent des
obstacles plus considérables au maintien des grandes armées que l'Espagne;
et il se pourrait bien que l'armée anglaise qui y fait la guerre, ait sous ce
rapport atteint le maximum. Il y a pour chaque pays un dégré de satu-
ration, consistant à ne pas pouvoir absorber qu'un certain nombre de
troupes. Est-on sûr de ne pas avoir dépassé ce nombre? Et comment nour-
rirait-on une grande armée en Navarre, en Aragone et en Catalogne où
toutes les villes sont des forteresses et toutes dans les mains de l'ennemi?.

Il se pourrait donc bien que l'Espagne se trouvât beaucoup mieux si
on la secourait par des diversions sur l'Italie [plutôt] que par des secours
immédiats.

Quoiqu'il en soit de cet argument, il y en a d'autres bien autrement
évidents. L'Italie est la clef de la voûte sur laquelle Bonaparte a bâti son
édifice. Une attaque sur l'Italie attirera toute son attention, et il est assez
probable que dans un cas pareil il retirera ses armées de l'Espagne, les
placera derrière les Pyrénées, en organisera une défense, la confiera aux
habitants avec de nouvelles levées, et portera toutes les troupes que par là
il épargnera en Italie pour s'opposer au progrès des armes britanniques et
contenir les Italiens.

Mais comme la Méditerranée est exclusivement aux flottes de la Grande
Bretagne et que celles-ci sont plus que suffisantes pour protéger les navettes
nécessaires de l'Espagne en Italie et de l'Italie en Espagne, les forces Britanniques en Italie pourront aisément y être conservées et augmentées de
celles qui par là deviennent inutiles en Espagne.

Ces deux pays une fois libres pourront se secourir mutuellement avec
des forces tout-à-fait suffisantes, pour ne plus avoir à craindre les attaques
de la France et de l'Allemagne réunies.

La délivrance de l'Italie n'aurait pas seulement la plus grande influence sur les affaires d'Espagne qu'elle rendrait indépendantes de la guerre
du Nord, mais ce qui plus est, sur le continent entier. L'Italie est en
contact immédiat avec l'Autriche, l'Allemagne et la Suisse, et l'Italie, une
fois délivrée, toute l'Europe le serait, tandis que l'entière délivrance de
l'Espagne pourra bien ne produire aucun changement sensible sur le reste

de l'Europe. Ainsi l'Italie paraît mériter, à l'heure qu'il est, une attention très particulière de la part du Gouvernement Anglais.

Ajoutons à tout cela, que les circonstances présentes sont extrêmement favorables à l'Italie, et qu'elles dépassent de beaucoup tout ce que l'on aurait jamais pu désirer.

Tout dépend moins de la grandeur des moyens qu'on y vouera que de la promptitude avec laquelle on saisira les heureuses circonstances du moment.

Les affaires d'Espagne ont monté la tête des Italiens, il est sans cela impossible qu'une nation aussi nombreuse et aussi vive que l'Italienne ne réagisse pas tôt ou tard sur les Français qui, ... du parti de la Cour et ensuite de leurs dispositions naturelles lui font sentir de milles différentes manières l'avilissement dans lequel elle est tenue par son tyran ; les italiens secoueront tôt ou tard ce joug ignominieux.

Mais il faudra pour cela une révolution, et une révolution italienne, à en juger par la vivacité et l'emportement national, ne manquera pas d'être accompagnée de toutes ces scènes dévastatrices, qui dans des cas semblables reculèrent la prospérité d'autres pays de plusieurs siècles.

L'Angleterre peut épargner ces scènes d'horreur à l'Italie. Qu'elle fasse seulement une petite partie des efforts, qu'elle a fait pour les Espagnols, et l'Italie est sauvée. Il suffira qu'une armée de 20 à 25 mille hommes de troupes britanniques se montre, et donne du crédit à une affaire, pour laquelle on aura autant d'actionnaires qu'il y a d'Italiens, du moment qu'on la verra accréditée (qu'on me permette cette expression) par une aussi solide Maison que l'est le Gouvernement Anglais.

Rien n'a tant contribué à intéresser la nation anglaise pour l'Espagne, que la volonté déterminée de celle-ci de se défendre : mais les peuples de l'Italie n'en ont pas moins montrée.

Ils ont pris les armes chaque fois qu'ils ont conçu quelque espoir de réussite.

Après avoir été abandonnés par l'Autriche en 1800, et 1803 la guerre de 1809 ..... à peine que l'on vit Ferrare bloquée l'on vit beaucoup d'insurgens et l'Italie fourmillant de ..... qui ne le cédèrent ni en audace ni en dévouement à bien de Guérillas espagnols.

Or si les Italiens hésitèrent si peu de se déclarer à l'approche d'une armée autrichienne, malgré le peu de confiance qu'elle devait leur inspirer, que ne feront-ils à la vue des troupes anglaises, après tout ce qu'elles ont fait en Espagne ?

Pour juger de la coopération à laquelle on doit s'attendre de la part des insurgés italiens, il suffira de jeter un coup d'oeil sur la campagne de 1799. On ne peut pas nier que les toscans et les romagnols y firent une guerre (si l'on en excepte l'Aragon et la Catalogne) bien autrement nationale que celle des Espagnols.

Et quelle docilité, quelle déférence pour les généraux et les officiers de leurs alliés !

Les Aretins se firent un honneur d'obéir à l'Enseigne Autrichien Schneider, que le général Vercy Krey leur envoya, ils lui vouèrent la plus passive obéissance, et firent des merveilles. On admire, et avec raison, la persévérance espagnole, on admire une nation qui n'ayant presque plus d'armée, continue néanmoins la lutte et faute d'autres moyens la continue par des guérillas. Mais l'Italie aussi a eu des guérillas, et ce qui paraîtra assez étonnant elle en a encore. On se bat encore sur le Tronto, dans le Ferrarais, et dans les lagunes de Comacchio. Il y a bien des vallées dans les Appenins, qui se sont toujours refusées à la conscription.

La France n'a point d'armée en Italie; les troupes qui de l'Italie se portèrent en Tyrol et de là passèrent en Allemagne et en Pologne, montèrent à 42 mille hommes sous les armes. Que si l'on pense qu'il y a des Italiens et des Napolitains en Espagne, qu'il y en a en Dalmatie, à Raguse et alle Bocche di Cattaro, on sera convaincu, qu'il n'y a pas dans toute l'Italie, y compris les garnisons, 30 mille hommes de troupes formées, et, les garnisons déduites, pas 15 mille hommes de troupes disponibles. Une armée de 20 à 25 mille hommes pourrait, si elle débarquait en Toscane, parcourir l'Italie dans quelque direction qu'elle voudrait. La Toscane et les trois Légations semblent préférables à tout autre partie de l'Italie, parce que par là on occuperait l'Istme qui sépare le sud de l'Italie du nord, et parce que ces pays contiennent un capital de places qui depuis longtemps ont été négligées, mais qu'on peut aisément réparer et mettre en état de défense et tenir par des troupes de nouvelles levées. La Toscane a tout ce qu'il faut pour devenir la place d'arme de cette guerre d'Italie. On ne s'étendra vers Rome qu'après s'être bien établi en Toscane, et dans les trois Légations et on ne passera ni le Po, ni la Secchia qu'après avoir délivré toute l'Italie méridionale.

L'Istme par lequel celle-ci tient à la Lombardie n'est que la moitié de celui d'Espagne. Ses deux ailes sont parfaitement assurées et par la hauteur et la difficulté de ses montagnes et par la bravoure de ses habitants. L'aile droite est formée par les montagnes d'Arezzo, et l'aile gauche par la Garfagnana. Tous deux ces pays sont d'un accès très difficile, et habités par des gens qui n'ont jamais entièrement posé les armes.

Le sud de la Toscane aura moins d'avantages, il y en a cependant toujours plus qu'il n'en faut pour se mettre entièrement à l'abri des attaques qui viendraient de Naples. Que si l'ennemi s'avançait en même temps de la Lombardie et de Naples, on aurait toujours le moyen de tenir à l'échec l'une de ces armées, et de se jeter avec des forces supérieures sur l'autre pour lui faire quitter la partie, et se reporter sans délai sur la première. On manoeuvrerait sur le diamètre, tandis que l'ennemi avancerait avec deux armées tout à fait isolées sur ces deux extrémités.

On débarquerait les troupes britanniques de la Méditerranée près de Livourne, dont on s'emparerait de vive force, s'il le fallait. Les troupes de la mer Jonienne et de l'Adriatique débarqueraient à Ravenne, gagneraient la via Emilia et par là Bologne. On enverrait sur Ferrare un petit détachement. La Sicile fournirait à cette expédition trois mille hommes pour être jetés dans des places. Le reste des troupes siciliennes ferait une diversion en Calabre.

Il serait essentiel d'inviter l'Archiduc François d'Autriche d'Este, le même qui maintenant se trouve à Cagliari, de quitter cette ville et de prendre part à cette expédition. Du jour qu'il débarquerait en Italie, il y aurait un point central pour toutes les volontés Italiennes. Tous les efforts partiels seraient dirigés et concentrés vers un but. L'Archiduc se constituerait Régent jusqu'à ce que l'on eut le loisir de donner une constitution au pays. On craindra peut-être que l'évacuation de la Sicile y soit suivie par un débarquement des Gallo-Napolitains. Mais ceux-ci n'auraient ni les moyens, ni le temps, ni l'envie de le faire. Il serait, peut-être, désirable que la Sicile qui, à l'heure qu'il est, n'affecte aucunement la France, l'affectât, et attirât à elle une partie des troupes qui sont dans le royaume de Naples, et les occupât. Mais cela n'est pas à présumer, et les Français se garderont bien de mettre pied à terre en Sicile en pareille circonstance. C'est en Italie que les Espagnols devraient vouloir compléter la délivrance de l'Espagne, et c'est en Italie ou jamais que la Grande Bretagne finira la guerre avec la France.

Parmi les grands exemples que l'Espagne vient de fournir à l'Europe, un de ceux qui mérite le plus notre attention, c'est l'activité et la persévérance du pouvoir exécutif, agissant quoique confiné à une des extrémités de la péninsule de la même manière que s'il avait été à Madrid ou à Toledo. On lui vit donner des ordres à des provinces, et à des villes occupées par les armées françaises comme si celles-ci avaient été au-delà des Pyrénées. Ni la Régence, ni la junte suprême, ni, avant l'établissement de celle-ci, les juntes provinciales, ne se sont jamais démenties sur ce point; et quelques puissent-être les fautes d'autres espèces, qu'on leur reproche, il n'est pas moins vrai que si l'Espagne a été sauvée, ce trait vraiment sublime et unique dans l'histoire, cela en a été le grand mobile; cette conduite était dès le commencement la *conditio sine qua non* du salut de l'Espagne.

C'est la conduite tout à fait opposée du Gouvernement Portugais, et de ceux qui auraient dû ou pu le représenter, qui rendit la conquête du Portugal si aisée aux Français et qui leur remit à leur première apparition dans ce pays tout le Royaume, quoique habitée par un peuple animé des mêmes sentiments de haine contre les Français que les Espagnols, et c'est une conduite semblable à celle du Gouvernement Portugais qui fit de l'Italie une Province Française. Si les Princes Souverains de l'Italie avaient tenu la même conduite qu'ont tenu les juntes et qu'a tenu la Régence d'Espagne, l'Italie serait libre. Si les Rois de Sardaigne et des Deux Siciles eussent pris leur parti, et eussent, quoique éloignés, continué l'exercice de leur autorité, l'Italie aurait été plus que jamais le tombeau des Français, et les affaires y auraient pris tôt ou tard la même tournure qu'ils ont prit en Espagne.

On objectera que les Italiens, se voyant abandonnés, auraient dû penser à céder d'eux-mêmes.

Le fait est, que les Princes les abandonnant n'ont pas cessé d'exister ni d'occuper leur place. Par là ils ont empêché la formation d'autres Gouvernements provisoires, qui probablement auraient joué le même rôle et avec le même succès que la junte et la Régence d'Espagne. Il est arrivé aux Italiens, ce qui arrive souvent à une troupe, dont le chef manque de décision, ne donne pas d'ordre et ne se prononce pas ; pour brave que soit sa troupe, elle sera paralysée et ne fera rien.

L'Allemagne est dans le même cas, mais Bonaparte ne maîtriserait pas ce pays d'une manière si absolue s'il leur avait détruit ou emmené en captivité les Familles Régnantes. Il n'y a pas au monde une nation plus aguérrie que l'allemande ; ce qui la paralyse c'est qu'elle a toujours les yeux tournés vers ces familles. C'est le Roi de Prusse, en désapprouvant si hautement la conduite du célèbre colonel Schiller, qui en 1809 empêcha les Westphaliens et tout le Nord de l'Allemagne de prendre les armes contre les Français.

Un mot du Gouvernement Prussien eut été assez pour faire insurger tous les peuples, qui avaient été séparés de la monarchie prussienne.

Comme il fut assez d'un mot de l'Empereur d'Autriche aux Tyroliens, pour que ceux-ci, sans aucun secours ni en troupes ni en armes, ni en munitions, délivrassent entièrement leur pays. Il ne suffit pas que chaque individu d'une brave nation haïsse la tyrannie et soit prêt à donner sa vie pour le prix de la liberté et de l'indépendance.

La nation espagnole aurait toujours pensé à l'égard de Bonaparte comme elle a pensé et personne pour cela n'eut eu besoin d'impulsion. Il est cependant prouvé, par ce qui est arrivé en Portugal la première fois que les Français s'y présentèrent, et par ce qu'il est arrivé à d'autres braves peuples, que toutes ces volontés isolées et particulières seraient restées sans effet, si les juntes et d'autres autorités ne s'étaient pas constituées en pouvoir exécutif, et n'eussent pas mis, en donnant une forme légale à leur procédure, ces volontés isolées et particulières en contact. C'est cela qui fit, d'une infinité de volontés impuissantes, une volonté irrésistible et de tant de volontés particulières une idée souveraine.

C'est cela qu'il faut en Italie, si jamais elle doit secouer le joug qui l'opprime. Il lui faut une autorité légale, qui dise à ses habitants : Brisez vos chaînes ; il n'y a pas un italien qui ne se croît une plus noble destinée que celle d'être l'esclave de Bonaparte. Aucun Italien n'aime voir s'enlever ses enfants et les envoyer en Espagne, en Russie, et chacun pense qu'il vaudrait mieux les armer contre Bonaparte ; mais toutes ces bonnes volontés sont isolées, et par conséquent stériles. Voulant délivrer l'Italie, il faut nécessairement écarter cet isolement, et pour cela il faut :

1° Un pouvoir exécutif légal et légitime représentant, et autorisé à représenter l'idée souveraine de la nation.

2° La force militaire suffisante pour, dès le début, donner à l'entreprise un grand crédit, et pour la mettre aussi vite que possible en évidence.

Les Italiens ont été depuis la chute de l'Empire Romain longtemps divisés en plusieurs partis, dont chacun avait une volonté et des intérêts à lui. Les démêlés des Papes avec les Empereurs y contribuèrent le plus. On voit les Guelphes et les Gibellins tellement entrelacés les uns dans les autres, qu'il est impossible d'y reconnaître quelque part une idée souveraine prononcée. Aussi la nation n'avait-elle pas de souverains non plus que de gouvernements, et il y régnait généralement l'anarchie la plus outrée. Plus tard le calme se mit dans les esprits et les partis se réconcilièrent. Dans quelques Provinces l'idée souveraine devint Guelphe, dans d'autres Gibelline, et des Etats s'y formèrent. Dès lors il y eut en Italie plusieurs peuples souverains et indépendants dont chacun avait son idée souveraine, ainsi que ses intérêts à lui. L'Italie prit alors la forme, que prit après la réformation l'Allemagne.

Les étrangers se mêlèrent souvent des affaires de l'Italie, et plusieurs des gouvernements italiens furent renversés et d'autres *intrus* [se mirent] à leur place. Les gouvernements restèrent longtemps en contradiction avec l'idée souveraine de ces peuples. Il y en a qui résistèrent, et Florence opposa à l'armée de Charles Quint une résistance vraiment héroïque. Cependant comme la plus part de ces nouveaux gouvernements épousèrent avec le temps les intérêts de leur peuple, ils finirent par devenir identiques avec l'idée souveraine des peuples italiens.

Dès lors ceux-ci les regardèrent comme légitimes et leur vouèrent le plus grand attachement. La Toscane devint sous ses Grands Ducs un des pays les plus heureux de la terre; il en fut ainsi de la Lombardie et des Provinces Vénitiennes; il n'y eut de vraiment arriérés que les Deux Siciles. Son gouvernement étant espagnol, ses intérêts étaient toujours oubliés. Ce n'est que depuis un siècle que le Royaume commence à faire des progrès comme ce n'est qu'en Sicile qu'il est un état indépendant. L'Italie était **heureuse** à l'époque de la révolution de France. Des armées françaises envahirent la vallée du Pô, et successivement toute l'Italie. Les gouvernements abandonnèrent lâchement leurs peuples et à plusieurs reprises. En 1799 l'Italie fut délivrée. Une armée Austro-Russe gagna quelques batailles à l'Adige et à l'Adda. En même temps les Italiens prirent les armes. Les Austro-Russes battirent les Français, mais les Italiens complétèrent leur déroute et les empêchèrent de se rallier. Thugut le ministre d'Autriche s'érigea en souverain de l'Italie; il ne fit qu'y remplacer le directoire; il déploya des vues diamétralement opposées à l'idée souveraine des Italiens; c'était assez pour livrer l'Italie de nouveau à la France. Bonaparte sépara de l'Italie quelques unes de ses plus belles provinces et les incorpora à la France. Le reste on l'appela le royaume d'Italie; le royaume de Naples fut donné à Joseph Bonaparte et puis à Murat. On donna à l'Italie un gouvernement militaire et despotique, mais uniforme. Les intérêts des différentes parties de l'Italie devinrent désormais les mêmes, l'idée souveraine de l'Italie devint une, les différences cessèrent. Il n'est pas nécessaire d'examiner la légalité ou l'illégalité d'origine du gouvernement français en Italie. Un gouvernement illégal est souvent devenu légal en s'identifiant avec l'idée souveraine du pays.

J'examinerai seulement la légalité de fait et je prouverai que le gouvernement présent de l'Italie est et sera toujours illégal en prouvant qu'il est et sera toujours en contradiction avec les intérêts et les idées italiques et je prouverai cela pour toute l'Italie et même pour le royaume de Naples par la raison que celui-ci quoique pas encore réuni à la France de droit l'est cependant de fait.

Ce qui caractérise et caractérisera toujours l'esprit de l'administration française en Italie c'est la subordination des intérêts de l'Italie à ceux de la France et aux vues particulières ou pour mieux dire, aux caprices sanguinaires et antisociaux de Bonaparte.

L'Italie est regardée par la France comme un capital qui lui appartient, c'est une espèce de plantation et ses habitants sont du bétail et des esclaves qui font partie de la valeur inhérente à cette plantation. D'après ces principes, on lèvera toujours beaucoup de recrues en Italie, qu'on mènera à l'ennemi pour des intérêts vrais, ou supposés de la France, et qui souvent seront en contradiction avec ceux de l'Italie.

L'Italie n'osera pas avoir du commerce avec le Lévant, ce commerce étant très lucratif, sera toujours réservé exclusivament à la France. Si l'Italie aura besoin de denrées coloniales, il les lui faudra tirer de la France : tout commerce immédiat lui sera toujours défendu. Le fisc saisira toujours toutes les propriétés qu'il pourra pour les vendre et en envoyer l'argent retiré en France. L'Administration française vendra toujours tous les biens fonds qui échoueront à la Nation, comme elle a déjà vendu ceux appartenant aux communautés religieuses, ou retirera la valeur en espèces et l'enverra en France. Cela et les énormes contributions réduiront le capital en numéraire à rien ; l'or et l'argent deviendront extrêmement rares. On payera les contributions et l'énorme dette nationale qu'on enverra en France. L'Italie aura toujours un change très défavorable ; elle sera dans une situation bien plus malheureuse, que si elle avait un commerce entièrement passif.

Car celui-ci suppose un retour de marchandises, mais il n'y aura comme il n'y a pas aucun retour à espérer pour les Italiens. Avec une immense exportation d'argent, ils seront sans marchandises, et avec une immense exportation de marchandises, il seront sans argent.

Le gouvernement présent de Naples aurait certainement tôt ou tard épousé les intérêts du pays, comme l'avait fait le gouvernement Hollandais. Mais l'exemple de la Hollande a trop prouvé ce que doit s'attendre tout Roi fait par Bonaparte, qui oserait épouser l'intérêt du pays. Ce que l'on vient de dire est senti par toute l'Italie, et tout le monde est entièrement d'accord là-dessus. La souveraineté nationale se prononce à ce sujet d'une manière précise : elle nie que Bonaparte soit le chef légitime de la nation, elle nie qu'il le soit devenu comme il aurait pu le devenir, elle le déclare

un tyran et proscrit lui et ses suppôts; elle le déclare en contradiction et
en guerre avec elle, elle le met hors la loi. Cependant comme la souveraineté
nationale est une idée qui doit être prononcée et mise en évidence, et
comme cela ne peut se faire que moyennant un gouvernement formel et de
fait, il faut nécessairement que les Italiens passent incessamment à l'organisation et à la reconnaissance d'un pareil pouvoir.

Il ne s'agit pas ici d'une élection par des représentants, la chose n'est
ni nécessaire ni possible; il suffit pour cela de consulter l'idée souveraine
des Italiens, et de voir si elle se prononce là-dessus ou non. Il en est de
même de la forme à donner à ce gouvernement et des modifications que
la nature de la chose pourrait bien exiger.

It faut, dira-t-elle, que ce gouvernement ait pour but: 1º de délivrer
l'Italie, sans quoi il n'y a pas de salut à espérer pour ce pays; 2º de lui
donner un gouvernement *constitutionnel,* sans quoi la sûreté et le bonheur
des Italiens n'auraient pas de garantie; et il doit être provisoire, parce que
la forme du gouvernement qui conviendrait à la délivrance de l'Italie, ne
conviendrait assurément pas à l'Italie délivrée. Il faut que ce gouvernement
provisoire puisse facilement être mis en évidence en Italie et par conséquent
qu'il s'attache autant que possible aux anciens gouvernements pour lesquels
la majorité des populations sent encore beaucoup d'attachement; et il faut
qu'il annonce une constitution, parce que dès lors il aura pour lui les suffrages de tous les hommes éclairés du pays.

Il faut que ce gouvernement ouvre aux peuples d'Italie des perspectives,
qui se concilient avec les intérêts que leur situation géographique et la nature de leur pays rendent absolus et invariables.

Il faut par conséquent que les habitants éclairés du royaume de Naples
aient la perspective d'avoir un parlement indépendant du reste de l'Italie,
et comme la majorité de la population, c'est à dire le bas peuple, soit des
villes soit de la campagne, ne sait pas ce que c'est qu'un parlement, et
qu'il a la vue exclusivement dans la famille royale de Sicile, il faut qu'elle
ait la perspective d'avoir à la tête du gouvernement le chef de cette dynastie
royale qui y régna jusqu'à présent.

Le Piémont exige probablement les mêmes égards par rapport á la Maison
de Savoie, parce que c'est la seule qu'on pourrait y mettre en évidence.

La famille la plus en évidence pour tout le reste de l'Italie, est la Maison
d'Autriche Este. L'archiduc François le même qui est à l'heure qu'il est
en Sardaigne en est le chef, et représenterait par droit de naissance et
comme l'héritier de la Maison d'Este pour Modène, Reggio, Ferrara, Massa
e Carrara; et comme chef de la branche cadette d'Autriche pour la Toscane,
Parme et Plaisance.

Ainsi, voulant éviter entièrement et jusqu'à la possibilité de se trouver
en contradiction avec les voeux ne fussent que d'une petite partie des Italiens, et voulant donner au pouvoir exécutif le plus de crédit et le plus
d'évidence possible, ces trois Maisons réprésenteraient la souveraineté de
l'Italie.

ANNEXE *I.*
(Voir à page 352).

⌊*1812*⌋.

« Depuis les avantages extraordinaires remportés par Lord Wellington Archives de La Tour. la guerre d'Espagne a entièrement changé de nature, c'est-à-dire de dé- Orio. — II. 191. fensive, elle est devenue offensive. Il ne s'agit plus aujourd'hui d'empêcher les Français de soumettre l'Espagne, mais il est au contraire question de les expulser totalement de ce Royaume, et c'est probablement pour concourir à ce but, qu'une partie considérable de l'Armée Britannique stationnée en Sicile y a été appelée.

Cette détermination peut être utile dans les circonstances du moment, mais on croit important de jeter un coup d'oeil sur les avantages et les inconvénients qui peuvent résulter de cette détermination.

Il est très probable, selon toute apparence, qu'avant la nouvelle année, soit le 1er janvier 1813, les possessions Françaises en Espagne se trouveront à peu près réduites aux places fortes de la Navarre, à une portion de l'Aragon, et à la province de Catalogne, où leur domination est assurée par huit places de guerre, dont quelques unes sont d'une grande force ; les efforts des Alliés seraient donc dirigés à la reprise des dites places, mais comme les Français ont quelque mois de temps pour en préparer la défense, il est à peu près certain qu'on les trouvera toutes en état, et que chacune d'elles, ou au moins la plus part, obligeront à un siège régulier. Vu le nombre et la force des places en question, on ne peut guère espérer de les avoir conquises dans le courant de la campagne qui suivra le 1er janvier 1813, et même il est à présumer que les Armées Françaises qui sont encore assez nombreuses, et qui très probablement se concentreront en Catalogne réussiront à faire lever quelques uns des sièges entrepris, et retarderont encore ainsi de quelques mois le terme final de la soumission des places.

Il résulterait de l'état des choses que l'on vient d'indiquer, et contre lequel il ne paraît guère possible qu'il soit fait des objections fondées en raison ; que pendant plus d'une campagne, c'est-à-dire probablement pendant tout le cours de la guerre de Russie, la *totalité* des forces de la Péninsule Espagnole, plus la totalité des forces que l'Angleterre emploie offensivement contre l'ennemi, seraient exclusivement consacrées à la reprise des places de guerre en question, ou en un mot à la délivrance de la Catalogne et de la partie nord-est de l'Aragon et de la Navarre.

Cette délivrance serait donc le maximum des avantages, que les trois Nations pourraient espérer obtenir par leurs efforts réunis ; et ce maximum obtenu, n'ébranle point encore le trône de Buonaparte, et ne le prive même d'aucune de ses ressources militaires et pécuniaires puisqu'il ne tire certainement ni hommes ni argent des provinces en question. Il est naturel que les ressources de la Péninsule soient avant tout employées à compléter sa délivrance, mais lorsque on réfléchit que la guerre de Russie est peut-être la dernière grande chance qui reste à l'Europe, on ne peut s'empêcher de regretter vivement, que pendant son cours, toutes les ressources de l'Angleterre se circonscrivent ainsi, à peu près à la délivrance d'une province, c'est-à-dire de la Catalogne, et d'une portion de la Navarre et de l'Aragon, que lorsque cette Puissance pourrait faire une guerre de conquête et d'invasion, elle fasse une guerre de siège et qu'enfin lorsqu'elle pourrait enlever des Nations à l'ennemi, elle se borne à lui enlever des provinces.

Il est sans doute juste et même très politique que l'Angleterre continue de prêter une forte assistance à la Péninsule, mais une armée effective de 50 m. Anglais-Portugais, qui, formés depuis quatre ans à une grande école, sont très probablement à présent la meilleure Armée de l'Europe, et Lord Wellington pour la commander, sont peut-être la plus forte assistance qu'une Nation aye jamais prêtée à une autre. Ce grand capitaine n'avait point encore reçu des renforts de Sicile, ni les dernières troupes venues d'Angleterre, lorsqu'il est passé avec tant d'éclat et de succès de la défensive à l'offensive, cette assistance et ces renforts ne lui étaient donc pas absolument nécessaires alors ; comment le seraient-ils devenus depuis que sa réputation et ses forces se sont accrues, l'une par l'éclat de ses victoires, et les autres par l'acquisition soit la délivrance des plus belles provinces de l'Espagne? *Trop faire* a quelque fois les mêmes inconvénients que *trop peu faire;* il est très possible que les Espagnols, voyant que l'Angleterre se charge de tout le poids de la guerre, ne diminuent les efforts qu'ils feraient s'ils n'en recevaient que des secours proportionnés à leurs besoins. On propose ici de leur laisser Lord Wellington et 50 m. hommes effectifs, ce secours leur a suffit sur la Coa, comment ne leur suffirait-il pas sur l'Ebro?

Cependant l'Angleterre épargnerait par là environ 30 m. hommes sur les forces agissantes qu'elle va avoir en Espagne, et si ces 30 m. hommes qui dans six mois de temps y prendraient peut-être deux ou trois places, en combinant une opération avec les 12 m. ou 13 m. h. que l'Angleterre est forcée de laisser inactifs en Sicile, se jettaient à l'improviste sur l'Italie, ils prendraient probablement dans les mêmes six mois les deux tiers de ce pays, c'est-à-dire un territoire supérieur en valeur à tout le royaume d'Espagne, où l'Angleterre n'aurait à faire qu'avec les Gouvernements qu'elle jugerait convenables de former, et où enfin elle pourrait *nourrir la guerre par la guerre,* avantage que l'état d'épuisement où se trouve l'Espagne ne lui permet plus d'y espérer. L'immense différence qui résulterait dans l'utilité de l'emploi de ces trente mille hommes, ou les consacrant à tenter de prendre quelques places en Espagne, ou à tenter de changer le sort de l'Italie, est trop frappante pour avoir besoin d'être démontrée, et cependant dans les circonstances actuelles une de ces opérations est peut-être plus facile que l'autre; car l'ennemi est préparé en Espagne, et il ne l'est pas en Italie; quant à la manière d'entamer les opérations militaires en Italie, on croit devoir se référer à celles indiquées dans le Mémoire ci-joint, en observant que les troupes partant de Sicile auraient deux moyens de paraliser l'Armée Gallo-Napolitaine, *un* en attaquant la Calabre; l'*autre* en occupant Ischia; on préférerait cette dernière opération, parce qu'elle menace plus directement la capitale, et place ces troupes plus à la portée de joindre la grande expédition de Toscane si les circonstances du moment la faisaient juger convenable.

DELLA TORRE.

Palermo, 10 novembre 1812.

Si l'expédition d'Italie réussit, les moyens pécuniaires et militaires de Buonaparte diminuiraient avec une grande rapidité, puisqu'il devrait envoyer beaucoup d'hommes et beaucoup d'argent, contre un pays qui jusqu'ici lui fournissait beaucoup d'hommes et beaucoup d'argent; il pourrait résulter de là, qu'il fut bientôt hors d'état d'entretenir en Espagne une force capable d'arrêter les progrès de Lord Wellington, et si ce général parvenait ainsi à pénétrer en France, l'effet qu'il y produirait est incalculable. Les Français s'en sont toujours beaucoup laissé imposer par les grandes réputations militaires. Après la campagne de 1799, Souvaroff avait beaucoup d'admirateurs et même de partisans en France, il est probable que le héros Anglais en trouverait un nombre dans la même proportion avantageuse, où il se trouve placé par la nature et par l'éducation vis-à-vis du guerrier russe ».

Un Mémoire reproduit déjà par les éditeurs des dépêches de Wellington et presque enseveli dans cette immense collection (1) devait développer quelques mois plus tard (avril 1813) la même pensée. Il se prête bien à clôturer la serie des écrits de M. de La Tour qui constituent ces Annexes :

« Les immenses ressources que fournissent à Buonaparte les vastes Etats soumis à sa domination, lui avaient déjà en 1812 procuré les moyens d'avoir simultanément des forces prépondérantes en Pologne, et en Espagne; sa prépondérance en Pologne a été prouvée par l'invasion des Etats russes jusqu'à Moscou; et sa prépondérance en Espagne l'a été d'une manière encore plus incontestable, par la retraite à laquelle Lord Wellington a été forcé, malgré les grands succès qu'il venait d'obtenir dans une des plus brillantes campagnes dont l'histoire fasse mention. D'après ces faits qui sont à la connaissance de l'Europe entière, il est évident qu'en 1812 les moyens militaires de Buonaparte étaient supérieurs à ceux des Alliés; mais cette vérité a été rendue encore bien plus frappante par les événements de 1813; en effet dans le mois de novembre et décembre de 1812 l'immense Armée Française du Nord a été anéantie par le climat et la brave nation Russe, et au commencement de 1813 cette armée avait à la lettre cessé d'exister; malgré cette terrible catastrophe, et malgré que les Prussiens se soient joints aux Russes cinq mois (c'est-à-dire depuis décembre 1812 jusqu'à

---

(1) *Supplementary Despatches*, cit., vol. VIII, p. 20.

mars 1813) ont suffit à Buonaparte pour puiser dans sa vaste domination des moyens militaires suffisants pour tenir tête à ses ennemis au nord et même pour prendre l'offensive sur eux; ainsi que le prouvent la bataille de Lutzen et la nouvelle invasion de la Saxe. L'arrivée des Suédois apportèrent, il est vrai, un nouveau poids dans la balance, mais en calculant ce poids joint à celui des insurgés du nord de l'Allemagne comme égal aux ressources que Buonaparte continuera à puiser dans ses dominations pendant les mois de mai et juin, on fait assurément un calcul très avantageux, ainsi on peut établir comme un fait, qu'en juillet les immenses et subites pertes militaires, que Buonaparte a souffert au Nord seront reparées, que l'équilibre des forces sera rétabli et le théâtre de la guerre fixé sur l'Oder, et peut-être même outre Oder, et Vistule. Cela fait, l'attention, et une partie considérable des moyens militaires que Buonaparte puise mensuellement dans son Empire seront dirigés sur l'Espagne, qu'au moment de la crise des ses affaires au Nord il avait dû négliger: ainsi pendant le courant des mois de juillet, août et septembre il rassembla aux Pyrénées des forces respectables qui en octobre ou novembre déboucheront en Espagne, et nous enlèveront une grande partie des Provinces que nous y aurons occupées dans la belle saison: alors Buonaparte ayant rétabli ses affaires au Nord et au Midi le découragement naîtra parmi les Alliés, il y aura des Paix séparées et l'Angleterre finira probablement par rester de nouveau seule chargée du poids de la guerre.

Buonaparte dira à l'Europe: j'avais perdu toute mon Armée, et vous n'avez pas pu vaincre, actuellement elle est plus belle et plus nombreuse qu'elle ne le fut jamais, comment pouvez-vous espérer la victoire? Ce langage effrayant et malheureusement vrai jettera l'effroi sur le Continent, et sinon l'effroi, au moins le découragement à Londres.

La divine Provvidence nous avait offert les moyens de prévenir cette situation affligeante: l'Italie, la plus riche des possessions de Buonaparte, et peuplée de 16 millions d'hommes en général mécontents de sa domination, avait été laissée presque sans défense, et pendant les six mois qui viennent de s'écouler, cette belle contrée a été une proie offerte à l'Angleterre; en employant à cet objet l'expédition d'Alicante, et les forces stationnées en Sicile, l'Italie était à nous, et Buonaparte presque sans coup férir, privé des ressources qu'il a puisé dans cette riche et populeuse contrée, n'aurait pas pu rassembler au Nord les forces prépondérantes qui y ont arrêtés les progrès de nos Alliés. La guerre serait venue au Rhin et aux Alpes, l'ennemi réduit à la France ne pourrait plus résister, privé des ressources militaires de l'Allemagne et de l'Italie, il aurait dû rappeler les troupes d'Espagne. Lord Wellington arrivait aux Pyrénées à la tête de sa brave Armée et l'ennemi, réduit aux ressources de la France seule, n'aurait pas pu résister aux efforts de l'Europe.

Dans les guerres précédentes, Buonaparte conservait toujours une réserve assez considérable en Italie, mais cette année, la nécessité où il a été de rassembler subitement tous ses moyens militaires au Nord, et celle

où il a été de les renforcer en Espagne, le forcent de renoncer à cette précaution ; ainsi il est extrêmement probable qu'il n'y conservera pas d'autres
forces que celles de Murat, lesquelles peuvent, pour un temps, être paralisées soit par des négociations, soit par des démonstrations sur les Calabres ; ainsi pour cette année-ci, l'Angleterre a conservé encore la chance
de la conquête de l'Italie, et peut par cette conquête fixer en sa faveur la
balance des ressources militaires, qui sauf cet événement *est* et *reste,* ainsi
qu'il a été dit plus haut, en faveur de Buonaparte. Mais passée cette année
l'ennemi reviendra à l'établissement des réserves et nous aurons perdu la
possibilité de lui enlever l'Italie.

Les événements qui viennent d'avoir lieu au Nord ont prouvé que tant
que Buonaparte conserve ses ressources, la perte de ses soldats n'est pour
lui qu'un mal passager et promptement réparable ; c'est donc ses ressources,
plutôt que ses soldats qu'il faut attaquer ; or en Espagne nous faisons la
guerre à ses soldats, et en Italie nous la ferions à ses ressources ; ce motif
seul devrait décider l'Angleterre à employer à la guerre d'Italie une partie
des forces qu'elle emploie en Espagne, mais à ces motifs se joignent ceux
qu'en Espagne nous trouvons un ennemi préparé pour nous combattre,
tandis qu'en Italie il ne l'est pas ; qu'en Espagne nos conquêtes n'enlèvent
à l'ennemi aucune de ses ressources, et augmentent très peu les nôtres, au
lieu qu'en Italie chaque conquête diminue les ressources de l'ennemi et
augmente les nôtres ; l'influence politique de l'Espagne se termine aux
Pyrénées, derrière lesquels habite un peuple ennemi, tandis que à la frontière
d'Italie nous trouvons le Tirol et la Suisse, dont les peuples s'en déclareraient
pour nous, ébranleraient et affaibliraient l'influence française en Allemagne ;
qu'enfin malgré les talents extraordinaires de notre général nous devons
employer une force d'environ 80 m. hommes en Espagne pour y soutenir
une guerre d'un succès douteux, et qui même en cas d'un succès complét
n'enlève aucune ressource à Buonaparte, tandis qu'en ajoutant 15 m.
hommes de l'expédition d'Alicante à notre Armée de Sicile, nous avons pour
cette année encore la presque certitude de conquérir l'Italie, et par conséquent de priver l'ennemi du pays, qui après la France lui fournit le plus
de ressources. On terminera cette esquisse en observant que Dieu a produit
cette année-ci des événements extraordinaires et inattendus qui nous présentent la possibilité d'abattre l'ennemi, mais si nous n'en profitons pas,
il y a peu à espérer que l'avenir nous en offre d'aussi favorables. Tant que
Buonaparte restera maître de l'Italie, de la France et de l'Allemagne, ses
ressources militaires seront sensiblement supérieures à celles des Alliés,
ainsi que le prouvent les événements des années 1812 et 1813 ; et si on lui
laisse cette supériorité de ressources, dont l'Italie est une des principales,
il doit, selon les calculs humains, finir par gagner la guerre.

Le but principal de l'expédition d'Alicante doit être de couvrir Cadix et
l'armement des provinces méridionales de l'Espagne ; ce but est rempli ;
Cadix est en sûreté, et les armées d'Elliot et du Duc del Parque, en état
d'agir. L'expédition d'Alicante ne sert donc plus actuellement qu'à con-

courir à la prise de quelques places de guerre en Catalogne, prise qui influe peu sur les affaires d'Espagne même, qui serait décidée par l'action de Lord Wellington, et des forces françaises qui lui sont immédiatement opposées : et qui n'influe aucunement sur les affaires générales de l'Europe, puisque celles là seraient décidées par la masse de ressources que les deux partis belligérants peuvent mettre en action ; et certes ni l'un ni l'autre n'en peuvent puiser de considérables dans la possession de quelques places de plus ou de moins en Catalogne ».

ERRATA ET ADDENDA

Page 5, 1re ligne de la note 5. — Il faut lire : eut part le Duc de Biron.

» 5, n. 2 — Cfr. sur le b.on de Choiseul, RAOUL ARNAUD, *La princesse de Lamballe*, Paris, 1911, Ire partie.

» 6, ligne 3. — Le général J. B. Lazzari avait reçu le 13 février 1784 le titre de comte du Roi Victor Amédée III (ANTONIO MANNO, *Il patriziato subalpino*, Firenze, 1895, vol. I, p. 59).

» 6, ligne 3. — D'après L. TRESAL : *L'annexion de la Savoie à la France*, Paris, 1913. — La mésintelligence entre le général Lazzari et le Marquis de Cordon aurait été pour beaucoup dans la défaite des troupes Sardes.

» 6, ligne 6. — Voir sur ces essais d'incursion dans le territoire français ED. BONNAL : *Manuel et son temps*, Paris, 1877, 1er chapitre.

» 12, note 6. — La Comtesse d'Albany s'amuse aux dépens de Colli et de son amitié pour Madame Maggiotti Mocenni (LEON G. PELISSIER, *Lettres inédites de la Comtesse d'Albany à ses amis de Sienne*; 2e série, Toulouse, 1912, pp. 175, 177, 179, 183).

» 13, note 4. — Quant à la politique de Thugut vis-à-vis de la Cour de Rome, voir : SEBASTIAN BRUNNER, *Die theologische Dienerschaft am Hofe Joseph II*, Wien, 1868.

» 13, ligne 6 de la 3e note. — Il faut lire : de Victor Emmanuel I.

» 13, note 4. — Voyez encore sur Thugut, M. DE BARANTE : *Lettres et instructions de Louis XVIII au comte de Saint-Priest, précédées d'une notice*, Paris, 1845. En outre le rôle de Thugut est mis en lumière par : HERMANN HÜFFER, *Oesterreich und Preussen gegenüber der französischen Revolution bis zum Absschluss des Frieden von Campo Formio*, Bonn, 1868.

» 14, ligne 7e de la note 2. — Lisez : Oesterreich.

» 14, ligne 4e de la note 3. — Lisez : à Dego.

» 16, 2e ligne de la note 2. — Lisez : en les résumant.

» 16, note 7. — Souwaroff n'est pas pris au sérieux, cas tout à fait rare, par FRANCESCO APOSTOLI : *Le lettere Sirmiensi* (édition d'Ancona, Rome, 1906, page 210).

» 17, note 5. — Les témoignages qui se rapportent au grand retentissement de cette victoire furent recueillis par LÉON DE LANZAC DE LABORIE : *Paris sous Napoléon, Consulat provisoire et Consulat à temps*, Paris, 1905, chapitre 3.

» 18, note 2. — Cfr. sur ces débuts de la carrière de Radetzky le 1er chapitre de l'ouvrage : *Der K. K. oesterreichische Feldmarschall Graf Radetzky, von einem oesterreichischen Veteranen*, Stuttgart, 1858.

Page 23, ligne 19. — Ce Conseiller d'état doit être Pierre Gaëtan comte de la Loggia (EMILE CAMPARDON : *Liste des membres de la noblesse impériale*, Paris, 1889).

» 24, 3e ligne de la note 1. — Il faut lire : En souvenir du frère.

» 30, ligne 18. — Le côté diplomatique de cette campagne a été étudié par EDOUARD DRIAULT : *Austerlitz - La fin du Saint Empire*, Paris, 1912.

» 33, note 1. — Voir en outre sur la littérature sous le premier empire MAURICE ALBERT : *Un homme de lettres sous l'empire et la Restauration* (Edmond Géraud), Paris.

» 41, 2e ligne de la note 1. — Lisez : Le Prince de Ligne.

» 41, note 2. — Sur le Général de Sainte Aldegonde et sa femme voir aussi ERNEST DAUDET : *Journal du comte Rodolphe Apponyi*, 3e partie, pp. 99 et suiv.

» 46, ligne 22. — IVAN GOLOVINE : *Histoire d'Alexandre I, empereur de Russie*, Leipzig, 1859, ch. 8, affirme que le général Vincent avait été autorisé à engager l'Autriche dans la coalition.

» 53, ligne 4. — En 1807 les Français occupaient fortement Dantzig (Briefe des Freiherrn von Dalwigk, Oldenburg, pages 209 et suiv.).

» 57, lignes 25 et suivantes. — Cfr. sur les dispositions de la Suisse vis-à-vis de Napoléon, ANTON VON TILLIER : *Geschichte der Helvetischen Republik*, Berne, 1843, et SIR FRANCIS OTTIWELL ADAMS : *La Confédération Suisse*, Bâle, 1890, ch. 1er.

» 63, ligne 29. — Sur cette conquête de la Finlande par les Russes, voyez : IVAN GOLOVINE, *Histoire d'Alexandre I*, cit., chapitre Xe.

» 64, ligne 20. — Il faut lire : peu de jours.

» 64, note 4. — Conf. sur l'arrivée de Canning au pouvoir, comte D'ANTIOCHE, *Chateaubriand ambassadeur à Londres*, Paris, 1912, ch. VIIe. Un portrait de Canning se trouve chez : ERNEST DAUDET, *Journal du Comte Apponyi*, 1er partie, Paris, 1913, pp. 27 et 75.

» 67, ligne 2e des notes. — Il faut lire : tragiquement.

» 72, note 1e. — Voyez de même sur Cresceri la biographie d'Apostoli par G. BIGONI, en tête du volume de A. D'Ancona, *Le lettere sirmiensi di Francesco Apostoli*, Roma, 1906, page 42.

» 74, note 1e. — Il avait été question en 1791 d'une mission de Circello à Coblence auprès des princes émigrés (MAXIME DE LA ROCHETTERIE, *Correspondance de la Marquise de Raigecourt avec le Marquis et la Marquise de Bombelles*, Paris, 1892, pp. 236, 241. Voyez aussi sur Circello : CH. AURIOL, *La France, l'Angleterre et Naples de 1803 à 1806*, Paris, 1904, tome 1er, ch. XVI.

» 74, note 11. — Le prince Léopold venait de poser sans succès sa candidature à la Régence espagnole par son court passage par la péninsule avec le duc d'Orléans. Conf. GEOFFROY DE GRANDMAISON : *Correspondance du comte de La Forest*.

» 77, note 1e, ligne 4. — Il faut lire le comte de Grouchy.

» 81, lignes 23 et suivantes. — Une preuve éclatante du retentissement qu'eut déjà en 1809 l'appel de l'archiduc Jean aux Italiens, peut être relevée dans le témoignage d'Albert de Lamarmora, alors sous-lieutenant dans les troupes françaises. (MARIO DEGLI ALBERTI, *Alcuni episodii della guerra nel Veneto, ossia diario del generale Alberto della Marmora*, Milano, 1915). Une autre expression de la persistance des souvenirs « italiques » dans le Piémont, se retrouve dans la lettre adressée par M. Artom à la *Nouvelle gazette prussienne*, en 1859. (ERNESTO ARTOM : *L'opera politica del Senatore I. Artom nel risorgimento italiano*, Bologna, 1906, parte I, pp. 23 et suivantes.

» 87, note 2. — La fin de la carrière de Lord Castlereagh, devenu le marquis de Londonderry, est étudiée dans l'ouvrage du Comte D'ANTIOCHE, *Chateaubriand ambassadeur à Londres*, cit.

» 88, ligne 4 des notes. — Il faut lire : détestés.

» 92, ligne 18. — Il faut lire : différent.

Page 95, note 1e. — Il est souvent question de Roburent dans le livre du marquis COSTA DE BEAUREGARD, *La jeunesse du roi Charles Albert*, Paris, 1889. Le comte Ludovic SAULI D'IGLIANO : *Reminiscenza, cit.*, parle aussi à plusieurs reprises de M. de Roburent dans son tome 1er.

» 98, note 1e. — Sur Frere veyez aussi : OSCAR BROWNING, *England and Napoleon in 1803*, London, page 41.

» 99, ligne 4 de la note 1e. — Il faut lire : Lord William Bentinck.

» 100, avant-dernière ligne des notes. — Il faut lire : nahe an San Daniele.

» 109, ligne, 25. — Le lieutenant-général Bourcard commandait déjà à Palerme en 1806. (BRUTO AMANTE, *Fra Diavolo e il suo tempo*, Firenze, 1904, page 458).

» 110, ligne 25. — Mr. de Genotte, chargé d'affaires d'Autriche, disparut de Madrid à la fin de 1808 avant la reprise de cette ville par les Français. (GEOFFROY DE GRANDMAISON, *Correspondance du comte de la Forest*, tome 1er, pp. 384, 437).

» 118, note 2. — Napoléon ne fut pas toujours satisfait de ce choix (DU CASSE, *Les rois frères de Napoléon I*, Paris, 1883, pp. 25, 26).

» 124, ligne 2. — Le général Vito Nunziante, qui fut l'auteur de la fortune de la famille, avait pris part à la défense des Calabres contre les Français. Cfr. FRANCESCO GUARDIONE, *Il Generale Giuseppe Rosarol nella Rivoluzione del 1820-21 in Sicilia*, Palermo, 1900, chapitre 11.

» 124, ligne 11. — Voyez sur la situation de Murat en 1809, ALBERT ESPITALIER, *Napoléon et le roi Murat*, Paris, 1910, ch. II.

» 134, ligne 7. — Le livre DU CASSE, *Les rois frères de Napoléon I*, pp. 262 et suivantes, réduit ces évènements à leur proportion **réelle**.

» 145, note 1e. — Sur le conseiller Joseph von Hudelist il faut voir, CLEMENS VON KLINXOWSTROM, *Aus der alten Registratur der Staatskanslei, Briefe politischen Inhalts von und an Friedrich von Gentz*, Wien, 1870, pp. 26 et suivantes.

» 149, ligne 2 de la note 11. — Il faut lire : de Chasteler-Courcelles. Probablement ce Chasteler était le même personage chargé par Thugut de négocier la délivrance de Lafayette à des conditions qui furent refusées par le prisonnier. RAOUL AMAND, *Sous la rafale*, Paris, 1916, pp. 152 et suivantes.

» 151, note 11. — Le duc d'Orléans se lia beaucoup à Palerme avec Michel Palmieri di Micciché (cousin de Niccolò) qui resta en rapport assez intimes avec lui-même après son assomption (*Epistolario di Giuseppe Mazzini*, Imola, 1909, vol. I, pp. 7 et 8). Quant au séjour du duc d'Orléans en Angleterre qui précéda immédiatement son séjour dans les îles de la Méditerranée, il en est question dans le livres du VICOMTE DE REISET, *Joséphine de Savoie, comtesse de Provence*, Paris, 1913, chapitre XVI.

» 153, note 1. — Il faut lire sur la politique polonaise de l'Autriche : ADOLF BEER, *Leopold II, Franz II, und Catharina*, Leipzig, 1874.

» 156, ligne 15. — La lettre, que Marie Caroline confia à M. de la Tour pour le roi de Sardaigne a été publiée par DOMENICO PERRERO : *Gli ultimi reali di Savoia ed il principe Carlo Alberto di Carignano*, Torino, 1889, p. 90-91).

» 156, ligne 29. — Le chevalier Ignace Thaon de Revel (1760-1835), dont nous avons cité plus haut les mémoires sur les guerres des Alpes publiées par son fils, devait être lieutenant-général du royaume en 1821. Cfr. SAULI D'IGLIANO : *Reminiscenze, cit.*, tome I.

» 160, ligne 23. — Le même PERRERO : *Gli ultimi reali di Savoia*, etc., cit., attribue à Mr. Hill les dispositions fort peu favorables à la maison de Savoie (pages 84 et suivantes). Cfr. aussi GIOVANNI SIOTTO PINTOR, *Storia civile dei popoli sardi, dal 1798 al 1848*, Torino, 1867, livre I.

» 169, ligne 26. — De Gregorio Garcia de la Cuesta il est tout le temps question dans la correspondance du comte de la Forest citée.

Page 170, ligne 3. — On trouvera des détails sur l'origine très obscure de la famille de ce ministre Rossi dans une lettre du Comte de Sambuy du 5 janvier 1836 publiée par MARIO DEGLI ALBERTI : *La politica estera del Piemonte sotto Carlo Alberto secondo il carteggio diplomatico del conte Vittorio Amedeo Balbo Bertone di Sambuy, ministro di Sardegna a Vienna*, Torino, 1914, pages 105 et suivantes.

» 172, note 11. — Le comte San Martino di Front avait avec lui comme secrétaire son neveu le comte César San Martino d'Aglié qui lui succéda lorsque la mort l'enleva en 1813 (MARIO DEGLI ALBERTI : *La politica estera del Piemonte*, etc., cit.).

» 177, note 1. — On trouvera une récapitulation de tous ces pourparlers dans un « Précis de la marche des négotiations qui ont amené le traité de Vienne » publié par KLINKOWSTROM : *Aus der alten Registratur der Staats Kanzlei*, cit., pages 155 et suivantes.

» 178, note 1. — Lichtenstein, Hudelist et les autres partisans de la paix sont jugés sans amertume par Gentz (VAHNHAGEN VON ENSE, *Tagebücher von Friedrich von Gentz*, Leipzig, 1861, pages 73 et suivantes).

» 186, note 1. — Cfr. pour lord Bathurst CHATEAUBRIAND : *Mémoires d'outre-tombe*, IV, et Comte d'ANTIOCHE, *Ambassadeur à Londres*, Paris, 1912.

» 193, ligne 33. — On pourra lire à propos de Caroline Murat C. d'ARJUZON : *Hortense de Beauharnais*.

» 193, note 11. — A remarquer le jugement très favorable du duc de Campochiaro que fera MAZZINI, *Epistolario*, cit., page 102.

» 194, note 1. — Il faut lire : Weil et Circello.

» 196, note 3. — Il faut lire : Annexes *D* et *E*.

» 197, note 1. — Une lettre plus récente du Marquis de la Pierre permet de conclure qu'il s'agit de Charles O' Ferrall.

» 201, note 1, ligne 11. — Cfr. à propos d'Albert de Mégino consul général d'Espagne à Malte, ANGELO SACCHETTI SASSETTI : *Il brigadiere Giuseppe Cappelletti*, Rieti, 1913, ch. 5.

» 222, note 11. — Pozzo di Borgo s'était refugié en Hongrie en 1809. Cfr. WARN HAGEN VON ENSE, *Tagebücher von Friedrich von Gentz*, Leipzig, 1861, page 69.

» 227, nota 2. — Quant à la politique indienne de Lord William Bentinck on pourra en trouver un aperçu chez KAYE, *Selections from the papers of Lord Mecalfe*, London, 1855, pages 191 et suivantes.

» 232, note 1. — Il est question du comte de Münster et de tout le travail de préparation pour le renversement de la puissance de Napoléon en Allemagne dans le volume *Die Briefe des Freiherrn von Stein an den Freiherrn von Gagern*, Stuttgart, 1833.

» 237, note 1. — Il faut lire : Neapel und Sicilien.

» 238, ligne 14. — Le capitaine Christophe Louis Frizzi s'était adressé au baron Capelletti pour entrer au service d'Espagne dès que l'Autriche avait fait la paix avec Napoléon. (SACCHETTI SASSETTI : *Il brigadiere Giuseppe Cappelletti*, etc., cit., page 93).

» 240, note 2. — Il est question du colonel de Varax dans le livre de G. SIOTTO PINTOR : *Storia civile dei Popoli sardi*, etc., cit.

» 250, note 1. — Le marquis COSTA DE BEAUREGARD, *La jeunesse du roi Charles Albert*, cit., ch. 2, attribue à M. de Faverges le mérite de l'avoir mis sur leurs gardes Janus de la Tour et ses camarades dans les conspirations anti-napoléoniennes vis-à-vis du danger de reconnaître les droits du prince de Carignano au profit de l'archiduc François. Le comte SAULI D'IGLIANO, *Reminiscenze*, cit., tome I, pages 487 et suivantes, raconte comment le Comte de Santarosa sauva en 1821 la vie de Faverges tombé entre les mains des insurgés.

» 250, note 3. — Il faut lire : Johnson. Un échantillon de la correspondance de J. M. Johnson avec Gentz a été publié par KLINKOWSTROM : *Aus der alten Registratur* der *Staats Kanzlei*, cit., page 47. Cfr. aussi VARNHAGEN VON ENSE : *Tagebücher von Friedrich von Gentz*, cit., page 63.

Page 261, note 2. — Voyez pour King, VARNHAGEN VON ENSE : *Tagebücher von Friedrich von Gentz*, cit., pages 261-262.

» 281, note 5. — Les illusions que les Français s'étaient faites au début sur le rôle de Castanas étaient partagées par **La Forest** lui-même. (GEOFFROY DE GRANDMAISON, *Correspondance du comte de La Forest*, cit., tome I, page 82).

» 282, note 1. — Cfr. pour Suchet, A. V. ARNAULT, *Souvenirs d'un Sexagénaire* (édition Dietrich), Paris, tome 37e, livre XII, ch. 1.

» 296, note 1. — Le prince de Butera était un des confidents de la reine Marie Caroline. (*Archivio storico Siciliano*, anno 1878; BRUTO AMANTE, *Fra Diavolo e il suo tempo*, Firenze, 1904, ch. IX). Il est aussi question, en passant, du vieux prince de Butero, bourbonien, à propos de son fils le libéral Prince de Scordia chez A. D'ANCONA, *Carteggio di Michele Amari*, Torino, 1896, surtout 1er volume, page 506, note 1.

» 297, note 2. — Pour le rôle de Sir Thomas Freemantle dans les négociations de 1819 avec les Barbaresques, cfr. COMTE D'ANTIOCHE, *Chateaubriand ambassadeur à Londres*, cit., pages 123 et suivante.

INDICE DEI NOMI

INDICE DELLE MATERIE

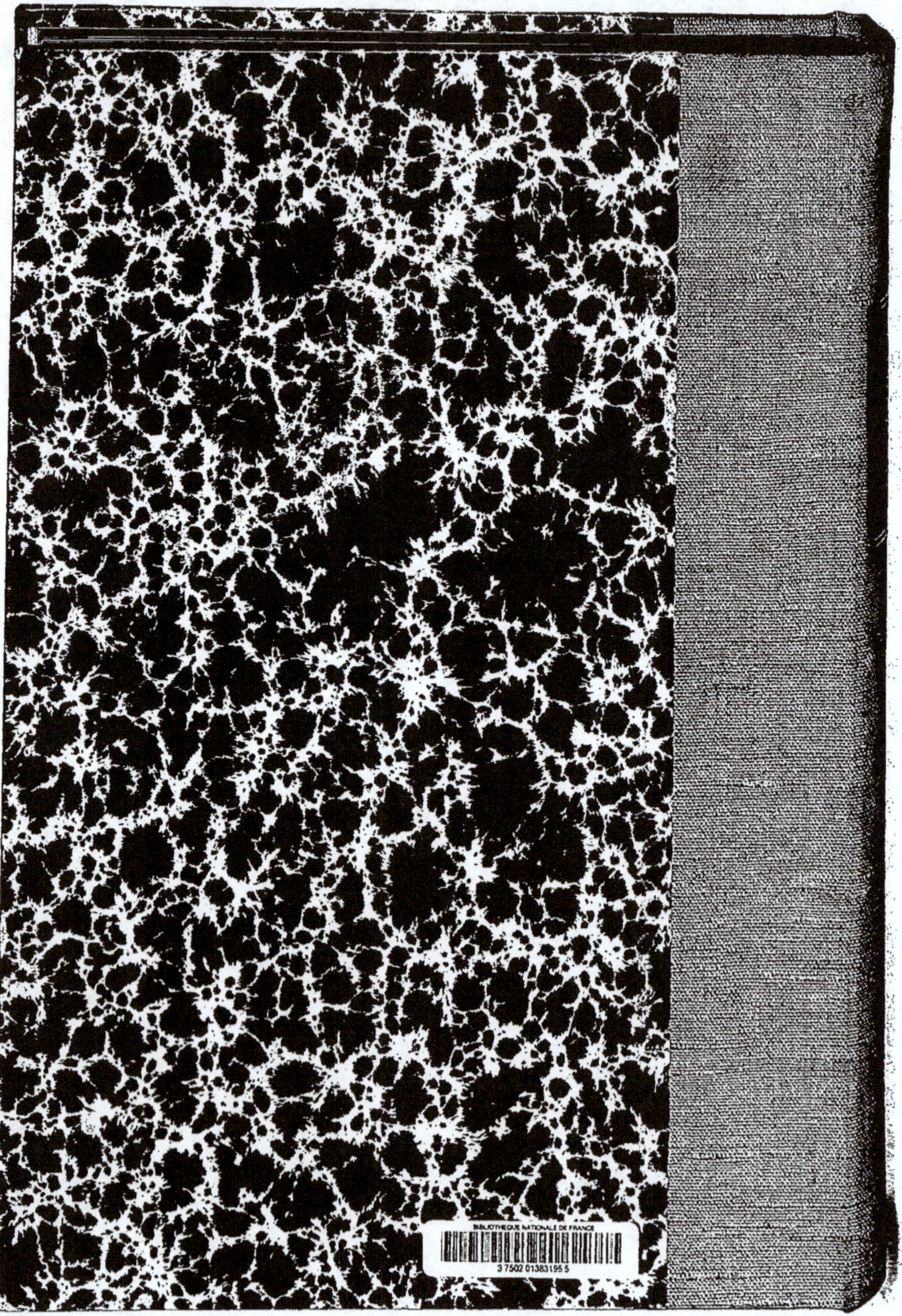